SARAH MICKLEM

Die Herrin des Feuers

Buch

Feuerdorn ist eine außergewöhnliche junge Frau, die über magische Fähigkeiten verfügt: Sie kann in die Zukunft sehen und Kranke heilen. Zwar ist sie dankbar dafür, dass die Götter ihr solch eine Macht verliehen haben, dennoch muss sie vorsichtig sein, denn niemand darf von ihren übernatürlichen Begabungen erfahren. Nicht einmal ihr Geliebter Sire Galan, den sie schon lange kennt und bedingungslos liebt. Auch sein Herz gehört einzig und allein ihr; doch sie wird nie mehr als seine Mätresse sein können, denn er ist ein Adliger mit Frau und Kindern und sie nur eine einfache Dienerin. Aber sie kann nicht ohne ihn leben. Selbst als er sie verlässt, um im Krieg zu kämpfen, und ihr ausdrücklich befiehlt, ihm nicht zu folgen, hört sie nicht auf ihn. Sie folgt ihm auf einem Schiff der Armee von Corymb, eine Entscheidung, die schwerwiegende Folgen haben wird ...

Autorin

Sarah Micklem wurde gleich für ihren ersten Roman »Die Kriegerin des Lichts« für den begehrten »Locus Award« als bester Roman nominiert. Außerdem wählten Borders und Amazon es zu den zehn besten Fantasy-Titeln des Jahres. Inzwischen unterrichtet sie selbst Creative Writing an der Notre Dame University. Sie lebt mit ihrem Mann, dem Dichter und Drehbuchautor Cornelius Eady, in Indiana und New York. Mehr Informationen zur Autorin und ihren Romanen unter www.firethorn.info.

Von Sarah Micklem außerdem bei Goldmann lieferbar:

Die Kriegerin des Lichts. Das Königreich von Corymb (46532)

Sarah Micklem

Die Herrin des Feuers

Das Königreich von Corymb

Aus dem Amerikanischen
von Peter Beyer

GOLDMANN

Die Originalausgabe erschien 2009 unter dem Titel
»Wildfire« bei Scribner,
a division of Simon & Schuster, Inc., New York.

FSC
Mix
Produktgruppe aus vorbildlich
bewirtschafteten Wäldern und
anderen kontrollierten Herkünften

Zert.-Nr. SGS-COC-1940
www.fsc.org
© 1996 Forest Stewardship Council

Verlagsgruppe Random House FSC-DEU-0100
Das FSC-zertifizierte Papier *Holmen Book Cream* für dieses Buch
liefert Holmen Paper, Hallstavik, Schweden.

1. Auflage
Deutsche Erstveröffentlichung März 2010

Dieses Werk wurde vermittelt durch die
Literarische Agentur Thomas Schlück GmbH, 30827 Garbsen.

Umschlaggestaltung: UNO Werbeagentur, München
Umschlagcollage: The Bridgeman Art Library, Tertia Ebert,
FinePic (R), München, Zero Media GmbH/Fine Pic
Redaktion: Eva Wagner
NG · Herstellung: Str.
Satz: omnisatz GmbH, Berlin
Druck und Bindung: GGP Media GmbH, Pößneck
Printed in Germany
ISBN: 978-3-442-47153-9

www.goldmann-verlag.de

Dieses Buch widme ich meiner Mutter Carolyn, die sich immer nach Neuigkeiten von Feuerdorn erkundigt und wissen möchte, wie es ihr geht und was sie nun vorhat. Oft komme ich voran bei der Antwort, indem ich es ihr erzähle.

Und Cornelius, der mir Zeit zum Schreiben schenkte, das kostbarste Geschenk, das ein Schriftsteller dem anderen machen kann.

DER GÖTTERZIRKEL

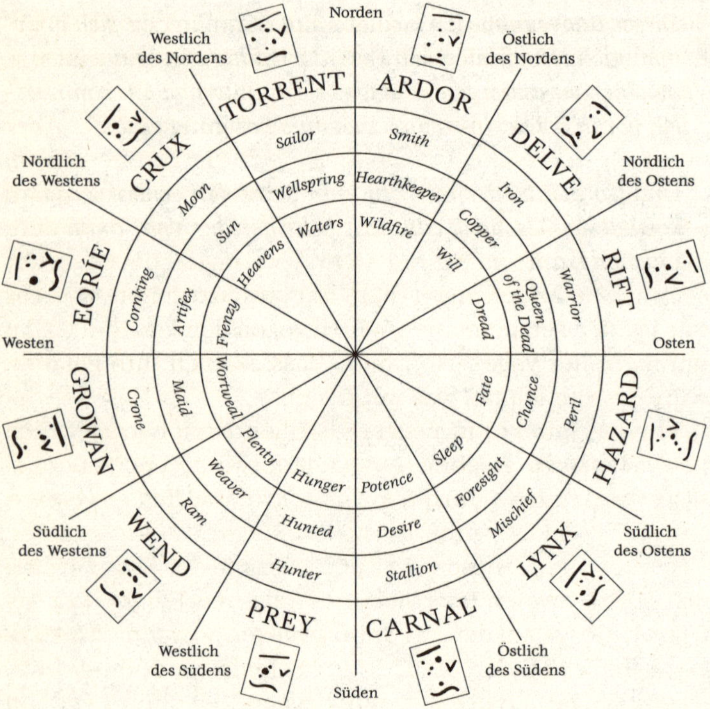

PROLOG
Wildfire

Ich war ungehorsam. Ich folgte Sire Galan in den Krieg, obwohl er mir befohlen hatte, nach Hause zu gehen. Er war großzügig gewesen, hatte mir ein Steinhaus an einem Berghang für den Rest meiner Tage zur Verfügung gestellt. Aber wie sollte ich einen Ort, den ich noch nie gesehen hatte, mein Zuhause nennen? Eine Decke und der Boden, auf den ich mich mit Galan legte, das war das Zuhause, nach dem ich verlangte. Es passte mir nicht, beiseitegeschoben, als zu schwach befunden zu werden, um durchzustehen, was vor uns lag. Ich setzte meinen Willen gegen den von Sire Galan durch, in der vagen Hoffnung, dass es auch ihm gefallen würde, wenn ich tat, was mir gefiel.

Er hatte seinen Rittmeister Flykiller damit betraut, mich nach Hause zu geleiten, zusammen mit den Schlachtrössern, die Galan bei Turnieren auf Leben und Tod gewonnen hatte, aber nicht reiten durfte. Damit war uns allen eine Nebenrolle zugewiesen worden. Während der Einschiffung des Heers, zweier Tage voller Schreie und Flüche, bei denen Maultiere auf den Landungsbrücken bockten und Männer über Bord fielen, Gepäck und Soldaten verlorengingen, gelang es mir, Flykiller zu entwischen. Bei einem solchen Durcheinander hatten lediglich Diebe gute Bedingungen für ihre Arbeit. Ich fand bei meiner Freundin Mai Zuflucht und stach mit ihr unter den kupferroten Bannern des Stammes Delve in See.

Nun also war ich an Bord eines Schiffes, das eine träge grüne See überquerte. Mir wurde sterbenselend, ich hatte ein flaues Gefühl im Magen, wurde von Bedenken heimgesucht. Ich lag zusammengekrümmt auf Deck, ein Bein auf dem anderen liegend, sodass mir die hervorstehenden Knochen blaue Flecke bescherten. Mein Schaffellumhang war durchnässt, und von Zeit zu Zeit perlte mir ein Tropfen Meerwasser den Rücken hinab. Das Schiff knarrte unter uns wie die Hüftgelenke einer alten Schankwirtin und stank nach Leckwasser, Kot, Salzfisch und dem beißenden Harz, mit dem Planken und Takelage gestrichen worden waren.

Bevor wir Corymb verließen, hatten die Priester um einen Wind aus Richtung des nördlichen Ostens gebetet, dem Herrschaftsbereich von Rift, und der Gott des Krieges hatte ihn nur zu gerne geschickt. Vier Tage lang hatte dieser kräftige, kalte Wind die Flotte rasch auf das Königreich Incus zugetrieben. Die Schiffe waren schwer beladen, und wir glitten tief durch das Wasser, aber die schwerste Last von allen war der Fluch von Rift: Krieg, Schrecken und Tod.

Doch der Krieg hatte schon ohne uns begonnen. Vor einer Dekade hatte König Thyrse in weiser Voraussicht eine kleine Truppe Männer vorab über die Inward Sea geschickt, um im Hafen von Lanx an Land zu gehen; Sire Galan und seine Stammesmitglieder der Crux gehörten zu ihnen. Der König hatte sie einen Dolch genannt. Ein Dolch ist die für Verrat am besten geeignete Waffe, und durch Verrat sollte es möglich gemacht werden, durch die Tore der Stadt zu gelangen, denn die Schwester des Königs, Königsmutter Caelum, hatte Verbündete, die sie hereinließen. Mittlerweile mussten sie Lanx eingenommen haben oder mit ihrem Vorhaben gescheitert sein. In zwei, drei Tagen, wenn der Wind günstig blieb, würden wir von ihrem Schicksal und somit auch von unserem erfahren. Entweder würden uns eine Seeschlacht und eine Belagerung bevorstehen, oder die grollende Begrüßung, die Eroberern zuteilwurde.

Das Schiff war überfüllt. Beschäftigungslose Fußsoldaten saßen auf den Ruderbänken, spielten Würfel und zankten sich zum Spaß. Mai und ich hatten Anspruch auf einen kleinen Raum hinter dem Hauptmast erhoben, zwischen großen, an Deck befestigten Gepäcktruhen, über die wir Segeltuch gespannt hatten, um uns eine Zuflucht zu schaffen. Zwei ihrer neun Kinder begleiteten Mai auf diesem Feldzug, ihr einziger Sohn Tobe und die dritte Tochter Sunup, die sich um ihn kümmerte. Wir hatten alle unter dem Zauber von Torrent gelitten, der Seekrankheit, die Sunup apathisch und Tobe quengelig werden ließ und mir ein flaues Gefühl im Magen bescherte. Mai litt am meisten darunter. In meinen Augen hatte sie immer so kräftig gewirkt, wie sie stämmig war, und stämmig war sie nun wirklich. Ihre Kräfte waren auf See jedoch rasch geschwunden, und das beunruhigte mich mehr, als ich zugeben wollte.

Ich setzte mich neben Mai und lehnte mich gegen eine Gepäcktruhe. Mai war weiß um die Nase, und ihre rundlichen Wangen waren so gelb wie ein alter Bluterguss. Trotz der winterlichen Kälte, die in der Luft lag, stand ihr der Schweiß auf der Stirn. Sie hatte sich die Arme um die Taille geschlungen. Nun schnitt sie mir ein Gesicht und sagte: »Ich glaube, Mouse versucht rauszukommen.«

Ich legte die Handfläche auf die harte Wölbung ihres Bauchs und spürte die Tritte des Kindes, das sie im Leib trug. Ein Junge, behauptete Mai, wegen seiner aufrechten Haltung, und sie glaubte, er werde in etwa zur Zeit der längsten Nacht kommen, die noch fast einen Monat vor uns lag. Sie hatte ihn Mouse genannt, weil sie schwor, er habe zu viel von Mischiefs Schalk in sich. Mischief war jener männliche Aspekt des Gottes Lynx, der stets in Begleitung trippeliger Mäuse war. Ich wusste, dass es ihr vor dieser Geburt graute, denn ihr letztes Kind war nach langen und lebensgefährlichen Wehen tot geboren worden, und mir schien es, als sei dieser Name ein schlechter Witz und ein böses Omen. Aber Mai hatte schon immer einen beißenden Humor gehabt.

Ich beugte mich zu ihr herunter und flüsterte zu Mouse: »Zu früh, mein Kleiner. Hab Geduld.«

»Lass ihn doch kommen, mir macht das nichts«, sagte Mai. »Wenn er noch größer wird, zerreißt er mich in zwei Teile. Außerdem ist mir sowieso so schlecht, da kann es gar nicht mehr schlimmer kommen.«

»Pst.« Ich deutete mit dem Kopf auf Sunup, die neben mir unter der Decke lag. Sie war noch nicht einmal elf Jahre alt, und solches Gerede konnte ihr Angst einjagen.

»Sie wird die Wehen einer Frau bald selbst kennenlernen. Also ist es Zeit, dass sie davon hört.«

Tobe lag in einer mit alten Getreidesäcken bedeckten teerigen Taurolle, während Mais alter, scheckiger Hund neben ihm döste. Nun setzte sich der Junge auf und fing an zu jammern. Ich nahm ihn auf den Schoß und wickelte seine kalten Füße in eine Falte meines Rocks ein. Mai hatte ihm zwei Jahre lang die Brust gegeben und ihn gerade erst abgestillt, sodass er nach wie vor Geschrei erhob, um die Brust zu bekommen. Ich gab ihm ein Stück Trockenapfel, an dem er kauen konnte, und nahm ihn in die Arme. Ob verwöhnt oder nicht, er war zum Anknabbern liebenswert.

Sire Torosus kam Mai besuchen. Auf dem Weg zu ihr ging er auf der schmalen Landungsbrücke entlang, auf der die Einpeitscher hin und her zogen, um dafür zu sorgen, dass die Ruderer ihren Rhythmus einhielten, wenn der Wind nicht günstig stand. Sire Torosus sprang neben uns herunter, und der scheckige Hund senkte vor ihm den Kopf und wedelte mit seinem räudigen Schwanz hin und her. Sunup und ich rückten beiseite, damit Sire Torosus sich neben Mai setzen konnte. Er war so schmächtig, wie Mai korpulent war, und sie überragte ihn auch noch um einen halben Kopf. Doch wenn jemand Mai ins Gesicht sagte, sie würden nicht zueinander passen, dann zwinkerte sie und sagte, Sire Torosus sei dort groß, wo es darauf ankäme. Und wenn der Mann dann irgendeine anzügliche oder prahlerische Antwort gab, was unweigerlich der Fall war, dann scheuchte sie ihn mit ihrem heiseren Lachen davon und sagte: »Ein großes Herz hat er, Junge – und ich wette, das deine hat die Größe einer Haselnuss und ist auch genauso hart!«

Sire Torosus legte die Hand auf Mais Bein. Sie hielt das Gesicht von ihm abgewendet und sagte: »Ich bitte Euch, geht. Ich tauge nicht dafür, gesehen zu werden.«

»Du bist so eitel.« Er gab ihr einen Kuss auf die Wange, worauf sie mit der Hand nach ihm schlug.

Tobe wand sich aus meinem Schoß heraus und streckte die Hand nach Sire Torosus aus, der ihn sich aufrecht auf die Knie stellte und dem Kleinen erlaubte, seinen Bart als Haltegriff zu benutzen. »Gibt es denn nichts, was du für Mai tun könntest?«, fragte mich Sire Torosus.

Es bereitete mir Schmerzen, ihm hilflos meine leeren Handflächen zeigen zu müssen. Alle meine Mittel, meine ganze Kräuterkunde hatten versagt. Ich konnte mit bloßen Händen ein Fieber kühlen, doch der Zauber von Torrent Waters war eine kalte, feuchte Krankheit, und es stand nicht in meiner Macht, Mai die Kälte, die sich tief in ihr festgesetzt hatte, zu entziehen.

»Wird sie sterben?«, fragte Sunup ihren Vater. Ihre Züge trugen den verhärmten Ausdruck von Angst.

»Natürlich nicht«, sagte er, und einen Moment lang begegnete ich seinem Blick.

»Ich habe noch nie davon gehört, dass Seekrankheit tödlich verlaufen wäre«, sagte ich, »bloß dass sich die Kranken wünschten, sie wären tot.«

»Willst du nicht in meine Kabine kommen, mein Dickerchen«, fragte Sire Torosus Mai, »und dich auf das Federbett legen?«

Er teilte sich mit den anderen Kataphrakten und Wappenträgern der Edlen eine Koje im Vorderkastell. Mai hatte mir erzählt, man habe sie nicht willkommen geheißen, als sie mit den Kindern dort unterkommen wollte. Sie berührte ihn am Arm, schaute ihn jedoch nach wie vor nicht an. »Da drinnen ist es stickig. Es stinkt so sehr, dass ich keine Luft bekomme.«

Er seufzte und reichte ihr Tobe.

Seit fünfzehn Jahren waren Sire Torosus und Mai zusammen. Natürlich hatte er eine Frau, und aus den Reihen der Edlen einen Erben, genau wie Sire Galan auch. Dieser hatte vor einem Jahr geheiratet und sofort einen Sohn gezeugt. Sire Torosus hingegen hielt sich nie lange von Mais Bett fern, und als lebende Zeugen hatten sie neun Kinder. Sie war seine Scheide, und ich wage zu sagen, dass sie ihm eine treuere Frau war als diejenige, die er zu Hause zurückgelassen hatte.

Scheide klang aus dem Mund von Männern ausgesprochen unflätig, da es einer der Beinamen für die Möse einer Frau war, so wie Schlammloch oder Honigtopf. Aber so hießen wir nun einmal, diejenigen von uns, die mit einem Krieger der Edlen verkehrten oder einem Erdsoldaten, und diesem in den Krieg folgten, wobei wir alle die Scheide einer Klinge waren. Von einer Scheide zu einer Hure war es nur ein kleiner Schritt. Häufig kam es vor, dass eine Frau ihr Glück bei einem Mann versuchte, der sie mit schönen Versprechungen und Liebkosungen lockte – nur um dann feststellen zu müssen, dass sie ihm ausgeliefert war und an seine Kameraden ausgeliehen oder verkauft wurde. Ich war ein solches Risiko eingegangen, und es war mein Glück, dass sich Sire Galan eher eifersüchtig als großzügig gegenüber anderen zeigte, wenn es darum ging, meine Gefälligkeiten mit einem anderen zu teilen.

Eine Zwei-Kupfer-Hure, die nicht einmal eine eigene Decke besitzt, beneidet eine Metze, die nur den Edlen dient, welche wiederum eine Scheide beneidet, die nur einem einzigen Mann gefällig sein muss, und vor allem die Scheide eines Kataphrakten wie Sire Galan, des am meisten bewunderten Heißsporns im ganzen Heer. Ich brauchte nur in seiner Nähe zu sein, um in seinem Glanze zu leuchten. Ich brüstete mich damit nicht, denn unter den Verachteten herauszuragen hieß immer noch, verachtet zu werden. Aber ich hatte mich freiwillig dazu entschieden, Galans Scheide zu werden, und würde dies wieder tun, wenn ich mich erneut entscheiden müsste; eigentlich sollte ich so kühn sein und das Wort *Scheide* mit Stolz tragen und nicht zusammenzucken, wenn es erwähnt wurde.

Warum verspürte ich dann nur immer einen solch stechenden Neid, wenn ich Mai mit Sire Torosus sah, an ihre vielen gemeinsamen Jahre denken musste, wo meine Zeit mit Sire Galan doch in Monaten gemessen werden konnte? Es war närrisch von mir. Sicher, sie konnte noch viele Jahre in ihren Erinnerungen schwelgen, aber sie konnte sich genauso wenig wie ich, so wenig wie jede andere Scheide, darauf verlassen, dass es noch weitere Jahre geben würde. Ein Krieger ist ein freigebiger Verschwender seiner Zeit und geizt nicht damit.

Das wusste ich, und doch tat ich weiterhin so, als würde Galan ewig leben. Vielleicht war er bereits tot.

Dieser Gedanke war gefährlich, ich konnte ihn weder ertragen noch glauben. Ich spürte das enge Band, das zwischen Galan und mir geknüpft worden war, verankert durch einen festen Knoten unter meinem Brustbein. Ich würde es wissen, wenn dieses Band durchtrennt werden würde. Ganz bestimmt würde ich es merken.

In dieser Nacht schmiegten wir uns unter unseren Umhängen zusammen, Sunup und ich mit dem kleinen Tobe in unserer Mitte. Der Hund legte seinen Kopf auf meine Fußknöchel. Ich war erschöpft, meine Knochen taten mir weh, und ich döste vor mich hin und träumte. Als ich aufwachte, war der Traum fort und nichts mehr von ihm übrig außer dem sicheren Wissen, dass ich etwas Süßes verloren hatte.

Tobe krümmte und wand sich im Schlaf, bis er mir meinen alten Schaffellumhang vom Rücken gezogen und ihn sich umgeschlungen hatte. Dieser kleine Gierhals. Nun trat er um sich, als wäre ihm zu heiß, und sanft entzog ich ihm das Schaffell wieder und deckte uns wieder zu.

Wir hatten den Herbst auf dem Marchfield verbummelt, indem wir uns auf den Krieg vorbereiteten, und Crone stand mit ihrem Korb voller Schnee bereits vor der Tür. Der Winter war keine Jahreszeit, die sich für Feldzüge eignete, es war die Jahreszeit des Schaffens und Ausbesserns. Als ich im Herrenhaus der Freifrau gedient hatte, waren selbst die kürzesten Wintertage dafür ausreichend gewesen, hatten der Freifrau Zeit genug gelassen, einen Bildteppich zu bearbeiten, und ich hatte Zeit genug gehabt, einen Wollstrang in ein Farbbad zu tauchen, bis die Farbe sang. Es war Zeit genug gewesen für Na, die Haushälterin der Freifrau, Geschichten zu erzählen, wenn es einen Stapel Näharbeiten für unsere aufgerissenen Finger gab; Zeit genug, um auch die längsten Balladen zu singen.

Es lag ein süßer Schmerz darin, sich daran zu erinnern, wie die Hände der Freifrau und Nas ihrer Arbeit nachgingen. Denn sie beide waren tot, und ich hatte von ihnen nur noch jeweils einen Fingerknochen, den ich in einem Beutel unter meinen Röcken versteckt hielt. Die beiden hatten mich, ein mutterloses Kind, großgezogen, und zwar so gut, dass ich mich nie nach meiner Mutter, an die ich mich nicht erinnern konnte, gesehnt hätte. Nun waren sie Schattenwesen, allein auf ihrer Reise, doch manchmal rief ich sie an, um ihren Rat zu erbitten.

Mit tauben Fingern knotete ich den Beutel ab, der an einer Schnur um meine Hüfte hing, tauchte unter der Plane hervor und kletterte auf den Deckel einer Gepäcktruhe. Während ich geschlafen hatte, hatten sich die Wolken gesenkt; nun hingen sie so tief, dass die Masten des Schiffs an ihren Unterbäuchen kratzten, und wir segelten wie durch eine schmale Ritze zwischen Meer und Himmel. Von dem vollen Mond war außer einem matten Schimmer nichts zu sehen. Die drei Galeeren von Delve segelten dicht neben uns, der Rest der Flotte war hinter uns über dem Meer verstreut. Während wir auf den Wellenkämmen auf und ab tänzelten, schienen ihre Laternen zu blinken, durch die endlosen Dünungen abwechselnd verborgen und sichtbar. Ich hatte mich letztlich an die Bewegung gewöhnt und spürte mittlerweile nur noch leise Unruhe im Bauch, nichts Lästiges.

Ich war so allein für mich, wie es an Bord eines Schiffes möglich war, in Gesellschaft nur der Matrosen, die Wache hielten, und des Steuermanns oben auf dem Vorderkastell. Ich holte meine Schätze aus dem Beutel: die beiden Fingerknochen sowie Galans Urkunde, in der er mir ein Haus und Land auf Mount Sair abtrat. Sie war mit Tinte auf einem leinenen Berechtigungsschreiben verfasst, das ich ordentlich gefaltet aufbewahrte. Ich hatte sein Geschenk missachtet, als ich mich entschlossen hatte, ihm zu folgen, hielt aber dennoch daran fest. Ich schob das Schreiben zur sicheren Aufbewahrung in meinen Ärmel.

Der Beutel war ein mit einem Riemen umgebener Kreis aus Leder, und nun löste ich seine Kordel und strich ihn auf meinem Schoß glatt, damit der darauf aufgemalte Götterzirkel sichtbar wurde. Nachdem mein erster Götterzirkel in dem Feuer, das in Galans Zelt auf dem Marchfield gewütet hatte, zerstört worden war, hatte ich mir diesen hier selbst angefertigt. Dabei hatte ich eine Ahle und eine Schnur dazu benutzt, um die drei Kreise aufzuzeichnen, einer in dem anderen, für die drei Formen der Aspekte, dem männlichen, dem weiblichen und dem gestaltlosen. Ich hatte die Kreise mit Richtungslinien durchzogen, um sie in zwölf Arkanten zu unterteilen, von denen jeder für den Herrschaftsbereich eines Gottes stand. Dann hatte ich die Arkanten beschriftet, indem ich so ordentlich, wie ich konnte, die Gottzeichen um den Horizont des Zirkels malte und dabei die zwölf Götter, einen neben dem anderen, ihrer Stelle zuwies; in der gleichen Reihenfolge, in der ihre Konstellationen am Himmel erschienen. Während dieser Arbeit hatte es mich befriedigt zu sehen, wie gut der Zirkel die Ordnung der Welt widerspiegelte.

Ich hielt die Knochen in meiner Handfläche; der Knochen der Freifrau war blau gefärbt, der von Na hatte eine rote Spitze. Diese Knochen waren winzig, es waren die letzten Gelenke der Zeigefinger ihrer rechten Hände. Nas Schwester Az hatte sie mir gegeben, obwohl es eigentlich verboten war, Überreste von Toten aufzubewahren. Sie war zwar eine geübte Weissagerin, aber ich hatte nur einmal zugeschaut, als sie die Knochen warf, und musste danach meinen eigenen Weg dabei finden.

Zweifellos war es selbstsüchtig, die Schatten der Freifrau und Nas zu bitten, auf ihrer Reise innezuhalten und sie zu nötigen, zu mir zu sprechen, wo ich sie doch nur mangelhaft verstand. Aber ich glaubte, hoffte, dass sie mir eine Antwort nicht missgönnen würden, denn zu ihren Lebzeiten hatten sie mich gemocht. Ich schloss die Hand um die Knochen und flüsterte in meine geballte Faust hinein: Werde ich Galan wiedersehen?

Als ich die Knochen warf, tat ich dies hastig, und das Schiff krängte, während es über den Kamm einer Welle stieg, sodass mir die Knochen beinahe aus dem Schoß gefallen wären. Ich hob sie auf, bevor sie davonrollen konnten, und warf sie erneut, dreimal insgesamt, genau so, wie Az es mir gezeigt hatte. Das erste Mal für das Wesen, das zweite Mal für die Zeit, das dritte Mal für die Götter, welche die Frage bestimmten und geehrt oder besänftigt werden mussten. Ich dachte über die Zeichen nach und wünschte mir, wie schon so häufig, ich hätte Az' Kenntnis der Aspekte gehabt und verstanden, wie jedes Zeichen sich auf die anderen auswirkte. Einzeln waren sie nicht zu verstehen.

Beim ersten Wurf berührte die Freifrau Crux Heavens, was ich als ihre Beurteilung von Sire Galans Wesen verstand. In den alten Zeiten hatte Crux Sun sterblichen Männern sieben Söhne geboren, welche in der Folge die sieben Häuser des Stammes Crux gründeten, und einer dieser Söhne war Sire Galans Vorfahr. Daher war es kein Wunder, dass Galan in Anbetracht dessen, dass das Blut des Gottes in seinen Adern floss, Eigenschaften von Crux aufwies. Allerdings hatte ich immer geglaubt, Galan ähnelte von den drei Aspekten von Crux – Sun, Moon und Heavens – am ehesten Moon mit seiner launischen Art. Jedenfalls hatte er mir Grund genug zu dieser Annahme gegeben. Hatte ich ihn falsch eingeschätzt? Vielleicht war er ja wirklich Heavens ähnlicher; er war so beständig wie die Sterne, wenn er sein Wort gab, so veränderlich wie das Wetter hingegen, was seine Launen betraf. Ich betete nun um einen freundlichen Himmel für ihn und einen freundlichen Empfang, wenn ich ankam. Sollte er mich jedoch stürmisch begrüßen, war ich entschlossen, mich nicht entmutigen zu lassen.

Beim zweiten Wurf landete die Freifrau auf Hazard Peril, im äußeren Ring des Zirkels, der die Zukunft darstellt, und Na berührte Heavens. Galan – Heavens – im Bereich von Peril, also in Gefahr. So beunruhigend, wie es klang, war es nicht. Falls sich Galan in Gefahr befand, lebte er noch. Und Peril konnte auch einen Schild gegen die Gefahr bedeuten statt Gefahr selbst. Wie auch immer, ich betrachtete die beiden Zeichen im Verbund miteinander als gute Botschaft und wäre damit zufrieden gewesen – mehr als zufrieden –, wäre da nicht der dritte Wurf gewesen, jener für die Götter.

Beide Fingerknochen landeten im Bereich von Ardor Wildfire, wiesen dabei jedoch in gegensätzliche Richtungen. Die Spitze des Knochens der Freifrau berührte Torrent Waters, während Nas Knochen Delve Will berührte. Der gesunde Menschenverstand verlangte von mir, dass ich zu Waters beten sollte, um meine Überfahrt zu erlauben, und zu Will, um Delves Schiff zu beschützen, das mich mitnahm. Aber dass sowohl die Freifrau als auch Na auf Wildfire, Ardors unbändigstem Aspekt – wechselhaft, gierig und zornig – beharrten, ließ es mir unbehaglich werden.

Ein so eindringliches Zeichen musste eine Warnung sein, und ich befürchtete, dass sie Sire Galan galt. Auf dem Marchfield hatte er einen Streit zwischen den Stämmen von Crux und Ardor entfacht, der sich zu einem Großbrand ausgewachsen hatte. König Thyrse hatte den Stämmen befohlen, ihrer Ehre durch ein Turnier auf Leben und Tod Genüge zu tun und die Fehde zu beenden. Der Stamm Crux hatte gewonnen, und Sire Galan hatte einen erzwungenen Frieden mit dem Stamm von Ardor geschlossen, aber hatte er auch seinen Frieden mit dem Gott Ardor gemacht?

Ich hatte meine eigenen Gründe, den Gott gnädig zu stimmen. Ardor hatte mir zweimal das Leben gerettet – oder genauer gesagt, mich zweimal vor dem Tod verschont – und mir zudem den so manchen kleinen Segen gewährt: ein heilendes Lied vom Feuerdornbaum, die Fähigkeit, im Dunkeln zu sehen, und die Gabe, mit den Händen Fieber und Verbrennungen die Hitze zu entziehen. Ich war dankbar und zuweilen sogar geschmeichelt. Und doch war es keine große Wohltat, eine von denen zu sein, die von den Göttern heimgesucht wurden. Lieber würde ich mich für den Rest meines Lebens vor der Beachtung durch die Götter verbergen, als dass mir weiter solcherlei Aufmerksamkeiten zuteilwurden.

Ich dankte der Freifrau und Na für ihre Warnung und opferte den Göttern, wie sie es geraten hatten. Ich schnitt mir ein wenig in den Arm und verspritzte Blut auf dem Deck, während ich zu Torrent und Delve betete. Ardor Wildfire spendete ich ein Haarbüschel von meiner Stirnlocke und verbrannte es mit einer Kohle aus meiner Taschenflasche. Das versengte Haar roch widerlich. Ich betete zu Wildfire, Sire Galan möge von Ardors Zorn verschont bleiben, da er sein Bestes getan hatte, um Wiedergutmachung zu leisten. Darüber hinaus gelobte ich, sobald ich ans Ufer kommen würde, so viel Myrrhe an Wildfires Altar zu verbrennen, wie ich für eine Goldmünze bekommen konnte – was alles Gold war, das ich besaß – und dass ich Sire Galan dazu bewegen würde, das Gleiche zu tun.

Noch vor der Dämmerung nahmen die Seemänner ihre täglichen Arbeiten auf. Ich war zu ruhelos, als dass ich versucht hätte, in unserer kleinen, nach Krankheit stinkenden Zuflucht noch länger zu schlafen. Ich nahm Mais Nachttopf, um ihn über die Bordwand hinweg auszuleeren. Dann lehnte ich mich an die Reling hinter dem Vorschiff und schaute zu, wie sich im Kielwasser des Schiffes die Wellen kräuselten. Meinen Umhang hatte ich bei Tobe gelassen, und der Wind verdrehte meinen Rock und zerrte an meinem Kopftuch.

Die Seemänner waren ein lautes Völkchen, und sie schrien ständig. Ich hatte gehört, dass einige von ihnen ihr Schiff Jouncy nannten und es als Dirne und Schlampe titulierten; sie sagten, es sei die schnellste Hure, die je gelebt habe, und sie werde auch wegen eines möglichen Freiers am schnellsten kentern. In ihren Beleidigungen klang Stolz mit. Tatsächlich war das Schiff rasch und bewegte sich wie eine Hure, die ihrem Geschäft gerne nachgeht, es bewegte sich von einer Seite zur anderen, hinauf und wieder hinab. Ihr Rumpf war schmal und ihr Bug spitz, und am Heck war sie hoch und rund. Helle Farbe verlieh ihr das Aussehen einer Bordellwirtin. Ihre Segel waren gestreift wie die Röcke einer Metze und so bauchig, als hätte der Wind sie mit einem Kind geschwängert.

Während der Nacht und des Morgens war ich seefest geworden und hatte das Gefühl, als würde ich reitend auf einem Pferd sitzen anstatt auf einem Schiff. Während es nach vorn eintauchte, beugte ich mich über die Reling, um die

Hand auf seine Seite zu legen. In diesem Moment bewunderte ich sie, die Dirne, und verspürte auch eine Wesensverwandtschaft mit ihr, denn ihr Holz stammte aus dem Königswald, in dem ich groß geworden war. Zweifellos war ihr großes Heck dort in einem Wäldchen aus Schiffseiche gewachsen, in einem Baum, der von Waldarbeitern im Verlauf eines halben oder ganzen Jahrhunderts mit Trossen und kleinen Pfählen geduldig in die angemessene Rundung geformt worden war. Ihre Beplankung war aus Lärche, und ihre drei Masten aus Tanne. Die Schiffszimmermänner hatten aus diesen gefällten Bäumen ein neues Lebewesen erschaffen, und nun quollen ihre Verschalungen und Stifte im Wasser auf, spannten sich ihre Zapfenlöcher und Zapfen, und sie ächzte. Sie war so sehr ein Wesen des Winds, wie sie ein Wesen des Meers war.

Hinter uns ging die Sonne auf und färbte den Himmel und das Meer rot. Die Wolken über uns hatten sich gelichtet, oder vielleicht hatten sie uns auch hinter sich gelassen, um sich im Westen zu sammeln, wo sie wie ein dunkler Schatten über der See schwebten; bis dorthin schien das Licht von Sun nicht zu reichen. Auf diese Wolken rasten wir zu, oder vielleicht rasten auch sie auf uns zu. Als wir näher kamen, türmten sie sich zu Gewitterwolken auf wie eine Kette von Himmelsbergen. Ihre Schatten ließen das silberne Wasser stumpf wirken wie gehämmertes Zinngeschirr. Die Wolken ließen einen sich blähenden grauen Vorhang herab, und der Horizont verschwand.

Unsere Seemänner grüßten die anderen Galeeren von Delve freudig, wobei sie ihre eigene Seemannssprache benutzten, die selbst die Fremdstämmigen unter ihnen verstanden, ich jedoch nicht. Es entstand ein reges Treiben, als die Ruderer – die Hälfte von ihnen Erdsoldaten, da es in der Flotte nicht genug erfahrene Matrosen gab – ihre Ruder umlegten. Die Einpeitscher ließen ihre schrillen Pfeifen ertönen, und die Schiffe entfernten sich weiter voneinander.

Seemänner holten das riesige Großsegel ein und hissten ein kleines, rechteckiges, sodass wir lediglich mit Hilfe des Sturmsegels und der kleineren Segel längsschiffs vorwärtsglitten.

Während er die Leiter des Vorschiffs hinaufstieg, sagte ein Seemann zu mir: »Du gehst jetzt besser nach unten.«

»Wird es schlimm?«, fragte ich.

»Wir nähern uns einem kleinen Gewitter«, erwiderte er.

Zweifellos war seine Warnung freundlich gemeint, aber ich war zu unwissend, um Angst zu bekommen. Ich fand das schrille Pfeifen des Windes in der Takelage und das sich verändernde Licht auf dem Meer aufregend. Eine Priesterin von Delve und ihre Begleiter standen auf dem hohen Deck des Vorderkastells, wo sie sangen und dabei mit kleinen Kupferscheiben rasselten. Kataphrakte und Wappenträger der Edlen stimmten in ihre Gebete ein, um den Sturm abzuwenden und Delves Segen herabzuflehen, damit diese die Metallbänder verstärkte, die das Schiff zusammenhielten. Die Wellen wurden immer höher, brachen sich mit Kräuselungen und Streifen aus Schaum. Wir stampften in ein Wellental hinab, und kalte Gischt ergoss sich über mir, und ich zitterte, leckte mir die Lippen und schmeckte Salz. Die auf Deck eingepferchten Schweine und Rinder wurden unruhig, und im Frachtraum brüllten Maultiere, während Pferde ausschlugen und dabei gegen die Trennwände traten.

Ich kehrte zu Mai zurück und sah, dass sie Tobe und Sunup fest in ihre Arme genommen hatte. Die Plane über ihnen flatterte, und ich nahm sie ab. »Wir gehen hinein«, erklärte sie laut rufend, um den tosenden Wind zu übertönen. Ich nahm Tobe in die Arme, und er fing an zu weinen. Das Aufstehen fiel Mai schwer, und Sunup und ich hielten uns gemeinsam bereit, ihr zu helfen. Wir taumelten auf die Luke gleich hinter dem Großmast zu, wobei wir uns zwischen den Ruderbänken und der Wand aus Gepäcktruhen hindurchschlängelten.

Rifts Wind wandte sich gegen uns und verschwand von einem Moment auf den anderen. Ein anderer Wind kam uns direkt entgegen, und die Segel flatterten gegen die Masten und ließen uns schlingern, bis ich glaubte, wir würden umkippen. Doch das Schiff richtete sich wieder auf und glitt seitlich an der Wand einer Welle entlang. Jetzt folgten unberechenbare Böen von hier und von dort, und das Schiff floh vor ihnen und raste hin, wo immer diese uns hintrieben.

Handlanger, Stiefelknechte und Fußsoldaten drängten sich in dem offenen Raum um den Mast, darauf wartend, mit den Pferden in den Frachtraum hinabgehen zu können. Mai und ihre Kinder traten in die dunkle Luke ein. Ich hingegen zögerte. Wir hatten den Wolkenvorhang erreicht und gelangten durch ihn hindurch in ein neues Reich aus Weiß und Grau; das Wasser war dunkel wie Kohle, die Luft erfüllt von harten Schneekörnern, die um uns herumpfiffen, Schneegeister, die über das Deck und die See zogen. Die anderen Schiffe waren nicht mehr zu sehen. Ich glaube, Mai rief, ich solle nach unten kommen, doch Seeleute hatten bereits die Lukenöffnung verschlossen und festgezurrt.

In der Ferne hörte ich es grollen, ein gedämpftes Geräusch, das ich erst erkannte, als es rasend schnell näher kam. Ein Gewittersturm. Das Weiß um uns herum blitzte auf, als hätte Sun geblinzelt. Ich dachte daran, wie Na mich während Gewitterstürmen fest in den Armen gehalten hatte, als ich klein gewesen war, eher zu ihrer eigenen Beruhigung als zu meiner. Sie sagte mir immer, Donner sei das Geräusch von Ardor Smith, wenn dieser auf seinen Amboss schlug, und Blitz sei Ardor Wildfire beim Tanzen, und der sicherste Ort bei einem Sturm sei zu Hause an der Feuerstelle, beschützt von Ardor Hearthkeeper, dem Bewahrer des Herdfeuers.

Über mir krachte Donner, der sich rollend von uns entfernte. Ohne nachzudenken, duckte ich mich. Ein Blitz zuckte wie ein weißer Baum über den Schleier aus Schnee, und dieser Anblick brannte sich in meinem Sichtfeld ein, sodass ich, als ich die Augen schloss, die gleiche Form vor mir sah, einen grünen Baum, der sich von der Dunkelheit abhob.

Die Wellen kamen nicht länger in Reihen herangerollt, sondern stemmten sich in völligem Durcheinander auf und brachen von allen Seiten mit mächtiger Gischt gegen das Schiff. In der schweren See waren Ruder so nutzlos wie Strohhalme. Niedere kauerten sich unter den Bänken zusammen, schrien bei jedem Donnerschlag auf und hielten sich die Ohren zu. Das Schiff stampfte und schlingerte; manchmal gelang es ihm, bis zum Gipfel einer Welle zu klettern, dann wieder tauchte es durch eine herankommende Wasserwand hindurch, und selbst trittsichere Matrosen stürzten und wurden über das sich auf die Seite legende Deck gefegt. Ein paar von ihnen gingen über Bord.

Ich klammerte mich an die Seile einer Gepäcktruhe und versuchte das Schiff durch meine ganze Willensanstrengung nach vorne zu bewegen. An diesem Sturm waren Götter beteiligt, Ardor an Blitz und Donner, Torrent an der stampfenden See, und Crux an dem schneeerfüllten Himmel, sie alle richteten ihre wirbelnden Mächte gegen die Flotte. Hatten sie vor, uns zu versenken? Oder rangen sie miteinander darum, ob wir gerettet oder zerstört werden sollten?

Ich befürchtete Schlimmeres. Ich befürchtete, dass sie uns gar keine Beachtung schenkten und zu ihrem Vergnügen eine Schlacht nachstellten, und all meine schwachen Hoffnungen und die großen Ziele des Königs und seiner Schwester, Königsmutter Caelum, und auch all diese Schiffe nichts als Anmachholz waren, das zwischen Himmel und Wasser zerschmettert werden würde.

Ich zitterte vor Schreck, vor Ehrfurcht – doch etwas Grimmiges in mir war nicht gedemütigt, sondern erhob sich als Reaktion auf die Unbarmherzigkeit des Sturms, sodass ich fast in den beißenden Wind hineingelacht hätte. Was spielte unsere Belanglosigkeit schon für eine Rolle, unser kurzes Leben? In diesem Augenblick wurde von mir nicht mehr gefordert, als zuzuschauen, wie die Götter stürmten und sich heftig bekämpften. Ich konnte kein Bedauern dabei empfinden, es anzuschauen, selbst dann nicht, wenn es das Letzte sein sollte, was ich jemals sehen würde.

Plötzlich knisterte die Luft, und ich spürte eine Berührung, eine Hand, die mir den Rücken hinauffuhr. Meine Haut prickelte überall, und das Haar stellte sich mir auf. Der Himmel riss ein Dreieck aus Licht und Lärm auf, und eine blendende Weiße erfasste den Mast und langte nach mir.

KAPITEL 1

Vom Blitz getroffen

Ich spürte meine Gliedmaßen nicht. Ich fühlte keine Grenzen zwischen innen und außen, empfand eine Schwere, die schwankte und absackte. Wurde angehoben und stürzte erneut. Nirgendwo war fester Halt.

Ich hörte Rufe, konnte aber keine Worte erkennen, weil es überall krachte, rumpelte, kreischte und röhrte.

Überall außer hier. Hier herrschte Stille.

Die Stille. Was stimmte daran nicht? Was fehlte? Atem, das Pochen von Blut, Herzschlag.

Ein Summen in meinem Ohr. *Sie sagen, du seist tot.*

Das Summen klang vertraut, kroch mir in die Windung des Ohrs hinein, sodass ich wusste, dass ich ein Ohr hatte. *Summ, summ, summ. Tot, tot, tot*. Ob es das linke oder das rechte Ohr war, ob innen oder außen, vermochte ich nicht genau zu sagen.

Es war die einzige Stimme, die in diesem ganzen Geschrei Sinn ergab. Es musste wahr sein, dass ich tot war, denn ich verstand die Sprache der Lebenden nicht mehr. Ich hatte nicht gewusst, dass die Toten eine eigene Sprache hatten.

Das Grollen setzte sich fort. *Dein Herz hat vergessen zu schlagen*, sagte es.

Die Stimme erkannte ich zwar nicht, erkannte jedoch ihre hämische Bosheit. Sie gehörte einem Mann, den ich gut kannte, dessen Namen ich jedoch irgendwie vergessen hatte. Es war ein Mann, den ich hasste. Ein Mann, den ich getötet hatte.

Er war der einzige Schatten, der mich grüßte. Ich hätte weinen wollen, aber um zu weinen bedarf es des Atems.

Wenn ich tot war, musste ich gehen. Ich durfte nicht verweilen.

Ich zwang mich dazu, mich zu erheben. Aber weder mein lebender Körper noch der meines Schattenwesens gehorchten mir, und ich konnte mich nicht bewegen.

Nichtsdestotrotz rührte sich etwas in mir, entstand eine kleine Bewegung. Und obwohl dieses Etwas schwach war, fand es eine Öffnung in meiner Schwere und bahnte sich einen Weg hinaus. War das mein Schatten? Dieses winzige, zerbrechliche Wesen? Wie konnte es *mich* zurücklassen?

Bei den Göttern, nein. Es war nicht mein Schatten. Es war der letzte Atem, der mir entwich.

»Sieestotoder?«

»Ichdachtsiesverbrannt.«

»Stehnichrumundgaffe! Decksizu!«

Meine Freundin kniete sich neben mich, und ich erkannte ihre Stimme und spürte ihre massige Gestalt neben mir. Sie grub ihre Finger in die Ecken meines Kiefers, und durch ihre Berührung spürte ich, wie sich die Haut zu meinem Schädel hin straffte, und erkannte die Form meines Gesichts wieder. Sie sagte: »Feuerdorn! Kommkommatme! Ichschwördeinherzschlägt.«

Ich atmete flach ein und war jetzt nicht mehr wie gelähmt. Der Schmerz schnürte mir die Brust ein. Ich wollte mich für immer an diesen Atemzug klammern, musste ihn jedoch wieder loslassen.

Bis zum nächsten Atemzug verging viel Zeit. Bis zum übernächsten ebenfalls.

Ich wachte auf. Es gab keinen Teil von mir, der nicht schmerzte. Meine Augen öffnete ich nicht, da ich mich vor dem fürchtete, was ich sehen würde, vor dem Chaos.

Ich schluckte. Diesen winzigen Vorgang zu beherrschen war ein Sieg.

Ein raues, kratziges Tuch war über mir ausgebreitet. Es war draußen, ich war drinnen. Ich war wieder in meinem Körper, und die Grenze aus Haut zwischen mir und allem anderen war roh, war äußerst verletzlich.

Ich lag auf der Seite, zusammengekrümmt durch Krämpfe, und ich atmete flach, weil ich das Gefühl hatte, ein tiefer Atemzug könne mich zerreißen. Ich glaubte, meine Freundin schüttelte mich, schüttelte mich so fest, dass ich Angst hatte, vom Bett zu fallen. Ich hörte sie sagen: »Aarmerschatzohduarmerschatzohmeinearme.« So, als wäre ich ein Kind. Ich machte die Augen auf und sah, dass ihr breites Gesicht über mir schwebte. Um ihren Kopf flammte ein kristalliner Strahlenkranz auf. Ihre Lippen formten die Worte: »Du armer Schatz!« Auch ihre Tochter war da und der Junge, die Hand in einen Rockzipfel seiner Mutter verschlungen. Am Himmel blitzte es, zu weiß, zu hell. Ich schloss die Augen und sah ein grünes Hämmern. Lärm ergoss sich über uns und erstarb dann wieder.

Als ich die Augen wieder öffnete, betupfte das Mädchen mein Ohr mit einem Tuch. Es färbte sich rot.

Da waren Männer, die zu mir herabschauten, brabbelten. Ich hätte sie verstehen müssen. Ich war nicht länger tot.

Meine Freundin wischte sich mit ihrem Kopftuch über die Augen. Sie nahm meine Hände in die ihren, fing an, sie zu reiben und sagte dabei: »Deinhändesinsokalt. Armerschatz. Ichdachtschonardorhättichumgebracht.« Es tat weh, alles tat weh. Ich zog meine linke Hand weg, doch die rechte gehorchte mir nicht. Die Schatten um den Rand von allem flackerten und wurden kleiner.

Wenn ich am Leben war, warum suchte mich dann immer noch dieser Schatten heim? Ich hörte ihn zischen vor Wut darüber, dass er um meinen Tod betrogen worden war. Und ich sah ihn. Er war bloß eine Fliege, eine männliche Fliege, ein so mickriges Schattenwesen, dass selbst sein lautester Schrei nicht mehr als ein *Bzzzz* war. Er geisterte herum, kreiste um meinen Kopf. Fast hätte ich ihn ausgelacht.

Doch wenn ich schlief, war er riesig und schwer, und sein Zorn verschlang mich fast. Er legte sich rücklings auf mich, meine Knochen waren ein Polster für sein Gewicht. Er stemmte sein Knie gegen meine Kehle und raubte mir so den Atem, während er seine Trophäe nahm, Fleisch vom Frauenbart an meinem Unterleib. Er säbelte an einem Hautlappen herum, der mit dicht gekräuselten, kupferroten Haaren bedeckt war. Er roch nach dem säuerlichen Schweiß eines Kranken. Ich würgte und hustete und versuchte, ihn von mir zu stoßen. Wieder und wieder.

Ich erwachte. Er war immer noch da und summte mir in das linke Ohr. Es war ein Geräusch, das ich nicht vertreiben konnte. Ich hätte ihn wieder getötet, wenn es möglich gewesen wäre, einen Schatten zu töten. Ich stöhnte. Das Geräusch bahnte sich seinen Weg aus mir heraus, hinein in den Aufruhr aus Wind und Wellen, und wurde fortgetragen.

Über dem Kopf meiner Freundin sah ich einen hohen Baum mit einem zerbrochenen Ast. Blütenblätter aus Schnee fielen von einem weißen Himmel herab, und ihre kalten Berührungen auf meinem Gesicht besänftigten mich. Vielleicht sagte ich: »Was ist passiert?« Sie beugte sich zu mir vor, doch als sie sprach, vernahm ich eine andere Stimme – ich glaubte, es sei ihr ungeborenes Kind. Es sagte: »Wildfire hat dich verschlungen.« Ich freute mich sehr, dass es so deutlich sprach.

Ich erwachte. Dieses Mal war es dunkel. Ich wurde hin und her gewiegt. Eine Wiege. Ein Schiff.

Mein Kopf war auf Mais Oberschenkel gebettet. Sie war bei mir, war immer bei mir gewesen, wenn ich erwacht war. Sie lehnte mit nach hinten geneigtem Kopf an einer Holzwand. Einen Augenblick lang konnte ich mir keinen Reim aus ihrem Gesicht machen, das ich von unten sah; die weichen Hautfalten unter ihrem Kinn, die Dunkelheit in ihren Nasenlöchern und ihr offener Mund, die bleichen, aufgeblähten Wangen, die ihre Augen verbargen. Ihr Atem ging laut und pfeifend.

Ich drehte mich auf den Rücken. Zwar konnte ich beide Beine bewegen, aber der taube rechte Arm gehorchte mir nicht. Ich hob meine rechte Hand mit der linken auf und legte sie eingerollt auf meinen Bauch. Der Rest meiner Glieder schmerzte mir bis ins Mark. Ich hielt mir die linke Hand vor das Gesicht. Die Haut zwischen den Fingern und entlang der tiefen Falten auf der Handfläche war aufgerissen, doch die Falten waren trocken, nicht blutig.

Das Meer schlug gegen den Rumpf des Schiffes.

Ich betrachtete den Baum. Den Mast. Während das Schiff schlingerte, neigte sich der Mast über mir, und der schief hängende Mond glitt durch das Netz der Takelage. Sterne tänzelten wie kleine Fische.

Mais Tochter saß bei mir. Ihre Augen glänzten. Sie beugte sich zu mir vor und sagte: »Feuerdorn, hassudaurst?«

Hassudaurst. Hast du Daurst. Durst.

Ich schlief und schlief. Ich schlief so viel, dass ich beim Erwachen, als ich Dämmerlicht erblickte, verwirrt war. War es Abend oder Tagesanbruch? Die errötende Sonne verweilte am Horizont, als sei sie unentschlossen, ob sie untergehen oder aufgehen solle, und ich, die ich, ohne darüber nachzudenken, immer Osten von Westen hatte unterscheiden können, wusste nicht, in welche Richtung wir segelten, während wir uns von ihr entfernten. Ich war orientierungslos. Ich war auf einem Schiff, aber wo war das Schiff auf dem Meer, und welche Tageszeit hatten wir?

Das Meer war kein Ort, es war ein erschreckendes Dazwischen, ohne Landmarken, nichts Festes. Die Wellen rollten weiter, brachten nichts als Bewegung.

Wie Wölfe unter Schafen hatte der Sturm die Flotte in alle Richtungen auseinandergescheucht. Und wenn nun auch der Steuermann verlorengegangen war?

Ich trank dunkles Bier aus einer gewölbten Muschelschale, die auf einem silbernen, mit Schuppen gestalteten Schweif stand. Ich verschlang das Fleisch eines Tümmlers und mit Safran golden gefärbte Weizensuppe, und dann fünf kleine, in Teig gebackene Fische, einen nach dem anderen, so viele, weil sie so klein waren. Ich war immer noch hungrig. Und furchtbar durstig.

Ich ging mit meiner linken Hand auf Entdeckungsreise unter die kratzige Decke. Dabei ertastete ich weiche Haut. Ich berührte sie und gab ihr Namen: Kehle, Brust, Brustwarze, Nabel, Bauch, Spalte und Schenkel. Durch meine Berührungen wurde die Haut zu einer Gefühlsempfindung angeregt, die einem Jucken sehr nahe kam. Es war nur schwer zu ertragen, war wie ein neckender Schmerz. Die rechte Hand lag nutzlos auf meinem Bauch, kälter als der restliche Körper. Sie schien nicht zu mir zu gehören.

Ich hatte zwar keine Kleidung an, doch waren Stofflumpen um meine Beine und Schultern geschlungen. Die Ränder des Tuchs zerkrümelten mir in den Händen. Warum? Verkohlt. Verbrannt. Meine Finger sortierten die Fetzen in glatte, dünne und weiche, dicke, die ich als unterschiedliche Stoffsorten erkannte, im Moment jedoch nicht benennen konnte. Feuer hatte meine Kleidung zerfetzt. Warum war ich dann nicht auch verbrannt?

So etwas hatte ich schon einmal gesehen, wie das eine brannte, während das andere verschont wurde, wie einer überlebte, während der andere starb.

An meiner linken Hüfte betastete ich eine Brandwunde. Die Haut war roh und warf Blasen, und kaum dass ich die Wunde berührte, stellte sich ein hartnäckiger Schmerz ein. Ich warf einen kurzen Blick unter die Decke. Die Verbrennung hatte die Form einer Messerklinge.

Ich erinnerte mich an den Sturm. Donner und Blitz, Schnee und Wind, Wellen und dann gar nichts mehr.

Und all diese Erinnerungen von Schlafen und Aufwachen, Aufwachen und Träumen, Tageslicht und Dunkelheit und Tageslicht – sie purzelten kunterbunt durcheinander wie Perlen in einem Sack, und es gelang mir nicht, sie eine nach der anderen aufzureihen. Ich hatte kein Zeitgefühl mehr.

An einem bewölkten Tag lud ich Asche auf einen Karren und zog diesen den zerfurchten Pfad entlang zu der Terrasse gleich unterhalb des Hauses. Ich hatte vor, dort Kräuter zu pflanzen. Die Krähen erhoben mir gegenüber ein Geschrei, höhnten: *»Pah! Da geht sie, da geht sie!«* Ich verstreute Asche über den graubraunen Stoppeln. Mir fiel auf, dass an dem Dach des Hauses eine Schieferplatte fehlte; darum würde ich mich kümmern müssen. Meine Schultern schmerzten. Ich wärmte mir die Hände in den Ärmeln und sah zu, wie zwei Krähen zum Spaß Bachstelzen hinterherjagten. Die Luft roch nach sauberer Kälte. Schnee kündigte sich an.

Meine Vergesslichkeit war gewaltig, war unermesslich. Ich lag wach im Dunkeln und machte eine Bestandsaufnahme von allem, woran ich mich erinnern konnte.

Ich machte Namenslisten: Feuerdorn, Sire Galan, Mai, ihre Tochter Sunup, ihr Söhnchen Tobe. Mais Kataphrakt, Sire Rumbosus. Der Schatten, die Fliege – Sire Rodela.

Schiff, Mast, Segel.

Dass ich mich an Bord eines Schiffes befand, wusste ich. Auch, dass Galan nicht hier war. Wo war er?

Ich versuchte ihn in meiner Erinnerung heraufzubeschwören, sodass ihm das widerspenstige Haar über die Stirn fiel, während er mich mit einem Blick bedachte. Seine Lider neigten sich zu den Augenwinkeln hinab; dies ließ ihn zuweilen träge oder amüsiert wirken, obwohl er es gar nicht war. Dann waren da noch die stolze Linie seiner bislang ungebrochenen Nase und die in den Winkeln eingekerbten Lippen; die dünne weiße Narbe unterhalb seines Kiefers und sein langer, schlanker Hals, an dem sein Puls pochte; die Art, wie er die Bänder seines Wappenrocks lose trug, sodass das in Falten genähte Gazehemd an seiner Brust und den Ärmeln herausquoll. Ich würde einen grün gefärbten Lederriemen entknoten und ihn von den bestickten Ösen seines Wappenrocks lösen, um dann die weiße Kordel seines Hemds unter dem Einschnitt an seiner Kehle aufzuknoten. Unter seinem Hemd würde ich auf Haut stoßen, die blasser war als sein Gesicht.

Seine starken langen Finger, bis auf die Narben elegant, die Verdickung an seinen Knöcheln. Die Hände eines Kriegers. Die schwieligen Handflächen.

Ich sah ihn in kurzen, aneinandergestückelten, nicht ganz zueinander passenden Blicken. Meine Heraufbeschwörung bändigte die Sehnsucht nicht, sondern ließ mich rastlos werden, sodass ich mich gegen die harten Planken unter meiner Hüfte drückte. Ich führte mir die Hand an die Lippen, bestrebt, seine letzte Berührung zu schmecken.

In einer Schlacht geschieht es zuweilen, dass ein Soldat gar nicht merkt, dass er einen Stich abbekommen hat, und dass er erst später spürt, wie ihn eine Schwäche überkommt und er dann die Wunde in seiner Seite entdeckt. So war ich davon überrascht worden, Galan erlegen zu sein, nachdem ich ihm am Abend eines Festes hinter einer Hecke beigelegen hatte. *Leicht gefunden, leicht vergessen*, sagen wir zu solchen zufälligen Begegnungen während der Verkehrten Tage.

Galan weigerte sich, vergessen zu werden.

Ein Vogel ließ sich auf der Takelage nieder und sang: *Ich lebe, ich lebe, ich lebe*! Es war bloß ein kleiner Federbausch, der Besitzer eines einzigen Lieds, das er mit all seiner Kraft dem Wind entgegenträllerte. Bis zum nächsten Ufer war es ein weiter Weg. Bestimmt würde er bis zum Sichten von Land bei uns bleiben, statt es zu wagen, so viel Wasser erneut zu überqueren. Doch er flog davon und verschwand aus meinem Sichtfeld. Früher hätte ich gewusst, welche Art Vogel es gewesen war.

Hinter uns ging die Sonne auf, und deshalb mussten wir Richtung Westen unterwegs sein. Durch eine Lücke zwischen den Wolken sandte sie einen Lichtstrahl, der mir in die Augen fiel.

Jetzt fiel es mir wieder ein. Wir segelten nach Westen und in den Krieg.

Tobe weinte, und Sunup versuchte ihn mit Haferbrei zu füttern. Tobe und Sunup. Menschen einen Namen zu geben verband mich mit ihnen und verband mich auch mit dem Ort, an dem ich mich befand.

So viel Lärm übertönte das Summen von Sire Rodela fast. Jeder und alle redeten auf einmal, Tobe jammerte, Sunup redete auf ihn ein, murmelnde Wellen klatschten gegen den Rumpf, während der Wind durch die Takelage flüsterte, Niedere miteinander schwatzten und Seeleute riefen. Mir dröhnte der Kopf.

Ein Mann sagte: »Seetsieeuchmalanja? Dachtschonsischläftfrimmer.« Er stand aufrecht und schaute auf mich herab. Er schwankte, genauer gesagt schwankte das Schiff, während er unbewegt dastand und sich an Tauen festhielt. Ich pickte in dem Stimmengewirr herum, um seine Stimme aus den anderen herauszuhören. Ich verstand die raue Melodie und den rauen Ton seiner Sprache, das Anheben und Herabfallen bei Frage und Antwort, den näselnden Tonfall des Spotts und sogar den summenden Unterton der Zuneigung. Mit Verzögerung verstand ich dann auch seine Worte: »Seht sie euch mal an, ja? Ich dachte schon, sie schläft für immer.«

Diesen Kerl kannte ich; er hieß Trave und war einer von Mais Burschen, diente genauer gesagt ihrem Kataphrakten. Doch mittlerweile sprachen andere, mehrere zur gleichen Zeit, und der Wind krakeelte herum und zerstreute ihre Worte in alle Richtungen.

Pinch sagte: »Habtergseen wies sie angsprunhat? Dbliz hatsieansprunbumm!« und klatschte dann in die Hände. »Un hattse umgworfn, hattse üersdeck gworfn. Simüzzt totsein.« Währenddessen sagten die Wellen »Sssssssttttt«, und eine Möwe über uns sagte mit langgezogenem, verklingendem Krächzen: »Einschiff, einschiffgenugzuessen«, und Mai sagte: »Lassie in Ruhe.« Sie schob Trave mit dem Ellbogen beiseite und beugte sich zu mir herab. »Kannstudich aufrichten? Dich aufrichten?«

Meine Glieder waren schwach und gehorchten mir nur zögerlich. Mein rechter Arm zitterte und weigerte sich, beim Tragen meines Gewichts behilflich zu sein. Ich rang nach Luft.

Mai sagte: »Kannstu mich hören? Ich dachte, weil du ausm Ohr blutest, bistdu vielleicht jataub.«

Als ich mich auf Mai konzentrierte und sah, wie ihre Lippen sich bewegten, verstand ich ihre Worte. Das meiste jedenfalls. Aber es war mühsam.

Die Decke glitt an mir herab, und Mai legte sie mir wieder um den Nacken und über die Schultern.

Ich versuchte zu sprechen. »Was, was … was ispasit … was passet?« Ich wusste genau, was ich sagen wollte, fand aber nicht die richtigen Worte oder die Klänge, um sie zu formen. Worte schienen weit weg zu sein, und ich musste mich mit langsamen, schleppenden Schritten auf sie zubewegen. Das beunruhigte mich. Ich versuchte es erneut. »Was … isgedrehn … gewehen?«

Mai schien es nicht zu bemerken. »Ein Blitz hat dich aus den Schuhen gehauen – hat dich hochgehoben unweggeschleudat. Du sahst totmaustot aus, und deine Kleider allzufetznverbrannt. So etwas habe ich noch nie gesehen, und ich hoffe, ich werde es auch nie tun. Gebrochen hast du dir nichts, den Göttern sei Dank. Du hättest dir den Schädel aufschlagen können! Aber Unkraut vergehtnich.«

Ich hob die linke, meine gehorsame Hand, und Mai drückte sie sich an die Wange.

»Ich freue mich, kleine Base. Ich freue mich so sehr, dass es dir besser geht.«

Ich wollte mich freuen. Aber ich hatte Angst. Ich war eine Idiotin geworden, ein Einfaltspinsel.

Ich setzte mich auf eine Ruderbank und starrte auf das Meer hinaus, auf die glatten Wogen, die uns anhoben und sich weiter fortsetzten, und kleinere Wellen, welche die Wogen schräg querten. Hier und da zogen drei große Wellen vorbei, eine nach der anderen, mit weißen Schaumkronen geschmückt. Hinter uns brach ein Fächer von kleinen Kräuselungen die Wasseroberfläche in blaue und graue Lichtstreifen.

Nach dem chaotischen Sturm war der Anblick der ausgeprägten und geordneten Wellen beruhigend; sie erinnerten mich an Muster, die Weber aus dem Zusammenspiel von Kettgarn und Schussfaden, aus Farbe und Zwischenraum machten. War es das, was Seeleute sahen, wenn sie auf das Meer schauten? Erkannten und benannten sie diese Muster so, wie die Weber die ihren benannten? Allerdings konnte ich, zumindest im Moment, keine der vielen Formen benennen, welche die Freifrau mich so gewissenhaft gelehrt hatte. Die Namen hatte ich vergessen, und übrig blieb nur die Erinnerung an die Stille im Webzimmer und die ständig wachsende Ordnung, während das Schiffchen zwischen den Kettfäden hin und her querte.

Um uns herum waren Schiffe, mit den Segeln voll im Wind. Und in unserem Kielwasser tänzelnd schwammen Dinge näher, welche das Muster der Wellen durchbrachen. Es waren Ertrunkene, zerbrochene Rundhölzer, ein umgekippter, pechschwarzer Schiffsrumpf.

Mai versuchte mir ein Kleid über den Kopf zu ziehen, eines ihrer winterlichen Unterkleider. Ich wollte ihr dabei behilflich sein, aber mein rechter Arm war so schwach, dass ich ihn nicht über den Kopf heben konnte. Allerdings war es mir möglich, die Finger der rechten Hand leicht zu bewegen, was mich so sehr freute, dass ich weinend sagte: »Siehst du, wie diese kleinen, diese ... Ringer ... die Springer – wie nennt man sie noch mal? – diese Dinger, die Dinger befingern, siehst du, wie sie jetzt zappeln?«

Sunup und ich hätten beide in Mais Kleid Platz gefunden und noch jemanden darin aufnehmen können. Doch war ich dankbar, bedeckt worden zu sein, denn mir war, wenn auch zu spät, klargeworden, dass ich mich wegen meiner Nacktheit hätte schämen müssen. Mai zog mir die Röcke über die Hüfte, damit sie nicht auf dem Deck schleiften – denn sie war wesentlich größer als ich –, und sie legte das Mieder in Falten und band es mit kreuz und quer verlaufenden Bändern in der Farbe neu geprägten Kupfers fest. Sie war so geschickt darin, dass es aussah, als wäre es so beabsichtigt. Jedenfalls sagte sie mit Befriedigung: »Und es ist ja nicht so, dass du ein schlecht kariertes Hemd zum Braten abgeben würdest.« Aus einem Fetzen des grünen Wollkleids, das ich getragen hatte, formte sie ein Kopftuch für mich.

Ein schlecht kariertes Hemd zum Braten? Darüber zerbrach ich mir den Kopf.

Dressiertes Huhn zum Braten. Immer diese Lücke zwischen dem Klang und dem Sinn.

»Ich habe keine Schuhe, die dir passen«, sagte Mai. Sie reichte mir einen schweren Sack aus Tuch an einer langen Kordel.

»Was sind das für Sachen?« Durch das Tuch ertastete ich harte Scheiben.

Mai lachte. »Na, das ist alles von dir, was ich finden konnte. Ich glaube, es ist das meiste von dem Geld, das du dir in den Saum und die Nähte eingenäht hattest, bis auf das, was so ein langfingriger Hurensohn von Seemann vor mir gefunden hat. Aber dein Hüftgürtel und alles, was du darin untergebracht hattest, wurde zerstört. Also nimm das hier.« Sie tastete unter ihren Röcken und holte ein mit Öltuch eingewickeltes Päckchen hervor. »Ich hatte ein wenig für mich selbst aufgehoben, aber ich werde es erst brauchen, wenn das Kind geboren ist, und bis dahin hast du vielleicht wieder etwas für dich gefunden. Ich wage zu behaupten, dass du es dir bald selbst wünschen wirst.« Sie zwinkerte, und ich nahm das Päckchen von ihr entgegen.

Ich packte es aus und sah zwei Handvoll weißer, schwarzäugiger Beeren. Ich glaubte wissen zu müssen, um was es sich handelte, doch ich kam weder auf die Bedeutung noch auf das Wort. Ich schaute Mai an.

»Du weißt nicht, was es ist?«

Ich zuckte mit den Schultern. Mai legte den Arm um mich und zog mich an sich. Ich ruhte an dem großen, ansteigenden Vorsprung ihres Busens. »Ach, kleine Base, du armer Schatz! Du hast mir diese Beeren gegeben. Es ist Kindstod, und du und ich haben es überall auf dem Marchfield verkauft, an Huren wie an Freifrauen, um sie davor zu bewahren, schwanger zu werden. Erinnerst du dich ehrlich nicht mehr?«

»Ehrlich, ehrlich, Moi … Mai, meine ich.« Mir schnürte es die Kehle zu. »Es sind, es sind … es ist, als wäre mein Topf voller Pausen, weißt du? Meine, meine Verirrerung ist wie meine … Vorhänge … die Tücher, die ich getragen habe … alles verkohlt. Sie ist löchrig.«

Sie schüttelte mich ein wenig. »Im Moment bist du aus dem Gleichgewicht und ein bisschen schwer von Begriff, aber du wirst dich wieder erholen. Das war ein Geschenk, das wirst du noch verstehen. Wenn die Bänkelsänger die Geschichte in die Hand bekommen, werden alle erfahren, dass Ardor Wildfire dich mit einem dicken Kuss gesegnet hat, als du vom Blitz getroffen worden bist.«

»Das nennst du … Siegen? Einen Regen?«

»Der Gott hat deine Wange durch den Blitz gebrandmarkt, und nun bist du schief. Ein schiefes Gesicht ist ein sicheres Erkennungszeichen für eine Magierin, und jede Metze im Heer wird deinen Rat suchen und auch bereit sein, teuer dafür zu bezahlen.«

Mai hatte mich schon zuvor »Magierin« genannt, und dieses Mal machte ich mir nicht die Mühe, es zu leugnen. Aber wieso nannte sie mich schief? Als ich mein Gesicht berührte, stellte ich fest, dass mein rechter Mundwinkel herabhing. Ich kniff mich fest in die Wange. »Mein Gesicht sträft bloß. Schläft. Bestimmt wacht es wieder auf!«

»Es kommt verworren heraus, nicht wahr?«, sagte sie. Nach wie vor hatte sie ihren Arm um mich gelegt. Ich entzog mich ihr, da ich neben Mitgefühl auch Heiterkeit aus ihrer Stimme heraushörte. In diesem Moment auch noch ausgelacht zu werden konnte ich nicht ertragen.

Mai war selbst eine Magierin, so viel wusste ich noch, und auch ihr hing das Gesicht an einer Seite herab. Wieso war mir das zuvor noch nie aufgefallen? In ihrer linken Gesichtshälfte lag ein offenes und ehrliches Lächeln, das von dem Grübchen neben dem Mund bis zu den zerknitterten Krähenfüßen um das Auge verlief; die rechte Gesichtshälfte wies eine zu einem höhnischen Grinsen verzogene Oberlippe auf und einen stechenden Blick.

Ich starrte sie voller Misstrauen an, worauf sie aufhörte zu lächeln. Urplötzlich sah ich sie dann wieder als Ganzes, erkannte ihre Zuneigung zu mir und zweifelte nicht länger daran. Ich wollte ihr sagen, wie dankbar ich für die Art und Weise war, in der sie sich um mich kümmerte, immer da war, wenn ich aufwachte, und während ich noch nach Worten suchte, wartete sie mit einem schmerzerfüllten, geduldigen Ausdruck im Gesicht. Doch die Worte waren zu weit weg, und ich konnte sie nicht erreichen. Während ich frustriert weinte, küsste sie mir die Hand. »Mach dir nichts daraus, Liebes«, sagte sie. »Mach dir nichts daraus.«

Als ich in der Nacht erwachte, beugte sich gerade eine Priesterin über mich und schützte dabei die Flamme einer Kerze mit der Hand. Eine Windböe ließ Wachs auf meinen Arm tropfen. Wir starrten einander an, die Priesterin und ich. Sie trug ein Diadem aus spiralförmig gebogenem Kupferdraht über einem Schleier. Sie berührte erst mein offenes Haar, das die gleiche Farbe hatte wie der polierte Kupferdraht, und dann meine linke Wange. Murmelnd sprach sie einen Segen für mich aus und ging fort.

Behutsam setzte ich mich auf. Mai schlief neben mir auf dem Deck. Ihren Umhang hatte sie über die Erhebungen ihrer Hüfte und Schultern gelegt, und ihre Umrisse sahen aus wie eine Berglandschaft. Ich tastete nach dem Beutel, den ich verborgen unter meinem Hemd aufbewahrte, und erinnerte mich dann daran, dass Mai mir ein Sacktuch gegeben hatte. Ich zog es unter meinem Mieder hervor und stieß in dem Sack auf den Götterzirkel, eingebettet zwischen den Münzen.

Froh darüber, die Knochen nicht verloren zu haben, schüttete ich sie aus. Ich spürte die Berührung durch die Freifrau und Na. Die eine legte ihre Hand auf meinen Arm, die andere die ihre auf meinen Scheitel, so sanft, dass ich das Gefühl beinahe für eine Liebkosung durch den Wind hätte halten können. Ich weinte vor Dankbarkeit darüber, dass sie mich nicht verlassen hatten. Und ich weinte darüber, dass sie tot waren und ich sie in diesem Leben nie wiedersehen würde.

Ich breitete den Götterzirkel auf meinem Schoß aus, küsste die Knochen und warf sie. Dann beugte ich mich vor und schaute angestrengt auf die Gottzeichen, um zu sehen, welche Aspekte die Freifrau und Na ausgewählt hatten. Und ich stellte fest, dass ich nicht mehr lesen konnte. Die Gottzeichen um den Horizont des Zirkels waren für mich nur noch Markierungen, denen ich keinen Sinn zuordnen konnte. Die Freifrau hatte mich lesen gelehrt und mich mit dieser Gabe geehrt und über ihre anderen Bediensteten erhoben. Ich hatte diese Fähigkeit hochgeschätzt, und nun war sie mir entglitten.

Sire Rodelas Summen war so leise, dass ich fast vergaß, dass ich ihn hörte. Nun fing er an, entzückt zu heulen, lauter, näher, spöttisch.

Es war eine klare Nacht. Ich schaute hoch und suchte die von den Göttern mit den Sternen geschriebenen Gottzeichen, die Konstellationen, die wir in Tinte abschrieben, indem wir große oder kleine Punkte einzeichneten, je nachdem, ob die Sterne hell oder matt glänzten. Das Sternenfeld war viel verworrener, als ich es in Erinnerung hatte; ich fand zu viele Muster, Muster über Muster, und alle bedeutungslos.

Wenn ich die Gottzeichen nicht wiedererkannte, war es mir dann möglich, mich an die Götter und ihre Aspekte zu erinnern? Ich zählte sie an meinen Fingern ab, beginnend mit Ardor, obwohl ich nicht sagen konnte, welches Zeichen auf dem aufgemalten Zirkel zu dem Gott gehörte. Zuerst Ardor Wildfire. Dann Ardor Smith. Welches war der dritte Aspekt, der weibliche? Ich konnte mich nicht erinnern, und auch nicht an den Namen eines anderen Gottes. Wildfire hatte mir die Sprache geraubt, die Erinnerung an die Gottzeichen und die Kenntnis über andere Götter. War Ardor so eifersüchtig?

Ich starrte auf den Götterzirkel. Wie zufrieden ich gewesen war, als ich diese Kreise und Linien aufgezeichnet und jeden Arkanten mit dem Namen eines Gottes beschriftet hatte, wie zufrieden, da ich glaubte, in diesem kleinen Zirkel spiegelte sich die plangemäße Ordnung der Welt wider. Genauso gut hätte ich versuchen können, unveränderliche Linien auf einer Wasseroberfläche aufzuzeichnen. Der winzige Kreis enthielt ein riesiges tiefes Meer, er war ein Ort mit Strömungen und Turbulenzen. In ihm bewegten sich Götter, die nun für mich namenlos waren, nichts trennte sie voneinander, nichts hielt sie in Grenzen. Der Zirkel verströmte Ungewissheit, und ich befürchtete, für immer in dieser unkartierten Unwissenheit umherzuirren.

Krieger trugen Fackeln, Schwerter und Piken durch die Straßen einer Stadt. Die mit Stuck verzierten Gebäude waren zwei und drei Stockwerke hoch und standen Seite an Seite und einander gegenüber entlang einer schmalen, kopfsteingepflasterten Straße, die so steil verlief, dass sie streckenweise von Stufen unterbrochen wurde. Bemalte Holzbalkone standen über mir in Flammen, und Rauch und Schreie drangen durch das Gitterwerk der Fensterläden. Eine geschnitzte blaue Tür brannte und brach aus der Angel. In den Straßen loderten Feuer aus Haufen von Möbeln, auf die Leichen geworfen worden waren. Es stank nach Scheiterhaufen.

Ich war noch klein. Ich wusste, dass ich keinen Laut von mir geben sollte, aber ich schluchzte. Eine Wäschetruhe lag offen auf der Seite, weißer Stoff quoll heraus und lag in dem dreckigen Rinnstein. Ein Stück die Straße hinunter lag eine Frau ausgestreckt auf dem Boden. Ihr Gesicht konnte ich nicht sehen, weil man ihr die Röcke über den Kopf gezogen hatte. Nur ihr rotes Haar war sichtbar. Ihre nackten Füße und ihr Bauch waren blutverschmiert. Ein Knie war angezogen, das andere nicht. Ein Arm lag unter ihr, der andere lag mit offener und leerer Handfläche ausgestreckt vor ihr.

Funken und Glut fraßen Löcher in die Wäsche, die zuvor in der Truhe im Haus aufbewahrt worden war. Ich sah zu, wie sich eine Rauchfahne bildete. Krieger rannten an mir vorbei, einen freudigen Aufruhr veranstaltend, der nicht menschlich klang. Sie trugen Helme, und ihre Gesichter waren hinter Visieren, welche die Form von Tierschnauzen hatten, verborgen. Wildfire spielte in der Stadt verrückt.

Ich floh aus dem Traum, und als ich erwachte, stellte ich fest, dass der Aufruhr echt war. Soldaten und Seeleute auf dem Schiff jauchzten und brüllten aufgeregt. Die frohe Nachricht verbreitete sich mittels Rufen und Trommelschlägen in der ganzen Flotte; drei Laternen wurden an jedem Bug entzündet. Die vorausgeschickten Männer hatten die Stadt eingenommen und den Hafen gesichert. Lanx war unser.

Es war früh am Morgen. Die See und der Himmel vor uns leuchteten in einem hellen Blau, voneinander getrennt durch eine matte, ungleichmäßige graue Linie, das Land.

Die Sonne sandte flache Strahlen über das Wasser, und das Land nahm langsam Farbe und Form an. Wir sichteten die Mauern und Turmspitzen von Lanx, und während wir immer näher segelten, verwandelte das Sonnenlicht die grauen Steine in goldene. Eine goldene Stadt auf steilen Hügeln, zwischen zwei Armen eines breiten Flusses auf dessen Weg ins Meer liegend.

KAPITEL 2

Gebrandmarkt

Die Ruderer brachten uns in den Hafen. Die Passagiere starrten an Land und wiesen mit Ausrufen auf die Wunder von Lanx – der hoch aufragende Leuchtturm, die mit zweistöckigen Arkaden gesäumten Kais, die palastartigen, vergoldeten Hausboote; die armseligen Hüttenboote, die so dicht nebeneinander vertäut waren, dass die Leute über ihre Decks schlenderten, als wären es Straßen; die aus massivem Eisen gefertigten Wassertore, die den schmutzig trüben Unterlauf dort überspannten, wo der Fluss sich in die See entleerte. Und all das war erst der Hafen, hinter dem sich eine wirklich wunderschöne Stadt mit Brücken und Türmen befand, deren Häuser sich so eng an den Steilhang schmiegten, dass die Türstufe des einen das Dach des anderen war.

Lanx war die erste Stadt, die ich jemals gesehen hatte, und ich konnte ihren Anblick nicht ertragen und auch nicht den massenhaften Unrat, der nach Kot und Gerbereien und totem Fisch stank. Ich legte mich unter meinen verschlissenen alten Umgang und zog ihn mir über die Ohren.

Zu sehen hieß verwirrt zu werden, und ich war durch und durch erschöpft durch die Verwirrung. Die Neugier hatte mich mein ganzes Leben lang begleitet und mir gedient. Ohne sie kannte ich mich kaum.

Möwen setzten sich auf der Takelage nieder und spotteten und lachten ihr raues, höhnisches Gelächter. Ich schwöre, ich konnte sie fast so gut verstehen, wie ich Menschen verstehen konnte – nicht besonders gut also. Während die Flotte im Hafen anlegte, zählten Seeleute die Nachzügler, um zu sehen, wie viele Schiffe im Sturm verlorengegangen waren. Fußsoldaten und Kataphrakte wetteten gleichermaßen darauf, ob zuerst die Schiffe der Königsmutter oder die des Königs die Wassertore passieren würden, denn diese Reihenfolge würde viel bedeuten. Der lange Tag verging mit Schwatzen und Warten, und ich döste, ließ mich auf meiner Wiege hin- und herschaukeln.

Dann pfiffen die Einpeitscher, und die Ruderer tauchten die von Wassertropfen glitzernden Ruder in das Wasser hinein und wieder heraus, und wir glitten zwischen den offenen Toren hindurch. Wir steuerten aus dem breiten Fluss in einen schmalen, gemauerten Kanal hinein, und die Hügel um uns herum stiegen so steil an, dass jemand, der von seiner Türstufe auf uns herabschaute, auf uns spucken konnte. Genau dies tat nun auch ein Mann. Ein Junge, der auf einer Zugbrücke stand, warf eine Handvoll Steine, die über das Deck polterten. Frauen beobachteten uns aus kleinen, viereckigen Fenstern, halb verborgen hinter dem Gitterwerk der Fensterläden. Jemand lachte höhnisch. Mich kümmerte das alles nicht. Nichts davon. Lass mich nur Galan finden, lass ihn am Leben sein.

Mais alter Hund pflanzte sich neben mir nieder und bedachte mich mit einem wehmütigen Blick, sodass ich ihn am Kinn kraulte. Nach einer Weile schliefen wir beide wieder ein.

Vielleicht schlief ich immer noch, als wir an Land gingen, denn das, woran ich mich erinnere, ist wie ein Traum von Straßen und Stufen, Tageslicht und Dunkelheit. Nur der Schmerz war sicher, ein Keil schien mir den Schädel zu spalten, und ein Seil schnürte mir die Brust ein, sodass ich Mühe hatte zu atmen. Meine Arme und Beine kribbelten und wurden gefühllos. Das Zischen in meinem linken Ohr setzte sich pausenlos fort.

An Bord des Schiffes war der Schlaf mein Heiler gewesen; ich hatte geschlafen und geschlafen, und jedes Mal, wenn ich aufgewacht war, hatte ich mich ein wenig kräftiger gefühlt. Ich konnte meine rechte Hand bewegen, mehr oder weniger mit beiden Gesichtshälften lächeln und Redende verstehen, ohne über jedes einzelne Wort rätseln zu müssen. Diese kleinen Erfolge hatten mich zu dem Irrglauben verleitet, dass ich zum Überleben bestimmt war. Nun sagten mir die Schmerzen in meinem Kopf und meiner Brust, dass ich zu vieles für selbstverständlich gehalten hatte. Wildfire konnte mich immer noch töten.

»Stehaufstehauf«, sagte Mai. »Wir haben erfahren, wo Sire Galan sich einquartiert hat!«

Ich vergaß mich darüber zu freuen, dass er noch lebte, weil ich vergessen hatte, daran gezweifelt zu haben. Stattdessen war ich erfüllt von Angst. Das, was der Blitz aus mir gemacht hatte, würde Galan nicht gefallen. Warum sollte er eine schiefe Scheide begehren, die schwach und verwirrt war, geistig zurückgeblieben, aber zugleich so dreist, ihm hinterherzustellen?

Ich kann mich nicht daran erinnern, mich von Mai verabschiedet zu haben, muss es aber getan haben. Ich verließ einen warmen Raum und mühte mich steile, schmale Straßen hinauf, die mit zerbrochenen weißen Muscheln gepflastert waren. Der Boden schien zu schwanken, so wie es auf dem Schiff der Fall gewesen war, und ich schlurfte meines Weges, besorgt darüber, ich könne das Gleichgewicht verlieren. Unter den hohen Mauern war es noch finster, doch oben glänzte der Himmel im reinen Azurblau der Dämmerung. Ich hielt an, um zu Atem zu kommen, und schaute hinauf, wo Tauben so plötzlich entlang des Himmelbands flogen, als wären sie geschleudert worden. Ich schwankte, und ein Mann erlaubte mir, mich an ihn zu lehnen. Es war Tir, der Stiefelknecht von Sire Torosus. Er war langbeinig und ungeduldig. Sie hatten fünf Männer losgeschickt, um mich zu Sire Galans Quartier zu begleiten. Ich wollte nicht darüber nachdenken, warum es so viele waren.

Hinter einem hohen Fenster, einem gelben, glänzenden Viereck in einer dunklen Mauer, entzündete jemand eine Lampe. Ich sah die Umrisse einer Frau, die sich von dem Licht abhob, während sie die Läden schloss. Wind fegte um die Ecken und setzte uns zu.

Wir stiegen viele Stufen in einem Turm empor. Sire Galans Zimmer war kalt und verlassen. Tir und ein mürrischer Träger mit einer qualmenden Fackel gingen weg und ließen mich allein in der Dunkelheit zurück. Ich warf meinen Umhang auf einen Haufen neben der Tür. Vor dicken Fensterscheiben befanden sich Läden mit einem Muster von Pfeilen, die sich im Glanz des Mondes spiegelten. Das Zimmer war vollgestellt mit Mobiliar, mehr, als nützlich gewesen wäre. Die Tische und Stühle hatten die Feinheit und die schlanken Beine der Zelter, jener leichten Reitpferde, die für Freifrauen gezüchtet wurden. Ich selbst war Robusteres gewohnt. Auf einem Podest drei Stufen über dem Boden stand ein Gitterbett. Sire Galans Gepäck lag hier und da herum, dunkle Fässer, Säcke und Körbe. Sein Feldbett war in einer Ecke aufgestellt worden.

Ich ging durch das Zimmer auf eine Nische in der Steinwand zu, die als Feuerstelle diente. In einer kleineren Nische in der Wand darüber kniete eine tönerne Statue von Ardor Hearthkeeper. Ihr Name kam mir mittlerweile kinderleicht in den Sinn; ich wunderte mich darüber, wie ich sie hatte vergessen können. Ihr Kleid war zwar aus glasiertem Ton, doch ihr Kopftuch bestand aus echter Seide. Ein Ende des Tuchs hing ihr über dem Gesicht und verbarg ein Auge und ihren Mund, da sie eine Hüterin von Geheimnissen ist.

Der allzeit bereite Funke ist eine ihrer vielen Geschenke für uns. Ich nahm den Feuerstein aus den ausgestreckten Händen der Statue und entzündete ein kleines Feuer, für das ich Apfelbaumholz benutzte, das ich in einem Korb fand. Ich stellte mich reglos davor, versunken in einem Zustand des Gebets, das dadurch, dass ich sprachlos war, nicht weniger ein Gebet war, aus Dankbarkeit für die Wärme von Hearthkeepers Umarmung, die liebevolle Berührung durch gezähmtes, überschaubares Feuer. Ich spürte, wie sich das enge Band um meine Brust löste und mir das Atmen jetzt leichter fiel. Das Feuer umzüngelte die Scheite, ein Schleier aus Orange und Blau, und die Flammen lugten unter der Rinde hervor und leckten durch jeden ihrer Risse, und ich sah zu, wie das Holz in Granate und Rubine verwandelt wurde. Dieses Schauspiel war so schön, dass ich nicht wegschauen konnte. Hearthkeeper flüsterte mir zu: *Brenne hell, brenne schnell. Gib das Licht, das du spenden kannst, der Rest ist Asche.*

Viel später hörte ich die Tür aufgehen, und ich wandte mich von der Glut ab. Eine Frau trat herein. Sie trug einen Korb, der überquoll mit weißem Leinen. Sie stellte ihn auf Sire Galans Feldbett und sagte: »Wer bist du?« Sie sprach in der Hochsprache, doch sie rundete und verschluckte die Worte seltsam. Ihr Kleid war so dünn wie das einer Metze, ließ ihre Brustwarzen und ihren Frauenbart wie Schatten durch den Flor scheinen, der in dem Gelbgrün von Weidenblättern im Frühling gefärbt war. Galan hatte mir ein Kopftuch in dieser Farbe geschenkt – dem Grün, das Anfang bedeutet –, als er und ich uns kennengelernt hatten. Hatte Sire Galan sich schon eine Hure ins Bett geholt oder einer anderen Scheide meinen Platz gegeben?

»Wer bist *du*?«, fragte ich in der Niedersprache, der Sprache des Erdvolkes, da ich es eitel von ihr fand, die Hochsprache zu benutzen. Meinte sie etwa, ich hielte sie für eine der Edlen?

»Was?« Sie sprach erneut in der Hochsprache. Zuvor war

ihr Gesicht nicht unfreundlich gewesen, jetzt aber war es das.

Dieses Mal versuchte ich es in der Hochsprache. »Wer bist *du*?«

Sie schürzte die Lippen und schwieg. Ihre Augen waren mit schwarzer Tinte umrandet, und sie hatte verbleichende Blutergüsse auf dem Gesicht und am Hals.

Ich merkte, dass sie nichts sagen würde, bevor ich es tat. »Ich bin, ich bin Feuersporn. Ich bin Sire … Sire Galleons Meide …« Ich hörte mich und zuckte zusammen. »Nein, so ist das nicht. Ich wollte sagen: seine, seine, seine …« Ich kam einfach nicht auf das richtige Wort – oder überhaupt auf ein Wort –, sodass ich eine anzügliche Geste machte, die jeder verstehen würde.

»Warum sagst du es nicht einfach – du bist Sire Galans Hosenlatz, nicht wahr? Bist du zu stolz dafür?« Die Frau nahm einen Kerzenleuchter vom Sims über der Feuerstelle, entzündete die Wachskerze und trat näher auf mich zu. »Du musst die Dunkelheit mögen«, sagte sie. »Was ist das da, ein Muttermal?«

Ich berührte mein Gesicht. Sie starrte auf meine linke Wange, aber es war die rechte Gesichtshälfte, die mir herabhing. Vielleicht hatte ich dort eine Brandwunde. Allerdings schmerzte sie nicht. »Nein, ich weiß nicht. Wir haben die Schnee überquert, da gab es ein Gezwitter … überall Sonner und Sonnerschlag und Schmollen am Schimmel. Es war ein Gebieterturm … Gezwitterturm, davon kommt es!« Ich machte eine im Zickzack verlaufende Geste und schlug mir auf die Brust, zufrieden damit, das richtige Wort gefunden zu haben. »Verstehst du? Ein Gezwitterturm!«

»Warum redest du so? Bist du ein Tölpel?«

»Ein was?«

»Ein Tölpel. Ein Schwachkopf.«

Ich schaute sie näher an, um zu sehen, wie sie es meinte, und erkannte, dass sie sich über mich lustig machte, allerdings auf eine gleichgültige Art. Wäre sie eifersüchtig gewesen, hätte mehr Boshaftigkeit in ihrer Miene gelegen. Entweder war sie sich Sire Galans sicher, oder sie war nicht die seine. Ich sagte: »Also, was bist du? Eine ... Stute? Nein, keine Stute, sondern eine, die Männer reiten, jeder Mann, viele Männer ... eine Sture?«

»Ich bin keine Hure, wenn du das meinst.« Sie presste die Lippen zusammen und schüttelte den Kopf. Sie entzündete eine weitere Kerze und trug den kleinen Lichtschimmer zu goldenen Tauben, die in den Ästen eines großen bronzenen Baums hockten. Sie machte Feuer in ihren offenen Schnäbeln, und ich sah, dass es sich um Öllampen handelte. Dabei wendete sie mir den Rücken zu, und ihre Bewegungen waren genauso ausdrucksvoll wie ihr Gesicht.

Nun waren wir beide beleidigt, und wozu sollte das gut sein? »Und ich bin kein Mach ... Flachtopf«, sagte ich. »Was mir passiert ist – es liegt an dem Rittersturm. Ein Spitz ... Schlitz hat mich getroffen und getötet. Aber ich bin wieder aufgewacht. Jetzt ist meine Sprache furcheiwander.«

Die Frau drehte sich um und bedeutete mir, mich auf einen Stuhl in der Nähe des mit Lampen behängten bronzenen Baumes zu setzen. Ich sah, dass sie Mühe hatte, ihren Ärger hinunterzuschlucken. Ich setzte mich, und sie setzte sich neben mich.

»Ich heiße Penna«, sagte sie. »Ich diene Sire Edecon – als sein Hosenlatz, denke ich. Und als seine Wäscherin.« Sie hob eine Braue. Ich bewunderte die kühnen, geschwungenen Striche ihrer Augenbrauen, gewölbt wie die Flügel eines Sturmtauchers, und wie jede von ihnen eigenständig herabschießen und hinaufsteigen konnte. Nun, da ich wusste, dass sie nicht zu Galan gehörte, fiel es mir leichter, sie zu bewundern.

»Sire Addlecon? Wer ist das?«

»Wenn du Sire Galans Metze bist, wieso weißt du dann nicht, dass Sire Edecon sein Wappenträger ist?«

»Aber Sire Galans ... sein Mann, du weißt schon, der eine, der Mann, der geben, nein, neben ihm kämpft, auf seiner Bildseite, seiner Schildseite ... sein, sein Pappenschläger, sein Gattenjäger ... der Mann ist tot.«

Sie lachte. »Das ist ja eine nette Art, es auszudrücken. Gattenjäger! Sein Wappenträger ist sehr lebendig und aufrecht, das kann ich dir versichern.«

»Ist es dann ein neuer Klappensäger?«

Penna zuckte mit den Schultern, als verstehe sie nicht. Ich merkte, dass man ihr nichts von Sire Rodela erzählt hatte, jenem Wappenträger, der Sire Galan so schlechte Dienste erwiesen hatte. An Rodela zu denken bedeutete, ihn summen zu hören, ein Geräusch, das hinter jedem anderen Geräusch lauerte.

Zweifellos war dieser Sire Edecon schon die ganze Zeit mit dem Heer der Crux unterwegs gewesen, aber ich konnte seinen Namen nicht einordnen. War er Wappenträger eines jener Kataphrakte gewesen, die auf dem Marchfield gefallen waren, und hatte daher einen neuen Herrn benötigt? Ich war nur zu bereit ihn abzulehnen, falls er derjenige war, der Penna verletzt hatte. Ich wies auf ihre Blutergüsse und fragte: »War er das?«

Sie ließ die Mundwinkel hängen. Dann stand sie auf und entfernte sich von mir. Sie nahm ein Hemd aus dem Korb und schlug es kräftig aus, um es aufzuschütteln. Schließlich hängte sie es über die Rückenlehne eines Stuhls, wo es aussah wie ein Mann mit herabbaumelnden Armen. Bald war das Zimmer voll mit diesen bleichen Gespenstern.

Geräusche im Flur waren zu hören, Stimmen und Schritte.

Ich stand auf und stützte mich dabei an einem Tisch ab. Mein Atem ging schnell. Unter meinen Fingern spürte ich winzige Erhebungen von Einlegearbeiten auf der Tischplatte, Intarsien aus Elfenbein und Muscheln. Die Schritte endeten draußen vor dem Zimmer. Ich roch den Rauch von Pechkieferfackeln und erspähte unter der Tür einen feinen

Lichtstrahl. Das Stimmengewirr setzte sich fort, zwei oder drei Männer, die gleichzeitig sprachen, sich verabschiedeten, und eine Stimme unterbrach die der anderen, ein deutliches, unbekümmertes Lachen mit ansteigendem Ton. Die Tür ging auf, und das Zimmer füllte sich mit Männern, deren Schatten das Licht kreuzten. Bei einem der Männer hatte sich der Schein der Fackel in die Locken geflochten, die ihm unter seiner Mütze hervorsprangen. An seinem Wappenrock glänzten goldene Fäden.

Die Stimmen verstummten abrupt.

Galan ging einige Schritte weiter ins Zimmer. Jemand hob eine Fackel und stellte sie in einen Halter neben der Tür. Es waren nur vier Männer, obwohl es den Eindruck gemacht hatte, als handele es sich um viel mehr: Sire Galan, seine beiden Stiefelknechte und ein Mann, der Sire Edecon sein musste. Ganz gleich, dass ich die beiden Stiefelknechte gut kannte, aber an ihre Namen konnte ich mich nicht erinnern.

Ein direkter Blick von Galan, und es war, als wäre niemand sonst mehr im Zimmer anwesend. Wie hatte ich diesen Blick nur vergessen können, diesen eingehenden Blick, und wie Galan mich damit durchbohren konnte? In seinen Augen lag ein vertrautes Lächeln, das er nicht auf den Lippen trug, wo es alle hätte sehen können, sondern irgendwo verbarg. Es war, als würde er mich abschätzen – nicht, um meine Fehler zusammenzuzählen, sondern um zu würdigen, was er für lieb und teuer hielt. Was ihm gehörte. Was er tun könnte. Es war die Begrüßung, die ich mir erhofft hatte und mit der ich niemals gerechnet hätte. In diesem Augenblick glaubte ich das zu sein, was immer er in mir sah.

»Ich bin den Schiffen der Crux begegnet«, sagte er. »Du warst auf keinem davon.«

Er schien vergessen zu haben, dass er mich hatte wegschicken wollen. Ich zuckte mit den Schultern. Ich traute mich nicht, eine Erklärung abzugeben.

Nun grinste er. »Ich dachte mir schon, dass du vielleicht mitkommst, weil ich weiß, wie ... eigensinnig du bist. Du bist mit dieser Frau von Sire Torosus gereist, nicht wahr?

Ich zuckte erneut mit den Schultern. Aber ich konnte es mir nicht verkneifen zu lächeln.

»Ich werde es herausfinden«, sagte er und lachte. In wenigen, langen Schritten durchquerte er das Zimmer und schob den Tisch beiseite. Ich sah eine neue Narbe, noch frisch und rot, gleich unter den grünen Punkten der Stammestätowierung auf seiner Wange. Er legte die Arme um meine Hüfte und zog mich an sich, und ich spürte ein Zittern und einen Schock zwischen uns, der mir den Schweiß auf der Haut prickeln ließ. So hatte ich schon zuvor empfunden, wenn wir uns berührten, und jetzt erkannte ich, was es war: die Liebkosung des Blitzes, Wildfire, der im Blut aufwallte. Ich schmeckte den Wein, den Galan getrunken hatte, ich spürte seine volle Unterlippe, seine geschwungene Oberlippe, und ich war ausgehungert nach einem Festmahl, meine Küsse waren hungrig und unersättlich, und die seinen waren genauso.

Galan ließ mich los und trat einen Schritt zurück. Nun betrachtete er mich von Nahem, und da war noch etwas mehr – und weniger – als Freude auf seinem Gesicht. Steile Furchen bildeten sich über seinem Nasenrücken, und sein Mund zog sich zusammen. So eine kleine Veränderung konnte einen solchen Unterschied ausmachen.

»Was ist das?« Er berührte meine Wange.

»Gezwitterturm!« Ich machte die Geste, die ich Penna gegenüber gemacht hatte, zwei Finger, die im Zickzack durch die Luft wiesen, und schlug mir dann auf die Brust. »Unterwegs, die Wellen, das ... schwimmende fliegende Ding, das, das, das ...«

»Das was?« Galan runzelte die Stirn. Das erschreckte mich.

Einer der Stiefelknechte murmelte: »Sie hört sich an wie

ein Dummbeutel, oder doch wie ein Halbdummbeutel.« Es war Spiller, der dies sagte. Nun war mir sein Name wieder eingefallen, und auch der von Sire Galans anderem Stiefelknecht, Rowney. Und dass Spiller in seinen eigenen Witz verliebt war, auch wenn andere nichts damit anfangen konnten.

Sire Edecon schaute mich über Galans Schulter hinweg an. Er hatte glattes, weizenblondes Haar und einen hellen Bart. Seine Nase war krumm und flachgedrückt, wahrscheinlich war sie mehr als nur einmal gebrochen, was ihm das verwegene Aussehen eines Mannes verlieh, der sich gerne schlug. »Ist das eine Tätowierung?«, fragte er.

Ich bedeckte meine Wange. Ich konnte mir nicht vorstellen, was daran eine solche Verwunderung auslöste.

»Das ist keine Tätowierung«, sagte Galan. »Ich weiß nicht, was es ist.«

»Es war ein Gezwitterturm, Gezwitterturm!« Meine Stimme schwoll an. Ich war überzeugt davon, das richtige Wort getroffen zu haben, und wusste nicht, wieso sie es nicht verstanden. »In auf dem ... Riff ... dem Schiff, da war ein ... Spruch, es zuckte überall.«

»Ein Spruch? Du meinst Schiffbruch?«

»Nein, ein *Spruch* ... mit Wollen und Schnee und Zwirbel und furchtbarem, furchtbarem ...« Ich machte eine Geste, um den Aufruhr in der Luft zu verdeutlichen.

»Ein Sturm?«

»Ja, und er hat sich an mir gezüngelt, seht Ihr?«

Galan zuckte zusammen. Es schmerzte ihn, mich so sprechen zu hören.

»Vielleicht meint sie einen Blitz, Sire«, sagte Penna, die nun hinter Sire Edecon hervortrat. Schüchtern war sie nicht. »Ich glaube, sie ist von einem Blitz getroffen worden.«

»Du bist an Bord des Schiffes von einem Blitz getroffen worden?« Er sprach langsam, als befürchte er, ich könne ihn sonst nicht verstehen.

Ich nickte. Mein Gesicht fühlte sich taub an.

»Wie kann es ein Blitz gewesen sein? Du bist nicht verbrannt.«

Ich senkte den Blick. Zweifelte er an dem, was ich sagte? Wildfire hatte mich gebrandmarkt, ließ meine Sprechweise närrisch klingen und meinen Körper schwächlich sein. Er musste doch selbst sehen und hören, dass ich verletzt worden war.

»Und du hast überlebt.« Er zog an den Schnallen seines Wehrgehänges, und Spiller trat vor, um ihm zu helfen. Galan bedeutete ihm, dies sei nicht nötig. Er ließ das Wehrgehänge auf den Tisch fallen, worauf die Griffe seiner Waffen auf die mit Intarsien geschmückte Tischplatte polterten; das größere Schwert, das kleinere, der Gnadendolch.

»Nun, ja ... hier bin ich«, sagte ich, wies dabei auf mich und versuchte zu lächeln. »Aber ich glaube, mein Schmerz blieb stehen ... Ich weiß nicht. Und, und, und, als ich dann aufbrachte, war ich ganz verwirrt, verirrt ... vernarrt.« Ich bedeckte meinen Mund, damit er nicht sehen konnte, wie sich mein Lächeln auf einer Gesichtshälfte zu einem Stirnrunzeln verwandelte. Damit er nicht sehen konnte, wie hässlich ich geworden war.

Sire Galan streckte die Hand nach mir aus, und ich verbarg mein Gesicht an seiner Schulter und seinem Hals. Sein Wappenrock war dick mit Stickereien und goldumhüllten Fäden überzogen. Ich sog Galans Geruch in mich auf und fing an zu weinen. Wie aus der Ferne betrachtete ich mein Jammern und Wimmern und erinnerte mich daran, dass Galan mich für ungeeignet befunden hatte, in Zeiten des Kriegs seine Gefährtin zu sein – und das war ich nun auch. Ardor Wildfire hatte dafür gesorgt.

Galan stand steif da, als wäre er zornig. Seine Arme umgaben mich hart und einengend. Aber er presste eine Hand gegen mein Kreuz, während er mit der anderen unter meinem Schulterblatt damit begann, in kleinen Kreisen zu reiben, so wie ein Stallmeister ein störrisches Pferd reibt. Schließlich beruhigte ich mich wieder so weit, dass sich mein Atem dem seinen anglich. Ich wischte mir das Gesicht an dem riesigen Ärmel von Mais Kleid ab.

Galans Stimme wurde von meinem Kopftuch gedämpft. »Ich werde dich beschützen, und wenn ich es kann, sogar vor den Göttern selbst.«

In die hohen Holzwände des Bettes waren Löcher in Form von Sternen und Schwalben geschnitten. Wir kletterten auf die Matratze, die knackte und nach süßen Kräutern roch, und Galan zog den Vorhang hinter uns zu. Nun waren wir in einem Raum innerhalb des Raumes. Er legte sein Schwert ohne die Scheide auf einen schmalen Sims an der Wand des Bettes und hängte seinen Gnadendolch an einen Haken. Eine Laterne mit bernsteinfarbenem Glas verströmte Licht auf die weißen Leinen, eine Pelzdecke sowie aufgehäufte und verstreut herumliegende Schätze: Münzen und goldene Becher und hauchdünne, mit Edelsteinen abgesteppte Seide. Ich setzte mich mit übergeschlagenen Beinen hin und hob eine Dose aus Koralle auf, die Intarsien in Form eines silbernen Bootes und eines silbernen Netzes aufwies. Die Verarbeitung war derart gut, dass ich mich fragte, ob die Künstler hier Leute wie ich waren oder einem Menschenschlag mit flinkeren Händen und schärferen Augen angehörten.

Diese Luxusgegenstände waren seine Beute aus der Schlacht, vermutete ich. Doch der Luxus, den ich schätzte, war der, bei Galan zu sein, und das alleine zählte. Allzu lange hatten wir in einem Zelt mit seinen Männern geschlafen und uns nur mit der Bettdecke vor ihnen verbergen können. Nun kniete er mit dem Rücken zu mir, als suche er etwas, während ihm sein Hemd lose herabhing. Ich legte ihm die Hand auf die nackte Haut seiner Wade und fragte mich dabei, ob ich nach wie vor das Vorrecht besaß, ihn nach Belieben zu berühren.

Galan drehte sich um und sagte: »Hier, das ist für dich.« Er hielt mir einen Spiegel vor, und ich verstand es falsch, fand es ein seltsames Geschenk, mir mich selbst zu zeigen.

Ich hatte zuweilen in den Spiegel der Freifrau gespäht, während sie selbst sich davor gehütet hatte, daran erinnert zu werden, dass sie unansehnlich geworden war, und ihr bronzener Spiegel war matt und trübe geworden. Dieser nun hatte eine Scheibe mit makellosem Glanz. Auf mich wirkte er eher wie ein Fenster als ein Spiegel, so, als schaute ich durch Glas auf jemand anderen. Die Frau sah so seltsam aus, so angeschlagen. Es fiel mir schwer, mich in ihr wiederzuerkennen.

Meine rechte Gesichtshälfte glich einer Maske, der Mund war nach unten verzogen, das Auge verbarg sich wie ein scheues, listiges Wesen unter dem schlaff herabhängenden Lid. Auf der linken Hälfte waren Braue und Wimpern versengt worden, und in der winzigen schwarzen Fläche der Pupille lag ein Glanz von Furcht und Überraschung.

Auf der linken Wange war jene Narbe, die so viel Verwunderung hervorgerufen hatte: gezackte Linien, die von einer Stelle im Außenwinkel meines linken Auges ausgingen und sich dann zu feineren Linien immer weiter verzweigten, wie Eisblumen, wie ein Blitz selbst, falls man eines Blitzes habhaft werden konnte. Ich berührte mein Gesicht und folgte dabei mit den Fingern dem breitesten Blitzstrahl, der mir über Kiefer und Hals fuhr. Die Linien waren so rötlich wie bei Verbrennungen, wölbten sich jedoch nicht vor wie eine Blase oder ein Striemen.

Ich war von Ardor Wildfire so deutlich gebrandmarkt worden wie die Edlen vom Stamm des Gottes, welche die Gottzeichen von Ardor als Kleinkinder auf die Wangen tätowiert bekamen. Von so einer Markierung hatte ich noch nie etwas gesehen oder gehört. Würde sie verblassen oder mir mein Leben lang erhalten bleiben?

Galan beobachtete mich, und ich wunderte mich darüber,

dass er mich so anschaute, wie er es immer tat, obwohl ich mich doch so verändert hatte. Ich legte den Spiegel mit dem Gesicht nach unten auf das Bett.

Er zog an der kupferroten Schnur, mit der Mai die Falten des Kleids zusammengebunden hatte, und der Knoten löste sich sofort. Sie war eine kluge Frau, und ich wage zu behaupten, dass sie die Schnur in Gedanken daran gebunden hatte, wie sie gelöst wurde. Galan lächelte und sagte: »Warum trägst du das? Wo sind deine Kleider?«

Ich hatte einen trockenen Mund. »Meines ist, ist …« Ich setzte mein Kopftuch ab, worauf mein Haar, von der Wolle befreit, knisterte und sich wie eine Wolke um meinen Kopf hob. Ich zog das Tuch auseinander, um ihm zu zeigen, dass es ein Fetzen des grünen Kleides war, das er für mich hatte anfertigen lassen, und wie zerfetzt und verkohlt es war.

»Bei den Göttern«, sagte er, legte die Hände auf mein Haar und zog mich näher an sich heran, drückte mich auf sein Beutegut hinunter. Er stemmte sich auf einen Ellbogen und schob alles beiseite. Ich holte einen Dolch mit einer juwelenbesetzten Scheide unter meinem Rücken hervor und warf ihn lachend beiseite.

»Warte«, sagte er, kniete sich hin und blies die Laterne aus. Dabei sah ich, dass sein Schwanz sich unter seinem Hemd aufgerichtet hatte. Doch als er sich in der Dunkelheit auf den Rücken legte, hielt er mich lediglich und streichelte meine Schulter. Er legte meinen Kopf unter sein Kinn. Das Lampenlicht von draußen bahnte sich einen Weg durch die durchlöcherten Holzwände des Bettes und warf flackernde Schatten von Sternen und Schwalben mit zuckenden Flügeln über sein weißes Hemd und auf die Bettwäsche. Jemand in dem Zimmer dahinter hackte auf einem Dulcet herum, ohne eine Melodie hervorzubringen.

Sein Schwanz war wieder schlaff geworden. Ich legte ihm meine Hand unter das Hemd und fuhr damit über seinen Schenkel. »Warum nicht?«

»Du bist verletzt«, murmelte er.

Er will mich nicht mehr, dachte ich. Das war meine Angst, die mir mit einer Stimme wie der von Sire Rodela zuflüsterte.

Huren hatten mich gelehrt, schamlos zu sein. Ich hatte gehört, wie sie darüber scherzten, was zu tun sei, wenn ein Mann erlahmte. Ich würde nicht schüchtern sein. Mit meiner Faust und kleinen Bissen meiner Zähne machte ich Galan klar, dass ich nicht wollte, dass er allzu vorsichtig war.

Galan stieß ein im Keim ersticktes Lachen aus und sagte: »Du Diebin, du kleine Diebin!« Ich verstand nicht, warum er es sagte, und es war mir auch egal, denn er wandte sich mir plötzlich ungeduldig zu. Wenn ich schon so kühn war, ihn herauszufordern, dann hatte er die richtige Antwort darauf. Ich ertrank fast in den Falten von Mais Kleid, und er schob mir die Röcke hoch und drückte mich nieder. Ich vergrub meine Finger in seinen Pobacken und spürte, wie sich seine Muskeln verhärteten, während er in mich eindrang. Meine Möse war glitschig, und er glitt tief hinein und raubte mir damit den Atem. Die Borsten an seinem Kiefer rieben sich an meiner Zunge.

Während er sich auf mich stürzte, sagte er wieder, ich sei eine Diebin, die Diebin seines Friedens, und ich merkte, dass er doch wütend auf meinen Ungehorsam war, aber das schreckte mich nicht. Dieses eine Mal waren wir einer Meinung; er wollte nehmen, und ich war in der Stimmung zu geben. Vielleicht wollte er aber auch geben, und ich war bereit zu empfangen. Es kam auf das Gleiche heraus. Ich war froh, in der fließenden Sprache von Berührungen reden zu können. Meine Finger verhedderten sich in dem Gitterwerk, und ich drehte den Kopf und ließ ihn reiten, und bei den Göttern, wie gut dies war, nach den Versprechern und Missverständnissen und der Sehnsucht nach ihm. Er atmete in das Ohr, das ich ihm zugewendet hatte, sein Atem ging rauer und schneller, und verborgen in ihm war der Klang meines Namens.

Hinterher lachten wir darüber, dass wir es so eilig gehabt hatten. Mittlerweile waren die Lampen und Kerzen in dem Raum jenseits des Bettes ausgegangen, und nur noch Mondlicht und das Glimmen der Feuerstelle ließen uns etwas erkennen. Ich glitt aus Mais Kleid und zog mir den Geldbeutel über den Kopf. Galan zog sich das Hemd aus. Er hatte einen Verband auf seinem Rücken – ich hatte ihn unter seinem Hemd ertastet –, und ich fragte, wie schlimm es sei und wie es dazu gekommen war. Er sagte, es sei nichts. Chance habe in der Schlacht auf ihn aufgepasst, und Sire Edecon, der lobenswert gut kämpfe, habe es ebenfalls getan.

Galan war zu impulsiv. Ich erinnerte mich daran, wie er mit seinen Taten bei Freundschaftsturnieren prahlte, und fragte mich, ob er nun, da das Töten begonnen hatte, das Prahlen geschmacklos fand. Ich stellte keine Fragen, wo Fragen unliebsam waren, und so verbannte ich das, was ich nicht wissen musste. Es fiel mir leicht.

Er hatte jede Menge Blutergüsse und Schnittwunden, doch ich konnte es mit ihm aufnehmen, denn als der Blitz mich über das Deck geschleudert hatte, war ich hart aufgeprallt. Neben den neuen, messerscharfen Verbrennungen auf meiner Hüfte hatte der Aufprall alte Wunden wieder aufgerissen, die Verbrennungen auf meinem Rücken und den Schultern, die ich mir zugezogen hatte, als Ardors Männer Galans Zelt in Brand steckten, und der enthäutete Streifen zwischen meinen Beinen, wo Sire Rodela seine Trophäe aus Fleisch und Haaren genommen hatte. Der Schorf war aufgesprungen, und ebenso die blassrosafarbene neue Haut, die unter ihm wuchs. Der Blitz hatte meine empfindlichen Stellen aufgespürt. Bei all den Schmerzen durch die neuen Wunden hatte ich die alten gar nicht mehr gespürt, solange Galan ihnen nicht zu viel abverlangte.

Ich lag auf dem Bauch und hatte den Kopf auf meinen Armen gebettet. Mir tat alles weh, und all meine Muskeln schienen wie Garn um meine Knochen gewickelt zu sein.

Galan setzte sich neben mich und strich mir über den Rücken, und allmählich löste sich die Verspannung. Seine Hand blieb auf meinem Kreuz liegen. »Ich hätte nicht versuchen sollen, dich nach Hause zu schicken«, sagte er.

»Tut es nicht noch einmal«, sagte ich.

»Ich dachte, du wärst dort sicherer, ohne mich. Ich glaubte allmählich, Chance verlangte zu viel für das Glück, das sie mir gab – glaubte, sie hätte vor, dein Leben zu nehmen im Austausch dafür, meines zu schützen. Aber ich glaube ...«

»Was?«

»Ein Geschenk von einem Gott ist nie ohne Preis, aber das Geschenk eines Gottes abzulehnen ... das hat auch seinen Preis.«

Hazard Chance. Nun erinnerte ich mich wieder an sie, eine Holzstatue auf einem Altar auf dem Marchfield, gekleidet in Rostrot. Sie trägt eine Augenbinde, um Glück oder Unglück ohne Ansehen zu verteilen, doch jeder weiß, dass sie mitunter darunter hervorspäht und einen kühnen Menschen so liebt, wie sie einen zaghaften verachtet. Außerdem ist sie Rothaarigen zugetan, und deshalb nahm Sire Galan nach den Verkehrten Tagen mich als seine Scheide – er hielt mich für eine Glücksbringerin, für einen Beweis ihrer Gunst. Das war eine alte Verletzung, die schon lange hätte verheilt sein sollen. Nun schmerzte sie mich wieder.

Als Galan mich zurückgelassen hatte, ließ er sein Glück zurück. Das jedenfalls hatte er geglaubt.

Er verschränkte die Arme und ballte die Hände zu Fäusten. Ich streckte die Hand nach ihm aus, um ihn zu berühren, doch er hob seine Linke, um mich davon abzuhalten. Ich sah ein kurzes, spöttisches Lächeln bei ihm aufblitzen. »Wie es scheint, verspotten uns die Götter. Du bist wohl doch nicht Chances Geschenk; Ardor, der Gott meines Feindes, hat Anspruch auf dich erhoben, Anspruch, den die ganze Welt sehen soll.«

»*Ich* bin nicht Euer Fünd.« Ich ergriff seine Hand und zog

sie an mich, denn ich hatte in der Mitte seiner Handfläche ein Zeichen gesehen, eine rostrote Tätowierung, die etwa so groß war wie mein Daumen: 

»Was ist das?«

»Eine Opfergabe«, sagte Galan.

»Aber was ist es, was besagt es?«

»Ich dachte, du könntest lesen.«

»Das konnte ich auch, aber jetzt, jetzt nicht mehr ... Ich weiß, dass es ein ... Spottweichen oder, oder Trotteichen ...«

»Gottzeichen?«

»Ja, das ist es – Gottleichen –, aber in meinen Augen ist es bloß Schauderkelsch. Also? Was besagt es?«

»Nun, vor der Schlacht habe ich Hazard gegenüber ein Versprechen abgegeben. Ich widmete Chance meine linke Hand und Fate meine rechte.«

Er ließ zu, dass ich ihm die rechte Faust öffnete. Ich beugte mich über seine Handfläche. Auf die Haut geschrieben waren dort die Linien, mit denen er geboren wurde, winzig kleine, feine Wirbel, dazu die Falten und Schwielen, die er sich durch seine Taten erworben hatte, durch jahrelanges Greifen von Waffen und Zügeln, die er genommen und wieder losgelassen hatte. Was war dieser Irrgarten in seiner Handfläche, wenn nicht eine Karte dessen, wozu er geboren worden war und was er sich zu tun entschlossen hatte? Und in der Mitte des Irrgartens war das Gottzeichen von Fate. Nun erkannte ich es wieder, erinnerte mich daran, dass Hazards Sterne für mich immer ausgesehen hatten wie eine Schar Gänse im Flug. Die wellenförmige Linie darunter wies auf einen gestaltlosen Aspekt hin: 

Ich wusste, dass zu den Zeichen auf seinen Handflächen Silben gehörten. An sie konnte ich mich nicht erinnern; das Lesen wurde mir nach wie vor verwehrt. Doch Ardor Wildfire war gnädig gewesen und hatte den Gott Hazard in meiner Erinnerung wieder aufleben lassen.

Als ich aufschaute, sah ich, dass Galan mich mit einer

hochgezogenen Braue beobachtete. Mir lief eine Gänsehaut über die Arme. Eine Widmung nannte er es, doch es wirkte anmaßend auf mich, so als mache er geltend, Fate mit einer Hand abzuhandeln und Chance mit der anderen. Außerdem schien es fast eine weibische Sache zu sein, sich mit den unauslöschlichen Zeichen eines anderen Gottes zu markieren, so wie eine Freifrau das Gottzeichen ihres Gatten auf die Wange tätowiert bekommt, wenn sie nicht innerhalb ihres Stammes heiratet. Er hatte Hazard Chance schon lange Zeit den Hof gemacht – hatte er vor, sie nun zu ehelichen? Vielleicht lächelte sie ja über seine Anmaßung. Sie liebt Wagnisse.

Ohne die Möglichkeit, sagen zu können, was ich dachte, konnte ich keinen Streit riskieren. Stattdessen fragte ich – und wollte es scharf formulieren, doch es kam mir ungehobelt über die Lippen: »Wo ist das andere, das dritte Ding des Gottes … der Grasspeck … Nassfleck? Ist das Zeichen auf Eurer … Stange, Eurer Zange dort? Hmm?« Ich wies auf sein Gehänge.

Er grinste und griff nach seinem Langschwert, es war neu und schön mit einem Heft, das mit einem gefleckten Fell überzogen und mit goldenen Fischen geschmückt war. Galan drehte die Klinge, um mir die Gravur von Hazard Perils Gottzeichen zu zeigen: . Der ansteigende Schlitz des männlichen Aspektes bildete eine tiefe Furche, die den ansonsten makellosen Stahl verunstaltete.

Galan legte das Schwert wieder auf den Sims neben der Matratze. Ich sah ihn böse an. »Und warum? Seid Ihr jetzt ein Schießtier geworden? Nein … ich meine, ein Klistier, ein Priester. Erhebt Ihr den Anspruch, den Geboten der Spötter zu folgen?«

»Es ist kein Anspruch. Es ist eine Opfergabe.« Erneut schaute er auf seine Hände hinab, wobei seine rechte die linke verbarg. Sein Lächeln verblasste. »Ich habe Hazard meine Hände und meine Klinge angeboten, damit sie den Willen der Götter ausführen.«

»Woher wollt Ihr das wissen?«, fragte ich.
»Was wissen?«
»Was die Spötter wollen?«

Ich lag da und lauschte Galans Schlaf; manchmal ging sein Atem schnell, manchmal so langsam, dass ich selbst den Atem anhielt, um auf den seinen zu warten. Die Holzpritsche in dem Zimmer dahinter quietschte, während Sire Edecon sich mit Penna paarte, und sie stöhnte, gab einen leisen, hilflosen Laut von sich, der sowohl von Schmerz als auch von Vergnügen herrühren konnte. Ich bezweifelte, dass es Vergnügen war.

Später trieben mich unruhige Gedanken und ein heftiger Krampf im Bein aus dem Bett. Ich zog mir Mais Kleid über, öffnete einen hohen Fensterladen und stellte fest, dass es eine Tür war, die zu einem kleinen Holzbalkon hinausführte, der sich an das Gemäuer des Turms schmiegte. Die Balkonwände bestanden aus in Grüntönen angestrichenen Spindeln und Gitterwerk. Ich schaute hinunter auf die Äste einer Zeder, die einen würzigen Geruch ausströmte. Nie zuvor war ich in einem Gebäude gewesen, das höher war als ein großer Baum. Wie hatten sie die riesigen Steine nur so weit hinauftragen können? Weit unter mir lagen von Mauern eingefriedete Höfe und Gärten. Das Mondlicht verwandelte in steinernen Kanälen fließendes Wasser in Quecksilber, während dunkle Brücken die Helligkeit zerschnitten.

Ich hielt Sire Galans Geschenk, den Spiegel, in der Hand. Ich drehte ihn erst in die eine und dann in die andere Richtung und fing damit die Spiegelung des Monds ein, der über der Stadt und der See schwebte. Das Geschenk war eine Kostbarkeit, wertvoll schon allein wegen des Silbers und noch kostbarer wegen des herrlich gegossenen Griffs, eines auf den Hinterbeinen stehenden Fuchses, der die polierte Scheibe zwischen seinen ausgestreckten Vorderpfoten hielt. Na hatte mir eine Geschichte über den Fuchs erzählt –

nun fiel sie mir wieder ein. Sie besagte, dass Crux Moon eifersüchtig auf seine Schwester Sun war und versuchte, ihr Licht zu stehlen, indem er einen Spiegel aus seinem Gesicht machte. Er schliff sich die Haut ab, entfernte eine matte Schicht nach der anderen, um das helle Silber darunter zum Vorschein zu bringen, doch er schliff zu viel, sodass der Fuchs, der in ihm steckte, durchschimmerte.

Und wieder einmal war der Mond Moon, Crux Moon, und ich sah den Fuchs in den dunklen Klecksen auf seinem hellen Gesicht. Es war hilfreich, eine Geschichte zur Hand zu haben, selbst eine schlichte, die man Kindern erzählte. Es unterteilte den Gott Crux wieder in Sun und Moon und erfüllte Heavens mit Bedeutung. Crux war Galans Stamm, und das Gottzeichen Crux war auf seiner Wange.

Nun hatte ich Ardor, Hazard und Crux, und die anderen Götter hatten sich sicherlich nicht aus der Welt zurückgezogen. Sie schien lediglich nicht mit ihnen besetzt zu sein. Schon bald mochte Ardor mir gestatten, mich an sie alle zu erinnern.

Diese Hoffnung war gefährlich. Es musste der kraftlose Moon gewesen sein, der mich hatte so unvorsichtig werden lassen, dass ich glaubte, ich könne geheilt werden und wieder so sprechen wie früher, als Gedanken und Worte miteinander verflochten gewesen waren, als ich häufig erst beim Reden selbst entschied, was ich sagen würde. Ich wunderte mich über die Fülle an Worten, die ich früher besessen hatte, ohne mich deshalb reich zu schätzen. Nun gelang es mir kaum, zwei Worte so zusammenzubringen, dass sie Sinn ergaben.

Verarmt an Worten, verarmt an Erinnerung, aber nicht verarmt an Geist, das war die einzige Gnade, die Ardor mir erwiesen hatte. Das Gesicht im Spiegel war nicht ganz das meine, aber das Selbst darin, und mochte es auch verletzt sein, war geblieben. War ich. Ein endloser Fluss von Gedanken und Gefühlen durchströmte mich nach wie vor, selbst ohne Worte, die ihn hätten lenken können, selbst wenn er eingedämmt war, wenn ich sprach. Doch der Fluss besaß eine heftige Strömung, eine turbulente Flut, die Fantasiebilder und Fetzen von Erinnerungen mit sich riss und dann wieder unter sich begrub. Und ich wurde mit ihnen fortgespült, eine Welle aus Hoffnung in dem einen Moment, aus Verzweiflung im nächsten. Oder Angst.

Wieder im Bett, lag ich steif neben Galan, die Hände zu Fäusten geballt, die Zähne zusammengebissen, die Muskeln angespannt, während eine gewaltige Furcht in mir emporkroch und mir den Atem zu rauben drohte. *»Du gehörst nicht zu Hazard«,* hatte Galan gesagt. *»Ardor, der Gott meines Feindes, hat Anspruch auf dich erhoben.«* Würde er mich jetzt, da er nicht länger glaubte, dass ich der Liebling von Chance war, bei sich behalten? Es gab noch andere Gründe, mich gern zu haben, das wusste ich. Aber ich hatte gesehen, wie er zusammengezuckt war, als ich Worte verdreht hatte. Also würde ich weniger reden.

Ich wandte mich von Galan ab, und im Schlaf drehte er sich mit mir um und legte mir seinen Arm auf die Hüfte. Seine Berührung spendete mir Trost. Was, wenn nicht eine göttliche Prüfung, war dieser Schrecken in mir, wieder einen Gott entdeckt zu haben, einen alten Bekannten? Da er selbst keinen Körper hat, bedient sich Rift Dread der unseren.

Ich litt die gesamte Nacht hindurch. Ich trieb hilflos auf einem Fluss aus Gedanken, der auf den reichen Ozean des Schlafs zufloss. Doch diesen Ozean erreichte ich nie, und überall um mich herum war Salzwasser, und ich konnte meinen Durst nicht löschen.

KAPITEL 3
Orakel

Wir befanden uns nun im Krieg, doch der Tag brach ganz friedlich und wie gewöhnlich an. Spiller und Rowney standen schon in der Dämmerung vor Sonnenaufgang auf. Ich hatte lange darauf gewartet, dass sich jemand rühren würde.

Spiller und ich waren zwar keine Freunde, aber irgendwie Verbündete. Beide hatten wir Sire Rodela gehasst. Ich hatte Spillers kleine Diebstähle vom Hab und Gut Sire Galans ignoriert, und er hatte mich leidlich gut behandelt, wenn man bedachte, dass ich eine Frau und die Scheide seines Herrn war und wir damit beide unter Galan, ich jedoch über ihm stand. Wir hatten die Angewohnheit, unseren Geist aneinander zu schleifen, jeder auf dem rauen Fell des anderen. Doch meiner war jetzt abgestumpft. Als er aufstand, wünschte ich ihm einen guten Tag, doch es kam mir über die Lippen wie »kruden Tag«, und als ich ihn damit aufziehen wollte, zu lange geschlafen zu haben, nannte ich ihn Maulender statt Faulenzer. Er besiegte mich mühelos und ließ mich unfreiwillig lachen.

Heute war Friedenstag, jener Tag der Muße nach einer Dekade der Arbeit, doch es gab einige Aufgaben, die nicht zu vermeiden waren. Um zu beweisen, dass ich nach wie vor von Nutzen sein konnte, ging ich Wasser aus dem Hofbrunnen holen, um das Fass neben der Tür zu füllen. Ich stieg die Wendeltreppe hinunter, deren Stufen ungleichmäßig, glatt ausgetreten und in der Mitte rutschig waren. Dabei stellte ich fest, dass ich die ledernen Wasserschläuche vergessen hatte. Ich stieg wieder hinauf und vergaß die Aufgabe wieder, bis Rowney mich daran erinnerte. Er begleitete mich nach unten, um sich zu vergewissern, dass ich mich nicht auch noch selbst verlegte.

Als wir wieder hinaufstiegen, war ich vor ihm und trug dabei die überschwappenden Wasserschläuche. Ich blieb stehen, um mir eine Ruhepause zu gönnen, denn jeder Atemzug rief einen stechenden Schmerz unter den Rippen hervor. Als ich mich umdrehte, sah ich, wie Rowney mich anschaute. Er zog den Kopf ein, und seine Ohren röteten sich. »Das ist zu viel für dich, die ganzen Stufen hochzusteigen«, sagte er.

»Ich will bloß ...« Ich setzte mich und schnappte nach Luft.

»Das Zeichen auf deiner Wange verblasst.« In seiner Miene lagen Besorgnis und Verwunderung.

Spiller kochte aus dem Haferbrei vom Vortag dicke Pfannkuchen und stand dabei so dicht vor der Feuerstelle, dass das Fett seine ohnehin schmutzige Jacke bespritzte. Sein Haar hatte die graubraune Farbe von altem Stroh, und wie altes Stroh stand es auch in alle Richtungen ab. Er kostete ein wenig Pfannkuchen und rümpfte die Nase. »Pfui! Sie müssen Fische an die Schweine verfüttern, denn sogar das Schinkenfett schmeckt nach Fisch. Und als Würze nur stinkende Fischsoße.«

Trotz Spillers Beschwerden schmeckten die Pfannkuchen köstlich, und ich aß, als hätte ich tagelang nichts mehr gegessen. Ich war überrascht, dass der Geruch des Essens Sire Galan und seinen Wappenträger nicht aufweckte, doch sie schliefen weiter.

Ich sah zu, wie sich die Sonne aus dem Meer erhob und über den Horizont kletterte. Die Stadtmauern leuchteten rosenrot, und die Straßen lagen in blauem Schatten. Spiller hatte mir erzählt, der Turm gehöre dem Stamm der Crux, was leicht zu erkennen war, nun, da ich die für den Stamm traditionellen Zeichen bemerkte: Singvögel, eingewebt in die Bordüren von Bildteppichen und als Intarsien in den Stuhllehnen; Befiederungen und Sterne in den Gitterwerken. Der Stil war unterschiedlich, die Muster vertraut.

Auf anderen Hügeln standen weitere Türme. Einer von ihnen brannte noch immer und war rauchgeschwärzt, die oberste Bresche war ausgezackt, als wären Steine herausgestemmt und nach unten geworfen worden. Eine graue Rauchfahne stieg empor, und der vom Meer kommende Wind wehte sie landeinwärts. Ich starrte auf den zerbrochenen Turm und dachte dabei an einen Raum wie diesen hier, aber mit einem toten Mann und einer toten Frau darin. Dass ich es so deutlich sehen konnte, machte es nicht wahr.

Plötzlich befiel mich ein stechender Schmerz. Der Turm schwankte wie ein Schiff. Ich sah nur noch herumwirbelnde Funken und Asche, hörte nur noch Sire Rodelas anschwellendes Summen. Ich ertastete mir den Weg zu einem Stuhl und setzte mich vornübergebeugt darauf, mit dem Kopf auf den Knien.

»Ist sie ohnmächtig geworden?«, fragte Rowney.

»Hoffentlich kotzt sie nicht«, sagte Spiller. »Ich werde ihr nicht hinterherputzen.«

Ich richtete mich auf. Der Schmerz war jetzt wieder erträglich. Durch die Tränen hindurch sah ich alles wässrig und glitzerig.

»Was ist los?«, fragte Rowney und trat an meine Seite.

»Ich weiß es nicht. Ein plötzlicher Schmerz hier, ein Schmerz in meinem Säbel.« Ich hielt mir die Stirn und wiegte mich. »Es ist so ein, so ein ... Murrendsein, ein bohrendstein ... Torrent weint.«

Spiller lachte und sagte: »Achte nicht auf das, was keinen Sinn ergibt.«

»Torrent weint, das ergibt schon Sinn«, meinte Rowney.

»Mag sein«, sagte Spiller, »aber das ist nichts Neues.«

Ich wischte mir mit einem Zipfel meines Kopftuchs das

Gesicht ab. Verschwommen trat Penna in ihrem hauchdünnen grünen Unterhemd in mein Sichtfeld, und ein bläulicher Lichthof umgab sie. Ich hatte gar nicht gehört, dass sie aufgestanden war. Sie kam leise auf nackten Füßen daher, ihr schwarzes Haar nach wie vor unbedeckt. Die auf ihren Augenlidern aufgetragenen schwarzen Linien waren verschmiert. »Was sagst du da?«, fragte sie mit ihrem merkwürdigen Akzent. »Was ist los?«

»Immer setzt sie sich aufs hohe Ross und spricht die Hochsprache«, sagte Spiller.

»Sie sprechen alle nicht die Niedersprache, ist dir das nicht aufgefallen?«, sagte Rowney. »Ich glaube, du kannst sie gar nicht, nicht wahr, Penna?«

»Was?«, sagte sie.

»Siehst du.«

»Und ob ich sehe. Sogar die Niederen hier halten sich für hoch und mächtig«, sagte Spiller.

»Was?« Penna wusste, dass die beiden über sie sprachen.

Spiller fing an zu grinsen. »Sieh dir doch mal ihre Titten an, ja? Sie ist nicht so dürr wie ein paar andere, die mir da einfallen würden. Wenn Sire Edecon sich nicht mehr um sie kümmert, vielleicht kann sie dann …«

»Wenn du deine Zunge nicht im Zaume hältst, dann tue ich es für dich«, sagte Rowney.

»Ach, jetzt spielst du hier den Musterknaben, jetzt, wo *sie* da ist«, sagte Spiller. »Aber du hättest angestanden, wenn Sire Edecon nicht gekommen wäre, gib das ruhig zu.«

Ich saß zusammengekauert auf dem Stuhl und blinzelte. Der Schmerz verebbte, und ich entspannte mich. Aber es herrschte nach wie vor Dunkelheit in dem Raum oder vor meinen Augen. Penna entfernte sich, entschwand in ihrem hellen Kleid wie eine in die Ferne getragene Laterne. Dann näherte sie sich wieder und gab mir einen Becher Wasser, das nach Salzbrühe schmeckte.

Ich dankte ihr in der Hochsprache. Bis Rowney es gesagt

hatte, hatte ich nicht begriffen, dass das Erdvolk hier in Incus keine eigene Sprache hatte. Sie taten mir leid. Dort, wo wir herkamen – jene von uns, die für die Edlen arbeiteten, die niederen Hausangestellten und Pferdesoldaten –, waren wir imstande, zwischen den Sprachen zu wechseln, wenn wir uns untereinander unterhielten, zwei Worte in der Niedersprache, eins in der Hochsprache, je nachdem, was am besten klang. Die Niedersprache war nützlich, um Geheimnisse auszutauschen, wenn Herren in Hörweite waren. Allerdings verstand Sire Galan sie sehr gut.

Penna starrte aus dem Fenster und wandte sich dann davon ab. Ihr Gesicht war hart und unbewegt.

»Wem gehört der?«, fragte ich sie und wies dabei auf den Turm, um zu verdeutlichen, was ich meinte.

»Das ist der Wohnturm von Torrent«, sagte Spiller in der Niedersprache. »Wo wir die Schlacht austrugen.«

»Was ist passiert in der Geschlächte, dem … Gefecht? Sire Scharlan hat nicht … er hat nichts erzählt. Ging jemand geboren?«

»Wir haben niemanden verloren«, sagte Spiller. »Keinen einzigen Kataphrakten.«

»Zwei Wappenträger wurden erschlagen«, sagte Rowney. »Der eine war der von Sire Fanfarron, der andere der von Sire Pava. Außerdem die Stiefelknechte von Sire Gavilan, Sire Vejamen und Sire Farol.« Er nannte die Toten nicht beim Namen, sondern ihre Herren, damit die Schatten nicht dazu genötigt wurden zu verweilen, um mitzuhören, was über sie gesprochen wurde.

Sire Pava war der Neffe der Freifrau, und er war nach ihrem Tod mein Herr gewesen; ich kannte seinen Wappenträger gut, obwohl mir sein Name momentan nicht einfiel – er war Priester in unserem Dorf gewesen, bevor er Sire Pavas Speichellecker und Wappenträger wurde. Ich würde seinen Tod nicht beklagen. Was die anderen Toten betraf, fielen mir weder ihre Namen noch ihre Gesichter wieder ein. Es war, als habe die Schlacht gar nicht stattgefunden, und es gab niemanden, um den ich trauern musste.

Doch sie hatte stattgefunden. Der Wind kam von der See und trug den Gestank des brennenden Turms zu uns. »Was ist mit ihnen? Denen von dort?«, fragte ich.

»Sie sind weg«, sagte Rowney.

»Wie, weg? Wohin?«

Spiller antwortete mir mit einer Geste, bei der er sich mit der Handkante wie eine Klinge über die Kehle fuhr.

»Geflötet?«

»Das kannst du wohl sagen.«

Penna kratzte einen angebrannten Pfannkuchen auf einen Holzteller. Sie aß nicht mit den Fingern wie wir, sondern grazil mit der Spitze eines kleinen Messers. Ich wunderte mich, dass sie sich dabei nicht in die Zunge schnitt. Sie beobachte uns argwöhnisch. Sire Rodela wurde nun lauter, schriller; ich glaube, er freute sich über unsere Gemeinheit, so zu sprechen, dass Penna uns nicht verstehen konnte. Aber wäre es nicht noch schlimmer gewesen, wenn sie verstanden hätte, was wir sagten?

Rowney setzte sich hin, legte sich Galans Helm in den Schoß und polierte das Visier mit einem Rehleder. Sein Gesicht war ausdruckslos, als wolle er sich dahinter verstecken. »Es war eine alte Fehde, verstehst du? Sehr erbittert. Sie spielte sich hauptsächlich zwischen den Stämmen Crux und Torrent ab, aber die Stadt war für niemanden sicher, vor allem dann nicht, als andere Stämme Partei ergriffen. Also haben alle um ihre Wohntürme Mauern hochgezogen und diese Wachtürme gebaut, und wenn ein Stamm seine Turmspitzen höher baute, haben es ihnen alle anderen nachgemacht. Aber keine Partei konnte die Oberhand gewinnen, nicht, bevor wir kamen. Königsmutter Caelum meinte, die einzige Möglichkeit, die Stadt zu befrieden, bestehe darin, Torrents Besitz in Lanx zu zerstören und dafür zu sorgen, dass keiner übrig blieb, der Groll hegen könnte.«

»Sogar die ... sogar die Sauen?« An Rowneys verwundertem Gesichtsausdruck erkannte ich, dass ich nicht das richtige Wort gefunden hatte. Ich wies auf Penna und mich und sagte: »Die ... Frauenzimmer?«

»Auch Frauen«, sagte er. Spiller grinste angesichts meiner verworrenen Ausdrucksweise. Wäre da nicht der Ausdruck auf Rowneys Gesicht gewesen, hätte ich selbst ungläubig gelacht.

»Die Dienstmägde haben wir verschont, damit die Königsmutter sie als Siegespreis verheiraten kann«, sagte Spiller. »Divine Hamus musste sie mit dem Daumen auf ihre Jungfernschaft überprüfen. Diese Aufgabe hätten sie einem Mann überlassen sollen, der weiß, wie man sie genießt. Allerdings sind es schlüpfrige kleine Fische, und es war nicht eine einzige richtige Frau unter ihnen.« Sein Grinsen verebbte. Es war ohnehin vorgetäuscht gewesen. Ein so harter Mann, wie er vorgab, war er nicht. Noch nicht.

»Und die Biederen des Wohnturms ... die ... Miederen, die Niederen? Die auch?«

»Wenn es keine Verwendung für sie gab. *Sie* ist eine der Glücklichen. Sire Edecon hat Geschmack an ihr gefunden.« Spiller wies mit dem Kopf in Pennas Richtung. Vielleicht war Sire Edecon gar nicht verantwortlich für die Blutergüsse auf ihrem Gesicht und Hals; vielleicht hatte er sie ja vor jemand anderem gerettet.

Sire Rodela schien sich an diesem Gerede vom Töten zu weiden und füllte mein linkes Ohr mit einem pulsierenden, anstachelnden Geheule bei dem Gedanken – den ich nicht umhin kam zu hegen –, dass einige Männer sich Penna zu Willen machten, während andere – Spiller vielleicht und vielleicht auch Rowney – darauf warteten, bis sie an die Reihe kamen, und planten, sie hinterher zu töten. Ich hielt mir die Ohren zu, doch Sire Rodela war noch genauso laut. Ich wunderte mich, dass ihn sonst niemand hörte.

»Ihre Feinde haben das getan«, sagte Rowney, »der Stamm

Crux in Lanx. Die und die Wölfe der Königsmutter. Wir waren das nicht.«

»Ich habe meine Schuldigkeit getan – was dich angeht, weiß ich nicht«, sagte Spiller. »Ich bin ihnen wie ein Frettchen gefolgt, bin in jedes Mauseloch hinterher.«

Rowney schaute ihn voller Abscheu an. »Wir haben getötet. Die haben abgeschlachtet.«

»Du hättest Sire Galan sehen sollen«, sagte Spiller. »Wenn er loslegt, ist er wie ein Steppenbrand. Er war nicht zu löschen!«

Ich rieb mir die Schläfen, denn da war ein Reif aus Schmerz um meinen Kopf. »Habt ihr keine Bangst? Sie hat gesagt, flötet sie alle, damit keiner übrig ist, der einen Soll, einen Toll hegen kann. Aber was ist mit … Horrend?« Ich war mir nicht sicher, wie ich den Gott nennen sollte, doch die Namen seiner Aspekte – Sailor, Wellspring und Waters – fielen mir unerwartet ein, wie Münzen, die man auf der Straße fand. »Befürchtet ihr keine Mache?«

Dieses Mal sprach ich in der Hochsprache, damit Penna mich verstehen konnte, doch es hätte genauso eine fremde Sprache sein können. Spiller spielte an seiner Unterlippe herum, um mich zu verspotten. Rowney war es offensichtlich unbehaglich zumute. Im Kampf war er tapfer, mir gegenüber jedoch war er argwöhnisch. Als er herausgefunden hatte, dass ich im Dunkeln sehen konnte, hatte er beschlossen, ich müsse eine Magierin sein. Was musste er nun erst von mir halten?

Penna starrte vor sich hin, ihre schwarzen Brauen zusammengezogen. Ich versuchte es erneut. »Ich verstehe nicht, wie sie es geklagt haben, unser König und die Königsfutter … Seelohn … Schwerruhm … ach, ihr kennt doch ihren Samen, ich kann ihn nicht aussprechen. Wie konnten sie es wagen, unsere Spotte über die Fläche … die nasse Fläche … die Gefässer zu schicken, noch während sie den Ramm Torsent angriffen? Kein Wunder, dass der Gott einen, einen, einen … Schneewurm geschickt hat … und dann war es nicht mehr flach, das nasse … die Flüsse … die Schnellen, die hohen steilen … sie haben sich aufgetürmt«, und ich zeigte ihnen mit den Händen, wie die Wellen sich überall erhoben hatten, hoch wie Hügel, um dann über uns herzufallen, »und haben die Männer weggefegt, welche an den Ludern saßen, haben sie über Mord gefegt und viele geflötet.«

»Worüber machst du dir Sorgen?«, fragte Spiller. »Ich habe gehört, dass bloß fünf Schiffe in dem Sturm verlorengingen. Und die Schlacht ist gewonnen. Es heißt, die Götter lächeln auf einen Sieger herab. Außerdem fließt in Kriegern unseres Heers auch Blut von Torrent, so wie bei jedem hier in Incus auch. Warum sollte Torrent uns nicht günstig gesinnt sein?«

Ich wusste nicht, was ich ihm erwidern sollte, denn ich war verwirrt von dem, was ich für selbstverständlich gehalten hatte. Es war lange, lange her, dass Aspekte der zwölf Götter in menschlicher Form unter dem Erdvolk von Incus geweilt und sich Partner ausgewählt hatten; durch diese Vereinigungen waren die zwölf Stämme der Edlen entstanden. Dass ein Heer der Edlen Incus verlassen hatte, um Corymb zu durchqueren, das Land, in dem ich groß geworden war, war zwar gar nicht so lange her, aber doch lange in der Zählweise der Menschen: sechs Generationen. Nun kehrten die Nachfahren dieses Heers als Eindringlinge nach Incus zurück. Königsmutter Caelum hatte uns zu diesem Übergriff ermutigt, damit sie die Herrschaft über Incus ihrem eigenen Sohn wieder entreißen konnte, dessen Name mir gegenwärtig nicht einfiel. Prinz Torso, hieß er so? Bestimmt nicht.

Ich fand es verwirrend, dass eine Blutlinie der Edlen eine andere bekämpfte, obwohl sie doch sechs Generationen entfernte Vettern waren. Noch bestürzter hingegen war ich, als ich erfuhr, dass die Stämme von Incus bereits im Krieg miteinander standen, alte Fehden austragend, und sich darüber stritten, ob Königsmutter Caelum oder ihr Sohn das Königreich regieren sollten. Ich wage zu behaupten, dass ich es hätte wissen müssen; hatte ich es vor dem Blitz gewusst und dann vergessen?

Jetzt kam es mir in den Sinn, vielleicht zum ersten Mal, dass ein Krieg zwischen Mutter und Sohn unnatürlich war. Sicher fanden die Götter ihn abscheulich. Oder fühlten sie sich von diesem Streit – Mutter gegen Sohn, Sippe gegen Sippe, Nachbar gegen Nachbar – dazu veranlasst, sich miteinander zu streiten oder gar untereinander, Aspekt gegen Aspekt? Vielleicht würde Wellspring einer Linie des Stammes Torrent helfen und Sailor einer anderen.

Nein, die Götter trugen nicht unsere Schlachten aus, wir kämpften vielmehr die ihren. War es nicht das, was geschah?

»Das war keine Wacht, die dort drüben, in diesem brennenden Wurm ausgetragen wurde«, sagte ich zu Spiller. »Das war ein Gehetzel, ein … Geschnetzel. Gemetzel. Schlecht begonnen ist schlecht gemacht, und ich traube nicht, dass er, der Gott – dieser Murrend, meine ich … sich durch ein paar Tote, Boote besänftigen lässt. Ihr müsst, ihr müsst …« Ich beugte mich auf meinem Stuhl vor und nahm meinen Kopf in beide Hände, gepeinigt mittlerweile von Kopfschmerzen und dem hohen, pausenlosen Geheul in meinem Ohr. »Ein Wasserfleiß … heiß, ist eine … Blutkampf, ein Flutschlamm.«

Spiller hob die Hände und sagte: »Es reicht jetzt mit diesem Gestotter und Gestammel. Ich habe keine Lust mehr darauf.« Er wandte mir den Rücken zu und stolzierte davon. Er holte eine Schinkenhälfte aus einem Sack hervor und fing damit an, diese für Sire Galans Frühstück in Scheiben zu schneiden. Dabei hielt er sie sich an die Brust und zog sein Messer auf sich zu, sodass der Schinken sich bog.

»Was sagt sie denn?«, fragte Penna Rowney.

Ich wusste es ja selbst nicht so genau. Mein Geist hatte bei einem Gedankengang den Faden verloren, aber ich durfte ihn nicht aufgeben, sondern musste ihm folgen, wohin er führte: Galan, der mit gezogenem Schwert in einen Raum wie diesen trat, Sire Edecon hinter ihm, vielleicht auch Spiller und Rowney ... ein nackter Mann, der in dem mit Gitterwerk umgebenen Bett aus dem Schlaf aufschreckte ... eine Frau mit runden Schultern, die sich, einen Schrei unterdrückend, an der Bettwäsche um sie herum festklammerte ... Galan, der rasch zuschlug, einmal, zweimal.

Ich sah dies so klar wie eine Erinnerung, aber so konnte es nicht geschehen sein, denn in Zeiten einer Fehde schläft niemand, ohne seine Waffen griffbereit zu haben. Also stellte ich es mir noch einmal vor, anders dieses Mal, und nun langte der Mann nach einem Schwert, das an zwei an dem Gitterwerk befestigten Haken hing. Er würde nicht sterben, ohne zuvor die Klinge aus ihrer mit Juwelen besetzten Scheide gezogen zu haben. Und wo waren seine Bediensteten? Sie lagen draußen vor der Tür, wo sie niedergestreckt worden waren. Spiller beugte sich über einen und fingerte auf der Suche nach Münzen am Saum seines Wappenrocks herum.

Rufe und Schreie hätten das Paar aufwecken müssen. Warum war der Mann dann so erschrocken? Warum starrte die Frau so ungläubig, als ihr Gatte niedergeschlagen wurde und Galan sich ihr zuwandte? Bestimmt hätte er sie nicht getötet.

So viel wusste ich sicher: Auf Galans Klinge und seinem Panzerhandschuh war Blut. Blutspritzer auf seinem versilberten Visier, eine Maske, die als Ebenbild von Galans Gesicht angefertigt worden war, jedoch eine Miene heiterer Gelassenheit zeigte, die Galan überhaupt nicht ähnelte – das Visier war verankert in dem weit aufgesperrten Schnabel seines Helms, der die Form eines Gerfalkenkopfes hatte.

In einem Raum wie diesem hatte er eine Korallendose von einem Tisch genommen, eine runde, mit einem silbernen Boot und Fischernetz geschmückte Dose. Er hatte sein Visier hochgeklappt und den Deckel geöffnet, um an der Salbe darin zu riechen. Dann hatte er sie Rowney gegeben, damit dieser sie in einem Sack mitnahm, den er sich über die Schulter geworfen hatte. Er war in das nächste Zimmer gegangen und dann in das übernächste. Ich sah, wie er die Wendeltreppe eines Turms hinauflief, fast außer Atem. Schwitzend. Sein Visier hatte er hochgeklappt gelassen. Auf seiner Wange hatte er eine Schnittwunde, welche die sichelförmige Gestalt von Moon widerspiegelte.

Sire Galan erwachte spät und warf uns allen vor, wir hätten ihn zu lange schlafen lassen, so, als hätten wir wissen müssen, was in ihm vorging. Bevor er sich seine Kleider anzog, aß er im Stehen einen Pfannkuchen und spülte ihn mit einem Schluck braunem Bier hinunter. Spiller schabte ihm mit einer scharfen Klinge die Bartstoppeln ab und rieb ihm das Gesicht mit einem Bimsstein ab, um die übrig gebliebenen Borsten zu glätten. Dann stellte sich Galan auf den Balkon und benetzte sich mit Wasser aus einem Becken. Er rief in Richtung Sire Edecon, dieser solle aus dem Bett kommen, und riss ihm die Bettdecke herunter. Sire Edecon stöhnte und drehte sich auf den Bauch. Er war ein stämmiger Mann, und die kräftigen Muskeln seines Rückens und seiner Gesäßbacken waren von ein wenig Fett gepolstert. Sire Galan war hager, hatte breite Schultern und ein flaches Gesäß; die Stränge seiner Muskeln, Adern und Venen traten unter der Haut hervor.

Galan verlangte ein sauberes Hemd und Beinkleider, und wo seien denn überhaupt seine neuen Stiefel und der Wappenrock mit der Fuchsschwanzstola an den Schultern? Spiller und Rowney wühlten im Gepäck herum, das am Tag zuvor mit dem Schiff angekommen war, und Spiller verfluchte die uneheliche Sau, die es in seiner Abwesenheit gepackt hatte. Er fand einen Stiefel hier, einen Schwanzköcher dort, eine von Galans Strumpfhosen fehlte, der andere Stiefel war unter dem Zeltzubehör. Rowney stieß in einem Sack mit seinem Sattel auf ein Paar meiner Hausschuhe, und bei dem Gedanken, dass Galans Rittmeister sie für mich verpackt hatte, musste ich lächeln.

Die Stiefelknechte halfen Galan beim Ankleiden. Sie zogen ihm ein neues Kettenhemd an, zweifellos von Torrent erbeutet, denn jedes seiner feinen Eisenglieder wies einen kleinen Bogen aus gefärbter Emaille auf, sodass das Ganze vor regenbogenfarbenen Schuppen glänzte wie ein bunter Fisch.

In Mais Rock gewickelt, setzte ich mich nieder und fühlte mich nutzlos. Die schummrige Dunkelheit, die sich über mein Sichtfeld gelegt hatte, war zwar verblasst, doch die Welt erschien mir nach wie vor matt und ausdruckslos. Außer Galan, der Helligkeit verströmte.

Er kam zu mir und stellte sich hinter mich. Vor den Blicken der anderen verborgen, zog er mir spielerisch eine Haarlocke unter dem Kopftuch hervor und wickelte sie sich um den Finger, und als er an dem Haar zog, drang mir das Gefühl bis ins Mark. »Was soll Feuerdorn tragen?«, fragte er. »Doch wohl nicht diesen Lumpen.« Der Klang seiner Stimme verriet mir, dass er lächelte. Er ging zum Bett und kam mit dem Gazekleid zurück, das mir am Vorabend aufgefallen war. Es changierte von Himmelblau an den Schultern zu Kobaltblau am Saum und war bestickt mit winzigen Edelsteinen, die wie sich vom Abendhimmel abhebende Sterne leuchteten. Die Farben leuchteten so stark, wie es nur auf Seide möglich war. Seide hatte ich noch nie getragen.

»Trag das hier«, sagte er.

»Das da ist nichts für mich«, sagte ich.

»Warum nicht?«

Ich brachte die einzigen Argumente vor, von denen ich glaubte, dass er sie akzeptieren würde. »Es ist ... rau, lau ... es ist nicht, nicht schön.« Ich wollte sagen: blau und nicht grün.

»Nicht schön? Es ist doch wunderschön, makellos.«

»Nein … ich wollte sagen, es sollte *kühn* sein. Außerdem will ich nicht darunter gesehen werden, es ist zu sünn, schünn … dünn.«

»Hast du Angst davor, angestarrt zu werden? Das ist der Brauch des Landes.« Er wies auf Penna, um zu verdeutlichen, dass sie ein genauso dünnes Kleid trug. »Auf den Sack, den deine Freundin dir gegeben hat, werden sie mehr starren.«

Penna vermied es, ihn anzusehen, und an der Art, wie sie zu Boden starrte, wusste ich, dass das Kleid von Torrent erbeutet worden war. Sire Edecon fing an zu lachen. Er meinte, ich sei die einzige Scheide, die ihm begegnet sei, die noch immer erröten könne.

Sire Galan hielt mir das Kleidungsstück entgegen. »Ich möchte dich darin sehen. Ich habe es für dich genommen.«

»Wie? Wem habt Ihr die Seele dafür durchgesitten?« Das war ein Argument, das ich gar nicht hatte anbringen wollen.

»Also ist es gar nicht deine Sittsamkeit, die verletzt worden ist. Du hältst mich für einen Dieb.« Er warf mir das Kleid auf den Schoß und schaute auf mich herunter. »Hast du vor, das Essen und Trinken aufzugeben?«

Ich wusste nicht, was er damit meinte. Ich schüttelte den Kopf.

»Das dachte ich mir. Denn ich habe dich nie fragen gehört, woher ich die Münzen habe, um das Fleisch und die Getränke für dich zu bezahlen. Woher sind die Münzen wohl gekommen, hmm?« Er beugte sich vor, die Hände auf der Rückenlehne meines Stuhls, wobei er mich mit abgestützten Armen umfasste. Ich stellte mir vor, dass die zerbrechlich geschnitzte Rückenlehne seinem Griff nachgeben würde. »Was glaubst du, was eine Scheide ist? Was glaubst du, was eine Scheide tut? Mein Vater hat mich einmal mitgenommen, damit ich eine Schlacht sehen würde, und hinterher sah ich Scheiden in dichten Reihen, wie die Krähen hinter einem Mäher, alle Münzen zusammentragen, die sie nur finden konnten. Du hast es dir ausgesucht, mir zu folgen. Du hättest deine Skrupel auf der anderen Seite der Inward Sea zurücklassen sollen.« Er stemmte sich hoch und wandte mir den Rücken zu.

Ich war geschlagen. Selbst wenn meine Zunge fügsam gewesen wäre, hätte ich keine Antwort darauf gehabt. Stumm und voller Reue ging ich zum Bett und zog hinter mir den Vorhang zu. Ich überprüfte den Stoff auf Risse und Blutflecken, fand jedoch keine. Ich zog das Kleid an, und meine Blutergüsse hoben sich dunkel unter ihm ab. Als ich wieder hervortrat, glühte mein Gesicht, während der Rest von mir kalt war. Ich schaute niemanden an.

Frieden war in der Stadt Lanx, die so lange mit sich selbst im Krieg gelegen hatte, eingekehrt, und König Thyrse und Königsmutter Caelum hatten den heutigen Tag zu einem Festtag erklärt. Das siegreiche Heer zog durch die Stadt, auf großen Galeeren segelnd statt auf Pferden reitend, denn die Hauptstraßen von Lanx waren aus Wasser, und nicht aus Stein. Der König in seiner vergoldeten Rüstung stand mit der Königsmutter am Bug der ersten Galeere unter einem Baldachin aus goldenem Tuch. Sie führten den Umzug von einem Wohnturm zum anderen an und nahmen dabei die Huldigungen der Stammesmitglieder der Stadt entgegen – ob freiwillig gegeben oder nicht.

Wir befanden uns an Bord der Galeere von Crux, der zweiten, da sich der Stamm diesen Platz durch den bedeutenden Sieg über Torrent erworben hatte. Die Krieger unserer Kompanie hatten sich mit Kriegern von Lanx gemischt. Noch vor nicht allzu langer Zeit hatten diese entfernten Verwandten der Edlen der Crux gar nichts voneinander gewusst; nun waren sie sich näher als Verwandte, sie waren Waffenbrüder.

Bemalte Ruder blitzten zeitgleich auf. Scharen von Menschen schauten von den Mauern und Hügeln der Stadt zu. Spiller, Rowney und ich hatten einen Platz an Deck in der Nähe des Achterschiffs gefunden. Wir lehnten uns an die Reling, um zuzuschauen, wie wir an Lanx vorbeizogen. Doch mein Blick wurde von Sire Galan auf dem Vorderkastell angezogen, wo er mit seinem Onkel, dem Befehlshaber seiner Kompanie, stand.

Der Name seines Onkels lautete Sire Adhara dam Pictor von Falco der Crux, doch sein Titel war Crux, denn er war der Erste seines Stammes im Königreich von Corymb. Es war seine Pflicht, den Rat der Häuser des Stammes anzuführen und als Fürsprecher beim Rat der Toten zu dienen. Bevor ich nach Incus kam, hatte ich geglaubt, Sire Adhara sei der Erste seines Stammes auf der ganzen Welt. Nie hätte ich geglaubt, dieser Stamm Crux könne in Incus seinen eigenen Ersten haben und es könne zwei Männer geben, die Crux hießen, zwei lebende Stellvertreter des Gottes.

Der Crux mochte seinen Neffen. Das konnte man sehen, wenn man sie zusammenstehen sah. Nie wäre man darauf gekommen, dass er Galan beinahe zum Tode verurteilt hatte, indem er ihm untersagte zu reiten, als Strafe dafür, dass dieser die Fehde mit Ardor angezettelt hatte. Er hatte Galan die Wahl gelassen: zu Fuß kämpfen oder in Schande vom Marchfield zu Fuß nach Hause zurückkehren. Galan hatte sich für das Kämpfen entschieden, obwohl er wie jeder andere wusste, dass ein Kataphrakt ohne Pferd Feinde anzieht wie ein Kadaver Fliegen.

Sire Galan hatte die Achtung seines Onkels zurückgewonnen, und wenn ihr Einvernehmen nicht ganz ungetrübt war, dann war ich der Grund dafür. Dem Crux gefiel es nicht besonders, wenn seiner Kompanie ein Schwanz von Marketenderinnen folgte. Er hatte Galan gestattet, mich als Scheide zu nehmen, weil er auf seine Unbeständigkeit baute; ein paar Nächte, eine Dekade, dann wäre ich sicher wieder weg, hatte er geglaubt. Als Galan meiner dann nicht überdrüssig wurde, hatte der Crux mich eine Magierin genannt und gesagt, ich würde Sire Galan an seinem Gehänge führen.

Er hatte getan, was in seiner Macht stand, um Galan von mir zu befreien, und fast seinen Willen bekommen, als Sire Galan mich nach Hause schicken wollte. Ob der Crux bereits herausgefunden hatte, dass ich ihnen gefolgt war?

Wir glitten unter dem Gewölbebogen einer Brücke hindurch. Stiefelknechte aus unserer Kompanie stritten sich mit denen aus Lanx darüber, welche Stadt reicher war, diese oder Ramus, in der unser König Thyrse Hof hielt. Alle aber stimmten darin überein, dass, wenn Lanx so wohlhabend war, Malleus – die führende Stadt von Incus – Reichtümer jenseits aller Vorstellung besitzen musste. Rowney meinte, wir würden alle reich werden, wenn wir sie einnähmen, sogar die Handlanger, und wir würden sie gründlich auseinandernehmen.

»Nein«, sagte ein Stiefelknecht namens Cockspur. »Nicht, wenn die Leitwölfin es uns verwehrt. Sie will alles für sich behalten. Deswegen wollte sie, dass alle von Torrent getötet werden, um bei den anderen Stämmen in Lanx Angst und Schrecken zu verbreiten, damit sie sich ergeben, und das haben sie dann ja auch getan. Sie sind zu furchtsam, um zu kämpfen, und wenn es keinen Kampf gibt, dann gibt es auch keine Plünderung, versteht ihr? Also haben wir bloß das bekommen, was sich in diesem einen Wohnturm befand – und meines ist schon zur Hälfte ausgegeben, weil die Kaufleute hier ein diebisches Pack sind. Habt ihr die Soldaten aus anderen Kompanien nicht murren gehört, weil sie nichts abgekommen haben?«

Spiller nahm einen Zug aus einem Weinschlauch und reichte ihn dann weiter. »Du glaubst doch nicht, unser König würde vor einer Frau sein Knie beugen, oder? Er hat vor, ihr zu helfen, bis die Zeit gekommen ist, sich selbst zu helfen.«

Der König und die Königsmutter nahmen die Huldigungen und Tribute entgegen, erwiderten sie dort, wo es sich gebührte, und hielten vor den großen Tempeln von Lanx, um den Göttern Opfer zu bringen. Viele Krieger folgten ihnen an Land, um den Gott ihres Stammes zu verehren oder den, dessen Gunst sie erbaten – ein Gott, der in der Schlacht half, vielleicht, wie Rift oder Hazard. Jeder Tempel stand unter dem Schutz seines Stammes, befand sich jedoch außerhalb der Wehrmauern und war damit auch für andere Anbetende frei zugänglich. Während wir von einem Tempel zum nächsten fuhren, fragte ich jedes Mal: »Welcher ist das?«, und einer der Stiefelknechte aus Lanx gab Antwort. Auf diese Weise kehrten die Namen der Götter wieder zu mir zurück. Einige klangen vertraut, zum Beispiel Prey und Carnal, während mir andere völlig neu vorkamen, etwa Delve. Ich wiederholte die Namen stumm, da ich befürchtete, sie könnten mir erneut entgleiten.

König Thyrse und seine Schwester gingen an Land, um den Tempel von Ardor zu besuchen; vor ihnen gingen Bänkelsänger die Landungsbrücke entlang und spielten Loblieder, und hinter ihnen Propheten, die Opfergaben mit sich führten: eine gefleckte Kuh, ein Schafbock und eine Art Hirsch mit gewölbten Hörnen statt einem Geweih. In einem feierlichen Umzug stiegen sie die steilen Stufen vom Kai zum Tempel hinauf. Ich wandte mich von dem sonderbaren Anblick einer die Stufen hinaufschreitenden Kuh ab und setzte mich auf eine Taurolle. Ich war müde, mir tat der Kopf weh, und Sire Rodela summte; es war schon lange nach Mittag, und wir waren noch nicht einmal zur Hälfte durch mit der Runde der Wohntürme, Tempel und höfischen Reden. Ich zog meinen neuen Umhang dicht um mich, froh über den kühlen Wind, da Galan mich sonst dazu gedrängt hätte, nur in dem hauchdünnen Kleid nach draußen zu gehen. Stattdessen hatte er mir diesen dunkelgrünen Umhang aus dicker, gefilzter Wolle gegeben und damit gedroht, mein altes Schaffell zu verbrennen, wenn er mich es noch einmal tragen sah.

Sire Galan drängte sich durch die Menge der Stiefelknechte und rief nach mir. Er hatte eine Reihe von Männern um sich geschart, Sire Edecon und drei andere Kataphrakte sowie deren Wappenträger. Ich war erleichtert darüber, dass ich mich an ihre Gesichter und ihren Stand erinnerte, wenn auch nicht an ihre Namen. Einer war ein Bastard des Königs und hieß Sire Gawk oder vielleicht auch Sire Quack. Er hatte lange, dünne Beine und einen langen, dünnen Hals mit einem großen, sich auf und ab bewegenden Ball darin, und wenn er einem Reiher ähnelte, dann besaß er auch ein wenig von der Haltung und Flinkheit eines Reihers, die er sich bei Turnieren auf dem Marchfield angeeignet hatte. Er bückte sich, um mir ins Gesicht zu sehen, und sagte: »Bemerkenswert. Was hat der Crux gesagt? Habt Ihr es ihm gezeigt?«

»Der Crux hat nichts gesagt, und ich habe es ihm auch nicht gezeigt. Aber ich weiß, dass sein Knappe ihm alles erzählt hat«, sagte Galan und rieb dabei Finger und Daumen aneinander, um zu verdeutlichen, dass er den Stiefelknecht für seinen Klatsch bezahlt hatte. Dann wandte er sich mir zu. »Ich denke, wir sollten zum Tempel von Ardor gehen und uns bei dem Gott dafür bedanken, dass er dein Leben verschont hat. Sollen wir?«

»Vielleicht sollten wir lieber borgen gehen, an einem anderen Tag?«, sagte ich und wies dabei zur Seite. Eine Menschenmenge war von der Landungsbrücke, auf der die Banner von Ardor flatterten, heruntergegangen, und nun gingen alle den Kai entlang auf die Tempelstufen zu. Auf Erlass des Königs hatte ein Turnier auf Leben und Tod die Fehde zwischen den Kriegern von Crux und denen von Ardor beendet, aber kein Erlass konnte Hass aus der Welt schaffen. Sie mochten zwar nicht länger Galans Erzfeinde sein, aber seine Freunde waren sie ganz bestimmt nicht.

Er grinste auf eine Art, der zu misstrauen ich gelernt hatte. »Es ist Friedenstag, nicht wahr? Welcher Tag könnte besser geeignet sein?«

Wir gingen an Land, Sire Galan, seine Freunde, deren Knappen und ich, und wir folgten den Kriegern von Ardor die Stufen hinauf. Viel von dem, was am Tag und der Nacht vor dem Blitzschlag geschehen war, hatte ich vergessen. Nun aber erlaubte mir der Gott, mich an einen gewissen Schwur zu erinnern, den ich nach dem Werfen der Knochen geleistet hatte. Die Freifrau und Na hatten mich angewiesen, Wildfire milde zu stimmen, und ich hatte ihre Warnung falsch verstanden, da ich geglaubt hatte, sie gelte Galan. Vielleicht war es nun zu spät für Besänftigung, aber ich musste dennoch ein Versprechen einlösen.

Als wir den Hof des Tempels erreicht hatten, rang ich nach Luft. Sire Galan fragte mich, was los sei, worauf ich erwiderte: »Nichts ... Ich muss bloß ... Gruft holen«, und er meinte, mit so etwas dürfe ich keine Scherze treiben. Ich zeigte ihm meine Goldmünze und erzählte ihm von meinem Botengang, obwohl mir das Wort für die getrockneten Tränen des bernsteinfarbenen Baums nicht einfiel und ich es immerzu Biere oder Viere nannte.

Die Krieger von Ardor betraten den Tempel, wir hingegen blieben draußen auf dem dicht bevölkerten Vorhof stehen. Die Kataphrakte und ihre Leute schauten zu, wie Feuerschlucker Flammen verschluckten und wieder ausspien, während Galan und ich die fliegenden Händler aufsuchten, die an einem Ende des Platzes unter einem Vorzelt saßen und Talismane und Opfergaben verkauften. Als wir zu einem Mann kamen, der Myrrhe verkaufte, freute ich mich. »Seht doch, Tiere!«, rief ich, worauf Galan lachte. Der Händler wog auf seiner Waage kleinen Haufen Myrrhe ab, dessen Gewicht dem Wert der Goldmünze entsprach. Dass es so kostbar war, hatte ich nicht geglaubt. Galan schenkte mir ein Amulett aus Zinn, auf dem das Gottzeichen von Wildfire eingestanzt war, damit ich es mir um den Hals hängte.

Wir stiegen die letzten Stufen zum Portikus des Tempels hinauf, und Sire Galan bahnte sich einen Weg durch den Pulk von Menschen, die im Schatten der großen Säulen standen, in den Eingang. Ein keilförmiger Lichtstreifen fiel schräg durch den Haupteingang in den Tempel, die Helligkeit war erfüllt von weißem Rauch und unterbrochen durch unsere Schatten. Eine Prophetin von Hearthkeeper stellte sich uns in den Weg, eine bucklige Alte, deren blaues Umhängetuch ihren Mund verbarg. Sie sagte: »Erdvolk kommt hier nicht herein; draußen an den Seiten des Tempels sind Schreine für sie.«

Mit einer Geste entließ Sire Galan Spiller, Rowney und die anderen Knappen.

»Die auch«, sagte die Priesterin.

Galans Hand ruhte auf meinem Rücken, meinen Umhang haltend. »Meine Scheide wurde vom Blitz getroffen, aber sie hat überlebt. Wir sind gekommen, um Ardor zum Dank ein Opfer zu bringen und um die Propheten von Wildfire nach der Bedeutung dieses Omens zu fragen.« Er sprach lauter, als nötig gewesen wäre, und seine Stimme hallte in der Kammer verstärkt wider.

Aus der drinnen herrschenden Dunkelheit strömten Männer in das Licht. Unter ihnen war der Erste vom Stamm Ardor in Corymb, der Ardor persönlich. Ich hatte ihn auf dem Marchfield gesehen, aber so nahe war ich ihm noch nie gewesen. Sein Gesicht war eine dicke Scheibe Fleisch, und er trug einen schwarzen, sorgfältig getrimmten Bart. Sire Galan hatte bei dem Turnier seinen Sohn getötet, und ich fühlte mich, als hätte ich es eigenhändig getan, so gut erinnerte ich mich an das rutschige Gefühl des Schwertgriffs und an das Blut, das auf das Visier spritzte.

Der Ardor stellte sich neben die Priesterin, hoch aufgerichtet, während sie bucklig dastand, und er ließ seine Hand auf dem Griff seines Dolches ruhen. »Lasst ihn nicht vorbei. Er entweiht den Tempel.«

Sire Guasca – das war der Name von Galans Freund, dem Bastard des Königs – trat neben mich. Er ließ die Hände geöffnet an seinen Seiten hängen, doch seine Finger waren gebogen.

Galan lächelte in das mürrische Gesicht des Ardors. »Es ist nicht mein Ansinnen, hier zu entweihen, nur zu opfern.« Sire Edecon legte einen samtenen Beutel in Galans Hände, und er löste das Durchziehband und holte ein Kelchglas hervor, das aus einer Nautilusmuschel gefertigt und mit einem Käfig aus goldenem Gitterwerk umgeben war. Licht erfüllte den polierten, rosenfarbenen Hals. Sire Edecon trat vor und leerte eine Börse in das Kelchglas; es waren so viele Goldmünzen, dass er überquoll und sie über den Boden rollten.

»Eine Ruhmesgabe, als Dank.« Galan reichte der Priesterin das Kelchglas.

Sie nahm es entgegen und sagte: »Sie darf hinein.«

Galan setzte sich in Bewegung, und seine beharrliche Hand auf meinem Rücken wirkte beruhigend. Sire Guasca und die anderen folgten dicht hinter uns.

Der Ardor versperrte ihm weiterhin den Weg. »Verkauft Ihr den Segen des Gottes gegen Gold? Ich kenne diesen Mann. Er ist ein Mann der Crux und nicht vertrauenswürdiger als Moon.«

»Ich schwor vor dem König, wie Ihr es gleichfalls tatet«, sagte Sire Galan, »unsere Fehde auf dem Turnierfeld zu beenden. Und das taten wir auch, so dachte ich. Aber wenn Ihr einen neuen Streit beginnen wollt, indem Ihr mich einen Lügner nennt, dann werde ich Eurem Wunsch nachkommen. Andere werden Zeugnis davon ablegen, dass nicht ich ihn begonnen habe.«

Die Priesterin von Ardor trat zwischen die beiden. Ihre Stimme zitterte, doch sie sprach deutlich. »Ihr werdet im Tempel kein Blut vergießen.«

Der Ardor schaute über ihren Kopf hinweg Sire Galan an. »Ich habe Euch nicht einen Lügner geheißen. Hat jemand gehört, dass ich es getan hätte? Doch Ihr seid Ardors Feind, und ich kann nicht zulassen, dass Ihr den Gott verhöhnt.«

»Ich bete darum, dass der Gott mich nicht als Feind betrachtet«, sagte Sire Galan. »Und sollte ich Anstoß erregt haben, so hoffe ich, dass mein Opfer eine kleine Wiedergutmachung darstellt.«

Schaulustige umringten uns und ließen uns damit kaum Raum, um weiterzugehen oder uns zurückzuziehen. Die Priesterin legte eine Hand auf Sire Galans Brust. »Wie es scheint, seid Ihr gekommen, um Schwierigkeiten zu machen.«

»Nein. Ich kam mit einer Opfergabe und einem Zeichen. Die Opfergabe ist angenommen worden. Das Zeichen muss noch gedeutet werden.« Er nahm mein Kinn und drehte mein Gesicht so, dass das durch den Eingang einfallende Licht mich beleuchtete. Seine Finger drückten allzu fest auf eine schmerzende Stelle unter meinem Ohr. »Schaut Euch dies an! Das ist kein Trick.«

»Lasst los«, zischte ich Galan zu. »Ihr tut mir schnee.«

Die Priesterin trat näher an mich heran, um mein Gesicht zu begutachten. Ihre Augen, halb verborgen von den zerbrechlichen Falten ihrer Lider, waren milchblau und trüb. »Ihr dürft hinein«, sagte sie.

Galan wandelte seinen festen Griff in eine Liebkosung, eine Berührung, die auf meinem Hals verweilte, bevor er seine Hand auf meine Schulter fallen ließ.

Der Ardor trat nicht beiseite. »Ich bin der Erste der Ardor, und ich sage, dass sie es nicht dürfen«, sagte er.

»Der Erste der Ardor lebt in Malleus«, sagte die Priesterin. »Ihr mögt für Euch in Anspruch nehmen, der Erste in Eurem eigenen Land zu sein, doch hier seid Ihr der Zweite. Dieser Mann ist in Ardors Tempel zum Beten willkommen, und seine Scheide auch, auf dass wir das Omen untersuchen. Es steht Euch nicht an, Euch hierbei einzumischen.«

Galan schob sich vor mich, und ich folgte ihm, Sire Edecon

ging hinter mir, Sire Guasca neben mir. Ich dachte schon, der Ardor und seine Männer würden uns nicht durchlassen, doch im letzten Moment traten sie beiseite. Wir gingen durch ihre Reihen und traten aus dem Sonnenlicht hinaus.

Der Tempel entsprach der Größe der Götter, nicht der der Menschen, und ich erstarrte vor Ehrfurcht. Die anderen Tempelbesucher wirkten nicht ehrfürchtig; sie schlenderten herum, begrüßten einander mit lauten Rufen, lärmten wie ein Schwarm Sperlinge in einer Steineiche. Galan führte mich den Mittelgang entlang, zwischen Säulen, gesetzt wie Reihen von steinernen Bäumen, deren Äste die Gewölbedecke in dem verräucherten Dunst weit oben stützten. Ich schaute mich nicht danach um, ob die Männer von Ardor folgten.

Drei Feuer brannten ganz hinten in dem weitläufigen Raum, und zunächst wirkten sie klein, zwergenhaft durch die riesigen Statuen von Hearthkeeper und Smith hinter ihnen. Diese Kolossalstatuen wurden im Gegensatz zu uns nicht von der Weitläufigkeit des Tempels geschmälert; der Tempel war riesig angelegt worden, um sie zu beherbergen. Smith stand hinter seinem Schmiedefeuer, und in dem rötlichen Licht glänzten seine bronzefarbenen Schultern und sein Oberkörper, als wären sie schweißbedeckt. Sein polierter Arm war erhoben, und er wirkte, als sei er im Begriff, sich zu bewegen und mit dem Hammer auf den goldenen Block seines Ambosses einzuschlagen. Hearthkeeper, gemeißelt aus leuchtendem Alabaster, kniete neben ihm. Sie war in einen Umhang gehüllt, ihre Stirn und ihr Mund waren verhüllt, und die Alabasterfalten schmiegten sich an sie wie feine Gaze und offenbarten ein geheimnisvolles Lächeln und die Rundungen ihres Körpers. In ihren ausgestreckten Händen hütete sie eine Flamme. Wildfire, der gestaltlose Aspekt, der keine menschliche Form besitzt, zeigte sich in einem Meer von Feuer, das in einer steinernen Schüssel brannte.

Smith, Hearthkeeper und Wildfire stießen geräuschvoll rauchige Wolken aus. Ihr Licht pulsierte und warf Schatten. Die tatsächliche Größe dieser Feuer – größer als jedes Mittsommerfeuer, das ich jemals gesehen hatte – konnte ich anhand der winzigen Figuren, die sich am Altar versammelt hatten, nur erahnen. Dort standen König Thyrse und die Königsmutter, Bänkelsänger, Propheten und Zuschauer. Die Flammen erhoben sich weit über sie, so wie die Statuen sich über die Flammen erhoben.

Wir näherten uns der Menschenmenge vor dem Altar. Der Schafbock war bereits geöffnet worden, und Propheten untersuchten seine Leber, seine Lunge und sein Herz auf Omen. Die Kuh wartete geduldig, fügsam gegenüber dem Mann, der ihr Halfter hielt, während der wilde Hirsch gefesselt dalag, zitternd, den Hals ausgestreckt und seine runden, schwarzen Augen verdrehend. So nahe war ich der Königsmutter noch nie gewesen; der Saum ihres purpurfarbenen und weißen Kleids war mit scharlachroten Blutstropfen gesprenkelt. Brennende Eukalyptusrinde machte den Geruch nach Kadaver erträglich.

Ich kniete mich vor die Statue von Smith und schaute hoch, und das Gesicht, das auf mich herabschaute, war nicht so, wie ich es mir vorgestellt hatte, da ich es nicht gewagt hätte, mir eine plattgedrückte Nase, einen wie mit dem Spaten rechtwinkelig geschnittenen Bart und gekräuselte, sich wie Flammen von seiner Kopfhaut erhebende Haarlocken vorzustellen. Ganz gleich, der Bildhauer hatte Smith angerufen, und der Aspekt hatte geantwortet und war während der Bearbeitung durch das Feuer in die Bronze eingedrungen. Ich berührte mit meiner Stirn den Boden. Ich war schon einmal zwischen Hammer und Amboss von Smith geraten, als ich im Königswald die giftigen Beeren des Feuerdorns gegessen hatte; er hatte mich gestählt und mich am Leben gelassen. Ihm zu Ehren hatte ich meinen neuen Namen angenommen. Nun hörte ich seinen Hammer, das

Dröhnen in den Ohren, das Sire Rodelas leises Geheul übertönte. Um Smith meine Ehrerbietung zu erweisen, warf ich mich zu Boden, das Gesicht auf den Steinfliesen, die Arme über dem Kopf.

Ich war hierhergekommen, um mein kleines Versprechen, den Tribut an Myrrhe, einzulösen und meinen Dank dafür auszusprechen, dass er mich am Leben gelassen hatte. Es war nun bereits das dritte Mal, dass der Gott mich verschont hatte. Vor allem aber war ich gekommen, um um Heilung zu bitten. Nun, da ich vor Ardor in dessen Tempel war, fehlten mir die Worte für Gebete. Diese Dinge, die ich mitgenommen hatte – die Opfergabe, meine Dankbarkeit, meine Hoffnung – waren unwürdig. Ardor musste wissen, dass meine Dankbarkeit falsch war, ihr Inneres zerfressen von einem Wurm der Verbitterung darüber, dass der Gott mich beraubt und gequält hatte.

Galan kniete sich hin und sprach zu mir, doch ich hörte lediglich unverständliche Laute. Ich kroch auf Wildfire zu. Der Rand der Schüssel war über unseren Köpfen, und die Flammen schlugen hoch, grün gefärbt, eine schwarze und beißende Rauchfahne ausstoßend. Ich warf mich erneut nieder. Die Hitze war sengend, eine Erinnerung daran, dass verzehrt wurde, wer dem Gott zu nahe kam. Ich presste die Wange gegen die Fliesen und konnte den Kopf nicht heben, denn auf mir lastete ein großes Gewicht, der Gott, der auf meinen Rücken und meinen Schädel trat und mich niederdrückte. Abgesehen von dem Hammerschlag und dem dröhnenden Schmerz in mir war ich leer, außer der Frage: Was wollte Ardor von mir? Warum hatte Smith mir das Leben gerettet, damit ich von Wildfire zerschlagen werden konnte? War ich gefangen zwischen gegensätzlichen Zielen?

Aber nein, es konnte doch keinen Widerspruch geben; die drei Aspekte waren doch nur Formen, die Ardor annahm, um sich uns zu zeigen. Alle Feuer haben an dem einen Feuer teil. Dies ist ein Rätsel, über das Propheten sinnieren; mir selbst stand es nicht zu, auch nur den Versuch zu machen, es zu verstehen. Und welchen Sinn sollte es auch haben, die Ziele der Götter zu hinterfragen, wenn mein Geist – so klein, so eng und gar nicht mehr beisammen – die Antworten nicht begreifen würde?

Und doch schien das Verstehen zum Greifen nah, so unmittelbar bevorstehend. Ardors Gegenwart war wie ein Wort, das mir auf der Zunge lag und jeden Moment ausgesprochen würde. Mir war, als könne ich den Äußerungen des Gottes eine Stimme verleihen und würde diese im Moment des Aussprechens begreifen, wenn ich nur dieses eine Wort aussprechen könnte. Ich zitterte und sehnte mich danach; ich überließ mich dem Gott, um ein Echo für seine Offenbarungen zu werden. Doch Gedanke und Wort, Wort und Zunge waren getrennt, und als ich versuchte zu sprechen, stand ich vor einem Rätsel.

Einen kurzen Moment aber begriff ich es. Alle Feuer haben teil an dem einen Feuer. Auch ich hatte an diesem Feuer teil, es brannte in jedem Lebewesen, es war das Leben, das die Lebenden von den Toten trennte. Ich sah mein Hearthfire, mein Lebensfeuer, eine kleine Flammenzunge, die im Wind des Zufalls flackerte und sich beugte. Und wenn sie noch einmal aufflackerte und dann erlosch, würde sie nach wie vor in diesem einen brennenden Feuer bestehen. Ich hatte geglaubt, die Flamme gehöre mir, doch sie war nur geliehen.

Das Gewicht hob sich, der Gott zog sich zurück, und ich weinte. Ich hatte um Gnade gefleht, war aber auf einen unerbittlichen Gott gestoßen. *Ich tue, was ich will.*

Als ich die Augen wieder öffnete, erblickte ich einen glitzernden, orangefarbenen Dunstschleier und merkte, dass ich wieder in der Lage war, den Kopf zu heben. Starke Hände halfen mir auf die Beine. Sire Galan legte seinen Arm um meine Hüfte, um mir Halt zu geben. Ohne mir dessen bewusst zu sein, hatte ich lange Zeit vor dem Gott gelegen.

Die Kuh und der Hirsch waren mittlerweile geopfert und ihre Eingeweide untersucht worden, König und Königsmutter hatten den Tempel wieder verlassen.

Nun, da die Last von mir genommen war und der Lärm verebbte, festigte sich die Erinnerung an die Gestalt jenes Momentes, in dem ich die Gegenwart des Gottes gespürt hatte. Die Erinnerung war eine leere Hülle; der Moment selbst konnte nicht erfasst werden. Was jenseits der Worte lag, erwies sich auch als jenseits der Erinnerung. Dennoch spürte ich innerhalb der knochigen Zuflucht meiner Rippen eine kleine Flamme brennen.

Zwei Propheten von Wildfire stellten sich vor uns. Sie hatten langes Haar, trugen dreckige Lumpen und stanken, denn Oberpriestern von Wildfire ist es untersagt, sich zu waschen. Der eine war ein alter Mann, die andere eine junge Frau, doch sie sahen sich ähnlich.

Die Priesterin hielt mir eine Fackel vor das Gesicht, und ich schreckte zurück. Sie untersuchte meine Wange. »Ist das Eure Dienerin? Sie ist dazu berufen worden, nun einem anderen zu dienen.«

Der alte Priester sagte: »Warum sonst hättet Ihr sie herbringen sollen, wenn nicht, um sie diesem Tempel zu widmen?«

War es das, was der Gott gewollt hatte, als er mich niedergedrückt hatte? Dass ich eine seiner Tempelniederen werden sollte? Ich schüttelte den Kopf und machte den Mund auf, doch ich war nach wie vor nicht in der Lage zu sprechen, und das laute *Nein* in mir quoll nicht heraus. Galan verstärkte den Druck seines Armes um mich. Er hatte riskant gespielt, indem er mich in eine Hochburg von Ardor mitgenommen hatte, doch mit diesem Zufall hatte er nicht gerechnet, als er die Knochen warf. Er sprach mit leiser Stimme, wie er es manchmal tat, wenn er am gefährlichsten war. »Sie folgt mir in den Krieg. Habt ihr es nicht gehört? Wildfire begleitet uns unterwegs.«

Sire Edecon lachte, ein Kläffen ohne jeden Humor, jedoch laut genug, um die Priester daran zu erinnern, dass Sire Galan nicht allein war.

Die Propheten warfen sich Blicke zu. In der Dunkelheit jenseits der Kolonnaden sah ich schwarze Schlitze in den Wänden, Öffnungen, die zu noch dunkleren Gängen dahinter führten. Ich hörte Gemurmel. Eine Menschenmenge drängte sich vor diesen Öffnungen und starrte zu uns hinein. Es war Erdvolk, welches das Innere des heiligen Orts nicht betreten durfte.

»Das hier sind Zeichen«, sagte der Priester. »Sie muss untersucht werden.«

»Allein«, sagte die Priesterin.

Galan sagte: »Wir werden jetzt gehen« und zog mich mit sich. Da ich Angst vor den Propheten hatte, ging ich mit ihm. Aber ich ballte dabei die Hände zu Fäusten. Galan hatte dem Gott ein Vermögen an Gold geopfert, es jedoch an Respekt mangeln lassen. Er hatte den Tempel besucht, um seine Feinde zu verhöhnen, und die Brandmarkung auf meinem Gesicht als Ausrede benutzt. War er der Meinung, die Markierung habe nichts zu bedeuten? Ich wollte die Bedeutung des Omens erfahren, selbst wenn sie ihm gleichgültig war. Ich war närrisch genug gewesen zu glauben, der Gott werde direkt zu mir sprechen, und es war kein Wunder, dass ich zurechtgewiesen worden war. Ardor sprach durch seine Propheten. Es war ihre Pflicht, Omen zu deuten, und es mochte auch ihr Vorrecht sein zu heilen, wenn der Gott es erlaubte.

Wir waren noch nicht viele Schritte gegangen, als ich Galan zurückhielt und meine Hand öffnete, um ihm die Klumpen Myrrhe zu zeigen und meine klebrige Handfläche mit dem bernsteinfarbenen Baumharz. Und endlich kamen auch Worte, in der Eile durcheinandergewürfelt. Ich sagte: »Wartet bitte, ja? Ich muss zurück, ich muss dieses Stopfer … Opfer machen. Weil ich vergehen will, ich muss geläutet …

gedeutet werden. Vielleicht können die ... Trompeten ... die Propheten desjenigen, der blitzt ... helfen, vielleicht können sie mich seilen.« Ich merkte, dass Galan zögerte. Ich berührte seinen Ärmel. »Ihr werdet kommen, falls sie versuchen, mich einzumerren?«

»Bleib nicht zu lange«, sagte er.

Hinter der großen Flammenschüssel befand sich ein niedriger Türeingang. Die Propheten von Wildfire bückten sich, um einzutreten, und ich folgte ihnen in einen kleinen Raum. Das durch ein hohes Fenster einfallende Tageslicht beleuchtete grauen Rauch, der sich durch die Luft kringelte, sowie ein Durcheinander von Gegenständen auf einem Tisch: eine Käserinde, eine Tonschale mit einer Lache blauer Tinte darin, eine Flöte aus einem Knochen.

Die Priesterin goss Öl in ein bronzenes Becken auf einem hohen Dreifuß und entzündete es. Selbst in dem Sonnenlicht flammte es gleißend hell auf. Ich zeigte ihr die Myrrhe, und sie nickte, womit sie ihr Einverständnis mit der Opfergabe zum Ausdruck brachte. Die Myrrhe verbreitete beim Verbrennen einen süßlichen Geruch. Die Priesterin verstreute Salze auf dem Feuer, worauf grüne Flammen unter den orangefarbenen flackerten und schwarzen Rauch aufsteigen ließen, der sich um den grauen rankte. Ich setzte mich auf die Stelle, die sie mir zuwies, und der Priester setzte sich mir direkt gegenüber. Er hatte ein kantiges Gesicht mit schmalen Augen, und wenn er sprach, zitterte sein grauer, langer Bart. Er beugte sich vor und rieb mit dem Daumen an der Markierung auf meiner linken Wange. »Bist du gestern getroffen worden?«

Ich versuchte, meine Erinnerung an morgens und nachts und Tag und Nacht und Nachmittag in die richtige Reihenfolge zu bekommen. Doch ich konnte es wirklich nicht mehr auseinanderhalten. »Ich glaube ... ein Schlag dator ... davor. Oder twei. Habt Ihr so ein Leichen schon einmal gesehen? Was ist das? Ist es so eine Art Wal ... Schal ... ein Mal, das ich für immer tragen muss?«

»Diese Zeichen verblassen schnell wieder; es ist gut, dass du damit hergekommen bist. Bist du noch woanders verbrannt worden? Verletzt?« Seine Stimme klang sanft.

»Ein paar kleine ... Flecken hier und da, das ist alles. Aber mein Topf, mein ... Kropf tut weh, ich habe ganz furchtbares Topfweh. Und man kann hören, wie ... als ... Mildfire mich niedergestreckt hat, wie es meine ... Zange von meinen Gefanken getrennt hat.« Ich legte beide Zeigefinger zusammen, um zu zeigen, wie Zunge und Verstand zuvor wie ein Paar Ochsen eingespannt gewesen waren, nun aber dickköpfig waren und auseinanderstrebten. »Daher kann ich mich nicht wichtig äußern. Ich habe viele Opfer geboten, doch der Gott hat mich nicht geheilt, also habe ich mich gefragt, ich hoffte, dass Ihr vielleicht ... Addo bitten könntet, Nachsicht zu trüben.«

Er goss einige Tropfen Wasser aus einem Fläschchen in den Becher trocknender Tinte und verrührte diese mit seinem Pinsel. »Bleib ruhig sitzen.«

Er begann in der Mitte der Blitznarbe auf meiner linken Wange und fuhr mir mit dem nassen Pinsel leicht über die Haut. Ich schloss die Augen, als er über mein Augenlid strich. Ich hielt sie geschlossen, während er bis an jedes Ende der sich verzweigenden Pfeile malte, wobei er mein Kopftuch beiseiteschob, um den Pfad auf meiner Kopfhaut durch die Haare und dann den Nacken hinab bis an meine Schulterblätter nachzuverfolgen. Im Gefolge seines Pinsels erkaltete die Tinte auf meiner Haut. Während er malte, summte er, atmete ein, summte und atmete wieder ein, und ich folgte dem dünnen Faden seines Lieds nach innen, bis an die Stelle, an der ich verwirrt wurde und ihm nicht mehr folgen konnte. Der Pfad war zu verzweigt, und ich verlor die Orientierung, doch etwas lockerte sich in mir, das zuvor fest verknotet gewesen war, etwas ging auf, das zuvor verschlossen gewesen war.

Ich kehrte wieder in die Gegenwart zurück und machte die Augen auf. Der Priester legte seinen Pinsel auf dem Rand des Bechers ab. Ich setzte mir mein Kopftuch auf, glättete es und machte eine Geste des Dankes, indem ich die Hand auf mein Herz legte. Die Kopfschmerzen waren weg. Doch noch bevor ich den Mund aufmachte und Worte fand, die mir so wenig gehorchten wie zuvor, wusste ich, dass der Priester zwar mein Leiden gelindert, mich aber nicht geheilt hatte.

»Ich bin schlankbar«, sagte ich. »Aber … ist da wichts … schlichts, das Ihr tun könnt, um meine Lache zu heilen?«

»Du sprichst, wie Wildfire es will – es ist besser, ihm seinen Willen zu lassen.«

»Aber ich spreche doch … Schauderkelch!«

»Erwartest du von Wildfire, so zu sprechen, dass es jeder versteht?«

Die Priesterin setzte sich mit ihrem eigenen Pinsel an den Tisch, betrachtete mein Gesicht und zeichnete die Markierung ab in ein Buch aus gefaltetem, geleimtem Leinen. Ich wies auf das Buch und sagte: »Was bereutet diese Sarge … diese Narbe, die Mildfire mir eingenannt hat? Könnt Ihr mir dies sagen?«

Der alte Priester sagte: »Du bist dazu berufen worden, Ardor zu dienen. Ihm im Tempel zu dienen.«

Ich stand auf und schüttelte den Kopf. Das war es nicht, was die Markierung bedeutete. Das konnte es nicht heißen.

»Ich glaube, es wird schmerzhafte Folgen für dich haben, wenn du den Gott zurückweist.«

»Ihr könnt nicht … Ihr könnt nicht … Ich gehe, wohin ich gehen fluss … wohin ich gehen fluss. Ihr könnt mich nicht aufwalten … aufhalten.«

»Meinst du etwa, wir wollen dich gefangen nehmen?«, sagte der Priester. »Dem ist nicht so. Aber bleib noch. Wir haben Fragen an dich.«

Ich setzte mich wieder, und der Priester beugte sich mit

forschendem, erwartungsvollem Blick zu mir vor. Sein Kopf befand sich vor der flachen Schüssel mit dem brennenden Öl, und hinter ihm stiegen Flammen auf, die er zu tragen schien wie eine Krone. »Was siehst du? *Hast* du etwas gesehen?«

»Ich sehe, was jäger sehen würde. Ich sehe Euch.«

»Siehst du etwas in dem Feuer?«

»Ihr meint die Ohne … die Feuerkrone?«

Rauch oder Schatten flackerten und erhoben sich um den Kopf des Priesters, hoben ihn gegenüber den Flammen ab, und ich erkannte den dunklen Anflug von Angst wieder. Vor mir hatte er ganz sicher keine Angst, aber es bestand kein Zweifel daran, dass er Angst hatte.

»Du siehst eine Krone? Wer trägt sie? Königsmutter Caelum oder König Corvus?«

»Wer ist das, König Korpus? Ach so, der Winz – Ihr meint sicher den Winz, den … den Prinz.« So also war der Name des Sohnes der Königsmutter, den ich vergessen hatte: Prinz Corvus. Hier nannten sie ihn König – das hatte ich nicht begriffen.

Die Priesterin schrieb etwas auf einer gefalteten Seite ihres Buchs auf, gleich neben der Blitzmarkierung.

Der Prophet richtete sich auf, trat aus dem Licht und sagte: »Eine Feuerkrone, ja. Aber wer trägt sie?«

Es war lachhaft, dass sie mich dies fragten, so als besäße ich geheimes Wissen. Lachhaft, aber ich konnte nicht über sie lachen. Die Propheten und ihr Stamm waren zwischen gegensätzlichen Zielsetzungen gefangen und fürchteten, sich zu irren, indem sie auf die unterlegene Seite setzten. Ich wies auf die Flammen, die im Rund der Schüssel züngelten. »Es gibt keine Sachlichkeit für Euch, keine, keine … Sicherheit, egal, auf welche Seite Ihr setzt, ob auf die Königsotter oder ihren Sohn. Denn das … Ding, das brennt … nein, nein, das Brennen selbst, das … Ungeheuer … Feuer, es frohlockt, es ist ganz versessen, es lebt, um zu brennen.

Das heißt nicht böswillig, aber nichtsdestospott setzt es alles in Schand, versteht Ihr? Wer immer sie trägt, wird verkannt werden.«

»Ja, aber wer trägt sie? Was hast du noch gesehen?«

»Ich habe einen Schatten im Sohne gesehen ... in der Krone. Ein Grauen.«

»Einen Sohn. Sie hat König Corvus gesehen.« Der Priester griff diesen Wortfetzen auf und machte ihn zu einem Ganzen. Ich warf einen Blick auf das, was die Priesterin aufschrieb, doch die Gottzeichen, verkehrt herum, ergaben nicht mehr Sinn als das, was ich gesagt hatte.

Verärgert schüttelte ich den Kopf. »Nein, nein! Hört ihr mich denn nicht nuscheln ... tuscheln? Alles Gebrabbel. Jetzt ist Ende.«

Sie stellten mir weitere Fragen, doch ich weigerte mich, noch etwas zu sagen. Bei dem Versuch, die Wahrheit zu sagen, hatte ich sie bereits in die Irre geleitet. Es ließ in mir Misstrauen gegenüber allem aufkommen, was ich je aus dem Mund von Propheten gehört hatte. Warum benötigten sie meine Antworten? Hatten sie denn nicht ihre eigenen Wahrsagungen? Oder war ich lediglich ein Omen unter den vielen, die nach Deutung schrien?

Ich war nicht imstande, das hervorzubringen, was der Gott sagen mochte. Das wusste ich, auch wenn die Propheten es nicht wussten, denn das Wissen war mir eingeprägt worden, als ich vor den Altar gekrochen war. Falls es das war, was Ardor von mir wollte, dann hatte ich versagt. Vielleicht lag die Schuld daran bei mir, weil ich ein Erdmensch war, ohne eine göttliche Abstammungslinie, die mein Wesen verstärkt hätte. Ein fehlerhafter Topf zerbricht im Brennofen – vielleicht war dieser Überrest von mir, schmerzend und zuckend, stockend und langsam, alles, was übrig war, nachdem der Gott mich gebrannt und dann als unpassendes Gefäß befunden hatte.

Würde meine Sprechweise bis ans Ende meiner Tage

verworren bleiben? Wie würde ich das aushalten? Ich beschloss, jede Hoffnung fahren zu lassen; es war zu bitter, wenn Hoffnung nicht erfüllt wurde.

Sire Galan und seine Freunde erwarteten mich; sie standen in der Hitze, die von Wildfires Altar ausging. Als er die Farbe auf meinem Gesicht sah, holte er kurz Luft und sagte: »Haben sie dir wehgetan?«

Ich streckte die Hand aus, um ihn zu beruhigen. »Es wird sich auswaschen.«

»Tu das nicht.«

»Was soll ich nicht tun?«

»Es abwaschen.«

»Wieso nicht? Es ist doch bloß Narbe. Ich glaubte, sie närbten mich, um mich zu eilen – wegen einer Heidung ... einer Seilung. Aber Ihr hört ja, dass ich immer noch verirrt spreche.«

»Sie wollten etwas von dir – was war das?«

»Ich glaube, ein Morakel? Oder nein, ein ... Mirakel? Nein, ich meine ... Orakel. Ein Orakel.«

»Ha! Tatsächlich?« Galan griff meinen Arm über dem Ellbogen und schritt in einem solchen Tempo durch den Tempel, dass ich kaum mithalten konnte. Vor der Tür standen zahlreiche Männer, unter ihnen die Stammesmitglieder von Ardor. An einem Friedenstag und an dem heiligen Ort in einem Tempel hatten sie bestimmt nicht vor zu kämpfen, doch sie starrten mich an, flüsterten und zischten. Galans fester Griff war schmerzhaft, doch als ich ihn von der Seite anschaute, grinste er. Er trug eine Quelle der Freude in sich, die sprudelte, wenn er sich in Gefahr befand. Sie sprudelte auch in meinem Körper, als hätte ich das gleiche, gefährliche Wasser getrunken. Er verlangsamte seinen Schritt nicht. Wieder traten sie erst im letzten Moment beiseite.

Er war nicht hierhergekommen, um sich zur Schau zu stellen; er war wegen mir gekommen – um dafür zu sorgen, dass seine Feinde wussten, dass ich von dem Gott berührt worden war. Um Schaden von mir abzuwenden. Kein Wunder, dass er von der Zeichnung auf meinem Gesicht erfreut war.

»Und warst du es?«, fragte Galan.

»Was?«

»Ein Orakel.«

Ich erinnerte mich daran, dass der Priester sich ernsthaft forschend zu mir herabgebeugt und die Priesterin Unsinn aufgeschrieben hatte. Ich fing an zu lachen. »Ich war, ich bin ein Orakel!«, sagte ich so laut, dass die Männer von Ardor es hören konnten. »Seht ihr, was auf meinem Geschlicht geschrieben steht? In dieser Narbe? Fragt die Kometen, was es bedeutet hat, ich kann es nicht sagen. Ich habe eine gespaltene Zunge, eine Dornenzunge, eine Zunge aus Feuer.« Ich hörte auf, nach den richtigen Worten zu suchen, ich lachte und ließ sie einfach alle heraus, und wie die Leute alle gafften! Wir schritten durch das Portal in das Sonnenlicht hinaus und rannten die Stufen hinab, und Galan lachte ebenfalls, und auch Sire Edecon an meiner linken Seite, Sire Guasca an Galans rechter Seite, und auch die anderen dahinter. Es war, als wäre ich eine der ihren.

KAPITEL 4

Der Schwarze Trunk

Eine Handvoll Tage waren wir in Lanx gewesen, eine Handvoll Nächte war ich ohne Schlaf geblieben. Vergangene Nacht war ein gewaltiger Sturm über die Stadt gezogen. Ich hatte ihn schon von Weitem kommen gespürt, an dem Geruch des abendlichen Windes und durch ein anderes Wahrnehmungsvermögen, von dem ich bis dahin nichts gewusst hatte – als drücke eine Last auf einen unterbewussten Teil von mir. Es war ein Schauspiel, das sich angekündigt hatte.

Dann hatte Donner gegrollt, laut wie das Rumpeln von Karren auf Kies, und Wildfire hatte den Himmel bekritzelt und den peitschenden Regen erhellt. Ich setzte mich auf den Balkon und schaute zu, verängstigt, aber nicht imstande, meinen Blick abzuwenden. In dem Sturm hatten seltsame Melodien mitgeklungen. Die Turmspitze über mir heulte bei jeder Böe von nördlich des Westens, und als sich der Wind drehte, antwortete eine andere Turmspitze mit ihrer eigenen, charakteristischen Stimme, denn jeder Stammesturm besaß einen Windfang, der nur dann erklang, wenn der Wind aus der Richtung kam, in der sein Gott herrschte. Auf diese Weise leitete die Stadt bei einem Sturm ihre Schiffe sicher in den heimatlichen Hafen. Die Geräusche der Windfänge waren schon immer da gewesen, bei jeder Brise summend, doch ich hatte sie bisher nicht wahrgenommen.

Bei Tagesanbruch war der Sturm verebbt, und ich war noch müder als in der Nacht zuvor. Ich saß auf dem Balkon und versuchte ein wenig zu nähen, während Penna sich mir gegenüber niederließ und an Sire Edecons mit Eisenplättchen besetztem Panzerhemd arbeitete und dabei mit Schweiß und Blut befleckte Werggarnpolsterung ersetzte. Wir arbeiteten ruhig nebeneinander, und ich fand es erholsam. Sire Rodela summte wie immer, aber während des Tages, wenn ich beschäftigt war, fiel es mir leichter, ihn zu ignorieren.

Beide Hände gehorchten mir ohne Schwäche, doch fiel mir etwas Sonderbares auf: Meine rechte Hand war jetzt immer kalt, meine linke immer warm. Ich schielte auf die Nadelstiche, die nicht so gerade marschierten, wie sie es hätten tun sollen. Ich hatte Sire Galan davon überzeugt, dass ich im Winter nicht in einem dünnen Unterhemd herumlaufen konnte, auch wenn das die Mode war, und er hatte mir genug grünen Stoff für zwei Kleider besorgt. Penna hatte mir dabei geholfen, sie zuzuschneiden, und nun nähte ich ein Überkleid mit Ärmeln, das ich am Mieder und den Schultern mit Schnüren verzierte und das vorne und hinten Schlitze bis hinauf zur Hüfte hatte. Auf diese Weise konnte ich eines der Gazekleider, die Galan mir geschenkt hatte, als Unterwäsche darunter tragen, ohne allzu viel von mir selbst sehen zu lassen.

Er hatte mir noch andere Geschenke gemacht: Stiefel, die bis in Wadenhöhe geschnürt wurden und viele Meilen halten würden, ein glänzendes, weidengrünes Kopftuch mit einer weißen Schnur, mit der man es einwickeln konnte, ein kleines Messer mit einem elfenbeinernen Heft als Ersatz für das von Wildfire zerstörte, einen ledernen Gürtel mit einer Öltuchbörse. Ich lehnte seine Geschenke nicht ab. Diesen Streit hatte ich verloren; durch die Freigebigkeit meines Herrn wurde ich an meinen Rang erinnert.

Erdsoldaten sagten, der König habe vor, den Winter in Lanx zu verbringen und dann auf Malleus zu marschieren, wenn im Frühling besseres Wetter herrschte. Ich hätte nichts dagegen gehabt. Doch Sire Galan meinte, noch innerhalb dieser Dekade, sobald das Heer mit Lebensmitteln eingedeckt war, würden wir fortziehen. Heute waren er und seine Männer auf den Markt von Carnal gegangen, um Pferde zu kaufen (um Huren zu kaufen, sagte Spiller, um mich eifersüchtig zu machen, denn beides gehörte zum Herrschaftsbereich von Carnal). Der Crux hatte Galan gebeten mitzukommen, da dieser seinen Worten zufolge ein Auge für Pferdefleisch habe. Ich fand es grausam, Galan zum Kauf von Pferden loszuschicken, die er nicht reiten durfte, doch Galan schien sich geschmeichelt zu fühlen, mit dieser Aufgabe betraut worden zu sein. Der Rittmeister des Crux, Thrasher, würde das Feilschen übernehmen, denn in Incus machten sich Edle nicht mit Kaufen und Verkaufen die Hände schmutzig, sondern überließen solche Verhandlungen den Erdgeborenen. Dieser Brauch war von den Kataphrakten unseres Heers nur zu gerne übernommen worden, und ein schöner Brauch war es auch, weil er Niederen dabei half, ihre Schäfchen ins Trockene zu bringen.

Ich versuchte den Faden in die Nadel zu fädeln, doch meine Hände zitterten, und die Öse schien ihre Größe zu verändern, wenn ich sie zu lange anstarrte. Ich hielt Penna Nadel und Faden entgegen und sagte: »Könntest du …?«

Sire Edecon hatte Penna weder Stiefel noch Wolle gekauft. Vielleicht wollte er sie bloß für sein Vergnügen hier in Lanx haben. Ich hoffte, sie würde mit uns ziehen, denn es wäre gut, ihre Gesellschaft zu haben. Sie sprach nie von ihren Plänen und auch nicht davon, was in dem Wohnturm von Torrent geschehen war. Ich ließ ihr die Verschwiegenheit, die sie vorzog, und sie ließ mir meine Ahnungslosigkeit.

Ich sagte: »Ich habe genug Molle für zwei, für zwei Sachen, die du auf dir trägst … zwei wie diese …« Ich hob das Kleid, um ihr zu zeigen, was ich meinte. »Wenn du willst, henke ich dir eins. Damit du warm bist bei dieser Schelte … Kälte. Während wir kampieren.«

Auf dem Boden des Balkons stand eine kleine Kohlenpfanne

zwischen uns, und Penna beugte sich hinunter, um noch ein paar Scheite auf das Feuer zu legen. Sie gab keine Antwort.

»Ich helfe dir, es zu säen ... zu nähen«, sagte ich.

Als sie aufschaute, huschte so etwas wie ein Lächeln über ihr Gesicht. »Wie du nähst, habe ich gesehen.«

»Ich weiß. Es ist alles dumm und schief. Wie meine Sprache.«

Wir begannen wieder zu nähen, und dabei herrschte Stille.

Dann machte jemand die Tür zu Galans Zimmer auf und rief: »Ist jemand da?«

Ich warf mein Nähzeug hin, rannte vom Balkon in den Raum und umarmte Mai. Ich freute mich so sehr, sie zu sehen, dass ich blinzeln musste, um meine Tränen zu unterdrücken. Sie schnaufte heftig, und ich holte ihr den robustesten Stuhl, den ich auftreiben konnte. »Ich kann nicht lange bleiben«, sagte sie. »Und wenn ich gewusst hätte, dass ich so viele Stufen würde steigen müssen, dann wäre ich erst gar nicht gekommen.«

»Ich bin so roh, dass du es getan hast«, sagte ich. »Aber bist du ganz an der Leine gekommen? Ist das nicht gemählich?«

»Ich habe Trave und Pinch und die anderen unten gelassen, damit sie ihre langen Nasen nicht in unsere Angelegenheiten stecken. Was ist denn mit deinem Gesicht geschehen? Ist der Bluterguss jetzt blau geworden? Das sieht ja fürchterlich aus. Aber du bist nicht mehr so schief und hörst dich auch besser an. Hast du deine Kraft wieder?«

»Und du? Keine Schneeschlankheit mehr?«

»Den Göttern sei Dank. Ich dachte schon, ich würde es nicht überleben. Um die Wahrheit zu sagen, dachte ich, wir würden alle sterben. Als der Blitz einschlug, ist der halbe Mast abgebrochen, wusstest du das? Er hat zwei Männer erschlagen und das Schiff fast zum Kentern gebracht, bevor sie ihn ganz abgeschlagen haben. Aber warum ist diese Farbe auf deinem Gesicht? Wer hat das getan?«

Penna trat durch die Balkontür ins Zimmer, und sie und

Mai beäugten einander. Ich wollte sie miteinander bekanntmachen, doch ihre Namen kamen mir völlig falsch über die Lippen, worauf sie lachten und sich selbst einander vorstellten. Wenig später hatte ich Mai einen Platz neben der Feuerstelle eingerichtet, eine Kohlenpfanne zu ihren Füßen gestellt und ihr eine Holzschüssel mit braunem Bier in die Hand gedrückt. Penna und ich setzten unsere Näharbeiten fort, während ich Mai von den Propheten von Ardor berichtete, und wie diese mich bemalt hatten und ich Sohne statt Krone und Ungeheuer statt Feuer gesagt hatte. Sie amüsierte sich sehr darüber. »Ich sagte dir doch, dass die Leute Notiz davon nehmen«, sagte sie.

Ich fragte nach Sire Torosus, Sunup und Tobe, und sie meinte, es ginge ihnen allen gut, doch ihrer aller Unterkunft sei nicht so gut wie die unsere. Ihre Kompanie war bei ihren entfernten Vettern einquartiert worden, dem Stamm der Delve in Lanx, der infolge der Fehde verarmt war. Sie benötigten sowohl die Schiffsbauer der Crux als auch die Seeleute von Torrent, um ihr Erz zu transportieren; bei dem Versuch, beide Seiten zufriedenzustellen, hatten sie es bei keiner geschafft. Daher war der Empfang von Sire Torosus' Kompanie kalt und dürftig gewesen, wie man sich vorstellen könne, meinte Mai. Und sie hege auch keine Zweifel, dass sie den Eiden, die sie gegenüber der Königsmutter hatten ablegen müssen, abschwören würden, sobald unser Heer fortgezogen war. Deren Sohn, Prinz Corvus, mochten sie natürlich auch nicht besonders. »Diesen Edlen hier in Incus darf man nicht trauen«, sagte Mai, »sie haben keine Vorstellung von Loyalität.«

Ich befürchtete, das könnte Penna beleidigen, sodass ich aufstand und Mai mit großem Getue das graue Kleid zurückgab, das sie mir geliehen hatte. Mai wiederum lobte spöttisch mein blaues Seidenkleid; sie meinte, sie habe im Sommer nichts gegen die Mode, doch Sire Torosus fände sie nicht gut.

»Du bist aus Corymb?«, fragte Penna Mai.

»So ist es«, sagte diese.

»Und du bist aus Lambanein?«, fragte sie mich.

»Wer, ich? Nein. Wo ist das? Ich komme auch aus … aus Kram, Krim … Korm.«

»Ich weiß, dass du aus Corymb gekommen bist. Aber geboren worden bist du in Lambanein, nicht wahr?«

»Warum sagst du das?«, wollte Mai wissen.

»Ihr rotes Haar«, sagte Penna. »Viele Lambaneiner haben rotes Haar, so wie die Frau von König Corvus.«

Ich erinnerte mich daran, dass Sire Galan mich einmal Hazards Brut genannt und ich ihm nicht geglaubt hatte. Aber gab es da einen Ort, der von Hazard beherrscht wurde und an dem rotes Haar normal war? Ich setzte meine Näharbeit fort, und meine kalte rechte Hand zitterte mehr als je zuvor. »Wo liegt dieses Lampean, dieses … Königschleich? Ich habe noch nie davon gehört.«

»Im Süden, nicht wahr?«, fragte Mai.

Penna nickte.

»Ich weiß nicht, wo ich geschoren wurde … geboren«, sagte ich. »Ich hatte wahrhaftige Säume von einem Ort, einem … Hort, Fort … und von Siegern, die über die Höhen ritten, und mein … der Mann, der Muttermann, er hat auf sie gezeigt.« Mai schaute Penna an, und Penna schaute Mai an, und ich erkannte, dass sie mich beide nicht verstanden hatten. Ich hatte zwei wahrhaftige Träume von meinem Vater gehabt – ich wusste, dass sie wahr waren, weil ein Geruch in ihnen gelegen hatte, und normale Träume sind ohne Gerüche. Ich hatte geträumt, wir ritten über einen Berg, um ein Hengstfohlen zu verkaufen, und mein Vater entdeckte Krieger hinter uns auf einem anderen Berg, und obwohl ich noch klein war, begriff ich doch, dass er Angst hatte. In dem zweiten Traum zog er mir, bevor wir zum Markt gingen, eine bestickte Kappe und eine ebensolche Weste aus Filz an. Aus diesen kurzen Träumen hatte ich zweierlei gelernt: Mein

Vater war ein Erdgeborener, der Pferde züchtete und verkaufte, und er hatte mich gern. Dies alles mit meiner verknoteten Zunge zu erklären war unmöglich. Aber es gefiel mir nicht zu sehen, wie Mai und Penna solche Blicke miteinander austauschten; lachten sie mich aus?

»Also komme ich ja vielleicht aus diesem ... Hort, Ort? Wie hast du ihn noch genannt? Aber ich weiß nur noch König ... ich meine wenig, denn ich ertrümmere mich nicht. Ich war noch ganz klein, als ich gesangen genommen wurde, vielleicht vier Bahre alt, niemand weiß es. Und das war ungefähr ein Schmutz – lasst mich nachdenken – ein Dutzend Jahre her, oder dreizehn. Ich war eine Gesangene – wie du, Pennmal –, eine Gefangene.«

Ohne ein Wort zu sagen, beugte sich Penna über Sire Edecons Brigantine, und dieses Mal waren es Mai und ich, die sich Blicke zuwarfen. Vielleicht hatte ich Unrecht daran getan, Penna eine Gefangene zu nennen. Sie konnte doch weglaufen, oder nicht? Sich durch das Tor schleichen, in der Stadt verschwinden – Sire Edecon würde nicht wissen, wo er nach ihr suchen musste. Aber wohin würde sie gehen, wie könnte sie überleben? Einen Moment lang stellte ich mir vor, durch ihre Augen eine Welt zu sehen, die plötzlich all derer beraubt worden war, die man geliebt und gekannt hatte, und ich schreckte zusammen.

Mai war die Erste, die das unbehagliche Schweigen brach, das meinen Worten gefolgt war; sie erzählte uns den neuesten Klatsch, dass nämlich der Befehlshaber der Wölfe um die Hand der Königsmutter angehalten habe, obwohl sie doch dünn und hart wie ein Brett sei, sagte Mai, und sie bezweifle, dass der Wolf oder sonst jemand mit ihr ein Kind haben könne, so alt sei sie – sie müsse mindestens vierzig sein.

»So alt nicht, glaube ich«, sagte Penna. »Königsmutter Caelum hat ihren ältesten Sohn, Corvus, im gleichen Jahr zur Welt gebracht, in dem sie verheiratet wurde, und er ist zwanzig – und sicher war sie jünger als fünfzehn, als sie heiratete. Und was hat die Königsmutter diesem Wolf geantwortet?«

»Sie hat ihn natürlich zurückgewiesen.«

Mai war immer noch mit Klatsch beschäftigt, als der Crux seinen Knappen Boot schickte, um mich zu holen. Ich legte mein Nähzeug beiseite und schaute Mai in panischer Angst an. Als der Crux mich zum letzten Mal hatte holen lassen, hatte er mich seinen Menschenjägern in einem Prozess durch Gottesurteil gegenübergestellt, wo ich beweisen sollte, die Wahrheit über Sire Rodelas Lügen gesagt zu haben. Wahrscheinlich wäre ich dabei umgekommen, hätte sich Galan nicht in dem Hundezwinger neben mich gestellt. Jetzt war Galan weg, um einen Auftrag des Crux zu erledigen, und ich bezweifelte, dass dies Zufall war.

Mai stand auf und stellte sich neben Boot. Der war ein großer Mann, doch sie überragte ihn, und einen Moment glaubte ich, sie werde sich an ihm vergreifen. Aber sie war klüger. Sie fragte mich: »Soll ich meine Männer schicken, um nach Sire Galan suchen zu lassen?«

»Nein, tu das nicht«, sagte ich. »Sag ihm nur Bescheid, falls ich, wenn ich … verminde … verhinde … verschwinde. Damit er weiß, wer daran huld hat.«

»Beeil dich«, sagte Boot und riss mich am Arm, um mich aus dem Stuhl zu ziehen.

Penna schaute mich an, während sie ihre schwarzen Brauen zusammenkniff.

Boot führte mich die Stufen zum Zimmer des Crux hinauf. Es war nicht größer oder luxuriöser eingerichtet als Galans, lag jedoch weiter oben im Turm, wie es seinem Rang entsprach. Der Crux saß an einem Tisch, zwei seiner Priester neben ihm, Divine Hamus, Prophet von Sun, und Divine Xyster, Prophet von Moon.

Der Crux trug keinen Hut, und sein weißes Leinenhemd war halb aufgeschnürt und hing ihm lose über seiner

Strumpfhose. Er hatte nackte Füße. Es war untypisch für ihn, so spät aufzustehen. Er war muskulös, und der zierliche Stuhl, auf dem er saß, quietschte, wenn der Crux sein Gewicht verlagerte.

»Stell dich ans Fenster«, sagte Divine Hamus und stand auf, um mich anzuschauen. Es war ein Nordfenster, und das Licht war hell, wenn auch indirekt. Es trieb mir die Tränen in die Augen. Seit ich vom Blitz getroffen worden war, schmerzte mich helles Licht.

»Diese Markierung ist falsch«, sagte Divine Hamus zum Crux. »Sie ist aufgemalt worden.«

»Ist es also ein Schwindel?«, fragte der Crux. »Wurde sie gar nicht vom Blitz getroffen?«

»Ich habe die Geschichte von zu vielen gehört«, erwiderte der Crux. »Sie wurde von zwei Kataphrakten von Delve und einer Priesterin von Copper bezeugt.«

»Wascht die Tinte ab«, sagte der Crux, »und seht nach, was darunter ist.«

Divine Hamus' Nasenflügel zuckten vor Abscheu, und er schürzte die Lippen.

Ich bedeckte meine Wange und sagte zum Crux: »Mein Sire, Sire ... Galant, Euer ... Nichte – wie heißt das Wort noch? – Euer Neffe – hat mich angewiesen, sie zu zerfalten. Er wird erzürnt sein, wenn Ihr das tut.«

Der Crux befahl Boot, die Tinte aus meinem Gesicht und von meinem Nacken zu reiben. Als Boot damit fertig war, brannte meine linke Wange, wundgescheuert. Beide Priester traten dicht an mich heran, um mich anzuschauen, und beide stimmten darin überein: Die Markierung – wenn es denn eine gegeben hatte – war verschwunden.

Der Diener von Divine Hamus reichte diesem einen Käfig, der zwei Sperlinge enthielt. Der Priester griff in den Käfig, worauf die Sperlinge flatternd versuchten, seiner Hand zu entkommen, und mit ihren Flügeln gegen die Holzstäbe schlugen. Er erwischte einen von ihnen, zog ihn heraus und drückte ihm den Hals mit den Fingern zu, bis das Tier erschlaffte. Dann legte er den Vogel auf ein weißes Tuch auf dem Tisch und schlitzte ihm mit einem winzigen, mit Juwelen besetzten Messer den Bauch auf. Er löste ihm das Federkleid im Ganzen ab, mit Kopf, Flügeln, Füßen, Federn und allem, als nehme er einen Umhang ab. Das winzige Stück Fleisch, das übrig blieb, zerteilte er und untersuchte es. Die Propheten von Crux waren geübt darin, anhand von Sonne, Mond, Sternen, Wetter und Vögeln weiszusagen – von allem, das sich am Himmel bewegte. Für sie war der Himmel ein Spiegel, klar und hell, auf dem sich Ereignisse, die auf der Erde stattfanden, spiegelten. Wenn sie bemüht waren, häusliche Wahrheiten und Ärgernisse in Erfahrung zu bringen, schauten sie in den Körper von toten Vögeln. Die Götter schreiben kleine und große Omen.

Divine Hamus flüsterte dem anderen Priester etwas zu, und der Crux beobachtete die beiden reglos. In seiner Ruhe lag nichts Tröstliches; er behielt seinen Zorn im Zaum. Er konnte ihm freien Lauf lassen, wann immer es ihm beliebte, um mir nachzustellen oder mich zu bedrängen.

Als Divine Hamus sich aufrichtete, ergriff der Crux das Wort. »Ich will wissen, warum sie uns gefolgt ist. Ist das Ardors Werk, um einen Feind in unseren Reihen zu platzieren?«

»Ich bin kein, kein ... Reim«, sagte ich.

Ohne in meine Richtung zu schauen, machte der Crux eine Geste, die mir das Wort abschnitt. Mein Mund war so trocken, dass ich nicht schlucken konnte.

Divine Hamus sagte: »Im Herz oder der Lunge sind keine Anzeichen von Bestechung, nichts, was für Ardors Niedertracht sprechen würde. Aber in der Nähe des Auges ist eine Geschwulst, die auf ein Durcheinander bei Crux hindeutet. Blindheit, vielleicht, oder dessen Gegenteil.«

»Dessen Gegenteil? Zu viel zu sehen – spionieren? Sprecht deutlich!«

Divine Hamus, der klein und stämmig war, richtete sich so weit auf, wie es ihm möglich war, und sagte: »Ich spreche so deutlich, wie die Zeichen es erlauben. Mehr zu sagen hieße, missverstanden zu werden und womöglich in die Irre zu leiten.«

»Vielleicht solltet Ihr dann noch den anderen Vogel töten und mir etwa Brauchbares sagen.«

Divine Hamus schien sehr gekränkt zu sein.

Ich hörte ein Lachen, das Lachen einer Frau. Ich drehte mich um, doch sie war hinter dem Flechtgitter und den Gazevorhängen vor dem Bett des Crux verborgen. »Quält den armen Priester nicht«, sagte die Frau, und ein weißer Fuß trat hinter dem Bettvorhang hervor, gefolgt von einem schlanken Knöchel und einer runden Wade und schließlich dem Rest von ihr. Sie trug ein samtenes, in einem kräftigen Violett gefärbtes Überkleid, und ihr nackter Hals und ihre unbedeckten Schultern waren glatt und jugendlich. Allerdings deuteten die Krähenfüße um ihre Augen auf viele Jahre hin, Jahre der Heiterkeit. Sie trug ihr Haar unbedeckt, wie eine Maid oder eine Dirne; dass sie keine Jungfer war, war offensichtlich.

Sie ließ sich von Boot einen Stuhl mit einem Kissen bringen, sodass sie sich neben den Crux setzen konnte. Ich war überrascht von der Vertrautheit, die dies zum Ausdruck brachte. Meines Wissens lebte der Crux enthaltsam, was Frauen anging, und tat es verächtlich ab, dass Galan zu viel für eine empfand. Er sah sie böse an, doch sie erwiderte seinen Blick unbeeindruckt mit einem Lächeln. Sie mochte lächeln, so viel sie wollte, doch ich bezweifelte, dass sie es gut mit mir meinte.

»Wieso fragt Ihr sie nicht, ob sie nach Ardors Pfeife tanzt?«, sagte sie. »Vielleicht bekommt Ihr eine klarere Antwort.«

»Eine klare Lüge«, sagte der Crux. »Niedere und Frauen sagen nie ein wahres Wort, wenn ihnen ein falsches von Vorteil ist.«

»Euch mangelt es an Höflichkeit«, sagte die Frau.

»Wenn Höflichkeit Unwahrheit ist, dann gestehe ich den Mangel ein.«

»Es ist höflich, sich daran zu erinnern, an wen man sich Hilfe suchend wendet.«

»Das tue ich sehr wohl, Divine Lepida«, sagte der Crux. »Das tue ich wahrhaftig. Ich erinnere mich daran, dass Ihr versprochen habt, meinen Neffen wieder zur Vernunft zu bringen. Und was hat er getan? Seine Narrheit wurde so verschlimmert, dass er ihr einen schönen Besitz geschenkt hat.«

Ich hielt den Kopf gesenkt, starrte jedoch währenddessen die Priesterin unter meinen Wimpern hindurch an. Violett war Carnals Farbe. Sie musste eine Initiierte von Carnal sein, ein Mitglied der Sekte, die sich den Geheimnissen von Desire verschrieben hatte. Der Crux hatte die Initiierten dafür bezahlt, Sire Galan von seiner Zuneigung zu mir zu heilen. Ich hielt sie für eine Feindin, obwohl sie es wahrscheinlich ablehnen würde, mich als eine solche zu betrachten, so weit stand ich unter ihr. Aber die Initiierten hatten versagt, nicht wahr? Ich ließ mir nicht anmerken, dass mir dieser Gedanke ein Gefühl des Triumphes bescherte.

»Wenn er ihr einen Besitz geschenkt hat, warum ist sie dann hier?«, fragte die Priesterin.

»Genau.« Nun schaute mich der Crux direkt an, und ich hielt meinen Blick gesenkt. Meine Beinen zitterten so sehr, dass ich glaubte, der Boden unter meinen Füßen bewege sich. »Warum *bist* du denn gekommen? Wenn du es nicht sagst, wird dir mein Laufbursche hier eine Tracht Prügel verabreichen müssen. Und ich bin davon überzeugt, dass es eine anständige Tracht Prügel sein wird, denn wenn seine Faust nicht stark genug zuschlägt, wird er die meine zu spüren bekommen.«

Boot trat neben seinen Herrn, und da ich nicht gewillt war, ihm in die Augen zu sehen, starrte ich auf seine fadenscheinige Hose, die ihm bis über die Knöchel schlackerte. So hatte sich Galan das bestimmt nicht gedacht, als er dafür sorgte, dass sein Onkel von dem Blitzschlag erfuhr.

»Du hast meine Erlaubnis zu sprechen«, sagte der Crux. »Warum schweigst du immer noch?«

»Ich ... ich ... ich ... Es war nicht ... Es war, weil ... weil ...«

»Das ist das Wesen, das Sire Galan mit seinem Zauber belegt haben soll?«, sagte die Priesterin. »Sie ist ein Simpel!«

»Wenn sie will, kann sie sich gut ausdrücken.«

»Sire«, sagte Divine Xyster, »da gibt es etwas, das ihr die Zunge lösen wird, ohne Blutergüsse auf ihrem Körper zu hinterlassen, gegen die Galan etwas einwenden könnte.«

»Was denn? Schlagt Ihr vor, sie betrunken zu machen?«

»In gewisser Hinsicht, ja. Wir können ihr den Schwarzen Trunk verabreichen.«

»Aber das wird sie vergiften«, sagte Divine Hamus.

»Nicht, wenn ich ihr bloß ein wenig davon verabreiche. Gerade genug davon. Je mehr Lügen sie erzählt, desto schlechter wird ihr werden. Es wird sie lehren, die Wahrheit zu sagen.« Als Carnifex der Kompanie behandelte Divine Xyster die Wunden und Krankheiten der Männer; sein Wissen unterschied sich von meinem, denn ich war eine Heilerin für Frauen. Er kannte seine Gifte, wie jeder Heiler, denn sie sind zugleich auch unsere wirkungsvollsten Heilmittel. Doch soweit ich wusste, besaß der Schwarze Trunk keinerlei heilende Wirkung. Er wurde bei Prozessen durch Gottesurteil verwendet, denn angeblich verschonte er einen Wahrheitsgetreuen und tötete einen Lügner. In meinem Dorf hatten sie ihn einer Erdfrau eingeflößt, die Sire Pavas Rittmeister beschuldigt hatte, ihr Gewalt angetan zu haben. Einen Tag und eine Nacht lang war sie krank gewesen, hatte sich gekrümmt und gewunden und dabei geschworen, die Wahrheit zu sagen, und ich war nicht die Einzige gewesen, die ihr geglaubt hatte. Nach ihrem Tod stand es dem Rittmeister frei, erneut zu tun, was ihm beliebte.

»Versucht es«, sagte der Crux. »Aber gebt acht, dass Ihr sie nicht tötet.«

Mittlerweile zitterte ich am ganzen Leib so sehr, dass ich es nicht mehr verbergen konnte. »Nein, Sire, bitter, ich sehe Euch an! Ich will ja reden, aber, aber, es kommt halsch heraus. Der Gatt hatt meine Zunge. Sie ist … sie ist …« Ich rang die Hände, um ihm zu zeigen, dass meine Worte alle verdreht waren. Hatte er denn nicht gehört, was der Blitz mit meiner Stimme angerichtet hatte? Boot drückte mich auf einen Stuhl am Fenster nieder.

Divine Xyster verließ den Raum und kehrte mit einem Becher aus Ton und einer kleinen Flasche zurück. Der Trunk war dunkel und grobkörnig, und er stank. Der Priester zwang mich, ihn zu trinken, indem er mir die Nasenflügel zudrückte, sodass ich schlucken musste, um Luft zu bekommen. Ich würgte und spuckte ein wenig davon wieder aus, aber er goss mir daraufhin nur noch mehr davon in den Schlund. Wenig später lehnte ich mich aus dem Fenster und erbrach den Trank, doch er hatte seine Wirkung bereits entfaltet. Mir war so schwindelig, als hätte ich mich andauernd im Kreis gedreht. Etwas Scharfes stach mir in den Bauch und in die Seiten. Sire Rodela summte laut, meine Schmerzen genießend. Ich wischte mir den Mund ab und bat um Wasser, worauf Boot mir etwas gab. Als ich ihn zornig anstarrte, wirkte er kleinlaut.

Der Crux starrte mich an. »Warum bist du hier? Warum bist du uns gefolgt?«

»Damit es mir nicht fehlt.«

»Mein Neffe hat dafür gesorgt, dass es dir an nichts fehlte, wärst du nur fortgegangen.«

»Mir hätte es gewählt … gefehlt.«

»An was gefehlt?«

»An seiner Seite zu sein.« Ich beugte mich vor und tippte auf das Schattenwesen, das auf dem Tisch neben seinem Arm lag. »Wie das. So nah, wie das hier Euch ist. Ich bin nicht weniger oder, oder … weggescheucht, entfleucht.« Der Crux schüttelte den Kopf, wurde immer ungeduldiger. Er konnte nicht sehen, dass ich auf sein Schattenwesen deutete, er konnte es wahrhaftig nicht sehen, obwohl das Sonnenlicht hell war und sein Schatten daher dunkel. Es war ein von ihm unbemerktes Wesen. Hätte ich mich so unbemerkt bewegen können, stünde ich jetzt nicht vor ihm.

Der Crux schaute Divine Xyster vorwurfsvoll an. »Euer Schwarzer Trunk hat bei ihr keine Verbesserung bewirkt. Sie redet immer noch Unsinn, nur jetzt noch mehr davon.«

Doch die Priesterin hatte verstanden. »Du glaubst, Sire Galans Schattenwesen zu sein? Umso närrischer von dir. Eine Scheide ist kein Schatten, sie kann *verlassen* werden. Zwischen deinen Beinen ist nichts, was Sire Galan nicht überall am Wegesrand finden könnte.«

»Sie nimmt uns nicht ernst genug«, sagte der Crux.

»Mag sein«, sagte die Priesterin. »Aber ich glaube wirklich, dass sie Euch geantwortet hat. Sie ist nicht die erste Hündin, die Galan hinterherläuft.«

»Was hat Ardor damit zu tun?«, fragte mich der Crux. »Haben sie dich geschickt?«

»Hat wer was, Sire?«

»Hat der Stamm Ardor dich hinter Galan hergeschickt?«

Der Schwarze Trunk war wie ein fester Klumpen, der ständig aus meinem Magen in meine Kehle hinaufdrängte, und ich schluckte und schluckte ihn immer wieder hinunter. Speichel füllte meinen Mund, und ich spuckte aus dem Fenster. Diese ganzen törichten Fragen. Allmählich verlor ich die Geduld. Und ich verlor meine Angst, obwohl ich mich bemühte, an ihr festzuhalten, um nicht zu vergessen, vorsichtig zu sein. Ich sagte: »Ich bitte um Verweihung, Sire, aber ich weiß nichts von dem Ersten von Altar. Als ich ihn nahe sah, wollte er uns davon abhalten, den … Schenkel zu besuchen, den … wo der Gott ist … das Ding, wo er drin ist. Sire … Galle, er war glütend deswegen, dass der Erste es wagte, ihn davon abzuhalten, in den Schenkel des Gottes … sein Haus … zu gehen.«

»Was hast du den Priestern von Ardor gesagt«, fragte Divine Hamus, »als Galan dich zum Tempel mitnahm? Was wollten sie?«

»Sie haben überzahlt, was der Blitz hier winterlassen hat.« Ich deutete auf meine Wange. »Er hat eine … Sarge hinterlassen, die verblasst ist.«

»Ist das alles?«, fragte Divine Xyster. »Sie haben deine Wange bemalt?«

»Und dann haben sie das Feuerzeichen abgemalt, in ein Tuch. Wofür, weiß ich nicht. Dann haben sie mir Sagen gehellt.«

Der Crux schaute Divine Hamus mit hochgezogenen Brauen an.

»Sagen?«, fragte Divine Hamus.

»Ja, Plagen.«

»Fragen«, sagte die Priesterin von Carnal. »Zum Beispiel?«

»Oh, tumbe! Verwirrte, zersplitterte. Aber was ich sagte, haben sie aufgehieben.«

»Was haben sie über uns gefragt? Über die Fehde mit Ardor?«, wollte Divine Hamus wissen.

»Sie machen sich nichts draus.« Sire Rodela dröhnte laut, und ich schüttelte den Kopf, um ihn aus dem einen oder dem anderen Ohr hinauszuschütteln.

»Was haben sie dann gefragt?«, wollte der Crux wissen.

»Sie fragten, wie … wer das hier tragen würde …« Ich legte mir die Hände um den Kopf, um eine Krone anzudeuten.

Verdutzt schüttelte er den Kopf.

»Also, es war so, ich sah eine Pfanne um den Kopf des alten Schießtiers … Priesters aufsteigen, und ich sagte, dass ich eine Feuerhohne sah, und sie fragten, bei wem? Und sie dachten, ich meinte diese mit der Krone. Wie heißt er noch? Korpus? Dieser Sohn einer Sture, der Schönigsmutter … der Königsmörder. Aber das tat ich nicht, es war bloß eine Feuerschone ... Wohne ... Krone, einfach so, weil ich nicht auf das richtige Mord kam.« Ich hatte noch immer den bitteren Geschmack des Trunks im Mund. Er hatte meinen Rachen geschwärzt und diesen Wortschwall ausgelöst, und ich staunte nur, wie schnell und beinahe mühelos mir die Worte über die Lippen kamen.

Der Crux und seine Priester beugten sich zu mir vor, und Divine Hamus sagte: »Die Königsmutter ist die Krone, und Korpus ist Corvus. Was steckt noch hinter dieser Feuerkrone?«

»Nichts. Es war alles bloß Schaudermilch ... Kauderkelch. Ich habe das alles jetzt matt.« Nun starrte ich den Crux dreist an und beugte mich so zu ihm vor, wie er zu mir. Er war ein aufdringlicher alter Mann. Das hatte ich nicht verdient – ich hatte Galan, seinem kostbaren Neffen, nie Schaden zugefügt, niemals. Das Sonnenlicht beschien das Gesicht des Crux. Sein Bart war grau, und seine Augen waren von klarem, goldenem Braun. Über der Braue hatte er eine alte Narbe, eine weiße Linie, die sich bis hin zu seiner Schläfe zog, seine Braue teilte und in Falten warf und sein linkes Auge verengte. Die Narbe ließ seine linke Gesichtshälfte grimmig und unnachgiebig wirken, während die rechte ernst und wachsam war. Die rechte Hälfte behielt sich Urteilsvermögen vor, wartete darauf, dass ich mich mit meinen eigenen Worten verurteilte, nachdem der Schwarze Trunk meine Zunge gelöst hatte.

Genauso hatte er mich angeschaut, kurz bevor er mich seinen Menschenjägern gegenübergestellt hatte, für die Kriegsführung gezüchtete Hunde. Bestimmt war er davon ausgegangen, dass sie mich töten würden. Sire Rodela hatte gelogen, aber ich war es gewesen, die sich dem Gottesurteil stellen musste, und es war nun schon lange her, dass ich gezwungen war, angesichts dieser Ungerechtigkeit meinen Zorn mit mir zu tragen, denn was sonst hätte ich damit tun sollen? Der Zorn war kalt und schwer und hart in meinem Bauch geworden, wie ein steinernes Kind, das niemals geboren werden wird. Doch dieser schwere Zorn löste sich in der Säure des Schwarzen Trunks nun auf und verteilte sich in mir wie ein Rauschmittel. »Tick, tack, tock«, sagte ich. »Ich weiß, was Ihr wollt. Ihr wollt, dass sich meine Zunge döst, tost … löst.«

»Du redest Unsinn«, sagte der Crux.

»Ihr auch. Ihr vier.« Er und die Priesterin und seine beiden Priester, seine Schoßhündchen.

»Warum sucht mein Neffe sie sich aus, wo er doch jede haben kann?«, fragte der Crux. »Sie kann sich kaum ausdrücken, hat eine böse Gemütsart, ist dürr wie ein Maultier am Ende des Winters – warum sollte er sie begehren, wenn sie nicht irgendetwas getan hat, um ihn an sich zu binden? Und warum behält er sie? Ich habe ihm schon einmal gesagt, dass es unklug ist, eine Frau, die man nicht zurückzulassen bereit ist, mit auf einen Feldzug zu nehmen.«

»Er hat mich doch auf dem Rücken gelassen«, sagte ich.

»Sire Galan kommt mir nicht vor wie jemand, der für ein sanftes Mäuschen schwärmt«, sagte die Priesterin von Carnal.

»Mag sein«, sagte der Crux. »Aber diese Spitzmaus?«

»Fragt Bier Galan, fragt und fragt immer wieder«, sagte ich, »sein Dankwort hat Euch nie gefallen. Was denn, hattet Ihr denn noch nie eine Sau, der es gelungen ist, Euch zum Schmelzen zu bringen? Euren Saft steigen zu lassen? Könnte sie es denn nicht? Ich wage zu behaupten, dass sie es versucht hat.« Ich deutete mit dem Kopf auf die Priesterin von Carnal. Wie leicht doch ein Wort zum nächsten führte! Obwohl ich sah, wie die Maske des Urteilsvermögens auf der rechten Gesichtshälfte des Crux verrutschte, redete ich immer weiter, und bevor ich es mich's versah, begann ich zu prahlen. »Ich brauche keine Tricks von einem Propheten von Schakal, um meinen Sire zu beschummeln; ich habe genug Feuer in mir, um ihn zu bezaubern, und seit dem Blitz brenne ich nur noch heftiger.«

Ich zerrte so lange am Geduldsfaden des Crux, bis er riss. Und wo war seine Selbstbeherrschung jetzt? Er schlug mir auf die linke Wange, und das zarte Fleisch brannte, so als brenne ein Muster aus Feuer auf meinem Gesicht. Erneut kam Übelkeit in mir auf, und ich legte mir die Hand auf den Mund und schluckte heftig. Der körnige Trunk war nun auch unter meinen Lidern.

»Seht Ihr, wie ihr übel wird, wenn sie lügt?«, sagte Divine Xyster.

Ich lachte hinter vorgehaltener Hand. Ihr Schwarzer Trunk war nutzlos; es wurde mir zwar übel, aber nicht wegen Falschheit. Ich hatte glattweg gelogen, als ich erzählt hatte, ich hätte bei Sire Galan keine Tricks angewendet. Denn ich hatte ihn mit einem geheimen Ritual an mich gebunden, als ich eine Frauenlobwurzel in einem schlammigen Flussufer vergraben hatte. Doch davon durfte der Crux nichts erfahren und Galan nichts hören, ganz gleich, wie die Worte aus mir herauspurzelten. Ganz gleich, dass sich die Bindung als so schwach erwiesen hatte, dass Galan mich auf der falschen Seite der Inward Sea zurückgelassen hatte.

Ich rieb mir die Zunge am Zipfel meines Kopftuchs. »Ihr gebt mir Stift und beschuldigt mich dann der Rüge!«

»Ein Lügner wird erkranken.«

Ich deutete auf die Tasse. »Was ist da drin? Ich will mehr.« Bestand der dickflüssige Rückstand aus gemahlenen Samen? Ich hielt es für Lehm, dem Gift beigemischt, damit dieses nicht tötete. Was immer es war, es ließ meinen Magen schrumpfen und meinen Kopf anschwellen, bis er hohl und leicht und voll wabernden Rauchs war.

Divine Xyster tat so, als beachte er mich nicht, doch der Crux sagte: »Warum?«

»Ihr habt ein Teilmittel … ein Heilmittel gefunden. Gebt mir mehr, in mir ist ein Aufruhr, der herauswill. Der Witz hat mir den Mund verstopft – warum wohl, glaubt Ihr? Wenn Mildfire mich so liebt, warum hat er mich dann stumm gemacht?«

Divine Xyster schaute den Crux an. Dieser sagte: »Sie ist betrunken. Ihr habt sie betrunken gemacht!«

»Ich habe noch nie gehört, dass sich jemand nach dem Schwarzen Trunk gesehnt hätte«, sagte Divine Hamus.

»Das mag sein, aber warum darum herumreden?« Grinsend frohlockte ich in meinem Zorn. »Keine Mutter, kein Bruder, kein Vater, der einem Ärger machen könnte, so heißt es über niedere Frauen. Aber Sire, mein Sire ... Euer Scheffe, er wird dornig sein darüber, dass die Tinte weg ist. Und wenn ich ihm sage, wer es war, wird er zornig auf *Euch* sein.«

»Das wirst du ihm nicht sagen«, sagte der Crux, »das wäre unklug von dir.«

»Sonst was? Veranlasst Ihr Eure Schießtiere, mir mehr von dem Schwarzen Trunk zu geben? Ihr hättet Sire Bordello davon geben sollen, wenn es ein Wahrheitstrunk ist, statt ein Rudel Menschenjäger auf mich zu hetzen. Aber Ihr wusstet von vorneherein, dass der Wappenschläger gelogen hat, nicht wahr?« Sire Rodela umkreiste meinen Kopf mit einem lauten Geheul, und ich versuchte ihn aus der Luft zu schnappen. Ich schrie ihn an: »Sire *Rodela*, Sire *Rodela*, hört Ihr mich? Ihr schielender Suhrenhohn! Ich habe gehört, Eure Mutter war eine, die sich oft unter Männer gelegt hat, so viele tauchten in ihr Honigtöpfchen, dass sie trockengelaufen ist. Das gefällt Euch nicht, was? Ich bin froh, wenn ich Euch damit beleidige, denn Ihr habt bei mir das Gleiche getan. Und nun könnt Ihr nur noch summen. Wenn Ihr noch etwas anderes könntet, hättet Ihr es schon getan.«

Ich hatte es gewagt, einen Toten beim Namen zu nennen. Divine Hamus machte eine beschwörende Geste, um sein Schattenwesen fernzuhalten. Doch der Schatten war ganz in der Nähe, war es die ganze Zeit schon gewesen, erfreut darüber, dass ich von dem Schwarzen Trunk krank geworden war und so unvorsichtig sprach, dass der Crux gezwungen war, mich zu töten. Das war es, was Rodela sagte, während er mir in den Ohren summte. Der Crux wirkte bestürzt. Er sagte: »Wovon redest du? Mit wem redest du?«

»Schwört Ihr ihn denn nicht? Ich würde ihn zerquetschen, aber ich kann ihn nicht sehen. Sogar tot ist er ein Schademeist … Wagedreist … Plagegeist«, sagte ich. »Könnt Ihr ihn nicht flüstern hören? Das ist Sire Rodomont, der Fette meines Sires und ein Ekel durch und durch. Er hätte als Erdmensch geboren werden sollen, statt sich von solchen beschmutzen zu lassen, denn er hätte einen wunderbar stinkenden Gerber abgegeben. Er hat sich seinen Helm mit meinem Pelz abgesteppt – ich habe ihn dort gefunden, ein kleines Stück Haut mit meinem Damenzart.«

Die Fliege landete auf meinem Hinterkopf. Ich verscheuchte sie, und er schwirrte davon und kam wieder zurück, laut, zu laut. Ich spürte, wie erneut Übelkeit in mir hochstieg. Mir war feuchtkalt, und ich bekam Schüttelfrost. »Pickt ihn weg!«, schrie ich Divine Xyster an. »Was seid Ihr nur für ein Schießtier, hört nicht einmal einen Schatten, wenn er im Zimmer umherschwirrt! Ihr wisst, dass er vorhat, uns zu schaden. Auch als er noch lebte, tat er es nur, um Schaden anzurichten! Und er muss zornig auf Euch sein – ich hörte, dass Ihr ihm einen Hebel angelegt habt, und er daran erstickt ist.« Zweifellos hätte ich das nicht sagen dürfen, obwohl es etwas war, das jeder wusste, wie Sire Rodela im Sterben deliriert hatte, nachdem ihm ein Hieb während des Turniers den Schädel gespalten hatte, und wie der Crux seinen Carnifex angewiesen hatte, ihn zu knebeln, damit er nicht das ganze Zeltlager in Aufruhr versetzte. Einige meinten, er sei an seinem Knebel erstickt und nur deshalb gestorben.

Divine Xyster beugte sich steif über mich, weit vornübergebeugt, das Fläschchen mit dem Gift in der Hand haltend. Die Priesterin von Carnal trat unter den schweren Falten ihres Kleids von einem blassen Fuß auf den anderen. Sie wirkte verwirrt. Boot hingegen, der Knappe, hatte seinen Kiefer vor lauter Gaffen beinahe ausgehängt. Ich hätte seine fehlenden Zähne zählen können. Alle bewegten sich so langsam. Tagelang war ich selbst eine Trödlerin gewesen, jetzt aber war ich schnell, die Worte hatten sich schneller entwickelt als der Sinn.

Der Crux beobachtete mich. Er hatte tief Luft geholt, und ich wartete darauf, dass er ausatmete, doch die Stille zog sich hin und hin. Seine vernarbte Braue war gewölbt, das Auge darunter halb geschlossen. Er rieb seine Unterlippe und wartete. Hatte ich mich bereits selbst verurteilt? Hatte ich meinen Anteil an Sire Rodelas langsamem Tod angesprochen? Hatte ich von dem Gift gesprochen, das ihn zum Delirieren gebracht hatte und das ich ihm mit eigener Hand verabreicht hatte?

»Ich war nie Euer Schleimt, versteht Ihr nicht?«, sagte ich inständig zu ihm. »Ich bin nicht einmal ein Platten ... ein Schatten zwischen Euch und Sire Scharlatan, weil Ihr ihm teuer seid und weil Ihr sein Pompel seid ... der Bruder seines Vaters, und weil Ihr der Mühlstein seid, an dem er sich wetzt. Je härter Ihr ihn seift, desto schärfer wird er. Ihr habt ihn aus dem Sattel gehoben, Ihr habt ihn gefordert, und hat er nicht bitter dafür bezahlen müssen?«

Ich hatte Schmiere in den Augen und sah den Crux mit einem schattenhaften Schein um sich. Ich drehte mich um und spuckte abermals aus dem Fenster, um mich von dem schlechten Geschmack zu befreien. Dann wandte ich mich ihm erneut zu. »Ihr glaubt, ich sei Euer Keind, weil Odor, Ardan ... weil Mildmire mich heimgesucht hat. Oder wenigleicht glaubt Ihr, der Gott hat mich auserwählt, *weil* ich Euer Schleim bin. Ist es so? Aber Ihr fleucht Euch. Der Gott Arsen war nie Euer Feind, genauso wenig wie ich. Nein, Ihr wart das, was zur Verfügung stand. Weil der Stamm Arsen sich schuldig und ohne Beere ... Ehre zeigte. Daher hat der Gott sie schief angesehen und Euch den Sieg bei dem Turnier auf Leben und Tod ermöglicht. Habt Ihr geglaubt, es ginge alles auf Euch zurück? Nein, nein, Ihr wart wie scharfe Klingen von Smiths Schmiede, um sie zu garnen … zu warnen. Ich weiß, dass es Euch zuwider war, so viele am Leben zu lassen, aber vielleicht bekommt Ihr sie noch, falls Smith nicht gesättigt ist.«

Ein stechender Schmerz machte sich in meinem Magen bemerkbar. Ich umklammerte meinen Bauch mit beiden Armen, beugte mich vor und keuchte und stöhnte. Der Geschmack des Schwarzen Trunks überflutete meinen Mund, obwohl nichts mehr von ihm übrig war, was hätte hochkommen können. »Ihr habt mich umgebracht«, sagte ich zum Crux, sagte ich zu ihnen allen. »Was wird Sire Schall sagen?«

Zurück in Sire Galans Zimmer, lag ich bewegungslos auf dem Bett und wartete darauf, dass er zurückkehrte. Als er kam, log ich ihn an, indem ich sagte, ich hätte mir die Markierung selbst abgewaschen. Meinte er vielleicht, ich könne sie für immer tragen? Wäre ich nicht so krank gewesen, hätte es womöglich einen Streit gegeben. Er hatte Angst um mich. Er glaubte, ich könnte sterben, und die Angst stand ihm ins Gesicht geschrieben.

Der Crux und ich bewahrten das Geheimnis; wir mussten es hüten. Es gab zwar noch andere, die es teilten, aber es war ihnen nicht so wichtig wie uns beiden. Ich konnte Galan nicht sagen, wie ich mich auf dem Boden gekrümmt und gewunden hatte, während der Crux und seine Propheten sich neben mich knieten, wie ich mich abgequält und angestrengt hatte, als hätte ich in den Wehen gelegen, aber trotzdem nur unsinnige Worte und Flüche hervorgebracht hatte. Der Crux hatte Divine Xyster gesagt, dieser habe mir zu viel gegeben, und der Carnifex hatte erwidert, ich würde schon darüber hinwegkommen. Aber dabei machte er eine grimmige Miene, das Gesicht von Schatten durchfurcht.

Ich litt die ganze Nacht hindurch und hätte schwören können, überhaupt nicht geschlafen zu haben, doch am Morgen erinnerte ich mich daran, geträumt zu haben.

Es war ein kalter Tag, und ich war mit meinem Grabstock draußen, um Erde zu kosten. Die Erde in dem Garten hinter dem Haus war schwarz, sie schmeckte süß und roch kräftig; in den vergangenen Jahren war sie gut nachgedüngt worden, in gutem Herzen gehalten, wie wir sagen. Auf der Terrasse darunter, wo ich vorhatte, Lavendel, Weihrauch und Majoran zu pflanzen, war die Erde kalkhaltig und schmeckte nach Asche, die ich dort ausgestreut hatte. In dem Obstgarten nahm ich eine Handvoll Erde, drückte sie zusammen und formte daraus einen Klumpen. Ich kostete davon, und sie schmeckte nach Laub. Ich wusste, was ich dort pflanzen würde, unter den alten Bäumen. Aber ich hatte ein heftiges Verlangen nach dem Geschmack von Lehm und war nicht zufriedengestellt.

Ich ging den Hügel hinab, wobei ich den steilen, steinigen Pfad von Terrasse zu Terrasse und durch das alte Haselnussunterholz und Weißdorndickicht nahm, bis ich am Fluss angelangt war. Bäume, an denen kahle Äste herunterhingen, neigten sich über das dunkle Wasser, und ich ging so lange, bis ich eine alte umgestürzte Weide gefunden hatte. An der Stelle, wo sie entwurzelt worden war, hatte sie ein Stück des Flussufers weggerissen, und dort legte ich mich auf den Bauch auf die Grasnarbe und langte nach dem rötlichen Lehm, der dort offen dalag. Und ich aß und aß, ich stopfte mir den Lehm in den Mund, bis mein Bauch davon besänftigt war.

KAPITEL 5

Töchter von Torrent

Ich vermisse mein Pferd«, sagte Sire Galan. »Meint Ihr, mein Onkel hätte etwas dagegen, wenn ich einen Stier ritte?«

Sire Edecon erwiderte: »Ich wage zu behaupten, dass er dagegen wäre, wenn er davon erführe.« Er schaute Sire Galan mit einem Lächeln an, um zu sehen, ob er das Wagnis auf sich nehmen würde.

Galan war lediglich mit seiner Kniehose bekleidet, und Sire Edecon mit seinem langen Hemd, und sie waren den ganzen langen regnerischen Tag über untätig zu Hause gewesen. Zu Abend hatten sie fettigen Rotbarsch gegessen, und der Geruch danach hing noch in der Luft und versetzte meinen Magen in Aufruhr. Mir war immer noch mulmig zumute von dem Schwarzen Trunk, der mir am Tag zuvor eingeflößt worden war.

Sire Edecon hob sein Dulcet auf und fing an, darauf herumzuzupfen. »Der Crux ist zu streng. Viele von uns würden Euretwillen vorsprechen, er möge diese Bestrafung widerrufen.«

»Mein Rücken juckt, Spiller«, sagte Galan, worauf Spiller den Verband abnahm und einen Breiumschlag aus einem übel riechenden Einreibemittel auf die Wunde legte. Pflichtgemäß kratzte er Galan danach am Rücken entlang. Galan sagte zu seinem Wappenträger: »Ihr seid sehr freundlich, kein Zweifel, aber der Crux hat gesagt, ich solle zu Fuß in den Krieg ziehen. Und das werde ich auch, in den Krieg und wieder zurück, bis er die Zeit für gekommen hält, etwas anderes zu befehlen.«

Sire Edecon schlug mehrere Saiten gleichzeitig an, ein unharmonischer Akkord erklang. Der Schallkasten des Dulcets war mit einer Perlmuttkrabbe in einer Spirale aus Goldstaub eingelegt und hatte silberne Haltestifte, um die Saiten zu spannen. Trotz Sire Edecons Unbeholfenheit war auch der Klang silbrig. »Dann werde ich ein Klagelied um Eure verlorenen Pferde spielen«, sagte er im Scherz.

Galan streckte die Hand aus und legte sie fest auf die Saiten des Dulcets. »Tut das nicht«, sagte er, mit einem Mal bitterernst.

Sire Edecon lehnte das Dulcet an einen Stuhl und sagte: »Vergebt mir, Sire. Ich hatte nicht vor, unhöflich zu sein.« So etwas hätte Sire Rodela niemals getan. Wenn er den Bogen überspannte, dehnte er ihn immer weiter.

»Vergeben«, sagte Sire Galan. Nach einer Weile sagte er mit unbeschwerter Stimme: »Lasst Rowney spielen. Er kann mit einem Lied mehr anfangen, als es zu quälen.«

Rowney nahm das Dulcet und stimmte es. Ich war überrascht, dass er spielen konnte, und noch überraschter von seinem lieblichen Lied, denn ich hatte ihn noch nie etwas singen hören, das nicht anzüglich gewesen wäre. Ich kannte die Ballade, sie handelte von einem Mädchen, das sich nach dem Mond verzehrte. Die Melodie war melancholisch, und als Rowney sang: *Moon verbarg sein Licht unter einem Umhang der Nacht,* stimmte ich mit ein. Er schaute auf und lächelte. Ich sang Note für Note mit, manchmal höher, manchmal tiefer, bis das Lied zu Ende war, und erst dann merkte ich, dass mir alle Worte ohne Fehler und an der richtigen Stelle über die Lippen gekommen waren. Ich hatte den Mund aufgemacht, und sie waren einfach so herausgekommen, so wie früher. War ich so plötzlich geheilt worden?

»Du solltest keine Scheu vor dem Singen haben«, sagte Sire Galan zu mir. »Warum hast du so lange damit gewartet?«

»Das war ein Glied, das ich kannte. Außerdem sind die

meisten von Rowdy zu … zu putzig … schmutzig, ahh!« Ich unterdrückte die nächsten Worte. Sie waren wieder falsch, immer noch falsch.

»Schmutzig. Hörst du das, Rowney? Deine Lieder erregen Anstoß, sie sind taktlos.« Sire Edecon zog ihn nur auf, doch ich befürchtete, dass Rowney beleidigt sein würde. Er hielt den Kopf gesenkt und hatte die Handfläche auf die Saiten des Dulcets gelegt.

»Ich wollte nicht … ich wollte …«

Rowney schaute auf. »Soldatenlieder sind für Soldaten gedacht. Aber wie wäre es mit diesem?« Ich kannte die ausgelassene Melodie, doch Rowney und ich hatten andere Worte dafür. Wir tauschten Verse miteinander aus. Rowney sang in der Niedersprache über eine Witwe und ein launisches Huhn, und ich sang in der Hochsprache über einen Fuchs und ein Frettchen. Galan schloss sich mir an, dann tat es auch Sire Edecon ihm nach, und seine Stimme klang lieblicher, als es sein Spiel getan hatte. Vor lauter Lachen kamen wir nicht bis ans Ende. Es erleichterte mich, dass ich meine Sprache wiedergefunden hatte, und sei es auch nur für die Dauer eines albernen Liedchens.

»Warum, glaubst du, kommen dir die Worte beim Singen frei über die Lippen?«, fragte mich Rowney.

Ich zuckte mit den Schultern. Mir fiel eine Zeile aus einem alten Lied ein, und ich sang *Ich wünschte, ich hätte Girlanden aus Worten …*

Worauf er sang *Um das Verlangen meines Herzens zu umkränzen* und mit gesenktem Kopf lächelte.

Sire Edecon sagte: »Ich kenne ein schönes Lied, aber ich wage zu behaupten, dass es Eure Scheide erröten lassen wird, tugendhaft, wie sie ist. Kennt Ihr es?

Eine zarte Braut von zwölf
Wird ihren Gatten achten
Eine Braut von dreizehn

Wird ihren Gatten aufheitern
Wenn sie dann vierzehn ist
Ist eine Braut nicht länger unreif.«

Rowney griff die Melodie auf dem Dulcet auf, und Galan stimmte mit ein, und die beiden sangen, so laut sie konnten.

Mit fünfzehn und einem Tag
Gehorcht sie dem Bräutigam nicht mehr
Eine sechzehnjährige Braut
Wird schmollen und schelten
Eine Braut von siebzehn
Macht ihren Gatten böse
Ist sie achtzehn Jahre alt
Setzt sie ihrem Gatten Hörner auf
Im Alter von neunzehn Jahren
Bringt sie ihren Gatten zum Toben
Heirate eine Braut von zwanzig
Wenn ihre Mitgift reichlich ist
Ist das Mädchen keine Jungfrau
Hat sie ihr Haus betrogen
Schickt sie zu ihrem Vater
Und lasst ihn sie strafen
Sucht Euch eine andere
Mit einer strengeren Mutter
Wenn sie nicht älter als zwölf ist
Wird sie Euch gewiss behagen.

Galan sagte zu Sire Edecon: »Nun, die Wahrheit dieser alten Weise wird sich für Euch noch früh genug erweisen, nicht wahr?« Die Männer lachten. Ich verstand nicht, worüber sie scherzten.

Sire Galan wollte, dass ich an diesem Abend mit zum Festmahl ging. Alle würden gehen, das ganze Heer, sagte er, und wir würden alle gut abgespeist werden. »Ja, mit Fisch«, sagte Sire Edecon. »Ich habe Fisch satt. Kabeljau mag ja verkleidet als Gänsebraten durchgehen, aber er stinkt trotzdem.«

Ich sagte, mir fehle die Kraft, was stimmte. Die Wahrheit war jedoch auch, dass ich nicht mitgehen wollte. Sire Galan beugte sich über meinen Stuhl. »Ist das da meine Kniehose, die du stopfst? Lass Rowney das machen. Ich schwöre, dass er das bessere Händchen dafür hat.«

»Das ist schätwas … etwas, das ich tun *kann*«, sagte ich.

Er machte ein finsteres Gesicht und schaute aus dem Fenster. Eine so ernste Miene hatte ich den ganzen Tag noch nicht über sein Gesicht huschen sehen. Eine Brise ließ ihm die Stirnlocke über der Braue flattern. Er steckte sich vereinzelte Haare hinter das Ohr. Ich wusste, dass sie nicht dort bleiben würden.

Ich lächelte ihn an. »Ich könnte Euch auch die Karre schneiden … die Haare, meine ich.«

»Ich lasse dich nicht in ihre Nähe«, sagte er mit einem Grinsen, das rasch erstarb. »Du solltest mitkommen. Mir gefällt die Vorstellung nicht, dich alleine hierzulassen.«

»Warum?«

»Du bist angeschlagen.«

»Nein, ich bin bloß flach … schwach. Ich brauche eine Ruhepause.«

»Ich werde Spiller bei dir lassen.«

Ich schüttelte den Kopf. Spiller würde es mich spüren lassen.

»Ich werde bleiben«, sagte Rowney.

Sire Galan warf ihm einen prüfenden Blick zu, so, als überlege er, ob er eifersüchtig sein sollte.

»Nein«, sagte ich, »ich brauche Schweinen, keinen.« Ich berührte Galan am Handrücken, und er drehte seine Hand und legte seine Finger in die meinen.

»Deine Hand ist so kalt wie Crone«, sagte er, und da wusste ich, dass ich meinen Willen durchgesetzt hatte.

Sie gingen gegen Sonnenuntergang und ließen mich zurück. Ich dachte, ich hätte im Königswald genug Einsamkeit für mein ganzes Leben gehabt. Aber jetzt sehnte ich mich danach. Bei Anbruch der Nacht lag ich wach unter den Schlafenden – wir waren zu sechst in dem Zimmer, das kleiner war als Sire Galans Zelt – und konnte hören, wie sie sich in ihren Träumen wälzten. Ihre Gegenwart belastete mich irgendwie, und ich beneidete sie um ihre Vergesslichkeit. Am Tag war es anstrengend für mich, fortwährend zu reden und mich dabei zu bemühen, verstanden zu werden; und wenn ich scheiterte, plagte es mich. Alleine zu sein hieß, Stille geschenkt zu bekommen.

Ich stieg die Wendeltreppe im Turm so langsam empor wie eine alte Frau. Die Stufen waren aus blassrosafarbenem Stein, glatt wie die Innenseite einer Muschel, aber beim Steigen stieß ich auch auf rauere Stufen, die von nicht so vielen Füßen poliert worden waren. Ich setzte mich und rang nach Luft, bis der Schmerz in meiner Seite nachließ. Der Regen war weitergezogen, und in einer viereckigen Fensteröffnung zeigte sich ein tiefblauer Himmel mit einer golden flackernden Fächerwolke. Ich stand auf und setzte mich wieder in Bewegung, da ich unbedingt bis zur Turmspitze hinaufwollte, um zu sehen, was man von dort aus erspähen konnte.

Nach der nächsten Windung war die Treppe zu Ende. In dem schmalen Schacht stand eine Holzleiter. Es zog kalt von oben. Ich kletterte die Leiter hinauf und betrat eine kleine Plattform, die von einer steinernen Brüstung umgeben war. Über mir erhob sich die vergoldete Spitze des Windfangs, der so gemauert worden war, dass er wie ein zusammengelegtes Flügelpaar aussah. Der Wind kam nicht aus der Richtung von Crux, sodass er um die Flügel rauschte, aber nicht sang.

Ich lehnte mich an das Geländer und schaute über Lanx. Die Stadt war eine durch viele Steine erzählte Geschichte. Penna hatte gesagt, in ihrer Kindheit seien die Paläste der Stämme zu den Straßen hin offen gewesen, mit großen Fenstern und Toren und langgezogenen Arkaden, die Märkten Schutz boten und Müßiggänger einluden. Wegen der Fehde waren die Arkaden zugemauert und die Mauern so weit erhöht worden, dass sie jede Dachspitze überragten. Auf diese Weise hatten die Edlen ihre Feinde ausgeschlossen, aber auch ihr eigenes Erdvolk, die Zimmerleute der Crux, die Fischer von Torrent, die Weber von Wend und alle anderen. Nun endeten Straßen abrupt vor Mauern oder verschwanden unter Schutt. Viele schöne Brücken waren zerstört worden, um den Übergang von einem Hügel zum anderen zu unterbinden, während die Stämme ihre Türme höher bauten. Da sie alle darin miteinander wetteiferten, sich zu übertreffen, hatten sie einen Steinbruch nach dem anderen ausgeschöpft. Erst war eine Schicht aus goldenen Steinen verlegt worden, dann heller Stein, dann rosiger.

Die Türme glänzten, während der Rest der Stadt dagegen verblasste, und ich sah deutlich vor mir, wie Lanx durch die Fehde reich geworden war, sich vergrößert hatte durch Auseinandersetzungen und Hinterhalte, Duelle und Morde, während sich seine Einwohner damit beschäftigt hatten, aufzubauen und zu zerstören. Gegenwärtig waren sie dabei, den Turm von Torrent abzureißen. Die Steine würden sie dazu benutzen, etwas Neues, etwas Wunderschönes zu erbauen. Denn trotz seiner Narben war Lanx wunderschön. Ich gehörte nicht in diese Stadt und würde nicht bleiben. Aber zum ersten Mal verstand ich, wieso man damit zufrieden sein konnte, hier zu leben und zu sterben, als einer unter vielen.

Ich setzte mich und schlug auf dem Boden neben mir den Götterzirkel auf. Da war Hazards Gottzeichen, die Schar Wildgänse, und dort befand sich das Zeichen von Crux auf dem Zirkel; ich hatte die Tätowierung auf Sire Galans Wange lange genug angestarrt, um sie mir einzuprägen. Crux'

Richtung war nördlich des Westens. Ich drehte den Zirkel um und versuchte, ihn an Sun auszurichten. Welche Götter befanden sich zu den beiden Seiten von Crux? Ich konnte mich nicht erinnern. Aber da war Ardor – ich trug das Gottzeichen in Zinn gestanzt auf dem Amulett, das Galan mir vor Ardors Tempel geschenkt hatte. Und ich erinnerte mich daran, dass Queen of the Dead neben Chance lag und Warrior neben Peril – die beiden hatten schon immer gut zueinander gepasst –, sodass sich Rift neben Hazard befinden musste. Aber auf welcher Seite von Hazard?

Ich erinnerte mich an die Namen von acht der zwölf Götter, und den Rest kannte ich immer noch nicht. Ich zog das Durchziehband fest, damit sich der Beutel fest um die Fingerknochen schloss, und nun verbarg Sun ihr Gesicht, und mir war kalt in der plötzlich angebrochenen Nacht.

Sire Edecon kehrte mit einer Braut von dem Fest zurück.

Vierzig Jungfrauen von Torrent waren verschont worden, als man ihren Stamm vernichtet hatte. Achtundzwanzig von ihnen – allesamt unter zwölf Jahre, darunter sogar Säuglinge – wurden in dieser Nacht Männern versprochen und dem Haushalt ihrer Verlobten übergeben, um dort großgezogen zu werden. Zwölf Mädchen, die zwölf Jahre oder älter waren, wurden sofort zur Heirat freigegeben. Aus Dankbarkeit für ihre Dienste in der Schlacht um Lanx hatte die Königsmutter jedem Mann der Crux, der es wollte, eine Braut angeboten. Die meisten Edlen in unserer Kompanie waren bereits verheiratet, denn es war die Pflicht eines Mannes, sich einen Erben zu sichern, bevor er in den Krieg zog. Doch Sire Edecon hatte ältere Brüder, die selbst Gattinnen benötigten. Er hatte darauf gebaut, im Krieg zu einem Vermögen zu gelangen, und sich nie vorgestellt, eine Frau zu nehmen.

Die Mitgift war jeweils großzügig, da Königsmutter Caelum den Reichtum des Stammes Torrent ohne Einschränkung verteilte. Also feierte sie und vervollständigte ihren

Sieg und sorgte dafür, dass es keine Erben geben würde, die den Namen der ausgestorbenen Häuser von Torrent in Lanx trugen.

Sire Edecons Braut hieß Freifrau Vairon und war vierzehn Jahre alt. Penna streifte der neuen Freifrau den Umhang ab und führte sie zu einem Stuhl an der Feuerstelle. Freifrau Vairon hatte geschwollene und gerötete Lider, und da sie nicht aufschaute, konnte ich die Farbe ihrer Augen nicht erkennen. Sie hatte ihren Vater, ihre Mutter, ihre Brüder und alle anderen verloren, und nun wurde sie mit einem Mann verheiratet, der mitgeholfen hatte, diese zu töten. Sie hatte während des Festes vor Zeugen unter Sire Edecon gelegen und ihren Teil beigetragen, der darin bestand zu bluten, als Beweis dafür, dass sie ihre Ehre unversehrt in den Wohnturm ihres Gatten einbrachte.

Nach einer Hochzeit sind zweideutige Witze gang und gäbe, aber in dieser Nacht wurden keine solchen Witze erzählt. Mit Freifrau Vairon breitete sich Schweigen im Zimmer aus. Sire Galan und Sire Edecon fingen an, über etwas zu sprechen, irgendetwas, doch die Stille hielt an und ließ ihre Unterhaltung laut und falsch klingen. Sie waren sternhagelvoll, doch bei Spiller war es noch schlimmer. Er fuhrwerkte an den Schnallen von Sire Galans emaillierter Halskrause herum und fluchte dabei leise. Penna stand dicht hinter der Braut, wie jede gute Kammerzofe es tat, bereit dazu, ihrer Herrin jeden Wunsch zu erfüllen. Mir war, als kenne Penna Freifrau Vairon, doch diese ließ keine Zeichen der Vertrautheit erkennen.

Sire Galan sagte: »Nehmt Ihr heute Nacht das Bett, Edecon, ich schlafe auf dem Feldbett.«

»Nein, nein«, sagte Sire Edecon.

»Oh doch«, meinte Sire Galan. »Immerhin ist es Eure Hochzeitsnacht.«

»So ist es«, sagte Edecon nicht besonders freudig.

Freifrau Vairon trug einen Hochzeitsstaat aus neun hauchdünnen Röcken, einen über dem anderen. Der äußere war von blassem Weidengrün für Crux, der innerste von dunklem Kobaltblau für Torrent, der Rest war in dazwischenliegenden Tönen gefärbt. Erst heute, als Maid Vairon eine Freifrau wurde, hatte sie zwei neue Röcke dazubekommen. Sobald sie Kinder bekommen würde, würde sie weitere hinzufügen. Penna hatte mir erzählt, dass manche Freifrauen bis zu siebzehn trugen. Erdfrauen war es gesetzlich untersagt, mehr als zwei zu tragen.

Penna zog ihr die Röcke einen nach dem anderen aus, außer den letzten. Die neue Braut stieg ins Bett und zog den Vorhang zu, und nach einer Weile folgte ihr Sire Edecon. Mitten in der Nacht, während ich wach dalag, hörte ich sie wimmern und schluchzen wie ein Kind, das Angst hat, laut zu heulen. Sire Edecon stieg aus dem befestigten Bett und wollte Penna auf ihrem Nest aus Säcken und Decken beiliegen. Ich hörte sie sagen: »Nicht heute!« Er murmelte und beschwatzte sie. Ich hörte, wie sie nachgab. Als er fertig war, legte er sich wieder neben seine Frau.

Viel später stand ich auf, um mir einen Krampf aus dem Bein zu kneten und mich auf den Balkon zu setzen. Ich hörte das klagende Heulen eines Windfangs. Fledermäuse stießen herab und schossen über die Gärten.

Nachts, wenn meine Muskeln schmerzten und ich von Gedanke zu Gedanke huschte, suchte Sire Rodela mich gern heim. Ich legte den Kopf auf die Fensterbank und betete, dass er sich entfernen würde. Litt er nicht auch darunter, mich zu quälen? So nahe bei den Lebenden zu verweilen, musste ihn doch fortwährend an das erinnern, was er verloren hatte. Ich wischte mir die Nase am Ärmel ab und spürte, dass mir die Brise Tränen auf dem Gesicht abkühlte.

»Warum sitzt du mitten in der Nacht hier?« fragte Galan hinter mir leise. »Warum verlässt du mich?«

Bei den Göttern, hatte er mich erschreckt, so leise war er

herangeschlichen. Er hatte sich nicht die Mühe gemacht, ein Hemd anzuziehen. Ich wollte seine Hand berühren.

Er entzog sie mir. »Nein, sag mir, warum – ich will es wissen.«

»Ich habe ... Dämpfe, Kämpfe in den Beinen, es tut weh, und ich kann nicht schuhig liegen und strafen, Hafen ...« Nun nahm ich seine beiden Hände und ließ sie nicht los.

Er setzte sich auf eine Bank. »Du kannst nicht schlafen. Nacht für Nacht kannst du nicht schlafen.«

»Ich kann nicht«, flüsterte ich. »Ich weiß nicht ... Es ist der Blitz, er muss schuld sein. Ich habe immer so Kerzen ... so Herzen ... bin so lüge! Ich will Euch nicht schrecken.«

»Ich dachte, du wirst gesund. Aber das wirst du nicht, oder?«

»Ich werde rund. Ganz bestimmt.«

»Komm her«, sagte er und zog mich an sich. Ich setzte mich seitlich auf seinen Schoß, lehnte mich an ihn und drückte das Gesicht an seinen Hals.

»Das kann doch nicht Wehen sein«, sagte ich.

Er lachte. »Nicht Wehen?«

»Bestehen?«

»Es ist sehr bequem«, sagte er. Das war es nicht, und doch zählte ich mich glücklich unter den Frauen.

Ich träumte, ich schnitt unten am Fluss rote Weidenruten, um aus ihnen Einzäunungen für Hochbeete hinter dem Haus zu machen. Mit einem großen Bündel auf dem Rücken kletterte ich wieder den Hügel hinauf. Die Sonne schien hell und warm, doch der Wind war kalt. Ich schlug Zaunpfosten ein und umflocht sie mit den Weidenruten. Ich ging in die Hocke und wischte mir mit dem Unterarm das Haar aus dem Gesicht. Niemand war in der Nähe, und ich konnte mein Haar offen tragen, wann immer es mir gefiel. Über mir schlug ein Falke mit den Flügeln und trieb auf die grauen Bäume des Waldes im Westen zu.

Als ich erwachte, lagen mir die Namen der Samen, die ich in den Hochbeeten pflanzen wollte, noch auf der Zunge; ich konnte sie beinahe schmecken, allerdings nicht aussprechen. Erstaunt sagte ich zu Galan: »Ich habe geschlagen!«

Sire Edecon lugte zwischen den Bettvorhängen hervor. »Penna? Wo ist sie? Wo sind sie?«

Wie es schien, hatten wir alle fest geschlafen. Penna und Freifrau Vairon hatten das Zimmer verlassen, und keiner von uns hatte davon etwas gehört oder gesehen. Sire Galan stieß seine Stiefelknechte unsanft mit dem Fuß an. Er wartete nicht darauf, bis Spiller aufstand, sondern begann sich selbst anzukleiden. Er zog sich das Hemd über den Kopf und sagte: »Edecon, sprecht mit den Wachen am Tor, und bringt in Erfahrung, ob sie sie gesehen haben. Rowney wird die Abtritte durchsuchen, Spiller die Bäder.«

»Ihr glaubt also, sie sind davongelaufen?« Sire Edecon schaute sich nach seiner Kniehose um.

»Ihr denn nicht?«

Ich sagte zu Galan: »Was soll ich tun?«

»Warte hier. Ich wage zu behaupten, dass sie bald in aller Ruhe zurückkehren und sich über uns lustig machen, weil wir sie gesucht haben. Ich wage zu behaupten, es ist nichts, gar nichts.«

Spiller hielt sich die Nase und murmelte: »Blöde Ziegen. Warum können sie nicht dort bleiben, wo sie hingehören?«

Penna kehrte zurück, als die morgendlichen Schatten noch lang waren. Sie keuchte von dem Anstieg. Die Hand an die Tür gelehnt, legte sie eine Pause ein und sagte: »Wo sind die anderen?«

»Wo ist *sie*?«

Penna trat in den Raum und schüttelte den Kopf. »Sie hat sich in der Nacht fortgeschlichen. Ich bin ihr gefolgt, habe sie aber aus den Augen verloren.« Sie zuckte mit den Schultern und wandte sich von mir ab. Dann schüttelte sie die

Steppdecke aus, die auf dem Feldbett lag, und begann sie ordentlich zu falten.

Erst hatte sie mich zu lange angeschaut, dann gar nicht mehr. Und ihre schwarzen Brauen waren dabei gerade und unbewegt geblieben. Sie beherrschte ihr Gesicht, um etwas zu verbergen. »Flenna … Penna, wo ist sie hin?«

»Ich weiß es nicht.«

Natürlich wusste sie es, sonst hätte sie draußen mit den anderen gesucht. »Wo ist sie bin?«

Penna hörte auf, mit dem Bettzeug herumzufuhrwerken, setzte sich auf das Feldbett und neigte den Kopf. In ihrer Steifheit lag Trotz, doch ich sah, dass sie zitterte.

Ich ging auf sie zu, legte meine Hand unter ihr Kinn und zwang sie, mich anzuschauen. »Wo?«

Penna spuckte zur Seite, und Speichel tropfte mir auf die Hand: »Warum sollte ich es dir sagen, du Erdschlitz?«

Ich hielt sie kräftig am Kinn fest. »Wo? Was hast du mit der Seihsau, der … Seinfrau … Freifrau getan?«

»Was *ich* getan habe? Was *ich* getan habe? Wie kannst du das fragen, nach dem, was dein kostbarer Räuber und Herr und seine Männer getan haben?« Sie schlug mir die Hand weg. »Ich habe meine Pflicht getan, und die bestand darin, Freifrau Vairon an die ihre zu erinnern.«

»Oh, Schlemma«, sagte ich. Sie und ich hatten eine Reihe von Tagen zusammen gearbeitet, hatten Trinkwasser, Spülwasser und Feuerholz geholt, hatten nähend am Fenster gesessen, wir hatten Brot gebacken und es gemeinsam gegessen, und ich hatte geglaubt, wir wären Freundinnen, was für mich sehr leicht zu glauben war. Währenddessen hatte sie sich die ganze Zeit lang einsam unter ihren Feinden gefühlt.

Und doch waren wir Freundinnen, dem war so. Vielleicht war es ihr schwergefallen, jeden Tag dem Hass treu zu bleiben. Sie hatte von ihrer Herrin mehr erwartet.

Penna weinte. Sie wischte sich das Gesicht am Saum ihres Unterhemds ab und hinterließ dabei auf ihren Wangen schwarze Streifen von der Tinte, mit der sie ihre Augen umrandet hatte. »Wie könnte sie ihrem Feind Erben schenken, wie könnte sie auch nur den *Gedanken* daran ertragen? Seine Söhne gebären?«

»Das arme Fing«, sagte ich. »Armes Ding.«

Penna beugte sich über ihren Schoß, und die klagenden Laute, die sie ausstieß, klangen so, als würde etwas zerrissen. Ich begriff, was sie gesagt und was sie ausgelassen hatte, und darin lag ein Muster, das ich ganz deutlich erkannte. Zwei Stränge, jeder mit drei Seiten: Trauern, heiraten, ertrinken; eine Tochter, eine Braut, ein Schattenwesen. Als Lebende hatte Freifrau Vairon keine Macht. Als Schattenwesen konnte sie Rache nehmen.

Hastig band ich mir mein Kopftuch um und ging zur Tür. Penna stand auf, um mir zu folgen. Ich sagte zu ihr: »Sauf ... schnauf ... lauf, mach dich von dannen, solange du noch kannst!« Als ich die Wendeltreppe hinunterlief, war sie dicht hinter mir.

Im Hof stank es nach Exkrementen und faulem Fisch, und ich hielt mir mit dem Zipfel meines Kopftuchs die Nase zu. Die Entwässerungsgräben waren verstopft, und Schlick floss über die glänzende Pflasterung. Ziellos rannten Niedere hin und her, während Edle sie anbrüllten.

In dem Durcheinander fiel es mir schwer, Worte zu finden. Mit seinen langen, großen Schritten kam Sire Galan auf mich zu und sagte: »Wieichsehehastusiegefunden«, während Sire Edecon über seine Schulter rief: »Wassispenna? Wassis?«

»Kommt näher, und sprecht in mein Rohr«, sagte ich zu Galan.

»Du hast Penna gefunden«, sagte er. »Wo ist die Freifrau?«

»Ich glaube, sie hat sich geflötet, die Braut«, sagte ich. Sie ist untergefangen.«

Galan legte mir die Hand auf den Arm. »Sie ist was?«

»Sie hat sich ersenkt ... ertränkt!«

»Hat Penna dir etwas erzählt? Was hat sie gesagt?«

»Nein, ich habe es gesehen.«

»Mit deinen eigenen Augen gesehen?«, sagte Sire Edecon. »Wo also ist sie?«

»Nicht gesehen, nicht mit meinen … meinen …« Ich deutete auf meine Augen. »Mit meinem Fleiß … Geist. Ich glaube, sie ist im Sonnenschlacht. Ihr müsst Euch beeilen!«

»Schlacht?«, fragte Galan. »Welche Schlacht?«

Penna hielt den Kopf aufrecht. Ihre Augen, tief in den mit Tinte verschmierten Höhlen liegend, waren auf niemanden im Besonderen geheftet. Ich begriff nicht, warum sie blieb.

»Keine *Schlacht*«, sagte ich. »Das runde … hinter, wo das Wasser herkommt. Der, der … Schacht?« Die Worte waren aufgestaut, als wäre meine Dringlichkeit ein Hindernis. Mir fiel nichts Besseres ein, um sie zu befreien, als sie zu singen, und so formte ich sie zu einer Melodie und sang: *Schaut nach dem Wasser, um Torrents Tochter zu finden. Wo Wellspring schläft, werdet Ihr sie finden, so glaube ich.*

»Versteht Ihr, was sie sagen will?«, fragte Sire Edecon.

Sire Galan befahl seinem Wappenträger, ein paar Männer aufzutreiben und die Zisternen, die Entwässerungsgräben, ja sogar die Trinkbrunnen und Wäschereien zu durchsuchen – alles innerhalb des Wohnturms, wo eine Frau sich ertränken könnte. Wir gingen zum Brunnen, und Penna folgte uns, und dadurch wusste ich, dass er Sire Edecon umsonst losgeschickt hatte.

Es gab nur einen Brunnen, von dem ich wusste, in einem kleinen Innenhof. Er wurde nicht viel genutzt, denn es gab Wasser aus den Trinkbrunnen und Regenwasser zum Waschen in den Zisternen. Niemand holte Wasser aus dem Fluss und den Kanälen, da es salzig und zudem schmutzig war.

Die schwere Steinplatte, die den Brunnen abdeckte, war ein Stück weit beiseitegeschoben worden, und es stand nun eine halbmondförmige Spalte offen. Sire Galan schob die

Platte um ihre Achse, und sie bewegte sich knirschend über den Rand des Brunnenschachtes. Seine Stimme fiel in den Brunnen hinab und klang gedämpft und hohl. »Ich sehe nichts.«

Ich lehnte mich über die Mauer. Galan und ich waren Schulter an Schulter, und unsere beiden Gestalten hoben sich dunkel von einem zittrigen Kreis blauer Helligkeit weit unten ab. Das glänzende Wasser warf unsere Blicke zurück, doch dort, wo wir unsere Schatten warfen, konnte ich unter die Wasseroberfläche sehen. Eine blass schimmernde Gestalt bewegte sich wie ein träger Fisch; vielleicht war es Freifrau Vairons nacktes Bein, das in der Strömung eines unterirdischen Flusses trieb. Plötzlich machte es *platsch*. Eine Träne, die ich in den Brunnen fallen ließ, löste winzige Kräuselungen aus.

»Seht Ihr?«, fragte ich.

Er schüttelte den Kopf.

»Sie ist da. Passt mich in dem Weiner herunter … dem Schleimer … Keiner«, sagte ich und wies auf den umgeworfenen Eimer und die Winde, »dann wohle ich sie.«

»Du bist noch zu schwach«, sagte er. »Das schaffst du nicht.«

»Ich werde sie holen«, sagte Penna.

»Nein, nicht, es sei denn, Ihr wollt, dass sie sich auch noch umklinkt!«, zischte ich Galan zu. »Sie wird sich umschwingen, versteht Ihr nicht? Ich kann es tun, lasst mich nur. Ich werde ein … Beil um sie binden, und dann sohlt Ihr uns hinauf.«

»Nein.« Er legte die Hand auf meine Schulter und drückte fest zu. »Wenn Freifrau Vairon da unten ist, dann nützt es nichts, wenn zwei ertrinken. Ich will, dass du einen Laufburschen auftreibst, der schwimmen kann. Finde einen, und trödle nicht herum.«

Es fiel mir schwer zu begreifen. Er schüttelte mich und wiederholte, was er gesagt hatte, und als ich den Hof verließ, schaute ich über die Schulter zurück und sah, dass Galan Penna am Handgelenk gepackt hatte und sie anschrie. Sie hielt den Kopf gesenkt, versuchte aber nicht, sich ihm zu entziehen.

Ein Küchenjunge namens Karf setzte sich auf den Eimer, und Sire Galan ließ ihn in den Brunnen hinab. Mittlerweile war eine Menschenmenge zusammengelaufen, um zuzuschauen. Karf ließ sich in das kalte Wasser gleiten und machte mit dem Eimerseil eine Schlinge um alle vier Glieder von Freifrau Vairon. Er kletterte am Seil hinauf, und Sire Galan und ein anderer Mann kurbelten an der Winde. Die ertrunkene Braut schwang und stieß mit einem dumpfen Geräusch gegen die Mauer des Brunnens, und allmählich kam sie höher. Sie banden sie los und legten sie auf die Pflasterung. Um sie herum bildete sich eine Lache. Ihre Lippen waren violett, und ihre Haut blau gesprenkelt. Ich zog ihr das kobaltblaue Kleid über die Glieder, doch der Stoff war so dünn wie eine zweite Haut und verbarg gar nichts. Ihr Haar war offen, und ich kämmte es ihr aus dem Gesicht.

Penna konnte ihrer Herrin diese Dienste nicht erweisen, da Sire Galan sie mit den Händen hinter dem Rücken an den Holzpfahl gefesselt hatte, der den steinernen Brunnendeckel stützte. Die Zuschauer murmelten, und dieses leise Geräusch war beunruhigender, als ihr lautes Geschrei es gewesen war.

Sire Edecon kam herbeigerannt und verkündete laut rufend die Nachricht, dass man zwei der frischen Bräute ertrunken in der Zisterne gefunden habe. Mitten im Satz hielt er inne, trat erst einen, dann noch einen Schritt vor, um auf seine Frau hinabzuschauen. »Warum haben sie das getan? Wieso? Und warum ist Penna gefesselt?«

»Glaubt Ihr, Eure Gattin hat den Steindeckel des Brunnens alleine beiseitegeschoben?«, fragte Galan ihn.

»Ich könnte es«, sagte ich. »Jeder könnte es. Man braucht dazu bloß einen guten Hobel … Hebel …«

Sire Galan wandte sich mir stirnrunzelnd zu. »Wer hat ihn dann wieder zurückgeschoben?«

Sire Edecon kniete sich auf das Pflaster. »Ich verstehe das nicht. Die Ehen waren ehrenvoll, ein Anfang, kein Ende.« Er berührte die Hand seiner toten Frau, und die Zärtlichkeit seiner Geste schmerzte und überraschte mich. Eine Taube landete neben der Leiche und pickte ein unsichtbares Korn auf.

Einer vom Stamm der Lanx beugte sich über ihn und sagte: »Kommt, so braucht Ihr Euch nicht zu verhalten. Ihr wart einen Tag vermählt, nicht ein ganzes Leben. Seid froh, dass sie nicht lange genug gelebt hat, um Eure Tage elendig und Eure Nächte langweilig zu machen.«

Sire Edecon stand auf und sagte: »Was soll mit Penna geschehen? Muss ich sie jetzt töten?«

Galan zuckte mit den Schultern. »Das liegt an Euch.«

Sire Edecon trat auf Penna zu, und sie sank in sich zusammen und veränderte ihre Stellung so, dass der Pfosten zwischen ihnen beiden war. Er zerrte sie an ihrem Kopftuch zu sich, bis ihre gefesselten Arme hinter ihr ausgestreckt waren. Der Stoff löste sich, und stattdessen griff er nun eine Handvoll ihres schwarzen, dichten Haares. Er zog sein Messer und hielt es so, als sei er sich nicht schlüssig, was er damit tun sollte.

Sie schaute zu ihm auf und entblößte dabei die lange Krümmung ihrer Kehle. Sie schluckte.

Einige der Erdmenschen riefen: »Tötet sie! Tötet sie!« Sie starrte die Menge wütend an, und einige traten zurück, als habe sie sie gestoßen. Einen Moment begegneten sich unsere Blicke, und ich zitterte und war froh, als ihr hasserfüllter Blick sich anderen zuwandte. Sie rief laut:

»Die Töchter von Torrent werden zu Schattenwesen
Torrent wird Eure Schiffe verschlingen
Und die Fische werden sich von Euren Kaufleuten nähren

Eure Brunnen werden Gift bieten
Um Euren Durst zu stillen
Eure Kinder werden im Mutterleib ertrinken!«

Sire Edecon befahl ihr zu schweigen und schlug sie mit der Faust, in der er das Heft seines Dolches hielt, auf den Mund. Sie kauerte sich zusammen, das Haar war lose, die Tinte von ihren Augenlidern im ganzen Gesicht verschmiert. Als sie schrie, klang die Stimme, mit der sie es tat, nicht wie ihre eigene; sie war laut und heiser, kein Kreischen, sondern ein Brüllen. Sie zwang uns dazu, sie bis zum Ende anzuhören, da sie sich den Göttern überantwortet hatte und bereit war zu sterben.

»Ich sah mit eigenen Augen, wie mein Mann getötet wurde.
Ich sah, wie meine Schwester Heddle die Stufen hinabgezerrt wurde.

Ich übergab mich einem Hund
Um mich vor Wölfen zu bewahren.
Die Schatten der Bräute werden in diesem Brunnen
In dieser Zisterne verweilen.
Sie werden aus Eurem Wohnturm eine Wüste machen.
Sie haben ihre Väter gerächt.
Sie haben ihre Mütter gerächt.
Sie haben ihre Schwestern gerächt.
Sie haben ihre Brüder gerächt.
Ich hätte mich mit ihnen ertränken sollen,
aber ich habe überlebt, um diesen Fluch
auszusprechen,
und um meinen Teil der Rache einzufordern.«

Sire Edecons Messer zitterte in seiner Hand. Er trat zurück, und der Mann, der zuvor mit ihm gesprochen hatte, kam rasch vor und schnitt Penna mit einem Kurzschwert die Kehle durch. Ich sah, dass sie wie ein Brunnen war, aus dem das Leben herausströmte. Ich hielt mir die Augen zu und hörte, wie die Zuschauer jubelten. Sie jubelten noch lauter, als der Mann Penna die Zunge herausschnitt.

Im Wohnturm des Crux war eine Menschenjagd im Gange. Jemand hatte in der Nacht die Schiffe am Dock versenkt, indem er unter Wasser herangeglitten war und Löcher in die Verplankung gebohrt hatte. Jemand hatte die Entwässerungsgräben verstopft, sodass sich in Aborten, Höfen und der Wäscherei stinkender Abfall staute. Jemand hatte Kugelfisch der falschen Sorte serviert, und eine Freifrau und drei ihrer Kinder lagen im Sterben.

Penna war nicht die einzige Niedere von Torrent in dem Wohnturm gewesen. Es gab noch andere, Kriegsbeute wie sie, die jetzt als Bettgefährtinnen oder Pferdejungen dienten, als neue Kammerzofe vielleicht, als Fischkoch, als Page. Niemand hatte geglaubt, dies könne jemandem schaden. Nun aber machten die Herren von Crux Jagd auf ihre unzuverlässigen Bediensteten, und ihre Erdmenschen halfen ihnen dabei, und notgedrungen ihre Gäste ebenfalls, die Edlen und Erdmenschen unserer Kompanie. Da sie fremd hier waren, liefen unsere Niederen Gefahr, auch für Männer von Torrent gehalten zu werden, es sei denn, sie beteiligten sich mit glühendem Eifer an der Verfolgung.

Als wir auf eine weitere Tochter von Torrent stießen, eine der Versprochenen, erhob sich ein Aufschrei. Sie hing am Gitter eines Abflussrohrs, das sich in den Kanal entleerte. Sie war im Schmutz ertrunken. Sie war erst elf Jahre alt und schlank genug gewesen, um durch die Abwasserleitung des Badehauses zu kriechen. Alle drängten sich darum, sie zu sehen.

Da ertönte ein neuerlicher Aufschrei: »Ein Kampf! Ein Kampf!«, und Leute rannten zu den Ställen, wo sich ein Pferdejunge drei Angreifer mit einer Mistgabel vom Leib hielt.

Gruppen von Männern rannten hektisch hin und her und

veranstalteten ein heilloses Durcheinander, bis der Crux und die Anführer der Häuser im Wohnturm die Menschenjagd in die Hand nahmen. Sie schickten Treiber los, die erst innerhalb der Mauern und im oberen Bereich des Turms suchten, während andere die schmutzigen Erdhöhlen durchkämmten, in denen die meisten Niederen des Wohnturms lebten. Die Treiber trieben ihre Beute auf die Edlen zu, die in dem großen Hof zwischen dem Turm und dem Tor warteten. Auch Frauen gesellten sich zu ihnen, denn die Wut war auf dem Siedepunkt. Der Rest von uns wurde gemeinsam mit alten Leuten und Kindern in den mit Mauern umgebenen Obstgarten gepfercht, damit wir nicht im Weg standen.

Ich setzte mich unter einen Haselnussbaum und schaute zu, wie Wasser in einem gemauerten Kanal dahinfloss. Dicht unter der Wasseroberfläche schwammen Elritzen. Ich wünschte, ich hätte die Augen geschlossen, bevor Penna starb, und nicht erst danach. Dann hätte ich nicht gesehen, wie Sire Edecon blutbeschmiert nach vorne gestolpert war und Penna auf ihn fiel.

Sie brachten die toten Töchter von Torrent zu den Leichenfeldern vor der Stadt, am südlichen Ufer des Flusses, und errichteten aufwendige Scheiterhaufen für sie. Die Bediensteten von Torrent wurden mit einem weniger großen Zeremoniell verbrannt. Bevor man die Feuer entzündete, machte man sich nicht die Mühe, die noch lebenden Niederen von den toten zu trennen.

Die Bräute hatten an ihrem Hochzeitsabend einen Pakt geschlossen, sich umzubringen, und sieben von ihnen hatten dies auch in die Tat umgesetzt. Einige verurteilten die Bräute, die sich ertränkt hatten, nannten sie entehrt, andere verurteilten jene, die sich geweigert hatten, sich umzubringen. Es stand mir nicht an, die Taten von ihnen oder Penna, meiner Freundin, zu beurteilen. Gewiss hatte es Mut gebraucht zu sterben, und doch wünschte ich, Penna hätte den Mut gefunden weiterzuleben.

KAPITEL 6
Marsch

Weil Sire Galan zu Fuß gehen musste, war ich davon ausgegangen, ebenfalls zu gehen. Doch davon wollte er nichts wissen. Er hatte eine Mauleselstute für mich gekauft, und ich setzte mich im Reitersitz auf ihren knochigen Rücken und die beiden fetten Säcke, die sie trug. Ihr Name war Frost, und sie war weiß und hatte einen grauen Reif auf ihrer gestutzten Mähne. Sie war schwer beladen, und ich glaube, sie war noch ein wenig mehr wundgeritten als ich.

Wir waren fünf Tage und weniger als zwanzig Wegstunden von Lanx entfernt und marschierten westwärts zur Stadt Malleus. Sire Galan sagte, wir wären in zwanzig Tagen dort, mehr oder weniger – mehr, falls wir weiterhin herumtrödelten. Es hielt sich da ein Gerücht, das die meisten mittlerweile für eine Tatsache hielten, dass nämlich Prinz Corvus gemütlich in Malleus sitze. Er warte nur darauf, dass wir ihn belagerten, statt selbst loszumarschieren, um uns aufzuhalten; einige Soldaten behaupteten allerdings, er werde überhaupt nicht kämpfen, sondern fortlaufen, bevor wir dorthin kämen, und uns um die Schlacht bringen.

Das Heer auf dem Marsch war ein plump gepanzertes, fast einen Tagesmarsch langes, wildes Tier, und wir in seinem Tross waren sein geschwollener Bauch, flankiert auf beiden Seiten von Fußsoldaten, die durch die Felder marschierten. Überall, wo das große wilde Tier hinkroch, hinterließ es eine breite Schneise der Verwüstung: für Feuerholz zu Stümpfen zurechtgestutzte Obstbäume, mit Abfallhaufen gefüllte Innenhöfe, niedergetrampelte Felder und Weiden, durchbrochene Hecken und Zäune.

Jede Kompanie hatte ihren Platz in der Marschordnung, und der Stamm der Crux war Teil der Vorhut, weit vor dem Tross. Sire Galan brach jeden Morgen vor der Dämmerung auf, schritt zu Fuß unter seinen Kataphrakten auf ihren großen Schlachtrössern dahin, und ich sah ihn erst wieder, wenn wir am Nachmittag unser Lager aufschlugen. Er war leicht gepanzert unterwegs, trug ein gepolstertes Leinenhemd und Strumpfhosen und seine neue Halsberge mit emaillierten Bindegliedern, die mir zu fein für eine Schlacht erschien. Sein großes und sein kleineres Schwert sowie seinen Gnadendolch hängte er sich an sein Wehrgehänge. Sein Wappenträger Sire Edecon ritt an seiner Seite, und Spiller und Rowney wechselten sich darin ab, hinter ihm zu reiten, wobei sie seinen Helm, seinen Rundschild sowie seinen Skorpion bei sich trugen. Sein Plattenpanzer war im Gepäck verstaut.

Sire Galan hielt Schritt und blieb dicht am Steigbügel seines Onkels; in stummer Anklage wegen einer ungerechtfertigten Bestrafung, so sagten einige. Galan selbst hingegen sagte so etwas nie, sprach nie ein Wort der Klage, obwohl er schnell Anstoß daran nahm, wenn er glaubte, dass sich jemand über ihn lustig machte, weil er zu Fuß gehen musste. Häufig wurde er gelobt, da die meisten jungen Heißsporne es als Heldentat ansahen, dass er zu Fuß ging. Natürlich hielt es niemand für angebracht, seine drei Fußsoldaten zu loben, Cinder, Nift und Digger, die Tag für Tag genauso lange liefen und dabei schwere Lasten trugen, um sich danach, wenn wir unsere Lagerstelle erreicht hatten, noch in Gruppen damit abzumühen, Gräben auszuheben, Holz zu machen, Zäune zu bauen, Wasser zu holen und die Tiere zu versorgen.

Durch eine Gegend von Incus, die Wolds genannt wurde, folgten wir einer gut ausgebauten, gerade verlaufenden

Straße, die mit Bruchsteinen gepflastert und so breit war, dass darauf zwei Karren nebeneinander fahren konnten. Die Landschaft war fruchtbar, voller Städte und Dörfer, doch für nach Westen Reisende wie uns eine Plage. Sie stieg in langgezogenen, zumeist von Norden nach Süden verlaufenden Wellen an, sodass wir einen Hügel nach dem anderen erklimmen mussten. In vielen der zwischen diesen Höhenrücken gelegenen Tälern mussten Seen umritten oder Flüsse durchquert werden.

Gegen Mittag legten wir einen unerwarteten Halt ein. Niemand wusste, warum. Eine Furt vor uns, vielleicht. Der langsame und schwerfällige Halt begann an der vordersten Frontlinie und machte sich hinten nur langsam bemerkbar, sodass diejenigen von uns, die sich in der Mitte befanden, zusammengepfercht wurden oder gezwungen waren, die höher gelegene gepflasterte Straße zu verlassen und in die schlammigen Gräben und Felder auszuweichen. Männer, Pferde und Maultiere verloren die Beherrschung. Cook, der Bevorrater des Crux, beschimpfte Sire Farols Handlanger, der seinen Ochsenkarren so dicht an einen Wagen des Crux gefahren hatte, dass diesem beim Anfahren Speichen brechen würden.

Wir im Tross befanden uns in einem Tal; die Spitze des Heers war jenseits des nächsten Hügels, die Nachhut jenseits des Hügels hinter uns. Es war kalt und stürmisch und regnete in Strömen. Spiller murrte. Er war damit an der Reihe, Sire Galans Gepäckesel zu führen, und das fand er unter seiner Würde. Er meinte, Sire Galan hätte Rowney zu einem Handlanger machen sollen, denn er benötige nicht zwei Stiefelknechte. Oder er solle sich einen neuen Handlanger besorgen, der auch Pferdejunge war. Spiller hatte guten Grund, sich zu beschweren, aber ich konnte es nicht mehr hören.

»Ich gehe Rei besuchen«, sagte ich ihm.

»Rei? Wer ist das?«

»Du weißt schon, meine Freundin.«

»Die breitärschige Muttersau? Gib ihr einen Kuss von mir, ja?«

Delves Tross befand sich vor uns in der Marschlinie, sodass ich Frost in den Graben neben der Straße lenkte und dann auf der anderen Seite wieder hinauf und durch ein Feld ritt. Mais Ochsenkarren hatte ein Vordach aus über Holzbogen gespannten Tierhäuten. Es sah aus wie die Flanken einer verhungernden Kuh. Ich rief nach Mai, worauf sie winkte und mich herzlich begrüßte. Ich band Frost an den Karren und kletterte vorbei an Pinch, der mit einer langen Gerte auf der Kutscherbank saß, nach hinten. Mai, Sunup und Tobe sowie der gescheckte Jagdhund hatten es sich dort auf den Säcken mit Korn und Bohnen eingerichtet.

Ich nahm Mais Hand und fragte: »Hast du gegessen?« Ihre Nägel waren bis zum Fleisch abgekaut und hatten weiße Flecken. Ihr Bauch sah aus, als hätte sie ein Fass verschluckt; er fühlte sich auch so hart an, doch der Rest ihres Fleisches, soweit ich es sehen konnte, hing in schweren Hautlappen herab. Ich besuchte sie fast jeden Tag unterwegs oder im Lager, um zu sehen, wie es ihr ging.

Sie lachte. »Mouse mag keinen Fisch, und es gibt ja nichts anderes, nicht wahr? Ich könnte um die Hälfte schrumpfen, und du würdest immer noch zweimal in mich hineinpassen, also hör auf, dir Sorgen zu machen.« Von einem Heringsfass in dem Karren ging ein heftiger Gestank aus. Kein Wunder, dass sie keinen Appetit hatte.

Tobe kletterte auf meinen Schoß, und in seiner ihm eigenen wundersamen Sprache, die Tag für Tag mehr der unseren ähnelte, erklärte er mir etwas, das nur Mai und Sunup verstanden. Dann fing er an sich zu langweilen und wand sich von meinem Schoß hinunter, als wolle er losziehen und zwischen den Karrenrädern und Hufen spielen. Sunup nahm ihn an die Hand, und die beiden legten sich auf Kornsäcke neben dem Hund. Leise murmelnd erzählte sie Tobe eine Geschichte.

Ich sagte Mai, der Krieg sei nicht so, wie ich es erwartet hatte. »Ich dachte, es gäbe Kämpfe, große Prachten. Aber es ist eher ein Nest jeden Abend … ein Fest.«

»Ha, was für Prachten«, sagte sie. »Langweilst du dich? Hinein kommen wir so schnell wie eine gesengte Sau, aber ich wage zu behaupten, dass wir so schnell nicht mehr herauskommen werden. Bis wir dort ankommen, wo Corvus uns haben will, werden wir frieren, erschöpft und hungrig sein, und er wird dann immer noch gemütlich in Malleus sitzen.«

»Solange wir Bocktisch haben … Sockmich … Stockfisch, werden wir nicht hungern.« Ich wollte damit einen Witz machen. Wir hatten tonnenweise Stockfisch, alle hatten ihn, und alle hassten ihn. Es war getrockneter Kabeljau, der hart war wie Planken und auch so schmeckte. Man musste ihn den ganzen Abend lang mit dem Hammer bearbeiten, bevor man ihn einweichen und schmoren konnte.

Sunup sagte zu Tobe: »Verstehst du, es lag daran, dass Moon hungrig war. Er verkleidete sich als Silberfuchs und folgte den Wölfen. Er sagte: ›Ich bin euer Welpe, lasst mir etwas übrig‹, doch die Wölfe sagten: ›Du riechst nicht so, wie du solltest‹. Tobe kicherte, als sie so tat, als beschnuppere sie ihn.

»Ich habe etwas für dich«, sagte Mai. Sie angelte ihre Börse unter ihrem engen Mieder hervor und gab mir eine Silbermünze, einen Graubart.

»Wofür ist die?«

»Weil du gestern mit Flammakin geredet hast.«

Mai hatte mich am vergangenen Abend in ihr Zelt eingeladen, und als ich zu ihr gekommen war, hatte ich gesehen, dass sie bereits eine andere Besucherin hatte, eine Frau, der ich noch nie begegnet war, nämlich ebendiese Flammakin. Sie war die Scheide eines Wolfes. Die Wölfe der Königsmutter stammten aus dem nördlichen Grenzland von Incus; sie hielten sich von König Thyrses Kriegern fern, und Gerüchten zufolge waren sie furchterregende, kaum noch menschliche Wesen. Doch Flammakin schien ganz gewöhnlich zu sein, schwankte zwischen zwei Männern, mit denen sie sich hinter dem Rücken ihres Kataphrakten traf, und grübelte darüber, mit welchem der beiden sie weglaufen sollte, nun, da ihr Wolf langweilig geworden sei. Ich hatte geglaubt, sie sei hier, um Mai zu Rate zu ziehen, die eine Magierin in den Künsten von Carnal Desire war.

»Warum denn?«, fragte ich. »Wir hatten doch gar keine große Übereinkunft ... Niederkunft.« Flammakin hatte in der Hochsprache gesprochen, mit einem für die Bewohner des Nordens typischen, eigenwilligen Dialekt, sodass ich sie kaum hatte verstehen können. Und wie üblich hatte ich Schwierigkeiten gehabt, mich verständlich zu machen.

Als Mai lachte, bebte der ganze Karren. »Sie war absolut zufrieden. Sie wird deinen Rat annehmen.«

»Welchen Rat?«

»Sie wird sich mit Sire Noctambule anfreunden.«

»Welcher war das noch gleich, der reiche oder der trübsche?«

»Der reiche«, sagte Mai.

»Davon habe ich nie gesprochen. Was habe ich gesagt?«

»Das spielt kaum eine Rolle. Flammakin wollte bloß hören, dass es gut ist, wenn sie das tut, was sie ohnehin schon beschlossen hatte.«

»Und dafür hast du dann in meinem Samen Münzen entgegengenommen? Was war dein Schandteil?« Je schallender Mai loslachte, desto entrüsteter wurde ich.

»Ich sehe nicht, was schlecht daran gewesen sein soll«, sagte sie, als sie zu Ende gelacht hatte. »Flammakin war begeistert, und du bist deswegen nun reicher.«

»Trotzdem. Ich bin keine Offentragerin ... Offenbarerin. Tu das nicht noch einmal«, sagte ich.

Der Karren machte einen Ruck, als das Heer sich wieder in Bewegung setzte. Pinch fing an zu pfeifen. Sunup sagte zu Tobe: »Und der Fuchs sagte: ›Das liegt daran, dass ich so hungrig bin. Ich habe Erbsensuppe und Kohl gegessen, Radieschen und Zwiebeln, alles kein Essen, das für Wölfe wie uns geeignet wäre.‹ Dann fingen die Wölfe einen Hirschen und fraßen jeden Fetzen Fleisch auf. Und der Fuchs starrte und schaute mit heraushängender Zunge, bis sie sich seiner erbarmten und ihn an den Haxen nagen ließen …« – sie tat so, als beiße sie Tobe ins Bein, bis er quietschte – »und an den Schenkelknochen und Hüftknochen und Rippenknochen und Halsknochen und dem Schädel«, und jedes Mal, wenn sie einen Knochen benannte, knabberte sie an Tobe, bis dieser vor Lachen kreischte. »Und so ist der Mond voll geworden!«

Der hungrige Neumond musste sich heute Nacht zeigen, wenn nur die Wolken Lücken lassen würden, damit wir ihn zu sehen bekamen. Der Monat namens »lange Nächte« begann, und lange Nächte bedeuteten kurze Tage und kurze Märsche. Während es noch immer Nachmittag war, schlug das Heer nahe der Kuppe eines Hügels sein Lager auf, neben einer steilen Schlucht, die ein wenig Schutz, Feuerholz sowie Trinkwasser aus einem schönen, schnell fließenden Fluss in ihrem Tal bot.

Rowney und ich gingen den bewaldeten Hang hinab. Allein dort auf Nahrungssuche zu gehen war für mich nicht sicher. Ich hatte in jeder Stammeskompanie Bekannte, und im Gegensatz zu früher, als ich Neuankömmling auf dem Marchfield gewesen war, zitterte ich nicht mehr jedes Mal, wenn ein Mann mich zu lange anschaute oder mir einen anzüglichen Beinamen gab. Aber da nun so viele Männer in Gruppen umherstreiften, gab es Grund, auf der Hut zu sein.

Ich sammelte totes Holz, bahnte mir einen Weg hinab zum Wasserlauf und hielt die Augen auf nach Büschen mit Kindstod, die gerne im Nassen stehen. Ich hatte schon danach gesucht, seitdem wir Lanx verlassen hatten, und befürchtete allmählich, dass es in diesem Königreich gar nicht wuchs. Die letzten Beeren, die Mai mir zurückgegeben hatte, hatte ich benutzt. Meine Mondblutungen waren nicht überfällig, noch nicht.

Ich verknotete meinen Rock, um einen Tragesack daraus zu machen, und pflückte rote, mehlige Beeren von einem dornigen Busch. Sie waren süßer als sonst; vielleicht konnte ich Cook ein paar davon im Austausch gegen ein Ei anbieten. Dass mir der Name des Busches nicht einfiel, ärgerte mich maßlos, denn er wuchs häufig in Hecken und Dickichten. Die Freifrau hatte mich sein Lied gelehrt, ein Rätsel und eine Beschwörung, und nun kam mir die Melodie wieder in den Sinn, allerdings nur mit vereinzelten Worten. Irgendetwas mit Linderung im Hals … *Er trägt die Früchte, die wir »Halswohl« nennen,* an mehr konnte ich mich nicht erinnern. Ich sang es immer wieder, in der Hoffnung, dass mir so der Rest des Liedes und der Name einfallen würden. Was spielte es auch für eine Rolle, wie der Busch hieß, solange ich wusste, was man damit machen konnte? Und doch war es von Bedeutung.

Etwas raschelte in dem Laub unter den Dornen. Rowney kroch hinein, zog sich sein Lederwams aus und schaufelte damit etwas auf. »Aha!«, sagte er. Er hatte ein unglückseliges Stachelschwein erwischt, das die Nase aus dem Dickicht gesteckt hatte, um zu sehen, wie der Abend war. Ich hörte einen dumpfen Schlag, als Rowney das Tier mit der stumpfen Seite seiner Axt erlegte.

»Totdorn!«, sagte ich zu Rowney, froh darüber, dass mir der Name wieder eingefallen war. Die Rotdornfrüchte würden eine gute Würze für das winterfette Stachelschwein abgeben. Heute Abend würden wir gut essen.

»Hmm?«, machte er.

Wir stiegen den Hang der Schlucht wieder hinauf, und ich blieb stehen, um zu Atem zu kommen und mir mein Bündel Feuerholz wieder auf dem Rücken zurechtzulegen.

Den ganzen Tag hatte eine schmutzig graue Wolkendecke die Sonne verdeckt. Nun hatte der Regen aufgehört, und das Antlitz von Sun zeigte sich zwischen den Wolken und dem Horizont. Während ihre orangefarbene Scheibe den Rand der Welt berührte, sah der hintere Teil des Grates so aus, als würden sich aufgestellte Borsten auf ihm befinden, als wäre er mit Feuer umrandet. Es war ein schöner Anblick, in dem rötlichen Licht des Sonnenuntergangs das Lager als Ganzes zu sehen; ein großes Rad mit König Thyrses großem Pavillon als Nabe, der Rest der Pavillons in ordentlichen Reihen zwischen den Speichen, leuchtende Banner, die im Wind flatterten, Rauchfahnen, die sich von Lagerfeuern emporkräuselten. Und es war eine gute Sache, Teil von etwas zu sein, das so viel bedeutender war als ich selbst. Ich wäre damit zufrieden gewesen, für immer zu marschieren, solange es nie zu einer Schlacht kam.

Am Ende einer schlaflosen Nacht fiel ich in einen Traum. In dem Traum irrte ich auf der Suche nach Überresten der alten Gärten über die Terrassen, auf der Suche nach Pflanzen, die oder deren Abkömmlinge an geschützten Stellen, vom Wind ausgesät, überlebt hatten. Selbst so kurz vor dem Winter gab es noch Schätze zu entdecken, Samenkörner, die sich an vertrocknete Blütenstauden von Fenchel, Dill und Anis klammerten, und ein Läusekraut mit einigen wenigen Samenkapseln, die nicht aufgesprungen waren. Ich fand grüne Kronen von Chicorée und Winterkresse. Ich grub um, spaltete dabei scharf riechenden Knoblauch und riss Pastinaken für mein Abendessen aus. Die Pflanzen waren Geschenke, und ihre Namen hatte ich in jedem Fall vor Augen. Ich erkannte die von den Göttern in Wurzel, Stängel, Blatt und Blüte eingeschriebenen Zeichen. Als ich aufwachte, schmeckte ich die Namen, die mir noch immer auf der Zunge lagen.

Erschöpfung war eine Last, an der ich jeden Tag schwerer

trug, denn jede Nacht war rastlos. An diesem Morgen aber war ich so ausgeruht, als hätte ich die ganze Nacht durchgeschlafen.

Feindlichen Kriegern waren wir noch nicht begegnet. Es schien, als ginge die größte Gefahr für einen Heißsporn in diesen Tagen – und das war keine geringe –, von einem seiner Kameraden aus, der noch am geringsten Anlass Anstoß nahm. Am Morgen brachte ein Kataphrakt von Ardor die Dreistigkeit auf, Sire Galan bei dessen Fußmarsch anzustarren. Spiller erzählte Rowney und mir am Abend davon – indem er erklärte, wie er, also Spiller, sich eine gebrochene Nase eingehandelt hatte.

Er sagte, Sire Galan habe, als der besagte Kataphrakt ihn anstarrte, diesen mit erhobener Stimme gefragt, warum er denn so unhöflich starre. Daraufhin habe dieser Kamerad, Sire Lapalissade, erwidert, er habe nicht unhöflich sein wollen, sondern lediglich verwundert geschaut, einen Edlen auf einem so armseligen Klepper wie des Schusters Rappen reisen zu sehen – womit er Galan auf seinen beiden Füßen meinte. Danach ließ Sire Galan eine Bemerkung über das Pferd des Kataphrakten und über die Blutlinie des Pferdes fallen. Alles sah nach einem hitzigen Wortgefecht aus, bis Sire Guasca Sire Galan an seinen Eid erinnerte, sich nicht mit Ardor zu befehden.

Sire Galan erwiderte, er befehde sich nicht, doch könne wohl nichts Falsches daran sein, ein wenig Spaß zu machen, nicht wahr? Sie sollten einen Hahnenkampf austragen.

»Mit Sporen?«, fragte Sire Lapalissade.

Keine Sporen, erwiderte Sire Galan, denn wenn sie Stahl zögen, würde dies gegen die Regeln des Waffenstillstands verstoßen.

Also wurden Spiller, Sire Guascas Stiefelknecht Lich und Sire Lebrels Rittmeister Weed drei Stiefelknechten von Ardor gegenübergestellt. Die Wetten wurden abgeschlossen.

»Einer von Ardors Stiefelknechten krähte wie ein Hahn

und nannte uns eine Hühnerschar«, sagte Spiller. »Er meinte, er sei der Hahn für uns, und wir sollten doch gleich unsere Schwanzfedern zeigen und es hinter uns bringen. Worauf ich antwortete, wenn ich ihm meinen Hintern zeigte, dann nur, um ihn mit einem Furz davonzufegen, weil er so ein leichter Junge wäre, dass ein kleiner Windstoß für ihn schon ausreiche.«

»Ich wünschte, ich wäre dabei gewesen«, sagte Rowney. »Ich würde lieber kämpfen als reden.«

»Oh, ich habe gekämpft. Woher, glaubst du, habe ich das da?« Spiller deutete sich auf das Gesicht. Seine Nase und seine Braue waren rot und geschwollen, und ein Auge lief bereits violettfarben an. Sein Wams war befleckt. »Ich glaube, meine Nase ist gebrochen. Du hättest das ganze Blut mal sehen sollen!«

»Du bist geschlagen worden. Das heißt noch nicht, dass du auch gekämpft hast«, sagte Rowney.

»Frag Sire Galan. Hinterher hat mir Sire Meollo auf die Schulter geklopft und gesagt, ich sollte ab jetzt Bloodspiller genannt werden. Das ist jetzt also mein neuer Name. Ein guter, findest du nicht?«

»Ich wette drei Kupferstücke, dass das einzige Blut, das du vergossen hast, dein eigenes war«, sagte Rowney.

Sire Galan hatte ein neues Zelt, und es war besser als das alte, größer und praktischer. Es rief den Neid anderer Kataphrakten hervor, denen nicht das Glück beschieden gewesen war, einen Pavillon auf dem Marchfield verloren zu haben, sodass sie sich einen neuen kaufen mussten. Auch sein neues Klappbett war eine schöne handwerkliche Arbeit aus Lanx. Es war breiter als sein altes Feldbett und hatte vier bemalte Pfosten, die einen Baldachin stützten und zwischen denen Gazevorhänge aufgespannt waren. Damit hatten wir beide einen Pavillon in dem Pavillon, wenn wir uns ins Bett zurückzogen. Drei Maulesel waren nötig, um das Zelt und sein Zubehör zu transportieren, und noch ein zusätzliches für das Bett und die Bettwäsche.

Galan war irgendwo mit Sire Edecon unterwegs und wettete. Es war lange her, dass er eine Wette auf eine gewisse Jungfernschaft abgeschlossen hatte, doch er umwarb nach wie vor Chance. Er überließ es Spiller und Rowney, auf sein Gepäck und auf mich aufzupassen, denn es waren Diebe unterwegs, die keinen Respekt vor dem Ruf eines anderen hatten. Die Stiefelknechte schliefen in ihre Decken eingemummelt ihren Rausch aus.

Ich setzte mich hin und nähte an einem zweiten Kleid aus dem Wollstoff, den Galan mir geschenkt hatte. Daran zu denken, wie Penna mir bei dem, das ich gerade trug, geholfen hatte, machte mich trübsinnig. Als meine Augen anfingen zu brennen, schüttelte ich die Federbetten aus und breitete sie auf dem Klappbett aus, legte mich hin und lauschte dem Regen, der auf das Zelt fiel.

Viel später kehrte Galan zurück, alleine, und sagte: »Schläfst du?« Ich setzte mich auf, und er schüttete Münzen aus einem Sack auf die Bettdecke; Kupferstücke, Silber, Gold. Ich sortierte und zählte sie. Das Lesen mochte ich verlernt haben, doch zählen konnte ich noch immer.

»Habt Ihr so viele für den Schwanenkampf bekommen?«, fragte ich.

»Ein paar. Ein paar habe ich heute Abend gewonnen.« Chance hatte sich ihm gegenüber als großzügig erwiesen, seitdem er sich ihren Namen auf seine linke Handfläche hatte tätowieren lassen. Je größer das Risiko war, das er einging, desto mehr bekam er von ihr zurück, und aus Dankbarkeit opferte er ihr ein Zehntel seiner Gewinne. Wenn er verlor, wenn Chance blinzelte, statt zu zwinkern, war das schnell vergessen. Sobald jemand als Glückspilz galt, bedurfte es mehr als nur eines gelegentlichen Verlustes, um seinen Ruf zu verändern.

Ich hob eine Goldmünze auf und starrte sie an; auf ihr

war ein Mann mit krummer Nase und einem Bart im Profil abgebildet. »Wer ist das?« Ich zeigte Galan das Gesicht auf der Münze. Es mochte sich um den verstorbenen Mann der Königsmutter handeln, aber ich kam nicht auf seinen Namen. »Ist das König ... Mortal ... Vital, Mizur?«

»Es ist das Prinzchen, Corvus«, sagte Galan. Er warf mir eine andere Münze zu. »Das hier ist sein Vater, König Voltur. Nimm beide, wenn du willst.« Er wog die beiden Münzen in der Hand und nahm dann eine dritte, helle. »Nimm die hier auch. Dir steht ein Anteil an meinem Glück zu.«

König Volturs Goldmünze stellte ihn mit einer dichten Braue und einem kantigen Bart in Löckchen dar. Auf der dritten Münze war das Gesicht von Königsmutter Caelum eingeprägt. Sie hatte zwischen dem Tod ihres Gatten und der Volljährigkeit ihres Sohnes acht Jahre lang als königliche Regentin geherrscht. Warum also sollte sie nicht ihre eigenen Münzen prägen lassen? Aus Spaß biss ich auf die helle Münze, als wäre sie vielleicht aus Blattgold, aber sie bestand aus Gold, massiv und übel riechend. Ich ließ sie fallen, und Galan setzte sich auf das Bett und küsste mich. Ich war so überreizt, dass er mich kaum berühren musste, um einen Schauer bei mir auszulösen. Ich war eifersüchtig auf die Macht, die Chance auf ihn ausübte.

Rowney erwachte und kümmerte sich um seinen Herrn. Er zog Sire Galan die Stiefel aus und faltete mit der übertriebenen Sorgfalt eines Betrunkenen seinen Wappenrock. Galan hatte auf seinen Fersen, Zehen und Sohlen ein Blase neben der anderen, und er würde erst wieder bequem laufen können, wenn sie zu Schwielen geworden waren. Ich kratzte lose weiße Haut mit einem Messer ab und trug eine fettige Salbe auf, die Divine Xyster für ihn gemacht hatte. Um derlei kleine Verletzungen durfte ich mich kümmern, doch eine Frau durfte die Wunden eines Mannes nicht berühren, da sonst sein Blut vergiftet wurde und sie ihm Schaden zufügen würde. Galans Füße waren eiskalt.

Ich spürte, dass er verärgert über irgendetwas war. Dass die Blasen dafür verantwortlich waren, konnte ich mir nicht vorstellen, denn er hatte sie schon seit Tagen klaglos hingenommen. Wir legten uns unter die Steppdecke, und ich zog die Bettdecke über unsere Köpfe. Im Dunkeln konnte ich ihn beobachten, er jedoch konnte mich nicht sehen. Von seiner Fußsalbe ging ein beißender Geruch nach Melisse aus. Ich sagte: »Ich habe von Sire ... Lackaffe oder ... Lalataffe gehört, diesem Tatterfrakt, der Euch beleidigt hat. Seid Ihr immer noch dornig auf ihn?«

Er lachte. »Dornig? Der hat doch gar keinen Dorn. Er ist die Aufregung nicht wert.«

»Was dann?«, fragte ich. »Was ist es?«

»Ich habe heute Abend gegen Pava gewonnen. Er setzte mehr Münzen aufs Spiel, als er hatte, und bot mir sein zweites Pferd als Pfand an, bis er das Geld auftreiben kann. Ist er bloß ein Narr, oder wollte er mich beleidigen, indem er mir ein Pferd anbot? Er weiß ja gar nicht, dass er mich damit fast ...«

»Er ist ein Blasenfuß, ein Hasenruß«, sagte ich. »Er ist viel zu sehr Teigling, als dass er Euch absichtlich beleidigen würde.«

»Ein Teigling?«

»Nein, ich meine ein, ein Feigschwing ... Feigling.«

»Ich hasse das mit Pava«, sagte er leise. Seine Hand wanderte an meiner Taille entlang und verweilte zwischen meinen Hüften und meinen Rippen.

»Ihr hasst was?«

»Das mit Pava und dir.«

»Das war nicht das Gleiche.« Ich legte meine Stirn an seine Brust und verbarg mein Gesicht vor ihm, obwohl es doch dunkel war. »Ich bin Fleck für ihn ... Dreck. Er hat es vergessen. Das ist alles lange, lange her.«

Es war anderthalb Jahre her, der Königswald, das Marchfield und Wildfire. Wenn ich Galan die Wahrheit erzählen würde, dass Pava mich vergewaltigt hatte, würde das seine Eifersucht lindern? Ich zog die Decke von unseren Köpfen und starrte auf den Baldachin über dem Bett. Wenn ich es ihm erzählte, würde das für weiteren Ärger zwischen den beiden sorgen, und es gab bereits genug Ärger; und wenn ich es ihm sagte und er nichts unternahm – dann wäre ich enttäuscht, oder nicht?

Galan stützte sich auf seinen Ellbogen und schaute mich an. »Er schuldet mir eine Wagenladung Geld. Sag mir, was du willst, und es wird mir eine Freude sein, ihn es bezahlen zu lassen.«

»Also?«, fragte er nach einer Weile.

»Ich schenke noch«, sagte ich.

Er stieß ein kurzes, freudloses Lachen aus.

»Er hat ein gutes Schlachtross«, sagte ich. »Sein Tier ... Sire war der beste Mengst meiner alten Freifrau.«

»Nicht das Pferd.«

Mir fiel nichts ein, was man Sire Pava wegnehmen konnte, das ihm teuer genug war. Doch er hatte tatsächlich etwas, das ich haben wollte. Ich sagte zu Galan: »Das, um was ich bitte, will Sire Blabla nicht. Aber ich schwöre, dass er es vermissen wird, wenn es weg ist. Und es ist etwas, das Ihr brauchen könnt.«

»Ist das ein Rätsel?«

Ich sprach schnell und ließ die Worte purzeln, wie immer sie fielen. »Ich will, dass Ihr zwei seiner Saufjungen ... Laufjungen zu Euch nehmt. Fleet ist mein Vetter, er ist der schnellste Säufer im Lager, gut für Bodengestänge ... Botengänge und Nachrichten; er wird Euer Anpranger sein. Und verlangt Neff ... Ev als ... Pferdejungen. Er übernimmt die ganze Arbeit, weil Sire Pavas Rittkleister ein maules ... faules Stück ist. Spitter und Tawny – Splitter, meine ich, Eure Miefelwächte, benötigen Hilfe. Es gibt zu viele Pferde und Faultiere, um die sie sich kümmern müssen.«

Fleetfoot war nicht mein Vetter, denn ich hatte keine Sippe. Aber ich hatte seiner Mutter Az versprochen, auf ihn aufzupassen, und nun hatte ich vor, ihm einen guten Dienst zu erweisen. In dem Durcheinander nach dem Turnier auf Leben und Tod hatte ein Schwertkämpfer Fleetfoot die linke Hand halb und einen Teil von zwei Fingern seiner rechten abgetrennt. Wahrscheinlich würde er einen schlechten Handlanger abgeben.

Aber ich war davon überzeugt, dass Ev ein guter Pferdejunge sein würde. Er hatte von klein auf im Stall der Freifrau gearbeitet; er hatte die Begabung eines Rittmeisters, auch wenn Sire Pava dies nie aufgefallen war.

»Das ist es, was du willst?«, sagte Galan. »Ich würde lieber etwas von Wert nehmen, etwas, das Pava vermissen wird – zum Beispiel die Goldkette mit dem Smaragd und dem Perlenmedaillon. Würde er nicht grün vor Neid werden, wenn er es an deinem Hals hängen sähe?« Er fuhr mit den Fingern zwischen meinen Brüsten entlang, wo der Anhänger ruhen würde, falls ich ihn trug.

»Ihr meint es gut«, sagte ich. »Aber ich könnte die Berührung seines Goldes nicht ertragen.«

Galan hatte im Schlaf seinen Arm über mich gelegt; er hatte mich erneut zurückgelassen. So lange die Nacht auch währen mochte, für ihn würde sie schnell vergehen.

Ich dachte an Erinnern und Vergessen, daran, dass ich weder das eine noch das andere nach Belieben tun konnte. Ich konnte mich nicht an gewöhnliche Dinge erinnern wie den Namen des Rotdornbusches, oder wohin ich den Krug mit dem quellenden Teig für das Marschbrot an diesem Morgen hingestellt hatte.

Und ich konnte nicht vergessen, konnte nicht aus meinem Geist verbannen, was Sire Pava gesagt hatte, nachdem er mir am Ufer des Flusses nachgestellt hatte, und auch nicht Fleetfoots verletzte Hände oder Penna mit ihrem entblößten Hals. Oder wie das Blut von Niederen

Sire Galans Kleidung nach der Menschenjagd auf Bediens-tete von Torrent befleckte und dass Spiller sagte, es sei schade, dass wir die Wäscherin verloren hätten, und dass Rowney lachte.

Und Sire Rodela genoss die Erinnerungen und fand Gefallen daran, mir den Schlaf zu rauben. Sein spöttisches Summen grub sich mir in das linke Ohr, und als ich angestrengt versuchte, ihn herauszubefördern, bekam ich Ohrenschmerzen davon. Ich wünschte mir, es wäre möglich, alle Rachegefühle, die zwischen mir und Sire Rodela bestanden, zu begraben. Ich spürte, dass sein Schattenwesen von Bösartigkeit belastet war, ein verrosteter Schild, der ihn, obwohl er glaubte, damit geschützt zu sein, niederdrückte. Ich wollte ihn wie mich befreien.

Von einem Gott gepeinigt zu werden der Erinnerung, der Sprache und der Kraft beraubt zu werden, war eine Heimsuchung, gegen die ich nichts unternehmen konnte als zu beten. Von den Toten gepeinigt zu werden war ein ganz anderes Problem. Ich würde mir Mais Rat einholen. Sie würde wissen, wie man einen hartnäckigen Schatten fortjagen konnte. Dann würde Rodela nicht länger verhindern können, dass ich zur Ruhe kam.

Fleetfoot und Ev kamen am nächsten Morgen zu uns. Vom ersten Moment an nannte Spiller Fleetfoot Hamfist. Und das passte auch, denn an der Stelle, wo die linke Hand des Jungen gespalten worden war, sah das geheilte Fleisch rosafarben wie Schinken aus und war auch genauso stumpf. Mit nur einem halben Daumen an einer Hand und zwei gesunden Fingern auf der anderen war er ungelenk. Als Spiller mitbekam, dass ich Galan gebeten hatte, Fleetfoot als Pfand aufzunehmen, nannte er mich eine schlitzäugige, starrköpfige alte Tante, die sich überall einmischte. Aber in Wirklichkeit war er wohl froh, jemand Neues zu haben, über den er sich beschweren konnte.

Über Ev konnte sich selbst Spiller nicht beschweren. Der Pferdejunge machte sich mit den Pferden und Maultieren vertraut, indem er leise murmelnd mit den Händen über ihr Fell strich und ihre Stärken und Fehler so in Erfahrung brachte. Obwohl er sich langsam bewegte, besaß er die Gabe, schnell zu arbeiten, und bald drückte selbst das übellaunigste Maultier den Kopf an ihn, wenn er sich bückte, um Salbe auf dessen wunde Stellen aufzutragen.

Die Jungen führten eine Kriegshündin mit sich, ein Welpe, der hätte ausgesondert werden sollen, weil er so verstümmelt war wie Fleetfoot. Sie zog den verletzten rechten Hinterlauf unter dem Bauch ein, stellte aber ansonsten alles an, was junge Hunde anstellen: tollte herum, zwickte, pinkelte auf Säcke und nagte an Sätteln herum. Abgesehen von ihren schwarzen Läufen und ihrer schwarzen Schnauze war die Hündin graubraun, und obwohl sie nur drei gesunde Beine hatte, war sie schnell. Sie hatte eine solche Art an sich, dass man ihr unmöglich auf Dauer böse sein konnte. Spiller nannte sie Piddle, und dieser Name blieb hängen, während Hamfist es nicht tat.

Es gefiel mir nicht zu sehen, wie Fleetfoot zurückschreckte, wenn Spiller die Hand gegen ihn erhob, oder wie er auf den Boden spuckte, wenn Spiller wegschaute. Früher war er ein lebhafter Junge gewesen, der gerne gelacht hatte, und der Schnellste bei den Wettrennen im Dorf, begeistert vom Laufen wie ein Sichtjäger. Nun schlurfte er missmutig mit den Füßen.

Als Sire Galan an diesem Abend ins Bett kam, jammerte er mir vor, ich hätte ihn dazu überredet, einen Handlanger anzunehmen, der nicht einmal einen Knoten binden konnte. Aber ich merkte, dass sein Ärger nur gespielt war. Genauso war es gewesen, als er erst geflucht und dann gelacht hatte, als Piddle neben dem Feuer zappelnd an ihm hochgesprungen war und an seinem Wehrgehänge genagt hatte.

Ich sagte: »Flickfeet ist schnell. Lasst ihn gegen irgendeinen Speichelknecht im Heer antreten, und er wird ihn in einem Flennen … einem Kennen … Rennen besiegen. Ihr werdet seinen doppelten Unterhalt durch Fetten gewinnen können.«

Sire Galan lachte so heftig, dass ihm die Tränen in die Augen traten. »Fetten! Fetten!«, sagte er und johlte, bis ich ihm einen Stoß in die Rippen versetzte. Es entwickelte sich besser, als ich gehofft hatte.

Ich trieb Frost im Eiltempo dazu, mit Mais Ochsenkarren gleichzuziehen. Sie saß auf der Kutscherbank. Neben dem Ochsen ging Pinch, schnippte mit seiner Gerte und sang im Takt zu dem Gequietsche eines schief laufenden Wagenrads.

Warum nur die Zwiebel in Eurer Hand?
So fragte ich die Königsmutter
Warum mich vergießen lassen
Die Tränen, um meinen Bruder zu bewegen.

Ich kletterte neben Mai auf die Bank, und wir holperten dahin. Sie trug eine violettfarbene Schlinge, um ihren gewaltigen Bauch zu stützen, lockerte diese nun um Hals und Schultern und erzählte mir den neusten Klatsch über den Ärger in Lanx. »Die Fischer weigern sich zu fischen, weil sie sagen, Torrent sei wütend. Die Königsmutter hat ein paar von ihnen an ihren eigenen Haken an Land ziehen und an die Mauern des Wohnturms von Torrent hängen lassen. Aber die anderen wollen trotzdem nicht hinausfahren. Es sind also alle wütend dort. Ich habe gehört, dass Königsmutter Caelum dem Gott Torrent zwanzig Schiffe geopfert haben soll. Sie ließ sie aufs Meer hinausrudern und in Brand stecken – um den Gott zu besänftigen, meinte sie. Aber ich bin davon überzeugt, dass sie es in Wirklichkeit getan hat, um sicherzustellen, dass wir uns nicht so einfach zurückziehen können. Bestimmt brauche ich dir nicht zu sagen, dass wir zwischen Lanx und Malleus in der Klemme stecken, wenn wir den Hafen verlieren.«

Pinch lauschte angespannt. »Es war wegen dieser Bräute«, sagte er und machte eine beschwörende Geste, um sich zu schützen. »Auf uns liegt jetzt ein Fluch.«

»Wie ich hörte, hast du es vorausgesagt«, sagte Mai.

»Ich?«, sagte ich.

»Ja, du, meine Liebe. Ich habe gehört, du hast gesagt: ›Eine Wasserfrau wird Euch Unfrieden bringen, ein Fluch, mit dem ein Leben lang Ihr müsst dann ringen.‹«

»Wer hat dir das denn erzählt?«, wollte ich wissen. »So ein ... Schenkeldränger?«

Mai schüttelte den Kopf. »Diese Bräute sind arme, einfältige Mädchen. Wenn sie sich für das Leben entschieden hätten, hätten sie bestimmt angenehmere Möglichkeiten gefunden, ihre Gatten zu bestrafen. Aber sie haben ein schönes Ende genommen, nicht wahr? Vielleicht wird es sich ein Mann jetzt zweimal überlegen, bevor er einer Jungfer Grund zur Rache gibt.«

Ich lehnte mich gegen Mai und dachte an die Jungfern von Torrent und alle anderen, die in diesem Krieg gefallen waren. Nach Lanx hatte ich aus den Augenwinkeln heraus häufig Penna erblickt, doch wenn ich dann den Kopf gedreht hatte, war da nichts mehr gewesen, oder genauer gesagt etwas Weißes – ein Hemd, mit Schnürbändern an den Ärmeln, oder eine Möwe, die auf einem Acker landete. Sie bediente sich solcher flüchtigen Dinge. Bei diesen Gelegenheiten hatte ich das Gefühl, dass die Toten von Lanx uns folgten wie ein unsichtbarer Schwarm, angezogen von dem, was sie einst besessen hatten, denn ihre persönliche Habe war gestohlen worden, statt verbrannt zu werden, wie es sich gehört hätte. Ich schauderte bei dem Gedanken, dass Galan von Schattenwesen wie ein Schwarm Aasfliegen umgeben war. Dass er von ihrer Gegenwart nichts ahnte, machte seine Lage nicht sicherer.

Ich sagte: »So viele Schlatten – wie werden wir die Knoten … Toten bloß besänftigen?«

»Über die Toten mache ich mir keine Sorgen«, erwiderte sie. »Nur wenige von ihnen besitzen so viel Willensstärke, dass sie Schaden anrichten können.«

»Aber wenn doch?«, wandte ich ein. »Wer kann ihre … Mache abwenden?«

Mai tätschelte mir den Arm. »Sollen die Priester sich darüber den Kopf zerbrechen. Das geht uns nichts an.«

»Aber, aber …« Ich beugte mich näher zu ihr vor und flüsterte: »Seit der Witz mich getroffen hat, habe ich einen … Trug im Ohr, einen Spuk. Ich kann ihn nicht loswerden und will auch nicht, dass jemand Verlacht schöpft. Kennst du jemanden, der ihn verbannen könnte?«

Sie bedachte mich mit einem forschenden Blick. »Wer ist es?«

Ich schüttelte den Kopf.

»Vertraust du mir etwa nicht, Base?«, fragte Mai. »Ach, ist doch einerlei, ich will ja nicht neugierig sein. Aber warum schnappst du dir diesen Schatten nicht bei der Nase, hä? Bring ihn dazu, dir nützliche Dinge zu erzählen.«

Hatte sie meine Fingerknochen und meinen Götterzirkel gefunden, als ich vom Blitz getroffen worden war? Warum sonst sollte sie so etwas sagen? Ich schaute beide Hälften ihres Gesichts an, vermochte aber nicht zu sagen, was sie wusste. »Bei den Göttern, Schwei … Mai«, sagte ich. »Nicht dieser. Dieser Watten … dieser Satten ist voller Bösartigkeit, und ich muss ihn loswerden. Kannst du mir helfen?«

»Das wird eine Menge kosten.«

Ich machte die Börse auf, die ich mir um den Hals gehängt hatte. Mai nahm zwei von den Goldmünzen heraus, die Sire Galan mir geschenkt hatte, dazu eine Silbermünze – jene, die sie mir vor zwei Tagen gegeben hatte. »Die ist für meine Mühe«, sagte sie.

Der Lärm der zechenden und krakeelenden Männer drang noch lange nach Einbruch der Dunkelheit durch die Stoffwände des Zeltes. Sire Galan war mit seinem Wappenträger an seiner Seite und einem Stiefelknecht auf seinen Fersen unterwegs. Ich hatte den Eindruck, dass er nicht mehr so darauf brannte wie früher, nach Hause und ins Bett zu kommen. Wenn er dann aber nach Hause kam, brannte er darauf, sich meiner zu bemüßigen – und ich darauf, mich seiner zu bemüßigen.

Bis dahin musste ich warten. Rowney spielte draußen mit einem Stiefelknecht namens Cockspur Würfel, und Fleetfoot schlief, sodass ich den Götterzirkel gefahrlos auf dem Bett ausbreiten konnte. Mir war ein weiteres Gottzeichen ins Gedächtnis gekommen – Delve –, das auf die Kornsäcke in Mais Karren aufgedruckt worden war, und mit einiger Befriedigung fand ich es auf dem Zirkel wieder.

Mittlerweile erinnerte ich mich an alle zwölf Götter und auch an all ihre Aspekte. Allerdings strauchelte meine Zunge über die Namen, wenn ich diese laut aussprechen wollte. Nach vielen Abenden des Grübelns über dem Zirkel hatte ich wieder eine Vorstellung davon, wo im Kreis welcher Gott angesiedelt war; ohne die Gottzeichen aber, um sie zuzuordnen, konnte ich sie mir nicht alle gleichzeitig merken. Die Götter drängelten sich, schienen ihre Plätze zu tauschen.

Unser Zeltlager war wie ein Götterzirkel im Großen, ein in zwölf gleich große Arkanten unterteilter Kreis. Jeden Nachmittag unterteilten Landvermesser den ausgesuchten Lagerplatz und legten sich kreuzende Wege an, während Knappen das Land rodeten und Pavillons aufbauten. Doch unser Feldlager war nicht so gleichmäßig unter den Stämmen aufgeteilt wie der Zirkel unter den Göttern. Truppen unter dem persönlichen Befehl von König Thyrse sowie die Wölfe der Königsmutter nahmen das halbe Lager in Anspruch, während sich der Rest der Kompanien die andere

Hälfte teilte, wobei sie sich zu zweit oder mehr auf einem Arkanten drängten. In Lanx hatten sich uns mehrere neue Kompanien angeschlossen, aus Stämmen, die der Königsmutter gegenüber loyal waren.

Außerdem war das Lager wie der Götterzirkel auch in Kreise unterteilt. Der innere Kreis umfasste die Pavillons der Kataphrakten, im zweiten Kreis waren die Fußsoldaten untergebracht, umgeben von Gepäckkarren; der äußere Kreis war für Reittiere, Packesel und Vieh bestimmt, um das sich Pferdejungen und Treiber kümmerten. Am äußeren Rand des Lagers schließlich wurden wir von Schildwachen und Hunden bewacht.

Dem lag eine Ordnung zugrunde, jeden Abend die gleiche Ordnung, obwohl wir uns ja von Ort zu Ort bewegten. Ich orientierte mich immer an den Bannern der Stämme, die an den Pavillons aufgezogen wurden, denn ich erinnerte mich gut daran, welche Farbe zu welchem Gott gehörte. Wenn ich ein Banner von jedem Stamm besäße, könnte ich sie zusammennähen und mir einen neuen Zirkel anfertigen.

Es war schwer, an Banner heranzukommen, doch ich brauchte lediglich kleine Stofffetzen. Das Grün der Crux war einfach zu besorgen, und Mai würde mir kupferfarbenen Stoff von Delve geben und Violett für Carnal. Vielleicht konnte ich Stoff färben – nein, es war einfacher, ihn zu kaufen. Eine Goldmünze hatte ich ja noch. Auf dem Markt, der jeden Abend außerhalb des Lagers aus dem Boden schoss, konnte man fast alles erwerben; er war voller Huren, Marketender, die Lebensmittel und Getränke – vor allem Getränke – verkauften, und Händler, die sich aus den Städten herauswagten.

Ich küsste die Knochen und zog die Zugleine um den Beutel fest zusammen.

Der Himmel wurde gerade erst im Osten ein wenig grau, und wir packten zusammen, um aufzubrechen, als Sire Erial seinen Stiefelknecht Bean zu mir schickte und fragen ließ, ob ich seiner kränkelnden Scheide einen Besuch abstatten könne. Bean meinte, sie sei von einem Maultier getreten worden. Seit Wildfire mich getroffen hatte, war ich nicht mehr als Kräuterfrau in Anspruch genommen worden, und ich war mir nicht sicher, ob ich jemanden heilen konnte, wo ich doch selbst geheilt werden musste. Aber ich konnte mich nicht weigern und musste es wenigstens versuchen.

Sire Erials Scheide Mole hatte sich ihren Namen, der Maulwurf bedeutete, eingehandelt, weil sie die Angewohnheit hatte, mit gesenktem Kopf dahinzutrippeln. Obwohl sie und ich Gefolgsleute der Kompanie der Crux waren, hatten wir uns kaum gesprochen. Ich hatte zwar versucht, sie anzusprechen, doch sie war zu schüchtern, als dass sie mich gegrüßt hätte. Einem Gerücht zufolge ließ Sire Erial seinen Wappenträger, seinen Stiefelknecht, seinen Handlanger und seinen Rittmeister sie benutzen, wenn er selbst nicht dazu geneigt war.

Sire Erials Zelt war bereits abgebaut worden. Mole lag auf einer mit Stroh gefüllten Pritsche auf dem Boden. Ihr Gesicht war von der Sonne gebräunt, aber eher fahl als rötlich. Und sie war schmutzig. Sie schaute mich nicht an.

»Du bist getreten worden?«, fragte ich. »Kann ich es mir mal anschauen?«

Mole nickte. Ich zog die Decke herunter und stellte fest, dass sie ein hauchdünnes grünes Unterhemd in der Art von Incus trug. Sie war dünn, zurechtgestutzt von zu viel Arbeit und zu wenig Essen. Durch den Gazestoff erkannte ich einen violettfarbenen Bluterguss auf ihrer linken Seite in der Nähe der untersten Rippe. Ich legte meine warme rechte Hand auf den Bluterguss und drückte sanft darauf. Ihre Rippen fühlten sich fest an, sie verrutschten nicht und gaben auch nicht nach, aber Mole schrie vor Schmerz auf. Ich hatte bei Sire Galan und seinen Männern nach Turnieren schlimmere Blutergüsse gesehen und fragte mich, ob Mole nur so tat, als ginge es ihr schlecht, um sich vor der Arbeit zu drücken.

Aber meine Hand sagte mir etwas anderes. Mole hatte kein Fieber; ihre Haut war kalt und klamm vor Schweiß. Ich drückte auf ihren Bauch und fühlte dort auf der linken Seite etwas Geschwollenes, Hartes. Sie stöhnte auf und wich vor mir zurück, und ihre Bauchmuskeln verspannten sich. »Du hast keine Wippe gebrochen ... Schippe«, sagte ich, »aber es tut mir weit ... leid ... ich muss sehen, wo es sonst noch wehtut. Hier? Hier?«

»Meine Schulter auch«, sagte sie, hielt den Kopf dabei aber von mir abgewendet.

»Und warum? Bist du denn dort auch getreten worden? Nein?« Das war seltsam: Ihre Schulter wies weder Blutergüsse noch Druckschmerz auf, und sie konnte den Arm bewegen. Aber sie litt an inneren Schmerzen. Mittlerweile zitterte sie, und ich bedeckte sie wieder mit der Decke, die dreckig und zerrissen war. Für ihren Herrn und dessen Wappenträger übernahm sie zweifellos die Wäsche, vernachlässigte dabei jedoch die ihre.

Ich schaute auf. Bean und der Handlanger Oakhead waren damit beschäftigt, die Segeltuchbahnen des Zeltes zusammenzurollen und auf ein Maultier zu packen. Sire Erial saß in der Nähe auf einem Klappstuhl; er hatte mir den Rücken zugewandt und die Füße zur Kohlenpfanne hin ausgestreckt. Ein Maultier hatte Mole das nicht angetan. Wahrscheinlicher war es, dass sie auf dem Boden liegend von jemandem getreten worden war. Im Vorbeigehen vielleicht. Eine Tracht Prügel hätte mehr Blutergüsse verursacht. Dieser Gedanke versetzte mich in Zorn, den ich zu verbergen suchte, so gut ich konnte. »Welcher Maulesel ... Maulheld war es?«, fragte ich Mole.

Sie senkte die Lider. Sie würde es mir nicht verraten.

Ohne mich anzuschauen, fragte Sire Erial: »Kann sie reiten?«

»Ist sie denn nicht geritten?«, fragte ich zurück. Der Bluterguss sah aus, als sei er mehrere Tage alt. »Es geht ihr schlechter.«

Ich beugte mich näher zu ihr und legte meine Hände um ihre Handgelenke. Ihr Puls flackerte eher, als dass er gepocht hätte, und ihr Atem ging schnell und flach. Ihr Schweiß roch sauer – sie war ja auch nicht besonders sauber –, doch immerhin roch er nicht nach Fäulnis.

Ich hätte ihren Schmerz mit Weidenrinde und Trostkraut lindern und Mole selbst mit Decken wärmen können, sodass sie mit Sire Erial und seinen Männern reiten konnte. Aber ich dachte, dass sie schneller gesund werden würde, wenn sie zurückblieb, ohne einen Mann nach dem anderen bedienen zu müssen, ohne Tritte und Schläge zu erhalten. Ich flüsterte ihr zu: »Sole, hör zu. Willst du dich verstocken, oder willst du reiten? Verstehst du? Wenn du nicht kannst, wenn du die Merke nicht hast ... die Stärke, dann suche ich dir einen Schatz, einen Platz ... einen Doof ... Mief ... Hof in der Gegend.«

Sie schüttelte den Kopf. Ich zog den unter meinem Mieder versteckten Beutel hervor und schüttelte die Münzen heraus. Eine helle war darunter, die anderen waren allesamt Kupfermünzen. Das war alles, was ich noch hatte. Ich drückte ihr die Münzen in die Hand und schloss ihre Finger darum. »Wenn du zu Mücke bleiben willst ... zurückbleiben, meine ich, dann lasse ich dich nicht buttermehlenwein – ich werde irgendwo irgendetwas für dich finden.«

»Ich muss reiten«, flüsterte sie, während ihr Tränen aus den Augen schossen und seitlich über die Wangen rannen. »Ich will nicht alleine sterben – ich werde sterben, das weiß ich. Wer würde sich um mich kümmern? Niemand. Nimm es mir bitte nicht übel.«

Sie wollte mir die Münzen zurückgeben, doch ich drückte sie ihr in die Hände. »Du wirst nicht sterben«, sagte ich. In Wirklichkeit war ich mir da nicht so sicher. Ich legte die

Decke um sie und wandte mich Sire Erial zu. »Sie muss in einen Schaden.«

»Wie meinst du das, einen Schaden?«

»Sie braucht einen Schaden – Ihr wisst schon, das, was fährt. Und eine Wettspecke um sie, ihr ist zu kalt.« Ich hielt eine Ecke der Decke hoch. »Wie das hier, eine Wettdecke, nur mit Rädern gefüllt … mit Federn?«

Sire Erial schüttelte den Kopf. »Man hat mir erzählt, dass du verwirrt sprechen sollst, aber erst jetzt glaube ich es.«

Ich half Mole dabei, sich aufzusetzen. Dabei gab ich mir Mühe, sie sanft zu berühren, während ich ihr das Kleid glättete und ihr die wirren Knoten aus dem verfilzten Haar kämmte. Zunächst scheute sie vor mir zurück wie ein nervöses Pferd, und es war ein Sieg, als ich ihr ein zaghaftes Lächeln entlocken konnte. »Meinst du, du kannst aufstehen?«, fragte ich.

Ich legte meinen Arm um ihre Taille, um sie zu stützen. Einen Moment schien es, als würde sie ohnmächtig werden. Sire Erial kam herbei und sagte: »Wohin geht ihr? Was hat sie?« Mir war nie aufgefallen, wie jung er noch war; er hatte Pickel im Gesicht, vereinzelte Haare auf der Unterlippe und am Kinn, die verrieten, dass er sich noch nicht rasieren musste. Nach meiner Einschätzung und der seiner Kameraden war er eher ein Maulheld als ein Krieger.

Ich sagte: »Ich denke, es ist das Beste, wenn sie in einem Büchsenknarren fährt, einem … einem Ochsenscharren, aber nicht rittlings, Sire. Ich werde den fragen, der … der kocht, den Versorger des Mucks, ob sie bei ihm mitfahren kann. Und sie darf nicht geritten werden, denn das Gesicht eines Mannes, sein Gewicht, würde ihr Schmerzen bereiten. Ihr müsst sie für wenigstens einen Monat in Schuhe lassen, Ihr und Eure Männer.«

Ich stellte fest, dass ich keine Furcht vor ihm aufbringen konnte, nicht, wenn Wut doch so viel genussvoller war. Ich legte Sire Erial meine warme linke Hand auf den Arm, worauf er versuchte, sie abzuschütteln. »Also, Sire, wart Ihr derjenige, der sie getreten hat? Wart Ihr es, oder einer Eurer Pappen? Ihr wart es selbst, nicht wahr?«

»Ein Mann darf seine Scheide züchtigen«, sagte er. »Sire Galan sollte dich züchtigen, dann wärst du nicht so dreist.«

»Es liegt nicht an Euch, ihn zu belehren, Sire Ehrelahm, er tut das, was ihm gefällt. Und es gefällt ihm, wenn ich willig bin und nicht herumschleiche und scheue wie ein ... Gaul ... ein Faul ... Maulwurf. Aber ja, Ihr seid noch grün und wisst womöglich gar nicht, dass mehr Verlügen darin liegt, wenn ... sie auch Vergnügen hat. Vielleicht ist sie ja vergnügter, wenn sie nicht mit anderen geteilt wird? Oder sorgt Ihr Euch, Euer Handlanger könne etwas dagegen haben? Habt Ihr davor Angst, Sire? Ihr könntet Euren Männern doch ein paar Mösen besorgen, soll heißen mit zwei Kupfermünzen für eine billige Hure.«

»Wie kannst du es wagen, so mit mir zu sprechen! Ich werde dir dafür die Zunge herausreißen!«

Ich zeigte ihm meine Zähne und versuchte dabei nicht zu lachen. Er stieß bloß leere Drohungen aus. »Meine Zunge wurde bereits ausgerissen, Sire Ehrnien. Kann ich etwas dafür, wenn Wildfire mich unaussprechlich gemacht hat? Also gebt acht auf mich. Wollt Ihr, dass sie gesund wird? Dann wartet bis nach diesem Monat der Schwänzten ... der längsten Nächte und dann ... und dann lasst Ihr sie Euch reiten, lasst die Henne auf den Hahn springen, lasst die Stute den Hengst besteigen, hä? Und vielleicht ist sie dann nach einer Weile ja wieder Eure Stute.«

Ich ließ Sire Erial los, und er rieb sich den Arm, während er mich anstarrte. Dann sah er über meiner Schulter hinweg etwas, und seine Miene veränderte sich.

Als ich mich umdrehte, sah ich wenige Schritte hinter mir Galan stehen. Er lächelte, allerdings nicht auf eine beruhigende Art und Weise.

»Ich ... Ich ließ nach Eurer Scheide schicken«, sagte Sire Erial. »Weil Mole krank ist.«

»Ich hörte davon«, sagte Galan.

»Seine Scheibe ist zu krank zum Reiten«, sagte ich. »Ich muss sehen, ob … Cook sie in einem Ochsenkarren mitnehmen kann.«

Galan nahm meinen Arm und ging mit mir davon, während Mole sich stöhnend an mich lehnte. Sie war derart schmächtig, dass es einfach war, sie zu stützen. Ich brachte sie dazu, auf den Säcken hinten auf einem der Küchenkarren von Cook mitzufahren, und gab ihr meinen alten Schaffellumhang als Tagesdecke, da Galan ihr kein Federbett leihen wollte.

Mittlerweile war Sire Galans Habe verpackt, und alle Maultiere standen geduldig in Reih und Glied.

Galan fragte: »Was hast du zu Sire Erial gesagt?«

»Nichts. Nichts außer ein paar guten Bartschlägen … Ratschlägen.« Ich grinste, während ich daran dachte, dass Sire Erial mich so glupschäugig wie ein Frosch angestarrt hatte, der von einer Schlange verwirrt wurde, die ihn zu verschlingen droht.

Er schaute mich streng an, doch in den Falten seiner Augenwinkel lag eine Spur Heiterkeit. »Ich hatte dir gesagt, dass du deine Zunge hüten sollst, aber ich weiß, dass du das nicht kannst. Oder nicht willst. Aber sieh dich vor, mein Herz. Die meisten Männer sind nicht wie dieses Kaninchen Erial. Ich will nicht, dass du einen Streit anfängst, den ich ausfechten muss.«

»Mein Schmerz«, sagte ich. »Mein Herz.« Ich streckte die Hand aus, um die volle Rundung seiner Unterlippe zu berühren. Er unterbrach die Bewegung meiner Hand, indem er sie in die seine nahm.

»Wirst du darauf hören?«, fragte er.

»Ich werde es versuchen. Ihr fangt selber ja genug Leid an, nicht wahr?«

Aber ich war reumütig, da ich befürchtete, Sire Erial könne nun strenger gegenüber Mole sein. Bei manchen bewirken Ratschläge das Gegenteil, sie verschlimmern ihre Fehler noch.

KAPITEL 7

Eingeschneit

Ich stand vor dem Zelt und schaute zu dem schräg hängenden Mond, der fast ein Halbmond war, hinauf. Die Nacht war klar, und ich war froh, nach so viel Regen Sterne zu sehen. Doch der blasse Schimmer um den Mond verhieß einen weiteren Sturm. Ich zählte drei Sterne in dem Schimmer; jeder Stern bedeutete einen Tag, bis Regen oder Schnee fiel. Das sagte der alte Prophet von Crux in unserem Dorf immer, und er galt als erfahrener Wetterpriester. Es würde Schnee werden, dachte ich. Die Grasnarbe war hart gefroren und mit Raureif überzogen. Die eisigen Regenfälle hatten uns durch und durch kalt werden lassen; dies nun war eine andere Kälte, scharf und trocken.

Ich schloss mein rechtes Auge, und nun war der Mond scharfkantig und hell, und sein Silber verwandelte sich in Gold, während er sich auf die Hügel senkte.

Ich machte das rechte Auge wieder auf, schloss stattdessen das linke – und bekam Angst. Mit meinem rechten Auge sah ich einen dunkler werdenden, schmutzig gelben Mond, und der leuchtende Ring um ihn sah aus wie ein Spinnennetz. Der Himmel wirkte nun nicht länger tiefschwarz, sondern hatte eher die Farbe von Blei. Viele Sterne waren verschwunden. Ich schaute noch einmal nacheinander durch jedes der beiden Augen, und es bestand kein Zweifel daran, dass sich ein Schleier über mein rechtes Auge gelegt hatte.

Die Funken und Strahlenkränze, die mein Sehvermögen nach dem Blitz beeinträchtigt hatten, waren vor einigen Tagen verblasst, und mit ihnen die dröhnenden Kopfschmerzen. Vielleicht war dies ja auch nur eine vorübergehende Beeinträchtigung meiner Sehkraft. Immerhin war es nur eine kleine Veränderung, so klein, dass ich sie gar nicht bemerkt hatte, wenn ich beide Augen gleichzeitig nutzte.

Ich hörte Sire Rodela in meinem Ohr summen vor Vergnügen. Dass er sich hämisch freute, musste bedeuten, dass sich meine Sehkraft noch verschlechtern würde.

Wir betraten Land, das dem Stamm der Eorõe gehörte, der Prinz Corvus treu ergeben war. Doch niemand stellte sich uns entgegen. Die Gerüchte über das Blutbad in Lanx eilten uns voraus. Städte und Dörfer stellten Korn, Futter und Fleisch zur Verfügung, das die Eintreiber der Königsmutter einforderten. Es war den Soldaten verboten, zu ihrem eigenen Vergnügen auf Plünderung zu gehen, doch war es unmöglich, langfingrige Nahrungssuche zu unterbinden. Nur wenige der Einheimischen wagten es, Einspruch einzulegen, wenn Schafe, Hühner, Ferkel – oder gar ein Sohn oder eine Tochter – im Schlund des Heeres verschwanden. Unsere Krieger verachteten die Stadtbewohner. »Zu viel Frieden macht weiche Bäuche«, sagte Sire Edecon.

Tatsächlich hatte hier im Herzen von Incus viele Jahre Frieden geherrscht, und die Städte waren nicht für einen Krieg befestigt, nicht mit Garnisonen belegt, obwohl in vielen von ihnen zerstörte Türme und durchbrochene Mauern standen, Erinnerungen an weniger friedliche Zeiten. Vor vielen Jahren, als König Voltur erstmals an die Macht gekommen war, waren einige der Stammesersten selbst wie kleine Könige gewesen, jeder in seinem eigenen Herrschaftsbereich. König Voltur hatte sie gedemütigt, indem er die Festungen der Stämme zerstört und ihren Kleinkriegen ein Ende bereitet hatte. Heutzutage zogen es die hochrangigen Edlen von Incus vor, Höflinge in Malleus zu spielen, und überließen die Sorge für ihre Leute und ihr Land und ihre Geschäfte armen Vettern auf dem Land oder gar Erdmenschen – von denen es einigen gelang, von unserem Vorbeimarsch zu profitieren, indem sie dem Heer Vorräte zu gepfefferten Preisen verkauften.

Die Preise auf dem Markt außerhalb unseres Lagers waren jedenfalls höher, als ich es für möglich gehalten hatte. Ich ging dorthin, um Kindstod zu suchen sowie Stoff, mit dem ich mir einen neuen Götterzirkel machen konnte. Das Problem war, dass ich Mole meine letzten Münzen gegeben hatte und für einen Tauschhandel bloß Reste des Stoffes besaß, der übrig geblieben war, nachdem ich mir meine Kleider genäht hatte. Ich versprach Fleetfoot ein Stück Zwiebelkuchen, wenn er mich begleitete, und Rowney kam ebenfalls mit, da er seinen Worten zufolge einen Flickschuster brauchte, der ihm einen seiner Stiefel ausbesserte. Ich fand den Markt verwirrend. Bei so vielen Menschen vermochte ich kaum zu sagen, wer kaufte und wer verkaufte. Kindstod konnte ich nirgendwo bekommen. Ein Lumpenhändler tauschte mir meine Reste guter grüner Wolle gegen zwei kleine Leinenstücke ein, grau für Prey und gelb für Eorõe. Er übervorteilte mich mühelos bei dem Handel. In dem ganzen Tohuwabohu vermischten sich seine Worte mit denen anderer, und ich konnte ihn nicht verstehen. Es war, als wäre ich erneut vom Blitz getroffen worden.

Wie verheißen, kam der Sturm drei Tage später. Ein Wind von Westen trieb uns Schnee ins Gesicht. Frost scheute und versuchte, den Schwanz in den Wind zu drehen. Ich gab es auf, sie mit den Hacken zu bearbeiten, stieg ab und zog sie am Zaumzeug. Als wir gegen Mittag anhielten, war alles ein blendend graues Durcheinander.

Der Wind riss an jedem Stück Segeltuch, das sich ihm entgegenstellte. Wir schufen uns eine Zuflucht, indem wir zwei Wände aus Kornsäcken und Gepäck aufbauten und kreuzweise Zeltstangen darauflegten. Dann hängten wir Sire Galans gewachstes Segeltuchzelt über die Stangen und verankerten es an den Ecken, damit es nicht wegflog. Wir krochen darunter, Galans Stiefelknechte, Fleetfoot, ich und der Hund Piddle. Ev blieb draußen, damit er sich um die Pferde und Maultiere kümmern konnte. Ich machte mir Sorgen, wie er und die Fußsoldaten ohne Unterschlupf zurechtkommen würden.

Es war zwar gut, aus dem Wind und dem Schnee heraus zu sein, aber die Unannehmlichkeiten unseres Zufluchtsortes wurden bald deutlich. Wir lagen Seite an Seite wie Holzscheite, und je mehr sich die Luft erwärmte, desto übler stank sie auch. Das Segeltuch flatterte bedrohlich im Wind, bis der Schnee so schwer auf ihm lastete, dass das Dach zwischen den Stangen absackte und uns immer näher rückte. Wir mussten ohne Feuer auskommen. Spiller reichte einen Schlauch mit braunem Bier herum, den er vor dem Einfrieren bewahrt hatte, indem er ihn zwischen seinem Bein und seinem Pferd transportiert hatte, und ich durchstöberte meine Satteltasche nach Rosinen und doppelt gebackenem Steinbrot, das so genannt wurde, weil man sich die Zähne daran brechen konnte, wenn man es nicht zuerst einweichte. Ich schaute durch den Spalt, den wir zum Sturm hinaus offen gelassen hatten. Viel sehen konnte man nicht. Es war später Nachmittag, sah jedoch aus wie während einer Abenddämmerung, aschgrau und sonnenlos. Hier und da taumelte die dunkle Gestalt eines Mannes vorbei, eingehüllt und sich gegen den stürmischen Wind stemmend. Der Schnee lag bereits knietief.

»Was würde ich nicht alles für eine Schinkenhaxe geben!«, sagte Spiller.

»Sei still«, sagte Rowney.

»Oder vielleicht ein geschmortes Huhn mit Steckrüben und Zwiebeln.«

»Ich würde gern ein Würstchen haben«, sagte Fleetfoot.

»Wer hat dich denn gefragt?«, sagte Spiller.

Ich roch ein Feuer, auf dem Fleisch gegrillt wurde. Zweifellos war der Bevorrater des Crux am Werk. Cook konnte immer und überall ein Festmahl zaubern. Den Knappen des Crux war es irgendwie gelungen, sein Zelt aufzubauen, aber es hätte mich nicht überrascht, wenn es ihm, Sire Galan und seinen Kameraden um die Ohren geflogen wäre. Aus Neid heraus wünschte ich es mir beinahe. Es war die Pflicht des Crux, die Edlen in seiner Truppe zu ernähren, so wie es Sire Galans Pflicht war, uns, seine Bediensteten zu ernähren. Sire Galan hatte in Lanx Lebensmittel erworben, die für einen einmonatigen Feldzug reichen sollten, dazu Maultiere, die sie trugen. Ich schimpfte mit Spiller, der den Handel abgeschlossen hatte, weil er Gerste besorgt hatte, die zur Hälfte aus Spreu bestand, und Bohnen, die von Rüsselkäfern ausgehöhlt worden waren. Wir hatten Stockfisch, Sprotten in Senf und eingelegte Heringe allesamt gründlich satt. Dennoch aßen wir besser als Galans Fußsoldaten, denn Spiller war geizig, was deren Rationen betraf.

Rowney lag an meiner einen Seite, Fleetfoot und Piddle an der anderen. Der Junge war mit dem Hund im Arm eingeschlafen. Piddle hob schnüffelnd den Kopf, und als ich ihrem Blick begegnete, leckte sie mir die Wange. Rowney lag auf dem Rücken. Ich hatte keine Ahnung, wie er es aushalten konnte, die Nase so nah an der durchhängenden Decke zu haben.

»Was *würdest* du denn für eine Schinkenhaxe tun?«, fragte Rowney.

»Wie meinst du das?«, fragte Spiller.

»Ich wage zu behaupten, dass es Schinkenhaxen, Hühner und Würstchen in der nächsten Stadt gibt. Wir könnten uns welche holen.«

»Jetzt?«

Rowney lachte. Spiller hatte die Stimme erhoben. »Natürlich nicht jetzt. Wenn der Schneefall nachlässt.«

Spiller hob den Kopf, und ich sah ihn grinsen. »Wann immer es passt – ich bin dabei. Ich habe Erbsen satt. Erbsen sind kein Essen für Männer.«

»Wartet lieber nicht zu lange«, sagte ich. »Sonst landen alle Dinkenfaxen und Dürstchen im Grund … Schlund der Wölfe der Königsfutter.«

Sire Galan und Edecon kamen durch die Schneeverwehungen gewatet. Sie trampelten und bürsteten sich den Schnee von den Kleidern und krochen in den Unterschlupf. Wir mussten alle zusammenrücken, sodass ich neben der Wand aus Gepäck lag, und Galan gleich neben mir. Wir lagen jetzt noch gedrängter, und es stank noch mehr, war allerdings auch wärmer.

Sire Edecon meinte, hier herrsche ein übler Gestank nach Dreck, und die Knappen sollten draußen schlafen; es sei, als schliefe man mit Schweinen. Sire Galan erwiderte, Sire Edecon solle nicht so empfindlich sein, und die brutale Kälte draußen sei eine Gefahr für Mensch und Tier.

Wir Niederen sagten gar nichts.

Ich träumte, es würde wieder warm, die Luft mild und diesig, und Mücken würden über den Feldern tanzen. Ich pflanzte Ableger von Stachelbeeren und Geißblatt und Holzäpfeln östlich vom Haus. Weiter unten am Hügel war eine verfallene alte Scheune oder ein Hof, bei dem von zwei Steinwänden nur noch eine Ecke stehengeblieben war, und an der zum Süden hin ausgerichteten Mauer fand ich erstaunlicherweise Goldlack, der nach wie vor blühte. Ich pflückte ein paar für einen Kräutertee, der meine Mondblutung hervorrufen sollte, die ein paar Tage zu spät dran war.

Erneut herrschte graues Dämmerlicht, Morgengrauen dieses Mal, und Rowney löste ein Durcheinander in unserem Unterschlupf aus, als er sich aus ihm herauswand. Nach ihm kroch Piddle hinaus, wobei sie ihre großen Pfoten auf jeden stellte, der ihr im Weg war. Ich folgte den beiden. Schnee rieselte in sanften Flocken herab, nichts im Vergleich zu der Wildheit am Tag zuvor. Unser Unterschlupf war beinahe begraben unter einer Schneeverwehung, die aussah wie eine gefrorene Welle, mit Kräuselungen über der gesamten Oberfläche und einem scharfen Kamm. Die Wechte war über Rowney eingebrochen, als dieser herauskroch. Er bürstete sich den Schnee von Haaren und Schultern. Es war noch so früh, dass sich draußen nur wenige andere Niedere herumtrieben.

Ich war überrascht zu sehen, dass ganz in der Nähe, in dem Tal unter uns, eine Stadt lag. Wie viele Städte, an denen wir auf dem Weg nach Malleus vorbeigekommen waren, hatte sie einen gepflasterten Platz, der von mehrstöckigen Häusern gesäumt war, die dicht an dicht standen, und in ihren Außenbezirken lagen verstreut Höfe. Manchmal lagen diese Städte an Wegscheiden; in dieser gab es eine Zugbrücke über einen schiffbaren Fluss, der sich seinen Weg entlang des schmalen Tals in Richtung Süden bahnte. Aus Schornsteinen stieg Rauch empor, doch an diesem Morgen beneidete ich die Menschen nicht, die behaglich in ihren Häusern waren. Es war der erste schwere Schneefall des Winters, und ich genoss ihn genauso wie Piddle, die herumtollte und dabei den weichen Harsch durchbrach.

Ich hörte Spiller auf Fleetfoot fluchen, bemüht, ihn hinauszuscheuchen, damit er Holz und Wasser holte. Der Junge kroch mit mürrischem Gesichtsausdruck unter dem Segeltuch hervor. Er konnte kaum ein Handbeil schwingen, doch Spiller war das egal: Es war die Pflicht eines Handlangers, Holz zu holen, also musste er es auch tun. Ich half Fleetfoot wie immer, was nicht hieß, dass er dankbar gewesen wäre.

Als wir mit Reisig und Holz zurückkamen, schaufelten Galans Fußsoldaten gerade eine Lichtung frei, um auf dem freien Platz sein Zelt aufzubauen, und Spiller schmolz Schnee auf einem kleinen Feuer. Er hänselte Fleetfoot, der träge und unbeholfen sei. Kaum hatte Spiller dem Jungen den Rücken zugewandt, machte dieser das Zeichen für einen feigen Hund.

Kurz darauf schlug Spiller Fleetfoot auf die Gesäßbacken, weil dieser einen Holzlöffel oder einen Sack Korinthen verloren hatte. Nun sprang der Junge auf und warf Spiller eine Handvoll Schnee ins Gesicht. Spiller heulte auf und holte aus, worauf Fleetfoot Fersengeld gab.

Rowney, der gerade Schnee schaufelte, schaute auf und sagte: »Junge, mach deinem Namen Fleetfoot lieber Ehre, denn wenn Bloodspiller dich zu fassen bekommt, dann wird es dir noch leidtun.« Doch Fleetfoot konnte nicht weglaufen, da man sonst von ihm gesagt hätte, er habe nicht den Mumm, einen Kampf zu beenden, den er begonnen hatte, selbst wenn er gegen einen Mann kämpfte, den er nicht besiegen konnte.

Ich sagte: »Splitter, lass ihn in Ruhe, er ist bloß ein Junge.«

»Ein Junge, der eine Tracht Prügel nötig hat«, erwiderte Spiller und rannte auf Fleetfoot los, der ihm mühelos auswich und ihn erneut mit Schnee bewarf.

Die Niederen in Rufweite liefen zusammen, um zuzuschauen und Wetten abzuschließen. Und um zu lachen, denn je mehr Fleetfoot auswich, umso verärgerter wurde Spiller und desto mehr wirkte er wie ein tölpelhafter Narr. Piddle sauste hin und her und bellte, als wäre alles ein großes Spiel. Doch schließlich machte Spiller einen Satz, erwischte Fleetfoot an dessen Wappenrock und verpasste ihm eine Reihe schwerer Schläge. Fleetfoot drosch mit seiner rechten Hand auf ihn ein und landete einen Treffer auf Spillers Nase, die diesem vom Hahnenkampf noch schmerzte. Piddle verbiss sich in Spillers Kniehose. Keiner der beiden richtete ernsthaften Schaden beim Stiefelknecht an.

Der Junge würde nicht um Gnade flehen. Ich war aufgeregt, weil ich wusste, wenn ich zwischen die beiden träte, würde Fleetfoot ewig Scherze zu hören bekommen, er habe sich unter meinen Röcken versteckt. Und dann würde er mit den Scherzenden Streit anzetteln müssen.

Spiller schlug Fleetfoot zu Boden, kniete sich auf seine

Rippen und schlug ihm ins Gesicht. Piddle verbiss sich in Spillers Arm, worauf Spiller schrie: »Ruf den Hund zurück, oder ich drehe ihm den Hals um!« Gerade noch rechtzeitig zogen Rowney und Cook Spiller von Fleetfoot weg und beglückwünschten ihn zu seinem ruhmreichen Erfolg. Sie meinten, er sei ein feiner Kerl und habe es bewiesen, weil er einen schinkenfäustigen Jungen besiegt habe.

»Ich habe ihn nicht besiegt, ich habe ihm Prügel verabreicht«, sagte Spiller ungehalten, »und die bekommt er jetzt jedes Mal, wenn er frech wird.«

Die Zuschauer lobten Fleetfoot für seinen Mut, sich mit nur einer Hand auf einen Kampf einzulassen, und er trug seine Blutergüsse wie Banner, da er den Kampf gewonnen hatte, obwohl er ihn verloren hatte.

Am nächsten Morgen war die Schneedecke, die so sauber und weiß gewesen war, dreckig und zertrampelt. Die Kälte war erbarmungslos. Wir hatten während des Sturms Zuflucht gesucht, wo es uns gerade möglich gewesen war, und hinterher hatten wir uns eingegraben, wo wir uns befanden, sodass unser Lager nun keine rechte Ordnung aufwies. Niedere hatten mit Spitzhacken Löcher in den gefrorenen Boden gegraben, um die Pavillons ihrer Herren aufzubauen; Fußsoldaten bauten sich ihre eigenen Unterschlüpfe, indem sie Tunnel in festgepackte Verwehungen gruben. Überall um uns waren Schneehaufen und Schneewände.

Wir Niedere waren verärgert, weil Sire Edecon gestern den ganzen Tag über mit seinem Dulcet im Zelt geblieben war und eine Melodie angestimmt hatte, die kein Ende fand. Heute hatte er erneut damit angefangen, obwohl die Sonne gerade erst über den Horizont gähnte. Hätte Sire Galan nicht tief und fest geschlafen, hätte er einen Stiefel nach seinem Wappenträger geworfen.

Rowney schulterte seine Axt.

»Holst du noch Stolz … Holz?«, fragte ich ihn.

»Ja, und Schinkenhaxen.«

»Soll ich mitkommen?«, fragte ich.

»Wenn ich du wäre, würde ich das nicht tun«, sagte Spiller.

Das weckte natürlich die Lust in mir mitzugehen. Rowney ging voran. Während er kleine Wölkchen Atemluft ausstieß, bahnte er sich einen Weg durch den hüfthohen Schnee. Ich folgte Spiller, und Fleetfoot folgte mir, während Piddle sich neben uns voranmühte und in ihrem Eifer, überall zu sein, die doppelte Distanz zurücklegte.

Außerhalb des Lagers war der Schnee nicht so schmutzig. Kleine Böen wirbelten Schneegestöber über der polierten Oberfläche der Schneeverwehungen auf. Die Straße lag tief unter dem Schnee, sodass wir durch die Felder gingen und uns der Stadt von Süden her näherten. Hinter den mit Mauern eingefriedeten Gärten der größeren Häuser kamen wir heraus. Ich sah ein paar schrumpelige Äpfel mit makellosen Schneehauben an einem Ast hängen, der über die Ziegelsteinmauer eines Gartens hinausragte. Ich wies auf sie und sagte: »Wenn ihr mich hochhebt, pflücke ich die.« Das musste man sich einmal vorstellen: Die Leute hier hatten so viele Äpfel, dass sie ein paar davon am Baum hängen ließen!

Spiller versuchte es an der Brettertür in der Mauer und stellte fest, dass sie zwar verschlossen war, aber ihre Angeln wackelten. Er warf sich mit seinem ganzen Gewicht dagegen, taumelte jedoch ächzend wieder zurück.

»Der Schnee ist zu hoch«, sagte Rowney.

»Kommt schon! Hebt mich hoch, dann komme ich dran«, sagte ich.

»Ich werde sie hochheben«, sagte Spiller mit lüsternem Blick.

»Nein, das wirst du nicht«, sagte Rowney, stellte sich an die Mauer und verflocht seine Finger wie zu einem Steigbügel, um mir hinaufzuhelfen. Ich kletterte auf seine Schultern und dann auf die Oberkante der Mauer. Von dort aus hangelte ich mich zu dem Ast und schüttelte ihn, um ihn von seiner Schneelast zu befreien. Dann warf ich die Äpfel zu ihnen hinunter.

»Die haben hier laufenweise Scheuerholz«, sagte ich.

Rowney sagte: »Kannst du runterklettern und Schnee wegräumen, damit wir das Tor aufbekommen?«

Ich ließ sie herein, das tat ich. Und Sire Rodelas Summen wurde lauter, verwandelte sich in eine Art Prickeln oder Jucken hinter meinem Trommelfell, wo ich nicht hinkam.

Rowney klopfte an die Hintertür, worauf die Hühner aufgeregt in ihrem Stall gackerten. Aus dem Schornstein stieg eine Rauchfahne empor, sodass wir wussten, dass schon jemand wach war. Die Sonne ging gerade hinter den Wolken auf und verlieh ihnen einen perlenartigen Glanz.

»Wer ist da?«, erklang eine Frauenstimme von innen.

Rowney stellte fest, dass die Tür nicht verriegelt war, und schlug sie auf. Eine Dienstmagd stand in der Tür; ihr Haar war zurückgekämmt und geflochten. Sie trug ein dünnes Kleid, eine Schürze, ein Umhängetuch und bestickte Hausschuhe. Sie trat einen Schritt zurück und sagte: »Was wollt ihr? Was habt ihr hier verloren?« Es klang wie das Gekläff eines kleinen Hundes. Rowney drängte sich hinein, und sie wich zurück. Wir anderen folgten.

Das Haus war durchflutet von gelbem, warmem Licht von Kerzen und einem frisch entzündeten Feuer in einer gewölbten Steinnische. Aber es war kalt. Die Magd faltete krampfhaft ihre rissigen Hände. Bis auf ihre rötliche Nasenspitze war ihr Gesicht leichenblass geworden.

Spiller schaute in den Topf, der an einem Haken über dem Feuer hing. »Hafer«, sagte er angewidert.

»Wo sind dein Herr und deine Herrin?«, fragte Rowney in der Hochsprache. »Oben?« Die Magd stand mit dem Rücken zu dem Tisch in der Mitte des Raumes, und er stand allzu dicht vor ihr und beugte sich jetzt zu ihr vor. Sie nickte, wobei sie den Blick auf den Boden gerichtet hielt, und sie zog dabei die Schultern hoch, als erwarte sie, dass er sie schlagen würde. Ich hatte eine trockene Kehle. Rowney war ein erprobter Soldat, der Einzige unter uns, der schon im Krieg gewesen war, da er Sire Alcobas älteren Bruder auf einem Feldzug begleitet hatte. Das wusste ich, aber erst jetzt erkannte ich es, als er ein drohendes Gehabe aufsetzte.

»Sie liebkosen sich sicher ein wenig, was?«, sagte Spiller. »Hä? Hä? Ich hätte nichts dagegen, ein bisschen mit *ihr* zu liebkosen.« Er war in guter Stimmung. Das Mädchen konnte seine Worte nicht verstehen, da er in der Niedersprache gesprochen hatte, aber sie wusste sofort, was er meinte, und bald würde sie in Tränen ausbrechen. Sire Rodela kicherte in meinem Ohr, lauter jetzt noch als zu dem Zeitpunkt, als ich das Gartentor geöffnet hatte.

Rowney verschwand in dem Wohnzimmer, und Fleetfoot ging die Falltüre hinab in den Rübenkeller. Spiller stieg auf einen Schemel und schnitt den halb gegessenen Schinken ab, der am Deckenbalken hing. Er setzte sich an den Tisch und säbelte mit seinem Dolch an dem Schinken herum. Er forderte die Magd auf, ihm Brot, braunes Bier, Eier und Senf zu bringen, und sie beeilte sich zu tun, was er verlangte. Seine Blutergüsse von dem Hahnenkampf verwandelten sich von Violett zu Gelb, und seine Nase wuchs schief zusammen. Er gab einen furchterregenden Anblick ab.

Ich folgte Rowney in das Wohnzimmer. Im Erdgeschoss waren lediglich zwei Zimmer, die Küche nach hinten und ein Tuchhändlerladen zur Straße hinaus mit einem langen Tisch und einer Werkbank zum Schneidern. Breite Rollläden, durchbrochen mit einem über Kreuz gewebten Muster, konnten entlang der Vorderseite hochgezogen werden, um das Geschäft zur Straße hin zu öffnen. Der Tuchhändler war vermögend genug, dass er sich Glas in den Öffnungen seiner Läden erlauben konnte. Eine glasierte Tonstatue von Wend Weaver stand neben der Tür. Auf der Suche nach Geld war Rowney damit beschäftigt, gefaltetes Tuch aus den Regalen zu zerren und auszuschütteln. Er leerte Körbe mit Stofffetzen und Bindfäden auf den Boden aus.

Die Treppe zum Schlafspeicher bestand aus zwei eingekerbten, steil ansteigenden Holzbalken. Ich sah ein Paar nackter Füße, Schienbeine und knorriger Knie herabsteigen, und dann den Zipfel eines langen Hemdes. »Rolley!«, rief ich warnend aus.

Augenblicklich war Rowney zur Stelle und stieß dem Mann das Heft seiner Axt in den Bauch. Der Mann krümmte sich, sah Rowney und kam den Rest der Stufen herab. »Was wollt ihr?«, fragte er. Seine Stimme war fest, aber sein Blick strafte sie Lügen. Seine Arbeit hatte ihn krumm und kurzsichtig werden lassen, aber er war jünger, als ich nach dem Anblick seiner dürren Beine geglaubt hatte.

»Würstchen wären nicht verkehrt«, sagte Rowney und lächelte. »Aber wir nehmen, was wir kriegen können, Essen, Holz, Geld.«

»Ich bin ein armer Mann, Sire«, sagte der Tuchhändler. »Ich habe kein Geld, ich habe Schulden.«

Die Hochsprache kam dem Erdmann über die Lippen, als wäre er als Edler geboren. Es klang anmaßend – ob das Sire Rodelas Meinung war oder die meine, vermochte ich nicht zu sagen.

»Du hast Geld«, sagte Rowney und legte dem Mann die Klinge der Axt an die Kehle.

Ich legte meine Hand auf Rowneys Ärmel. Die Muskeln seines Arms waren hart, obwohl er die Axt locker hielt. Ich sagte: »Ich dachte an ein bisschen, ein wenig zu essen und Feuerstolz ... Mehr brauchen wir nicht.«

Rowney warf mir einen Blick zu.

Oben hörte man ein dumpfes Geräusch. Jemand hatte die Falltüre geschlossen und stellte nun etwas Schweres darauf.

»Dein Geld ist also oben?«, sagte Rowney. Der Mann schüttelte den Kopf, doch Rowney betrachtete die Angst in seinen Augen als Antwort und schob ihn beiseite. Er hämmerte mit dem dicken Ende seiner Axt gegen die Falltür, worauf oben ein Baby zu weinen begann. »Wir haben deinen Mann hier unten«, rief Rowney. »Es wäre das Beste für ihn, wenn du uns hinauflässt.«

Keine Antwort. Rowney wandte sich wieder dem Tuchhändler zu, packte ihn an den Schultern und stieß ihn heftig auf eine Bank. Die schwachen grauen Augen des Mannes wurden wässerig. Rowney beugte sich zu ihm hinab, um mit ihm zu reden. »Ich will jetzt, dass du singst. Sag ihnen, sie sollen die Tür da oben aufmachen. Wir wollen uns bloß ein bisschen umsehen, wir werden keinem etwas tun.«

Spiller war aus der Küche gekommen, um zu sehen, was Rowney für einen Wirbel machte. »Ich bringe ihn schon zum Singen. Ich werde ihn mit dem hier kitzeln, dann wollen wir doch mal sehen, ob er singt oder nicht.« Spiller wedelte dem Tuchhändler mit seinem Kurzschwert vor der Nase herum. »Sing uns ein Lied, und wir lassen dich laufen, das verspreche ich.«

»Ich kann nicht singen, Sire, ich bitte um Verzeihung«, sagte der Mann. »Ich fürchte, ich habe keine schöne Stimme.«

Ich hörte, wie mir Sire Rodelas johlendes Gelächter über die Lippen kam. Ich konnte nicht anders, als mich über das Quieken des Mannes zu amüsieren. Auch Spiller lachte. In der Zwischenzeit war Rowney die Leiter zur Hälfte hinaufgestiegen und hackte mit seiner Axt aus einem ungünstigen Winkel auf die Falltüre ein, wobei er die Klinge immer wieder eindringen ließ und dann herausriss. Holzstückchen regneten herab, und oben schrie eine Frau. Das Baby brüllte; es war die Art Weinen, das sich ständig fortsetzt, bis es plötzlich unterbrochen wird, wenn das Baby Luft holt, um dann erneut loszuschreien.

Spiller äffte den Tuchhändler nach, indem er mit hoher Stimme sagte: »Ich kann nicht singen, Sire, ich fürchte, ich habe keine schöne Stimme!«, um dann in seiner eigenen

Stimme zu sagen: »Mir ist es egal, ob du singst wie eine Gans, du wirst singen. Kennst du denn keine Lieder? Sing ›Willst du oder willst du nicht‹ oder ›Die Frau des Bäckers‹.« Fleetfoot kam an die Küchentür und blieb grinsend dort stehen.

»Ich kenne diese Lieder nicht, verzeihen Sie mir, Sire.« Der Mann duckte sich unterwürfig. Er mied Spillers Blick und wagte nicht einmal einen verstohlenen Blick auf Rowney, der seine Axt schwang. Er war kriecherisch, ein Feigling. Er würde nicht die Hand heben, um seine Frau und sein Kind zu beschützen, war aber unnachgiebig, was sein Geld betraf, nicht wahr? Er hätte so vernünftig sein sollen, Rowney das zu geben, was er haben wollte.

Spiller lachte nach wie vor, doch sein Humor war bitter geworden. Er wollte den Tuchhändler nur deswegen singen lassen, weil dieser es nicht wollte. Er legte ihm die Spitze seines Kurzschwertes an die Kehle und befahl ihm zu singen; welches Lied, war ihm egal. Ich war mir sicher gewesen, dass Spiller dem Mann nichts zuleide tun würde, nun aber wurde ich unsicher. Der Tuchhändler machte den Mund auf, um etwas zu sagen, bekam jedoch kein Wort heraus, und Spiller beugte sich näher zu ihm vor und presste ihm die Schwertspitze noch fester gegen seine Kehle. Der Mann sang – wobei man es kaum singen nennen konnte, sondern eher krächzen:

Sei still, Kleiner, hör auf zu weinen
Deine Mutter kann nähen, und sie kann spinnen
Sie wird ein schönes Tuch weben, in das sie dich wickelt.

Spiller lachte schallend und sagte: »Kennst du denn keine Lieder, die für Männer taugen?«

Rowney ärgerte sich darüber, dass Spiller mit dem Tuchhändler Zeit verschwendete. Er rief, Spiller solle zu ihm kommen und helfen, worauf sie beide die Schultern gegen die Falltüre stemmten und es ihnen gelang, diese eine

Handbreit zu öffnen, allerdings mit dem einzigen Erfolg, dass ihnen ein Stock mit Eisenspitze ins Gesicht gestoßen wurde. Doch Rowney war schnell. Er entriss der Frau am oberen Ende der Leiter den Stock, und gemeinsam mit Spiller stemmte er sich erneut gegen die Falltür.

Ich kauerte mich neben den umgestürzten Korb mit Stofffetzen zusammen und suchte nach Stoffresten, die in Farbe und Größe für meinen Zirkel geeignet waren. Als ich aufschaute, sah ich, dass der Tuchhändler im Begriff war, sich heimlich durch die Eingangstür davonzumachen. Er begegnete meinem Blick mit flehentlicher Miene. Sire Rodela zischte vor Lachen in meinem Ohr, doch ich sagte kein Wort.

»Warte!«, rief Spiller und sprang von der Leiter herunter, doch der Tuchhändler war schon aus der Tür hinaus und stolperte in seinem Nachthemd laut um Hilfe schreiend durch die Schneeverwehungen zum Nachbarhaus.

»Sie hat ihn gehen lassen!«, sagte Spiller. »Ihn einfach aus der Tür spazieren lassen!«

Ich schob alle Fetzen in den Korb und stand auf. »Wir sollten uns beeilen«, sagte ich, »bevor er mit jemandem Schnutigerem … Mutigerem zurückkommt, zum Beispiel einem Grobschmied.«

Sire Galans Knappen waren wütend auf mich, sogar Fleetfoot, der sehnsuchtsvoll von den Schätzen sprach, die wir im Rübenkeller zurückgelassen hatten. Spiller sagte, er wäre mit der kleinen Magd gut zurechtgekommen und hätte sie dazu gebracht, sich rückwärts über den Küchentisch zu beugen, wenn ich ihm nicht dazwischengekommen wäre. Allerdings räumte er ein, es sei ein schöner Anblick gewesen, wie Rowney mit gefangenen Hühnern in beiden Händen davongelaufen war, was für einen Kampf sie ihm geliefert hätten, wie sie herumgezappelt und geflattert und gezankt hätten! Und während er dies sagte, lachte Bloodspiller, wobei sein Lachen auf bemerkenswerte Weise dem Gekreische eines aufgebrachten Huhns ähnelte.

Rowney sagte gar nichts, doch sein Schweigen war vorwurfsvoll.

Ich konnte mir nicht vormachen, ich hätte nicht gewusst, was zu tun wir im Begriff gewesen waren. Während wir durch den Hintergarten hinausgelaufen waren, hatte ich Scheite vom Holzstapel aufgerafft, wärmte mich nun am Feuer aus gestohlenem Holz und half mit, die Hühner zu verspeisen. Und weil ich den Korb mit Stofffetzen gestohlen hatte, besaß ich nun genug Stoff, um mir einen neuen Götterzirkel zu nähen. Ich stand nicht über dem Plündern – oder Stehlen, wenn man es mit dem richtigen Namen benannte –, wenn ich nicht darüber stand, mich an dessen Früchten zu erfreuen. Wie Sire Galan mir einst schmerzhaft klargemacht hatte.

Also machte ich mit. Als das Dienstmädchen mit zitternden Lippen vor uns stand, hatte ich da nicht einen süßen Schauer der Verachtung empfunden? Je mehr ich mich selbst in ihr erkannte, umso mehr verachtete ich ihre Schwäche. Der Gedanke daran, wie Rowney dem Schneider seine Axtklinge gegen die Kehle gedrückt und was Bloodspiller in der Küche vorgehabt hatte, verursachte mir nach wie vor ein mulmiges Gefühl der Erregung in der Magengrube.

Ich machte mir Vorwürfe. Aber ich machte auch Sire Rodela mitverantwortlich. Er hatte mich aufgestachelt und so laut gesummt, dass ich nicht mehr nachdenken konnte, hatte mich mit seiner Schadenfreude angesteckt. Ich brannte darauf, ihn loszuwerden. Mai hatte mir versprochen, dass dies bald der Fall sein würde, sehr bald.

KAPITEL 8

Die Einberufung

Während Gruppen von Fußsoldaten sich bei dichtem Schneefall damit abmühten, die Straße freizuräumen, waren wir im Lager eingepfercht. Morgen war die längste Nacht, und es würde ein Freudenfeuer und ein Gelage geben. Von nun an würden die Tage wieder länger werden, und das war der Grund für die Feier. Doch auch Grund zur Trauer, denn nun hatte Crone uns fest im Griff, und es würde noch Monate dauern, bis sie uns wieder losließ.

Während wir eingeschneit waren, breiteten sich Erkrankungen unter unseren Leuten aus, vor allem die Scheißerei und ein tiefsitzender Husten, den wir Rasseln nannten. Weder das eine noch das andere war lebensgefährlich, doch die Frauen sehnen sich in einer solchen Zeit danach, umpflegt zu werden. Ich braute einen Kräutertee zusammen, um das Rasseln zu lindern, und machte einen Brei aus Gerstenkleie, um die Scheißerei auszutrocknen; schließlich machte ich in Begleitung von Fleetfoot und Piddle noch einmal die Runde als Kräuterfrau. Mittlerweile wussten offenbar alle, dass ich vom Blitz getroffen worden war, und ich bin überzeugt davon, dass einige Huren nur deshalb nach mir schicken ließen, um meine wirre Ausdrucksweise zu hören.

Ich hielt an Sire Erials Zelt an, um Mole einen weiteren Sud aus Weidenrinde und Trostkraut zu bringen. Ich hatte sie täglich besucht, und erst jetzt war sie gelegentlich bereit, mich direkt anzuschauen. Sie saß auf ihrer Pritsche, in meinen alten Schaffellumhang eingehüllt. Dieser Umhang hatte mir gute Dienste erwiesen, hatte mich den ganzen Winter über im Königswald warm gehalten, doch mit einem Seufzer gab ich jeden Gedanken daran auf, ihn wiederzubekommen.

Heute hatte sich Mole ein Kopftuch umgebunden. Dass sie sich die Mühe machte, ihr Haar zu bedecken, war ein sicheres Zeichen dafür, dass es ihr besser ging. Ich setzte mich neben sie und sprach so leise, dass der Handlanger nicht mithören konnte: »Lassen sie dich in Schuhe?«

Sie schaute mich von der Seite an und nickte. »Nimmst du das bitte wieder zurück?«, flüsterte sie. Ihre Hand schnellte unter dem Umhang hervor und legte mir eine Goldmünze auf die Hand, zweifellos diejenige, die ich ihr gegeben hatte. »Einer von ihnen wird sie stehlen. Es macht mir zu viel Angst, ich mache mir ständig Sorgen darüber.«

Sie erweckte nicht den Anschein, als spaße sie. Ich steckte die Münze in meinen Geldbeutel. »Wenn diese holde ... diese Goldpfütze ... Goldmünze dich vor Angst nicht schlafen lässt, behalte ich sie. Aber wenn du sie brauchst, frag mich.«

»Ich komme zurecht«, sagte sie ein wenig missmutig. Trotzig sogar.

Also konnte sie auch anders sein als demütig. Vielleicht glaubte sie, ich schaute auf sie herab, weil sie es vorgezogen hatte zu bleiben, und weil ich bloß einem einzigen Mann beiliegen musste, und dann auch noch einem großzügigen, der mir Goldmünzen schenkte, während sie Sire Erial und die anderen hatte. Aber ich begriff. Es war närrisch gewesen zu glauben, sie wäre mit Fremden in einem fremden Land besser dran als unter Menschen, die sie kannten. Wie musste ich sie mit meinen seltsamen Ansichten und Reden verängstigt haben, wo sie doch bereits so krank und verängstigt gewesen war!

Bevor ich ging, gelang es mir, sie über etwas, das ich sagte, zum Lachen zu bringen, etwas Fehlerhaftes und Schwerfälliges.

Auf der Suche nach den kupferfarbenen Bannern von Delve zogen Fleetfoot, Piddle und ich durch einen Irrgarten aus vereisten Pfaden, zwischen Schneehaufen, die uns überragten. Wir fanden Sire Torusus' Zelt, doch Mai war nicht darin. Sie hielt sich in ihrem Ochsenkarren auf. Wenn sie Menschen mied, musste sie nahe davorstehen zu entbinden.

Der Ochsenkarren steckte bis zu den Achsen im Schnee, und der kleine geräumte Platz davor war von den dort angebundenen Ochsen völlig niedergetrampelt und beschmutzt worden. Tobe und Sunup spielten draußen, und Tobe kam herbeigerannt, sodass ich ihn hochheben konnte. Jedes Mal, wenn ich ihn sah, stand er fester auf den Beinen. Piddle und der gescheckte Hund bellten einander erst an, um dann Frieden zu schließen.

Mai saß mit ausgestreckten Beinen im Karren.

»Kommen deine Schlehen so bald?«, fragte ich.

»Vielleicht jetzt gleich, vielleicht auch erst in ein paar Tagen«, sagte Mai, »je nachdem, wie Mouse sich entscheidet. Erinnerst du dich, dass ich dir erzählt habe, dass ich das letzte Kind bei der Geburt verloren habe? Ich habe mich eine ganze Dekade vorher ins Bett gelegt, und als es aufhörte, sich in mir zu bewegen, wusste ich, dass mir furchtbare Wehen bevorstanden. Aber Mouse schlägt noch immer um sich. Was für ein Rabauke er zu werden verspricht! Also macht mir das Warten nichts aus.«

Ich rieb sanft mit den Händen an Mais Beinen hinauf und hinunter, sanfter noch, als ich meine eigenen Beine knetete, wenn sie sich verkrampften. »Tun dir deine Steine weh?«, fragte ich.

»Oh ja. Aber kannst du mir den Rücken reiben? Der tut noch mehr weh. Drück genau hier, drück feste. Ah, das tut gut. Du bist stärker als Sunup.«

»Du hast gesagt, du könntest mir bald Hilfe verschaffen, Mai. Wann wird das sein? Ich kann nicht schlafen, der Geist ist dauernd in meinem Ohr grätig.«

»Der Einberufer sagt, morgen sei ein äußerst günstiger Tag dafür, der günstigste überhaupt. In der längsten Nacht erhört Queen of the Dead alle Bittsteller.«

»Ein Scheinbehufer? Ich brauche jemanden, der das hier verwinden ... verschwinden lässt ...« Ich deutete auf mein Ohr.

Mai senkte die Stimme. »Vertraue mir, Base, so wie ich dir vertraue. Pinch wird dich morgen zu ihm bringen. Mach das, was der Einberufer sagt, denn er ist weise, was die Toten angeht. Also, was hast du, was du ihm geben kannst?«

»Ich habe dir doch schon zwei Holdgünzen ... Goldmünzen gegeben, weißt du nicht mehr?«

»Aber du musst trotzdem noch die Abgabe bezahlen, musst dich von etwas trennen, das du nur sehr ungern weggibst. Ich habe nie den Eindruck gehabt, dass es dir schwerfällt, dich von Münzen zu trennen«, sagte sie. »Es muss dir teurer sein.«

»Ich glaube, ich habe mein Klagelied beendet«, sagte Sire Edecon am Abend. »Möchtet Ihr es hören?«

»Nein«, antwortete Sire Galan barsch, als spräche er mit einem Bediensteten. Sire Edecon stellte das Dulcet mit einem dumpfen Geräusch ab, worauf die Saiten verärgert vibrierten.

»Ach, was soll es«, sagte Galan. »Lasst es hören.«

Sire Edecon musste gedrängt werden, aber wenig später spielte er uns das ganze Lied vor, ohne dabei mehr als ein- oder zweimal zu patzen. Ein guter Bänkelsänger formt ein Lied aus Teilen, die mit Fug und Recht zusammenpassten. Selbst wenn man es nie zuvor gehört und keine Ahnung hat, wie es weitergeht, war es dann so, als müsste es genau so und nicht anders zusammengehören. Vielleicht weil Sire Edecon von dieser Kunst nichts verstand, hatte sein Lied eine quälende Fremdartigkeit an sich. Er hatte es für seine tote Frau geschrieben.

Er sang davon, wie er seiner Braut das Leben anbot, sie sich jedoch für den Tod entschied und sich darauf berief, Gott und Sippe erlegten es ihr auf, ihre Pflicht zu tun. Er fragte, ob sie nicht ihm, ihrem Gatten gegenüber, eine größere Pflicht habe. Sie erwiderte, sie könne keine ehrbare Gattin sein, wenn sie nicht zuallererst eine ehrbare Tochter sei, und sie müsse eher die schreckliche Umarmung durch den Tod anstreben als die wonnevolle Umarmung durch ihren Gatten. Und so weiter und so fort. Als Sire Edecon fertig war, entstand ein langes Schweigen, wobei er rot wurde und herumzuzappeln begann.

Ich spürte ein kaltes Kneifen in meinem Nacken. Hatte er denn gar keine Angst vor dem Schatten seiner Frau? Glaubte er wirklich, sie mit Schmeicheleien besänftigen zu können, indem er sie würdevoll und wunderschön nannte, was sie nicht gewesen war, und indem er ihr wortgewandt Lügen in den Mund legte? Vielleicht konnte sie ja billig erkauft werden, aber Penna nicht. Ich dachte daran, wie Sire Edecon seiner Scheide in seiner Hochzeitsnacht beigewohnt hatte. Von ihr würde er niemals singen.

Ich fragte mich, warum sein Lied, obwohl es doch falsch war, mich zum Weinen brachte. Was Sire Rodela sehr amüsierte.

»Ich hätte nicht geglaubt, dass sich aus den Einzelstücken, die ich in den letzten Tagen von Euch vernommen habe, ein so schönes Lied zusammenflicken ließe«, sagte Sire Galan.

»Also ... Was haltet Ihr davon?«

»Ihr habt mich dazu gebracht, Tränen für sie zu vergießen. Ist das nicht Antwort genug? Es stimmt mich traurig, wenn ich an Eure Hochzeitsnacht denke, die hätte voller Freude sein sollen. Und dieser schreckliche Morgen ... Ich glaube, Euer Lied wird eine lange Zeit leben ... lange noch nach uns.«

»Das glaubt Ihr wirklich?«

»Wir werden wahrscheinlich nach der nächsten Dekade

nicht mehr leben, aber ich wette, dass Lied wird mindestens einen Monat überleben«, sagte Galan, worauf alle Männer lachten, selbst Sire Edecon, und das heiterte die Stimmung auf. »Edecon, hört zu. Gebt es einem Bänkelsänger – kennt Ihr den mit Namen Lark? –, mit ein paar Silbermünzen, lasst ihn es aufpolieren und das Lied berühmt machen. Aber haltet Euren Namen aus ihm heraus, der würde sonst die Wölfin stechen wie ein Schwarm Hornissen.«

»Mmmm«, sagte Sire Edecon. »Daran hatte ich nicht gedacht.«

Das war etwas, das ich nicht begriff: warum die Männer im Heer des Königs die Schuld für den Fluch der Bräute der Königsmutter Caelum gaben. Denn das bedeutete ja, dass sie diese für alle Formen des Ungemachs verantwortlich machten, von Regen und Schnee bis zu Schimmel auf Pferdegeschirr. Sie sagten, die Königsmutter habe das Massaker am Stamm von Torrent in Lanx aus reiner Blutrünstigkeit angeordnet. All ihre Gelüste seien unbezähmbar, vor allem aber ihre Herrschsucht.

»Dem König wird es gefallen. Er mag gute Lieder«, sagte Sire Galan. »Und es lässt die Wölfin wie das Aas erscheinen, das sie ist, nicht wahr?«

»Es ist unnatürlich für eine Frau, so ehrgeizig zu sein«, sagte Sire Edecon und zitierte das alte Sprichwort *Wenn du eine Frau die Sporen tragen lässt, dann wird sie dich zu Tode reiten.*

»Habt Ihr meine Mutter kennengelernt?«, fragte Sire Galan.

»Ja, ich hatte die Ehre, anlässlich der Hochzeit von Sire Destellos mit Freifrau Mollete – meiner Base mütterlicherseits. Warum fragt Ihr?«

»Ich fragte mich, ob Ihr die Sporen bemerkt habt.«

Im Lager kam Unruhe auf, und Spiller ging hinaus, um die Ursache dafür herauszufinden. Als er zurückkehrte, war er aufgeregt. Jemand würde aufgehängt werden! Alle rannten los, um es zu sehen, alle außer mir. Ich blieb zurück, um meinen neuen Götterzirkel zu nähen. Mit dem, was ich dem Tuchhändler gestohlen hatte, besaß ich nun Stoff in allen Farben, die ich dazu benötigte. Viel hatte ich mir nicht genommen, bloß Fetzen, die er vielleicht für Flicken verwendet hätte, keiner größer als meine Hand. Ich sortierte die richtigen Farben aus und schnitt die Fetzen in Arkanten von gleicher Größe. Dann ordnete ich sie zu einem Kreis an, wobei ich mit den Göttern begann, deren Platz ich sicher kannte, da ich mich an ihre Gottzeichen erinnerte: Ardor, Crux, Delve und Hazard. Die anderen Götter platzierte ich dort, wo ich glaubte, dass sie hingehörten, um danach, unsicher, die anderen Teile anzuordnen. Im Zelt war es ruhig, in meinem Kopf ganz und gar nicht.

Schließlich begann ich zu nähen. Ich musste darauf vertrauen, dass die Anordnung richtig war, da sie sich richtig anfühlte. Aus Angst, die Männer könnten zurückkehren, machte ich große Stiche. Aber das Aufhängen nahm viel Zeit in Anspruch. Ich wärmte mir die kalte Hand mit meiner warmen und zerdrückte ein paar Kermesbeeren, dann band ich einen Teil meiner Haare zusammen, um einen Pinsel daraus zu machen. Ich malte die drei Kreise, jeweils einen innerhalb des anderen, und zu guter Letzt die Gottzeichen darum herum, jedes auf der hoffentlich dazugehörigen Farbe.

Schließlich war es geschafft. Es war nicht so gut, wie ich es gerne gemacht hätte, aber doch ordentlich, und ich konnte nun jeden Gott anhand seiner Farbe auf den ersten Blick erkennen, ohne sein Zeichen enträtseln zu müssen. Die Bedeutung dieses Zirkels schien sich ein wenig von der des alten zu unterscheiden. Die Farben ließen jeden Gott ausgeprägter, seine Aspekte jedoch einheitlicher erscheinen, drei in einem. Ich betrachtete ihn erst mit meinem linken, dann mit meinem rechten Auge. Es störte mich, dass die

Farben, mit meinem rechten Auge betrachtet, verblasst und vergilbt waren, so, als wäre der Zirkel bereits uralt.

Ich wollte gerade die Knochen werfen, um zu sehen, ob die Freifrau und Na nach wie vor zu mir sprechen würden. Da hörte ich draußen vor dem Zelt laute Männerstimmen. Rasch wickelte ich die Knochen in den neuen Zirkel und versteckte ihn.

Die Stiefelknechte und Fleetfoot kamen herein. Spiller meinte, es sei ein ganz schönes Schauspiel gewesen. Die Königsmutter und der König hatten Geld in die Menge geworfen und Opfergaben sowie ein Festmahl beim Freudenfeuer am morgigen Abend versprochen. Fünf Erdsoldaten vom Stamm Growan baumelten wegen Plünderns, und auch einer von den Männern der Königsmutter, damit sichtbar wurde, wie sehr Königsmutter Caelum die Plünderung des Königreiches missbilligte, das sie für sich in Anspruch nahm.

Rowney meinte, er wundere sich darüber, dass der König es, mit verschränkten Armen neben ihr stehend, so widerspruchslos hingenommen hatte. War er überhaupt noch ein Mann, oder hatte sie Spielzeug aus seinem Gehänge gemacht? Denn jeder wisse doch, dass ihre Wölfe in Rudeln durch die Stadt gezogen waren. Sie hatten die Stadtbewohner bis auf die Knochen ausgeraubt, ihnen die Knochen dann gebrochen und diese dann noch des Marks beraubt. Man habe gespürt, dass die Kataphrakten von Growan nicht allzu erfreut darüber gewesen seien, dass an ihren Männern ein Exempel statuiert worden war. Rowney meinte, es sei gut, dass ich vorhergesagt hatte, dass die Königsmutter Plünderer würde hinrichten lassen, und uns so davor bewahrt hätte, selbst am Strick zu enden.

Es war einfach, ihn in diesem Glauben zu belassen.

Mitten in der Nacht kam Sire Edecon ohne seinen Herrn in das Zelt zurück. Ich blieb wegen Sire Galan auf. Während seine Männer schliefen, hatte ich Zeit, die Nähte meines neuen Zirkels zu verstärken und eine Schnur um den Rand als Zugleine einzufädeln. Ich gab mir sehr viel Mühe bei der Arbeit, wurde aber davon abgelenkt, weil mir in einem Ohr Sire Rodela dröhnte und im anderen der Refrain von Sire Edecons Lied: *Ich werde nichts mehr vom Leben haben, ich werde nichts mehr vom Leben haben.*

Mit kleinen Stichen vertrieb ich mir die lange Nacht, während ich daran dachte, wie Galan mit Sire Edecon über seine Mutter gesprochen hatte und dass er das mit mir noch nie getan hatte. Ich hatte allerdings auch nie danach gefragt, sondern mich in Unwissenheit hüllen wollen, wie ein Baby in Windeln. Ich hatte mir eingeredet, es stehe mir nicht zu, alles über sein Leben zu wissen – jenes andere Leben, das er in Ramus führte. Dieses Leben, das er mit seiner Frau und seinem Söhnchen teilte und wieder aufnehmen würde, wenn er überlebte. Und meine Eifersucht ging so weit, dass ich eine Zeitlang dachte, ich würde ihn lieber an den Krieg verlieren als an jenes andere Leben.

Als Galan zurückkehrte, dämmerte es schon fast. Und als er sich auszog und sich neben mich legte, nach Wein und Holzrauch riechend, versuchte ich ihn Mutter und Vater, Frau und Sohn vergessen zu lassen. Ich dachte an unsterblich gemachte Gattinnen und in Vergessenheit geratene Scheiden und machte mir auf ihm so kühl überlegt zu schaffen wie eine Hure auf ihrem Freier, bis er schweißnass und atemlos war. Während dieser ganzen Zeit hielt Sire Rodelas spöttisches Summen an. Dann endlich erbarmte sich Desire, löschte ihre Lampe und führte mich zu einem Moment, in dem alles andere vergessen und die Welt so klein war wie wir beide, Galan und ich.

Am nächsten Nachmittag kamen Pinch und Sunup, um mich zum Einberufer mitzunehmen. Ich war überrascht, Sunup zu sehen, doch sie erzählte mir, Mai habe gesagt, sie solle mitgehen und helfen. Wir folgten Pinch einen schmalen Trampelpfad durch den Schnee entlang, wobei wir uns ein gutes Stück südlich aus der Stadt und aus dem Heereslager hinausbewegten. Unterwegs wurde Sire Rodelas Summen lauter und klang in meiner Ohrmuschel noch hektischer. Ich biss die Zähne zusammen und freute mich darüber, dass er verängstigt war.

Wir gelangten auf gefrorenen Morast am Flussufer, und Pinch führte uns in ein Feld von hohem, gelbbraunem Schilfgras. Der Einberufer erwartete uns mit drei seiner Gefolgsleute in einer kreisförmigen Lichtung. Das Schilf stand wie eine Wand um uns, und seine schweren, rostbraunen Kolben schwankten über unseren Köpfen. Unter uns war es auf dem Schnee und dem Eis zu einer Matte zertrampelt worden.

Der Einberufer war so ausgemergelt, dass seine Haut wie Pergament seinen Schädel überzog; sein ergrauendes Haar war lang und zerwühlt. Ich hatte erwartet, seine Kleidung würde ungewöhnlich sein, um sein Gewerbe anzuzeigen. Doch er trug einen normalen Rock und eine faltige Kniehose. Seine Gefolgsleute hingegen trugen lange rote Gewänder. Sie standen da und wärmten sich neben einer Kohlenpfanne auf einem Dreibein. Eine von ihnen erkannte ich als eine Hure, die mir unter dem Namen Gartenwicke geläufig war. Sie war ein kleines Rebhuhn von einer Frau, die allerletzte, mit der ich hier gerechnet hätte.

Die blutunterlaufenen Augen des Einberufers erfassten mich sofort, und als ich spürte, wie sein Blick mich traf, war mir, als bliebe mir das Herz stehen. Ich blieb reglos stehen. Er winkte mich herbei, und mein Herz dröhnte wieder, und langsam näherte ich mich ihm. Als ich vor ihm stand, ergriff er meine Hand und zog mich an sich. Für einen so schmächtigen Mann hatte er einen festen Griff. Um den Hals hatte er eine Schnur aus Knochenperlen, die so geschnitzt waren, dass sie wie Schädel aussahen. Er lächelte, und ich sah, dass seine fleckigen Zähne angeschlagen waren, so als hätte er Steine gekaut. »Hast du die Abgabe?«, fragte er. Seine Stimme war kehlig und tief.

Ich schlug meinen alten Götterzirkel auseinander und hielt ihn so zwischen uns, dass niemand sonst ihn sehen konnte. Dabei dachte ich, ich hätte etwas Wertvolleres für ihn auftreiben sollen, etwas Besseres als ein kreisrundes, bemaltes Leder mit ein paar Muschelperlen und einem elfenbeinernen Zeiger an der Zugleine. Doch er akzeptierte die Abgabe.

»Zieh dich aus«, sagte der Einberufer.

»Warum?« Ich zitterte. Das tat ich schon, seit ich ihn gesehen hatte.

»Wir haben andere Gewänder, die du tragen musst. Beeil dich. Wir haben ohnehin schon zu lange auf dich gewartet.«

Mai hatte mir gesagt, ich solle ihm trauen. Das tat ich zwar nicht, aber ich vertraute ihr. Zwei seiner Gefolgsleute traten vor, und eine nahm mir den Umhang von den Schultern. Ich öffnete mein Kopftuch und zog mir das Überkleid aus. Die andere Frau – groß und fast so dünn wie der Einberufer – entrollte eine Länge rotes Sackleinen, in dessen Mitte ein gezacktes Loch geschnitten war. Es widerstrebte mir, mich von meinem Unterkleid aus Gazestoff zu trennen, doch der Einberufer war ungeduldig. Also warf ich es ab, und die Frau zog mir das Sackleinen über den Kopf. Nun malte mir der Einberufer mit Kreide auf das Gesicht und die Arme und band mir einen Gürtel um die Hüfte, um zu verhindern, dass das grobe Gewand hochschlug. An dem Gürtel baumelten Klacker herab, hölzerne Schädel mit lose eingehängten Kiefern, die klapperten, wenn ich mich bewegte.

Während der ganzen Zeit dachte ich: *Unsinn*!, und Sire Rodela pflichtete mir bei: *Unsinn, Unsinn*! Und was war mir kalt! Ich konnte mir nicht vorstellen, dass mir noch kälter sein könnte und ich dennoch lebte.

Der Einberufer nahm mich am Arm und führte mich

durch das Schilf zum Fluss. Die verborgene Sonne, an diesem kurzen Tag bereits gen Westen gezogen, warf blaue Schatten, die von Bäumen auf dem gegenüberliegenden Ufer stammten. Das Wasser lag unter Eis, und das Eis unter blankgeriebenem Schnee, eine makellos glatte Oberfläche, bis auf ein schwarzes, mit Schnee umgebenes Loch im Eis. Als ich das Loch sah, wollte ich mich losreißen und schrie laut »Nein!«, doch er hielt mich fest und führte mich darauf zu. »Bist du bereit?«, fragte er, doch über Sire Rodelas Dröhnen hinweg konnte ich ihn kaum hören. Erneut fragte er: »Bist du bereit?« und schüttelte mich. »Du hast die Abgabe bezahlt. Der Schatten will das hier nicht, aber du willst es.«

Ich glaube, ich hörte Sunup sagen: »Was machen sie?«, worauf Gartenwicke mit einem beruhigenden Gemurmel antwortete.

Der Einberufer wies auf das Wasser in dem Eisloch. »Geh hinein, und komm auf der anderen Seite wieder heraus«, sagte er.

Sire Rodelas Heulen stieg an, und es war so schmerzhaft, als würde mir mit einer Ahle in das Ohr gestochen. Ich sprang hinein. Das Wasser ging mir bis an die Brust und raubte mir sofort den Atem. Hätte ich geahnt, wie es sich anfühlen würde, hätte ich es niemals getan. Der Einberufer legte mir die Hand auf den Rücken, und als ich zögerte, drückte er mich, während um mich herum Blasen aufstiegen, unter Wasser. Als die Kälte mich überall berührte, prickelte mir die Haut, und ich wünschte, ich wäre gefühllos geworden, doch es schmerzte. *Ich bin bereit*, dachte ich, doch mein Körper war es nicht. Ich fing an, um mich zu schlagen, doch die Hände des Einberufers hielten mich weiter unten. Kälte drang in mich ein, bis ins Mark, bis in die Räume meines Herzens, nach dem Lebensfeuer suchend, um es auszulöschen. Es war ein Trick, und der Mann war im Begriff, mich zu töten, als Strafe für irgendetwas, irgendeine Beleidigung seiner Herrin Queen of the Dead, und wie eine

Närrin war ich mit ihm gegangen. Rodela schrie gellend laut in meinem Ohr, und ich spürte, wie die Toten überall um mich herumschwärmten und mit den starken Strömungen des Flusses an meinem Gewand zerrten.

Die gleichen Hände, die mich unter Wasser gedrückt hatten, zogen mich wieder auf das Eis heraus. Ich lag auf dem Bauch, zitternd und nach Luft ringend, und mir floss das Wasser aus dem Mund. Ich wurde gepackt und aufrecht gestellt, und nun stand ich da, schnaufend und mit unbeholfenen Händen versuchend, mir das Haar aus dem Gesicht zu streifen. Der Einberufer war fort, und Rift Queen of the Dead hatte seine Stelle eingenommen. Sie sang mit einer hohen, schrillen Stimme, und Pinch und die Frauen des Einberufers trommelten, um das Lied rasch voranzutreiben. Sunup schüttelte einen Flaschenkürbis. Sie veranstalteten einen Höllenlärm, und ich wurde taumelnd zurück zu dem festgetretenen Kreis aus Schilf geführt.

Dass ich durch die Verkleidung des Einberufers hindurch erkannt hatte, dass die Maske von Queen ein schwarzer, mit einem primitiven weißen Schädel bemalter Sack war, spielte keine Rolle, und auch nicht, dass ihr Haar aus Strähnen bestand, die aus Pferdeschwänzen hergestellt worden waren und dass ihr rotes Gewand geflickt und befleckt war und ihre Hände die gekrümmten Finger und dreckigen Nägel des Einberufers waren. Sie war in ihm.

Sire Rodela hatte Angst und versuchte das Trommeln zu übertönen, doch es durchdrang mich durch die Sohlen meiner Füße und das Zucken meiner Schultern. Ich stampfte erst mit dem einen, dann mit dem anderen Fuß auf. Ich war so kalt wie eine Leiche. Sogar meine warme Hand war abgekühlt, und mein Körper war schwerfällig, dick, schwer und taub. Aber jedes Mal, wenn ich aufstampfte, fühlte ich Schmerz in meinen Füßen, und das war besser, als gar nichts zu empfinden.

Ich legte mir die Hände auf die Wangen. Die Hände fühlten sich am Gesicht kalt und merkwürdig an, und das Gesicht an den Händen ebenso. Ich stampfte mit meinen betäubten Beinen auf den Boden, stampfte, stampfte, stampfte, sodass mir die Empfindung hinauf in Ferse, Knöchel, Schienbein, Knie, Oberschenkel und Spalte fuhr. Queen of the Dead sang eine Melodie nach der anderen. Warum, wusste ich nicht; ihre Worte, in der Sprache der Toten, waren für mich unverständlich. Sire Rodela ging mit all seiner Kraft gegen sie vor, krächzte extrem disharmonisch. Er verweilte nun nicht mehr im Eingang meines Ohrs, sondern drang tief in meinen Schädel ein.

Rift Queen gab eine Melodie vor, wobei sie immer wieder den gleichen Vers skandierte, und Sire Rodela wurde dadurch behindert. Sein Summen begann dem ihren zu folgen, umrankte es so, wie zwei Fäden sich zwischen dem Daumen und dem Finger der Spinnerin verflochten, bis es zu einem Lied außerhalb und innerhalb von mir wurde. Sie hatte sein Lied gefunden, und die Musik nahm Besitz von mir, Besitz von uns, Rodela und mir. Das Lied erforderte einen schweren Gang mit steifen Schultern und ausgestellten Ellbogen. Das Lied verlangte, dass der Körper stolzierte, alles unter sich zertrat, und es wollte, dass der Mund höhnisch grinste, schräg stehend, und dass der Bauch zusammenzuckte und ein Lied hervorgrummelte: *Metze, Metze, Metze!*

Ich sah, dass Pinch mich mit offenem Mund anglotzte, während er auf die Trommel einschlug, und ich ging zu ihm und tanzte vor ihm, starrte ihn an, bis er den Blick senkte, während ich sang: *Hurensohn, Hurensohn, Hurensohn!* und vor Lachen zischte. Während ich stampfte, klapperten die Kiefer der hölzernen Schädel.

Rodela war voll hämischer Befriedigung darüber, nach seiner Einengung in die Gestalt einer Fliege so vergrößert worden zu sein. Sein Zorn war heftig und unermüdlich, und er trieb mich dazu an, im Kreis zu tanzen. Zwischen meinen Oberschenkeln hingen schwere Säcke, und ein steifer Schwanz schwang hin und her, und ich stolzierte auf Sunup zu und jagte ihr Angst vor mir ein. Ich stellte fest, dass ich mein kleines Messer aus seiner Scheide genommen hatte, und um mich abzukühlen und einen maßlosen Durst zu stillen, fuhr ich mir mit seiner Klinge über die Kopfhaut, bis das Blut herabtropfte und ich es schmeckte. *Metze, Metze, Metze!*

Nun trieb ich die Musik an, und sogar Queen of the Dead selbst musste meinem Lied folgen, schneller, immer schneller. Ich war voller Stärke, und im Rausch des schwindelerregenden Tanzes sah ich, wie sich die Lebenden und die Toten um mich herum in dem Kreis versammelten. Das Schilf nickte und raschelte wie ein Reigen vornehmer Persönlichkeiten, und in den darunter versammelten Schatten sah ich, wie Wesen Gestalt annahmen und sich auflösten, und aus den Augenwinkeln sah ich den weißen Saum von Pennas Rock, und an meiner Brust spürte ich die Freifrau und Na, winzig versteckt in ihren Fingerknochen in dem Beutel.

Ich hatte geglaubt, der Herrschaftsbereich von Queen of the Dead teile nur eine Grenze mit unserer Welt, und dies sei der Tod, von dem aus die Toten aufbrachen, um das Ödland von Queen of the Dead zu durchqueren. Doch ihr Königreich war näher, als ich geglaubt hatte. Es lag gar nicht jenseits unserer Welt, sondern vielmehr neben ihr. Was war nötig, um zwischen diesen Welten hin und her zu gleiten? Zu sterben, mehr nicht. Die Toten reisten neben uns, nicht von uns fort.

Ich tanzte dieser Unterwelt näher, bis es nicht einmal mehr die dünnste Gaze zwischen jener Welt und meiner gab. Die Toten waren den Lebenden zahlenmäßig bei weitem überlegen. Warum hatte ich Angst, mich ihnen anzuschließen? Wieso sollte es eine Rolle spielen, wann ich starb – in einem Moment, einem Tag, einem Jahr oder vielen Jahren von jetzt an? Denn im Königreich von Queen of the Dead liegt Ewigkeit.

Ich tanzte, bis Sire Rodelas Schattenwesen befriedigt war, bis ich die Herrschaft über jeden Teil und jedes Gelenk meines Körpers wiedererlangte. In der Nähe des Todes keimte neues Leben in mir auf, und ich weidete mich an seiner Süße. Und zum ersten Mal dachte ich darüber nach, dass ich Sire Rodela seiner zukünftigen Tage und seiner jämmerlichen Vergnügungen beraubt hatte, zum Beispiel der, die ihm Untergebenen zu quälen und die Kränkungen, die ihm von seinen Vorgesetzten zugefügt worden waren, immer wieder zu zählen, so wie ein Geizhals sein Gold befingert. Was sonst hatte er zu seinen Lebzeiten genossen? Vielleicht den Anblick seines Braunen mit den in seine Mähne geflochtenen grünen Bändern, oder den Duft des nahenden Frühlings in einer spätwinterlichen Brise, vielleicht solch einfache Freuden. Ich wusste es nicht. Was ich ihm genommen hatte, überstieg mein Vorstellungsvermögen, doch ich bemaß es an dem Stück meines Fleisches, das er mir genommen hatte, und an der Demütigung, die ich durch seine Lügen erlitten hatte. Dafür hatte ich ihn vergiftet und ihm das Leben geraubt.

Mein Tanz näherte sich seinem Ende. Zitternd kniete ich mich auf den Boden, und eine der Frauen hüllte mich mit meinem Umhang ein. Sire Rodelas gereiztes Brummen verklang zu einem Summen, das so leise war wie der Unterton meines strömenden Blutes; es war etwas, das vergessen werden konnte.

Ich war dankbar dafür, geheilt zu werden, doch der Einberufer warnte mich, der Schatten könne von Zeit zu Zeit einen Tanz einfordern, und ich könnte dazu aufgerufen werden, an Ritualen für andere, auf die gleiche Weise Betroffene teilzunehmen und zu trommeln, bis die Toten befriedigt waren. Von nun an, so sagte er, müsse ich den Befehlen von Queen of the Dead Folge leisten, die Berührung von allem meiden, das lila gefärbt war, und mich des Fleisches der Igel enthalten, die sich tot stellen. Er gab mir eine rote Schnur, die ich um die Hüfte tragen sollte, unter meinem Kleid, als Erinnerung an meine Pflicht ihr gegenüber.

Als ich mich an diesem Abend nackt zu Galan legte, glitt er mit den Fingern unter die Schnur und fragte, wofür sie gut sei. Um mir Mut zu geben, erwiderte ich. Am nächsten Tag hängte ich meinen neuen Götterzirkel an die unter meinen Röcken verborgene Schnur.

Diese rote Schnur war ein Talisman, wie das billige Zinnamulett, in welches das Gottzeichen von Wildfire eingeprägt war und das ich um den Hals trug. Damit teilte ich mich in zwei. Unter der Taille bewahrte ich meine Angst vor dem Tod und das Verlangen zu leben, oberhalb der Taille bewahrte ich den Mut, gegen das Unvermeidliche anzugehen oder es anzunehmen. Ich war von Wildfire in eine linke und eine rechte Hälfte zerrissen worden, und von Rift in eine obere und eine untere; doch diese Spaltung hatte geholfen, mich zu heilen. Als ich vom Blitz getroffen worden war, war ich nur noch eine dünne Haut um Chaos gewesen. Jetzt war ich wie der Zirkel, ein von den Göttern unterteiltes Gebiet, das durch die Unterteilung geordneter und fassbarer geworden war.

KAPITEL 9

Mischief

Wir marschierten vom Feldlager los und zogen zwischen Wänden aus verkrustetem Schnee entlang, und da wir uns nicht neben der Straße ausbreiten konnten, war unsere Linie lang und ausgesetzt. Schon bald waren die Pferde der Vorreiter erschöpft von dem ständigen Kampf gegen das Schneegestöber. Wir hielten nach nicht einmal einer Wegstunde an, und es schien kaum die Mühe wert gewesen zu sein. Aber zumindest lag uns nun nicht mehr der Gestank der verbrannten Stadt in der Nase.

Am vergangenen Abend hatten die Soldaten ein Freudenfeuer entzündet, um die längste Nacht zu feiern. Der spindeldürre alte Growan Crone hatte sich gut an den Schafen und dem Vieh genährt, das mit Gebeten für einen milden Winter geopfert worden war, sodass wir dieses eine Mal alle reichlich Fleisch zu essen hatten und auch jede Menge zu trinken. Ich schaute mir das Freudenfeuer an und lauschte seinem Bullern. Niedere sprangen auf, um die Flammen mit Ästen und Stämmen von Bäumen aus Obstgärten sowie Läden, die aus Häusern herausgerissen waren, zu nähren. Zwei Männer schoben einen Karren voller Stroh in das Feuer, und es loderte sofort hell auf, und Strohhalme und Funken flogen hoch in die Luft hinauf. Der heiße Wind zerrte an mir, und ich stemmte mich gegen ihn, froh über die Hitze, froh über die Flammen, die das in mir weckten, was wild war.

In dieser Nacht gab es noch ein weiteres Feuer. Ich hörte ein großes Geschrei und kletterte einen Schneehügel hinauf, um zu sehen, warum so geschrien wurde. Die Stadt in dem Tal stand in Flammen. Jemand hatte sie angesteckt – Männer aus der Kompanie von Growan, die wütend wegen der Hinrichtungen waren, so lautete das Gerücht, das sich so schnell wie die Flammen verbreitete. Soldaten strömten den Hügel hinab auf die Stadt zu, um sich alles an Beute zu nehmen, was sie bekommen konnten, bevor es verbrannte. Sire Rodela hätte größte Freude daran gehabt, hätte er mir noch mit seiner schrillen Stimme im Ohr gelegen. Ohne ihn empfand ich das nackte Grauen. Ich betete, dass sie mit dem Leben davonkommen würden, der Tuchhändler und seine Frau, das Baby und die Dienstmagd. Ich betete, dass sie alle mit dem Leben davonkamen.

Doch einige Stadtbewohner kamen in dem Feuer um; ich spürte sie, während wir marschierten, wie sie sich an uns klammerten, so wie der Gestank des Rauches. Das Heer der Schatten, das unser Heer begleitete, wuchs an. Und heute fand ich keinen Trost in dem Wissen, dass die Toten neben uns reisten, statt uns hinter sich zu lassen.

Am Abend war das Wetter umgeschlagen, und der Schnee begann zu schmelzen. Ich lag neben Galan und lauschte, wie das Wasser tropfte und tröpfelte. Zwei Tage zuvor hatte ich einen starken Sud aus Schachtelhalm gemacht, um meine Mondblutungen herbeizuführen, allerdings ohne Erfolg. Es war nicht die Jahreszeit für Schachtelhalm, er war zu braun. Ich musste nach einem Lorbeerbaum Ausschau halten und seine Blätter und Beeren benutzen. Wenn das nicht klappte, würde ich bald den Engelmacher aufsuchen müssen.

Es war die zweite Nacht, seitdem Sire Rodela verbannt worden war. Wie hatte sein pesterfüllter Schatten doch jedes Mal gewimmert, wenn ich im Begriff gewesen war einzuschlafen! Sobald ich ihn losgeworden war, davon war ich überzeugt gewesen, würde ich Abend für Abend im Meer von Sleep versinken können. Aber dem war nicht so. Ich lag wach da, während mir Sorgen im Kopf umherschwirrten. Sie waren immer schon da gewesen, doch Sire Rodela hatte lauter gesummt. Nun wusste ich, dass es Wildfire war, der mich wachhielt, Wildfire, der mich verändert hatte, sodass, ganz gleich, wie sehr ich mich nach Schlaf sehnte und ihn brauchte, mir dieser verwehrt wurde. Ich betete, dass Lynx Sleep mich von dieser Heimsuchung heilen würde, da Ardor kein Mitleid gezeigt hatte.

Ich warf mir mein Überkleid über und setzte mich vor das Zelt auf einen von Sire Galans Feldstühlen. Nach so vielen Tagen der Kälte wirkte die Brise beinahe mild, und es herrschte ein herausfordernder Duft nach feuchter Erde, der Frühling verhieß, obwohl der Frühling noch weit weg war, ein ganz anderes Land. Im Licht des vollen Mondes holte ich den leinenen Berechtigungsschein aus meinem Beutel, der mir die Pacht eines Hauses auf einem Berg zusicherte, und entfaltete ihn auf meinem Schoß. Das Leinen war steif, und auf der glatten Oberfläche waren die Gottzeichen in ordentlichen Spalten an jeder längsgerichteten Falte aufgereiht.

Ich schlug meinen Zirkel auf, um seine Gottzeichen mit denen auf dem Leinen zu vergleichen. Mit Hilfe der Farben konnte ich ein Zeichen von dem anderen unterscheiden, aber lesen konnte ich sie nach wie vor nicht. Jedes Gottzeichen konnte auf fünf verschiedene Arten geschrieben sein, mit einem der drei Elemente als Markierungen, mit keinem davon oder mit allen; ein kleiner Ton war mit jeder dieser Möglichkeiten verbunden. Nahm man die Töne zusammen, um Worte zu formen, konnten Gottzeichen alles Mögliche besagen. Doch meine Erinnerung war ein grobes Netz und nicht fein genug, als dass ein Teil eines Wortes darin hätte gefangen werden können. Seit dem Blitzschlag hatte ich mich an vieles erinnert, doch hierbei hatte Wildfire sich nicht erweichen lassen.

Allerdings schien es mir, als könne der Berechtigungsschein noch auf andere Weise gelesen werden, als Singsang oder Gebet, wobei die Namen der Götter und Aspekte einander einzeln folgten. Ich beugte mich über mein Werk, um die Zeichen zu entziffern und die Namen vor mich hin zu murmeln. Die Freifrau hatte mir gesagt, dass ein mit den drei Elementen gezeigtes Gottzeichen der Gott ist, wie er uns in seinen Manifestationen erscheint. Ein für sich allein dargestelltes Gottzeichen ist der ganze Gott – das, was wir verstehen, und das, was über unser Verstehen hinausgeht.

Hinter der Türlasche des Zeltes rührte sich etwas, und hastig rollte ich den Zirkel zusammen und steckte ihn mir in den Ärmel. Mit der federgefüllten Steppdecke um die Schultern steckte Galan den Kopf heraus und sagte: »Ist dir nicht kalt? Was machst du denn da?«

Ich wies auf das entfaltete Leinen auf meinem Schoß. »Ich probiere aus, ob ich diese kleinen Tintendinger, die Gottleichen lesen kann. Mir ist wieder eingefallen, welches zu welchem Gott gehört, aber ich kann sie nicht lesen – ich kann mich immer noch nicht an die Lieder erinnern, die sie ergeben sollten, wenn sie eines nach dem anderen aufgelistet sind – damit sie Orte ergeben, die etwas bedeuten.«

»Du wirst dir noch die Augen verderben, wenn du versuchst, im Dunkeln zu lesen.« Er zupfte das Leinen von meinem Schoß und hielt es ins Mondlicht. »Das hast du immer noch?«

»Natürlich. Es ist für mich ein Platz ... ein Schatz. Aber ich wünschte, ich könnte hören, was es sagt.«

»Wieso? Wärst du lieber wieder in Corymb?«

»Niemals.« Ich ließ meine Hand unter der Bettdecke an seinem Arm hinaufgleiten. Seine Haut war warm. »Aber Ihr habt diesen Ort gerngehabt, dieses Magdhaus, also mag ich es auch. Habt Ihr nicht erzählt, dass Ihr dort als Junge gejagt habt, mit diesen Vögeln, Ihr wisst schon, diesen Balken ... Schalken? Erzählt Ihr mir davon?«

»Komm wieder ins Bett, dann erzähle ich dir alles darüber.«

»Erzählt es mir lieber vorher«, sagte ich und lachte.

»Meine Füße sind zu kalt.« Er war barfuß nach draußen gekommen und stand nun auf schmelzendem Eis.

»Wenn Ihr es versprecht.«

Im Zelt entzündete er eine Öllampe und hängte sie an einen Haken unter dem Baldachin des Bettes. Wir setzten uns hin, die Bettdecke um uns geschlungen, und er las mir leise aus seinem Geschenk vor. »Es heißt ›Legt Zeugnis ab, dass ich meiner Scheide Feuerdorn den Pachtbesitz auf mein Landgut auf Mount Sair auf Lebenszeit übertrage ...‹«

»Zeigt mir meinen Namen. Welche Leichen sind darin?«

»Hier ... siehst du?«

»Und Mount Fair, wie weit ist das von dort, wo ich herkomme?«

»Mount Sair ist fünf Tagesritte von Ramus entfernt – deswegen sind wir nicht mehr dorthin gereist, Vater meinte, es sei zu weit entfernt von seinen Pflichten – und von Ramus zum Land von Sire Pava ist es noch einmal eine Dekade, würde ich sagen. Also, um fortzufahren: ›... das umgrenzt wird von den Needle Cliffs zum Norden‹ – die solltest du sehen, sie sind wunderschön, dünne Spitzen aus goldenem Gestein – ›vom Fluss Wend zum Osten und Süden sowie vom Athlewood zum Westen; das Steinhaus und Viehställe, Ländereien, Wald- und Weiderechte und die Quelle.‹«

»Lebt jemand in dem Beinhaus ... dem Steinhaus?«

»Seinerzeit war immer ein Wildhüter dort. Ich schätze, heute ist es vernachlässigt, aber das Haus hat ein solides Schieferdach, und ich wage zu behaupten, dass es immer noch tadellos ist.«

»Ein Kieferdach ... Schieferdach? Gibt es einen Mostscharten, ich meine einen Probstwarten, einen Ort mit Bäumen, mit ... Schätzen, Äpfeln und ... Daumen und Kaprimosen und Birnen und Faselnüssen und so weiter, unten auf einem Pfad Nebel dem Haus? In seinem Westen?«

»Ein Obstgarten? Ja, ein kleiner. Mittlerweile wird er ganz zugewuchert sein.«

»Sehr sogar«, sagte ich. »Er muss beschnitten werden.«

Ich hätte wissen müssen, dass die Träume von Gärten und einem Obstgarten und Wald und einem mit Schiefer gedeckten Haus auf einem Berghang wahrhaftige Träume gewesen waren, denn sie trugen Düfte in sich, nach Erde, Rauch, Bergwind, meinem eigenen Schweiß. Wenn es Träume von dem Land waren, das Galan mir angeboten hatte, bedeutete dies dann, dass ich, obwohl ich sein Geschenk nicht angenommen hatte, eines Tages dort leben würde? Es erschreckte mich, dass ich nie geträumt hatte, mit Galan dort zu sein. Ich war immer allein.

Da wir nun einen Handlanger hatten, der sich um die Maultiere kümmerte, begleiteten beide Stiefelknechte Sire Galan auf dem Marsch. Normalerweise ritt Ev mit ihnen, auf Sire Edecons zweitem Pferd, einem Wallach, für den nicht viel sprach, außer dass er groß war. Heute blieb Ev zurück, um mit seinem Freund Fleetfoot im Tross zu reiten. Frost blieb hinter ihnen zurück. Ich beobachtete die Jungen, während sie sich unterhielten, wobei Ev sich zu Fleetfoot hinabbeugte, der auf dem führenden Maultier ritt.

Nach kurzer Zeit verlangsamte Ev sein Tempo, um bei mir vorbeizuschauen. Er wirkte besorgt. Vielleicht war er überarbeitet, und wenn dem so war, dann war dies meine Schuld, da ich Galan um ihn gebeten hatte. Die meisten Kataphrakten hatten einen Rittmeister und ein paar Pferdejungen, während Galan nur Ev hatte. Manchmal vergaß ich, wie klein er war. Er musste sich auf einen Baumstumpf stellen, um Sire Edecons Schlachtross zu striegeln.

»Bist du müde?«, fragte ich ihn. »Du bist für zu viele Erde und Maultiere verantwortlich – zu viele Pferde –, nicht wahr?«

»Fleetfoot macht sich schlimme Sorgen«, sagte er. »Er

spürt seine Hände und Finger, die ihm abgeschnitten wurden – und sie schmerzen ihn fürchterlich. Er glaubt, wahnsinnig oder verhext zu sein, und deshalb sucht er keine Hilfe auf.«

»Das verbirgt er gut.« Ich wäre nicht darauf gekommen, dass Fleetfoot litt, nicht einmal, wenn er stumm oder missmutig war und auch nicht, wenn ich nachts mitbekam, dass er ruhelos war wie ich auch. Seine Hände waren dem äußeren Anschein nach verheilt, und die Haut über dem Fleisch wurde rosig und glänzend. Diese tiefere Verletzung, von der Ev sprach – von so etwas hatte ich noch nie gehört.

»Kannst du ihm helfen?«

»Ich?« Die Frage überraschte mich. Fleetfoot hatte zwar keine offene Wunden, die durch die Berührung durch eine Frau vergiftet werden konnten. Trotzdem bezweifelte ich, dass er Hilfe von mir annehmen würde, ganz davon abgesehen, dass ich nicht wusste, wie ich ihm helfen konnte. Nur kleine Jungen wandten sich wegen Heilung an eine Frau; für einen Burschen, der sich selbst für einen Mann hielt, kam das nicht in Frage.

»Ich dachte ja bloß ...«, sagte Ev.

Ich wartete ab, doch mehr sagte er nicht. »Ich wüsste nicht, wie«, sagte ich.

»Ich dachte ... Sie sagen alle, du wärst berührt, du wüsstest Sachen. Dass ein Gott zu dir spricht.«

»Oh, ich bin wirklich berührt. Du kannst an meinem Gesabbel stören, dass der Gott mich verirrt hat. Es nützt mir nur nichts. Ich mache rotzfrech weiter ... ich meine, trotzdem weiter. Du solltest Divine Schuster fragen, den Kannichtweg. Er weiß mehr über solch schwerwiegende Verätzungen ... Verletzungen, als ich – vielleicht weiß er ja, was zu tun ist.«

Ev machte Anstalten, sich mit seinem Pferd abzuwenden. Ich dachte an das Große Springkraut, und wie es sich schließt, wenn es rau behandelt wird, und langte nach den

Zügeln des Wallachs. »Natürlich werde ich … Schietmut helfen, wenn ich kann. Ich werde es versuchen.«

Ich wagte es nicht, mich direkt an den Carnifex zu wenden. Seit er mir den Schwarzen Trunk verabreicht und ich zu viel geredet hatte, hatte ich mich hinter Zelten und Karren geduckt, um ihm aus dem Weg zu gehen, und wenn sich unsere Wege gekreuzt hatten, hatte ich den Blick abgewendet. Und da ich so getan hatte, als sähe ich ihn nicht, hatte er selbstverständlich so getan, als sähe er mich nicht.

Am gleichen Abend, als wir unter der Bettdecke auf dem Klappbett lagen, an diesem Platz, der nur uns beiden gehörte, bat ich Sire Galan um Hilfe.

»Armer Bursche«, sagte Galan. »Er klagt gar nicht darüber.«

»Meint Ihr, er ist verrückt geworden? Oder ist er beingeflucht?«

Galan hob meine Hand und legte sie flach auf seine Wange. Ich fühlte die Konturen seines Gesichts durch die Berührung, seine Vertiefungen und Erhöhungen, rau und sanft. »Ich habe davon schon einmal gehört«, sagte er. »Der Mann meiner Schwester hat in der Schlacht von Rivalis vor drei Sommern einen Fuß verloren, und doch bereitet ihm dieser Fuß nach wie vor Schmerzen, als steche ihm jemand mit einem Gnadendolch in die Ferse.«

Ich nahm meine Hand von Galans Gesicht. »Ihr habt eine Trester?«

»Eine was?«

»Eine … Schwester.«

»Ich habe sogar drei. Sie sind schon lange verheiratet. Ich sehe sie kaum noch.«

»Dann habt Ihr wohl auch Scheffen und Nichten?«

Er lachte. »Oh ja, jede Menge.«

Ich drehte mich auf die Seite, wendete mich von ihm ab.

»Was ist?« Auch er drehte sich nun um und umschlang mich mit seinen Beinen von hinten, legte mir einen Arm um den Hals und den anderen um die Hüfte. »Wäre es dir lieber, ich hätte keine Neffen und Nichten?«

»Nein, natürlich nicht. Es spielt keine Scholle … Rolle.« Ich zwang mich, ruhig zu atmen, um die Anspannung in meiner Brust zu lindern. Was für eine Narrheit, diese Eifersucht. »Also dieser Mann mit dem fehlenden Ruß – was tut er gegen die Kerzen … die Schmerzen?«

»Er trinkt sich jeden Abend einen Rausch an«, sagte Galan gegen meinen Nacken. »Aber das wäre wohl für den Jungen nichts, oder?«

»Werdet Ihr Divine Gespinster fragen, was zu tun ist?«

»Er wird sagen, dass sich nichts machen lässt.«

»Aber werdet Ihr fragen?«

»Mmmm«, sagte Galan.

Sire Galan nutzte die Gelegenheit während der Reise am nächsten Tag, um mit Divine Xyster über Fleetfoots Beschwerden zu sprechen. Der Priester meinte, der Bursche sei weder verrückt noch verflucht durch einen bösartigen Menschen. Er sei vielmehr von Rift heimgesucht, und deshalb umso mehr zu bedauern. Er müsse Rift um Hilfe bitten, denn ein Mensch könne ihn nicht heilen. Der Junge war während des Tumultes auf das Turnierfeld gelaufen, und dabei waren ihm die Finger abgehackt worden. Es war offenkundig, dass der Gott, dessen heiliges Turnierfeld verletzt worden war, noch nicht damit zufriedengestellt worden war. Als Sire Galan mir dies berichtete, fragte ich ihn, was der Mann seiner Schwester Rift angetan habe, das diesen dazu veranlasst hatte, ihn auf gleiche Weise heimzusuchen. Galan meinte, er habe nie gehört, dass dieser das Wort gegen ihn erhoben habe.

Fleetfoot die Antwort des Carnifex zu übermitteln bereitete mir keine Freude. Als der Junge nach dem Abendessen mit Piddle loszog, begleitete ich ihn unter dem Vorwand, ich wolle Frost einen Leckerbissen geben. Es hatte nur weniger Worte von Seiten Evs bedurft, bis mir endlich die Augen aufgegangen waren. Zuvor hatte ich nicht wahrgenommen, dass Fleetfoot ohne Grund zusammenzuckte oder mit steifem Körper und zusammengebissenen Zähnen herumlief. Manchmal sah es so aus, als würde er Finger ausstrecken, die gar nicht da waren, und dann wirkte er erstaunt und bestürzt, wenn es ihm nicht gelang, eine Schüssel oder einen Eimer zu greifen.

An diesem Abend jedoch wirkte er unbeschwert. Sein Gang war federnd, und lächelnd schaute er zu, wie Piddle vor uns umhertollte. Wir folgten einem Trampelpfad durch den Schnee.

»Neffe hat es mir erzählt«, sagte ich.

»Was für ein Neffe?« Fleetfoot schaute mich von der Seite an.

»Neff ... Ev hat mir von deinen Wänden erzählt. Wie es wehtut.« Ich hielt meine Hände hoch, um ihm zu zeigen, was ich meinte.

»Ich hatte ihm doch gesagt, er soll es nicht weitererzählen.« Er machte ein finsteres Gesicht, zupfte mit seiner rechten, dreifingerigen Hand einen abgestorbenen Zweig aus der Hecke und warf ihn für Piddle nach vorn.

»Girlande ... Sire Girlande ... Galan sagt, das Gleiche sei der Frau seiner Schwester passiert«, sagte ich. »Er hat einen Ruß verloren, und er tut ihm immer noch weh.«

Fleetfoot wandte sich mir grinsend zu. »Die Frau seiner Schwester?«

»Ach, du weißt schon ... ihr, ihr Mann.«

Er brach einen weiteren Zweig ab, schwang ihn vor sich hin und her wie eine Sense und hackte damit auf vertrocknetes Unkraut ein, das aus dem Schnee herausragte. Piddle versuchte ihm den Ast zu entreißen, worauf Fleetfoot erneut ein finsteres Gesicht machte.

»Du bist nicht verrückt geworden«, sagte ich.

Er hob seine halbe Hand und drohte mir damit. »Nein?

Warum habe ich dann jetzt das Gefühl, dass meine Finger eine Faust bilden?« Der Stumpf seines Daumens presste gegen seine Handfläche.

»Ich weiß«, sagte ich. »Es ist sehr schmerzhaft, ich weiß.«

Fleetfoot begegnete meinem Blick zunächst trotzig. Dann schaute er weg und zuckte mit den Schultern. »Man kann nichts dagegen machen, oder?«

»Morgen werden wir ein Tupfer … ein Topfer … ein Opfer für, für … Rift machen, denn der Prophet sagt, dass dir diese Qual von einem Gott gesandt wird wegen irgendeiner Verfehlung.«

»Ich habe keine zwei Kupfermünzen. Wie soll ich da ein Opfer bringen?«

»Gift liebt Blut«, sagte ich.

Nach dem Überfluss von Frühling und Sommer und den Ernten des Herbstes scheint der Winter eine magere Jahreszeit zu sein. Aber in die Winterruhe gehende Pflanzen haben in Saft, Rinde, Zweigen, Wurzeln, Knospen und Samen viel zu bieten. An diesem Abend bereitete ich Fleetfoot einen Kräutertee wie jenen, den ich Mole gemacht hatte, indem ich die rissige Rinde einer alten Weide mit getrockneten Blättern von Trostkraut in heißem Wasser ziehen ließ. Ich glaubte, dass der Priester die Wahrheit sagte und Rift besänftigt werden musste. Aber es würde nicht schaden, in der Zwischenzeit zu versuchen, den Schmerz des Jungen zu lindern und ihm beim Einschlafen zu helfen.

Während des Turniers auf Leben und Tod zwischen Crux und Ardor waren so viele Erdmenschen unerlaubt auf das Feld gelaufen, darunter auch ich, eine aus einer wilden Menge von Zuschauern, die Hals über Kopf den Hang hinab auf das Feld gedrängt worden waren. Die Krieger hatten sich von ihrer Schlacht abgewandt, um uns anzugreifen, und dabei in einer von den Göttern eingegebenen Raserei getötet. Erst rannten wir davon, um nicht niedergetrampelt zu werden, und dann rannten wir vor den Tötenden davon. Wir waren alle schuldig oder alle schuldlos, denn wie kann ein Tropfen Wasser in einer Flut schwimmen, wie er möchte? Wieso wurde ich verschont, während Fleetfoot nach wie vor unter Rifts Feindseligkeit litt? Es ist eines der Geheimnisse, warum die Götter manchen Missetäter bestrafen und andere davonkommen lassen.

Ich hatte noch nie gerne Rifts Pavillons besucht, obwohl ich unter den Scheiden dieser Kompanie einige Bekannte hatte. Nach dem Klatsch der Frauen zu urteilen, waren die Kataphrakte und Wappenträger von Rift genauso wie alle anderen Männer. Die Priester allerdings standen auf einem anderen Blatt. Der Stamm hatte mehr Priester als üblich, einen ganzen Trupp kahlköpfiger Propheten, die sich Rift Warrior geweiht hatten. Es hieß, diese Priester wären ihren Feinden gerne so nah, dass sie sie umarmen konnten; je mehr sie in das Kampfgeschehen eintauchten, desto kürzer die Klingen, bis die Geübtesten nur noch mit bloßen Händen kämpften. Sie hielten sich anderen Kriegern gegenüber für überlegen, und da ihre Überlegenheit schwer anzufechten war, zogen sie Neid auf sich. Darüber hinaus behaupteten sie, sich mit einer Frau zu paaren mache einen Mann schwach, und dafür zogen sie die Verachtung der Huren auf sich.

Das rote Band um meine Hüfte ließ mich Mut fassen, und so ging ich mit Fleetfoot, um an Rifts Schrein zu opfern. Der Altar bestand aus einem großen Steinblock, den sie auf einem rot gestrichenen Ochsenkarren mitführten. Eine Prophetin von Queen of the Dead saß in der Nähe auf einem Eisenholzstuhl, in den elfenbeinerne Schädel eingelegt waren. Ich hatte gesehen, wie sie vor Turnieren auf dem Marchfield Opfer brachte und dabei rote Gewänder und einen hohen roten Hut mit einer scharfen Spitze trug, der auf beiden Seiten Flügel hatte wie große Segel. An diesem Abend trug sie einen einfachen roten Schleier. Ihre

Lippen waren wie eine schmale Naht zwischen den tiefen, senkrechten Falten, die ihren Mund umgaben.

»Was wollt Ihr?«, fragte uns die Zofe der Priesterin barsch.

»Es ist besser, wenn du redest«, flüsterte ich Fleetfoot zu. »Ich könnte mich versprechen und Bedacht erregen.«

Er hielt seinen Blick auf den Boden gerichtet und murmelte: »Ich bin gekommen, um Queen of the Dead und Warrior zu opfern.«

Der Fuß der Priesterin zuckte unter dem verdreckten Saum ihres langen Überkleides, das mit schwarzem Marderfell ausgefüttert war. In solch einem Gewand musste es wirklich schön warm sein.

Die Zofe sagte: »Was bietest du an?«, wobei sie einen feierlichen Tonfall anschlug.

»Blut«, erwiderte Fleetfoot.

Ich öffnete meine Börse und angelte ein paar Münzen heraus – nicht die größten, die Kupfermünzen, und auch nicht die kleinsten, die Goldmünzen, sondern zwei Silbermünzen. Für eine Niedere war das eine hübsche Summe. Ich hielt die Münzen der Zofe entgegen, worauf die Priesterin die Brauen hob und zustimmend nickte. Dabei knabberte sie an einer Leckerei, einer getrockneten Aprikose.

Auf dem Marchfield hatte es uns Niederen freigestanden, an den zwölf Altären zu opfern, die um den Pavillon des Königs in der Mitte des Lagers standen, wo alle Richtungen und Straßen aufeinandertrafen. Nun schien es, als müssten wir betteln, um beten zu dürfen. Ich fragte mich, ob die Prophetin uns bald ganz zurückweisen würde, wie es in den Tempeln von Lanx der Fall war.

Fleetfoot hielt der Priesterin seinen linken Arm entgegen, damit diese den Schnitt vollziehen konnte. Doch als sie den Stumpf sah, forderte sie seine andere Hand. Dieser fehlten zwar zwei Finger, doch die Priesterin fand ihn annehmbar. Sie machte einen leichten Schnitt, und Blut tröpfelte in eine Schüssel. »Wenn es Euch beliebt, Divine«, sagte Fleetfoot,

»dann macht den nächsten tiefer.« Daraufhin schaute sie ihn streng an, als nehme sie ihn erst jetzt wirklich wahr, während er auf die Messingschüssel mit der roten Lache darin starrte. Der nächste Schnitt führte dazu, dass er die Zähne aufeinanderbiss, doch während er das Blut fließen sah, lockerte sich seine Miene. Zuweilen vertreibt ein Schmerz einen anderen.

Ich bot ebenfalls einen Arm und sagte: »Auch ich wäre großzügig, denn ich schulde Queen of the Mad meinen Dank.«

In der Nacht hörte ich, wie Fleetfoot sich immer wieder herumwälzte, und ein- oder zweimal hörte ich ihn wimmern. Seine Opfergabe war zwar angenommen worden, aber es war nicht genug gewesen. Ich schlüpfte unter der Decke hervor, zog mir mein Unterhemd an und kauerte mich neben dem Jungen zusammen, der in eine Decke, die er dem Tuchhändler gestohlen hatte, eingehüllt lag. Piddle hob den Kopf und schlug mit dem Schwanz auf den Boden. Fleetfoots Augen glänzten vor Tränen, die zu vergießen er sich weigerte.

»Es nützt nichts«, flüsterte er. »Ich würde sie mir eigenhändig abschneiden, wenn sie nicht schon ab wären.«

Wie grausam es von Rift war, den Jungen zu quälen! Aber natürlich ist Rift grausam. Wie dumm, etwas anderes zu wünschen.

»Wie fühlt es sich an?«

»Es juckt, aber ich kann mich nicht daran kratzen. Und manchmal brennt und brennt es. Nicht so, wie Feuer brennt, eher so, als hätte man draußen in der Kälte gearbeitet, sodass einem Hände und Füße frieren, und wenn man dann reinkommt, dann tut es noch mehr weh, es brennt eben. Aber es hört nicht auf zu brennen, es geht einfach nicht weg.«

Er setzte sich auf und wischte sich die Nase an der Decke ab. Er sah derart entmutigt aus, dass ich die Arme ausstreckte und ihn an mich drückte. Er war zu sehr Mann, als dass er zusammengebrochen wäre und sich wie ein Kind hätte trösten lassen, aber er erlaubte immerhin, dass ich ihn umarmte. Am liebsten hätte ich ihn hochgehoben und in meine Börse gesteckt, damit er nicht noch mehr Schaden nahm. Ich langte nach seiner keulenförmigen linken Hand und umklammerte sie mit den meinen. In meiner warmen linken Hand fühlte seine sich kalt an, in meiner kalten rechten war sie warm. Meine linke Hand spürte, dass seine Hand unvollständig, ihre Haut gespannt und von Narben übersät war, doch meine rechte Hand spürte all seine Finger. Das war ein seltsames Gefühl, und einen Moment konnte ich nichts damit anfangen. Ich hielt den Atem an, schloss die Augen und stieß dann einen Seufzer aus. »Bewege deine Dinger«, sagte ich.

»Ich habe keine Finger.«

»Das weiß ich, aber trotzdem. Bewegst du sie?«

»Nein.«

»Doch, das tust du! Ich habe es gespürt. Aber nur den kleinsten, die, die Wichte. Die Nichte.« Es gibt ein Kinderspiel, das alle kennen, und bei dem die Finger der rechten Hand Großvater (der Daumen), Vater (der Zeigefinger), Bruder, Sohn und Neffe genannt werden; an der linken Hand sind, natürlich, Großmutter, Mutter, Schwester, Tochter und Nichte.

»Und was tue ich jetzt?«, fragte Fleetfoot.

Ich lachte und machte die Augen wieder auf. »Du wackelst mit den Ellbogen!«

Er zog die Hand weg und versteckte sie hinter seinem Rücken.

»Es tut mir leid. Ich lache dich nicht aus. Lass mich deine Arme, Hände reiben«, sagte ich und war überrascht, dass er es zuließ. »Hat der ... das, was ich dir zu trinken gegeben habe, der Meuteschnee ... Kräuterfee ... dir geholfen? Hast du schlafen können?«

Fleetfoot zuckte mit den Schultern. »Nicht viel.«

Ich versuchte, Wärme seine Arme hinunter und in das, was von seinen Händen übrig war, zu bringen, um das kalte Brennen zu lindern, das ihm zu schaffen machte. Seine Lider hingen herab, und er lehnte sich gegen mich. Ich konnte ihm lediglich den Trost der Berührung geben.

Am nächsten Tag packten wir, bevor die Sonne aufging, um bei Tagesanbruch marschbereit zu sein. Dann schickte der Crux seine Knappen herum, um uns mitzuteilen, dass wir am Morgen gar nicht aufbrechen würden, sondern vielleicht später am Tag. »Eine Dekade Marsch von Malleus entfernt, und wir sollen herumsitzen und uns am Gehänge spielen?«, sagte Galan. Dann zog er los, um den Grund herauszufinden.

Eine Dekade vor Malleus! Ich hatte schon geglaubt, wir würden den ganzen Winter über durch die Wolds, die gewellten Hügel, hinauf- und hinabmarschieren und niemals ankommen. Mir sollte das recht sein, aber die Männer, jedenfalls die meisten, schienen versessen auf die Schlacht zu sein und ohne sie gelangweilt. Die noch unerprobten Heißsporne prahlten mit Heldentaten, die sie noch nicht vollbracht hatten. Als Galan zurückkam, fragte ich ihn, warum wir noch verweilten, worauf er voller Verachtung sagte, Gerüchten zufolge fühle sich die Königsmutter unwohl.

Gegen Mittag waren wir davon überzeugt, noch eine weitere Nacht in dem Lager zu verbringen. Aber es kam anders, wir mussten eilig losziehen und noch eine Wegstunde oder zwei zurücklegen. Während Frost vor sich hin trottete, grübelte ich darüber nach, wie ich Fleetfoot helfen konnte, und fiel dabei in einen Wachtraum. Mit einem Auge, dem linken, sah ich die an uns vorüberziehende Straße: Hohe Stängel von Frauenschwert ragten aufrecht aus dem Schnee, und ein Schwarm Zilpzalpe streifte die letzten Beeren einer Eberesche ab. Mit meinem schwächelnden rechten Auge sah ich dunklen Lehm und meine Hände, die etwas tief in diesen hineindrückten, eine Art weiße Samen, die ich eine Handbreit weit auseinander einpflanzte. Die Erde verströmte einen guten, fetten Geruch. Sie war lebendig, mit rötlichen Würmern, und kleine Asseln zockelten über die Schollen und erklommen deren winzige Berge. Ich erkannte, dass die Samen Fingerknochen waren, wie die der Freifrau und Nas, aber unbemalt.

Als Frost ins Stolpern geriet, erwachte ich ruckartig. Ich kannte den Geruch dieser Erde, hatte sie sogar schon geschmeckt. Es war Lehm aus dem erträumten Garten auf dem Mount Sair.

Obwohl er den Geruch eines wahrhaftigen Traums an sich hatte, konnte dieser nicht wahrhaftig sein, denn ich würde niemals Fingerknochen pflanzen, das war absurd. Bedeutete dies, dass auch die anderen Träume falsch waren, und ich das Haus auf dem Berghang niemals sehen würde?

Und doch lag in diesem Tagtraum ein Omen, ein Zeichen. Na musste ihn geschickt haben. Sie war Fleetfoots Tante und würde ihr Bestes tun, um mir zu helfen. Ich musste die Knochen für ihn werfen. Ich hatte meinen Zirkel umgearbeitet, sodass ich mich anhand der Farben und Gottzeichen auf ihm orientieren konnte. Und zum ersten Mal, seit ich vom Blitz getroffen worden war, hatte ich die Hoffnung, aus dem, was die Knochen sagen würden, schlau zu werden.

Sire Galan murmelte, als ich mitten in der Nacht aufstand. Ich sagte ihm, ich hätte einen Krampf in den Beinen und müsse ein Stück gehen, um sie zu lockern. Es war eine ruhige Nacht, und dicke Wolken hingen vor Moon und den Sternen. Die Dunkelheit kam mir bei meinem Vorhaben gelegen. Ich kroch aus dem Zelt und öffnete den Götterzirkel. Ich versuchte mir Fleetfoot vor meinem geistigen Auge vorzustellen, ihn so zu sehen, wie er gewesen war, unverletzt und unbekümmert; wie er jetzt war, innerlich wie äußerlich verstümmelt; wie ich hoffte, dass er sein konnte, von seinem Schmerz geheilt. Ich warf die Knochen dreimal, um einen Weg zu erkennen, wie er geheilt werden konnte: das erste Mal für sein Wesen, das zweite für das Wesen seines Leidens und das dritte Mal für die Götter, welche das Heilmittel in den Händen hielten und eine Heilung gewähren oder verweigern konnten.

Ich bat Na und die Freifrau, mir den Weg zu weisen, doch beim ersten Wurf fiel Na, der Knochen mit der roten Spitze, außerhalb des Kreises nieder und sagte nichts. Warum blieb sie stumm? Der blaue Knochen der Freifrau landete auf Artifex und überquerte die Linie zu Frenzy.

Ich warf ein zweites Mal, und nun landete Na direkt auf Mischief und die Freifrau auf Sun.

Beim dritten Wurf fiel Na auf Chance, und die Spitze überquerte die Grenze zum Herrschaftsbereich von Warrior. Die Freifrau landete auf Mischief, mit der Fingerspitze auf Desire. Ich fand es merkwürdig, dass beide Knochen schräg landeten und männlich wie weiblich berührten, einen Gott und einen anderen.

Ich warf rasch, um nicht gesehen zu werden, und zog dann die Zugleine fest zu, um aus dem Zirkel wieder einen Beutel zu machen, in dem die Knochen versteckt waren. Dann kehrte ich ins Bett zurück, um nachzudenken. Ich hatte immer beide Knochen geworfen, und die drei Würfe ergaben eine Kette aus miteinander verbundenen Zeichen. Aber was bedeuteten sie?

Die Knochen sprachen nicht zu mir, hatten es womöglich nie getan – nicht so jedenfalls, wie sie zu Az gesprochen hatten, bei der sie miteinander gesprochen hatten, sodass Az hatte mithören können. Aber sie zeigten mir jetzt Bilder, wie sie es nie zuvor getan hatten, Bilder, die in meinem vernebelten rechten Auge am klarsten zu erkennen waren.

Als die Freifrau die beiden Aspekte von Eorõe berührt hatte, Artifex und Frenzy, hatte ich gesehen, wie Artifex Lehm aus der Böschung einer schmalen Schlucht grub. Sie sah aus wie Az, war eine kleine, knochige Frau mit einem krummen Rücken. Sie formte einen Mann aus Lehm um ein Eichelherz – Fleetfoot, geboren aus dem Lehm des Königswaldes. Fleetfoots Mutter hatte ihm genau so einen winzigen Lehmmann mit einem Eichelherz gegeben, damit er ihn als Talisman mit sich führen konnte. Ob er ihn immer noch besaß?

Artifex war der einzige tote Aspekt und verlangte von niemandem Anbetung. Doch ich verehrte sie. Sie hatte die ersten Menschen – Erdmenschen – aus dem Uferschlamm vieler Flüsse geformt und hatte blasse, rötliche oder dunkle geformt, und mit ihrem letzten Atemzug hatte sie ihnen Leben eingehaucht.

Fleetfoots Lehm, sein Fleisch. Die Freifrau hatte von Artifex auf Frenzy gewiesen, und ich sah Frenzy als ein Tongefäß mit starkem Wein darin und einem gebrochenen Griff. Frenzy stand für Raserei aus Wut oder Glückseligkeit, Wahnsinn oder Rausch. Musste Fleetfoot seine Schmerzen in Alkohol ertränken wie Galans Verwandter?

Die Freifrau sagte, die Sonne werfe Schatten, und ein Schatten müsse der Form treu bleiben, die ihn warf. Das Tongefäß hatte einen zerbrochenen Griff, aber der Griff des Schattens war unversehrt. Sein Schatten, sein Schattenwesen. Als ich Fleetfoots Hand hielt, hatte ich das Schattenwesen und die Bewegung von Fleetfoots fehlenden Fingern gespürt. Das Fleisch war verstümmelt, doch sein Schattenwesen war unversehrt, das Schattenwesen beharrte auf Vollständigkeit, während das Fleisch sich verweigerte. Ihr Streit verursachte Schmerzen, denn einer sollte den anderen widerspiegeln, nicht mehr und nicht weniger. Und wenn es gelang, sein Schattenwesen neu zu formen, sodass es zu der neuen Form seines Fleisches passte?

Mich ermutigte der Gedanke daran, dass Na beim letzten Wurf über Chance auf Rift Warrior gewiesen hatte. Offenbar wollte sie mir damit sagen, dass ich mit der Gunst von

Chance eine Heilung herbeiführen konnte, eine Möglichkeit, den offenbar unversöhnlichen Warrior zu besänftigen.

Aber wieso war sie beim zweiten Wurf auf Mischief gelandet? Was hatte der mit dem Wesen von Fleetfoots Schmerzen zu tun? Und die Freifrau hatte ebenfalls Mischief berührt, beim dritten Wurf, während sie auf Desire wies – also musste Mischief sowohl mit Fleetfoots Leiden als auch mit dessen Heilung zu tun haben. Ich sah den Aspekt deutlich vor mir: ein Junge, der noch ein wenig jünger war als Fleetfoot und ein lustiges und schalkhaftes Lächeln aufgesetzt hatte. Um seine Füße trippelten Mäuse. Er war nicht vertrauenswürdig, konnte ein Hindernis darstellen oder das Gegenteil eines Zeichens bedeuten. Und doch sagte die Freifrau, dass ich ihn um Hilfe bitten musste.

Dieses eine Mal machte mir meine Schlaflosigkeit nichts aus. Ich grübelte nach über die Aspekte, ihre Zustimmungen und Widersprüche. Aus der Nacht wurde Dämmerung, und das Heer begann sich zu rühren; Hunde bellten, Männer fluchten, Spiller ließ frische Luft in das Zelt herein, und ich war immer noch nicht schlauer als zuvor. Ich befürchtete, die Knochen nun nicht mehr verstehen zu können, weil ich mich nicht mehr an alle Eigenschaften der Götter und ihrer Aspekte erinnerte, ein Wissen, das für alle anderen selbstverständlich war. Tag für Tag waren meine Erinnerungen zurückgekehrt, aber wie viel lag noch in Vergessenheit?

Ich betete. Ich betete zu Wildfire, auf dessen Zeichen die Knochen gelandet waren, und zu Chance und Warrior, Mischief und Desire, und ich bat sie um ein Heilmittel.

An Friedenstagen rasteten wir für gewöhnlich, um Wagen und Geschirr auszubessern, um nach Nahrung zu suchen und auszuruhen. Heute hingegen marschierten wir, um die Zeit wieder hereinzuholen, die wir am Vortag verloren hatten. Ich döste auf Frosts Rücken und bekam erst mit, wie sehr wir trödelten, als ich aufschaute und den Tross weit vor uns erblickte. Ich stellte fest, dass ich mich in der Nachhut inmitten der Stammesmitglieder von Wend befand. Sie zogen auf ihren großen Pferden an mir vorbei, während ich an den Zügeln zog, um Frost davon abzuhalten, an dem Gras herumzukauen, das im Straßengraben wuchs. Ein Wappenträger sang mit wunderschöner Stimme, worauf ich innehielt und den Kopf hob, da ich Sire Edecons Lied über jenes Mädchen von Torrent erkannte. Es war seltsam, dass Traurigkeit einen solch süßen Schmerz innehaben konnte.

Ihr hattet nur eine Nacht von mir,
ich hatte nur eine Nacht von Euch.
Auf immer will ich Eure Braut,
Doch niemals Eure Gattin sein.
Ich werde kein Leben mehr haben
Ich werde kein Leben mehr haben.

Die Edlen von Wend zogen an mir vorbei, und ich bog von der überfüllten Straße ab, um durch das daneben liegende Feld zu reiten. Der Schnee war zum größten Teil geschmolzen. Ich kam zu einer Hecke, die ein Feld vom nächsten trennte. Fußsoldaten hatten eine riesige Lücke hineingehackt, damit sie passieren konnten, denn in diesem Land waren die Hecken so dicht, dass nicht einmal eine Ziege hindurchschlüpfen konnte.

Ich zügelte Frost und glitt von ihrem Rücken hinunter. Die Pflanzenvielfalt, die ich an den Rändern zwischen Feld und Hecke erblickte, ließ mich staunen. Es war, als hätten die Fingerknochen, die ich in meinem Traum als Samen in den Herrschaftsbereichen der Götter gepflanzt hatte, eine Fülle an Zeichen hervorgebracht; ich hätte sie übersehen, wenn mir die Freifrau und Na nicht gezeigt hätten, wo ich nach ihnen suchen musste.

Ich sammelte das, was angeboten wurde; von Artifex faserige Hanfstrünke, die noch immer aufrecht standen; von

Frenzy Körner des mit Grannen versehenen Lolchgrases, das Trunkenheit verursacht; Kiefernzapfen von Sun; ein Bündel Ahornzweige von Chance, die jede Pflanze gedeihen lässt, die ihre Samen in den Wind sät; die ledrigen, immergrünen Blätter einer Stinkenden Nieswurz von Warrior; eine Frauenwurzel von Desire, nicht wie üblich gespalten wie ein Mann oder eine Frau, sondern keulenförmig wie Fleetfoots Hand.

Was Mischief betraf, hatte ich bereits eine Idee. Ich verließ mich darauf, dass Ev mir Mäuse besorgen würde – in den Kornspeichern waren immer Mäuse sowie Katzen und kleine Jungen, die welche fangen konnten.

Ich hatte etwas vor, bei dem ich nicht wollte, dass die Männer es sahen. Es war eine Sorgfalt erfordernde und zugleich schauerliche Aufgabe. Ich setzte mich hinten auf Mais Karren, während sie mir den Klatsch berichtete und was sie davon hielt. Während wir vor uns hin rumpelten, nähte ich und stach mich dabei viele Male in die Finger. Sunup schaute mir beim Nähen zu und stellte mir Fragen dazu, die ich nicht beantwortete.

Mai erzählte, sie habe mit einem gewissen Bänkelsänger gesprochen, der mit einer der Kompanien von Lanx reiste; er habe behauptet, nach seiner Einschätzung sei Kalos, die fremdstämmige Frau von Prinz Corvus, seit langem überfällig zu entbinden. Es hätte schon vor einem Monat geschehen sollen, habe er gesagt. Sie, Mai, glaube aber, er werde dafür bezahlt, dies zu verbreiten.

»Warum?«

»Damit die Leute glauben, das Kind sei tot geboren worden, vielleicht. Oder dass die Prinzessin eine riesige Schlange entbinden wird.«

»Wird sie das denn?«, fragte ich.

»Wahrscheinlich nicht«, sagte Mai grinsend. »Königsmutter Caelum muss jetzt, da die Geburt so unmittelbar bevorsteht,

Angst haben. Wenn Kalos einen kerngesunden Jungen zur Welt bringt, wird die Königsmutter viele von den Truppen verlieren, die sich ihr gegenüber verpflichtet haben.«

»Ich habe tatsächlich gehört, dass diese Winzerin Koloss ... Kalos, dass sie überall grüne, glänzende Puppen hat. Suppen ... Schuppen, meine ich. Wie eine lange Stange, weißt du, jemand ... etwas, das gleitet.«

»Ich habe die Lieder auch gehört. Aber ich bezweifele stark, dass sie eine Lamia ist, die sich in eine Schlange verwandeln kann. Ich weiß nicht, was die Königsmutter gegen sie hat, aber das ist es nicht. Vielleicht hat diese Prinzessin Prinz Corvus nicht nur den Schwanz, sondern auch das Rückgrat versteift, hä? Das würde wohl ausreichen, um sich die Königsmutter zur Erzfeindin zu machen.«

Nun meldete sich Sunup zu Wort. Sie sagte, sie habe gehört, Prinz Corvus sei ein hübscher Bursche, worauf Mai erwiderte, selbst ein buckeliger, einäugiger König werde von den Schmeichlern um ihn herum schöngeredet. Und mit wem sie da überhaupt gesprochen habe? Sunup erwiderte, es sei Sire Deruda gewesen, worauf Mai sagte, sie solle sich von ihm fernhalten, oder sie würde eine Tracht Prügel bekommen – ein Mann, der so junge Mädchen mochte, würde sie nicht mehr wollen, wenn sie erwachsen war. Sunup wurde mürrisch und still. Ihre Brüste begannen zu schwellen, und auch ich fürchtete mich vor dem, was aus ihr werden würde, wenn sie ihre Schüchternheit ablegte.

Mai hatte Farbe auf den Wangen, doch stammte diese von roter Paste, wie Huren sie gerne verwendeten. »Wenn deine Zeit kommt, wirst du nach mir und nach der Bettpfanne rufen lassen, nicht wahr?«, sagte ich.

Sie meinte, ich würde es mit Sicherheit erfahren, denn ich würde sie laut und deutlich von einem Ende des Heers bis zum anderen schreien hören. Ich zuckte zusammen, und Mai tätschelte mir die Hand, als wäre ich es, der die Wehen kurz bevorstanden. Beim Gehen drehte ich mich noch einmal um und fing einen trostlosen Ausdruck auf ihrem Gesicht auf, den sie mir gegenüber nicht hatte zeigen wollen.

Ich brauchte Dunkelheit für Fleetfoots Ritual, denn ich wollte, dass er Ehrfurcht vor mir hatte. Er kannte mich zu gut. Er hatte mich an dem Tag gesehen, an dem ich aus dem Königswald gekommen war, in Lumpen und mit verfilztem und verheddertem Haar. Damals war ich eine Bettlerin gewesen, konnte nach einem Jahr Einsamkeit nur langsam und bedächtig sprechen, und aus Nächstenliebe hatten Az und ihre Jungen das Wenige, das sie besaßen, mit mir geteilt. Er schätzte mich nicht höher oder geringer ein, seit ich vom Blitz getroffen worden war, sondern neckte mich bloß, wenn ich mich versprach. In ihm wohnte eher Schalk als Bösartigkeit.

Ich sprach alles mit Mai und Ev ab. Mai ließ über Pinch noch spät nach mir schicken, wobei sie vorgab, sie fühle sich unwohl und bedürfe meiner Hilfe. Ich sagte, ich würde Fleetfoot als Boten nehmen, und Pinch könne mich dorthin und zurück begleiten. Widerwillig ließ Galan mich gehen. Doch Pinch ging mit seiner Laterne in die eine Richtung, und Fleetfoot und ich gingen in die andere. Piddle kam natürlich auch mit. Wir gingen zwischen Zelten entlang, von denen einige mit Licht erfüllt, andere hingegen dunkel waren, und kamen schließlich zu der Wiese, auf der die Pferde unserer Kompanie weideten. Die angebundenen Pferde hoben die Köpfe, als wir vorbeigingen, verwehrten uns jedoch nicht den Durchgang. Ich sagte Fleetfoot, dass ich vorhatte, ihn an diesem Abend zu heilen, und ließ meine Zweifel dabei aus dem Spiel. Ob er daran glaubte oder nicht, er folgte mir bereitwillig. Die Wolken waren dicht und verbargen den Halbmond. Fleetfoot stolperte über abgebrochene Äste und Grasbüschel, denen ich ohne nachzudenken auswich. Manchmal vergesse ich, dass andere im Dunkeln kaum etwas sehen.

Ev empfing uns mit einigen seiner Freunde, zwei Hundejungen, einem Pferdejungen und einem von Sire Pavas Fußsoldaten, ein junger Bursche namens Dag. Mit so vielen Zuschauern hatte ich nicht gerechnet. Ich bekam ein flaues Gefühl in der Magengrube, so als ob eine Schlange sich in mir zusammenrollte. Wenn ich versagte, würden sie mich für einen Quacksalber, einen Scharlatan halten. Doch ich wollte es unbedingt hinter mich bringen, wollte, dass das, was in mir aufgestaut war, Erlösung fand.

Auf der Wiese gab es eine kleine Senke, die für meine Zwecke bestens geeignet war. In ihr standen die zerfallenen Ruinen eines kleinen Bauernhofs sowie ein uralter Wächterbaum, eine Eberesche. Wir setzten uns in einem Kreis mit Fleetfoot in der Mitte. Ich gab den Jungen ein Lied zum Summen vor, die gleiche Melodie, die mir ein Vogel vorgegeben hatte, als ich die Feuerdornbeeren im Königswald gegessen hatte. Die Melodie war ein Geschenk von Ardor und beruhigte mich. Worte hatte sie keine, und während wir summten, schlug ich mir auf die Schenkel, um den Takt vorzugeben. Die Jungen nahmen den Rhythmus auf und schlugen mit ihren Handflächen auf freie Stellen ihres Körpers. Ich wandte ihnen den Rücken zu, beugte mich nach vorn und rieb mir Mehl auf das Gesicht, damit ich in der Dunkelheit weiß schimmern würde. Ich verschmierte Holzkohle auf meinen Lidern und Lippen, um meinem ausdruckslosen weißen Gesicht Konturen zu verleihen. Ich löste mein Haar und bürstete es mit einem Holzkamm aus, sodass es knisterte und sich um meinen Kopf zu einem Kranz aus Locken bauschte. Ich wollte nicht, dass Fleetfoot *mich* sah, wenn er mich anschaute. Das hatte mich der Einberufer gelehrt.

Als ich mich wieder dem Kreis zuwandte, stieß jemand einen Laut des Erschreckens aus. Ich verstellte meine Stimme, ließ sie dünn und rau klingen und rief jene Götter an, auf welche die Knochen gewiesen hatten. Dabei stellte ich die Opfergaben zwischen Fleetfoot und mir auf; Hanf, eine

Taschenflasche mit Wein, die ich Sire Galan gestohlen hatte, Kiefernzapfen, Ahornzweige und Nieswurzblätter. Ich goss Wein in einen Becher mit einer Paste aus gemahlener Frauenwurzel und Körnern von Lolchgras – eine kleine Menge nur, da beide außerordentlich stark sind. Ich bat Desire und Frenzy, es zu segnen, und nahm einen Mundvoll. Er brannte mir wie Feuer in der Kehle und der Nase, denn er war doppelt so stark wie gewöhnlicher Wein. Ich reichte den Becher Fleetfoot und bedeutete ihm mit einer Geste, ihn auszutrinken. Er trank hastig und rang dann nach Luft. Mit einer Kohle aus meiner Pulverflasche entzündete ich die Opfergaben. Die Kiefernzapfen und die ausgefransten Hanfstängel fingen rasch Feuer, und der Rauch war süß und stechend. Ich spuckte den Wein auf das Feuer, worauf die Flammen auf einmal blau und orangefarben hochschlugen. Der Schein des Feuers erfasste Fleetfoots Gesicht von unten, und seine Augenhöhlen lagen im Schatten. Er starrte mich mit offenem Mund an. Ich schlug mir auf das Bein, um die Jungen dazu zu bewegen, schneller zu singen.

Ich spürte die Gegenwart der Götter nicht und befürchtete, dass sie mich verschmäht hatten. Ich holte die Fingerknochen aus meinem Beutel und küsste sie, die Freifrau und Na. Dann legte ich Nas Knochen in Fleetfoots dreifingrige rechte Hand und schloss diese zu einer Faust. Die Freifrau blieb auf meinem Schoß. Ich rief ihre Namen laut, und ich sang zu Na: »Da deines Schwesters Sohn Blut von deinem Blut ist, so hilf ihm nun!« Die Worte kamen mir in perfekter Ordnung über die Lippen. Während ich ihre Namen sang, spürte ich, wie mir ein kalter Schauer den Rücken hinabkroch. Piddle gab ein merkwürdiges Geräusch von sich, halb Winseln, halb Wimmern, und ihr sträubte sich das Fell. Als ich über die im Kreis sitzenden Jungen hinausschaute, sah ich, dass wir weitere Beobachter angezogen hatten. Die Pferde schauten zu uns herüber, still und wachsam dastehend, die Augen im Schein des Feuers leuchtend.

In Fleetfoots Gesicht lag Ehrfurcht. Erneut nahm ich seine linke, seine halbe Hand zwischen die meinen. Ich spürte seine fehlenden Finger ganz deutlich gegen meine Handfläche pochen. Seine Hand war kalt, Fleisch und Schattenwesen, und ich stellte mir sein Schattenwesen als eine dunkle Form aus Wachs vor, die sich bei Hitze erweichen würde, und ich gab ihm ein wenig meiner Wärme. Beim Ausatmen stieß ich kleine weiße Rauchwölkchen aus, doch die Kälte dieses Abends spürte ich schon lange nicht mehr.

Mit einem lauten Schrei rief ich Mischief an, worauf Piddle erschreckt aufjaulte. Ich spürte, dass Fleetfoot sich losreißen wollte, doch ich hielt ihn fest und zog ihm einen Handschuh über seinen Stumpf, Mischiefs Handschuh, den ich aus Mäusefell zusammengenäht hatte. Denn wo die Maus ist, ist auch Mischief, und wo Mischief ist, folgt ihm die Maus.

Ev hatte mir zwanzig Mäuse gebracht, und ich hatte alle benötigt, denn ihre Felle waren so dünn und empfindlich, dass sie leicht einrissen. Das Fell war weicher im Flor als der feinste Samt, graubraun auf dem Rücken, blassgrau auf dem Bauch. Ich hatte ihre Häute zusammengenäht, damit sie um Fleetfoots neue Hand passten – so gut, wie ich mich daran erinnern konnte –, um sein Schattenwesen zu lehren, sich eher dem anzupassen, was da war, als dem, was verloren war. Ein neues Ganzes.

Als er den Handschuh aus gescheckten Fell sah und die kleinen Schwänze, die von ihm herabbaumelten, zuckte er zusammen, doch ich ließ ihn nicht los. »Halt still!«, zischte ich, denn es war schwierig, ihm den Handschuh mit nur einer Hand überzuziehen. Ev trat vor und hielt Fleetfoots Arm fest, und ich zerrte ihm den Handschuh über, der ihm gerade so passte, quetschte das Schattenwesen hinein, hinunter in das Fleisch, wo es hingehörte. »Trag den nachts«, beschied ich Fleetfoot, »oder wenn es wehtut.«

Ein Ritual sollte mit einem angemessenen Ende abgeschlossen werden, doch so weit im Voraus hatte ich nicht gedacht. Die Jungen hörten auf zu singen, erst einer, dann mehrere, bis nur noch Dag übrig blieb. Mit einem betretenen Lachen verstummte auch er, und Piddle richtete sich auf und schüttelte sich mit solchem Nachdruck, dass sie damit weiteres Gelächter hervorrief. Nun waren wir fertig – obwohl ich nicht wusste, was eigentlich geschehen war, nicht sicher jedenfalls. Aber ich glaubte gefühlt zu haben, wie sich Fleetfoots Schattenwesen oder Schatten unter meinen Fingern verändert hatte, so wie der Lehm in den Händen von Artifex Gestalt annahm. Ich zitterte, war so angespannt, dass es mich schüttelte, und mir war wieder kalt, so, als hätte ich zu viel meiner Wärme gespendet. Ich legte die Knochen beiseite und rieb mir das Gesicht an meinem Rock ab, wobei ich Holzkohle und Kreide miteinander verschmierte. Da hörte ich einen Schlag, jemand, der auf die Hinterbacken eines Pferdes klatschte. Als ich aufschaute, sah ich Galan auf der anderen Seite des Kreises stehen, und einen Hengst, der ihm aus dem Weg ging. Galan trug seinen Wappenrock aufgeschnürt. Sein Leinenhemd darunter glänzte und quoll ihm aus den Ärmeln und über seine durchhängende Kniehose. Er war ohne Stiefel gekommen.

Die Jungen stoben auseinander, sogar Fleetfoot und Ev. Ich konnte es ihnen nicht verübeln.

Ich griff nach meinem Kopftuch, beschämt, dass er mich vor anderen mit meinem entblößten Haar stehen sah. Beschämt und verängstigt.

»Nein«, sagte er mit träger Stimme, und mit zwei Schritten war er bei mir, beugte sich herab zu mir, fuhr mir mit seiner Hand am Hals entlang und hob mir mit dem Daumen das Kinn hoch. Er war direkt über das kleine Feuer gelaufen und hatte dabei Glut und aufsteigende Funken verstreut.

Ich stand auf, doch seine Hand drückte mich nieder. Er rieb mir das Gesicht fest mit dem Ärmel seines Wappenrocks ab und fragte: »Was ist das? Was ist das?« Und ich konnte an nichts anderes denken als daran, dass er den feinen Brokat befleckte. Ein Lachen, das ich nicht herauslassen durfte, stieg in mir auf. Ich durfte nicht. Ich hätte nicht geglaubt, zugleich so verängstigt und so heiter sein zu können – es sei denn, Mischief befand sich in mir. Ich hatte Mischief gerufen, und vielleicht war er noch nicht wieder gegangen. Er war jemand, der verweilte, auch wenn er gar nicht mehr erwünscht war.

»Du hast gelogen«, sagte Galan. »Und ich frage mich, wie oft du schon gelogen hast, ohne dass ich es bemerkt habe. Du hast gesagt, du wärst keine Magierin, und ich habe dir geglaubt. Das macht mich zu dem Narren, für den mich der Crux hält.«

Ich öffnete den Mund, um ihm zu widersprechen, doch die Worte kamen mir nicht über die Lippen. Er schüttelte mich heftig.

»Der Priester konnte Miesmut keine Minderung geben, und Rift Worrier auch nicht«, sagte ich, »also habe ich es getan. Er hat so sehr gelitten, ich konnte es nicht mehr mit ansehen.«

»Also bist du doch eine Magierin«, sagte Galan.

Ich zuckte mit den Schultern und sagte etwas, das der Wahrheit nahe kam. »Ich bin das, was Ardor aus mir gemacht hat.«

»Ich habe dich gesehen. Ich habe dich gehört.« Er rieb mir mit seinem Daumen über die Wange und zeigte mir den grauen Schmutzfleck. »Willst du, dass dir noch mehr Jungen hinterherlaufen, so wie Rowney? Ich habe ihn gesehen, schüttle nicht den Kopf, du weißt, dass es wahr ist.« Er knurrte nun geradezu, so sehr hatte er seine Stimme gesenkt, und ich hielt den Atem an, weil der Klang seiner Stimme etwas in meinem Bauch summen ließ. »Das wirft bei mir die Frage auf ...«, sagte er und trat dabei vor, sodass ich zurückging und weiter zurückwich, bis ich stehenbleiben musste, weil hinter mir ein Pferd stand. Galan hatte eine Hand in meinem Nacken, die andere lag am Widerrist des Pferdes, sodass ich mich nicht bewegen konnte. Das Pferd drehte den Kopf und schnaubte. »Es wirft bei mir die Frage auf, was du mit *mir* gemacht hast.«

Ich würde ihm nie von der Bindung erzählen, niemals. Das würde er mir nicht vergeben. Er würde nicht glauben, dass es zu der Zeit, als ich das Frauenlob am Fluss vergraben hatte, schon zu spät gewesen war und wir bereits aneinander gebunden gewesen waren.

Er presste sich gegen mich, und das Pferd verlagerte sein Gewicht und wich zurück, sodass in meinem Rücken Luft war und nur seine Hände, auf meinen Pobacken und unter meinen Achselhöhlen, mich aufrecht hielten. Er zog mich hoch, sodass wir uns dicht gegenüberstanden, und ich schlang die Beine um seine Hüfte und die Arme um seinen Hals, und wir gerieten beide ins Straucheln. Er ging in die Knie. Ich legte mich auf den Boden, hielt ihn aber weiter mit den Beinen umklammert. Er glitt mit den Händen an meinen Schenkeln hinauf und schob mein Kleid beiseite. Ich schaute ihm zu und fing an zu lächeln. Mischief befand sich an diesem Abend mit Sicherheit in mir. Ich forderte Galan heraus, und das wusste er auch. Er beugte sich über mich, wobei er sich mit einer Hand auf dem Boden abstützte. Ein Teil meines Haars war unter seiner Hand eingeklemmt, sodass ich den Kopf nicht drehen konnte. Seine andere Hand war zwischen meinen Beinen. Ich fühlte harte Fingernägel, Schwielen und Knöchel. Er schob drei Finger in mich hinein, während er mein Gesicht beobachtete, und ich sah, dass er mich erschrecken, mir vielleicht sogar wehtun wollte, doch ich drückte mich gegen seine Finger und nahm ihn tiefer in mich auf.

Dann nahm Galan seine Hand weg, riss kräftig an den Schnürbändern seiner Kniehose. Er legte sich auf mich, durchbohrte mich und presste mich auf den Boden. Ich vergrub meine Fersen in ihm. Ich sah das Muster ganz deutlich vor mir, wie der Fingerknochen der Freifrau beim letzten Wurf in Mischief gelandet war und auf Desire gewiesen hatte, während der von Na in Chance gelandet war und auf Warrior gedeutet hatte. War dies nun das notwendige Ende des Rituals, der Weg zum unnachgiebigen Herzen von Warrior? Ich hatte Galan hier nicht gewollt, aber er war dennoch herbeigerufen worden. Ich spürte jeden Kiesel, jeden Erdklumpen, jeden Grashalm unter mir und jede Falte, jeden Knick von Leinen und Brokat auf mir. Galans Gewicht und seine harten Muskeln pressten alles gegen meine Haut, und das war alles, was ich wollte, innen wie außen wundgerieben, durch die Berührung wieder in der Welt verwurzelt zu werden.

KAPITEL 10
Überfall

Wenn man die Götter anruft, geschieht dies auf eigene Gefahr – sie zu entlassen steht nicht in deiner Macht. Nun sah ich überall, wo wir lagerten, Mäuse. Zweifellos waren sie immer schon da gewesen, aber nicht so viele. Ich sah sie aus den Augenwinkeln, ein kleines Zucken einer grauen, blitzschnellen Bewegung, und wenn ich den Kopf drehte, hatten sie sich wieder davongemacht. Löcher in Kornsäcken, Löcher in Galans Leinengewändern, die er unter seiner Rüstung trug und deren Werggarnfüllung zum Bau von Nestern gestohlen wurde. Löcher waren in seine Geldschatulle gekaut und in Fleetfoots Decke. Die Mäuse brachten Flöhe mit sich, und es juckte uns überall, und wir kratzten uns.

Fleetfoot schlief mit seinem Mäusehandschuh. Er meinte, es helfe ihm.

Ich schichtete einen schönen kleinen Stapel aus Weinstöcken auf der Kohlenpfanne auf, machte darin ein Feuer und setzte mich hin, um zuzuschauen, wie er brannte. Abends auf das Feuer zu starren kam fast an Träumen heran. Die Rinde bog sich in langen Strängen vom Holz weg. Wie viele Generationen lang waren diese Pflanzen wohl in dem Weinberg bestellt worden, die wir für unser Feuer geopfert hatten?

Spiller stocherte in dem Feuer herum und brachte den Stapel zum Einsturz. »Sire Galan hält mich für ein Kindermädchen. Er hätte deinen Schäferhund Rowney zurücklassen sollen, damit der auf dich aufpasst.« Er war eingeschnappt, weil Sire Galan mit dem Crux auf die Jagd gegangen war und dabei Sire Edecon und Rowney und sogar Fleetfoot als Boten mitgenommen, Spiller jedoch zurückgelassen hatte. Sie suchten eine Gruppe von Vorreitern aus dem Stamm von Eorõe, die aus dem Hinterhalt überfallen worden waren. Die Edlen waren gefangen genommen, ihre Knappen getötet worden, allesamt bis auf einen Pferdejungen, der überlebt hatte und davon berichten konnte.

»Dann geh doch«, sagte ich.

»Das hätte ich mit Freuden getan.«

»Daran zweifle ich nicht, Spitter«, sagte ich, obwohl ich es sehr wohl bezweifelte. Denn ich erinnerte mich daran, wie Galan einmal während eines Turniers aus dem Sattel geworfen worden war und Spiller zu feige gewesen war, um seine Pflicht zu tun, ihn unter den Hufen der Schlachtrösser herauszuziehen.

»Du nennst mich nie beim Namen«, sagte Spiller, während er finster in seinen Becher schaute.

»Ich kann nichts dafür, dass er vermehrt herauskommt. Ich meinte Splitter … Spiller.«

»Ich rede von Bloodspiller. Das ist jetzt mein Name. Ich habe ihn mir verdient.«

Ich zuckte mit den Schultern.

»Warum nennst du mich nicht bei meinem Namen?«

»Weil er rächerlich ist.«

»Weil ich Dreck für dich bin. Wer hat dich zu meinem Richter gemacht? Du bist schon immer zu stolz gewesen, um meine Anweisungen anzunehmen, immer überheblich. Und jetzt, da du vom Gott gezeichnet bist, bist du noch schlimmer.« Er schüttete den Bodensatz aus seinem Becher in das Feuer und löschte es. »Mit dir zu reden heißt Atem verschwenden. Ich gehe schlafen. Ich werde hier nicht sitzen und mir bis morgen den Kopf zerbrechen.«

Spiller legte sich mit dem Rücken zu mir nieder. Es stimmte, dass ich schon vor langer Zeit ein Urteil über ihn gefällt hatte und seitdem kaum mehr einen Gedanken an ihn verschwendete, obwohl wir beide Seite an Seite lebten. Nun hatte er einen neuen Namen angenommen, und es schien, als wollte er diesem auch gerecht werden. Hatte ich nicht einmal das Gleiche getan?

Im Lager kehrte Ruhe ein. Ich wickelte mich in das Federbett und legte mich mit den Füßen Richtung Tal vor das Zelt. Ich konnte es nicht ertragen, schlaflos drinnenzubleiben, während Galan in diesem Moment durch die Nacht ging und die anderen ritten. Der Halbmond war im Abnehmen begriffen, hell genug, um ihnen den Weg zu weisen. Die Konstellation von Hazard leuchtete hell über der Silhouette des Hügels, pfeilförmig auf den Stern weisend, um den sich alles dreht. Ich staunte, wie leicht ich nun wieder die Gottzeichen erkennen konnte, deren Muster sich hell und klar vom Sternenfeld abhoben. Aber das galt für mein linkes Auge; mein rechtes sah lediglich die hellsten Sterne, der Rest verschwand in einem funkelnden Nebel. Von einem Tag auf den anderen war die Veränderung meines Sehvermögens gering; doch nach einer Handvoll Tagen, einer Dekade, bestand kein Zweifel daran, dass es schlechter wurde.

Ich hasste es, dass Galan und ich uns nach einem wortlosen Streit getrennt hatten. Seit er mich dabei ertappt hatte, ihn angelogen zu haben, hatte er zu mir kaum mehr als drei kurze Worte am Tag gesprochen. Nachts sagte er überhaupt nichts, paarte sich aber dennoch mit mir, und in seinem Verlangen lag Wut. Diese rief in mir dasselbe hervor, und wir begegneten uns wie auf einem Schlachtfeld, erprobten die Härte unserer Knochen, die Spannkraft unseres Fleisches und das Ausmaß unserer Ausdauer.

Eine Niedere, die ihren Herrn nicht belügt, ist eine Närrin. Glaubte er vielleicht, ich sollte ihn für jedes und alles um Erlaubnis bitten? Er musste mir sogar die Erlaubnis erteilen zu scheißen, denn alleine konnte ich nicht zu den Gräben gehen. Wenn ich Heilpflanzen in Hecken oder Feldern sammelte oder die Kranken besuchte, ließ Galan mich nicht mehr von Rowney oder Fleetfoot begleiten, sondern nun war es ständig Bloodspiller. Zwar ließ dieser sich bestechen, aber wahrscheinlich nahm er meine Bezahlungen an – Kupfermünzen oder Arbeiten, die ich an seiner Stelle übernahm – und berichtete danach dennoch Sire Galan davon.

Ich wäre zu Kreuze gekrochen, um den Streit zu beenden, aber Galan war nicht bereit, sich besänftigen zu lassen. Weil wir uns nicht richtig voneinander verabschiedet hatten, befürchtete ich nun, er würde nicht lebendig zurückkommen, was närrisch war, so als würde ein Kuss von mir ihn in Sicherheit wiegen. Ich brauchte bloß die Augen zu schließen, um vor meinem geistigen Auge die vielen Möglichkeiten zu sehen, wie ihm etwas zustoßen konnte.

Mir mangelte es an Mut, das war der Grund; an Mut zu warten, so wie ich nun warten musste, auf das Ergebnis von Galans Wagnissen. Wie Mai es wohl ausgehalten hatte, Schlacht um Schlacht, Feldzug um Feldzug? Kein Wunder, dass Galan glaubte, ich sei zu weich, um seine Scheide zu sein. Er hatte mir dies ersparen wollen.

Ich berührte die rote Schnur an meiner Taille. Heute war Queen of the Dead ganz nah; ihr Herrschaftsbereich und der unsere befanden sich auf dem gleichen Berghang, und ihre armen Untertanen, die Toten, bewohnten unser Lager. Einige waren verwirrt, andere wütend. Wir suchten sie eher heim als sie uns. Die Schattenwesen gierten danach, in unseren Gedanken zu sein, lechzten nach unserem Kummer oder unserer Angst, sehnten sich danach, wahrgenommen zu werden. Sehen oder hören konnte ich sie nicht, aber ich konnte sie auch nicht länger ignorieren, wie andere es mit der Selbstgefälligkeit der Lebenden taten.

Mit Sicherheit musste man sie eher bemitleiden als fürchten. Warum aber empfand ich dann Furcht? Die Angst um Galan war die meine, aber diese Furcht kam von anderswo. Es war der Gott Rift, der von mir in seinem Aspekt Dread Besitz ergriff und mich seine Gegenwart spüren ließ. Plötzlich brach mir der Schweiß aus, ich wurde kurzatmig, mein Bauch zitterte, und mein Herz stockte. In meiner Kehle war ein Kloß, den ich nicht hinunterschlucken konnte. Und am ganzen Körper spürte ich ein Kitzeln, ein Jucken, eine Gänsehaut, so, als ob ein ganzes Heer von Läusen über mir marschierte, oder schlimmer noch, als ob das Ungeziefer unter meine Haut gedrungen wäre. Sosehr ich mich auch kratzte, ich kam nicht an sie heran. Sie waren eine hartnäckig kriechende Plage. Rift Dread zeigte sich deutlich in diesem Schwarm.

Ich war nicht groß genug, um diese Furcht zu erfassen, und doch fand sie kein Ventil; also musste ich mich um sie herum vergrößern, bis ich monströs angeschwollen war, so riesig wie der Berghang, der mich ganz verschluckte: meinen Kopf der Bergkamm, meine Füße das Tal. Ich versickerte in der Erde, verlor jedes Gefühl für die Umrisse meines Körpers, jener dünnen, undichten Hülle aus Haut. Hecken und Dickichte waren meine Haare, Steine meine Knochen. Die Erde hatte ein erdrückendes Gewicht, und die einzige Bewegung, zu der ich imstande war, war das Zittern. In meiner brennenden Magengrube befand sich das große Feuer vor dem Pavillon des Königs. Schwächer werdende Lagerfeuer stachen mit kleinen Lanzen aus Hitze auf mich ein.

Ein Hund fing an zu bellen.

Dort, in meiner Kniekehle, wo die Pferde unseres Stamms angebunden wurden, rührten sich die Rittmeister in ihrem Schlaf, von Träumen geplagt. Ein Hengst schnaubte, ein anderer wieherte rastlos. Die Schildwachen mit ihren Hunden waren Nadelstiche der Wachsamkeit um das Lager herum. Sie starrten in die Dunkelheit und lauschten angestrengt, aber mittlerweile bellten zu viele Hunde. Ich spürte, wie mir

Ungeziefer zwischen den Haarwurzeln auf meiner Kopfhaut umherkroch. Eine Plage in den Hecken. Ein schreckliches Jucken. Ich konnte meinen Arm nicht losreißen, um mich zu kratzen, denn meine Gliedmaßen waren in dem Berghang verwurzelt. Auch konnte ich meine Stimme nicht erheben und Luft holen, um *Gefahr!* zu schreien.

Dann ließ Dread mich wieder frei, und ich hörte mich keuchen, und das Geräusch war so laut wie ein Gebrüll. Nun war ich wieder in der Bettdecke eingehüllt, verängstigt und in meinen eigenen Körper zurückgekehrt. Ich setzte mich auf und gab Klagelaute von mir, und meine Hände, nunmehr befreit, fingen an zu kratzen. Ich riss mit den Fingernägeln an meiner Kopfhaut und schrie: »Hemde! Hemde im Lager!«

Spiller sprang auf und war im gleichen Moment aus dem Zelt. »Was ist?«, rief er. »Was?«

Ich deutete in Richtung Osten, wo mein Kopf gelegen hatte, wo eine Hecke über den Kamm des Hügels verlief, und schrie: »Sie frommen!«

»Wer frommt?«, fragte Spiller. Er schnallte sich seinen Gürtel mit dem Schwert um, und ich zog mein Überkleid an und band meinen Gürtel mit dem Messer in der Scheide um. Nun packten mich die Begleiterscheinungen der Angst, gewöhnlicher Angst – galoppierendes Herz, keuchender Atem, trockener Mund – und ich begrüßte sie sogar.

Kriegshunde heulten auf. Ihr wütendes Gebell hallte durch das ganze Lager, sodass die Gefahr aus allen Richtungen zu kommen schien, oder aus keiner. Aber ich spürte nach wie vor diesen Juckreiz irgendwo aus Richtung Osten, irgendwo auf meiner Stirn und meiner Kopfhaut.

Viele Soldaten schliefen trotz des Lärms der Hunde behaglich in ihrer Erschöpfung. Es hatte auch zuvor schon Alarmsignale gegeben, und sie hatten nichts zu bedeuten gehabt. Aber die meisten Krieger unserer Kompanie wachten auf, und einige hasteten mit gezogenem Schwert herum. Allerdings fehlte ihnen ein Befehlshaber, da der Crux unterwegs war, um die Suchmannschaft anzuführen. Jemand fachte das Kochfeuer mit den Füßen an, worauf eine Fontäne von Funken aufstob. In einem Hemd, das so gut gebleicht war, dass es als Leuchte diente, schimpfte Sire Guasca mit den Männern, weil sie umherstoben wie Hühner, denen die Bäuerin den Hals umgedreht hat.

Divine Xyster fragte mit strenger Stimme, wer den Alarm ausgelöst hätte. Die Schildwachen trugen Hörner, um uns vor einem Angriff zu warnen, und kein Horn war ertönt.

Ich trat vom Feuer zurück, doch Spiller packte mich am Arm. »Komm schon«, sagte er. »Erzähl ihnen, was es mit dem Rummel auf sich hatte.«

Ich schüttelte den Kopf.

»Hast du Angst davor, es zu sagen?«

»Ich weiß nicht ... vielleicht ist gar nichts. Aber ich habe in den Zecken ... den Recken etwas gespürt ... dort drüben ...« Ich wies auf die Hecken, wo ich einen Juckreiz verspürt hatte. Vielleicht hatte ich es mir nur eingebildet, aber wenn dem so war, dann war es den Menschenjägern auch so ergangen.

Plötzlich ertönte Geschrei nördlich des Ostens, in der Nähe der Stelle, zu der ich gedeutet hatte. Den Geräuschen nach hätte man glauben können, eine Armee sei über uns hergefallen, aber ich war davon überzeugt, dass es lediglich eine Gruppe von vielleicht zwanzig Männern war, heimlich und zu Fuß. Ich hatte gespürt, wie sie sich angeschlichen hatten. Was konnten sie gegen ein ganzes Heer ausrichten? Pferde stehlen, wahrscheinlich. Das wollte ich Spiller sagen, doch stattdessen kam mir »Erde stehlen« über die Lippen.

Männer stürmten im Dunkeln an uns vorbei, brüllend und Waffen schwingend rannten sie auf den Schlachtenlärm zu. Ich hatte mehr Angst vor ihnen als vor dem Feind. Wie konnten sie erkennen, gegen wen sie kämpften? Spiller schoss hinter ihnen her, um herauszufinden, was los war.

Eine ungeordnete Horde trieb auf uns zu, einzelne Männer hasteten in die eine oder andere Richtung. Mole rannte in ihrem dünnen Kleid an mir vorbei, eine Decke über die Schultern gelegt. Sie sah mich nicht, schaute nirgendwohin, rannte einfach nur. Sie stolperte über etwas, richtete sich wieder auf und rannte weiter. Dass sie ihre Decke dabei zurückließ, ließ mich handeln. Ich schämte mich, nicht auf die Idee gekommen zu sein, ihr zu helfen, denn sie hatte sich noch nicht vom Tritt dieses Maultiers, ihres Herrn, erholt. Ich hatte an überhaupt nichts gedacht, stand einfach nur da wie ein Trottel.

Ich eilte hinter ihr her und hob ihre Decke auf. Mole war über eine Hippe gestürzt, die ein Fußsoldat zurückgelassen hatte, sodass ich auch diese aufhob. Im Vergleich mit einem Skorpion gab sie eine armselige Waffe ab, hatte einen Schaft, so groß wie ein Mann, und eine hakenförmige Klinge, deren Spitze mit Nägeln versehen war. Ich hatte Hippen immer nur dazu benutzt, um Bäume zu beschneiden. Dennoch beruhigte es mich nun, eine in der Hand zu haben. Mühelos holte ich Mole ein. Wir bewegten uns den Hang hinab, weg vom Lager, da wir beide instinktiv eher in der Dunkelheit und der Stille Schutz suchten als in Menschenmengen. Am Fuß des Hanges lag ein brachliegendes Feld. Wir bahnten uns einen Weg durch hohes Unkraut, durchbrachen die gefrorene Erdkruste und rutschten über den darunterliegenden Schlamm. Wir waren beide barfuß. Mole geriet in der Dunkelheit häufig ins Stolpern. Zunächst wagte sie es nicht aufzuschauen, um zu sehen, wer da neben ihr lief. Als sie schließlich erkannte, dass ich es war, wurde sie langsamer und griff sich an die Seite. Ich passte mich ihrem Tempo an.

Wir kauerten uns an einem Feldstein zusammen, sodass sie wieder zu Atem kommen konnte, und ich schlang ihr die Decke um die Schultern. Sie hustete, einmal, zweimal, dreimal. Ich hoffte, dass jemand, der sich in Hörweite befand, es für das hustende Bellen eines Fuchses halten würde. Daran, wie sie meine Hand ergriff, merkte ich, dass ihre Verletzung ihr Schmerzen bereitete. Beim Hinunterrennen war alles unscharf gewesen, doch nun hatte ich Zeit, Dinge wahrzunehmen, und ich nahm alles scharf und deutlich wahr. Über uns erhoben sich drei gekappte Platanen, deren Äste allesamt in missgebildeten Knoten endeten, die aussahen wie sich vom Himmel abhebende vielknöchige Fäuste. Die Klinge der Hippe war verrostet.

Mole schaute mich misstrauisch an, und ich begriff, dass mein Gesicht zu einem Grinsen verzerrt war. Galan war so erpicht auf eine Schlacht, dass er mit seinem Schwert Peril in der Hand danach suchte. Wäre er geblieben, hätte er sie mühelos gefunden.

Der Lärm aus Richtung des Lagers nahm ab. »Kehren wir zurück«, flüsterte Mole, und beinahe hätte ich ihr zugestimmt. Doch dann sah ich oberhalb von uns etwas, einen dunklen Klecks. Man hätte es für einen Busch oder einen umgestürzten Baumstamm halten können, aber er bewegte sich. Ich legte Mole eine Hand auf den Mund und wies mit der anderen in die entsprechende Richtung.

Um im Dunkeln besser sehen zu können, schaute ich aus dem Augenwinkel heraus, und der Fleck veränderte seine Form. Nun erkannte ich, dass es ein Mann war, der den Kopf hob. Er lag auf dem Bauch und schob sich mit den Füßen zuerst den Hang hinab. Sein schwarzer Umhang hatte seine Konturen verzerrt. Der Mann warf einen Blick über seine Schulter, wobei das spitze Dreieck seiner Nase aus dem Schatten seiner Kapuze hervorragte.

Ich befürchtete, dass er den gleichen kleinen Zufluchtsort ansteuerte, den wir beanspruchten. War er verwundet? War es einer von unseren Leuten oder ein Angreifer?

»Steh auf und lauf!«, sagte ich und zerrte an Mole. Ich nahm die Hippe, und wir rannten auf den Wald und das Dickicht zu, das an den Ufern des Wasserlaufs stand, aus dem wir unser Trinkwasser schöpften. Als Mole stürzte, zog ich sie an ihrem Arm wieder hoch. Furcht kroch mir über den Rücken, und ich warf einen Blick zurück. Der Mann war näher, als ich es für möglich gehalten hatte, nur einige wenige Schritte entfernt und schnell näher kommend. Ich drehte mich um und kniete mich mit einem Bein nieder, wie ich es Galan einmal bei einem Turnier auf Leben und Tod hatte tun sehen. Ich bohrte den Stiel der Hippe in den Boden und rief in der Hochsprache, noch immer hoffend, dass es sich um einen Mann aus unserem Heer handelte: »Halt! Freund oder Feind?«

Doch als ich sein Gesicht unter dem Schatten der Kapuze sah, wusste ich, dass er zu den Feinden gehörte. Er hatte sich das Gesicht mit Holzkohle verschmiert, um sich im Dunklen besser verbergen zu können.

Er war kein Eber, der in eine Klinge gelaufen wäre, nicht einmal in eine, die zu rostig war, als dass sie im Mondlicht geglänzt hätte. Er blieb so abrupt stehen, dass sich sein langer, aufgebauschter Umhang nun herabsenkte. Seine schmalen Lippen lagen blass zwischen einem kurzgeschorenen schwarzen Schnurrbart und seinem Kinnbart, und ich sah gerade noch den Rand seiner unteren Zähne, die noch blasser waren. Seine Miene war seltsam ausdruckslos und nichtssagend, doch ich hörte, dass er schwer atmete.

Der Umhang bestand aus glänzendem Fell, war fast schwarz, und wurde vorne durch zwei goldene Broschen zusammengehalten, die mit vier goldenen Ketten miteinander verbunden waren. Wo er offen war, sah ich, dass der Mann einen gesteppten roten Waffenrock und Strumpfhosen trug. Kein Kettenhemd und keinen Schild, keine Waffen in den Händen, aber an der Art und Weise, wie er seine Bewegungen koordinierte, erkannte ich, dass er gefährlich war. Er hatte die Stelle, wo er stehenbleiben musste, peinlich genau bemessen. Falls ich mit der Hippe auf ihn einstach, hätte ich ihn gerade eben berühren können. Darin lag Verachtung.

»Welcher Kolonie gehört Ihr an?«, fragte ich. Hinter mir hörte ich, wie Mole davonkroch. Ich brachte sie durch meine Willensanstrengung dazu, sich schneller zu bewegen.

Er schob sich die Kapuze zurück, und sein geschorener Kopf kam zum Vorschein. Er hatte ihn nicht mit Asche bedeckt, sodass seine Kopfhaut stellenweise im Mondlicht schimmerte. Nun erkannte ich an allen Zeichen – kahler Kopf, Umhang aus Bärenfell und leinene Rüstung –, dass es ein Priester von Rift Warrior war. Und damit wurde mir auch klar, dass ich nicht in der Lage sein würde, ihn aufzuhalten, falls er vorhatte, mich zu töten. In diesem Moment willigte ich geradezu in meinen Tod ein. Zustimmend dahinzuscheiden erschien irgendwie einfacher, und ich dachte an Penna, die ihren Hals vorgestreckt hatte, und verstand ihr Verhalten nun besser.

Da vernahm ich eine einschüchternde, schrille Stimme – die Stimme des Widerspruch einlegenden Teils von mir, die sagte: *Lauf! Lauf!* Aber ich wagte es nicht, dem Mann den Rücken zuzuwenden.

Als er sich bewegte, war dies an seiner Miene nicht abzulesen gewesen. Er trat vor, und sein Umhang wirbelte über die Hippe; der Mann schlang das Fell um die Klinge und zog ruckartig daran, um mir den Griff aus der Hand zu reißen. Als er seinen Umhang schwang, sah ich, dass ihm Blut von der rechten Hand tropfte; er hatte den Mantel mit seiner linken geschwungen, und sein Atem rasselte rau in seiner Kehle. Er war verwundet.

Ich widersetzte mich dem Zug an der Hippe nicht, sondern folgte ihm mit aller Kraft. Dabei stach ich die eiserne Spitze in die rechte Achselhöhle des Priesters. Als der Haken zwischen seinem Körper und seinem Arm entlangschrammte, sprang ich aus meiner knienden Position nach vorn.

Als die Hippe auftraf, spürte ich einen dumpfen Schlag und hörte ein reißendes Geräusch, doch mir fehlte die

Kraft, um meinen Hieb durch das Fell und die gepolsterte Unterrüstung und den Schild seines Brustkorbs hindurchzutreiben. Ich fiel auf die Seite, und das Heft der Hippe ruckte in meiner Hand, worauf ich es hartnäckig mit beiden Händen festhielt. Ich erwischte einen flüchtigen Blick auf sein angespanntes Gesicht. Der Mann stöhnte auf, stürzte jedoch nicht. In jedem Augenblick dachte ich: *Das ist das Ende*, und nach jedem dieser Augenblicke stellte ich überrascht fest, dass ich immer noch am Leben war, obwohl ich es nicht sein sollte.

Um uns herum polterten Steine, erst ein paar, dann immer mehr. In der Dunkelheit konnte Mole nur schwer zielen, und ein Stein traf mich am Rücken. Ein anderer traf den Priester an der Braue, und ein kleines Blutrinnsal lief ihm über das Gesicht. Ich wünschte, sie wäre nicht so mutig gewesen. Die Entwürdigung, die darin bestand, ihn zu steinigen wie Ungeziefer, zwang ihn nun dazu, uns beide zu töten.

Der Priester ließ die Hippe los, befreite seinen linken Arm aus dem Umhang, holte weit gegen mich aus und traf mich an der Schulter. Die Waffe nach wie vor umklammernd, rollte ich mich zur Seite. Die Hippe hatte sich in einem Riss in dem schweren Fell verhakt. Ich verdrehte die Klinge und zerrte, bis der Umhang schwer an den Ketten um seinen Hals herunterhing. Ich war eine Armlänge außerhalb seiner Reichweite, und meine einzige Chance bestand darin, ihn auf dieser Distanz zu halten.

Er zerbrach das Heft der Hippe – obwohl es aus abgelagertem Eschenholz bestand und dicker war als mein Handgelenk –, indem er so schnell darauf trat, dass ich es nicht kommen sah. Nun hielt ich nur noch einen zerbrochenen Stock, rollte mich den Hang hinab, wobei ich mit den Händen meine Knie umklammerte. Als ich mich hochrappelte, sah ich, dass der Priester die Klinge der Hippe aus seinem Umhang zerrte und fallen ließ. Dass er ihre Klinge verschmähte, ließ mich ihn noch mehr fürchten.

Ich verlor den Halt an dem steilen Ufer des Wasserlaufs, glitt auf meinen Gesäßbacken hinab und kam unten ruckartig zum Halt. Ich konnte den Mann hinter mir nicht hören und hatte Angst hinzuschauen. Genau so, wie es Mole gegangen war. Als läge Schutz darin, unwissend zu bleiben. Ich durchbrach das glitzernde Eis und platschte durch das Wasser, und die Kälte an meinen Füßen drang mir bis ins Mark. Am anderen Ufer kletterte ich wieder hinauf. Schieferplatten zerbröselten unter meinen Füßen zu brüchigen Scherben. Wenn er den Wasserlauf hinter mir durchquert hätte, hätte ich ihn doch sicher hören müssen, oder nicht? Ich riskierte einen Blick und sah, dass er mir nicht auf den Fersen war, er war nirgendwo zu sehen. Er war überall, im Umriss jedes Baums und jedes Felsblocks. Ich kauerte mich unter den herabhängenden Ästen einer Zeder zusammen, die über das Ufer ragte, und bemühte mich, das Geräusch meiner Atmung zu unterdrücken.

Sei still, still, still.

Unten am Wasserlauf entdeckte ich einen Ellbogen, die Rundung einer Schulter, die unter einem Umhang herausragte. Eine Brise kam auf und rüttelte an einem Ast, und nun erkannte ich, dass ich mir meinen Feind aus Schatten zusammengeschustert hatte.

Dann sah ich eine allzu makellose Rundung, so perfekt wie der Mond, und einen rötlich schwarzen Schimmer darum herum. Bei den Göttern, war er nah! Acht, zehn Schritte entfernt, auf halbem Weg hinauf zum nahegelegenen Hang liegend. Zuvor hatte ich zu hoch nach ihm geschaut, in Körperhöhe. Der Kopf des Priesters drehte sich ein wenig von einer Seite zur anderen. Seine Augen waren Schlitze, und ich sah den matten Glanz des Weißen in seinen Augen. Er wusste nicht, wo ich war, sonst wäre er bereits über mich hergefallen.

Ich bekam Angst, er könnte die Dunstwölkchen sehen, die durch meinen Atem entstanden. Kälte stieg vom Boden empor und kroch mir durch meine eiskalten Füße, und der Drang, mich zu bewegen, war beinahe unerträglich. Mich zu bewegen und der Sache ein Ende zu bereiten. Doch der Priester war verwundet. Je länger er blutete, umso besser.

Auch ich blutete. Dort, wo der Priester mich geschrammt und drei saubere Schnittwunden nebeneinander hinterlassen hatte, brannte mir der Oberarm. Das Blut quoll warm hervor und erkaltete dann, während es in die umwickelte Wolle meines Ärmels sickerte. Er hatte einmal mit der Hand gegen mich ausgeholt und mich dreimal geschnitten. Wie hatte er das fertiggebracht? Er war so schnell gewesen, dass ich die Klinge gar nicht gesehen hatte.

Ich dachte an den Augenblick, als ich einen Satz auf ihn zu gemacht hatte. Alles, was ich vorher und nachher getan hatte, war ungeschickt gewesen, doch für einen Moment hatte ich gewusst, was ich tun musste, und hatte dies auch getan. Ich verspürte eine unerwartete Befriedigung in diesem Gefühl, das Richtige getan zu haben. Während ich in der Hocke dasaß, ließ mich die Anstrengung schwanken. Ich streckte eine Hand aus, um mich ins Gleichgewicht zu bringen, und nahm den weichen braunen Waldboden aus vermoderten Nadeln wahr. Es war ein guter Boden, um sich geräuschlos zu bewegen. In meiner anderen Hand hielt ich den zerbrochenen Schaft der Hippe, der so lang war wie mein Arm.

Ich beobachtete, wie die Dunkelheit den Priester einhüllte. Schatten bildeten sich und lösten sich wieder auf, und das einzige Konstante war die blasse Rundung seines Schädels. Ich war derart auf ihn fixiert, dass ich mich fast bepisst hätte, als hinter mir ein Rascheln ertönte. Als ich mich umdrehte, sah ich einen Hasen an der Rinde einer jungen Zeder knabbern. Der Hase war genauso überrascht wie ich. Er schaute mich an, die Augen ausdruckslos, glänzend und starr. Als er anfing zu kauen, holte ich wieder Atem.

Dann aber schreckte der Hase auf und bewegte sich mit

großen, unregelmäßigen Sprüngen durch ein Weidengehölz den Hügel hinauf. Ein roter Fuchs schoss hinter ihm her, und das Letzte, was ich von beiden sah, war die zwischen den Weidenruten verschwindende weißgetünchte Spitze des Fuchsschwanzes. Die Verfolgungsjagd war schnell und geräuschvoll, doch ich hörte noch etwas oder jemanden anderes, der in waghalsiger Eile durch das Gestrüpp auf der anderen Uferseite brach. Ich wollte mich wieder dem Priester zuwenden, doch er war nicht mehr da. Er bewegte sich unterhalb von mir am Hang entlang. Dabei ging er gebückt, die linke Hand vor sich ausgestreckt, um die Äste beiseitezustreifen. Ich hörte seinen keuchenden Atem. Er war nicht wählerisch, was sein Opfer anging. Falls er mich nicht bekam, würde ihm Mole genügen. Während er den Wasserlauf durchquerte, richtete er sich auf, und auf der anderen Seite erklomm er den Hügel, ohne sich die Mühe zu machen, Geräusche zu vermeiden.

Ich löste mich aus der Deckung und folgte ihm, der Hase auf der Jagd nach dem Fuchs. Mondlicht erleuchtete das Eis, und ich folgte ihm die Schieferstufen flussaufwärts, trat auf Steine oder umgestürzte Baumstämme, die aus dem Wasser ragten. Die Beute des Priesters stolperte und taumelte den Hang hinunter, mal springend, mal rutschend. Schließlich hörte ich ein dumpfes Geräusch, ein Stöhnen und Fluchen – Mole war gegen einen Baumstumpf gestoßen. Ich kauerte mich neben dem Wasserlauf zusammen, und Mole rannte an mir vorbei, ohne mich zu sehen. Ihre Röcke waren durchnässt, der Priester direkt hinter ihr. Ich schwang den zerbrochenen Hippengriff und landete einen beidhändigen Schlag auf eines seiner Schienbeine. Ich hörte ein Knacken, wusste aber nicht, ob sein Bein oder das Holz gebrochen war. Er fiel vornüber.

Ich hatte Kämpfer davon reden gehört, dass ein Schlag gegen das Schienbein ein Bein gefühllos und eine Zeitlang unbrauchbar machen konnte. Das hatte ich auch eingeplant, aber es war reines Glück, nicht Klugheit, das mich seine geschwächte rechte Seite und nicht die gesunde linke hatte treffen lassen.

Ich stand auf und schlug ihm auf den Rücken, doch er rollte sich zur Seite und schlug mit seiner Linken nach mir. Der Umhang, der ihn vor Hieben schützte, war nun nass und behinderte die Bewegungen des Mannes. Er verfehlte mich und traf stattdessen meinen Rock, den er mit drei Schnitten zugleich zerfetzte. Mit dem zersplitterten Ende des Hefts stieß ich nach seinem Gesicht, verzog den Stoß jedoch im letzten Augenblick, da ich zu zimperlich war, um ihm in die Augen zu stechen.

Er ballte die Hand zur Faust und schlug erneut auf mich ein. Dieses Mal sah ich zwischen seinen Fingern drei gekrümmte Klingen, die verborgen gewesen waren, als er die Hände offen gehabt hatte. Verkettete Eisenringe an allen vier Fingern sorgten dafür, dass die Klingen nicht verrutschten. Bärenklaue nannte man diese Waffe, die ausschließlich Priester von Rift benutzten. Als er damit meinen Oberschenkel beharkte, schrie ich auf und kroch zurück. Der Priester wollte sich aufrichten, doch sein Bein verweigerte ihm den Dienst. Er landete unsanft auf seinem linken Knie, während das andere Bein steif hinter ihm ausgestreckt blieb. Sein rechter Arm zitterte, während er sich abstützte. Seinen gesunden Arm konnte er frei bewegen. Mit Sicherheit hatte er Schmerzen – sein Atem klang rau wie das Reibeisen eines Waffenschmieds. Aber sein Gesicht war teilnahmslos.

Selbst ein gefesselter Bär ist gefährlich, da brauchte man nur die Bärenhetzer zu fragen. Möglicherweise täuschte er seine Verletzung auch nur vor, um mich näher an sich heranzulocken. Oder damit ich versuchte wegzulaufen, und er mich überraschen konnte.

Mole war flussabwärts davongelaufen, und ich hatte geglaubt, sie wäre schon weit weg. Doch sie kehrte zurück, einen schweren Stein in Händen haltend. In ihrem kleinen, ausgemergelten Gesicht wirkten ihre Augen groß, und ihre Oberlippe glänzte vor Rotz.

Sie wuchtete den Stein hoch und zielte damit mit ungelenken Bewegungen auf den Kopf des Priesters. Der Stein traf ihn an der Hüfte und zerbrach in dünne, gezackte Einzelteile. Mole weinte. Sie tastete im Dunkeln herum und stieß dabei auf den zerbrochenen Ast einer Eiche, an dem noch immer ein paar ausgefranste Blätter hingen. Sie holte damit aus, doch der Mann packte den Ast mühelos und wand ihn aus ihren Händen. Dann schlug er damit auf sie ein, wobei er zum ersten Mal Zorn erkennen ließ. Brach er nicht eines seiner zahlreichen Gelübde, indem er eine solch minderwertige Waffe benutzte?

Ich stand unnütz herum, sah Moles Zorn und fragte mich, warum ich selbst keinen empfand. Ich war völlig durchgefroren, Geist und Körper waren wie betäubt. Der Priester war im Begriff, sich mit Hilfe des Astes auf die Beine zu befördern. Dazu durfte es nicht kommen.

Ich schlug ihm direkt gegen das Sprungbein und vernahm erneut ein Knacken. Ein Holzsplitter von dem zerbrochenen Heft flog durch die Luft. Der Priester geriet ins Taumeln, und ich holte erneut aus, um auf die gleiche Stelle zu schlagen, und traf sie auch mit voller Wucht. Der Eichenast zerbrach unter seinem Gewicht, und der Priester fiel auf Hände und Knie. Mole hatte derweil einen geeigneteren Stein gefunden, ein faustgroßes Stück Granit, und sie hämmerte damit auf seinen entblößten runden Kopf ein. Ich schlug ihm auf den linken Arm und spürte selbst durch den schweren Umhang, dass sein Ellbogen nachgab. Das Eis in mir war gesprungen, und darunter lag ein tiefer, schnell fließender Fluss aus Wut über die Unempfindlichkeit des Priesters. Ich wollte sie durchbrechen, wollte ihn brechen. Nicht ein einziges Mal hatte er zu uns gesprochen. Für ihn waren wir Beutetiere, bloß Tiere. Ich schlug ihm hinter das

Ohr, worauf mir das Heft in den Händen splitterte, genau in der Mitte, sodass mir nur noch ein spitzer Pfahl blieb.

Aus irgendeinem Grund ließ mich dies einhalten. Ich würde ihm die zackige Spitze unter dem Kinn in den Körper treiben müssen.

Verbissen mühte sich Mole weiter mit ihrem Stein ab und versuchte, dem Priester damit den Schädel zu spalten, was sich jedoch als nicht so einfach erwies. Er fiel auf die Seite. Aus den Wunden in seiner Kopfhaut quoll Blut und lief ihm über das Gesicht. »Hör auf«, sagte ich. »Er stirbt. Lass uns gehen.«

»Ich will seinen Umhang«, sagte sie. Ihre Hand zitterte, doch ihre Stimme war fest.

»Warum? Es ist Fährenbell ... Bär, siehst du?« Ich verstand sie nicht, denn eine Erdfrau konnte einen solchen Pelz niemals tragen, das war ihr nicht gestattet.

Sie zerrte den Umhang unter ihm hervor und raffte ihn zu einem großen, klitschnassen Haufen zusammen, wobei sie dem Priester die goldenen Ketten über die Kehle zerrte. Sie drehte das Bündel, worauf sich die Ketten strafften. Sie drehte weiter, um den Mann zu erdrosseln. Der Priester gab ein ersticktes Geräusch von sich, und ich sagte: »Hör auf!«

Er erschlaffte, und Mole bückte sich, um die Broschen zu lösen, welche die Ketten und das Fell zusammenhielten. Plötzlich rollte der Priester sich zur Seite und schlug ihr so heftig auf die Schläfe, dass ich es nicht fassen konnte, es erst glauben konnte, als sie sich in den Wasserlauf setzte und vornüberkippte. Ich zerrte und zerrte an ihrem Arm, um sie aus seiner Reichweite zu befördern, doch er regte sich nicht mehr.

Mole war bereits tot. Der Priester hatte ihr das Genick gebrochen und dabei einen Teil ihres Gesichts zerfetzt, sodass ihre Kieferknochen freilagen. Somit war es besser für sie, dass es schnell gegangen war.

Das Feuer seines Lebens strömte in die Nacht hinaus. Ich

konnte es sehen wie eine dunkle, flackernde Flamme. Seine Augen standen offen, doch er schien an mir vorbeizuschauen. Zwischen jedem seiner Atemzüge lagen lange Pausen. Wenn ich von seinem Tod überzeugt war, würde es zu einer sehr langen Pause kommen. Ich war nicht freundlich oder skrupellos genug, um ihm den Gnadenstoß zu geben.

Als seine Hände kalt waren und sich nie wieder rühren würden, stahl ich ihm die Bärenklaue, um sie als geheime Waffe an mich zu nehmen. Nun begriff ich, warum Krieger das Plündern so sehr mögen, dass sie dafür riskieren, den Zorn der Toten auf sich zu ziehen, und wie der Überlegene seinen Sieg zweimal auskostet, zunächst über den lebenden Gegner und dann über dessen Schattenwesen, das den Anblick seiner Waffe in der Hand seines Gegners erleiden muss. Ich wollte mir die Stärke des Priesters zu eigen machen, hoffte, ihn kleiner zu machen, indem ich mich selbst größer machte.

KAPITEL 11

Schüttelfieber

Bald war es allen klar, dass wir von den Propheten von Rift Warrior überfallen worden waren. Die Angreifer ließen Verwünschungen zurück; kleine Tonstatuen vom König und der Königsmutter, die mit dem Zeichen von Rift markiert und mit Verwünschungen beschrieben waren, um Seuchen, Hungersnot und Zerwürfnis über unser Heer zu bringen. Um die Verwünschungen wahr werden zu lassen, hatten sie die Statuen zerbrochen und deren Scherben im Lager verteilt, angeblich sogar in der Bettwäsche von Königsmutter Caelum. Man fand drei enthauptete Leichen, allesamt Wölfe, die hoch in ihrem Ansehen gestanden hatten. Was die anderen Toten betraf – zwei Kataphrakte und eine Handvoll Knappen –, so waren die meisten von ihnen in der Dunkelheit für Feinde gehalten und von ihren eigenen Kameraden getötet worden.

Tote Feinde wurden nicht gefunden. Sire Erials Männer übernahmen es, Mole zu holen und sie zum Scheiterhaufen zu tragen. Doch sowohl die Leiche des Priesters wie auch alle Spuren von ihm waren verschwunden.

Wir verließen diesen mit einem Fluch belegten Ort ohne den Crux und seine Männer. Am frühen Nachmittag schöpfte ich Hoffnung, als eine Gruppe von Reitern hinter uns auftauchte. Doch es waren bloß Männer vom Stamm Eorõe, die von der Suche nach ihren gefangenen Stammesmitgliedern mit leeren Händen zurückkamen, da sie deren Fährte in einem Sumpfgebiet verloren hatten.

An diesem Abend hoben Fußsoldaten einen breiten Graben aus, der unser neues Lager umringte, und bauten dahinter einen Palisadenzaun aus angespitzten Pfählen. Priester von Rift und Torrent gingen in einem feierlichen Umzug jeden Pfad auf und ab, um die Götter darum zu bitten, uns vor den Verwünschungen zu schützen; sie opferten Ochsen und behaupteten, in deren Eingeweiden Zeichen für einen Sieg gesehen zu haben.

Doch die Gerüchte konzentrierten sich auf Prinz Corvus und darauf, dass durch seinen Vater, König Voltur, Blut von Rift in seinen Adern floss. Er musste eine Heerschar von Lieblingspriestern von Rift haben. Seine waren besser als unsere. Was hatten unsere Propheten von Rift während des Überfalls schon ausgerichtet? Sie waren umhergelaufen wie Fußsoldaten. König Thyrse und seine Schwester Caelum waren Edle von Prey, ein guter kriegerischer Stamm; aber kein Stamm, keine Blutlinie der Edlen war so für den Krieg geschaffen wie der der Rift. Mit einem Mal flößte uns dieser Prinz mehr Respekt ein.

Bloodspiller und ich bauten Galans Zelt selbst auf, denn der Crux und die anderen waren noch immer nicht wieder zurückgekehrt. Einige Heißsporne aus unserer Kompanie redeten davon loszureiten, um sie zu suchen, doch Divine Hamus meinte, die Omen stünden ungünstig, was er immer sagte, wenn es ihm zupasskam, Vorsicht walten zu lassen.

Ich entfachte ein Feuer vor dem Zelt und wartete auf Galan. Wartete und machte mir Sorgen. Manchmal flogen meine Sorgen empor und wurden zu Gebeten. Bloodspiller ging zum Markt und kam mit einem Amulett zurück, einer pflaumengroßen, unglasierten Tonperle; er besaß bereits drei ähnliche, die er von Wahrsagern erstanden hatte.

Ich wartete, bis er schnarchte, bevor ich die Bärenklaue des Priesters aus meiner Satteltasche hervorholte und über meine Finger gleiten ließ. Sie war für eine große Hand angefertigt worden, aber ich konnte sie trotzdem tragen. Ich machte eine Faust, und nun schauten die Klingen hervor; wenn ich die Hand öffnete, waren sie wieder zwischen den Fingern verborgen. Die Klingen bestanden aus gebogenem Eisen, waren hell und scharf. Die Eisenringe waren mit feiner, silberner Filigranarbeit eingelegt. Es war eine schwierig zu tragende Waffe, da man sich an den Klingen allzu leicht selbst die Finger verletzen konnte.

Während des Kampfes hatten mich meine Verletzungen nicht geschmerzt, nun aber spürte ich sie. Die Schnitte auf meinem Oberarm waren leicht, während sich die Klingen in meinen Oberschenkel tiefer eingegraben hatten. Bevor wir an diesem Tag losmarschiert waren, hatte ich einen Breiumschlag auf meine Wunden gelegt, die Risse in meinen Röcken und im Ärmel vernäht und das Blut ausgewaschen.

Ich wollte Mole betrauern, doch fiel es mir schwer, mich an ihr Gesicht zu erinnern, wie es gewesen war, bevor es aufgerissen wurde. Wäre sie weggelaufen, statt dazubleiben und mit Steinen nach dem Priester zu werfen, wäre sie jetzt wahrscheinlich noch am Leben. Warum hatte sie das getan? Ich fragte mich, warum ich den Priester verfolgt hatte, statt wegzulaufen, als ich die Möglichkeit dazu hatte. Ich hatte nicht nachgedacht, hatte nicht gewählt. War es das, was Sire Galan mit seinen Kampfgefährten verband? Von außen hatte ich dieses Band gesehen, dessen Zug jedoch noch nie verspürt.

Mole zu Ehren schnitt ich mir eine Haarlocke ab und schaute zu, wie sie im Feuer versengte und zusammenschrumpfte. Dann wickelte ich die Bärenklaue in einen alten Sack und legte sie wieder zurück in meine Satteltasche.

Kurz vor Tagesanbruch begannen die Hunde südlich des Ostens vom Lager zu bellen, und eine Schildwache blies das Alarmsignal mit dem Horn. Im Lager entstand Aufruhr wie in einem aufgescheuchten Ameisenhaufen. Ich setzte mich im Bett auf und wartete, und nach ein paar langen Momenten ließ die Schildwache drei fallende Noten erklingen, die bedeuteten »Keine Gefahr«.

Es waren der Crux, Sire Galan und die anderen, die in rauflustiger Hochstimmung in das Lager zurückkehrten. Doch schlechte Nachrichten überholen gute, und als sie bei uns ankamen, waren sie ernüchtert, als sie erfuhren, dass unser Lager überfallen worden war, während sie nach den vermissten Vorreitern gesucht hatten.

Sie hatten die Vorreiter und diejenigen, die sie gefangen hielten, auf halbem Weg nach Malleus aufgespürt, bevor die Hunde des Crux die Witterung verloren, und hier spielte Chance Sire Galan einen schönen Streich, indem sie ihm Glück brachte, das ihm persönlich nichts nutzte. Die Kataphrakte trennten sich, um in unterschiedlichen Richtungen zu suchen. Mitten in der Nacht schlichen sich Galan und Sire Edecon an ein Lager mit Soldaten heran, die fünfzig Schlachtrösser bewachten. Einige davon waren aus hervorragender Aufzucht, andere waren Schindmähren – Reittiere aus Prinz Merles eigener Herde, auf dem Weg nach Malleus. Nach den Worten eines Pferdejungen, den Galan gefangen genommen hatte, sollten die Pferde während der Schlacht als Reserve dienen. Was darauf hindeutete, dass Prinz Corvus vorhatte, sich uns in einer Schlacht entgegenzustellen, statt darauf zu warten, von uns belagert zu werden.

Es war das erste Mal, dass ich von einem Prinzen namens Merle hörte. Er sei Prinz Corvus' jüngerer Bruder, sagte Galan. Die Rhapsoden und Bänkelsänger unseres Heeres hatten es nie für angebracht gehalten, über ihn ein Lied zu verfassen.

Der Crux und seine Leute kehrten ohne die Vorreiter, dafür jedoch mit fünfzig neuen Reittieren zurück. Merles Männer wurden in diesem Moment verhört. Sire Galans Kriegsglück hatte ihm Pferde eingebracht, die zu reiten ihm nicht gestattet war und die seinen bereits glänzenden Ruf noch strahlender erscheinen ließen. Doch er sagte uns, er schätze sich unglücklich, bei seiner Rückkehr feststellen zu müssen, dass das Lager überfallen worden war.

Spiller zog Galan die feuchte Strumpfhose aus, an der bis zu den Waden Eiter von seinen Blasen haftete. Seine Sohlen waren rissig und rau. Galan winkte Spiller gegenüber ab und sagte: »Hast du das Feuer ausgehen lassen? Mach es wieder an.«

»Es ist nichts mehr da zum Verbrennen, Sire.«

»Nun, dann treibe etwas auf! Erbettele oder borge dir etwas, wenn es sein muss. Und bitte Cook um etwas zu essen. Wir sind am Verhungern. Besorge dem Jungen auch etwas. Wir sind zwei Nächte lang gelaufen, während Sire Edecon und Rowney geritten sind, diese faulen Bastarde.«

Falls sich kein Feuer machen ließ, würde er sich an seinem Verdruss erwärmen. Fleetfoot setzte sich auf den Boden und massierte sich die schmerzenden Füße. Die Lippen des Jungen waren leicht violett, und er wirkte eher müde als hungrig. Piddle lag neben ihm, zu erschöpft, als dass sie mehr tun konnte, als mit dem Schwanz auf den Boden zu schlagen.

Galan wies auf meine Kleidung, die dort, wo Blut durch den Verband an meinem Oberschenkel gesickert war, Flecken hatte. »Bist du verletzt?«

Ich zuckte mit den Schultern.

»Lass mich mal sehen.«

»Ich will die Ritte nicht aufdecken. Sie verheilen am besten, wenn man sie in Ruhe lässt.«

»Und wo war Bloodspiller, als du verletzt wurdest?«, fragte Galan.

»Es war im Munkeln, und alle liefen herum, und wir wurden geflennt. Getrennt.« Ich las erste Anzeichen von Wut auf seinem Gesicht. Sie kamen mir nur zu bekannt vor. Ich streckte die Hand aus und betupfte mit meinem Ärmel eine

Schlammspur auf Galans Kiefer. »Ihr selbst seid nicht verwundet, oder?«

»Nichts, was ein warmes Bett nicht heilen könnte.« Doch sein Lächeln kam und verging zu schnell. Vielleicht erinnerte er sich jetzt daran, dass er böse auf mich war.

Galan und seinen Leuten blieb keine Zeit, sich auszuruhen, nicht zu diesem Zeitpunkt, denn der Himmel ergraute, und die Niederen rührten sich. Bei Tagesanbruch marschierten wir los.

Spät am folgenden Abend, als außer mir alle schliefen, kam ein Junge, um mich zu fragen, ob ich mich um eine Kranke kümmern könne. Galan erlaubte es nicht. Ich stand trotzdem auf, worauf er mich am Handgelenk packte. Als ich nach meinem Unterrock langte, verstärkte er den Griff. »Wer ist es? Wer ist krank?«, fragte er den Laufburschen. Der Junge mochte fünf oder sechs Jahre alt sein; er war klein und unterernährt und mit einem dreckigen Kittel bekleidet, der aus einem Kornsack genäht worden war, welcher mit einem vierblättrigen Wappen markiert war. Um die Füße hatte er sich Lumpen gebunden.

Der Junge gab keine Antwort. Galan sagte: »Komm näher! Sag mir, wer krank ist.«

Er trat näher und starrte Galan ängstlich an, als verstehe er ihn nicht. Daher fragte ich ihn in der Niedersprache, wer krank sei, worauf er in der gleichen Sprache antwortete: »Meine ... meine Mutter.«

»Welcher Stamm?«, wollte Galan wissen, dieses Mal in der Niedersprache. Diese aus seinem Mund zu vernehmen überraschte mich immer wieder.

»Kein Stamm«, sagte der Junge. Seine Hand, mit der er die Fackel hielt, zitterte.

»Kein Stamm? Ist sie also eine von den Erdhuren? Antworte mir!«

Ich sprang mit einem Satz von Galan weg und zog mir

den Rock über den Kopf. »Warum schreit Ihr so laut, seht Ihr denn nicht, dass der Junge Angst hat?«

Galan stand nackt hinter mir und packte mich am Genick. Ich spürte einen Ruck vom Scheitel bis hinunter an der Wirbelsäule entlang und versteifte den Rücken. »Du wirst nicht gehen«, sagte er. »Du kennst die Frau ja nicht einmal, oder? Oder ist das hier wieder ein falscher Ruf?«

Da er mich zu fest hielt, konnte ich mich ihm nicht zuwenden. »Bitte, Sire, sie muss sehr krank sein, wenn sie den Murschen zu mir schicken.« Ich musste einfach gehen, sah er das denn nicht? Es war mehr als meine Pflicht; ich war dazu gezwungen. Ich musste helfen, wo ich gebraucht wurde. Heilung zu verweigern riss eine Kluft in mir auf zwischen der, die ich war, und dem, was ich sein sollte.

Aber was sollte ich tun? Ich konnte darauf beharren zu gehen und eine Tracht Prügel dafür einstecken, und würde dann trotzdem nicht gehen dürfen. Er brauchte nicht einmal die Hand gegen mich zu erheben – er konnte mich mit einem Blick bezwingen, so sehr hatte ich Angst, seine Gunst zu verlieren. Ich war ein Feigling. Meine Schultern sackten herab. Ich neigte den Kopf und begann zu weinen, worauf Galan mich losließ. Der Junge starrte nur, nicht begreifend, was geschehen war.

Aber Galan überraschte mich. Ich konnte so davon überzeugt sein zu wissen, was er dachte, und mich dabei doch so irren. Er zog sich die Hose an, schnürte seinen Schwanzköcher zu, legte sein Hemd an, seinen Waffenrock, seine Stiefel – kleidete sich selbst an, um Bloodspiller und Rowney schlafen zu lassen. Verblüfft schaute ich ihn an, und er erwiderte meinen Blick, ohne dass dabei die Wut, die sich in ihm aufgestaut hatte, auch nur ein wenig verrauchte. »Ich will sehen, was du tust«, sagte er.

Der Junge führte uns durch das Lager, vorbei an Schildwachen, die Sire Galan mit ein paar Kupfermünzen beschwichtigte, und dann einen vom Schlamm rutschigen

Pfad hinab zu einem kleinen See in dem darunter liegenden Tal. Galans Laterne machte mich gegenüber allem blind, was außerhalb ihres schwingenden Lichtkreises lag. Es fing an zu regnen, und Galan fluchte. In einem Gehölz aus schlanken Weiden am Wasser kniete sich der Junge vor ein Dornengestrüpp aus gefrorenen violettfarbenen Himbeerstöcken und grünen Knäueln aus Hagrose. Er wühlte unter dem Dickicht und verschwand. Ich ging in die Hocke und spähte ihm hinterher.

Seine Mutter lag auf einem Nest aus verfilztem Gras unter dem Dornengestrüpp. Ihr Gesicht sah aus wie ein gelber Knochen. Ich hatte sie noch nie gesehen, aber es war offensichtlich, dass sie eine Waschfrau war; sie hatte nur einen einzigen Besitz, den zu stehlen sich lohnte, nämlich einen Kessel zum Kochen von Leinen. Als ich in das Gebüsch kroch, stieß Galan erneut einen Fluch aus, denn für ihn war kein Platz mehr darin. Er kniete sich hin und reichte mir die Laterne, die ich zwischen uns auf den Boden stellte. Sollte er doch zuschauen, wenn er es unbedingt tun wollte. Das Dornengestrüpp war mit gegabelten Stöcken abgestützt, doch jedes Mal, wenn ich mich bewegte, verhakte ich mich an Dornen.

Die Frau besaß keine Decke, sondern nur ein paar zerrissene Säcke, die sie beiseitegeschoben hatte. Sie brannte, war heiß und ausgetrocknet, als habe sie alles ausgeschwitzt. Ihr Kleid war um ihre Hüfte verdreht und auch beschmutzt – sie hatte die Scheißerei und war zu schwach, um aus ihrem Nest herauszukriechen, um sich zu erleichtern. Ich beugte mich vor, um ihren Atem zu riechen, doch es war schwer, einen Gestank von dem anderen zu unterscheiden.

Der Junge kroch aus dem Unterschlupf heraus, um mir in einem Tontopf Wasser zu holen. Die Zunge der Wäscherin war trocken und braun. Ich tröpfelte Wasser über ihre gesprungenen Lippen und machte dann aus einem Lumpen einen Sauger, an dem sie lutschen konnte. Sie erhob sich, um mich anzuschauen. »Was …?«, sagte sie. Sie schien zu erschöpft, um dauerhaft Angst zu haben; sie drehte den Kopf weg, als ergebe sie sich allem, was kommen würde.

Ich säuberte sie mit einem der Säcke, und Sire Galan schaute zu, mit einer Miene, die eine Mischung aus Abscheu und Übelkeit widerspiegelte. Der Junge betrachtete mich mit einem Vertrauen, das ich nicht verdient hatte. Die Frau schwebte aufgrund des Fiebers in Lebensgefahr. Falls ich sie nicht heilte, wäre ich für Galan die schlimmstmögliche Art Magierin – eine Betrügerin, eine Schummlerin. Ich nahm niemals Geld für eine Heilung, das musste er doch wissen! Aber er wusste auch, dass ich Geld besaß, das er mir nie gegeben hatte.

Falls ich sie nicht heilte, würde der Junge allein zurückbleiben. Ich musste ihn aus meinen Gedanken verdrängen, ihn und auch Galan. Ich betete zu Ardor, der mir die Gabe geschenkt hatte, dem Fieber die Hitze zu entziehen. Ich rieb mit den Händen über das knochige Gesicht und die Glieder der Frau, über ihre starren Rippen und eingefallenen Gesäßbacken. Ihre Magerkeit stammte aus einer langen Bekanntschaft mit dem Hunger. Meine eiskalte rechte Hand nahm ihre Hitze auf, ohne dabei selbst aufzutauen, doch mein restlicher Körper wurde wärmer, und der Schweiß brannte mir überall auf dem Rücken. Ich entzog ihr die Hitze, bis sich ihr Fieber senkte und sie sich erst abkühlte und dann anfing zu frösteln.

Sie wurde immer kälter, zu kalt, sodass ich es mit der Angst zu tun bekam. Ich legte mich hinter ihr unter meinen Umhang, meine Brust an ihrem Rücken und meine Knie in ihren Kniekehlen gebeugt, so wie zwei Schlafende sich aneinander anschmiegen. Ich legte ihr meine linke Hand auf das Herz, das in ihrem Brustkorb bebte. Ich spürte nur eine kleine Lebensflamme in ihr, nicht größer als die einer im kalten Wind flackernden Kerze. Es war eine ganz kleine Wahrnehmung, ein bloßes Zucken in meiner Handfläche, schwer auszumachen, während ihr Körper zitterte. Eine unsichtbare Flamme, aber wenn sie verlosch, würde die Frau eine Leiche sein.

In mir selbst brannte das Feuer des Lebens stark und beständig wie eine Kohlenpfanne voller Kohle, und nun setzte ich meinen Körper dazu ein, um die Frau zu wärmen, und das Feuer loderte, meinem Ruf folgend, auf. Ich hielt sie in einer engen Umarmung und quoll über vor Hitze, die sich über meine Haut ergoss, durch meine brennende linke Hand, die ich ihr auf Brust und Bauch presste. Sie erwärmte sich und hörte auf zu zittern. Wir waren einander so nah, dass ich die Schweißperlen sehen konnte, die an den dünnen Haaren ihrer Kopfhaut schimmerten.

Ich murmelte ein Gebet zu Ardor als Dank und Staunen ob dieser neu entdeckten Gabe. Der Blitz hatte dies bewirkt, hatte meine beiden Hände geteilt, die eine kalt gemacht, um Hitze entziehen, die andere warm, um Hitze spenden zu können.

Ich gab der Wäschefrau Wärme ohne Einschränkung, bis ich fröstelte und ihr heiß wurde, und dann war ihr zu heiß, sodass ich ihr wieder Hitze entzog, die linke Hand gebend, die rechte nehmend. Zunächst war dieses Geben und Nehmen wie Ausatmen und Einatmen, doch es entwickelte sich immer mehr zu Arbeit, und auch das Atmen wurde mühsamer, und ich fing an zu keuchen, nicht mehr länger sicher, ob ich ihr half oder sie mich umbrachte.

Eine von uns stöhnte. Ihr war wieder kalt, sehr kalt, aber sie hatte aufgehört zu zittern. Ich hatte keine Hitze mehr, die ich ihr hätte abgeben können. War sie tot? Ich unterdrückte meine Atmung, um auf die ihre zu lauschen. Eisige Stille. Ich sah sie vor mir, nackt und knochig, ihr Fleisch blau gefärbt. Sie watete durch einen schwarzen, eisigen Fluss, und mit jedem Schritt sank sie tiefer hinein, bis sich das Wasser über ihrem Kopf schloss. Ich folgte ihr.

Das andere Ufer dieses Flusses ist nicht auf der anderen Seite, sondern unter ihm. Strömungen wanden sich um meine Beine und versuchten mich zurückzuhalten. Als ich untergetaucht war, schaute ich in einen dunklen Himmel über meinem Kopf und sah dort eine Möwe fliegen. Der Schrei der Möwe war wortlos, voller Kummer und Reue, und ich wusste, dass es Penna war, die ihre Flügel endlos gegen einen widrigen Wind schlug. Die fiebernde Frau war klein geschrumpft oder weit vor mir, und ich stolperte an einem steinigen Ufer entlang.

»Du darfst deinen Jungen nicht zurücklassen!«, rief ich in ihre Richtung. »Was soll aus ihm werden?« Mein Herz schlug wie wild. Ich wollte ihr durch die Luft folgen, die jedoch so dick war wie Schlamm, ich wollte rennen, aber es kostete mich meine ganze Kraft, einen Fuß vor den anderen zu setzen, meine ganze Kraft, und ich war nicht schnell genug. Sie verschwand in der Menge, und mir fehlte der Mut, um sie unter so vielen Toten zu suchen, dort in der Unterwelt.

Ob meine Augen offen waren oder geschlossen, ich sah das Gleiche: eine Welt, die noch trostloser war als der trostloseste Wintertag. Nirgendwo befand sich Farbe, nicht einmal eine Ahnung oder Erinnerung davon, so, als hätte es nie etwas Farbiges gegeben. Und alles war zu schwer. Die Schattenwesen waren von einer Substanz, die dichter war als Fleisch. Die einzige Leichtigkeit an diesem Ort bestand aus dem Wind, der mich zurückdrängte und zischte: »Kehr um!« Ich machte einen Schritt. Der nächste Schritt war leichter, so als watete ich durch Wasser statt durch Schlamm, und ich wusste, dass ich zurückging. Sich umzudrehen ergab keinen Sinn, wo es doch keine Richtungen mehr gab.

Ich ließ sie dort zurück und rannte nun immer schneller. Ich lag in seichtem Wasser, durchnässt und klamm, mein Blut so dick, dass es so langsam floss wie ein Brei aus Eis. Starke Hände umklammerten meine Handgelenke und zogen mich an das Ufer und aus dem Versteck des Brombeergestrüpps, und Sire Galan beugte sich über mich, fluchend und betend, während er mein Gesicht mit beiden Händen umklammerte.

Er entfachte ein Lagerfeuer, und ich wärmte mich daran, nicht erkennend, dass ich mich am Scheiterhaufen der Wäscherin wärmte. Das Feuer war das Wundervollste, das ich je erblickt hatte, so lebendig mit seinen Farben und seiner Bewegung, so leicht und frei und schnell. Galan schlug mit seinem Schwert Äste ab und warf sie auf das Feuer, worauf die Funken mich blendeten. Der Junge stand mit seiner schmutzigen Haut und seinem leuchtenden Kittel einfach nur da. Tränen formten glänzende Streifen durch den Dreck auf seinem Gesicht, und sein offener Mund war wie ein dunkler Schlund.

Ich versuchte mein Kleid auszuziehen, weil mir zu heiß war. Meine Hände waren langsam und gehorchten mir nicht, worauf Galan sie ergriff und festhielt. Reiter kamen heran, um zu sehen, was es mit dem Feuer auf sich hatte, und er sprach mit ihnen, und sie ritten wieder davon.

Galan zog mich hoch und schleppte mich den Hügel hinauf. Meine Beine waren zu kaum etwas zu gebrauchen. Der Sohn der Wäschefrau folgte direkt hinter uns, und Galan drehte sich um und schaute ihn an, sein Mund zu einer strengen Linie zusammengekniffen. Der Junge folgte uns trotzdem.

Das Land der Toten ist nicht für die Lebenden bestimmt. Ich fröstelte und zitterte, mir war so kalt, als wäre ich immer noch auf dem Grund dieses Flusses. Meine Haut war mit Beulen bedeckt wie der Unterbauch eines Frosches. Meine Zähne klapperten so sehr, dass ich nicht sprechen konnte. Ich legte mich neben die Kohlenpfanne, eingehüllt in eine Federbettdecke. Galan setzte sich neben mich und erhitzte Steine, und als sie heiß waren, umwickelte er sie mit Stoff und schob sie mir an die Füße und Hände. Ich hatte kein Gefühl mehr in den Füßen. Meine Hände waren zu weit weg, als dass sie meinen Befehlen gehorcht hätten, zu weit sogar, um mir Schmerzen zu bereiten, als die Hitze zu sengen begann.

Galan war aufgebracht. Es war in seinem Gesicht und an seinen Bewegungen zu erkennen, an der Art, wie er die Dinge aufhob und wieder hinlegte, heftig und rasch. Ich zitterte nur.

Es folgte eine Zeit, in der ich nicht einmal mehr das konnte.

Mir kam der Gedanke, ich könnte tot sein. Der Tod war einfacher, als ich geglaubt hatte, einfacher als das Leben. Weniger mit Sorgen belastet. Ich irrte in einer so tiefen Dunkelheit umher, dass ich selbst mit meinen Nachtaugen nichts mehr sehen konnte. Ich befürchtete, ich würde für immer umherirren und keinen Himmel, keine Veränderung am Hang oder dem rauen Boden wahrnehmen. Ich löste die Pulverflasche von meinem Gürtel und holte die Kohle aus ihrer Umwicklung aus trockenem Moos und Holzspänen hervor. Die Kohle rollte davon, und ich untersuchte sie mit tastenden Fingern. Sie fühlte sich kalt an – erloschen? Ich nahm sie in die Hand und blies darauf.

Ich hatte Ardor gebeten, die Wäscherin zu heilen, und Wildfire hatte geantwortet. Doch es war Wildfire, der ihr Fieber hatte wüten lassen und die Flammen ihres inneren Feuers dazu veranlasst hatte, ihre Grenzen zu überschreiten. Ich hätte stattdessen Hearthkeeper, den Hüter des Herdfeuers, anrufen sollen, denn die Gabe, das Feuer zu entziehen und zu spenden, war sicher eine Wohltat von Hearthkeeper selbst. Das hatte ich nicht erkannt, hatte bei der Wäscherin versagt und womöglich ihren Tod beschleunigt. Wir waren aneinander gebunden gewesen, und die Hitze war verebbt und zwischen uns hin- und hergeflossen, machtvoll, unaufhaltsam, bis sie in das Reich der Toten entschwunden war, verschluckt wie ein Fluss, der im Sand verschwindet.

Nun betete ich mit Inbrunst zu Hearthkeeper, pustete erneut auf die Kohle und verspürte ein warmes Pochen gegen meine Handfläche, sah ein mattes Glühen, das einzige Licht auf der Welt. Die Hitze schmerzte, und hastig legte ich die Kohle auf den Boden und nährte sie mit kleinen Holzspänen, die anfingen zu lodern und sich verzehrten.

Ohne Brennstoff konnte die Kohle kein Feuer fangen, und was gab es in diesem Ödland an Brennmaterial? Meine Füße waren schwer und meine Beine steif, fühlten sich nicht mehr an wie ein Teil von mir, hatten sich in Holz verwandelt. Ich brach einen Zeh ab, dann noch einen, die kleinen Zehen, die nicht so wichtig waren. Sie zerbrachen wie getrocknete Stöcke. Ich nährte mit ihnen die Kohlenglut. Flammen umschlangen das hölzerne Fleisch, und es tat weh, bei den Göttern, es tat weh!

Galan legte einen weiteren heißen Stein an meine Füße und ging neben mir in die Hocke. Sein Gesicht war wie aus warmem Holz geschnitzt, mit polierten Rundungen und Vertiefungen, und um seine Lider und Nasenlöcher waren feine Linien eingeschnitten. Ich starrte ihn wie gebannt an, weil meine Augen gefroren waren. Er verschwand aus meinem Sichtfeld und tauchte dann wieder auf. Er hielt mir den Spiegel mit dem Fuchsgriff vor das Gesicht, und nun sah ich mein leeres Starren selbst. »Du lebst!«, sagte er und zeigte mir den beschlagenen Spiegel.

Das Feuer in mir hatte eine unbändige Gier, es fraß die Hitze von den Steinen, und als Galan meine Hände nahm, stahl ich auch von ihm Hitze. Er rang nach Luft und fluchte, hielt mich aber fest.

Die Stiefelknechte bauten das Zelt ab. Ich saß draußen und schob meinen Rock hoch, um mir an der Hitze des Feuers in der Kohlenpfanne die Waden zu wärmen. Meine beiden kleinen Zehen waren doch nicht abgebrochen, aber rot und fleckig und von Frostbeulen geschwollen. Der Sohn der Wäscherin saß in der Nähe; er hatte sich die knochigen Knie bis ans Kinn hochgezogen und umklammerte sie mit beiden

Armen. Er wirkte fast wie ein Tölpel, doch wahrscheinlich hatte er keinen anderen Schild gegenüber Angst und Kummer, als sich jedem Gefühl zu verweigern. Er zuckte immer zusammen, wenn die Männer näher kamen, vor allem bei Bloodspiller. Der Stiefelknecht hatte ihn ausgelacht und ihm einen Spitznamen gegeben, Ears, weil seine Ohren so groß wie Kruggriffe waren. Doch der Name, den seine Mutter ihm gegeben hatte, lautete Wren.

Der Junge kratzte sich so sehr, dass es auch mir am Kopf juckte. Ich forderte ihn auf, sich auf meinen Schoß zu setzen, und fuhr ihm mit einem Nissenkamm aus einem Distelkopf durch das Haar. Ich hatte uns gewissenhaft vor Läusen bewahrt, indem ich Laustod zubereitet und die Nähte unserer Kleider durchleuchtet hatte. Läuse scherten sich nicht darum, wer hoch stand und wer niedrig, und Wren hatte sie in unser Zelt gebracht.

Es stand ein Streit mit Galan bevor, das wusste ich so sicher, wie ich es wusste, wenn Stürme im Anzug waren, und vielleicht aus dem gleichen Grund: Alte Verletzungen begannen zu schmerzen. Daher war ich nicht überrascht, als er über mir stand und sagte: »Ich hoffe, du glaubst nicht, dass ich den Jungen behalte. Ich wage zu behaupten, dass es dir leidtut, seine Mutter getötet zu haben, aber du kannst ihn nicht behalten.«

Ich schielte nach ihm. »Ich habe sie nicht getötet. Manchmal kann ich helfen, manchmal nicht. Beim nächsten Mal wird es mir besser gelingen.«

Galan schaute mich mit strenger, eiskalter Miene an. »Es wird kein nächstes Mal geben.«

Ich weigerte mich, mich mit ihm zu streiten. Wenn ich etwas erwidern würde, würde er nur noch zorniger werden, und das würde zu nichts führen. Also behielt ich den Gedanken für mich: *Ihr könnt es mir nicht verbieten.*

Er schüttelte den Kopf und ging weg. Der Junge und ich starrten ihm hinterher.

An diesem Tag sandte Prinz Corvus die gefangenen Vorreiter zurück, die der Crux zu befreien versucht hatte. Er schickte sie mit Geschenken zurück, Pferde, Gewänder und Gewürze, sowie der Nachricht, er sei bereit, die Bedingungen der Schlacht zu klären. Wir erfuhren dies von Bänkelsängern, noch bevor wir mit dem Aufbau der Zelte in unserem neuen Lager fertig waren. Propheten brachten Opfer dar und deuteten die Omen, denn ihre Aufgabe war es, den für unser Heer günstigsten Zeitpunkt und Ort einer Schlacht vorherzusagen. Am Abend brach eine Abordnung von Priestern auf, um mit den Vermittlern von Prinz Corvus zu verhandeln.

Wir würden eine ordnungsgemäß geführte Schlacht austragen, um einen ordnungsgemäß geführten Krieg zu entscheiden. Es gab auch andere Arten von Krieg, etwa den Vernichtungsfeldzug, den unser König gegen Feinde südlich von Corymb geführt hatte. Diese hatte er erbarmungslos abgeschlachtet, da sie die verruchte Tat begangen hatten, Waffen einzusetzen, die aus der Entfernung töteten. Er hatte ihre schmutzigen Dörfer dem Erdboden gleichgemacht und das ausgedehnte Weideland wieder mit Pferden besiedelt und mit Männern, die auf die Pferde aufpassten, und Frauen, die auf die Männer aufpassten.

Dieser Krieg aber würde von zwei in Rängen aufgestellten Heeren ausgetragen werden, ausgefochten zu vorgegebenem Zeitpunkt und Ort. Die Schlacht würde mit Riten und Opfergaben beginnen und damit enden, dass entweder die eine oder die andere Armee im Besitz des Schlachtfeldes und damit des Königreiches war. Das Schlachtfeld würde umzäunt werden wie bei einem Turnier auf Leben und Tod, sodass sich der Krieg nicht überall hin ausbreiten und Incus vernichten konnte.

Die Vermittler feilschten, und wir warteten. Einige Männer gingen auf Raubzug, und König und Königsmutter schauten nicht hin. Einige der Krieger versuchten, jetzt sofort zu ihrer Beute zu kommen, aus Angst, die Vermittler könnten Frieden schließen. Mai behauptete, die Königsmutter ermutige die Plünderer, um Prinz Corvus verhandlungswilliger zu machen. Denn während er in Malleus im Überfluss schwelgte, lagerten wir an einem Berghang, vom Wind geplagt, froren an einem Tag und versanken am anderen im Schlamm. Wir befanden uns einen langen Tagesmarsch vor der Stadt. Die Schlacht, die immerzu vor uns zurückzuweichen schien, während wir Incus durchquert hatten, stand nun unmittelbar bevor.

Die Vermittler konnten sich nicht einig werden, und das Schüttelfieber schlich sich ins Lager.

Mittlerweile kannte ich meinen Feind. Ich hätte ihn sofort sehen sollen, als er die Wäscherin tötete. Jeden Winter hatte das Schüttelfieber die Bewohner unseres Dorfes überfallen; im vergangenen Winter, als ich mich im Königswald verborgen hatte, hatte es Na getötet. Das Schüttelfieber hatte es für sein Leben gern auf die ganz Alten und die ganz Jungen abgesehen.

Es kroch in der Nacht umher; wenn sein Schatten fünf Schlafende überquerte, die nebeneinander in einem kleinen Bauernhof lagen, umschlang es einen oder zwei oder tötete alle. Auch tagsüber zog es über die Grenzen und streckte die Leute mit plötzlichen Schmerzen nieder. Ob es mit einer Liebkosung kam oder mit einem Hieb, machte keinen Unterschied. Das Fieber tötete binnen weniger Tage, oder scheiterte an seinem Vorhaben. Wer es überlebte, konnte in etwa einer Dekade mit einer zweiten Heimsuchung rechnen, bei der es aber nur zurückkehrte, um einen zu foppen, nicht, um zu töten.

Am Nachmittag wurde ich in ein Hurenhaus gerufen, und da Sire Galan nicht da war, um mich aufzuhalten, ging ich hin. Er hatte Bloodspiller und Rowney gesagt, sie sollten mich nicht gehen lassen, und Bloodspiller versuchte tatsächlich, sich mir in den Weg zu stellen, indem er mir sagte, ich würde mir von Sire Galan eine Tracht Prügel einfangen.

Zwei Frauen und drei Kinder waren in dem übervollen Hurenhaus erkrankt. Es befand sich in einem gestreiften Pavillon, der stolz über den bunt zusammengewürfelten Zelten einiger weniger wohlhabender Metzen ragte. Der Kuppler der Huren war nirgends zu sehen. Die magerste Hure, die den Namen Spargelbohne trug, spuckte zwischen der Lücke in ihren Vorderzähnen aus und sagte, er habe hoffentlich eine gute Portion Geschwür mitgenommen, als er sich mit der Schatulle und seiner Lieblingsdirne davongemacht habe.

Die Hure Enzian sagte, wir stünden unter dem Fluch der jungen Bräute von Torrent und der Priester von Rift mit ihren abscheulichen Verwünschungen, und es habe keinen Zweck zu versuchen, jemanden zu heilen, den die Götter verflucht hatten. Sie sei dem Tode geweiht, jammerte sie, das seien wir allesamt, das ganze Heer sei dem Untergang geweiht, klagte sie, bis ich ihrem Weinen mit einer starken Dosis Trostkraut ein Ende setzte. Doch Enzian sprach bloß das laut aus, was wir alle dachten. Wenn allein in diesem Zelt fünf erkrankt waren, wie viele mussten es dann erst im ganzen Heer sein?

Da waren die Metzen Ringelblume und Glockenblume, Glockenblumes kleine Tochter Buschrose sowie die Zwillinge Schneeglöckchen und Schneeflocke, deren Mutter im vergangenen Jahr gestorben war und die beiden zu Waisen gemacht hatte. Die Mädchen waren noch zu jung, um zu huren, und arbeiteten daher als Bedienstete. So viele gleichzeitig waren krank geworden, das entmutigte mich. Aber ich befasste mich nicht allein damit, mich auf eine Kraftprobe mit dem Schüttelfieber einzulassen. Die meisten Metzen waren vernünftiger als Enzian, hatten ihre kranken Gefährtinnen gewaschen und gepflegt und ihnen zu essen gegeben. Gänsefingerkraut, die Alte, die den Huren die Wäsche machte, wusch gerade Leinen, nachdem sie zwei Nächte lang bei Glockenblume gewacht hatte.

Ich ging von einer Leidenden zur anderen und hielt nach Zeichen Ausschau, die mir das Wesen ihrer Krankheit und ihrer Stärke, dieser zu widerstehen, begreiflich machen konnten. Ich achtete auf die Farbe der Haut und der Zunge und des Weißen im Auge, den stechenden Geruch, die Musik des Körpers – Herzschlag und Puls, die Klangfarbe der Atmung, der Geschmack von Schweiß und Spucke. Ob sie heiß waren oder kalt, trocken oder feuchtkalt.

Als ich meine Hände gegen die Haut ihrer Bäuche oder Brüste drückte, spürte ich die Stärke ihrer inneren Feuer und des Fiebers. Zu glauben, sie seien immer gleich, war ein Irrtum von mir gewesen. Während meiner Berührung betete ich zu Ardor Hearthkeeper, und sie antwortete, indem sie mich mit der rechten Hand Hitze entziehen und mit der linken spenden ließ. Ich achtete darauf, jede einzelne nur kurz zu berühren und immer nur so lang, wie ich es selbst ertragen konnte.

Unter allen Leidenden machte mir Glockenblume die meisten Sorgen. Ich kannte sie als eine vergnügte Frau, die gern kicherte. Nun aber lag sie zitternd vor Angst da. Drei Tage zuvor war sie krank geworden, nach dem Überfall durch die Priester von Rift. Sie sagte, sie habe gesehen, wie das Schüttelfieber als bleiches Gespenst unser Lager durchstreift habe. Es habe sie am Kragen gepackt und geschüttelt und sie so steif werden lassen, dass sie den Kopf nicht mehr drehen könne, und nun zerquetsche es ihren Schädel allmählich, wie zwischen den Klemmbacken eines Nussknackers. Sie stöhnte und stöhnte immerzu. Ich drückte ihr Fieber zwar, aber am Abend schrie sie vor Schmerz und Angst und rief immerzu, sie stürze, obwohl sie fest im Bett lag. Ihr Schreien war eine Qual für mich, denn ich wusste nicht, wie ich ihr Leiden lindern konnte.

Das Schüttelfieber brachte mit dem Fieber noch einen Sack voller Nöte mit sich, wobei es manche davon dem einen Opfer austeilte, andere einem anderen. Das ist immer so bei Krankheiten, dass nie zwei Menschen gleichermaßen leiden, und deshalb muss eine Kräuterfrau den Kranken genauso studieren wie die Krankheit, um das beste Heilmittel zu finden. Mir hätten fünf oder zehn Pflanzen einfallen sollen, die Glockenblume nützlich sein konnten. Die Freifrau hatte immer einen Vorrat an Kräutern für solche Gelegenheit gehabt, jeweils zur Tages- und Jahreszeit größter Wirksamkeit geerntet, aber das nützte mir nun nichts. Ich hatte nur das, was ich mitten im Winter in der Nähe unseres Lagers finden konnte, und mein Gedächtnis war fast so leer wie mein Sack mit Heilmitteln.

Ich verließ das stinkende Zelt, um atmen, um nachdenken zu können. Die Luft draußen war kalt und klar wie ein Bergfluss. Ich atmete tief ein. Ich war voller Hitze, und beim Atmen stieß ich Dunstwölkchen aus, und meine Haut dampfte. Die Zelte der Huren befanden sich wie der Rest des Marktes außerhalb des geschützten Kreises von Gräben und Pfählen. Ich entfernte mich von dem Lärm des Lagers und kniete mich unter einem Baum auf den kalten Boden unter der dünnen Mondsichel, des letzten Mondes des Monats. Ich holte den unter meinen Röcken verborgenen Götterzirkel hervor, hielt die Fingerknochen in der Hand, spürte die Berührung der mir teuren Schattenwesen und war getröstet.

Ich warf die Knochen für Glockenblume, einmal für ihr Wesen, einmal für ihre Krankheit und einmal für das Heilmittel. Die Knochen von Na und der Freifrau landeten beim letzten Wurf dicht nebeneinander. Sie stimmten überein: Wildfire und Waters mussten um Hilfe ersucht werden.

Ich warf die Knochen dreimal für die Tochter von Glockenblume, und dieses Mal wies beim letzten Wurf nur die Freifrau auf Wildfire und Waters, während Na außerhalb des

Horizontes auf dem Gottzeichen von Torrent landete – dem ganzen Gott. Ich deutete die Knochen für die anderen drei Leidenden, und gewisse Zeichen tauchten immer wieder an verschiedenen Stellen auf – Hunger war eines von ihnen –, doch stets waren Wildfire und Waters die versöhnlich stimmenden Aspekte.

Wildfire stand für den langsamen Flächenbrand des Fiebers, für den brennenden, nicht nachlassenden Durst. Waters stand für die Art und Weise, wie das Fieber in Wellen kam, wie jene während eines Sturms auf See, Wellenkämme aus Brennen, Wellentäler aus Frostschauern. Waters stand für die Flut aus Fieberwahn und die Ebbe aus Erschöpfung, die gefährlichsten Zeiten für die Geschwächten.

Es war einfach, diese beiden gestaltlosen Aspekte – ungebunden, stürmisch – als Grund des Leidens zu erkennen. Aber die Knochen besagten, dass diese auch gleichzeitig das Heilmittel waren. Lag eine Notwendigkeit in dem Brennen und dem Rhythmus von Fieber und Schüttelfrost, etwas, das half, wenn es nicht tötete? Das eine musste das andere im Gleichgewicht halten: Feuer gegen Frösteln, Wasser gegen Fieber und Durst, damit das Fieberfeuer nur versengte, statt zu verschlingen, und ein Leidender auf den Wellen reiten konnte, ohne unterzugehen. Und natürlich mussten wir – sagten die Knochen – Wildfire und Waters darum bitten, Gnade walten zu lassen.

Ich machte mich auf die Suche nach Heilmitteln, wobei ich innerhalb des Kreises der äußeren Schildwachen mit ihren Hunden blieb. Alleine umherzuziehen war nicht sicher, und zunächst hatte ich Angst. Aber dann stellte ich fest, dass ich meine Angst ablegte, dort im Garten der Götter, der die ganze Welt ist und doch für mich an diesem Abend durch die Umgrenzung unseres Lagers beschränkt war. Er war äußerst fruchtbar, wo Götter die Pflege übernahmen; nicht auf den Feldern, sondern auf den Randflächen, den Hecken, Gräben und Dickichten. Die Fingerknochen hatten auf Aspekte gewiesen, und mir war, als hätten die Aspekte notwendige Pflanzen ausgesät, damit ich diese nun fand und erntete: glänzende Immergrünblätter der Steineiche, Berberitzen, Fünfblattwurzel, Zweige der Haferschlehe und zarte Mutterkrautblätter, die bis in den Winter Bestand hatten.

Mit jeder Pflanze erntete ich auch Erinnerungen. Die Freifrau hatte mir ihr jeweiliges Rätsellied beigebracht oder mir gezeigt, wie der Gott die Pflanze mit Zeichen markiert hatte, als sie erschaffen wurde, damit wir ihre Verwendungen kennenlernten und vor ihren Gefahren gewarnt waren. Die Zeichen waren Erhöhungen der Rinde, der Geschmack eines Blattes oder die Farbe der Wurzel. Als ich wieder im Zelt war und das, was ich gesammelt hatte, zubereitete, beschwor diese Arbeit die Freifrau und Na herbei. Ich kratzte Rinde von den Zweigen der Haferschlehe ab und zerdrückte rote Berberitzen mit Stößel und Mörser, und es war, als arbeiteten wir Seite an Seite, wie wir es zu ihren Lebzeiten so häufig getan hatten. Die Erinnerung wohnte meinen Händen inne, die wussten, was zu tun war.

Es gab so viele Übereinstimmungen zwischen Zeichen und Pflanzen, dass ich davon überzeugt war, dass die Heilmittel wirken würden. Aber kein Heiler kann heilen, wenn die Götter es nicht wollen. Ich sagte Enzian, dass Ardor Wildfire und Torrent Waters im Namen der Kranken Opfer gebracht werden mussten, großzügige Opfergaben, und sie sammelte genug Münzen von den anderen Huren ein, um zwei Schafe opfern zu können.

Spät am Abend kam eine ruhige Zeit. Die Alte namens Gänsefingerkraut hielt mit mir Wache, wobei sie ständig mit dem Kopf nickte. Ich saß da und beobachtete die Kranken, lauschte ihrem Atem und berührte sie zuweilen. Wenn ich Glockenblume Wärme spendete, züngelte in ihrem Lebensfeuer nicht einmal mehr als ein Fünkchen. Sie war in Apathie verfallen und irrte nun zwischen den Gefilden der Toten und denen der Lebenden umher, wohin ihr zu folgen ich nicht wagte. Ob ich ihr hätte helfen können, wenn man mich früher zu ihr gerufen hätte?

Queen of the Dead nahm Glockenblume zu sich. Wildfire und Waters beruhigten sich und ließen die Kinder und die anderen Huren leben.

Ich duckte mich unter den Zelteingang. Spiller machte gebratenes Brot, und Rowney flickte ein Loch in einem von Galans Stiefeln. Sire Galan war früh aufgestanden oder vielleicht gar nicht schlafen gegangen. Er saß auf dem Feldbett, und seine Waffen lagen um ihn herum. Es beruhigte ihn manchmal, die Klingen so sehr zu schärfen wie möglich und sie so zu polieren und zu ölen, dass auf keinen Fall Rost den Stahl beeinträchtigen konnte. Eine Tonlampe in Form einer Taube hing an einem Eisenhaken neben ihm und beleuchtete sein zerzaustes Haar, die braune Haut seines Gesichts und Nackens, verbrannt von vielen Tagen des Marschierens, sowie die blassere Haut dort, wo sein Hemd aufstand. Die Muskelstränge an seinem Hals waren gespannt. Er schob sein Langschwert in die Scheide zurück und lehnte es an den Fußteil des Feldbetts.

Zuvor, als ich mich auf die Machtprobe mit seinen Stiefelknechten eingelassen hatte, hatte ich geglaubt, vielleicht eine Tracht Prügel zu bekommen, und das war schlimm genug. Nun aber dachte ich, zu gutgläubig gewesen zu sein. Ich teilte mir, von ihm geduldet, Zelt und Bett mit ihm. Nahm ich es als gegeben hin, dass er mich nicht verstoßen würde? Ich war mir seiner zu sicher, war zu selbstgefällig gewesen. Ich schätzte meinen offenen Ungehorsam, auf den ich stolz gewesen war, ein und bewertete ihn nun als eine schwache und armselige Sache, die gegenüber der Gefahr, ihn zu verlieren, in keinem Verhältnis stand.

Fleetfoot hatte es sehr eilig zu gehen und nahm das Schmutzwasser mit, um es in den Graben zu entleeren. Ich ging durch das Zelt auf Galan zu, blieb aber außerhalb seiner Reichweite stehen.

»Ich hoffe, das war es wert«, sagte er. »Ich hoffe, du hast ein paar Huren gerettet. Bloodspiller und Rowney habe ich bereits wegen ihres Ungehorsams ausgepeitscht, aber ich bin mir noch unschlüssig, was ich mit dir tun soll.«

Er hielt seinen Dolchgürtel in beiden Händen. Er wickelte den Riemen ein paar Mal um seine rechte Faust, wobei er die schwere Schnalle in der Handfläche hielt. Wäre die Schnalle frei gewesen, wäre es schlimmer geworden.

»Das war ungeknecht von Euch, sie meinetwegen zu bestrafen.«

»Sie mussten daran erinnert werden, dass sie unter meinem Befehl stehen, nicht unter deinem. Vor allem dein Bauernbursche hier.«

Ich schaute kurz zu Rowney hinüber und sah, dass er uns beobachtete. Sein Gesicht war angespannt und wütend.

»Ich tat, was ich tun musste«, sagte ich Galan.

»Das habe ich auch«, sagte er. »Ich kann Ungehorsam nicht dulden.«

Wir hatten Sire Edecon geweckt. Er verdrehte die Augen und zog sich die Decke über den Kopf. Ich sah, dass der kleine Junge noch immer da war, er lag zusammengerollt in der dunkelsten Ecke des Zeltes. Seine Augen schimmerten. Er lutschte am Daumen.

Ich sagte: »Wenn Ihr nicht wollt, dass ich mich Euch widersetze, dann verbietet mir nicht, meine Sicht zu tun … meine Pflicht.«

»Wie ich sehe, war ich im Irrtum zu glauben, deine Pflicht bestehe mir gegenüber.«

»Das Rüttelfieber ist unter uns, und die Leute sterben daran, und das Wenige, das ich tun kann, muss ich tun, auch wenn es bedeutet, dass ich nicht die ganze Macht neben Euch wiege.«

Galan hob die Stimme. »Früher *wolltest* du mein Bett nicht

verlassen und hast auch nicht so viele Vorladungen bekommen und deine Nächte nicht inmitten der von Geschwüren zerfressenen und von Flöhen zerstochenen Huren verbracht! Du hast dich beinahe selbst getötet bei dem Versuch, andere gesund zu machen, und sie sind dann trotzdem gestorben. Ich will, dass du zugibst, dass sie ohnehin sterben – du bringst dich für nichts in Gefahr, bringst uns alle in Gefahr. Was ist, wenn dir das Schüttelfieber bis in dieses Zelt folgt? Du weißt nicht, was du tust, es geht hier bloß um deine Unwissenheit und Sturheit, deinen Stolz und deinen Eigensinn, dich gegen mich aufzulehnen. Wenn du mich als deinen Herrn nicht willst, warum bist du mir dann gefolgt? Du hättest tun können, was dir beliebt. Das habe ich dir geschenkt, und du hast es mir ins Gesicht zurückgeschleudert, und warum? Warum?« Er stand mit dem Riemen in der Hand auf, und ich wich einen Schritt zurück. Er stand so dicht vor mir, und doch spürte ich die Welt, die zwischen uns lag. Ich konnte nicht begreifen, wie er glauben konnte, dass ich einer Vorladung gefolgt wäre, nur um mich ihm zu widersetzen. Wie selbstsüchtig er doch war.

»Das hat mich mein Onkel gefragt, und ich glaubte, die Antwort zu kennen«, sagte er. »Ich glaubte, du seiest wegen mir gekommen, nicht wegen meines Geldes oder aus irgendeinem anderen Grund. Aber da du so wenig Respekt vor mir zeigst, muss ich mir die Frage wohl erneut stellen.«

Er wurde sich bewusst, dass er mittlerweile schrie. Er hielt inne, holte Luft und beugte sich über mich. Dabei zog er den Riemen zwischen seinen Händen straff und sagte mit einer so leisen Stimme, dass sie schlimmer war als alles Schreien: »Ich weiß nicht, was schlimmer ist, eine Magierin oder eine Betrügerin. Ich habe mit eigenen Augen gesehen, was du mit dem Handlanger getan hast – dieser grauenhafte gescheckte Handschuh, was war das? Und was hast du mit mir getan, einen Angelhaken in mir verankert, um mich tanzen zu sehen? Wie du es an jenem Abend auf dem Feld getan hast, wie? Mein Gehänge nach deinem Belieben nach oben reißen lassen, genau wie mein Onkel immer sagt.«

Ich griff nach dem Riemen, legte meine Hände zwischen die seinen, und obwohl unsere Haut sich nicht berührte, sprang ein Funke über. Also lag doch nicht die ganze Welt zwischen uns. Wir waren nur eine Haaresbreite voneinander entfernt. Hatte ich denn nicht gerade genau das gedacht, was er laut ausgesprochen hatte, dass ich dorthin gerissen wurde, wo immer er mich hinführte?

»Das war schief … Mischief«, flüsterte ich. »Ich war zu der Zeit nicht ich selbst.«

»Wenn du nicht du selbst bist, wer bist du dann? Oder was?«

»Ich bin das … zu dem Knarrdor mich gemacht hat. Ich glaube, der Witz hat einen Riss in mir aufgetan und mich geöffnet.« Ich berührte meinen Scheitel. »Ich bin also peingeflucht … heimgesucht. Versteht Ihr?«

»Dann gehe ich davon aus, dass du heute Nacht die Huren geheilt hast?«

»Eine der fünf, die krank waren, war schon verloren. Ich konnte sie nicht mehr …« Meine Kehle schnürte sich zusammen. Ich hatte es alles satt, die Krankheit, die Angst, die Wut, das Streiten, die Anstrengung zu sprechen, wo es ihm an Geduld mangelte, mich ausreden zu lassen. Seine Worte und seine Stimme waren wütend, voller Verachtung, doch in seinem Gesicht las ich widersprüchliche Zeichen. Es waren nicht bloß Magierinnen, die ein ungleichmäßiges Gesicht hatten, wie Mai behauptete. Wir alle hatten es. Und Galans geteiltes Gesicht stand für einen geteilten Geist. Auf der linken Seite sah ich seine Wut darüber, dass ich ungehorsam gewesen war, und seine Angst vor mir und vor dem, was ich sein mochte. Auf der rechten Seite sah ich seinen Ärger darüber, dass ich mich so rücksichtslos in Gefahr begeben hatte und seine Angst, dass ich deswegen noch Schaden nehmen könnte.

Ich wollte die Hand nach Galan ausstrecken, ihn halten und von ihm getröstet werden, wusste aber, dass er meine Berührung nicht zulassen würde. »Natürlich habe ich geschleckt ... Respekt für Euch, natürlich«, sagte ich. »Ihr *wisst*, warum ich Euch gefolgt bin. Aber der Gott hat mir eine ... Made gegeben – Illfire war es –, eine, eine ... Schabe, eine ... Gabe, die Kranken zu heilen. Ich bin verzichtet, ich muss tun, was ich kann, versteht Ihr? Und glaubt Ihr nicht, ich wünschte, ich hätte mehr ... Fleißheit? Auch die hat der Grott mir geraubt – der Schlitz hat mir viel von dem Wissen genommen, das ich von den Leutern ... Kräutern hatte, und ich eigne es mir jetzt erst wieder an. Ich konnte ... Schüsselmumie ... Schlüsselkrume nicht heilen, dafür konnte ich den anderen Huren ein wenig helfen. Also flehe ich Euch an, bestraft nicht Eure Miefelrechte für das, was ich tun musste. Ich nehme lieber Säge auf meinen eigenen Rücken, als dass sie für mich leiden müssen.«

Galan warf den Riemen auf den Boden, drängte sich an mir vorbei und ging durch die Tür hinaus. Ich setzte mich auf das Bett, da meine Beine schwach geworden waren. Ich hörte, wie Bloodspiller zu Rowney sagte: »Ich habe dir ja gesagt, dass er es nicht tun wird. Du schuldest mir vier Kupfermünzen.«

Ich kam nicht zur Ruhe. Galan war noch nicht lange weg, als mich ein weiterer Ruf erreichte, dieses Mal zum Zelt der Propheten von Hazard. Die Priesterin von Chance lag mit dem Schüttelfieber darnieder, ebenso der Priester von Fate und drei ihrer beider Bediensteten. Der Carnifex ihres Stammes war ein rüstiger alter Erdmann, der mein Kommen begrüßte. Wir arbeiteten den Tag und den Abend über gemeinsam, er mit den Männern und ich mit der Priesterin und ihrer Zofe. Er hatte sich einen Vorrat an Kräutern angelegt. Wir waren beide darüber verblüfft, dass das Schüttelfieber sowohl Menschen im besten Alter als auch Kinder und alte Leute befiel. Es schien hier grimmiger zu wüten als in Corymb.

Die Prophetin von Chance war alt und gebrechlich. Als junge Geweihte hatte sie ihre Augen geopfert; man hatte ihr die Lider zugenäht, damit sie so blind wie ihre Herrin war. Als ich hereinkam, begrüßte sie mich höflich und berührte mein Gesicht, um meine Züge zu ertasten. »Wie ich höre, hast du rotes Haar«, sagte sie, »also bete für mich zu Chance. Sie hat meine Hingabe nicht immer wohlwollend zur Kenntnis genommen.«

Ich verließ das Zelt, damit ich ungestört die Knochen für die Priesterin und ihre Zofe werfen konnte. Den Zeichen nach ging ich davon aus, dass sie beide überleben würden, und was dafür nötig war, hatte ich zur Hand – Rinde und Wurzeln, die ich am Abend zuvor gesammelt hatte, Kräuter, die der alte Carnifex mir gab, getrocknetes Eisenkraut, Wermut und Petersiliensamen. Ich entzog der Prophetin Hitze, und sie schlief ruhig. Doch als ich Anstalten machte, wieder zu gehen, stieg das Fieber erneut. Sie verkrampfte sich und zuckte, und aus ihren Mundwinkeln schäumte grauer Speichel, sodass ich schon befürchtete, sie würde nun doch noch sterben. Als ich ihr meine Hände auflegte, fühlte ich ihr Lebensfeuer lodern, doch es war von Rauch bedeckt. Ich ließ meine Finger an ihren Gliedmaßen und ihrem Rumpf entlanggleiten und versuchte, die Flammen zu glätten, damit sie wie ein ruhiger Fluss dahinglitten, statt wie in Strudeln aufzuwirbeln. Ihr Anfall verklang, und sie fiel wieder in den Schlaf.

Bevor sie aufwachte, verließ ich das Zelt und begegnete Rowney, der mir sagte, dass man noch von anderer Stelle nach mir schicke. Er führte mich zu einem angebauten Schuppen aus Stöcken, der mit Roggenstroh bedeckt worden war. Dort lebten ein paar bedauernswerte Zwei-Kupfer-Huren mit ihrem Kuppler, der kaum älter war als ein Junge. Er war der Sohn der älteren Hure, Hagebutte, deren

Tochter die jüngere Hure war. Die Tochter war krank, ihre Augen glänzten, und der Sohn war wach und kratzte sich. »Ich hoffe, sie nimmt nicht zu viel«, sagte er zu seiner Mutter, auf mich gemünzt. Hagebutte erwiderte: »Sie wird keine einzige Kupfermünze erbitten, und selbst wenn sie es täte? Was hast du damit zu tun? Du bist doch nicht derjenige, der die Röcke hochheben muss, um sie zu verdienen.«

Ich machte mir nichts daraus, doch Rowney nahm in meinem Namen Anstoß daran. In der Tat wäre es eine armselige Art von Kräuterfrau gewesen, die Geld für das Heilen, eine Gabe der Götter, genommen hätte. Ich grinste Hagebutte an und beugte mich über ihre schweißnasse Tochter. Sie war zäh, und ihr Lebensfeuer brannte beständig; schon bevor ich für sie die Knochen warf, war ich überzeugt davon, dass sie überleben würde.

Auf dem Rückweg stieß eine Wäscherin auf mich und sagte, ihre Freundin Schlehdornbeere sei krank, und ob ich wohl nach ihr sehen könne? Das tat ich, und danach besuchte ich die Priesterin von Hazard Chance und stellte fest, dass sie ruhig schlief.

Schließlich ging ich zum Zelt der Huren, um zu sehen, wie es ihnen erging. Die Kranken waren auf dem Weg der Besserung, doch Gänsefingerkraut, die Alte, die so robust gewesen war, lag im Sterben. Ich hatte das Schüttelfieber noch nie so heftig und schnell zuschlagen sehen. Aus ihren geschwollenen Augen sickerten mit Blut vermischte Tränen, und ihre Nase blutete, und dort, wo niemand sie geschlagen hatte, tauchten dunkle Blutergüsse auf. Ich warf im Zelt die Knochen für sie, wobei ich mich neben ihren Strohsack setzte, mit dem Gesicht zur Segeltuchwand. Ob mir jemand zusah, scherte mich nicht. Es gab gewisse Verknüpfungen von Zeichen, die mich erschreckten: Smith wieder einmal, das Gleiche wie bei Glockenblume und Prey Hunger. Die Läuse auf dem Kopf und dem Körper von Gänsefingerkraut waren tot, genau wie es bei der Wäscherin in dem Dornenstrauch der Fall gewesen war; auch das war ein erschreckendes Zeichen, dass ihr Blut sich vergiftete oder das Feuer so heiß brannte, dass es nicht mehr zu ertragen war. Ich blieb bei ihr und streichelte ihre Hände. Sie zitterte und zitterte, kühlte sich zu schnell ab, und ich gab ihr, was ich konnte, doch mein eigenes Lebensfeuer brannte auf zu kleiner Flamme. Als es zu Ende ging, wurden ihre Hände grau, wurden zu Lehm.

Mittlerweile war die Sonne ganz aufgegangen, und ein weiterer Tag und eine Nacht waren vergangen – eine endlose Zeit, hatte ich währenddessen gedacht, doch hinterher schien sie mit unerklärlicher Schnelligkeit vergangen zu sein.

Als ich zu Galans Zelt zurückging, sah ich, wie Priester von Torrent einen leichten, zweirädrigen Einspänner um das Lager zogen und alle dazu aufriefen, jedwedes Beutegut darauf zu legen, das sie vom Stamm Torrent besaßen, damit es verbrannt werden konnte, um den Fluch zu bannen. Kataphrakte, Niedere, Metzen und Dirnen warfen Rüstungen, Münzen und Schmuckstücke aus Muschelschale auf den Karren. Die Propheten waren ernst und sangen getragene Gebete. Hinter dem Einspänner fuhr ein Ochsenkarren, der von zwei kahlköpfigen, um Opfer bittenden Priestern von Rift gezogen wurde, und hinter ihnen gingen Bittsteller, die sich im Rausch geißelten.

Schrecken erfasste mich, verdunkelte meine Sicht und erfüllte mich mit der Gewissheit, dass jede Anstrengung vergeblich war. Eine bleischwere Müdigkeit legte sich auf mich. Ich schaute jedem Mann in die Augen und dachte *Toter, Toter*. Ich sah eine Schar Huren in gestreiften Röcken und wusste, dass es bloß meine Furcht war, welche die eine oder die andere mit dem düsteren Gewand der Schattenwesen umhüllte.

KAPITEL 12

Rat der Toten

Ich versank tief im Meer von Sleep, doch statt zur Ruhe zu kommen, überfiel mich ein Grauen erregender Traum. Ich träumte, ich hätte eine winzige Maus geboren, ein kleines, rosafarbenes Ding wie einen Bissen Schinken, und hätte versucht, sie wie ein normales Kind zu versorgen, sie aber unter zerwühltem und stinkendem Bettzeug verloren.

Ich setzte mich auf, überzeugt davon, von Mouse geträumt zu haben, Mais ungeborenem Kind, das nun endlich bereit dazu war, geboren zu werden. Es war hell draußen, dem Blick nach zu urteilen später Nachmittag, und ich hatte den Großteil des Tages verschlafen. So viel Schlaf war ich nicht gewohnt, und ich fühlte mich benommen, als hätte ich bis zum Erwachen einen weiten Weg zurücklegen müssen. Die Türlasche stand offen, und der Wind trug einen Geruch herein, den ich hasste, nämlich den von brennenden Scheiterhaufen außerhalb des Lagers.

Der kleine Junge der Wäscherin, Wren, saß neben Rowney und half ihm dabei, Sire Edecons Beinschienen zu polieren. Natürlich war kein Fleckchen Rost auf der Rüstung zu finden, dafür hatte Rowney gesorgt. Ich fragte mich, ob Sire Galan den Jungen behalten würde, auch wenn er das Gegenteil gesagt hatte. Vielleicht hatte der Gatte der Freifrau mich durch die gleiche Art und Weise bei sich aufgenommen – mich aus Freundlichkeit als Waise angenommen –, statt mich als rothaarigen Talisman zu rauben, der ihm Glück bringen sollte, wie Sire Pava es einmal behauptet hatte.

»Wo ist Sire Galan?«, fragte ich Rowney.

Er zuckte mit den Schultern und stocherte an den ausgefransten Fäden um ein Loch am Knie seiner Hose herum. »Wer weiß? Das Lager summt wie ein aufgescheuchtes Hornissennest. Während du weg warst, kamen Leute her und fragten nach Heilmitteln gegen die Krankheit. Aber ich dachte, es ist besser, wenn du ein bisschen Schlaf bekommst.«

»Ich muss zu Schrei ... Mai«, sagte ich. »Ich habe geträumt, ihre Schlehen ... Wehen hätten eingesetzt.«

Nach dem Überfall war das Heer nicht mehr so nachlässig, was seine Verteidigung anging. Die Wagen des Trosses standen rund um unser Lager und bildeten hinter der Wand aus angespitzten Pfählen eine weitere Barriere. In einigen Karren wohnte jemand, die meisten jedoch standen leer. Mai hatte einen Streifen violettfarbenes Tuch, das deutlichste aller Zeichen, an eine Stange gehängt, die sie an ihrem Ochsenkarren befestigt hatte. Mein Traum hatte mich nicht belogen. Sie lag bereits in den Wehen und hatte Desires Banner der Niederkunft geflaggt, als Warnung für die Männer, ihr fernzubleiben.

Sunup saß auf einem Schemel neben dem Karren und nähte. Ich fragte sie, ob mit ihrer Mutter alles in Ordnung sei, worauf sie zustimmend nickte. Doch ihre Mundwinkel hingen weit nach unten, als meinte sie das Gegenteil. Der gescheckte Hund sonnte sich und war mit sich und der Welt zufrieden, bis Tobe anfing, ihn zu necken, indem er ihn am Schwanz zog.

»Bist du das?«, hörte ich Mai aus dem Karren herausrufen.

Als ich hereingekrochen kam, setzte sie sich auf. An die Stelle der Säcke mit Korn waren andere getreten, gefüllt mit getrocknetem Farn und Heidekraut, und sie knisterten unter uns und rochen nach Herbst. Mai hatte jene leckeren Rosinenkuchen gebacken, die Besucher bei einer Entbindung bekommen. Rosenöl in der Lampe verströmte einen beruhigenden Duft. An den bogenförmigen Stangen des Verdecks hingen mit Gebeten beschriebene Tontafeln sowie reihenweise Schneckenhäuser, um das Kind zum Herausschlüpfen zu ermuntern. Mai hatte vielen Frauen Ratschläge gegeben, wie sie ihre Wehen erleichtern konnten, und nun tat sie alles in ihrer Macht Stehende, um sich selbst zu helfen.

Ich aß einen Rosinenkuchen und erzählte Mai, dass ich davon geträumt hatte, wie Mouse geboren wurde. Von der winzigen, sich windenden Maus und davon, dass ich sie verloren hatte, erzählte ich ihr nicht, da ich befürchtete, sie könne genauso verstört von dem Omen sein, wie ich es war.

»Gut«, sagte sie. »Ich dachte allmählich schon, Mouse würde sich überhaupt nicht entschließen. Die Schmerzen kommen und gehen.«

»Hast du schon Schlehen … Wehen? Es tut mir leid, dass ich nicht müher gekommen bin. Ich war hier und da, weil das … Rüttelmieder, das Schüttelfieber im Lager umgeht, und …«

»Oh, das weiß ich. Pinch hat es auch.«

»Wie geht es ihm?«

»Er fühlt sich schlaff wie eine ertränkte Katze, aber er wird sich erholen. Wie geht es dem König, hast du etwas gehört?«

Ich starrte sie an.

»Base, wenn du deinen Verstand beisammenhalten würdest, dann würdest du etwas lernen. Weißt du denn nicht, dass der König das Schüttelfieber hat? Offenbar weiß es jeder außer dir«, sagte Mai unfreundlich. »Es heißt, er wird sterben.«

Ich machte meinen Mund auf und wieder zu. Ich konnte mich nicht an eine Zeit ohne König Thyrse erinnern. Er herrschte schon länger, als ich lebte.

»Er ist nicht aus Stein«, sagte Mai. »Er ist aus Fleisch und Blut wie du und ich.«

»Was passiert mit uns, was wird mit dem Meer, wenn er stirbt?«

»Was glaubst du denn?«

»Wir werden verlieren?«

»Du bist diejenige, die weissagt, nicht ich. Ich weiß nur, dass wir verloren sein werden, egal ob wir eine Niederlage erleiden oder einen Sieg erringen. Er hätte uns einen richtigen Erben schenken sollen, statt so zu tun, als würde er ewig leben. Wenn er stirbt, werden seine Bastarde hinter jedem Felsen hervorgekrochen kommen, und jeder Stammeserste wird darum wetteifern, an erster Stelle zu sein, und die Königsmutter wird wahrscheinlich auch Anspruch darauf erheben, uns zu beherrschen, wie sie beansprucht, Incus zu beherrschen.«

»Ich werde für ihn beten«, sagte ich.

»Bete auch für mich, ja? Bitte Desire, meine Wehen schnell und leicht verlaufen zu lassen.« Dies sagte sie süßsauer, wie im Scherz, doch ich erkannte die Angst, die sie zu verbergen suchte.

»Soll ich die Schwebamme holen?«

»Oh nein. Dafür ist es noch viel zu früh. Ich muss ein Schläfchen machen«, sagte sie. Sie wuchtete sich auf die Seite, und der Karren schwankte.

Ich setzte mich nach draußen auf die Kutscherbank und schaute auf Sunup hinunter. »Was nähst du? Ist das eine Schnecke ... eine Zecke für das, das ... das da im Bauch deiner Mutter?«

Sunup war derart besorgt, dass sie nicht einmal über meine Sprachfehler lächelte. Sie zeigte mir die kleine Decke, die sie mit einer Darstellung silbergrauer Mäuse zwischen kreuz und quer laufenden Weizenhalmen bestickte. Die schweren Kornähren waren mit goldumwickelten Fäden abgesetzt. »Das ist für Lynx Mischief«, sagte sie. »Es ist ein Opfer, damit Mischief Mouse behütet.«

Ich stellte mich auf die Kutscherbank, schaute auf unser

Lager und sah eine Menschenmenge vor dem Pavillon des Königs. Sie war ruhiger, als eine Menschenmenge es hätte sein sollen. Sun stand im Westen, und der Himmel um sie herum war messingfarben und hell. Ein südlicher Wind brauste das Tal hinauf. Ich hörte, wie er unterwegs rauschte und Segeltuch und Leder gegen Stangen klatschen ließ, und als er mich erreichte, löste sich das Ende meines Kopftuchs. Zwitschernde Sperlinge, die neben dem Karren nach verstreutem Korn gepickt hatten, stiegen auf und wurden davongetrieben.

Ich sah Sire Galan, bevor er mich sah. Ich winkte, zog seinen Blick auf mich und sprang von dem Karren hinunter. Er grüßte Sunup höflich mit Namen. Sie hatte ihm einmal einen guten Dienst erwiesen, als sie geholfen hatte, seine Konkubine zu pflegen, und er war nicht zu stolz, um dies zu würdigen. Zu mir sagte er: »Der Crux will dich sehen.«

»Warum?« Ich lehnte mich mit dem Rücken gegen die Speichen eines Wagenrads und spürte die Nabe aus Ulmenholz an meinem Rückgrat. Es half mir, aufrecht stehenzubleiben, denn meine Beine hatten die Kraft verloren. Ich hatte gelernt, jede Vorladung durch den Crux zu fürchten, ganz gleich, durch welchen Boten sie übermittelt wurde.

»Er hat Fragen«, sagte Sire Galan. Er stand mit dem Rücken zur Sonne, zwei Schritte von mir entfernt, und ich konnte sein Gesicht kaum erkennen.

»Mais braucht mich. Ihre Zehen haben eingesetzt.«

»Sie kann dich entbehren. Warum sonst trödelst du hier draußen herum?«

»Ich kann nicht gehen! Er wird mich dem Spottesurteil übergeben … dem Gottesurteil.«

»Hast du Angst davor, er könnte dich wieder den Hunden gegenüberstellen? Das wird er nicht, das versichere ich dir.«

»Woher wollt Ihr das wissen?«, heulte ich. »Zweimal hat er mich vernommen, einmal durch … Schunde, ich meine Hunde, und einmal durch Rift. Beim dritten Mal wird er bestimmt seinen Willen bekommen und mir den Garaus machen.«

»Zweimal?« Galan trat ganz nahe zu mir, und Sunup ging ihm aus dem Weg. Ihr Schemel fiel um. »Wie meinst du das, Rift?«

»Nicht Rift ... Gift. Gift. Sie haben mir den Harz, den Schwarzen Trunk verabreicht und hätten mich fast abgemurkst, und was sie davon hatten, weiß ich nicht. Da müsst Ihr sie fragen.«

»Wer hat das getan? Wer hat dir den Trunk verabreicht?«

»Euer Onkel und seine Schießtiere. Und ein Cannix von Carnal Dieleiher.«

Sunup kroch in den Ochsenkarren, und ich hörte, wie sie sich hinter der Plane bewegte. Sie konnte uns hören, und zweifellos hörte Mai ebenfalls zu. Das beschämte mich.

»Wann?«, fragte Galan.

»In der Stadt – in Banx –, als ich krank wurde, erinnert Ihr Euch? Als Ihr für Euren Onkel unterwegs wart, um ihm Herde ... Pferde zu kaufen.«

»Ach, ich verstehe. Und du hast nicht daran gedacht, mir dies zu erzählen?«

»Ich wollte ja nicht ... ich wollte bloß ... ich hatte Angst, zwischen Seuch und den Schnucks zu kommen.«

»Dafür ist es zu spät«, sagte er. »Ich habe dir schon einmal gesagt, du sollst mir nichts vorenthalten, was ich wissen sollte. Was hast du gedacht, was ich tun würde, hä? Meinen Onkel wegen *dir* töten? Das beweist nur, wie schlecht du mich kennst. Und was wollte der Crux so unbedingt wissen?«

»Warum ich Euch gefolgt bin.«

»So, und warum bist du das?« Er ging ein paar Schritte und wendete mir den Rücken zu, wobei er auf die sonnenbeschienenen Hügel im Westen schaute.

Er würde mich verlassen, dachte ich. Wir mochten weiterhin Seite an Seite leben und Hüfte an Hüfte schlafen, er mochte von mir Gebrauch machen, wie es ihm beliebte, aber ich würde immer daran erinnert werden, was ich verloren hatte. Und das war genau das, was der Crux wollte, dass sein Neffe seine Scheide an den ihr angemessenen Platz verwies, wenn er schon darauf bestand, sie zu behalten.

Dann dachte ich an die bevorstehende Schlacht und daran, dass Galan und ich nie so recht eine Chance gehabt hatten, so weiterzuleben, obwohl ich mich so verhalten hatte, als gäbe es sie. Ich hatte so gelebt, als würde die Schlacht nie stattfinden. Da uns nur noch so wenig Zeit blieb, sollten wir nicht streiten. Ich richtete mich auf und nahm meine Hand von der Radspeiche. In meiner Handfläche steckte ein Splitter. Ich kletterte auf den Kutschbock des Karrens und schaute zu Mai hinein.

Sie sagte: »Sorge dich nicht um mich. Ich brauche dich jetzt nicht. Geh und sag dem Crux, was er hören will – verstanden?«

Ich sprang von dem Karren herunter. Galan war fort.

Der Crux saß in seinem Pavillon auf einem geschnitzten Stuhl mit hoher Rückenlehne. Er zog eine finstere Miene, welche die Kerben über seinem Nasenrücken und die Rillen neben seinem Mund noch tiefer schnitt. Mit einer Hand umklammerte er die Lehne seines Stuhls, auf die andere hatte er das Kinn gestützt. Galan sprach gerade leise zu ihm und unterbrach sich, als ich hereinkam.

Ich kniete mich vor den Crux und begegnete seinem Blick. Er verabscheute Anmaßung, doch ich brachte sie ihm entgegen, indem ich ihm in die Augen schaute. Zu bitten und zu weinen würde bei ihm nichts fruchten, und obwohl es sein konnte, dass ich am Ende beides tun würde, weigerte ich mich, damit zu beginnen.

Der Crux hatte sein gesamtes Zeltmobiliar aus Corymb mitgebracht, Ornamentteppiche, Klappmöbel und Bronzelampen an Ketten. Hinter ihm hing ein Bildteppich mit einer Darstellung von Sun, Moon und Heavens. Ich konnte kaum glauben, dass hinter den gewachsten Segeltuchwänden das Königreich von Incus lag, denn es hatte den Anschein, als wären wir nach wie vor auf dem Marchfield. Es war so, als wären wir nie aufgebrochen und als müsste ich nun nach draußen gehen und mich erneut den Menschenjägern entgegenstellen. Ich senkte den Blick und legte die Hände auf dem Schoß zusammen, die kalte Hand und die warme. Beide waren schweißnass.

»Ich dachte, Ihr hättet gesagt, sie weigert sich zu kommen«, sagte der Crux zu Galan.

»Das hat sie auch.«

»Ich hatte Bangst«, sagte ich.

»Nun, da sie hier ist, was wünscht Ihr zu tun, Sire?«, wollte Sire Galan wissen. »Ihr den Schwarzen Trunk einflößen? Oder tut Ihr so etwas nur heimlich?«

Der Crux legte den Kopf auf die Seite und schaute Galan an. »Es ist jetzt nicht an der Zeit, um sich über Eure Scheide zu streiten. Es gibt wichtigere Dinge.«

»Ihr habt den Streit gewählt. Den Zeitpunkt, ihn zu beenden, könnt Ihr nicht wählen.« Galan stand genauso weit entfernt von mir wie von seinem Onkel. Es waren bloß ein paar Schritte, aber dennoch eine große Entfernung, von der aus er uns mit strenger Miene betrachtete.

»Es ist meine Pflicht, für den Stamm zu sorgen – und für Euch«, sagte der Crux.

»Ja, Ihr sorgt für mich. Noch ein wenig mehr Sorge, und ich wäre tot. Ihr habt mir meine Pferde weggenommen – vielleicht fordert Ihr nun von mir, ohne Schwert in den Krieg zu ziehen. Ihr wollt nicht, dass ich nach Hause komme, denke ich, aus Angst, ich könnte Eurem Sohn und Erben Unannehmlichkeiten bereiten.« Während Galan sprach, glaubte ich ihm für einen Moment. Sein Misstrauen brachte die Handlungen des Crux in ein einfaches Muster; und der

Sohn des Crux – Galans Vetter –, an den ich nie einen Gedanken verschwendet hatte – war ein Faden, der sich durch das gesamte Muster hindurchzog.

Der Crux schlug auf die Armlehne und brüllte: »Flennt mir gegenüber nicht darüber, ohne Pferd in den Krieg ziehen zu müssen! Das habt Ihr verdient, und wenn Ihr Euer kostbares Leben retten wollt, dann habt Ihr meine Erlaubnis, noch heute Abend nach Hause zu gehen. Es wird mich freuen, Euch los zu sein! Ich habe keine Angst um meinen Sohn, und ich verhätschele ihn nicht. So wie ich mich auch weigere, Euch zu verhätscheln – und wärt Ihr nicht so eitel, dann wüsstet Ihr dies auch.«

Während der Crux sprach, zog er an einem Faden; da war es nun wieder, das alte Muster: nicht so sauber, nicht so klar, aber echter, dachte ich, denn ich glaubte tatsächlich, dass der Crux Galan sehr mochte und zugleich bereit war, ihn zu töten, falls dies nötig war, und ich sah darin keinen Widerspruch. Ich war überzeugt davon, dass Galan loyal und seinem Onkel zu sehr zugeneigt war, als dass er Ränke gegen dessen Erben geschmiedet hätte. Aber ich konnte nun beide Muster gleichzeitig erkennen, wie ein Wurf Knochen, der auf zwei Arten gedeutet werden kann. Daher war ich mir nicht mehr sicher.

Es entstand ein langes Schweigen, während dem ich Galan rasselnd atmen hörte. Er hatte zu viel gesagt. Selbst wenn er daran glaubte, hatte er zu viel gesagt und dem Crux einen Vorteil verschafft, denn derjenige ist im Vorteil, der ungerecht behandelt wurde.

Galan schaute sich um, nahm sich einen Stuhl mit Klauenfüßen und einer hohen, mit elfenbeinernem Gefieder besetzten Lehne, stellte ihn sorgsam dorthin, wo er zuvor gestanden hatte, und nahm darauf Platz. »Es ist meine Absicht zu bleiben«, sagte er. »Es ist meine Absicht zu kämpfen, und wenn die Schlacht geschlagen ist und ich überlebe, dann werde ich wieder reiten, und Ihr werdet mich nicht daran hindern – nicht wahr, Onkel? –, denn dann werde ich so viel ertragen haben, wie es die Ehre gebietet, und noch mehr als das. Und nun gebietet es die Ehre, dass ich Euch frage, was Ihr meiner Scheide angetan habt. Denn wie Ihr einst gegenüber Sire Rodela erklärt habt, steht sie unter meinem Schutz. Wer sie angreift, greift mich an.«

»Es ist kein Schaden entstanden«, sagte der Crux. »Überzeugt Euch selbst.«

»Oh, ich glaube schon, dass Schaden entstanden ist«, sagte Galan. »Das glaube ich schon. Denn mir kam ein Gerücht zu Ohren – dem ich bis heute keinen Glauben schenkte, weil es ein lügnerischer, diebischer Stiefelknecht war, der es mir sagte –, dass Ihr die Initiierten von Carnal dafür bezahlt hättet, sie unfruchtbar zu machen.«

»Es schadet Euch nicht, davor bewahrt zu werden, Erdbastarde zu zeugen.«

Galan schaute mich nicht an. Sein Blick und der des Crux kreuzten sich, und Galan wich nicht aus. Die beiden riefen in mir das Bild von zwei Schwertkämpfern hervor, die ihre Klingen nahe des Heftes umklammern und gekreuzt haben und so stehen, dass sich keiner der beiden bewegen kann.

Die Initiierten hatten mich unfruchtbar gemacht. Sie hatten mich mit Unfruchtbarkeit verflucht, und ich hatte es nicht gemerkt. Deshalb also waren meine Mondblutungen bereits zwei Dekaden zu spät. Ich dachte an diese Priesterin, die mich beobachtet hatte, während ich mich nach dem Schwarzen Trunk vor Schmerzen gewunden hatte, und wie selbstzufrieden sie dabei gewirkt hatte. Nun spielte es keine Rolle mehr, dass ich heimlich Kindstod genommen und vorgehabt hatte, den Engelmacher aufzusuchen, wenn meine Mondblutungen nicht bald kamen.

Galan hatte mir einmal erzählt, dass er einen Bastard von mir wollte, und ich war überrascht gewesen, ja sogar geschmeichelt. Aber begriffen hatte ich es nicht, ich hatte kein Verlangen danach. Nun begriff ich, das tat ich wirklich. Ich sah ein Kind vor mir, einen Menschen, den mir vorzustellen ich bis dahin nie gewagt hatte. So mutig wie Mai war ich nicht, ein Kind auf einem Feldzug auszutragen und mich während diesem den Geburtswehen auszusetzen. Aber falls ich es wäre, falls ich einen Bastard von Galan wollte, ein Kind, das von uns beiden abstammte, mit seinen Augen und meinem Haar oder seinem Haar und meinen Augen, dann stand es weder dem Crux noch seinen Initiierten zu, es mir zu verweigern.

Plötzlich verspürte ich heftige Stiche im Bauch, als sei es der Fluch, der unbemerkt, während ich ahnungslos gewesen war, in meinem Leib gewachsen war und sich bewegte, dort, wo stattdessen ein Kind hätte wachsen und mit Händen und Füßen um sich treten sollen. Ich beugte mich nach vorn über die Knie, die Arme über dem Bauch verschränkt. Ich bemühte mich, das Wehklagen zu unterdrücken, das hinauswollte.

Galans Stimme war weit entfernt. »Und das Schlimmste daran ist«, sagte er, »dass Ihr Recht hattet. Sie ist eine Magierin und widernatürlich. Aber es war eine schlechte Tat, es hinter meinem Rücken zu machen.«

»Dass sie widernatürlich ist, geht Euch jetzt erst auf? Dann seid Ihr noch vernarrter, als ich dachte. Es war nicht der Blitz, der sie dazu machte, wie die Leute sagen. Der Blitz hat sie ausgesucht, *weil* sie ist, was sie ist; sie hat ihn angezogen. Aber Ihr täuscht Euch, wenn Ihr sie bloß für eine Magierin haltet, eine, die mit Flüchen und Zauber herumpfuscht, wie ich einst fälschlich glaubte. Sie ist eine Seherin, sie spricht mit den Toten. Ich habe sie unter dem Schwarzen Trunk verhört, sodass sie nicht lügen konnte, und ich bin erleichtert darüber, dass sie Euch oder Eurem Stamm gegenüber nichts Böses im Schilde führt, obwohl sie Wildfires Wesen ist. Jetzt benötigen wir ihren Blick in die Zukunft und den Rat, den die Toten uns geben können. Wir leben in einer gefährlichen Zeit, die all jenen Gelegenheiten bietet, die kühn genug sind, ein Wagnis einzugehen – und auch denen, die von Chance begünstigt werden, wie Ihr es seid. Es gibt Angelegenheiten von größerer Bedeutung als die, ob Eure Scheide unfruchtbar ist. Doch wenn Ihr es wünscht, sorge ich dafür, dass die Initiierten den Fluch wieder aufheben, der auf ihr lastet. Ist es das, was Ihr begehrt?«

Ich wollte Sire Galans Antwort nicht hören, war davon überzeugt, dass er etwas sagen würde, was ich ihm nicht würde vergeben können. Ich spürte, wie der Fluch sich in mir regte, und sagte: »Ihr habt die Irritierten dafür bezahlt, mich unsichtbar … unfruchtbar zu machen. Warum erwartet Ihr nun etwas anderes als Rügen … Lügen von mir? Und glaubt Ihr wahrhaftig, es liege an den Inwirten … den Irisierten von Kanal, zu entscheiden, ob ich ein Kind haben werde oder nicht? Sollen sie doch versuchen, einen Schwindel mit mir zu treiben. Ein Schwindel, den die Spötter nicht erlauben, wird auf den zurückfallen, von dem er ausgeht. Schakal … Desire hat mir seine Brunst in Sire Galans Bett erwiesen, und sie wird sich nicht von mir abwenden, nur weil die Initiierten es wollen.« Ich wandte mich Galan zu, doch er schaute mich nicht an. »Und was Mildgeier und Bastard Chance angeht – diejenigen, die auf uns drauflassen … aufpassen? Die Aasschmeckte … die, die … Aspekte verstehen sich gut miteinander; sie sind zwei aus einer Aufzucht. Glaubt Ihr nicht, sie wollten sehen, welche Nachfrommen aus unserer Verbeinigung entstünden?«

»Sie spricht eine deutlichere Sprache als beim letzten Mal«, sagte der Crux. »Zu deutlich. Sie bildet sich etwas ein. Kreuzt ein Schlachtross mit einer Eselin, und alles, was dabei herauskommt, ist ein uneheliches Maultier.«

Sire Galan warf mir einen Blick zu und schaute dann wieder weg. »Wir kennen ihre Abstammung nicht, wissen nicht, wo sie herkommt. Sie ist ein Findelkind.«

»Wenn Ihr glaubt, sie komme aus guter Züchtung, dann habt Ihr Euch getäuscht«, sagte der Crux.

»Ich habe nie behauptet, eine Ekle zu sein, oder? Aber ich hatte einen Vater, der mich gern hatte. Ich mag ein Findelkind sein, aber ich bin kein Schmeißfliegenei. Er war von Beruf Pferdeschänder ... Sender ... ein Händler, meine ich.«

»Du hast mir erzählt, du könntest dich an deinen Vater nicht erinnern«, sagte Galan, als sei er säuerlich erfreut darüber, mich wieder einmal bei einer Lüge ertappt zu haben.

»Ich erinnere mich auch nicht an ihn. Aber ich habe zweimal von ihm geträumt. Ich träumte, er sei ein so guter Wertmann wie jeder andere auch. Darf ich jetzt gehen? Seid Ihr fertig mit mir? Oder wollt Ihr mir wieder den Schwarzen Trunk verabreichen?«

»Du darfst dich setzen«, sagte der Crux. »Setz dich. Ich habe nicht vor, dir etwas zuleide zu tun.« Er wies auf einen Fußschemel, doch ich setzte mich nicht.

»Was *habt* Ihr vor, Sire?«, fragte Galan.

»Ich weiß es«, sagte ich. Mai hatte mir Klatsch zugetragen, und den Rest konnte ich mir zusammenreimen. »Er tut so, als wäre er erfreut, wenn der König stirbt.«

Galan gab einen erstickten Grunzlaut von sich. Dann herrschte Stille.

»Der König wird sterben?«, fragte der Crux. Er beugte sich auf seinem Stuhl vor, gespannt auf meine Enthüllungen.

»Er ist dem Tod geweiht«, sagte ich. »Das hat mir ein Freind gesagt.«

»Wann wird er sterben?«

»Was haben Eure Schießtiere gesagt? Bestimmt haben sie heruntergedruckst und so ein Theater aus den Samen gemacht, den ... den Omen, dass sie, egal was passiert, sagen können, sie hätten es geweissagt.«

Am Gesicht des Crux erkannte ich, dass ich der Wahrheit nahe gekommen war. »Ihr seid der Versprecher, ich meine der Fürsprecher – warum fragt Ihr die Toten nicht selbst?«, sagte ich. »Bittet Euren Spaten der Toten um Hilfe.«

Der Crux schaute mich finster an, und die weiße Narbe

neben seinem linken Auge zuckte. Doch seine rechte Gesichtshälfte wirkte eher bestürzt als grimmig.

»Oh, ich verstehe«, sagte ich. »Ihr habt es versucht, und die Plattenwesen haben nicht geantwortet.«

»Hast du Angst, es selbst zu versuchen?«, fragte er.

»Natürlich habe ich das.« Allerdings war ich in Versuchung. Im Crux hatte sich viel aufgestaut, und ich hätte es mit einem einzigen Wort auslösen können. Die ganze Welt konnte sich auf ein Wort hin ändern, eine Lüge. Ich war erfüllt von der Macht und dem Zauber, der sich in meinem Bauch regte. Der Crux hatte mir ein Geschenk dargebracht – die Macht, ihn in die Irre zu führen. Wer über die Maßen begehrt, ist leicht zu täuschen. Aber vermutlich würde er sich nur dann von mir in die Irre führen lassen, wenn er bereits dazu entschlossen war, diesen Weg zu gehen.

»Warum begebt Ihr Euch in ihre Hände?«, fragte Galan ihn.

Ich streckte meine leeren Hände aus und drehte sie nach oben. »Meine Hände sind leer. Darf ich jetzt gehen? Das Rüttelfieber sucht das Lager heim, und es gibt viele, die meiner Schilfe bedürfen. Das Ding das, das Ihr wollt – ich weiß nicht, wie. Ich bin nicht, was Ihr von mir denkt.«

»Aber wirst du es versuchen?«, fragte der Crux.

Egal, was ich antworten würde, es würde dazu führen, dass Galan mich verachtete. Ich konnte einwilligen und dem Crux unsinnige Worte hinwerfen wie jene, die ich den Propheten im Tempel von Ardor gegeben hatte; sollte er doch damit machen, was er wollte.

Ich konnte ablehnen, aber das würde als Beweis dafür gelten, dass ich eine wissentliche Betrügerin war, die sich hinter einer Maske aus Mehl und Holzkohle verbarg, um leichtgläubigen Jungen Streiche zu spielen, und die zu feige war, um diese Streiche den Leuten zu spielen, die mächtiger waren als sie.

Aber wenn ich Mischief herbeibeschwor, dann kam Mischief. Und das war kein Trick.

Galan wusste das. Vielleicht hielt er mich nicht für einen Scharlatan. Erneut erkannte ich die Angst in ihm vor dem, was ich war und was der Blitz aus mir gemacht hatte. Er mochte mich mehr, wenn er mich für schwach hielt. Ich musste daran denken, wie er nach dem Blitzschlag für mich gesorgt hatte, als ich verwirrt vor mich hin gestolpert war, und die Vorstellung, seine Zärtlichkeit nicht mehr zu bekommen, erfüllte mich mit Schmerz.

Zu glauben, er wolle mich schwach oder lammfromm, war ungerecht. Wenn er eine solche Scheide gewollt hätte, dann hätte er sie auch bekommen. Stattdessen hatte er mich genommen, und ich glaubte wirklich – obwohl ich geprahlt hatte, als ich es sagte –, dass ich eine Art Wahrheit ausgesprochen hatte: Unsere beiden Wesen verstanden sich gut miteinander, denn in mir war Wildfire, und in Galan war Chance. Er strebte keine Weichheit an, er begehrte den Feuerstein, der Funken schlug.

Doch ich konnte nichts Ermutigendes in seinem Gesicht erkennen. Sein Mund war grimmig verzogen; er wartete darauf zu hören, was ich sagen würde, und seine Hände ruhten auf den Lehnen seines Stuhls, die Handflächen so auf das Holz gepresst, dass sie die Zeichen von Chance und Fate verbargen. Er war ein Spieler, und auch ich musste spielen. Doch ich hatte noch eine dritte Möglichkeit, riskanter als Vortäuschung oder Verweigerung: nämlich der Versuch, das zu tun, was der Crux von mir verlangte, und eine ehrenwerte Seherin zu sein.

Der Crux verlagerte sein Gewicht auf dem Stuhl. Ich ließ ihn warten, während meine Gedanken hin und her jagten. Aber diese hektischen Gedanken waren lediglich eine Ablenkung; in der Dunkelheit meines Geistes, ohne mein eigenes Zutun, hatte ich mich bereits entschieden.

»Ich glaube, ich muss es versuchen«, sagte ich eher zu Galan als zum Crux.

»Gut«, sagte der Crux.

»Die Schattenwesen, die ich kenne …«, sagte ich zu ihm, »ich bezweifele, dass Ihr ihren Schad wollt. Könnt Ihr Euren Saat anrufen? Euren Rat?«

»Sie hat Ardors Priester ausgelacht, als diese sie als Orakel benutzen wollten«, sagte Galan. »Nun tut sie so, als sei sie eines.«

»Ihr könnt gehen, wenn Ihr nicht hierbleiben wollt«, sagte der Crux.

»Ich denke, ich bleibe lieber«, sagte Galan und verschränkte die Arme vor dem Körper.

Der Crux stand auf und trat zu dem Bildteppich mit der Darstellung von Sun, Moon und Heavens, der vor einer Wand seines Pavillons hing. Er schob den Teppich beiseite. Dahinter stand eine Holzkiste, deren Deckel mit den Gottzeichen von Crux in Gold ausgestaltet war. Mit einem verzierten Schlüssel öffnete er das eiserne Schloss. Die Masken waren in bestickte Tücher eingeschlagen: sieben goldene Masken, eine für jedes Haus des Stammes. Ich hatte gedacht, es wären mehr. Der Crux behandelte sie mit Vorsicht und Ehrfurcht und hängte sie mit Hilfe von Haken an eine Eisenstange, die an den Dachsparren des Pavillons angebracht war. Die goldenen Gesichter hingen hoch, so als würden sie hochaufgeschossenen Männern gehören, und es war, als würden sie starren, obwohl ihre Augen leer waren.

Ich hatte gesehen, wie der alte Priester im Herrenhaus nach dem Tod der Freifrau einen Abdruck von ihrem Gesicht gemacht hatte. Er hatte Lehm auf ihr Gesicht gepresst, um eine grobe Ähnlichkeit zu erzielen. In meinem Unwissen hatte ich vermutet, er fertige ihre Totenmaske an, doch es war lediglich eine Form für die Goldmaske gewesen, durch die ihr Schattenwesen im Rat der Toten sprechen konnte. Doch hier war der Ratschlag einer Frau nicht erwünscht.

Hier waren nur die Masken von Kriegern. Zwei waren alte Männer, bei denen jede einzelne Falte zu sehen war; alle anderen waren in ihren besten Jahren, wahrscheinlich in einer Schlacht gefallen. Die Masken sahen lebensecht aus, doch da die Abdrucke nach ihrem Tod genommen worden waren, waren sie zugleich merkwürdig und schlaff. Bei jeder Maske war die Stammestätowierung auf die rechte Wange geritzt worden, und auf der linken Wange, in heller Emaille, das Wappen des jeweiligen Hauses. Bärte und Haare waren aus feinem Golddraht geformt.

Ich hatte geglaubt, der Crux werde die Schattenwesen durch eine Art Ritual herbeirufen. Stattdessen setzte er sich nur und schaute mich erwartungsvoll an. War das hier wieder eine Prüfung durch Gottesurteil? Wollte er beweisen, dass ich unbedarft und närrisch war? Es entsprach der Wahrheit. Ich sagte: »Ich weiß nicht – was soll ich tun?«

»Ich sagte Euch doch, sie kann es nicht«, sagte Galan.

Die Abenddämmerung hatte eingesetzt, und die Farben verblichen. In der Luft hing ein Rauchschleier von einer glimmenden Kohlenpfanne. Ich stand auf und stampfte mit den Füßen, und leise fing ich an, den Kanon der Noten zu summen, der zu Sire Rodelas Schattenwesen gehörte. Ich hatte das Reich der Toten schon einmal besucht und wäre dabei fast umgekommen. Dieses Mal hatte ich vor, Sire Rodela zu schicken. Mein Peiniger sollte mein Mittler sein.

Ich konnte ihn nicht dazu zwingen zu kommen, so wie es der Einberufer getan hatte. Ich konnte nur bitten. Ich bat ihn eindringlich. Ich sang, ich würde ihm Ehre erweisen – an jedem Friedenstag Eukalyptusrinde für ihn verbrennen –, seine Tapferkeit rühmen – die Geschichte seines Zweikampfs mit dem Wappenträger erzählen –, wenn er mir jetzt helfen würde. Wir hassten einander. Er hatte mich angegriffen, und ich hatte ihn getötet; er hatte mich heimgesucht, und ich hatte ihn verbannt. Dies hatte ein Band zwischen uns geknüpft. Die tiefsten Noten seines Liedes schienen ein tieferes Echo in mir hervorzurufen, und die höchsten Noten ließen meinen Kopf schwirren. Ich stampfte mit den Füßen und spürte den Boden erbeben.

Ich war überrascht und erschrocken darüber, wie rasch Sire Rodela kam. Er kam nicht von irgendwoher, sondern entfaltete sich in mir. Ich stampfte auf und fühlte mich erfüllt von Männlichkeit, von breiten Schultern, kräftigen Armen und schweren Händen, und einem hängenden Gewicht zwischen den Beinen, das mich stolzieren ließ. Nun, da er hier war, wollte er nicht mehr weggehen. Er würde sich nicht *schicken* lassen. Wir mussten gemeinsam gehen.

Obwohl ich sie nicht herbeigerufen hatte, versammelten sich die vor kurzem Verstorbenen in dem Zelt. Stehend, sitzend und hockend beseelten sie das, was dort war, Zeltstangen und Schemel, Körbe und Kisten, Teppichfalten. Sie waberten in mein Sichtfeld, wenn ich aus den Augenwinkeln schaute, und verschwanden dann wieder; die Wäscherin, sich danach erkundigend, was aus ihrem Sohn geworden war, die alte Gänsefingerkraut und die junge Hure; und andere, die vom Schüttelfieber dahingerafft worden waren und die ich noch nie im Leben gesehen hatte. Penna war ein über die Rückenlehne eines Stuhls geworfenes Hemd.

Sire Rodela erhob meine Hände und rief mit einer so rauen Stimme »Ich will Licht!«, dass sie mir in der Kehle kratzte. Der Crux stand auf und entzündete Öllampen, die an einem Bronzeständer hingen und die Form von Vögeln mit ausgebreiteten Schwingen hatten. Rodela lachte, als er sah, dass der Crux ihm gehorchte. Das Lampenlicht vertrieb die Schatten und Schattenwesen in dunklere Ecken. Der Crux setzte sich wieder. Ich hob den Bronzeständer an und stellte ihn hinter die Masken. Er war schwer, aber ich besaß Rodelas Kraft. Aus den Lampen tropfte parfümiertes Öl, und als die brennenden Tropfen auf meiner Haut aufkamen, empfand ich ein schneidendes Behagen.

Ich ging zurück an meinen Platz und schaute auf die Masken vor dem Feuer. Sie wirkten nun lebendig. Ihre Augen und Zungen flackerten. Ich wusste beim besten Willen nicht, ob ich oder ob Rodela auf die Idee gekommen war, sie zum Leuchten zu bringen. Immer wieder aufs Neue war ich unsicher, was ich tun sollte, tat jedoch immer, was getan werden musste.

Ich sang nun Ardors Lied, ohne Worte, bloß unsinnige Laute, die schnell dahinflossen wie ein Fluss. Ich fing an zu tanzen, weil Sire Rodela darauf bestand. Ich schaute auf meine Füße hinab und erkannte ein Muster in dem Teppich, eines, das die Weberinnen dort nicht angelegt hatten; es war ein spiralförmiges Feld wie die in meinem Dorf, bei dem sich drei Streifen umeinanderwanden, eines bepflanzt, das andere gepflügt, das letzte brachliegend. Ich tanzte entlang des sich windenden Pfads in immer kleiner werdenden Kreisen. Dabei spürte ich Galans stechenden Blick auf meinen Beinen, Hüften, Schultern, Brüsten, meinem Kreuz, meiner Braue und meiner Kehle. Ich wusste, dass er eine Frau sah, doch ich bewegte mich wie ein Mann, wie Sire Rodela, und ich stampfte fest auf.

Als ich die Mitte der Spirale erreichte, stellte ich fest, dass es eine Falle war, Fates Labyrinth. Warum sollte ein Mann König sein wollen und diesen schrecklichen, sich windenden Pfad bis an das Ende seiner Tage gehen? Ein König ist niemals frei von Fate; jede seiner Handlungen hat Folgen. Da war es doch besser, keine Konsequenzen tragen zu müssen.

Wildfire sprühte Funken in die Luft, sodass sich mir die Haare im Nacken und auf den Armen aufstellten, ich ins Schwitzen geriet und mir schwindelig wurde. Nun drehte ich mich in der Mitte der Spirale und stieß mit jedem tiefen Atemzug mein Lied aus, schneller, immer schneller. Die Masken huschten an mir vorbei. Mein gesundes linkes Auge sah die Gesichter des Rats scharfkantig und golden, ernst und reglos, und mein trübes rechtes Auge sah Metall, das zu gelbem Fleisch verschwamm, sah herausgestreckte Zungen. Gesundes Auge, krankes Auge, linkes Auge, rechtes Auge, so lange, bis mir schwindelig war, gesprenkelte Dunkelheit meine Sicht bedeckte und ich taumelte und fiel.

Als ich die Augen aufmachte, drehte sich die Welt um mich, aber ich lag ruhig, und sieben große Männer standen bei mir im Zentrum des Wirbelwindes und starrten auf mich herab. Ich merkte, dass sie nicht erfreut darüber waren, von den Lebenden herbeigerufen worden zu sein, und wenn Rodela, ihr Verwandter und selbst ein Schattenwesen, nicht im Besitz von mir gewesen wäre, hätten sie mich wahrscheinlich wegen dieser Anmaßung niedergestreckt.

Sie wogten, und ihre Körper waren formlos unterhalb ihrer goldenen Gesichter, als hätten sie die Gestalt ihrer Körper vergessen. Ihre Gesichter hätten sie womöglich auch vergessen, hätte es keine Masken gegeben, um sie daran zu erinnern. Mittlerweile mussten sie äußerst weise sein, denn sie waren schon lange Zeit tot. Nur aus dem linken Augenwinkel konnte ich es ertragen, sie anzusehen. Als ich versuchte, sie direkt anzuschauen, schimmerten und verwischten ihre Gesichter, lösten sich auf. Mein fehlerhaftes rechtes Auge war überhaupt nicht imstande, sie zu sehen. Es erhaschte flüchtige Blicke auf andere Orte und andere Zeiten.

Mit meinem rechten Auge sah ich den König sterben. Sein Carnifex ließ ihn zur Ader. Der König war bereits in jene Erstarrung gefallen, die sich des Körpers zwischen Leben und Tod bemächtigt. Sein Gesicht war leichenblass, und sein Blut so dunkel, dass es schwarz aussah. Es tropfte in ein silbernes Gefäß, das wie ein Hase geformt war. Es tropfte und versiegte schließlich. Die sich um den König drängenden Propheten murmelten leise. In der Luft hing der Schweißgeruch eines Kranken, der vom Duft brennender Eukalyptusrinde übertönt wurde.

Es war ein wahrhaftiger Traum. Ob es bereits geschehen war, geschehen würde oder sich jetzt in diesem Moment so abspielte, wusste ich nicht.

Ich sah die goldene Rüstung des Königs in eine Schlacht ziehen, ohne dass jemand in ihr gesteckt hätte. Die Leute sprachen zu dieser Rüstung, als wäre sie der König, und die Rüstung schwang das Schwert so gut wie der König und ritt so gut wie der König und tauchte dort auf dem Schlachtfeld auf, wo die Männer es am meisten nötig hatten, den König zu sehen. Ein Pferd wurde unter der Rüstung getötet, worauf diese zu Fuß weiterkämpfte. Doch nachdem die Schlacht gewonnen worden war, polterte die Rüstung auf den Boden und fiel auseinander, hier der Kürass, dort Beinschienen, Kettenpanzer, alles auf einen Haufen. Niemand befand sich in ihr. An seinen Wunden gestorben, erzählten die Leute. Ein angemessener Tod für einen König, besser, als durch das Schüttelfieber dahingerafft zu werden.

Ich blickte auf Malleus. Ich sah, wie eine Frau einen kleinen Jungen auf eine niedrige Steinbrüstung hob, die um ein Flachdach verlief, und dabei auf die Ebene darunter wies, wo die beiden Heere kämpften. Ich begriff, warum Prinz Corvus es vorzog, sich einer Schlacht zu stellen, statt uns zu zwingen, ihn zu belagern. Die Stadt hatte keine Mauern, mit Ausnahme ihres Stadtkerns, ihres uralten Herzens. An den Hängen jenseits der Mauer standen überall Gebäude, es sah aus, als wäre ein Krug umgefallen und hätte sie überall hingegossen. Malleus war so wunderschön, wie die Lieder es verhießen, mit weißen Mauern und vergoldeten Kuppeln und Turmspitzen. Und die Stadt war so üppig, reif und leicht zu nehmen wie eine Hure.

Die Frau verscheuchte eine Fliege aus dem Gesicht des Jungen. Er hatte Babyspeck an Handgelenken und Nacken. Seine Haut war braun und sein Haar so hell gebleicht wie Weizenstroh. Die Frau trug roten Flor und einen breitkrempigen Hut. Sie zeigte auf die goldene Rüstung auf dem Schlachtfeld unter ihnen, und der Junge kreischte. In einem blauen Topf wuchs ein Weihrauchstrauch heran, grün und wohlriechend sogar im Winter. Das Gesicht der Frau war pockennarbig, aber die Stadt war hübsch.

Ich sah und hörte Mai. Sunup half ihr, sich auf den Nachttopf zu setzen. Mai schnitt eine Grimasse. Als sie fertig war, richtete sie es sich schwer atmend wieder auf ihrem Lager aus Säcken ein. Tobe wimmerte im Schlaf.

In dem Zelt genau dort drüben schlief eine Scheide, die ich kannte, und fast wäre ich von den Fieberträumen gepackt worden, die um sie herumschwirrten, während sie glühend heiß dalag.

In einem winterlichen Wald rannte ein schwarzhaariger Mann, verfolgt von Wölfen. All dies sah ich so schnell, wie ein Vogel von einem Ast auf den anderen huscht.

Die Toten waren ungeduldig, sie riefen mich weg. Sie erfüllten mich mit Schrecken, diese Ratsmitglieder. Als Sire Rodela und ich sie herbeiriefen, erweckten wir, was hätte weiter schlummern sollen: Stolz, Ehrgeiz, Eifersucht, Furcht, Wut und Sehnsucht. Nun verlangten die Schattenwesen danach, wieder von Fleisch umhüllt zu werden und sich selbst in anderes Fleisch zu stoßen, sich zu paaren und zu kämpfen. Denn Paarung und Kampf waren die zwei Seiten ihres ungezügelten Verlangens, den Ahnen ihrer Nachkommen zu sehen. Sie wollten, dass der Crux König war. Wenn nicht er, dann einer aus seiner Sippe, ihre Sippe, Blut ihres Blutes.

Während ich Weisheit suchte, fand ich niedere Durchtriebenheit. Sire Rodela schwelgte darin, hart und geschwollen unter meiner Haut. Er war kinderlos gestorben, und nun wollte er seinen Samen in die Welt pflanzen. Er zog mich auf die Beine und rief laut.

Könige wurden durch die Vereinbarung der Stammesersten gewählt, doch seit vier Generationen – viel zu lange – hatte der Stamm von Prey die Königsherrschaft in Erbfolge weitergegeben. Es war Zeit, zu den alten Traditionen zurückzukehren.

Ein König sollte der Vornehmste der Ersten sein, der Beste von allen. Aber manchmal war es besser, nicht den Besten zu wählen. Ein starker Mann wie der Crux hatte zu viele Feinde, Männer wie Götter; an einem schwachen Mann nahm niemand Anstoß. Wenn man einen solchen Mann fand, würde ihn sich zwar niemand wünschen, doch alle würden ihm aus Angst vor Schlimmerem ihr Einverständnis geben. Einen solchen Mann machte man zum König, bog ihn sich für die eigenen Zwecke zurecht, und wenn die Zeit gekommen war, brach man ihn. Das war ihr Ratschlag, und Rodela war ihr Bote.

Er war stark, aber ich war stärker. Ich bezwang ihn ohne Hilfe des Einberufers, drückte ihn mit seinem Lied nieder, tanzte, bis er erschöpft war. Ich zerkratzte mir das Gesicht mit den Fingernägeln, und als das seinen Durst nicht stillte, öffnete ich mir mit einem Messer die Kopfhaut.

Und doch befürchtete ich, Rodela nun nie mehr loszuwerden. Er war ein Teil von mir, nicht sein gesamtes Schattenwesen, sondern nur ein Wiedergänger eines Wiedergängers – der Teil von ihm, den ich versucht hatte umzubringen –, seine furchtbaren und furchterregenden Wutanfälle, sein Drang zu beherrschen. Indem ich diesen Teil in mich aufnahm, bezahlte ich meine Schuld bei ihm und erlaubte es seinem Schattenwesen, unbeschwert weiterzureisen.

Wir drehten und drehten uns, bis ich erneut stürzte, und ich hämmerte mit den Hacken und rollte den Kopf über den Teppich, und plötzlich war da ein hartes Stück zwischen meinen Zähnen und der Geschmack von Eisen auf meiner Zunge. Meine Augen waren mit Tränen gefüllt. Ich krampfte und bog mich und stemmte mich gegen die Hände, die mich niederhielten.

»Schafft sie fort«, sagte der Crux, und die teilnahmslosen Masken schauten auf mich herab.

KAPITEL 13

Die Wehen

Sire Rodela verweilte, beschmutzte meine Sprache und summte in den kleinen Knochen meines Ohrs. Er erfüllte mich mit einem unerklärlichen Drang zu lachen, wenn ich nicht lachen sollte. Sire Galan wischte mir Sabber vom Mund und hielt mich aufrecht, da ich wie eine Betrunkene schwankte. Er tat dies ohne Zärtlichkeit oder Gemeinheit. Es wäre einfach gewesen, gemein zu sein. Ich wollte über seinen Ekel lachen, obwohl es bestimmt passender gewesen wäre zu weinen. Er ließ mich in seinem Zelt zurück, und ich wusch mir das Blut aus dem Gesicht. Ich war froh, als meine Heiterkeit nachließ – wie hässlich, sich an Verabscheuung zu erfreuen. Doch mit Sire Rodela verschwanden auch sein Triumphgefühl und seine Stärke.

Ich erinnerte mich daran, was ich gesehen hatte. Ich war mir nicht bei allem sicher, was ich gesagt und getan hatte.

Ich hatte Mai am Nachmittag verlassen, und nun war der lange Winterabend angebrochen. Als ich mich ihrem mit einer Plane bedeckten Ochsenkarren näherte, hörte ich lautes Gerede und Lachen. War ich schon zu spät gekommen, und hatte sie ihr Kind ohne meine Hilfe entbunden? Aber nein, es waren Besucher gekommen, um die Zeit der Geburtswehen schneller verstreichen zu lassen; einige Huren aus unserem Bekanntenkreis, Schafgarbe, Corona und Schwertlilie, saßen zusammengedrängt mit Mai und den Kindern in dem Karren. Sie hatten Geschenke mitgebracht, Lebensmittel und braunes Bier, wie ich es auch hätte tun sollen. Die Rosinenkuchen waren alle weg, bis auf zwei Stücke für die Hebamme.

»Komm herein!«, sagte Mai. »Für einen Strohhalm ist immer noch Platz im Besen.« Alle rückten zusammen, sodass ich mich neben Mai setzen konnte. Ihr Mieder war aufgeschnürt, und ihre Brüste breiteten sich auf beiden Seiten ihres Bauches aus und schimmerten dabei unter dem dünnen Flor ihres Unterkleides hindurch. Wenn ein stechender Schmerz sie überfiel, zuckte sie kaum merklich zusammen. Ihr Gesicht war gerötet und ihre Stirn schweißnass. Ihr braunes Haar war unbedeckt, und ihre Ringellocken klebten ihr am Nacken. Sie wedelte sich mit ihrem Kopftuch Luft zu.

Corona reichte mir ein Hühnerbein, und erst jetzt merkte ich, wie hungrig ich war. Ich konnte mich gar nicht daran erinnern, wann ich zum letzten Mal gegessen hatte. Die Erinnerung, die ich von den letzten Tagen und Nächten hatte, beschränkte sich auf das Schüttelfieber und darauf, wie Galan mir gegenüber ein strenges Gesicht gemacht hatte. Und ich erinnerte mich an die Toten, die sogar jetzt in dem überfüllten Ochsenkarren um uns herumglitten und versuchten, sich am inneren Feuer der Lebenden zu wärmen: Mole, die Wäscherin, Penna und Krieger mit Masken. Meine Haut prickelte, und ich wollte weinen, aber jemand hatte einen Scherz gemacht. Zu viele Menschen redeten gleichzeitig, und ich konnte die Worte nicht entwirren.

Ich stopfte mir Brot in den Mund und spülte es mit braunem Bier hinunter. Ich hörte zu, wie die Frauen Geschichten von schwierigen Geburten und Gerüchte über die bevorstehende Schlacht austauschten. Bald fühlte ich mich wieder mehr in der Gesellschaft der Lebenden als der Toten heimisch, und als alle lachten, lachte ich mit, ganz gleich, wie unanständig der Scherz gewesen war. Wenn der Ochsenkarren vor lauter Aufruhr erbebte, schaukelte eine Laterne mit kleinen Glasscheiben hin und her, und Licht fiel auf unsere Gesichter. Sunup hielt ihren Blick auf die Stickereiarbeit gerichtet, doch ich war überzeugt, dass sie zuhörte. Tobe schlief die ganze Zeit, an sie gelehnt und mit offenem Mund atmend, wobei er ein leises Geräusch von sich gab.

Mir kam der Gedanke, dass Mai genug Gesellschaft hatte und ich dorthin gehen sollte, wo ich benötigt wurde, nämlich zu denen, die am Schüttelfieber litten. Ich hätte bei der Priesterin von Hazard und bei Glockenblumes Tochter vorbeischauen sollen. Dann aber sagte Mai, die Wehen seien nicht so schlimm, doch ihr Rücken fühle sich an, als werde eine Egge darübergezogen. Sie ließ es wie einen Scherz klingen, doch ich merkte, dass es ihr ernst war. Ich kroch hinter sie und rieb sie fest mit dem Ballen meiner kalten Hand.

Wenig später stand die Hebamme vor dem Karren und begrüßte uns. Sie kletterte herein, und Mai begrüßte sie respektvoll und küsste ihr die Hand. »Ich habe dich noch gar nicht erwartet«, sagte Mai. »Ich wollte dich nicht belästigen – die Wehen kommen noch in großen Abständen. Hat Sire Torosus nach dir geschickt?«

Die Hebamme lächelte. »Das Schattenwesen meiner Großmutter hat mich am Ohr gezupft und mir gesagt, es sei Zeit. Sie versäumt es nie, eine Warnung auszusprechen.«

Die Hebamme hieß Purpurglöckchen und war die Herrin eines Hurenhauses. Ich hatte gehört, sie sei Hebamme geworden, weil zu viele ihrer Huren bei der Entbindung ihrer Kinder oder dem Versuch, sie abzutreiben, gestorben waren. Beide ihrer Berufungen brachten es mit sich, dass sie Dienerin von Carnal Desire war, und Desire hatte sie mit Vermögen gesegnet. Sie war wohlhabend genug, um sich von zwei Schildwachen begleiten zu lassen, die nun vor dem Karren auf sie warteten. Sie trug eine Unmenge Goldschmuck, Ketten und Amulette, Armreife und einen Gürtel mit emaillierten Spangen über einer violettfarbenen Schärpe. Ihre Haut war gelbbraun und mit so feinen goldenen Haaren bedeckt, dass diese erst zu sehen waren, wenn man ganz nah vor ihr stand. Ich hatte erwartet, dass sie bei ihrer Ankunft viel Aufhebens machen würde, doch sie begnügte sich damit, sich hinzusetzen, zu plaudern und dabei ein wachsames Auge auf Mai zu werfen, wenn wieder eine Wehe nahte.

»Gibt es Neues, was die Gesundheit des Königs betrifft?«, wollte Mai wissen.

»Er hat sich in voller Rüstung vor dem Zelt gezeigt«, erzählte die Hebamme. »Dabei hat er sich auf seinen Wappenträger gestützt, stand aber auf eigenen Beinen, berichten sie, und die Menge hat ein großes Jubelgeschrei erhoben! Ich bin überrascht, dass du es nicht gehört hast.«

»Ich hatte zu tun«, sagte Mai.

»Wir marschieren morgen«, berichtete die Hebamme. »Also trödele nicht, meine Liebe.«

Der König am Leben! Ich fühlte mich sicher, die Schlacht war so gut wie gewonnen. Warum war ich nur so töricht gewesen, meinem vernebelten rechten Auge zu vertrauen und den Träumen, die ich damit erblickt hatte? Wahrhaftige Vorhersagen sind eine Gabe von Foresight; sie ist der am wenigsten launenhafte Aspekt des Gottes Lynx, vertrauenswürdiger als Sleep und Mischief, aber dennoch ist auch sie in der Lage, einen in die Irre zu führen. Ich betete, dass ich während des Traums, in dem der König starb, in die Irre geführt worden war – sollten doch alle Visionen falsch sein, ganz gleich, ob Galan und der Crux mich in der Folge als Scharlatan ansehen würden. Alle Visionen bis auf eine: Ich hatte geträumt, wir hätten die Schlacht gewonnen. Das zumindest sollte wahr sein, betete ich.

»Sind also die Mutterschänder ... Unterpfänder fertig mit dem Reden? Wann findet die Macht statt?«, wollte ich wissen.

Die Hebamme schaute mich überrascht an, als hätte ich es wissen müssen. »Übermorgen.«

Nach und nach gab die Hebamme Mais Besuchern zu verstehen, dass es Zeit zum Gehen sei. Es war jedes Mal ein so leiser Wink, dass sie gar nicht merkten, wie sie vertrieben wurden. Auf die gleiche leise Art ließ sie mich wissen, dass sie es begrüßen würde, wenn ich blieb. Sie legte ihre Armreifen ab und machte sich daran, die Dinge nach ihren Erfordernissen zu ordnen, wobei sie Stoff und Bindfaden und Töpfe und Schachteln mit Kräutern aus einem bemalten Ziegenfellranzen nahm und sich dabei mit einer Anmut bewegte, deren Anblick mich beruhigte. Ihre Hände waren klein und geschickt, und der Nagel am kleinen Finger ihrer rechten Hand war scharf und gebogen.

Sie packte eine Holzstatue von Carnal Desire aus, eine alte, primitive Schnitzarbeit, die durch die Berührung vieler um Segnung suchender Hände poliert worden war. Diese Darstellung von Desire zeigte sie fett wie immer, aber sie war auch schwer durch das Kind, das sie in sich trug. Die Hebamme stellte die Statue in eine Ecke des Karrens und rieb sie mit Lavendelöl ein. Mai streckte die Hände aus, um über Desires Bauch zu streichen. Als sie ihre Fingerspitzen zurückzog, waren diese ölverschmiert, worauf Mai sie über ihre Oberlippe strich und den Geruch tief einsog.

»Also, Mai«, ordnete die Hebamme an. »Ich möchte, dass du jetzt etwas isst, damit du bei Kräften bleibst.«

»Ich habe aber keinen Hunger.«

»Trink das hier.« Sie reichte Mai einen Weinschlauch.

»Was ist darin?«

Die Hebamme lachte. »Etwas, das dir guttun wird, also trink! Hast du schon Blutungen?«

Mai nickte, nahm einen Schluck und verzog das Gesicht. »Kannst du mir nicht etwas geben, das stärker ist als Tee aus Himbeerblättern?«

»Ist die Fruchtblase schon geplatzt?«, wollte die Hebamme wissen.

»Mouse neckt mich«, sagte Mai und legte die Hände auf ihren Bauch. »Gestern hatte ich ein wenig Schmerzen. Aber jedes Mal, wenn ich überlegte, ob ich nach dir schicken sollte, haben sie wieder aufgehört. Stimmt da etwas nicht?«

»Mouse?«

»Der Junge.«

»Es ist ein Junge, was? Leg dich mal hin, dann reibe ich dich ein.«

»Mein Rücken schmerzt mich mehr.«

»Spielt keine Rolle«, sagte die Hebamme. »Ich will sehen, wie das Baby liegt.«

Der Karren war kaum länger als Mai, und sie nahm einen großen Teil seiner Länge und seiner Breite in Anspruch. Ich setzte mich mit übergeschlagenen Beinen hin, damit sie ihren Kopf auf meinen Schoß betten konnte. »Deine Beine sind zu knochig«, murrte sie und lächelte mich dabei über Kopf an.

Mai zog sich die Röcke hoch und entblößte ihren Bauch. Das Fleisch ihrer Schenkel war weich und hatte Grübchen, mehlig glatt wie der Teig des feinen Brots der Edlen, wenn man ihn hatte quellen lassen. Doch die riesige Wölbung ihres Bauchs war fest und straff, als hätte Mai ein gewaltiges Ei verschluckt. Auf ihr war ein Streifen, eine dunkle Linie von der Bauchmitte bis zu ihrer Spalte, die sich leicht um ihren hervorstehenden Nabel schlang, so als hätte das ungeborene Kind ihn überdehnt. Die Hebamme rieb Mais Bauch kreisförmig mit Duftöl ein, bis er glänzte, und ich dachte: Das ist kein Ei, das sie verschluckt hat, das ist Moon!

Sunup schaute zu. Sie hatte ihre Stickerei beiseitegelegt, sodass Tobe den Kopf auf ihren Schoß legen konnte. Ob sie ihre Mutter wohl schon einmal in den Wehen liegend gesehen hatte? Sie saß reglos da, doch ihre Hände waren ruhelos, umschlangen Tobes Haar mit den Fingern.

Die Hebamme setzte sich auf ihre Fersen und verkündete Mai: »Das Baby liegt quer.«

»Du meinst mit dem Hintern nach vorn? Ich hätte wissen müssen, dass Mouse rückwärts ausgerichtet ist.«

»Nein, Liebes. Er liegt quer, wie ein Riegel vor einer Tür. Verstehst du? Sein Kopf ist hier« – sie legte Mais Hand flach auf die entsprechende Seite ihres Bauchs –, »und hier sind seine Pobacken. Spürst du ihn? Das ist der Grund, warum deine Wehen nicht so verlaufen, wie sie sollten, sondern herumtrödeln wie ein Fußsoldat.« Die Stimme der Hebamme war ruhig, aber eine Seite ihres Munds hing herab, als habe sie ihre Miene nicht ganz unter Kontrolle.

Ich legte meine warme Hand neben die von Mai, dahin, wo Mouse Kopf war, und meine kalte Hand dorthin, wo sein Po war. Mouse bewegte sich unter der weichen Decke von Mais Bauch. Ich spürte, wie sich ihr Leib anspannte und verkrampfte, und als ich ihr in die Augen schaute, sah ich, wie sich ihre Gedanken nach innen richteten und entfernten.

Die Hebamme kniete sich zwischen Mais Beine und sagte: »Ich werde jetzt versuchen, ihn zu drehen, solange deine Wehen noch in großen Abständen kommen. Bleib ruhig liegen.« Während sie Mais Bauch mit ihren Fingern und den Kanten ihrer Handflächen massierte, stupste sie Mouses Kopf sanft nach unten und seinen Po nach oben. Als die nächste Wehe kam, schaute mich die Hebamme an und befahl: »Halte ihn!« Sie ergriff meine kalte rechte Hand, legte sie unter die Wölbung von Mouses Pobacken und zeigte mir, wie ich ihn festhalten konnte. Dann stieß sie Mouses Kopf mit beiden Händen nach unten. Er wand sich, und sein Kopf glitt auf Mais Schambein zu, und seine Pobacken schoben sich unter Mais Herz.

Die Hebamme richtete sich auf. Dabei streifte ihr Kopf die Laterne und versetzte sie ins Schwingen. Ihr Gesicht glänzte vor Schweiß und Siegesfreude. »Gelobt seien die Götter. So könnte es gehen«, meinte sie.

»Wie meinst du das, könnte?«, fragte Mai.

Die Hebamme wickelte eine violettfarbene Schärpe um Mai, zwischen Bauch und Brüste, und zurrte sie fest, um Mouse davon abzuhalten, sich erneut zu drehen. Dann stapelte sie Säcke im hinteren Bereich des Karrens und ordnete an: »Setz dich hierhin, und lehn dich an, dann werden wir sehe, ob Mouse dort bleibt, wo er bleiben soll.«

»Bei den Göttern, ich sagte dir doch, er ist anders«, erwiderte Mai.

Sunup verließ den Karren, um den Nachttopf zu leeren, und Tobe wachte auf und beschwerte sich lautstark, allein gelassen worden zu sein. »Sup! Sup!«, jammerte er. Dann kroch er zu Mai, und diese meinte »Na, na!« zu ihm und versetzte ihm dabei einen kleinen Schubs, worauf er noch lauter weinte und so stark zitterte, dass es war, als könne sein kleiner Körper seine Verzweiflung nicht im Zaum halten. Sich auf Mais Knie stützend, richtete er sich auf. Er trug ein langes Hemd und einen verschmutzten Lendenschurz.

»Komm«, lockte ich, doch zu mir wollte er nicht.

»Nun komm schon«, sagte Mai zu ihm, zärtlich dieses Mal, und ich streckte die Hand aus und legte schützend den Arm um ihn.

Tobe hatte das Schüttelfieber. Das wusste ich, kaum dass ich ihn berührte. Seine Haut war feuchtkalt und blass wie Käsewasser. Er war allzu ruhig gewesen, und da wir uns alle auf Mai konzentriert hatten, war es keiner von uns aufgefallen. Wenn ich einen Gedanken für ihn aufgebracht hätte, dann wäre es Dankbarkeit dafür gewesen, dass er nicht überall im Karren herum und über seine Bewohner geklettert war, oder zwei harte Gegenstände aus Freude an dem Knall gegeneinandergestoßen oder jemanden geschlagen hatte, bloß um ihn zu reizen – all das, was er sonst immer tat, sodass er den ganzen Tag lang *Tu das nicht, Tu das nicht, Tu das nicht* zu hören bekam. Mai hatte ihr ungeborenes Kind Mouse genannt, wegen Mischief, der Verschlagenheit, in ihm, aber bestimmt war auch Tobe von Lynx Mischief berührt worden: Mischief in einer verspielten Stimmung, keiner gehässigen.

»Ich bringe ihn nach draußen«, sagte ich, »bis er sich wieder beruhigt. Hast du einen sauberen Lappen für ihn?« Wie hätte ich es Mai jetzt beibringen sollen? Das brachte ich nicht über mich.

Die eine Hälfte des Himmels war in ein Band grauer Wolken gewickelt, die andere Hälftc war klar und hell, mit Sternen übersät. Ein unangenehmer Wind von Norden brachte den Geruch von Schnee mit sich. Mais Knappe Trave und die Schildwachen der Hebamme wärmten sich die Füße am Feuer. Trave deutete mit dem Kopf auf den Ochsenkarren. »Es muss doch bald vorbei sein, hä?«

»Ha«, antwortete ich. »Wahrscheinlich dicht. Nicht, meine ich.«

Ich entfernte mich von ihnen, wobei ich Tobe unter meinem Umhang dicht an mich presste. Er schrie und versteifte sich, und seine kleine Brust arbeitete wie ein Blasebalg gegen die meine. Ich war nicht Mai, und er war entrüstet darüber, dass ich versuchte, ihn zum Narren zu halten. Der arme Junge hatte die Scheißerei, eine der zahllosen Qualen, die das Schüttelfieber mit sich brachte. Also kroch ich hinter einen großen leeren Wagen und säuberte ihm das Hinterteil, während er um sich trat und weinte. Ich formte eine Schlinge aus meinem Umhang, damit ich Tobe auf meiner Hüfte tragen konnte, und ich rieb ihm den Rücken, um ihm Wärme aus meiner Hand zu spenden, damit er nicht mehr vom Schüttelfrost geplagt wurde. Schließlich entspannte er sich, wurde ruhig und lehnte den Kopf gegen mich.

Ich breitete meinen Götterzirkel aus. In den vergangenen Tagen hatte ich so oft den Rat der Freifrau und Nas eingeholt, dass ich mich dafür schämte, sie so viel gefragt zu haben, sie mittels eines dünnen, an ihren Fingerknochen befestigten Fadens der Sehnsucht immer wieder aufs Neue in das Reich der Lebenden gezerrt zu haben. Sie durften nicht länger mit dem belästigt werden, was uns belästigte.

Doch meine Not war groß. Ich warf die Knochen erst für Tobe, dann für Mai, sechs Würfe insgesamt. Gewisse Zeichen wiederholten sich bei beiden Deutungen. Zweimal landeten die Knochen auf Plenty, dreimal auf Wildfire. Dreimal querten Fingerknochen die Grenze zwischen Fate und Dread.

Hazard Fate und Rift Dread. Diese Zwillingszeichen erfüllten mich mit Vorahnung und Hoffnung, mit so mächtigen, gegensätzlichen Gefühlsregungen, dass ich keinen Zweifel daran hegte, dass die Freifrau und Na sie mir als Antwort auf meine Frage zu bedenken gaben. Die Toten vermögen weiter zu sehen als die Lebenden. Sie bedenken sowohl die drohende Gefahr als auch die sich bietenden Gelegenheiten und bedenken dabei auch, wie wir durch unsere Handlungen – oder unser Nichthandeln – das eine in das andere verwandeln können. Ich betete, dass sie besagten, dass Tobe und Mai zu helfen war.

Es gab noch eine andere Deutungsmöglichkeit. Sie konnten besagen, dass die Götter den einen zu sich nehmen, den anderen jedoch leben lassen würden. Aber wenn jemand sterben würde, wer war es dann? Die Mutter oder der Sohn? Ich wagte nicht danach zu fragen, als würde ich durch meine Frage genau das herbeiführen, was ich am meisten fürchtete. Als müsste ich dann zwischen ihnen wählen.

Die Knochen hatten auf die Götter gedeutet, die versöhnlich gestimmt werden mussten. Ich schnitt mir in die Armbeuge und opferte Dread Blut. Dann verbrannte ich eine Haarlocke für Hazard. Ich hatte nichts Angemessenes, was ich Plenty hätte opfern können, außer Versprechungen: Kümmelkuchen und eine Taube, sobald ich dazu die Möglichkeit hatte. Armselige Opfergaben im Gegenzug für eine große Gefälligkeit.

Oh Götter, lasst sie leben. Lasst sie beide leben.

Nun musste ich so handeln, als würde das, was ich tat, eine Rolle spielen, musste in der Hoffnung handeln, dass die Götter nicht unversöhnlich waren. Die Freifrau und Na hatte alles gesagt, was sie sagen konnten. Wenn ihre Aussagen unklar waren, so war dies zweifellos meine Schuld, die Schuld einer ungeübten Wahrsagerin. Zeichen auf dem Zirkel, Zeichen auf den leidenden Körpern von Mai und

Tobe: Keines der Heilmittel, das ich bislang gesammelt hatte, schien angemessen zu sein.

Der Kern dessen, was sie aussagen wollten, würde sich mir nicht erschließen, indem ich mir über die Knochen den Kopf zerbrach. Ich musste sammeln gehen.

Ich passierte die bewachte Öffnung im Palisadenzaun und überquerte den Graben. Auf dem Markt wimmelte es von Kriegern und Erdsoldaten, fliegenden Händlern und Metzen. Offene Freudenfeuer versprühten Funken in den Wind. Also musste es wahr sein: der König war wieder genesen. Wir würden morgen marschieren, und übermorgen würde das Heer die Schlacht austragen. Alle miteinander schienen froh darüber zu sein, dass es endlich so weit war.

An einem solchen Abend, an dem die Männer überreizt waren und darauf versessen zu beweisen, dass sie keine Angst hatten, sollten nur Huren umherlaufen. Ich ging um den Markt herum, ein Schatten unter den Schatten, überquerte dabei eine Wiese, auf der Pferde angebunden waren, und stieß dahinter auf ein brachliegendes Feld. Nun hatte ich den Lärm hinter mir gelassen. Die schrille Angst, die mich erfüllte, zum Schweigen zu bringen war schwieriger.

Tobe döste, an mich gepresst, klein und schwer. Seine Stirn war bereits warm, das Fieber in ihm stieg erneut an. Ich blieb stehen, lauschte und hörte Tobe im Schlaf keuchen. Eine Brise säuselte durch das hüfthohe Gras.

In der Stille war ich nun endlich ernsthaft imstande, für ihn und seine Mutter zu beten – nicht durch Worte oder ein Lied, nicht durch Flehen oder Besänftigen, sondern durch Schauen und Zuhören. Dadurch, indem ich aufmerksam war. Hier blendete mich kein Feuerschein. Ich sah die vertrauten, sich vom Nachthimmel dunkel abhebenden charakteristischen Äste eines Plenty geweihten Holunderbaums. Ich nahm, was gegeben wurde, die Knospen gegen Tobes Fieber, die Beeren gegen die Scheißerei und den Schüttelfrost. Als ich weiterging, schickte Plenty mir Pestwurz, die in einem sumpfigen Graben wuchs, und Hirtentäschelkraut, das selbst noch in den kältesten Wintern grün bleibt und blüht. Fate bot mir Raute.

Ich war den Göttern dankbar, wirklich dankbar, es war nicht geheuchelt oder widerwillig. Doch manche dieser Gaben machten mich nervös, da es sich um Heilmittel für Leiden handelte, die noch gar nicht aufgetreten waren.

Lange hielt die wohltuende Stille nicht an. Tobe wachte auf und fing an, untröstlich nach seiner Mutter zu schreien. Eilig ging ich zurück zum Karren, und Mai tadelte mich dafür, so lange fort gewesen zu sein und ihn ihr mit rotem Gesicht und heulend zurückzubringen. Er schluchzte, lehnte sich an seine Mutter, seinen kleinen Speckbauch gegen ihren viel größeren pressend. Er drückte eine ihrer Brüste zusammen, um daran zu saugen, und aus der Brustwarze tröpfelte Milch. Sie wölbte die Hände um sein Gesicht. »Was hast du denn, kleiner Mann? Was gibt es?«

»Ich aua!«, sagte er.

»Wie heiß er ist!«, bemerkte sie. Dann schaute sie mich an und begriff. Ihr Gesicht verzog sich, wurde schief, Schmerz stand ihr auf der einen Hälfte geschrieben, Angst auf der anderen. Es war töricht von mir gewesen zu glauben, ich könne seine Erkrankung vor ihr geheim halten.

Ich sagte Mai, was die Freifrau immer gesagt hatte – dass die Götter keine Krankheit schicken, ohne auch ein Heilmittel zur Verfügung zu stellen, auch wenn wir nicht immer klug genug seien, es zu entdecken. Ich erzählte ihr, dass ich durch Zeichen zu Pflanzen geführt worden war, die Tobe möglicherweise helfen konnten. Ich musste ihr Hoffnung geben, selbst wenn diese sich als falsch erwies; sie brauchte ihre ganze Kraft für die Wehen.

Tobe hatte fürchterlichen Durst, doch er lechzte einzig und allein nach Muttermilch. Ich gab ihm Holundertee und eine Schleimsuppe aus Gerste und Holunderknospen, doch er stieß sie gereizt und verdrießlich von sich. Das wenige, das ich ihm einflößte, spuckte er wieder aus. Nach einer Weile schlief er in Mais Armbeuge ein und zuckte hin und wieder wie ein träumender Hund.

Mai gab ihn mir, und ich nahm ihn auf den Schoß. Ich spürte, dass das Fieber in ihm anstieg wie eine lange Dünung, die ein Boot anhebt. Ich entzog ihm Wärme, wohlwissend, dass es nicht genug sein würde, denn jenseits dieser Dünung folgte eine weitere und noch eine, ein endloser Ozean.

Mai quälte sich fortwährend ab. Ihr Rücken schmerzte, und ständig verlagerte sie ihr Gewicht, um eine möglichst bequeme Position zu finden. Die Hebamme ließ nicht zu, dass Mai sich auf die Seite legte, aus Angst, Mouse könnte sich dann wieder querlegen. Sunup nahm all ihre Kräfte zusammen, lehnte sich gegen die Wand des Karrens und stemmte die Füße so fest in Mais Kreuz, dass sie sich tief in ihr Fleisch gruben. Es schien Mais Schmerz zu lindern. Die Hebamme hielt Mais Hand, und als Mai fest zudrückte, zuckte sie nicht einmal mit der Wimper, sondern sagte: »Das war gut jetzt.« Doch wir alle merkten, dass die Wehen nicht schnell genug kamen.

Zwischen den Wehen döste Mai. Spät am Abend rollte sich Sunup zusammen und schlief ein, und auch ich gähnte mit Tobe auf meinem Schoß, während die Hebamme wachsam sitzenblieb. Meine Lider wurden schwer, und ich nickte ein und fiel in einen heiteren Traum, stand an einem windigen Berghang und beobachtete, wie Schwalben die Luft mit ihren Flügeln durchschnitten. Ich roch frisch gemähtes Gras. Ruckartig fuhr ich aus dem Schlaf hoch und sah, dass Mais Gesicht vor Schmerz verzogen war. Dann schlossen sich meine Augen wieder, mein Kopf sank, und ich sah Wäscherinnen an dem Wasserlauf am Ende der Wiese knien und nassen, verwrungenen Stoff auf Flusssteine schlagen. Tobe spielte in der Nähe seiner Mutter in dem bernsteinfarbenen Wasser, er jagte die Schatten von Fischen. Er verlor den Halt, fiel klatschend auf den Hosenboden und gluckste.

Ich träumte Tobes Traum, keinen eigenen. Wenn er dort bleiben konnte, würde ich mir keine Sorgen um ihn machen.

Das Heer marschierte noch vor Tagesanbruch los. Wir warteten darauf, unseren Platz in der Schlange einzunehmen, Trave und die Wachen der Hebamme als Begleiter, und Pinch ging mit seiner Gerte neben dem Ochsen. Pinch war durch das Fieber geschwächt, wollte sich jedoch nicht auf den Karren setzen, da ihm dies zu nah an der in den Wehen liegenden Mai war. Der Ochse zog, worauf der Karren über den holprigen Untergrund ruckelte, der von Rädern zerfurcht, von Hufen vernarbt und erst aufgetaut und dann wieder überfroren war. Mit Tobe auf dem Schoß setzte ich mich nach vorn, froh darüber, draußen zu sein, froh darüber, in Bewegung zu sein. Der Ochse verhedderte sich mit einem Vorderlauf in einem Geschirrriemen, worauf wir ruckartig stehenblieben. Pinch fluchte, und die Hebamme steckte den Kopf zwischen den Türklappen heraus. Nachdem sie ihn wieder zurückgezogen hatte, hörte ich sie in schroffem Ton sagen: »Wenn wir erst einmal auf der Straße sind, wird es nicht mehr so holperig sein.«

»Ich kann nicht mehr«, sagte Mai. »Ich kann einfach nicht. Es tut zu weh.«

Als die Hebamme wieder sprach, war ihre Stimme sanfter. »Wir werden sie später einholen«, sagte sie.

Ich reichte Sunup Tobe und sagte: »Ich komme zurück, das verspreche ich.«

Die Kompanie der Crux war bereits mit dem Rest der Vorhut losmarschiert. Ich rannte durch die Felder neben der Straße, wich dabei Fußsoldaten aus, während Männer mich anschrien oder auslachten. Als ich außer Atem war, ging ich weiter, bis ich wieder rennen konnte. Als ich die Kuppe des Hügels erreichte, sah ich Krieger in voller Pracht die gegenüberliegende Seite hinabreiten, wobei ihre Schabracken in dem matten Sonnenlicht leuchteten.

Die Straße beschrieb eine Kurve, und bergab stürmend schnitt ich über die Felder ab. Auf dem Weg zur Talsohle kam ich um die Schulter einer Kuppe und blieb stehen, keuchend und mich mit Seitenstechen krümmend. Auf der Straße unterhalb von mir trugen Reiter die grünen Banner der Crux und die goldenen Banner des Königs auf Stangen, die sie sich am Rücken befestigt hatten. Galan marschierte unter ihnen, seine Banner am Schaft seines Skorpions tragend, unter der Klinge mit Stachel und Kralle. Er trug seinen Helm mit hochgeklapptem Visier. Er sagte seinem Onkel etwas, und der Crux beugte sich auf seinem Sattel vor, um ihm zu antworten.

Ich hatte Angst um Galan, wenn ich ihn zu Fuß inmitten der großen Pferde gehen sah. Vielleicht hatte ich aber auch Angst vor dem Gedanken, dass er mich nicht willkommen heißen würde, nicht, wenn er der gleichen Meinung war wie zu dem Zeitpunkt, als er mich zuletzt gesehen hatte. Wenn ich zu ihm hinabrannte, würde ich ihm vor seinen Kameraden Schande bereiten. Also ließ ich ihn vorbeiziehen, und das Heer strömte an mir vorbei wie ein eiserner Fluss.

Schließlich stapfte ich den Hügel hinauf, und im Tross stieß ich auf Fleetfoot, der auf dem führenden Maultier ritt, während Wren vor ihm auf dem Sattel saß. Ich erzählte ihm, dass Mai nach wie vor in den Wehen lag, und dass wir, sobald sie entbunden hatte, den ganzen Abend, wenn nötig die ganze Nacht fahren würden, um sie einzuholen. Er solle Sire Torosus benachrichtigen. Bestimmt werde man sich bald sehen.

Hinter einem Schleier aus Schneeflocken ging die Sonne auf. Innerhalb des Grabens, der das Lager umgab, war alles ruhig. Die bewegliche Stadt hatte sich fortbewegt, doch waren wir nicht die Einzigen, die zurückblieben. Hier und da standen einzelne Pavillons von Kataphrakten, die das Schüttelfieber niedergerafft hatte. Bei einigen warteten die Pferde in voller Schabracke, als rechneten ihre Herren noch damit, in die Schlacht zu reiten. Niedere lagen auf dem Boden, und

Soldaten bückten sich zu ihnen herab, um sie zu berauben oder ihnen zu helfen. Streunende Hunde wühlten herum. Alles wirkte grau, selbst der glänzende Federschmuck der Krähen, die nun dort, wo sich vor kurzem noch so viele Männer getummelt hatten, herumstolzierten.

Im Lauf des Tages kamen und gingen Mais Wehen in unregelmäßigen Abständen. Die Hebamme tat, was sie konnte, um die Geburt zu beschleunigen. Sie gab Mai einen anregenden Tee und ließ sie mittels eines beißenden Schnupftabaks aus verbrannten Federn niesen; sie bat uns, die Knoten an unseren Gürteln und Kopftüchern aufzumachen, damit diese den Übergang des Kindes nicht behinderten. Sie half Mai auf, führte sie nach draußen und ließ sie dreimal um den Karren gehen. Wir hielten sie zwischen uns, während ihre Beine vor Erschöpfung zitterten.

Mai hatte schon so lange geschnauft, dass ihre Lippen trocken und gesprungen waren, sodass Sunup sie mit Talg einrieb. Wenn dann eine Wehe kam, zuckten wir mit ihr zusammen, rieben ihr den Rücken und die Beine, trockneten ihr die Stirn, küssten sie und sagten, dass sie tapfer sei, eine harte Arbeiterin. Bestimmt werde es nun nicht mehr lange dauern. Bald schon. Bald.

Ich wage zu behaupten, dass wir alle ungeduldig waren, doch nur Mai wagte es auch zu zeigen. Sie verfluchte Mouse und ihren eigenen trägen Körper, sie verfluchte Sire Torosus dafür, ihr erneut ein Kind gemacht zu haben. Und sie flehte Desire an, Gnade walten zu lassen, Mitleid zu haben. Hatte sie etwas getan, womit sie sie beleidigt hatte? Wenn dies alles vorbei war, würde sie ein Stutenfohlen für sie opfern, wenn sie bloß Tobe leben und dieses Kind geboren werden ließ.

Stumm entbot ich Dread und Fate meine eigenen Gebete und gelobte Opfergaben, die ich mir nicht leisten konnte. Was die Knochen gesagt hatten, erzählte ich Mai nicht, aus Angst, dass sie dann der Mut verlassen würde.

Mai sank zurück in die Säcke, Tobe in ihren Armen gebettet. Er war zu matt, um zu jammern. Sie schaute mich an ihm vorbei an. *Hilf mir*, sagte sie, ohne Worte zu machen. Und dann überfiel sie eine Wehe, und sie zog die Knie an den Bauch und presste die Augen zusammen. Ich wischte ihr das Gesicht mit einem feuchten Lappen ab, um sie von dem beißenden Salz zu befreien, und brachte sie dazu, ein Elixier zu trinken, das die Hebamme zubereitet hatte. Nur solche kleinen Dienste konnte ich ihr erweisen.

Tobe schlief durch das Fieber und den Schüttelfrost hindurch, während ich ihm Wärme entzog oder spendete, bis es so schien, als fließe die Wärme zwischen uns hin und her, je nach Bedarf. Doch jeder Fieberschub und jeder Schüttelfrostanfall raubte ihm Kraft. Und nun wurde das Schüttelfieber zu einem Sturm. Vor Angst und Schmerz fing Tobe an zu schreien, genau wie Glockenblume es getan hatte. Sein Kopf tat ihm weh. Niemand konnte ihn trösten, nicht einmal Mai. Die Hebamme sagte, ich sollte mit ihm nach draußen gehen, und das tat ich auch, obwohl Mai dagegen protestierte.

Es musste zwischen Mittag und Dämmerung sein. Schnee wirbelte durch einen grauen Himmel und ließ alles weicher und unschärfer werden. Mais Knappen und die Wachen der Hebamme hatten ein loderndes Feuer entfacht. Ich war froh, dass die Männer bei uns waren, denn es streunten Leute durch das Lager, wahrscheinlich Dörfler, die darauf aus waren, die Zurückgebliebenen des Heeres zu bestehlen, das ihnen so viel gestohlen hatte.

Die Freifrau und Na hatten auf viele Heilmittel gewiesen, und ich pries ihre Weitsicht. Ich hatte Tobe einen Kranz aus Raute geflochten, den er gegen seine panische Angst um den Kopf trug. Außerdem hatte ich ihm gegen die Gelbsucht Hirtentäschelblätter um die Fußsohlen gebunden, da seine Haut und das Weiße seiner Augen gelb wurden. Um seine Kopfschmerzen zu lindern und die Fieberanfälle abzuwenden, fügte ich der Schleimsuppe aus Holunderblüten und Gerste noch Pestwurzwurzeln hinzu, süßte sie dann großzügig mit Honig und verabreichte sie Tobe, indem ich sie ihm auf meinem Daumen zum Lutschen gab. Nach einer Weile wurde er still, und sein Herz hörte auf, so zu zittern wie das eines Kaninchens.

Schon jetzt hatte sein Gesicht sich verändert, da das Fieber seine rundlichen Züge ausgezehrt hatte. Ich sah die Form des Mannes, der er werden konnte, mit tiefen Augenhöhlen und einem kräftigen Kiefer. Schweißnass wie es war, lag ihm sein fedriges Haar flach auf dem Kopf; sein Schädel war ein Schmelztiegel aus Träumen.

Die Hebamme sprang von dem Karren herunter. Sie starrte auf Tobe in meinen Armen und strich ihm über seine weiche, eingefallene Wange.

Es beruhigte mich zu wissen, dass sie schon viele Frauen durch gefährliche Wehen hindurchbegleitet hatte und sich auch von diesen nicht abschrecken ließ. Ich wollte mich bei ihr dafür bedanken, dass sie blieb, wo sie doch mit dem Heer hätte abreisen können, wollte ihr für ihren Mut und ihre Gelassenheit danken, doch die Worte fielen mir nicht ein. Ich küsste ihre Hand, und sie lächelte mich an. Sie nahm eine Prise ihres übel riechenden Schnupftabaks und nieste wie ein Donner.

Sunup ging los, um den Wasserkrug zu füllen und den Nachttopf zu leeren. Wenig später öffnete sie die Türlasche und ließ kaltes Dämmerlicht herein. »Dein Junge ist hier«, sagte sie zu mir.

»Wer?«

»Dein Junge Fleetfoot.«

Ich stieg von dem Karren hinab, und da sah ich Fleetfoot mit baumelnden Schenkeln auf seinem Maultier sitzen, während Frost an der Leine neben ihm stand und meine Satteltaschen trug. Fleetfoots Ohren waren fast im gleichen Farbton wie die violettfarbene Flagge von Carnal. Er glitt vom Rücken des Maultiers. Der lahme Menschenjäger Piddle schnüffelte an Mais scheckigem Hund, und dieser erwiderte das Schnüffeln.

Fleetfoot gab mir ein kleines Stück Leinen. »Eine Botschaft«, sagte er heiser keuchend. »Und Sire Galan hat mir befohlen, dich zu fragen, ob du so freundlich bist, mich zum Lager zu begleiten.«

»Das hat er gesagt? Mit so vielen Orten?«

»So ist es.« Ich machte ein Grinsen bei ihm aus; zwischen uns Niederen teilten wir einen winzigen Triumph.

An dem Federmuster der Ausschmückung erkannte ich, dass das Leinen aus einem von Galans Ärmeln gerissen worden war. Er hatte drei Gottzeichen auf den Stoff gemalt. Warum hatte er mir das geschickt? Er wusste, dass ich vergessen hatte, welche Silbe zu welchem Gottzeichen gehörte.

Doch wenn sich die Zeichen nun auf Aspekte bezogen statt auf Laute? Ich erkannte zwei, Rift Queen of the Dead und Hazard Chance. Bei dem dritten handelte es sich um einen männlichen Aspekt, in einem Kreis mit Rift Queen. War es Prey Hunter? Natürlich war es das, dort waren Preys drei Sterne in einer Reihe. Prey war der Stamm des Königs, der König war Hunter und stand in einem Kreis mit Queen of the Dead. Innerhalb ihres Herrschaftsbereichs, musste das bedeuten. Das letzte Gottzeichen war Chance; es musste für Galan selbst stehen, eine Bedeutung, die nur mir allein aufgehen würde. Der König war tot, und das war ein Geheimnis. Der König war tot, und ich hatte es vorhergesehen, sodass meine Prophezeiung der Wahrheit entsprach. Daher mied Galan mich nun nicht länger. Ich hoffte nur, dass ihn dieser traurige Beweis zufriedenstellte.

Fleetfoot sagte: »Kannst du mit mir zurückkommen? Oder hast du eine Botschaft für Sire Galan?«

»Oh, ich würde gerne mitkommen, sofort, aber Ma liegt immer noch in den Schlehen. Kannst du nicht bei uns bleiben? Bleib doch bitte, und wenn es vorbei ist, kehren wir zurück.«

Sein Mund verzog sich störrisch. Er wusste genug, um Angst zu haben, und doch wollte er sich an etwas so Großem messen wie dieser Schlacht und etwas so Geringem wie der Meinung, die seine Kameraden von ihm hatten. Ich sah nicht, wozu er als Fußsoldat mit nur drei gesunden Fingern nutze sein sollte, doch ich sah sehr wohl, dass ihn mein Vorschlag beleidigte.

Ich drehte den Stofffetzen um und trug mit einem verbrannten Zweig die Gottzeichen von Desire und Wildfire darauf auf; Desire für die Niederkunft, die mich hier festhielt, Desire für die Sehnsucht, bei ihm zu sein; Wildfire anstelle meines Namens. »Gib das Sire Galan. Dann gib Sire … Tototus … Torosus Nachricht, dass Mai schwebt, lebt. Aber Haus … Mouse ist noch nicht geboren, und sobald das der Fall ist, werden wir folgen.«

Fleetfoot ritt los und ließ Frost bei mir zurück. Ich stellte mich hinter den Karren, wo mich niemand weinen sehen konnte. Der König war tot, und ich konnte ihn nicht betrauern. Ich hatte dringlichere Sorgen. Als ich aufschaute, sah ich, dass Schneeflocken auf mich fielen, und es war, als stürze ich in den grauen Himmel. Dort waren Frauen, die ich vor dem Schüttelfieber vielleicht hätte retten können. Ich hatte sie vernachlässigt, um bei Mai und Tobe bleiben zu können, und befürchtete nun doch, dass meine Hilfe umsonst gewesen war. Ich dachte an Galan und dass ich ihn verlassen hatte. Heute Abend, vor der Schlacht, hätte ich bei ihm sein sollen; es war meine Pflicht und mein Verlangen. Ich hatte eine Wahl getroffen und dabei falsch entschieden.

Nein. Ich hatte mich dazu entschieden, das zu tun, was mir von den Göttern aufgetragen worden war, und nun hätte ich überall hingehen wollen, nur nicht in den kleinen, stickigen Karren, der nach Angst stank.

Bei all diesen Sorgen hätte ich keinen Raum mehr für

Freude haben sollen; nichtsdestotrotz besaß ich einen Fetzen davon, nicht größer als ein Stück aus einem Hemdsärmel gerissenes Leinen.

Mitten in der Nacht ließen Mais Wehen nach und hörten dann ganz auf. Sie fing an zu weinen und sagte: »Mouse kommt nicht heraus. Er kommt nicht. Was ist verkehrt? So lange hat es noch nie gedauert, niemals, nicht einmal beim Letzten, das tot geboren wurde.«

Die Hebamme nahm Mai an den Schultern und sagte: »Dieses Kind wird geboren werden, das verspreche ich dir! Das hat mir meine Großmutter gesagt, und sie lügt niemals. Du solltest vor deiner Tochter mehr Mut zeigen.«

Das ließ Mai wütend werden. »Sunup soll es ruhig sehen, sie soll es ruhig wissen. Schau es dir gut an, dritte Tochter! Bald wirst du zwölf sein und glauben, eine erwachsene Frau zu sein. Ich will, dass du dich hieran erinnerst. Das kommt dabei heraus, wenn du zulässt, dass ein Mann dich stößt. Verstehst du? Halte dich fern von ihnen. Halt dich am besten fern!«

Und Sunup, die doch immer so sanft war, schnaubte: »Dann solltest du es auch tun!«

Die Hebamme schickte Sunup hinaus, damit sie einen Tee aus Himbeerblättern aufsetzte. Sie berührte Mais Bauch mit ihren klugen Händen und stellte dabei fest, dass Mouse sich trotz der violettfarbenen Schärpe, die ihn an Ort und Stelle hatte halten sollen, erneut quergelegt hatte.

Sie kniete sich zwischen Mais Beine, und ich half ihr dabei, Mouse zum zweiten Mal umzudrehen. Mit meinen Händen neben denen der Hebamme ertastete ich ihn drinnen, wach. Störrisch, selbstgefällig, nicht gewillt, geboren zu werden. Dieses Mal war es schwieriger, ihn zu drehen. Ausgerechnet die Wehen, die dazu bestimmt gewesen waren, ihn hinauszustoßen, hatten dazu geführt, dass er es sich in der Wiege von Mais Schambeinen eingerichtet hatte.

Als wir es geschafft hatten, rügte die Hebamme Mai, indem sie sagte: »Irgendwie musst du das Ungeborene beleidigt haben. Du musst es um Verzeihung bitten, damit es aufhört herumzutrödeln.«

Beleidigt starrte Mai sie an. »Mouse um Verzeihung bitten? Er wird noch mein Tod sein, dieser uneheliche Scheißkerl, dieser eigenwillige Bastard. Er sollte mich um Verzeihung bitten, er sollte sich daran erinnern, dass, wenn er mich tötet, auch er selbst dabei stirbt. Ist es das, was du willst?«, fauchte sie das Ungeborene an, während sie sich mit der flachen Hand über den Bauch fuhr. »Willst du mich umbringen?«

Ihr Schreien ließ Tobe auf meinem Schoß aufwachen, worauf er nach Mai rief. Sein Kopf hing schlaff herab, als könne sein dünner Hals den vor Verzweiflung schweren Kopf nicht tragen. Ich hielt ihn hoch, und er lehnte sein heißes Gesicht gegen meinen Hals.

»Sei still«, sagte die Hebamme zu Mai. »Kein Wunder, dass Mouse nicht herauskommt. Bei einer solchen Begrüßung würde ich auch nicht kommen. Warum hast du Partei gegen ihn ergriffen?«

»Glaubst du, Saus ist eifersüchtig?«, fragte ich. »Vielleicht ist das ja der Grund, warum es ihm da, wo er ist, so gefällt, wo er der Weinige ... der Einzige ist.«

»Eifersüchtig auf wen?«, wollte die Hebamme wissen.

»Auf den kleinen Mob.«

»Und ob er eifersüchtig ist!«, sagte Mai und weinte nun wieder. »Und es steht fest, dass er Tobe damit krank gemacht hat. Ich schwöre, wenn er Tobe tötet, wird er den Fluch meiner Mutter tragen müssen.«

Das war nicht das, was ich gemeint hatte. Ich hätte nichts sagen dürfen oder mich lieber versprechen sollen. Ein kalter Schauer kroch mir über den Rücken. Mir war, als wäre Lynx Mischief zu uns in den Karren geklettert. Bestimmt besaß doch der kleine Mouse, zusammengerollt im Leib seiner Mutter, nicht so viel Gehässigkeit, um Tobe Schaden zuzufügen. In meinem Traum war er ein rosafarbenes Ding gewesen, nicht größer als das letzte Gelenk meines Fingers, klein, schwach und hilflos.

Ich beugte mich näher vor und flüsterte Mai ins Ohr: »Das Ungeschorene trägt keine Schuld.«

Nein, die Götter trugen die Schuld. Es heißt, dass sie eifersüchtig sind, wenn ein Kind sehr geliebt wird. Tobe lag im Sterben. Ich befürchtete, dass sie vorhatten, auch Mai zu holen, vielleicht auch Mouse. Sie waren gnadenlos. Und doch waren wir verpflichtet, sie als weise und gnädig zu lobpreisen und ihren Schutz vor genau den Beschwernissen zu erbitten, die sie uns auferlegten – selbst unsere Gedanken mussten wir vor ihnen verbergen.

Wenn man den Göttern vorwarf, uns Leid zuzufügen, konnte man genauso einem Fluss das Fließen vorwerfen. Doch ich war verbittert. Sie hatten mir Heilmittel geschickt, die versagten, und ich zählte sie zu meinen Feinden und verhärtete mein Herz ihnen gegenüber.

Ich hätte mir mein Herz noch verhärteter gewünscht, damit ich diese tiefgehenden Stiche der Zärtlichkeit gegenüber Tobe, Mai und dem Ungeborenen nicht empfunden hätte, gegenüber Sunup und der Hebamme, gegenüber uns allen zerbrechlichen Sterblichen. Alle waren sie mir so lieb, sogar die Schattenwesen, die sich hier um das Grüppchen der Lebenden scharten, und von denen einige uns anriefen, etwa die Großmutter der Hebamme sowie die Freifrau und Na, wobei einige von ihrem Mitgefühl und ihrem Leiden angezogen wurden – Gefühle, die sie nicht mehr empfinden konnten. Fast hätte ich sie beneidet. Es war besser, gefühllos zu sein. Ich rang nach Luft. Ich glaubte, mein Herz werde zerreißen durch diese Zärtlichkeit, die sich ihren Weg hinaus bahnte.

Kalte Tropfen fielen mir auf das Gesicht; unsere Wärme hatte den Schnee auf der Überdachung aus Rindsleder schmelzen lassen, und nun tröpfelte Wasser herein. Ein schmaler Lichtstrahl schimmerte durch den Schlitz in der Türlasche. Endlich Morgengrauen. Der Tag der Schlacht.

Mais Wehen waren mit aller Macht zurückgekehrt. Sie konnte ihre engen Kleider nicht länger ertragen, sodass sie nackt in den Wehen lag, wobei sie der Hebamme gegenüberhockte und deren Arme umklammerte. So klein und schmächtig Sunup sein mochte, versuchte sie doch dabei behilflich zu sein, ihre Mutter zu stützen, während diese sich wiegte und schwankte. Als Mai eine Wehe überfiel, presste sie die Augen zusammen. Kleine Rinnsale aus Schweiß und Tränen rannen ihre roten Wangen hinab. Sie brachte Laute aus ihrer Kehle hervor, die anzuhören schmerzhaft war. Es war kein Wimmern, Wehklagen oder Grunzen, sondern etwas, das alles davon in sich barg. Die Hebamme redete auf sie ein, sagte: »Komm jetzt, Mai, lass ihn hinaus, es ist gut, lass ihn hinaus«, und ihre Worte waren ein Singsang, der im Takt mit Mais eigener rauer Musik anstieg und verebbte.

Zwischen den Wehen lehnte sich Mai zurück, weinte und sagte, es sei unmöglich, sie könne es nicht mehr ertragen, sie habe nicht die Kraft dazu. Als sie sagte, sie werde sterben, schimpfte die Hebamme mit ihr. Aber als die nächste Wehe kam, kauerte Mai sich zusammen und gab sich ihr hin. Sie wollte pressen, doch das erlaubte die Hebamme nicht, da es noch nicht Zeit dafür sei. Daher bewegten sich die Wehen durch sie. Sie stand im Bann der Niederkunft und musste weitermachen, bis sie befreit werden würde, denn die Wehen ließen sich nicht vermeiden und mussten bis über die Grenze ihres Durchhaltevermögens hinaus ertragen werden.

Ich konnte ihr nicht helfen. Tobe lag auf meinem Schoß, und ich wusste, dass seine Zeit gekommen war. Seine Lider waren halb geöffnet, seine Augen verdreht, schienen gleichzeitig in verschiedene Richtungen oder nirgendwohin zu schauen. Er ließ ein wenig Pisse herabtröpfeln, und ich sagte Mai, ich wollte ihn baden, damit er ein wenig abkühlte. Sie ließ ihn gehen. Sie vertraute mir.

Draußen vor dem Karren verkrampfte sich sein Körper, und seine Glieder fingen an zu zucken; sein Nacken bog sich zurück, sodass sein Kopf beinahe seinen Rücken berührte. Sein Lebensfeuer war zu einem unkontrollierten Buschbrand geworden, es brannte sich wie Blitze durch ihn hindurch, ein Aufblitzen, dem Dunkelheit folgte. Ich nahm es durch meine rechte Hand in mich auf, fest davon überzeugt, dass ich dieses nach innen gerichtete Blitzen besser als Tobe würde ertragen können. Doch was zwischen uns hin und her zuckte, schmerzte auch mich. Meine Muskeln verkrampften, und ich fiel auf die Knie. Ich sah verästelte weiße Pfeile, die sich von einem gleißend hellen Licht abhoben, dann die blendende Helle von Sonnenlicht auf den bernsteinfarbenen Kräuselungen eines Wasserlaufs. Tobe war in diesen Bach schon einmal hineingeplatscht, als er in seinem Traum neben seiner Mutter dort gespielt hatte, doch nun stieg das Wasser an. Ich kauerte mich über den Jungen auf meinem Schoß. Solange Tobe nicht versank, so dachte ich, würde er am Leben bleiben, und so hielt ich seinen Kopf über Wasser, während er wild um sich schlug und Blitze zwischen uns von seiner Haut auf die meine hin und her zuckten.

Doch das Wasser schwoll zu schnell an, und obwohl ich mich mühte, ihn über Wasser zu halten, tauchte er erst mit der Stirn und dann mit seinen perlmuttfarbenen Lidern ein. Er blutete aus der Nase, und auch seine Tränen waren rot gefärbt. Überall auf seiner dünnen Haut tauchten Blutergüsse auf; als hätte ich ihn überall dort, wo ich ihn beim Versuch, ihn zu beruhigen, berührt hatte, verletzt. Und tatsächlich schreckte er vor mir zurück, konnte die Schmerzen, die sein Körper erlitt, nicht länger begreifen. Ich dankte den Göttern dafür, dass sie ihm zumindest diese Gnade erwiesen.

Ich watete mit Tobe durch den Strom. Er war nun ganz

unter Wasser, und das Licht auf der Wasseroberfläche flackerte über ihm. Das Wasser stieg mir bis zur Brust, bis an die Schultern, bis an den Nacken. Unter einem sich kräuselnden Wasserschleier sah ich Queen of the Dead, wusste jedoch, dass sie auf trockenem Boden stand. Überrascht stellte ich fest, dass sie jung und hübsch war. Ihr Mieder schnürte sich vorn so zusammen wie das einer Erdfrau, und nun band sie die Schnüre auf. Sie nahm mir Tobe ab und gab ihm die Brust, und nun bekamen seine Wangen wieder Farbe und sein Körper wieder Nahrung. Mit halb geöffneten Augen saugte er, schläfrig und zufrieden.

Tobes Hals fühlte sich an meinem Unterarm klamm an. Er war eine ganz leichte Last und doch so schwer wie das Herz eines Freundes, so schwer wie die ganze Welt.

Ich wickelte Tobes Körper in meinen Umhang und kletterte in den Karren. »Wie geht es ihm?«, fragte Mai.

»Schläft. Lass mich ihn noch eine Weile behalten, solange er ruhig ist.« Ich richtete es mir gegenüber von Mai so ein, dass sich Tobe neben mir, aber außerhalb ihrer Reichweite befand.

Keuchend durchlitt Mai noch eine Vielzahl weiterer Wehen, bis sie nicht mehr die Kraft besaß, in der Hocke zu sitzen, sondern sich gegen einen Haufen Säcke stützte und die Füße gegen den Boden stemmte. Nun endlich quoll ihr Fruchtwasser hervor. Die Hebamme lobte sie und meinte, nun sei es fast so weit. Sie ölte sich die Hände ein und glitt mit zwei Fingern in Mais Spalte. Sie warf mir einen Blick zu, und bestürzt stellte ich fest, dass sie Angst hatte. Ich kroch hinüber, um ihr zu helfen, doch sie schüttelte den Kopf.

»Mai! Mai, schau mich an!«, sagte die Hebamme, da Mais Blick zu Tobe hinübergeschwenkt war. »Dein Durchgang ist nun endlich frei, aber Mouse hat sich schon wieder quergelegt. Da er nicht mit dem Kopf zuerst herauskommen wird, werde ich zusehen, dass ich ihn an den Füßen zu fassen bekomme. Hast du schon einmal ein Baby bekommen, das mit den Füßen zuerst gekommen ist, Mai?« Während sie redete, schob sie ihre ganze Hand in Mais Möse, bis hinauf zum Handgelenk. Ihre andere Hand ruhte auf Mais Bauch und stieß Mouses Pobacken leicht an. »Hör zu Mai, keine Bange, ich habe sie schon mit dem Kopf zuerst, den Füßen zuerst, dem Hintern zuerst und rückwärts herausgeholt.«

Mais Gesicht zog sich zusammen und wurde rot. »Presst du? Nicht pressen! Du darfst nicht pressen!«, befahl die Hebamme.

Mai biss sich auf die Zähne und weinte, und ihre Beine verkrampften sich und zitterten, während die Hebamme in ihr herumfischte, doch sie stieß keinen Schrei aus. Sie hielt sich an Sunup und mir fest, und ich sah, wie die anderen das Gesicht verzogen, und begriff, dass auch mein Gesicht die Maske des Schmerzes aufgesetzt hatte und wir nun alle im Bann von Mais unerträglichem Leiden standen. Die Hebamme beförderte zwei winzige Füße aus Mais Spalte ans Licht, wobei sie die Knöchel übervorsichtig zwischen ihren Fingern festhielt. Die schrumpeligen Fußsohlen waren nach oben gerichtet, und die Zehen sahen aus wie aufgereihte Perlen. Die Beine ragten jetzt bis zu den Waden heraus, sich bleich wie grauer Lehm von den rot angeschwollenen Lippen von Mais Spalte abhebend.

»Lebt er?«, wollte Mai wissen.

Die Hebamme grinste sie an. Nun, da Mouse dabei war, geboren zu werden, wirkte sie freudig erregt. »Das kann man wohl sagen.«

Mit jeder Wehe kam Mouse ein Stück weiter heraus, zog sich hinterher jedoch jedes Mal wieder ein wenig zurück, als wolle er wieder hineinklettern. Als die Pobacken des Babys zum Vorschein kamen, packte die Hebamme ihn an den Hüften, worauf er bis zum Nacken herausglitt. Sie legte sich seinen schlaffen Körper auf den Unterarm und befahl Mai, bei der nächsten Wehe zu pressen und nicht mehr mit dem

Pressen aufzuhören. Mai verkniff das Gesicht und strengte sich so an, dass ihr die Adern auf der Stirn und die Muskelstränge am Hals hervortraten. Mouses Kopf war nach wie vor drinnen, und ich befürchtete, dass er festhing. Die Hebamme steckte ihm ihren Finger in den Mund und drückte ihm das Kinn nach unten, sodass sein Kopf herauskommen konnte, und nun wurde er endlich geboren.

Mouse lag still da, und ich hatte Angst, er könne tot sein, obschon die verdrehte bläuliche Schnur, die ihn an seine Mutter band, pulsierte. Die Hebamme reinigte ihm Nase und Mund und blies auf seine Lider. Zitternd nahm er einen Atemzug, der ihn so überraschte, dass er zu wimmern begann, Arme und Beine rhythmisch bewegte und Finger und Zehen krümmte. Seine graue Haut nahm eine rosarote Farbe an, und er öffnete die Augen.

Mai war an der Wand des Karrens zusammengesackt. Sie streckte die Hände nach Tobe aus und sagte: »Lass mich ihn ansehen.«

»Lass ihn schlafen«, sagte ich, worauf die Hebamme mir einen scharfen Blick zuwarf. Stattdessen legte sie Mai Mouse in die Arme und meinte, es werde ihnen beiden guttun, wenn er saugte. Doch Mouse wusste nicht, wie, und Mai wirkte zu ermattet, um ihm behilflich zu sein.

Sunup beugte sich nach unten, nahm eine von Mouses' winzigen Händen zwischen die Finger. Sie bestaunte sein Gesicht, verschrumpelt wie ein den ganzen Winter über gelagerter Apfel, und seine vielen kleinen Vollkommenheiten. Er schrie: *Rabäh? Rabäh? Rabäh?*, als sei er überrascht. »Oh, jetzt bist du geboren!«, sagte Sunup.

Mouses Begleiter, der Blutknoten, der das Ungeborene an den Leib der Mutter bindet, musste erst noch geboren werden. Das wussten die Hebamme und ich, Sunup jedoch nicht.

Eigentlich hätten Mais Nachwehen ihn hinausdrücken sollen, doch ihre Wehen hatten aufgehört. Und nun begann ihr Blut in einem pulsierenden roten Strom zu fließen und durchnässte die Säcke unter ihr.

»Du darfst nicht aufgeben, Mai«, sagte die Hebamme. »Es ist fast vorbei – fast geschafft.«

»Ich bin erledigt«, sagte Mai mit heiserer Stimme.

Die Hebamme zog sie an den Armen. »Du bist noch nicht tot! Steh auf und hilf mit. Steh auf! Ich will, dass du in die Hocke gehst und presst. Komm schon, ein letztes Mal pressen.«

Mit Mühe zog Mai sich hoch, wobei sie sich erst an meine Schulter, dann an die Hebamme und schließlich an den Karren klammerte. Sie beugte sich zu mir vor, und ich stützte sie, so gut ich konnte. Blut spritzte auf ihre Beine und unsere Röcke. So viel Blut. Mais Lippen wurden so weiß wie ihre verkniffenen Nasenlöcher. Sie war zu schwach, um zu pressen. Sie fluchte, sie werde es nicht schaffen. Sunup hielt Mouse, der immer noch durch die Schnur mit Mai verbunden war. Leise fragte sie, was denn nicht in Ordnung sei, bekam jedoch keine Antwort.

Die Hebamme war während der Geburt ruhig und geduldig gewesen, und ihre Dringlichkeit war nun beängstigend. Sie schüttelte schwarzes Pulver aus einem Beutel auf ihre Hand und ließ es Mai auflecken. Es war Mutterkorn, der Pilz auf dem Roggen, der die Körner anschwellen und giftig werden lässt: für Geburtshelferinnen ein Segen, aber so gefährlich wie wirksam. Es gehört zu Frenzy und kann Wahnsinn auslösen.

Das Mutterkorn verursachte genauso schwere Wehen wie die, die Mai bereits hatte ertragen müssen, und bald wurde Mouses Begleitung in einem Sturzbach aus Pisse und Blut ausgestoßen. Die Hebamme drehte den Blutknoten um und vergewisserte sich, dass die Nachgeburt vollständig war und nichts in Mais Leib verblieb, was ihr Blutungen verursachen würde. Es war alles da. Aus dem Fluss des Blutes wurde ein Tröpfeln, ein Sickern.

Die Hebamme straffte die Nabelschnur und schnitt sie durch. Und dann fing sie zu meiner Überraschung an zu schluchzen, hielt Mouse auf ihrem Schoß und wiegte ihn, wiegte ihn immer wieder. Ich begriff, dass eine große Last von ihr abgefallen war. Nun sah ich sie wieder als Purpurglöckchen, eine müde, verschreckte, frohe Frau. Als Hebamme, Priesterin von Desire, hatte sie Mai während der langen Wehen durch ihre Überzeugung unterstützt, dass Mai dieses Kind würde gebären können. Sie hatte behauptet, der Schatten ihrer Großmutter habe ihr dies gesagt, und ich hatte ihr geglaubt, selbst als Mouse sich drehte, sich wieder drehte und sich dann abermals drehte und sich weigerte, geboren zu werden. Doch sie hatte nie gesagt, dass Mai die Geburt überleben würde.

Mai schwebte nach wie vor in Gefahr. Die durch das Mutterkorn verursachten stechenden Schmerzen quälten sie, und sie krümmte sich und schrie, wie sie es während ihrer langen Wehen nicht getan hatte, denn sie war nicht mehr bei sich. Sie wurde schwächer. Ihre Haut wurde bleich und fleckig, und ihre Lippen färbten sich blau. Kalter Schweiß stand ihr auf der Stirn, und ihr Herzschlag stolperte.

Nun konnte ich endlich etwas für sie tun. Ich wickelte uns beide in Decken ein und legte ihr meine linke Hand auf das Herz, ihr Lebensfeuer, und rief mein eigenes Feuer an, um sie zu wärmen. Ich befürchtete, überhaupt nichts zu haben, was ich ihr hätte geben können, da ich vor Erschöpfung auf kleiner Flamme brannte. Doch das Feuer, das als Antwort auf meinen Ruf aufloderte, war nicht das meine. Es kam von jenseits von mir, es loderte durch mich hindurch, war ein Geschenk von Hearthkeeper.

Nachdem Mais durch das Mutterkorn verursachte Raserei abgeklungen war und sie uns wiedererkannte, legte ich ihr Tobe in die Arme, sodass sie sich von ihm verabschieden konnte. Ich sagte ihr, dass mir Queen of the Dead persönlich Tobe abgenommen hatte, um seine Leiden zu beenden, und dass seine Todesreise sicher schnell und einfach verlaufen würde. Als kleines Kind habe er nicht die Zeit gehabt, sich eine Bürde aus viel Kummer zuzulegen, und Tobes Last könne nicht mehr wiegen als ein Löwenzahnsame.

Mai erwiderte, Queen of the Dead habe das falsche Kind genommen. Sie werde Mouse nicht mehr an ihre Brust lassen. Sie sagte, er habe Tobe mit seiner Eifersucht vergiftet, und nie mehr werde sie ihn stillen. Sie sagte zu Purpurglöckchen, diese solle ihn auf dem Berghang zurücklassen, damit er von streunenden Hunden getötet würde, das ginge schneller als Verhungern und sei gnädiger, als er es verdient habe. Ein Elternteil darf von Rechts wegen entscheiden, ob ein Kind der Mühe wert ist, aufgezogen zu werden; erst die Mutter, dann der Vater. Dennoch versuchten wir sie dazu zu überreden, Mouse zu behalten. Er werde ihr Grund zum Leben geben, sagte Purpurglöckchen. Ihn treffe keine Schuld, gab ich zu bedenken. Es seien die Götter, die Tobe genommen hatten.

Sunup weinte und wehklagte um Tobe, und sie hörte erst damit auf, als ich sie bat, mir dabei zu helfen, ihn für den Scheiterhaufen zurechtzumachen. Wir wuschen ihn; sie glättete ihm sein schwarzes, störrisches Haar. Mai sagte nichts mehr. Ihr Kummer war verdorrt, still und unheilvoll. Sie hielt Tobe bis zum späten Nachmittag fest und ließ ihn dann endlich los. Ich trug ihn zu dem Feuer, das seinen Schatten befreien würde.

Mai wandte ihr Gesicht der Wand des Karrens zu, zeigte uns ihren stocksteifen Rücken und blieb stumm.

KAPITEL 14
Lynx

Die Ebene unterhalb meines Standortes sah aus wie ein Tuch, ausgebleicht durch den Schnee, geglättet mit leichter Hand, die ein paar Erhebungen, Vertiefungen und Unebenheiten übrig gelassen hatte. Die viereckigen Felder und rauchgrauen Wälder waren durch Hecken voneinander getrennt. Ein breiter, schwarzer, am Ufer gefrorener Fluss schlängelte sich nach Süden. In einer der Flussbiegungen waren zwei Heere zur Schlacht gegeneinander aufmarschiert, und der Schnee war besprenkelt mit den kleinen Figuren der Männer und Pferde.

Ich drängte Frost den Hügel hinab auf das Schlachtfeld zu. Mouse schlief geborgen und warm in einer aus einem blutdurchtränkten Sack geformten Schlinge an meinem Bauch. Seine kleinen Hände hielt er neben dem Gesicht zu Fäustchen geballt; er hatte makellose, winzige, glänzende Fingernägel, so klein wie Fischschuppen. Ich war froh, dass er nun endlich schlief. Er hatte während des ganzen Wegs hierher geschrien, hatte solch quälende Schreie ausgestoßen, dass ich mir hätte die Ohren zuhalten wollen.

Ich hatte das neue Lager des Heers gefunden und dort eine an einen Karren angebundene Ziege, die blökte, weil sie nicht gemolken worden war. So bekam Mouse genug Milch, um ihn eine Weile zufriedenzustellen. Doch ich suchte nach wie vor nach einer Scheide namens Distel aus dem Stamm von Growan, die in der vorletzten Dekade ein Kind geboren hatte. Die Hebamme glaubte, diese sei möglicherweise bereit, Mouse als Amme zu dienen. Bestimmt würde

Mai ihre Meinung noch ändern und den Jungen behalten, wenn ihr Kummer abgeklungen war.

Die meisten Zelte waren menschenleer. Ich stieß auf einen der Bediensteten von Divine Xyster, der sich im Pavillon des Priesters um Verwundete kümmerte. Von ihm erfuhr ich, dass die Krieger bereits auf Malleus marschierten, um ihre Kriegsbeute in Besitz zu nehmen. Die Handlanger hatten sie dabei zurückgelassen, damit sie ihre Habe bewachten, und die meisten Knappen waren zum Plündern auf das Schlachtfeld gerannt. Ich fragte den Mann, ob er Sire Galan gesehen oder etwas von ihm gehört hatte. »Kein Wort«, erwiderte er.

Wir hatten die Schlacht gewonnen. Wir hatten den Krieg gewonnen.

Auf dem Feld sammelten Scheiden alles, was nicht niet- und nagelfest war. Das ist das, was sie tun, hatte mir Galan einmal erzählt. Das ist das, was sie sind. Ich kannte viele dieser Frauen, zählte sie zu meinen Freundinnen, doch in so einer Situation hatte ich sie noch nicht erlebt. Mit Dolchen in der Hand kauerten sie neben gefallenen Fußsoldaten, um ihre Kleider aufzuschneiden und nach Münzen zu suchen, nach allem, was glänzte, sogar Goldfäden. Sie töteten verwundete Feinde. Ihnen den Gnadenstoß geben, hieß das. Ich wage zu behaupten, dass manche Scheiden – und das war nicht die Ausnahme – unseren eigenen Soldaten die gleiche Gnade erwiesen. Viele der Leichen waren bereits gefleddert worden. Eine Scheide musste gründlich vorgehen, wie die Ährenleserinnen, die nach der Ernte auf die Felder gelassen wurden, arme alte Frauen, die sich mit Mäusen um verstreute Körner stritten.

Als wir auf dem Marchfield lagerten, hatte ich schon einmal ein Schlachtfeld betreten, nach dem Turnier auf Leben und Tod und dem ihm folgenden Aufruhr. Dabei hatte ich Tote gesehen, auch tote Frauen, und ich hatte getan, was in meiner Macht stand, um den Verletzten zu helfen. Die an jenem Tag Gefallenen hätten in eine kleine Ecke dieses Felds gepasst. Dies hier aber ließ sich nicht begreifen. Es waren zu viele, um es glauben zu können.

Ich wandte mich von einem Mann ab, der stöhnend auf dem Boden lag und nach Wasser verlangte. Wasser wäre nicht gut für ihn gewesen, da es durch die klaffende Wunde in seinem Bauch gleich wieder herausgeströmt wäre. Ich versuchte erst gar nicht, ihm oder überhaupt irgendwem zu helfen. Es war nicht so, dass ich Angst gehabt hätte. Vielmehr war ich wie betäubt. Ich war weit weg von ihnen, weit weg von den Verwundeten und Sterbenden. Weit weg von diesen Scheiden, weit weg von mir selbst. Irgendwie fühlte ich mich den Toten näher. Warum trauern, warum sich abquälen, wo das Leben doch so kurz und die Zeit nach dem Tod allzu lang ist? So weit weg zu sein machte das Leiden erträglich. Und doch hasste ich es, dass es ertragen werden konnte.

Ich holte die Bärenklaue aus meiner Satteltasche, streifte sie mir über die Hand und hielt die Klauen verborgen zwischen meinen Fingern. Ich suchte den Ort ab, aber es waren einfach zu viele Leichen, und einige lagen sogar übereinander. Im Schilf am Fluss sah ich einen Mann, der lang ausgestreckt auf dem Eis lag, mit dem Kopf unter Wasser. Er trug ein Kettenhemd mit emaillierten Ringen. Es war nicht Sire Galans Rüstung, aber dieser doch sehr ähnlich. Ich zerrte ihn heraus und nahm ihm den Helm ab. Es war Sire Erial. Die Schar der Niederen, welche die gefallenen Kataphrakten und Wappenträger einsammelten, hatte ihn übersehen. Unsere toten Krieger würden in Wagen durch Malleus ziehen, damit ihre Schatten den Triumph auskosten konnte, bevor sie entwichen; die toten Feinde wurden auf Scheiterhaufen am Rande des Schlachtfelds geschichtet. Priester beaufsichtigten das Werk und vergewisserten sich dabei, dass die Rüstung jedes erschlagenen Feinds dem Mann übergeben wurde, der ihn getötet hatte. Zu den Pflichten eines Stiefelknechtes gehörte es, sogar im Getümmel der Schlacht das Banner seines Herrn an den von ihm erschlagenen Feinden zu befestigen, wegen der später geführten Strichliste auf dem Kerbholz.

In Hainen und Obstgärten hallte das rhythmische, dumpfe Geräusch von Äxten wider, die gegen Holz schlugen, als man Bäume fällte, um die Feuer zu nähren.

Ich grüßte eine Scheide aus dem Stamm von Growan mit Namen. Sie kniete neben einem Toten und wandte sich mir wütend knurrend zu, Blut auf ihrem Messer, bereit zum Kampf, falls es nötig sein würde. Als sie mich sah, veränderte sich ihr Gesicht, und sie stand auf und kam zu mir herüber. Wo Distel war, wusste sie nicht. »Oh, ist das Mais Junge?«, wollte sie wissen. »Ist Mai gestorben, brauchst du deswegen eine Säugamme? Gelobt seien die Götter, dass sie lebt! Schau ihn dir an, so ein schöner Junge; wenn er groß ist, wird er eines Tages einer Dirne das harte Herz brechen.«

Eine weitere Frau kam zu uns herüber; ich kannte sie als Marketenderin, die Essiggurken und braunes Bier verkaufte. Sie gurrte und hätschelte Mouse, bis er aufwachte und schrie; dann lobte sie ihn dafür, laut zu sein. Ein kleiner Junge solle laut sein. Aber auch sie hatte keine Ahnung, wo sich Distel befand. Was Sire Galan betraf, so hatte sie gehört, er liege mit dem Schüttelfieber darnieder und habe gar nicht am Kampf teilgenommen – was für ein Jammer! Die Marketenderin zeigte der Scheide ihr Beutegut, und dann fingen sie an, Tauschhandel zu treiben, da man nach jeder großen Schlacht die Gelegenheit hatte, ein Geschäft zu machen.

Huren hatten ihre eigene Art, um an Beute zu gelangen, nämlich indem sie sich diese verdienten. Eine Metze kniete über einem toten Pferd, den Rock hochgezogen, während ein Soldat hinter ihr hockte, die Gesäßbacken zusammengepresst, während die ihren wackelten. Ihr Kuppler hielt sich in der Nähe auf, um Streit unter den anstehenden Männern im Keim zu ersticken.

Ich entdeckte eine weitere Hure, die in einem blutigen Rock erdrosselt auf dem Boden lag. Das Blut der Erdsoldaten war in Wallung, da die Vermittler sich darauf geeinigt hatten, dass Malleus nicht geplündert werden sollte. Somit würde ein Erdsoldat für den langen Marsch und die gewonnene Schlacht als einzige Belohnung das erhalten, wessen er auf dem Feld habhaft werden konnte.

Überall befanden sich Tote. Ich meine damit nicht die in der Schlacht Gefallenen, sondern Schattenwesen. Es waren Schatten dabei, so dünn und flüchtig wie die kleinen Nebelwölkchen, die wir an einem Wintertag ausatmen. Sie scharten sich um den Horizont meines Sichtfelds und flimmerten im Takt meines Blutes und der entrüsteten, gluckernden Schreie von Mouse. Sie ließen mir immer weniger Raum zum Sehen. In der Dämmerung sah der Schnee blau aus, und das Blut im Schnee schwarz.

Ich nahm Mouse im Dunkeln mit auf die Straße nach Malleus. Mich zu verlaufen fürchtete ich nicht, da wir einer breiten Schneise folgten, die von zahlreichen Pferden getrampelt worden war. Nach einer Weile führte uns der Pfad den Hügel hinauf zu einem Tempel. Dort war ich ratlos. Überall um den Tempel und die Hügelspitze herum waren Hufabdrücke, doch gab es keine Straße hinab außer der, auf der ich hinaufgekommen war. Hatte unser Heer hier angehalten, um zu beten? Der Hügel war steil, ein langer Anstieg, wenn er nicht auf dem Weg nach Malleus lag. Abgesehen von Mouses Weinen und dem Geheul einiger weniger Eulen sowie Frosts Hufen, die auf dem Schnee knirschten, war es ruhig. Nicht ein einziges Licht war zu sehen. Sie mussten gekommen und wieder gegangen sein.

Ich machte mir nicht die Mühe, mir darüber den Kopf zu zerbrechen, und es war mir auch egal. Weiter konnte ich heute nicht ziehen, nicht heute Abend. Mouse war hungrig und ich erschöpft, und hier gab es wahrscheinlich Essen und eine Unterkunft für uns beide. Ich stieg ab und führte Frost auf den ausgetretenen Marmorstufen hinauf zum Portikus des Tempels, dessen Säulen so hoch wie die Stämme uralter Tannen und dessen riesige Tore mit Bronze verkleidet waren. An der Seite gab es eine kleinere Tür für das Erdvolk, und gegen diese hämmerte ich nun. Ein so großer Tempel wie dieser konnte nicht ohne Priester sein, und diese nicht ohne Bedienstete.

Ein Pförtner machte die Tür einen Spaltbreit auf, und ich sah seine Konturen vom Lichtschein der Laterne umrandet. Er hatte einen grauen Bart, und in seinen Augen konnte ich Angst erkennen. Sein Schwert zeigte auf meinen Leib.

»Hilfe?«, fragte ich in der Hochsprache. Mouse drückte es besser aus. Sein Gesicht war rot, und er machte bei jedem Schrei den Mund weit auf, wobei sein rosarotes Zahnfleisch und seine hin und her zuckende Zunge zu sehen waren.

Der Pförtner spähte um die Tür herum, um zu sehen, wer sonst noch bei uns war. Frost spitzte die Ohren und schnaubte durch die Nase. Der Mann zog uns samt Maultier herein und verriegelte die Tür hinter uns.

Sein Strohsack lag im Flur. Er trug einen ungefärbten Kittel, der ihm noch nicht einmal bis zu den knorrigen Knien reichte, und sein Schwert erwies sich als eine Art alltägliches langes Messer, das jeder Knappe hätte haben können. Seine Augen waren wässrig und freundlich.

»Bist du wegen Heilung gekommen?«, fragte er.

Es schien das Sicherste zu sein, die Frage zu bejahen.

Er schnalzte mit der Zunge. »Was für eine Nacht zum Reisen. Hast du denn nicht gehört, dass Krieg herrscht?«

Ich wiegte Mouse und sagte über sein Schreien hinweg: »Er hat Hunger. Ich habe keine Mulch für ihn, keine Milch. Habt Ihr eine Beugamme?«

»Das ist ein kräftiges Kerlchen, was?« Der Mann hob seine Laterne und führte uns durch einen gepflasterten Gang, während Mouses unentwegtes *Rabäh! Rabäh!* von den Wänden widerhallte. Er wies auf eine Treppe. »Geh hier entlang zu den Küchen, hol dir Milch für das Baby, und ich werde einen Stalljungen damit beauftragen, sich um dein Maultier zu kümmern.«

Ich warf mir die Satteltasche über die Schulter, versetzte Frost einen Klaps, sagte zu dem Pförtner: »Achtet darauf, dass der Stalljunge sie striegelt, sie hat ein hartes Stück Arbeit hinter sich«, und ging die Treppe hinunter.

Die Küche lag unter der Erde in einem fensterlosen Raum. Hier herrschten Lärm, Hitze und geschäftiges Treiben, alles vor der ruhigen, kalten Nacht draußen verborgen. Es gab Feuer in Herdstellen und hohe Stapel mit Brotlaiben und schwer beschäftigte Köche, so viele, dass ich mich fragte, ob sie sich auf ein Fest vorbereiteten. Eine Bäckerin mit mehlbestäubten Armen und einem Florrock, der ihr an den schweißnassen Beinen klebte, fand Gefallen an Mouse, und ich ließ sie ihn halten. Er hörte auf zu weinen und begann sich umzusehen, wobei er mit seinen runden Äuglein die Menschen in der Küche anblinzelte. »Hast du ihn zum Gesundwerden gebracht?«, fragte die Bäckerin, während sie ihn am Bauch kitzelte. »Was hat er?«

»Wegen Buttermilch«, sagte ich. »Hast du welche?«

»Bist du ausgetrocknet? Ich habe eine Salbe dafür. Manchmal bleibt die Milch aus, also musst du es immer wieder versuchen.«

»Es ist nicht meiner. Die ihn geboren hat, will ihn nicht haben, sie hat ihn verstoßen.«

»Also wirst du wohl mal ein Tempeljunge werden, was?«, sagte sie zu Mouse und zog ihn hoch, um ihn anzuschauen. Er baumelte in ihren starken Händen und wirkte zufrieden, was mir einen kleinen Stich versetzte.

»Was ist das für ein Schenkel? Was für ein Tempel?«

»Der Tempel von Lynx, natürlich.«

Ich fing an zu lachen. Ich lachte so heftig, dass ich Seitenstiche bekam. Ich wollte ihr den netten Scherz erzählen, dass der Junge Mouse hieß und er schon von Anfang an Lynx Mischief gehört hatte, doch vor lauter Lachen konnte ich nicht sprechen. Ich verlor die Fassung, glitt von der Bank hinunter und landete auf Händen und Füßen auf dem Boden, machte den Rücken krumm und weinte, die Stirn gegen die Bodenfliesen gepresst. Die Bäckerin fragte: »Was hast du denn? Was hast du denn?«, während mir eine neugierige, rötlich braune Katze um die Beine strich. Ich fiel auf die Seite, krümmte mich zusammen und heulte. Ich war nicht mehr erstarrt, den Göttern sei Dank, nicht mehr wie ein Schattenwesen, aber ach, es war unerträglich. Tobe war verloren und Mai so still und sturköpfig, und sie konnte noch immer sterben, obwohl sie ihre Wehen überstanden hatte. Und dann die Toten und Verstümmelten auf dem Schlachtfeld und Sire Galan, der vielleicht tot unter ihnen lag. Mouse und die Bäckerin starrten mich an, und ich rollte mich auf den Rücken, schaute zu ihnen hoch und brachte kein Wort heraus.

Die Base des Mannes der Bäckerin hatte eine Freundin in der Wäscherei, die gerade ihr Kind verloren hatte, und so wurde mir Mouse für diese Nacht abgenommen. Ich war dankbar dafür. Die Bäckerin gab mir einen halben Laib Brot zu essen, gutes Brot von der Sorte, wie man es den Propheten darbrachte. Und sie gab mir sogar ein Becken Wasser, damit ich mich und meine Kleider waschen konnte. Mais Blut war überall auf den Röcken, und ich spülte es ab, so gut es ging, und hängte das nasse Kleid in die Nähe einer Feuerstelle. In einer Ecke rollte ich mich zusammen, in meinem Unterkleid und dem Umhang, meine Satteltasche als Kopfkissen nutzend. Die rötlich braune Katze tapste um mich und über meine Brust, bis sie sich dazu herabließ, sich neben meiner Hüfte einzurollen und anfing zu schnurren.

Ich wusste, dass ich nicht schlafen würde, ganz gleich, wie erschöpft ich war und dass ich gesund werden musste, denn der Schlaf hatte sich mir schon lange verweigert.

Doch im Tempel von Lynx wurde er mir nicht verwehrt. Ich schlief ein und hatte einen Traum.

Ich legte mich auf meinen mit Farnmyrte gefüllten Strohsack auf der Veranda meines Hauses, des Steinhauses, das ich für das meine hielt. Meine schwarze Katze Gowdylain legte sich der Länge nach auf meinen Bauch. Es war eine kalte Nacht, so klar wie Quellwasser. Ich konnte meinen Atem sehen. Wenn es nicht sein musste, schlief ich nie drinnen. Ich mochte den leichten Lufthauch. Ich mochte es, beim Aufwachen in die Wolken zu blicken. Das Haus lag so hoch, dass die Wolken zuweilen unterhalb von mir im Tal über dem Fluss Wend hingen, manchmal auch darüber, und wieder ein anderes Mal war ich eingehüllt in einer Wolke. Ich roch Farnmyrte und Rauch aus der Kohlenpfanne. Ich war müde, und das fühlte sich gut an, denn ich hatte ein gutes Tagewerk verrichtet, eine Aufgabe nach der anderen, und ich war weit gegangen, um Espenholz zum Färben von Wolle zu suchen, hinunter zum Wasserlauf, der in den Wend floss. Ich dachte darüber nach, welche Beize ich verwenden sollte, um ein helles Orange zu bekommen, als ich einschlief und einen Traum hatte.

Am Flussufer, inmitten von mattgoldenem Schilf, auf einem morastigen Boden, den runde Steine und unter Eisschichten liegende Pfützen gefährlich machten, sah ich König Thyrse. Ich erkannte ihn an seiner vergoldeten Rüstung und seinem Helm mit dem goldenen Geweih eines Hirschs. Der König hatte gekämpft und jemanden getötet. Er stellte den Fuß auf den Kürass des gefallenen Kriegers und riss seinen Skorpion aus dem Augenschlitz des Helms. Sein Hieb war tief eingedrungen, und auf dem Stachel des Skorpions befand sich Blut, rot und grau. Er wischte die Klinge mit einer Handvoll Schilf ab. Nach dem Kürass des toten Kriegers zu urteilen, dessen Bauchteil so rund wie ein Kessel war, war es ein fetter Krieger gewesen. Doch seine Beine waren dünn.

»Nehmt den Helm nicht ab«, sagte ich, doch der König hörte mich nicht. Er löste den Helm und zog ihn ab. Dort, wo das rechte Auge hätte sein sollen, war bei dem Krieger nur noch eine blutige Höhle. Das Auge war zerquetscht und hing an der Wange herab. Das andere Auge starrte nach oben, vor Schrecken geweitet. Die Leiche war die eines Jungen, bloß ein Junge, mit rundem Gesicht und einer sommersprossigen Nase. Seine Brauen waren so rötlich wie das Fell einer fuchsfarbenen Katze. Da er eine rote, gepolsterte Kappe als Helmfutter trug, konnte ich seine Haare nicht sehen.

Es war nicht das Gesicht des Kriegers, das König Thyrse interessierte, sondern der Helm, der wie der Kopf einer Kobra geformt war. Die mit roter und weißer Emaille eingelegten Diamantenschuppen waren mit Golddraht umsäumt. Er kauerte sich neben die Leiche und drehte den Helm in seinen Händen, als bewundere er die handwerkliche Arbeit.

Dann erinnerte ich mich wieder. Das hier war nicht unser König, denn der König war tot. Vielleicht füllte sein Schattenwesen die Rüstung, so wie er einst einen Körper bewohnt hatte. Oder vielleicht war die Rüstung auch leer und würde bald auseinanderfallen, Helm, Kürass, Beinschienen überall verstreut. Aber nein – ein Lebender trug die vergoldete Rüstung des Königs, ein Lebender, der sich das Visier seines Helms hochschob, um sich mit einem Lappen, der in seinem Panzerhandschuh steckte, den Schweiß von der Stirn zu wischen. Es war Sire Galan.

Sire Galan band den Lappen an das Wehrgehänge des toten Kriegers, und nun erkannte ich, dass es überhaupt kein Lappen war, sondern eines der goldenen Banner des Königs, bestickt mit dem springenden Hirschen von Thyrses Haus. Er markierte die Leiche für das Kerbholz.

Er nahm einen Schluck aus einer eisernen Flasche. Zwischen den Platten seiner Rüstung sickerte hier und da Blut hervor, an seinem Arm, seinem Schienbein. Schlachtenlärm war keiner mehr zu hören, was aber keine Verwunderung in mir auslöste. Es war ruhig, abgesehen von ein paar grauen Bachstelzen, die sich aus dem Schilf heraus über ihn aufregten.

»Gebt mir diesen Helm«, sagte Königsmutter Caelum und streckte ihre schmächtige Hand aus. Sie ritt eine weiße Stute, verkleidet mit einem weißen, ledernen Rossharnisch, und sie trug einen langen, geteilten Waffenrock, der aus den schmalen Häuten von Hermelinen genäht worden war, denen man den Kopf belassen hatte, um ihre spitzen Zähne und falschen Augen aus Onyx zur Schau zu stellen; ihre Schwänze mit den schwarzen Spitzen hingen wie eine Vielzahl von Troddeln herab. Ihr Waffenrock kennzeichnete sie als Mitglied des Stammes von Prey, aber ihr langes Gewand, das an den Flanken des Pferdes herabhing, war in dem Scharlachrot von Rift gehalten, dem Stamm ihres verstorbenen Gatten.

Sire Galan stand auf und lehnte sich auf den großen Eisenholzschaft seines Skorpions. Er tat dies mit einer kaltschnäuzigen Leichtigkeit, auf eine Art, die offen zum Ausdruck brachte, dass er nicht unter ihrem Befehl stand.

Sie hatte eine Meute von Wölfen bei sich. Der vorderste trug einen Umhang aus Wolfsfell, und die Klauen waren ihm um die Kehle geschlungen. Die Helme der anderen Wölfe waren alle ähnlich, eisengrau und gesichtslos, und auch ihre Pferde waren grau.

»Gebt ihn mir«, befahl sie und schnippte mit den Fingern.

»Ich glaube nicht, Königsmutter Caelum«, antwortete er.

»Ihr mögt in der Rüstung meines Bruders stecken, aber Ihr befehlt hier nicht.« Auf ihren Wangen zeigten sich rosarote Flecke. Ihre schmale Nase war von der Kälte bereits gerötet.

Auch hinter ihm standen Wölfe. Wie sie dorthin gelangt

waren, ohne dass das Zaumzeug ihrer Pferde geklimpert hatte, wusste ich nicht. Ich stand reglos in dem hohen Schilf, darauf hoffend, dass das Hämmern meines Herzens mich nicht verraten würde.

Sire Galan schaute sich um und warf auch einen Blick nach links und rechts. Er lächelte. »Nein, ich glaube nicht. Die Beute gehört mir, er gehört mir.« Seine Stimme war ruhig, und seine Hand ruhte entspannt auf dem Griff seines Skorpions.

Die Königsmutter lachte. »*Er* ist Euer! Hat *er* gut gekämpft, oder war er eine leichte Beute? So leicht wie ein leichtes Mädchen, dafür verbürge ich mich. Dieser Krieger, den getötet zu haben Ihr so stolz seid, ist die Frau meines Sohnes, Kalos, und ich danke Euch dafür, mir sie und ihre ungeborene Brut vom Hals geschafft zu haben. Wenn es Euch gefällt, gebe ich Euch als Entschädigung für ihre Rüstung eine Börse mit Gold. Denn ich bezweifle, dass Ihr, Sire Galan dam Capella von Falco der Crux – wie Ihr seht, kenne ich Euren Namen –, wie gesagt, ich bezweifle, dass Ihr Euren klangvollen Namen noch lange nach Eurem Tod mit dem ihren in den Liedern der Bänkelsänger verbunden sehen möchtet. Und tot werdet Ihr sein, wenn Ihr mir den Helm nicht gebt.«

»Mein König hat hier gekämpft, habt Ihr das nicht gehört?«, sagte Sire Galan. »Ihm wird der Ruhm dieser Beute zukommen – oder ihre Schande, wenn es so ist, wie Ihr sagt.« Er hockte sich neben die Leiche und zog ihr die wattierte Kappe vom Kopf. Das Haar, das er dabei löste, war lang und lockig und von rötlich brauner Farbe, nur ein wenig brauner als die Brauen.

»Bei den Göttern, das wusste ich nicht«, sagte er. »Sie hat ... nicht gut, aber doch gut genug gekämpft. Sie hat mich sogar verletzt, am Bein, glaube ich. Ich dachte, es wäre ein beleibter Mann, ein kurzatmiger alter Mann. Und als ich den Helm abnahm, dachte ich, sie wäre ein Junge. Bei den

Göttern.« Er stand auf und übergab der Königsmutter den Helm. »Nehmt ihn. Nehmt ihn. Ich will kein Gold dafür.«

»Wo ist ihr Pferd?«, fragte die Königsmutter.

Sire Galan zuckte mit den Schultern. »Davongaloppiert.« Er ging zurück in Richtung des Schilfs, in dem ich mich verbarg. Er war so nah, dass ich seinen Schweiß und das Blut riechen konnte.

»Einer von Euch, gebt mir Euer Pferd, rasch«, sagte Königsmutter Caelum. Ein Wolf stieg ab und führte sein Schlachtross zu ihr. »Setzt sie auf den Sattel. Nein, nicht wie ein Sack Rüben – setzt sie aufrecht! Bindet sie fest.« Sie war ungeduldig, als hätten ihre Männer wissen müssen, was sie vorhatte. Das Pferd tänzelte und wieherte, verärgert darüber, einen toten Reiter tragen zu müssen. Die Königsmutter bewegte ihre Stute langsam zu dem Hengst und packte dessen Zügel. Sie beugte sich zu ihrer Schwiegertochter vor, die mit schiefgestelltem Kopf und nach wie vor an der Wange klebendem, gebrochenem Auge zusammensackte. Königsmutter Caelum zog den Helm über den Kopf der Leiche und klopfte mit den Knöcheln auf den rundbäuchigen Kürass. »Immer noch am Leben darin, Enkelchen?«, fragte sie.

Sire Galan wandte die Augen von diesem Anblick ab, und ich sah, dass er mit verbitterter Miene immer wieder schluckte, und ich wusste, dass er seine aufsteigende Gallenflüssigkeit hinunterschluckte, die so übel roch wie Bilgewasser.

Als Königsmutter Caelum ihren Männern befahl, Kalos anzuzünden und ihr Pferd auf das Feld zuzutreiben, auf dem Prinz Corvus kämpfte, bedrängt von zahlreichen Kriegern – denn so ruhig es in dieser Flussbiegung auch war, die Schlacht war noch nicht vorbei –, als sie dies anordnete, erhob Sire Galan seine Stimme und nannte das Geschehene eine feige Tat, die sowohl Götter als auch Menschen verärgern würde.

Sie machte sich nicht die Mühe, ihm zu antworten. Einer

ihrer Wölfe schlich sich von hinten an ihn heran, während Sire Galan noch rief, und fällte ihn mit einem gewaltigen Schlag. Sire Galan hörte meine Warnung nicht. Er stöhnte und drehte den Kopf, sodass seine Wange auf einem Stein zu ruhen kam, und daran erkannte ich, dass er am Leben war.

Die Wölfe stopften Schilf und Riedgras in die Rüstung von Kalos und banden Schilfbündel an den Sattel. Dann entzündeten sie diese, und ich roch den Rauch. Das Schlachtross wieherte erschrocken auf und versuchte, vor dem Feuer zu fliehen. Es bockte und sprang zur Seite, wobei es die Hufe durch das Eis und in den schlammigen Morast grub, doch egal, wohin es rannte, es konnte dem Brand nicht entfliehen. Auf seinem Rücken schwang die Leiche lose hin und her. Mehrere Wölfe galoppierten hinterher, um das Pferd dorthin zu lenken, wo sie es haben wollten.

Königsmutter Caelum schaute ruhig zu, bis sie nicht mehr zu sehen waren. Ich konnte den Ausdruck auf ihrem Gesicht, der weder Befriedigung noch Vergnügen war, nicht begreifen. Sie wirkte feierlich, wie jemand, der eine heilige Prozession beobachtete. Sie ritt mit ihrem Wolfsrudel davon, aber erst, nachdem sie wie versprochen einen Sack Münzen in Sire Galans Richtung geworfen hatte. Er war nicht in der Lage, es abzulehnen.

Ich legte mich neben ihn und machte mir nichts aus dem Eis und den Buckeln unter uns oder dem kalten Wasser, das meine Kleider durchnässte. Ich nahm ihm den Helm und die wattierte Kappe ab, die ihm zweifellos das Leben gerettet hatten, und hob seinen Kopf an, damit er ihn auf meinen Arm betten konnte. Seine Augen zuckten. Er war nicht überrascht darüber, mich zu sehen, obwohl er es doch hätte sein sollen. Und ich erinnerte mich daran, dass ich lediglich träumte.

Ich wachte auf und drehte mich auf meinem Strohsack. Meine Füße waren kalt. Ich hatte die Nacht durchgeschlafen, und über dem Tal ging nun die Sonne auf. Ich starrte die geschnitzten Sparren meiner Veranda an. Vor langer Zeit waren sie blau angestrichen worden, um Unheil abzuwenden, aber nun war die Farbe abgeblättert und verblichen. Als ich einen Reiter hörte, setzte ich mich auf. Ich hörte Schritte auf den Stufen und holte das in seiner Scheide steckende Messer unter meinem Strohsack hervor, doch die Stimme, die meinen Namen rief, war die seine. Wenn er kam, kam er stets ohne Vorwarnung. War er die ganze Nacht über geritten?

Er suchte mich im Inneren des Hauses, im Schrankbett. Seine Schritte waren rasch und laut. Nun erinnerte ich mich daran, dass ich bloß träumte. Ich war nicht gewillt aufzuwachen. Stattdessen rief ich ihn zu mir.

Er verscheuchte meine Katze, zog sich aus und kroch zu mir unter die Decke. Dabei beschwerte er sich darüber, mein Strohsack sei zu hart und zu schmal, und meine Füße kalt, und warum schliefe ich überhaupt draußen vor der Tür, wenn drinnen doch ein makelloses schönes Bett stehe?

»Um zu hören, wie die Sonne aufgeht«, sagte ich.

»Was denn, macht sie Geräusche?«

»Oh, hier oben auf dem Gipfel ganz viele. Ich kann ihre Schritte hören.«

»Du bist ein merkwürdiger Mensch«, sagte er überrascht. Als hätte er es vergessen können.

Er hatte weiße Narben auf dem Körper, und hier und da waren einige, an die ich mich nicht erinnern konnte. Ich strich mit den Fingern über die Striemen. Ich mochte seine Narben, weil es die Markierungen von Wunden waren, die es nicht vermocht hatten, ihn zu töten. Nach jedem Abschied mussten wir einander neu kennenlernen.

Seine Wange legte sich kratzend auf die meine. »Lasst Ihr Euch einen Bart wachsen?«, wollte ich wissen. »Ist das die neue Mode bei den Heißspornen?«

»Ich hatte es eilig«, sagte er.

Meine Möse war empfindlich, und ohne es zu wollen, schrie ich auf. Er grinste auf mich herab und zog sich vorsichtig wieder zurück, worauf ich ihn an den Schultern packte, um ihn dazu zu bringen, langsam wieder in mich einzudringen. Seine Augen verengten sich, er kam wieder zu Atem, und ich presste mich fest gegen ihn. Das Spiel gefiel ihm, und mir auch, und was nun folgte, war das reine Vergnügen.

Ich wollte nicht aufwachen und kehrte wieder und wieder in den Traum zurück, sogar nachdem er aufhörte, ein wahrhaftiger Traum mit dem Geschmack von Galans Schweiß und dem Geruch von Bergwetter an einem Wintermorgen zu sein, sogar nachdem Galan nicht mehr er selbst war, sondern zu einem Wesen meiner Einbildungskraft wurde, das mich nicht länger überraschen konnte.

Ich sank tiefer, vorbei an den treibenden Träumen in den Untiefen und auf die unergründliche Umarmung durch Sleeps Ozean zu. Doch ein Gedanke blieb in meinem Bewusstsein: Wenn diese Träume von Galan wahrhaftig waren, war er am Leben, und ich würde ihn am heutigen Tag finden.

Ich erwachte, so durchflutet von Verlangen, dass mich sogar das Reiben des Umhangs an meinen empfindlichen Brustwarzen und sein Gewicht auf meinem Bauch und meinem Unterleib sowie die Berührung meiner Lippen aufeinander, dass all dies mich erregte und ich wieder das nackte, empfindliche junge Mädchen war, das ich nach dem Blitzschlag gewesen war, ohne Hülle, die mich vor solch vorzüglich weichen Schlägen hätte schützen können.

Die Tempel von Lynx sind für ihre Träume berühmt, die Bittstellern dort gewährt werden können, heilende Träume von Sleep, vorhersagende Träume von Foresight. Mischief schickt zuweilen auch Träume, aber diese kommen unaufgefordert und sind unerwünscht. Obwohl ich nicht in dem Schlafsaal für Anbeter übernachtet hatte, hatte mir Foresight wahrhaftige Träume geschenkt. In meinem Traum nahm ich Bergluft, Schweiß, Blut und Rauch wahr. Außerdem hatte Sleep mir für einen guten Teil der Nacht das so lange verwehrte Vergessen gewährt, die Ruhepause, nach der ich mich gesehnt hatte. Ich war dankbar.

Unter der Erde, in der Nähe der Küche, gab es einen Schrein für das Erdvolk. Ich gab, was ich als Opfer geben konnte, etwas Berberitzenwurzel, die ich als Heilmittel gegen das Fieber ausgegraben hatte, die sich jedoch auch als Färbemittel verwenden ließ, um den orangefarbenen Farbton zu erzielen, der Lynx heilig ist. Es war Brauch, Träume, die einem im Tempel geschenkt worden waren, zu erzählen, damit die Omen gedeutet werden konnten. Daher erzählte ich den meinen dem Diener, einem jungen Niederen im Dienst von Sleep. Er stand auf irgendeine Weise unter Drogeneinfluss, denn seine Pupillen waren erweitert, und er sprach lallend und mit schwerer Zunge. Ich gab beide Träume wieder, den einen in dem anderen, beschloss jedoch nicht zu sagen, dass es Sire Galan gewesen war, der die Rüstung von König Thyrse getragen hatte. Der Gott würde es bereits wissen, doch handelte es sich um ein Geheimnis, das man vor Menschen lieber bewahren sollte. Während der Niedere zuhörte, hörte er auf zu gähnen und setzte sich auf seinem dreibeinigen Schemel auf.

Er führte mich nach oben, und in dem Gebäude herrschte das laute Treiben vieler Menschen, obwohl ich in dem Gang nur wenigen begegnete. Mittlerweile brannte ich darauf, Mouse und mein Maultier zu finden und mich wieder auf den Weg zu machen. »Es wird nicht lange dauern«, sagte er und schloss mich in einem kleinen Raum ein. Die verputzten Wände waren bis in Schulterhöhe orangefarben gestrichen und darüber weiß getüncht. Ein dicker Wollvorhang teilte den Raum in der Mitte. Ich spähte dahinter, doch in den drei aus Zedern geschnitzten Stühlen mit Intarsienarbeiten aus Horn saß niemand. Solche Stühle waren nichts für mich. Ich setzte mich auf meine Satteltaschen und wartete.

Ein Luftzug aus einer offenen Tür bewegte den Vorhang, und von der anderen Seite hörte ich das Scharren von Stiefelsohlen auf dem Boden sowie das Geräusch, wenn Gaze sich aneinanderreibt. Eine Frau hinter dem Vorhang befragte mich. Ich vermutete, dass sie eine Prophetin von Lynx Foresight und nicht gewillt war, sich zu erniedrigen, indem sie direkt zu einer Erdfrau sprach, jedoch dazu verpflichtet war zuzuhören. Foresight sucht sich zuweilen niedrige Sprachrohre aus.

Erneut erzählte ich meine Träume. Die Prophetin hatte Fragen. Kanntest du den Mann in der Rüstung des Königs? Hast du Vögel gesehen oder zwitschern gehört? Welcher Art? Welche Waffen trug der Mörder? Welche Formen bildeten die Wolken? Was waren die Worte, die genauen Worte, welche die Königsmutter sprach? Und der Mann? Warum trug jemand anderes die Rüstung des Königs?

»Weil König ... Hirse ... Schirse vor der Schlacht am Schüttelfieber gestorben ist«, antwortete ich. »Sie wollten nicht, dass seine Krieger es erfuhren, damit sie nicht ihre Wut verloren, ihren Mut.«

Ob ich das auch geträumt hätte, wollte sie wissen.

»Ja, aber ein anderes Mal.«

Ich erzählte die Wahrheit, alles, bis auf Galans Namen, aus Angst, dass ich mit einer Lüge Foresight beleidigte, den katzenköpfigen Aspekt von Lynx.

Die Frau wies mich an zu warten und ließ mich so lange allein zurück, bis mir der Magen anfing zu knurren. Auf der anderen Seite des Vorhangs war eine Tür. Als ich hinausspähte, sah ich, dass ein Krieger an der niedrigen Wand eines Wandelgangs saß, der einen in der Mitte des Tempels liegenden Hof umgab. Er schnauzte mich an, ich solle wieder hineingehen. Ich schlug die Tür zu und sah dabei vor meinem inneren Auge nach wie vor das Schwert auf seinem Schoß, den feinen Kürass in der Art von Incus und die Tätowierung auf seiner Wange, die ihn als Edlen von Rift kennzeichnete. Eine langgezogene rote Schnittwunde an seinem Kiefer war mit schwarzen Stichen genäht worden. Es war keiner unserer Krieger gewesen. Der Hof war voller Pferde, Hunderte von ihnen waren dort zusammengedrängt. In den Küchen hatten sie die ganze Nacht über Brot für ein Heer gebacken, nicht für ein Fest. Für unsere Feinde.

Es mussten Schildwachen gewesen sein, die im Dunkeln so geheult hatten wie Eulen. Sie hatten mich zum Tempel reiten lassen, und warum auch nicht? Ich war harmlos, eine Frau mit einem schreienden Kind, die Zuflucht in einer heiligen Stätte suchte.

Nun war es zu spät, um mich an Gerede zu erinnern, an das ich mich am vergangenen Abend hätte erinnern sollen, nämlich über den Stamm Lynx in Incus und dass seine Mitglieder alte Feinde der Königsmutter Caelum waren. Als ihr Mann, König Voltur, vor zwölf Jahren getötet worden war, hatte sie die Ersten von Lynx und vier anderer Stämme beschuldigt, seine Ermordung angezettelt zu haben. Sie hatte sie auf eine schreckliche, raffinierte Art und Weise hinrichten, nämlich ihnen ihre Gliedmaßen nach und nach von Zugpferden abreißen lassen. Der Stamm Lynx hegte nach wie vor Groll gegen sie.

Ich öffnete die andere Türe und schaute auf den fensterlosen Gang hinaus. Draußen stand ein Erdsoldat mit einer Hippe. Er blinzelte unfreundlich mit den Augen. Ich zog mich wieder zurück und setzte mich mit dem Rücken in eine Ecke. Dort erschien es mir sicherer, obwohl es nichts anderes als eine Falle war. Mischief trieb wieder einmal sein Unwesen.

Als er hereinkam und den Vorhang beiseiteschob, erkannte ich ihn. Hatte ich sein scharfes Profil nicht auf einer Goldmünze gesehen? Hatte ich nicht die Bänkelsänger von seinem rabenschwarzen Haar und den saphirblauen Augen singen hören? Doch als sie in ihren Liedern seine breiten Schultern gerühmt hatten, hatten sie in Wirklichkeit übertrieben. Er war schmal und groß. Bevor ich mich niederkniete und den Kopf neigte, konnte ich einen Blick auf sein Gesicht erhaschen. Ich sah es unterteilt in eine obere und eine untere Hälfte, nicht in eine linke und eine rechte. In seinen Augen lagen Kummer und Furcht, in seinem angespannten Mund und Kiefer kalte Wut.

Nach den Angaben der Lieder war er kaum älter als zwanzig Jahre. Dies war der vierte Winter, seit er seine Volljährigkeit, sein Königreich und seine Frau bekommen hatte. Der vierte Winter, seit er seine Mutter in einen Wohnturm in den öden Norden von Incus verbannt hatte. Er wirkte älter als zwanzig. Er war weder ein Junge noch ein Prinz. Er war ein Mann und ein König. Was das betraf, hatten unsere Bänkelsänger untertrieben.

Ein Prophet von Rift Warrior begleitete ihn, der genauso groß war wie sein König, jedoch umfangreicher, was die Leibesfülle anging, so kräftig wie ein Bär. Es war ein Mann, der alt genug war, um der Vater des Königs zu sein, mit schweren Wangen und Fettrollen im Nacken und einem roten Hahn auf der nackten Kopfhaut eintätowiert. Ich musste an den toten, in einem Wasserlauf liegenden Priester von Rift und die ihm gestohlene Bärenklaue denken, die ich in ein Tuch in meinen Satteltaschen eingeschlagen hatte, und wurde rot.

König Corvus trat sehr nahe an mich heran, und ich hielt den Kopf gesenkt. Er schob mein Kopftuch zurück, löste eine Haarlocke und rieb sie zwischen seinen Fingern, wie man an Stoff rieb, um das Gewebe zu beurteilen.

Er sprach barsch zu mir in einer Sprache, die ich nicht verstand. Als ich nicht antwortete, zog er mich am Haar, erhob seine Stimme und stellte mir die gleiche Frage noch einmal oder eine andere, das vermochte ich nicht zu sagen.

Er versetzte mir mit seinem Stiefel einen leichten Stoß gegen meine Schenkel. »Ich weiß, dass du mich verstehst«, sagte er in der Hochsprache. Seine Worte waren klar geformt und präzise geschnitten. »Hat dich der Arkhon geschickt? Warst du dort auf dem Feld, um Geschichten über meine Niederträchtigkeit zu sammeln?«

Er trat beiseite, und ich merkte, dass ich den Atem angehalten hatte. Ich wagte es, einen raschen Blick auf sein Gesicht zu riskieren. Seine Nase war lang und dünn und hatte dort, wo sie gebrochen war, einen Höcker, und seine Nasenlöcher waren zusammengekniffen, als röche er etwas Widerliches. Er sprach erneut in der mir unbekannten Sprache, und ich schüttelte den Kopf.

Er begann auf und ab zu gehen. An seinen Füßen trug er weiches Leder, die Ausfütterung für die gepanzerten Schuhe seiner Rüstung. Vier Schritte von Tür zu Tür, vier Schritte zurück, und er musste seine Schritte noch verkürzen, um damit auszukommen. Er hielt sich aufrecht. »Man sagt mir«, sagte er in der Hochsprache, »dass du mit einem seltsamen Akzent sprichst und deine Worte durcheinanderbringst, und ich weiß, dass dies nicht deine Muttersprache ist. Hat ihr Vater dich geschickt? Hast du sie sterben sehen?«

Erneut schüttelte ich den Kopf. Zwar war mein Blick gesenkt, doch eine Niedere weiß, wie sie sehen kann, ohne zu schauen. Er trug einen getrimmten schwarzen Bart über den Kieferknochen und hatte Stoppeln auf den Wangen. Sein Gesicht hatte er sich gewaschen, doch den Hals, der von Schlamm und Blut bespritzt war, dabei vernachlässigt. Gleiches galt für seine Kleidung. Seine Rüstung hatte er abgelegt, die rote Unterrüstung aus Stoff jedoch anbehalten. Die Farbe war so glänzend wie frisches Blut, und die Wattierung verflochten. An vielen Stellen war der Stoff abgenutzt und beschmutzt und hatte Flecken, Risse und Schlitze, aus denen die Werggarnfüllung herausquoll, Rostflecken und abgenutzte Stellen von den Schnallen seines Plattenpanzers.

»Antworte!«

Wenn ich sagte, aus welchem Land ich kam, würde er mich womöglich töten. »Nein, Sire, ich kam zu diesem Schenkel auf der Suche nach einer Beugamme, um den kleinen Noose zu stillen, denn ich kann ihn nicht ernähren, und Catsight hat mir einen Traum geschickt. Das ist alles. Ich bin ein Nichts, eine Pferdfrau.«

Der Priester öffnete die Tür und sagte zu jemandem: »Findet diesen Noose. Sie ist mit jemandem gekommen, der Noose heißt.«

»Ich habe gehört, dass sie mit einem Neugeborenen gekommen ist, sonst niemandem«, erwiderte eine Frau von draußen.

Der Priester machte die Tür zu und wandte sich mir zu. »Ist Noose dein Kind?«

»Nicht Noose ... Mouse, wollte ich sagen. Divise ... Divine, ich bitte um Verzeihung. Der Feine ist nicht von mir. Er gehört einer Freundin. Sie will ihn nicht.«

Der Priester beobachtete mich, und ich empfand seinen teilnahmslosen Blick wie eine Last, eine Bedrohung und ein Urteil. Doch es war unmöglich, aus seinem Gesicht herauszulesen, welches Urteil er sich gebildet hatte. Er wandte sich seinem König zu. »Das ist kein wahrhaftiger Traum. König Thyrse lebt, wir haben ihn auf dem Feld gesehen.«

»Warum gibst du vor, Foresight habe dir einen Traum geschickt?«, sagte König Corvus. »Du warst auf dem Schlachtfeld, sonst wäre deine Kleidung nicht so mit Blut befleckt. Du hast den Mörder meiner Frau gesehen. Du hast gesehen, wie meine Mutter ihre Leiche angezündet hat. Ich werde dich mit mir nehmen, damit du deinem Herrn erzählen kannst, wie seine Tochter gestorben ist, und dann werde ich ihm ins Gesicht sagen, wie ich sie brennend vorgefunden und meinen Sohn, seinen Enkel, aus ihrem Leib geschnitten habe. Aber es war zu spät, und vielleicht wird er dann bereuen, dass die Soldaten, die er mir versprach, nie gekommen sind.« Aus seinem Mund klang *Mutter* wie eine Verfluchung.

Noch während er sprach, wandte er sich ab, doch zuvor hatte ich gesehen, wie der Kummer seinen Mund in Falten legte, und wie seine Unterlippe herabhing.

Wieso hatte sich seine Frau, schwanger wie sie war, eine Rüstung angelegt und war in die Schlacht geritten? Das Furchterregendste an ihr war ihr Helm gewesen. Darunter war ein Mädchen im Stand einer Frau gewesen, nicht die Kalos der Lieder, die ihre Form verändernde Schlangenfrau, die grässliche Lamia. In dem gelblichen Dunst meines rechten Auges konnte ich ihren letzten Ritt sehen, und das goldene Banner des Königs, das an ihrem Wehrgehänge befestigt war, war ein im Wind flatterndes Feuer.

Ich glaubte, Foresight habe mir die Träume geschickt, um mir einen Blick auf Galan zu gewähren. Doch dieser innere Traum war gar nicht für mich bestimmt gewesen. Er war geschickt worden, um diesen Mann zu quälen, König Corvus, als wäre dieser nicht schon genug dadurch gepeinigt worden, was er mit eigenen Augen gesehen hatte, das herausgeschlagene Auge, die brennende Reiterin. Ein furchtbarer Traum, und ich hatte meinem Fragesteller das Schlimmste davon erzählt, nämlich wie Königsmutter Caelum auf den Kürass geklopft und das ungeborene Kind verhöhnt hatte, das wenig später tot geboren wurde. Ein Aspekt hatte mich dazu benutzt, König Corvus diese letzte, vergiftete Wahrheit zu berichten. So schüren die Götter Feindseligkeit unter den Sterblichen. Aber wir neigen ohnehin zur Feindseligkeit und bedürfen dabei keiner Hilfe.

»Sie ist grausam, Sight«, sagte ich und dachte dabei an Foresight. Dachte an Königsmutter Caelum.

Nachdem er alle Zeichen seines Leids wieder im Zaum hatte, wandte er sich mir zu. Er sprach bitter in dieser anderen Sprache. Das einzige Wort, das ich verstehen konnte, war *Kalos*.

KAPITEL 15
Corvus

Der Tempelschmied legte mir seine Hand um das Handgelenk, und ich begriff erst gar nicht, dass er Maß nahm. Er formte ein Eisenband in einen kleinen Reifen mit Enden, die sich nicht berührten. Er bog die Enden zurück und stanzte Löcher hinein, und nun wusste ich, was er herstellte, und versuchte wegzulaufen. Doch seine Lehrburschen bekamen mich zu packen, und ich wehrte mich und bekam Schläge und blaue Flecken. Ich hätte auch ein wieherndes Pferd sein können bei all der Beachtung, die sie meinem Flehen und meinen Verwünschungen schenkten. Der Schmied löschte den Ring in einem Fass mit Wasser ab. Die Handschelle war nach wie vor warm, als er sie mir an das linke Handgelenk anlegte und eine Niete durch die Flansche hämmerte. Sie lag eng an und drückte mir gegen die Knochen des Handgelenks.

Ein Bursche führte ein dralles, pummeliges Mädchen von vielleicht acht oder neun Jahren mit einem breiten kleinen Gesicht und geflochtenem Haar in der Farbe und dem Glanz von Bronze hinaus. Es war eine Tempeldienerin in einem Unterhemd aus orangefarbener Wolle. Sie musste an gute Behandlung gewöhnt sein, denn sie katzbuckelte nicht, wie andere Niedere es in Erwartung von Schlägen tun; sie wirkte eher durcheinander als verängstigt, bis der Schmied ihr die andere Handschelle anlegte. Als er sie vernietete, fing sie an, gellend zu schreien, doch er fuhr unbeeindruckt damit fort. Er verband unsere Handschellen mit einer schweren Kette.

Das Zeichen von Ardor Smith bei diesen Geschehnissen war für mich unverkennbar, der Gott, der mich für eine neue Aufgabe in Ketten legte.

Ein Pferdejunge hob mich auf einen munteren Rotbraunen und setzte das Mädchen dann vor mir in den Sattel. Es war der Sattel eines Kataphrakten, mit hohem Knauf und Hinterzwiesel, und wir beide passten genauso gut hinein wie ein Mann mit Rüstung. Der Pferdejunge stieg auf ein weiteres Pferd und führte das unsere an einem langen, an seinem Sattel befestigten Seil. Ich hatte keine Klinge, um das Seil zu zerschneiden, sie hatten mir mein Messer und die Satteltaschen mit der versteckten Bärenklaue abgenommen.

Sie erlaubten mir nicht, Mouse zu sehen. Nun würde er also doch ein Findelkind werden. Ich berührte den unter meinen Röcken verborgenen Beutel mit den Knochen der Freifrau und Nas und hoffte, dass Mouse so wie ich jemanden fand, der ihn lieb hatte.

König Corvus ritt an der Spitze, und wir legten ein scharfes Tempo ein, hielten Richtung Osten auf die Hügel zu, bevor wir uns dann nach Süden wandten. Die Straßen waren schmale, zu Schneematsch und Schlamm zerwühlte Fährten. Das Mädchen und ich ritten inmitten einer lärmenden Menge von Stiefelknechten und Pferdejungen – Männer, die ihre Herren in der Schlacht um Malleus verloren hatten, vermutete ich, und die nun dem König folgten, um sich zu retten. Krieger der Nachhut trieben die Nachzügler an, indem sie auf Reittiere und Reiter einschlugen. Die Anzahl der Männer des Königs konnte ich nur grob schätzen. Galans Kompanie umfasste fast einhundert Männer zu Pferd, von denen der größte Teil Erdsoldaten waren. König Corvus hatte vielleicht fünf Mal so viele, vielleicht mehr.

Das Mädchen war noch nie geritten, und es machte ihr Angst, so hoch über dem Boden in kurzem Galopp zu reiten. Sie zitterte vor Kälte und Angst, und ich schlang meinen Umhang um uns beide. Sie trug ihr dünnes Kleid und Holzschuhe mit Bändern an den Füßen, beides für den Winter ungeeignet. Ich hatte Wärme übrig, denn ich konnte meinem Zorn Hitze entnehmen. Ich fragte sie, warum sie Gefangene sei. Sie wisse es nicht, habe nichts verbrochen, erwiderte sie. Ihr Name sei Catena. Sie habe in der Küche gearbeitet und gerade Töpfe gereinigt, als ein Soldat gekommen sei und sie nach oben in die Schmiede gezerrt habe. Ich wollte nicht glauben, dass man das Mädchen aus dem einzigen Grund an mich gekettet hatte, um zu verhindern, dass ich weglief.

Nicht mehr als zwei Wegstunden vom Tempel entfernt griffen uns die Wölfe der Königsmutter an. Heulend stürzten sie von bewaldeten Hügeln auf beiden Seiten der Straße auf uns hinunter. Es war eine gute Stelle für einen Hinterhalt. Überall herrschte Verwirrung, die Schlachtrufe der Wölfe, die Rufe der Männer des Königs, ein Dröhnen in meinen Ohren, das den Lärm von klirrendem Stahl übertönte. Ich verstärkte meinen Griff um Catena und hielt mich mit beiden Händen am Sattelknauf fest. Dabei wünschte ich mir, ich hätte die Zügel in den Händen, denn ohne sie fühlte ich mich hilflos. Um uns herum liefen Männer, eine wilde, ziellose Horde, taub gegenüber Befehlen. Einige von ihnen kämpften. Die meisten wirkten erschreckt und bemühten sich, nicht von ihren erschreckten Pferden abgeworfen zu werden. Diese Ziellosigkeit hielt eine ganze Weile an. Dann wogte die wilde Menge den Hügel hinauf auf die Bäume zu, um die Flucht zu ergreifen, und uns blieb gar keine andere Wahl, als mit ihnen zu reiten, dem Pferdejungen mit dem Seil hinterher. Wir ritten in den Wald, duckten uns und scherten seitlich aus, um den Ästen auszuweichen, und ich trieb den Rotbraunen an, bemüht, seinen Kopf neben den Hinterbacken des führenden Pferds zu halten. Dabei befürchtete ich, die beiden würden an unterschiedlichen Seiten eines Baums entlanglaufen, und wir würden stürzen, von dem Seil zwischen uns zu Fall gebracht.

Fliehende sind leichter zu erschlagen. Jemand erschlug den Pferdejungen, und dieser stürzte aus dem Sattel, sodass wir nun einem reiterlosen Pferd folgten. Ich war davon überzeugt, die Nächste zu sein; ich spürte es regelrecht an meinem Nacken, dass ich dort getroffen werden würde. Ich beugte mich über Catena, befürchtete jedoch, dass mein knochiger Rücken nur einen dürftigen Schild für sie abgeben würde. Sie klammerte sich an den Sattel, und dessen Knauf drückte ihr gegen die Brust und raubte ihr den Atem. Falls sie ein Geräusch von sich gab, hörte ich es nicht. Einem abgeworfenen Erdsoldaten gelang es, die Zügel des führenden Pferdes an sich zu reißen. Plötzlich machten wir kehrt. Er hatte nur einen Fuß in dem Steigbügel und hüpfte auf und nieder, und wir waren in der falschen Richtung unterwegs, hielten auf das Kampfgetümmel zu. Es spielte keine Rolle, denn mittlerweile wurde überall um uns herum gekämpft, kahlköpfige Priesterkrieger liefen stumm den Hügel hinab zwischen den Bäumen hindurch und fielen aus dem Hinterhalt über die Wölfe her. Und dann zogen sich die Wölfe wieder zurück, verschwanden beinahe so plötzlich, wie sie gekommen waren.

Damals wusste ich nicht, dass die Vorreiter des Königs ausgekundschaftet hatten, dass die Wölfe auf der Lauer lagen. Der König hatte daraufhin einige aus seiner Ehrenformation, Priester von Rift Warrior, ausgesandt, um sie auf den Höhen in die Zange zu nehmen. Im Nachhinein leuchtete mir dies ein. So wie es auf schonungslose Weise einleuchtete, dass der König wissentlich in eine Falle geritten war, um seinen Verfolgern seinerseits eine Falle zu stellen. Doch was keinen Sinn ergab, was niemals Sinn ergeben würde, war, warum Catena und ich überlebten, während so viele um uns herum getötet wurden. Kein Wunder, dass Sire Galan Chance anbetete und ihr launenhaftes Wohlwollen anstrebte.

Lange nach Einbruch der Dunkelheit nahm der König Zuflucht in einem kleinen, auf einem Erdwall erbauten Wohnturm. Im Königswald hätte es als hübsches Herrenhaus gegolten, hier in Incus hingegen stellte es eine recht armselige Unterkunft dar. Der Hausherr, seine Frau, seine sieben Kinder und seine Bediensteten fielen vor dem König auf die Knie, und der Herr hieß ihn willkommen. Der König tat sich an allem gütlich, was sie hatten, Essen, Trinken, Betten und Pferde. Ich war so erschöpft, dass ich einschlief, kaum dass ich auf dem Steinboden des Dachspeichers lag. Catena teilte sich meinen Umhang und meine Wärme mit mir. Ich wusste nichts und vergaß alles, denn die Wohltat von Sleep war mir im Tempel von Lynx wieder zurückgegeben worden.

Urplötzlich wachte ich wieder auf, aus glückseliger Vergessenheit, und fand mich im Elend wieder. Catena hatte sich an mich geschmiegt und atmete durch den offenen Mund. Wie gutgläubig von ihr zu schlafen, dachte ich. Wie gutgläubig von mir.

König Corvus saß im Dunkeln. Er hatte den robusten Eichenstuhl des Hausherrn in Besitz genommen, einen so ganz anderen Stuhl als die storchbeinigen Möbel aus Lanx. Er hatte seine langen Beine vor sich ausgestreckt, an den Fußgelenken übergeschlagen, und sein Kopf ruhte an der geschnitzten Rückenlehne des Stuhls. Mit funkelnden Augen starrte er ins Nichts hinauf.

Vielleicht gab ich einen Laut von mir. Er wandte mir den Kopf zu, blinzelte und stellte eine Frage in dieser anderen Sprache. Als ich keine Antwort gab, fragte er in der Hochsprache: »Hast du geträumt?«

»Ich wünschte, es wäre ein Schaum gewesen, Sire. Aber wie ich sehe, war es keiner.« Ich hob den Arm, schüttelte die schwere Kette, die mich an Catena band, und weckte sie damit auf.

König Corvus zog die Beine an und stand abrupt auf. Er trat über zwei Schlafende hinweg, um sich neben mich und

Catena zu hocken. Sie zuckte zusammen, und ich streckte die Hand nach ihr aus, um sie zu beruhigen. »Die Prophetin von Foresight glaubt, dass du die Wahrheit gesagt hast, dass du geträumt hast, was du sahst«, sagte er. »Sie glaubt nicht, dass du Kyphos' Werkzeug bist. Wenn dem so ist, träume für mich. Träume wahrhaftig.«

Er richtete sich auf und ging weg. Seine Stimme war leise und kalt gewesen. Ich begriff, dass er keinen Grund brauchte, um mich zu töten; er brauchte einen, um mich leben zu lassen.

Der Rotbraune schüttelte mich während des Trabs durch, und das Geräusch von Hufen dröhnte mir in den Ohren, jeder Schritt war wie ein Schlag. Allmählich fühlte ich mich unwohl, als sei ich auf einem Boot unterwegs, nicht auf einem Pferd. Der Himmel war aufgeklart, und die Helligkeit des Schnees blendete mich. Meine Augen verdrehten sich in den Höhlen, und es war, als wären diese mit grober, kratziger Wolle gefüttert. Mir war kalt. Warum also schwitzte ich dann? Nein, mir war heiß. Ich wollte den Umhang ablegen, aber Catena sagte, ich solle es sein lassen. Ich fragte mich, warum ich im Sattel schwankte und warum der Boden, während wir dahinritten, sich erst in die eine, dann in die andere Richtung neigte.

Das Schüttelfieber schlich sich heran, trübte meinen Geist, damit ich es nicht erkannte. Als ich es endlich tat, war ich empört. Von allen Menschen, so war ich überzeugt gewesen, hätte ich davon verschont bleiben müssen. Ich hatte mich um die Leidenden gekümmert und sie bemitleidet, war aber nicht imstande gewesen, mir ihre Qualen vorzustellen. Ich selbst, so hatte ich geglaubt, würde mich nie dem Stöhnen und Schreien hingeben, wie sie es taten. Nun vernahm ich ein leises Geräusch, das mit meinem Ausatmen zusammenfiel, und ich begriff, dass ich wimmerte.

Catena drehte sich im Sattel um und fragte: »Was hast du denn?«

Als ich antwortete, klapperten mir dabei die Zähne. »Ich habe Schieber. Du musst meine Arme festhalten, damit ich nicht runterfalle, und wenn ich einschlafe, kneifst du mich. Kannst du das für mich tun?«

Catena war nicht die oberflächliche junge Gans, wie es zuerst den Anschein gehabt hatte, sondern sie war nur so zänkisch wie eine Gans. Als ein Erdsoldat zu nahe bei uns ritt und mir mit der Hand den Schenkel hinauffuhr, war ich zu schwach, um ihn wegzustoßen. Sie zischte und pickte mit der Faust nach ihm, bis der Knappe, der unser Pferd führte, sich im Sattel umdrehte und den Soldaten anschrie, er solle seine dreckigen Hände von mir lassen.

»Du willst die Zuchtsau doch bloß für dich selbst, du schmieriger Eber«, erwiderte der Soldat und drängte sich weiter an uns. »Du glaubst, weil du sie führst, kannst du sie auch haben.«

»Auf sie hat der König ein Auge geworfen. Sie ist keine für deinesgleichen«, sagte der Bursche, der uns führte. Es war der gleiche, der das Pferd während der Schlacht wieder eingefangen hatte. Ein Pferdejunge, aber kein Junge mehr. Ein dürrer Mann in einem gesteppten Waffenrock aus Leinen und mit Strumpfhosen, die ihm als Rüstung dienten. Nach der blaugrünen Farbe des Leinens zu urteilen, war er ein Bediensteter des Stammes von Growan. Ein Hieb auf den Arm hatte ihm Ärmel und Arm aufgeschlitzt.

»Für dich ist sie auch nichts, Mox«, sagte der Soldat. »Und was ist mit der anderen? Sie ist ein dralles kleines Ding.«

Catena nannte sie beide verschrumpelte Rotzjungen und meinte, ihr Gehänge sei gänzlich verrottet. Sie hatte lange genug in den Küchen gearbeitet, um fluchen zu können wie ein Koch. Mox lachte darüber, wobei er jede Menge brauner Zähne zeigte. Doch er zügelte sein Pferd, sodass der Soldat um ihn herumreiten musste, und dabei stellte er seinen in einem Stiefel steckenden Fuß auf die Hinterbacken des Pferds des Soldaten und versetzte ihm einen Tritt, sodass das Tier davontrottete.

Nach Sonnenuntergang hielten wir an. Catena und ich glitten vom Pferd, und meine Beine knickten ein. Mox zog mich hoch und zerrte mich in den Schutz einer hohen Hecke, wo Männer gerade damit beschäftigt waren, ein Lager aufzuschlagen. Catena musste wegen der Kette folgen. Sie setzte sich neben mich und fing an zu weinen. »Stirbst du?«, fragte sie. Ich verneinte es zwar, war mir dabei aber nicht so sicher, wie ich vorgab.

Spät am Abend, nachdem außer den Schildwachen alle schlafen gegangen waren, musste ich pinkeln. Ich stellte fest, dass ich nicht stehen konnte. Ich besaß nicht einmal mehr die Kraft, um mich aufzusetzen. Ich rollte mich aus dem Umhang heraus, den wir uns teilten, so weit weg von Catena wie möglich. Dann zog ich mir das Unterhemd über die Hüften und ließ die heiße Pisse herausquellen. Ich rollte mich wieder zurück, verfluchte die Nässe auf meinen Beinen und Gesäßbacken und zog mir das Unterhemd wieder herunter. Ich schämte mich, dass ich mich beschmutzt hatte.

Ich bedeckte mich erneut mit dem Umhang. Als mir glühend heiß wurde, schob ich ihn beiseite, so lange, bis ich wieder fröstelte und versuchte, ihn von Catena wegzuzerren. Dabei beneidete ich sie um die Behaglichkeit, die ihr der Schlaf brachte. Ich weinte aus Selbstmitleid. Ich hatte das verfluchte Heer hinter mir gelassen, doch die Flüche waren mir gefolgt. Falls der König herausbekam, dass ich das Schüttelfieber hatte, würde er mich wahrscheinlich mir selbst überlassen oder mich kurzerhand umbringen lassen. Mir selbst überlassen zu werden würde eine Gelegenheit zur Flucht bieten. Aber falls er Catena und mich aneinandergekettet ließ und ich gar nicht imstande war zu gehen? Da war es besser, einen raschen Tod zu sterben.

Leben bedeutete schreckliche Anstrengung und Leiden. Leben bedeutete, dass ich Galan suchen musste, und dafür hatte ich nicht die Kraft, noch nicht einmal die Hoffnung, dass ich ihn finden konnte. Er war weit weg, und der Tod verführerisch nah.

Als die Morgendämmerung noch ein Versprechen war, wurden die Männer geweckt, um das Lager abzubrechen. Der König schickte seinen Leibdiener, um mich zu ihm zu rufen. Als er bemerkte, dass ich nicht stehen konnte, holte der Diener zwei Männer, die mich schleppten, während Catena hinter uns her ging. Sie ließen mich zu Füßen des Königs fallen, und ich sackte seitlich zusammen. Catena hockte sich neben mich.

»Was fehlt ihr, Garrio?«, fragte der König seinen Diener.

Garrio berührte meine Stirn und sagte: »Fieber, Herr.«

In dem matten Licht sah der König eher aus wie ein Schatten als wie ein Mann und war auch so ausdruckslos wie ein Schatten. »Setz sie auf das Pferd«, befahl er.

Garrio war so alt oder so besorgt, dass er sich graue Haare in seinem Bart und Falten auf der Stirn zugelegt hatte. Er half Mox dabei, mich in den Sattel zu heben, und setzte dann Catena hinter mich. Ich sank über dem Sattelknauf zusammen und klammerte mich an die Mähne des Rotbraunen. Ich glaubte, der Sattelgurt sei lose, da ich zur Seite glitt und fiel.

Garrio sah, dass ich mich nicht halten konnte. Er ließ einen Niederen mit Namen Mano, der geschickte Hände hatte, ein Geflecht aus Weidenruten machen und es vorne am Sattel befestigen, um mich abzustützen. Sie banden mich daran, damit ich nicht fallen konnte. Wir ritten nun näher beim König, wo Garrio uns im Auge behalten konnte. Mox hielt nach wie vor das Führseil.

Eine ganze Weile war ich mir nicht sicher, wohin wir gingen oder wo wir anhielten. Ich träumte die ganze Zeit, war im Delirium. Tag und Nacht hatten keine Bedeutung mehr, es gab keine Regelmäßigkeit. Manchmal galoppierten wir, und manchmal wurde ich wie ein Gepäckstück abgeladen. Catena wusch mich so grob, wie sie einen Topf geschrubbt hätte, aber das kalte Wasser fühlte sich herrlich an. Garrio hockte sich zu uns ans Lagerfeuer und gab mir Gerstenwasser zu trinken. Meine Stimme war brüchig und überschlug sich, vom Reden abgenutzt. Er hörte zwar zu, doch was war das, was ich sagte? Meine rechte Hand war schlaff, und meine rechte Gesichtshälfte hing herab, und das Schüttelfieber brannte sich durch mich hindurch wie ein langsamer Blitz.

Ich legte mich auf den Rücken, und der Schüttelfrost ließ mich zittern. Catena legte sich neben mich unter den Umhang und teilte ihre Wärme wie eine Katze oder ein glühendes Stück Holz mit mir. Ich war dankbar, ließ es ihr jedoch kalt werden. Ich nahm mehr, als sie gab. Geh weg, sagte ich ihr. Ich glaube, dass ich das zu ihr sagte. Geh weg.

Offenbar ritten wir einen steilen, steinigen Ziegenpfad entlang. Die Hufe des Rotbraunen ließen bei jedem Schritt kaskadenförmig Kiesel herabpoltern. Ich lehnte mich auf die geflochtene Stütze und starrte keuchend auf die Straße hinab. Wir erklommen einen Hügel, der bewachsen war mit einem Hain aus in großem Abstand zueinander stehenden Eichen, unter denen das festgetretene Gras bronzefarben war. Auf den blattlosen Ästen saßen Saatkrähen, so dicht wie Blätter. Die Propheten untersuchten die Vögel, die Rift heilig sind, und die Berater des Königs stritten sich über die Omen. König Corvus ließ sie ausreden. Sein Gesicht war streng und reglos unter dem hohen Hut, der mit den glänzenden Flügeln von Raben bedeckt war. Einer seiner Priester sah, durch mein rechtes Auge betrachtet, wie ein Bär aus, während ihn mein linkes als einen Mann in einem Bärenfellumhang wahrnahm, ein brauner Pelz mit groben, an den Spitzen silbernen Haaren. Ich hatte ihn schon einmal gesehen, in dem Tempel von Lynx und unterwegs, wie ein Wappenträger immer an der linken Seite des Königs reitend. Es war der Stratege des Königs. Er sagte, wir sollten durch die Stadt Saxetum marschieren, um auf dem Weg zum Eulenpass Pferde und Proviant zu besorgen.

Auch die Saatkrähen zankten sich. *Krah! Krah! Krah!* Sie stritten sich darüber, wer lauter höhnen konnte über den König. Einige nannten ihn einen gemeinen Feigling. Meinte er vielleicht, er könnte in einem anderen Königreich Gunst erwerben, indem er sich am Fuß des Throns eines anderen Königs niederkauerte, nun, da er seinen eigenen Thron verloren hatte, von einer verschlagenen Frau um seinen Thron betrogen worden war? Sie schrien gellend auf vor Gelächter und veranstalteten einen solchen Lärm, dass einige Männer innehielten, um ihnen zuzuhören.

Der Erste der Torrent in Incus riet dem König, er solle die Berge umgehen, in Richtung Outward Sea marschieren und vom Hafen aus nach Urtica segeln. Der Erste der Delve riet dem König eindringlich, in den Kupferminen seines Stammes auf dem Mount Somno Zuflucht zu suchen, da diese leicht zu verteidigen seien.

Einige Saatkrähen krächzten angesichts dieser Worte, Kupfer könne nicht Stahl schneiden, der König könne sich nicht hinter dem Stamm von Delve verstecken, solle sich vor ihrer Obhut in Acht nehmen.

Als ich sah, wie andächtig die Priester sich den Spötteleien der Saatkrähen widmeten, lachte ich und sagte: »Hört nur, wie sich die Saatkrähen über den Raben lustig machen!« Garrio versuchte mich zum Schweigen zu bringen.

Der Streit setzte sich fort, doch der König hatte in dieser Angelegenheit bereits eine Entscheidung gefällt, ohne dabei auf den Rat von Vögeln oder Beratern zu hören. Er lehnte die Gastfreundschaft des Ersten der Delve ab, der daraufhin beleidigt war. Der Delve nahm seine Männer und ritt mit ihnen nach Westen davon.

Der König stand in seinen Steigbügeln und deutete ihnen hinterher. Dabei rief er laut, jeder, dem es an Mut mangele, solle ihnen folgen, er werde ihn nur allzu gerne ziehen lassen. Solche Männer brauche er nicht, sie seien bereits vergessen. Umso zufriedener sei er mit den Männern, die bei ihm blieben, wissend, dass diese sowohl tapfer als auch loyal seien, was bei vielen anderen nicht der Fall gewesen sei. In besseren Zeiten – denn bessere Zeiten stünden an –, würde er sich an jene erinnern, die in diesen finsteren Zeiten an seiner Seite verblieben waren, und dann würde er beweisen, wie sehr er sie schätzte. Sein Gesicht war gerötet, und seine Stimme wurde weit getragen.

Etwa zwanzig Erdsoldaten, vielleicht mehr, galoppierten dem Ersten der Delve tatsächlich hinterher, doch der König kehrte ihnen den Rücken zu. Die Versammlung der Saatkrähen ging zu Ende. Sie erhoben sich mit einem großen Donnerschlag ihrer Flügel und flogen nach Süden davon, und wir folgten ihnen.

Ich legte mich neben Catena auf den Boden eines Brunnens. Über uns waren Sterne und Wolkenfetzen und auf langen Stangen hockende Tauben. Bevor sie eindösten, gurrten die Tauben, drängten und stießen sich. Der Boden, auf dem wir lagen, war mit ihren Exkrementen übersät. Dies musste ein Brunnen von Sleep sein, dem blau-schwarzen Sleep, und ich ertrank darin. Ich bekam kaum Atem. Wenn ich diese Leiter erklomm, würde ich dann wieder Luft holen können?

Ich stand auf, überrascht davon, wie einfach mir das Stehen fiel, kletterte die Leiter aus eingekerbten Holzbalken hinauf und trat durch ein schmales Fenster auf einen wackeligen Balkon aus Holzbohlen hinaus. Aber dies tat nur eine Hälfte von mir, mein rechtshändiges Ich, denn links und rechts waren bei mir getrennt. Das rechte Ich war ausgekühlt, mit Gänsehaut überzogen und ohne Handschelle.

Mein linkshändiges Ich hingegen lag unten auf dem Boden des Brunnens, glühend heiß und schwitzend, an Catena gekettet. Nur ein Faden, so dünn wie Spinnenseide, verband diese halben Ichs, er war nicht mehr als ein Schimmer.

Oben auf dem Balkon sah ich eine Schildwache mit offenem Mund dösen. Seine Zähne waren fleckig, als habe er Färberwaid getrunken. Seine Füße hingen über dem Rand des Balkons, und seine Hand ruhte schützend auf seinem Schwanzköcher. Dies war ein Turm, es war kein Brunnen; es war die Ruine eines Wachturms an der Grenze eines seit Langem vergessenen Königreichs. Drei hohe Tannen neben dem Turm schwankten im nächtlichen Wind, und ich klammerte mich an meinen Sitz und fröstelte und drehte meinen einäugigen Kopf, um auf den Boden unter mir zu schauen.

Das kranke Auge befand sich in meinem rechten Ich, und ich sah alles mit einem Stich ins Gelbe, matt und von einem Lichtkranz umgeben, in reinem Glanz schimmernd. Hütten des Erdvolks schmiegten sich an die Turmwände, zerbrechlich wie die papierenen Nester der Wespen. Ich erspähte eine Bewegung den Hügel hinab zwischen Bäumen und Findlingen, ein, drei, sechs, viele Schatten, die schimmerten, wenn sie sich bewegten, wie blasse Raupen in einem Spaten voller Erde. Es waren Feinde. Wölfe.

Meine Feinde waren es nicht, sollten sie doch ruhig kommen. Meine Aufgabe war es nicht, die Schildwache auf dem Balkon, der von einem Jungen träumte, mit dem er im Alter von sechs Jahren gefischt hatte, zu wecken. Ich konnte seinen Traum sehen, er war wie eine kleine Elritze, die an seinem Bart knabberte.

Ich öffnete meinen Mund nicht, doch meine Stimme trieb Schabernack und summte der Schildwache ins Ohr. »Wach auf! Wach auf!« Mit plötzlichem Flügelschlag stiegen Tauben aus dem dachlosen Turm auf. Wie von der Tarantel gestochen setzte sich der Wachposten aufrecht und spähte über den Rand des Balkons. »Zu den Waffen!«, schrie er und heulte dabei, einen Wolf nachahmend.

Die Wölfe erwiderten das Geheul und kamen den Hügel

hinaufgelaufen. Sie entzündeten Fackeln und setzten die mit Stroh gedeckten Hütten, deren Bewohner davonstoben, in Brand. Auf der Flucht wurden einige von ihnen erschlagen, doch sie waren nicht die eigentliche Beute.

Ein Mann mit einem Kurzschwert in einem Futteral auf dem Rücken kletterte die Leiter zum Balkon hinauf. Es war ein junger Priester von Rift, und das auf seinem kahlen Schädel eintätowierte indigoblaue Auge war weit geöffnet. Er versetzte der Wache einen Schlag auf das Ohr, weil der Mann seine Pflicht vernachlässigt hatte. Der Posten kroch vor ihm zu Kreuze. »Wie viele sind es?«, fragte der Priester. Ich flüsterte es ihm zu, doch er hörte es überhaupt nicht, und er konnte mich auch nicht sehen, nicht einmal mit seinem eintätowierten Auge. Ich hatte Angst vor den Wölfen, war mir nicht sicher, ob sie Catena und mich retten oder abschlachten würden.

Rauchschwaden stiegen auf, und unten in dem Rauch schnürte es meinem anderen Ich, dem linken, die Kehle zu. Das Feuer in dem Türeingang nahm ich durch mein gesundes linkes Auge wahr. Wölfe drängten herein, Schild neben Schild, den Rücken einer Schildkröte formend. Als sie drinnen waren, stoben sie auseinander. König Corvus und seine Männer erwarteten sie schon.

Im Inneren des zerstörten Turms stand ein Kuhstall, in dem Schlachtrösser untergebracht worden waren, und ein Wolf setzte ihn in Brand, bevor er getötet wurde. Feuer brach in dem mit Stroh gedeckten Gebäude aus und begann überzuspringen und umherzuzüngeln. Wildfire tobte, und mein linkes Ich war höchst erstaunt. Der Stall bestand aus Weidenruten und Lehm, und die Pferde darin traten ihn auseinander und stürmten im Turm herum, vor Angst wiehernd. Männer brüllten.

Am lautesten jedoch brüllte das Feuer. Der Turm wurde seine Kehle, und sein nach draußen stürmendes Toben ein Lied aus rankenden Winden. Sein donnernder, rascher

Rhythmus nahm mich und alles, was sich bewegte, in Besitz. Feuer und Schatten bewegten sich absolut im Takt miteinander, denn wenn einer vorrückte, zog sich der andere zurück, ohne dass dabei ein Schritt verpasst wurde. Ich hätte mich dem Tanz vor lauter Verzückung anschließen wollen, doch ich war verkrüppelt und angekettet und konnte lediglich mit dem Bein wackeln und mir mit der Handfläche auf den Schenkel schlagen. Das Rasseln der eisernen Kettenglieder gefiel mir. Es bewegte mich dazu, ein Feuerlied zu singen, das ich aus Worten formte, die mir Hearthkeeper gab; die Melodie gab mir ein Vogel, der auf einem Feuerdornbaum im Königswald gesessen hatte.

Brenne hell, brenne schnell.
Gib das Licht, das du spenden kannst,
Der Rest ist Asche.

Catena zog an der Kette und sagte: »Komm schon! Du musst – ich kann dich nicht tragen.« Ihr rundliches Gesicht erschien im Schein des Feuers rötlich, und auf ihren Wangen glänzten Tränen. Es war schwer, sich zu bewegen, ich war matt und ungelenk, nur halb anwesend. Ich rollte mich herum und stemmte mein linkes Knie und meinen linken Ellbogen in den Boden, und dann krochen wir von dem brennenden Stall weg. Mein linkes Ich sah nun Chaos in den Flammen statt des Tanzes, der die Welt bewegte. Nun wurde mir klar, dass ich Angst haben müsste. Catena schluchzte und zitterte, und ich zog sie dicht an mich, und wir machten uns so klein wie Kinder, die sich in einem brennenden Haus in einer Wäschetruhe versteckten.

Mein rechtes Ich war auf dem Balkon und beobachtete zitternd, wie der Priester an einem Seil hinabglitt. Er nahm seinen Dolch aus der Scheide und rannte den Hügel hinab in die Dunkelheit hinein. Ich blieb stumm. Meine Stimme war in dem Labyrinth seines Ohrs verlorengegangen, als sie ihm die Zahl der Wölfe zugeflüstert hatte. Wind fegte durch die Tannen, und ich ließ ihn durch mich hindurchstreichen, bis ich so kalt war wie die Nacht. Ich wollte dem Priester an dem Seil hinab folgen, weglaufen, mein rechtes Ich von der Verbindung zu dem linken befreien, von dem schweren Fleisch und der eisernen Kette.

Und vielleicht wäre ich auch gegangen, doch dann hörte ich leise geflüstert das Lied *Gib das Licht, das du geben kannst*, und nun war meine Stimme wieder in meiner Kehle, wo sie hingehörte. Die Melodie erklang zweistimmig, so wie ich selbst zweimal war. *Der Rest ist Asche.* Ich war gefesselt von Fäden aus Licht und Lied, die mich zusammennähten, links und rechts, bis ich wieder eins war.

Am Morgen war mein Kopf nicht mehr benebelt und aufgewühlt. Das Fieber war gesunken. Das Schüttelfieber hatte nicht vermocht, mich zu töten, und obwohl ich wusste, dass es in etwa einer Dekade noch einmal zurückkehren würde, musste ich es nicht länger fürchten. Doch ich war sehr geschwächt. Catena half mir, mich aufzusetzen, und Mox brachte uns gekochte Gerste. Ich aß pflichtbewusst, obwohl mir der Gestank von Scheiterhaufen und qualmendem Schutt ein flaues Gefühl im Magen bescherte.

Nicht alles war ein Traum gewesen. Catena hatte mir in der vergangenen Nacht das Leben gerettet. Hätte sie mich nicht geweckt, wäre ich wohl weiter im Bann von Wildfire gewesen und hätte gesungen, bis ich gestorben wäre.

Ihr Gesicht war rußverschmiert, und ihre Tränen hatten Streifen darauf hinterlassen. Wegen der Kette an ihrer rechten Hand aß sie ungelenk mit der linken. Ihr Handgelenk war um die Handschelle herum geschwollen. Ich war von meinem eigenen Elend so überwältigt gewesen, dass ich nicht imstande gewesen war, einen Gedanken an das ihre zu verschwenden.

Ich bat Mox um Wasser, damit ich Catena das Gesicht säubern konnte. »Du solltest deins mal sehen«, sagte Mox, und Catena lächelte.

Es verletzte den Stolz des Königs und seiner Männer, bis hinab zum geringsten seiner Knappen, dass die Wölfe so nahe an uns herangekommen waren, dass sie uns hatten Schaden zufügen können. Sie hatten geglaubt, allen Verfolgern davongeritten zu sein. Die Priester von Rift waren am meisten beschämt, da sie es an Wachsamkeit hatten mangeln lassen. Die Buße, die sie entrichteten, war ein Geheimnis, eine Angelegenheit für Rift Warrior; den Gerüchten zufolge waren seine Anhänger streng.

Die Schildwachen, die es versäumt hatten, Alarm zu schlagen, wurden hingerichtet. Divine Volator, der junge Priester von Rift mit dem auf dem Schädel eintätowierten indigoblauen Auge, wurde mit der Aufgabe betraut, ihnen die Köpfe abzuschlagen, einen, zwei, drei. Er war gezwungen, als Henker zu dienen, weil er im Gegensatz zu den anderen Priestern nach wie vor ein Schwert benutzte. Der erste Kopf, der fiel, gehörte dem Mann, den ich auf dem Balkon vom Fischen hatte träumen sehen.

Ich hatte aufgehört, die Tage meiner Gefangenschaft zu zählen, und nun war Halbmond. Ich band Knoten in das rote Band um meine Hüfte und schätzte, dass seit der Schlacht und meinem Traum im Tempel von Lynx etwa sieben Tage vergangen waren.

Die Wölfe der Königsmutter Caelum setzten uns südlich der sanften Hügel zu. Sie metzelten Nachzügler nieder und griffen die Vorreiter und Bevorrater des Königs an. Soldaten kamen bei dem Versuch um, ein heimliches Nickerchen an einer Hecke zu machen oder ein Lamm aus einer Herde zu stehlen. Die Wölfe befreiten das Heer des Königs von dummen und schwächlichen Männern; allerdings auch von tapferen, die als erste umkamen, wenn es ans Kämpfen ging. Vor allem aber von unglücklichen.

Dass einem geschlagenen Feind so lange nachgesetzt wurde, war ungewöhnlich, aber angeblich fühlte sich die Königsmutter abgrundtief beleidigt von ihrem Sohn. Er hatte es versäumt, in der Schlacht zu sterben, wie es ihm angestanden hätte, und darüber hinaus hatte er es versäumt, sich zu ergeben, nachdem er besiegt worden war und wie es bei Festlegung der Regeln für die Schlacht ausgehandelt worden war.

Am achten Tag konnte der Rotbraune uns nicht länger tragen, da der Sattel seinen Rücken zu sehr wundgescheuert hatte. Catena und ich bekamen ein neues Pferd, eine schwarze Stute, die aus irgendeinem Dorf gestohlen worden war. Es war ein klarer, guter Grundsatz der Männer des Königs, Reittiere zu stehlen und den Wölfen lediglich ermattete Mähren zurückzulassen.

Als ich an diesem Abend abstieg, stürzte ich nicht. Am nächsten Morgen ging ich ein paar Schritte, an Catenas Schulter gelehnt. Das Schüttelfieber hatte mir zwar einen Großteil meiner Kraft geraubt, doch ich war zäh, hielt durch.

In der neunten Nacht brannten die Wölfe das Dorf nieder, in dem wir lagerten. Das gefiel ihnen, uns aus einer Zuflucht nach der anderen zu vertreiben, und sich zu erholen, während wir im Dunkeln ritten. Da sie mich so jedweder Ruhepause beraubten, hasste ich sie genauso, wie die Männer von König Corvus es taten.

An diesem Rhythmus zählte ich die Tage ab, die mich weiter weg von Galan führten, machte für jeden einen neuen Knoten in der roten Schnur. Dieser wahrhaftige Traum von mir, der mir so viel Ärger beschert hatte, hatte mir zumindest Grund gegeben zu glauben, dass er lebte. Dies galt auch für das Ziehen an dem Band zwischen uns, von dem ein Ende so unter meine Rippen geknotet war, dass ich es als fortwährenden Schmerz verspürte, eine Einschnürung, die sich nur in seiner Gegenwart lockern würde. Ich hatte Galan insgeheim an mich gebunden, doch diese Bindung war lediglich eine kleine Faser in der Schnur, die wir angefertigt hatten, indem wir unsere Tage verflochten hatten. Ich hoffte, dass dic Entfernung sie nicht zum Reißen bringen würde. Wenn auch Galan sie spürte, würde er wissen, dass ich am Leben war.

Ich wünschte, ich hätte diesen Fetzen aus seinem Ärmel behalten, auf den er die drei Gottzeichen gezeichnet hatte. Ich hätte ihn als Talisman gehegt, so wie ich den bloßen Gedanken an ihn hegte, als Zeichen seiner Vergebung – nein, besser noch, seines Eingeständnisses, dass er mir gar nicht vergeben musste. Ein Zeichen, dass er mich herzlich aufnehmen würde, falls ich es wieder zu ihm zurück schaffte.

Ob er nach mir suchte? Auf einer Straße in Zeiten von Krieg konnte eine Frau auf vielerlei Arten verschwinden. Das würde er wissen. Ich dachte an Frosts Hufabdrücke in dem zertrampelten Schnee und wusste, dass Galan mich niemals finden würde.

Es hatte den Anschein, als würde ich die Träumerin des Königs werden.

Am zehnten Tag meiner Gefangenschaft wurde ich vor Morgengrauen zu König Corvus gerufen. Er hatte in der armseligen Hütte eines Köhlers übernachtet, und die Tür war so niedrig, dass selbst Catena sich bücken musste, um einzutreten. In der Hütte befand sich eine Feuerstelle aus ein paar Steinen, und ein kleines Feuer erfüllte die Luft mit Rauch. Der König saß auf einem Schaffell. Möbel standen keine in der Hütte, nicht einmal ein Schemel, und sie war so klein, dass ich mich dicht vor ihn hinknien musste. Catena lehnte sich unter meinem Umhang an mich und schlief bald wieder ein. Sie besaß die Gabe, überall und jederzeit einschlafen zu können.

Er fragte mich, was ich geträumt hätte, und ich wusste überhaupt nicht recht, was ich darauf erwidern sollte. Sein Leibdiener Garrio hatte mich angewiesen, wie ich den König angemessen anzusprechen hätte. Erdmenschen durften ihn eigentlich überhaupt nicht ansprechen, doch wenn es in gewissen Fällen von ihnen verlangt wurde, mussten sie sagen: »Corvus Rex Incus, Herr der Herren« – außer Garrio, der ihn nur Herr nannte, weil er sonst nicht mehr zur Arbeit käme, wie er es begründete.

So viele Namen und Titel für einen einzigen Menschen schüchterten mich ein. Namen auszusprechen fiel mir am schwersten; ich fand es schon schwierig, einen gewöhnlichen über die Lippen zu bringen, ohne ihn zu verpfuschen. Und je mehr ich befürchtete, ihn falsch auszusprechen, umso wahrscheinlicher wurde es. »Ich hatte keine Träume, die Eure Verachtung verdienen, Korpus ... Morbus?«, antwortete ich. »Nein, Roibuch Flecks Incus, Narr der ... Narren. Verfleht mir, ich habe einen ungemorserten Mund ... die Orte kommen einfach so herausgefurzelt.«

»Manchmal frage ich mich, ob du deine Sprache zu schlecht oder zu gut gelernt hast«, meinte er.

»Ich bitte um Entweihung, ich weine es nicht böse, Sire ... Hummus Rex Schinkus, Narr der ... Es ist auch meine Mutterlache; ich bin damit aufgewachsen. Ich habe früher genauso gesprochen wie jeder andere auch, und mein Mund geschnarchte mir ... gehorchte. Aber dann wurde ich vom Witz gesoffen, und nun kann ich nicht scheußlich genug sprechen, um mein Leben zu retten. Hier hat er mich getroffen, der Ritz.« Ich wies auf meine linke Wange, gleich unter dem Auge. »Bis jetzt habe ich noch kein Schnippel dagegen gefunden.«

»Wann bist du vom Blitz getroffen worden?«

»Vor einiger Zeit, Schmorbus ...«

Er machte eine rasche Bewegung und sagte: »Wenn du meinen Namen nicht besser aussprechen kannst, erwähne ihn besser gar nicht! Und jetzt weiter. Wann?«

»Ganz am Schlammfang des Krieges.«

»Wie kann es sein, dass du nicht verbrannt und entstellt worden bist?«

Er war nicht der Erste, der einen äußerlichen Beweis verlangte. Ich war im Begriff, wahrheitsgemäß zu antworten, dass ich nicht wusste, warum Wildfire mich verschont hatte. Doch dann besann ich mich eines Besseren. »Ich wurde erkannt«, erwiderte ich. »Auf meinem Mücken …«

»Zeig es mir.«

Ich hatte gehofft, er würde es nicht von mir verlangen. Ich zog mir den Umhang aus und wandte ihm den Rücken zu. Catena brummte im Schlaf. Die Kette straffte sich an meiner linken Hand. Ich lockerte die Schnüre meines Überkleids und ließ es bis unterhalb meiner Schulterblätter herabgleiten. Dann beugte ich mich vor, um ihm die Brandnarben auf meinem Rücken, Nacken und meinen Schultern zu zeigen.

Es stimmte, dass Wildfire mir diese Wunden zugefügt hatte. Allerdings nicht durch den Blitz. Es war geschehen, als Männer von Ardor Galans Zelt auf dem Marchfield in Brand gesetzt hatten und Wildfire mich fast verschlungen hätte. Selbst hatte ich die Narben natürlich nie gesehen, aber ich hatte sie gespürt, nachdem sie verheilt waren, kleine Erhöhungen und Schwellungen, wo brennendes Segeltuch auf mich gefallen war.

König Corvus hielt eine Öllampe hoch, und ich spürte die Wärme der Flamme in meinem Nacken. »Wusstest du, dass einige dieser Brandwunden der Konstellation von Ardor ähneln? Hier, hier, hier, hier und da.« Ich verspürte eine Berührung, die so leicht war, dass sich die feinen flaumigen Haare an meinem Nacken und auf meinen Schultern aufstellten, obwohl er meine Haut kaum berührt hatte. Ich befürchtete, König Corvus könne an der Farbe meines Nackens erkennen, dass ich errötete. Ich wartete kniend und mit gesenktem Kopf und ihm den Rücken zuwendend, bis die Hitze nachließ. Er las zu viel aus ein paar auf mich herabgefallenen Funken heraus; Galan hatte in den Brandnarben nie ein Muster erkannt.

Gut. Sollte der König doch leichtgläubig sein. Ich spürte,

wie seine Augen mich von oben bis unten musterten. Ich band meine Schnüre wieder fest zu, und als ich ihn ansah, stellte ich fest, dass er mich gar nicht anschaute. Nach einer ganzen Weile richtete er seinen Blick wieder auf mich. »Warst du schon immer eine Träumerin?«

»Nicht mehr als jeder andere auch.« Ich wies auf meinen Kopf. »Mildfire hat mir ein Loch in den Topf geflacht. Aber die Schäume … Fläume, die dort hineinkamen, stammen von Stinks Foresight, vermute ich.«

»Und jetzt träumst du wahrhaftig.«

»Nur zankmal.«

»Und heute Nacht?«

Ich zuckte mit den Schultern. »Der Traum war nicht schlecht … nicht echt, glaube ich. Ich konnte ihn nicht riechen.«

»Konntest ihn nicht was? Lesen? Wolltest du Gottzeichen in ihm erkennen?«

»Nein, nein! *Riechen*.« Ich tippte mir auf die Nase.

Er stieß ein kurzes, scharfes Lachen aus. »Also muss ich bei Orakeln nachfragen, wenn ihre Träume stinken?«

»Ich weiß nicht. Es ist vielleicht bloß bei mir so.«

»Und der Traum von meiner Frau – hat der gestunken?«

»Er roch nach Feuer und Flut … Blut.«

Er hatte auch noch nach anderen Dingen gerochen, nach Galans Schweiß, nach Pferden, Schnee, Schlamm, eisigem Sumpfwasser und nach dem schweren Parfüm aus Rosenmalve und Lilie der Königsmutter.

In der langen Pause, die nun entstand, hörte ich, wie Mäuse auf dem Speicher über uns umherhuschten. Ich wagte einen Blick in das Gesicht des Königs. Er ließ das Kinn auf seiner Handfläche ruhen und verbarg seinen Mund hinter der Hand, und ich stellte mir Schwäche vor, zitternde Lippen. Doch er richtete sich auf, nahm die Hand weg, und sein Mund war hart, und sein Blick finster. Seine Augen blickten traurig.

»Der König von Corymb ist tot«, sagte er. »So viel ist wahr.

Es heißt, er habe tapfer gekämpft und sei nach der Schlacht seinen Verletzungen erlegen.«

Ohne Zweifel hatte er seine Spione. Sie mussten ihre Pferde zu Tode geritten haben, um uns einzuholen. »Wer ist jetzt Schönig?«, wagte ich zu fragen.

»Warum träumst du nicht und erzählst es mir dann?«

Ohne es zu wollen, hatte ich unter den Gefolgsleuten des Königs Bekanntschaften geschlossen. Ich hatte wunde Stellen unter meinen Handfesseln, die mich daran erinnerten, sie zu hassen, doch es war schwer, Groll gegen die Männer zu hegen, die sich um uns kümmerten – eine kleine Gruppe inmitten einer Vielzahl Namenloser. Garrio hatte mich in seine Obhut genommen, und da der König meine Dienste verlangte, war dies eine weitere seiner vielen Pflichten. Vage erinnerte ich mich daran, dass er während meines Schüttelfiebers für mich gesorgt hatte. Mox hatte in der Schlacht erst seinen Herrn und dann dessen zweites Pferd verloren, sodass es für ihn so etwas wie eine glückliche Fügung war, unser Führer zu sein. Denn nun war ihm Essen sicher, wenn es etwas zu essen gab. Lame und Chunner waren die Pferdejungen des Königs, sein Rittmeister und sein Stiefelknecht waren ihren Verletzungen erlegen. Bei Lame war das eine Bein kürzer als das andere, was beim Reiten nicht weiter störte, ihn beim Gehen jedoch behinderte. Chunner war ein Bursche in Fleetfoots Alter, hatte leuchtende Augen, eine Stupsnase und einen Lockenkopf.

Diese Männer und Chunner ritten am Tag mit uns und saßen dann abends mit uns an einem Feuer und teilten sich ihr Essen mit uns. Ich lernte ihre Wesenzüge kennen, denn wenn jemand erschöpft und verschreckt ist, friert und Hunger hat, dann sieht man ihn von seiner schlechtesten oder besten Seite, abhängig von seinem Wesen. Catena und ich brauchten unsere Bewacher. Dennoch konnte ich nicht vergessen, dass sie zugleich auch die waren, die uns gefangen genommen hatten.

Catena und ich wurden auch von Gerüchten geschützt, von denen viele aberwitzig waren, zum Beispiel, dass König Corvus uns nächtens in sein Bett rief. Einem anderen zufolge war ich eine Drossel – eine Spionin – seines Schwiegervaters. Außerdem war ich angeblich eine hochgeborene Fremdstämmige, und von meinem Lösegeld würde der nächste Feldzug des Königs bezahlt werden; ich war das Orakel des Königs, das sie alle in Sicherheit bringen würde. Die Soldaten wussten nicht, was sie von mir halten sollten, also hielten sie große Stücke auf mich.

Tag für Tag wurde ich daran erinnert, was geschehen konnte, wenn wir nicht so gut bewacht würden. Männer wurden krank, oder ihre Wunden vereiterten oder ihre Pferde strauchelten, und wenn sie nicht Schritt halten konnten, blieb kein Mensch bei ihnen, um ihnen zu helfen. Es kam zu Streitereien, vor allem unter den herrenlosen Fußsoldaten. Ich sah, wie ein Mann niedergestochen wurde, weil er sich weigerte, seinen warmen Platz am Feuer aufzugeben. Krankheit, Verletzungen, Kämpfe, auf diese Weise kamen mehr Männer des Königs ums Leben als durch die Wölfe, obwohl Letztere mehr gefürchtet wurden.

Was Frauen betraf, so begleiteten dieses Heer keine Scheiden oder Huren, um für die Entspannung der Männer zu sorgen, da der König nie einen Rückzug in Betracht gezogen hatte. Einige Männer nahmen sich Mädchen und Frauen aus den Dörfern, durch die wir zogen, so wie sie sich Nahrung nahmen, Pferde, Futter, Feuerholz und alles andere, was sie begehrten. Sie nahmen sie, benutzten sie für eine oder mehrere Nächte und ließen sie dann lebend oder tot zurück. Ob König Corvus davon wusste oder sich deswegen Gedanken machte, wusste ich nicht.

Den meisten Bewohnern geschah nichts, wenn sie König Corvus Proviant gaben. Doch wenn sie dies taten, kamen nach uns Wölfe und brannten ihre Dörfer nieder. Wildfire tobte in Richtung Süden.

Ich hatte die Absicht zu fliehen, sobald ich wieder zu Kräften gekommen war und sich eine gute Gelegenheit bot. Bis dahin benötigte ich den Schutz des Königs. Wenn ich seine Träumerin war, dann musste ich ihm Träume bieten. Wahrhaftige Träume wurden einem von den Göttern gewährt, und ich wusste keine Art und Weise, wie ich sie herbeirufen konnte. Na schön, dann würde ich ihm eben falsche Träume erzählen, die wahrhaftig klangen, und wenn er sich von ihnen in die Irre führen ließ, umso besser. Zu diesem Zweck bemühte ich mich, Klatsch zu erfahren, hörte mir Gerüchte an, Berichte von Dingen, die irgendjemand irgendwo aufgeschnappt hatte, Prahlereien. Nicht, dass man irgendetwas hätte glauben können, was ein Erdsoldat von sich gab, aber es war alles, was ich in Erfahrung bringen konnte.

Eines Abends am Feuer fragte ich Garrio und die Pferdejungen, was in der Schlacht um Malleus geschehen war. Sie stritten sich über die Einzelheiten, bis es den Anschein hatte, als hätten sie unterschiedliche Schlachten gekämpft. Mox war mit seinem Herrn an der rechten Flanke geritten, die Pferdejungen des Königs in der Mitte, Ersatzreittiere für ihren Herrn bereithaltend, und Garrio hatte auf einer Anhöhe gewartet und es aus der Distanz heraus beobachtet. In einem stimmten sie alle überein: Der Befehlshaber von Corvus' linker Flanke hatte seine Kompanien gegen die eigene Mitte geführt und diese niedergemäht, wobei auf Anhieb zahlreiche dem König ergebene Soldaten niedergestreckt worden waren.

Der Mann, dem König Corvus an seiner linken, seiner Schildseite vertraut hatte – der Mann, der ihn verraten hatte – war sein eigener Bruder, Merle, gewesen. Wenn die Männer des Königs von Merle erzählten, nannten sie ihn den Star. In der Gegenwart des Königs wagten sie seinen Namen nicht auszusprechen.

Ich warf die Knochen. Catena und ich lagen Knie an Knie zusammengerollt, und sie schlief. In dem Raum zwischen uns, in der Dunkelheit unter dem Umhang, öffnete ich mit meiner nicht angeketteten Hand den Beutel mit dem Götterzirkel und strich ihn glatt. Als ich das letzte Mal die Knochen geworfen hatte, war es für Tobe und Mai gewesen, und nun begehrte ich eher Vorhersage als Heilung. Ich wollte, dass die Freifrau und Na mir einen Hinweis gaben, wie ich entkommen konnte. Beim ersten Wurf, für mein Wesen, wiesen sie auf Iron und Chance, was ich so verstand, dass ich würde stark und glücklich sein müssen. Beim zweiten Wurf, für den Zeitpunkt, zeigten sie auf die Vergangenheit und die Gegenwart, auf Hunger und Sun. Doch von der Zukunft, die ich zu erfahren suchte, sagten sie nichts. Beim dritten Wurf, dem für die Götter, wies Na mich an, mich auf Hazard Fate zu verlassen, und die Freifrau rollte außerhalb des Zirkels und sagte überhaupt nichts.

Ich betete zu Fate, wie Na es wollte, obwohl ich es für zwecklos hielt. Mir fiel es leichter zu glauben, dass Chance oder Peril, diese mächtigen Persönlichkeiten, sich von meinen Gebeten würden erweichen lassen als der körperlose, grenzenlose Fate. Fate war ein Reich für Männer von Bedeutung, und wenn ich mich jetzt in dieses labyrinthartige Reich begab, dann geschah das nicht freiwillig.

Ich dankte den Schattenwesen, küsste die Knochen und steckte sie weg, ohne aus ihrem Rat schlau geworden zu sein. Aber ich hatte gelernt darauf zu warten, dass sich mir ihre Bedeutung erst später erschloss. Ich hoffte, sie würden mir während des Reitens den Weg weisen, und ihr Ratschlag würde sich im Laufe des weiteren Geschehens offenbaren.

In dieser Nacht träumte ich nicht, ich schlief kaum. Am Morgen ließ mich König Corvus zu sich kommen, und bevor ich zu ihm ging, rieb ich mir Holzkohle auf die Lider, damit ich mehr wie eine Offenbarerin aussah. Divine Aboleo, sein Stratege, war bei ihm. Ich hatte Angst vor dem Propheten, Angst davor, dass er mittels Hellsehen oder einer geheimen Kunst, die nur Rift zu eigen wäre, das mit dem toten Priester im Bärenfellumhang herausfinden oder imstande sein würde, einen falschen von einem wahrhaftigen Traum zu unterscheiden.

Fast hätte mich der Mut verlassen. Doch dann erinnerte ich mich an Chance und daran, wie sehr sie Kühnheit liebt. Meine Stimme bebte. Ich wob eine Geschichte von der Art, wie am Abend zuvor die Knochen gefallen waren, und baute ein Gottzeichen nach dem anderen ein. Die Erzählung schien in meinem Mund Gestalt anzunehmen und bahnte sich dann ihren Weg zu meinem verschwommenen rechten Auge, sodass ich sie beim Sprechen sah. So, als hätte ich sie doch geträumt. »Ich habe von Eurem Futter … Eurer Mutter geträumt, wie sie bei einem Festmahl Schatz nahm«, erzählte ich. »Sie zog einen eisernen Molch, nein … einen Dolch, meine ich … aus ihrer Scheide, und der war mit Rost überzogen, der Farbe von Bastard Chance. Oh, sie war ganz ausgehungert, setzte sich ganz freudig an den Tisch und fing an, alles zu verschlingen. Was hat sie nicht alles gegessen … sie hatte eine kleine Gämse … Amsel … einen Star auf ihrem Teller, und sie hat ihn zerstückelt und die Flügel gegessen und die fette Krust … Brust. Die Federn ragten ihr aus dem Mund heraus. Sie saß irgendwo draußen, nicht in einem Raum, und sie hat die Federn auf weißem Schnee ausgebreitet. Der Vogel war mit Rossbienen und Haselfüßen gefüllt. Die … Königsfutter hat alleine gegessen. Sie hat sich die Hand an dem rostigen Knolch gestochen, und ich habe ein Kinnsal Blut gesehen, rot wie Kirsche.«

»Ich kann dich nicht verstehen«, sagte König Corvus. »Du redest so einen Unsinn.« Doch so ganz missfiel es ihm nicht zu erfahren, dass seine Mutter geblutet hatte. Er war ihr übel gesinnt. Dass er Grund dazu hatte, konnte ich nicht abstreiten.

Auch Divine Aboleo schien erfreut über den Traum. Vermutlich war er hier, um dem König zu sagen, was er zu bedeuten hatte. Ich mochte von Zeichen träumen, doch war es nicht meine Aufgabe, sie zu deuten.

Eines Tages während unseres Ritts fragte ich Garrio, ob die Frau des Königs, Prinzessin Kalos, eine Lamia gewesen sei, wie die Bänkelsänger es besangen. War ihre Haut mit feinen Schuppen überzogen, und konnte sie sich in eine Schlange verwandeln? Er sagte, er kenne eine Zofe von Königsgattin Kalos, und diese behaupte, die Königsgattin sei überhaupt nicht schuppig, jedoch tätowiert mit einer Schlange, die sich um ihre Hüfte schlinge und zum Fürchten aussehe.

»Hat sie die zu Ähren von ... dem Schrecklichen getragen, von ... von Rift Head?«

»Sie hat Rift nicht angebetet«, antwortete er.

»Welchen Spott hat sie denn angebetet?«

»Wer weiß? Dort, wo sie herkam, herrschen lauter merkwürdige Vorstellungen. Aber sie hat einer Schlange Opfer gebracht.«

»Einer Zange!«

»Sie hielt sich eine in ihrem Schlafgemach und entrichtete ihr Tribut – kleine Frösche, Mäuse und Grillen. Das hat die Zofe mir erzählt.«

Ich fragte, ob die Königsgattin König Corvus geheiratet hätte, um Incus zu verfluchen, worauf Garrio sagte, natürlich nicht, das sei eine von Caelum in Umlauf gebrachte üble Verleumdung, um einen Kriegsgrund zu haben. Es wisse doch jeder, dass es die Königsmutter gewesen sei, welche die Königsgattin Kalos verflucht und ihr zweimal eine Fehlgeburt beschert habe.

»Warum ist sie in den Krieg geritten, Raggio? Warum hat sie das Rind riskiert, das sie in sich trug?«

Darauf wusste er keine Antwort.

Manchmal kam ich nicht umhin, mich daran zu erinnern, was der König gesagt hatte, als ich ihm im Tempel meinen Traum erzählt hatte, nämlich, dass er ihrer beider Sohn aus der Leiche seiner Frau herausgeschnitten hatte, das Kind aber schon tot gewesen war. Und ich erinnerte mich daran, wie er an jenem Abend in dem steinernen Herrenhaus gestanden hatte, schlaflos, und wie er mit Augen, so trocken wie Steine, in die Dunkelheit gestarrt hatte.

Wieder warf ich die Knochen und fragte erneut, wie ich mich befreien könne. Am nächsten Morgen erzählte ich König Corvus, ich hätte von einer Frau geträumt, die zwei Steine in der Größe von Eiern verschluckt hatte. Ihr Bauch wäre angeschwollen und hätte die Form eines Eis angenommen. Dann wäre sie selbst von einer Schlange verschluckt worden, und unter deren schuppiger Haut hätte ich ihre Umrisse erkennen können.

»Ich verstehe«, sagte er. Ich befürchtete, dass er tatsächlich verstanden hatte und davon ausging, dass es überhaupt kein Traum war, und schon gar kein wahrhaftiger, sondern vielmehr eine aus Gottzeichen und abgedroschenem Klatsch zusammengeflickte Lüge. Seine Mundwinkel verzogen sich, als schmecke er etwas Bitteres.

Ich hatte König Corvus Schmerz zugefügt. Es tat mir ein wenig leid, nicht für ihn, sondern dass ich das, was mir die Freifrau und Na offenbart hatten, missbraucht hatte. Doch sie schienen in heimlichem Einverständnis zu stehen mit dem, was ich tat, oder zeigten mir zumindest, was ich tun musste. Beim zweiten Wurf, dem für den Zeitpunkt, hatte die Freifrau auf Mischief gewiesen.

Fast hätte ich den König bewundert. Er war unermüdlich während des Marsches, ritt in der Vorhut oder die Linie auf und ab, und durch seine Körpergröße konnte man ihn schon aus der Ferne ausmachen. Wie er auf dem Pferd saß, war beinahe zu perfekt, zu aufrecht und steif. Er sprach mit einem Kataphrakten nach dem anderen, um sie zu ermutigen, besaß allerdings nicht die Gabe, es anderen leichtzumachen, wie sie unser König besaß – besessen hatte, als er noch lebte.

Fast bewunderte ich ihn. Aber ich kam nicht umhin, ihn dafür zu verachten, dass er so töricht war, mich für eine Seherin zu halten, und meine Lügen für Omen.

KAPITEL 16

Boarsback Ridge

Nach einer Reihe warmer Tage schmolz der letzte Schnee. Wir zogen in der Schlucht zwischen zwei Hügeln hinauf, und schwarze und weiße Ziegen nahmen vor uns Reißaus. Mit klimpernden Glocken jagten sie davon, verfolgt von ein paar Knappen, die es auf Fleisch für das Abendessen abgesehen hatten. Der Ziegenjunge lehnte sich auf seinen Stock und konnte nur hilflos zuschauen. Ich schaute an ihm vorbei und sah eine blaue Wand aus Bergen am südlichen Horizont.

Auf sie ritten wir zu. Es kursierte das Gerücht, der König hoffe in dem südlichen Königreich von Lambanein, das von König Kyphos regiert wurde, seinem Schwiegervater, Zuflucht zu finden. Das Gerücht beleidigte den gesunden Menschenverstand. Um dorthin zu gelangen, würde das Heer die Berge überqueren müssen, und das im Winter, wenn ihre Pässe – wie jeder wusste – unpassierbar waren.

Einer der Stiefelknechte war in dieser Gegend aufgewachsen. Er war das Ziel von Spötteleien wegen der Eigenarten seines Landes und seines südlichen Akzents gewesen. Man hatte ihm den Spitznamen Wheezer gegeben. Nun fand er Gefallen daran, uns mit Geschichten von Lawinen einen Schrecken einzujagen, von tödlichen Stürmen, Eiswänden und einer Kälte, die einen Bart so spröde einfrieren lassen konnte, dass die Barthaare abbrachen. Und Wölfe gebe es dort, echte Wölfe, nicht solche wie die Schoßhündchen der Königsmutter, die uns verfolgten, und außerdem Berglöwen und Höhlenwichte und dann auch noch menschenfressende Räuber, die es am liebsten auf kleine Mädchen absahen, sagte Wheezer und versetzte dabei Catena einen leichten Stoß, doch sie wären so hungrig, dass sie auch Männer fräßen, und das wären wir bald auch.

Wir erklommen die Vorgebirge, graubraun und glanzlos. Dörfer lagen dort kaum noch welche, und wo das Land bestellt wurde, erweckte es den Anschein, als bringe es nicht mehr als eine gute Ernte von Steinen hervor. Weideland war bis zur Narbe von Schafen und Ziegen abgegrast oder lag brach und war verwahrlost. Bäume drängten sich in Wäldchen zusammen oder standen nur in steilen, von Wasserläufen durchschnittenen Schluchten.

Vor uns ragten dabei ständig die wahren Berge auf. Sie waren wie Festungen mit Turmspitzen aus schwarzem Granit, geriffelten Mauertürmen aus Eis und mit Schnee überdachten Wällen. Ihre Gipfel gehörten zu einem zum Teil irdischen, zum Teil himmlischen Reich, waren jedoch insgesamt lebensfeindlich. Je nach Laune des Berges sammelten sich Wolken um ihn, manchmal als massige Kolosse in reinem Schwarz und Weiß, die Wolkenbüschel aus Heavens herausrissen, manchmal grau und durchscheinend über Dunst schwebend, der das schwere Erdfundament des Berges verbarg. Die Berge hießen die Ferinus, und nachdem ich sie gesehen hatte, wurden die runden Gipfel des Königswaldes in meiner Erinnerung immer kleiner, wurden klein und zahm und verdienten den Namen Berge weniger.

Je näher wir dieser Wand kamen, desto mehr ging uns auf, dass das unglaubliche Gerücht der Wahrheit entsprach. Der König lief nicht bloß vor den Wölfen davon, die ihm in die Fersen zwickten, sondern war dorthin unterwegs, wo er schon immer hatte hingehen wollen, nämlich nach Lambanein. Und uns nahm er mit.

Ich hatte nicht die Absicht, beim König zu sein, wenn er versuchte, die Berge zu überqueren. Es gab andere, die der gleichen Meinung waren, sogar unter den Kriegern der Edlen. Männer, die losgeschickt worden waren, um Proviant zu besorgen, kehrten nicht wieder zurück. Hatten die Wölfe sie erwischt, oder waren sie desertiert? Ein Kataphrakt vom Stamm der Lynx machte sich mitsamt Wappenträger, Pferdejungen und Stiefelknecht heimlich davon, und als man ihn fasste, hielt der König keine Reden mehr, in denen er verkündete, er sei froh, sie los zu sein. Die Erdmänner ließ er durch Priester von Rift sofort hinrichten. Kataphrakt und Wappenträger wurde ein ehrenvollerer Tod zuteil. Sie kämpften zu Fuß, bewaffnet mit Skorpion und Schwertern, gegen einen Priester mit einer Bärenklaue. Es war so schnell vorbei, dass die Leute hinterher noch tagelang darüber mutmaßten, was eigentlich genau geschehen war.

Die Männer waren missgelaunt. Die Berater des Königs stritten, und Kataphrakte wie Knappen griffen den Streit, der hätte geheim bleiben sollen, auf. Alle hielten sich für klug genug, dem König einen Ratschlag zu erteilen, wäre dieser bloß klug genug gewesen, ihm Gehör zu schenken.

Ich versuchte Mox zu bestechen, damit er das Seil fallen ließ. Derlei Missgeschicke gab es viele unterwegs, man würde ihm deshalb also keine Vorwürfe machen. Er könne aber auch mit uns reiten, wolle er denn etwa nicht fort? Aber er war jetzt der Mann des Königs, ein wichtiger Mitstreiter, und er lehnte ab. Es ärgerte mich, aber ich konnte es ihm kaum verübeln, mehr Angst vor den Gefahren zu haben, die er kannte – den Wölfen, den Priestern des Königs –, als vor den unbekannten Ferinus. Wir standen alle zwischen dem einen und dem anderen, zwischen Schwert und Wand, wie es heißt. Mox behielt uns hinterher argwöhnischer im Auge, und das galt auch für Garrio, als er es mitbekam.

Dann kehrte das Schüttelfieber zu seinem zweiten Besuch zurück und bescherte mir drei weitere Tage mit Fieber und Schüttelfrost, Schmerzen in Kopf und Gelenken,

Schmerzen überall. Meine Kraft schwand so schnell dahin, dass ich im Sattel schwankte und Catena mich aufrecht halten musste, damit ich nicht herabfiel. Ich stand so dicht vor dem Tod, dass der Schleier zwischen den Welten dünner wurde, und ich sah, wie sich Kompanien der Gefallenen mit den noch Lebenden vermischten. Ich erhaschte einen Blick auf Penna, auf dem Stumpf einer Tanne sitzend, die so aussah wie der Mast eines Schiffes. Ich fragte sie, ob sie mir helfen könne, worauf sie so kreischte, wie es Möwen tun, als lache oder weine sie, und dann flog sie nach Süden davon.

Mein linkes Auge sah die Vorderläufe unserer Stute aufblitzen, während sie auf dem Boden aufkamen, ein Bein schwarz, eines mit einem weißen Strumpf, und jeder Schritt brachte uns den Ferinus näher. Mit meinem rechten Auge sah ich Tobe, und das war ganz merkwürdig, denn er ging auf dem Grund eines durchsichtigen Sees, dessen Gewässer an den seichten Stellen türkisfarben und kobaltblau in den Tiefen waren. Ich konnte Tobe deutlich sehen, sein schwarzes, ihm um das Gesicht treibendes Haar, seine blaue Haut, ein blauer Junge. Es sah so aus, als seien die Steine des Seegrunds mit Schnee bedeckt, der sich bei jedem seiner Schritte zu einer weißen Wolke aufplusterte. Der helle See befand sich in einem runden, steilwandigen Tal auf dem höchsten Gipfel eines Berges. Ich roch und schmeckte den scharfen Geruch der von der Wasseroberfläche aufsteigenden Dämpfe. Ich rief Tobe an, doch er war zu tief oder zu fixiert auf seine Reise, als dass er mich hätte hören können.

Als der König mich am nächsten Morgen zu sich rufen ließ, war er allein. Ich erzählte ihm von dem Jungen in dem blauen Wasser, ohne ihm zu sagen, dass es ein Wachtraum gewesen war. Er fragte, was es zu bedeuten habe. »Ich weiß es nicht«, sagte ich. »Warum fragt Ihr nicht Euer Schießtier?« Der König wurde wütend. Hinterher sagte mir Garrio, ich solle mehr Respekt bekunden.

Meine Leiden linderten sich. Heavens erwies uns seine Gunst, indem er den Wind besänftigte und uns einen klaren Himmel und die Wärme der Sonne bescherte. Die Ferinus schienen nun zum Greifen nah, befanden sich aber in Wirklichkeit noch viele Wegstunden entfernt. Nach einem weiteren Tagesritt kamen wir an einen einzelnen, kegelförmigen Berg, der von einem hoch gelegenen Plateau anstieg und dessen Hänge durch Schneestellen auf schwarzem Geröll gescheckt aussahen. Wie ein Juwel in einer steinernen Spange war in den hohlen Gipfel ein See eingelassen. Es gab keinen Grund, den Berg zu erklimmen, da unser Weg an ihm vorbeiführte. Doch der König schickte Garrio, um zu fragen, ob es der See sei, von dem ich geträumt hatte, und ich bejahte.

Garrio brachte mich zu König Corvus. Dieses Mal war der König in Begleitung von Divine Aboleo. Ich musste noch einmal von Anfang an erzählen, was ich gesehen hatte, und als ich sprach, zitterte meine Stimme. Catena hielt meine linke Hand, meine Finger glühten, während die ihren eiskalt waren.

Der Prophet sagte, das Omen sei so klar wie Quellwasser. Der See gehöre Queen of the Dead, und seine Farbe sei das Blau, das vor dem Bösen Auge schütze. »Wir müssen hinaufsteigen«, sagte Divine Aboleo zum König, »und Ihr müsst in diesem See baden und den Schutz von Queen of the Dead erbitten. Die Wölfe sind das unheilvolle Auge, das die Königsmutter auf uns geworfen hat, und dieses Auge muss geschlossen werden. Sie hat bis jetzt jeden Schritt von uns verflucht.«

Der Prophet konnte Omen in den Eingeweiden eines Pferdes oder dem Gekrächze von Krähen lesen, und für ihn war ich jemand, der sich in Pferde und Krähen einreihte, nicht mehr als ein Gefäß für Zeichen. Der König allerdings schien *mich* zu sehen. Er schaute mich voller Misstrauen an.

Zu viert kletterten wir den Berghang hinauf, und ich amüsierte mich insgeheim darüber zu sehen, wie der König und sein Priester ihre Geschwindigkeit Catenas langsamerem Gang anpassten. Bei jedem Schritt glitten wir aus und traten einen Hagel von Steinen los, die den Hang hinabpolterten. Am Gipfel bestanden die Ufer des Sees aus zerklüftetem Fels, grob und so dunkel wie Asche.

König Corvus betrachtete den See, und der See erwiderte seinen Blick, und es war schwer zu sagen, wer von beiden den blaueren starrenden Blick hatte. Wind kräuselte die Wasseroberfläche, und der Nebel darauf waberte. Er roch so, wie es in meinem Traum von Tobe gewesen war. Ich tauchte meine Hand in das Wasser, und es war nicht bloß warm, sondern heiß.

»Steig hinein«, sagte der König zu mir. »Du gehst zuerst, dann werden wir sehen.«

Catena fing an zu schluchzen. Ich fragte sie, was denn sei. »Ich kann nicht schwimmen!«, jammerte sie.

»Mach dir keine Sorgen«, sagte ich. »Du bleibst hier am Ofen sitzen, und ich gehe hinein.«

Es war schwierig, sich in angekettetem Zustand zu entkleiden. Ich nahm mein Kopftuch ab, zog mir Kleid und Unterkleid über den Kopf und schob alles über die Kette Catena zu. Ich gab ihr meinen Beutel zur Aufbewahrung. Die kalte Luft verursachte mir eine Gänsehaut auf dem ganzen Körper. Ich war so knochig wie Crone selbst und schämte mich, nackt vom König und seinem Priester gesehen zu werden.

Das Wasser war klar, und der Boden des Sees fiel steil ab, bis er in kobaltblauen Tiefen verschwand. Ich trat auf einen knöcheltief liegenden Findling, worauf meine Füße in weißem Schlick einsanken. Die Hitze ließ mich zusammenzucken, und der König fragte, was denn nicht stimme. Ich schüttelte nur den Kopf und stieg auf einen Sims hinab, auf den ich mich kauerte, den linken Arm zu Catena ausgestreckt. Sie streckte den ihren zu mir aus, bis sich die Kette zwischen uns gespannt hatte. Das Wasser stand mir bis zum Hals, und es war herrlich. Ich wurde durchwärmt, sogar meine kalte rechte Seite. Ich tauchte mit meinem Kopf unter Wasser und öffnete meine Augen in dieser blauen Welt. Ich nahm einen

Schluck aus dem See, und er schmeckte nach Salz, Lehm und Metall und war so heiß wie ein Heiltee. Ich sank tiefer, und mein Haar wogte um mein Gesicht wie Seegras in einer steigenden Flut. Das Wasser erweckte mich ganz und gar, reinigte mich von rauen Resten abgestorbener Hautpartikel und Schmutz, mit denen ich so lange gelebt hatte. Ich dankte Tobe dafür, mir diesen See gezeigt zu haben.

Catena zog an der Kette, und ich hob den Kopf über die Wasseroberfläche. Sie weinte, als glaubte sie, ich hätte vor, mich zu ertränken und sie mit mir hinunterzuziehen.

»Cat ... Catena«, sagte ich, »mach dir keine Sorgen, es ist ganz sicher.« Da mein Körper unter Wasser war, wagte ich einen Blick auf den König. Abrupt schaute er weg.

»Komm heraus, und zwar schnell«, sagte Divine Aboleo.

Ich stand auf, und Wasser lief mir an der Haut hinab, und kleine Nebelwölkchen stiegen von meinem Körper auf. Am liebsten wäre ich den ganzen Abend in dem See geblieben. Nachdem ich hinausgestiegen war, schob mir Catena meine Kleider über die Kette zu. Ich zog mich an, zuerst den linken Arm, dann den Rest, und der Stoff blieb an meiner nassen Haut kleben.

»Warum trägst du die rote Schnur um deine Hüfte?«, fragte Divine Aboleo.

Ich hielt den Blick auf den Boden gerichtet und sagte: »Um Keen of the Dead zu ärgern. Zu ehren, meine ich.«

Der Prophet grunzte, als habe er Zweifel an meiner Aussage. Zum König sagte er: »Kommt, wir müssen ein Stück am Ufer entlanggehen. Seht Ihr nicht, dass das Wasser hier verschmutzt ist?«

Den Blick abgewendet, warteten wir, während der König sich entkleidete und ins Wasser ging. Singend und psalmodierend folgte ihm Divine Aboleo. Nach einer Weile wurde der Himmel über uns so dunkel wie das blaue Herz des Sees.

Später saßen Catena und ich mit Mox, Lame und Chunner an einem Feuer. Sie wollten wissen, warum wir mit dem

König auf den Berg gestiegen waren. Mox machte anzügliche Gesten, worauf ich ihnen die Wahrheit sagte, da ich keinen Nachteil darin erkennen konnte. Das Gerücht verbreitete sich von einem Lagerfeuer zum anderen, und die Männer machten sich heimlich davon, um den Berg zu besteigen, zunächst alleine oder zu zweit, danach in Gruppen mit Fackeln. Alle gingen, um den Schutz des Sees gegen das Böse Auge von Königsmutter Caelum zu erbitten.

Hinterher brachten mir die Männer des Königs mehr Respekt entgegen. Kataphrakte, die zuvor noch kein Wort zu mir gesagt hatten, grüßten mich mit Namen. Erdsoldaten hingegen brachten nun mir gegenüber keinen Ton mehr heraus. Es war der Prophet, der den See für Rift Queen of the Dead geltend gemacht und gesagt hatte, er würde sie alle beschützen – davon wusste ich nichts. Mir schien es, dass das heilende Wasser dieses Sees vielen Göttern heilig war, zum Beispiel auch Torrent und Ardor.

Mitten in der Nacht kam Garrio zu mir und sagte, der König wolle mich sprechen. Catena, die nicht aufwachen wollte, musste er tragen. König Corvus hatte eine Hütte für sich. Er saß mit übergeschlagenen Beinen auf einer Wolldecke, die über einen Stapel Schilf geworfen worden war. Er trug seine schmutzige rote Unterrüstung aus Seide, und seine langgliedrigen Füße waren unbedeckt. Hinter ihm war ein aufrecht stehender Webstuhl mit einer halb fertiggestellten, in ungefärbter Wolle gemusterten Decke von schwarzen, weißen und braunen Schaffellen von Tieren, wie wir sie hier auf den Hängen hatten weiden sehen.

Garrio legte Catena hin und ging. Ich kniete mich neben sie und schaute zu Boden.

»Hast du geträumt?«, wollte der König wissen.

Es ärgerte mich, geweckt zu werden, um seine Schlaflosigkeit zu teilen, und ich hatte mich nicht vorbereitet. Ich war zu erschöpft gewesen, um an diesem Abend die Knochen zu werfen und daraus einen Traum zu formen, der ihm gefallen hätte. »Ich hatte gerade ein Schlückerchen gemacht, als Gabbery kam, um uns zu wecken. Nun schwimmt es davon, ich kann mich kaum mehr daran erinnern.«

»Erzähl mir das, an das du dich erinnerst.«

Ich erzählte ihm meinen tatsächlichen Traum, so gut ich es vermochte, obwohl ich den Einwand erhob, dass es kein wahrhaftiger Traum gewesen sein konnte, da es ihm an Gerüchen gefehlt hatte. »Ich träumte von einem weiß getünchten Ort, einem Innenraum, einem ... Zimmer, ganz in der Farbe entlahmter Milch, abgesehen von einer Reihe von vier blauen Mäulen ... Säulen, die in dieser ganzen Weißheit umherzutreiben schienen. Irgendetwas fehlte in diesem Raum, etwas Rotes und Großes, das hinter den blauen Pfosten hätte stehen sollen.«

Aus meinem linken Augenwinkel beobachtete ich das Gesicht des Königs und sah, dass das Feuer Schatten darauf warf. Er bemühte sich, teilnahmslos zu wirken, doch die Schatten ließen auch noch den kleinsten Anflug eines Ausdrucks sichtbar werden.

»Ist das alles?«, fragte er.

»Ich denke ... Ich glaube, das, was fehlte, war ein Wildnis eines Gottes. Ungefähr so groß, aus Holz oder Stein, und tot bemalt.«

»Du bist dort gewesen, in diesem Tempel«, sagte er vorwurfsvoll.

Ich schüttelte den Kopf. »Nein, noch nie. Wo ist er?«

Er sprach schroff in der Sprache, von der ich mittlerweile wusste, dass es Lambaneinisch war. Die Worte konnte ich zwar nicht verstehen, wohl aber die Drohung, die in ihnen mitschwang.

Ich verbeugte mich, bis mein Kopf den Boden berührte. »Ich schwöre, dass ich diesen weißen Gimpel noch nie gesehen habe. Wenn Ihr mich für Träumen bestraft, dann werde ich nicht mehr träumen.«

»Wenn ich dich bestrafe, dann für das Lügen.«

»Ich bin eine ehrliche Mäherin, ich kann nicht immer das sehen, was Ihr hören wollt.«

»Nennst du dich ehrlich?«

»Ich habe erzählt, was ich gesehen habe, aber ich sehe nicht so gut. Ich werde auf einem Auge Rind.« Ich hob den Kopf und wies auf mein rechtes Auge. »Meine Sehkraft lässt nach, aber hier und da bekomme ich Divisionen … Visionen.«

Der König kam näher und starrte auf mein Auge, und ich starrte über seine Schulter. Er sagte: »Der Star. Wie kannst du ihn schon so früh haben?«

Ich hatte befürchtet, dass es sich um den Star handelte. Ich hatte einmal eine Frau mit Star in beiden Augen gekannt. Ihre blinden Regenbogenhäute hatten ausgesehen wie milchige Mondsteine. »Er kam nach dem Blitzschlag.«

»Schau mich an«, sagte er. »Schau mich an, und sei ein ehrliches Orakel, und sag mir ohne Furcht, was du siehst.«

Unwillig schaute ich ihm ins Gesicht. »Nichts.«

»Nichts. Das ist aufrecht genug.«

»Nein, ich meinte … Ich meine, ich sehe mit voller Sehkraft, keine Divisionen. Ich sehe einen König.«

Ich sah das, was ich zuvor gesehen hatte, ein Gesicht aus Knochen, Fleisch und Schatten. Ich sah einen Mann, der seine Frau und seinen ungeborenen Sohn verloren hatte und von seiner Mutter und seinem Bruder hintergangen worden war. Ein Mann, dessen großes Herrschaftsgebiet so geschrumpft war, dass er nur noch einen kleinen Haufen Männer befehligte. Er suchte Hilfe bei den gleichen Beratern, die ihm diese Niederlage gebracht hatten, und von Zeichen und Omen, die leicht falsch gedeutet werden konnten. Sogar von mir erwartete er Weisheit, und ich erzählte ihm Lügen. Er hatte keinen Anspruch auf meine Loyalität, deswegen war es kein Betrug, ihn zu belügen. Ich schaute weg und rieb mir das Handgelenk ober- und unterhalb der Kette. Unter der Handschelle bekam ich eine Hornhaut, und es juckte fürchterlich, schlimmer noch als der Schmerz der wundgescheuerten Stellen. Ich weigerte mich, ihn zu bemitleiden.

»Ich sehe einen Mann«, sagte ich.

Die Wölfe folgten König Corvus wie ein Rudel einem verletzten Hirsch. Sie glaubten, ihn vor der Bergwand gestellt zu haben. Sie nahmen einen seiner Vorreiter gefangen und schickten ihn mit einer Botschaft zurück, in der sie einen Unterhändler forderten, und der König willigte ein, um sie anzuhören. Er formierte seine Männer um eine Felsnase herum, die eine weite Aussicht bot. Dann setzte er sich auf einen Findling und nahm ein Abendessen aus kalter Wurst und Tagesbrot zu sich. Garrio hörte den Unterhändler an, was bedeutete, dass wir es später erfahren würden.

Der Anführer in dem Wolfsfellumhang kam in Begleitung eines weiteren Mannes herbeigeritten. Er sagte dem König, Königsmutter Caelum übersende ihm freundliche Grüße; sie verabscheue ihrer beider Entfremdung und die Notwendigkeit von Krieg und sei von dem inbrünstigen Verlangen getrieben, Versöhnung und Frieden zu schaffen, nun, da der Krieg gewonnen sei. Der Prinz (er nannte ihn Prinz) solle seinen Thron zurückbekommen, es sei schließlich seiner. Zum Wohle des Königreiches wünsche sie, so lange herrschende Königin zu sein, bis Prinz Corvus die Weisheit erlangt habe, um selbst zu herrschen. Sie werde ihm den nördlichen Wohnturm als Sitz seines Thrones zugestehen, und diesen werde er zweifellos genauso angenehm finden, wie sie ihn während ihres jahrelangen Exils gefunden habe. Mit einer wohlfeilen Verbeugung (sagte Garrio und führte sie vor) bot der Wolf König Corvus einen Handschuh aus purpurfarbenem Samt für seine rechte Hand an.

Dann zog er einen gepanzerten Fehdehandschuh aus seinem Gürtel, angefertigt für die linke Hand. Sollte der Prinz das höchst großzügige Angebot des rechten Handschuhs ablehnen, so müsse er den Fehdehandschuh annehmen. Die Wölfe hätten Anweisung, den Prinz lebend festzusetzen, damit er auf eine Art und Weise hingerichtet werden könne, die der eines Feiglings entsprach. Seine Leiche würde nicht verbrannt werden, sodass sein Schattenwesen lange Zeit habe, die Torheit zu bereuen, die eine Ablehnung nach sich ziehe.

Der König schien darüber nachzudenken, sagte Garrio. »Was ist mit meinen Männern?«, habe er gefragt. »Bietet sie Gnade?« Und der Wolf klatschte nur in die Hand, als wolle er damit sagen, es sei keine große Sache. Dann habe der König ein paar Krumen aus seinem Bart gebürstet und sich zurückgelehnt, sich auf eine Hand gestützt und die andere ausgestreckt, etwa so.

»Welche Hand?«

»Wenn du darauf nicht kommst«, sagte Garrio zu Mox, »dann bist du ein noch größerer Dummkopf, als ich glaubte.«

Garrio brachte Mox und die anderen zum Lachen, und es überraschte mich, dass sie die Weigerung des Königs, sich zu ergeben, so bejubelten. Sie waren eher bereit, einem waghalsigen König zu folgen als einem feigen.

König Corvus wählte den Kampfplatz für die Verteidigung gegen seine Verfolger sorgfältig aus. Er platzierte seine Krieger und Erdsoldaten zu Fuß entlang eines steilen Felsgrats so, dass sie den Süden und dadurch die niedrige Wintersonne im Rücken hatten. Zum ersten Mal seit dem Rückzug trugen die Männer die indigofarbenen Banner des Königs auf Stangen, die sie sich am Rücken befestigt hatten. Die Wölfe würden vom Pferd steigen und den Felsgrat erklimmen müssen, um die Männer des Königs auf einem schmalen Pfad mit tückischem Untergrund aus losem Gestein und zerbrechlichem Schiefer bekämpfen zu können.

Der König brachte Rift Warrior einen Wallach als Opfergabe dar, und seine Propheten zogen die Eingeweide durch einen Spalt in der Felldecke und verkündeten, die Omen stünden günstig für eine Schlacht. Ein Geier schraubte sich herunter, landete auf dem toten Pferd und vergrub den Kopf in dessen Bauch. Auf der Erde war es ein hässliches, unansehnliches Wesen, kahl wie ein Priester von Rift; seine ganze Anmut entfaltete sich im Flug. König Corvus wies auf den Vogel und rief zu seinen Männern: »Seht, wie mein Vater heute bei uns ist und unsere Opfergabe angenommen wird.« Die Männer spendeten Beifall, und einige der Kataphrakten hämmerten mit dem Heft ihres Schwertes gegen ihr Schild.

Catena und ich setzten uns auf den Boden und warteten an der gewölbten Rückseite des Grats auf die Schlacht. Der Wind schob schwere Wolken auf uns zu, und Stiefelknechte schlossen Wetten darauf ab, ob der Regen oder die Wölfe zuerst bei uns sein würden.

König Corvus stand nicht weit von uns hügelaufwärts und sprach vertraulich mit seinem Strategen. Dass wir womöglich mithören konnten, schien ihm genauso wenig etwas auszumachen wie die in der Nähe grasenden Pferde. Doch ich fühlte mich beobachtet; zwei Augen starrten uns von der Rückseite seines Helms an, eine Einlegearbeit aus Lapislazuli und Perlmutt.

»Es ist wahr, dass ich meinen Vater in der Nähe spüre – er spricht manchmal zu mir und sagt, Feuer bringe Asche hervor«, sagte der König. »Oder er fragt sich, ob sein Sohn sein Sohn ist. Wusstet Ihr, dass sich nicht einmal ein Schatten sicher sein kann, ob seine Frau ihn zum Hahnrei gemacht hat? Ich bitte ihn um seinen Rat, und er erinnert mich daran, dass er seine erste Schlacht mit fünfzehn Jahren gewonnen hat. Ich erzähle ihm, dass ich meine erste mit zwanzig verloren habe. Ich befürchte, er kommt, um zu spotten, nicht, um zu helfen.«

Divine Aboleos kahler Schädel war unbedeckt, und man konnte seine rote Hahntätowierung sehen. Er wandte sich dem König zu. »Ich hoffe, dass er Euch durch seinen Spott von Eurer Schwermut befreit, denn ich bin ihrer überdrüssig.«

Unsere Gelegenheit zur Flucht würde kommen, davon war ich überzeugt. Und ach, ich war ungeduldig. Aber der Berghang war kahl, und wir waren so leicht auszumachen wie ein Muttermal auf Mais breitem Rücken. Wir hätten so lange keine Deckung, bis wir an den Fuß des Grats gelangten, auf dem Bäume standen und Findlinge lagen. Und wir würden zu Fuß gehen müssen. Die gesattelten Pferde wurden von Pferdejungen gut bewacht.

Also warteten wir. Catena gähnte, lehnte sich an meine Schulter und schlief nach einer Weile zu meiner großen Überraschung ein. Die Wolkenbank zog auf uns zu und ließ ihre langen Strähnen aus Regen herab. Bald befanden wir uns mitten in dem Sturm, und das Licht war dämmrig grau, kalt und gnadenlos. Die Pferde ließen die Köpfe hängen und wandten ihre Hinterbacken dem Wind zu.

Plötzlich erspähte jemand die Wölfe auf dem nächsten Hügel, und ein Jubel kam auf, der Catena weckte. Wir standen da und hielten uns an den Händen, die gleichen Hände, die bereits mit der Kette verbunden waren. Die Wölfe trugen die Banner der Königsmutter, purpurrot mit weißem Rand, wobei die Farben durch den Regen dunkler wirkten. Der Anblick ließ die Erinnerung an den ersten wahrhaftigen Traum bei mir wach werden. In diesem ritt ich als kleines Kind mit meinem Vater durch kahle und felsige Berge. In dem Traum hatten wir uns umgedreht und eine Linie von Soldaten mit schwarzen Bannern auf einem Berg hinter uns gesehen.

Ich zitterte, da ich wusste, dass sich die Götter jetzt hier versammelten. Nichts interessiert sie so sehr wie Krieg.

Der König und seine Männer standen kampfbereit da, und ihre Silhouetten zeichneten sich gegen den Himmel ab. Die Wölfe kamen heulend näher, während die Krieger des Königs auf ihre Schilde hämmerten. Ohne dass wir ein Wort miteinander gewechselt hätten, fingen Catena und ich an, den Grat hinabzukriechen. Ich hatte Angst, einer der Pferdejungen würde es bemerken, falls wir rannten.

Einige Wölfe erreichten die Kuppe der Anhöhe, und die Männer des Königs drängten sich auf der höchsten Stelle des Pfads zusammen, bis Priester von Rift sie laut rufend und schiebend dazu bewegten, sich wieder entlang des Bergrückens einzureihen und darauf zu warten, bis sie an der Reihe waren. Ich sah Männer kämpfen, gefangen im Netz des Regens. Der Untergrund war felsig, sodass das Wasser in kleinen Rinnsalen darüberlief. Einige der Rinnsale färbten sich rot. Ein Mann schrie nach seiner Mutter, bis ihn ein anderer zum Verstummen brachte.

Ein Wolf durchbrach die Linie und raste so schnell den Hügel hinab auf uns zu, dass es fast so schien, als würde er von seinen eigenen Beinen überholt werden. Er hatte eine Axt in der Hand, und sein Banner flatterte über seinem Kopf hin und her. Ein Pferdejunge rief: »He!«, und rannte mit gezogenem Schwert hinter ihm her. Ich sah, dass es Mox war, in einem Brustharnisch aus gekochtem Leder in der Form eines muskulösen Oberkörpers. Seine ohnehin hageren Arme und Beine wirkten dadurch spindeldürr.

Mox und der Wolf stießen zusammen, Pferde wieherten und scheuten. Mox sackte abrupt mit nach vorn ausgestreckten Beinen zusammen und griff sich an die Leiste; der Wolf sackte zu Boden, als wären seine Gewänder gerade entleert worden.

Catena riss an der Kette, um den Hügel hinabzueilen.

Ich hielt dem Zug stand. »Wir müssen sehen, ob Mock Hilfe braucht.«

»Aber der Wolf lebt vielleicht noch!«

Ich brachte Catena dazu, mir zu folgen. Mox hatte eine klaffende Wunde in der Leiste, entlang der Hautfurche zwischen rechtem Bein und Unterleib. Er hielt die Hand auf die Schnittwunde, und zwischen seinen Fingern quoll Blut hervor. Ich zog das Banner der Königsmutter von der Stange auf dem Rücken des Wolfs und forderte Mox auf, es fest auf seine Wunde zu pressen. Ich verfluchte die Kette, den König und sogar Catena, die nur gaffte und mich behinderte.

Der Wolf – der kein Krieger der Edlen, sondern lediglich ein Knappe war – hatte ein Loch in der Brust. Rosafarbener Schaum sprudelte aus der Wunde, und Luft zischte pfeifend hinein und heraus. Seine Lippen färbten sich violett, und seine Brust hob sich. Er war wach und bei Verstand, aber vollkommen hilflos, sodass er nur noch versuchte, Luft zu bekommen. Ich nahm seinen Dolch und schnitt einen kleinen Streifen Stoff aus meinem Rocksaum, knüllte ihn zusammen und stopfte ihn in seine Wunde. Das Pfeifen und Sprudeln hörte auf. Seine Augen verdrehten sich. Sein Mund war weit aufgerissen, doch kam keine Luft hinein oder heraus, nur ein Strom schaumigen Bluts. Er fing an zu zucken. Mox schrie: »Lass die Finger von ihm!« Ich hätte den Knappen nicht berühren dürfen, das wusste ich, aber ich handelte aus Verzweiflung. Ich behandelte ihn so, wie ich eine Frau behandelt hätte, und es schien, als hätte ich alles falsch gemacht.

Ich zog das Tuch heraus, und der Mann rang wieder nach Luft, und Schaum strömte aus dem Loch hervor. Beim nächsten Mal wartete ich, bis er ausgeatmet hatte, bevor ich die Wunde verstopfte, und er atmete weiter. Dann stahl ich ihm seine Lederbörse, indem ich die Riemen zerschnitt, mit denen er sie an seinem Gürtel befestigt hatte.

Mox musste geglaubt haben, ich wollte den Mann töten. »Ich gebe ihm den Rest«, sagte er. »Ich dachte, ich hätte ihn bereits erledigt.«

Ich war überrascht zu sehen, dass der Mann sich mit Mühe aufrecht setzte und sprach. Seine Stimme war heiser, und er keuchte. »Zur Hölle mit dir, du sauschwänziger Sohn einer Hure. Komm und hol mich, wenn du glaubst, du kannst es.«

»Das werde ich auch«, sagte Mox. Er stand auf und holte mit seinem Schwert auf den Knappen, der auf dem Boden saß, aus. Der Mann parierte den Hieb mit dem Heft seiner Axt, und als Stahl auf Eisenholz stieß, erklang ein dumpfes Geräusch. Mox war bloß ein Pferdejunge – er war, anders als die Krieger der Edlen, nie dazu ausgebildet worden, Deckung zu nehmen, anzugreifen und zu kontern. Auch hatte Rift Warrior ihn nicht mit Mordlust gesegnet. Es schien, als würden ihn die Schläge, die er ausführte, genauso erschrecken wie die, welche ihm galten. Auf seinem Gesicht stand ein Ausdruck von Abscheu. Doch er fuhr damit fort, auf den Mann einzuschlagen. Er begann sich dafür zu erwärmen.

Catena musste nicht zum Weglaufen gedrängt werden. Die Kette zwang uns, unser beider Schritt aufeinander abzustimmen, obwohl meine Beine viel länger waren als ihre. Einmal geriet sie ins Straucheln und brachte dabei auch mich zum Fallen. In den Holzschuhen, die sie trug, konnte sie weder laufen noch klettern, und auch für die Winterkälte waren sie ungeeignet. Wir brachten zwei steile Anhöhen zwischen uns und die Schlacht, ruhten uns aus, wenn es nötig war, während hinter den Wolken, hinter den Bergen, die Sonne langsam unterging. Der kalte Regen verwandelte sich in Graupel, und Catena sagte, sie könne nicht weitergehen. Wir suchten Zuflucht unter einem Felsüberhang, doch der Wind, der das schmale Tal hinabfegte, trieb uns Schneeregen ins Gesicht. Bald lag auf den Bäumen ein Mantel aus Eis. Überall um uns herum brachen Äste und stürzten herab.

Ein Feuer zu entzünden wagten wir nicht, doch mein inneres Feuer loderte auf, als ich es anrief, sodass ich die Kälte nicht länger spürte. Ich brannte heiß vor Fieber und gab diese Hitze großzügig an Catena weiter, die zitternd in meinen Armen lag.

Die Wolken zogen davon und nahmen den Schneeregen

mit sich, und der Himmel hellte sich auf. Die Sonne stieg über die Berge und erhellte eine weiße und leuchtende Welt. Nadeln und Zweige funkelten. Äste von Tannen und Kiefern hingen tief herab, vom Eis beschwert, und die Stämme hatten dort, wo Äste abgebrochen waren, offene Stellen. Der Boden war übersät mit Ästen und Zweigen, die der Sturm abgerissen hatte. Entwurzelte Bäume lehnten sich an ihre Nachbarn oder lagen in einem Durcheinander aus zerbrochenen Ästen auf dem Boden.

Ich rüttelte Catena wach und sagte, wir sollten los.

»Lass uns zurückgehen«, sagte sie. »Bitte, die Schlacht muss mittlerweile vorbei sein.«

»Zurück? Und wenn die Wölfe geronnen haben, was dann?«

»Sie haben nicht gewonnen.«

»Woher willst du das wissen?«

Catena kniff die Lippen zusammen und schwieg.

Wir hatten nie über Flucht gesprochen. Ich hatte geglaubt, das wäre nicht nötig. Sie musste die Handschellen und die Kette doch genauso verabscheuen wie ich. War sie dem König treu ergeben? Seine Grausamkeit ihr gegenüber war umso schrecklicher, da sie von seiner Gleichgültigkeit darüber herrührte, ob sie litt oder nicht, ob sie lebte oder nicht.

»Komm schon, wir müssen uns beeilen. Sonst erfrieren wir.« Ich stand auf, doch Catena blieb sitzen.

»Können wir kein Feuer machen? Mir ist kalt.«

Dummes, dickköpfiges Mädchen. Ich setzte mich wieder hin und leerte die Börse, die ich Mox' Widersacher gestohlen hatte. Der Knappe hatte vier Würfel, elf Kupfermünzen, einen halben Laib Brot, ein Stückchen getrocknetes Rindfleisch und einen Feuerstein dabeigehabt. Ich gab Catena das Brot und das Fleisch und steckte den Feuerstein in den Beutel, den ich unter meinen Röcken verbarg. »Iss ein wenig«, sagte ich. »Dann müssen wir los.«

»Zurück?«

Ich hielt den Dolch des Knappen in den Händen. Der Kopf der Niete, die meine Handschelle zusammenhielt, war plattgehämmert worden, und ich versuchte, die Klinge darunterzulegen, um sie so vielleicht herauszubrechen.

Catena hatte das Brot in ihren Schoß gelegt und starrte mich an. »Was tust du da?«

»Was glaubst du denn? Wenn diese Handbellen erst einmal ab sind, dann kannst du tun, was du willst, zurückkehren oder hier sitzen und deine Zitzen am Feuer rösten, mir ist das gleich. Wir haben eine Kur hinterlassen, der ein Muhjunge folgen könnte, ganz zu schweigen von einem Schießtier von Rift, und ich habe nicht vor, hier zu warten, bis jemand kommt und uns einfängt.«

Ich schnitt an dem Schaft der Niete herum, in Wut versetzt über die tausend kleinen Beeinträchtigungen, welche die Handschelle mit sich brachte, darüber, wie sie mich bei jeder Bewegung bremste und hinderte, wie sie unser beider dünne Haut wundscheuerte. Alles, was ich erreichte, war, die Klinge stumpf zu machen. Es war der Dolch eines armen Mannes und bestand aus schlechtem Stahl.

Catena umklammerte ihre Knie und schaute mich von der Seite an. Sie zitterte, und eine Träne rann ihr die Wange hinab. Ich biss mir auf die Lippen und richtete meine Aufmerksamkeit jetzt auf die Kette. Ich stieß auf ein Verbindungsglied mit einer großen Lücke und versuchte, die Enden mit dem Dolch auseinanderzubiegen. Die Klinge zerbrach an dem Glied, und die Spitze traf mich über dem Auge. Ich wandte mich Catena zu und schrie: »Was ist mit dir Moos? Willst du denn nicht freikommen?«

Sie schaute mich an, als hätte ich sie betrogen, was ich ja tatsächlich auch getan hatte. Was hatte ich mir denn dabei gedacht, ihr damit zu drohen, sie allein im Wald zurückzulassen? Ihre Widerwilligkeit hätte mich nicht erstaunen dürfen. Sie war aus den Küchen verschleppt worden und mitten unter Fremde geraten, doch das Fremde war vertraut, ja sogar beruhigend geworden. Garrio hatte ihr kleine Häppchen vom Essen seines Herrn aufgehoben, und Mox hatte ihr eine gestohlene, aus Lumpen angefertigte Puppe geschenkt, während Chunner sie aufgezogen und zum Lachen gebracht hatte. Sie glaubte, bei ihnen in Sicherheit zu sein.

Ich legte den Dolch zur Seite und umschlang ihre Hände mit den meinen. »Contenta, ich glaube, wir müssen ein Schorf suchen ... ein Dorf, findest du nicht? Wir wissen nicht, wer gewonnen hat, Piepste. Wir müssen vorschwärtsgehen, nicht zurück. Und wenn du gehst, wird es dir auch wärmer werden.«

Sie war anderer Meinung. Wir setzten uns auf den kalten Boden und stritten. Der Streit bestand aus wenigen Worten und viel Schweigen. Am Ende gab sie nach, obwohl ich sie nicht überzeugt hatte. Sie tat es eher aus der Angst heraus, Angst vor meiner Wut. Ich verabscheute es, sie einzuschüchtern, aber es musste sein.

Wir wandten uns nach Osten, und es war seltsam, nun energisch eine andere Richtung einzuschlagen, nachdem wir so lange gen Süden geritten waren. Wege sah ich keine, aber Menschen hatten Spuren hinterlassen; wir stießen auf Haselnusssträucher und Stümpfe von mit der Axt gefällten Bäumen, eine Stelle, an der Schweine nach Eicheln gewühlt hatten. Catena schlitterte in ihren Holzschuhen auf den vereisten Hängen entlang und stürzte häufig, wobei sie an der Kette riss und uns beide wundscheuerte. Ich kratzte Harz von einer Kiefer und beschmierte damit ihre Holzsohlen, um diese klebrig zu machen. Catena schmollte und sagte keinen Ton.

Wir legten eine lange Strecke zurück, bevor ich es wagte, den Gipfel eines Hügels zu erklimmen. Die einzige Rauchsäule, die ich erblickte, lag hinter uns und kräuselte sich schwarz empor. Sie mussten die Toten der Schlacht verbrennen. Nach Süden hin glänzten die Berge weiß, mit Eis überzogen. Der Tag war schon halb vorüber, und wir waren noch näher am Schlachtfeld und den Bergen, als ich gedacht hatte. Kein Dorf war in Sicht, kein Dorf irgendwo.

Als die Sonne über einer Einbuchtung zwischen zwei Gipfeln unterging, war Catena ermüdet. Ich versuchte sie auf meinem Rücken zu tragen; sie war leichter als zu dem Zeitpunkt, als sie die Tempelküchen verlassen hatte, doch bei den Göttern, sie war dennoch zu schwer.

Wir blieben auf dem Grat eines steilen Felsvorsprungs stehen. Das Tal unter uns lag in der Abenddämmerung, und ein leuchtender silberner Fluss, umsäumt von einer Kante aus Eis und am Ufer bewachsen mit goldenem Schilf, schlängelte sich hindurch. Ich hatte gehofft, weiter nach Osten zu gelangen, bevor ich mich nach Norden wenden würde, und es wäre gut gewesen, diesen Fluss zwischen uns und unsere Verfolger zu bringen. Aber wie sollten wir ihn aneinandergekettet durchqueren?

Ich schaute das Tal entlang in beide Richtungen und sah Schafe als graue Punkte auf einem fernen Hang. Im letzten Sonnenlicht verwandelte sich die Farbe des Eises in Rosenrot. Ich betete zu Ardor, wie ich es jeden Tag getan hatte, und dieses Mal mit mehr Hoffnung: *Ardor, führe uns zu einem Schmied.*

Wir kletterten den Felsvorsprung hinunter und schlitterten dann seitlich auf dem Pfad, den einst ein Bergrutsch geschaffen hatte, hinab. Als wir unten am Fluss anlangten, war die Nacht hereingebrochen. Ich betrat einen sumpfigen Uferabschnitt, brach durch das Eis ein und wurde nass bis zu den Waden hinauf. Meine Füße brannten vor Kälte. Plötzlich hörte ich es im Farngestrüpp rascheln, und als ich mich umdrehte, sah ich einen Luchs aus dem bewachsenen Ufer herauskriechen, um zu trinken. Er schaute zu uns hinüber, und seine Augen blitzten golden auf. Wir starrten einander an, eher neugierig als erschreckt. Er hatte eine schöne weiße Halskrause um den Hals und lustige schwarze Haarpinsel an den Ohren. Der Luchs wendete sich dem Wasser zu und fing an zu schlecken. Dabei blinzelte er mich erneut an, bevor er in den Fluss kroch und davonschwamm. Die Strömung trieb ihn flussabwärts, doch ich sah seinen Kopf auf und ab tänzeln, so lange, bis der Luchs das andere Ufer erreicht hatte.

Lynx, der Luchs, bot mir an, mich zu führen. Doch in welche Richtung? Lynx Foresight hatte mich überhaupt erst zu einer Gefangenen gemacht, Lynx Mischief konnte mich aus Schabernack in die Irre führen. Doch ein klareres Zeichen konnte man sich nicht wünschen. Morgen würden wir eine Stelle zum Überqueren suchen, wenn die Sonne uns wärmen und unsere Kleider trocknen konnte.

Ich benutzte meinen gestohlenen Feuerstein, um klein gemachter Rinde eine Flamme zu entlocken, und bald brannte ein Feuer, und ich legte Steine hinein, damit wir uns später daran wärmen konnten. Catena hüllte sich in meinen Umhang und schlief ein. Ich sorgte dafür, dass das Feuer nicht zu viel Rauch entwickelte, damit kein scharfsichtiger Verfolger einen dunklen Rauchfleck am Sternenhimmel würde ausmachen können. In Wahrheit jedoch hatte ich bereits beschlossen, dass uns niemand folgte. Vielleicht hatte der König die Schlacht verloren, vielleicht war er tot.

In meinem Kopf machte sich ein unliebsamer Gedanke breit. Er war schon dort, seit ich die Spitze des Dolches an dem eisernen Verbindungsglied abgebrochen hatte: Um wie viel leichter würde die Klinge durch Fleisch und sogar Knochen schneiden. Wilderer sagen, dass ein Dachs sich den eigenen Fuß abnagt, um sich aus einer Schlinge zu befreien. Eine Hand zu opfern würde uns beide befreien – obwohl die Wunde schlimm wäre, sie würde immerfort bluten. Sie konnte tödlich sein. Ich hielt die Schneide der Klinge an die Rückseite meines Handgelenks, um zu sehen, wie sich das anfühlte. Ich drückte fest zu und hinterließ eine rote Linie.

Ich befürchtete, nicht die Kraft dafür aufzubringen, um

mir die eigene Hand abzutrennen, es würde Catenas sein müssen. Das Messer war stumpf, und ich würde damit hin und her säbeln müssen. Ich bezweifelte, dass ich den Knochen damit würde durchsägen können. Ich würde das Messer zwischen die Höcker der Gelenke legen, so wie ein Tranchierer eine Gans teilt. Sie würde dabei nicht schlafen. Sie würde kämpfen.

Falls ein Zeitpunkt kam, an dem ich es tun musste, ein Punkt, an dem sie sterben musste oder ich, wenn sie es nicht tat – dann würde ich es tun.

Aber dann würde ich vielleicht nicht mehr die Kraft dazu besitzen. Also sollte ich es jetzt tun. Wie sollte ich den Fluss durchschwimmen, wenn ich an einen Arm gekettet war und Catena auf dem Rücken hatte? Ich hatte beobachtet, wie sie sich bei der Durchquerung von Flüssen in panischer Angst an den Sattel klammerte. Wahrscheinlich würde sie mir die Kehle abschnüren.

Sogar meine Gedanken konnten sich nicht frei entfalten, und jeder blieb das Glied in einer Kette.

Ich legte den Dolch ab und platzierte die Kette auf einem flachen Fels, holte den schwersten Stein, der sich in meiner Reichweite befand, und hämmerte mit aller Kraft auf ein Verbindungsglied. Einmal, zweimal, dreimal. Die Kette hüpfte und verdrehte sich unter den Hieben. Catena fuhr aus dem Schlaf auf und wollte wissen, was ich vorhatte. Ich fuhr mit dem Hämmern fort und betete dabei zu Ardor Smith, bat ihn darum, das Eisen brechen zu lassen, falls ich jemals in seiner Gunst gestanden hatte. Der Stein zerbarst und zersplitterte in meiner Hand, und ich nahm mir einen anderen, ohne auf den Schmerz zu achten, der mir mit jedem Schlag in die Handfläche fuhr. Das Geräusch des Hämmerns hallte über die Hügel, jedes Geklirr rief langsam verklingende Echos hervor, und es war zu laut. Aber nein, ich würde nicht damit aufhören.

Ich weinte. Zwecklos, zwecklos, zwecklos, sagte das Hämmern, bis ich mich schließlich geschlagen gab. Catena setzte sich hin, den Kopf zwischen die Schultern eingezogen, als befürchte sie, ich würde als Nächstes auf sie eindreschen.

Als ich aufschaute, sah ich einen Mann zwischen den Birken stehen. Er hatte einen rasierten Kopf und trug einen schwarzen Umhang. Einen Augenblick glaubte ich, er sei der Schatten des Priesters, gegen den Mole und ich gekämpft hatten. Aber er stand wahrhaftig dort, ein Lebender, kein Schattenwesen, das erkannte ich an dem orangefarbenen Feuer, das sich in seinen schwarzen Pupillen spiegelte und das flackerte, während sein Blick von Catena zu mir glitt. Ich erkannte ihn an seinem unbeweglichen, immer offenen Auge, jenem, das er sich auf die Kopfhaut hatte tätowieren lassen. Es war Divine Volator, der junge Priester, der die Schildwachen des Königs hingerichtet hatte, nachdem diese ihre Pflichten vernachlässigt hatten. Er trat vor, kauerte sich an das Feuer und streckte die offenen Hände aus, um sie zu wärmen. Eine friedvolle Geste. Er hatte also nicht vor, uns zu töten.

Ich stieß den Atem aus, den ich angehalten hatte. »Also hat der König gewonnen«, sagte ich.

Eine Frage war das nicht, und er gab auch keine Antwort. Er sprach überhaupt nicht mit uns, nicht ein einziges Mal während des langen Rückwegs.

Ich schämte mich vor dem Priester, als könne er mir ansehen, dass ich überlegt hatte, Catenas Hand abzutrennen. Außerdem schämte ich mich, Erleichterung darüber zu verspüren, dass er uns gefunden hatte. Er hatte mir die Entscheidung abgenommen, und war es nicht viel leichter, wenn man gesagt bekam, was man tun sollte? Ich war in doppelter Hinsicht ein Feigling. Einmal, weil ich bereit gewesen war, Catena zu verstümmeln, um meine eigene Haut zu retten, und dann noch einmal, weil mir der Wagemut fehlte, es auch zu tun. Zweimal beschämt, zweimal feige und erneut Gefangene.

KAPITEL 17

Verirrt

Als Divine Volator uns zum Heer zurückgebracht hatte, waren die Toten bereits auf dem Kerbholz abgezählt, gelobt und verbrannt worden. Und aus der Schlacht am Boarsback Ridge war ein mit Geschichten ausgeschmückter Sieg geworden. Jeder erzählte seinen Freunden, was er gesehen hatte, und prahlte damit, was er getan hatte. Obwohl ihre Darstellungen nicht in allen Einzelheiten übereinstimmten, beteuerten sie alle, der König habe viele Wölfe eigenhändig erschlagen, mindestens drei oder vier. Der Feind sei eingebrochen, man habe eine schöne Jagd auf sie eröffnet, und die Wölfe seien wie die streunenden Hunde, die sie schließlich ja auch seien, zur Strecke gebracht worden. Sie würden uns nun nicht weiter belästigen.

Ich zählte selber nach, wer fehlte, und erfuhr über Umwege, da nicht direkt darüber gesprochen wurde, dass der König nach der Schlacht mehr Männer verloren hatte als währenddessen. Viele waren während des Schneesturms erfroren, geschwächt durch ihre Verwundungen, Erschöpfung und Krankheit. Ich hätte mich darüber freuen sollen, dass der König so viele Gefolgsleute verloren hatte. Doch ich sah das Schattenwesen eines Pferdejungen namens Lino, der seinem Herrn Korn für unsere Stute gestohlen hatte, und seine Augen waren mit Frost bedeckt und starrten ins Nichts. Ich sah Mano, dessen geschickte Hände sich in Marmor verwandelt hatten, kalt und hart und grau geädert. Es tat mir leid, dass ich ihre Namen kannte. Was die namenlosen Toten anging, die fleckigen Schatten, die ich mit meinem rechten Auge sah, so weigerte ich mich, ihnen Beachtung zu schenken.

Catena und ich waren in die falsche Richtung gelaufen. Keine Wegstunde westlich des Südens lag ein Dorf mit einem Schmied. Wir hielten dort an, damit der Hufschmied den Pferden abgedichtete Hufeisen mit Zacken anfertigen konnte, die diesen auf den vereisten Bergstraßen Halt verschaffen würden. Garrio tat es leid, doch er gab dem Hufschmied die Anweisung des Königs weiter, der daraufhin die Kette zwischen Catena und mir verkürzte, bis sie nur noch die Länge von meinem Ellbogen bis zu meinem Handgelenk hatte. Es war scheußlich, unmöglich, eine Qual für uns beide. Catena weinte in dieser Nacht mit dem Kopf an meiner Schulter. Sie machte mich dafür verantwortlich, nahm aber jeden Trost an, den ich ihr zu geben vermochte.

Wir würden nie entkommen können. Wir würden in den Bergen umkommen. Wenn wir hingegen überlebten und die andere Seite erreichten, dann wäre ich eine Welt von Galan entfernt.

Ich beschloss, dem König nie mehr einen Traum zu erzählen, und ich wartete ab, ob er mich töten oder laufen lassen würde.

König Corvus ließ mich zu sich rufen. Der Sieg hatte seine Männer aufgemuntert, doch er selbst schaute mich gewohnt ausdruckslos an. Er hatte eine gespaltene Lippe und Blutergüsse im Gesicht, dazu Verbände an einem Bein und beiden Armen. Ein Wolfsfellumhang hing ihm über dem Rücken, wobei er sich die Vorderläufe lose vor dem Hals verknotet hatte. Er fragte, was ich geträumt hätte, und ich sagte ihm, ich könne mich nicht erinnern. Er schickte uns nicht weg, sondern wandte seinen Blick ab, und Catena und ich blieben stehen, die eine an die andere gelehnt, und warteten, während uns die Kälte vom Boden in die Füße und die Beine hinaufkroch, bis Garrio uns zuzischte, wir sollten verschwinden.

Am nächsten Morgen sagte ich König Corvus das Gleiche, und nun musste er wissen, dass ich log. Er drohte mir nicht, doch ich hatte trotzdem Angst, da ich ihm die Stirn bot.

Zwei Tage lang ließ der König nicht nach mir schicken, und ich hoffte schon, er hätte uns vergessen, sodass wir zurückfallen und entwischen konnten. Zwei Stiefelknechte traten an mich heran, um mir zu sagen, dass sie nun, da ich die Gunst des Königs verloren hätte, mit mir Spaß haben wollten und auch mit Catena. Nichts ginge über eine Jungfrau, um den Schwanz eines Mannes zu wetzen, sagten sie auf die Art jener Männer, welche die Angst eines Mädchens genossen. Garrio und Mox schickten sie fort, doch ich wurde daran erinnert, dass selbst die Gleichgültigkeit des Königs gefährlich sein konnte.

Wir zogen Richtung Eulenpass, und die zerklüfteten Vorberge wurden allmählich zu hohen Bergen. Von allen Seiten blickten Gipfel finster auf uns herab. Die Straße schrumpfte zu einem Ziegenpfad, und dieser Pfad verzweigte sich, und die Abzweigungen verästelten sich, und viele kleine Pfade führten über kahle Felsschultern lediglich zu hoch gelegenen, windgepeitschten oder unter Schnee begrabenen Wiesen.

Wir hatten uns verirrt. Niemand unter denen, die von dem Heer des Königs übrig waren, kannte den Weg.

Nach zwei Tagen des Herumirrens stießen wir auf ein Dorf, das von Dornenbüschen umgeben war und in einem langgezogenen, schmalen Tal lag. Ich war überrascht, dass man an einem so steinigen Ort leben konnte. Die mit Stroh gedeckten Dächer der Hütten waren fast bis zum Boden heruntergezogen und erinnerten mich an die konischen Strohhüte von Schnittern. Die Männer des Dorfes fielen vor dem König auf die Knie. Die Frauen waren alle geflohen.

Wheezer sagte, in dieser Gegend mache man sich nicht viel aus Königen. Er selbst war in einem Dorf wie diesem geboren worden und kannte jeden Trick, den sie anwandten, um das, was sie hatten, vor Steuereintreibern zu verbergen. Es bereitete ihm Vergnügen, Beete und Steckrüben zu durchsuchen, nach im Erdboden vergrabenen Kornkörben zu stöbern und Schinken in den Dachsparren zu entdecken. Aber es waren arme Leute, und es war einfach nicht genügend da, nicht für Hunderte Männer.

Die Männer des Königs nahmen geschnitzte Löffel, Decken, Felle, Heu, Feuerholz, Schafe, Ziegen und zottige Bergponys aus dem Dorf mit. Einige Kataphrakte stahlen zudem auch Frauen, genauer gesagt Mädchen, die nicht älter waren als Sunup und die sie in einer Höhle talaufwärts versteckt fanden. Um sicher zu sein, dass ein Mädchen für das Bett taugt, so lautet die Redewendung, pflücke dir eine, die zu jung ist, um zu heiraten. Als die Mädchen schrien und weinten, wurden sie geschlagen.

Der König befahl dem Dorfoberhaupt, uns zu führen, und drei Tage lang führte er uns auf Wegen entlang, die mit hohen Steinhaufen markiert waren. Oft mussten wir uns den Weg von einem Steinhaufen zum nächsten durch Schneeverwehungen freigraben. Der Führer redete mit einem so harten Akzent, dass nur schwer herauszuhören war, dass er die Hochsprache sprach, und manchmal musste Wheezer übersetzen: Ja, das war der Pfad zum Eulenpass, kannte er etwa nicht jeden Pfad hier in den Bergen? Natürlich war es unmöglich, ihn zu überqueren, das war nicht die Jahreszeit dafür – wir sollten es im nächsten Sommer versuchen; nichtsdestotrotz war dies der Weg über den Eulenpass.

Das Dorfoberhaupt führte uns in die Erdhöhle einer alten Mine, in eine Schlucht, aus der man nur auf dem gleichen, gefährlichen Weg herauskam, über den wir hineingelangt waren. Schließlich besaß er auch noch die Kühnheit, den König zu verspotten und damit zu prahlen, er werde ihn als Rache für den Raub seiner Tochter, die unter den Gefangenen war, in eine Falle führen. Das Mädchen war ihren Verletzungen erlegen. Er wurde gesteinigt wie ein Wurm, und seine Leiche den Wölfen zum Fraß überlassen, den richtigen Wölfen, deren Geheul nachts von Felsgrat zu Felsgrat drang. Wir gingen zwei Tage lang den gleichen Weg zurück, in unseren eigenen Fußabdrücken schreitend, bis wir eine andere Route fanden. Den Gerüchten zufolge schickte der König Priester den ganzen Weg zurück zum Dorf, um es dem Erdboden gleichmachen zu lassen.

Ich hatte versucht, die Tochter des Dorfoberhauptes zu retten, hatte ihre Blutung jedoch nicht zu stillen vermocht. In Wahrheit hatte ich sie und die anderen Mädchen meiden wollen, als wäre ihre Notlage ansteckend. Als könnte mir das Gleiche geschehen. Was ich für sie tun konnte, war wenig genug; ich konnte ihnen Verbände oder Breiumschläge anlegen oder die Wärme meiner Hand spenden. Nach ihren Namen fragte ich nie. Einige wenige Tage harter Inanspruchnahme erstickte den Lebensfunken in ihren Augen, und sie erwiderten meinen Blick so kühl wie Schatten. Und dann waren sie fort – freigelassen oder zurückgelassen, es kam auf das Gleiche heraus. Ich fragte mich, wie viele den Weg nach Hause finden würden, und was sie dort erwartete.

Der König und ich waren beide Dickköpfe. Er ließ mich weiter zu sich rufen, und ich sagte ihm weiterhin, ich hätte nicht geträumt oder könne mich nicht erinnern. An einigen Tagen war er allein, an anderen stand Divine Aboleo an seiner Seite. Oft hielt Garrio sich neben ihm in Bereitschaft, wurde jedoch vom König ignoriert, als wäre er ein Stuhl oder ein Hund. Hinterher bat Garrio mich eindringlich, dem König etwas zu sagen, irgendetwas, um seinem Zorn zu entrinnen. Er war davon überzeugt, ich könne helfen und lehne es nur aus Bosheit ab.

In Wirklichkeit träumte ich lebhaft und reichlich – von Tischen, die sich unter dem Gewicht von Essen bogen, von

Betten, auf denen sich Steppdecken türmten, Träume, nach denen ich weder satt noch mir warm war. Einige jedoch waren nahrhafter. Ich träumte von dem Haus auf dem Mount Sair, wo es Frühling war. Ich arbeitete im Garten, trennte Wurzeln und setzte sie um, säte Samen aus, pflanzte Setzlinge von rotem Hartriegel, um eine lebende Umzäunung zu schaffen, denn Hartriegel wächst rasch an. Ich aß wilden Lauch, Spinat, Sprossen und Farntriebe, allesamt grün und voller Leben. Träume, für die der König keine Verwendung hatte, selbst wenn ich sie erzählt hätte.

Mittlerweile glaubten viele Männer von König Corvus, dass ich eine von Lynx Foresight gesegnete Träumerin war. Eines Tages schickte ein Kataphrakt seinen Stiefelknecht namens Voro mit einer Frage zu mir: Hat sich meine Frau einen Liebhaber genommen? Ich sagte Voro, ich würde nach einem Traum fischen, und am nächsten Morgen kehrte er wegen der Antwort zurück.

Ich hatte vom König geträumt. Er besuchte einen Wohnturm, begleitet von dessen Bewohner, und die Hunde des Besitzers, struppige, gescheckte Jagdhunde, begrüßten den König, wedelten freudig mit dem Schwanz, drückten sich um ihn herum und leckten ihm die Hand. Tage später kehrte er allein zum Wohnturm zurück, und die Hunde fielen ihn an. Ich erzählte Voro diesen Traum, ohne den König zu erwähnen. Und dabei sagte ich wohl so etwas wie geneckte statt gescheckte Hunde, und auch sonst unterliefen mir bei der Aussprache einige Missgeschicke. Voro grinste und überreichte mir ein Geschenk von seinem Herrn, eine mit Eichhörnchenfell umsäumte und mit den Enden von Eichhörnchenschwänzen geschmückte Kapuze, die ich Catena schenkte.

Dem Traum fehlte es an der Klarheit und dem Geruch eines wahrhaftigen Traums, aber ich dachte, dass trotzdem Wahrheit in ihm liegen und er eine Warnung enthalten mochte, die zu überbringen ich mich weigerte. Sie handelte von der Aufnahme, die den König erwarten könnte, wenn er uneingeladen im Haus seines Schwiegervaters in Lambanein ankam.

Der König ließ mich zu sich kommen, und ich erzählte ihm, ich hätte nicht geträumt. Dabei überfiel mich die den Magen verkrampfende Furcht, die ich jedes Mal empfand, wenn ich ihn abwies. Doch an diesem Morgen empfand ich auch noch Befriedigung. Garrio hatte Recht, ich war boshaft.

Hätte ich einen wahrhaftigen Traum auf Befehl träumen können, dann hätte ich mir gewünscht, von einer Fluchtmöglichkeit zu träumen. Nachts warf ich die Knochen und suchte nach Mustern, darauf hoffend, dass die Freifrau und Na mir ihre Hilfe anboten. Tagsüber stiegen wir weiter und weiter auf, und da jeder Schritt mich von Galan weiter entfernte, kam mir unser Weg umso steiler vor.

Wir lagerten gegen Mittag in der Nähe eines Waldes, der aus verkrüppelten Bäumen bestand, zumeist Eichen und Kiefern. So etwas hatte ich bereits im Königswald gesehen. Je höher man stieg, desto kleiner wurden die Bäume, und umso verkrüppelter waren sie vom Wind. Der König befahl seinen Männern, Feuerholz zu sammeln und mitzuführen, denn bald würden wir steinige Höhen durchqueren, wo wir nur das würden verbrennen können, was wir bei uns hatten.

Schon vor Tagen hatten wir das Mehl, die Steckrüben und den Grünkohl aufgebraucht, die wir aus dem letzten Dorf, an dem wir vorbeigekommen waren, mitgenommen hatten. Catena klagte über Hunger. Sie war in ihrem ganzen Leben noch keinen Tag unterwegs gewesen, ohne zu essen, und glaubte nun sterben zu müssen. Zwar hatte die schwere Arbeit in den Küchen sie abgehärtet, doch Catena war auch die Annehmlichkeiten der Küche gewohnt, nämlich reichlich Reste und warme Öfen. Sie war nicht die Einzige, die unter Hunger litt. Mittlerweile teilten sich abends neben Mox, Lame und Chunner fünf oder sechs Burschen ein Feuer und das Essen mit uns; es waren herrenlose Pferdejungen oder jene mit herzlosen Herren, die zu uns kamen, nachdem sie von anderen Lagerfeuern abgewiesen worden waren.

Ich sah keinen Grund, warum wir Hunger leiden sollten, wo die Götter uns doch selbst in diesen kargen, winterlichen Bergen Nahrung anboten. Normalerweise war ich gezwungen, an dieser vorbeizugehen, und es ärgerte mich, dass ich nicht nach Nahrung suchen konnte, durch die Kette behindert und ständig unter Beobachtung, damit ich nicht herumstreunte.

Heute Abend würden wir gut essen, beschied ich den Pferdejungen, wenn sie mir dabei helfen würden. Mox spottete darüber und wollte wissen, ob ich vorhätte, aus Schneesuppe ein Festmahl zu bereiten.

»Ich wette, dass wir eine Schneeschuppe machen können, die selbst du genießbar findest«, antwortete ich.

»Aus was denn?«

»Aus Streicheln, natürlich.«

Mox sagte, nur Schweine äßen Eicheln. Er stammte aus Malleus und misstraute jeder Frucht, die zum Gedeihen nicht die Hilfe eines Menschen benötigte. Im Dorf der Freifrau hingegen aßen die Menschen in mageren Jahren Eicheln, und ich hatte sie immer lecker gefunden. Mox ließ uns sammeln, ging aber mit, um uns im Auge zu behalten. Es war spät im Jahr für eine Ernte, aber wir füllten mehrere Säcke mit Eicheln und setzten uns dann ans Feuer, wo wir die von Würmern befallenen aussortierten, die guten enthülsten und die Kerne mit Steinen zerstießen, um grobkörnigen Schrot daraus zu machen. Catena und die Jungen redeten und lachten, und bei so vielen Helfern ging die Arbeit rasch voran. Einen Teil des Schrots kochten wir, um die Bitterkeit zu vertreiben, den Rest banden wir in Säcke und überließen das Auswaschen einem schnell fließenden Wasserlauf unter dem Eis.

Die Eichelsuppe schmeckte mild und süß, und nachdem

man ihn zum Probieren überredet hatte, aß auch Mox sie gern. Außerdem rösteten wir Kiefernzapfen, damit sich die Schuppen öffneten, schüttelten die Samen heraus und brachen sie mit den Zähnen auf. Spät am Abend kam Garrio zu unserem Feuer, nachdem er sich um das Wohlbefinden des Königs gekümmert hatte; er brachte uns Hammelknochen und eine Zwiebel mit, sodass wir damit begannen, noch eine Suppe zuzubereiten, nachdem wir die erste ganz aufgegessen hatten. Ein Stiefelknecht kam vorbei und schaute uns zu, ohne etwas zu erbitten, ohne ein Wort zu sagen. Lame wollte ihn fortscheuchen, doch ich sagte: »Lasst ihn sitzen. Es reicht für ihn mit.« Sein Name war Marestail, und mit einem Mal holte er einen toten Schneehasen aus seinem Rucksack und teilte ihn mit uns.

Am nächsten Morgen buk ich schwere Kuchen aus geröstetem Eichelschrot, den ich mit Korinthen und Schmalz vermischte, das Garrio mir gab – Kuchen zum sofortigen Verzehr und Kuchen zum Mitnehmen. Obwohl die Männer uns auslachten, luden wir zudem säckeweise Eicheln und Kiefernzapfen auf unsere Pferde.

Wir erreichten die Zone aus Eis und Stein. Es war so kalt, dass das Atmen schmerzte. Der Schnee fiel hier nicht, sondern flog und scheuerte an der Haut unserer Gesichter, so, wie der Wind zu versuchen schien, uns das Fleisch von den Knochen zu reißen. Wenn wir nicht vom Schnee geblendet wurden, wurden wir von der Sonne geblendet, die uns die Tränen in die Augen trieb, sodass uns die Wimpern einfroren. An den Schnurrbärten und Kinnbärten der Männer wuchsen Eiszapfen. Ich riss Fetzen aus einer gestohlenen Decke, um sie Catena um den Kopf, die Hände und die Füße zu binden, und das, was übrig blieb, trug sie als Umhang. Wir bedeckten unsere Gesichter mit Flor, und bald war der Stoff hart gefroren. Die eisernen Handschellen klebten uns an den Handgelenken und rissen Schorf und Haut ab.

Viele Pferde gingen verloren, und die Männer mussten zu Fuß gehen, wodurch sich unser Tempo verringerte. Manchmal gelang es den berittenen Männern in den ersten Reihen, sich auf dem verharschten Schnee vorwärtszubewegen, ohne einzusinken, doch in der Regel mussten sie sich durch die Schneeverwehungen vorankämpfen. Für diejenigen, die folgten, war es nicht einfacher, da sie durch Schneematsch stapfen mussten oder durch Harsch brachen, nur um dann in dem darunterliegenden Eis stecken zu bleiben. An den Hufen der Pferde blieb der vereiste Schneematsch hängen, und sie konnten sich nicht auf den Beinen halten.

Manchmal stießen die Kundschafter des Königs auf verheißungsvolle Routen, doch es waren falsche Verheißungen, die Tage verschwendeten, Leben verschwendeten. Wir wurden dadurch allesamt entmutigt. Der König war nun nicht länger auf der Suche nach dem Eulenpass. Er wollte nach Süden, also richteten wir uns gen Süden, und wenn wir das nicht konnten, dann gingen wir nach Osten oder Westen oder wandten uns nach Norden, bis wir wieder nach Süden gehen konnten. Der König war genauso unversöhnlich wie das Wetter.

Lames Pferd ging ein, und zu Fuß fiel es ihm, dessen eines Bein kürzer war als das andere, sehr schwer. Wir stießen auf ihn, als er im Schnee saß und meinte, er gebe auf, er könnte nicht weitergehen.

Ich glitt von der schwarzen Stute und sagte ihm, er solle hinter Catena aufsteigen. Stumm verneinend, schüttelte Lame den Kopf. Er hatte einen solchen Ausdruck auf dem Gesicht, als wäre er schon tot und bereits lange auf seiner Reise unterwegs, zu weit weg, als dass er sich noch etwas aus den Lebenden gemacht hätte. Wegen der Kette konnte ich mich nicht vorbeugen, um ihn durchzuschütteln, also trat ich Schnee nach ihm und schrie: »Bist du etwa schwächer als ein kleines Schädchen … ein kleines Mädchen? Schau dir Maten … Caten an, sie beschwert sich nicht.«

»Ich spüre meine Füße nicht mehr«, jaulte er.

»Dann solltest du eben eine Weile nicht auf ihnen gehen. Komm schon, hoch mit dir.«

Nun schämte sich Mox, und er bot Lame sein Pferd an, und den ganzen Nachmittag wechselten wir uns mit dem Reiten ab, die Pferdejungen und ich. Das Gehen war so schwer, dass es mich nicht wunderte, dass Lame hatte aufgeben wollen.

An diesem Abend schaute ich mir im Lager seine Füße an. Die Spitzen seiner Zehen und Zehennägel waren durch die Erfrierungen weiß, hart und hölzern geworden. Ich wickelte seine Zehen in Flor ein, den ich mir aus dem Unterkleid gerissen hatte, steckte mir einen Fuß von ihm unter den Arm und hielt den anderen in meiner linken Hand und spendete ihm Wärme. Als das Fleisch taute, war der Schmerz so heftig, dass Lame weinte.

Garrio bat mich, ihm die Hände zu wärmen, die durch die Frostbeulen rot und gesprenkelt geworden waren, und was Garrio wusste, fanden andere natürlich auch heraus. Einigen konnte ich nicht helfen; es war zu spät, um ihre Finger oder Zehen vor der Schwärzung zu bewahren. Ein gewisser Stiefelknecht, der mich zuvor belästigt hatte, kam zu mir, meinte, sein Gehänge sei durch Frost geschädigt und steif, und fragte, ob ich es auftauen würde. Ich wärmte seine Hände und meinte, den Rest müsse er selbst übernehmen, denn ich sei sicher, er wisse, wie dies gehe. Die Pferdejungen vertrieben ihn mit ihrem Gelächter.

Frostbeulen waren schmerzhaft und entstellend, aber die Berge brachten noch weitere tödliche Heimsuchungen mit sich. Manche davon töteten auf der Stelle, andere nur langsam, indem sie einen Mann verrückt werden ließen, sodass er dumme Fehler beging, die ihn das Leben kosteten. Ich konnte bei dem Schüttelfrost helfen, der einen Mann zum Zittern brachte und ihn bleich werden ließ und Verwirrung verursachte; ich spendete ihm Wärme und stabilisierte sein

Lebensfeuer mit meiner warmen Hand auf seinem Herzen. Doch ich wusste nicht, was ich gegen das Ertrinken unternehmen konnte, das einen Mann dazu brachte, an blutigem Schaum aus seiner Lunge zu ersticken.

Manchmal kamen Männer zu mir und baten mich um Hilfe, wenn ich erschöpft war und niedergeschlagen, und jedes glühende Stück meines Lebensfeuers wurde unter einem Haufen Asche erstickt. Ich musste tief in mich hineingreifen nach etwas, das brennen konnte, und es war schmerzhaft, als würde ich Mark aus meinen Knochen schaben. Aber ich konnte nicht ablehnen. Es spielte keine Rolle, ob ich einen Mann mochte oder nicht mochte – ich hatte die Gabe, damit ich sie teilte. Und es gab Zeiten – selten und gesegnet –, in denen Hearthkeeper einen Weg durch mich zum Herdfeuer, Schmiedefeuer, Lauffeuer öffnete, alles auf einmal, und deshalb nannte ich es Allfeuer. Dann loderte ich und spürte die Kälte überhaupt nicht, und durch Ardors Gunst war ich für andere ein Herdfeuer.

Auf einem steilen Eisfeld schlugen wir unser Lager auf, umgeben von Felsspitzen, die sich entlang eines geschwungenen Grats drängten wie zu viele Zähne in einem Mund. Der Gipfel des Berges erhob sich hoch über den Grat. Den ganzen Tag über waren wir eine Felsspitze nach der anderen hinaufgeklettert, und da wir nichts Höheres als den Gipfel sehen konnten, unter dem wir uns gerade abquälten, hofften wir jedes Mal, die südlichen Gebirgsausläufer erreicht zu haben. Doch wenn wir die Spitze erreichten, sahen wir vor uns einen weiteren Berg und andere, die sich hinter diesem auftaten.

Von oben hatte das Eisfeld ausgesehen wie eine zerfurchte graue Zunge, doch als wir darauf hinabstiegen, stellten wir fest, dass die Furchen tiefe Risse waren. Wir gingen auf einem schmalen Pfad zwischen türkisgrünen Felsbrocken, Zinnen und Spalten. Hier und da hatte der Wind das Eis poliert, bis es glatt und glänzend geworden war; an anderen Stellen war es übersät mit Schotter und zersplitterten Steinen. Der König schickte Kundschafter aus, um einen Weg nach unten zu suchen, da es zu gefährlich war weiterzugehen.

Als die Sonne hinter dem Gipfel unterging, der uns den Weg nach Süden versperrte, verwandelte sich die Farbe des Eises in Gold und Orange. Der Himmel sah aus wie blaues Glas. Von dem Grat fegte Wind auf uns herab. Propheten opferten ein lahmes Pferd und suchten in seinen Innereien nach einer Karte, die uns durch die Berge führen konnte, doch die Eingeweide waren so verdreht und aufgerollt wie der Pfad, auf dem wir gegangen waren, um zu diesem Hang zu gelangen.

Uns war das Holz ausgegangen. Tagelang waren wir marschiert, ohne Lagerfeuer machen zu können; es gab keine Hitze mehr, die uns vor der durchdringenden Kälte schützen konnte, kein Licht, das uns vor der Unermesslichkeit der Nacht beschirmt hätte. Wir Erdmenschen wärmten uns an dem Kadaver des toten Pferdes und aßen dessen Fleisch roh – zäh und schwer zu kauen, aber es war besseres Essen als gar keins, und Letzteres bekamen die Edlen, da es ihnen untersagt war, Pferdefleisch zu verzehren. Ich war dem Pferd dankbar, dass es geopfert worden war, damit wir Orientierungshilfe bekamen, Wärme und Nahrung. Allerdings erschreckte es mich, wenn ich uns so betrachtete, mit Blut an Mund und Kinn. Wie sehr wir letztlich doch wilden Tieren ähnelten; Artifex erschuf uns, doch war es Ardors Gabe, das Feuer nämlich, das uns zu Menschen machte.

Die Männer häuften Eis zu groben Wänden auf, um einen Schutz gegen den Wind zu schaffen. Catena und ich saßen im Windschatten der Wand, Lame auf der einen, Chunner auf der anderen Seite inmitten einer Menge von Knappen. Wir teilten uns unsere Wärme, Umhänge und Decken und auch Läuse, Gestank und Husten. Ich sorgte dafür, dass die kleinsten Jungen in der Mitte der Gruppe blieben und sich die anderen an der Außenseite abwechselten. Man konnte erfrieren, wenn der Rücken ungeschützt war.

Ich lutschte an einem Stück Schnee, doch mein Durst wurde nicht gestillt. Ich hörte in den Tiefen unter uns Wasser fließen und fragte mich, ob es südlich aus den Bergen hinausströmte oder ob es abgeschnitten war, so wie wir. Dieses Eisfeld war eine zugefrorene Strömung, und heute Abend würden vielleicht Pferde aus Mangel an Wasser verdursten, da dieses darin eingeschlossen war.

Das Eisfeld grollte, knirschte und ächzte und gab unvermittelte Knackgeräusche von sich, die sich anhörten, als zerbrächen Äste. Am schlimmsten aber war, dass es stöhnte, ein langgezogenes, volltönendes Stöhnen, das von überall und nirgends auf uns zuzukommen schien. Der Wind wehklagte zwischen den Steinzähnen und toste die Bergflanke hinab. Ich hörte gespenstische Harmonien aus dem Getöse heraus und musste an die Berge denken, an denen dieses Lied Nacht für Nacht widerhallte, ein Lied, das nicht für unsere Ohren bestimmt war.

Catena rollte sich mit dem Kopf auf meinem Schoß neben mir zusammen und schnaufte. Je höher wir kletterten, desto mehr rang sie um Luft. Jedes Mal, wenn ich eindöste, wachte ich aus Angst, sie könnte gestorben sein, wieder auf. Ich wärmte ihr sorgsam die Hände und Füße und suchte sie nach roten Streifen oder Anzeichen von Schwärze um die eiserne Handschelle an ihrem Gelenk ab. Bei dem Gedanken, dass ich ihr die Hand hatte abtrennen wollen, lief ich vor Scham knallrot an. Ich nahm sie in die Arme und wiegte sie ein wenig. Dabei betete ich darum, dass die Götter, die es für angebracht gehalten hatten, sie bis hierhin zu beschützen, sie auch sicher durch das, was uns noch bevorstand, hindurchführen würden.

Ich dachte, Catena wäre eingeschlafen, und war daher überrascht, als sie mich bat zu singen. Manchmal wünschte sie sich ein Lied, manchmal eine Geschichte, um getröstet zu werden. In dieser Nacht sagte ich, sie sei an der Reihe. Sangen denn die Köche nicht bei der Arbeit? Sie solle mir eines dieser Lieder vortragen.

Sie setzte sich auf und sagte, sie wolle mir eine Kette beibringen.

»Was ist das?«

»Zuerst singe ich, und dann fängst du an, und wir singen das Gleiche im Kanon. Zeitversetzt singen wir in der Kette, einen Kanon. Verstehst du? Es geht so:

Wer lässt das Brot aufgehen?
Das tat ich mit meiner Hefe
Wer ließ das Brot backen?
Ich legte es in deinen Ofen.«

Sie hatte eine dünne Stimme, und bei dem Lärm, den Eis und Wind machten, konnte ich sie kaum verstehen. Sie sagte: »Ich singe *Wer ließ das Brot aufgehen?* Dann fängst du an, und ich mache weiter.«

»Das ist ein knallbernes Lied«, sagte ich, worauf Catena kicherte.

Sie fing an, und dann stimmte ich ein, und zuerst geriet ich ins Stottern, doch bald sangen wir einen Kanon, bei dem ihre Stimme zu einer Frage anstieg, während meine zu einer Antwort abstieg, und dann meine anstieg, während ihre absank. Chunner schloss sich Catena an, während Marestail mit mir sang, und wenig später sangen auch andere mit, ein kleines Grüppchen von uns, die aus Trotz den erschreckenden Geräuschen des Bergs einen lauten Gesang entgegenhielten.

Mox sang ein Trinklied. Er sagte, sein verstorbener Vater, der alte Säufer, habe es ihm in einem Traum beigebracht. Das Lied ging so:

Ich, selbst ich, muss sterben
Warum also sollte ich mich bemühen?
Lieber trinken und sterben
Als liegen und daran denken
Dass ich, selbst ich, sterben muss.

Das war ein äußerst schönes Lied, waren sich alle einig. Zu schade nur, dass kein braunes Bier dazu gereicht wurde. Wir grölten es immer wieder, und ich sah, dass auch Kataphrakte und Wappenträger mit einstimmten.

Ich hätte da ein Lied, um uns alle warm zu halten, sagte ich. Jeder von ihnen habe ein Feuer in sich, das er sorgsam hüten müsse, damit es nicht ausginge. Wenn sie Wärme bräuchten, könnten sie dieses Lied singen, das Ardor mir gegeben habe, und wenn sie es täten, müssten sie daran denken, auf ihr inneres Feuer Holz zu legen, damit es auflodern könne. Ihr plötzliches Schweigen schüchterte mich ein, doch ich fing trotzdem an zu singen:

Brenne hell, brenne schnell. Gib das Licht, das du spenden kannst. Der Rest ist Asche.

Ich sang es dreimal alleine, Zeit genug, um zu dem Schluss zu kommen, dass es letzten Endes ein armseliges Lied war. Doch als Catena es aufgriff, gestaltete sie eine Kette daraus, und die Verbindungsglieder passten zusammen, als wären sie dazu gedacht, auf diese Art und Weise gesungen zu werden. Einige Strophen sangen nur wir beide, ihre klare Stimme und meine tiefere. Als ich ins Stocken kam, gesellte sich eine tiefe Stimme zu meiner hinzu und verlieh dieser Kraft, dann noch eine und wieder eine. Der Berg schien darauf aufmerksam zu werden. Eiswechten zerbrachen und stürzten von dem Grat herunter, und Schnee glitt wie Wasserfälle an Felswänden hinab, und Kristallfahnen stiegen im Mondlicht glänzend empor.

Ich betrachtete die Gesichter der Männer, die den Kopf in den Nacken geworfen hatten oder ihn auf und ab bewegten und mit weit aufgerissenem Mund sangen, um die Angst zu verbannen. Einige von ihnen hatten Grausamkeiten begangen, das hatte ich mit eigenen Augen gesehen – sie hatten armen Menschen ihre Nahrung gestohlen, Häuser niedergebrannt, Frauen oder Mädchen vergewaltigt, hatten einander bestohlen. Unter ihnen waren Männer, die einen anderen eher sterben ließen, als sich in die Verlegenheit zu bringen, ihm zu helfen. Manchmal hatte ich gedacht, es wäre das Beste, wenn die Ferinus alle Männer des Königs verschlangen.

Nun aber sah ich, dass sie flackerten wie die Flammen einer Kerze im Wind. Wie konnte ich auch nur einem von ihnen den Tod wünschen, wenn wir doch nur für so kurze Zeit brannten und so leicht ausgelöscht werden konnten?

Während Catena schlief, warf ich in dem Dämmerlicht unter meinem Umhang die Knochen und bat, wie schon so oft, die Freifrau und Na um Hilfe. Ich schlief ein mit dem Gedanken an die Gottzeichen, die sie mir gezeigt hatten, und einige von ihnen – Sun, Stallion, der Warrior – waren in dieser Nacht in meine Träume eingeflochten. Ich hatte einen wahrhaftigen Traum von meinem Vater, den dritten, und er setzte da an, wo der erste geendet hatte.

Nachdem wir das Hengstfohlen verkauft hatten, ritten wir über einen Sattel zwischen zwei Bergen nach Hause. Vor uns lag ein schmaler See in einem Tal weit unter uns; hinter uns, auf einem anderen Berg, zog eine Reihe von Berittenen dahin, die schwarze Banner trugen. Ihre Reihe führte bis um die Flanken des Bergs herum, und wir konnten das Ende nicht sehen. Auf den Bergkuppen lag Schnee, doch das Sonnenlicht schien heiß und grell. Ich roch Staub. Mein Vater hatte einen rötlichen Spitzbart und trug einen Hut aus besticktem blauem Filz. Er schirmte seine Augen gegen die

Sonne ab und schaute zurück zu den Reitern. »Komm jetzt«, sagte er. »Du musst zu mir auf das Pferd steigen.«

»Aber Fedan«, sagte ich, »ich bin doch kein Baby mehr. Ich kann alleine reiten.« Fedan war nicht sein Name, sondern ein Wort, das in einer Sprache, die ich vergessen hatte, Vater bedeutete. Ich bin mir nicht sicher, welche Sprache wir in dem Traum sprachen, aber wir verstanden einander.

Ich saß auf meinem Fuchspony. Ihre Mähne hatte die gleiche Farbe wie mein Haar, und sie bewegte sich genauso sicher auf den Bergpfaden wie der Rotschimmel meines Vaters, und das sagte ich auch. Fedan beugte sich aus seinem Sattel herunter, um dem Maultier einen leichten Schlag mit dem Seil auf das Hinterteil zu versetzen, worauf es ein paar Schritte zurückging und verwirrt stehenblieb. Mein Vater machte ein finsteres Gesicht und sprach mit der Stimme zu mir, die er benutzte, wenn er verärgert über mich war. »Komm her! Beeil dich!«

Sein Zorn erschreckte mich, und ich tat, was er von mir verlangte. Ich glitt vom Rücken meines Ponys und reichte meinem Vater die Zügel hinauf. Doch er griff nicht nach ihnen, sondern sagte: »Nimm das Zaumzeug ab. Sie wird alleine nach Hause finden.«

Mein Vater stieg ab, um mich auf seinen Sattel zu heben, und setzte sich dann hinter mich. Er hatte mich sein Pferd Ganos schon zuvor reiten lassen, sodass ich um mich keine Angst hatte, doch ich war davon überzeugt, dass Wölfe mein Pony fressen würden. Ich ließ meinen Tränen freien Lauf, schluchzte aber nicht, da ich nicht wollte, dass er mitbekam, dass ich weinte. Wir ritten im Galopp über die kahle Grasnarbe des Passes hinab durch den Wald aus verkrüppelten Bäumen und weiter hinunter, bis wir an einen Steilhang gelangten. Als wir stehenblieben, hatte Ganos dunkle Schweißflecken auf dem Widerrist. Ich roch den Schweiß des Pferdes und den meines Vaters.

Wir standen am Rand der Klippe und schauten an Nebelschwaden vorbei auf die Talsohle hinab, wo unsere Stadt eine von vielen war, die sich an Gebirgsfalten in der Nähe des Seeufers schmiegte. Unter uns wuchsen uralte Kiefern in Felsspalten, einige aufrecht, andere schräg oder verzwirbelt, alle jedoch nach einer Seite geneigt und mit Ästen nur an einer Seite. Niemand wagte es, diese Kiefern zu beschneiden. Das wusste ich, ohne dass es mir jemand gesagt hätte, so wie man in Träumen Dinge weiß – so wie ich nun wusste, dass es einen Pfad den Abhang hinab gab.

Doch als ich aufwachte, war ich unsicher. In dem Traum waren Dinge vorgekommen, die keinen Sinn ergaben. Ich war zu jung gewesen, um über die Berge zum Markt zu reiten, denn in dem Traum war ich nicht groß genug, um an die Steigbügel meines Vaters zu gelangen. Ich erinnerte mich daran, dass er mich in dem zweiten wahrhaftigen Traum, den ich von ihm gehabt hatte, mit den Worten aufgezogen hatte, er brauche mich für das Feilschen, sonst werde er das Fohlen zu billig verkaufen. Ich fragte mich, warum ich so bevorzugt worden war. Hatte ich denn keine Brüder?

Außerdem fragte ich mich, warum ich meine Mutter nie in einem Traum gesehen hatte, die Mutter, welche die roten und gelben Karos auf meine kleine Filzkappe gestickt haben musste. Ich scheute davor zurück, an sie zu denken. Lieber an meinen Vater denken, seine starken, vom Wetter gegerbten Hände und den vertrauten Geruch von harter Arbeit, Leder und Pferden. Aber sein Angstschweiß war stechend gewesen.

Am Morgen ließ der König mich zu sich rufen. Er saß auf einem aus Eis gehackten und mit einem Wolfsfell bedeckten Sitz und hatte sich ein rotes Seidentuch gegen die Kälte um das Gesicht geschlungen, sodass nur seine Augen zu sehen waren. Er war ein Mann mit gelbbrauner Hautfarbe, doch die Kälte hatte ihn seiner Farbe beraubt. Seine Haut wirkte wie Wachs, und seine schwarzen Wimpern und Brauen hoben sich scharf von ihr ab. Als er sprach, bewegte sich die Seide. Er stellte die Frage, die er immer stellte.

Ich hatte den Entschluss gefasst, ihm zu helfen, doch ich wollte nicht, dass er dies wusste. Ich hob meine linke Hand, und Catenas geschwollene rechte erhob sich mit ihr. Als ich an der Kette zog, wimmerte sie. »Ich habe tatsächlich geträumt«, sagte ich. »Aber warum sollte ich Euch davon erzählen?«

Die Augen des Königs waren nur noch Schlitze über dem roten Stoff. »Warum sollte ich dich leben lassen?«

Catena kniete sich hin, verbarg ihr Gesicht an meiner Seite und flüsterte: »Nicht, bitte. Er wird uns töten.«

Ich hatte den Entschluss gefasst, dass er uns nicht töten würde – nein, ganz bestimmt hatte er nicht vor, uns zu töten. Genauso wenig, wie er all jene Männer hatte töten wollen, die in seinen Diensten gestorben waren. Ich rüttelte an der Kette und sagte: »Wenn Ihr mir einen Weg aus diesen Kellen zeigt, könnte ich Euch einen Weg aus den Bergen zeigen.«

Garrio, der hinter seinem Herrn stand, warf mir einen warnenden Blick zu.

»Verdiene dir deine Freiheit«, antwortete der König. »Träume zehn wahrhaftige Träume für mich, und ich schlage dir die Schellen durch.«

»Fünf.«

»Willst du mit mir handeln?«

Ich schüttelte den Kopf und hob wieder meine angekettete Hand. »Nicht handeln ... flehen, ich flehe. Seht Ihr, wie sehr Catenas Hand angeschwollen ist? Wenn sie vereitert, verliert das Mädchen vielleicht sein Leben durch das angelaufene Metall, und dann bin ich an eine Seife ... eine Leiche gekettet. Wie würde Euch das dienen?« Catena zog an der Kette, bemüht, meine Hand herunterzuziehen. Dabei sagte sie, ihre Hand täte ihr gar nicht weh, sie könne es ertragen.

»Du wirst weglaufen«, sagte der König.

Ich deutete auf die Berge. »Wohin? Auch ich wünsche mir, einen Weg hinaus zu finden. Fünf Schäume sollten genügen.«

»Nein«, sagte er. »*Ixa.*«

Ich schüttelte den Kopf, zeigte ihm die fünf Finger meiner rechten Hand und sagte: »*Dene.*« Dann begriff ich, dass wir beide in einer fremden Sprache gesprochen hatten. Es war lange her, dass er in dieser Sprache zu mir gesprochen hatte – der Sprache von Lambanein.

»Ha!«, sagte er und schlug sich mit der Hand auf das Knie. »Ich wusste doch, dass du aus Lambanein kommst, du siehst danach aus.« Er stellte mir in dieser anderen Sprache eine Frage, und als ich den Kopf schüttelte, erhob er seine Stimme, und ich spürte, dass er mich ausschimpfte.

Die Bedeutung seiner Worte wurde mir nicht klar, so wie bei den Worten, die damals, kurz nachdem der Blitz mich getroffen hatte, an mich gerichtet worden waren. Ich zuckte mit den Fingern meiner linken Hand, mich an *kave-peta-cato-yane-ixa* erinnernd, sechs-sieben-acht-neun-zehn; dann die rechte Hand: *nea-avo-eta-setra-dene*, eins-zwei-drei-vier-fünf. Ich ballte die Hände zu Fäusten, verbeugte mich und bedeckte meine Augen. Ich hatte einen solchen Kloß im Hals, dass er mir den Atem raubte. Ich schluckte ihn hinunter und sagte: »Ich habe von schwarzen Tannen, Bannern geträumt. Wessen Farbe ist schwarz?«

»Niemandes.«

»Schwarze Banner, getragen von Hurensöhnen, die über einen Spaß ritten ... einen Pass.«

»Im Winter? Jetzt?«

»Nein. Es war heiß.«

»Bist du sicher, dass die Banner nicht indigofarben waren wie meine?«, fragte mich König Corvus.

»Vielleicht. Sie waren dunkel, sie könnten es gewesen sein. Ich habe geträumt, diese Reiter durchritten Särge.«

»Welche Berge?«, fragte König Corvus.

»Sie trugen Schneeschlappen im Sommer. Wie viele sind so hoch? Kennt Ihr sie?«

»Das sollte ich«, sagte er. »Wir haben uns gerade darin verirrt. Erzähle mir den Rest.«

Ich erzählte ihm, dass ich von einem Tal mit einem langgezogenen See geträumt hatte und dass um den See eine leuchtende Kette von Städten gelegen hatte. Es gebe einen verborgenen Pfad, der zu steil für Pferde sei. Er führe an dem Felsabhang am Kopf des Sees hinunter, sagte ich. Ob sich der See in der Mitte biege wie ein gekrümmter Finger, ungefähr so, wollte der König daraufhin wissen, und ob die Hügel dort, wo das Land steil zum Ufer abfiel, terrassenförmig seien. Ich bejahte. Er meinte, der See hieße Sapheiros, und sein Vater, König Voltur, habe dieses Land, auf das er schon lange versessen gewesen sei, in einem Krieg mit Lambanein eingenommen. Er vermutete, dass ich vom Heer seines Vaters geträumt hätte.

Also stimmte es, und Penna hatte richtig damit gelegen: Ich war eine geborene Lambaneinerin und stammte aus dem Tal mit diesem gekrümmten See. Das Wort *Sapheiros* allerdings war mir unbekannt, im Gegensatz zu *ixa* oder *fedan*. Und es konnte, es musste so sein, dass die Krieger, die mein Vater fürchtete, Männer von König Voltur gewesen waren.

Ich hatte Bänkelsänger von König Volturs letztem Krieg singen hören und wie er nach seinem Sieg von den Stammesersten von fünf aufsässigen Stämmen umgebracht worden war, worauf die Königsmutter diese wegen ihres Verrats bestraft hatte. Das war etwa zwölf Jahre her. Ungefähr zur gleichen Zeit war ich als kleines Kind in den Haushalt der Freifrau gekommen, ein Teil des Gepäcks ihres verstorbenen Mannes. Vielleicht hatte ihr Mann seinen Schwertarm für den Feldzug, um den See von Sapheiros zu erobern, an König Voltur verliehen – für einen Krieg, der reiche Beute verhieß, reisten Krieger weit. Oder es hatte ein Bündnis zwischen Incus und Corymb gegeben. Unsere Königreiche waren sich nicht immer feindlich gesinnt gewesen.

»Dein sogenannter Traum ist wertlos«, sagte König Corvus. »Bei jeder Berechnung sind wir Wegstunden und Wegstunden entfernt vom Westen des Sees von Sapheiros und dem Pass, der dorthin führt. Hat der Arkhon dir befohlen, uns in die Irre zu führen?«

»Wir sind ohne mein Zutun vom Weg abgekommen; nicht ich habe uns hierhergeführt. Und ich weiß nicht, wer dieser Arkant ist.«

»Also behauptest du immer noch, keine Lambaneinerin zu sein.«

»Ich glaube, dass ich vielleicht dort geboren wurde, in diesem Schmal mit dem See, von dem ich vergangene Nacht träumte. Aber ich habe keine Verkümmerung daran, ich war noch zu jung, als ich ging. Ich wusste nicht einmal, dass ich diese kleinen hier kannte.« Ich hielt die Hände hoch und zeigte ihm meine Finger. »Diese kleinen Zählworte, die … Prahlen.«

»Dann antworte mir wahrheitsgemäß: Woher kommst du? Es ist offenkundig, dass du eine Fremde bist, obwohl du unsere Sprache schnell lernst. Jeden Tag hörst du dich mehr an wie jemand, der damit aufgewachsen ist.«

»Ich erzählte es Euch schon«, antwortete ich. »Wo ich herkomme, ist dies die Sprache, die wir sprechen. Es war, weil … Schadtor Wildfire mich getroffen hat, wegen des Blitzes, dass ich nicht wichtig sprechen kann.« Ich war überrascht zu hören, dass der König sagte, ich spräche deutlicher, wo ich mich doch anstrengen musste, um mich verständlich zu machen, was für uns beide ermüdend war. Und doch stimmte es – ich stolperte mittlerweile nur noch über ein Wort statt über drei oder vier, bevor ich das fand, das ich gesucht hatte. Ich hatte immer vermutet, dass eine Heilung – wenn es denn eine gab – sofort eintreten würde, so wie der Blitz. Diese langsame und beschwerliche Heilung hatte ich nicht erkannt.

»Du hast noch immer nicht gesagt, woher du kommst. Wo ist deine Heimat?«

»Ich bin eine Scheide«, sagte ich, »also ist meine Heimat dort, wo meine Schwinge ... meine Klinge ist.«

»Der Name deiner Klinge?«

»Sire Galan dam Capella von ... Knallko ... Kokal ... von Falco der Crux, meine ich.«

»Ach. Von einem der Bastardhäuser aus Corymb. Warum hast du das nicht gleich gesagt?«

»Weil wir Blinde sind ... Feinde. Ich fürchtete, Ihr würdet mich töten.«

»Ich denke, es ist Zeit, dass du mir erzählst, wie eine Frau aus Lambanein die Scheide eines Kriegers aus Corymb wurde. Und wie es dazu kam, dass du im Tempel von Lynx auf dem Mount Quaer einen Traum von meiner Frau träumtest.«

Am nächsten Tag ritt Mox auf dem Weg das Eisfeld hinunter auf seinem Wallach über eine Eisbrücke, die vor ihm schon viele gefahrlos überquert hatten. Die Brücke gab nach. Er stürzte in eine Spalte, und sein Pferd fiel auf ihn. Divine Volator kletterte an einem Seil hinab, konnte jedoch nur noch Mox' Tod feststellen. Er hatte sich das Genick gebrochen. Der Priester gab dem Pferd den Gnadenstoß, da es keine Möglichkeit gab, es herauszubekommen. Mox' Leiche ließen sie unten liegen, für einen Scheiterhaufen war kein Holz da.

Der Tod wurde zur Gewohnheit. Er hatte die Macht verloren, mich zu überraschen.

Vor der Niedertracht der Königsmutter waren wir nun sicher, doch solange wir in den Bergen umherirrten, waren wir nicht vor der Niedertracht der Ferinus sicher. Wenn eine Schneewechte unter jemandem nachgab und Männer und

Pferde in einen Abgrund riss, oder ein Stein von oben herabfiel und jemandem den Schädel zerschmetterte oder eine Lawine die Ponys wegfegte, die den Rest unserer Gerste trugen, oder wir zum dritten Mal an einem Tag auf Pfaden, die nirgendwohin führten, umkehren mussten, dann lasteten die Männer dies den Bergen an, und auch ich spürte die grausame Abneigung der Ferinus. Wir betraten widerrechtlich ein Reich, in dem wir nicht willkommen waren.

König Corvus hatte uns hierhergeführt. *Lastet es König Corvus an*, dachte ich. Aber wenn sie das Vertrauen in ihn verloren, was blieb dann noch übrig?

Endlich hatte ich den König davon überzeugt, dass ich eine wahrhaftige Träumerin war und keine Drossel, die sein Schwiegervater geschickt hatte, der Arkhon. Und nun schaute er mich an, als wäre ich in der Lage, uns aus den Ferinus herauszuführen, und dabei war ich doch gar keine wahrhaftige Träumerin. Falsche Träume würden jetzt zu nichts führen. Ich wollte nicht lügen, ich wollte leben. Aber wahrhaftige Träume kamen nicht auf meinen Befehl, sie waren Geschenke der Götter. Ich warf die Knochen und fragte, was ich tun sollte. Wie immer sprachen die Freifrau und Na äußerst deutlich von den Göttern, die gefürchtet und besänftigt werden mussten. Sie wiesen beide auf Queen of the Dead.

Zwei Tage lang tobte ein Schneesturm, und wir konnten nichts sehen und daher nicht weitermarschieren. Catena und ich lagen inmitten von Knappen in einer Vertiefung innerhalb einer Schneewehe, und über Nacht bedeckte uns weiterer Schnee mit einer dicken Decke. Ich hatte die Arme um Catena gelegt und spürte, wie sich ihre Brust hob und senkte, während sie durch den Mund atmete. Bevor sie eingeschlafen war, hatte sie lange Zeit gehustet. Ich hatte Angst vor dem Schlaf, war davon überzeugt, dass mein Lebensfeuer erlöschen würde, wenn ich mich ihm hingab, dass mein

Körper steif werden und mein Schatten sich erheben würde, und ich – der Rest von mir – in jenes andere Land schreiten würde. Ich würde nicht mehr hungrig oder erschöpft sein, frieren, halb blind oder keinen Ton mehr herausbringen; ich würde nicht länger an Schmerzen oder Erschöpfung leiden. Aber die Toten waren einsam.

Ich fing an zu zittern. Ich biss die Zähne zusammen, damit sie nicht klapperten. Ein schrilles Heulen drang an mein Ohr – ein Summen.

Sire Rodela. Er war erfreut darüber, dass ich im Sterben lag.

Ich bin froh, dass Ihr überhaupt an etwas Freude haben könnt, beschied ich ihm.

Er stieß ein zischendes Lachen aus und zeigte mir die Leichen: Catena und ich, die bis zur Schmelze unter Schnee liegen würden. In den Höhen setzt das Tauwetter spät ein, erst im Monat der Sonnenwende. In der Wärme wurde unser Fleisch weich und fing an zu stinken. Ein Bär stieß auf uns und nahm uns Gliedmaßen für Gliedmaßen auseinander, und auch andere Lebewesen kamen hinzu, Geier und Krähen, ein Fuchs, ein Hermelin, ein paar Wühlmäuse, und sie alle verstreuten unsere sterblichen Überreste. Diese Knochen mit Fleischfetzen zogen Maden und Schwärme von Fliegen an. Sire Rodela ließ es mich sehen. Deshalb müssen Leichen verbrannt werden, sagte er.

Es war ein abscheulicher Anblick, so lange, bis ich erkannte, dass ich, als ich gefressen wurde, Teil anderer Lebewesen und anderer Leben wurde. Ich hatte teil an einer Fliege, die über einem rasch fließenden Bach summte und sich auf einem herabhängenden Stängel von Schachtelhalm niederließ und sich ihre glänzenden Flügel putzte. Ich hatte teil an vielen Fliegen oder sie an mir; ich sah durch viele Augen, und jedes Auge war facettiert, sodass alles, was ich sah, bruchstückhaft und vervielfacht war. Ich flog überall hin und sah den Boden in huschenden, hastigen Ausschnitten, während ich im Zickzack unterwegs war. Die Fliegen waren kurzlebig, doch jede von ihnen brachte neue Fliegen hervor, und einige von ihnen folgten den Ziegen und den Jungen, die diese auf die hochgelegenen Wiesen trieben, während andere Gämsen in den Steiß stachen, die von Felsblock zu Felsblock sprangen, und wieder andere Pferde von Händlern piesackten, die durch einen Pass ritten, während andere Männern um den Kopf summten, die einen Steilhang hinab in Richtung eines langgezogenen Sees in einem Tal hinabkletterten, während sie auf ihrem Rücken Lasten trugen. Es war verwirrend, so viele zu sein und so viel auf einmal zu sehen, doch allmählich machte ich mir einen Reim darauf, fügte zusammen, was getrennt worden war.

Als ich begriff, was ich sah, erkannte ich einen Ausweg.

Ich erzählte es König Corvus und seinem Priester – wobei ich es einen Traum nannte –, doch der König beharrte darauf, wir seien keinesfalls in der Nähe von Sapheiros. Er befragte mich zu den Formen der Berge und den Verläufen der Straßen, um zu sehen, ob er Landmarken wiedererkannte. Auch ich hegte meine Zweifel, denn warum sollte ich Sire Rodela trauen? Doch ich behielt sie für mich und ordnete die Falten meines grünen Umhangs so an, dass sie die Grate der Berge bildeten, die wir noch überwinden mussten.

Divine Aboleo sagte, der Traum sei ein wahrhaftiges Omen dafür, dass Rift Dread, sich offenbarend in dem Schwarm der Fliegen, uns den Weg gezeigt habe. Der König glaubte ihm, obwohl er mir nicht glaubte.

KAPITEL 18

Sapheiros

Es kostete uns vier beschwerliche Tage und das Leben vieler Männer und Pferde, um die Handvoll Wegstunden zu überwinden, über die ich in meinem Traum geflogen war. Ich gab vor zu wissen, wohin wir gingen, obwohl ich unsicher war, da der Schnee die Silhouetten der Gipfel und Täler glättete und veränderte. Die ganze Hoffnung der Männer lastete auf mir, und auch ihre Schuldzuweisung, wenn etwas schiefging. Nun verstand ich den starken Willen des Königs ein wenig besser. Mochte alles andere auch in Zweifel stehen, war er doch standhaft und hartnäckig geblieben.

Am sechsundvierzigsten Tag meiner Gefangenschaft standen wir auf einem Felsgrat unterhalb einer erbarmungslosen Zinne und schauten auf den See von Sapheiros hinunter. Es sah nicht so aus, wie ich es geträumt hatte – ein See mit hellblauem Wasser, die Berge in ihrem sommerlichen Grün –, aber es ähnelte dem Traum doch. Hier teilten sich die Ferinus in zwei langgezogene Gebirgsarme in das Flachland von Lambanein und umschlossen dabei einen langen, schmalen, gekrümmten See, der unter einem grauen Himmel silbern glänzte. Ich war überrascht zu sehen, dass er nicht zugefroren war. Der Anblick des Sees – wie der Klang seines Namens in einer Sprache, an die ich mich nicht erinnerte – erfüllte mich mit unerklärlichem Schrecken. Ich mochte dort geboren worden sein, aber ich wusste nichts mehr davon, wie es war, dort zu leben, unter fremden Menschen mit fremden Bräuchen.

Die steinernen Knochen des Gebirges um den See trugen dunkle Wiesen als Fleisch. Es gab graue Obstgärten und Nadelbaumbestände, die so dunkel waren, dass sie fast schwarz wirkten, und hier und da lag eine dünne Schneedecke auf den Gipfeln. Terrassierte Rebhänge zogen sich vom Seeufer aus die steilen Hänge hinauf.

Unser Halt war gefährlich. Uns setzte der gleiche Wind zu, der den Schnee auf dem Felsgrat zu einer gefrorenen Welle gemeißelt und zu hartem Glanz poliert hatte. Wir schauten auf Baumwipfel hinab. An die Felswand klammerten sich verkrüppelte Kiefern und Tannen, die ihre Wurzeln wie Keile noch in die kleinsten Ritzen getrieben hatten. Außer Steinböcken könne niemand sie überwinden, sagte König Corvus, doch ich widersprach. Ich kroch über den Kamm aus Schnee und deutete auf eine unter den Bäumen verborgene Leiter – genau wie ich es versprochen hatte, als ich ihn gewarnt hatte, wir würden zu Fuß hinunterklettern und die Pferde zurücklassen müssen.

Der König ließ seine besten Kletterer kommen und sagte, es habe den Anschein, als gebe es eine Möglichkeit, nach unten zu gelangen. Daraufhin brachen die Männer in Jubel aus. Drei Männer machten sich an diesem Nachmittag auf den Weg, und am Vormittag des folgenden Tages hielten wir sie für verloren. Doch kurz vor der Dämmerung kehrten die Kletterer mit Führern, Essen, Futter und – am besten von allem – Wein aus dem Süden zurück. Als der Wein und das Essen ausgeteilt wurden, entstand ein solch lautes Jubelgeschrei, dass der Lärm eine Lawine auslöste, die tosend an unserem Lager vorbeipolterte und dabei Sire Molobus' Stiefelknecht und seinen Pferdejungen, einen Wappenträger und drei Ponys mit sich riss. Selbst dies wurde als gutes Omen begrüßt, da wir anderen verschont geblieben waren.

Catena sagte, der Wein färbe meine Nase rot und meine Zähne blau. Wir hatten gut gegessen, und ich wäre zufrieden gewesen, wären da nicht die Kette und die Handschellen gewesen. Ich hatte einen Pass gefunden, und der König ließ uns nicht von der Kette.

Er sah, wie wir litten, verweigerte uns aber dennoch die Freiheit. Doch er hatte seine Männer über die Berge geführt, und sie alle hatten darunter gelitten, seinen Willen zu erfüllen. Nach meiner Schätzung war etwa die Hälfte von ihnen dabei umgekommen. Warum sollte er sich uns gegenüber gnädiger erweisen? Jeder König erwartete von allen anderen, dass sie für ihn starben, so wie jeder König Krieg führte. Allerdings war diesem König der Krieg aufgezwungen worden. Er hatte ihn unrühmlich verloren – doch die Wölfe ruhmvoll besiegt – und daraufhin die Ferinus im Winter ruhmvoll überquert. Niemand hatte gedacht, dass so etwas möglich war. Und indem er es geschafft hatte, hatte er so viel Ruhm erworben, dass er womöglich ein neues Heer aufstellen und im kommenden Winter wieder auf Malleus marschieren konnte. Heute Abend liebten ihn seine Krieger und Erdsoldaten. Bänkelsänger würden von dem singen, was er vollbracht hatte.

Ich fragte mich, was der König mit Catena und mir machen würde, wenn wir erst einmal sicher Lambanein erreicht hatten. Würde er mich immer noch jeden Morgen zu sich rufen lassen, um meine Träume zu hören? Vielleicht würde er sich bei der Erinnerung daran schämen, sich auf die Fantasien einer Erdfrau verlassen zu haben. Womöglich würde er uns entlassen, uns in einem fremden Land, in dem sie eine fremde Sprache sprachen, uns selbst überlassen. Nachdem ich mich so lange über meine Gefangenschaft gegrämt hatte, war der Gedanke seltsam, dass ich nun bestenfalls darauf hoffen konnte, in König Corvus' Diensten zu verbleiben, damit ich ihn begleiten konnte, wenn er nach Malleus zurückkehrte. Wie sonst sollte ich erneut über die Ferinus gelangen?

Aber das war töricht. Es war unklug, meinen Blick zu heben, um so weit nach vorne zu schauen – wir waren ja noch gar nicht aus den Bergen heraus.

Am nächsten Morgen wurden wir noch vor Sonnenuntergang zum König gerufen. Ohne ein Wort zu sagen, streckte ich meine linke Hand mit der Schelle und der Kette aus.

Der König lächelte so breit, dass er seine Zähne dabei entblößte. »Für heute wirst du von dem Mädchen losgekettet werden«, sagte er. »Wir gehen den Berg hinunter, und sie sagen, dass sie nicht zwei auf einmal tragen können.«

»Und sorgen?«

»Morgen werden wir sehen.«

Der König ließ einen kräftigen Erdsoldaten namens Rile kommen, der das tat, wozu ich nicht imstande gewesen war; er öffnete ein Verbindungsglied der Kette, indem er mit einem Granitbrocken auf einen eisernen Keil hämmerte. Als er die Kette durchtrennte, war ich zunächst immer noch von ihr behindert. Catena und ich waren so lange aneinandergekettet gewesen, dass ich es mir zur Gewohnheit gemacht hatte, mich bei jeder Geste zurückzuhalten, und es war nun merkwürdig, Catenas nicht in jedem Moment eingedenk sein zu müssen. Wir waren froh, uns wieder frei bewegen zu können, aber solange wir die Handschellen mit den kurzen Kettengliedern daran trugen, waren wir in meinen Augen noch nicht frei.

Der König hatte beschlossen, mit etwa sechzig Mann über die Leitern den Berg hinabzusteigen, etwas mehr als ein Fünftel von denen, die die Überquerung überlebt hatten. Und Catena und mir. Der Rest seiner Männer würde zu Pferd weiter vorrücken und dabei eine längere, aber in das gleiche Tal führende Strecke nehmen. Diese galt zwar vom frühen Herbst bis zum späten Frühjahr als unpassierbar, doch die Männer des Königs ließen sich nun, da sie schon so weit gekommen waren, nicht einschüchtern. Und nun hatten sie ja auch zuverlässige Führer, Nahrung und Futter für die Pferde.

Während wir uns für den Abstieg rüsteten, ging die Sonne allmählich auf. Auf dem schmalen, windigen Grat oberhalb der ersten Leiter hielt Garrio eine Augenbinde für mich bereit und wollte mich dazu überreden, in einen Korb auf dem Rücken eines Trägers zu steigen. Er meinte, so werde es gemacht, den ganzen Sommer über trügen diese Burschen Reisende und Waren am Felshang hinauf und hinunter. Die Augenbinden würden verhindern, dass die Reisenden vor Angst schrien oder bewusstlos würden.

»Ich klettere lieber«, sagte ich. »Ich möchte kein Mündel sein.«

Der Träger sprach mich auf Lambaneinisch an, und als er merkte, dass ich ihn nicht verstand, sprach er in der Hochsprache, mit einem starken Bergdialekt. Er meinte, ein so spindeldürres Wesen wie mich zu tragen sei rein gar nichts, er habe einmal ein Hengstfohlen auf dem Rückweg hinabgetragen, und dies habe sich weniger angestellt, als ich es täte. »Wenn du selbst kletterst, wirst du wahrscheinlich auf halbem Weg nach unten scheuen wie ein störrischer Maulesel, und dann werde ich dich doch noch tragen müssen. Oder du stürzt ab und reißt andere mit dir hinunter.«

Trotzdem weigerte ich mich. Ich konnte mir nicht vorstellen, die Augen verbunden zu bekommen und getragen zu werden. Garrio sagte, er ritte lieber, wenn er die Wahl habe. Er wusste nicht, dass ich viel mehr Angst vor Einengung als vor Höhe hatte. Catena setzte sich in den Schnee und fing an zu wimmern, und ich erkannte, dass meine Angst sie noch mehr verängstigt hatte. Ich kauerte mich neben sie und flüsterte: »Lass gut sein, lass gut sein. Schau dir diese Jäger an, sie sehen doch ganz kräftig aus, nicht wahr? Du lässt dich tragen, und ich bleibe nah bei dir.« Ich wies darauf hin, dass Sire Refulgo, der sich den Arm gebrochen hatte, und der Pferdejunge Quirt, der am Schüttelfieber litt, in ihren Körben auf den Rücken von Trägern hochgehoben worden waren und darauf warteten, nach unten getragen zu werden.

Catena kletterte in den Korb und ließ es zu, dass man ihr

die Augen verband. Ich hörte sie leise weinen. Der Träger ging in die Hocke, schob die Arme durch die Lederriemen des Korbs und erhob sich mit Catena auf seinem Rücken. Ich berührte sie mit meiner Hand am Kopf und versuchte sie zu trösten, so wie ich ein scheues Pferd besänftigt hätte.

Der Weg hatte es in sich. Wenn vom Norden her Gefahr drohte, nahmen die Bewohner des Tals die Leitern ab und zwangen so die Eindringlinge, einen längeren Weg über den Pass zu nehmen. Der Pfad lag verborgen unter Überhängen und führte durch Felskamine nach unten. Hier und da hatten die Pfadmacher ein paar Stufen gemeißelt oder einen Sims verbreitert, um einen Rastplatz zu schaffen, oder sie hatten ein Felsgewölbe untertunnelt. Alle diese Findigkeiten wären jedoch ohne die Leitern, die den Pfad verbanden, umsonst gewesen. An einer Leiter kletterten wir immer nur zu zweit, nicht mehr, falls eine Sprosse brach oder ein Kletterer ins Straucheln geriet. Ich stieg direkt unter dem Mann ab, der Catena trug. Zu Anfang sprach ich noch mit ihr und sagte, es sei gar nicht so schwer, wir wären bald unten. Doch dann musste ich sparsam mit meinem Atem umgehen.

Ich hatte meinen Willen durchgesetzt und nun allen Grund dazu, es zu bereuen. Ein Wind aus dem Süden prallte gegen den Berg wie Wellen gegen Meeresklippen und rüttelte an den Leitern, als wolle er uns von ihnen abschütteln, und er verursachte auch ein Geräusch wie Wellen, wenn er tosend und zischend gegen den Fels schlug. Die Leitern bestanden aus aneinandergebundenen und mit Holzstiften befestigten Pfosten aus Tannenholz. Die Rinde war rau und mit Baumharz verklebt. Meine Hände waren taub, und ich befürchtete, den Halt zu verlieren. Steine fielen auf uns herab, losgetreten von Kletterern über uns. Manchmal verdrehten sich Sprossen, die einen sicheren Eindruck erweckt hatten, oder brachen, wenn ich auf sie trat, und ich hatte Mühe, mich urplötzlich zu fangen. Mein Magen verkrampfte sich vor Angst.

Wir hielten an, um darauf zu warten, dass Männer unter uns eine steile Felswand durchquerten, indem sie die Füße in einen schmalen, schrägen Spalt keilten, während sie sich an ein Seil klammerten, das durch eiserne Ringe gezogen worden war. Catenas Träger und ich teilten uns eine schmale Zinne mit einer verkrüppelten Kiefer. Zu Anfang stellte ich mich mit dem Gesicht zur Felswand und klammerte mich an kleine Felsnasen. Meine Beine zitterten und brannten vor Erschöpfung. Dann drehte ich mich um, presste den Rücken gegen die Klippe, glitt hinunter, bis ich saß, und ließ die Beine über den Rand des Abgrunds baumeln. Catena fragte, ob wir angekommen seien, und ich sagte ihr: »Noch nicht.«

Es begann zu schneien, und die Flocken sausten um uns herum wie Eintagsfliegen. Der Träger reichte mir einen Wasserschlauch – ich hielt es jedenfalls für einen Wasserschlauch, bis ich einen Schluck daraus nahm. Es war starker, glühend heißer Wein, und ich hustete und spie etwas davon durch die Nase aus. Der Träger lachte, als er den Ausdruck auf meinem Gesicht und die Tränen an meinen Wimpern sah. Wir waren noch nicht einmal zur Hälfte hinabgeklettert, und ich hatte das Gefühl, nicht mehr viel länger absteigen zu können. Vielleicht würde ich auf dieser Klippe umkommen, nachdem ich den König zu ihr geführt hatte. Vielleicht bedurften die Götter meiner nicht mehr. Nun, hatte ich denn etwa nicht mehr erlebt, als ich erwartet hatte? In meinem Leben hatte es nur ganz wenige langweilige Tage gegeben. Ein langweiliger Tag dauert länger und bleibt weniger in Erinnerung. Wenn Erinnerungen Münzen wären, würde ich als reiche Frau sterben. Ich lächelte den Träger meinerseits an und nahm noch einen Schluck, und der Wein wärmte mich bis hinunter in die Magengrube.

Im Bodensatz dieses Getränks muss Mut gewesen sein, denn ich brachte die Kraft auf, weiter hinunterzugehen, immer weiter die Leiter hinab und an der Spalte in der Wand entlang und noch weiter. Ich sah meine fest zupackenden schmierigen Hände an den Sprossen einer Leiter, mit fest angespannter Haut über den Knöcheln, und hinter der Leiter groben Granit, mit weißem Quartz durchzogen und mit Flechtenklecksen bewachsen. Ich schaute nach unten, um zu sehen, wohin ich meine Füße stellen konnte, den nächsten Schritt und zwei danach, doch ich bemühte mich, nicht bis ganz nach unten zu schauen. Ich stieg ab, bis ich alles andere vergaß, selbst mich vergaß, weil ich nur noch Bewegung war, und ich spürte nicht länger das Brennen in meinen Armen und Beinen oder den Schmerz der angespannten Muskeln, das Zittern meiner Glieder, die Kälte.

Die letzte Leiter war die schwierigste. Sie bestand aus Seil, war eine Art Netz, ausgebreitet über einer Wölbung in der Felswand. Ich kroch halb über die Wölbung, und plötzlich spürte ich nichts mehr unter meinen Füßen. Andere waren vor mir hinabgeklettert, es musste also möglich sein. Doch ich war wie gelähmt, während ich den Bauch gegen den Fels presste und die Füße über dem Talboden hängen ließ. Der Träger hatte es satt zu warten und kletterte an mir vorbei. Als er unter mir war, legte er mir eine Hand an den Fußknöchel und lenkte meinen Fuß in eine Schlinge des Netzes, und auf diese Weise ließ ich allmählich die Sicherheit des Felsgrats hinter mir und vertraute mich dem zitternden Seilnetz an.

Ich baumelte über dem Erdboden und kletterte in den Schatten unter der hervorstehenden Felskuppe. Dort sah ich, eingebettet in einen engen Pass am Sockel der Klippe, die Schieferdächer eines Dorfes. Hände langten hinauf und hoben mich auf einen Sims hinab. Eine steile Treppe, aus dem lebenden Fels der Berge gemeißelt, führte hinab zu dem langgezogenen Portikus eines mit Stuck verzierten, aprikosenfarbenen Hauses. Ich setzte mich auf den gefliesten Boden des Säulengangs und fing an zu zittern. Catena kroch aus ihrem Korb heraus und lehnte sich an mich. Wir schauten zu dem Netz hinauf, das an der sich hoch auftürmenden Klippe gespannt worden war. Der Berg verdeckte den halben Himmel, und ich konnte nicht glauben, dass wir ihn sicher herabgeklettert waren. Es war unmöglich gewesen. Aber wir hatten es geschafft. Ich hatte es geschafft.

Die Haare des Schmieds waren fast so orange wie die Farbe der Flammen in seiner Esse. Er schlug den Kopf von der Niete, die meine Handschelle befestigte, und spreizte das Eisenband auseinander, worauf ein Teil meiner Haut sich mit ablöste und ein Armband aus rohem Fleisch hinterließ. Als Catena an der Reihe war, schrie sie auf vor Schmerz.

Der Schmied sagte etwas zu mir auf Lambaneinisch. Seine Stimme war laut und barsch, sodass er sich grimmig anhörte – alle Lambaneiner redeten offenbar so –, doch sein Gesicht war eigentlich liebenswürdig. Ich hielt ihm meine Handflächen entgegen, um ihm zu zeigen, dass ich ihn nicht verstand. Garrio war keine Hilfe; er kannte nur einige wenige Worte in dieser Sprache. Der Träger, der uns zum Schmied gebracht hatte, sagte: »Er fragt, wo du herkommst, aus welcher Stadt.«

»Sag ihm, jenseits der Berge dort.« Ich wies hinauf auf die Klippe über der Stadt.

Der Schmied hörte auf zu lächeln und wandte uns seinen breiten Rücken zu, um seinen Meißel an einem Wetzstein zu schleifen. Ich sagte zu dem Träger: »Frag ihn, ob er einen Pferdehändler mit schmalem Gesicht und einem rötlichen Zart kennt, Bart. Er bringt Pferde zu Särgten in den Bergen.«

Der Träger übersetzte, worauf der Schmied sich umdrehte und Antwort gab. Der Träger sagte: »Er sagt, es gibt viele Händler.«

»Der Mann war mein Schneemann, mein Fedan«, sagte ich. »*Fedan*«, wiederholte ich gegenüber dem Schmied.

Der Schmied zuckte mit den Schultern und sagte etwas. »Viele Händler, viele Bastarde«, sagte der Träger.

Nun wusste ich, warum der König mir nicht geglaubt hatte, als ich leugnete, eine Lambaneinerin zu sein. In diesem

Dorf lebten mehr Rotschöpfe, als es Kupfermünzen in der Börse eines Hökerers gab. Es war nicht nur das Haar, es waren die typischen Merkmale der Gesichter, breite Stirn, schmaler Kiefer, sie waren so vertraut, als schaute ich in einen Spiegel. Einige der Bewohner sahen aus, als könnten sie meine Sippe sein. Vielleicht waren sie dies ja auch.

Meine Sippe. Wegen dem, was mir widerfahren war, hatte ich immer geglaubt zu wissen, was meinen Eltern widerfahren war. Mein Vater hätte nicht zugelassen, dass Soldaten mich raubten – deswegen musste er tot sein. Ich hatte nicht darüber nachdenken wollen, wer ihn getötet hatte und wie. Es war besser, wenn mein geistiges Auge geschlossen blieb, statt sich diesem Anblick zu öffnen.

Nun stellte ich diese Gewissheit in Frage; nun wagte ich zu hoffen.

Wir marschierten von dem Dorf unter dem Felshang zu einem anderen Dorf am Seeufer. Als die Fischer am Nachmittag mit ihrem Fang zurückkehrten, befahl ihnen der König, uns in ihren kleinen blauen Booten nach Süden zu befördern. Die Berge waren am nördlichen Seeufer so steil, dass man ein Boot nehmen musste, um von einer Stadt zur anderen zu gelangen. Die Ruderer mühten sich gegen einen heftigen Wind, der das Wasser aufschäumen ließ. Oben auf dem Felshang hatte es geschneit, hier im Tal regnete es. Sogar der kühle winterliche Regen fühlte sich für mich warm an, und der Südwind lau. Eis trieb keines auf dem See, Eis war nirgendwo zu sehen. Wir waren in einer milderen Art Winter angekommen.

Die Städte entlang des Ufers schimmerten in dem grauen Licht und hoben sich von den dunkelbraunen Bergen ab. Die Häuser scharten sich um steile Straßen, ihre Fassaden waren elfenbeinfarben oder ockerbraun stuckiert. Auf den Anhöhen über ihnen standen steinerne Wachtürme.

Catena saß zu meiner Rechten, was unnatürlich wirkte,

da sie, als wir aneinandergekettet waren, zu meiner Linken gewesen war. Wir teilten uns meinen wollenen Umhang, und ich legte den Arm um sie und drückte sie fest. »Ich bin ja so froh«, sagte ich und gab ihr einen Kuss auf die Stirn.

»Ist noch Käse da?«, fragte sie. Ich musste lachen. Ich gab ihr Käse, Fladenbrot und verschrumpelte schwarze Oliven, Essen, das ich zurückbehalten hatte von dem, womit uns die Dorfbewohner versorgt hatten, da ich noch nicht darauf vertraute, dass unsere Hungertage vorbei waren.

Es dämmerte, als wir auf einem Felsvorsprung auf halber Höhe des Westufers von Bord gingen und von dort die Stufen zu einem auf der steilen Felszunge erbauten Palast emporstiegen. Wir waren im Winter im Sommerpalast von König Corvus angekommen, im einzigen Teil seines Königreichs, den ihm seine Mutter noch nicht abgenommen hatte. Der König war schneller als die Nachricht von seiner Niederlage und unangemeldet angekommen, und sein Haushofmeister scheuchte die Bediensteten aus ihrer winterlichen Trägheit auf und sorgte dafür, dass sie sich sputeten. Schon bald loderten Feuer, gab es erneut Essen und Trinken, die besten aller Strohsäcke und Decken und den besten Schlaf, den ich seit langer, langer Zeit gehabt hatte.

Trotzdem stand ich bereits in der Morgendämmerung auf, um befreit und allein durch die terrassierten Gärten zu streifen. Ich staunte darüber, wieder Grün zu sehen, unbekannte Baumarten mit Blattwerk wie Farn oder Spitzen, die mich an Federn auf dem Helm eines Kataphrakten erinnerten. Die Myrtensträucher waren voller lärmender Vögel.

Ich ging einen Säulengang entlang, der drei Seiten der Felszunge umsäumte. Zuerst schaute ich nach Norden auf die schneebedeckten Ferinus, dann nach Süden auf die Ebene am Ende des Sees. Dort verweilte ich, an eine Brüstung gelehnt, während die Sonne über den Bergen aufging, und von der unbewegten Wasseroberfläche Dunst aufstieg. Ich begriff, warum der Vater des Königs dem Königreich von

Lambanein dieses Juwel, diesen Saphir von einem See geraubt hatte. Warum Männer dafür gestorben waren.

Doch dieser Krieg war lange vorbei, und der andere Krieg, der neue, lag weit hinter uns. Wir hatten einen Hafen erreicht, und doch fand ich seine Schönheit beunruhigend. Sie erfüllte mich mit einer süßen, winterlichen Schwermut.

Natürlich vermisste ich Galan. Der Gedanke an ihn war schmerzhaft und ließ die Sehnsucht in mir aufwallen. Ich war darüber erstaunt, wie rasch und einfach sich der Schmerz hervorrufen ließ, da es in Wahrheit Tage, viele Tage in den Bergen gegeben hatte, an denen ich überhaupt nicht an ihn gedacht hatte. Ich hatte an den nächsten Schritt und dann den nächsten gedacht, denn jeder Schritt war eine tödliche Wahl zwischen einem weiteren Moment Leben oder einem tiefen Sturz gewesen. Nun war ich froh über die schmerzhafte Bestätigung, dass ich trotz der Entfernung immer noch an Galan gebunden war. Selbstsüchtig hoffte ich, dass auch er Schmerzen empfand.

Ich merkte, dass sich mir jemand näherte, und als ich sah, dass es der König war, senkte ich den Kopf und schlängelte mich an ihm vorbei, aus Furcht, ich würde mich hier unerlaubt aufhalten. Er bedeutete mir mit einer Geste, dass ich bleiben dürfe. Auch er lehnte sich an die Brüstung und schaute nach Süden.

»Wie ich sehe, bist du ohne deinen Schatten«, sagte er. Einen Augenblick lang begriff ich nicht, dass er Catena meinte, sondern schaute an mir herab, um zu sehen, ob mein Schatten mir zu Füßen lag.

»Mein Schatten schläft«, sagte ich.

»Aber du bist früh aufgestanden. Haben dich Träume aufgewühlt?«

»Keine Schäume.«

Ich beobachtete ihn aus den Augenwinkeln heraus. Sein Bart war sorgfältig getrimmt, sein Haar glänzte, und er trug einen Wappenrock aus roter Wolle, der mit Arabesken aus goldener Schnur bestickt war. Ich fragte mich, warum er Sorgenfalten auf der Stirn hatte und Schwermut ihm die Mundwinkel nach unten zog, sogar jetzt, da wir die so lang ersehnte und so teuer bezahlte Zuflucht erreicht hatten.

»Also brecht Ihr wieder auf?«, fragte ich.

Er warf mir einen scharfen Blick zu. »Bald. Wir ziehen nach Süden, sobald wir Pferde bekommen.«

Aber wir sind müde, Eure Männer sind müde, wollte ich sagen. »Es ist wunderschön hier«, sagte ich stattdessen.

König Corvus stützte die Hüfte an die Brüstung und lehnte sich gegen eine Säule. »Erkennst du es wieder?«

»Das hier habe ich nie geträumt. Ich habe den See bloß von oben gesehen, aus der Vergangenheit. Ich glaube nicht, dass ich hier in diesem Schallast ... diesem Palast jemals gewesen bin.«

»Ich war zweimal hier«, sagte er. »Auf dem Weg nach Allaxios, um meine Verlobte zu treffen, und auf dem Weg zurück mit ihr.«

Er wandte sich erneut dem See zu, und ich verbeugte mich und schlüpfte davon. Ich packte mein linkes Handgelenk mit der rechten Hand, und der Schmerz an meinen wunden Stellen verbannte jedes Mitleid.

Der König zeigte sich großzügig gegenüber den Edlen, die ihm über die Berge gefolgt waren, und versprach, jeder werde ein Pferd erhalten, das seinem Rang entspreche. Seinen Untertanen in Sapheiros gegenüber, denen die Pferde abgenommen werden würden, war er weniger großzügig. Er schickte eine Gruppe Männer los, um Reittiere einzuziehen, begleitet von vier Priestern von Rift, von denen einer ein Schwert trug, während die anderen, gefährlicher noch, nur mit Dolchen bewaffnet waren. Ein Bursche namens Pasco war Rittmeister im Palast und verantwortlich für die Beschlagnahmung, wobei ihm Lame, Chunner und eine Reihe anderer Pferdejungen halfen.

Ich fragte Garrio, ob Catena und ich die Gruppe, die Pferde besorgen sollte, begleiten dürften. Ich erwartete nicht, dass er Ja sagen würde, doch er zuckte nur mit den Schultern und meinte, es könne ja wohl nicht schaden. Catena wollte nicht mitkommen; sie hatte es satt, unterwegs zu sein, sagte sie. Und sie war wirklich erschöpft, konnte gar nicht genug Schlaf bekommen.

Wir nahmen eine Fähre mit flachem Boden über den See. Pasco war einer jener Soldaten von König Voltur, die sich nach der Eroberung vor zwölf Jahren in dem Tal niedergelassen hatten. Er schwatzte während der Überfahrt mit Lame und Chunner und sagte dabei: »Wir sollten uns lieber beeilen, sonst sehen wir nur noch die Hinterteile der Pferde auf ihrem Weg hinauf in die Berge. Wenn sie erst einmal in diesen Hohlwegen und Wäldern sind, finden wir sie nie mehr. Man muss diese lambaneinischen Bastarde im Auge behalten, sie sind allesamt Betrüger und Diebe – die stehlen dir das Hemd, ohne dir den Mantel auszuziehen.«

Neben ihm waren ein paar Lambaneiner Pferdejungen, die jedes Wort mithörten, doch das schien ihm nichts auszumachen.

»Entschuldigung, seid Ihr je einem Mann mit scharf geschnittenem Gesicht und einem tödlich braunen Bart begegnet«, fragte ich, »einem Mann, der Pferde verkauft?«

Pasco wirkte erstaunt darüber, dass ich überhaupt sprechen konnte, geschweige denn in der Hochsprache. Er antwortete Lame, als hätte ihm dieser die Frage gestellt. »Das könnte jeder sein – hier gibt es mehr Rotbärte als andere.«

»Er hatte einen Todfimmel, einen Rotschimmel namens Ganos«, sagte ich.

»Hä? Ein Pferd namens Ganos. Glaubt sie vielleicht, ich kenne hier jede nutzlose alte Schindmähre mit Namen?«

»Sie sucht ihren Vater«, sagte Lame, der den Klatsch gehört hatte.

»Kenne ich nicht«, sagte Pasco und spuckte über die Seite der Fähre ins Wasser.

Wir gingen unterhalb der Stadt der Einhundert Stuten an Land und kamen an einem Fischmarkt vorbei, auf dem sich, nach der Kleidung zu urteilen, verschiedene Arten von Kunden drängten: Frauen, die kurze Westen über ihren Kleidern sowie mit hellen Stickereien abgesteppte Filzkappen trugen – Bergbewohner, wie wir sie auch in den Dörfern auf der anderen Seite der Ferinus gesehen hatten; andere Frauen waren in gelbe oder orangefarbene Kleider und Umhängetücher gekleidet; wieder andere trugen pelzgetrimmte Umhänge in der Mode von Incus. Viele Männer und Frauen bedeckten sich zudem mit Umhängetüchern das Gesicht, was ich sonderbar fand. Ob sie entstellt waren und sich deshalb schämten?

Wir stiegen kopfsteingepflasterte Stufen und Straßen zwischen zweistöckigen Gebäuden hinauf. Abgesehen von einigen wenigen mit Müll übersäten Lücken in den Häuserreihen wirkte die Stadt wohlhabend. Von oben kam uns eine Schafherde entgegen, und ich stellte mich in einen Türeingang, um die Tiere vorbeizulassen. Über mir sah ich, wie eine Frau mit einem safrangelben Umhängetuch sich daranmachte, die Läden auf einem bemalten Balkon wegen des Sonnenlichts zu schließen. Sie hatte ihr Gesicht von mir abgewandt, doch die Biegung ihres Arms – bis zum Ellbogen entblößt – löste eine starke Erinnerung in mir aus, die ich nicht ganz fassen konnte. Den gleichen Eindruck hatte ich, als ich sah, wie eine Frau ein herumtrödelndes Kind schalt, ein kleines Mädchen mit einer grünen Filzkappe; die Frau hatte eine hohe, näselnde Stimme und sprach mit einer solch beschwingten Melodie und so vielen ansteigenden Noten, dass sie immerfort Fragen zu stellen schien, selbst während sie das Mädchen ausschimpfte. Der Klang war auf bohrende Art und Weise vertraut, wie ein Wiegenlied mit einer nicht vergessenen Melodie und vergessenen Worten.

Wir begannen oberhalb der Stadt und arbeiteten uns nach unten vor. Pasco hatte den Vollzugsbefehl des Königs und eine Liste vom Haushofmeister, und er drängte sich in einen Stall, einen Hof und auf eine Wiese nach der anderen, nahm einem Kleinbauern, der nur zwei Pferde besaß, eines ab und einem Landbesitzer, der dreißig sein Eigen nannte, fünf. Überall waren wir unerwünscht. Unerwünscht war auch die Kunde von König Corvus' Niederlage, seiner Schmach, sein Königreich an die eigene Mutter verloren zu haben. Die meisten waren überrascht, ja sogar ungläubig, dass er die Ferinus zur Unzeit überquert hatte. Sie waren überrascht, und sie waren besorgt – was würde es für Sapheiros bedeuten, dieser Krieg in Incus, das Exil des Königs? Vielleicht empfanden einige der Lambaneiner eine heimliche Schadenfreude bei der Nachricht; wenn dem so war, dann verbargen sie diese hinter mürrischem Unmut.

Es war sinnlos, Fragen zu stellen. Stattdessen beobachtete ich, suchte das Gesicht jedes Mannes auf Zeichen einer Ähnlichkeit mit meinem Vater ab, den ich nur in Träumen gesehen hatte. Falls er überlebt hatte, war er nun zwölf Jahre älter. Ob ich ihn wiedererkennen würde? Und das hier war ja nur eine Stadt an einem mehr als zehn Wegstunden langen See – ich erkannte, wie töricht ich gewesen war, Hoffnung zu hegen.

Wir trieben etwa dreißig der Pferde eine Weide auf dem Berg hinter dem Sommerpalast des Königs hinauf, und ich setzte mich mit Lame auf einen Findling, müde und außer Atem. Ein rothaariger lambaneinischer Pferdejunge kam zu uns und hockte sich neben uns. Er schien etwa mein Alter zu haben, war vielleicht ein wenig älter. In der Hochsprache sagte er: »Wer ist dieser Mann, nach dem du suchst? Dein Vater?

Ich nickte.

»Aber du kennst seinen Namen nicht. Wie willst du ihn dann finden?«

»Das werde ich nicht«, sagte ich. »Ich kann mich an zu vieles nicht mehr erinnern, ich war zu jung, als ich geraubt wurde.«

»Geraubt?«

»In dem Krieg.«

»Woran erinnerst du dich denn?«

»Er hatte ein Pferd, das Ganos hieß.« Ich stieß ein bitteres Lachen aus und warf einen Kieselstein den Hang hinunter. »Wir kamen vom Markt zurück und ritten über den Pass, und da sah er Soldaten kommen, und wir haben das Pferd und mein Totfuchspony ... ich meine, das Pony hatte die Farbe wie ein Totfuchs, sie hatte ein Fell wie meine Augenbrauen, diese Farbe, verstehst du? Dann sind wir diese große Wiese am Kopf des Sees hinuntergeritten. Und ich hatte eine hübsche rote Weste an und eine kleine Filzklappe ... Kappe, die über meine Ohren fiel und unter meinem Kinn mit Schnüren gebunden war, wie sie die Kinder hier tragen. Mehr weiß ich nicht.«

»War auf der Kappe eine Stickerei? Mit was für einem Muster?«

»Sie war rot mit gelben Saros ... Karos.«

Der Junge zuckte mit den Schultern. »Damals sind so viele umgekommen. Er ist bestimmt tot.«

»Das denke ich auch«, sagte ich.

In dieser Nacht schliefen Catena und ich aneinandergekuschelt, und das war für uns beide beruhigend. Doch verstört von einem vergessenen Traum, wachte ich plötzlich auf und stellte fest, dass meine linke Seite schweißnass war und ich auf der rechten Seite eine Gänsehaut hatte. Ich konnte nicht wieder einschlafen.

Seit einer Handvoll Tage waren wir nun an dem Seeufer, während der König Reittiere und Proviant einzog. Einiges davon schickte er zum Pass oberhalb der Stadt der Hundert Stuten hinauf, um seine von dort herabkommenden Männer zu unterstützen, doch er wartete nicht ab, bis der Rest seines Heeres angekommen war. Wir brachen auf und zogen auf einer sich schlängelnden Straße entlang, die sich an die Hänge der Berge klammerte. Wir ritten südlich nach Allaxios, um herauszufinden, welche Gastfreundschaft Arkhon Kyphos, der Schwiegervater des Königs, diesem entgegenbringen würde. Hinter uns folgte ein mit Schätzen beladener Maultiertross, denn der König hatte seinen Palast seiner Silberteller, goldenen Krüge, Wandbehänge, Gewänder, Wollballen von begehrten Bergschafrassen sowie Fässer Wein aus seinen Weingärten beraubt; Geschenke für den Arkhon, sagte Garrio, um ihm die Laune zu versüßen.

Vor uns lag ein langer Ritt, lange Tage, um viele Wegstunden zurückzulegen. Catena und ich teilten uns eines der stämmigen, zottigen Bergpferde. Ich bedauerte es nicht, den See von Sapheiros hinter mir zu lassen, weil unser Aufenthalt dort einen schlummernden Kummer geweckt hatte. Als wir die Ebene am südlichen Seeufer erreicht hatten, drehte ich mich im Sattel um und warf einen letzten Blick auf das Tal. Die Gipfel der Ferinus, ganz in Eis und Fels gekleidet, waren eine Mauer, die sich von Horizont zu Horizont erstreckte, und Galan war auf einer Seite dieser Mauer, ich auf der anderen. Meine Handschellen waren mir abgenommen worden, aber ich war nach wie vor gefangen.

KAPITEL 19

Die Manufaktur

Es war eine Reise von acht Tagen von Sapheiros zum östlichsten Tor von Allaxios, der Heimat von Arkhon Kyphos, dem Herrscher von Lambanein. Die Stadt lag auf einem steil terrassierten Berg, der einzeln unter den sanften Erhebungen des Flachlands hervorragte. Im Vergleich zu den Ferinus war der Mount Allaxios kein wirklicher Berg, doch wir sahen ihn schon von weitem schimmern, weil er eine glänzende Krone hatte, nämlich die goldenen Dachspitzen des Inneren Palastes, in dem der Arkhon residierte. Es seien massive Goldziegel, behauptete Garrio, jeder einzelne ein Vermögen wert. Dass er uns damit daran erinnerte, dass er schon einmal hier gewesen war, war ihm egal.

Der Mount Allaxios zeigte Reisenden, die sich von Norden oder Westen näherten, ein unfreundliches Gesicht, da sich seine Hänge schroff über einem Fluss erhoben, der sich wie ein Ellbogen um den Berg legte. Doch wir kamen von nördlich des Ostens und erblickten einladende, auf Terrassen angelegte Gebäude und Gärten. Ein breiter Fluss schien seine Quelle direkt auf der Bergspitze zu haben – obwohl das sicher unmöglich war –, er floss dann wie eine leuchtende Straße die große Treppe von Terrassen hinab, direkt bis in die fruchtbare Ebene.

So viel konnten wir von außerhalb der hohen Stadtmauern erkennen. Ich ging davon aus, dass die Tore für König Corvus aufgestoßen werden würden und er mit allem Pomp und der Aufmerksamkeit begrüßt werden würde, die der Ankunft eines Königs entsprach, ganz gleich, dass er als Bettler kam und seine Frau, deren Mitgift und sein Königreich verloren hatte. Doch Allaxios durften ausschließlich saubere Menschen betreten, und die Lambaneiner hatten strenge Vorstellungen von Reinlichkeit. Wir folgten Bediensteten in ein prächtiges Gebäude, das unterhalb der Erdoberfläche lag, statt sich über diese zu erheben, und das vier Stockwerke mit Säulengängen um ein zentrales Atrium aufwies. Catena und ich stiegen gemeinsam die glitschigen Marmorstufen hinab, so dicht beieinander, als wären wir nach wie vor aneinandergekettet. Es war, als würden wir auf ein schwankendes Rechteck des silbernen Himmels zugehen, denn das unterste Geschoss des Gebäudes war halb in Wasser getaucht. Glänzende Kräuselungen spiegelten die übereinanderstehenden Kolonnaden wider.

Ich hielt das Gebäude für einen Tempel von Torrent Wellspring, obwohl ich ihre Statue unter den von Zeit und Wasser aufgeweichten Kalksteinschnitzarbeiten nicht entdecken konnte. Und auf seine Weise war es auch heilig, doch es war zugleich ein rege genutztes Badehaus, in dem Stimmen und Gelächter widerhallten und in dem plätscherndes Wasser aus Wasserspeiern in Becken floss, aus Becken in Badebassins und Kanäle, und aus Kanälen in das Atrium, in schimmernde Schleier zwischen den Säulen. Männer, Frauen und Kinder badeten nackt in der kühlen Winterluft, spülten sich unter steinernen Wasserspeiern ab und saßen in kleinen Becken, von denen Dampf aufstieg. Sie schienen keine Vorstellung von Sittsamkeit zu haben, und doch bedeckten sich unsere männlichen Bediensteten, die nur Lendenschurze trugen, mit braunen Tüchern die Köpfe, als schämten sie sich, ihre Gesichter zu zeigen.

Wir stiegen in das zweite Stockwerk hinab, wo uns die Bediensteten mit Gesten bedeuteten, wir sollten unsere Kleider ablegen. Mit den Worten, er sei seines eigenen Gestanks und des üblen Geruchs von uns anderen überdrüssig, entkleidete sich der König als Erster. Nun konnten seine Männer sich nicht mehr weigern. Ein krummbeiniger Mann trug unsere Kleider weg. Ich drehte mich um, da es ein kläglicher Anblick war, wie wir nackt dastanden und nur noch unsere Amulette trugen, der König und etwa fünfzig seiner Männer sowie Catena und ich. Einen armseligeren Haufen klappriger Maultiere hat man nie gesehen, hervorstehende Rippen, Hüftknochen und Schulterblätter, rissige Haut, von Frostbeulen geschwärzte Finger und Zehen, offene Wunden.

Catena und ich wuschen uns unter einem Wasserspeier, der die Form eines Widderkopfes hatte und dem ein Bart aus Moos am Kinn hing. Mit einem Sandsäckchen schrubbte ich mich ab und befreite meine Haut von Dreck und Asche. Ich empfand es als Wonne, sauber zu sein. Catena fröstelte im Wasser und meinte, sie habe noch nie in ihrem Leben gebadet und sehe keinen Grund, jetzt damit anzufangen.

Die Bediensteten hatten Rasiermesser aus schwarzem Obsidian, lange Scherben, die schärfer waren als Messer und die sie uns zum Rasieren anboten. Der König sagte seinen Kriegern, die Edelfrauen von Lambanein würden sich weigern, ihnen beizuliegen, wenn ihr Körper behaart sei – was eine Menge Anlass zu Geplänkel und Spöttelei gab. Er legte sich auf eine Marmorbank und ließ sich den Körper rasieren, sogar das Haar um sein Gehänge. Der Barbier trimmte ihm den Bart und das Kopfhaar und kämmte ihm mit einem feinen Perlmuttkamm die Nissen heraus. Danach waren die meisten seiner Krieger bereit, den Barbieren die gleichen Freiheiten zu gestatten; die Priester von Rift waren geradezu versessen darauf. Sie ließen sich auch den Kopf rasieren und ihre Kopfhaut und die Kiefer mit Bimsstein polieren.

Dann war das Erdvolk an der Reihe, und plötzlich war offensichtlich, warum unsere Bediensteten stämmige Männer mit Fäusten wie kleine Findlinge waren. Sie hatten vor, uns das gesamte Haar abzunehmen, uns so kahlköpfig zu machen wie die Priester von Rift, und waren dabei nicht so höflich, wie sie es gegenüber den Edlen gewesen waren. Lame schlug seinen Barbier, und der Barbier schlug zurück, und es hätte eine Prügelei gegeben, hätte nicht einer der Propheten des Königs Lame mit einem mächtigen Hieb niedergestreckt und das Gleiche jedem angedroht, der Umstände machte.

Eine Frau barbierte Catena und mich. Ihr Gesicht war unter einem gelben Umhängetuch mit einem braunen Streifen verborgen, doch sie ließ ihren Abscheu erkennen, als sie eine Laus von meiner Kopfhaut pflückte und zwischen den Fingernägeln zerdrückte. Sie zischte. Sie kratzte mich mit dem Obsidianmesser am ganzen Körper und zwischen den Beinen ab, und ich zitterte vor Scham, und es brannte an all meinen empfindlichen Stellen. Die Frau schnitt mir mein langes Haar ab und ließ mir nicht einmal die Augenbrauen.

Unsere Kleider sahen wir nie wieder. Catena und ich bekamen jede zwei ungleiche Längen gelben Stoffs, eine Holzscheibe und eine Kordel. Damit sollten wir uns selbst ankleiden. Wir waren derart verwirrt, dass uns eine andere Frau – deren Gesicht nicht verborgen war – mit der Geduld, die man Simpeln und kleinen Kindern entgegenbrachte, beim Anziehen half. Sie umwickelte mich zweimal mit dem längsten Tuch, wobei sie es vorn faltete, um Raum zum Gehen zu lassen, warf die beiden Enden des Tuchs über meine Schultern und befestigte sie vorn mit der Scheibe und der Kordel. Auf diese Weise fertigte sie mir ein Kleid an, ohne einen einzigen Stich zu nähen. Der kürzere Stoff diente als Umhängetuch. Nachdem sie uns angekleidet hatte, bestäubte sie unsere Arme vom Handrücken bis zum Ellbogen mit gelbem Puder.

Ich beugte mich über die Brüstung der Kolonnade und sah mein Spiegelbild in dem Becken zwei Stockwerke unter mir. Getrocknete Ringelblumenblätter trieben über meinem Spiegelbild, und unter diesem wedelte ein langer weißer Karpfen mit dem Schwanz. Ohne das rote Haar, das mich mit mir selbst vertraut machte, wirkte ich fremd auf mich. Mein Kopf wirkte in seiner Nacktheit so verletzlich. Ich schlang mir das Umhängetuch wie ein Kopftuch um meinen kahlen Schädel, um mich vor Blicken zu schützen.

Nach den Knoten an meiner roten Schnur zu urteilen war ich an diesem Tag seit zwei Monaten Gefangene; es waren sechs Dekaden, jede gekennzeichnet durch einen Doppelknoten.

Bevor wir die Stadt betreten durften, stand uns noch eine letzte Demütigung bevor. Jeder von uns bekam eine Kräuterpaste, die zu einem kirschgroßen Ball geformt worden war. Unter anderen Gerüchen erkannte ich Winde. Wir blieben außerhalb der Stadtmauern in einer langgezogenen Unterkunft voll winziger Zimmer, während wir uns von der Scheißerei erholten, die das Abführmittel hervorrief. Es war wie in einem Bienenstock voller Frauen; wo die Männer untergekommen waren, wusste ich nicht. Wir ruhten uns aus und aßen, und Heilerinnen gaben uns Salbe für die wunden Stellen, und nach drei vollen Tagen hatten Catena und ich wieder Stoppeln auf der Kopfhaut.

Es war die Frühlings-Tagundnachtgleiche und der zehnte Tag, nachdem Catena und ich durch die Tore von Allaxios getreten waren. Wir waren direkt zum Palast von Arthygater Katharos gebracht worden, einer der vielen Töchter des Arkhon. Dort wurden wir als Textilarbeiterinnen in ihrer Manufaktur eingestellt, Catena als Spinnerin, ich als Weberin. Wir hatten weder den König noch einen seiner Männer zu sehen bekommen. Niemand sagte uns, warum wir Leibeigene wurden oder wie lange wir würden dienen müssen, und rasch stellten wir fest, dass Fragen als Unverschämtheit galten, vor allem, wenn sie in einer fremden Sprache gestellt wurden.

Die Manufaktur befand sich in einem Gebäude mit Obergeschoss und wies auf beiden Geschossen Arkaden auf, die einen Blick auf den inneren Hof gewährten. In dem Hof waren gepflasterte Wege, ein Brunnen mit einer hohlen Frauenfigur aus Bronze, die aus ihrem Krug fortwährend Wasser in ein Steinbecken goss, ein gekachelter Wasserlauf und ein alter Birnbaum – es war wirklich schön. Aber alles, was ich zehn Tage lang vom Himmel gesehen hatte, war das kleine Rechteck oberhalb des grün gedeckten Manufakturdachs. In den Mauern nach außen gab es keine Fenster und auch nur eine einzige Tür, und die war verriegelt und bewacht.

Die Tagundnachtgleiche war zwar kein lambaneinisches Fest, doch Catena und ich feierten es nichtsdestotrotz mit leibeigenen Frauen aus Incus: Dulcis, Freifrau Abeo, Nitida und Migra. Kurz nachdem wir ankamen, hatten sie uns in ihren kleinen Kreis aufgenommen, froh über die Gesellschaft anderer, die wie sie selbst die Hochsprache beherrschten. Nun saßen wir unter dem Gewölbedach des Bogengangs, plauderten und spannen wie alte Freundinnen. Es war ein kühler Abend, aber man konnte Growan Maid nicht in geschlossenen Räumen begrüßen. Der Himmel über dem Hof war durchzogen von Nieselregen, und silberne Tropfen hängten sich an die schwarzen Zweige und Knospen des Birnbaums. Wir sangen eine Reihe von Gebeten, um die Ankunft der Maid zu ehren, und Freifrau Abeo bewirtete uns mit Sesamschmalzgebäck und Honigschmalzgebäck, das sie von einem Hausierer erstanden hatte. Sie war die Einzige von uns, welche die Hochsprache sprach und als Edle geboren worden war, doch auf dieser Seite der Berge war sie bloß eine von vielen leibeigenen Frauen.

Ich überreichte Catena ein Geschenk, das ich für sie gemacht hatte, eine kleine mit Garn umwickelte Strohpuppe, und sie bedankte sich artig bei mir und steckte sie weg. Vielleicht fand sie sie zu kindisch, obwohl sie selbst auch kindisch sein konnte, wie ich zu meiner Freude feststellte. Manchmal spielte sie mit anderen jungen Mädchen, lief nachts im Hof oder Schlafsaal herum, bis müde Frauen mit ihnen schimpften und sie dazu brachten, damit aufzuhören. Heute Abend jedoch schien sie zufrieden damit, wie wir anderen mit der Spindel zu hantieren. Als sie gekommen war, hatte sie nicht spinnen können, und ihre Aufseherin hatte ihre Arme mit Kniffen ihrer angespitzten Fingernägel bedeckt.

Wir arbeiteten den ganzen Tag für Arthygater Katharos, doch abends arbeiteten wir für uns selbst, um uns ein paar Münzen zu verdienen. Zwirn konnte man immer verkaufen. Eine einzige Weberin konnte Zwirn von bis zu zehn Spinnerinnen benötigen, um beschäftigt zu bleiben; je feiner die Webart, desto mehr Spinnerinnen. Die Frau, die den Schlafsaal beaufsichtigte, lieh uns Wolle und Flachs, und wir spannen sie, worauf sie uns ein paar Münzen gab und uns weitere Faser als Vorschuss gab und so weiter. Zweifellos profitierte die Arthygater irgendwie auch von diesem Handel, so wie sie von den wenigen Hausierern Abgaben entgegennahm, die Zutritt in die Manufaktur bekamen und uns Süßigkeiten, Nadeln, Brennstoff für kleine Feuer, Lampenöl, Singvögel und dergleichen verkauften.

Lambaneinische Münzen waren zylindrische Perlen mit eingestanzten Figuren; die am wenigsten wertvollen bestanden aus Zinn. Die Frauen trugen diese Perlenmünzen an den Fransen der Netzhauben, die sie anstelle von Kopftüchern trugen. Ich war zunächst schockiert gewesen, als ich sah, dass Frauen hier herumliefen und dabei ihr Haar unter diesen Hauben sehen ließen, so, als besäßen sie noch ihre Jungfernschaft. Nun aber trug ich meine eigene Netzhaube und ein paar Münzen, die ich daran hängte. Eines Tages, so hoffte ich, würde ich viele Münzen haben, genug für den Weg nach Hause.

Dulcis plapperte in einem fort, und wahrscheinlich war ich die Einzige, die ihr zuhörte, denn sie erzählte immer wieder die gleichen Geschichten. Für mich war ihre Plauderei neu und so verblüffend, dass ich sie interessant fand.

Sie sagte gerade: »Diakonan war bezaubert von mir, der arme Bursche, aber er konnte keine einzige Münze sein Eigen nennen. Statt Wachsfigürchen zu kaufen, fertigte er sie selbst aus Lehm an, plumpe Dinger, ganz und gar nicht schmeichelhaft, und dann markierte er sie mit seinen Zähnen und Nägeln, um zu zeigen, wie er vorhatte, mich zu markieren, wenn ich ihm die Gelegenheit gäbe. Was ich nicht tat.«

»War das der Wachpfosten?«, fragte ich. Es war schwierig, Dulcis' zahlreiche Verehrer auseinanderzuhalten. Sie brüstete sich endlos mit Männern, die sie begehrten, doch ich sah nie einen von ihnen. Sie prahlte mit ihrer Schönheit, und ich gebe zu, dass ich auch diese nie an ihr erblickte. Tatsächlich hatte sie ein Doppelkinn – das die Männer in Lambanein reizend fänden, sagte sie –, und ihre Haut war in Anbetracht ihres Alters wenig faltig. Sie arbeitete seit zwanzig Jahren in der Manufaktur.

»Oh nein, Diakonan war der Pförtner«, sagte Dulcis. »Der Wachposten, ach du Liebe, von dem habe ich mich ganz nach seinem Wunsch markieren lassen. Du hättest mich mal sehen sollen nach unseren Paarungen, über und über bedeckt mit Bissen und Kratzern! Ich glaube, er hat mir so viele Narben verpasst, wie er selber hatte. Er war ein kühner Bursche, sehr leidenschaftlich, erfahren in den fünfundzwanzig Stellungen – er hatte eine Rute wie eine Eiche! Ich schwöre, wenn wir ›Kletterpflanze und Säule‹ machten, konnte er mich aufrecht halten, ohne die Hände zu benutzen.«

»Wie ist er denn hereingekommen, um dich zu besuchen?«

»Er hat den Nadelhausierer als Mittelsmann benutzt und den Pförtner bestochen«, erzählte Dulcis. »Nur ein Schlüssel passt in alle Schlösser, wusstest du das nicht?«

»Der gleiche Söldner … Pförtner? Diakoman?«

»Oh ja. Das hat ihn immer rasend gemacht vor Eifersucht.«

»Dieser Schlüssel, von dem du da redest …«

»Geld.«

»Ja, Geld. Kann es den Tötner dazu bewegen aufzumachen, sodass wir rausgehen können?«

»So viele Münzen, die dafür nötig wären, wirst du nie in die Hand bekommen«, sagte Nitida. »Der Arthygater ist es gleich, wenn sich ab und zu mal Männer hereinschleichen, um weitere Leibeigene zu zeugen, aber ein Pförtner, der eine Frau weglaufen lässt … Nun, ich wage zu behaupten, er würde sein Leben auf unangenehme Weise verlieren. Sie würde ihn von ihren Folterknechten wahrscheinlich bei lebendigem Leib häuten lassen.«

Die Zeitnehmer rasselten mit ihren Holzklappern, um die sieben Abschnitte des Tages und die drei Abschnitte der Nacht zu kennzeichnen, damit wir zur richtigen Zeit aufstanden, arbeiteten, aßen und schliefen. Tag für Tag saß ich da und webte von Tagesanbruch bis Sonnenuntergang. Der Webstuhl stand mehr aufrecht als waagerecht, und der Kettfaden wurde mit Gewichten straffgehalten, aber von derlei Eigenarten abgesehen, wurde ich durch ihn an die Werkstatt der Freifrau erinnert; der gleiche rhythmische dumpfe Schlag von Klöppeln und das Sirren von Schiffchen zwischen Kettfäden, und dazu der Klang von Frauenstimmen. In dem Raum waren ein Dutzend Weberinnen, und um den Hof der Manufaktur gab es viele solcher Räume.

Ich webte gelbes Tuch mit einem breiten braunen Streifen in der Mitte. *Tharais* nannte es sich. Jeden Tag wurde von mir erwartet, ein Tuch fertigzustellen, das doppelt so lang war wie meine ausgestreckten Arme. Ein Drittel davon wurde als Umhängetuch verwendet, der Rest als Umhang. Wir konnten schnell weben, weil irgendwo in einem anderen Raum Textilarbeiterinnen anscherten und Anfangbänder aus schwarzen und weißen Karos webten.

Diese Tharaiskleidung war so grob wie Sackleinen, plumpes, mit Zwiebelhäuten und Walnussschalen gefärbtes Nesseltuch. Dulcis meinte, sie seien für die niedrigsten Bediensteten von Arthygater Katharos, jene, die sich unter dem Umhängetuch verbargen, so wie die Frau, die uns in dem Badehaus rasiert hatte. Textilarbeiterinnen trugen Tharaiskleidung nur während ihrer Mondblutungen, wenn sie verpflichtet waren, das Gesicht zu verbergen und in Abgeschiedenheit zu essen und zu schlafen. In der anderen Zeit trugen wir feinere *Tharos*-Kleider, mit Resede gelb gefärbte Wolle mit den gleichen karierten Anfangbändern, die alle Bediensteten von Arthygater kennzeichneten.

Unsere Aufseherin schimpfte mit uns und schlug uns, wenn wir zu langsam arbeiteten. Dabei spuckte sie das Wort »Tharais« aus, als wäre es ein Fluch. Allmählich war ich davon überzeugt, dass das Wort etwas schlecht Gemachtes bezeichnete oder eher noch etwas, bei dem es sich nicht lohnte, es gut zu machen, denn sie bestrafte uns nie für nachlässige Arbeit.

Ich hatte immer gehört, dass Artifex um die Welt reiste und Menschen aus dem Lehm verschiedener Uferbänke schuf, sodass jedes Volk eine andere Farbe hatte. In diesem Webraum befand sich der lebende Beweis dafür. Hier waren Leibeigene aus Königreichen, von denen ich noch nie etwas gehört hatte; einige hatten bleiche Haut, andere waren rotwangig, wieder andere rötlich braun. Die meisten der Lambaneinerinnen waren gelbbraun und neigten wie ich zu Sommersprossen, und zuerst hielt man mich auch für eine von ihnen, die gerade aus der Provinz gekommen war. Sie begrüßten mich und sprachen mich freundlich an, doch sobald ich den Mund aufmachte, wussten sie, dass ich fremdstämmig war. Danach bemühten sich nur noch einige wenige, mit mir zu reden, unterhielten sich jedoch untereinander offen, und ihr Gerede war wie ein Fluss, in dem ich nach Bedeutung fischte. Ich lernte Worte für Nesseltuch, Hanfgarn, Leinen, Wolle, Schiffchen, Kettfäden, Webstuhl, Gerste, Kichererbsen, Oliven. Dinge, auf die ich hinweisen oder die ich berühren konnte: Himmel, Baum, Brunnen, Dach, Boden, Säule, Haar, Hand, Fuß, Kleidung, Perle, Knute. Die Musik der Sprache eröffnete sich mir einfacher als die Worte, genauer gesagt, kehrte zu mir zurück – die hohen, singenden Betonungen in der Sprache der Frauen, so anders als das raue Knurren, das die Männer von sich gaben.

Eine der Weberinnen hatte einen kleinen Sohn, der zu jung war, als dass man ihn ihr hätte abnehmen und in die Unterkünfte der Männer stecken können. Der Junge zog Spulen mit Faden aus dem Korb seiner Mutter und verhedderte sie, wofür sie ihn an den Haaren zog. Er schluchzte: *»Emmin! Emmin!«* Mutter! Mutter! Als ich es zum ersten Mal hörte, erkannte ich das Wort an dem Schmerz, den es mir bereitete. *Fedan, emmin*; Vater, Mutter.

Ab und zu schnappte ich solche kleinen Worte auf, Worte, von denen ich nicht gewusst hatte, dass ich sie kannte, kleine Fische, gefangen in einem durch dunkles Gewässer geschleppten Netz.

In dem unterirdischen Schlafsaal beanspruchten wir der Hochsprache Mächtigen unseren gewohnten Platz an einem bestimmten dicken, kalkgetünchten Pfeiler, breiteten unsere dünnen Decken über einem Haufen Stroh aus und benutzten unsere Wollumhänge und Schultertücher als Bettdecken. Catena und ich lagen Seite an Seite, um Wärme zu teilen, wie es viele Frauen taten. Ich erzählte ihr eine von Nas alten Geschichten von dem Jäger und der Hasenfrau. Nun, da wir vor den wilden Ferinus in Sicherheit waren, genoss sie es, erschreckt zu werden. Ihr Haar war von einem Flaum zu einem Fell geworden; ich fuhr ihr mit der Hand durch die weichen Borsten und fragte mich, ob sie wohl mit mir davonziehen wollen würde, um erneut die Berge zu überqueren.

Catena schlief. Das einzige Licht in dem Schlafsaal sickerte aus zwei abgedunkelten Laternen, eine in der Nähe der Tür, die andere auf der anderen Seite des Raums neben der Latrinenbank. Durch ihr mattes Flackern wirkte die Decke niedrig und bedrohlich. Irgendwo in dem Raum hustete eine Frau, ein trockenes, heiseres Husten, ein Geräusch, das zu ignorieren mir so schwer fiel wie den Schrei eines Babys. Ich war innerlich zerrissen bei dem Gedanken, dass ich keine Kräuter hatte und ihre Sprache nicht sprechen konnte und es mir nicht anstand, mich um sie zu kümmern – ich hatte hier keinen Platz, ich gehörte nicht hierher. Aber es war mir unmöglich, gar nichts zu unternehmen. Vorsichtig ging ich zwischen den Schläferinnen hindurch zu dem Wasserkrug, um der Frau einen Becher Wasser zu bringen. Sie lag zusammengerollt auf der Seite in der belebtesten und übelriechendsten Ecke des Schlafsaals in der Nähe der langgezogenen Bank mit Löchern, wo wir uns alle in einer Reihe erleichterten, über versteckten Fäkalbehältern sitzend. Neuankömmlinge schliefen hier, wenn sie noch nicht imstande waren, einen besseren Platz auf dem überfüllen Boden des Schlafsaals für sich in Anspruch zu nehmen.

Ich kauerte mich neben die Frau. Vielleicht glaubte sie, ich wollte sie wegen des Lärms zurechtweisen, denn sie schreckte vor mir zurück. »Wasser?«, sagte ich auf Lambaneinisch. Sie setzte sich auf, schenkte mir ein schüchternes Lächeln und nahm den Becher, den ich ihr entgegenhielt. Auch sie war vor kurzem geschoren worden. Ich legte meine Hand auf ihren knochigen Rücken und ihre Stirn und stellte fest, dass ihr Lebensfeuer gleichmäßig brannte. Es war nur eine Erkältung, nicht mehr, aber ihre Kehle war so rau vom Husten, dass jeder Atemzug kratzte und sie noch mehr husten ließ. Sie drückte mir aus Dankbarkeit die Hand, was mich beschämte, da ich ihr gar nicht geholfen hatte.

Ich kehrte zu meinem Bett zurück und hörte ihrem Husten zu.

Als ich endlich einschlief, träumte ich, ich würde die steilen Hänge oberhalb des Steinhauses auf dem Mount Sair erklimmen. Growan Maid war an den hohen Weiden und dem Athlewood angekommen und hatte einen wilden, süßen Duft mitgebracht. Ich sammelte Minze, Senf und Nesseln und ging dann zu meinem Kräutergarten auf der Terrasse unterhalb des Hauses, um dort Andorn und Ysop zu pflücken. Alles, was ich brauchte, um einen Husten zu lindern.

Vielleicht nahm ich im Schlaf den Moschusgeruch von Andorn und den belebenden Duft von Minze wahr, denn als ich am Morgen aufwachte, fand ich diese Kräuter in dem Stroh um unsere Decken, vermischt mit Mohnblumen, Kornblumen und anderem Unkraut, das unerwünscht zwischen Weizen und Gerste gewachsen war. Ich erkannte ein Geschenk, wenn ich es vor Augen hatte, aber nach dem Geschenk des Traums erschien es wie eine Strafe, dass die Götter von mir verlangten, für kleine Gefälligkeiten dankbar zu sein. Ich murmelte ein Gebet vor mich hin, aber innerlich grollte ich.

Ich harkte einen Haufen Stroh zusammen und fing damit an, ihn zu sortieren, indem ich nützliche Pflanzen beiseitelegte – jene, die ich in meinem Traum gefunden hatte, und noch mehr –, und Catena half mir dabei, sie zu bündeln und sie mit Stopfgarnfäden an die niedrigen Dachsparren zu hängen. Die Kräuter hatten ein wenig ihres Gehaltes verloren, aber sie trugen dennoch den Geruch anderer Orte und anderer Jahreszeiten in sich.

Als ich die Frau am nächsten Abend husten hörte, goss ich einen Kräutertee aus Andorn und Ysop auf und nahm auf diese Weise meine Pflichten als Kräuterfrau wieder wahr. Ich war überrascht, wie schnell dies die Runde machte und wie viele daraufhin auf mich zukamen. Bei vielen Textilarbeiterinnen hatten sich aus Mangel an Heilmitteln kleine Beschwerden angehäuft. Einige wenige von ihnen waren ziemlich krank, hatten ihre Not allerdings verborgen, damit sie nicht zum Sterben in einen Tempel geschickt wurden, denn die Arthygater duldete keine Leibeigenen, die nicht arbeiten konnten.

Es gab gewisse sonderbare lambaneinische Krankheiten, die von bösen Geistern hervorgerufen wurden, die hier *Meneidon* hießen. Die meisten dieser Meneidon waren Wasserwichte, die in Strömen, Brunnen, Zisternen und Abwasserkanälen hausten; andere hausten in Stein oder Holz. Unser Hofbrunnen hatte einen Meneidon, und es hieß, es gebe noch eine Reihe weiterer, die sich in der Manufaktur versteckt hielten, rasch Anstoß an irgendetwas nahmen und nur schwer zu besänftigen waren. Zuweilen suchten sie Menschen heim und brachten ihnen Schwindelanfälle oder Ohnmachten ein, für Vergehen, wie etwa einen Eimer übel riechendes Wasser an der falschen Stelle entleert zu haben. Die einzig wahre Heilung solcher Krankheiten bestand darin, den zornigen Meneidon zu besänftigen, doch zuweilen gelang es mir, das Leiden einer Frau zu lindern.

Ich lernte neue Worte auf Lambaneinisch: Bauch, Mutterleib, Zahn, Schmerz. Nitida oder Migra übersetzten, wenn Gesten nicht weiterhalfen. Ich benutzte das, was ich finden konnte: Salbei oder Mädesüß im Bettstroh, Gamander und Thymian, der zwischen den Steinen des Hofs wuchs. Manchmal wurde ich jeder Hoffnung auf Heilung beraubt, da das, was ich benötigte, nur außerhalb der Manufakturmauern wuchs. Dann wurde ich schmerzlich daran erinnert, aus dem Reich von allem, das grün war und wuchs, ausgeschlossen worden zu sein, und auch von dem kommenden Frühling in der weiten Welt.

Häufig wandte ich mich der Freifrau und Na zu, indem ich inmitten der Schlafenden in dem dunklen Schlafsaal die Knochen warf. Dass sie bei mir blieben, war mir ein großer Trost. Auch Trost ist eine heilende Gabe. Vielleicht musste ich gedemütigt werden, um dies zu lernen; ich musste daran erinnert werden, mit Würde jene Zeiten anzunehmen, in denen sich nichts anderes tun ließ, als die Leidenden wissen zu lassen, dass sie nicht alleine waren.

Jeden Abend verbrannte Dulcis Büschel Wolle vor ihrer kleinen Tonfigur von Wend Ram. Darüber hinaus bezeugte sie ihre Ehrerbietung gegenüber den Göttern von Lambanein, vor allem der Göttin Katabaton. Von den wahrhaftigen Göttern erkannten die Lambaneiner nur drei an: den Gatten-Vater Posison, die Gattin-Mutter Katabaton und den Sohn Peranon. Mein Unwissen zu jener Zeit war so groß, dass ich überrascht war zu erfahren, dass die Menschen andere Götter als die unseren verehrten. Ich fragte Dulcis, wie es Platz für diese geben könne, wenn unsere zwölf Götter die Schöpfung zwischen sich aufteilten, die sichtbaren und die unsichtbaren Herrschaftsbereiche.

»Sie leben in einer Überwelt«, sagte Dulcis.

»Und wo ist die?«

»Dort, wo sie Hof halten. Es ist dort Tag, wenn hier Nacht ist, und Nacht, wenn Tag ist, und ihr Sommer ist unser Winter, und so weiter.«

»Also sind sie rückwärtsgerichtet?«

»Nein, es heißt, wir sind die Rückwärtsgerichteten, hier in der Unterwelt – rückwärts wie eine Spiegelung auf einem Spiegel.«

Nitida, die leuchtende schwarze Augen, ein tiefes Lachen und das liebenswerteste Wesen von allen Frauen aus Incus hatte, war überhaupt nicht fromm und fand meine Ungläubigkeit amüsant. »Sie glauben, unsere Aspekte sind Meneidon, verstehst du – obwohl natürlich sehr hoch stehende. Sie haben Meneidon aus vielen Königreichen in ihren Diensten, genau wie der Arkhon seine ebanakanischen Wachen und seine Wahrsager aus Bivium hat.«

»Aber was ist mit der Sonne und dem … Blond, ich meine Mond?«

»Was soll damit sein?«, fragte Nitida.

»Na ja, dass sie Götter sind, kann doch jeder sehen. Die Sonne sehen wir jeden Tag, und sie spendet uns Wicht … Licht, damit wir sehen können. Wie könnte es jemand ablehnen, sie zu verehren? Das ergibt keinen Sinn.«

Nitida lachte. »Wer sagt denn, dass Lambaneiner vernünftig sind? Sie glauben, die Sonne ist ein von Posison angetriebener Wagen, und der Mond ein Schiff, mit dem Katabaton durch die Nacht segelt.«

»Du glaubst doch an Jux Moon, nicht wahr, Dulcis?«, fragte ich.

»Natürlich.«

»Wie kannst du dann daran glauben, dass diese Kata … Katabaton ihn durch die Gegend segelt?«

Dulcis zuckte mit den Schultern. Offenbar konnte sie mit Widersprüchen leben.

Ich fand diese lambaneinischen Vorstellungen absurd, und am absurdesten vor allem ihren Glauben, drei Gottheiten könnten die Größe der Welt umfassen und ihre Unmenge von Teilbereichen beherrschen. Und es beleidigte mich, dass sie unsere Aspekte für bloße Meneidon hielten, nicht mächtiger als der launenhafte Geist in dem Hofbrunnen. Ich wusste, dass die Götter Götter waren. Hatte ich denn etwa nicht gespürt, wie Ardor Wildfire mir seine Macht auf den Körper aufgedrückt hatte, und Zeichen der zwölf Götter hier in Lambanein erscheinen sehen, wie überall sonst auch?

Im Dienst der Freifrau war ich immer nur eine mittelmäßige Weberin gewesen, da sich meine Gedanken ständig nach draußen verirrt und sich gewünscht hatten, der Rest von mir könne folgen. Aber mir erschien es wie eine Zeitverschwendung, etwas durchweg schlecht zu machen, während die anderen Weberinnen von Tharaistuch dazu bereit waren. Die Freifrau hatte minderwertige Arbeit nicht gebilligt. Sie war nun mit mir im Webraum – in der Erinnerung und auch in der Gewandtheit meiner Hände. Ich webte, um ihr zu gefallen, nicht der Arthygater.

Als ich mich sowohl als ordentlich wie auch als schnell erwies, schickte mich die Aufseherin in einen anderen Webraum, wo wir solche Tharos-Umhänge und -Umhängetücher fertigten, wie wir Textilarbeiterinnen sie trugen, nur von besserer Qualität. Der Stoff wurde in Allaxios verkauft oder woandershin transportiert. In Lambanein war es Brauch, dass Frauen gelbe Stoffe trugen, vielleicht mit einer gemusterten oder gestreiften Umfassung als Bordüre (hier trugen nicht nur Huren, sondern auch ehrbare Frauen Streifen). Doch die Lambaneiner hatten nicht nur ein Wort für Gelb, sondern gleich derer elf, und zwar für sämtliche Farbnuancen, die sie zwischen Gelb und Orange sahen. Sie konnten den Wohlstand einer Frau äußerst genau an dem Farbstoff und dem Garn einschätzen, das in ihrem Umhang verwendet worden war, wobei mit Safran gefärbte Seide als edelste galt.

In diesem Webraum kam ich unter die Fuchtel einer kleinen, zu Gefühlsausbrüchen neigenden Rothaarigen namens Zostra. Sie stolzierte mit vorgeschobenem Kopf herum wie eine Henne. Wenn sie mich rügte – was sie häufig tat –, zitterte ihr wabbeliges Doppelkinn. Wenn meine Aufmerksamkeit nachließ und ich den Schussfaden zu stramm zog, oder wenn ich einer Drossel zuschaute, die in dem Birnbaum vor dem Fenster sang, dann schlug sie mir mit ihrer Peitsche aus festen Schnüren, an deren Enden Holzperlen befestigt waren, auf den Rücken. Oder sie kniff mich mit ihren Fingernägeln, die sie lang und spitz wachsen ließ, um zu beweisen, dass sie nie weben oder spinnen musste wie wir anderen. Ich lernte lambaneinische Beleidigungen, die Schlampe, Schmutzfink, Faulenzerin oder Dummbeutel bedeuteten. Einmal zog ich mir einen der Wollsocken aus, die mir als Schuhe dienen mussten, um mich an der Fußsohle zu kratzen, und Zostra drosch auf mich ein und schrie: »Tharais! Tharais!« Auf diese Art lernte ich, dass die Fußsohle verborgen bleiben sollte.

Die Lambaneiner fanden Fremdstämmige wie mich äußerst ungehobelt und verachtenswert; selbst ihr Wort für uns war ein Vorwurf und bedeutete so viel wie sonderbar-unwissende Person. Aber ich hatte ein paar Worte und genug lambaneinische Umgangsformen gelernt, um Beleidigungen zu vermeiden; wenn ich lächelte oder lachte, legte ich dabei nicht länger die Zähne frei, und ich berührte niemanden mehr mit meiner linken Hand. Einige der Frauen, etwa die rothaarige Agminhatin, die beste Weberin im Raum, sprachen mit mir. Sie machte Zostras gezierten, pickenden Gang hinter deren Rücken nach und brachte uns damit zum Lachen.

Es dauerte eine ganze Weile, bis ich eine Frage auf Lambaneinisch beisammen hatte, und wenn ich sie dann stellte, verwirrte mich die Antwort im Allgemeinen. Die Worte wurden zu schnell gesprochen, sodass ich die Leute beim Sprechen genau beobachtete, um aus ihren Mienen und Gesten, ihrem Tonfall und ihren Pausen herauszulesen, was sie sagten, genau wie ich es getan hatte, nachdem mich Wildfire getroffen hatte. Danach enträtselte ich ihre Worte, nur um dann häufig festzustellen, dass sie gar nicht meinten, was sie sagten. Alle hassten Zostra und zeigten das auch deutlich; doch da ihre Verachtung den Mantel der Unterwürfigkeit trug und ihr Spott die Form von Schmeichelei annahm, schien Zostra es gar nicht zu bemerken.

Tage, die alle gleich sind, gehen nur langsam vorbei. Wenn es dämmerte, hatte ich Schmerzen im Nacken und in den Schultern, Krämpfe in den Beinen, und es tat mir von den Fingern bis in die Unterarme weh. Harte Arbeit härtete mich normalerweise für weitere harte Arbeit ab, doch die Schmerzen wurden schlimmer. Meine Gedanken schienen genauso an eine Aufgabe gebunden zu sein wie mein Körper und litten ebenso unter Wiederholung, zurück und vor wie das Schiffchen, aber ohne dass dabei am Ende Stoff herausgekommen wäre: Galan und König Corvus, Sehnsucht und Bitterkeit, zwei Lagen eines Fadens, die so miteinander verwoben waren, dass ich manchmal den, welchen ich begehrte, mit dem, der mich verlassen hatte, verwechselte.

Während des Neumonds waren die Lambaneinerinnen voller Furcht, und sie begannen jede Nacht, indem sie rufend und klatschend durch den Schlafsaal zogen, um bösartige Gedanken und Geister zu vertreiben. Morgen war das Fest des Neumonds, und sie würden die Erscheinung des Monds mit inbrünstiger Verehrung begehen, als Zeugnis, dass Katabatons Schiff in den Ozeanen der Nacht nicht untergegangen war. Es würde der erste Ruhetag sein, seit wir in die Manufaktur gekommen waren – der einzige, den es in jedem Monat gab, denn die Lambaneiner hatten keinen Friedenstag am Ende jeder Dekade.

Als es im Schlafsaal endlich ruhig war, setzte ich mich auf und schuf einen Freiraum in dem Stroh, um den Götterzirkel auszubreiten. Dies tat ich mittlerweile fast jede Nacht, nachdem die anderen Frauen zu Bett gegangen waren. Nackt unter einem Umhängetuch, den Götterzirkel zwischen den Knien verborgen, warf ich die Knochen. Wenn ich einmal nicht nach Heilmitteln für andere fragte, hatte ich meine eigenen Gründe, mich an die Freifrau und Na zu wenden, und fragte sie, was aus Galan, Mai und all meinen anderen Freunden geworden war. Was war mit Mouse? Was mit Garrio und den Pferdejungen, wie erging es ihnen?

Ich befragte die Knochen zu König Corvus, und sie antworteten mir in Rätseln. Ich hatte ihm widerwillig, aber gut gedient, er konnte nicht leugnen, dass ich ihm gut gedient hatte, und jeden Tag hatte ich damit gerechnet, dass er nach mir schicken lassen würde. Brauchte er denn in diesem fremden Land keine Seherin? Doch nach mehr als zwei Dekaden in der Manufaktur glaubte ich nicht mehr, dass mich sein Ruf ereilen würde. Allmählich war ich davon überzeugt, dass er uns an Arthygater Katharos verkauft hatte. Viele leibeigene Frauen hier waren im Krieg oder bei Überfällen gefangen genommen worden wie wir oder von ihren Familien verkauft wie Migra, deren Tunichtgut von Gatte sie gern als Wettschuld einlöste.

Es war nicht so, als wäre ich dem König gegenüber loyal gewesen. Aber ich war davon überzeugt, dass er versuchen würde, Incus wieder zu erobern, und wenn er in diesem Sommer die Ferinus überqueren würde, wollte ich mit ihm gehen. Freifrau Abeo erzählte mir, die Pässe durch die Berge seien etwa ab dem Mittsommertag passierbar; wenn Growan Maid überall zum Sommer reift, ist es auf den Gipfeln Frühling. Ich hatte Freifrau Abeo viele Fragen über Sapheiros gestellt, denn ihre Familie hatte sich dort nach der Eroberung durch König Voltur niedergelassen und einen der schönen Gutshöfe in Besitz genommen, welche die Edelmänner der Lambaneiner verloren hatten. Sie war bei einem Überfall jenseits der Grenze gefangen genommen worden und hatte mit angesehen, wie ihr Vater dabei getötet wurde. Ihr waren Dinge angetan worden, über die sie nicht sprach. Man lernte, nicht zu fragen. Es gab so viele schreckliche Geschichten und noch schlimmere Schicksale als das meine. Ich fand, dass dies nur ein schwacher Trost war.

Ich legte mich hin, um zu schlafen, und während ich mich drehte und wieder drehte, raschelte das Stroh, das ich unter der Decke angehäuft hatte. Es roch nach Sommerfeldern und einer staubigen Ernte, und oh, wie sollte ich es noch so lange aushalten? Wenn der Birnbaum im Hof blühte, würde ich gehen, sagte ich mir. Doch die Knochen mahnten mich, mich nicht von meiner Ungeduld leiten zu lassen.

Ich träumte falsche Träume vom König. Es waren schlechte Träume, ich hatte mich wieder verirrt und war dem Tod durch Kälte und Hunger in den Ferinus nah, und der König bat mich um etwas mit einer Hoffnung, die ich schmerzhafter fand als seine Verzweiflung, weil ich nichts zu geben hatte.

Ich träumte wohlriechende wahrhaftige Träume von dem Steinhaus auf dem Mount Sair, doch wie schon zuvor im Tempel von Lynx, tauchte Galan in diesen Träumen nie auf. Ich träumte, ich arbeitete noch härter als in dem Webraum, schleppte Gestein, Wasser und Heu, grub um, pflanzte und schnitt zurück. Ich erwachte ausgeruht, meine Gliedmaßen waren nach diesen Strapazen warm, gedehnt und entspannt, von den Krämpfen befreit, die ich nach einem Tag am Webstuhl bekam.

Immer mehr machte sich die Befürchtung in mir breit, ich würde dieses Haus auf dem Berg nie sehen. Ich hatte diese wahrhaftigen Träume als eine Verheißung dessen verstanden, was sein würde, doch vielleicht verhießen sie bloß das, was hätte sein können.

Wie glücklich war ich in jenen Tagen, wenn ich vergaß, dass ich Galan vermisste. Es ließ sich nicht jeden Tag ertragen.

Ich setzte mich mit einer der Frauen aus Incus in den Säulengang des Hofs. Schon länger als eine Dekade hatte es keine winterlichen Regenfälle mehr gegeben, und nun würde es ein halbes Jahr lang nicht mehr regnen. So hieß es jedenfalls, auch wenn es mir schwerfiel, dies zu glauben. Über dem grün gedeckten Dach zeigte sich der Himmel in reinem, tiefem Blau. Zwischen dem Gitterwerk der Birnbaumäste glitzerten einige wenige Sterne wie Perlen. Catena spielte mit Freundinnen, wie sie es an den meisten Abenden tat. Sie konnte sich bereits besser auf Lambaneinisch verständlich machen als Migra, die seit acht Jahren hier war.

An mehreren Abenden hatte Freifrau Abeo mich wieder lesen gelehrt, und als Text hatten wir den Berechtigungsschein genommen, den Sire Galan mir geschenkt hatte. Zuerst konnte ich nur meinen Namen erkennen. Doch Ardor hatte sich mir gegenüber in letzter Zeit gnädig erwiesen. Zwar zögerte ich nach wie vor beim Sprechen und verhaspelte mich von Zeit zu Zeit, doch war dies kein Hindernis mehr, um verstanden zu werden, und meine Freundinnen aus Incus bemerkten es offenbar gar nicht. Beim Lesen war es das Gleiche. Zeichen, Klang und Sinn waren zuvor scheinbar voneinander durch Mauern getrennt gewesen, ein Irrgarten, in dem ich bei jeder Abzweigung ratlos war. Nun stürzten die Mauern ein, und es stand mir frei, zu lernen und mich zu erinnern. Die Gottzeichen brachten Geräusche hervor, die Geräusche brachten Worte hervor, und die Worte ergaben Sinn. *»Legt Zeugnis ab, dass ich meiner Scheide Feuerdorn den Pachtbesitz auf mein Landgut auf Mount Sair auf Lebenszeit übertrage, das umgrenzt wird von den Needle Cliffs zum Norden, vom Fluss Wend zum Osten und Süden sowie vom Athlewood zum Westen; das Steinhaus und Viehställe, Ländereien, Wald- und Weiderechte und die Quelle.«*

Freifrau Abeo lobte mich dafür, dass ich so schnell lernte, und Nitida wollte alles über diesen Sire Galan wissen, wie er aussah, und warum ich nicht zu dem Haus gegangen war, das er mir geschenkt hatte. Zuvor war ich zugeknöpft gewesen, wenn es darum gegangen war, von ihm zu sprechen, und nun sprach ich vielleicht zu freigiebig und übertrieb es mit seinem guten Aussehen und seinem Mut. Nitida zog mich deswegen auf, und es tat mir gut – das muss ich zugeben –, andere Frauen wissen zu lassen, dass so ein Mann mich gern gehabt hatte.

Dulcis prahlte mit der Tapferkeit eines Edelmanns, der sie vor vielen Jahren verehrt hatte, womit sie die Unterhaltung auf das interessantere Thema ihrer selbst lenkte. Mittlerweile hatte auch ich gelernt, ihre Erzählungen zu ignorieren, dabei aber so zu tun, als hörte ich zu.

Während meiner dritten Dekade in der Manufaktur durchtrennte jemand, während ich schlief, dic Zugleine des Götterzirkels, der an der roten Schnur um meine Hüfte hing, und stahl mir den Beutel und alles, was darin war: mein kleines Zinnamulett von Wildfire, den zusammengefalteten Berechtigungsschein aus Leinen von Galan und die Fingerknochen der Freifrau und Nas. Außerdem schnitt mir die Diebin zinnene Perlenmünzen von meiner Netzhaube.

Ich entdeckte dies am Morgen, und Catena, Dulcis und die anderen halfen mir suchen, indem sie das Stroh um unseren Schlafplatz durchsiebten. Ich erhob ein Geschrei, fragte jede, die ich kannte, ob sie eine Diebin bemerkt habe. Agminhatin, die rothaarige Weberin aus Zostras Webraum, nahm Anstoß daran, so, als hätte ich sie beschuldigt; andere zuckten gleichgültig mit den Schultern. Ich riskierte eine Tracht Prügel, indem ich im Schlafsaal zurückblieb und jede einzelne der Decken ausschüttelte, die zusammengefaltet auf den Regalen an der Wand lagen. Ich betete, die Diebin hätte die Münzen genommen und den Rest zurückgelassen, aber ich konnte weder einen Fetzen Stoff noch einen Knochen finden.

An diesem Abend sagte Dulcis, ein Mistkäfer müsse es gestohlen haben. Alle wüssten doch, dass sie ihre Kinder als Diebe ausbildeten und sie losschickten, durch die Löcher in Latrinenbänken hinaufzuklettern, um ehrbare Menschen zu bestehlen. Migra pflichtete ihr bei und meinte, die *Koprophagais* führten alle Arten von Unheil im Schild: Diebstähle, Entführungen, sie verursachten Krankheiten durch Verunreinigungen, und sie spähten Badende durch Gucklöcher aus. Wer oder was diese Mistkäfer sein sollten, wusste ich nicht, aber ich war davon überzeugt, dass eine der anderen leibeigenen Frauen meinen Beutel gestohlen hatte. Außer Catena hatte ich alle im Verdacht. Mich machte der Gedanke wütend, Galans Dokument und die kostbaren Knochen, die für jeden anderen wertlos waren, könnten in einen Topf mit Scheiße geworfen worden sein. Schlimmer noch war, daran zu denken, die Freifrau und Na könnten unfreiwillig an eine Diebin gebunden werden, die Lust auf einen neuen Talisman hatte. Ich war sorglos gewesen; jemand musste nachts gesehen haben, wie ich die Knochen für mich oder für eine Heilung geworfen hatte.

Es tat mir weh, diesen gefalteten, verknoteten Streifen Leinen verloren zu haben, auf dem Galans Nachlass für mich geschrieben stand. Schlimmer noch aber war es, die Knochen und ihren Rat verloren zu haben. Wenn nun eine Weberin mit einer rätselhaften Krankheit auf mich zukam – rote Knoten auf ihren Beinen, Atemnot, ein beklemmendes Gefühl in der Brust, Schwäche –, dann war ich nicht mehr imstande zu helfen. Zwar hatte ich immer noch die Gabe meiner Hände und die Kenntnis über die Kräuter, an die ich mich immer mehr erinnerte. Aber ohne die Knochen, die mir zeigten, welche Aspekte die Angelegenheiten beherrschten und wo ich nach einem Heilmittel suchen musste, war ich ratlos. Ich sehnte die Wahrsagung und Auslegung herbei, die Art, wie die Zeichen zuweilen Schloss und Schlüssel bildeten und Fragen Antworten aufschlossen oder auf gänzlich unerwartete Muster deuteten, in denen ich die rätselhaften Motive der Götter herausspürte.

Aber vor allem war ich derer beraubt worden, die sich um mich kümmerten, ihrer Gegenwart, ihrer Berührung. Ich trauerte um die Freifrau und Na, als wären sie erst vor kurzem gestorben.

KAPITEL 20

Tharais

Es war meine eigene Schuld, dass ich eine Tharais wurde. Ich hatte geglaubt, *Tharais* und *Tharos* bezöge sich auf Stoffarten, aber es sind ganz unterschiedliche Welten, die man in Incus und Corymb nicht kennt, und sie haben weder in der Hochsprache noch in der Niedersprache einen Namen. Unsauber und sauber, unrein und rein, wertvoll und wertlos wäre ein Anfang auf einer langen Liste. Und doch sind viele nützliche Teile, Dinge und Menschen *tharais* – etwa die linke Hand, die Fußsohlen, rohes Fleisch und Farbstoffe –, nützlich, aber *tharais* und daher schmutzig.

Bevor mir die Knochen gestohlen wurden, hatte die Freifrau mir während vieler ermüdender Tage am Webstuhl Kraft gegeben. Manchmal hatte ich sie nahe bei mir gespürt und gehört, wie sie ein Lied für Wend Weaver gesummt hatte, die sie von allen Aspekten am meisten geliebt hatte. Dann war mir ein Morgen oder ein Nachmittag vergönnt worden, an dem das Schiffchen zurück und nach vorne flog und die Fäden wie Reihen von Licht hingelegt wurden, nie zu straff oder zu lose. An solchen Tagen hatte Zostra innegehalten, um zuzuschauen, und war dann weitergegangen, ohne ihre Peitsche einzusetzen.

Mittlerweile vertraute mir Zostra feineres Garn an, das aus abgestreifter Wolle kastrierter Schafsböcke stammte und fast so kostspielig war wie Seide. Doch ohne die Gegenwart der Freifrau war Weben eine stumpfsinnige Pflicht. Ich geriet in Versuchung, kleine Fehler zu machen, den Schussfaden in Knoten zu verheddern und Kettfäden zu zerreißen.

Aber es hätte mich nicht befriedigt, und Zostra hätte auf mich eingedroschen und mich gezwungen, es wieder auszusortieren.

Eines Morgens war ich damit beschäftigt, eine gestreifte Bordüre an einem alten Stoffrest anzubringen, als mir die Farbe ausging und ich Zostra um neue bat. Sie gab mir mit Krapprot gefärbtes Garn, während ich zuvor mit Kermesbeeren gefärbtes Garn verwebt hatte, ein kostspieligerer Farbstoff und ein tieferes Hochrot. Sie hatten sieben Namen für Rottöne, und ich kannte sie alle und beharrte darauf, dass diese Farbe minderwertig sei. Als mir die Worte dafür ausgingen, machte ich Gesten. Hatte sie das Kermesgarn verkauft, Krapprot dafür gekauft und die Differenz behalten? In der Manufaktur ließen sich durch kleine Betrügereinen kleine Vermögen machen.

Zostra schlug mich mit der Spitze ihrer Peitsche auf den Kopf und schrie mich an, wie ich einen so dummen Fehler hätte machen können. Als sie ausholte, um mich erneut zu schlagen, ergriff ich die Schnüre mit der Hand. Zostra zog, und ich zog zurück und entriss ihr die Peitsche, warf sie zu Boden und stampfte mit den Fersen darauf herum. Dafür zog ich meine Strumpfschuhe aus und benutzte meine Fußsohle, damit die Peitsche beschmutzt wurde und Zostra es nicht wagen würde, sie wieder aufzuheben. Das zu tun war ein süßer Trost für mich für alles, was mich verbitterte. Ich wusste, dass ich eine Tracht Prügel dafür bekommen würde, vielleicht eine üble, aber in diesem Augenblick war es mir egal.

Sie ging auf mich los und schrie gellend, ich sei eine dreckige, dreckige, stinkende Tharais! Sie nahm mir meine Netzhaube ab und riss mich an den Haaren, schlug mir ins Gesicht und auf den Kopf. In mir sang so ein feiner, wilder Hass, dass ich zurückschlug und ihr eine so saftige Ohrfeige verpasste, dass mir die Handfläche brannte. Mit ihren geschärften Fingernägeln ging sie auf meine Augen los, sodass ich sie erneut schlug, dieses Mal mit den Fäusten. Ich wollte sie niederschlagen, um auf ihr herumzutrampeln, so wie ich auf ihrer Peitsche herumgetrampelt hatte. Sie rannte vor mir davon, aus der Tür hinaus und den Gang entlang.

Als ich meine Braue berührte, stellte ich fest, dass Zostra dort eine blutige Wunde hinterlassen hatte. Die anderen Weberinnen gafften mich an. Agminhatin hatte immer schnell einen Witz zur Hand; sie gackerte wie eine verzweifelte Henne, bewegte die Ellbogen auf und ab und machte Zostras Flucht nach. Außer Agminhatin selbst lachte niemand.

Nun, da es zu spät war, wurde mir übel vor dem, was folgen würde. Ich hatte zu viele Geschichten von den Folterknechten der Arthygater gehört und darüber, wie diese ungehorsame Leibeigene markierten, damit sie als lebende Beispiele dafür dienten, welchen Preis man bezahlte, bei der Arthygater in Ungnade gefallen zu sein.

Zostra kehrte mit zwei Wachposten zurück, und diese führten mich aus der Manufaktur heraus über einen Hof in ein anderes Gebäude hinein, wo ich einer stämmigen Frau namens Gnathin, die eine nervöse, betriebsame Art an sich hatte, zur Aburteilung übergeben wurde. Sie hatte sich in einen Umhang aus safrangelber Seide gehüllt, und an den langen Kordeln ihrer Netzhaube hingen Perlenmünzen aus Gold und Karneol.

Zwar war Zostra in ihrem eigenen winzigen Herrschaftsbereich mächtig, musste jedoch mächtigeren Menschen Rechenschaft ablegen. Sie trug der stämmigen Frau ihre Beschwerde mit schriller Stimme vor, sprach von Kermesbeeren und Krapprot und machte Gesten, um zu zeigen, wie ich sie geschlagen hatte. Gnathin schien ungehalten darüber, von bedeutenderen Aufgaben abgelenkt worden zu sein; sie schalt Zostra dafür, sich von einer Untergebenen besiegt haben zu lassen. Dann stieß sie ein paar Worte hervor und hob einige Finger der linken Hand.

Zostra wandte sich mir mit einem Ausdruck boshafter Befriedigung zu. Sie spuckte auf den Boden und sagte: »Tharais!«

Im Küchenhof des Palastes der Arthygater zwang Zostra mich, meine Kleider auszuziehen. Meine neuen Kleider waren von jener Art, die ich kurz nach meiner Ankunft gewebt hatte: grobes Nesseltuch, mit Zwiebelschalen gelb gefärbt und mit einem braunen Streifen. Der Umhang reichte nur einmal statt zweimal um mich herum und klaffte am Rücken ein wenig auf, wenn ich ging. Ich verhüllte mir den Kopf mit dem Umhängetuch, da es mir ab sofort untersagt war, Tharosmenschen mein Gesicht zu zeigen. Der dunkle Streifen erleichterte es, durch das Tuch hindurchzusehen.

Man erlaubte mir nicht, mich von Catena zu verabschieden. Da ich aus der Manufaktur ausgesperrt wurde, befürchtete ich, sie nie wiederzusehen und meine gestohlenen Knochen und die Urkunde für das Haus auf dem Berg nie wieder zu finden.

Nun war ich eine Tharais.

Vielleicht erlaubte sich Gnathin einen kleinen Scherz, indem sie mich zum Arbeiten in eine Färberei schickte, wo sie genau den Krappfarbstoff benutzten, über den ich mich beschwert hatte. Das einzige Produkt der Färberei war scharlachrote Wolle, die von Arthygater Katharos an den Arkhon verkauft wurde, damit seine ebanakanischen Wachposten alle in den gleichen Uniformröcken und Kniehosen eingekleidet werden konnten.

Stoff zu färben stank zum Himmel und oblag daher den Tharais. Ich wurde in das Tharaisviertel von Allaxios verbannt, wo die Unreinen lebten und arbeiteten. Neben Färbern arbeiteten dort Fleischer, Gerber und Walker, die Wolle säuberten und filzten. Dann gab es noch die Einbalsamierer – ein mir bis dahin unbekannter Beruf –, welche die Toten in Ätzkalk vergruben, um das Fleisch von den Knochen zu lösen. Danach machten sie Gipsstatuen aus den Knochen, die in Grüften unter der Stadt aufbewahrt wurden.

Dann gab es noch die Mistkäfer, die Koprophagais, die in kotbraunen Umhängetüchern herumkrabbelten und selbst noch von den Tharais verachtet wurden. Die Koprophagais handelten mit Exkrementen. Sie verkauften Mist aller Sorten, der auf den Feldern verstreut wurde; sie verkauften Urin an Färber, wo er nach komplizierten Rezepten als Beize verwendet wurde, beispielsweise eines, das die Pisse eines Trunkenbolds während des Vollmonds erforderte. Dies erklärte, weshalb wir im Schlafsaal gezwungen worden waren, durch eine Reihe von Löchern in der Bank zu pissen und durch eine andere Reihe Löcher zu scheißen; die Arthygater profitierte selbst noch von unseren Ausscheidungen. Dies und mehr noch lernte ich.

Ich beherrschte zu dieser Zeit noch nicht genug Lambaneinisch, um die Strenge meiner Strafe zu begreifen. Und ich profitierte auch ein wenig von meiner Verbannung, hatte nun einen größeren Anteil von Heavens, einen größeren Anteil vom nahenden Frühjahr. Growan Maid kam früher nach Allaxios als in den Königswald, und nun entrollte sie ihre leuchtend grünen Banner bereits in jedem Garten. Unsere Färberei befand sich auf einem mit Mauern umgebenen Gelände auf einer Terrasse direkt oberhalb des Flusses, und wenn ich auf den dritten Ast des Eukalyptusbaums kletterte, konnte ich über die Mauer spähen. Überall entlang des Flusses Ouraios und westlich über die Ebene bis zu einem einzelnen, schneebedeckten Gipfel breitete sich ein grüner Schleier aus. Bevor ich nach Lambanein kam, hatte ich noch nie einen Eukalyptusbaum gesehen, erkannte ihn jedoch sofort am Duft seiner rostfleckigen Rinde, die wir nachts verbrannten, um üble Gerüche zu vertreiben.

Nasthai war mein neuer Aufseher. Er war ein hagerer, gebückter, blässlicher Mann, der schrie, wenn er zu mir sprach, als würde ich ihn dann besser verstehen. Er hatte sein ganzes Leben lang in der Färberei gearbeitet, und vor ihm auch schon sein Vater. Er, seine Frau und seine beiden Söhne lebten auf einem Dachboden über der Werkstatt, neben dem verschlossenen Raum, wo Stoffballen und Körbe mit Färberkrapp aufbewahrt wurden. Wir anderen – die Frau namens Knotais, Kenoabantapas und ich – schliefen unten zwischen den Bottichen oder im Hof, wenn es warm genug war.

Zuerst fand ich die Färberinnen unfreundlich. Mich hielten sie für übertrieben stolz. Ich mochte zuvor eine Tharos gewesen sein und eine Textilarbeiterin, die im Palast der Arthygater lebte, aber jetzt war ich Tharais wie sie auch und nichts Besseres als sie, auch wenn ich nicht so geboren worden war. War man erst einmal abgestiegen, gab es keine Möglichkeit mehr aufzusteigen. Ich beging wiederholt den Fehler, das Tharoswort für *Ich* zu benutzen, statt zu sagen »diese hier« oder »es«, wie es von Tharais verlangt wurde. Nasthais Frau Mazais kniff mich mit spitzen Fingernägeln in die Lippen, um mich zu lehren, dies nicht noch einmal zu tun. »Ein kleines Kind weiß besser Bescheid als du«, sagte sie.

Im Haushalt der Freifrau hatte ich die Kunst des Färbens der des Webens vorgezogen. Ich kannte mich aus, wenn es um Kräuterkunde ging, und auch wenn es darum ging, aus schlammigen Färbebädern reine Farben herauszuholen. Nie hätte ich mir vorgestellt, es könnte so nervtötend sein wie hier in der Färberei. Gerade war eine neue Lieferung Krappwurzeln angekommen, eine ganze Wagenladung, und Tag für Tag sortierten und zerstießen wir die Wurzeln, um daraus Pasten zu machen, die wir auf Bohlen zum Trocknen ausbreiteten und dann zu einem feinen Puder zermahlten. Wir benutzten ausschließlich Puder von dem hellen inneren Kern der besten Wurzeln, der Rest wurde weiterverkauft. Ich hatte mich getäuscht, was die Minderwertigkeit von Krapprot anging, denn sie hatten hier eine Methode, die Wolle im Lauf vieler Tage mit verschiedenen Bädern vorzubereiten, bevor sie sie endgültig färbten. Auf diese Weise erzielten sie ein leuchtenderes und farbechteres Rot als das, was wir im Haushalt der Freifrau hergestellt hatten. Nasthai hielt einige der Schritte geheim, und das vollständige Rezept lernte ich nie kennen.

Die Färber hatten ihr ganzes Leben im Tharaisviertel von Allaxios verbracht, außer Kenoabantapas, ein Mann, dessen Haut die Farbe einer Walnuss hatte und auch so verschrumpelt war. Er war zwar schon lange in Lambanein, sprach jedoch mit sonderbarer Betonung. Er war Ebanakaner, aus dem gleichen Königreich wie die Männer von Arkhon Kyphos' Leibwache, für die wir Stoff färbten. Bevor man ihn gefangen genommen hatte, war er Seemann gewesen – ein Pirat, flüsterte Knotais. Er hielt sich einen Käfigvogel, eine Art Star, der Sprichworte aufsagen konnte. »Küsse einen Dieb und zähle deine Zähne«, sagte er immer. Kenoabantapas hatte viele Zähne verloren, und ich fragte ihn, ob er viele Diebe geküsst habe. Er sagte: »Nur einen Dieb, aber viele Küsse« und lachte aus vollem Herzen, sein Zahnfleisch zeigend, und ich stimmte mit ein. Der Klang meines eigenen Lachens ließ mich zusammenfahren, und als mir Tränen kamen, unterdrückte ich sie mit einem Blinzeln.

Der Frühling war so lieblich, dass er mich schwermütig werden ließ. Er bekümmerte mich mit lauer Abendluft und fetten Knospen, und Fächer von silbergrünen Blättern auf dem Eukalyptus öffneten sich. Selbst das Geräusch einer Frau, die auf einem anderen Grundstück fegte, konnte mir vor lauter Sehnsucht einen Stich versetzen, konnte einen kleinen Riss in die Mauer schlagen, die ich zwischen diesem gegenwärtigen Leben, das nicht mir gehörte und doch ertragen werden musste, und dem Leben gebaut hatte, das ich wieder aufzunehmen hoffte, als hätte ich es niemals verlassen.

Ich hatte mir vorgenommen, Allaxios zu verlassen, wenn der Birnbaum im Hof der Manufaktur in der Blüte stand, und nun hatten sich die ersten Blüten tatsächlich geöffnet. Aber in den Ferinus herrschte noch kein Frühling. Ich musste auf die Schneeschmelze warten, musste den rechten Augenblick abwarten, bis die Pässe im Mittsommer passierbar wurden. Was war, wenn es mir gelang, die Berge zu überqueren und nach Malleus zu gelangen, und ich würde dort dann feststellen, dass das Heer von Corymb bereits nach Hause zurückgekehrt war? Dann würde ich mich alleine auf den Weg über Incus und die Inward Sea machen müssen, über Corymb zur Stadt Ramus oder bis zum Wohnturm von Galans Vater. Wie würde ich dort aufgenommen werden? Würde ich erfahren, dass Galan sich eine andere Scheide genommen hatte, weil er glaubte, ich sei tot oder weggelaufen?

Ich musste mir derlei Gedanken untersagen; ich musste daran denken, wie es geschafft werden konnte, und nicht, dass es unmöglich war.

Nasthai betraute mich allmählich mit Aufgaben, die es erforderlich machten, das Gelände der Färberei zu verlassen, etwa, um Bergwasser aus dem Brunnen von Nephron zu holen, eine Arbeit, die ich mir mit der Leibeigenen Knotais teilte. Wir transportierten das Wasser in Tongefäßen, die schon leer schwer genug waren. Jedes Gefäß hatte eine schmale Taille, runde Hüften, einen kleinen Fuß und zwei Griffe, geformt wie in die Seite gestemmte Arme. Ein volles Gefäß wurde aufrecht stehend auf dem Kopf getragen und sah in meinen Augen aus wie eine kleine Tonfrau, die auf einer echten Frau stand. Ich gab mein Bestes, um den gleitenden Gang und den aufrechten Rücken der Frauen von Lambanein nachzuahmen, aber ich hatte anders als sie nicht die Geschicklichkeit, das Gefäß zu balancieren, ohne dabei die Hände zu benutzen.

Um den riesigen Bottich für das Beizbad zu füllen, das die Wolle darauf vorbereitete, Farbe anzunehmen und zu behalten, mussten wir häufig zum Brunnen gehen. Zwar gab es Wasser in der Nähe – Regenwasser aus den Zisternen unter dem Hof oder die Quelle in dem Brunnenhaus, die wir für Trinkwasser benutzten, oder auch den Fluss selbst. Dennoch bestand Nasthai für das Beizen auf dem reinen Bergwasser, das den ganzen Weg von den Ferinus in einem steinernen Kanal floss. Flussaufwärts von der Färberei überquerte das Aquädukt den Fluss auf steinernen Bogen und transportierte das Wasser auf den hohen Steilhang, auf dem der Innere Palast stand. Der Arkhon gestattete, dass diese Gabe auch großzügig in den Rest der Stadt floss, hinunter an seinen Toren vorbei und an den Palästen seiner Edelleute zu den schönen Residenzen der Oberstadt und den bevölkerten Straßen der Unterstadt. Sogar das Tharaisviertel bekam seinen Anteil, und zwar über die gewaltige Bronzesau namens Nephron, deren Zitzen Bergwasser in ein Becken spritzen ließen. Sie stand in der Nähe des oberen Tharaistors, zwei Terrassen oberhalb der Färberei.

Eines Tages hievten Knotais und ich uns die leeren Wassergefäße auf die Schultern, um zur Quelle zu gehen. Wir stiegen steile Stufen in der zerfallenden Mauer einer Terrasse hinauf, wobei wir ständig auf die Marmorwände und goldenen Dächer des Inneren Palastes hinaufschauten, auf den Gipfel des Bergs. Ich war erfreut darüber, die Färberei verlassen zu können, doch Knotais fiel unsere Aufgabe schwer. Immerhin waren die Gefäße leer, wenn wir den Hügel hinauf zu der Quelle gingen. Sie hinkte, weil sie ein Bein nicht geradestrecken konnte – ein Fehler, den sie schon seit der Geburt habe, sagte sie. Außerdem trug sie die Last eines Kindes in ihrem Leib, mindestens im sechsten Monat. Ich wusste, wer ihr den dicken Bauch gemacht hatte, das wussten alle. Es war Chelai, der Sohn des Aufsehers, der Knotais in letzter Zeit ignorierte oder sogar grob zu ihr war. Ich hatte ihr eine Salbe gemacht, um die Schmerzen zu lindern, die ihr das Humpeln bereitete, und manchmal rieb ich ihr abends die Beine mit meiner warmen Hand, damit sie einschlafen konnte. Auf eine zumeist stumme Art und Weise waren wir Gefährtinnen geworden.

An der Quelle stahlen wir uns Zeit von unseren Pflichten, indem wir uns auf den breiten Rand von Nephrons Becken setzten, um zuzuschauen, wie die Leute kamen und gingen. Ich holte tief Luft. Die Luft war hier, oberhalb der Gerbereien und Färberhäuser, frischer. Ich warf getrocknete Maiblümchen in das Wasser. Nephron war gutmütig, außer man beleidigte sie, indem man in ihrer Nähe spuckte, aber sie erwartete Tribut.

Da ich mich nun abends nicht mehr in die Behaglichkeit einer vertrauten Sprache zurückziehen konnte, sprach ich ständig Lambaneinisch und lernte es dadurch zwangsläufig schneller. Es gab sogar Zeiten, in denen ich mich dabei ertappte, in dieser Sprache zu denken. Aber ich konnte sie nach wie vor besser verstehen als sprechen. Ich nahm eine Handvoll Wasser, ließ es mir durch die Finger fließen und sagte zu Knotais: »Gehst du mit in die Ferinus, in die Kerastes, wo dieses Wasser schwerkommt?«

Sie schüttelte den Kopf. Das bedeutete Nein. Diese Geste bedeutete überall dort, wo ich bisher gewesen war, das Gleiche.

Ich zerzauste meine Röcke im Schoß und glitt mit den Fingern über die Falten. »Ich ... es ... ich meine: diese hier geht diesen Winter in die Kerastes.« Ich schlang die Arme um mich und tat so, als fröstele ich. »Es friert.«

»Bist du diesen Winter von Incus gekommen?« Sie schaute mich von der Seite an und fragte sich zweifellos, ob ich eine Lügnerin war.

Ich nickte.

»Warum?«, fragte sie.

»Warum was?«

»Warum von Incus diesen Winter?«

»Oh – ein großer Kampf.« Ich ballte beide Hände zu Fäusten und stieß sie zusammen. »König Corvus und seine Mutter, sie kämpfen, und König Corvus läuft davon.« Die Finger meiner rechten Hand strichen erneut die Falten des Stoffes glatt.

»Ein großer Kampf – du meinst einen Krieg, ja?«

»Ein Krieg, ja.« Ich spürte, dass dieser Krieg in Incus zu weit weg war, um hier eine Rolle zu spielen. Knotais war still und hatte den Kopf abgewendet. Sie schlang sich die Arme um den Bauch und wiegte sich ein wenig. Weinte sie?

Ich legte den Arm um sie. »Was?«, fragte ich. »Welches Problem?«

Sie lehnte sich an mich und begann zu schluchzen. »Chelai wird heiraten, erzählen sie – Hamadrais Tochter, hast du gehört? Nur ein Koprophagais wird diese hier jemals heiraten!«

»Wegen deinem Bein?«

»Weil sie sagen, dass der Vater von dieser hier ein Koprophagais war. Das war er aber nicht. Es ist gelogen!«

Die Worte schienen nur so aus ihr herauszusprudeln. »Und Chelai sagt, wenn seine Frau zu ihm zieht und diese hier sie beleidigt, dann werden sie es mit einem Kot fressenden Mistkäfer verheiraten. Aber es wird keinen heiraten, das wird es nicht!«

Ich hielt Knotais Hand mit meiner kalten rechten Hand und dachte: Wenigstens wirst du dein Kind haben, und ich spürte erneut das Brennen der Tränen.

Ich schwöre, dass mich etwas fest ins Ohrläppchen kniff, bloß einen Moment, so wie Na es immer getan hatte, wenn sie verärgert über mich war. Mein Haar stellte sich auf. Und jemand zischte mir ins Ohr, ich solle nicht so ein Jammerlappen sein und meine eigenen Probleme besser für mich behalten. Ich wurde regelrecht gezüchtigt und war froh darüber, sodass ich nun sogar lächelte, als die Tränen rannen, weil ich dachte, dass Na den ganzen Weg gekommen war, nur um mich zu schelten. Sie konnte ja so ein zänkisches Weib sein.

Während des langen und komplizierten Vorgangs der Wollfärbung gab es zuweilen die unerwarteten Geschenke eines Morgens oder eines Nachmittags, an dem ich nicht in der Färberei benötigt wurde. Dann schickte Mazais mich vielleicht auf Botengang zu dem Tharaismarkt und schimpfte nicht allzu sehr mit mir, wenn ich dort trödelte. Zuerst verwunderte es mich, dass man mir eine solche Freiheit gewährte, und ich erinnerte mich daran, dass die leibeigenen Tharosfrauen in der Manufaktur mit nur einem einzigen Fetzen Himmel eingepfercht waren. Bald aber gewöhnte ich mich daran und nahm mir Freiheiten heraus, die mir gar nicht gewährt worden waren, ging zum Flussufer unterhalb der Terrassenmauern, um im Sumpfland und in den Flussauen, in Schlick und Gebüschen wilde Pflanzen zu sammeln. Nur selten begegnete mir dort jemand, außer in Booten. Die Bewohner der Stadt ignorierten den Fluss, und sogar diejenigen, deren Lebensunterhalt von seinem fließenden Wasser abhing, streiften nicht gezielt durch die Uferlandschaft. Der Fluss Ouraios hatte einen machtvollen Meneidon, und darüber hinaus, so sagte Mazais, war er der Pfad, auf dem die Toten die Stadt hinter sich ließen. Sie meinte, Schattenwesen wanderten manchmal flussaufwärts zurück und kletterten durch Abwasserrohre hinauf, um auf den Straßen wieder zum Vorschein zu kommen. Falls dem so war, so störten sie mich nicht, die lambaneinischen Toten.

Während ich die Laubstreu durchstöberte, stieß ich auf fette Sprossen, Farntriebe und Lilienzwiebeln. Diese Köstlichkeiten verkaufte ich auf dem kleinen Marktflecken gleich neben der Straße der Tuchwalker oder teilte sie mit den anderen Färbern. Ich bereitete Knotais besondere Gerichte und Elixiere zu, Löwenzahn- und Endiviensalat, Aufgüsse aus Mutterkraut, um ihre Stimmung zu heben.

Außerdem sammelte ich Seidengras, Hanf und gelbe Korbweidenrinde, um mir einen Tragesack zu flechten, den ich mit rotem Garn verzierte, das Mazais mir gab, nachdem ich ihr einen Balsam aus Eibischwurzeln gemacht hatte, um die Schmerzen in ihren Händen zu besänftigen. Eine Frau auf dem Markt bewunderte den Sack, sodass ich weitere herstellte und verkaufte. Abends blieb ich deshalb lange im Hof und lehnte mich mit dem Rücken gegen den Stamm des Eukalyptusbaums.

Die Perlenmünzen, die ich auf diese Weise verdiente, waren alle mein Geld für meine Reise. Ich zählte sie immer wieder durch und hängte sie an den Saum meiner Netzhaube, damit sie beim Gehen klickerten und raschelten. Es waren zumeist Zinnperlen, ein paar waren aus Kupfer, und viel wert waren sie alle nicht. Es schien sonderbar, in der Stadt herumzulaufen und dabei meine Münzen so zur Schau zu stellen, statt sie in einer Börse zu verbergen. Tatsächlich ermahnte mich Knotais, mich vor Dieben in Acht zu nehmen, vor allem vor kleinen Kindern.

Ich war nach wie vor eine Leibeigene, aber es schien, als würde ich leicht entkommen können, wenn die Zeit dafür gekommen war. Das war nicht der Grund, warum ich wartete. Der König hatte mich vergessen; von ihm würde ich keine Hilfe erwarten können. Und ich war nicht gewillt – hatte Angst davor –, allein durch Lambanein und die Berge zu ziehen und dabei von dem zu leben, was ich von Bauern ergattern oder stehlen konnte. Ich bräuchte einen Führer und Vorräte. Vielleicht konnte ich mich ja Händlern anschließen und mich als Nahrungssucherin und Köchin nützlich machen.

Von unseren Zuteilungen konnte ich mir keine Vorräte abzweigen. Mazais kochte Gerste und Bohnen zu Eintöpfen mit Zwiebeln, unzähligen Zwiebeln; eine Frau bekam drei

Schöpfkellen Eintopf, fünf gingen an jeden Mann. Die Tharos aßen keine Zwiebeln, da diese nach ihrer Meinung dem Körper einen unreinen Geruch verliehen, und sie beleidigten Tharais, indem sie diese Zwiebelfresser nannten. Nun begriff ich, warum.

Doch hier im Tharaisviertel bekamen wir kaum einmal einen Tharos zu sehen; alle Beleidigungen richteten sich gegeneinander. Zwiebelfresser war weniger beleidigend. Allerdings konnte Chelai Knotais jederzeit zum Weinen bringen, wenn er es wollte, indem er sie Mistkäfer nannte.

Ich war hier besser dran als in der Manufaktur und hätte mir aus meiner Verbannung gar nichts gemacht, wäre da nicht Catena gewesen. Doch ich tröstete mich mit dem Gedanken, dass Nitida und die anderen sich um sie kümmern würden. Wahrscheinlich vermisste sie mich überhaupt nicht.

Ich war sechzehn Tage in der Färberei, als Garrio an das Tor kam. Es war später Vormittag, und wir arbeiteten im hellen Sonnenlicht im Hof, wo wir verkümmerte und faulige Krappwurzeln aussortierten, damit sie an Färber verkauft werden konnten, die nicht die peinlich genauen Anforderungen von Arthygater Katharos erfüllen mussten. Wir trugen keine Umhängetücher, und die Färberinnen hielten sich die Hände vor das Gesicht, um den Blick eines Tharos nicht zu besudeln. Ich sprang auf und rannte auf Garrio zu, und wir umarmten uns, und er gab mir einen Friedenskuss auf die Stirn, so wie ein Vater ihn seiner Tochter hätte geben können. Wir grinsten einander albern an.

Er trug einen langen Rock und aus indigofarbenem Garn gewebte, pfauenblau gesprenkelte Kniehosen, die im Licht schillerten. Sein Gesicht hatte seine hageren Züge verloren, doch er wirkte älter, als ich ihn in Erinnerung hatte, ein alter Mann mit einem grauhaarigen, zu zwei ordentlichen Spitzen getrimmten Bart.

Sich verbeugend und tänzelnd kam Nastai auf ihn zu. Mazais hatte eine säuerliche Miene aufgesetzt, und ich war insgeheim erfreut darüber, dass ich dadurch, so forsch bei einem Tharos zu sein, Anstoß bei ihr erregt hatte.

Garrio und Nasthai wechselten einige Worte, und Münzen wechselten den Besitzer, wonach Garrio in der Hochsprache zu mir sagte: »Hol deine Sachen.«

Ich legte mir den Riemen meines Sammelbeutels über die Schulter und das Tharaistuch über den Arm. Den Rest meiner Sachen, die wollenen Strumpfschuhe und die Netzhaube trug ich bereits. »Wohin gehen wir?«

Garrio nahm mich beim Ellbogen und sagte: »Zurück zum Palast.« Und ich schäme mich dafür, dass ich mich nicht einmal umschaute, um mich von Knotais, Kenoabantapas und den anderen zu verabschieden.

»Und danach nach Hause?«, wollte ich wissen. Ich meinte damit Incus. Nachdem ich mich Tag um Tag mit Lambaneinisch abgemüht hatte, war es nun eine Freude, so einfach sprechen zu können und zu verstehen.

»Diese boshafte alte Sau hat nicht gesagt, was sie dir damit angetan hat, dich hierhergeschickt zu haben. Bei den Göttern, hier riecht es aber übel! Was für ein Gestank! Wie konntest du das denn aushalten?«

Ich zuckte mit den Schultern. Ich hatte mich an ihn gewöhnt. »Habt Ihr Catena gesehen? Geht es ihr gut?«

»In diesen Hühnerstall lassen sie mich nicht hinein«, antwortete Garrio.

Ich schaute ihn von der Seite an. Garrio achtete darauf, wohin seine Füße traten, um nicht in Schmutz zu geraten. Die schmalen Straßen des Tharaisviertels waren nicht sauber. »Was will Höhnisch Corvus von mir?«

Garrio machte einen Scherz darüber, dass jemand den König Höhnisch nennen konnte. Eine Antwort war das nicht. Dann zwickte er mich in den Oberarm und meinte, ich sei endlich etwas fülliger geworden.

Bevor ich das Tharosviertel betreten durfte, musste ich mich nackt ausziehen und mich mit Sand in einem von Nephrons Quelle gespeisten Trog abschrubben. Garrio spülte seine Füße und Hände ab. Als ich vergaß, mir das Tuch über den Kopf zu legen, schrie mich der Wachposten am Tor an. Im Palastviertel ging ich in Garrios Schlepptau, folgte ihm wie ein Schatten, steile Stufen hinauf und durch Gassen hindurch, zwischen hohen verputzten Mauern, an deren Kronen spitze Fliesenscherben steckten; es waren die nichtssagenden Rückseiten von Palästen.

Es schmeichelte meiner Eitelkeit zu vermuten, dass König Corvus bei einiger Aufwendung von Zeit und Mühen Garrio losgeschickt hatte, um nach mir suchen zu lassen. Er bot mir einen Weg zurück über die Berge, und wenn der Preis dafür war, ein paar Träume zu träumen, dann war das billig genug. Doch ich würde nicht vergessen, dass er mich vergessen hatte. Meine Hände waren klamm, und der Schweiß rann mir am Rücken hinunter. Ich nahm meinen Körpergeruch unter dem Tuch wahr und hatte Angst, dass ich den Gestank nach Urin und Zwiebeln mit mir führte. Ich freute mich darauf, den Makel einer Tharais abzulegen.

KAPITEL 21

Der Baderaum

Zurück zum Palast«, hatte Garrio gesagt, und ich hatte geglaubt, er meinte damit den Hof, in dem der König residierte. Doch er brachte mich zum Hintereingang des Palastes von Arthygater Katharos. Ich erkannte ihn an dem in Blüte stehenden Birnbaum, den ich oberhalb des grün gedeckten Daches erblickte. Als ich fragte, warum er mich in die Manufaktur zurückbringe, verabschiedete er sich von mir und meinte, er werde mich bald wiedersehen. Er tätschelte mir den Arm und sagte mir, meine Dienste seien nicht vergessen worden. Er ließ mir keine Zeit, mich mit ihm zu streiten. Außerdem hoffte ich, Catena nun wiederzusehen und vielleicht auch die Knochen wiederzubekommen. Ich glaubte ehrlich, der König habe eine Möglichkeit gefunden, mich wieder zu einer Tharos zu machen.

Garrio ließ mich beim Pförtner zurück, der mich seinerseits der stämmigen und tüchtigen Frau überließ, die Arthygater Katharos' Geschäfte führte, ihrem Faktotum Gnathin. Ob sie erkannte, dass die unter dem Tuch verborgene Frau die gleiche war, die sie vor kurzem aus der Manufaktur hatte verbannen lassen, vermochte ich nicht zu sagen.

Gnathin gab mir zu verstehen, die Arthygater habe keine Verwendung für eine weitere Tharaisdienerin, schon gar nicht einer sonderbar-unwissenden. Sie habe mich aus Gefälligkeit aufgenommen, aber ich sollte keinerlei Bevorzugung erwarten. Ich dürfe die Arthygater niemals ansprechen – ob ich die Sprache der Gesten beherrsche? Nein? –

scheiß auf die Götter, wie solle man denn mit so einem dreckigen, dummen Geschöpf arbeiten?

Sie sprach rasch, doch mittlerweile verstand ich Lambaneinisch gut genug, um folgen zu können. Auch ihren Ausdruck von Ekel und ihre stechenden Gesten verstand ich. Sie erinnerte mich an Sire Pavas Vogt, der es darauf angelegt hatte, mir nach dem Tod der Freifrau Manieren beizubringen und der mich schlug, wenn er einen patzigen Ausdruck auf meinem Gesicht entdeckte. Immerhin war ich hier nicht dazu verpflichtet, beim Katzbuckeln auch noch zu lächeln. Ich neigte den Kopf, zog die Schultern hoch und machte mich klein, bis ich nicht größer war als das Faktotum.

Sie begann meine Erziehung mit der gleichen Art Peitsche, die Zostra benutzt hatte, indem sie die Schnüre über meine Gesäßbacken zog. Nein, nein, das stimmte so nicht. Ich musste wie eine Statue stehenbleiben, wenn ich angesprochen wurde, und den Kopf aufrecht halten, als trüge ich ein Wassergefäß darauf. Wenn ich eine Anweisung nicht verstand, musste ich mein Tharaisohr mit einer Hand, meiner Tharaishand, streifen. Wenn ich aber etwas in den Händen hielt, musste ich den Kopf nach links legen. Etwa so, verstehst du? Ein Zeichen dafür, dass eine Anweisung verstanden worden war, gab es nicht, also blieb ich dann einfach nur stehen. Hinter dem Tuch schnitt ich ihr eine Grimasse und formte das Wort »Koprophagais!« mit den Lippen.

Obwohl Gnathin schwor, sie habe keine Verwendung für mich, war doch schnell eine solche gefunden. Sie schickte mich los, um als Enthaarerin der Arthygater zu dienen und die Tharaishaare auf ihrem Körper zu entfernen. Natürlich würde ich nicht ausschließlich der Arthygater dienen, sondern allen Edelfrauen, die ihren Baderaum aufsuchten.

Mermera, die Bademeisterin, ließ sich nicht dazu herab, mit mir zu sprechen. Sie war eine große Frau mit ausladendem Busen, und sie schritt in einem so würdevollen Tempo zum Wohnbereich der Arthygater voraus, dass ich schnelle, kurze Schritte machen musste. Der Hof der Arthygater war ganz ähnlich aufgebaut wie der in der Manufaktur, ein zweistöckiges Gebäude mit Arkaden und Räumen um einen Innenhof, doch in jeder Hinsicht stattlicher und prachtvoller. Die Wände waren mit Darstellungen bemalt, und die Böden, Decken und Säulen der Arkaden waren mit hellen Mosaiken bedeckt.

Der Baderaum nahm ein Stockwerk am südlichen Ende des Gebäudes in Anspruch. Auf seinen Wänden war ein Garten ganz wie der im Innenhof dargestellt. Mermera öffnete eine in der gemalten Darstellung verborgene niedrige Tür, worauf ein schlechter Geruch aus der Öffnung drang. Mermera stieß mich leicht mit ihrer Peitsche. Ich machte mich klein, um den Raum zu betreten, und als ich mich wieder aufrichtete, stellte ich fest, dass sich die Decke nur einen Fingerbreit über meinem Kopf befand. Wäre ich größer gewesen, hätte ich mich an ihr gestoßen. Mermera schloss die Tür und ging fort.

Der Raum war wie ein verputzter Kasten, nicht größer als zwei Schritte zu jeder Seite. Er wies keinerlei Mobiliar auf, nur eine Kohlenpfanne aus Ton und ein Nachttopf standen darin. Licht drang lediglich durch die Spalten der Türen herein. In einer Nische in der Wand standen Körbe voller Korn sowie Schüsseln und Töpfe aus Ton; eine Netztasche voll sprießender Zwiebeln hing an einem Haken. Der Gestank kam von einer Frau, die zusammengerollt auf verschmutztem Stroh und Schilf vor der Wand lag. Ihre Kleidung und das Bettstroh waren durch die Scheißerei befleckt; dünnflüssiger, lehmfarbener Kot. Ich kniete mich neben sie und fragte sie nach ihrem Namen. Sie räusperte sich und sagte: »Diese hier ist Meninx.«

Ich legte mein Umhängetuch ab und sagte ihr meinen Namen und dass ich als Enthaarerin dienen würde. Sie hielt sich eine Hand vor das Gesicht. Da wusste ich, dass ich ihren Platz einnehmen würde, da sie nicht länger von Nutzen war.

Ich nahm ihre Hand, damit ich ihr Gesicht sehen konnte. Es war durch ihre Krankheit derart eingefallen und ausgehöhlt, dass es schwerfiel sich vorzustellen, wie es ausgesehen haben mochte, als sie noch gesund war. Doch in ihren großen grauen Augen, die sie unter halb geschlossenen Lidern verbarg, lag nach wie vor Schönheit. Offenbar schämte sie sich, wie es bei Kranken häufig der Fall ist. Ich sagte ihr, ich sei eine Kräuterfrau, und sie gab sich meinem prüfenden Blick und meiner Berührung hin, ohne ein Wort zu sagen.

Fieber hatte sie nicht. Ihre Haut war teigig und klamm, und ihr Atem roch schwefelig. Ein Lebensfeuer wie das ihre hatte ich noch nie gespürt; seine Flammen verdrehten, verwickelten und verknoteten sich gleich unter den Rippen, statt ganz durch sie hindurchzuströmen; sie war geteilt, ausgemergelt oberhalb dieses Knotens, während sie unterhalb von ihm anschwoll vor aufgestautem und schmutzigem Wasser, das eine kühle Überschwemmung zu werden drohte. Ihr Bauch war so hart wie ein Weinschlauch aus Ochsenfell und gab gurgelnde Geräusche von sich. Ihre Oberschenkel waren weich und aufgedunsen.

»Wie lange bist du schon krank?«

Unter ihren Lidern warf sie mir einen lauernden Blick zu. »Diese hier war schon lange bei schlechter Gesundheit, seit Jahren, aber diesen Winter dauerte die Mondblutung drei Monate lang, und diese hier blutete die ganze Zeit und konnte die Arbeit nicht länger verrichten.«

Ich fragte sie, was sie plagte, und sie erwiderte: »Es hat einen Meneidon beleidigt.«

»Welchen?«

»Das weiß es nicht.«

»Woher willst du dann wissen, dass du Anstoß erregt hast?«

»Es ist krank, ja?«, antwortete sie und schloss die Augen, womit sie mir deutlich machte, dass sie zu schwach war, um noch mehr zu sprechen, vor allem mit jemandem, der eine solch dumme Frage stellte.

Sie hatte einen Meneidon beleidigt, daher war sie krank; sie war krank, deshalb musste sie einen Meneidon beleidigt haben … Der Hund biss sich in den eigenen Schwanz. Ich wünschte, ich hätte noch die Knochen und den Zirkel bei mir gehabt, damit ich ihr seltsames Leiden verstehen könnte. Aber um zu erkennen, dass man sie baden und ihr sauberes Bettzeug und Kleidung sowie Verbände für ihre wundgelegenen Stellen geben musste, brauchte ich keine Weissagung. Das waren so viele Dinge, die ich für sie tun konnte, und ich brannte darauf, sie in die Tat umzusetzen. Doch mehr als alles andere brauchte sie Zuneigung, dachte ich. Ich setzte mich zu ihr und schob ihr mit meiner kühlen rechten Hand sanft das verfilzte Haar aus der Stirn. Ich dachte daran, wie sie gelitten haben musste, alleine hier in diesem kleinen, stinkenden Raum gelegen zu haben.

Ganz alleine nicht. An einem Haken hing ein klammes Umhängetuch; jemand hatte sie gewaschen, da sie selbst zu schwach dafür war.

Ich holte Wasser aus dem großen, mit blauen Wellen und goldenen Fischen gekachelten Becken in dem Badehaus. Ein bronzener Reiher stand auf einem Bein in dem Becken, unablässig über seiner vergoldeten Beute schwebend, und sein Schnabel diente als Wasserspeier. Meninx stöhnte, als ich sie auszog und badete. Ich berührte sie sanft mit meinen Händen und ließ große Vorsicht walten. Sie hatte eine schrecklich wundgelegene Stelle unter ihren Gesäßbacken, so groß wie meine Faust, dazu kleinere wunde Stellen an ihrer linken Seite, der Seite, auf der sie lag. Ich wollte wissen, warum sie nur auf dieser Seite lag, worauf sie meinte, jede andere Stellung sei noch schlimmer.

Ich wickelte sie in mein Umhängetuch und legte sie auf

das sauberste Stroh, das ich finden konnte. Dann schrubbte ich ihren Umhang, hängte ihn zum Trocknen an die Haken und nahm stattdessen das klamme Umhängetuch.

In dem kleinen Raum waren drei Türen. Die zum Baderaum hinausführende war noch immer einen Spaltbreit geöffnet. Eine weitere führte zu einem Abort mit einem Mosaikfußboden und einer mit blauen, grünen und – ich schwöre es – goldenen Fliesen gekachelten Bank mit zwei Löchern. Die Wände waren so bemalt, dass sie aussahen wie ein Garten mit am Spalier gezogenen Obstbäumen, wobei der Pflaumenbaum voller schwerer Früchte hing, während die Quitte noch in der Blüte stand.

Als ich die Klinke der letzten Tür drückte, stieß ich dahinter auf eine aus Ziegeln gemauerte Treppe zu meinen Füßen, die in die Dunkelheit hinabführte. Ich stieg hinunter, wobei meine Schultern die Mauer an beiden Seiten streiften. Als ich die Sohle erreichte, konnte ich nichts mehr erkennen. Sogar mein Sehvermögen im Schatten versagte, denn nicht ein einziger Stern warf hier Schatten, mittels derer ich hätte sehen können. Es gibt keine Dunkelheit, die so dunkel ist wie die unter der Erde. Ich stieg wieder hoch in den kleinen Raum, entzündete eine Talglampe und kehrte damit wieder nach unten zurück.

Zu meiner Linken erstreckte sich ein schmaler Tunnel, zu meiner Rechten beschrieb dieser eine Kurve, gleich hinter einer Nische, in der ein Paar niedrige Gefäße standen, in denen offenkundig Ausscheidungen aus der Latrine der Arthygater von oben landeten. Der Putz an den Wänden war fleckig und zerbröckelte, und die darunter gemauerten Steine oder der roh behauene Fels des Berges selbst kamen zum Vorschein. Aus einem dicken, halb in der Wand verborgenen Tonrohr hörte ich es gurgeln. Fackelrauch hatte die niedrige Decke geschwärzt. Dies hier mussten die Tunnel der Mistkäfer sein, die stinkenden Eingeweide des Palastes, die es den Koprophagais erlaubten, ihren Pflichten nachzugehen, ohne die Augen der Tharos zu besudeln. Der irdene Fußboden war durch die Räder ihrer Karren zerfurcht.

Ich beschloss, nach links zu gehen, nach Osten, wie ich vermutete, in Richtung der südlichen Mauer des Palastes. Draußen wusste ich mühelos, in welche Richtung ich ging, ganz gleich, wie oft der Pfad abzweigen mochte. Doch hier drinnen, unter der Erde, musste ich darüber nachdenken. Ich ging eine ganze Weile, bevor ich auf weitere Nischen mit Reihen von Latrinenbehältern stieß und danach auf eine Holztür. Jemand hatte in den Putz neben der Tür das anzügliche Bild eines beflügelten Schwanzes geritzt. Ich rüttelte an der Klinke, stellte fest, dass die Tür verschlossen war, und ging weiter.

Ich hörte, dass eine Frau mich ansprach, und drehte mich wieder um. Sie hatte die Holztür geöffnet und spähte in den Tunnel hinein. »Du hast diese hier aber erschreckt, was? Was willst du?« Die Frau hielt ein Kleinkind auf dem Arm. Das Baby hatte getrunken, und die Frau zog ihren Tharaisumhang hoch, um ihre Brust wieder zu bedecken.

Ich gab dem Baby meinen Finger, den es mit seiner winzigen Faust umklammerte, und das Baby gähnte und legte dabei einen zahnlosen Gaumen frei. Die Frau und ich lächelten einander an, unsere Bewunderung dieser kleinen Fertigkeiten teilend. Natürlich fragte ich nach dem Namen des Babys und erfuhr, dass es Melimelais hieß. Die Mutter und ich tauschten unsere Namen aus und freundeten uns an. Schon beim kleinsten Vorwand zeigte Nephelais ein breites Lächeln, zum Beispiel, als sie sah, dass mein kurzes Haar durch die Löcher in meiner Netzhaube stieß.

In meinem holprigen Lambaneinisch versuchte ich zu erklären, dass ich gerade angekommen war, um im Baderaum von Arthygater Katharos zu dienen, und dort auf Meninx gestoßen war, die krank war, todkrank womöglich. Ich erklärte, dass sie sauberes Stroh für ihr Bett und Honig für einen

Wundverband benötigte, und dass es in den Kornkörben nur eine Handvoll Gerste gebe. Ich bat um Verzeihung wegen meiner Ahnungslosigkeit, aber ob sie vielleicht wisse, wo ich diese notwendigen Dinge bekommen würde?

»Du musst wohl reich sein, ja? Diese hier kann dir zeigen, wo es Essen gibt – aber Honig? Nach dem musst du woanders suchen.« Sie formte eine Schlinge aus einem Ende ihres Tuchs, um Melimelais zu tragen, und führte mich weiter im Tunnel entlang bis zur Speisekammer. Die Aufseherin der Speisekammer gab mir eine Ration Gerste, Saubohnen und Schmalz, wobei sie murrte, ich dürfe nicht damit rechnen, zu jeder mir beliebigen Zeit Vorräte zu erhalten. Um sie gnädig zu stimmen, gab ich ihr einige Bohnen zurück; Nephelais hatte gesagt, man könne sie bestechen.

Wir stiegen eine Treppe zu dem Küchenhof hinauf. Wieder ins Tageslicht zu treten war überraschend. Nephelais stellte mich dem Tagespförtner vor, der mit einem Wolfshund zu seinen Füßen an den Hintereingängen der Tharais und Tharos saß. Ich ließ den Hund meine Hand beschnuppern; der Mann, so vermutete ich, würde mich an meiner Stimme wiedererkennen müssen.

Als wir wieder im Tunnel waren, erzählte mir Nephelais, er sei ein guter Kerl, der Nachtpförtner hingegen sei gierig – ich solle ihm zwei zinnene Perlen geben, wenn ich hinein- oder hinauswollte, sonst würde er mich begrabschen wollen.

»Diese hier kann hinaus? Hat denn die Arthygater keine Angst, dass ihre Tharaisbediensteten weglaufen?«

»Wohin sollten wir denn?« Das Baby begann zu jammern, und Nephelais nahm es sich auf die andere Seite ihrer Hüfte. »Was sonst brauchst du noch, ja?«, wollte sie wissen.

»Bettstroh.« Wir gingen durch den Tunnel zu den Ställen. Ich sagte, es sei äußerst nett von ihr, mir das alles zu zeigen. Ob sie denn keine Arbeiten zu erledigen habe, statt sich den Nachmittag mit mir zu vertreiben?

Sie lachte und meinte, ihre Arbeit begänne erst abends. »Diese hier ist ein Lappen.«

»Ein Lappen?«

»Eine Helferin bei Festessen, ja? Diese hier wäscht den Gästen die Füße, bringt das Becken und macht sauber und reinigt sie und dient als Gefäß.«

Sie benutzte ein Wort für Gefäß, das sich auf Nachttöpfe, Kotbehälter und Abwasser beziehen konnte, auf alles, in das Abfall kam. »Gefäß?«

»Manche Gäste bevorzugen Tharais, sie wollen kein Gesicht sehen.« Sie musste erkannt haben, dass ich nach wie vor vor einem Rätsel stand. »Zum Beischlaf, ja?«, sagte sie. »Oder für die Erniedrigungen.«

»Du meinst eine Hure?« Auf Lambaneinisch war das Wort für Hure das gleiche wie das für Zelebrantin, was jemanden bezeichnete, der an einem Fest teilnahm oder womöglich den Vorsitz darüber hatte. Wenn Dulcis jemanden Hure genannt hatte, dann hatte Bewunderung darin mitgeklungen.

»Natürlich nicht! Weißt du denn nicht, was sich gehört? Tharais können keine Huren-Zelebrantinnen sein.«

Erneut bat ich sie um Verzeihung und sagte, ich sei eine Sonderbar-Unwissende und im übrigen Tharos gewesen, bevor man mich aus der Manufaktur verbannt habe, weil ich die Aufseherin geschlagen hatte.

Nephelais johlte und schlug sich begeistert mit der Hand auf den Mund. »Die muss aber überrascht gewesen sein, ja? Und doch, wie schade! Sie hätte dir bloß eine Tracht Prügel geben oder dich markieren können, statt dich gleich zur Tharais zu machen. Also hast du in der Manufaktur gearbeitet? Die ist gleich hier oben.«

Wir bogen um die Ecke und gingen an einer langen Reihe von Latrinenbehältern vorbei, in denen die Fäkalien der Arbeiterinnen aus der Manufaktur aufgefangen wurden. Türen zu ihrem Schlafsaal gab es keine, bestimmt deshalb, damit Mistkäfer nicht in das Bettstroh der Weberinnen kriechen konnten. Ich war enttäuscht, da ich gehofft hatte, einen geheimen Eingang aus den Tunneln zu finden, damit ich Catena sehen und nach den Knochen suchen konnte.

Wir gingen geradeaus weiter, an den dunklen Schlünden der Tunnel vorbei, die zu anderen Palästen führten. Ich ging davon aus, dass wir mittlerweile Richtung Norden unterwegs waren, unter der östlichen Mauer. Allmählich bekam ich eine Vorstellung von der gewaltigen Größe des Palastes. Wir gelangten an eine Treppe, die zu den Ställen hinaufführte. Dort reichte mir ein Tharais-Stalljunge so viel Stroh, wie ich gebündelt in meinem Umhängetuch mitnehmen konnte, denn das war etwas, mit dem die Arthygater weder geizte noch es bemaß.

Auf dem Rückweg sagte Nephelais, die Ställe befänden sich im vorderen Bereich des Palastes, dort, wo auch die Männer lebten: Ostrakan, der Gatte der Arthygater, ihre drei Söhne, von denen zwei verheiratet und einer noch nicht verheiratet sei, sowie verschiedene geringere Verwandte, Bedienstete und Wachleute. Ostrakan war ein wohlhabender Edelmann, ein Eintreiber, der in Diensten des Ministeriums der Wohltätigkeit stand. Er trug jedoch den Titel Consort, da Arthygater Katharos königliches Blut und Rang hatte. Ihr Bereich des Palastes, zu dem die Unterkünfte der Edelfrauen, Speisehof, Küchen und Manufaktur gehörten, wurde abfällig Hinterviertel genannt.

Ich war überrascht zu erfahren, dass Edelmänner und Edelfrauen in verschiedenen Höfen schliefen. Ich wollte von Nephelais wissen, ob dies nicht umständlich sei, wenn sie sich paaren wollten. Die Frage brachte sie zum Lachen. »Ein Mann von Finesse will keine Frau am Morgen sehen, wenn ihr Atem sauer und ihr Haar ganz in Unordnung ist, ja?«

Nephelais war so gütig, meine vielen Fragen zu beantworten, und meine Unwissenheit amüsierte sie eher, als dass sie Anstoß daran genommen hätte. Die meisten ihrer Antworten verstand ich, obwohl ich eine ganze Menge Mutmaßungen anstellen musste, wenn sie so schnell sprach, dass ich nicht mehr folgen konnte. Hatte sie wirklich gesagt, dass sich ein Edelmann mit seiner Gattin nicht paaren konnte, wann immer es ihm beliebte, er aber dazu verpflichtet war, sie mit Geschenken, Gedichten und Nachrichten zu hofieren, um eine Verabredung zu treffen?

Vor der Tür zum Viertel der Lappen sagte Nephelais: »Diese hier findet, du solltest zum nächsten Bankett kommen, um als Lappen zu dienen. Wenn die Gäste großzügig sind, lassen sich dabei Münzen verdienen. Für große Festessen muss unsere Aufseherin ohnehin zusätzliche Hilfen anheuern, und wenn du ihr am Ende des Abends ein paar Perlenmünzen gibst, lässt sie dich gerne wieder bedienen.«

»Aber diese hier möchte kein – wie nennst du es noch? – kein Abfallbehälter sein.«

»Dann ruf einen anderen Lappen herbei, wenn ein Mann dich heranwinkt, ja? Welches Gesicht sich unter dem Umhängetuch befindet, interessiert ihn nicht, und es gibt viele, die deine Stelle einnehmen würden, weil ein Mann Lappen, die ihm diesen Dienst erweisen, gerne ein kleines Extra gibt. Ja? Was meinst du?«

Ich schüttelte den Kopf. »Das ist nett von dir. Aber es glaubt – es kennt seine Pflichten noch nicht, die in dem Baderaum. Aber es ist dankbar, ja?«

Als wir uns trennten, wollte ich ihr zum Dank ein Geschenk machen, drei zinnene Perlmünzen aus meiner Netzhaube. Sie lehnte ab.

In dieser Nacht lernte ich, was es hieß, sich den kleinen Raum hinter der bemalten Tür mit Meninx und einer weiteren Frau zu teilen. Ihr Name war Lychnais, und ihre Aufgaben bestanden darin, der Arthygater und ihren Frauen das Haar zu waschen, zu färben und herzurichten. Sie hatte einen strengen Ausdruck im Gesicht, und die Haut über ihren Wangenknochen sah aus, als hätte sie sich das Haar zu straff nach hinten gezogen, als sie die aufwendigen Zöpfe und Wicklungen ihrer Frisur geflochten hatte. Sie wirkte nicht erfreut darüber, dass ich eingezogen war, schon gar nicht, als sie erfuhr, dass ich in die Kunst der Enthaarung noch überhaupt nicht eingewiesen worden war.

In der Nacht streckten wir uns auf frischem Bettstroh aus. Mein Kopf stieß an die eine Wand, meine Füße an die andere, und ich lag zwischen zwei Frauen, von denen die eine krank und die andere missmutig war. Der Raum umschloss mich wie eine Faust. Ich lag so lange still da, wie ich es ertragen konnte, dann drehte ich mich um und dachte daran, dass Meninx immer auf ihrer linken Seite lag und dass sie darunter litt und meine Ruhelosigkeit ihr Leid noch vergrößern musste. Lange vor der Dämmerung fing im Nebenraum eine Bedienstete an zu poltern, als sie ein Feuer entzündete, um Badewasser in dem großen Behälter zu erwärmen. Unser Raum wurde warm, zu warm.

Am Morgen kauerte sich Lychnais neben die Kohlenpfanne und fächerte mit der linken Hand Rauch in Richtung der offenen Tür zum Tunnel, während sie mit der rechten in einem Topf rührte. Sie schmolz Honigwaben mitsamt dem Honig zu einer dicken, goldenen Paste.

»Diese hier dachte schon, du würdest nie aufhören, um dich zu treten«, sagte sie und lächelte ein wenig. Darüber war ich froh, denn ich hatte fast schon geglaubt, sie wäre immer so missmutig.

»Diese hier bittet um Verzeihung«, sagte ich. Ich wollte die Baderaumtür öffnen, um Luft hereinzulassen, doch sie bedeutete mir, dies zu unterlassen. Die Tharosbediensteten waren bereits dort drinnen und bereiteten das Bad vor.

Ich deutete auf den Topf und flüsterte: »Ist das Honig für Meninx?«

»Nein, natürlich nicht. Er wird dazu verwendet, die Haut zu enthaaren. Das hier solltest eigentlich du tun, doch die

Bademeisterin hat dieser hier gesagt, du seiest sonderbarunwissend, sodass es heute deine Aufgaben übernehmen wird, und du schaust zu und lernst, ja? Damit du mit deiner Tölpelhaftigkeit der Arthygater keine Unannehmlichkeiten bereitest.« Die Honigmischung war geschmolzen, und Lychnais goss sie in eine formschöne goldene Schale, die auf einem bronzenen Dreibein über einer kleineren Schale mit brennendem Olivenöl hing. Die Beine des Dreifußes hatten die Form von Tharaisdienerinnen.

»Es ist dankbar. Es wäre sogar noch dankbarer, wenn du mir ein wenig Honig gäbst, nur ein kleines bisschen, damit es ihn Meninx auf deren wunden Stellen auftragen kann. Honig, um den Gestank und die Fäule zu beenden.«

»Das ist nicht nur Honig. Es ist auch Wachs und Zitrone darin.«

Ich hatte Zitronen erst in Lambanein kennengelernt und eine probieren wollen, mochte aber den sauren Geschmack nicht. »Wozu?«

»Du wirst schon sehen. Du verteilst es auf der Haut, wenn es noch heiß ist, lässt es abkühlen und ziehst es ab, zack! Und das Haar geht weg.«

»Tut das weh?«

»Was glaubst du, ja?«

»Kannst du Honig für Meninx geben?«

Sie deutete mit dem Kopf auf einen Tonkrug, der auf dem Boden stand. »Es muss heute noch mehr machen. Wenn etwas übrig ist, kannst du es haben.«

Ich wusch reichlich Eiter aus Meninx' wunden Stellen, wobei sie ihr Gesicht bedeckte und Schreie unterdrückte. Es war nicht genug Honig da, um ihn auf die offenen Wunden zu streichen, sodass ich aus Meninx' Umhängetuch Streifen riss, um Verbände daraus zu machen, die ich in Honig tauchte, den ich mit ein wenig Wasser erwärmt hatte. Ich bedeckte diese Verbände mit anderen, die ich mit Schmalz schmierig machte, genau wie die Freifrau es immer getan hatte.

»Es gäbe genug Honig, wenn Lychnais ihn nicht verkaufen würde«, sagte Meninx.

»Woher weiß diese hier das, ja?«, maulte Lychnais und war mit einem Mal wieder missmutig.

Sie wies mich an, mehr Wasser für unsere Spülungen zu holen, worauf ich den Krug nahm und die Tür zum Baderaum öffnete. »Nicht dort! Hier hinunter«, sagte sie und wies dabei auf die Tunneltür. »Hinunter und dann nach rechts.«

An den Nischen mit Fäkalienbehältern unter dem Abort der Arthygater vorbei und um eine Kurve herum stieß ich an der Wand auf einen Wasserspeier in Form eines Keilerkopfes. Aus seinem Mund tröpfelte Wasser in ein Steinbecken und lief aus diesem in ein Abflussrohr.

Selbst nachdem ich meine Hände mit Stroh und Sand geschrubbt und nochmals geschrubbt hatte, befand Lychnais, sie seien schmutzig. Die Flecken von der Färberei hatten sich tief in jede meiner Hautritzen eingegraben, am dunkelsten unter meinen Fingernägeln.

Ihre eigenen Hände waren rötlich durch das Henna, das sie zum Haarefärben verwendete. Sie schnitt ihre Nägel kurz, mit Ausnahme der Nägel von Daumen und Zeigefinger ihrer rechten Hand, die lang und spitz waren. Ich merkte, dass ihr unbehaglich zumute war. Sie wusch sich, zog ihre Strumpfschuhe an, band die Zugleinen um ihre Knöchel zusammen und wickelte sich ihr Kleid neu, damit dessen Falten vorne besser fielen. Dann nahm sie sich ihre Netzhaube ab, damit das Klimpern der Perlen die Edelfrauen nicht stören würde. Schließlich richtete sie ihr Umhängetuch aus. Sie wies mich an, mich zu beeilen, da die ersten Besucher des Baderaums bald einträfen.

Ich war überrascht. »Du willst diese hier dort, dort drinnen? Es weiß nicht, wie.«

»Bleib still stehen, dann nehmen sie dich gar nicht wahr, ja? Halte deine Hände verborgen unter dem Tuch, so.« Sie bückte sich und spähte durch ein Guckloch in der Baderaumtür. Das Loch hatte eine kleine Holzabdeckung, die lose an einem Nagel hing, und die sie nun beiseiteschob, um einen Blick hindurchzuwerfen. Dann drehte sie sich um und nahm rasch den Dreifuß mit der Mischung aus Wachs und Honig. Ich folgte ihr in den Baderaum.

Auf der einen Seite der Tür mit dem Guckloch lag Meninx auf bereits beschmutztem Bettstroh. Auf der anderen Seite stand ich so reglos, wie ich konnte, dicht vor der Wand mit dem aufgemalten Garten. Ein durch die hohen Fenster hereinwehender Wind bewegte mein Umhängetuch. In der Ecke spielten Musikerinnen eine Weise, die so sanft war wie die Brise. Eine von ihnen brachte auf einer kleinen Trommel ein huschendes Geräusch hervor, eine andere blies auf einer Flöte aus Vogelknochen, und eine dritte klimperte auf einem Instrument herum, das aussah wie ein kleiner Webstuhl. Eine Tharosdienerin kniete an einem Mörser und zermahlte darin Gewürznelken und Anis, um die Luft zu parfümieren. Eine weitere Dienerin legte ehrerbietig auf einem Tablett Schildpattkämme zurecht, in Honig und Pfefferpaste getränkte Zweige zum Zähnereinigen sowie einen goldenen Korb, der einen Sack gelben Puder enthielt, mit dem die Unterarme bestäubt wurden. Gleichfalls in Bereitschaft standen das Faktotum, die Bademeisterin, die Hüterin des Schmucks, die Hüterin der Kleidung, eine Masseurin, eine Schminkerin, zwei Frauen, um das Feuer zu hüten und zu gewährleisten, dass das Badewasser weder zu heiß noch zu kalt war, sowie drei andere, um Erfrischungen zu reichen und Botschaften zu überbringen. Eine Koprophagaierin, welche die Tunnelstufen hinaufgestiegen war, wartete im Abort, um der Arthygater die Gesäßbacken zu reinigen.

Als erste Besucherin des Baderaums kam gleich bei Tagesanbruch die Schwiegermutter der Arthygater. Begleitet wurde sie von einer älteren Verwandten, die sich pflichtbewusst die Klagen der Schwiegermutter zu den Themen

Verstopfung sowie Undankbarkeit jener anhörte, die es besser wissen sollten. In jedem edlen Haushalt lebte eine Reihe solcher Untergebener, Verwandte oder andere, die im Austausch für Gönnerschaft Schmeicheleien andienten. Die Lambaneiner nannten sie wegen der Art, wie sie sich an die über ihnen Stehenden klammerten und nicht mehr entfernen ließen, Blutegel.

Als die Schwiegermutter gegangen war, folgte Arthygater Katharos mit einer Gefolgschaft von Gästen und Blutegeln. Es war das erste Mal, dass ich die Arthygater zu Gesicht bekam. Ein wenig enttäuscht stellte ich fest, dass sie wenig bemerkenswert aussah. Wahrscheinlich war ich davon ausgegangen, sie sei wunderschön, aber das war Katharos nicht. Sie hatte ein durchweg kantiges Gesicht, eine kleine Nase und ein Doppelkinn. Ihre Miene war streng, eher noch durchtrieben. Doch als sie sich entkleidete und sich auf die Marmorbank legte, um von Lychnais rasiert zu werden, hätte ich fast einen Laut des Erstaunens von mir gegeben. Sie hatte sich eine blaue Schlange auftätowieren lassen, die ihre Hüfte wie ein Gürtel umschlang und sich um ihren Nabel legte. Der Schwanz verschwand zwischen ihren Beinen und trat am Steiß wieder hervor; die rote, gespaltene Zunge berührte die knochige Einbuchtung an ihrer Kehle und war, wenn man wusste, wohin man zu schauen hatte, sogar sichtbar, wenn sie angekleidet war. Dies musste die gleiche Art Tätowierung sein, die auch Kalos, die Frau von König Corvus, getragen hatte. Kein Wunder, dass man sie eine Lamia genannt hatte.

Die Haut der Arthygater war glatt und faltenlos, obwohl die Frau alt genug war, um erwachsene Söhne zu haben. Von Schuppen keine Spur.

Mit einer Klinge, die aus einer Scherbe schwarzen Obsidians gefertigt worden war, rasierte Lychnais das Haar oben im Nacken der Arthygater. Es galt als Zeichen von Schönheit in Lambanein, etwas zu haben, was sie hier »Reihernacken« nannten; da die Arthygater einen solchen nicht besaß, hob sie ihren Nacken durch andere Mittel hervor. Dann rasierte Lychnais Achselhöhlen und Leiste ihrer Herrin und entfernte ihr mit der Mischung aus heißem Wachs und Honig die Haare auf den Gliedmaßen, bis sie so glatt wie ein kleines Mädchen war. Hochgeborene Frauen in Lambanein ließen sich jeden fünften Tag ihr Körperhaar entfernen, zudem vor Festen, Banketten, Fastenzeiten und Stelldicheins. Sie zeigten einen deutlichen Abscheu gegenüber diesem Haar, betrachteten es als schmutzig, hässlich (auf Lambaneinisch ein und dasselbe Wort), während sie einen Großteil des Tages der Zierde ihrer Haupthaares widmeten, obwohl dies ebenfalls tharais war.

Während Lychnais mit der Arthygater beschäftigt war, unterhielt sich diese mit einer ihrer Ehrengäste über den Erwerb einiger Ballen Wolle von einer bestimmten Schafrasse, und ob es wohl rechtzeitig vor dem nächsten Neumondbankett auch Lämmer geben werde, zu einem angemessenen Preis? Danach gab sie ihrem Faktotum Gnathin sehr ausführliche Anweisungen, die nach den Worten, die ich verstand, zumeist mit Stoff zu tun hatten. Gnathin müsse Soundso anweisen, eine bestimmte Sorte Flor nicht mehr herzustellen, denn wahrscheinlich würden sie dieses Jahr nicht in Incus verkaufen, und Gnathin müsse herausfinden, ob die neuen leibeigenen Frauen aus Loxos sticken könnten, und so weiter. Das Faktotum zählte Perlen an einer Schnur, eine für jede Anweisung, jede Perle unterschied sich von der anderen.

Nachdem ihr Tharaishaar entfernt worden war, wurde die Arthygater gewaschen und von ihrer Tharosbadedienerin abgespült. Jetzt erst war sie sauber genug, um sich in das lauwarme Wasser des Badebeckens zu begeben. Nachdem die Arthygater ihr Bad beendet hatte, wurde sie abgetrocknet, eingeölt, massiert und geschminkt, und nun lag es an Lychnais, sie zu pflegen, indem sie ihr das Haar, das burgunderrot war und fast die Farbe einer Pflaume aufwies, einölte und richtete. Das war keine einfache Angelegenheit, da das Haar an einer raffiniert geflochtenen Form befestigt und während des Schlafs zwangsläufig in Unordnung geraten war. Natürlich mussten auch die Gäste und Blutegel in einer vom Protokoll vorgeschriebenen Reihenfolge enthaart und gewaschen werden und sich das Haar richten lassen.

Als sie gingen, war ich fest davon überzeugt, die Arbeit sei getan. Doch andere Edelfrauen folgten, und zuletzt die beiden trägen Schwiegertöchter der Arthygater und mehrere ihrer Freundinnen. Sie hatten bis spät in den Nachmittag hinein geschlafen, und wir waren alle dazu verpflichtet, auf sie zu warten.

Hinterher behielt Mermera Lychnais und mich im Auge, um sicherzustellen, dass wir jedes einzelne Haar und jedes Stückchen Fingernagel auffegten und in dem Herdfeuer verbrannten, damit kein Stück übrig blieb, das sich bei einer Verwünschung hätte verwenden lassen.

An diesem Abend befragte ich Lychnais zu der Tätowierung der Arthygater. Sie meinte, die Tätowierungen bekämen Eingeweihte der Schlangensekte, die sich der Anbetung von Katabaton widmeten.

»Gibt es auch Männer in der Sekte?«, wollte ich wissen.

»Natürlich nicht!«

»Was tun sie? Kann sich die Arthygater in eine Schlange verwandeln?«

»Diese hier weiß nichts darüber und will es auch gar nicht wissen, ja? Diese Dinge sind Angelegenheiten der Tharos, und außerdem bestraft Katabaton Ungeweihte, welche die Geheimnisse der Sekte ausspionieren wollen. Sie nimmt die Form einer riesigen, blassbäuchigen Schlange an und verschluckt sie, verschluckt sie im Ganzen.« Lychnais erschauderte. »Diese hier kann Schlangen nicht ausstehen, möge Katabaton es vergeben.«

Einer dieser Schlangen kam Lychnais nie zu nahe. Es war eine schmale Ringelnatter, deren Rücken so leuchtete wie grüne Emaille, und die in einem Käfig im Baderaum lebte. Ich hätte geglaubt, ein Wesen, das auf dem Bauch über den Boden kroch, wäre tharais. Dem war aber nicht so.

Ich übte das Rasieren zunächst an mir selbst, bis ich mir mit der gefährlich scharfen Obsidianklinge nicht länger Arme und Beine einkerbte. Dann ließ mich Lychnais an ihr üben. Manchmal wachte Meninx auf und erzählte mir davon, wie sie selbst solche Pflichten erfüllt hatte. Die beiden lehrten mich, die Sprache der Gesten zu verstehen, bei der die linke Hand zu den Tharaisdienerinnen, die rechte zu den Tharos sprach. Wir alle hatten Angst vor dem Zorn der Arthygater, falls ich mich als zu ungeschickt oder zu langsam bei dem erwies, was sie von mir verlangte.

Es war drei Tage bevor ich als Haarentfernerin im Baderaum bei dem alten Blutegel dienen würde, welche die klagsüchtige Schwiegermutter der Arthygater begleitete. Meine Hand zitterte, und Mermera, die Bademeisterin, beobachtete mich wie eine Eule. Weil ich es zugelassen hatte, dass das Wachs sich so weit abkühlte, dass es sich nicht mehr richtig verteilte, schlug sie mich mit ihrer Peitsche, wartete damit jedoch, bis die Besucher das Bad wieder verlassen hatten. Es wäre unziemlich gewesen, die Harmonie im Baderaum zu stören, indem sie jemanden auf die unsichtbaren Tharaisdienerinnen aufmerksam machte.

Einige meiner Anwendungen waren zweifellos schmerzhaft, zum Beispiel lange Haare um die Brustwarzen herauszureißen oder mit dem Rasiermesser über ganz empfindliche Hautstellen zu schaben. Aber die Edelfrauen beschwerten sich nicht. Der Bademeisterin gegenüber anzusprechen, ich sei weniger geschickt als jene, die vor mir gedient hatte, hätte bedeutet, dass eine Tharais nicht wie die andere war.

Und nun erfuhr ich, anders als in der Färberei, was es

wirklich bedeutete, eine Tharais zu sein und so verabscheut zu werden, dass ich mein Gesicht nicht zeigen und meine Stimme nicht hören lassen durfte. Ich war eine Erdfrau und hatte die Verachtung der über mir Stehenden schon lange ertragen. Doch noch nie hatte ich eine Missachtung erfahren, die so gründlich war, dass sie mich unsichtbar machte. Der Abscheu der Tharos war bestimmt eine Art Verwünschung; er verursachte ein Unwohlsein, eine Tristheit, die sogar dann auf mir lastete, wenn meine Aufgaben erledigt waren, ich mein Gesicht entblößte und zu Meninx und Lychnais sprach. Und ich erkannte, dass sie es auch so empfanden.

Die Tharos wurden von dem Abscheu, den sie empfanden, nicht bekümmert, überhaupt nicht. Solange wir Tharais nichts als Hände waren, die notwendige, aber widerwärtige Dienste ausführten, waren sie ruhig.

Ich spielte mit dem Gedanken, die Klinge ein wenig zu drehen und noch ein wenig mehr als nur Haare zu schneiden, damit eine von ihnen zusammenzuckte. Aber so eine Närrin war ich nicht.

KAPITEL 22

Weiße Blütenblätter

Meninx' wunde Stellen verheilten allmählich. Doch dass es ihr insgesamt schlechter ging, ließ sich nicht leugnen. Sie hatte begonnen, eine grünliche und bitter riechende Flüssigkeit zu erbrechen, und ihre Haut nahm die Farbe von altem Elfenbein an.

Arthygater Katharos hatte keine Verwendung für leibeigene Dienerinnen mit auszehrenden Krankheiten. Falls Meninx die Arthygater an ihre Anwesenheit hinter der bemalten Tür erinnerte, indem sie die Luft mit üblen Gerüchen erfüllte oder vor Schmerzen laut schrie, dann würde sie in den Tempel von Peranon geschickt werden. Dort wäre sie dann eine der vielen, von Hunderten, die in ihrem eigenen Schmutz auf Stroh lagen. Es war kein Ort, an dem man verweilte. Wer hier nicht schnell wieder gesund wurde, starb schnell.

Bevor ich kam, hatte sich Lychnais viele Monate lang um Meninx gekümmert, damit diese nicht in den Krankensaal eines Tempels verbannt werden würde. Ihren Gestank hatte sie mit Düften aus Eukalyptusrinde und Gewürzen überdeckt und Meninx' Aufgaben als Enthaarerin zusätzlich zu ihren eigenen übernommen. Lychnais hatte eine ungeduldige Art und unsanfte Hände, und sie ließ Meninx immer wieder spüren, dass es eine Plage war, sie zu pflegen. Dennoch hatte sie diese Bürde aus eigenem Antrieb auf sich genommen, und dafür bewunderte ich sie, obwohl ich mich sonst nicht für sie erwärmen konnte.

Ich war froh, Lychnais ein wenig dieser Last abnehmen

zu können. Mir war es nicht möglich, Meninx irgendetwas abzuschlagen, denn sie war ein äußerst klagloser, demütiger Mensch und so dankbar für jede noch so kleine Gefälligkeit, dass es mir das Herz zerriss.

Eine kluge Heilerin hütet sich davor, einen im Sterben liegenden Patienten mit nutzlosen Heilmitteln zu quälen. Doch ich war nicht davon überzeugt, dass eine Heilung unmöglich war. Und wenn ich Meninx schon nicht von ihrer rätselhaften lambaneinischen Krankheit heilen konnte, so hoffte ich doch zumindest, ihr Leiden zu lindern.

Als Lychnais wegen einer Besorgung unterwegs war, malte ich mit Holzkohle den Zirkel auf den gekachelten Boden unseres Raums. Ich kratzte das Gottzeichen von Wend Weaver auf beide Seiten einer flachen Saubohne, um damit die Freifrau darzustellen, und zeichnete das Gottzeichen von Growan Crone für Na auf eine andere Bohne. Statt ihrer Knochen warf ich dann die Bohnen.

Dann radierte ich die Holzkohlenmarkierungen aus, bedeckte die Flecken mit Stroh und saß weinend da, weil die Freifrau und Na nicht länger bei mir waren und die Zeichen, auf welche die Bohnen gefallen waren, nichts bedeuteten.

Da berührte Meninx meinen Rücken und fragte: »Was ist denn?« Ich hatte gar nicht bemerkt, dass sie wach war.

Ich wandte mich ihr zu und nahm ihre Hand. »Heimweh, das ist alles«, sagte ich.

In dieser Nacht lag ich ruhelos da, machte mir Sorgen um Meninx und betete für sie zu allen Göttern, sogar zu lambaneinischen. Ich wusste von Kräutern, die gegen Meninx' unterschiedliche Leiden verwendet werden konnten, doch weil sie so schwach war, konnte das falsche Heilmittel sie auch töten.

Bevor ich gelernt hatte, den Zirkel zur Heilung einzusetzen, war ich eine Kräuterfrau, doch damals, vor dem Blitzschlag, konnte ich meiner Erinnerung trauen. Und selbst dann war ich unkundig gewesen, war gefährliche Risiken eingegangen.

Ich erinnerte mich daran, wie ich in die Felder gegangen war, nachdem ich die Knochen für die vom Schüttelfieber Befallenen geworfen hatte. Und daran, wie die Freifrau und Na auf das gewiesen hatten, was die Aspekte zur Verfügung stellten. Mit diesen vertrauten Führern hatte ich ein Gefühl der Sicherheit gehabt. Sie sahen das ganze Muster, während ich mittels Zeichen immer nur einen flüchtigen Blick darauf erhaschen konnte. Dazu gehörte der einzelne Mensch, nie nur allein Leidender, sondern ein Mensch als Ganzes, auf dem Leiden eingezeichnet worden war; dazu die Götter, die ihren Willen bei der Krise durchsetzten, und schließlich Krankheit und Heilmittel, die nahtlos zueinander passten.

Selbst wenn die Heilmittel nicht genügten, selbst als die Götter Tobe trotz all meiner Anstrengungen nahmen, wusste ich zumindest doch, dass ich mich nicht geirrt und denen, denen ich hatte helfen wollen, nicht geschadet hatte.

Dieser Gewissheit war ich beraubt worden. Ich betrauerte die Freifrau und Na noch immer, doch in mein Leid hatte sich eine solche Wut gemischt, dass mir Weinen keine Linderung verschaffte. Ich fragte mich, ob die Diebin, die ihre Knochen gestohlen hatte, es gewagt hatte, sie offen zu zeigen, nachdem ich aus der Manufaktur verbannt worden war.

Ich musste wieder dorthin zurückkehren, um es herauszufinden.

Doch die Textilarbeiterinnen würden mich als Tharais verschmähen und hinauswerfen. Zostra musste es ihnen erzählt haben, damit jede von ihnen wusste, welchen Preis man dafür bezahlte, wenn man ihr die Stirn bot.

Ich konnte mich durchmogeln, indem ich behauptete, die Arthygater hätte mich verkauft. Warum sollte ich keine Tharos sein? Edle von Erdmenschen anhand der Tätowierungen auf den Wangen der Edlen zu unterscheiden war leicht. Ein solch unauslöschliches Zeichen, um Tharos von Tharais zu unterscheiden, gab es hingegen nicht. Ich konnte so tun, als wäre ich eine Hausiererin, und mich mittels Bestechung hineinschleichen. Ich konnte eine echte Hausiererin sein; wenn ich etwas zum Verkaufen hatte, konnte ich Geld für den Rückweg nach Hause verdienen. Alles, was ich dazu benötigte, was Tharoskleidung.

Ich schlief ein und befand mich auf dem Berg, der einen Blick hinunter auf den Athlewood gewährte, wo ein starker Wind die leuchtenden frischen Blätter schimmern ließ. Wolkenschatten zogen über das Tal. An sonnigen Tagen wie diesem war der Berghang wie die Flanke eines großen warmen Tieres mit einem rauen Fell aus Gras und Dickicht und verströmte einen frischen und mineralischen Duft nach Wiese und Stein.

Ich harkte Erde im Kräutergarten und säte Mariendistelsamen aus. Als ich zu meinem Haus zurückkehrte, sah ich, dass Schwalben sich ein neues Nest aus Lehm und Gras unter dem Dachvorsprung bauten. Ich begrüßte sie und hieß sie willkommen. Oh, wie sehr freute ich mich über ihre Gesellschaft!

Galan hatte mich hierhergeschickt, damit ich auf ihn warten würde, damit er mich besuchen konnte, wann immer er es wünschte. Ich konnte nicht so leben, immer nur warten und warten, ohne zu wissen, wann er auftauchen würde. Altbackenes Brot zwischen Festmahlen war ein langsamer Weg zum Verhungern. Ich musste Nahrung finden, indem ich machte und tat und schaute.

Crux Sun hatte mich mit diesem Traum beglückt, indem sie mir Schwalben und Disteln als Zeichen schickte und mir damit hell leuchtend zeigte, wohin ich schauen musste. Ich dankte ihr dafür, obwohl mir der Traum auch Schmerzen bereitet hatte, indem er mir die Abwesenheit von Sire Galan vor Augen hielt, der etwas von ihrem Glanz geerbt hatte. Ich wünschte mir, von ihm träumen zu können.

Ich stieg die Stufen zum Küchenhof hinauf und bedeckte mein Gesicht mit dem Umhängetuch. Der Pförtner schnarchte in seiner Nische, doch sein Hund forderte mich heraus. Zum Glück hatte Nephelais uns miteinander bekanntgemacht. Ich ging durch den Hintereingang hinaus, wobei ich befürchtete, ich könne jeden Moment erwischt und dafür bestraft werden, nach eigenem Gutdünken herumgestreunt zu sein. Nach wie vor fiel es mir schwer zu glauben, dass die Arthygater ihren Tharaisleibeigenen solche Erlaubnis gab, während sie ihre Textilarbeiterinnen eingesperrt ließ.

Blüten des Birnbaums waren in die Gasse hinausgeweht worden. Ich ging um die zweistöckige Mauer der Manufaktur herum, welche an die Küchen angrenzte, und bog um die Ecke. Es gab keine Türen, die auf die Gasse führten, keine Fenster. Sobald ich Tharoskleidung aufgetrieben hatte, würde ich entweder durch die bewachte Tür im Küchenhof in die Manufaktur gelangen oder überhaupt nicht.

Ich hatte vor, durch das Tharaisviertel zum Fluss hinunterzugehen, da ich vermutete, dieser sei einfach zu finden, indem ich mich bergab und nach Süden hielt. Doch mir wurde ein Strich durch die Rechnung gemacht. Das Palastviertel war voll schmaler, sich windender Gassen und Treppen, die häufig irreführende Blicke auf Hausdächer, Bäume und Himmel gewährten, jedoch an einer Mauer endeten.

Ich ging kopfsteingepflasterte Stufen hinab und stieß doch nur wieder auf eine Mauer. In dieser jedoch war eine kleine Holztür ohne Klinke. Statt den beschwerlichen Weg wieder hinaufzusteigen und so in die eigenen Fußstapfen zu treten, drückte ich die Tür auf. Wieder eine Treppe, dieses Mal umgeben von Mauern, und so dunkel und abschreckend wie die Palasttunnel. Ich tastete mich mit den Händen an den Wänden hinab. Dabei behalf ich mir, indem ich erst zehn Stufen, dann wieder zehn und dann noch einmal zehn ging, wobei ich zunächst auf Lambaneinisch zählte und dann, als mir die Namen der Zahlen nicht mehr bekannt waren, in der Hochsprache. Nach der vierzigsten Stufe veränderte sich die Beschaffenheit der Wände. Sie bestanden jetzt nicht mehr aus Ziegelstein und Stein, sondern aus massivem Fels. Dieser gewachsene Fels wiederum bestand aus Schichten mit waagerecht verlaufenden Maserungen unterschiedlicher Beschaffenheit, doch diese Adern hatten Götter, nicht Menschen angelegt. Auf der zweihunderteinundachtzigsten Stufe stieß ich wieder auf eine Tür. Ich drückte sie auf, und ihre Angeln quietschten.

Ich stand auf einem Sims auf halbem Weg hinab an einer steilen Klippe mit Aussicht auf eine Felsspalte, die sich in den Rumpf des Mount Allaxios gefressen hatte. Schwalben schossen durch die schmale Kluft. Der Boden der Felsspalte, weit unten, lag voller Felsbrocken und war bewachsen mit Dickicht. Zu meiner Rechten, nach Westen hin, glitzerte das Wasser im Sonnenlicht, das geriffelte Steine des Steilhangs beleuchtete und dabei jedes neue Blatt leuchten ließ wie grüne Glut. Ich musste mir die Augen beschatten.

Die Treppe setzte sich zu meinen Füßen fort, hineingehackt in den lebenden Stein der Klippe. Ich drückte mich dicht gegen die Bergflanke, während ich hinabkletterte, bis ich die unterste Stufe erreichte, ein breiter, mehr als mannshoher Sims über dem Boden der Schlucht. Dort entdeckte ich eine Höhle, die durch herabhängende Ranken von Purpurkranz, ein Wasserfall aus himmelblauen Blüten, fast verborgen war. Auf die raue Wand am Höhleneingang hatte jemand mit einfachen Strichen weißer, mittlerweile fast verwaschener Farbe die Gattin-Mutter Katabaton dargestellt. Durch den Fels über ihrem Kopf hatten sich Wurzeln einen Weg gebahnt.

Felsspalte und Schrein wirkten geheim und vergessen, als wäre ich die erste Besucherin seit Jahren. Doch auf dem Boden der Höhle lagen Kränze aus verwelkenden Narzissen. Auf dem Weg zum Tharaistor hatte ich mich verlaufen und stattdessen diese heilige Stätte gefunden, und mit

Sicherheit waren meine irrenden Schritte überhaupt nicht irrend gewesen. Ich flocht ein Gesteck aus Purpurkranz, um es Katabaton zu Füßen zu legen, und betete, sie möge Meninx segnen.

Ich erreichte den Boden der Felsspalte, indem ich einen Geröllhang hinabrutschte. Crux Sun beleuchtete meinen Weg, und ich sprang dabei wie eine Ziege von einem Felsblock zum anderen. Auf dem steinigen Grund wuchsen hohe Mariendisteln, bereits in Blüte stehend, wobei jede einzelne der büscheligen violettfarbenen Blüten einen Kragen aus stacheligen Blättern trug. Für die wirkungsvollen Samen war es noch zu früh im Jahr, doch hatten alle Teile dieser Pflanze eine heilende Wirkung. Ich erntete mehrere ganze Disteln mitsamt Wurzeln ab und auch die Blüten, um aus ihnen ein Frühlingselixier zu kochen.

Ich ging weiter zum Flussufer, wo kleine gelbe Blüten einer von Weinranke fast umschlungenen Schwalbenwurz im Sonnenlicht funkelten. Wären da nicht die Schwalben in meinem Traum gewesen, wäre ich nie auf die Idee gekommen, sie zu pflücken. Mit einem Stock grub ich die Pflanze samt Wurzeln aus, wobei ich mir die Hände mit ihrem hellen, safranfarbenen Saft befleckte, da die Stiele leicht brachen und zerdrückten.

Die Freifrau hatte mir ein Lied für die Schwalbenwurz beigebracht, damit ich mir ihr Wesen und ihre Nützlichkeit merken und Crux danken konnte, der sie uns schenkte. Ich summte nun die Melodie, doch die Worte fielen mir nicht ein. Dafür erinnerte ich mich noch sehr genau, wie die Freifrau das Kraut in weißem Wein mit einer Prise Anissamen hatte ziehen lassen und es einer Frau im Dorf gegeben hatte, deren Haut sich durch die Gelbsucht verfärbt hatte. Anissamen konnte ich hier mühelos bekommen, sie wurden verwendet, um Luft und Atem angenehmer zu machen. Außerdem hatte die Freifrau sich den gelb-orangen Saft auf die Arme getupft, um sich ihrer Altersflecken zu entledigen.

Den ganzen Weg die Stufen hinauf bis zur Tür in den Berg segnete mich das Licht der Sonne. Jeder Tag war nun länger als der vorangegangene, und daraus schöpfte ich Hoffnung. Sobald hier die Sonnenwende war, würde ich gehen.

An diesem Abend reichte ich Meninx den Trank aus den gekochten Blüten und Stängeln der Distel. Da sie kaum Appetit hatte, aß sie auch nur wenig, sodass Lychnais und ich uns den Rest teilten. Außerdem gab ich Meninx einen schwachen Aufguss aus Schwalbenwurzblättern und Distelwurzel, und dies schien ihr gutzutun. Sie war zu schwach und hätte ein starkes Abführmittel nicht überstanden. Falls sie überhaupt gesund werden würde, würde es langsam vonstattengehen.

Heute war Neumond, der dritte, seit ich nach Lambanein gekommen war. Arthygater Katharos veranstaltete an diesem Abend ein Festmahl, und zwar ein besonderes, da der Neumond mit der Blüte eines bestimmten berühmten Apfelbaums zusammenfiel. Gerade richtete Lychnais der Arthygater das Haar für die Festlichkeiten, indem sie eine Paste aus Henna und Indigo mischte. Es roch widerlich und fruchtbar, wie ein Morast oder eine Frau während ihrer Mondblutungen.

Ich bediente die Nichte der Arthygater, eine ihrer Lieblinge in ihrer Gesellschaft. Diese Nichte streckte sich auf dem Rücken auf einer kalten Marmorbank aus und schloss die Augen. Ich fing an, sie mit meiner schmalen Klinge zu rasieren. Ihr Haupthaar war rotgold, und ihr Körperhaar so blass, dass es fast weiß war. Ihre Möse war wie die eines Mädchens, ihre Schamlippen waren glatt und weich. Sie drehte sich um, damit ich das Haar zwischen den Gesäßbacken entfernen konnte. Ich sah, dass sie ihre Hände auf der leinenen Tagesdecke zu Fäusten ballte. Ich hatte diesen Dienst bereits anderen Frauen erwiesen, jungen wie alten, doch dieses Mal durchfuhr mich beim Klang der auf ihrer makellosen Haut schabenden Klinge ein kleines, feines, schmerzhaftes Zittern.

Ich berührte die Schultern der Frau. Sie setzte sich auf und plauderte mit der Bademeisterin, die weder Leibeigene noch Edle war, sondern etwas dazwischen. Mermera nannte die Nichte Keros; sie fragte, ob Keros sich vielleicht die Nägel im Stil des Rabenschnabels schneiden lassen wolle, ja? Damit sie bereit sei, wenn der Rabe käme – womit sie auf König Corvus anspielte, dessen Name das Sternbild des Raben bezeichnete –, um ihr den Hof zu machen? Das Mädchen errötete, was als Zustimmung aufgefasst wurde.

»Ein Rabe steht unter einem schlechten Vorzeichen, ist so ein Tharais-Aasfresser«, sagte Arthygater Katharos. »Die Leute sollten ihn nicht so nennen.«

Ich bestrich Keros' Gliedmaßen mit der Wachsmischung, die brennend heiß sein musste, da sie sich andernfalls nicht verteilte. Während das Wachs abkühlte und sich verhärtete, schnitt ich ihr die Nägel an Daumen und zwei Fingern ihrer linken Hand in Form eines Rabenschnabels, indem ich zwei scharfe Spitzen dicht beieinander ließ; den Rest trimmte ich im üblichen Halbmondstil. Damit erklärte sie sich bereit für das amouröse Gefecht, und wenn sie dies nicht offenbaren wollte, konnte sie goldene Fingerkappen tragen, wie Fingerhüte, in die mit Edelsteinen geschmückte Nägel eingelassen waren.

»Und wenn er nun behaart ist, ja?«, sagte Keros.

Eine von den Gästen der Arthygater lachte und meinte: »Schickt ihm eines Nachts ein Dienstmädchen, dann erzählt sie Euch alles, was Ihr zu wissen begehrt. Sie wird die Haare auf seiner Brust nachzählen und auch die Länge seiner Männlichkeit, ja?« Dieser Gast war diejenige, die der Arthygater Wolle und Lamm verkauft hatte. Sie hieß Phleibin.

Ich zog das Wachs von Keros' Arm ab und spürte, dass sie leicht zitterte.

»Seine Ohren sind von vortrefflicher Form, habt Ihr dies

bemerkt?«, fragte Arthygater Katharos. »Lange Läppchen, dicht anstehend.« Lychnais hatte der Arthygater mittlerweile das Henna aus dem Haar gespült und flocht ihr dieses nun auf eine Weidenkappe, die Hörner hatte wie ein Widder. Sie benutzte dazu seidene Stränge im gleichen burgunderfarbenen Ton wie ihr Haar, um dieses noch üppiger wirken zu lassen, zudem flocht sie Bänder und Perlen zur Ausschmückung mit hinein.

»Ob er wohl die fünfundzwanzig Stellungen kennt?«, fragte Keros.

»Bestimmt hat ihn meine Schwester alles gelehrt, was notwendig war«, sagte Arthygater Katharos trocken. »Kalos war nie besonders schüchtern.«

Ich bemühte mich, das Geräusch meines Atems zu unterdrücken und mich in Schweigen gehüllt zu bewegen. Ich zog das Wachs von Keros' Oberschenkeln. Mit ihren zarten Beinen und schmalen Fesseln war sie gebaut wie ein Stutenfohlen. Als ich eine kitzlige Stelle in ihrer Kniekehle berührte, zuckte Keros leicht zusammen.

Sie redeten von König Corvus und Kalos, seiner getöteten Frau. Also war sie Katharos' Schwester gewesen. Das hätte ich schon lange erkennen müssen, obwohl Katharos alt genug wirkte, um die Mutter der Frau in meinem Traum zu sein.

Ich ging den Tunnel entlang zum Schlafsaal der Lappen, um Nephelais zu besuchen, was ich so oft tat, wie ich nur konnte. Sie hatte mich mit einigen anderen Lappen bekanntgemacht, und wenn meine Arbeit beendet war, hatte ich angenehme Nachmittage bei ihnen verbracht, ihrem Klatsch gelauscht und von Zeit zu Zeit dazu beigetragen. Selbst wenn ich die Worte falsch aussprach, gelang es mir nun offenkundig, mich verständlich zu machen. Nephelais meinte, sie könne kaum glauben, dass ich den weiten Weg von Incus gekommen sei, da ich es verstünde, beim Sprechen zu singen, statt zu nuscheln, wie es die meisten sonderbar-unwissenden Menschen täten.

Heute besuchte ich sie zu einem bestimmten Zweck, nämlich um sie zu fragen, ob ich an diesem Abend als Lappen dienen könne. Aber ja, erwiderte sie, denn der Aufseherin mangele es an Hilfskräften, und sie vermiese ihnen allen damit die Stimmung.

Dann senkte ich meine Stimme und verriet ihr flüsternd meinen Plan, Tharoskleidung zu tragen, um in die Manufaktur zu gelangen. Ich besaß sieben zinnene Perlenmünzen und zwei aus gewickeltem Kupfer. War das genug, um einen Umhang und ein Umhängetuch zu erwerben?

»Weißt du denn nicht, was geschieht, wenn sie dich in Tharoskleidern erwischen?«

Ich zuckte mit den Schultern. »Dieser hier eine Tracht Prügel verabreichen?«

»Nur wenn du Glück hast. Wahrscheinlicher ist es, dass die Herrin dich verstümmeln lässt, ja? Sie wäre sehr ärgerlich. Es ist eine Beeinträchtigung, diese ganzen Säuberungen und Reinigungsriten, wenn eine Tharais eine Verunreinigung verursacht hat. Und es ist kostspielig.«

»Was meinst du mit verstümmeln?«

»Dich beschneiden. Das hat sie mit Polukhaitais machen lassen.« Sie beugte sich näher zu mir. »Die Folterknechte der Arthygater haben ihr die Nase abgeschnitten, ja? So kann sie nicht mehr so tun, als wäre sie eine Tharos.«

Es fiel schwer, Polukhaitais direkt anzuschauen, da sie dort, wo ihre Nase hätte sein sollen, zwei lange dunkle Löcher im Gesicht hatte. Ich war davon ausgegangen, dass sie so auf die Welt gekommen war. Sie schämte sich für ihre Entstellung und trug manchmal ihr Umhängetuch sogar im Schlafsaal über dem Gesicht. Wenn sie sprach, zog sie dabei immer den Kopf ein. »Aber diese hier werden sie nicht erwischen«, sagte ich. »Es geht aus dem Tharaistor hinaus und kommt zum Tharostor wieder herein, ja?«

»Sie werden dich an dem Gestank nach Zwiebeln erkennen«, sagte Nephelais.

»Aber wenn diese hier es versuchen will – was meinst du? Kann es mit dem hier Kleider kaufen?« Ich ließ die Perlenmünzen an den Schnüren meiner Haube klimpern.

»Diese Zinnmünzen reichen nicht einmal aus, um dir Lumpen zu kaufen. Vielleicht kannst du beim Bankett Geld machen, ja? Wenn ein Mann großzügig ist. Manchmal gibt es aber auch beschmutzte Kleidung. Wenn die Leute zu viel essen oder trinken und sich dann bespeien, lässt ihnen die Arthygater frische Kleider bringen, und dann bringt diese hier die schmutzige zu den Tharaiswäscherinnen, um sie waschen zu lassen. Wenn eine Garnitur Kleider einen Tag lang oder so fehlt, wird das niemand bemerken.«

»Hast du welche?«

»Beim letzten Bankett waren alles alte Tanten, ja? Aber heute Abend bewirtet Arthygater Katharos viele Edelmänner, heißt es. Es wird ein langer Abend werden, und weil einige von ihnen Sonderbar-Unwissende sind, behalten sie ihre Getränke womöglich nicht bei sich. Tut mir leid, nichts für ungut, ja?«

»Männerkleider helfen mir nicht weiter.«

»Nun ja, du bist groß und hast kurzes Haar. In einem Wappenrock würdest du aussehen wie ein hübscher Bursche. Wie sind deine Beine? Hast du schöne runde Waden?« Sie kniff mir in die Wange.

Ich schlug ihre Hand weg und lachte, wobei ich meine Zähne hinter meiner Hand verbarg. »Die Beine sind knochig. Außerdem ist ein Mann in der Manufaktur wie ein Fuchs in einem Hühnerstall, ja?« Ich wusste zwar nicht, wo ich das Wort für Fuchs auf Lambaneinisch gelernt hatte, aber *alopexan* kam mir so über die Lippen, als hätte ich es schon immer gekannt.

»Nein, wie ein Hahn«, erwiderte sie. »Sie werden an deinem Rock zupfen, um zu sehen, was du darunter hast.«

»Dann wird diese hier sie enttäuschen«, sagte ich. Die kleine Melimelais lag auf dem Schoß ihrer Mutter und strampelte mit Armen und Beinen. Ich rieb ihr den Bauch, worauf sie anfing zu grinsen. Sie hatte noch keine Zähne, die sie hätte zeigen oder verbergen können.

Die Aufseherin der Lappen war eine Frau von hoher Stellung unter den Tharais, und sie wollte, dass ich es mitbekam. Sie täuschte Widerwillen vor, mich bedienen zu lassen, bis ich ihr vier zinnene Perlenmünzen gab. Ich fragte, ob ich Arkhyios Corvus bewirten dürfe, worauf sie meinte, ich könne mir meine Gäste nicht aussuchen, wer glaubte ich denn zu sein? Ich musste mich erniedrigen, bis sie endlich beschwichtigt war.

Nephelais und ich stiegen die Stufen zum Speisehof hinauf, ein einstöckiges Gebäude zwischen den Küchen und den Unterkünften der Arthygater. Es war ein lauer Frühlingsabend, ein schöner Abend, um im Freien zu speisen und der Blüte des Apfelbaums Ehre zu erweisen, welcher der Wächterbaum des Speisehofs und dessen größte Zierde war. Der verwachsene Stamm des Baums trug die Narben vieler Jahre, und die Rinde war mit Flechten überzogen. Die Blüten waren wie eine duftend weiße Wolke, die das Dach überragte, und an den Ästen hingen Laternen aus farbigem Glas und Käfige mit Singvögeln.

Nephelais und ich entrollten gemusterte Teppiche über parfümierten Kräutern in den Säulengängen des Hofes. Hinter uns kamen Tharosbedienstete und trugen große Holzpodeste, die sowohl als Stühle wie auch als Tische dienten. In meinen Augen sahen sie aus wie breite Betten mit verzierten Rückenlehnen, und als die Bediensteten Seidenkissen darauf arrangierten, fragte ich mich, ob die Gäste vorhatten, darauf auch zu schlafen.

Nephelais drehte einen zwiebelförmigen Messingknauf und öffnete eine Tür, die so raffiniert in einer mit tanzenden

Mädchen bemalten Wand verborgen war, dass ich sie überhaupt nicht gesehen hatte. Wir spähten hinein. Ich hielt den Raum für einen Abort, und das war tatsächlich einer seiner Bestimmungszwecke. Es stand eine Bank mit Löchern darin, damit Gäste sich entleeren konnten, und auf dem Boden lag Stroh wie in einem Stall. Doch Nephelais erzählte mir, dass Gäste hier Lappen als Gefäße nahmen. Sie meinte, es gebe mehrere solcher Räume, alle geschmückt mit anzüglichen Gemälden, die so gerahmt waren, dass sie wie Fenster aussahen. In diesem Raum nun hatte der Maler jene Stellungen abgebildet – sieben der fünfundzwanzig –, bei denen eine Frau dem Mann den Rücken zuwendet, da Tharosmänner Tharaisfrauen niemals von Angesicht zu Angesicht stechen. Von den Tüchern über ihrem Gesicht abgesehen, waren die Frauen nackt, während die Männer mehr oder weniger bekleidet waren.

Nephelais kicherte über meine schamhafte Betroffenheit und trieb mich zur Eile an. Wir hatten keine Zeit, die Gemälde anzuschauen oder auf den Turm über dem Eingang zu blicken, in dem Musiker hinter Marmorgittern ihre Instrumente stimmten. Keine Zeit, um in dem riesigen Lustgarten umherzuwandeln, der die männliche und die weibliche Hälfte des Palastes unterteilte – wäre ich dort eingelassen worden.

Mittlerweile kamen die Gäste an. In einem gekachelten Pavillon gleich vor dem Speisehof kniete ich mich mit anderen Tharaisfrauen nieder, um den Ankömmlingen die Füße zu waschen. Wir zogen den Gästen weiche Strumpfschuhe über, bevor sie die kostbaren Teppiche betraten.

Divine Aboleo setzte sich vor mich hin, und obwohl ich ein Umhängetuch trug, hielt ich aus langer Gewohnheit den Kopf gesenkt und meinen Blick von seinem Gesicht abgewendet. Ich zog ihm die schweren Stiefel aus und sah, dass mehrere seiner Zehenspitzen verkümmert und so schwarz waren, als wären sie in Tinte getaucht worden. Es war die

Schwärze von Frostbeulen. Es dauerte lange Zeit, Monate, bis die abgestorbenen Teile sich abschälten.

Ich hoffte, dass er die Narben um mein Handgelenk nicht bemerken würde, oder wie meine Hände zitterten, während ich Wasser aus dem Krug über seine Füße goss. Er hob den rechten Fuß an, damit ich ihn mit einem Tuch abtrocknen konnte. Ich zog ihm die Strumpfschuhe an und zog die Schnüre um seine Knöchel zusammen. Dann stand er auf, schrammte dabei den Stuhl über die Fliesen, und ging fort. Ein anderer Gast setzte sich an seine Stelle. Es war niemand, den ich wiedererkannt hätte.

Ich stellte fest, dass ich in Hochstimmung war. Unter dem Umhängetuch hervor konnte ich beobachten, ohne selbst dabei beobachtet zu werden, konnte berühren und selbst doch unberührt bleiben.

Ich bediente vier Gäste, die an einem Speisepodest saßen, und meine Aufgaben waren einfach. Zwischen jedem Gang reichte ich Gästen ein silbernes Becken mit Wasser, das mit Apfelblüten bestäubt worden war, damit sie sich die Hände darin spülen konnten, und danach Tuch aus gebleichtem Werggarn, damit sie sich abtrocknen konnten. Wenn sie spucken mussten, brachte ich ihnen ein tiefes Messinggefäß, und wenn sie sich erbrechen wollten, reichte ich ihnen Federn. Eine Tharosfrau reichte ihnen Speisen und Getränke.

Zu den Gästen, die ich bediente, gehörte Phleibin, die ich im Baderaum der Arthygater gesehen hatte. Dort hatte sie wie eine Vertraute und Handelspartnerin von Arthygater Katharos gewirkt. Hier im Speisehof ließ sich ihre Bedeutung besser einschätzen. Sie saß hinten in einer der langen Säulengänge, weit entfernt von dem Podest, das die Arthygater mit ihrem Mann, Consort Ostrakan und zwei Ehrengästen teilte, ihrer Nichte Keros sowie König Corvus.

Ich beobachtete den König. Das taten wir alle. Selbst aus einer solchen Entfernung von dem Speisepodest der Arthygater ließ sich seine Körpersprache deuten. Er saß mit übergeschlagenen Beinen auf dem Podest, zu Keros vorgebeugt, die ihn anschaute. Er wirkte wachsam. Er trug eine Krone, es war ein Gebinde für Gäste aus roten Blumen.

Phleibin und ihr Mann sowie ein weiteres Paar tratschten über ihn, wie alle tratschten – aus der Freude an einer Geschichte, der Freude daran, etwas herausbekommen zu haben, und der Freude daran, hinter dem Rücken anderer schlecht über diese zu reden. Die schrillen Stimmen der Frauen waren leichter zu verstehen als das leise Knurren der Männer. So viel verstand ich: Keros war nicht die erste Edelfrau, die vor Arkhyios Corvus herumstolzierte – hier nannten sie ihn Arkhyios oder Prinz, da es nur einen Arkhon geben konnte –, um ihn zur Heirat zu locken. Es hatte zuvor bereits fünf solcher Festmahle gegeben, und er hatte an den heiratswilligen Frauen kein Interesse gezeigt, das darüber hinausgegangen wäre, ihnen die obligatorischen Lobgedichte zu entbieten.

Er habe an überhaupt keiner Frau Interesse gezeigt, meinte Phleibin.

»Was ist mit Jungen?«

»An Jungen auch nicht.«

»Die Lobgedichte waren nicht schlecht. Besser jedenfalls, als ich es von einem Sonderbar-Unwissenden erwartet hätte.«

»Bestimmt hat er sie von einem Poeten zuvor anfertigen lassen.«

»Das würde nie jemand zugeben.«

»Er muss eine Menge für Schweigen bezahlen. Wenn Poeten etwas Gutes gelungen ist, möchten sie, dass alle davon erfahren.«

Doch Keros war eine Enkeltochter des Arkhon, daher stand ihr der Titel einer Arthygater zu, und sie war eine hübschere Beute als jede, die ihm zuvor angeboten worden war.

Armes Mädchen, sagten sie. Ein Mann ohne Aussichten.

Ich stahl mich zur Seite, damit ich König Corvus zwischen den Säulen sehen konnte. Er lächelte Keros an, wobei seine Zähne in seinem dunklen Bart weiß aufblitzten. Doch mein kurzsichtiges rechtes Auge sah ihn anders, sah Bilder, die aus Streifen Lampenlichts und den dunklen Fäden meines Umhangs gewoben waren. Ich sah, wie der König sich auf seinem Sattel umdrehte, um mit zusammengekniffenen Augen auf eine Reihe von Männern hinter ihm zu schauen, an einem jener merkwürdigen Tage in den Bergen, an denen die Sonne selbst dann schien, als der Wind Sturmwolken über die Gipfel trieb. In den Rabenfedern seines spitzen Hutes und auf dem Pelz seines Wolfsfellumhangs lag Schnee, und auch in seinem Bart und Schnurrbart. Er beugte sich vor, hustete, richtete sich dann wieder auf und wischte sich das Gesicht ab, gab seinem Pferd die Sporen, um sich den hohen, welligen Schneewehen entgegenzustemmen.

Ich rieb meine Hüfte. Je höher der Herr, desto überheblicher der Diener, hieß es. Wie verzweifelt musste er gewesen sein, in den Bergen auf mich zu hören, eine Tharais, eine Erdfrau. Was hatte ich mir nur eingebildet zu glauben, ich könne selbst jetzt noch für ihn von Bedeutung sein. Denn all das, das Eis und der Fels und der Wind der Ferinus, schien nur noch ein düsterer Traum zu sein, und hier und da war eine andere Art von Traum, in dem ich beobachtete, aber nicht handelte.

Ich lehnte mich an eine mit Tänzerinnen bemalte Wand. Von Laternen reflektiertes Licht schimmerte auf der Wasseroberfläche des kreisrunden Beckens in dem Hof. Eine leichte, den Duft von Apfelblüten und Gewürzen mit sich tragende Brise drückte mir das Umhängetuch gegen das Gesicht. Jetzt spielten die Musiker eine neue Melodie, laut und freudig. *Die Braut kommt, heißt sie willkommen!* Einige Gäste sangen und klatschten im Takt der Trommel mit und frohlockten: *Die Braut kommt!*

Ich fragte mich, wer heute Abend vermählt werden sollte. Tanzend näherte sich die Braut aus dem äußeren Garten. Sie war viel größer als ihre Dienerinnen, und ich benötigte einen Moment, um zu begreifen, dass sie hohe Holzschuhe oder Stelzen unter dem Gewand tragen musste. Sie trug eine rote Perücke, und ihre Silbermondmaske, doppelt so groß wie ein normales Gesicht, wirkte erstaunt; Augen und Mund waren runde Löcher, und die Brauen wölbten sich wie Sicheln.

Auch ihr Verlobter war ein von einem Gefolge aus Tänzerinnen begleiteter Riese. Seine riesige Maske war aus Gold, und ebenfalls aus Gold war sein Kürass, geformt wie ein muskulöser Torso. Braut und Bräutigam überquerten Bogenbrücken, um sich auf einer steinernen Insel in dem Becken zu begegnen, und ihr Tanz war Vermählung und Vollziehung.

Es hat keinen Sinn, jetzt die Geschichte nachzuerzählen, die sie an jenem Abend aufführten, denn es war eine Geschichte und keine wirkliche Hochzeit zwischen Edelleuten, wie ich zunächst vermutet hatte. Jedes einzelne Wort konnte ich zwar nicht verstehen, aber es gab noch eine andere Sprache, die sich den Sinnen erschloss: der wie ein Hengst stolzierende Liebhaber, eine herausfordernde Geste von Seiten einer Gattin, die ganz unterwürfig gewirkt hatte, der Zorn ihres Gatten, der erschreckende Geruch von Öl, das auf der Wasseroberfläche des Beckens in Brand gesetzt wurde, und über allem die Musik, die über die Pforten meiner Ohren eintrat und den schnellsten Weg zu meinem Herzen fand.

Die Steininsel diente der Reihe nach als Ehebett, Garten und Schlachtfeld und zuletzt als Ödland, in dem die Braut – die Gattin, die Ehebrecherin – zitternd in der Kälte lag. Sie sang ein unbegleitetes Klagelied mit einer Stimme von solcher Reinheit, dass sie den übersättigten Zuschauern Schweigen abnötigte, und während sie sang, trieb eine Windbö einen Schneesturm aus Apfelblüten wirbelnd über den Hof, Schnee, der auf ein trostloses Land fiel. Die Stimme der Sängerin verdünnte sich zu einem feinen Faden, einem Flüstern. Als sie brach, starb die Frau.

Ich war froh über das Umhängetuch, das meine Tränen verbarg. Ich wusste, dass sie nicht wirklich gestorben war. Ich wusste, dass Jungen in dem Apfelbaum die Äste geschüttelt hatten, damit die Blütenblätter wie Schnee herunterfielen. Aber es war nicht bloß ein Kunstgriff. Es war eine Zauberei, und ich hatte sie mit Freuden geglaubt.

Ich übersah die herbeiwinkende Geste von Phleibins Gatten, bis sie so eindringlich wurde, dass sie mir ins Auge fiel. Ich eilte nach vorn, um ihm das Becken und das Tuch anzubieten. Er ärgerte sich über mich und wischte sich seine klebrige Hand an meinem Rock ab, wobei er von den Gesäßbacken bis zum Knie fest daran rieb. Dann tat er es noch einmal und grub dabei die Finger in meinen Schenkel, während er weiter mit seiner Frau und anderen sprach und dabei sagte, Aeidin habe zwar eine schöne Stimme, doch Ripan hätte sich nie an dem Liebhaber versuchen dürfen. Ob sie nicht gehört hätten, wie seine Stimme bebte?

Ich zitterte selbst, wütend darauf, wie er mich berührte und dass er versuchte, den Zauber mit seinem mürrischen Gejammer zu verderben. Falls Phleibins Gatte einen Behälter wollte, solle er einen haben. Ich würde es jedenfalls nicht sein. Ich stahl mich an der Wand davon und flüsterte der ersten Tharaisfrau, der ich begegnete, zu: »Treibst du mit dieser hier Handel? Es glaubt, dass er, dieser Mann da, einen Behälter will.« Sie schüttelte den Kopf und sagte nichts. Der zweite Lappen zischte: »Geh zurück! Beeil dich!« Bevor ich den dritten erreichte, holte ich mir zwei zinnene Perlenmünzen aus meiner Netzhaube. Als ich ihr die Münzen in die Hand drückte, nickte sie. Ich nahm ihren Platz an der Mauer ein, trocknete mir die Hände an dem Umhängetuch ab und dachte daran, wie der Mann mich begrabscht hatte.

Nun stand ich näher bei Arthygater Katharos und König

Corvus. Einer der vor mir sitzenden Gäste war ein Kataphrakt namens Sire Vafra, ein Gefolgsmann von König Corvus. Er hatte den längeren Weg aus den Ferinus genommen, zu Pferd. Also musste auch der Rest des königlichen Heeres in Allaxios angekommen sein. Eine Tharosdienerin goss Wein in Sire Vafras Kelchglas, und er leerte es in einem Zug. Sie gab ihm mehr, worauf er wieder trank. Sein brauner Bart war entlang seines langen Kiefers getrimmt wie eine Hecke, und während er schluckte, bewegte sich der Ball unter der rasierten Haut seiner Kehle auf und ab.

Sire Vafra beherrschte nur wenig Lambaneinisch und sprach es nun, da er sich mit einem plumpen, weißhaarigen Mann und dessen plumper, schwarzhaariger Frau unterhielt, die sich mit ihm das Speisepodest teilten, mit schwerer Zunge. Die Frau sah so aus, als wäre sie halb so alt wie ihr Mann, hatte ihre fruchtbaren Jahre jedoch trotzdem schon lange hinter sich. Vielleicht war ihr Haar gefärbt.

Ein junger Mann stand hinter einem der Podeste auf und trat vor eine Säule. Er hob die Arme, und als er sprach und dabei etwas über die Brise und weiße Blütenblätter sagte, musste er gegen das Stimmengewirr ankämpfen.

Arthygater Katharos erhob ihre Stimme und sagte: »Ssst! Lasst es noch einmal hören.« Dieses Mal verstummten alle, und der Mann trug so vor, dass ich jedes Wort verstehen konnte.

»Ihr gebt ein Zeichen, und die Brise
bringt weiße Blütenblätter zu Euch.
So treu würde auch ich Euch dienen.«

Er kehrte zu seinem Platz zurück, und ein Gemurmel erhob sich aus der Menge, gefolgt von einem überraschend langen, erwartungsvollen Schweigen.

Dann trat eine Frau vor und sagte mit klarer, hoher Stimme:

»Wer sich auf eine Brise stützt,
wird fallen auf harten Boden,
nicht auf ein Bett aus weißen Blüten.«

»Oh, wohlgetan!«, sagte die Arthygater und lachte, worauf Frauen auf die in Lambanein übliche Weise applaudierten, indem sie mit den Fingern schnipsten.

Dieses Mal war das Schweigen kürzer. Die schwarzhaarige Frau stupste ihren Mann, und dieser stand rasch auf, als befürchte er, ein anderer könne ihm zuvorkommen. Er sagte:

»Um diese Nacht mir zu erinnern,
sammele ich weiße Blüten
und Sehnsucht wächst auf hartem Boden.«

Er setzte sich wieder, und seine Frau lobte ihn überschwänglich. Sire Vafra prostete ihm mit seinem Glas zu, und die Tharosdienerin füllte es erneut.

Die gleiche Frau, die zuvor gesprochen hatte, trat wieder vor und sagte:

»Nacht verbirgt sich unter ihrem Umhang,
sie vergeht rasch,
als Brise, die weiße Blüten streut.«

Die Gäste applaudierten begeistert, und der Weißhaarige rühmte die Art, wie sie sowohl die Brise als auch die Nacht eingeflochten hatte.

Als König Corvus aufstand, hielt ich den Atem an. Er sagte:

»Weiße Blüten aus Schnee treiben umher,
um gefangen zu werden von Eurem Tuch,
Opfer auf Eurer glühenden Haut.«

Nach diesem höchsten aller Lobe breitete sich Stille aus. Ob der Sturm der Blütenblätter auch den König an die Ferinus erinnert hatte? Dann schnipsten alle mit den Fingern und riefen: »Ah!« und »Oh!«

Zum ersten Mal seit Beginn des Festmahls erhob sich Arthygater Katharos, und ihr Gatte stand mit ihr auf. Sie nahm seine Hand und sagte: »Auch diese Nacht muss in ihrem Tuch vergehen.«

Nun musste das Fest sicher zu Ende sein. Aber nein, es war bloß Zeit für die weiblichen Gäste, ihren Abschied zu nehmen, was sie nach Belieben taten, indem sie durch den Hof stolzierten, um einander zu begrüßen und sich im nächsten Atemzug voneinander zu verabschieden. Ich dachte schon, die Nacht würde nie vergehen, ob in einem Tuch oder nicht, denn als sie gegangen waren, kamen Huren in den Speisehof geschlendert. Statt safranfarbener Gewänder trugen sie violettfarben, himmelblau oder apfelgrün gefärbte Seidenschals, an deren Enden sich helle, gestreifte Bänder befanden.

Der alte Mann winkte eine der Huren herbei, und er musste ihr einiges zu verstehen gegeben haben, denn sie setzte sich neben Sire Vafra und hakte sich bei ihm unter. Sie hatte die rötlich braune Haut und das dichte schwarze Haar einer Ebanakanerin, sprach jedoch Lambaneinisch, als wäre dies ihre Muttersprache. Ihre Sandalen waren aus handschuhdünnem Leder und wurden mit seidenen Bändern geschnürt. Ihre Zehen waren wie ihre blassen Fußrücken nackt, und dies war, so wusste ich mittlerweile, unzüchtig. Doch das Trinken hatte Sire Vafra zu schläfrig gemacht, als dass er ihre herausfordernden Füße hätte würdigen können. Er hatte den Kopf auf der mit Schnörkeln verzierten Lehne des Podestes gebettet, die Augen geschlossen, sein Mund stand auf. Sie zog die Augenbrauen hoch, und der Weißhaarige tätschelte den Platz neben sich.

Das Gastmahl fing von neuem an; Essen, Trinken und

Stegreifspiele. Mittlerweile wollten sie von weißen Blütenblättern nichts mehr wissen.

Der Erste, der nach König Corvus vortrug, sagte:

»Ich lechze nach Selbstopferung,
doch sie zeigt mir ihren kalten Rücken,
glatt wie Schnee auf einem Winterfeld.«

Der Nächste trug vor:

»Warum von Winterfeldern sprechen?
Im Frühling wird sie schmelzen und sich erweichen.
Gepflügt wird sie, wenn auch nicht von Euch.«

Der Weißhaarige stand erneut auf und rezitierte:

»Junge Männer reden vom Pflügen,
als wüssten sie etwas.
Ihre Hände sind ohne Schwielen.«

Ein junger Mann stand auf und sagte:

»Zeigt mir Eure Schwielen,
alter Poet! Eure Finger
so weich wie ...«

Er legte eine Pause ein und rief dann: »Blütenblätter!«

Während die Gäste johlten, lachten und zischten, nahm der junge Mann wieder Platz. Über den Lärm hinweg hörte ich die schrille Stimme einer Frau: »Das sind nur sieben!«

Der junge Mann stand wieder auf und brüllte: »So weich wie weiße Blütenblätter!«

»Oh, besser, viel besser«, rief die Frau zurück.

Als sie dieses Spiel satthatten, wandten sie sich anderen zu. Die Ankunft der Huren hatte mich entrüstet glauben lassen, die Festhalle würde nun in ein Freudenhaus verwandelt werden. Und ich gebe zu, ich war neugierig darauf, die fünfundzwanzig Stellungen und mehr davon zu sehen. Ich hatte mich gefragt, was König Corvus tun würde, um die Gerüchte über seine Abstinenz zu bestätigen oder zu widerlegen.

Doch es gab einen Grund dafür, dass das Wort *Hure* auf Lambaneinisch eine zweite Bedeutung im Sinne von Huren-Zelebrantin hatte. Ihr Gewerbe bestand nicht bloß aus dem schlichten Austausch von Münzen gegen Paarung. Ich beobachtete, wie sich die Hure gegen den weißhaarigen Dichter lehnte und ihren Kopf auf seiner Schulter ruhen ließ. Ihre Zuneigung zu dem alten Mann wirkte ebenso wenig vorgetäuscht wie die seine für sie. Es war Zuneigung, Vertrautheit, vielleicht sogar eine alte Leidenschaft, die sich in Freundschaft verwandelt hatte.

Drei Männer, die gerade im Hof um eine Ecke bogen, blieben stehen, um die beiden zu begrüßen, und als die Hure sie dazu aufforderte, setzten sie sich dazu. Zwei zwängten sich auf das Podest, der letzte nahm auf dem Boden Platz. Die Hure ließ den Fuß neben ihm baumeln, und er starrte ihn an, während die anderen sich unterhielten und Sire Vafra schnarchte.

Ich hatte noch nie gehört, wie eine Frau so freizügig mit Männern redete und ganz in dem Vergnügen schwelgte, ihre Gedanken frei auszusprechen. Sie redeten von dem Maskenspiel, das aufgeführt worden war. Einer der Männer tadelte es mit beißenden Bemerkungen, die man anscheinend nicht entkräften konnte. Sie hingegen erwiderte, jedes Mal, wenn sie das Maskenspiel aufgeführt sehe, entdecke sie etwas Neues an der alten Geschichte. Dieses Mal nun sei sie bewegt davon, wie sehr Pachys die Freundin liebe, die er betrogen hatte. Sie sei erstaunt darüber, wie Ripan dies mit nur einer Geste und einem Blick deutlich gemacht habe, etwa so. Ihr Lob ließ die Scharfsinnigkeit des scheinbar klugen Mannes nun eher platt als scharf erscheinen. Sire Vafra machte den Mund zu, hob den Kopf und blinzelte sie an.

Ich hatte Durst, stand schon seit Sonnenuntergang herum, und bald würden die Vögel die Sonne herbeisingen, und doch wurde ich nicht müde, diese Frau zu beobachten. Das Spiel, das zwischen ihnen gespielt wurde, drehte sich darum, wen von ihnen sie mit nach Hause nehmen würde – den alten, den einfältig lächelnden, den mit dem ätzenden Witz oder den, der starrte. Vielleicht würde sie ja alle enttäuschen. Erfüllung war die eine Kunst, Vorfreude zu erwecken eine andere, und zwar eine, die sie mit sichtbarer Natürlichkeit beherrschte.

Fast wäre mir ihre Geste entgangen, mit der sie mich herbeiwinkte. Ich hielt ihr mein Silberbecken entgegen, und sie tauchte ihre Handflächen in das Wasser. Der gelbe Puder auf ihren dunklen Unterarmen sah aus wie Goldstaub. Sie gehörte zu Desire, und tatsächlich konnte ich ihr Verlangen in dem wohlriechenden Moschus wahrnehmen, der an ihrer Kleidung hing. Als sie vor dem ersten Tageslicht ging, begleiteten der Weißhaarige und seine Freunde sie. Wen sie auswählte, erfuhr ich nie.

Sire Vafra blieb zurück. Möglicherweise hatte ihn sein Nickerchen erfrischt, oder er wartete auf seinen König, der noch lange im Gespräch mit Consort Ostrakan, Divine Aboleo und einigen anderen Männern saß. Huren waren nicht dabei. Vielleicht stimmten die Gerüchte ja. Sire Vafra verlangte mehr Wein, und als sich die Tharosdienerin zu ihm vorbeugte, legte er ihr eine Hand um die Hüfte und zog sie näher an sich heran. Sie wich zurück, murmelte etwas und winkte mich herbei. Ich trat mit dem Waschbecken vor. Sire Vafra öffnete seine Börse und zeigte mir ein paar Perlenmünzen, worauf die Tharosdienerin wütend zischte: »Nicht hier!« Sire Vafra stand auf, nahm mich beim Handgelenk und zog mich hinter sich her. Er war zu betrunken, als dass er die Tür, die sich in dem Gemälde mit den Tänzerinnen verbarg, gesehen hätte. Ich drehte den zwiebelförmigen Knauf, und wir gingen in den Tharaisraum.

Er ließ mein Handgelenk los und zeigte mir die Münzen in seiner Handfläche. Es waren zwei Zinnmünzen. Sogar eine Zweikupferhure war mehr wert als das. Er war betrunken und stand auf wackeligen Beinen, und falls es nötig war, hätte ich ihn wohl mit einer Hand umstoßen können. Ich schüttelte den Kopf, worauf er zwei weitere Perlenmünzen herausholte. Als ich erneut ablehnte, legte er mir die Hand auf den Bauch und drückte mich gegen die Wand. Er beugte sich zu mir vor und presste seinen Mund auf meinen. Selbst durch das Umhängetuch hindurch roch ich Wein, vermischt mit Anissamen, die er zwischen den Gängen gekaut hatte. Mit beiden Händen langte er nach seinen Schnüren, und nun versetzte ich ihm einen Stoß. Er geriet ins Taumeln, und ich riss mir das Tuch vom Mund, zog mein Umhängetuch weg und starrte ihn zornig an.

In der Hochsprache sagte ich: »Wenn Ihr so wenig bietet, wird es Euch auch kaum etwas ausmachen, wenn ich ablehne, ja?«

Ich war zu wütend, um den Ausdruck auf seinem Gesicht komisch zu finden. Genauer gesagt, waren es mehrere, denn einer nach dem anderen huschte ihm über das Gesicht, nur gebremst von seinem Rausch; Entrüstung über die Anmaßung meiner Verweigerung, Verwirrung darüber, dass ich eine Sprache sprach, die er verstand, und schließlich das Wiedererkennen. Er trat zurück und fing an zu lachen. Da er mich nun nicht länger gegen die Wand drückte, brachte ich zwei Schritte zwischen uns, die gesamte Breite des Raums.

»Die Träumerin des Königs!«, sagte Sire Vafra. »Und jetzt bist du also eine Hure? Was ist denn dein Preis? Lass mich mal nachschauen, was ich dabeihabe.« Er ging in die Hocke, fegte Stroh beiseite und leerte seine Börse auf dem Boden. Er hatte Münzen und Perlen verschiedener Sorten und Größen, ein bronzenes Amulett, Stücke von Bindfaden und einige Walnüsse. Er geriet ins Schwanken, setzte sich hin, sagte: »Uff!« und lachte noch mehr. Er benahm sich wie ein alberner Junge, der in sich hineinkicherte. Dann hielt er zwei Walnüsse hoch. »Was hältst du davon?«

»Ihr seid so schmutzig wie die Fußsohle von dieser hier«, antwortete ich auf Lambaneinisch. In der Hochsprache fügte ich hinzu: »Ich bezweifele, dass Ihr Euch aufrichten könnt, Ihr oder Euer Schwanz.«

»Dann lege ich mich hin«, meinte er und tat es auch, sich der Länge nach auf den Rücken legend. »Komm her zu mir, dann kannst du alles haben, die ganze Börse.«

Ich trat zu ihm und stellte meinen linken Fuß, der in dem wollenen Strumpfschuh steckte, auf seinen Bauch. Dass es eine Beleidigung war, wenn jemand auf ihm herumtrampelte, schien er nicht zu bemerken, oder er machte sich nichts daraus. Er langte nach meinem Bein, doch ich trat zurück und sagte: »Sagt Eurem König, dass ich von ihm geträumt habe. Könnt Ihr Euch das merken?« Ich bückte mich, um seine Kupfermünzen aufzuheben. In einem nachträglichen Einfall nahm ich eine lange Karneolperle an mich. »Ich werde eine Schänke … eine Sänfte kommen lassen, die Euch nach Hause trägt.«

»Geh nicht.«

Ich lächelte und zog mir das Umhängetuch über den Kopf. Ich behielt seine Münzen und machte mir nicht die Mühe, Sänftenträger zu holen. Bald würde ihn jemand finden, wie er im Stroh schlief, und ihn mit oder ohne seine Börse nach Hause begleiten.

Der Tag brach bereits an, als ich Nephelais' Aufseherin die kupfernen Perlenmünzen gab und ihr sagte, ich würde gern erneut bedienen.

»Diese hier glaubt, für sie könne eine Verwendung gefunden werden, ja?«, sagte sie. Die Art, wie sie mich anschaute, verriet mir, dass die Bestechungssumme zu hoch gewesen war.

»Es möchte Arkhyios Corvus bedienen«, sagte ich.

»Er ist nicht oft zu Gast.«

»Wann ist er es wieder, ja?«

Sie lachte. »Hast ein Auge auf den Raben geworfen, nicht wahr? Viel Glück. Diese hier hat gehört, seine Pfahlwurzel hat Frostbeulen bekommen, ist schwarz geworden und abgefallen.«

»Diese hier hört, dass es nicht so ist«, sagte ich.

Mit zwei in meinem Umhängetuch gebündelten schmutzigen Tharoskleidern eilte ich zurück. Lychnais war gerade mit den morgendlichen Vorbereitungen beschäftigt. »Meninx hat sich Sorgen gemacht«, sagte sie. »Wenn du einen Mann hast, warum hast du es nicht gesagt? Damit du uns keine Sorgen bereitest, ja?«

Ohne etwas zu erwidern, hockte ich mich neben Meninx. Das rasselnde Geräusch ihres Atems beunruhigte mich, und auch die Art, wie ihr Mund vor Schmerz verkniffen war, während sie schlief. Ihre Lider waren samtig und zart: weiße Blütenblätter, keine Apfelblüten, sondern Iris, mit blauen Adern durchzogen.

KAPITEL 23

Die Rutengängerin

Die Kleider, die Nephelais mir geliehen hatte, passten mir nicht und waren mit Erbrochenem befleckt. Das Umhängetuch war mit Resede gefärbt worden und gehörte einer Tharosbediensteten, und der seidene Umhang gehörte einem Gast und hatte die helle, orangegelbe Farbe von teurem Safranfarbstoff. Ich wusch sie in dem Tunnel unter unserem Raum und breitete sie dann in einem Streifen Sonnenlicht in einer ruhigen Gasse aus. Schließlich zog ich sie an, obwohl sie noch klamm waren. Ich bedeckte mir das Haar mit dem Umhängetuch der Bediensteten; die Perlenmünzen, die eine Frau in einem solch feinen Umhang an ihrer Netzhaube zur Schau stellen musste, besaß ich nicht.

Blinzelnd gelangte ich aus einer schmalen Gasse in eine breite Prachtstraße, die mit den hohen Mauern von Palästen gesäumt war. In der Mitte dieser Straße befand sich ein glänzender Kanal zwischen zwei Reihen hoher, schlanker Palmen. Überwältigt zog ich mich in den Schatten der Gasse zurück. Dies lag nicht allein an dem prächtigen, von den Terrassen herabfließenden Wasserlauf mit seinen Strömungen, Stromschnellen und Statuen, sondern auch an den Wachposten, die von Türmen oberhalb der großen Vortore des Palastes herabspähten, und nicht zuletzt an dem belebten Gehweg. Auf diesem wimmelte es nur so von Sänften, die von Trägern mit nackten Oberkörpern befördert wurden, beladenen Eseln, Reitern und Bediensteten zu Fuß.

Schließlich wagte ich mich erneut auf die Straße vor und wurde sofort Teil des geschäftigen Treibens, war eine von vielen dahineilenden Gestalten. Ich versuchte, so anmutig zu gehen, als trüge ich einen Wasserkrug auf dem Kopf, doch die Angst ließ mich ungeschickt wirken. Bestimmt würde mich etwas an mir – mein Gang, meine Kleidung oder mein Geruch – als Tharais verraten. Und ohne das Umhängetuch war mein Gesicht so entblößt. Man konnte mich sehen.

Die Prachtstraße führte direkt hinunter zu dem Tharostor in die Unterstadt, nicht in das Tharaisviertel, wo sich die Färberei befand, sondern in den Teil, der gewöhnlichen Tharos vorbehalten war. Ich nickte den Wachposten zu und ging hindurch. Den Palastbereich zu verlassen erwies sich als recht einfach.

Ich war auf der Suche nach dem Tuchmarkt, doch ich trödelte, da ich nicht gewillt war, einen Fremden zu fragen, wo ich ihn finden könnte. Ich bog von der Kanalstraße in kleinere Straßen ab, folgte meinen Füßen oder vielleicht meiner Nase. Schließlich befand ich mich im belebten Duftmarkt, einer schmalen Straße mit schmalen Gebäuden, von denen jedes einen Verkaufstresen hinter hochgezogenen Rollladen stehen hatte. An einem dieser Tresen mahlte ein kleiner Junge Nüsse, die einen betäubenden Geruch verströmten. Eine graue Katze sprang auf den Tresen, und als der Junge innehielt, um sie zu streicheln, schimpfte eine Frau, die sich innerhalb des Ladens befand, mit ihm.

Mit einer Zinnmünze erwarb ich eine Nuss, um die Mutter des Jungen gnädiger zu stimmen, und ging dann lächelnd weiter, obwohl ich mein Gesicht doch entblößt hatte, sodass alle es sehen konnten. Ich hätte mir keine Sorgen darüber zu machen brauchen, erwischt zu werden. Ich hütete mich davor, einem Mann in die Augen zu schauen, sondern schaute die Frauen an, und diese schauten mich an. Wenn sich unsere Blicke begegneten, lag darin nichts Böses, sondern nur ganz normale Neugier. So viele Arten von Menschen, so viele Gesichter, jedes gezeichnet vom Leben. Alle waren mir so unbekannt wie ich ihnen.

Ich versuchte zu begreifen, wie es möglich war, dass all diese Menschen in einer Stadt in einem Königreich in der doch so großen Welt lebten. Und wie jeder in dieser Menschenmenge eine weitere Menschenmenge in sich trug, nämlich unsere Ahnen und Nachfahren in allen Zeitaltern. Und alle waren wir sterblich, sogar Könige, Städte und Königreiche, und alle wurden wir nach einer Zeit von den Lebenden vergessen. Zu manchen Zeiten wäre dies eine traurige Vorstellung gewesen. Heute versetzte sie mich in eine ungerechtfertigte Hochstimmung.

Ich zog weiter, bis ich zum Tuchmarkt kam, der nicht bloß aus einer Straße, sondern aus einem ganzen Straßengewirr bestand. Den Kaufleuten in den prachtvollen Gebäuden blieb ich fern und ging stattdessen auf einen Platz, wo Frauen auf dem Boden unter Markisen saßen und vor sich ihre sorgsam gefalteten Tücher ausgelegt hatten. In Lambanein war Tuchhandel Frauensache, und ich wusste vom Mithören, was ein Ballen feiner Gaze in Malleus erzielen würde, doch Arthygater Katharos gab sich nicht mit kleinen Handelsgeschäften ab. Ich war mir nicht sicher, was ich mit der Karneolperle kaufen konnte, die ich Sire Vafra weggenommen hatte. Ich zeigte sie einer Tuchhändlerin nach der anderen und verhandelte mit einer Verkäuferin von gebrauchten Kleidern, welche die Perle und meine gesamten Münzen im Austausch für einen Umhang und ein Umhängetuch aus Leinen nahm, die mit Reseda überfärbt worden waren, nachdem der Safran verblasst war.

Bevor ich das Palastviertel betrat, wusch ich mir am Tor Hände und Füße. In der Abenddämmerung wechselte ich in einer Gasse die Kleidung und wurde wieder eine Tharais. Einziger Zeuge war ein magerer brauner Hund, der mit gesenktem Kopf an mir vorbeitrottete. Als ich in unser Zimmer zurückkehrte, bemerkte ich, dass ich vergessen hatte, den gelben Puder aufzutragen, den Tharosfrauen auf den Armen trugen. Zum Glück war es niemandem aufgefallen.

Am nächsten Nachmittag bereitete ich aus dem Rest Schwalbenwurz und Mariendistelwurzel einen Aufguss für Meninx. Sie hatte ihn nun vier Tage in Folge zu sich genommen, und es hatte ermutigende Zeichen gegeben, vor allem erbrach sie nicht mehr. Aber diese kleinen Erfolge konnten schnell wieder zunichtegemacht werden. Mit meiner warmen linken Hand streichelte ich Meninx' dünne Arme und ihren Rücken, ihre geschwollenen Beine und ihren Bauch, wobei ich wie jeden Tag versuchte, die Flammen ihres Lebensfeuers zu entwirren, damit sie frei durch ihren Körper fließen konnten. Dabei wünschte ich mir, geschickt genug zu sein, um das rückgängig zu machen, was mit ihr geschehen war.

»Im vergangenen Herbst«, sagte sie, »als diese hier ganz krank war, opferte es dem Meneidon im Badebecken Jasminkränze. Wo sonst ist es gewesen, ja? Wen sonst könnte es beleidigt haben?«

Lychnais schaute von ihrer Schüssel gekochter Gerste mit Bohnen und Zwiebeln auf. »Vielleicht hat einer von ihnen Gefallen an dir gefunden, will eine Gattin.«

Ich hatte zwar die Geschichten gehört, nach denen ein Meneidon einen mit Liebeskummer heimsuchen konnte, fand es nun aber unschön von Lychnais, dies zu erwähnen. Ich schnitt ihr über Meninx' Kopf hinweg eine Grimasse. Sie zuckte mit den Schultern und kratzte die Holzschüssel mit ihrem Löffel aus.

»Diese hier möchte ...«, begann Meninx. Ich beugte mich näher zu ihr herunter, um sie zu verstehen. »Es möchte, dass ein Rutengänger kommt. Es hat Münzen zurückgelegt – nehmt sie, nehmt sie alle.«

Lychnais schüttelte den Kopf. Wir wussten beide, dass Meninx kein Geld hatte, sondern all ihre Perlenmünzen schon lange für dringend Notwendiges ausgegeben hatte.

Mit einem feuchten Lumpen wischte ich Meninx die Tränen aus dem Gesicht, und sie drehte den Kopf zur Wand.

In Lambanein gingen die Toten auf der Flussstraße zur

Überwelt, wobei die Tharos leichten Fußes über die Oberfläche des Flusses gingen, während Tharais mühselig unter Wasser entlangtrotteten, denn selbst im Tod war es für Tharais schwerer. Doch die Schatten der Menschen, die aufgrund einer Beleidigung eines Meneidon gestorben waren, verblieben ziellos und trostlos in der Nähe der Lebenden. Einige ließen sich in einer Zisterne oder einem Abfallbehälter nieder und wurden selbst zu Meneidon, leicht zu verärgern und schnell mit dem Verhexen. Meninx hatte panische Angst vor solch einem Schicksal. Wenn sie nicht herausbekam, welchen Meneidon sie gegen sich aufgebracht hatte, konnte sie weder in Frieden leben noch sterben. Davon konnten sie meine Träume, meine Kräuter und alle Wärme in meiner linken Hand nicht heilen.

Als Meninx schlief, fragte ich Lychnais, wie viel es kosten würde, einen Rutengänger zu holen, und ob wir uns einen leisten könnten. Dort, wo ich herkam, arbeiteten Heiler nicht für Geld, obwohl sie Geschenke natürlich gerne annahmen.

»Wie viel Geld hast du?«, wollte sie wissen. »Münzen muss man nicht bloß dem Rutengänger geben. Da ist auch noch das Festmahl, das Opfer.«

Ich gestand ihr ein, dass ich kein Geld besaß.

»Diese hier hat gestern Münzen an deiner Netzhaube gesehen. Wo sind sie hin?« Als ich es vorzog, darauf keine Antwort zu geben, sagte sie in scharfem Ton: »Und jetzt fragst du, ob diese hier einen Rutengänger bezahlen kann, ja? Weil du dein Geld ausgegeben hast.«

Lychnais hatte Perlenmünzen an ihrer Haube, und ich wusste auch, wie sie darangekommen war: Sie betrachtete es als ihr Vorrecht, aus dem Baderaum zu stehlen und dann im Tauschhandel Honig, Wachs, Henna, Salben und so weiter in solchen Mengen zu veräußern, dass Mermera sie nicht vermissen würde. »Diese hier wird es dir erstatten«, sagte ich.

Ich machte mich in meiner Tharaiskleidung auf den Weg. Dieses Mal hatte ich keine Mühe, den Weg zum Tor des Tharaisviertels zu finden und von dort zum Fluss zu gelangen. Dabei mied ich die Straße der Färber. Ich sammelte Schwalbenwurz und Mariendistel für Meninx, Kräuter zum Kochen, Pflanzenfasern zum Herstellen von Netzbeuteln sowie andere Kräuter, die ich fand. Mein Sammelbeutel war fast voll, als ich Süßbinsen im Sumpf wachsen sah, noch jung, kniehoch. Ich stieß ein Gebet des Dankes an Growan aus, denn die Süßbinsenwurzel gehörte zu Crone, der Spross und die Blätter zu Maid, und die fette Blütenscheide und die gelbe Blüte zu Wortweal, und alle ihre Teile waren nützlich.

Ich zog meinen Umhang hoch und watete in den Schlamm hinein. Die langen Wurzeln trieben seitlich in verflochtenen Matten, und ich benutzte das Baderaummesser, um einen Abschnitt abzuernten, der ungefähr so groß war wie meine ausgebreiteten Arme. In flach geschnittenen Booten waren Männer auf dem Fluss unterwegs und schnitten die Binsen mit Hippen; sie riefen mir »Hallo!« zu, kümmerten sich aber nicht weiter um mich. Ich säuberte die Wurzeln vom Schlamm und bündelte die Binsen mit Stopfgarn aus Purpurkranz, damit ich sie auf dem Rücken tragen konnte.

Ich erinnerte mich daran, wie ich Binsen in unserem Dorf gesammelt hatte, wenn der Fluss im Frühling die niedrigen Wiesen überflutet hatte. Mit meinem vom Star befallenen Auge sah ich, wie Cook am Ufer Binsen von den zarten Mittelteilen der Garben für das Abendessen aussortierte; und dann war da auch Na, die über die Enten lachte, die beim Tauchen mit dem Schwanz in der Luft wackelten. Wir alle sangen in der Niedersprache: *Die Binsen wachsen grün, so grü-hün.*

Ich breitete die äußeren Blätter der Binsen auf dem Fußboden unseres Raumes aus, wegen des Geruchs, der uns so angenehm und den Flöhen so verhasst war. Dann badete ich Meninx. Früher hätte meine Handfläche auf die wunde Stelle auf ihren Pobacken gepasst, und nun war diese rosig geworden und nicht mehr tief.

Ich schälte die Süßbinsenwurzeln, schnitt sie in Streifen und kochte sie in viermal gewechseltem Wasser, um ihnen Bitterkeit und Schärfe zu nehmen. Das dritte Wasser benutzte ich dazu, Meninx dünnen Gerstenschleim zu kochen. Appetit hatte sie zwar keinen, doch sie bemühte sich, meiner Bitte zu entsprechen. Selbst diese kleine Anstrengung erschöpfte sie. Ich legte sie auf den frischen Binsen ab, und sie schien zu schlafen.

Mit gestohlenem Honig bereitete ich Sirup aus dem vierten Sud der Wurzeln und rührte ihn um, während er vor sich hin köchelte. Lychnais war wegen einer Besorgung unterwegs, und es war ruhig in dem Raum, bis Meninx anfing zu stöhnen. Ich merkte, dass sie geweint hatte, und fragte sie, was ihr fehle.

»Nichts, gar nichts«, sagte sie. »Diese hier erinnerte sich bloß an den Vogel, an dem Tag, als Vater diese hier zum Markt mitgenommen hat und seinen Piepmatz in einem Käfig und sie beide verkauft hat. Es ist so lange her. Es ist nicht wichtig.«

»Warum verkauft dich dein Vater?«

»Es war die Schuld von dieser hier, ja? Es hat die Spindel immer mit der linken Hand aufgespult und konnte es nicht anders lernen. Es war noch klein, so klein. Er schämte sich, eine Tharaistochter zu haben, und behauptete, sie wäre nicht von ihm. Er hat Mutter geschlagen. Sie sagte, sie brauche Frieden im Haushalt, und solange es mit ihnen beiden lebte, gebe es keinen.« Selbst jetzt noch weinte sie darüber, in Ungnade gefallen zu sein.

Ich holte den Topf von der Kohlenpfanne, setzte mich neben Meninx und bettete ihren Kopf auf meine Oberschenkel. »Diese hier hat die linke Hand verflucht«, sagte sie, »aber was hat es genützt, eine Verwünschung zu verwünschen, ja?«

Ich strich ihr mit meiner linken Hand über die Stirn und stellte entsetzt fest, wie kalt sie war. Während ich sie wärmte, sang ich. »*Die Binsen wachsen grün, so grü-hün.*« Bis auf den Refrain hatte ich alles vergessen, sodass ich Worte auf Lambaneinisch erfand, die zu denen in der Niedersprache passten. Ich sang

Im Frühling fliegt der Piepmatz nach Süden
Die Binsen wachsen grün, so grü-hün
Bring mir meinen Schatz nach Hause
Oh, oh, die Binsen wachsen

und anderen Unsinn, ich wusste nicht, was.

Am nächsten Morgen besuchte eine Hure die Arthygater in dem Baderaum. Das überraschte mich, denn in Corymb haben Frauen der Edlen keinen Umgang mit Huren, geschweige denn, dass sie sich mit ihnen unterhalten wie mit langjährigen Freundinnen. Es gab keinen Zweifel an ihrem Berufsstand, da sie ein violettfarbenes Umschlagtuch mit schmalen Streifen aus safrangelber Seide trug, die mit Blütenkränzen in goldenem Faden bestickt waren. Ihr Umhängetuch war aus hauchzarter Seide. Ich hatte gelernt, dass die Lambaneiner Reichtum und guten Geschmack einer Frau an Faden, Webart und Färbung ihrer Kleider einschätzten sowie an der Qualität und Anzahl der Perlenmünzen, die an dem langen Saum ihrer Netzhauben aufgeschnürt waren. Nach diesen Maßstäben war sie wahrhaftig wohlhabend.

Arthygater Katharos schenkte ihr ein Umhängetuch, in das ein Muster aus weißen Apfelblüten auf einem mit silbernen Flechten bewachsenen Ast gewebt worden war. Es sei zum Dank dafür, erklärte sie, dass sie Eikenan mit solcher Anmut, solcher Leidenschaft verkörpert habe, dass ihr, der Arthygater, die Tränen gekommen seien. Alle redeten von der Nacht der weißen Blütenblätter und würden es noch jahrelang tun. Nach dieser schönen Rede gab auch die Hure, die Aeidin hieß, eine solche von sich, in der sie der Arthygater würdevoll und wortgewandt dankte, ohne dabei jedoch zu schleimen wie ein Blutegel.

Als sie sich auszog, sah ich, dass auf ihrem Körper wie bei Arthygater Katharos eine Schlange auftätowiert worden war; ihre Schlange jedoch umgürtete die Hüften, und ihr Schwanz schlang sich um einen Oberschenkel, während ihr dreieckiger Kopf auf dem glatten Hügel ruhte, auf dem ihr Frauenbart gewesen wäre, hätte sie sich diesen nicht abrasieren lassen. Ich hatte geglaubt, die Tätowierungen und die Schlangensekte seien nur etwas für Prinzessinnen, für Mitglieder des Königshauses.

Ich fragte mich, worüber sie sich unterhalten würden, diese beiden Eingeweihten der Sekte. Vielleicht würden sie ja von ihren Riten und Fähigkeiten reden, hier, wo keine Männer mithören konnten. Doch während ich die Arthygater und Aeidin rasierte, gingen sie Klatsch und Tratsch durch. Aeidin kannte einen Mann mit Wettschulden, der gekauft werden konnte – aber konnte man ihm auch trauen? Der Arthygater gefielen seine Beziehungen nicht, doch bei so großen Schulden würde er sich gewiss als dankbar erweisen. Aeidin hatte mit Soundso geredet, einem Anwärter auf das Ministerium für Ordnung, der den Wunsch äußerte, das Weideland der Arthygater auf den Hängen von Lachesos für den Betrag von zwölfhundert Silbergewichten im Jahr zu pachten; außerdem hatte ein Soundso, ein Exorzier im Ministerium für Reinheit, ein Darlehen von Hunderttausend Gewicht in Goldmünzen zugesagt.

Einhunderttausend Gewicht in Goldmünzen. Ich konnte es nicht fassen.

»Was gibt es Neues aus Malleus?«, fragte Aeidin.

Die Arthygater lächelte. »Wenn es etwas zu hören gibt, vertraue ich es Euch an. Eine Drossel ist aus Incus angekommen. Er musste auf dem ganzen Weg die Küste entlang gegen die Passatwinde ankämpfen, aber er hat es geschafft. Dieser Mann berichtet, König Thyrse sei tot. Er sei in der Schlacht verwundet worden und kurz danach gestorben.«

Meine linke Hand zitterte, während ich der Arthygater die Nägel schnitt. Sie hatte Aeidin gesagt, sie wolle zwei von ihnen im Schnabelstil geschnitten haben, mit zwei Zacken, wobei sie sagte, dies werde die Eifersucht ihres Gatten wecken, was ihn erregen und sie selbst erfreuen werde. Sie hatten gelacht.

»Wer ist sein Erbe?«, wollte Aeidin wissen.

»Er hat viele Bastarde, aber keinen Erben hinterlassen«, erwiderte die Arthygater. »Die Stammesersten sind im Rat zusammengekommen und haben den Ersten der Lynx gewählt, berichtet diese Drossel. Niemand, von dem man je etwas gehört hätte. Ich wage zu behaupten, dass er nicht lange König sein wird.«

Konnte das der gleiche Stammeserste der Lynx vom Marchfield sein? Ich erinnerte mich daran, wie er mit entblößtem Kopf ausgeritten war, um dem Crux auf dem Turnierfeld zu begegnen, wobei er seine weißen Haare und seinen grauen Bart zeigte. Man hatte ihm Respekt entgegengebracht, doch er gehörte, anders als der Erste der Crux, nicht zu den engen Beratern von König Thyrse. Vielleicht hatte der Crux den Ratschlag seines Rats der Toten angenommen, einen schwachen Mann aufzustellen, einen Mann ohne Feinde, und die Stämme zu beherrschen, indem er ihn beherrschte.

»Also werden die Stämme sich untereinander bekämpfen?«, fragte Aeidin.

»Gegenwärtig sind sie zu sehr damit beschäftigt, mit der Königsmutter herumzuzanken. Die Stämme von Corymb sind sich in ihrem Hass auf ihre Wölfe einig. Noch aber ist es nicht zu einer offenen Schlacht gekommen, sagt dieser Mann, sodass alle so tun, als stießen bloß Heißsporne auf den Straßen aufeinander.«

Ich fasste Aeidins Fuß an der Ferse und rieb ihre Sohle mit einem Bimsstein ab. Die Haut war bereits weich, als trete sie nicht auf den gleichen harten Boden wie wir anderen auch. »Der Krieg ist gewonnnen«, sagte sie. »Warum nehmen sie nicht ihre Beute und gehen nach Hause?«

»Würdet Ihr zurück nach Corymb gehen, wenn Ihr Incus auch noch haben könntet? Wenn Ihr beides haben könntet?«

»Ich würde weder die eine noch die andere haben wollen«, sagte Aeidin. »Sie sind voller Sonderbar-Unwissender, und die Winter sind dort zu lang.«

Der Sirup war auf den Scheiben der Süßbinsenwurzel kristallisiert. Ich kostete eine Scheibe, und sie schmeckte süß und ein wenig bitter und so scharf, dass mir die Tränen in die Augen stiegen. Ich wickelte sie in mit Zwirn zusammengebundene Blätter, fünf Scheiben in einem Paket, und steckte sie in meinen Sammelbeutel. Ich verließ den Palast durch das Tharaistor, und in einer menschenleeren Gasse legte ich mir meinen Tharosumhang und mein Umhängetuch an und versteckte die Tharaiskleider in dem Schlund eines Abflussrohres. Ich hatte einen großen Bund frisch gepflückte Schwalbenwurz mitgenommen. Nun zerdrückte ich die grünen Stängel und schmierte mir den leuchtenden safranfarbenen Saft auf Unterarme und Handrücken. Die Farbe war gesprenkelt, doch der Saft war der beste Ersatz, den ich für den gelben Puder auftreiben konnte, den Tharosfrauen sich auftrugen. Jeden Tag brachte eine Dienerin in einem dicht mit Edelsteinen besetzten Kästchen ein wenig dieses Puders in den Baderaum, nahm es jedoch wieder mit, sobald das Baden beendet war.

Ich ging unverhüllt zum Palast zurück. Am Tor wachte noch immer der freundliche Tagespförtner mit seinem Hund. Der Wolfshund erkannte mich, auch wenn der Mann es nicht tat. Ich erzählte dem Pförtner, ich sei eine Hausiererin, und gegen das Versprechen von zwei zinnenen Perlenmünzen auf dem Rückweg ließ er mich durch das Tharoshintertor hinein.

Ich musste noch an einem weiteren Pförtner vorbei, nämlich dem an der Tür zur Manufaktur. Erwartet hatte ich einen Respekt einflößenden Wachposten, einen Ebanakaner vielleicht, wie die vom Arkhon beschäftigten Krieger. Doch es war ein spindeldürrer Bursche, und sein Preis war sogar noch niedriger als der des Torpförtners. Ich gab ihm ein Paket kandierter Wurzeln, und er zwinkerte mir zu, so als teilten wir ein Geheimnis, da er wahrscheinlich vermutete, ich sei eine Mittlerin mit einer Nachricht für eine der Weberinnen. Sein Schlüssel hatte die Größe und Form einer Hand, und das Schloss war verschnörkelt und mächtig. Aber was brachte ein starkes Schloss, wenn der Mann mit dem Schlüssel schwach war?

Als ich in die Manufaktur gelangt war, stellte ich mich unter das Gewölbedach eines Bogengangs und beobachtete, wie Textilarbeiterinnen über den Hof schlenderten und auf dem Rand des Brunnens saßen. Hoch über dem Birnbaum wehten die letzten Banner des Abends, zitronengelbe Wolken über den grünen Dächern. Ich musste an Polukhaitais denken, die ein Lappen war, und wie man ihr als Strafe dafür, sich als Tharos ausgegeben zu haben, die Nase abgeschnitten hatte. Das war ein Vergehen, das ich genau in diesem Augenblick selbst beging, und ich fing an zu zittern und trat aus der Dunkelheit des Bogengangs hervor und ging im Hof entlang, als gehörte ich noch immer dorthin.

Von Zirpfröschen in dem Becken ertönte Quaken, und aus dem Gewirr sich anhebender und senkender Frauenstimmen hörte ich das Lachen von Catena schon heraus, bevor ich sie sehen konnte. Sie saß mit mehreren Mädchen in ihrem Alter auf dem Boden und war kichernd damit beschäftigt, Schindluder mit einer Spindel und einer Schnur zu treiben. Sie sah jünger aus, als ich sie in Erinnerung hatte. Vielleicht hatte ich damit gerechnet, sie werde älter aussehen, weil ich zwei Leben unter den Tharais gelebt hatte, seit ich sie zuletzt gesehen hatte. Ihr bronzefarbenes Haar war nicht so widerspenstig wie das meine, und es hatte sich zu wollig weichen Locken ausgewachsen. Sie war jetzt wieder so mollig wie damals, als ich ihr zum ersten Mal begegnet war. Arthygater Katharos bemaß mit Bedacht, gab gutes Essen für gute Arbeit. Ihre Textilarbeiterinnen mussten nicht hungern.

Ich stellte mich vor Catena, die mich mit offenem Mund anstarrte, und ich sagte: »Warum so schüchtern? Hast du mich vergessen?« Ich streckte ihr beide Hände entgegen, worauf sie aufstand, mich umarmte und mich ganz entspannt unterhakte. »Na so was«, sagte ich, drückte sie fest und kam aus dem Lächeln gar nicht mehr heraus.

Eine Frau rief auf Lambaneinisch, und sie kannte meinen Namen, auch wenn ich ihren vergessen hatte. »Schaut nur, Feirthonin! Sie hat jetzt Haare!«

Die rothaarige Agminhatin, an die ich mich aus dem Webraum erinnerte, fragte: »Wie bist du denn hereingekommen? Ich dachte, man hätte dich zur Tharais gemacht und zu den Färbern geschickt, ja?«

Ich streckte meine Arme aus, um ihr zu zeigen, dass die Haut gelb gefärbt war. Zum Glück waren meine Hände nach einer Dekade im Baderaum endlich von den roten Färbemittelflecken befreit. »Wer sagt das? Zostra? Das sagt sie, um euch zu verschrecken, ja? Damit ihr tut, was sie sagt. Wie du siehst, bin ich keine Färberin. Die Arthygater verkauft mich als Tharos, bekommt auf diese Weise mehr Geld.«

»Gut«, sagte sie und grinste. »Und was hast du Zostra getan, ja?«

»Wie meinst du das?«

Agminhatin versetzte mir einen kleinen Stoß gegen die Schulter. »Es ist mir egal. Sie hat es verdient.«

»Was verdient?«

»Sie hatte einen schlechten Traum, in dem sie auf eine

Giftschlange getreten ist, und dann ist sie verkümmert und gestorben.«

Catena und ich machten das Zeichen, um Unheil abzuwenden, worauf Agminhatin lachte. »Ich schwöre, ich habe keinen Traum geschickt«, sagte ich. »Zostra beleidigt einen Meneidon oder vielleicht die Aufseherin, indem sie zu viel stiehlt, ja?« Fast hätte ich gesagt: *Das schwört diese hier*.

Agminhatin zog die Brauen hoch. »Nicht, dass ich es dir zur Last legen würde, ich hätte ja das Gleiche getan, wenn ich wüsste, wie es geht. Aber die neue Aufseherin ist sogar noch schlimmer. Vielleicht kannst du ihr ja auch einen Alptraum schicken, ja? Sie macht mir das Leben zur Hölle, befiehlt mir eine ganze Tagesarbeit wegen nichts wieder aufzutrennen, bloß um mir zu zeigen, dass sie die Macht dazu hat.«

»Ich kann dir nicht helfen«, sagte ich. »Ich bin keine …« Mir fiel im Augenblick kein Wort für Hexe auf Lambaneinisch ein.

Ich wandte mich von Agminhatin ab, damit sie mir keine weiteren Fragen mehr stellen konnte, doch sie folgte uns. Catena und ich schlenderten Arm in Arm zu dem Brunnen, wo zahlreiche Frauen auf dem Beckenrand saßen und miteinander plauderten. Dulcis und Nitida befanden sich ebenfalls unter ihnen. Sie begrüßten mich herzlich, und schon bald fing Dulcis an, wie ein Zilpzalp über einen neuen Verehrer zu schnattern, und ich war ihr von ganzem Herzen dankbar, dass sie mehr an sich selbst als an mir interessiert war. Mittlerweile konnte ich Lambaneinisch gut genug, um zu erkennen, dass sie es erbärmlich sprach, obwohl sie doch schon so viele Jahre hier lebte.

Wir setzten uns unter den Birnbaum auf eine weiche Grasnarbe aus süßlich duftenden Maiblümchen. Der Himmel war bereits übersät mit Sternen, und es war schon fast Zeit für alle, sich nach oben in die Schlafräume zurückzuziehen. Catena fragte mich in der Hochsprache, ob ich gekommen sei, um zu bleiben, und ich antwortete ihr in der gleichen Sprache.

»Was hast du gesagt?«, wollte Agminhatin wissen.

»Dass ich nicht bleibe, ich bin nur zu Besuch hier«, sagte ich auf Lambaneinisch.

»Wem dienst du jetzt?«

Viele der Frauen, die sich am Brunnen versammelt hatten, waren hinter uns her geschlendert und setzten sich nun in der Nähe auf die Brüstungen zwischen Säulen oder auf den Rasen zwischen gepflasterten Wegen. Neuigkeiten wurden in der Manufaktur, wo ein Tag so dem anderen ähnelte wie die Bewegungen eines Schiffchens einander, immer willkommen geheißen. Die Frauen warteten auf meine Antwort, und die Stille hielt an.

»Ich bin eine Hökerin, ja?«, sagte ich.

»Was verhökerst du denn?«, fragte Nitida.

»Manchmal dies, manchmal das. Heute Abend habe ich Süßbinse für süße Träume. Köstlich, ja? Jedes Päckchen für eine Perlenmünze oder einen Strang Faden.« Ich machte eine Reihe von Päckchen mit kandierter Wurzel auf und reichte sie herum. »Wenn ihr fünf Stücke esst, träumt ihr davon, wie ihr euch mit dem paart, den ihr begehrt.« Das war eine Lüge, denn Süßbinsen zeigten zwar auf vielerlei Weise Wirkung, aber ich hatte noch nie gehört, dass darunter auch die von mir genannte gewesen wäre. Auf die Idee war ich durch Mai gekommen, die zu dem gleichen Zweck ein Zaubermittel verkaufte. Woraus es bestand, hatte sie mir nie verraten.

Jeder Hökerer musste ein Lied haben, also machte ich eins, indem ich Teile einer Melodie aus einer anderen Weise benutzte. Ich sang:

Aus süßer Wurzel wächst Süßbinse
Wächst ein Traum, träume einen Traum
Und der, den du begehrst, begehrt dich.

Eine Weberin beugte sich vor, reichte mir eine zinnene Perlenmünze und sagte: »Ich kaufe welche. Meine Träume sind immer langweilig. Letzte Nacht habe ich von einem orangefarbenen Baum geträumt, an dem Orangen hingen wie Perlen, und die Nacht davor von einer orange bemalten Wand. Diese Wand hat mir eine Freundin gezeigt und dabei gesagt, sie wolle nicht, dass ihr Mann sie sehe.«

»Das sind keine langweiligen Träume«, sagte ich. »Sie sind fruchtbar – Orangen, die wie Perlenmünzen an einer Haube hängen. Außerdem ein Geheimnis, das einem Gatten hinter einer Wand aus Frauen verborgen wird. Je höher der Rang einer Frau, desto tiefer orange ihr Umhang, ja? Die Farbe von Safran auf Seide. Also träumst du von einer Frau von hohem Rang, vielleicht der Arthygater, sie tut etwas hinter dem Rücken ihres Mannes und hat damit Erfolg. Vielleicht hast du einen dritten orangefarbenen Traum – Orange ist auch die Farbe des Meneidon Lynx, die wir in Incus Lynx Foresight nennen, weil sie wahrhaftige Vorhersagen macht, ja? Vielleicht verrät sie die Frau und ihr Geheimnis. Aber traue nie einem Traum mit einem kleinen Jungen oder Mäusen oder Ratten, ja? Hüte dich vor diesen.«

Als ich schon geendet hatte, waren sie noch alle aufmerksam, als sei das, was ich sagte, tiefgründig. Warum, begriff ich nicht; zweifellos hatten die meisten hochrangigen Frauen in Lambanein Geheimnisse vor ihren Männern und profitierten davon hinter deren Rücken.

Dulcis streckte die Hand aus, um weitere Scheiben der Süßbinsenwurzel zu bekommen. »Ich weiß, dass du einen Traum von deinem krummbeinigen Reiter haben möchtest«, rief jemand, worauf Dulcis anfing zu kichern und sich die Hand auf den Mund legte.

»Dulcis ist es egal, wer sie reitet«, sagte eine andere, »solange sie ein Alptraum sein kann.«

Eine Frau klatschte in die Hände und sang: *Ai, ai, ai, ich reite einen schönen Hengst. Ai, ai, ai, keine Wallache für mich.*

Sie stand auf und versetzte sich in schwingende Bewegungen, worauf eine andere ebenfalls aufstand und die beiden sich umarmten. Die zweite Frau sang: *Ai, ai, ai, die alte Zostra wollte mich schlagen, ai, ai, ai, ich trat auf ihre Peitsche*, worauf die erste einfiel: *Ai, ai, ai, die alte Klothin wollte mich schlagen, ai, ai, ai, ich leerte ihren Eimer*. Strophe für Strophe machten sie sich daran, ihre Aufseherin zu verspotten, und bald fielen andere mit ein.

Catena saß lächelnd da und klatschte in die Hände, ein wenig abseits von mir, Knie an Knie mit einer Freundin. Vielleicht erinnerte ich sie an eine Tortur, die sie am besten vergessen sollte. Sie führte das Leben, das sie bekommen hatte, und ich sollte froh darüber sein, dass sie ein wenig Zufriedenheit dabei empfand. War es denn ein Wunder, dass sie lieber aß, als hungrig zu sein, die Wärme den Frostbeulen vorzog und ein Dach und Wände der erschreckenden Unermesslichkeit der Berge? Aber ich wunderte mich trotzdem. Wie konnte sie sich damit zufriedengeben, in der Manufaktur zu bleiben und einen Tag nach dem anderen zu arbeiten, Jahr für Jahr, bis sie den ganzen Faden ihres Lebens versponnen hatte?

Auch ich klatschte nun in die Hände und sang mit. Doch dabei suchte ich die Gesichter der Frauen nach Zeichen ab. Eine von ihnen hatte mich bestohlen. Ich misstraute ihnen allen, Catena ausgenommen.

In dem dunklen Raum breitete ich mein Umhängetuch über den Binsen aus und zählte Perlenmünzen und Fadenstränge.

Lychnais setzte sich auf und sagte: »Ist das Feirthonin?«

»Wer sonst?«

»Wo bist du gewesen? Du hast versprochen, Bescheid zu geben, wenn du noch spät ausgehst.«

»Diese hier sagt es Meninx stattdessen.«

Lychnais musste das Klickern der Perlenmünzen gehört haben, denn sie sagte: »Was ist das?«

»Geld. Wie viel braucht man für einen Rutengänger?«

Sie rückte näher. Da der Raum klein war, brauchte sie sich nicht viel zu bewegen. »Vielleicht fünfzehn zinnene Perlenmünzen als Dank für den Rutengänger und fünf für die Tänzerinnen. Zehn für das Festmahl.«

»Das Essen muss gekauft werden?«

»Süßigkeiten und Nüsse, und natürlich eine Henne. Zu knauserngeizen wäre nicht gut, das würde dem Meneidon missfallen.« Knauserig und geizig war auf Lambaneinisch ein und dasselbe Wort.

»Diese hier kann gutes Essen umsonst bekommen, genauso gut wie gekauft. Wenn du die Henne besorgst, ja? Also braucht man fünfundzwanzig aus Zinn. Hier sind achtzehn und zwei Stränge blauer Wolle, und ein weißer und ein grüner Strang Leinen.«

»Wo hast du das alles her? Hast du es gestohlen?«

Ich öffnete mein letztes Paket Süßbinsenwurzel und sagte: »Es verkauft das hier. Probier mal. Gut, ja?«

»Der Honig ist alle«, sagte sie. »Wenn sie dich erwischen, werden sie es uns beiden anlasten und uns die Finger abschneiden.«

»Es ist für Meninx. Damit sie nicht weiter heimgesucht wird – eine Heimsuchung ist. Diese hier weiß nicht, wie man diese lambaneinische Krankheit heilen kann. Also gibt es dir all das hier, und du treibst einen Rutengänger, Tänzerinnen und eine Henne auf, ja? Wenn noch mehr Geld nötig ist, gibst du den Rest dazu. Diese hier besorgt Essen.«

Da sie glaubte, ich könne sie im Dunkeln nicht sehen, schnitt sie mir ein Gesicht. Bestimmt lag es daran, dass ich mich verhielt wie eine Aufseherin, wo doch sie diejenige hätte sein sollen, die mir sagte, was zu tun war, da sie schon länger hier war. Nichtsdestotrotz nahm sie, was ich ihr gab. Vermutlich würden ein paar Münzen an ihren Fingern kleben bleiben, doch ich hatte keine Zweifel daran, dass sie alles zum Wohle von Meninx veranlassen würde.

In dieser Nacht träumte ich von der Freifrau. Ich stieg die steilen Stufen in der Felsspalte zum Schrein hinunter und stellte fest, dass sie auf dem Boden der Höhle saß, vor der bemalten Katabaton. In der Hand hielt sie einen langen Stängel Schwalbenwurz. Die kleinen gelben Blüten hoben sich vom Dunkelgrün ihres Kleids ab. »Wie konntest du vergessen, was ich dir beigebracht habe?«, fragte sie. »Das Küken wird blind geboren, aber der Jungvogel sieht sowohl weit als auch nah.« Sie sang ein Rätsel und seine Auflösung:

> Was schärft das Augenlicht der Schwalbe
> Bevor sie sich zum Flug aufschwingt?
> Es blüht, wenn die Schwalbe nah ist
> Und stirbt ab, wenn die Schwalbe fliegt.

Die Melodie bezog sich auf die Schwalbenwurz. Ich kniete mich vor die Freifrau, und wir starrten einander an. Sie wirkte zwar jünger, aber gramerfüllter als zu dem Zeitpunkt, an dem sie gestorben war. Der Saum ihres Kleids war matschig. »Vielleicht habe ich vergessen, dich diesen Vers zu lehren«, sagte sie und schaute weg. »Es gibt so viele.«

Als ich aufwachte, erinnerte ich mich daran, dass die Freifrau mir ein in dem Lied verborgenes Rätsel erzählt hatte. Sie hatte gesagt, Schwalben ließen den orangegelben Saft von Schwalbenwurz in die Augen ihrer Küken fallen, um ihre Sehkraft zu schärfen, Tag für Tag, bis sie flügge wurden. Hatte ich die Omen, die mich zu dieser Pflanze geführt hatten, falsch gedeutet? Schwalbenwurz hatte vielerlei Verwendung, und auch wenn die Behandlung Meninx gutgetan zu haben schien, war sie vielleicht ja für mich selbst gedacht gewesen. Um meine Sehkraft zu schärfen, um den Star in meinem rechten Auge zu heilen.

Während ich im Dunkeln lag, versuchte ich mich wieder zurück in den Traum zu versetzen, um der Freifrau Fragen zu stellen. Ich fand den Schrein auch wieder, doch sie war gegangen. Auf der Wand war Katabaton in weißer Farbe aufgemalt, und während ich auf die Oberfläche von Sleep zutrieb, zu lebhaft, um darunter zu verweilen, erinnerte ich mich daran, was mit dem Schwalbenwurzsaft vermischt werden musste, um das Auge vor dem Brennen zu schützen, welches das Schärfen der Sicht mit sich bringt: Muttermilch.

Am Morgen betrachtete ich in der Spiegelung auf einem Wasserbecken mein rechtes Auge. Der Star hatte immer ausgesehen wie ein blasser Lichtschleier auf der Oberfläche der Iris, und nun war diese fast undurchsichtig. Ich befürchtete, das Auge könnte bald so nutzlos sein wie ein Kiesel. Ich bat Nephelais um eine kleine Tasse Milch aus ihren Brüsten, und als ich ihr erklärte, wozu ich sie brauchte, war sie so großzügig, sie mir zu geben. Ich badete mein Auge mit einer Mischung aus Milch und orangefarbenem Schwalbenwurzsaft. Er brannte nicht. Ich dachte, dass er es vielleicht hätte tun sollen, als Nachweis dafür, dass er wirkte, und deswegen gab ich mehr Saft hinein.

Es stand fest, dass die Welt durch mein rechtes Auge gelber aussah als gewöhnlich. Vielleicht ein wenig schärfer, vielleicht auch nicht. Ich musste es ausprobieren.

Die Rutengängerin kam drei Tage später am Abend. Es war eine alte Frau mit Star in beiden Augen, doch trotz ihrer Blindheit brauchte sie nicht geführt zu werden. Vielmehr führte sie uns auf der Suche nach dem Meneidon, der im Begriff war, Meninx zu töten, die Stufen hinunter und durch die Tharaistunnel entlang und wieder zurück. Während sie ging, hielt sie eine Haselnussrute, die fast über ihre gesamte Länge gespalten war, mit den gegabelten Enden in ihren ausgestreckten Händen, das vereinigte Ende aufrecht. Wir folgten der Rutengängerin wie eine Kükenschar der Gans. Ihre vier Tänzerinnen waren so alt wie sie selbst und schlurften mit unter ihre Tücher gesteckten Händen vor sich hin. Lange nach Sonnenuntergang kehrten wir in unser Zimmer zurück, wo Meninx auf einem Bett aus Süßbinsen ruhte, da sie viel zu schwach war, um mit uns zu suchen.

»Habt ihr ihn gefunden?«, fragte sie, worauf Lychnais den Kopf schüttelte.

Wir traten in den Baderaum, was wir gefahrlos tun konnten, weil er so spät am Abend nicht mehr benutzt wurde. Trotzdem war mir unbehaglich zumute. Eine Lampe nahmen wir nicht mit, damit durch die hohen Fenster kein Licht gesehen werden konnte.

An dem Becken mit den gekachelten Goldfischen und dem Reiherbrunnen schlug die Wünschelrute aus, tauchte jedoch nicht ein. Die Rutengängerin folgte dem Wasser über den Beckenrand hinaus bis zu einem offenen Kanal, durch den Raum hindurch bis zu einem Durchlass in der Wand, der in den Hof führte. Doch die Rute zitterte nicht mehr. Die Frau ging im Kreis durch den Raum, und als sie an die Ecke kam, in der sich der Abfluss befand, schlug die gespaltene Rute aus, als versuche sie, sich davonzuwinden. Die Frau hielt sie fest, und nun drehte sich die Rute in ihren Händen und deutete nach unten, worauf wir allesamt sagten: »Ah!« Mit einem lauten Knacken brach die Haselnussrute am Gelenk ab, und nun hielt die Rutengängerin zwei Stöcke statt einem in der Hand. Sie warf sie auf den Boden.

»Holt Meninx her«, ordnete sie an. Wir breiteten Binsen in der Nähe des Abflusses aus, und Lychnais und ich trugen Meninx in den Baderaum und legten sie hin. Sie weinte leise vor sich hin, sei es aus Erleichterung oder aus Kummer oder einer Mischung aus beidem.

»Wie hat diese hier den Meneidon beleidigt, ja?«, fragte Meninx. »Es hat doch so vorsichtig sein wollen. Hat es nicht um Vergebung gebeten, wenn es Wasser verschüttet hat? Wenn es den Boden geschrubbt hat? Hat diese hier dir dann nicht Blumen geschenkt?« Eine der Tänzerinnen der Rutengängerin kniete sich mit einer Schüssel Wasser, in der winzige weiße Blüten von Waldkraut trieben, neben sie. Kein Mensch pflanzte Waldkraut, es sprießt dort, wo es ihm gefällt, an schattigen Plätzen, doch obwohl es wuchernd wächst, verschmäht man es nicht. Meninx wollte eine Handvoll Blüten in den Abfluss werfen, doch sie war zu schwach dafür. Der Abfluss war nicht mehr als ein Loch, ein Schlund, der schlucken musste, was wir ihm gaben. Wie konnte er ein Gefäß für etwas sein, wie konnte er gar einen Meneidon enthalten? Ich hockte mich nieder und wischte die nassen Blütenblätter hinein. Einen Moment wurde mir schwindelig, es war, als werde der Abfluss mich gleich verschlucken, und ich stand auf und trat zurück.

»Hat der Meneidon einen Namen?«, fragte die Rutengängerin. Das hatte er zweifellos, doch keiner von uns kannte ihn. »Diese hier wird es herausfinden«, sagte sie. Sie kroch auf Händen und Füßen, beugte sich hinab und murmelte in den Abfluss hinein. Was sie sagte, konnte ich nicht verstehen. Sie legte das Ohr an das Abflussloch und lauschte. Als die Antwort kam, hörten wir sie alle. Für mich klang es wie ein grummelnder Magen, doch gegenüber der Rutengängerin sprach er einen Namen aus: Poton.

Die Rutengängerin stand auf und fing an zu tanzen, wobei sie sich über dem Abfluss wiegend hin und her bewegte. Die vier alten Frauen gesellten sich zu ihr und schlurften vor und zurück über die Fliesen. Die Rutengängerin sang, umschmeichelte Poton, nannte ihn mächtig und bat im Namen von Meninx um Vergebung. Sie sagte, sie habe Geschenke mitgebracht, Blumen und eine Henne. Letztere schmorte in diesem Moment bereits mit Schwarzwurzelköpfchen über der Kohlenpfanne im anderen Raum. Abgesehen von meiner Ration Schmalz hatte ich schon lange Zeit kein Fleisch mehr gegessen, und mein Magen knurrte so laut wie der Meneidon in seinem Schlupfwinkel.

Nun schloss sich Lychnais den Tänzerinnen an, hob ihre Füße dabei höher an als die alten Frauen und trat mit klatschenden Sohlen auf den Fliesen auf. Sie winkte mich herbei, doch ich schüttelte den Kopf und lehnte ab. Als sie mir gegenüber dringlichere Gesten machte, stand ich auf. Die Schritte waren einfach, vor und zurück, doch ich war unbeholfen, immer einen kleinen Moment zu früh oder zu spät. Ich hatte Angst, mich davon umgarnen zu lassen. Es war einfacher, außerhalb zu stehen und zu glauben, mein Geld an eine Betrügerin verschwendet zu haben. Ich stampfte, stampf, stampf, stampf, und gab mich dann einfach dem Rhythmus hin.

Die hohen Fenster des Baderaums waren Formen, herausgemeißelt aus dem reinsten mitternächtlichen Blau. Der Raum war von Dunkelheit erfüllt. Dennoch sah ich, wie die Rutengängerin etwas unter ihrem Umhängetuch hervorholte und es in den Abfluss fallen ließ. Nein, sie ließ es gar nicht fallen. Sie hängte das eine Ende einer Kordel, an der faustgroße Perlen aus Ton, Holz oder Metall aufgeschnürt waren, in das Abflussrohr, und die Perlen schlugen gegen dessen Tonwände. Hätte ich sie nicht gesehen, hätte ich geglaubt, das Gepolter stamme von dem Abfluss selbst.

Die Rutengängerin hatte bei Poton zunächst Fürsprache eingelegt. Nun aber bedrohte und beleidigte sie ihn. *Diese hier kommt zu dir hinunter*, sang sie mit ihrer bebenden Stimme. *Diese hier steigt hinab, ai, ai, ai. Lass Meninx in Frieden, alter Miesepeter. Lass die Frau in Ruhe, ai, ai, ai.* Der Abfluss grollte, und das Geräusch schien von tief, tief unten zu kommen.

Die Rutengängerin fing an, sich zu drehen und schneller zu singen. Auch Lychnais drehte sich, stampfte mit den Füßen und hielt die Arme ausgestreckt. Ihre Augen waren geschlossen, und sie trat neben Meninx, trat auf das Becken mit Wasser und Blüten und kippte es um. Wasser floss in die Ecke, und winzige weiße Blütenblätter des Waldkrauts wirbelten herum und ergossen sich über den Rand in den dunklen Schlund des Abflusses.

Die Schwalbe sieht sowohl weit als auch nah, lautete das Schwalbenwurzlied. Mit meinem normalen Auge sah ich, wie die Rutengängerin sich drehte. Mit meinem vom Star befallenen Auge sah ich weiße Sprenkel auf Dunkelheit, so nah, dass sie die wässrige Oberfläche meines Augapfels flüchtig berührten, aber auch weit entfernt, sich rasch nach unten bewegend. Es war kein Licht in dem Raum, das einen Schatten hätte werfen können, doch ich sah, wie sich mein Schatten auf den Abfluss zubewegte, ein dunkles, mit dem Wasser fließendes Schillern, und ich fiel, der Verlockung der Blütenblätter folgend, vorbei an der Leiter der Rutengängerin aus Schnur und Perlen, die sie gerade hinabstieg, um sich dem Meneidon gegenüberzustellen.

Ich fiel, floss mit dem Wasser im Tonrohr hinab in den großen Entwässerungskanal unter der Straße, der selbst eine Straße war, mit einem schmalen, erhöhten Pfad neben dem Wasser für die Koprophagais. Der Entwässerungskanal verzweigte sich, floss überall hin unter dem Palastviertel, und das Wasser wurde geteilt. Die Waldkraut-Blütenblätter zerstreuten sich. Ich hatte gedacht, der Berg sei massiv, doch sein Gestein bestand aus vielen Schichten, wie gefalteter Stoff, und das Wasser fand die Lücken zwischen den Schichten und wurde gereinigt, während es hinabsickerte.

Nun erkannte ich sie wieder; es war Penna, die mich anlockte, Penna in dem Strom, der sich teilte und noch einmal teilte, und während ich den Blütenblättern hinterherjagte, wurde auch mein Schatten in Rinnsale geteilt. Ich hatte meine Stimme verloren und konnte Penna nicht bitten, mich nicht dorthin zu führen, wo ich ertrinken würde. Einige Blütenblätter blieben in Felsspalten und tiefen unterirdischen Becken hängen, andere kamen in einer Quelle an die Oberfläche, die in einem Olivenhain in einen steinernen Trog tröpfelte. Ein vereinzeltes Blütenblatt landete in dem Brunnenhaus in der Nähe der Straße der Färber. Andere wurden von Wasser mitgenommen, das durch einen

Riss in einen halb verfallenen Raum sickerte, der zu dem in Trümmern liegenden Fundament eines Palastes gehörte. Verblasste Gemälde an der Wand stellten Frauen in einer Hügellandschaft dar, die Stempel von Krokussen für Safran sammelten. Andere Blütenblätter wurden in Wasserfälle gefegt, die von Klippen unterhalb des Inneren Palastes in den Fluss herabfielen.

Das Wasser des Flusses trieb rasch nach Süden, doch unter der Oberfläche schäumte es stürmisch über Felsen, und Strömungen wanden sich, und in diesem Tumult wurden die Blüten gefangen, und ich ebenso. Der Fluss war ein Meneidon, so stark wie ein Gott, denn gehörte er etwa nicht zu Waters, genau wie die Meneidon der Brunnen und Quellen Manifestationen von Wellspring waren? Die Lambaneiner erkannten Torrent zwar nicht als Gott an, verehrten ihn aber dennoch überall.

Einige wenige Blütenblätter traten in einem Wirbel in der Nähe des Ufers wieder an die Oberfläche und trieben dort inmitten von Süßbinsen. Ein Ibis auf orangefarbenen Stelzenbeinen beugte seinen langen Hals und warf seinen Kopf zurück, um die Reflektion des Halbmonds zu betrachten.

Jemand leerte einen Krug Wasser über meinem Kopf, schüttelte mich und sagt: »Feirthonin, was hast du denn?«

Mein Kopf schmerzte. Stöhnend setzte ich mich auf und stellte fest, dass ich eine hühnereigroße Beule am Hinterkopf hatte.

»Du bist hingefallen«, sagte Lychnais.

Als ich versuchte aufzustehen, sah ich überall Sterne, sodass ich mich neben Meninx setzte und ihre Hände hielt. Nun brüllte die Rutengängerin, ohne Worte zu formen; ihre Stimme klang so barsch wie die eines Mannes, und sie bewegte sich auch wie ein junger Mann, schwankend, sich drehend und springend, während sie mit etwas kämpfte, das ich nicht sehen konnte, weder mit meinem linken noch mit meinem rechten Auge. Ich schwöre, dass unter unseren

Füßen tiefes Dröhnen und dumpfe Geräusche erklangen, die nicht von der Schnur und den Perlen verursacht worden sein konnten, die sie in den Abfluss gehängt hatte. Poton war erzürnt, und ich spürte seinen Ärger in der feuchtkalten Zugluft, die unser Haar umwehte. Meninx' Hände zitterten wie Nachtfalter in den meinen.

Die Rutengängerin stampfte auf den Boden und befahl Poton laut rufend, sich fortzuscheren. Dann fiel sie auf die Knie und sackte keuchend nach vorn. Ihr Haar klebte ihr in Strähnen am Gesicht, und ihr Umhängetuch und Umhang waren schweißnass. Schließlich richtete sie sich auf und hielt eine Hand hoch, etwas Unsichtbares zwischen Finger und Daumen umklammernd. Sie kroch auf Knien zu Meninx, um ihr dieses unsichtbare Etwas zu zeigen, das einen winzigen Streifen Mondlicht einfing. Es war ein einzelnes langes, dunkelblondes Haar. Die Rutengängerin starrte Meninx mit ihren blinden weißen Augen an, und Meninx starrte zurück, und eine Zeitlang war es ganz still, bis die Rutengängerin wieder zu Atem gekommen war und sprechen konnte. Sie sagte:

»Oh, du warst voller Respekt und Umsicht.
Der Boden wurde gefegt und geschrubbt.
Die Nägel wurden verbrannt, das Haar wurde verbrannt.
Aber eines Tages fiel eine Strähne deines Haars
unbemerkt.
Du hast es nicht aufgefegt, du hast es nicht verbrannt.
Das Haar fiel in den Abfluss hinein,
hinab zu Poton, dem Meneidon.
Ja, von deinem langen Haar wurde er verzaubert,
und verzauberte dich im Gegenzug.
Er hat das Haar um die Leber geschlungen,
umschlang sie einmal, zweimal, dreimal.
Die Leber ist Thron der Seelenstärke in einer Frau,
Thron der Kühnheit in einem Mann.

Er hat die Leber erdrosselt und das Fleisch in
Todesangst versetzt.
Er hat deinen Schatten mit Versprechungen gelockt
Mit ihm an diesem Ort auf ewig zu verweilen.
Doch Temnais, die Rutengängerin, stahl ihm das Haar.
Temnais wickelte den Faden von deiner Leber ab,
einmal, zweimal, dreimal.
Poton folgte, um ihn zurückzustehlen.
Temnais besiegte ihn und warf ihn wieder hinab.
Temnais ist es, die deinen Mut freisetzte,
die Seelenstärke, um den Weg des Flusses zu gehen,
und nicht auf ewig an diesen Ort gebunden zu sein.«

Die Rutengängerin stand langsam auf, und ihre Knochen knirschten dabei, denn sie hatte sich wieder in eine alte Frau verwandelt. Sie warf das Haar in die Glut des Herds, und ich roch es, roch dieses eine dünne Haar, das den Raum mit einem beißenden Gestank erfüllte, als es verbrannte.

Hinterher veranstalteten wir ein Festessen, dicht gedrängt in unserem Schlafraum, und die Tänzerinnen und Lychnais feierten mit Liedern und Scherzen wie bei einem Fest. Nach ihrem ganzen Geprahle war die Rutengängerin Temnais nun ruhig. Sie aß geschmortes Huhn, mit gestohlenem Olivenöl angemachte Kräuter, wilde Erdbeeren und Honig. Ich lehnte Meninx an mich, und sie trank ein wenig Gerstenwasser, vier Schlucke. Sie war bei uns, lächelnd, und ein oder zwei Male sogar lachend, aber ach, sie war schwach. Die Rutengängerin schaute mich über ihre Schüssel hinweg an.

»Diese hier hat eine Frau an mir vorbeigehen sehen«, sagte sie.

»Diese hier sieht dich auch. Es sieht, wie du an der Leiter rüttelst.«

Sie lächelte, war in keiner Weise beunruhigt, dass ich ihren Trick durchschaut hatte.

»Du spürst mit deiner Rute das auf, was fehlt, ja?«, sagte ich. »Dieser hier wurde etwas gestohlen, und sie will es zurückhaben.«

»Diese hier ist müde«, sagte Temnais. »Später vielleicht. Aber mit solchen Augen wie den deinen kannst du das Gestohlene vielleicht selber finden, ja?«

»Wie denn?«

»Um etwas Gestohlenes wiederzufinden, benutze einen gegabelten Stock aus Erlenholz oder Weide. Aber Weide ist nicht so gut.«

»Das kannst du besser. Wirst du mir helfen?«

»Wo ist dieses Etwas gestohlen worden?«

»In der Manufaktur, ja? Diese hier ist einmal eine Weberin gewesen. Jemand stiehlt etwas Wertvolles von mir ... von ihm, während es im Schlafsaal liegt.«

Sie zog die Schultern hoch. »Dann ist es verloren, Frau. Das hier ist keine Tharaissache. Diese hier kann dir nicht dabei helfen, es mit der Rute aufzuspüren. Und du versuch es gar nicht erst, ja?«

Die Rutengängerin hatte nie behauptet, Meninx wieder gesund machen zu können. Die Heilung, die sie anbot, war eine andere. Tatsächlich glaube ich, dass sie Meninx' Tod noch schneller herbeiführte, indem sie ihr die Furcht davor nahm. Meninx war eine Eitelkeit zu eigen, die ich nicht vermutet hatte. Die lange Strähne ihres Haares, so dünn und so schwach, war stark genug gewesen, um einen Meneidon zu umgarnen. Dies schien sie mit Stolz zu erfüllen. Vielleicht war sie zuvor noch nie begehrt worden.

Nach dem Besuch der Rutengängerin blieben Lychnais und ich zwei Nächte und zwei Tage lang an Meninx' Seite, wenn wir im Baderaum nicht benötigt wurden. Wir erkannten, dass ihr Ende nahe war. Ihr Leiden war wie ein eigenständiges Wesen, wie ein monströser Wurm, der sich von ihrer letzten angehäuften Kraft nährte. Sogar wenn sie schlief, sah ich die tiefen, vom Schmerz in ihren Wangen und Brauen eingekerbten Falten. Ich verabreichte ihr Aufgüsse aus Sumpfnessel und Märzveilchen, um das Nagen in ihrem Bauch zu besänftigen wie auch mein eigenes Bedürfnis zu helfen.

Meninx sprach erneut von ihrer Vergangenheit und griff die Geschichte des Tages auf, an dem ihr Vater sie mit dem Piepmatz im Käfig zum Markt mitnahm. Sie erzählte: »Sie haben dieser hier die linke Hand hinter den Rücken gebunden, als sie hierherkam, damit sie lernen konnte, ohne sie auszukommen, ja? Diese hier hat es gehasst.« Sie legte eine Pause ein. Es fiel ihr schwer, Atem zum Reden zu schöpfen. Ihre Atmung war langsam und ging unregelmäßig. »Hasste die Hand.«

»Welche Arbeit wird mit einer Hand verrichtet, ja?«, fragte ich.

»Böden schrubben.«

Ich nahm ihre linke Hand in die meine und betrachtete ihre Handfläche, schaute mir das feine Netz der Linien an. Es war nicht richtig, nicht gerecht, dass ihre schlechte Hand so verachtet wurde. Selbst beim Schrubben von Böden benötigt eine Hand die andere. Eine Hand schrubbt, während die andere den Körper stützt, der sich über den Boden beugt. Oder beide Hände schieben den Putzlappen gemeinsam und scheuern damit hin und her. Beide Hände wringen den Lappen aus. Was für eine Verrücktheit, die rechte Hand von der linken zu trennen, die eine tharos und die andere tharais zu nennen, die eine zu begünstigen und die andere zu verachten, wo doch beide notwendig sind. Weil ihre falsche Hand geschickter gewesen war, hatte sich Meninx tagsüber in dem Baderaum und nachts in dieser kleinen Schachtel aufgerieben.

»Wie lange ist es her? Wie lange bist du schon hier?«, wollte ich wissen.

Sie antwortete nicht. Lychnais saß mit angezogenen

Knien und auf die Arme gebettetem Kopf da. Ich sah, dass ihre Wange und ihr Ohr, hinter das sie sich das Haar gesteckt hatte, feucht waren. »Was nützt es zu zählen, ja?«, sagte sie.

»Es nützt nichts«, sagte ich. »Das ist wahr, es nützt nichts.« Der alte Priester der Freifrau hatte das Jahr immer ein Rad genannt, dessen zwölf Speichen Monate waren und das uns durch unser Leben beförderte. Doch mit meinem rechten Auge sah ich, dass das Rad von Meninx' Jahr ein Mühlstein war, der ihre Tage in kleinere, immer kleinere Momente mahlte. Es drehte sich immer langsamer, nun, da ihr Atem sich verlangsamte. Ausblieb.

In Lambanein heißt es, die Toten reisen durch den Nabel der Erde in das Reich, wo die Götter verweilen, und von dem unser lebendes Reich nur eine unvollkommene Spiegelung ist, diese Welt als Unterwelt der anderen. Um Meninx' willen betete ich, dass es so war. Und obgleich ihr Schattenwesen auf der langen Reise schwere Reue mit sich tragen würde, war ich froh darüber, dass sie nicht von ihrem zerbrechlichen, von Schmerzen gequälten Körper belastet werden würde.

KAPITEL 24

Drossel

Vor der Hausschlange der Arthygater hatte Lychnais noch mehr Angst als vor Poton, dem Meneidon, der im Abfluss lebte. Die Arthygater fütterte die Schlange eigenhändig jeden Tag mit Milch, während es unsere Aufgabe war, dem Tier etwa alle zwei Dekaden ein gehaltvolleres Mahl zu beschaffen. Die Schlange verschmähte Aas, fraß nur lebende Beute. Zuletzt hatte sie gefressen, bevor ich in den Baderaum gekommen war, und nach Lychnais' Worten war es nun Zeit, sie wieder zu füttern.

»Schlangen fressen doch Frösche, oder nicht?«, fragte ich. »Diese hier fängt einen und sieht dann.«

Ich hatte Frösche nachts im Hof quaken gehört, hatte jedoch Bedenken davor, sie dort zu jagen. Soweit ich wusste, zählte Gnathin sogar die niedrigen Frösche wie auch die Singvögel in Käfigen oder die Karpfen im Becken. Daher ging ich zum Fluss, um einen Frosch zu fangen, und stieg dafür die Stufen der Klippe hinab, um an meine geheime Stelle zu gelangen. Jedenfalls hatte ich sie dafür gehalten, aber es war nicht allein mein Geheimnis, denn jemand hatte auf dem Boden vor dem Schrein von Katabaton einen weiteren Kranz abgelegt.

Ich hockte mich neben den Käfig der Schlange, der mit feinem Goldgeflecht überzogen war, und öffnete die kleine Tür, um den Frosch hineinzustecken. Die Schlange beachtete ihn nicht. »Ist sie krank?«, fragte ich Lychnais. »Ihre Augen sind milchig, und ihre Haut ist stumpf.«

Lychnais schaute gar nicht hin.

Des Fest des Quickening, das an den ersten Tritt des Gottkindes Peranon in Katabatons Mutterleib erinnerte, würde in einer Handvoll Tagen stattfinden. Heute Abend veranstaltete Arthygater Katharos das erste von vier feierlichen Banketten. Bei Tagesanbruch kam die Schwiegermutter der Arthygater in den Baderaum und meckerte dabei wie üblich an ihrer Gefährtin herum. Sie habe nichts zum Anziehen, sagte sie. Arthygater Katharos und auch ihren Sohn schere es nicht, wenn sie in Lumpen zu dem Festmahl ginge, das sei eine Schande. Und doch stellten sie Ansprüche, ja? Sie erwarteten von ihr, ihr bestes Tuch für die Aussteuer von Keros zu geben, und Keros sei doch gar nicht von ihrer Sippe, nicht von der Blutlinie her.

Ich war ein wenig abgelenkt und ungeschickt. Mir war nicht klar gewesen, dass sich die Wände zwischen dem Baderaum und dem Bogengang entfernen ließen. Bedienstete hatten sie im Morgengrauen weggeschoben, und nun trennten uns lediglich zwei Reihen Säulen von dem Hofraum. Die in dem Raum aufgemalten Vögel und Schmetterlinge, die ich als unwahrscheinlich leuchtend empfunden hatte, waren nicht so lebendig wie die echten, die unter einem feinen, fast unsichtbaren Netz über dem Hofraum gefangen waren. Ein Reh und zwei winzige gesprenkelte Faune knabberten an den Weihrauchhecken der Einfriedung.

Einige wenige Lilien standen bereits in Blüte. Die Freifrau hatte weiße Lilien in einer geschützten sonnigen Ecke ihres Innenhofes angepflanzt, und sie hatten immer erst am Vorabend der Sonnenwendfeier für sie geblüht, die nach meiner Schätzung noch mehr als einen Monat entfernt war. Hier jedoch hatten sich ihre großen Trompetenblüten bereits geöffnet, und mit den ersten Strahlen des Sonnenlichts waberte ein schwerer Geruch in den Raum. Die Wärme dieses Lichts war Balsam für meine Haut, eine Salbe auf einer verborgenen Wunde. Die Frühlingsjungfer Growan Maid hatte ihre Jungfräulichkeit verloren und war eine Dirne geworden, und bald würde die Sonnenwende kommen, und die Pässe durch die Ferinus wären passierbar.

Als die Bademeisterin verkündete, die Arthygater sei auf dem Weg, hastete die Schwiegermutter davon. Die Arthygater kam früh und brachte zwei Gäste mit. Einer davon war ihre Nichte Keros. Die andere, Arthygater Klados, war Keros' Mutter und die Schwester oder Halbschwester der Arthygater.

Die Arthygater beugte sich über den Schlangenkäfig, und ich befürchtete schon, sie werde uns die Schuld an der Krankheit des Tieres geben. Doch sie gurrte nur und sagte: »Schaut nur, ein gutes Omen! Ankaton ist kurz davor, sich zu häuten.« Sie legte sich die Schlange über den Arm, vergaß jedoch, die Tür zu schließen. Prompt sprang der Frosch heraus. Ich blieb reglos stehen und hatte Angst, dafür verantwortlich gemacht zu werden. Waren Frösche tharais oder tharos? Oblag es meiner Verantwortung, ihn einzufangen? Ich schaute Lychnais an, und sie wackelte mit einem Finger, sodass ich zusah, wie die Hüterin der Kleider und zwei Zofen den Frosch im Raum umherjagten, bis sie ihn erwischt hatten. Ich biss mir auf die Lippen, um ein Lachen zu unterdrücken.

Die Arthygater hatte bereits viele Vormittage mit den Vorbereitungen für die Bankette zum Quickening verbracht. Nun, da Lychnais ihr das Haar auf einen Weidenturm flocht, beratschlagte sie sich mit Gnathin über einige letzte Einzelheiten, zum Beispiel die Blumen in den Gebinden für die Gäste, und ob diese oder jene Hure ihr gutes Aussehen verloren hatte und ausgeladen werden sollte.

Es dauerte derart lange, die Frisuren der drei Arthygater herzurichten, dass sie ihre nachmittägliche Mahlzeit im Badehaus einnahmen. Wir standen an der Wand, und ich starrte Keros an, die ihr Essen vornehm mit einem kleinen, silbernen Dreizack durchbohrte und sich zum Mund führte.

Sie hielt sich die linke Hand vor den Mund, um ihr Kauen zu verbergen; Edelfrauen zeigten nie ihre Zähne, das war unanständig.

Arthygater Katharos sagte zu ihr: »Eure Mutter und ich sind der Meinung, dass Ihr in den fünfundzwanzig Stellungen unterrichtet werden solltet, und Aeidin hat sich liebenswürdigerweise bereiterklärt, dies zu übernehmen.«

»Aeidin?«

»Die Beste von allen«, sagte Klados.

»Also soll ich verheiratet werden?« Mit großer Sorgfalt legte Keros ihren Dreizack auf ihr Tablett. »Aber ich habe dem Arkhyios nicht gefallen.«

»Und ob«, antwortete Arthygater Katharos. »Du hast ihm sehr gefallen. Er will dich für seinen Bruder Merle, ja? Wir werden ihm ein Bildnis von dir schicken.«

Keros wurde steif und stumm. Ich betrachtete ihr Profil mit den goldenen Perlen, die schwer an den schwarzen Schnüren neben ihrer Wange hingen. Nur ihr Mund bewegte sich, als sie sagte: »Der Verräter?«

Ihre Mutter und ihre Tante warfen sich an Keros' gesenktem Kopf vorbei einen Blick zu. »Arkhyios Merle, ja«, sagte Klados. »Der Star. Den Preis eines Mannes zu kennen ist wichtig.«

»Corvus braucht ihn«, sagte Arthygater Katharos, »und was noch schwerer wiegt: Er braucht Corvus. Die Königsmutter wollte Merle noch in der Nacht ihres Siegesfestes einkerkern lassen, da sie meinte, einem Verräter könne sie nie trauen – und das hat es ihr auch erspart, ihn zu bezahlen, ja? Er floh gen Osten nach Lanx, und meine Drosseln sagen mir, dass sein Heer wächst. Caelum nimmt Rache an denen, die Arkyhios Corvus geraten haben, sie in die Verbannung zu schicken – und sogar an denen, die es versäumt haben, dagegen Einspruch zu erheben. Viele Edle fliehen aus Malleus. Wenn Merle Lanx hält, dann brauchen wir ihn, ja?«

»Wir?«, fragte Keros und schaute dabei ihre Mutter an.

Klados ignorierte ihren despektierlichen Blick, wandte sich ihrer Schwester zu und fragte: »Welchen Maler sollten wir beauftragen, Nektan oder Ichnosan? Was haltet Ihr von einem Abbild auf Glas, ja? Kobaltblau um ihr safranfarbenes Kleid würde sie wie ein Juwel hervorheben, nicht wahr?«

»Nektan. Ich fürchte, Glas lässt sich nicht gut transportieren.« Katharos drehte sich um und berührte Keros am Knie. »Und wenn Merle Lanx nicht hält, wird er das Bild nie zu sehen bekommen, ja? Wenn ich eine unverheiratete Tochter hätte, wäre ich stolz darauf, wenn sie diese Aufgabe übernähme, wenn sie klug genug dafür ist. Ihr, meine allerliebste Nichte, seid klug genug. Wem sonst könnten wir vertrauen, ja? Wer sonst könnte in der Lage sein, Merle zu beeinflussen, wenn er sich denn beeinflussen lässt, und uns zu warnen, wenn nicht. Ein Sohn beweist seinen Wert durch drei Leistungen: Wohlstand, Weisheit und den Ruhm seines Heldenmutes. Eine Tochter beweist ihren Wert durch drei Vorzüglichkeiten: über jeden Vorwurf erhaben zu sein, Kinder zu gebären und Leiden mit Fassung zu ertragen. Es ist schändlich für eine verheiratete Frau, Ruhm anzustreben; wir aber werden wissen, was Ihr insgeheim getan habt, und werden Euch dafür ehren.«

Keros wandte sich ab, und nun konnte ich ihr ganzes Gesicht sehen. Sie schaute an mir vorbei in die Ferne, durch den aufgemalten Garten in meinem Rücken. Ihrer Miene nach zu urteilen, musste sie von den drei Leistungen und den drei Vorzüglichkeiten schon tausendmal gehört haben. Sie verzog kaum eine Miene, doch an der Art, wie sie die Nasenflügel blähte, erkannte ich Verachtung.

Danach sprachen die Arthygater von alltäglichen Dingen. Ich hörte nicht weiter zu, sondern fragte mich stattdessen, wie König Corvus sich mit einem Bruder versöhnen konnte, der ihn um einen möglichen Sieg gebracht und ihm fast das Leben geraubt hatte. Sie konnten Merle mit einer Aussteuer bestechen, die einer Prinzessin würdig war, und doch würde man ihm nicht trauen können, darin stimmte ich mit der Königsmutter überein. Der König verachtete seinen Bruder, den Star. Seine Mutter musste er noch mehr hassen, wenn er vorhatte, auf diesen Handel einzugehen.

»Wir«, hatte Arthygater Katharos gesagt. Wir brauchen Merle.

Tag für Tag hatte ich im Baderaum mitbekommen, wie die Arthygater mit Frauen Geschäfte tätigte. Dies hatte ich allzu leichtfertig als Geschäfte unter Frauen abgetan. Eine Frau konnte kein Land besitzen, wohl aber über dessen Verwendung bestimmen, und ich hatte gehört, wie die Arthygater einer Freundin die Verpachtung guter Gerstenfelder angeboten hatte und einer anderen das Recht, ihre Schafe auf bestimmten Bergweiden grasen zu lassen. Ob sie Consort Ostrakans Zustimmung für diese Transaktionen hatte oder sie hinter seinem Rücken tätigte, wusste ich nicht. Sie handelte mit Gefälligkeiten; ein Wort zu einem Richter über einen Fall, eine Stellung unter den Schreibern des Arkhon für einen Neffen, ein Treffen mit dem allmächtigen Faktotum des Arkhon. Und die Hure Aeidin, die sich frei unter Männern bewegte und die Gelegenheit hatte, mit ihnen vertraulich zu sprechen, übernahm im Auftrag der Arthygater die gleiche Arbeit: Gold anhäufen, Loyalität ansammeln, eine Währung, die so kostbar war wie Münzen. So wob man in Lambanein einen Krieg.

Ich ging zu der Tharaisaufseherin des Speisehofs, um zu fragen, ob ich an diesem Abend bedienen könne. Ich hatte alles, was ich besaß, für Meninx ausgegeben und konnte der Aufseherin daher kein Geschenk anbieten. Dafür bot ich ihr die Hälfte dessen an, was ich verdienen würde, davon ausgehend, dass es genügte. Sie zog mich beiseite, heraus aus dem geschäftigen Treiben in den Gängen unter der Speisehalle und in ihren eigenen, mit Vorhängen abgehängten Alkoven. Um zu reden, entblößten wir unsere Gesichter. Die Aufseherin war drall für eine Tharais, hatte weiche, herabhängende Wangen, und mit dem Grimm, den ich in ihrer Miene sah, hatte ich nicht gerechnet. Es war eine grimmige Gier. Sie beugte sich dicht zu mir vor. »Meinst du vielleicht, diese hier wäre ein neugeborenes Küken, ja? Dass es erst noch die Augen öffnen müsste, um zu sehen, was deutlich zu sehen ist?«

Ich bemühte mich, ihrem Blick nicht zu begegnen. Ich zog den Kopf ein und sagte mit leiser Stimme: »Diese hier hat nicht vor, die Aufseherin zu beleidigen. Es bittet um Vergebung.«

»Diese hier ist beleidigt, dass ein Mistkäfer wie du es für einen Dummbeutel hält.«

»Das tut es nicht, das schwört es.«

Ihr Mutterfinger und ihr Großmutterdaumen waren auf die Schnabelart geschnitten, und als sie mich in den Unterarm kniff, fing ich an zu bluten. »Es weiß, dass du eine Drossel bist. Na schön, es macht sich nichts daraus. Aber du kannst nicht erwarten, dass diese hier für ein paar zinnene Perlenmünzen am Ende der Nacht den Mund hält. Also sage deinem Herren oder deiner Herrin – demjenigen, der so erpicht darauf ist zu wissen, was Arkhyios Corvus sagt –, dass diese hier Gold sehen will. Wenn es kein Gold bekommt, wird es Gnathin Bescheid geben. Und komm erst gar nicht auf die Idee zu verschwinden, ohne bezahlt zu haben. Die Arthygater wäre nicht erfreut zu erfahren, dass ihre Enthaarerin eine Lauscherin ist, ja? Weißt du, was sie mit kleinen Drosseln macht? Sie übergibt sie ihrem Folterknecht, und der schneidet ihnen die Zunge heraus, damit sie nicht singen können, und dann reißt er ihnen die Flügel aus, damit sie nicht fliegen können.«

»Diese hier hat kein Gold. Wie wird es Gold bekommen?«

»Das kümmert es nicht. Besorge es, besorge drei Perlenmünzen, von denen jede wenigstens zwanzig Quäntchen wiegt. Treibe es bis morgen Abend auf, oder du wirst dich ab übermorgen in den sanften Händen des Folterknechts der Arthygater wiederfinden.«

Natürlich sagte ich es ihr zu. Und beim Weggehen wischte ich mir das Blut vom Arm ab. Na hatte mir eine Menge Redensarten über die Gefahren der Neugier beigebracht, und ich wünschte, ich hätte sie beherzigt.

Warum war ich noch immer in Lambanein, noch immer eine Tharaisgefangene? Ich sollte jetzt weggehen, morgen, heute Abend womöglich noch. Warum warten? Die Drosseln der Arthygater zogen auf Schiffen nach Süden; konnte ich über die See nach Norden gelangen, ohne die Schneeschmelze in den Ferinus abzuwarten? Ich gesellte mich zu den anderen Lappen, die gerade Silberschüsseln polierten, und ich arbeitete so lange, bis ich nicht mehr zitterte und wieder klar denken konnte.

Dann suchte ich erneut die Aufseherin in ihrem Alkoven auf und sagte: »Wenn es Euch beliebt, so lasst diese hier heute Abend bedienen, wo Arthygater Corvus sitzt, dann wird es Euch Gold besorgen. Andernfalls kann es der Herrin keine Nachricht übermitteln.«

Dies verblüffte sie. Wenn ich Corvus und die Arthygater ausspionierte, wer würde dann der Empfänger dieser Nachricht sein? Vielleicht diente ich ja dem Mann der Arthygater, wieso nicht? Was für eine bessere Möglichkeit seine Frau auszuspionieren gab es für Consort Ostrakan, als eine Drossel in ihren Baderaum einzuschleusen, in dem so viele Vertraulichkeiten ausgetauscht wurden? Ich schwöre, ich konnte diesen Gedanken so deutlich auf ihrem Gesicht lesen, als wäre er mit Tinte auf ihre schlaffen Wangen geschriebene Gottzeichen gewesen. Auf die Idee, Verdacht auf den Mann von Arthygater Katharos zu lenken, war ich gar nicht gekommen. Das war Glück, Chance hatte mir zugezwinkert.

Es schien, als stiege ich in der Achtung der Aufseherin.

Mit Sicherheit stieg ihr Preis. »Mach besser fünf Perlenmünzen daraus«, drängte sie.

Jetzt wollte sie meine Verbündete sein, meine Mitwisserin. Jetzt wollte sie mir helfen – dabei helfen, ihr das Gold zu besorgen, selbst wenn es bedeutete, ihre Herrin zu betrügen. Als die Gäste ankamen, sorgte sie dafür, dass ich es war, die ausgesandt wurde, um König Corvus die Füße zu waschen.

Seine Stiefel waren aus weichem Leder, mit Bändern um rubinrote Knöpfe geschnürt. Das Ziegenleder seiner Kniehosen war zu Ehren von Rift rot gefärbt, ein Farbton, der fast so leuchtend war wie das rote Tuch der ebanakanischen Wachen. Damit sie nicht nass werden würden, schob ich sie ihm über die Schienbeine hoch. Er hatte spitze Knöchel und schmale Füße, mit hohem Rücken. Den kleinen Zeh an seinem rechten Fuß hatte er durch Frost verloren. Es gab niemanden, der die Überquerung der Berge ohne eine Narbe als Erinnerung daran überstanden hätte.

Auch ich hatte meine Narbe, und dieses Mal versuchte ich nicht, sie zu verbergen. Das Umhängetuch bedeckte mein Gesicht, aber ich entblößte meinen Arm, sodass König Corvus den weißen Striemen um mein Handgelenk sehen konnte. Ich goss Wasser aus einem goldenen Krug über seine Füße in das Becken und streute wegen ihres Duftes Rosenblätter in das Wasser. Er sah die Narbe nicht. Und mich nahm er auch nicht wahr.

König Corvus wurde in dem Säulengang zwischen dem ausgedehnten, vom Mond beschienenen Lustgarten und dem beleuchteten Juwel des Speisehofs platziert. Er teilte sich ein Podest mit Arthygater Katharos, Consort Ostrakan und Ostrakans Mutter. Ich fragte mich, ob sie es nun endlich aufgegeben hatten, ihm junge Frauen anzutragen. Es war eine Dekade nach dem Neumondfestmahl, und alle Apfelblüten waren mittlerweile verblüht.

Ich war in keiner Weise eine Drossel, doch selbst wenn

ich eine gewesen wäre, dann hätte ich nichts erfahren. Musiker spielten oben in dem offenen Turm quer über dem Eingang, und es war unmöglich zu lauschen.

Während des langen Festmahls reichten Tharosbedienstete den Speisenden prächtige, von den Köchen zubereitete Konstruktionen, zum Beispiel einen mit Singvögeln gefüllten Pfau, der auf einem Nest aus Zuckerrohr auf bemalten Eiern brütete. Sobald das Kunstwerk der Köche hinlänglich bewundert worden war, zerlegten die Bediensteten die Gerichte und schnitten das Essen in Bissen, die mit Finger und Daumen aufgenommen oder mit einem goldenen Dreizack aufgespießt werden konnten.

Immer wieder reichte ich das Becken, sodass die Gäste sich zwischen den Gängen ihre Tharoshände reinigen konnten. Dabei achtete ich darauf, dass das über meinem linken Arm liegende Tuch nicht mein Handgelenk verbarg. Doch ich war es nicht wert, zur Kenntnis genommen zu werden. Ich nahm mir vor, beim nächsten Mal, wenn ich nach vorne treten würde, dem König Wasser auf den Schoß zu kippen. Dann entschloss ich mich, doch lieber zu warten, bis die Arthygater und die anderen weiblichen Gäste gegangen waren. Aber dann kamen die Huren, und zwei der hübschesten gesellten sich zu König Corvus und Consort Ostrakan, um ein langwieriges Spiel des Düfte-Erratens mit ihnen zu spielen. Hinterher wurden die Nachspeisen und weitere Getränke gereicht. Ohne auf seinen Wink zu warten, brachte ich König Corvus das Becken und ließ ihm ein wenig Wasser auf das Knie schwappen. Er schien es nicht zu bemerken, machte nicht einmal eine tadelnde Geste. Ich ging wieder fort.

Der Mann der Arthygater liebkoste die Hure neben ihm. König Corvus spreizte seine übergeschlagenen Beine, stand auf und verabschiedete sich mit einigen wenigen leisen Worten. Als er an mir vorbeiging, machte er eine Geste, und ich folgte ihm. Er führte mich in einen Tharaisraum und machte hinter uns die Tür zu. Auf der Wand waren Gemälde der zwölf Erniedrigungen, die von Tharos an Tharais vollzogen wurden. Nephelais hatte mir gesagt, dass Männer einem Lappen für gewöhnlich ein größeres Geschenk machten, wenn sie sich für solcherlei Behandlungen zur Verfügung stellten. Der König nahm auf dem einzigen Stuhl Platz und schaute mich mit seitwärts geneigtem Kopf an. Eines seiner Augen blickte fragend, das andere ablehnend.

Ich kniete mich vor ihn und zeigte ihm die Narbe an meinem Handgelenk.

»Die Träumerin, nicht wahr? Lass mich dich ansehen«, sagte er auf Lambaneinisch.

Ich bekam kaum Luft unter dem Tuch, glühte vor Hitze, meine Stirn und mein Nacken waren schweißnass. Dennoch hätte ich mein Gesicht lieber verborgen gelassen. Es war besser, wenn ich ihn sehen konnte und er mich nicht. Ich beugte mich vor, bis meine Stirn den Boden berührte, und als ich sprach, waren meine Worte gedämpft. »Diese hier hat Euch einmal gut gedient. Ich ... es würde es wieder tun, Corvus Rex Ixa ...« Als ich sah, dass die Finger seiner rechten Hand zuckten, unterbrach ich mich. Der König benutzte zwar nicht die in Lambanein übliche Gestik, doch seine Ungeduld war dennoch offenkundig.

»Ich erinnere mich daran, dass du dich darüber beschwert hast, in meinen Diensten zu stehen.«

Ich richtete mich auf und spreizte meine Finger über den Oberschenkeln, damit ich sie nicht zu Fäusten ballen würde. Dann sagte ich in der Hochsprache: »Wenn Ihr meine Dienste nicht wollt, warum habt Ihr dann Garrilus nach mir geschickt?«

»Wen geschickt? Garrio?«

»Um mich aus der Färberei zu holen.«

Er wölbte eine Braue.

»Ich will nach Hause, zurück über die Berge. Wenn die Pässe in diesem Sommer passierbar sind, wenn Ihr die Berge mit Eurem Heer überquert – dann werde ich Euch als Träumerin dienen, wenn es Euch beliebt, oder Eure Kleider flicken, nur lasst mich Euch bitte begleiten.«

»Was lässt dich glauben, ich würde mit einem Heer nach Incus zurückkehren? Hast du das geträumt? Sire Vafra hat gesagt, du hättest geträumt.«

Erneut legte ich die Stirn auf den Boden und streckte flehend die Arme aus. »Ich höre Dinge im Baderaum. Für zehn Goldstücke werde ich Euch mit Freude alles berichten, was ich weiß.«

Er lachte laut los. Ich fragte mich, ob ich ihn jemals hatte laut lachen hören. Dann fiel mir ein, dass er gerade heute Abend erst laut über einen Witz während des Essens gelacht hatte. Aber so freiweg hatte ich ihn noch nie lachen gehört. »Jetzt weiß ich mit Bestimmtheit, dass du keine Drossel bist«, sagte er. »Wenn du es nämlich wärst, wärst du bestimmt besser in deinem Gewerbe. Denn erstens bist du falsch informiert. Ich werde nicht diesen, sondern erst im darauffolgenden Sommer zurückkehren. Und zweitens wird Ausspionieren nicht so gut bezahlt, wie du vermutest. Für zehn Goldstücke könnte ich zwanzig Drosseln einstellen und würde ein wenig mehr zu hören bekommen als das Geschwätz von Elstern.«

Nicht in diesem Sommer, sondern im nächsten. Zu lang, zu lang. Bis dahin würde Sire Galan wieder nach Corymb zurückgekehrt sein, und ich würde zwei Königreiche durchqueren müssen, um ihn zu finden. Und wenn ich ihn gefunden hatte, würde seine Gattin an seiner Seite sein, und in den Nächten, in denen er seiner Gattin überdrüssig war, wahrscheinlich eine andere Scheide.

Ich hielt meinen Blick weiter gesenkt, damit der König nicht sehen konnte, wie sehr mich diese Nachricht bestürzte. »Sire, ich brauche keine zehn Goldmünzen, ich flehe Euch nur an, bitte gebt mir fünf, um mein Leben zu retten. Die Aufseherin hier in dem Speisehof sagt, sie wird mich als

Drossel töten lassen, wenn ich ihr nicht fünf goldene Perlenmünzen gebe. Für mich selbst bitte ich nicht um Münzen, nur um eine kleine Gefälligkeit, die Euch gar nichts kostet. Da Ihr nicht vorhabt, in diesem Sommer nach Schinkus zurückzukehren, könntet Ihr vielleicht Arthygater Katharos dazu überreden, mich als Dienstmädchen zu Keros zu schicken, damit ich sie über Land oder See nach Lanx begleiten kann, wenn sie dorthin geht, um Euren Ruder Merle zu heiraten, den Start ... ich meine den Star, verzeiht. In Incus kann ich dann meinen Krieger finden oder ihm in seine Heimat Corymb folgen, wenn er schon abgesegelt ist.« Ich war außer Atem. Ich trocknete mir die Handflächen an meinem Umhängetuch ab.

Er machte eine wegwerfende Geste. Allerdings fiel mir auf, dass sich seine Haltung ein wenig verkrampft hatte, als ich Keros und Merle ins Gespräch gebracht hatte. Die Arthygater hatte Keros erzählt, der König befürworte die Zusammenführung, doch vielleicht hatte er ja selbst ein Auge auf sie geworfen. Oder er hatte vor, seinem Bruder eine entjungferte Braut zu schicken; eine geringfügige Art der Rache, wenn es stimmte. Ich sagte: »Arthygater Keros, sie ...«

»Ja?«

»Sie will keinen Verräter heiraten. Ich habe sie im Baderaum gesehen. Sie hat so gemacht.« Ich zeigte ihm im Profil, wie ihre Nasenlöcher sich aufgebläht hatten und sie in die Ferne gestarrt hatte.

»Und wie hat Katharos sie dann überredet?«

»Sie meinte, es sei Keros' Pflicht, dafür zu sorgen, dass der Star loyal Euch gegenüber ist, nun, da er sich mit Eurer Mutter überworfen hat. Sie sagte, wenn Merle, wenn der Star Lynx, Lanx halten könne, wäre das eine große Hilfe für Euch. Für sie.« Ich schaute auf meinen Schoß und stellte fest, dass meine rechte Hand mein linkes Handgelenk umfasste und dabei fest gepackt hatte. »Sire, ich könnte ihr eine Nachricht senden, vielleicht.«

»Wem?«

»Arthygater Keros.«

Der kleine Finger seiner rechten Hand rührte sich. Ich hatte falsch vermutet. Er war nicht an Keros interessiert, sondern an etwas anderem, das ich erwähnt hatte. Ich wünschte, ich hätte gewusst, worum es sich handelte. Ich erzählte weiter: »Das Badehaus ist der Ort, an dem die Arthygater Gemächte, Geschäfte abschließt – um Wolle, Gefangene, Loyalität. Habe ich nicht gehört, dass sie Hunderte von Tausend in Gold für Euer Heer aufbringt? Und Reichtum gesammelt hat für Keros' Aussteuer, um den Star zu bestechen? Ich weiß, dass die Arthygater Eure Verbündete ist, aber ich wage zu behaupten, es müsste Euch einiges wert sein zu erfahren, ob sie hält, was sie verspricht.«

König Corvus stand auf und nahm eine goldene Perlenmünze aus der Börse, die an seinem Gürtel hing. »Hier, gib das hier deiner erbärmlichen Aufseherin und sage ihr, dass sie Glück hat, es zu bekommen. Sage ihr, du hast mächtige Freunde, und wenn sie mehr verlangt – oder du verschwindest –, wird die Arthygater erfahren, dass sie Bestechungsgelder von Drosseln annimmt. Und das hier ist für dich.« Er drückte mir drei Silbermünzen in die Hand. »Du kannst ihr sagen, du hättest es auf die übliche Art und Weise verdient.« Ruckartig deutete er sich mit dem Daumen über die Schulter. Ich glaube nicht, dass ihm bewusst war, dass er auf ein Gemälde einer Demütigung wies, bei der ein Tharosmann mit gespreizten Beinen über einer auf dem Boden liegenden, bis auf das Tuch um ihren Kopf nackten Tharaisfrau stand und ihr auf den Bauch pisste. Der Schwanz des Mannes war so groß wie der erhobene Schwanz eines Hengstes.

Ich bedeckte mein Gesicht mit dem Tuch, damit er nicht sehen konnte, wie mir die Röte ins Gesicht stieg. Der Speichel in meinem Mund schmeckte bitter. König Corvus sagte nichts von dem Gefallen, um den ich ihn gebeten hatte, nämlich Keros zu dienen, während sie die Ferinus überquerte.

Der König stand an der Tür und hatte mir den Rücken zugewandt, bevor ich begriff. Er hatte gar nichts davon gewusst: Die Verlobung von Keros und Merle war ein Plan von Katharos und nicht von ihm. Dies ergab Sinn, da es keinen Sinn ergeben hatte, dass König Corvus seinem Bruder jemals wieder vertrauen würde. Ich sagte: »Wollt Ihr denn nicht erfahren, wie viel Arthygater Katharos für diese Haussteuer, Aussteuer aufgebracht hat? Wie viel Gold und Juwelen, wie viele Ballen Seide sie Keros mitgibt? Der Star wird mit diesen Reichtümern viele Soldaten kaufen können.«

Mit meinem rechten Auge sah ich, als flöge ich höher noch als ein Habicht, wie die Kette der Schiffe der Arthygater die Inward Sea von Lambanein nach Incus verband. Weitere Schiffe segelten auf der Outward Sea zu Königreichen, von denen ich nichts wusste. Ich sah Reihen von Maultieren, die Wollballen über die Bergpässe südwärts nach Allaxios brachten und in Stammesfarben gefärbte Gazeballen nach Norden beförderten. Katharos war zu klug, als dass sie all ihre Waren auf ein einziges Schiff verladen hätte, das von einem ungünstigen Wind hätte zum Kentern gebracht werden können. Sie würde König Corvus beim Aufstellen eines Heeres behilflich sein und hinter seinem Rücken eine Aussteuer, die eines Königs würdig war, zu seinem Bruder Merle bringen lassen.

»Sie will Lanx«, sagte ich. »Vermutlich will sie die ganze Küste – sichere Häfen für ihre Schiffe, und alle anderen Kaufleute werden ihre Erlaubnis erbitten müssen, in Incus Handel zu treiben. Was habt Ihr dem Gatten versprochen? Was immer es war, sie will mehr. Zweifellos bezahlt sie dafür, dass im nächsten Kummer … ein Heer die Berge überquert – aber seid Ihr sicher, dass sie vorhat, es von Euch anführen zu lassen?«

König Corvus wandte mir sein Gesicht zu und lehnte sich an die Tür. »Weibergeschwätz. Ich werde es nie wieder als unwürdig ablehnen. Meine Frau hat immer gesagt, in Lambanein machen die Frauen die Arbeit, und die Männer sind Verzierungen. Jetzt begreife ich, dass es kein Scherz war.«

Ich glaube, dass die Aufseherin der Lappen erfreut war, als ich ihr die Goldmünze gab. Allerdings hatte sie eine wunderliche Art, es zu zeigen. Sie schlug mir mit der flachen Hand auf den Kopf und verlangte mehr. Die Schläge waren nicht schlimmer, als vom Flügel einer Taube getroffen zu werden, aber sie ärgerten mich, und ich nannte sie eine gierige Sau. Sie drängte mich in eine Ecke und sagte: »Gib den Rest her.«

»Welchen Rest?«

»Da ist noch mehr, ja? Mehr Münzen. Willst du, dass diese hier Gnathin erzählt, was du mit dem König gemacht hast?« Sie fingerte an meinem Umhängetuch und Umhang herum, worauf ich sie von mir stieß.

»Warte. Warte einfach.« Ich zupfte die silbernen Perlenmünzen aus dem Knoten, den ich in mein Umhängetuch gemacht hatte, und drückte sie ihr in die Hände.

Sie wusste, dass noch mehr Münzen zu bekommen waren, weil sie mit angesehen hatte, wie der König sie mir gab – plötzlich ging mir dies auf. Mit meinem vom Star befallenen Auge vergegenwärtigte ich mir, wie sie sich gegen eine Wand drückte und uns durch ein Guckloch in der Wand des Tharaisraums beobachtet hatte. Wir hatten in der Hochsprache gesprochen, zumindest überwiegend, sodass sie nicht wissen würde, was wir gesagt hatten. Aber dass wir uns überhaupt miteinander unterhalten hatten und ich ihm gegenüber mein Gesicht entblößt hatte – diese Geschichte ließ sich an jemanden verkaufen.

Die Aufseherin hätte die Münzen nehmen und mein Geheimnis an eine echte Drossel verkaufen können, ohne mich ahnen zu lassen, dass sie gespäht hatte. Doch Hazard Chance war gerecht mir gegenüber. Dass die Aufseherin habgierig war, war mein Pech, und dass sie nicht besonders klug war, war mein Glück.

Ihre Augen waren wie kleine, in die Form ihres Gesichtes eingelassene Splitter aus geädertem Quarz. Ich hätte sie hart schlagen und den Abdruck meiner Hand auf ihrer Wange hinterlassen wollen. Stattdessen sagte ich: »Eine Kuh gibt jeden Tag Milch, ja? Als Kuh ist sie mehr wert denn als Rindfleisch, vor allem eine magere wie diese hier.« Ich zeigte ihr meine dünnen Arme. »Aber du ernährst sie, kannst sie nicht verhungern lassen. Lässt ihr ein bisschen, ja? Ein paar zinnene Perlenmünzen, damit sie nicht verhungert.«

Sie begriff nicht, warum sie es tun sollte. Sie begriff nicht, dass eine Abmachung, von der wir beide etwas hatten, eher von Dauer sein würde. Sie war der Meinung, eine von uns sollte alles bekommen, die andere gar nichts.

Eine gute Drossel zu sein war schwieriger, als ich vermutet hatte. Ich hatte den Vorteil, mich dort, wo Arthygater Katharos ihre Geschäfte tätigte, unbemerkt bewegen zu können. Doch ich hatte auch einen Nachteil, nämlich den, meiner Erinnerung nicht trauen zu können. Ich war mir nicht sicher, welche der geschäftlichen Transaktionen der Arthygater für König Corvus von Bedeutung sein würden, und fühlte mich daher verpflichtet, sie mir alle zu merken. Zu diesem Zweck setzte ich meine Finger ein, und wenn diese nicht ausreichten, nahm ich meine Fingerknöchel, Handgelenke, Ellbogen und so weiter hinzu. Ich wünschte, ich hätte eine Schnur mit anderen Perlen gehabt, so wie Gnathin, das Faktotum, sie verwendete, um sich an die unzähligen Anweisungen ihrer Herrin zu erinnern. Stattdessen erinnerte mich mein Großmutterdaumen wie ein Knoten in einer Schnur an einen bestickten Wandteppich, der zur Vorführung im Tempel von Peranon überfällig war. Mein linker Ellbogen sollte mich an eine Schuld erinnern, in der eine gewisse Ornis wegen Wolle stand, und an die zwei großen Wachleute, die Katharos Gnathin loszuschicken befahl, falls die Frau mit dem Bezahlen hinterherhinkte. Mein rechtes

Ohr war der Versendung von fünf Ballen orangefarbener Gaze zum Haus von Tricari in Malleus gewidmet; falls der anvisierte Käufer im Krieg gefallen war, sollte die Gaze in den Farben von Hazard oder Delve neu eingefärbt werden.

Um mich an das Gemunkel über König Corvus zu erinnern, brauchte ich keine Daumen oder Ellbogen. Consort Ostrakan hatte der Arthygater erzählt – und diese hatte es anderen weitererzählt –, dass Arkhyios Corvus einen Lappen mit in den Ruheraum genommen hatte und zuerst er und nach ihm sie herausgekommen war, taumelnd. »Krummbeinig«, sagte eine der allgegenwärtigen und ständig schmeichelnden Blutegel, worauf alle lachten. Die Arthygater war erfreut. Sie hatte allmählich schon geglaubt, es fehle ihm an etwas, und sich gefragt, ob er die Schuld an dem langwährenden Fluch der Unfruchtbarkeit ihrer Schwester trug. Natürlich war die Benutzung eines Tharaisabfallbehälters nicht das Gleiche wie eine Paarung, doch ermöglichte sie zumindest den ungehinderten Fluss seines Samens; ihn einzudämmen war ja so ungesund – sehr schlecht für die Leber, und würde wahrscheinlich Verstopfung und Schwermut nach sich ziehen.

Der Bademeisterin fiel auf, dass ich an diesem Morgen nicht so aufmerksam wie sonst bei meinen Tätigkeiten war. Als die Badenden alle gegangen waren, verabreichte sie mir eine Tracht Prügel und sagte, sie wisse, dass ich wegen eines Koprophagais geistig abwesend sei, und wenn ich mich nicht in Acht nähme, würde ich noch selbst als schmutzige Koprophagais enden und mit einer Schar von Koprophagaisbälgern in den Müllgruben außerhalb der Stadt leben.

Mich scherte es kaum. Was für ein wunderbarer Besitz ein Geheimnis doch sein konnte.

Wir schrubbten den Baderaum und kippten das letzte Schmutzwasser in den Abfluss, wo sich der zur Einsicht gebrachte Poton versteckt hielt. Lychnais hielt ein Schläfchen, und ich machte mich davon. Ich musste so viele Dinge in Erinnerung behalten, dass ich sie aufschreiben musste. Da ich kein Leinen besaß, auf das ich hätte schreiben können, benutzte ich stattdessen Tonscherben. Diese fanden sich haufenweise in der Nähe der Küchentore von Palästen, die von einem weniger geizigen Faktotum geführt wurden als Gnathin. Ich sammelte Scherben von billigen unglasierten Gefäßen, die zum Transport von Oliven und Fischpaste benutzt wurden, und trug sie in meinem Umhang durch die Tür in der Wand und die Treppen hinunter in die Schlucht mit den Steilwänden. Der Ort hatte, soweit ich es wusste, keinen Namen, ich nannte ihn die Kluft von Katabaton.

Ich setzte mich auf die Stufen oberhalb des Schreins. Stränge von Purpurkranz hingen von der Klippe hinter mir herab. Darin zankten sich Vögel und summten Bienen. In einem Streifen Sonnenlicht breitete ich die Scherben aus, nahm sie eine nach der anderen auf und kratzte ein paar Gottzeichen als Worte darauf. Der Vorgang des Beschriftens war ein Gebet, ein Gottzeichen reihte sich an das andere, ganz gleich, wie belanglos die Worte waren, die ich mit ihnen formte. Ich erwies Wildfire meinen Dank für das Geschenk, wieder lesen und schreiben zu können, mit einem Trankopfer aus Blut, das ich meiner Armbeuge entnahm.

Am fünften Tag des Festes anlässlich des Quickening von Peranon hatte ich eine Sammlung von diesen beschrifteten Scherben beisammen, zum Beispiel:

Lynx, König: Ich hatte vergessen, König Corvus von dem Gerücht zu berichten, das auf den Flügeln einer Drossel aus Incus angekommen war und demzufolge der Erste der Lynx nun das Heer von Corymb befehligte. Das würde ihn bestimmt interessieren.

Haus von Tricari, fünf: fünf Ballen Gaze, in dem Orange von Lynx gefärbt.

Outward Sea, vier: Die Arthygater und ihre Freundin Phleibin bedauerten den Verlust der Ladung auf vier auf der Outward Sea verschollenen Schiffen. »Piraten?«, fragte Phleibin. »Unerträglich«, antwortete Katharos. »Der Arkhon muss etwas unternehmen.«

Rücken, Jahre: Ein Vers, der im Speisehof am Abend vorgetragen wurde, nachdem sich die Edelfrauen zurückgezogen hatten.

Der Rücken eines starken Mannes verbiegt sich
Unter der Last der Jahre.
Schwer lasten die Jahre auf einem Arkhon!

Die anderen Gäste waren entrüstet.

Ehegatte, Streit: Während des Banketts am vierten Abend des Quickening hatte sich Arthygater Katharos mit Consort Ostrakan deutlich erkennbar gestritten. Sie unterhielten sich und lachten, doch sie berührte sein Knie nicht und schaute ihn auch nicht an, wenn sie etwas Lustiges gesagt hatte, um zu sehen, ob er sie bewunderte. Auch streifte er nicht wie zufällig ihre Schultern oder Oberschenkel, wenn er sich ausstreckte und gegen die Rückenlehne stützte.

Ich hatte festgestellt, dass die farblosen Schwiegertöchter der Arthygater eine gute Quelle waren für eine bestimmte Art von Klatsch über König Corvus selbst und den Respekt – oder den Mangel desselben –, der ihm von den lambaneinischen Edelleuten entgegengebracht wurde. Alle waren darüber amüsiert, dass der König Arkhon Kyphos täglich seine Aufwartung machte, der Arkhon jedoch täglich eine private Audienz mittels seines Faktotums verweigern ließ. Das Faktotum nahm König Corvus' Bestechungsgelder entgegen und benutzte Ausflüchte: Ich fürchte, es ist ein ungünstiger Tag, der Arkhon kann niemanden empfangen; der Arkhon muss sich mit Botschaftern treffen (aus einem unbedeutenden Königreich nach dem anderen); oder, recht häufig, der Arkhon nimmt ein Abführmittel, er ist indisponiert. Kommt morgen wieder, dann gebe ich Euch einen Termin, sagte das Faktotum dann.

Natürlich ließ der Arkhon beziehungsweise sein Faktotum jeden warten. Sogar seinen Söhnen und Enkelsöhnen, den anderen Prinzen des Königreiches und auch dem Arkhyios wurde es nur selten gestattet, mit dem Arkhon persönlich zu sprechen. Die Leute lachten über Corvus' Misere, waren aber genauso schnell darin, sich gegenseitig zu verspotten. Der Einzige, der vor dem Gespött sicher war, war der Letzte, der eine Audienz mit Arkhon Kyphos gehabt hatte. Der Arkhon war die Sonne, von der ihrer aller Ernte abhing. Wenn er auf einen Höfling herablächelte, verhieß dies Fülle. Wenn er einen anderen finster anschaute, verhieß dies Dürre. Er war launischer als die wirkliche Sonne, die auf uns alle herablächelt.

Angeblich weigerte sich der Arkhon König Corvus zu empfangen, weil er befürchtete, um ein Darlehen für ein Heer gebeten zu werden. Er hatte dem König Zuflucht gewährt, und das war genug. Wenn Arthygater Katharos und ihre Schwester Corvus mit Truppen versorgten, war ihr Vater wahrscheinlich dankbar deswegen, da sie ihm die Peinlichkeit ersparten, jede andere Hilfe zu verweigern.

Doch da gab es noch eine einfachere und sicherere Möglichkeit, Arkhon Kyphos dieses peinlichen Schwiegersohns zu entledigen. Genau auf diese Idee war zweifellos schon einer seiner Söhne oder Töchter gekommen oder einer der weniger herausragenden Höflinge, der oder die nun vielleicht schon einen Plan schmiedete, König Corvus aus dem Weg zu räumen.

Ich scheute mich vor derartigen Gedankengängen und den hässlichen Schlussfolgerungen, zu denen sie führten. Das war eine Schwäche, hätte Mai gesagt. Sie hatte wenig Geduld, wenn jemand den Tatsachen nicht ins Auge sehen wollte, und gar keine, wenn man sich ihnen wissentlich verschloss. Sie hatte mich häufig für meinen Glauben gescholten, dass das, was unsere Anführer taten, jenseits unseres Ermessens liege, als wären sie Götter.

Sie waren keine Götter, sie waren Sterbliche. Es war ein

merkwürdiger Gedanke, König Corvus habe sich über die rauen Ferinus gequält, nur um dann durch eine seidene Schnur der Boshaftigkeit im Hof von Arkhon Kyphos erdrosselt zu werden. Ich hatte einmal davon geträumt, dass der König in den Wohnturm eines Freundes zurückkehrte, als sein Freund nicht zu Hause war, und die Hunde, die zuvor freudig an ihm hochgesprungen waren, hatten ihn angefallen. In den Bergen hatte ich den Traum vor König Corvus geheim gehalten und ihn stattdessen dem Stiefelknecht Voro erzählt, damit dieser ihn seinem Herrn berichtete. Die Warnung war dem falschen Empfänger überbracht worden.

Aber der König brauchte mich nicht, um vor Verrat oder Plänen zum Meuchelmord gewarnt zu werden. Er war an einem Hof aufgewachsen, der wahrscheinlich nicht besser oder schlechter gewesen war als dieser. Bestimmt war er im Gegensatz zu mir sehr viel schneller zu dem Schluss gekommen, dass jemand versuchen könnte, ihn zu ermorden. Seine Mutter beispielsweise würde es versuchen, falls ihr Arm so weit reichte. Die aufschlussreiche Frage war: Wer sonst noch teilte dieses Interesse?

Was ließ sich aus diesen Gerüchten, Vermutungen, Versen und Fragen machen, die ich Tag für Tag eifrig im Badehaus und nachts im Speisehof sammelte, sodass ich, von einem nachmittäglichen Nickerchen abgesehen, ohne Schlaf blieb? Wenn ich den König über diese Bruchstücke informierte, würde ich wahrscheinlich dafür eher Spott als Gold ernten. Und doch lag es nicht an mir zu wissen, welche Scherbe wertvoll und welche Abfall war. Vielleicht konnte König Corvus sie zu einem nützlichen Muster zusammenfügen.

Heute Abend war der fünfte und letzte Abend des Quickening, und Arkhon Kyphos gab ein Festessen für die Notabeln des Königreiches. Die Arthygater und ihr Haushalt würden selbstverständlich mit dem notwendigen Gefolge an Bediensteten daran teilnehmen. Lychnais wurde für den Fall benötigt, dass ein Büschel aus dem Haar der Arthygater aus seinem Platz in dem Flechtwerkturm auf ihrem Kopf verrutschte. Meine Dienste hingegen wurden nicht benötigt.

Es gab einen anderen Ort, den ich aufsuchen musste, und es gab etwas zu tun, vor dem ich Angst hatte. Seit ich gesehen hatte, wie der Haselnussstock der Rutengängerin in ihren Händen zum Leben erwacht war, trug ich mich mit dem Gedanken, die Knochen, die mir in der Manufaktur gestohlen worden waren, durch einen Wünschelrutengang aufzuspüren. Die Rutengängerin selbst würde mir nicht dabei helfen, also musste ich es selbst versuchen. Das, was ich brauchte, borgte ich mir aus dem Baderaum – Messer, ein Gefäß mit Glut, Mörser und Stößel, einen Krug mit Schmalz – und kehrte dann in die Kluft von Katabaton zurück, um etwas zu finden, das ich den Weberinnen verkaufen konnte.

Auf dem Boden der Kluft wuchsen kräftige weiße Lilien mit schwerem Duft wie jene im Garten der Arthygater. Ich sammelte ihre langen Staubblätter. Im Garten der Freifrau hatte ich mir mit dem Puder, das braun aussah, aber safrangelbe Flecken verursachte, häufig die Kleidung beschmutzt, und dafür hatte Na mich immer gescholten. Dieser Puder eignete sich besser als Schwalbenwurzsaft dazu, meine Unterarme auf die Art und Weise der Tharos zu färben. Die Farbe war perfekt und verblasste auch nicht, wenn sie nass wurde.

Ich erntete die Blütenblätter der Lilien ab, die ihren Höhepunkt hinter sich hatten und schon ein wenig braunstichig waren, und zerdrückte sie mit Schweineschmalz, um daraus eine Salbe zu bereiten, welche die Haut geschmeidig macht und Flecken auf ihr heilt. In dem unbewegten Wasser eines Tümpels, der entstanden war, als der Fluss seinen Lauf änderte, fand ich Seerosen. Ich gab ihre Blüten der

Salbe hinzu, da sie nützlich gegen Sommersprossen waren. Die Blütenblätter waren fleischig und weich, wenn man sie berührte, und sie wiesen einen wächsernen Glanz auf, und noch während ich diese Schönheit zwischen Mörser und Stößel zerquetschte, gaben sie ihren Duft frei.

Ich machte ein kleines Feuer vor dem Altar von Katabaton und ließ die Seerosenwurzeln in Wasser kochen. Dies hatte Mai mir beigebracht – sie verkaufte diesen Sud, um Lust zu dämmen. Für gewöhnlich hatte eine Kundin vor, es dem einen oder anderen Mann zu verabreichen, doch manchmal wollte eine Frau es auch für sich selbst, wenn Desire sie allzu lange bedrängte. Manche Frau in der Manufaktur würde dankbar dafür sein, auf solche Weise ihre innere Ruhe zu bekommen.

Es dauerte einige Zeit, während der ich mich nichts anderem widmete als diesen einfachen und beruhigenden Aufgaben. Die Sonne ging unter. Rasch legte sich indigofarbene Dunkelheit über diese tiefe Schlucht, doch der Fluss schimmerte im Mondlicht. Das Quickening findet stets an Vollmond statt, hatte Nephelais mir gesagt. Ich hätte es mir anders gewünscht, denn Crux Moon ist am stärksten, wenn er voll ist; er konnte sein Spiel mit mir treiben, indem er das Ziel der Wünschelrute beeinflusste. Aber eine bessere Gelegenheit bekam ich womöglich nicht.

Ich bahnte mir einen Weg entlang des schmalen Ufers zwischen der Klippe und dem Fluss, von Felsblöcken über Sandbänke zu Schlickstellen, bis ich schließlich einen gegabelten Erlenwurzelschössling fand und abschnitt, einen frischen Trieb, der aus dem Wurzelstock eines alten Riesen ausschlug. Ich schälte die Rute, und das Holz war weiß wie Knochen.

Ich kniete mich vor das Gemälde von Katabaton und legte die Rute und das Geschenk nieder, das ich ihr gemacht hatte, eine aus makellosen Lilienblüten geflochtene Krone. Ich träufelte eine Mischung aus Muttermilch und orangefarbenem Schwalbenwurzsaft in mein rechtes Auge, bis es brannte. In einem Traum hatte mir die Freifrau gesagt, dies werde mir helfen, klein und weit zu sehen, und nun endlich begriff ich, was sie meinte. Es würde mein vom Star befallenes Auge nicht heilen, denn ich war dazu verdammt, auf diesem Auge blind zu werden. Doch die Schwalbenwurz konnte mir dabei helfen, Traumbilder zu sehen, die von dem Star erfasst wurden. Mit der verkohlten Spitze eines Stöckchens schwärzte ich mir die oberen Lider mit Holzkohle, so wie Az es immer getan hatte, wenn sie für mich die Knochen deutete.

Das Gemälde von Katabaton war durch dunkle Flecken und blasse Salze verunstaltet, die das Wasser, welches durch die Felsen der Höhle sickerte, hinterlassen hatte. Wo sie einmal Augen gehabt hatte, waren nun Schmierflecke, doch nichtsdestotrotz spürte ich, dass sie alles beobachtete, was ich tat. Dadurch, dass ich das Feuer vor dem Altar entzündete, hatte ich Hearthkeeper herbeigerufen, und indem ich die Salbe und die Tinktur bereitet hatte, hatte ich Desire angerufen, und nun war es, als schauten auch sie durch Katabatons Augen. Ich neigte den Kopf und bat alle drei, meine Bemühungen zu segnen.

Als ich wieder zu Katabatons Gesicht aufschaute, ergaben die blassen Striche und dunklen Flecken und Schatten wieder die Form eines Kopfes. Vom Dach der Höhle herabhängende Wurzeln sahen aus wie Haarsträhnen. Ich erschauderte, und mein Nacken prickelte. Ich wurde daran erinnert, dass Katabaton die Schattenwesen von Lambanein beherrschte, so wie Queen of the Dead die Gefallenen von Corymb und Incus beherrschte. Oder sie waren ein und dieselbe und wurden nur mit unterschiedlichen Namen benannt.

Ihr Blick wirkte nicht länger gütig. Ich warf mich nieder und drückte meine Wange gegen den Fels. Ich hatte die Knochen der Freifrau und Nas benutzt, obwohl es einzig und allein den Propheten von Rift gestattet war, Überreste der aus dem Leben Geschiedenen zu behalten. Queen of the Dead hatte mich nicht daran gehindert. Manchmal glaubte ich, sie war mir behilflich. Nun aber erkannte ich, wie sehr ich ihre Nachsicht ausgenutzt hatte, indem ich Tag für Tag die Knochen geworfen und die Freifrau und Na gezwungen hatte, einen weiten Weg zurückzugehen, um törichte Fragen zu beantworten oder gar keine Fragen. Ich hatte sie geworfen, einfach nur um ihre Gegenwart zu spüren und die Farben, die Zeichen und die Aspekte in gefälligen Mustern anzuordnen.

Ich bat Queen of the Dead um Vergebung für meine Vergehen, wohl wissend, dass diese zahlreich waren. Und ich betete dafür, dass sie meine Wünschelrute so lenkte, dass diese auf die Knochen der Freifrau und Nas wies. Sie durften nicht dazu gezwungen werden, einer Fremden und Diebin zu antworten. Und nie würde ich ihre Schattenwesen noch einmal missbrauchen und sie herbeirufen, als wären sie Bedienstete. Sie waren mir teuer, ich hatte nie vorgehabt, sie schlecht zu behandeln.

Wenn ich es musste, wenn sie es von mir verlangte, dann würde ich diese Fingerknochen verbrennen und freilassen.

Ich hob den Kopf. In dem flackernden Schein des Feuers blickte sie starr und unbewegt.

KAPITEL 25
Das Quickening

In meine Tharoskleider gekleidet eilte ich durch die Gassen zum Palast. Dabei befürchtete ich, Maskierten zu begegnen. Am heutigen Abend erschienen zwei Demiurgen unter dem vollen Mond, das Glück und das Unglück der Stadt, und sie durchstreiften in zwei feierlichen Umzügen Allaxios vom Palastviertel bis hinunter in die Stadt. Das Glück der Stadt zog auf das äußere Tor jedes Palastes zu, wo es freudig begrüßt wurde und Geschenkte überreicht bekam, um überredet zu werden, ein Jahr lang zu verweilen. Das Unglück der Stadt ritt zum hinteren Tor und verlangte Abgaben für die Gefälligkeit fernzubleiben. Die Maskierten, welche die beiden begleiteten, wurden mit Essen und Trinken entlohnt, obwohl ihre Bäuche nach den Festmahlen im Vorfeld bereits gut gefüllt waren.

Lychnais hatte erzählt, die Maskierten führten nichts Gutes im Schilde, und zudem seien alle Arten von Schattenwesen und Meneidon während des Quickening rastlos und neigten dazu, herumzuziehen und Besitz von unachtsamen Menschen zu ergreifen. Sie wünschte, sie könne bei mir im Badehaus bleiben, statt die Arthygater zum Inneren Palast zu begleiten. Doch als sie die Pracht der Maskierten, ihre Kostüme und Umzüge beschrieb, hatte ich den Eindruck, sie wollte mich neidisch machen.

Am Hintertor der Arthygater spielten zwei Wachen in Kürassen aus gekochtem Leder Pferde-und-Häuser mit dem Pförtner. Nephelais hatte mich gewarnt, was die Habgier des

Nachtpförtners anging, und ich gab ihm zwei zinnene Perlenmünzen. Die anderen Männer verlangten auch etwas, wobei sie anzüglich grinsten und mir mit Gesten zeigten, was sie begehrten. Der Pförtner wachte eifersüchtig über seine Vorrechte und meinte, dies sei sein Platz, nicht der ihre, um einen Wegzoll zu verlangen, und so gelangte ich hinein.

Der Bursche an der Tür der Manufaktur langweilte sich und neckte gerade eine Katze mit einem Wollknäuel. Ich bestach ihn mit einer Girlande aus Purpurkranz und einem Kuss. Er war ein solcher Grünschnabel, dass es mir nichts ausmachte.

Die Textilarbeiterinnen feierten das Quickening im Hof. Zu Ehren des Gottkindes Peranon waren lange Banner aus violettfarbener Seide vom Geländer des Obergeschosses herabgehängt worden. In dem Birnbaum hingen Lampen in Form kleiner, aus Ton gefertigter Vögel. Die Frauen tafelten und tanzten, erzählten sich Geschichten und jagten zum Spaß Kindern hinterher. Einige wenige hingegen saßen stumm abseits, schwermütig vielleicht, da das Fest ihnen die Tage in Erinnerung brachte, bevor sie Leibeigene geworden waren.

Wie konnte ich geglaubt haben, unter so vielen Frauen eine Diebin ausfindig zu machen? Die Wünschelrute war ja nur ein Stock. Hätte ich an jenem Abend nicht Queen of the Dead einen Eid geleistet, dann hätte ich ihn zerbrochen und seine Einzelteile auf dem Boden liegen gelassen. Mittels der Rute nach den Knochen zu suchen war nicht länger ein eigennütziges Unterfangen, sondern eine mir auferlegte Pflicht.

In einen kalten Teich zu springen war leichter, als erst den einen Zeh und dann den anderen hineinzutauchen, hatte Na immer gesagt. Ich betrat den Innenhof, der voller Menschen war. Es sprach sich herum, dass Feirthonin, die Hausiererin, zurückgekehrt war, und Catena kam atemlos vom Tanzen, um mich zu begrüßen. Auch andere Freundinnen, die der Hochsprache mächtigen Dulcis und Abeo sowie Agminhatin und Menin aus dem Webraum, kamen hinzu. Ich setzte mich auf eine unter dem Birnbaum ausgebreitete Strohmatte und legte meine Waren vor mir aus: Klumpen von Salbe, verpackt in Lilienkissen und umschnürt mit den sehnigen Stängeln von Purpurkranz, dazu die Seerosentinktur in einem Widderhorn aus Glas. In Lambanein war Glas so gewöhnlich, dass man manchmal im Abfall ein ganzes Gefäß finden konnte. Daneben legte ich die Wünschelrute.

Drei Frauen schworen, die Süßbinsenwurzel habe ihnen die versprochenen Träume gebracht, und sie wollten nun mehr davon; ich verkaufte ihnen stattdessen Liliensalbe. Auch für die Seerosentinktur fand ich Käuferinnen, und zwar jene, die unerwiderte Lust loswerden wollten, Desires bevorzugte Heimsuchung.

Schon bald fragte mich jemand, warum ich eine Wünschelrute dabeihätte.

Ich stand auf und hob die Erlenrute dabei auf. »Ich weiß, dass ihr alle ehrliche Frauen seid. Aber hier und da geht etwas verloren, ja? Ein Amulett oder eine Perlenmünze oder etwas, das man nicht verlieren möchte. Manchmal wandern diese Dinge in das Hab und Gut eines anderen. Diese Rute schlägt aus in Richtung dessen, was verlorenging.«

Eine Frau fühlte sich bemüßigt, eine anzügliche Bemerkung über die verlorene Jungfräulichkeit einer anderen zu machen, worauf viele lachten.

»Wenn du willst, dass ich nach ihrer Jungfräulichkeit suche, dann werde ich dies tun«, sagte ich, hielt das gegabelte Ende der Rute hoch und ließ die Spitze auf und ab schwingen. »Aber wäre es dir nicht lieber, wenn ich den finde, der sie stiehlt? Wäre er denn nicht nützlicher, ja?« Ich stolzierte umher und tat so, als suchte ich nach einem verborgenen Mann, und stupste die Röcke der Frauen mit der Rute an. Dabei beobachtete ich ständig die Gesichter derer, die nicht lachten. Eine Frau, die ich nicht wiedererkannte, zeigte unhöflicherweise die Zähne, während sie zurückwich, sodass andere Frauen zwischen uns traten. Ihr Lächeln wirkte wie das Grinsen eines verängstigten Hundes. Ich folgte ihr durch die Menge, und die Spitze der Rute wackelte.

»Wohin willst du denn so schnell, Phalin?«, sagte Agminhatin zu ihr.

»Nirgendwohin«, antwortete sie und lachte, als habe Agminhatin einen Scherz gemacht.

Agminhatin schaute mich mit hochgezogenen Brauen an. Bei den Göttern, sie war schnell darin, Verdacht zu schöpfen und zu handeln. Während ich noch über den biegsamen, geschälten Zweig rätselte und darüber, wie er sich glatt und sehnig in meinen schweißnassen Handflächen bog, legte sie schon ihren Arm wie ein Ochsenjoch auf Phalins Schultern.

Ich betrachtete Phalin mit meinem linken Auge, und nun wirkte ihr Grinsen auf ihren Lippen überzeugend, doch ihre Augen waren angsterfüllt. Unter so vielen Frauen in der Manufaktur waren viele, denen ich nie begegnet war. Doch wenn sie mir so nahe gekommen sein sollte, dass sie die Knochen gestohlen hatte, dann müsste sie mir vertraut sein. Ihr Gesicht zumindest, wenn schon nicht ihr Name.

Ich schloss mein linkes Auge. In dem Dunstschleier meines durch den Schwalbenwurzsaft gelb gefärbten, vom Star befallenen Auges sah ich ein Vogelnest, in dem gefärbte Kieselsteine lagen. Waren auch die Knochen in dem Nest? Ich vermochte es nicht zu sagen.

Ich senkte die Wünschelrute, sodass die Spitze unverfänglich auf den Boden deutete. »Also schön, da niemand irgendetwas vermisst, außer Jungfräulichkeiten, und ihr diese nicht mehr finden werdet, meine Lieben – wobei ich einmal eine Magierin kannte, die gegen Bezahlung ein Jungfernhäutchen gemacht hat –, da also niemand etwas verloren zu haben scheint, dann hat wohl auch niemand von euch etwas gegen eine Elster in eurer Mitte, ja?«

»Sie zittert«, sagte Agminhatin.

»Ich hatte mal eine besondere Perle aus Bernstein, etwa so lang«, sagte Abeo. Sie hielt einen Finger und den Daumen hoch, und der Raum dazwischen entsprach der Länge eines Fingerknochens.

»Jemand hat meine Augensalbe genommen«, sagte eine Spinnerin. Nun meldete sich eine Weberin, dann noch eine, und jetzt lachte keine mehr. Jede vermisste einen kleinen Schatz: ein Zinnamulett von Katabaton, eine Halskette aus Glasperlen, um das Böse abzuwenden, zinnene Perlenmünzen, die während der Nacht von einer Netzhaube abgetrennt worden waren. Catena hatte eine daumengroße, in Garn gehüllte Strohpuppe verloren. Nun trat eine Frau vor und spuckte Phalin auf die Füße. Phalin sah weder sie noch jemand anderen an. Flach und schnell atmend schaute sie weg.

Ich hatte das nicht ausgelöst. Die Wünschelrute hatte das getan, sie wies auf eine Diebin und ließ sie zittern. Ich hätte selbst ebenfalls auf sie spucken wollen, da mich der Gedanke in Rage versetzte, sie könnte die Knochen gestohlen und mit wertlosem Zeug weggesteckt haben. Ich ließ die Rute erneut auf Phalin zeigen. »Jede Elster hat doch irgendwo ein Nest, ja? Ich frage mich, wo es wohl ist.«

»Es ist besser für dich, wenn du es uns schnell verrätst«, sagte Agminhatin. »Andernfalls prügeln wir es aus dir heraus.«

»Ich habe nichts gestohlen«, sagte Phalin. »Das schwöre ich!«

Ich drehte mich im Kreis, und die Rute drehte sich mit mir, und als die Rute auf die Stufen zum Säulengang im Obergeschoss deutete, verlangsamte ich mein Tempo. Mit meinem vom Star befallenen Auge schielte ich auf Phalin und sah, dass ihr Gesicht von Lampenlicht angestrahlt wurde, durch den Schatten der Blätter gescheckt aussah, und dass die Schatten mit der Farbe der Angst gefärbt waren.

»Bring sie her«, sagte ich zu Agminhatin. Phalin setzte sich nicht zur Wehr, sondern ließ sich von Agminhatin führen, und wir stiegen die steinernen Stufen hinauf, gefolgt von einer Schar von Frauen, die dabei schnatterten wie Vögel im Morgengrauen. Dulcis drängte sich an die Spitze der Menge und sagte: »Sie schläft dort drüben«, und ich wandte die Wünschelrute in die Richtung, in die Dulcis deutete. Die Rute rührte sich nicht in meinen Händen. Phalins Blicke zuckten hin und her, doch sie wirkte nun weniger verängstigt, das erkannte ich an der Farbe ihrer Schatten und der Art, wie sich ihre Hände entspannten. Ich bewegte die Wünschelrute langsam nach links und dann nach rechts, achtete dabei auf ein Aufblitzen von Angst, das in der Dunkelheit des Schlafsaals für mich leichter zu erkennen gewesen wäre. Dulcis beugte sich über das Geländer, um eine Vogellampe aus den Ästen des Birnbaums zu pflücken, und hielt die Lampe hoch, sodass das Licht auf Phalins Gesicht fiel. »Mach sie aus!«, ordnete ich an. Sie gehorchte mir.

Als die Wünschelrute nach links ausschlug, bekam Phalin es mehr mit der Angst zu tun, sodass ich dorthin ging, wo sie wünschte, dass ich nicht hinging. Agminhatin zog und schob sie so, dass sie an meiner Seite blieb. Ich hörte mich in der Niedersprache murmeln, der einzigen Sprache, die hier niemand verstand. Die Worte sammelten sich in meiner Kehle und kamen dann durcheinander heraus. Ich betete: »Ardor, hilf mir, denn du hast die Wolke in mein Auge gebracht und mich geheißen, durch sie hindurchzuschauen. Crux, segne mein Sehvermögen, segne die weitsichtige Schwalbe und die Schwalbenwurz, lass mich weit und klein sehen, lass mich alles sehen. Wend, segne mich, Wend, die Findende. Verliere die Nadel, und Weaver wird sie finden; verliere das Lamm, und Ram wird es finden. Wend Plenty ist der Schutzpatron von Kaufleuten und Dieben, des Schlosses und des Schlüssels, und wie kann Wend sie beide segnen? Segne mich, Wend, die Freifrau war dir lieb und teuer – hilf mir, sie zu finden. Segne mich, Freifrau, segne mich, Na. Verzeiht mir mein Vergehen. Seid ihr wegen mir verloren und irrt umher? Nie hätte ich das Geschenk annehmen dürfen, und nie hätte Az es mir geben dürfen. Ich war zu eitel, ich habe gezeigt, was hätte verborgen bleiben müssen, und nun ist Queen of the Dead verärgert über mich.« Es erschien mir auch nicht seltsam, die Freifrau und Na anzubeten, als wären sie Gottheiten, etwa wie unbedeutendere Gottheiten aus Lambanein, deren Rang unter den Göttern und über mir lag. Sogar Na, zu ihren Lebzeiten eine Erdfrau, war jetzt für mich eine Art kleine Göttin.

Als ich hinaufdeutete, bekam Phalin es mit der Angst zu tun. Hinauf und hinauf spulte sich von der Spitze der Erlenrute eine helle Rindenspirale ab. Und dort oben, unter dem Dachgesims zwischen zwei Säulen, waren drei oder vier verwaiste Schwalbennester aus Lehm und Stroh. Ich stocherte mit meiner Wünschelrute dagegen und drehte mich dabei so um, dass ich einen Blick auf Phalin werfen konnte. Ihr Gesicht lag so sehr im Schatten, dass ich es kaum erkennen konnte. Als sie den Mund öffnete, wurde mir klar, dass sie Angst hatte.

Agminhatin kletterte auf die Steinbrüstung. Mit einer Hand hielt sie sich an einer schmalen, mit einer steinernen Schlingpflanze dekorierten Säule fest, während sie die andere zur Faust ballte und damit die Nester zerschlug. Heraus fielen zerbrochene Eierschalen, Glas, Fliesen, polierte Kieselsteine, Perlenmünzen, Nadeln, Garnknäuel, ein Perlmuttkamm und sogar ein goldener Fingerhut mit einem dicht mit Rubinen besetzten Nagel. Diese Gegenstände lagen nun verstreut auf dem Boden der Veranda des Schlafsaals und des darunter liegenden Innenhofs herum, und viele Frauen rannten los und krochen auf der Suche nach kleinen Schätzen darin herum. Phalin stand mit offenem Mund da, und ich fragte mich, warum sie nicht weglief. Aber natürlich konnte sie nirgendwohin.

Ich selbst war ebenfalls auf den Knien und schaufelte Gegenstände auf einen Haufen, wobei Catena mir half. Dann richtete ich mich auf und rief: »Bringt hinauf, was ihr dort unten findet, und wir sortieren es gemeinsam, damit jede bekommt, was ihr gehört.«

Agminhatin sprang von der Brüstung hinunter, griff mit der linken Hand Phalins Gewand und schüttelte sie. Sie hielt Phalin ihre rechte Hand unter die Nase, öffnete sie und zeigte ihr eine verschmutzte Perlenmünze aus gewickeltem Kupfer, aus dem eine Feder herausragte. »Du! Du *Diebin*!«, schrie sie gellend, als sei dies das schlimmste Wort, das ihr einfiel.

»Ich habe nie etwas gestohlen.« Phalin wies auf mich. »Sie hat es getan. Deswegen hat sie es auch so schnell gefunden, ja?« Da sie nur halb bei Verstand war, vergaß sie dabei, dass einige Gegenstände gestohlen worden waren, nachdem ich die Manufaktur verlassen hatte, wie jemand rasch einwendete. Ihre lautstarken Beteuerungen, sie sei unschuldig, ihr werde Unrecht getan, brachten lediglich alle gegen sie auf.

Agminhatin verpasste ihr eine Ohrfeige, die einen schmutzigen Abdruck auf ihrer Wange hinterließ. Andere Frauen schubsten Phalin, und Dulcis trat ihr gegen das Schienbein. Ich rieb die Perlenmünzen und andere kleine Gegenstände an Phalins Röcken sauber, um ihr meine Verachtung zu zeigen, legte sie dann in Reih und Glied auf den gefliesten Fußboden der Veranda des Schlafsaals und suchte nach den Knochen. Obwohl ich kein Mitleid empfand, war es ein Jammer, die vor mir aufgereihten Schätze zu betrachten. Phalin war wirklich eine Elster; eine Scherbe aus grünem Glas mit Luftblasen darin oder das Bruchstück einer glasierten Fliese schien sie höher einzuschätzen als stumpfe zinnene Perlenmünzen. Doch die hatte sie ebenfalls gestohlen.

Ich schaute zu Phalin hoch. »Wo sind meine Fingerknochen? Ich verspreche dir, wenn du sie mir nicht zurückgibst, belege ich dich mit einem Fluch. Ich werde dich den Rest deiner Tage zittern lassen, und deine Tage werden gezählt sein.« Wie man einen Fluch aussprach, wusste ich zwar nicht, aber in diesem Moment war ich davon überzeugt, es bewerkstelligen zu können.

Doch ganz gleich, ob ich sie mit meinem linken oder meinem rechten Auge anschaute, sie wirkte weniger verängstigt. Mein Fluch schien sie nicht zu beunruhigen. Wir hatten ihr Diebeslager entdeckt, vielleicht war das ja schon das Schlimmste, was sie sich hatte vorstellen können.

Vielleicht hatte sie die Knochen aber auch gar nicht gestohlen. Sie glänzten nicht und waren weder hübsch noch wertvoll. Ich schaute mich in der Menge um, betrachtete eine Frau nach der anderen eingehend, Fremde, Bekannte und Freundinnen. Dann rief ich: »Wo sind meine Knochen? Wer hat meine Knochen gestohlen?«

Für den Bruchteil einer Sekunde, kürzer noch, als ein Augenaufschlag dauert, sah ich auf Dulcis' Gesicht einen hinterhältigen Ausdruck. Dann war er wieder verschwunden, als wäre er nie dort gewesen, und sie wirkte so wie zuvor, böse auf Phalin, aber auch hellauf begeistert darüber, an einem Ereignis teilzunehmen, das noch monatelang Stoff für Klatsch hergeben würde. Ich stand auf. »Dulcis?« Sie schaute mich ohne Beunruhigung an, und ich fragte mich schon, ob ich mich in Hinblick auf ihre Miene getäuscht hatte. Hinterhältig, böse, selbstgefällig. Ganz kurz hatte ich es gesehen.

Es war ein kalter Abend, und Dulcis hatte sich ihr Umhängetuch eng um die Schultern geschlungen. Ich legte meine Hände auf ihre Schultern und rieb mit den Daumen über ihr Schlüsselbein. Dabei spürte ich eine Schnur unter ihrem Tuch. Sie hatte sich etwas um den Hals gehängt.

»Was ist los, Feirthonin?«, fragte sie in der Hochsprache. »Was für Knochen?«

Ich antwortete auf Lambaneinisch. »Einer ist überall blau,

das ist der der Freifrau. Der andere hat eine rote Spitze, das ist der von Na. Du hast mich gesehen, ja? Du hast gesehen, wie ich die Knochen geworfen habe.«

Ich verstärkte meinen Griff und spürte, dass sie zitterte. »Ich weiß nichts von deinen Knochen«, sagte sie. »Knochen ziehen Schattenwesen an wie Aas die Fliegen. Warum hebst du so etwas auf und lockst Meneidon zu uns an?« Sie sprach halb in der Hochsprache, halb auf Lambaneinisch. In beiden Sprachen war sie eine Lügnerin.

»Warum stiehlst du sie dann?«, schrie ich. »Sie gehören nicht dir. Sie antworten dir nicht!« Ich schob ihr Umhängetuch beiseite und erblickte eine grüne Schnur an ihrem Hals. Ich zerrte an der Schnur und zerrte einen Beutel aus Flickwerktuch unter ihrem Umhang hervor – meinen Zirkel. Dass sie dabei mit bloßen Händen auf mich einschlug und dass Catena bestürzt zuschaute, war mir egal. Mit einem Ruck riss ich ihr die Schnur ab und öffnete den Beutel. Drei Silbermünzen fielen heraus sowie Galans in einen flachen Knoten geschnürter Berechtigungsschein. »Wo sind meine Knochen?«, brüllte ich Dulcis an.

»Ich habe sie verbrannt«, sagte sie.

Sie hatte einen Ausdruck auf dem Gesicht, den ich nicht zu benennen vermochte. Mir ging auf, dass ich sie nie verstanden hatte. Sie hatte zu mir geredet und geredet, weil ich ihr zuhörte, und während dieser ganzen Zeit hatte sie eine geheime Feindschaft gehegt, bevor sie mich bestahl, und hinterher einen geheimen Triumph. Rift Queen of the Dead, die Herrscherin der Darmwürmer – welchen Wurm hatte sie freigesetzt, damit er sich in Dulcis' Bauch wand und sie so neidisch und gierig werden ließ?

Queen of the Dead hatte mich das Versprechen ablegen lassen, die Freifrau und Na freizugeben, wohlwissend, dass sie bereits frei waren. Wohlwissend, dass ich es nicht gekonnt hätte. Also nahm sie sie und ließ mich erneut trauern. Ich hatte sie verloren, die Freifrau und Na, und ich trauerte um sie wie auch um die Hoffnung, die ich an Stelle ihrer Knochen gehegt hatte.

Ich setzte mich auf den Boden der Veranda des Schlafsaals und umklammerte das gefaltete Rechteck Leinen, auf dem geschrieben stand, dass Galan einmal so närrisch und verliebt gewesen war, mir ein Steinhaus auf einem Berghang zu überlassen. Ich war froh, es wieder zurückzuhaben, aber ich hätte es gern gegen die Knochen getauscht, das hätte ich wirklich.

Phalin und Dulcis waren weg, ohne dass ich es bemerkte. Catena nahm den gewohnten Platz zu meiner Linken ein, so nahe, dass sie mich berühren konnte, als teilten wir Wärme in den Bergen; ohne ein Wort zu sagen, bot sie mir den Trost ihrer Gegenwart.

Es dauerte nicht lange, bis die Frauen Anspruch auf die ihnen gestohlenen Perlen und Schmuckgegenstände erhoben. Mit Ausnahme eines kleinen Zanks um die Silbermünzen, die mehr oder weniger alle gleich aussahen, kam es zu keinerlei Streitereien. Als sie fertig waren, war nichts mehr übrig außer zerbrochenem Glas, Fliesen und wirren Garnknäueln. Einige Frauen entrollten ihre Decken über dem Bettstroh und richteten es sich zum Schlafen ein, die meisten jedoch versammelten sich im Hof, und ihre Stimmen stiegen zu uns empor, Lachen und Lieder, denn immerhin war es der letzte Abend des Quickening.

Ich nahm die Gabeln der Wünschelrute in die Hände, brach sie mittendurch und warf die beiden Hälften zu Boden. Agminhatin, die auf den Stufen saß und mich beobachtete, sagte: »Gib sie mir.«

»Warum?«

»Eine für jede Diebin«, sagte sie. »Eigentlich solltest du das tun, aber ich sehe, dass du es nicht tun wirst, weil du wegen deiner kostbaren Knochen trauerst. Also werde ich es tun.«

Ich hob eine der beiden Hälften meiner Wünschelrute

auf und legte den Stock auf meinen Schoß. Meine Finger juckten. Mit der Sehkraft einer Schwalbe sah mein rechtes Auge deutlich und weit entfernt ein Bild von Dulcis mit bis zur Taille hinuntergeschobenem Umhang; ich sah mich selbst, wie ich ihren nackten Rücken mit ordentlichen Reihen roter Striemen überzog, während Agminhatin das Gleiche mit Phalin tat. Bei dem Gedanken, Dulcis halbnackt und beschämt zu sehen, überkam mich ein heißer Schrecken. Diese gleiche Lust am Verletzen musste Sire Pavas Haushofmeister empfunden haben, als er meine nackten Beine mit der dornigen grünen Rosenranke gepeitscht hatte. Diese Lust hatte Sire Rodela dazu bewegt, sich seine Trophäe von mir zu nehmen, und nun rührte sich sein Schatten im Schlaf und stieß ein leises Summen aus. Ich ließ den Erlenzweig fallen, als hätte er mir die Finger versengt.

Catena war von mir abgerückt, sodass sich unsere Hüften kaum mehr berührten. Sie wich meinem Blick aus. »Wirst du Dulcis auf die gleiche Weise mit einem Fluch belegen, wie du es bei Zostra getan hast? Sie zum Tode verfluchen?«

Ich starrte Agminhatin, die dieses Märchen verbreitet hatte, zornig an und erwiderte Catena: »Queen of the Dead hat Dulcis befohlen, diese Knochen zu verbrennen. Wie kann ich sie für etwas verfluchen, was ein Gott ihr aufgetragen hat? Als Diebin soll sie bestraft werden, aber Rache wird mir verwehrt.«

»Dann bestrafe sie als Diebin«, sagte Agminhatin. »Peitsch sie alle beide aus, sie haben es verdient.«

»Das hält sie nicht vom Stehlen ab.«

»Was würdest du denn tun?«

»Ihnen nachts eine Glocke umhängen.« Ich legte mir die Hand um den Nacken. »Wie einer Ziege, damit sie nicht herumschleichen und stehlen, während die anderen schlafen. Sie ausstoßen.«

Agminhatin hob die zerbrochene Wünschelrute auf. »Du

bist noch viel grausamer«, sagte sie und ging nach unten, um Phalin und Dulcis zu suchen.

Ich klopfte, damit der Grünschnabel von Pförtner mich aus der Manufaktur ließ. Klopfte und klopfte, aber er reagierte nicht. Ich legte mein linkes Auge auf das Guckloch, sah jedoch niemanden. Dann setzte ich mich auf die kalten Fliesen im Gang und lauschte dem vergnügten Treiben im Innenhof. Und wartete.

Es war schon spät. Wenn es nun dämmerte, bevor der Pförtner kam, und die Aufseherin mich in Tharoskleidern in der Manufaktur erwischte und mich zu Gnathin führte?

Als ich wieder zurück in dem belebten Innenhof war, schaute ich zum Birnbaum hoch. Dabei überlegte ich, ob der Ast, der über das Dach hinausragte, wohl mein Gewicht aushalten würde. Ich band mir mein Umhängetuch um die Taille, streifte mir die Röcke hoch, kletterte an dem Stamm hoch und auf den Ast. Doch er war so viel höher als das Dach, dass ich Angst vor dem Sprung hatte. Ich kletterte so lange auf ihm entlang, bis er sich unter meinem Gewicht bog und ich imstande war, mich von ihm herabbaumeln zu lassen, und dabei die grünen Fliesen des Daches mit den Zehen berührte. Als ich losließ, federte der Ast zurück und war nun außerhalb meiner Reichweite. Meine Beine zitterten.

Ich kletterte zum Dachfirst hinauf. Die Neigung war nicht allzu steil, aber ich ließ dabei dennoch Vorsicht walten und hielt mich mit einer Hand am First fest, bis ich zu einem der Krieger gelangte, die an allen vier Ecken des Daches Wache standen. Er war aus glasiertem Ton und fast so groß wie ich; er hatte einen grimmigen Gesichtsausdruck, doch sein eisernes Schwert war verrostet und schartig. Ich setzte mich rittlings neben ihn auf den First. Von dieser Ecke aus sah ich auf der einen Seite über die Gasse hinweg, die entlang des südlichen Palastrandes verlief, auf der anderen über den Küchenhof mit seinen Schuppen, Brunnen und seinem Kräutergarten. Hinter mir war der Innenhof der Manufaktur.

Nun, da ich hier oben war, sah ich keine Möglichkeit, wieder herunterzukommen. Mir war schwindelig, und ich klammerte mich an die Röcke des Tonwächters, während das Dach unter mir zu schwanken schien. Mir war, als säße ich rittlings auf einem großen wilden Tier, das mich zu einem merkwürdigen neuen Platz mit lauter merkwürdigen Bewohnern geführt hatte. Denn nun kam, von Koprophrogais gezogen, das Unglück der Stadt auf einem großen Holzpferd auf Rädern die Gasse entlang. Das Licht von Fackeln fiel auf die riesige, in einem matten Weiß bemalte Maske des Unglücks. Ich hatte damit gerechnet, dass es einen so finsteren Ausdruck auf dem Gesicht hätte wie ein Dachwächter, doch es wirkte verschlagen; seine Augen und sein Mund waren in das Holz geschnittene Schlitze. Umgeben war es von einer Horde geringfügigerer Unglücke, von denen einige Masken aus vergilbten Pferdeschädeln trugen und auf Stelzen gingen, sodass sie den Rest der Menschenmenge um Haupteslänge überragten. Die Maskierten grölten Lieder und schlugen auf eiserne Trommeln, die klirrten und dröhnten wie im Krieg. Als Antwort darauf stimmten die Frauen im Hof der Manufaktur ein Zikadengeschrei an, das mir einen Schauer über den Rücken jagte.

Das Unglück der Stadt hämmerte mit seinem langen Stab an das Hintertor des Palastes. Auf seinem hohen Ross konnte es fast über die einstöckige Mauer des Küchenhofs hinwegsehen. Seine Stimme war ein seltsames trillerndes Gebrüll, und ein Mann, der ein weißes Banner trug, übersetzte es. Das Unglück sagte, es werde das Tor niederreißen oder über die Mauern klettern und den Palast mit seinem Gefolge betreten, um ein Jahr lang Ungemach zu bringen.

Der Nachtpförtner auf der anderen Seite der Mauer rief laut, die Mauern seien hoch und die Riegel stark, und an ihm komme kein Unglück vorbei. Das Geplänkel ging hin und her, wobei jeder der beiden wusste, was er zu sagen hatte. Doch die Maskierten waren ungeduldig. Unglücke galoppierten die Gassen auf und ab, drängten sich durch die Menschenmenge, stießen dabei Männer nieder und wieherten wie wütende Hengste. Männer trommelten mit Knüppeln gegen die Mauer und riefen: »Das Unglück der Stadt verhungert, gebt ihm zu essen! Das Unglück hat Durst, gebt ihm zu trinken!«

Das Unglück der Stadt war kein Gott, den ich anbetete. Furcht hatte ich dennoch vor ihm und auch vor den Unglücken in seinem Gefolge, die nun im Sprechchor riefen: »Stuten, gebt uns Stuten!« In Lambanein gab es ein Sprichwort, das lautete: Ein Unglück kommt selten allein. Ich hatte es gehört, ohne es zu begreifen.

Aus den Küchenschuppen kamen nun Tharosdienerinnen hervor, um dem Unglück Tribut zu entrichten. Der Pförtner öffnete ihnen das Tor, und Wachen drängten die Menge zurück. Die Bediensteten entrollten einen langen Teppich in der Gasse und stellten Servierplatten mit Kuchen darauf, Weinkrüge, Trinkhörner aus Glas und gefaltete Tücher, deren Farben im Lichtschein der Fackeln glänzten. Zwei Frauen trugen ein langes Tablett heraus, auf dem sie einen Berg schimmernder Eier balancierten. Die Maskierten drängten sich um die Opfergaben, griffen nach den Tüchern und verschütteten Wein.

Die Tharosfrauen rannten nun wieder durch das Tor zurück, und ich hörte Gekreisch und ausgelassenes Gelächter. Nun kam eine Reihe von Tharaislappen heraus, von denen jede ein Becken und einen Wasserkrug trug, sodass die Maskierten sich reinigen konnten. Hätte die Arthygater heute Abend ein eigenes Festmahl gegeben, wäre ich womöglich unter ihnen gewesen. Die Wachen schlossen sie aus und johlten, als die Frauen gegen das Tor hämmerten, um wieder Einlass zu erbitten. Ein Mann hinter einer Pferdeschädelmaske war der erste, der einen Lappen am Arm nahm und sie in die Menge zerrte. Ich konnte ihr Gesicht unter dem Umhängetuch nicht erkennen, aber ich sah, dass sie versuchte, sich ihm zu entwinden.

»Wir haben nach Stuten verlangt, und ihr habt uns Esel gegeben!«, rief ein Mann. »Stuten, wir wollen Stuten! Schickt uns die Stutenfohlen aus der Manufaktur, dann verschwinden wir wieder.« Es folgte hartes, lautes Lachen, und dann stimmten andere Männer mit ein: »Wir wollen Stuten!« Jemand nahm ein Ei von einem Tablett und warf es, und zu meiner Überraschung zerbrach es an der Mauer in einer kleinen Wolke aus scharlachrotem Staub. Jetzt schleuderten sie Eier über die Mauer und bewarfen sich damit gegenseitig, wobei sie ihre weißen Gewänder mit Orange, Purpurrot und Pflaumenblau bekleckste.

Ich kroch zu der Wache an der südöstlichen Ecke, wobei ich mir Hände und Knie an den spitzen Kanten der gekrümmten Ziegel zerkratzte. Irgendwie musste ich hinunterkommen, durch die Gassen zu diesem Tor in der Mauer laufen und die Stufen hinab, um in Katabatons Schrein Zuflucht zu nehmen, bis diese Nacht vorbei war. Aber auch in der östlichen Gasse waren Maskierte, eine kleine Gruppe Männer ohne Fackeln. Sie unterhielten sich flüsternd miteinander, mit Ausnahme eines betrunkenen Unglücks, das seine Stimme erhob und seine Kameraden verweichlichte Säcke und Schwanzlutscher nannte. Sie nahmen daran keinen Anstoß, da er in der Hochsprache redete. Er musste einer der Männer des Königs sein.

Zwei Bedienstete trabten heran. Sie trugen eine große Stange, richteten diese dann auf und lehnten sie an das Dach der Manufaktur. Nun erkannte ich, dass es eine Leiter mit Kerben als Halt für die Füße war. Die Männer stellten sich in die Mitte der Gasse und schauten hinauf. Einige von ihnen erkannte ich von Banketten wieder. Der unverheiratete Sohn der Arthygater war unter ihnen, Arkhyios

Kyanos, sowie ihr Neffe, Prinzen des Königreiches, die sich verhielten wie gewöhnliche Plünderer. Ein anderer war ein Stiefelknecht aus dem Heer des Königs, Hebes, also war der Betrunkene wahrscheinlich sein Herr, Sire Cunctor.

Der Neffe – er hieß Kydos – kletterte die Leiter empor, während sich andere Männer unten um sie herumscharten, im Begriff, ihm zu folgen. Bald würden sie auf dem Dach sein, und was sollte ich dann tun? Jemand sagte auf Lambaneinisch zu Sire Cunctor, er sei zu betrunken, um hinaufzuklettern. Ich rutschte auf den Pobacken die Ziegel hinab und versetzte der Stange einen Fußtritt. Mitsamt dem Neffen landete sie polternd auf der Straße. Ich hätte mich gefreut, wenn er sich die Beine gebrochen hätte, doch er blieb unverletzt.

Die Männer in der Gasse brüllten zu mir hinauf, ich solle herunterkommen und es mit ihnen aufnehmen. Erneut stellten sie die Leiter auf, worauf ich rief: »Ich trete sie schneller herunter, als ihr klettern könnt!«

»Es ist eine Frau!«, rief jemand.

Ich trat die Leiter wirklich ein zweites Mal hinunter, und ich lachte dabei, weil sie nicht an mich herankamen, nicht einmal dann, falls einer auf die Schulter des anderen und ein dritter auf die des ersten gestiegen wäre. Selbst wenn sie an den Mauersims gelangten, wäre es ihnen schwergefallen, um das Dachgesims zu klettern. Einer von ihnen ging um die Ecke und kehrte mit so vielen Eiern zurück, wie er tragen konnte. Die Männer bewarfen mich damit, verfehlten mich jedoch alle, bis auf Hebes. Er traf mich an der Hüfte mit einem Ei voller zinnoberrotem Puder, das meinen Tharosumhang und meine nackten Beine befleckte.

»Hebes«, rief ich hinunter, »bring dein betrunkenes Pferd nach Hause, solange es noch traben kann, ja?« Ich sprach dabei auf Lambaneinisch, damit er mich nicht erkennen würde. Er sperrte den Mund so weit auf, dass eine Fliege auf seiner Zunge hätte landen können. Ah, dieses unbesonnene

Hochgefühl, dieses Prickeln in meinem Nacken – ich spürte die Berührung durch Hazard Chance. Kein Wunder, dass sie in dieser Nacht unterwegs war, in der das Glück und das Unglück der Stadt auf Holzpferden durch die Straßen ritten.

Dabei vergaß ich ganz, dass Hazard Chance dazu neigte, die Leute lieber in die Irre als nach Hause zu führen, denn sie ließ mich auf den Ziegeln trittsicher werden und nahm mir die Angst. Ich rannte über das Dach zurück und rief zu den Wachen im Küchenhof hinab. Ich ließ meine Stimme scharf klingen, um den Lärm zu übertönen, und ich sagte ihnen, die Unglücke versuchten, von der nahegelegenen Gasse in die Manufaktur zu klettern.

Auf der anderen Seite des Hintertors waren die Tharaislappen mittlerweile in die Menge der Maskierten gezerrt worden. Eine Frau stand vorgebeugt auf der gegenüberliegenden Seite der Gasse und stützte sich mit ihren entblößten knochigen Armen gegen die Mauer ab, während ein Mann mit einer Pferdeschädelmaske sie von hinten bestieg. Er bockte und ahmte ein Wiehern nach, worauf die hinter der Frau anstehenden Männer lachten. Ich betete, dass es nicht meine Freundin Nephelais war, aber hieß das nicht, das Unglück auf eine andere Frau herbeizuflehen? Mein Hochgefühl verwandelte sich in ein flaues Gefühl in der Magengrube, und als Sire Rodela zu summen begann, biss ich die Zähne zusammen.

Ich konnte nicht länger verweilen, um zu sehen, ob die Wachen meine Warnung beherzigten. Ich rannte zurück und konnte die Leiter gerade in dem Moment noch hinunterstoßen, als sich der Scheitel eines Mannes über den Dachrand schob. Es war ein tiefer Fall, und ich hörte den Mann fluchen, nachdem er auf dem Boden aufgeschlagen war. Jemand meinte, sie sollten auf die anderen Leitern warten, worauf ein weiterer Mann, wahrscheinlich der Sohn der Arthygater, sagte: »Eure Faulpelze werdet ihr nie wiedersehen, geschweige denn noch eine weitere Leiter.«

»Dann gehen wir eben durch das Vordertor hinein.« Das war die Stimme des Neffen. »Wenn wir unsere Umhänge ablegen, werden uns die Wachen hereinlassen; dann werden sie nicht wissen, dass wir als Unglücke gekommen sind. Dann können wir die Wachen am Hintertor von hinten überraschen und uns den Schlüssel zur Manufaktur holen.«

Arkhyios Kyanos sagte: »Das dürfen wir nicht. Sie werden wissen, dass wir es getan haben.«

Arkhyios Kydos lachte. »Oh, ich verstehe, ich verstehe. Du hast geglaubt, deine Mutter würde es nicht herausbekommen. Die Frauen werden es ihr erzählen, du Tölpel!«

»Ich trage eine Maske.«

»Wenn du solche Angst vor deiner Mutter hast, solltest du in deine Gemächer zurückkehren und dich mit deinem Mistkäfermädchen vergnügen und dir von ihr am Gehänge spielen lassen.«

Ich wölbte die Hände um den Mund und schrie laut: »Seid Ihr ein Mann, Arkhyios Kyanos? Seid Ihr ein Mann, ja? Denn Ihr lasst Euch beleidigen wie ein kleiner Junge.« Ich hoffte, ihn damit zu einem Streit mit dem Neffen zu verleiten, doch stattdessen richtete er seinen Zorn gegen mich, drohte mir damit, mich als einen Lumpen zu benutzen und mich vom Dach zu werfen. Ich fauchte ihn an und kroch über den Dachfirst und an der nach innen gerichteten Seite hinab, um in den Hof der Manufaktur zu spähen. Noch immer waren viele Textilarbeiterinnen um den Brunnen versammelt, sangen und klatschten in die Hände und veranstalteten einen solchen Lärm, dass sie meine Rufe nicht hören konnten.

Ich sah auch Frauen auf der Veranda des Schlafsaales auf der gegenüberliegenden Seite des Hofs, sodass ich erneut um das Dach lief, bis ich mich über ihnen befand. Ich schob mich mit dem Kopf nach unten über den Dachrand und rief zu den Schlafenden. Eine Frau schrie auf, es seien Männer auf dem Dach, und damit weckte sie andere auf, und bald entstand ein solches Stimmengewirr, dass ich mich nicht mehr verständlich machen konnte.

Dann rief mir jemand von unterhalb der Traufen zu: »Wer ist da? Was willst du?«

»Was glaubst du denn, was er will, ja?« Das war die spöttische Stimme von Agminhatin.

»Es ist kein Mann. Ich bin es.«

»Wie schade«, sagte Agminhatin. Sie kam zu der Brüstung einige Säulen entfernt und reckte den Hals, um zu mir hinaufzuschauen. Ich winkte, und daraufhin kam sie näher.

»Hoffst du, dass heute Abend hier Unglücke hereinkommen?«, fragte ich. »Vielleicht erwartest du ja einen Freier, ja?«

»Sie hämmern jedes Jahr am Tor und veranstalten einen Aufruhr. Aber sie tun bloß so, als wären sie stürmisch, ja? Wenn sie sich erst einmal mit Wein und Eiern und Aniskuchen vollgestopft haben, dann machen sie sich glücklich und zufrieden von dannen.«

»Dieses Jahr nicht. Der Sohn der Arthygater und ihr Neffe sind draußen in der Gasse mit einer Leiter. Wenn du willst, kannst du auf sie warten, aber wecke bitte Catena für mich auf, ja? Denn sie kommen bald, entweder über das Dach oder durch das Tor, und dann will ich hier weg sein.«

»Sie aufwecken? Meinst du vielleicht, sie würde in diesem ganzen Tumult schlafen?«

»Ich wette, sie tut es«, sagte ich.

»Einverstanden – ich halte zwei zinnene Perlenmünzen dagegen«, sagte sie. Wenig später kehrte sie mit Catena an der Hand zurück. »Ich habe Wettschulden bei dir«, sagte Agminhatin und rannte die Stufen hinunter.

»Catena, kannst du mich sehen?«, sagte ich in der Hochsprache. »Draußen sind Unglücke, die versuchen hereinzukommen – verstehst du?«

Catena wickelte sich geschickt ein Tuch um, als habe sie schon ihr ganzes Leben lang lambaneinische Kleidung getragen. Ich bat sie nachzuschauen, ob die Tür nach draußen offen war. Sic war noch nicht halb die Stufen hinuntergegangen, als ihr Agminhatin entgegenkam, die an der Tür gerüttelt und feststellt hatte, dass sie noch immer verriegelt war. Auf der anderen Seite herrschte ein solcher Lärm, dass sie davon überzeugt war, dass der Pförtner sie nicht hämmern und rufen gehört hatte.

Ich sagte den beiden: »Vielleicht ... vielleicht klettere ich in den Küchenhof hinunter und sage den Wachen, sie sollen uns herauslassen, und dann verstecken wir uns im Speisehof.«

»Wie kannst du denn herunterklettern, ja?«, fragte Agminhatin.

Ich wies auf eines der langen violettfarbenen Tücher, das zu Ehren von Peranons Quickening an das Geländer im Obergeschoss gehängt worden war. »Verknote ein Ende davon um einen Stein, einen Ziegel oder sonst etwas. Auf diese Weise wirfst du es zu mir hoch. Wenn wir drei oder vier Tücher zusammenknoten, kann ich vielleicht daran herunterklettern. Oh, aber beeilt euch, beeilt euch!«, fügte ich dann hinzu, denn während ich noch sprach, sah ich mit meinem rechten Auge klein und weit, als flöge ich wie eine Schwalbe über das Dach. Ich sah, wie Männer mit dem stumpfen Ende eines Baumstamms gegen das Hintertor hämmerten und die Tür sich dabei in ihren Angeln verrenkte. Bald würden die Unglücke drinnen sein, wutschäumend um die Tür der Manufaktur herum, und dann hätten wir keine Möglichkeit mehr, über diesen Weg hinauszugelangen.

Agminhatin schleuderte das beschwerte Ende eines Tuchs zu mir hinauf, und ich kroch an den Rand des Daches, um es zu greifen. Doch wir waren bereits zu spät. Zwei, drei Männer in weißen Umhängen kamen über das Dach auf mich zu, und ich sah sie mit meinem gesunden linken Auge, sodass ich nicht darüber nachzudenken brauchte, ob sie echt waren. Zwei weitere Unglücke folgten ihnen über den Dachfirst und trugen dabei die Stangenleiter und gingen vorsichtig die innere Dachschräge hinab. Sie kamen von der Seite der Manufaktur, die an den Lustgarten grenzte.

Mit meinem rechten Auge sah ich einen Fluchtweg für uns – es war die einzige Chance –, doch ich konnte diesen Weg nicht bis zum Ende hinab verfolgen, da er in einem dunklen Tunnel endete, den Tunneln unterhalb des Palastes. Ich rief zu Catena hinab: »Auf dem Dach sind schon Unglücke. Hol deine Freundinnen, und nimm sie mit zum Winterschlafsaal. Und wartet da auf mich.« Ich drängte sie zur Eile, und nachdem sie gegangen war, fiel mir auf, dass sie kein Wort gesagt hatte.

Ich warf das Seidentuch über den Ast des Birnbaums, um diesen in meine Reichweite zu ziehen. Dann hakte ich einen Fuß über den Ast, um mich hinüberzuziehen, und stieg hinab, wobei ich mir die empfindliche Haut an der Innenseite meiner Oberschenkel an der Rinde zerkratzte.

Agminhatin stand mit einigen Frauen, die ich aus dem Webraum kannte, und zudem den Leibeigenen aus Incus, also Nitida, Migra, Freifrau Abeo, ja sogar Dulcis unter dem Baum.

»Sie kommen auch in den Küchenhof, also können wir über diesen Weg nicht entkommen«, sagte ich. »Schaut doch, sie versuchen gerade herunterzuklettern!«

Wir liefen über den Hof. Einer der Männer war bereits zur Hälfte die Leiter hinunter, ein weiterer folgte dicht über ihm. Wir stemmten unsere Schultern gegen die Stange, worauf diese über das Pflaster rutschte. Der oberste Mann kletterte wieder hoch und hielt sich an dem Dachrand fest. Dann kippte die Leiter und brachte den anderen Mann zu Fall. Er landete flach auf dem Rücken im Innenhof, seines Atems beraubt. Sein Gewand war aus ungebleichtem Musselin, und die Kleidung darunter war verschlissen; wahrscheinlich ein verarmter Blutegel, der versuchte, die Arkhyios mit seiner Waghalsigkeit zu beeindrucken. Ich glaubte schon, er würde nie wieder Atem schöpfen, doch dann endlich holte er keuchend wieder Luft, und ich wandte mich ab.

Männer auf dem Dach riefen zu uns herab. Der Himmel hinter ihnen war nun heller, und die Sterne verblassten, während die glänzende Scheibe der Sonne hinter dem Horizont hervorkam. Ein Unglück baumelte wie eine Spinne an einem Seil, das an einem Abflussrohr in Form eines Widderkopfes befestigt worden war. Nitida und Migra taumelten mit der schweren Stange herum und versuchten, den Mann herunterzuschütteln.

Eine der Frauen gab Klagelaute von sich und betete zu Katabaton, sie möge uns vor den Unglücken und dem Jahr des Ungemachs beschützen, das sie mit sich brachten.

»Neun Monate Ungemach, das steht einmal fest«, sagte Agminhatin. Sie hatte die Hände in die Hüften gestemmt und fletschte die Zähne.

»Bald werden sie uns überrennen«, sagte ich. »Wir sollten hinunter in den Winterschlafsaal gehen.«

»Das ist kein Ort, an dem man sich verstecken kann«, meinte Agminhatin.

Es gab kein Versteck. Wenn die Männer erst einmal drinnen waren, würden wir immer auf der falschen Seite der verriegelten Türen sein.

»Wir können immer noch durch die Tunnel entkommen«, schlug ich vor.

»Und wie, meinst du, gelangen wir in die Tunnel? Sollen wir etwa durch die Scheißlöcher klettern?«

Darauf lief es hinaus. Es war keine Zeit mehr für Erklärungen oder Streit. Ich ging die Stufen zum unterirdischen Schlafsaal hinab. Dabei schaute ich mir über die Schulter, um zu sehen, wer die Laterne trug, die mir den Weg beleuchtete. Es war Nitida mit einigen anderen Leibeigenen im Gefolge.

War das Quickening die Art und Weise, in der die Lambaneiner die Verkehrten Tage feierten, wie wir sie in Corymb kannten? Während dieser fünf ausschweifenden Tage sind vielerlei Dinge erlaubt, die im Rest des Jahres untersagt sind. Allerdings konnte man bei uns im Dorf zu Hause bleiben, ohne Angst haben zu müssen, dass ein ungeladener Besucher eine verriegelte Tür aufbrach. Während der Verkehrten Tage hatte ich Galan kennengelernt, und um die Wahrheit zu sagen, hatte ich es darauf angelegt, gestochen zu werden. Vielleicht hießen einige der Weberinnen die Unglücke ja willkommen, die schließlich unter ihren Masken und Gewändern nichts anderes als Männer waren. Doch diejenigen, die mir nun folgten, hatten Angst, sei es nun davor, mit Gewalt genommen zu werden, oder Angst vor einem Jahr des Ungemachs.

Die Tür des Schlafsaals hatte nur ein Schloss an der Außenseite, nicht innen, wo es von Nutzen gewesen wäre. Manchmal waren wir nachts alle im Schlafsaal eingesperrt worden, um für das eine oder andere Vergehen bestraft zu werden. Ich schob den Riegel aus Eichenholz aus seiner Halterung zur Seite.

»Der gibt einen guten Knüppel ab«, sagte eine.

»Einen guten Hebel«, sagte ich.

Catena öffnete die Tür und rief dann: »Du bist ja verletzt!« Ich hatte das mit dem Wölkchen aus rotem Puder auf meinen Beinen von dem Ei, das Hebes auf mich geworfen hatte, völlig vergessen. Hastig beruhigte ich sie und ließ die Röcke herab, die ich mir hochgerafft hatte. Catena war im Kreis ihrer Freundinnen, einer Handvoll Mädchen, die als Spinnerinnen arbeiteten, und sie hatten dazu auch einige wenige der jüngeren Kinder um sich geschart. Das Licht aus Nitidas Laterne und Catenas Öllampe erhellte ein paar der wuchtigen Säulen. Wir kauerten uns zusammen, insgesamt nicht mehr als ein Dutzend.

Ich bat drei Frauen, die Tür zu bewachen, und trug den Querbalken der Tür zur Latrinenbank an der gegenüberliegenden Wand. Der Schlafsaal war nicht mehr benutzt worden, seit es draußen warm geworden war, sodass es hier nicht übermäßig stank. Dennoch beschwerten sich Frauen über den Gestank und fragten lautstark, was ich vorhätte.

Die Oberfläche der Bank war ein langes Brett mit einer Reihe von Löchern. Ich lockerte die Holzstifte, die es sicherten, steckte meine Brechstange in ein Loch an einem Ende der Bank und bemühte mich, damit das Brett zu lösen und den Durchschlupf zum Tunnel auf der anderen Seite des Brettes freizumachen. Die Leibeigenen drängten sich um mich und schauten mir zu; sie rührten sich nicht, um mir zu helfen oder mich aufzuhalten. Offenbar hatten sie sich in ihr Schicksal ergeben, als ließe sich nichts mehr ändern, und als gäbe es keine Möglichkeit, selbst etwas zu unternehmen. Dies machte mich wütend, und ich drückte mit aller Kraft gegen die Brechstange und hob damit das Ende des Brettes an. Nun umwickelte Nitida ihre Hände mit ihrem Umhang und zog, während Catena die wenige Kraft, die sie besaß, beisteuerte. Gemeinsam rüttelten und schoben wir das Brett zu einer Seite, so lange, bis die Fäkalienbehälter in der Nische freigelegt waren.

Ich hörte eine Lambaneinerin murmeln, wir ließen Mistkäfer in die Manufaktur. Ich wandte mich ihr und all den anderen zu, die untätig geblieben waren. »Bleibt hier, wenn ihr wollt, und erwartet die Unglücke«, sagte ich. »Aber ich gehe. Ich kenne einen Weg durch die Tunnel zu den Unterkünften der Arthygater, und dort greifen sie nicht an – das wagen sie nicht.«

»Aber das ist *tharais*!«, sagte die Weberin.

»Ich bin eine Rutengängerin«, antwortete ich. »Ich gehe dorthin, wohin mich die Rute zu gehen heißt, selbst in die verborgenen Wege. Dann reinige ich mich. Tut ihr das Gleiche.«

»Deine Rute ist zerbrochen«, sagte sie.

»Mit dieser hier wird es auch gehen«, sagte ich und wies dabei auf den Hebel aus Eichenholz an dem Loch.

»Die Arthygater wird uns bestrafen«, warf Menin ein. Der

kleine Neinan auf ihren Armen wollte hinunter und schlug mit Armen und Beinen um sich, als sie ihn festhielt.

Das Loch, das wir geöffnet hatten, war ein dunkles Dreieck. Nitida hielt ihre Laterne hoch, und ich sah die großen Fäkalienbehälter dicht nebeneinander unter uns stehen. Ich schob einen von ihnen beiseite, sodass er aus der Nische auf den Boden des Tunnels eine Stufe hinabstürzte, ins Rollen geriet und mit einem dumpfen Geräusch zum Liegen kam. Zu meiner Überraschung zerbrach er nicht.

Ich fragte Catena, ob sie zuerst hinabklettern würde, worauf sie mich voller Angst, aber auch voller Vertrauen anschaute und nickte.

Ich nahm sie in die Arme. »In ganz Lambanein und in ganz Incus gibt es kein Mädchen, das so tapfer wäre wie du. Hinein mit dir. Hier, nimm eine Lampe mit. Dann lasse ich die Kinder hinab, und du sorgst dafür, dass sie nicht umherirren, ja?«

Einige der Kinder wurden von ihren Müttern zurückgerufen, weil diese nicht wollten, dass sie mitgingen. Ich legte mich nicht mit ihnen an. Keine Zeit, keine Zeit. Keine Zeit, mich mit der Weberin zu befassen, die vor sich hin murmelte, ich müsse ein Mistkäfer sein, da ich die Wege der Mistkäfer so gut kenne. Eine andere sagte mit lauter, gehässiger Stimme: »Seht ihr? Zostra hat sie doch zu einer schmutzigen Tharais gemacht, und sie hat euch alle hinters Licht geführt, nur mich nicht.« Es war Dulcis.

Ich wandte ihr den Rücken zu und kletterte durch das Loch hinunter und in den Tunnel unter dem Schlafsaal hinein. Das Querholz nahm ich mit, und Catena und Migra rannten neben mir her, während Nitida sich um die Spinnerinnen und kleineren Kinder kümmerte. Freifrau Abeo sperrte sich und weigerte sich, uns zu folgen, doch Menin folgte uns mit ihrem Sohn auf den Armen.

»Beeilt euch!«, rief ich ihnen zu, und das taten wir nun auch. Die Flamme von Catenas Öllampe war ein zerbrechliches, zuckendes Etwas und drohte ständig zu verlöschen. Doch ich benötigte gar kein Licht, um die weit entfernten Traumbilder zu erkennen, die mein rechtes Auge festhielt. Ich konnte es alles sehen, Tunnel und Straßen und Palast, oben wie unten zugleich. Wir befanden uns unterhalb der östlichen Mauer; wir bogen um die Ecke und waren bald an der Treppe vorbei, die zum Küchentor hinaufführte. Mit meinem rechten Auge sah ich, dass über uns Männer im Hof und in einer Gasse kämpften. Jemand stieß das Holzpferd des Unglücks um, worauf ein paar Männer dem Mann, der es verkörperte, aufhalfen und ihn auf ihren Schultern davontrugen; sein großes Gesicht war nach einer Seite verzerrt, seine Augenschlitze voller Bosheit.

Wir hörten Männer auf der Straße über uns über den Lärm hinweg rufen. Sie waren uns in den Tunnel gefolgt, und dabei war ich so davon überzeugt gewesen, dass sie dies nicht wagen würden, um nicht verunreinigt zu werden. Aber nun war alles auf den Kopf gestellt. Wir liefen an dem Raum vorbei, in dem die Tharaislappen schliefen, doch ihre Tür war verriegelt, und alle Lappen waren in der Gasse, um das Unglück und seine Schar zu beschwichtigen, um ein Jahr des Ungemachs auf sich zu nehmen, damit der Rest des Haushaltes der Arthygater verschont werden würde.

Ich sagte Catena und Migra, wo sie die Treppe zum Badehaus der Arthygater finden würden, und überreichte ihnen das Querholz. Es zu tragen hatte mir das Gefühl verliehen, mutig zu sein, doch sie benötigten es nun mehr. »Die Tür hat zwar einen Riegel, aber keinen besonders starken. Mit dem hier brecht ihr sie auf, ja? Ein besseres Versteck kenne ich nicht. Und jetzt los, los!« Ich presste mich mit dem Rücken an die Wand und ließ die Frauen an mir vorbeigehen. Es waren doch mehr, als ich gedacht hatte, fast zwanzig, die Kinder nicht mitgezählt. Nitida kam als Letzte mit der Laterne und kümmerte sich um die Nachzüglerinnen. Ich war überrascht, Agminhatin an ihrer Seite zu sehen, ein Kind unter ihrem Arm. Wir wechselten einen Blick, und ich bedeutete ihr mit einer Geste, sich zu beeilen.

Dann stand ich im Dunkeln. Die Laternen unserer Verfolger tänzelten rasch hin und her, während die Männer sich näherten. Ich war an den Fäkalienbehältern des Tharaisschlafsaals stehengeblieben, genau dort, wo der Gestank am widerwärtigsten war. Ich ekelte mich davor, diesen Gestank in Nase und Kehle aufzunehmen, doch ich musste es, um Luft zu schöpfen. Würgend schob ich einen schweren Behälter aus der Nische oberhalb des Tunnelbodens. Als er umstürzte, zerbrach er und überflutete den Boden des Tunnels mit Pisse. Ich warf einen weiteren Behälter um, dann noch einen und zuletzt einen Behälter voller Kot, um so eine Barriere zu errichten, die kein Tharos aus freien Stücken überqueren würde, nämlich eine große Lache aus Ausscheidungen und lauter zerbrochenem Steingut.

Der Mann mit der Laterne war zu sehr auf mich fixiert, um zu bemerken, was sich auf dem Boden zwischen uns befand. Er patschte in die Lache und fluchte, und ich frohlockte voll hämischer Freude über den Anblick, wie er zurückwich und dabei seine Beine schüttelte, als wollte er seine Fußsohlen zurücklassen. »Du Schlampe von Koprophagais!«, rief er. »Ich werde dich umbringen!«

Die drei Männer hinter ihm blieben gerade noch rechtzeitig stehen, bevor sie nasse Füße bekommen hätten. Sie wagten es nicht, über ihn zu lachen, da er der Neffe der Arthygater war, Kydos. Kleine, schmutzige Rinnsale sickerten auf sie alle zu.

Ich stand auf der anderen Seite der Barriere, Füße und Kleidung mit Schmutz bespritzt und stinkend. Nur eine Tharais, eine dreckige Tharais, würde so etwas Schmutziges tun. Also musste ich eine Tharais sein, durch und durch unrein, innen wie außen, und obwohl es mich hätte beschämen müssen, tat es das in diesem Moment nicht. Ich war stolz darauf.

Arkhyios Kydos hätte mir am liebsten den Hals umgedreht, überwand jedoch nicht die Barriere, obwohl sie so flach wie eine Pfütze war. Ich lachte über den Ekel und die Wut in seinem Gesicht. Er konnte es nicht ertragen, wenn ihm jemand einen Strich durch die Rechnung machte. Warum würde er sich sonst die Mühe machen, eine Handvoll Frauen durch die Tunnel zu jagen, wo es doch noch so viele andere in der Manufaktur gab, mit denen er sich vergnügen konnte?

»Wer ist sie?«, fragte jemand. Ein anderer beugte sich vor und würgte, wich dann zurück, nach wie vor seinen Magen haltend. Ich drehte mich um und rannte in die Dunkelheit hinein. Wie ein prahlerischer Heißsporn war ich stehengeblieben, um meinen Sieg auszukosten. Nun aber schmeckte ich nur noch bittere Reue. Ich hörte Sire Rodelas hämmerndes Lachen in meinem Ohr und nahm vor mir in der Dunkelheit einen Fetzen Weiß wahr. Ich wusste, dass es Penna war, die immer wieder kurz vor mir auftauchte. Mit diesen beiden rastlosen und unzufriedenen Schattenwesen blieb ich nun zurück, wo ich doch einzig und allein die Freifrau und Na wieder hatte finden wollen, damit ich nicht alleine und ohne Freunde durch dieses fremde Land ziehen musste.

Ich stieg die Stufen zu dem kleinen Raum hinauf, den ich mit Lychnais teilte. Während ich hinaufging, streifte ich mit den Schultern die Wände. Ich folgte dem Schimmern von Pennas Florhemd, und als sie verschwand, war alles Licht weg, und ich war auf beiden Augen so blind wie ein Maulwurf. Ich setzte mich auf die Stufen. Heute Abend hatte ich, sobald ein Weg versperrt war, einen anderen gesehen, hatte alles gleichzeitig vor meinem geistigen Auge wahrgenommen, bis hin zu der Tür mit dem Querholz, das ich als Hebel hatte benutzen können, und dem Umwerfen der Fäkalienbehälter. Bevor ich es getan hatte, hatte ich es geträumt.

Doch den Blick, den mir Agminhatin zuwarf, als sie in dem Tunnel an mir vorbeiging, hatte ich nicht vorhergesehen.

Sie wusste, dass ich eine Tharais war. Was sie wusste, würden auch andere erfahren. Sie würden sich nicht von meiner Behauptung täuschen lassen, dass ich die Tunnel kannte, weil ich eine Rutengängerin war. Keine Tharosrutengängerin würde aus freien Stücken hier hineingehen. Die Textilarbeiterinnen würden ahnen, dass ich in dem Bad als Dienerin arbeitete, und mich aus der Zuflucht, die ich ihnen zur Verfügung gestellt hatte, aussperren. Selbst wenn sie mich doch hereinließen, würde mich eine von ihnen früher oder später verraten. Dulcis würde es tun, und zwar mit Freude. Ich konnte es nicht riskieren, den Folterknechten der Arthygater ausgeliefert zu werden, um von ihnen gebrandmarkt oder verstümmelt zu werden.

Ich rieb mir mein Handgelenk und musste dabei an Catena denken. Stumm verabschiedete ich mich von ihr und flehte die Götter, die wir beide anbeteten, darum an, auf sie aufzupassen. Es würde ihr gut ergehen, redete ich mir ein. Nicht ihr eigenes Schicksal hatte sie hierhergeführt, sie war vielmehr an das meine gekettet gewesen, und das tat mir aufrichtig leid, obwohl es nicht mein Werk war.

Für mich selbst zu beten lehnte ich ab. Die Götter hatten mich hierher in die Irre geführt, indem sie mich erst in die eine und dann in die andere Richtung gedrängt hatten. Nun umgaben mich ihre widersprüchlichen Absichten so fest wie ein Band, sodass ich weder das eine Ende ihrer Absichten noch das andere finden konnte, um mich zu befreien. Doch einen eigenen Willen hatte ich nicht, war missmutig und fühlte mich schwer wie Blei.

Ich blieb eine ganze Weile reglos im Dunkeln sitzen, und auch vor meinem geistigen Auge war alles schwarz. Ich konnte keine zwei Schritte weit nach vorn sehen, geschweige denn einen Tag oder ein Jahr, denn ich hatte jeden Weitblick verloren, nicht nur die wahrhaftige Vorhersage, die mir die Götter zuweilen schenkten, sondern auch die Vorstellungskraft. Und um das Undenkbare zu tun, fehlte mir der Mut.

Ich stand auf. Mit einer Hand an der Wand ging ich eine Stufe hinab in die Leere, dann noch eine. Es ging überraschend gut, denn ich hatte gar nicht begriffen, dass ich mich dazu entschieden hatte, mich in Bewegung zu setzen. Am Fuß der Treppe bog ich nach rechts ab, dann wieder nach rechts, und wagte es dabei zum ersten Mal, an dem Wasserspeier in Gestalt eines Keilerkopfes in dem Tunnel unter der westlichen Palastseite vorbeizugehen.

Leise sang ich das Lied vor mich hin, das Ardor mir geschenkt hatte, die Melodie von Smith, die Worte von Hearthkeeper.

Brenne hell, brenne schnell. Gib das Licht, das du spenden kannst, der Rest ist Asche.

Da das Lied mir Mut verlieh, sang ich es lauter. *Brenne hell, brenne schnell.* Dort, wo die Felsen geweint hatten, sah ich Felsadern und zurückgebliebene Salzkrusten leise schimmern. *Gib das Licht, das du spenden kannst.* Der Geschmack in meinem Mund war bitter und brannte. *Der Rest ist Asche.*

Der Tunnel beschrieb eine Kurve und verzweigte sich, und ich bog mal nach rechts und mal nach links ab, ging vor und wieder zurück, Stufen und Schrägen hinauf und hinab, bis ich jedes Gefühl dafür verloren hatte, an welcher Stelle unter der Stadt ich mich befand. Die gesprenkelte Schwärze ließ mich daran denken, wie ich die Waldkraut-Blütenblätter verfolgt hatte, und tatsächlich folgte ich häufig dem Geräusch von Wasser. Wasser, das unter meinen Füßen floss oder in tönernen, in die Wände eingelassenen Rohren. Nachdem ich lange unter der Erde gegangen war, betrat ich einen Abwassertunnel, auf dessen einer Seite sich ein höher gelegener Fußweg befand. Dieser Abfluss war dazu gedacht, während der winterlichen Stürme das Regenwasser aus den Straßen zu befördern. Nun war er ein träge fließender Strom, gespeist von dem Wasser, das aus den Felswänden sickerte. Ich badete meine Beine und schrubbte meinen Umhang darin ab. Hinterher war mir zwar kalt, aber ich roch nicht mehr so abscheulich. Ich folgte dem Abwasserkanal stromaufwärts und bückte mich dabei, damit ich nicht an die Decke stieß.

Vor mir in der Dunkelheit sah ich dünne graue Lichtstreifen. Ich beschleunigte meine Schritte. Unter einem steinernen Gitter blieb ich stehen. Wie hauchzarte Seide berührte Licht mein Gesicht. Das Gitter war zu schwer, als dass ich es hätte anheben können. Ich ging weiter, bis ich eines aus Eisen gefunden hatte, und dort stieg ich auf die Straße hinauf wie ein Meneidon aus dem Abfluss, der durch das Trommeln von Maskierten keine Ruhe mehr fand.

Ich schaute in eine menschenleere Gasse hinein und sah, wo die verborgene Sonne den Himmel mit den flüchtigen Farben der Dämmerung färbte. Nun konnte ich Osten und Westen wieder voneinander unterscheiden. Ich eilte den Hügel hinab auf die Dämmerung zu. Um wohin zu gehen? Dorthin, wohin mich Chance führte. Hier in Lambanein hielten sie Glück und Unglück für zwei, doch sie vereinigte beides in sich, und Allaxios gehörte ihr bis zum Ende der Dämmerung. Ich ging auf das zu, was sie mir zu bieten hatte oder mir nehmen würde.

Chance schickte mir einen Betrunkenen, einen aus der Schar des Unglücks. Zunächst hielt ich ihn für tot, weil er zusammengerollt und mit dem Gesicht nach unten vor einer Mauer lag. Doch als ich mich über ihn beugte, hörte ich ihn unter seiner Pferdeschädelmaske schnaufen und schnarchen.

Ich entkleidete ihn, indem ich ihn aus seinem Mantel rollte, den er sich umgeschlungen hatte. Die Stelzen gingen mir bis an die Knie, waren wie Holzschuhe geschnitzt und mit roten und weißen Streifen bemalt. Eine Stelze war lose und verdreht, und das Bein sah gebrochen aus. Seine Maske war an einer Kopfbedeckung aus Schilfrohr befestigt, die er sich unter dem Kinn festgebunden hatte. Zähne und Unterkiefer des Pferdeschädels waren entfernt und das Innere ausgepolstert worden, damit er ein menschliches Gesicht aufnehmen konnte.

Ich legte Maske, Stelzen und Mantel an und bemühte mich, aufrecht zu stehen, indem ich mich gegen die Mauer lehnte. Meine Füße waren viel zu weit entfernt, und die Maske zu schwer, und es war schwierig, durch Augenhöhlen zu schauen, die sich nicht auf der gleichen Höhe wie meine eigenen befanden. Mit einer Hand an der Mauer stöckelte ich los, wobei ich die Stelzen energisch auf die Pflasterung stampfen ließ. Ich war keine Frau, ich war ein Unglück, ein betrunkenes Unglück, das am Ende einer langen Festnacht nach Hause zurückkehrte. Mit meiner tiefsten, rauesten Stimmte sang ich das Trinklied, das Mox uns in den Bergen beigebracht hatte:

Ich, selbst ich, muss sterben
Warum also sollte ich mich bemühen?
Lieber trinken und sterben
Als liegen und daran denken
Dass ich, selbst ich, sterben muss.

KAPITEL 26

Hof der Stillen Wasser

Der König schlief den ganzen Morgen und bis in den Nachmittag hinein. Nachdem er sein Bad genommen hatte, brachten sie mich zu ihm. Er trug ein loses Gewand aus roter, mit goldenem Faden gemusterter Wolle, und sein Bart und sein Haar glänzten vom Duftöl.

Ich warf mich auf dem Fliesenboden vor ihm nieder. Ich erzählte ihm, dass ich aus dem Palast von Arthygater Katharos hatte fliehen müssen, weil die Aufseherin der Lappen trotz des Goldes, das ich ihr gegeben hatte, damit gedroht habe, mich zu verraten. Das Unglück der Stadt habe den Palast angegriffen, und in dem darauf entstehenden Tumult sei ich entkommen und einigen Maskierten, die in der Hochsprache geredet hätten, in den Inneren Palast bis zum Wohnbereich des Königs gefolgt. Nie wieder könne ich in den Palast der Arthygater zurückkehren, denn dann würde sie mich der Befragung unter Folter unterziehen und mir dann das Haupt abschlagen lassen. Ich flehte den König inständig an, Gnade walten zu lassen und mich nicht wieder der Arthygater zu übergeben oder hinauszuwerfen.

»Was soll ich mit dir tun?«, fragte er.

In Lambanein wohnen keine Frauen in den Unterkünften der Männer. Doch dies tat ich eine Handvoll Tage, lebte im Hof der Stillen Wasser mit denen, die vom Heer des Königs übrig geblieben waren. »Abgestandenes Wasser« hätten sie ihn nennen sollen, denn das lange Becken im Hof war mit grünem Schaum bedeckt. Der Arkhon hatte König Corvus eine ausgesprochen heruntergekommene Residenz zur Verfügung gestellt, ein zweistöckiges Gebäude, das in etwa so groß war wie die Manufaktur, und in dessen Hof sich an einem Ende Ställe, am anderen Bäder und Küchen befanden. An den beiden Längsseiten lagen hinter Säulengängen reihenweise kleine Räume, deren Einrichtung aus Strohhaufen, zerbrochenen Stühlen und Betten mit aufgeplatzten Kissen bestand. Die Wandgemälde waren früher einmal prächtig gewesen.

Es war seltsam, wieder unter Soldaten zu leben und mich nach so langer Zeit unter dem Umhängetuch nun wieder mit unverhülltem Gesicht zu zeigen. Wohin ich auch ging, ich wurde beobachtet. Ich erinnerte mich daran, dass mich die starrenden Blicke von Männern belastet hatten, als ich zum Marchfield gekommen war. Doch jetzt war ich nicht mehr das unreife Mädchen von damals. Und ich war in den Augen der Männer auch nicht bloß eine Hautscheide. Sie schauten mich an und sahen die Träumerin des Königs. Nicht wenige Knappen vertraten den Standpunkt, der König habe fehl daran getan, mich fortzuschicken.

Ich machte mir Sorgen darüber, sie könnten ihren Respekt vor mir verlieren, wenn sie erfuhren, dass ich eine Tharais war. Drei Männer hatten mich in Tharaistracht gesehen: der König, Garrio und Sire Vafra. Was nun, wenn Sire Vafra damit prahlte, er habe gesehen, wie ich als Lappen diente, und habe mich in einen Ruheraum mitgenommen? Ich hätte mir nicht darüber den Kopf zerbrechen brauchen. In einem Schwarm von sonderbar-unwissenden Menschen lebend, hatten die Leute des Königs gar nicht gelernt, was es bedeutete. Edle und Erdvolk, das begriffen sie, aber nicht Tharos und Tharais.

Regelrechte Frauenunterkünfte gab es gar nicht, obwohl durchaus Frauen zugegen waren; der Arkhon hatte seinem Gast Leibeigene für das Kochen, Putzen und Wäschemachen zur Verfügung gestellt. Zudem gab es Frauen, die aus eigenem Antrieb zu Besuch kamen, um einem anderen Gewerbe nachzugehen. Ich sprach eine Köchin an, um mir einen kleinen

Beutel gelben Puder für meine Arme zu kaufen, und ich hoffte, sie würde meinen Tharaisgeruch nicht wahrnehmen oder bemerken, dass ich wegen meiner Verwegenheit zitterte.

Am Ende des letzten Abends des Quickening hatte ich mich Hazard Chance hingegeben, und diese hatte mich so eindeutig zum König geschickt, als hätte sie mich an die Hand genommen und eigenhändig zu ihm geschleift. Nun war ich teilnahmslos, hatte nicht einmal Lust, mich zu rühren.

Ich verbrachte die Zeit mit Schlafen, nachts im Säulengang des Obergeschosses, tagsüber im Hof auf einem Beet mit Zitronenthymian. Ich bedeckte mich mit einer Decke aus Schatten unter einem Granatapfelbaum. Am Nachmittag bewegte sich der Schatten dann weg von mir, und ich lag eine Weile in der Sonne, benommen wie eine Schlange, bevor ich um den Baum herum in einen anderen Schatten kroch. Der Lichtschimmer durch die Blätter lullte mich ein. An meine Träume erinnerte ich mich nicht.

Ich hätte froh darüber sein sollen, aus dem Palast der Arthygater entkommen zu sein. Oft hatte ich mir die Flucht vorgestellt und mir dabei einen strahlenden Tag ausgemalt, an dem ich die abgestorbene Hülle meines Lebens als Leibeigene zurücklassen würde, um zu Galan zurückzukehren. Ich würde Berge überqueren, um zu ihm zu gelangen; ich würde den Weg finden, wenn erst einmal der Sommer kam.

Wenn ich in diesem Jahr nicht aufbrechen konnte, brauchte ich es gar nicht erst zu versuchen.

Wie viele Tage und Nächte meines Exils hatte ich mich mit Eifersucht geplagt, mir Galan mit einer neuen Scheide vorgestellt, einer Erdfrau wie mich oder einer von denen, welche die Edlen gefangen genommen hatten, jemand, der ihm bei seiner Stellung als schmückendes Beiwerk dienen konnte? Darin lag Schmerz, aber auch Freude; ich zog an dem Band, um mich zu vergewissern, dass es immer noch straff gespannt zwischen uns beiden war und dass weder

Zeit noch Entfernung noch die Initiierten von Carnal es zu durchtrennen vermocht hatten.

Mir vorzustellen, dass Galan einer anderen Frau beilag, hieß mir vorzustellen, dass er lebte. Den Gedanken, er könne tot sein, durfte ich mir nicht erlauben.

Garrio hielt mich für krank. Er hockte sich neben mich und legte mir die Hand auf die Stirn. »Ich habe kein Fieber«, sagte ich.

»Nein, du bist kalt. Was ist denn los?«

Ich setzte mich auf, schlang die Arme um meine Beine und bettete das Kinn auf meine Knie, obwohl es sich in Lambanein für eine Frau nicht gehörte, sich so zu setzen. »Was wird der König mit mir machen, was glaubt Ihr?«

Garrio zuckte mit den Schultern.

»Ich verstehe nicht, wieso er Euch losgeschickt hat, um mich aus der Färberei zu holen, wenn er überhaupt keine Verwendung für mich hat«, sagte ich.

Garrio hob die Brauen, worauf sich seine Sorgenfalten noch tiefer eingruben. Er wirkte schelmisch. »Das habe ich getan«, sagte er.

»Ihr?«

Er lachte, erfreut über meine Überraschung. »Ich habe dir eine Nachricht in die Manufaktur geschickt, bloß um zu sehen, ob es dir gut geht, und sie meinten, du seiest fortgeschickt worden. Ich brachte in Erfahrung, wohin du gebracht wurdest, und mit einer kupfernen Perlenmünze hier und ein paar zinnenen dort und einer Goldmünze für Gnathin habe ich dich wieder in den Palast zurückbringen lassen. Du schuldest mir also etwas«, sagte er und stieß mit dem Finger nach mir.

»Der König hat gar nicht nach mir schicken lassen?« Garrio war womöglich enttäuscht darüber, dass ich enttäuscht war. Ich legte ihm die Hand auf den Arm. »Ich bin Euch dankbar.«

»Nun, ich habe getan, was ich konnte. Zur Tharos konnte

ich dich nicht wieder machen, aber das hast du ja, wie ich sehe, selbst übernommen.« Er nahm mein Umhängetuch in die Hand. »Zumindest stinkst du jetzt nicht mehr so wie ein Färberbottich. Die Zwiebeln rieche ich allerdings noch.«

Es hätte mir schmeicheln sollen, dass Garrio mich aus eigenem Antrieb, aus Freundschaft, aus Dankbarkeit dort herausgeholt hatte – während der König nichts dergleichen empfand.

Eines Abends ließ mich Divine Aboleo, Prophet von Rift Warrior, zu sich rufen. Sein Raum war besser möbliert als die meisten im Hof der Stillen Wasser. In ihm standen zwei mit Perlmutt besetzte Holzpodeste. Auf einem davon lag eine aufgerollte gestreifte Matratze, auf dem anderen saß er mit übergeschlagenen Beinen und aufrecht, ohne eines der Kissen dafür zu benutzen.

Ich beugte mich tief hinunter und ließ die Stirn auf den gefalteten Händen ruhen; einen Kniefall hatte nur ein König verdient. Der Fußboden bildete das Meer in hell leuchtenden Vierecken aus blauem und grünem Glas ab. Ich sah den safrangelben Saum einer Tharosdienerin, die gekommen war, um eine Servierplatte mit Essen abzuräumen.

Beim Betreten des Raumes hatte ich einen flüchtigen Blick auf Divine Aboleo erhascht, einen verstohlenen, raschen Blick, um die Laune eines Herrn einzuschätzen. Er hatte das Gewicht, das er in den Ferinus verloren hatte, wieder zugelegt. Nun hatte er wieder Speckfalten am Nacken und wulstige Wangen. Auf seiner glänzenden Glatze leuchtete die rote Hahntätowierung. Er schaute mich an, als wäre es ihm vollkommen gleich, wenn er mich töten müsse.

Ich spürte, dass er mich anstarrte. Während er mir Fragen stellte, behielt ich mein Gesicht eine Handbreit über dem Boden.

»Du hast dich dem König als Drossel angeboten«, sagte Divine Aboleo.

»Das tat ich, ja.« Ich versuchte mich an die Inschriften auf dem zerbrochenen Steingut zu erinnern und daran, was sie bedeuteten: Haus Tricari, fünf; Rücken; Jahre; Streit.

Aber das war nicht das, was er wissen wollte. »Du bist aus Corymb.«

»Ja.«

»Die Scheide von Sire Galan dam Capella von Falco der Crux.«

»Ja.«

»Wer ist der Erste der Crux in Corymb?«

Das wusste er mit Sicherheit selbst. »Sire Adhara dam Pictor von Falco.«

»In welcher Verwandtschaft steht er zu deinem Herrn?«

»Er ist sein Onkel.«

»Wie viele Kataphrakte gibt es in seiner Kompanie?«

»Als sie in den Feldzug gezogen sind, war ihre Stärke siebzehn. Aber vier sind auf dem Harshfield gestorben, und einer wurde verwundet und blieb zurück.«

»Warum waren es auf dem Marchfield so viele?«

»Krankheiten. Turniere.«

»Erzähl mir von den Turnieren«, befahl er. Ich berichtete ihm, dass Sire Galan einmal einem Mann das Ohr abgeschnitten, ihm dieses jedoch zurückgegeben hatte. Doch er stellte viele Fragen, die ich nicht beantworten konnte. Er wollte die Eintragungen auf den Kerbhölzern erfragen, die namhaften Krieger und ihre Heldentaten, die Beschaffenheit ihrer Waffen und Rüstungen und die Blutlinie ihrer Reittiere.

Als ich ihm von dem Turnier auf Leben und Tod erzählte, stachelte mich sein Schweigen an, und ich erzählte mehr, als klug gewesen wäre. Ich berichtete ihm, dass es Sire Galan untersagt worden war zu reiten, und wie er aus toten Pferden einen Wall gebildet hatte. Wie die Stämme Ardor und Crux einen erzwungenen Frieden abgeschlossen hatten, dass jedoch nach wie vor Feindseligkeit zwischen ihnen herrschte.

Meine Knie schmerzten, und auch mein Rücken tat mir weh, und ich starrte auf den Fußboden, bis dessen Mosaik vor meinen Augen verschwamm. Wie viele Schiffe während des Sturms verlorengegangen seien, wollte er wissen. Wer hatte bei dem heimtückischen Angriff auf Lanx gekämpft? Wer hatte den Stamm von Torrent massakriert?

Seine Stimme klang schwer und tonlos, und seine Fragen dröhnten weiter und weiter. Wie viele Bäcker gab es im Heer von Corymb, wie viele Huren, wie viel Korn fraßen die Pferde, wie viele Wegstunden waren wir jeden Tag marschiert?

Wieso wollte er diese Belanglosigkeiten in Erfahrung bringen? Und warum mich darüber befragen, eine Scheide? Das Wenige, das ich wusste, war altbacken, Erzählungen von Knappen, die aufbegehrten, als ihre Herren ihnen Salzdorsch zu essen gaben, und von Karren im Tross, die im Schlamm versanken. Aus dem Mund der Wölfe, die beim Rückzug des Königs in Gefangenschaft geraten waren, musste er doch mehr erfahren haben. Einmal hatte einer der Wölfe die ganze Nacht über geheult, als die Propheten ihn einer peinlichen Befragung unterzogen hatten, und am Morgen sahen wir auf seinem Scheiterhaufen, dass sie ihm bei jeder Frage das Fleisch und die Muskeln seiner Arme und Beine abgezogen hatten.

Einen Moment lang öffnete sich mein vom Star befallenes Auge weit, und ich spähte durch Divine Aboleos Auge genau in dem Moment, in dem er sich bemühte, durch die meinen zu schauen. Er sah zu viel. Er konnte das Heer von Corymb in meinem Auge sehen wie ein in der Landschaft ausgebreiteter Bildteppich; er sah es als Ganzes und wollte es nun in jeder Einzelheit sehen, um zu erfahren, welche Farbstoffe verblassen würden und welche echt waren und nach einiger Zeit den Stoff zerfressen würden, und welche Stränge stark waren und welche reißen konnten. Bei jeder Frage zog er an einem bestimmten Faden.

Das Heer von Corymb war lediglich eines der Heere, das

um Incus kämpfte, und als Stratege des Königs war es seine Pflicht, sie alle zu kennen. Doch selbst sein herausragender Geist konnte sie nicht alle erfassen. Vieles würde sicher auf ewig unbekannt bleiben. Man konnte an einem Faden ziehen, und irgendetwas würde sich irgendwo entwirren.

Ich zitterte vor Erschöpfung. Die Fragen des Propheten hatten mich tief ergründet. Ich überdachte noch einmal meine Antworten und hoffte inständig, nichts gesagt zu haben, was Galan schaden konnte. Ich hätte weniger sagen oder Divine Aboleo mit Zusicherungen seiner Gunst bezahlen lassen sollen. Stattdessen kniete ich hier und wedelte mit dem Schwanz wie ein Hund, der sich unbedingt nützlich machen wollte. Er war noch nicht fertig mit mir. Aber es war nun zu spät, um mit dem Antworten aufzuhören.

Er deutete auf das Kissen auf der anderen Seite der Kohlenpfanne und sagte auf Lambaneinisch zu mir: »Komm, setz dich dorthin und erzähle mir: Wer besucht die Arthygater in ihrem Baderaum, und was sagen sie?«

Wie es vorgeschrieben war, erhob ich mich in einer fließenden Bewegung aus der knienden Position, doch meine Knie knackten. Ich hockte mich mit eingeschlafenen Füßen auf den Rand des Podestes. Mit einer kaum merklichen Geste bedeutete er mir, ich solle Wein aus der Taschenflasche auf dem Tablett vor ihm einschenken. Ich füllte ihm eine Schüssel, worauf er erneut eine Geste machte, sodass ich auch mir selbst einschenkte. Ich nahm die Tonschüssel in beide Hände und wartete darauf, dass er trank. In Lambanein trinken nur Huren mit Männern, aber ich konnte nicht ablehnen. Der Wein bahnte sich brennend seinen Weg durch meine Kehle hinab und meine Nase hinauf, und fast hätte ich niesen müssen.

Als meine Lippen aufhörten zu zittern, stellte ich die Schüssel mit einem klackenden Geräusch auf das vergoldete Tablett zurück. Dann machte ich Divine Aboleo mit dem Klatsch und den Vermutungen vertraut, einer Information nach der anderen, die ich aufgeschnappt und mir eingeprägt hatte.

Ich hielt meinen Blick nach wie vor von ihm abgewendet, beobachtete ihn jedoch trotzdem. Die rechte und die linke Seite seiner Miene waren gleichermaßen unbewegt, ohne die widersprüchlichen Ausdrücke, die über weniger gut beherrschte Gesichter huschten. Doch wenn er sich anspannte, zupfte er mit der linken Hand Federn aus einem kleinen Loch in einem Kissen. An der rechten Hand trug er einen Goldring, der sich über vier Finger spannte und in den große Granate gefasst waren.

Ich erzählte Divine Aboleo von Arthygater Katharos' vielen Geschäften, ihren Verkäufen, ihrem Tauschhandel und ihren Anleihen, um Geld für ein Heer aufzubringen. Doch seine Fragen bewiesen, dass er daran glaubte, dass Consort Ostrakan hinter allen Plänen stand. Der Priester war der Meinung, dass der Transport von ein paar Ballen mehr Gaze nach Incus und ein paar mehr Vliesen zurück nach Lambanein eine zu armselige Angelegenheit war, als dass sie einen Edelmann wie Ostrakan beschäftigen würde. Worauf war er aus?

Ganz wie von selbst hatte ich offenbar Zweifel gesät an der Verbündeten, der sie am meisten vertraut hatten.

»Tatsächlich bin ich eine Sonderbar-Unwissende, eingeweiht lediglich in das Geschwätz von Frauen. Woher soll ich wissen, was ein so großer Mann wie Consort Ostrakan vorhat?«, sagte ich.

»Pfui«, erwiderte Divine Aboleo. »Du bist dreist genug. Tu nicht so, als wärst du zurückgeblieben.«

Ich lag ausgestreckt unter dem Granatapfelbaum und schlug Stechmücken tot, als Garrio Lame nach mir schickte. Der Pferdejunge führte mich die Stufen des Turms über dem Eingang hinauf. Wachen und Musiker hatten ihn längst den Tauben überlassen. Die Wände des dritten Obergeschosses bestanden aus marmornem Gitterwerk, und der Wind wehte ungehindert hindurch. Garrio hockte in dem gestreiften Schatten.

»Was gibt es für ein Problem?«, fragte ich ihn, als Lame fort war. Ich spähte durch das Gitterwerk. Von hier aus konnte ich die Außenanlagen und Gebäude des Inneren Palastes überblicken, das Domizil des Arkhon und seiner Söhne, das auf dem Gipfel des Mount Allaxios stand. Die goldenen Dächer der mittleren Kuppel und der vielen Höfe glänzten, als hätte die Sonne sich dort niedergelassen. Sogar der Hof der Stillen Wasser, der so lange vernachlässigt worden war, hatte vergoldete Dachziegel.

Auf der Fläche des Inneren Palastes hätte man eine große Stadt unterbringen können, so groß war der von ihm vereinnahmte Platz, und tatsächlich lebte dort auch eine Vielzahl von Menschen. Doch daneben gab es auch Wasserläufe und Teiche, Felder, Wiesen, Obstgärten und von Mauern eingefriedete Lustgärten, und sogar einen Wald. Sein ganzes Königreich war dort als kleine Miniaturwelt aufgebaut worden, und es war eine makellose Welt im Kleinen.

»Der König hat entschieden, was er mit dir tun wird«, informierte mich Garrio.

Ich wandte mich von dem Anblick ab und hockte mich neben ihn. Innerlich wurde ich ruhig, abwartend wie jemand, der zwischen dem Wurf der Würfel und ihrem Fall abwartet, wenn der Wetteinsatz sehr hoch war. Ich merkte, dass Garrio unglücklich war; das musste bedeuten, dass ich wieder als Tharais leben müsste.

»Da ist dieser herumhüpfende Mittelsmann, ein Musikermeister«, sagte er. »Er unterweist den König darin, wie er sich wie ein Gedichte speiender, lambaneinischer, nichtsnutzerischer Stutzer verhalten soll.« Das alles sagte er in der Hochsprache, mit Ausnahme des Wortes Mittelsmann: *Kynamolgos*. Es gab dafür kein Wort in der Hochsprache, nichts, das eine solche Verspottung in sich trug.

»Und?«

»Nun, er und Divine Aboleo, in dessen Gunst du nie gestanden hast, das weißt du – sie haben den König dazu überredet, dich in ein Hurenhaus zu stecken.«

»Ein Hurenhaus?« Es dröhnte in meinem Kopf wie in einem leeren Kessel nach einem Schlag, und ich konnte nur wiederholen, was er gesagt hatte.

»Sie haben es anders genannt, aber ich habe sie deutlich genug verstanden.«

»Um was zu tun? Um wieder eine Tharaisdienerin im Bad zu sein? Oder eine Tharosmagd, oder … eine Wäscherin?«

Garrio kratzte mit der Spitze seines Dolches an Taubenkot auf dem gefliesten Boden herum. »Divine Aboleo meinte, du wärst kühn und klug, und du wärst gut darin. Ich glaube nicht, dass er damit das Waschen gemeint hat.«

»Also wird König Corvus jetzt Kuppler, hä?« Das war eine schlimme Beleidigung, aber Garrio rügte mich nicht. »Was genau hat er gesagt?«

»Ganz wenig.«

»Aber was?«

»Er meinte: ›Findet eine mit gutem Ruf, damit sie angemessen ausgebildet werden kann.‹ Dann fing der Kynamolgos an darüber zu reden, wie sie beschaffen sein sollte. Es müsse eine sein, welche die Männer im Hof unterhalten könne, den meisten Einfluss habe und zu den besten Festgesellschaften eingeladen werde. Und dann haben sie sich auf eine Fremdstämmige geeinigt; der Musikermeister meinte, das wäre am passendsten.«

»In ein Hurenhaus in einem fremden Land?«

»Eine fremdstämmige Hure, eine Ebanakanerin. Daher sagt der Mittelsmann, da die Hure selbst fremdstämmig sei, werde sie mehr Geduld mit dir aufbringen. Dann fragt der König noch, wie eine Fremdstämmige dir beibringen könne, dich angemessen zu verhalten. Und der Mittelsmann erwidert, sie sei in allen Künsten bewandert, besser noch als die meisten, die hier geboren sind. Und außerdem bezahlt sie Euch, sagt Divine Aboleo zu dem Mittelsmann, worauf er erwidert, so ist es, ich habe die Ehre, als Musikermeister ihren jüngeren Schwestern zu dienen. Wie sonst könnte ich von Nahem feststellen, dass sie die erste Wahl ist, weil sie jeden kennt und jeder sie kennt?«

Ich dachte an die ebanakanische Hure, die ich an dem berühmten Abend der weißen Blütenblätter beobachtet hatte, und daran, wie ich ihre Anmut und ihre gewiefte Art bewundert hatte. In der lambaneinischen Denkweise war sie eine geachtete Frau. Ich hingegen war in Corymb von der Freifrau erzogen worden, die eine strengere Vorstellung von Ehrbarkeit hatte. Ich hatte Freundinnen unter den Huren im Heer, und doch bildete ich mir ein – und hoffte, dies gut zu verbergen –, besser als sie zu sein, weil ich mich mit nur einem Mann statt mit vielen paarte.

Aber ich war eine Erdfrau und eine Scheide, und offenkundig schätzten mich der König und sein Priester nicht höher ein als eine Metze. Was spielte es für eine Rolle, wenn ich huren musste, um eine Drossel zu sein? Was zählte, war die Tatsache, dass ich an den feinsten Festgesellschaften teilnehmen sollte. Vielleicht sollte ich mich geschmeichelt fühlen, dass sie mir eine solche Aufgabe anvertrauten.

»Ich verstehe nicht, warum«, sagte Garrio. »Wenn er dich für sich will, wieso behält er dich dann nicht, sondern schickt dich in ein Hurenhaus?«

»Wenn mich wer will?«

Garrio hob die Brauen.

»Der König? Der will mich nicht. Er hat eine *Aufgabe* für mich. Er will, dass ich maultiere ... spioniere.«

»Mag sein. Ich vermute, dass dir nie jemand gesagt hat, dass du ein bisschen so aussiehst wie seine Frau oder vielleicht wie eine seiner Basen, ein schmächtiger Kümmerling von Base. Du hast ihre Farbe.«

Ich hatte Kalos in einem Traum gesehen und ähnelte ihr

in keiner Weise. Ihr Haar hatte die Farbe eines fuchsroten Katzenfells, und ihr Gesicht war rundlich, während das meine scharfkantig war. Gerüchte ließen eine Ähnlichkeit entstehen, die gar nicht vorhanden war, um eine bessere Geschichte daraus zu machen.

Wir schwiegen eine Zeitlang. Dann fragte Garrio: »Was wirst du tun?«

Ich hob einen Strohhalm auf, der aus einem Taubennest gefallen war, und faltete ihn zwischen meinen Fingern. »Ich weiß es nicht.«

Garrio öffnete die lederne Geldbörse, die er an seinem Gürtel trug, und holte einen Beutel heraus, der mit einem Überrest kunstvoll bestickten Satins abgesteppt worden war. »Einige von uns ... einige von uns finden, dass es nicht wirklich gerecht ist, und wir haben ein bisschen ... ein paar Münzen, das ist alles. Tut mir leid, dass es nicht mehr sind. Es ist nur, damit du sein Angebot ablehnen kannst. Hier. Nimm es, nimm es!«

»Oh, Garrio. Oh, mein Freund.« Das Gewicht verriet mir, dass es nicht viel Geld war, aber das Geschenk berührte mich und bereitete mir zugleich Schmerz. Wie hätte er wissen sollen, dass er es mir noch schwerer machte? Nun musste ich mich entscheiden. Schon wieder war ich von Chance, dieser Verführerin, betrogen worden. Sie war so launenhaft und entschwand, wenn man sich ihr gerade erst zugewendet hatte.

Als Garrio ging, blieb ich noch. Über mir trippelten Tauben über die Brüstung und veranstalteten dabei mit ihren Füßen ein schabendes Geräusch, während aus ihren Kehlen ein Gurren drang. Mit der Notwendigkeit konfrontiert, den Königspalast zu verlassen, ging mir auf, dass sich meine Hoffnungen wieder einmal zerschlagen hatten. Ich hatte mich zu dem Glauben verleiten lassen, der König würde für mich sorgen. Und das hatte er ja auch, und zwar ausgesprochen geschickt. Er hatte sich meiner erneut entledigt.

Warum dann war ich mir unsicher, was ich tun würde? Denn es war einfach: Eine Hure konnte ich nicht sein.

Ich setzte mich mit übergeschlagenen Beinen hin und leerte die Satinbörse in meinem Schoß aus. Garrio hatte die Perlenmünzen auf eine rote Schnur gezogen, auf die in Lambanein übliche Art und Weise: drei aus Silber, sechsundzwanzig aus Zinn, zwei aus Bernstein und eine aus dem blauen Glas gegen das böse Auge.

Einunddreißig Perlenmünzen, die aus Glas nicht mitgerechnet. Das war nett von Garrio und den anderen, und dennoch bezweifelte ich, dass sie ihre Börsen für mich ausgekratzt hatten. Wenn man diese zu denen hinzuzählte, die an den Schnüren meiner Haube hingen, dann blieb die Summe insgesamt trotzdem erbärmlich.

Es hatte fast eine Dekade gedauert, um von Sapheiros nach Allaxios zu gelangen, und man hatte uns an jeder Station frische Pferde gegeben. Wie lange würde die Rückkehr zu Fuß dauern? Das Geld würde nicht reichen, und ich würde leben wie eine herumstreunende Ziege, die sich von Unkraut am Straßenrand ernährte – und wenn ich von der Straße abkam, würde ich stehlen. Auf den Ebenen von Lambanein war jede Handbreit im Besitz von jemandem und wurde bestellt.

Die Einsamkeit fürchtete ich noch mehr als den Hunger. Beides hatte ich im Königswald kennengelernt und wusste daher, was schlimmer war. Und lieber würde ich mich wieder den Wölfen und Bären des Königswalds entgegenstellen als den Männern, die sich eine allein reisende Frau als Opfer aussuchten.

Ich konnte in Allaxios bleiben, eine Rutengängerin werden und mich irgendwie durchschlagen. Dann würde ich arme Leute wie Meninx betrügen, denn ich war keine richtige Rutengängerin, die sie von lambaneinischen Beschwerden heilen konnte. Oder ich konnte Süßbinsenwurzeln und gewebten Säcke und dergleichen verkaufen und würde es mit Fleiß dazu bringen, genug zu essen zu haben, vielleicht sogar genug für eine Unterkunft, aber nicht genug, um etwas für die Überquerung der Berge beiseitezulegen.

Oder ich konnte ein Hure und die Drossel des Königs werden.

Aber dann konnte irgendein Mann – selbst jemand wie Divine Aboleo, der mich dazu aufgefordert hatte, mich zu ihm zu setzen und mit ihm zu trinken – mich kaufen. Ich war eher bereit, mich mit einem Bären zu paaren als mit Divine Aboleo. Bei ihm würde ich zu einer Bärin werden, mit metallenen Klauen, goldenen Fingerkuppen mit Nägeln, die mit Edelsteinen besetzt waren wie jene, die Arthygater Katharos gehörten und ihn zerkratzen, während wir uns aneinander zu schaffen machten. Hatte ich mir dies denn nicht vorgestellt, als ich mich neben ihn setzte und seinen starrenden Blick auf mir spürte und aus den Augenwinkeln heraus die seltsame Feinheit wahrnahm, mit der er Federn aus dem Kissen zupfte? Ich hatte befürchtet, dass er trotz seines Gelübdes darüber nachdachte, wie er mich verschlingen konnte, ein schwerer Mann wie er. Jeder Mann könnte es dann, wenn er genug Geld hatte. Carnal Desire war erfreut, dass ich so dachte, und sie berührte mich an meiner Spalte.

Bei den Göttern, was sind wir doch für Spielzeuge. Einen Moment lang sah ich vor meinem rechten Auge den Götterzirkel und auf diesem einen einzelnen Würfel, der sich drehte und dann auf Desire liegen blieb. Ich sah, wie eine Hand den Würfel aufhob, um ihn erneut zu werfen. Ich war mir immer so sicher gewesen, in Ardors Obhut zu sein, und nun wurde ich von einem Gott zum nächsten weitergereicht, so billig wie ein beliebiger Würfel aus Knochen; immer nur ein Spielball.

Ich träumte, mein Spaten stieße mit einem dumpfen, kratzenden Geräusch auf Fels, während ich ein neues Beet auf einer Terrasse unterhalb meines Hauses auf dem Mount Sair umgrub. Erneut ertönte ein dumpfes, dieses Mal anderes Geräusch. Ich ging in die Hocke und legte die Hände auf die Erde, brach Schollen auseinander und warf Steine beiseite. Ich stieß auf einen verrotteten Lederriemen, dann auf einen stumpf gewordenen Tragschild, ein Eisenstück, das in der Mitte mit Gelenken versehen war, und eine Schnalle. Teile von Zaumzeug, das für die Schindmähre eines Bauern zu fein war. Wahrscheinlich gehörte es eher zu einem Pferd, das für die Jagd als für den Krieg benutzt worden war, da die Zügel nicht durch eiserne Schuppen geschützt waren.

Ich rieb den Tragschild an meinem Hemd ab. Die Scheibe war so groß wie meine Handfläche, und das kunstvoll gearbeitete Relief darauf stellte auf einfache wie lebendige Weise einen Fuchs dar, der seinen Schwanz jagt. Das Silber der Platte war angelaufen und schmutzverkrustet. Ihr Gegenstück konnte ich nicht finden, dafür grub ich zwei Pferdezähne aus und pflanzte sie dann mit ihren langgezogenen, gegabelten Wurzeln nach unten wieder ein.

Als ich aufwachte, dachte ich über die Zeichen nach, wieder und wieder, als deutete ich die Knochen. Der Fuchs auf der Silberscheibe des Zaumzeugs war natürlich Crux Moon; der Fuchs, der sich in Crux Moon verbarg, bedeutete Trickserei und Schwindel. Doch der Fuchs jagte seinen eigenen Schwanz – narrte sich selbst?

Das tote Pferd war zu Lebzeiten für die Jagd eingesetzt worden – Prey Hunter, ein gefräßiger Verfolger. Aber warum sollte man ein Pferd samt Zaumzeug und allem anderen auf der zweiten Terrasse begraben haben? Von einem Pferd zu träumen bedeutete eine Reise – das war zu erwarten gewesen, denn ich musste bald aufbrechen. Aber das Pferd war auch ein Zeichen für Carnal Stallion und bedeutete damit Lust, Potenz und Zeugung.

Aber es heißt, ein Traum von Zähnen sei eine Warnung vor bevorstehendem Leid. Diese Vorhersage hatte ich immer für die sicherste von allen gehalten.

Dies waren Götter von Corymb, und der Traum spielte in einem Ort in Corymb. Warum also war dann das Wort, das mir im Kopf verweilte, als ich aufwachte, lambaneinisch? Alopexan, der Fuchs.

Ich bat Garrio, den König zu fragen, ob ich mit ihm sprechen dürfe. Der König ließ mir Nachricht schicken, ich könne stattdessen mit Divine Aboleo reden. Garrio wunderte sich, wieso ich nicht die einunddreißig Perlenmünzen und die eine Glasperle nahm und mich davonmachte, so lange ich es noch konnte. Darüber hinaus befürchtete er, ich würde dem Priester preisgeben, dass ich von dem Hurenhaus wusste, und Garrio war der Einzige, der es mir erzählt haben konnte.

Ich schwor, dass ich es nicht verraten würde, und schwankte dann einen Tag und eine Nacht lang hin und her, hatte zu viel Angst vor Divine Aboleo, um an ihn heranzutreten. Am nächsten Morgen sprach ich mit dem Diener des Priesters, als er zu dem Hofbrunnen kam, um Wasser zu holen, und nach einer Weile kehrte er zurück, um mir zu sagen, mir sei eine Audienz gewährt worden.

Der Stratege befand sich im Vorzimmer des Baderaums. Er trug seine Kniehose und ein dünnes Hemd. Sein Leibdiener schabte dem Priester mit einer Klinge wie jener, die ich benutzt hatte, den Schädel ab; hier gab es keine Tharaisbarbiere.

Ich wies auf mein vom Star befallenes Auge und erzählte dem Priester, ich hätte eine Vision gehabt. Ich hätte mich als Tharosdienerin bei einem Bankett gesehen, und meine Herrin sei eine ebanakanische Hure gewesen. Ich erzählte, ich könne gut als Drossel arbeiten, wenn ich die Handzofe einer Hure sei, denn diese werde sich häufig in Gesellschaft von Männern befinden, die in ihrer Gegenwart unbedacht sprächen; und ich könne diese dann mühelos belauschen. Ob er glaube, dass ich Corvus Rex Incus, dem Herrn der Herren, auf diese Weise dienlich sein könne?

»Erzähl mir, wie die Hure ausgesehen hat«, sagte Divine Aboleo.

Ich stemmte die Arme in die Hüften, um den Schweiß zu verbergen, der mein Umhängetuch verdunkelte. Ich hatte die ebanakanische Hure nur ein einziges Mal gesehen, und wahrscheinlich schwebte ihnen eine andere vor. »Nun ... wie eine Enakanaban ... eine Ebanakanerin eben, mit rötlich brauner Haut und eher klein. Sie hatte eine kleine Nase und einen großen Mund und riesige, dunkle Augen. Ihr Haar hat sie in einem langen Zopf am Rücken getragen, so dick wie Euer Arm.«

»Ich nehme an, sie hatte auch einen Namen.«

Erneut wies ich auf mein Auge. »Ich sah, ich hörte nicht.« Dumm, dumm, dumm, dachte ich. Er würde nie glauben, dass ich eine echte Träumerin war, er würde die List durchschauen, würde wissen, dass Garrio mir etwas erzählt hatte, und Garrio würde eine Tracht Prügel bekommen, ganz gleich, was sie mit mir tun würden.

»Das ließe sich einrichten«, sagte er.

»Wie würde ich den König benachrichtigen können, wenn ich etwas zu erzählen hätte?«

»Das wäre nicht schwierig. Die Hure wird auch unter unseren Leuten Gönner haben. Mit ihnen wirst du sprechen können.«

»Wird es gewürdigt werden, wenn ich die Drossel des Königs bin?« Ich fegte die Münzen, die an meiner Netzhaube hingen, beiseite, sodass sie klimperten.

»Das kommt darauf an, wie lieblich du singst.«

Garrio behauptete, Divine Aboleo habe mich kühn und klug genannt. Wenn ein Mann kühn genannt wird, ist das ein Lob, und klug genannt zu werden ist zurückhaltendes Lob, da es bedeutet, dass man sich vor ihm in Acht nehmen muss. Doch wenn eine Frau kühn und klug genannt wird, ist dies in keiner Weise ein Lob. Dennoch fühlte ich mich geschmeichelt – und war so einfältig, es zu glauben.

Am nächsten Tag begleitete mich Garrio zum Haus der Ebanakanerin. Ich brachte ihr ein Geschenk mit, einen wollenen Wandbehang, der mit einer Szene einer Pfauenjagd verziert war. Garrio machte große, schnelle Schritte, und ich musste beinahe rennen, um mit ihm Schritt zu halten.

»Seid Ihr wütend?«, fragte ich.

Er eilte am gepflasterten Ufer des Kanals entlang. Ich blieb stehen, verschränkte die Arme und wartete. Er war schon ein ganzes Stück vor mir, bevor er merkte, dass ich ihm nicht mehr folgte, und drehte sich um.

»Warum seid Ihr so verärgert?«, wollte ich wissen.

»Du musst nicht gehen.«

»Garrio, ich danke Euch, ich danke all meinen Freunden – aber wie lange würde Euer Geschenk auf der Straße nach Incus reichen? Wahrscheinlich würde ich als Hure enden, und dann auch noch als Heckenhure, die ihrer Arbeit auf einem steinigen Feld auf dem Rücken liegend nachgeht.«

»Also willst du lieber in einer Stecherei arbeiten«, sagte er.

»Ich habe Divine Aboleo gesagt, ich könnte Dienerin einer Hure sein und dabei spionieren.«

Garrio hob seine Uniformjacke und zeigte mir die Brieftasche, die an seinem Gürtel hing. Er hob sie an und sagte: »Sie bezahlen dafür, dass du dort hingehst. Sie haben das hier eine Aussteuer genannt – aber was ist es anderes als Lehrgeld? Sie werden eine Hure aus dir machen.«

In meiner Heimat wurden Frauen an Hurenhäuser verkauft, man bezahlte nicht dafür, dass sie dort aufgenommen wurden. Wieso sollte eine Lehrzeit nötig sein, wenn die Aufgabe doch leicht war? »Wie viel ist es?«

»Woher soll ich das wissen?«

»Ihr könntet zählen, oder nicht?«

Wir hockten uns auf das Pflaster neben dem Kanal, und er leerte die Börse. Eine der Perlenmünzen bekam ich gerade noch zu fassen, bevor sie in das Wasser rollte. Garrio hatte keine Waage, welche das einzig ordnungsgemäße Mittel war, um den Wert von Perlenmünzen zu bemessen, da es sie in vielen Formen und Größen gab. Aber es waren fünfzehn Goldmünzen und siebzehn aus Silber. Für uns war das ein Vermögen.

Garrio raffte die Münzen zusammen. Seine Handrücken waren kreuz und quer mit verschlungenen Adern überzogen, und seine Knöchel waren geschwollen wie die eines alten Mannes.

»Gebt mir diese Börse, und ich mache mich auf den Weg«, sagte ich. »Erzählt, Ihr wärt ausgeraubt worden, und ich wäre davongelaufen.«

Er schaute beiseite und machte ein finsteres Gesicht.

»Und wenn Ihr mir bloß eine goldene Perlenmünze gebt oder eine Handvoll silberner? Das wäre genug, um die Stadt zu verlassen.«

Er schüttelte den Kopf, und seine Wangen erröteten.

Ich warf einen Steinsplitter in den Kanal und schaute zu, wie er versank. »Was ist denn mit Huren? Mögt Ihr sie nicht?«

»Natürlich tue ich das«, antwortete er und mied dabei meinen Blick.

Ich hatte keine Zweifel daran, dass Garrio sich ab und zu eine Frau kaufte, und wenn ich eine Hure wurde, konnte er mich kaufen – wenn er das Geld dafür hatte. Der Gedanke brachte uns beide in Verlegenheit.

So lange schon war Galan mein Schild gegen andere Männer gewesen. Obwohl wir getrennt worden waren, hatte ich meinen Schild erhoben gelassen, und auf ihm stand *Ich gehöre einem anderen*. Manche Männer sahen dies sofort, andere nie oder kümmerten sich nicht darum. Aber das war nur ein Nebelschleier, oder nicht? Einen Schild gab es nicht.

KAPITEL 27
Das Haus von Aghazal

Es war überhaupt kein Hurenhaus. Die Huren auf dem Marchfield waren von unterschiedlichem Rang und Typus gewesen, von den Heerscharen der Zwei-Kupfer-Schlampen ganz unten bis zu einer Metze mit eigenem Pavillon ganz oben. Gleiches galt auch für die Ränge der Huren-Zelebrantinnen von Lambanein. An der Spitze standen jene, die man die Beschenkten nannte. Damit waren diejenigen gemeint, die Geschenke bekamen und sich selbst als Geschenk darbrachten, vor allem jedoch jene, die begnadet in den Künsten waren. Eine solche war Aghazal, und das Haus war ihr Zuhause.

Ich hatte sie während des ersten Banketts beobachtet, bei dem ich als Tharaislappen tätig gewesen war. Fasziniert hatte ich zugeschaut, wie sie den Fuß gewölbt und sich vorgebeugt hatte, um voller Leidenschaft über das Maskenspiel zu sprechen, und dabei den Arm eines Mannes leicht berührt und ihn damit erregt hatte.

Aghazal war das lambaneinische Wort für das kleine, hüpfende Wild, das wir in der Hochsprache Gazelle nannten. Tatsächlich wies sie mit ihrem langgezogenen Hals, ihren schimmernden Augen und anmutigen Bewegungen eine gewisse Ähnlichkeit mit ihrem Namensvetter auf. Aber sie war Ebanakanerin, und ihr richtiger Name, jener, mit dem ihre Mutter sie rief, lautete Yamimarek.

Ihr Zuhause war ein hohes, schmales Haus an einer Straße mit vielen ähnlichen Häusern in einem wohlhabenden Stadtviertel, oben in der Nähe der Mauern des Palastviertels. In dem Haus wimmelte es von Menschen, Aghazals Sippe und Bedienstete. Es hatte den Anschein, als sei sie die einzige Hure unter ihnen.

Ihre Mutter saß den ganzen Tag am Webstuhl, ihre beiden unverheirateten Schwestern ebenfalls. Ihre Tante kochte, ihre Großmutter passte auf die kleinen Kinder auf, und die älteren Mädchen – Basen, Nichten, wer weiß was – halfen in der Küche, spannen und wuschen die Wäsche. Ihr Vater war tot, doch ihr Onkel (mit der Köchin verheiratet) und seine drei Söhne bestellten eine Parzelle fruchtbaren Landes, das sie vor den Toren der Stadt gepachtet hatten; abends kehrten sie erschöpft heim, kleideten sich dann in ihren Putz und begleiteten Aghazal zu Banketten. Zuhause beschützten sie sie vor Dieben und vor Gästen, die betrunken waren oder aufdringlich wurden. Ihr jüngerer Bruder diente als ihr Bote; er war der einzige Ebanakaner hier, der größer war als ich. Sie hatten nicht alle die gleiche rötlich braune Hautfarbe wie Aghazal; einige waren heller, andere dunkler. Einige der Kinder hatten fast die gleiche elfenbeinerne Hautfarbe wie die Menschen aus Lambanein. Doch sie alle trugen ein deutliches Zeichen der Verwandtschaft: Es waren eher kleine Menschen mit feinen Knochen und großen, dunklen Augen, die den trügerischen Anschein von Schwächlichkeit erweckten.

Aghazal nahm die Börse von Garrio und das Tuch von mir mit einer hübschen Dankesrede entgegen, die ich für Garrio übersetzte, da er nach wie vor nur sehr wenig Lambaneinisch verstand. Nachdem Garrio sich verabschiedet hatte, fragte sie mich: »Singst du?«

»Ich denke schon. Wie alle, ja?«

»Welche Lieder kennst du? Welche Instrumente kannst du spielen?«

Ich zuckte mit den Schultern und hielt ihr meine leeren Handflächen entgegen.

»Tanzen? Nein? Kannst du vortragen? Kennst du die Oden und Heldengedichte, kannst du die Fragmente vortragen, hast du von den Einhundert Weisen Dichtern gehört? Weißt du überhaupt, dass es Gedichte gibt, kannst du lesen, ja? Oh, bestimmt ist es eine Leistung, eure Gottzeichen lesen zu können, aber in dieser sonderbar-unwissenden Sprache ist nie ein Gedicht von Wert verfasst worden, sie taugt nur fürs Rechnen. Du kannst doch hoffentlich rechnen, hinzuzählen und abziehen und so weiter, durch zwei und fünf teilen. Kennst du die fünfundzwanzig Stellungen? Ah, an deinem Erröten erkenne ich, dass du zwei oder drei kennst, aber kannst du sie auch benennen? Hast du geübt?«

Obwohl sie immer tiefer grub, stieß sie nicht auf den Boden meines Unwissens. Sie korrigierte mich ständig. Ich hatte keine Ahnung gehabt, wie schlecht ich noch immer Lambaneinisch sprach.

Ob ich Düfte und Schönheitspflegemittel zusammenstellen könne, Blätterteig backen, Spitzen machen, Pferde-und-Häuser spielen, Spices spielen könne? Ob ich wisse, wie man sich setze, aufstehe, ob ich die Botschaften der Perlen oder Blumen lesen könne, die richtigen Blumengestecke für die verschiedenen Anlässe kenne, in der Lage sei, ein Gedicht mit einem Gedicht zu beantworten, wenn ich dazu aufgefordert würde? Nun also, was *könne* ich denn nun?

Mittlerweile war ich aufgebracht. »Ich bin eine wahrhaftige Träumerin, und ich habe das Heer eines Königs im Winter durch die Ferinus, die Kerastes geführt. Kannst du das auch?«

Ich hätte keine bessere Prüfung ersinnen können, um herauszufinden, welche Art von Meisterin sie sein würde. Sie richtete sich auf – wobei ihr Scheitel mir bis an die Brauen reichte –, und ich glaubte schon, sie werde mich wegen meiner Unverschämtheit schlagen. Stattdessen lächelte sie über beide Ohren und zeigte dabei ein wenig gedrängte, ein wenig krumme, strahlend weiße Zahnreihen. Da ich kein

Mann war, machte sie sich nicht die Mühe, ihr Lächeln hinter vorgehaltener Hand zu verbergen.

»Feirthonin, nicht wahr?«

»Firethorn, Feuerdorn.«

»Das ist zu schwierig. Wie wäre es mit Alopexin? Du hast die Hautfarbe dafür.«

Alopexin bedeutete so viel wie zänkisches Weib, aber auch Füchsin auf Lambaneinisch. Aghazal musste die Bestürzung auf meinem Gesicht gesehen haben. »Nun, wenn es dir gefällt, ja?«

Wenn es mir gefiel. Hatte ich denn eine Wahl?

Aghazal entließ mich zum Baden und gab mir ein Mädchen namens Tasatyala mit, die dafür sorgen sollte, dass ich mich gründlich wusch. Im Vergleich mit dem der Arthygater war dieser Baderaum klein, aber dafür elegant eingerichtet, da Aghazal ihre Gönner zuweilen hier unterhielt. Die Wandbemalung war außergewöhnlich. Statt eines schmucken Gartens stellte sie ein wildes Sumpfgebiet dar, in dem sich hohes Schilf, geschmückt mit fächerförmigen Federn, in einem imaginären Wind bog; überall waren gemalte Vögel, Reiher in den Becken und Singvögel am Himmel.

Tasatyala ekelte sich vor meinem Haarwuchs unter den Armen und im Schritt, und das ließ sie mich wissen, kaum dass ich meine Kleider ausgezogen hatte. Sie gackerte wie eine Henne, obwohl sie selbst noch ein Hühnchen war, kaum alt genug, um überhaupt Haare an diesen Stellen zu haben. Schockiert war sie auch, als sie die Schneise sah, die Sire Rodela mir in meinen Frauenbart geschnitten hatte. Dort, wo die Narbe verheilte, wuchs kein Haar mehr.

Ich legte mich mit dem Rücken auf eine kalte Marmorbank, während die Tharaisenthaarerin mich rasierte. Sie war zwar geschickt, doch die über meine Haut schabende Klinge ließ mich zusammenzucken. Es überraschte mich, dass Arthygater Katharos und ihre Frauen so selbstzufrieden unter meiner Klinge gelegen hatten, als ich noch tölpelhaft und unerfahren gewesen war.

Ich fragte mich, wie die Enthaarerin wohl aussah und was ihr durch den Kopf ging – ihr Schweigen und ihr Umhängetuch konnten alles Mögliche bedeuten. Ob sie wohl amüsiert oder empört wäre, wenn sie herausbekäme, dass ich eine Tharais war?

Sie durften es nicht herausbekommen. Der Gedanke trieb mir den Schweiß auf die Stirn, und ich befürchtete, dass mein Schweiß nach Zwiebeln roch.

Die Enthaarerin schnitt mich, und aus der Wunde rann ein Tropfen Blut. Es war meine Schuld, da ich mich bewegt hatte, aber Tasatyala schlug sie dafür. Dann kam das heiße Honigwachs, mit Nelken parfümiert, um mir die Haare von den Armen und Beinen zu entfernen. Die Dienerin hatte kleine Brandwunden vom Umgang mit dem Topf; ihre Fingernägel hatten dunkle Flecken an den Rändern, was mich vermuten ließ, dass sie auch Aghazals Haar färbte und herrichtete.

Tasatyala goss mir kaltes Wasser aus Krügen über den Kopf und glättete meine Haut mit einem kleinen Sandsack. Erst dann war ich sauber genug für das Bad. Das Becken war mit türkisfarbenen Fliesen gekachelt, und in ihm war ein weißes Boot vertäut, groß genug für zwei Personen, mit einem geschnitzten und bemalten Schwanenkopf als Bug. Auf der anderen Seite der Wand befüllte eine Dienerin ein Becken, und ich hörte Wasser spritzen und Eimer klappern. Ich legte mich in das Boot, und Tasatyala zog einen Stöpsel aus dem Maul eines hervorspringenden Karpfens aus Bronze, worauf sich warmes Wasser über mich ergoss. Das Boot stabilisierte sich in dem Becken und sank, bis das Wasser des Beckens bis knapp unter den Bootsrand reichte, kühles Wasser außen, warmes innen.

Nun trieb ich in dem gemalten Sumpfland dahin, unter einem gemalten Himmel, auf dem ein Schwarm Gänse flog.

Das Wasser war so warm wie meine Haut, und ich hätte den ganzen Tag verweilen können. Aber Tasatyala war ungeduldig.

Aghazal kam herein, um einen Blick auf mich zu werfen, durchnässt wie ich war, während das nasse Haar wie Seegras an mir klebte und ich eine Gänsehaut bekam. »Was für ein Jammer«, sagte sie, als sie die Narbe sah, die Sire Rodela mir hinterlassen hatte, sowie die verstreut auf meinem Rücken verteilten Brandwunden. »Und außerdem hast du noch den Star im Auge. Nun, zu denen, die auf Makellosigkeit Wert legen, wirst du nicht passen. Du wirst also kunstvoll sein müssen, wenn du es kannst. Die Kunst kann einen Mangel an Schönheit besser befriedigen als Schönheit einen Mangel an Kunst.«

Ich fragte Aghazal, warum ich hier sei. War ich ihr Lehrling? War ich ihre Leibeigene, ihre Zofe, ihr Gast, ihre Schülerin? Sie meinte, ich solle ihre jüngere Schwester werden. Sie hatte tausend elegante Arten, einer Frage auszuweichen. Das war eine ihrer Künste, aber durch Anspielungen ließ sie mich wissen, dass es zweifelhaft war, ob ich eine Huren-Zelebrantin abgeben konnte. Sie war nicht so grob, um es mir ins Gesicht zu sagen, glaubte aber, dass ich daran scheitern würde.

Freut euch! Das war eine Regel in Aghazals Haushalt, die auf der Wand ihres Speisehofs geschrieben stand. Aghazal lehrte es mich an diesem Nachmittag, nachdem sie von einem Schläfchen erwacht war.

Aghazals Speisehof war klein und hatte Säulengänge an drei Seiten; die vierte Seite war die Mauer eines Nachbarhauses, so geschickt bemalt, dass es aussah wie eine Säulenreihe auf einer hohen Terrasse, mit einem Blick über die Hausdächer von Allaxios und die Ebene von Lambanein. Der wolkenlose Himmel war lapislazuliblau, und die Regeln waren in Rot darauf geschrieben worden. Die lambaneinische Schrift erinnerte mich an die Spuren eines umherirrenden Huhns. Aghazal meinte, jedes Zeichen bedeute einen Laut, genau wie in Incus, doch für meine Augen waren diese Hühnerspuren nur schwer auseinanderzuhalten. Sie sagte, bei unseren Gottzeichen sei dies noch schwieriger, da diese nichts weiter seien als verstreute Punkte mit den drei Markierungen für die Aspekte. »Aber sie sind ab dem Himmel geschrieben«, sagte ich, »damit wir sie nicht vergessen.«

»*Auf* dem Himmel geschrieben«, verbesserte sie mich. »Aber unser Himmel ist anders.« Dies verwunderte mich, weil die Sterne doch überall gleich sind. Sie wollte sich darüber aber nicht mit mir unterhalten, da sie mir etwas beibringen wollte. Sie gab mir einen Griffel und eine Holztafel, die mit feuchtem Lehm bedeckt war, sodass ich üben konnte. »Die erste Regel lautet: ›Freut euch!‹ Ja? ›Freut euch.‹ Schreib das ab, so wie du es hier siehst.«

Während ich schrieb, gähnte sie, ohne sich dabei die Hand vor den Mund zu halten, und drapierte sich malerisch über der mit Schnörkeln verzierten Lehne eines Speisepodestes. Dabei wirkte sie jedoch eher erschöpft als verträumt. »Lass mal sehen – nein, das hier ist falsch. Schau.« Sie strich die Zeichen in dem Lehm glatt und kratzte neue hinein. »Der Fuß geht so. Sie sehen aus wie kleine Tänzerinnen in einem Umzug, ja? So ist es richtig. Und die zweite Regel in meinem Haus lautet: ›Keine Würfel außer den meinen.‹ Siehst du? Die einzelnen Linien unterteilen eine Anweisung von der anderen. Die dritte Regel heißt: ›Keine Kämpfe.‹ Die vierte ist: ›Sie darf ablehnen.‹ Die letzte heißt: ›Seid großzügig.‹ Ich habe es einfach formuliert für die Dummköpfe und Betrunkenen, ja? Schreib sie alle ab, bis du sie schreiben kannst, ohne abzuschauen.«

Die fünf Regeln waren für Gäste des Haushaltes. Für dessen Bewohner gab es andere Regeln, nicht so wenige, nicht so einfache, und nicht in geschriebener Form.

Ich nahm zwar den Namen Alopexin an, wurde in dem Haus jedoch als Vierte angesprochen, was Vierte Schwester bedeuten sollte; »Schwester« war ein Titel, den Aghazals leibliche Schwestern nicht trugen. Aghazal selbst war, natürlich, Erste Schwester. Tasatyala war Zweite; sie war Aghazals Nichte und wurde Schwester, als sie, schon als kleines Kind, ungewöhnliche Anmut und Lerneifer an den Tag legte. Mittlerweile war sie dreizehn Jahre alt. Adalana war Dritte. Sie war erst sechs und war von Ebanaka geschickt worden, damit bei Aghazal ihr musikalisches Talent gefördert werden würde. Schon jetzt konnte sie alle Oden und zwei der Heldengedichte auf Riedpfeife, Leier und Trommeln spielen und sie mit ihrer hohen, festen Stimme singen, ohne auch nur einen einzigen Satz auszulassen. Bevor Adalana kam, war Tasatyala verhätschelt und daher verzogen worden. Nun schmollte sie. Bei all ihrem Fleiß vermochte sie die Oden nicht so rasch zu erlernen wie Adalana, die so einfach zu lernen schien, wie die Vögel ihre Lieder von ihresgleichen lernten, indem sie sie aus der Luft herauspickten. So kam es also, dass ich drei ältere Schwestern bekam, von denen zwei jünger und alle versierter waren als ich.

Meine eigenen Musikstunden verliefen nicht gut. Der Musikermeister Skolian sagte mir, ich sei zu alt, um irgendetwas zu lernen, und meine Stimme sei so rau wie die Zunge einer Katze. Das einzige Instrument, das zu berühren er mir gestattete, war das einfachste von allen, eine halbmondförmig gespannte Saite mit dünnen silbernen Blättern, die ein windiges Geräusch von sich gab, wenn ich sie bewegte. Wenn ich einen Fehler machte, klopfte er mir mit einem Messingstab auf die Knöchel. Ich bezweifelte, dass er mit König Corvus das Gleiche tat, wenn er diesem Stunden in Gedichtkunst, Haltung und Anstand gab, denn bestimmt war er der gleiche Kynamolgos, der Mittelsmann, der dem König nahegelegt hatte, dass ich von Aghazal ausgebildet werden sollte.

Skolian meinte, es sei hoffnungslos, vollkommen hoffnungslos zu erwarten, eine Sonderbar-Unwissende wie ich könne die Oden und Heldengedichte nachplappern, geschweige denn verstehen. Eher werde er einen Papagei unterrichten – er hatte Papageien schon mit Erfolg unterrichtet –, und tatsächlich hatte er einen ausgebildet, der die Fragmente vortragen und jedes Zitat daraus vervollständigen konnte. Doch an mir verzweifle er. Zu Aghazal sagte er: »Kein Geld auf der Welt könnte mich überreden; es ist bloß ein Gefallen, den ich Euch erweise, meine Liebe, dass ich es überhaupt versuche.«

Im Verhältnis zu den vielen Menschen in dem Haus war die Küche klein, und sie war verräuchert und überfüllt. Ich stand in der Tür und schaute vom Hinterhof, wo sie Kräuter, Gemüse und Obst für den Haushalt anbauten, hinein. Aghazal hatte nach mir geschickt, aber sie war damit beschäftigt, sich auf Ebanakanisch mit der Köchin zu streiten, ihrer Tante Angadateqebay.

Als Aghazal mich bemerkte, sagte sie: »Ich möchte, dass du aufschreibst, was wir für das Bankett morgen benötigen.«

Ich zog den Eimer mit feuchtem Lehm aus der Zisterne hoch und bereitete eine Schreibtafel vor. Ich setzte mich auf eine Bank vor der Küchentür. Mit den Handballen strich ich den Lehm auf dem Brett in dem Holzrahmen glatt. Sein Geruch nach Erde gefiel mir.

Aghazal kam aus der Küche und setzte sich neben mich auf die Bank. Sie nahm ihr dichtes schwarzes Haar hoch, hielt es sich über den Kopf und rief, Adalana solle ihr Luft zufächeln. Wir trugen unsere Umhängetücher nicht, und unsere entblößten Unterarme berührten sich. Ihr Arm war weich, ihre Handgelenk rundlich. Sie hatte schlanke, spitze Finger, und ihre Nägel waren schlicht und sichelförmig geschnitten, was mich überraschte. Unter dem gelben Puder wirkte meine Haut gegenüber der ihren bleich. Aghazal nahm die Tafel in die Hand und sagte: »Ich werde zuerst schreiben. Du schreibst es ab, damit du es lernst, ja? Das Bankett wird in Gängen mit den fünf Nahrungsformen serviert werden. Kennst du die fünf Sorten? – Nein, sag es nicht, Dritte. Lass sie es uns sagen.«

»Nun, Brot, denke ich. Und Fisch, Geflügel und Fleisch?« Es musste doch viel mehr als nur fünf Sorten Essen geben. Was war mit Käse? Oder Gerste?

Adalana verbarg ein Lächeln hinter ihrer Hand.

»Wie lange lebst du schon in Lambanein?«, fragte sie. »Mittlerweile müsstest du doch ein wenig wissen. Die erste Nahrung ist die duftende. Wir werden mit Zibetmoschus beginnen, danach Wacholderöl zum Einreiben der Oberlippe, und zuletzt Weihrauch. Ich werde Pikros fragen, welche Zutaten wir benötigen. Er hat die besten Düfte, die frischesten; kaufe immer nur bei ihm.«

Angadataqebay stellte sich in die Tür und sagte: »Du solltest eigentlich wissen, dass Wacholderöl und Weihrauch, ganz gleich welche Sorte, sich nicht mit Zibet vertragen.«

»Zu viel Harmonie ist doch langweilig, findest du nicht?«, sagte Aghazal zu ihrer Tante.

»Warum fragst du mich dann, wenn du doch nicht auf mich hörst?«, sagte Angadataqebay. Sie verschwand wieder in der Küche und klapperte mit Steingut herum.

Aghazal hatte drei Zeichen aufgeschrieben, drei Tänzerinnen nebeneinander. »Besagen diese Zeichen all das?«, fragte ich.

»Es bedeutet parfümiert. Hier, schreib es auf. Und merk dir den Rest, ja? Den Moschus und so weiter.«

Ich notierte trotzdem alles in Gottzeichen: Zibetmoschus, Wacholderöl, Pikros, Weihrauch?

Sie nahm die Tafel wieder an sich und schrieb ein anderes Wort darauf: »So, was den zweiten Gang angeht, haben wir das Geleckte. Das Geleckte regt die Zunge an, so wie das Parfümierte die Nase anregt, ja? Zuerst wird es also Fisch-

Pfeffer-Paste geben, um die Lippen und die Zunge zu reizen. Um sie dann wieder zu kühlen, Schnee aus den Kerastes, bestreut mit Honigkristallen und Goldflocken – man muss auch etwas Teures reichen, das erwarten die Leute. Zuletzt dann Opossumpulver, um Lust zu erwecken.«

Ich schrieb ihr Wort ab und notierte Fisch-Pfeffer, Schnee? Opossum?

»Die dritte Nahrung sollte eigentlich die erste sein, weil es die erste ist, die wir alle kennenlernen, ja? Es ist das Gesaugte. Wir werden eingelegte Schnecken servieren, und selbstverständlich muss Tante Köchin säckeweise ihren berühmten Mandelpudding machen, den aus Muttermilch. Warte nur, bis du siehst, wie erwachsene Männer daran saugen wie Kälber am Euter, das wird dich amüsieren, ja? Und dann Granatäpfel – die letzten vor der nächsten Ernte. Als Hauptgericht dann das Gebissene, wir werden zehn Gerichte haben, jedes mit kleinen Beilagen.«

Angadataqebay trat erneut in die Tür, in einer Hand ein Hackmesser, in der anderen eine gerupfte Wachtel. »Du weißt, dass ich das mit dem, was du mir gegeben hast, nicht alles kaufen kann. Krinean hat dir einen Haufen Münzen gegeben, um dieses Festmahl zu bezahlen, und du wirst ihm Schande bringen und ihn aussehen lassen wie einen Geizhals.«

»Kein Mensch wird es merken, wenn die Aale aus dem Ouraios kommen statt aus dem Lake Sapheiros, glaube mir«, sagte Aghazal, »nicht, wenn sie erst einmal in Soße gebadet und unter Blätterteig begraben werden.«

»Krinian wird es merken. Er schmeckt eine Ratte noch heraus, wenn man sie in einen Viertelscheffel Pfeffer fallen gelassen hat.«

Krinian bezahlte das Festessen im Haus von Aghazal, um sich als Mann mit makellosem Geschmack darzustellen und als die Art Mann, der für seine Freunde verschwenderisch Reichtümer ausgab – Reichtümer der besten Art, der vergänglichen. Auf diese Weise würden die Teilnehmer des Banketts hinterher in Erinnerungen schwelgen, was das Essen betraf, die Düfte, die Unterhaltung, und jene, die nicht eingeladen worden waren, würden neidisch werden.

»Hör auf, dir Sorgen zu machen«, sagte Aghazal zu Tante Köchin. »Kaufe Aal aus Sapheiros für Krinian und reiche den anderen Gästen Flussaale, außer an Aeidins Tisch, sorge dafür, dass sie Aale aus Sapheiros bekommen. Fünfzig in Gold sollten genügen. Du wärest zu verschwenderisch, wenn ich dir deinen Willen ließe. Dann wäre alles zu viel, es sähe so aus, als würden wir prassen. Und außerdem hast du beim letzten Mal eingekauft und nicht bezahlt, und das habe ich hinterher herausbekommen, als stinkende Fischhändler und Wilddiebe bei mir an der Tür standen, um ihr Geld einzutreiben.«

»Es war bloß ein einziger Fischhändler«, sagte Angadataqebay. »Außerdem musst du zugeben, dass ich mit dem gefüllten Tümmler alle überrascht habe. Es ist doch heutzutage so schwer, noch zu überraschen, ja?«

Aghazal war nicht mehr gewillt, ihre Zeit zu verschwenden, indem sie sich mit Tante Köchin stritt. Sie müsse sich um alles selbst kümmern, klagte sie, und eilte davon, um jemand anderen bei den Vorbereitungen zu behelligen.

Sie hatte diese Worte auf Lambaneinisch auf die Tafel geschrieben: parfümiert, geleckt, gesaugt, gebissen. Das Wort für die fünfte Sorte Nahrung hatte sie ebenfalls niedergeschrieben, war aber enteilt, bevor sie mir sagte, was es hieß. Doch mittlerweile war ich davon überzeugt, selbst darauf zu kommen. Neben ihr Wort schrieb ich in Gottzeichen: getrunken.

Fünfzig in Gold für das Essen. Und ich war so eitel gewesen zu glauben, der König habe sich von einer stattlichen Summe getrennt, als er Aghazal fünfzehn goldene Perlenmünzen für mich mitgab. Ich war viel weniger wert als ein abendliches Festmahl – so viel konnte ich ausrechnen.

Ich reihte die kleinen Tänzerinnen auf: Freut euch, seid großzügig, seid gebissen, seid betrunken. Dann kratzte ich den Lehm wieder in das mit einem Deckel versehene Gefäß und ließ dieses in die kühle Zisterne hinab. Als ich die Regeln des Hauses abgeschrieben hatte, hatte ich den Lehm im Rahmen trocknen lassen, da ich geglaubt hatte, ich sollte die Tafel behalten. Tasatyala hatte mich deshalb gerügt. Der Lehm war dazu bestimmt, immer wieder benutzt zu werden, und die Inschriften wurden nur in der Erinnerung bewahrt.

Als ein Blumenverkäufer auf seinem Esel zu uns kam, gingen Aghazal und wir Schwestern nach draußen, um ihn zu begrüßen. Aghazal besuchte die Märkte in der Unterstadt nur selten, da die besten Hökerer zu ihr kamen, um ihre besten Waren zuerst ihr anzubieten. Sie hielt es nicht für unter ihrer Würde, mit ihnen zu feilschen. *Versuche gar nicht erst, einen Ebanakaner über den Tisch zu ziehen*, lautete eine Redewendung.

Sie wedelte mit der Hand über den Lilien des Händlers hin und her, als verscheuche sie Fliegen. »Was ich will, sehe ich hier nicht. Hast du keine Rosen, Morgenrosen, die gelben mit den rosigen überlaufenen Blütenblättern? Und ich brauche dreißig Jasmingestecke und zwölf Gebinde.«

Sie befingerte die Blütenblätter einer purpurfarbenen Pfingstrose, eine von vielen, die in einem Korb angehäuft waren, schwere Blüten ohne Stiele. »Die sind gestern gepflückt worden, ja? Erwarte nicht von mir, alte Blumen zu kaufen. Aber ich werde so viele wie diese hier morgen von dir nehmen, wenn du sie pflückst und direkt zu mir bringst. Ich will, dass sie knospen, alle knospen, und im Begriff sind aufzugehen, sodass sich die Blütenblätter zeigen.« Sie wandte sich mir zu. »Was will ich mit diesen Blumen sagen? Weißt du es?«

Eifrig bemüht zu zeigen, dass sie es wusste, meldete sich

Tasatyala zu Wort. »Die Rosen bedeuten: *Wenn du mich liebst*, der Jasmin heißt: *Ich umschlinge*, und die Pfingstrose besagt: *Scheu an der Knospe, schamlos in Blüte.*«

»Wenn du großzügig bist, umschlinge ich – dieses Versprechen könnte jede Huren-Zelebrantin abgeben, ja?«, sagte Aghazal.

»Die Pfingstrosen kommen in einem Fragment von Kylocides aus dem Ersten Zeitalter der Welt vor«, sagte Adalana.

»So ist es«, sagte Aghazal und gab ihr einen Kuss auf die Stirn. »Sing es für uns, ja?«

Adalana sang:

In der engen Knospe – weiche Falten
Wer versucht, die Pfingstrose zu öffnen
Scheidet dahin, bevor die Blüten fallen.

»Also hat dein reicher Krinian eine andere Freundin gefunden?«, fragte ich. »Ist das sein letztes Festmahl?« Ich hielt mich für klug, darauf gekommen zu sein.

»Er ist es nicht, dem ich Vorwürfe mache«, erwiderte Aghazal.

Am Nachmittag nahm ich mir ein wenig Zeit für mich selbst und entnahm dem Gefäß in der Zisterne eine Handvoll Lehm. Ich kauerte mich an die südliche Mauer des Hinterhofs. Hier war eine kleine ebanakanische Ecke, in der Großmutter Lagas ihren Indigofärbetopf aufbewahrte. In Ebanaka war das Färben eine heilige Kunst und keine verachtete Tharaisarbeit. Hier würde mich niemand behelligen, da sie den Meneidon des Färbetopfes fürchteten, der nur Lagas' Anwesenheit duldete. Ich entschuldigte mich bei dem Meneidon und bat um Erlaubnis. Mit Indigo war ich immer gut zurechtgekommen und daher der Meinung, es riskieren zu können.

Ich arbeitete schnell und formte eine primitive Figur von

Desire, die nicht größer war als meine Handfläche, mit breiten Hüften, einem dicken Bauch und runden Brüsten. Mit dem Daumennagel schuf ich eine Spalte zwischen ihren Beinen – oder eine Feige, eine Kaurimuschel, eine Auster oder einen Pfirsich, alles Namen, welche die Lambaneiner für Möse verwendeten. Es fehlte mir an Geschick, um die Statue lebendig wirken zu lassen, doch sie würde als Botin für meine Gebete reichen. Carnal Desire hatte liebevoll auf Galan und mich herabgeschaut. Hatte sie nun vor, meine Treue einer Prüfung zu unterziehen, oder hatte – wie ich vermutete – eine Feige, eine Kaurimuschel oder ein Pfirsich nichts mit Treue zu tun? Ich hatte es als Errungenschaft betrachtet, jeden Mann außer Galan zu verschmähen, während dies womöglich nur Feigheit gewesen war. Noch am Tag zuvor hatte mich Aghazal damit aufgezogen, ich sei prüde, und zu mir gesagt: »Du glaubst, du hättest einen Schatz in deiner Schatulle, ja? – und würdest jedes Mal, wenn du deine Beine aufschließt, ein wenig davon ausgeben. So ist das aber nicht. Du schließt sie auf, um deinen Schatz zu vergrößern, nicht, um ihn auszugeben.« Vielleicht meinte sie damit aber auch, das Vergnügen zu vergrößern, da es auf Lambaneinisch ein schlüpfriges Wort gab, das beides bedeuten konnte.

Ich flehte Desire an, mir mit ihrer Lampe den Weg zu weisen.

Ich befand mich erst seit einer Handvoll Tage in Aghazals Haus. Ich konnte die Oden und Heldengedichte weder spielen noch singen, und auch die Fragmente nicht zitieren. Ich konnte nicht anständig sitzen, wusste nicht, wie die Leute ihrem Rang entsprechend anzusprechen waren oder wann ich schauen und wann wegschauen musste, oder wie man mit einem Dreizack aß, und wusste noch so viele andere Dinge nicht. Aghazals Mutter Yafeqer meinte, ich brächte Schande über das Haus. Nichtsdestotrotz wollte Aghazal, dass ich mir mit Gästen ein Speisepodest teilte. Sie meinte, Bedienhilfen könne sie überall finden, sie brauche ihre Schwestern zur Unterhaltung der Gäste. Die Zweite werde tanzen, die Dritte werde die Kithara spielen und singen.

Und was konnte ich tun, die nichts wusste und konnte? Ich sagte, mehr als Konversation machen würde ich nicht, könnte ich nicht. Das war der Moment, in dem Aghazal mich prüde nannte. Doch sie wies auch auf die vierte Regel, die auf der Mauer des Speisehofs geschrieben stand und die besagte: Sie darf ablehnen.

»Sie werden mich für einen Simpel halten«, sagte ich.

»Männer wenden sich nicht an eine Frau wegen deren Geist, ja? Sie wollen, dass du ihnen bestätigst, dass sie geistvoll sind. Wenn du lächelst und ihn so anschaust, dann wirst du nicht viel falsch machen.« Aghazal tat so, als betrachte sie mich mit Schafsaugen, und ich konnte nicht anders, als darüber lachen. »Bedecke deinen Mund«, sagte sie.

Ich hatte noch ganz genau in Erinnerung, wie geschickt sie sich am Abend des Banketts der weißen Blütenblätter verhalten hatte. Sie hatte nicht einfältig gelächelt wie ein Mondkalb. Sie hatte ihren Geist aufblitzen lassen, um ihre Schönheit so noch stärker glänzen zu lassen.

Die Tharaisdienerin enthaarte uns. Sie schnitt uns auch die Nägel, doch bei mir war nur einer, nämlich der des Mutterfingers der linken Hand, lang genug, um ihn schärfen zu können. Die Tharosdienerinnen Horamin und Palin badeten uns, ölten uns ein, färbten uns die Lippen und bemalten unsere Lider mit zerstoßenem Malachit. Die Tharaisdienerin frisierte uns. Sie schlang Aghazals Haar um zwei Weidenhörner und befestigte es mit Nadeln, an deren Spitzen Perlen und Muscheln waren. Darüber trug Aghazal ein Gebinde aus Mondblüten.

Yafeqer kam zu uns in den Baderaum und machte aus ihrem Herzen keine Mördergrube. Warum mein Haar so kurz sei? Lambaneinerinnen waren mächtig stolz auf die Länge ihre Haare, das Haar der Arthygater reichte ihr, wenn es nass war, bis zu den Knien. Ich erklärte, dass mir mein Haar bis über die Hüfte gegangen war, wenn ich eine Strähne strammzog, dass es aber bei meiner Ankunft in Allaxios abrasiert worden war.

»Du hättest falsches Haar in ihrer Farbe kaufen sollen«, sagte Yafeqer zu Aghazal.

»Hör auf, dir Sorgen zu machen, Mutter. Bestimmt fällt uns dazu noch etwas ein.«

Die Tharaisdienerin versuchte mein Haar um einen kleinen Weidenzapfen zu schlingen, mühte sich auf die eine und die andere Weise damit ab, ohne Worte zu machen, während ich mich fragte, ob sie wohl die einzige Tharaisdienerin in diesem Haushalt war. Wie einsam sie doch sein musste. »Nein, nein, nein«, sagte Yafeqer. »So geht das nicht!«

Die Dienerin zog mir fest an einer Strähne, und ich verspürte das Verlangen, sie zu schlagen, da auch sie offenbar fand, dass ich dieses ganzen Aufhebens nicht wert sei.

Abrupt zog mir Aghazal den Zapfen vom Kopf, worauf ich die Hände auf meine brennende Kopfhaut legte. »Mach dir keine Mühe mit dem Weidengeflecht«, sagte sie. »Binde das Haar einfach zu einem Gebinde mit Jasmin, Ringelblumen und Perlen. Und wenn sich im Laufe des Abends vereinzelte Locken herauslösen, sieht das bestimmt reizvoll aus. Kein guter Garten ist vollständig ohne die Andeutung von Wildheit, ja?«

Je weiter unten man auf dem östlichen Hang des Mount Allaxios verweilte, desto früher ging die Sonne hinter dem Gipfel unter. In Aghazals Speisehof, der von zweistöckigen Gebäuden umgeben war, setzte die Dämmerung ein, während der Himmel oben noch hell war. Diener entzündeten Lampen auf bronzenen Lampenständern.

Ich setzte mich in einer der drei für Frauen angemessenen Posen hin, das Gewicht auf die linke Hüfte verlagert, die Knie angezogen. Ich beugte mich zu König Corvus vor, ohne ihn zu berühren. Die Narbe an meinem linken Handgelenk war mit breiten goldenen Armreifen bedeckt. Statt dem König gegenüber Schafsaugen zu machen, vermied ich es, ihn überhaupt anzuschauen.

Aghazal hatte mich vorab nicht gewarnt, dass Arkhyios Corvus an diesem Abend zu Gast sein würde oder dass ich einen Platz neben ihm zugewiesen bekommen und mir das Podest mit der Ersten Schwester und ihrem Gönner Krinean teilen würde.

»Das ist Alopexin«, sagte Aghazal. »Sie ist erst vor kurzem in die Stadt gekommen. Sie stammt aus dem Grenzland in der Nähe des Sees Sapheiros, und eine liebe Freundin hat sie mir als Schülerin geschickt.«

»Alopexin?«, sagte Krinian. »Sie wirkt zu schüchtern, um ein Alopexin zu sein.«

»Einen Drachen fängt man nicht ohne Jagd, ja? Ansonsten wäre ja kein Spaß dabei«, sagte Aghazal.

Der König schwieg. Wir taten so, als wären wir uns noch nie begegnet. Ich war kurzatmig, bemühte mich, nicht zu zittern, und schämte mich für meine Angst. Verglichen mit den Ferinus bestand hier keine Gefahr, und doch war mir, als schwebte ich in einer solchen.

Die Tharosdienerinnen aus Aghazals Sippe, gekleidet in safranfarbenen Kleidern mit violettfarbenen und blauen Bändern, traten vor, um den parfümierten Gang aus Zibetmoschus, Wacholderöl und Weihrauch zu servieren. Ich war schon jetzt überwältigt von den Düften. An diesem Abend herrschte kein Wind, doch es wehte ein laues Lüftchen, verursacht vielleicht vom Flügelschlag der Insekten, Fledermäuse und Schwalben, das den Duft der Girlanden und der Parfüms der Gäste trug.

Unter den Gästen war auch Arthygater Keros, begleitet von Aeidin, ihrer Lehrerin in den Künsten des Ehebetts. Ihr Podest stand neben dem unseren, nahe genug, dass man sich miteinander unterhalten konnte. Die anderen Gäste waren Edelmänner und Huren – Frauen, die ihre Gönner begleiteten oder von Aghazal für diesen Anlass gemietet worden waren. Sie alle unterhielten sich nun über die gereichten Düfte, lobten diese mit Worten wie lebhaft, dunkel, elegant und dreist. Ich konnte nicht begreifen, wie sie auf so viele Worte kamen, um etwas über das Unbeschreibbare zu sagen.

Den geleckten Gang servierte uns Aghazals Schwester Dasasana, und ich tat, wie Aghazal es mich gelehrt hatte, hielt mir die linke Hand vor den Mund, führte mir mit der rechten die Muschelschale an die geöffneten Lippen und ließ die Zunge hervorschnellen, um an der Fisch-Pfeffer-Paste zu lecken. Sie brannte mir im Mund, so wie sie es sollte. Die Gäste bestaunten den Schnee aus den Kerastes und lobten seine Kühle. Ich hatte schon zu viel Schnee aus der Not heraus gegessen, um ihn für ergötzlich zu halten; er ließ meine Zähne schmerzen und ließ mir einen Schauer über den Rücken laufen, sodass ich mir mein Umhängetuch über die Schultern ziehen musste. Nach wie vor vermied ich es, den König anzuschauen, sah ihn jedoch vor meinem geistigen Auge, wie er mit zitternder Hand versuchte, sich einen Holzbecher mit Wasser an die Lippen zu führen, ohne den Inhalt aus Schnee, den Garrio mit dem letzten Rest Feuerholz geschmolzen hatte, zu verschütten.

Ob er in meine Richtung schaute, als er den Schnee aß? Das hätte er tun sollen. Aber ich glaube, er schaute dabei Aghazal an. Ohne ein Wort darüber zu verlieren, dass der König die Berge überquert hatte, hatte sie ihm ein Kompliment gezollt und ihre anderen Gäste an seine große Heldentat erinnert.

Als der zweite Gang abgeräumt worden war, sagte Aghazal: »Werdet Ihr an der Jagdgesellschaft des Arkhon teilnehmen? Die Leute reden von nichts anderem mehr, ja?«

Gemietete Tharaisdienerinnen traten mit Wasserbecken

vor, sodass die Gäste sich die Hände abspülen konnten. In Knospe stehende Pfingstrosen trieben auf jedem der silbernen Becken. Aghazals Botschaft wurde überbracht, sodass jeder sie sehen konnte, doch sie sprach damit nur eine einzige Person in dem Raum an. Brennend gern hätte ich gewusst, ob es der König war.

»Der Arkhon war so freundlich, mich dazu einzuladen«, sagte König Corvus. »Ich wusste gar nicht, dass es auf dem Gipfel von Allaxios Wild gibt, das zu jagen sich lohnt.«

Ich starrte den König an, der Aghazal beobachtete, die sich mittlerweile Krinian zugewandt hatte, um ihn etwas zu fragen. Dieser wiederum, so stellte ich fest, schaute mich an. Ich lächelte ihn an, bedeckte rasch meinen Mund und senkte den Blick, als sei ich verlegen. Krinian hatte braune, ein wenig zu eng beieinanderliegende Augen sowie eine lange, elegante Nase mit gewölbten Nasenlöchern. König Corvus' Bemerkung schien ihn bei der Ehre gepackt zu haben. »Ich wage zu behaupten, dass Ihr einen solch großartigen Spaß noch nie gesehen habt, nicht einmal in den Kerastes. Es wird Bären und Wölfe dort geben, Keiler, Luchse, Auerochsen, Hirschböcke, Gämsen, Steinböcke und Hermeline.«

»Keine Füchse?«, fragte Aghazal.

Die Bemerkung ließ mich erröten. Krinian lachte und sagte: »Füchse, aber natürlich.« Er berührte mit dem Knie leicht mein Bein, und ich zog es nicht zurück.

»Es ist ein Wunder, dass sich so viele Tiere im Wald des Inneren Palastes aufhalten«, sagte König Corvus.

»Arkhon Kyphos hat natürlich Wild aussetzen lassen«, sagte Krinian. »Er lässt seine Jäger die Kerastes nach den schönsten Exemplaren absuchen.«

»Ich verstehe.«

Die Einzige, der ich einen Blick zuzuwerfen wagte, war Aghazal. Mittlerweile hatte man den nächsten Gang aufgetischt, und hinter vorgehaltener Hand saugte sie eine eingelegte Schnecke aus dem Häuschen. Als sie meinen Blick auffing, bildeten sich kleine Lachfalten in ihren Augenwinkeln, und ich spürte, wie Hitze in mir pulsierte und mir der Schweiß am Nacken herabperlte.

»Ihr genießt die Jagd«, sagte Krinian und machte dabei, wie die Lambaneiner es taten, aus einer Frage eine Aussage.

»Ich bin es nicht gewohnt, gefangenes Wild zu jagen.«

Ich schaute auf und sah den König im Profil. Hatte er soeben seinen Gastgeber Arkhon Kyphos beleidigt? In Corymb taten wir das auch nicht, wollte ich sagen, brachte jedoch kein Wort über die Lippen. Dort lag die Wildnis außerhalb der Mauern, nicht innerhalb. König Thyrse hatte den Königswald für sich in Anspruch genommen. Darauf war er sehr stolz, denn der Königswald bestand aus vielen Königreichen, in denen viele königliche wilde Tiere herrschten, und um einen Bären, einen Keiler oder einen Wolf zu erlegen, musste man ihn in seinem Reich und seinem Revier aufsuchen. Wie war es wohl, ein gefangenes Tier zu töten? Man sollte es Schlachterei nennen und einen Tharaisschlachter rufen, um es zu erledigen.

»Ah, da ist die Muttermilch«, sagte Aghazal. »Ich weiß doch, dass Ihr sie mögt, Krinian, ja?«

»Ich wünschte, Ihr ließet Euren Koch den meinen lehren, wie man sie zubereitet.«

»Niemals«, sagte Aghazal, »da Ihr dann keinen Grund mehr hättet, mich zu besuchen.«

»Oh, das würde ich aber«, sagte Krinian und rutschte ein wenig näher zu mir heran. Sein Knie war knochig, und er übte damit zu viel Druck aus. Ich bewegte mein Bein, sodass wir uns nicht länger berührten.

Indem sie ihre Brauen hob, ermutigte mich Aghazal, ihre Freude an dem Anblick zu teilen, wie Krinian die sogenannte Muttermilch durch den Sauger an einem Sacktuch einsaugte. Auch sie selbst saugte, und als sie fertig damit war, tupfte sie sich mit dem kleinen Finger weißen Rahm aus dem Mundwinkel, alles hinter dem ebenso züchtigen wie unzureichenden Schutz ihrer linken Hand. Vielleicht war es eine ihrer Künste, von Zeit zu Zeit albern zu sein. Die Muttermilch war köstlich: gemahlene Mandeln, gemischt mit dickem Rahm und besprenkelt mit süßen Gewürzen.

Und plötzlich war die Stimmung vergnügter, die Gäste redeten schneller und lauter, und jeder Versuch eines Witzes erntete mehr Gelächter, als er verdient hatte. König Corvus kam jedoch nicht aus sich heraus. Sein Sacktuch rührte er nicht an und duldete auch keine Witze darüber, dass er es ablehnte. Doch er schlürfte die Kerne aus einem aufgeschnittenen Granatapfel, und blutroter Saft rann ihm das Kinn hinab. Er nahm sich ein Tuch von einer Tharaisdienerin und wischte sich das Gesicht damit ab.

Er war Aghazal gegenüber aufmerksam, und diese sprach so leise zu ihm, dass er sich näher zu ihr beugen musste. Berührt hatten sie sich noch nicht, doch ich behielt sie diesbezüglich im Auge. Ich war eifersüchtig darauf, wie sie einander schmeichelten und wie gut sie miteinander aussahen, und hätte meine Vorstellungskraft noch eines Ansporns bedurft, was nicht der Fall war, dann waren da ja noch die Gemälde auf den Mauern des Speisehofs. Für gewöhnlich befanden sich diese Gemälde hinter verschlossenen Läden, um sie vor der Sonne zu schützen. Heute Abend jedoch waren die Läden geöffnet, und die Gemälde wurden von Wandarmleuchtern aus Alabaster erhellt, damit Aghazals Gäste das künstlerische Geschick des berühmten Malers besser bewundern konnten.

Im Baderaum der Arthygater hatten sie darüber geklatscht, der König kenne, wie jeder zivilisierte Mensch, die fünfundzwanzig Stellungen. Zweifellos kannte Aghazal die fünfundzwanzig Stellungen und weitere fünfundzwanzig, wenn diese ausgereizt waren. Ich bewunderte sie in dem warmen, atmenden Lichtschein vieler Lampen. Feine Falten lagen um ihren wohlgeformten Nacken wie dünne Halsreife, und ihre Haut hatte einen Schimmer, als hätte sie sich mit Gold bestäubt. Sie würde nach Nelken und Salz schmecken. Wäre ich der König gewesen, hätte ich sie zuerst aufrecht stehend und Gesicht an Gesicht genommen. *Ich umschlinge*, hatte sie versprochen. Aghazal würde sich an ihm hochziehen müssen, um ihn zu küssen, denn er war groß. Sie würde sich an ihm festhalten.

Ich wollte die sein, die sich an ihn klammerte. Die Arme um seinen Nacken, die Wange an seine Brust gepresst, die Beine um seine Hüfte – mein Rücken an etwas Hartes kratzend, der Säule, der Mauer.

Meine Augen waren weit geöffnet, und ich sah doppelt. Mit meiner rechten Hand drehte ich die Armreife über der Narbe an meinem linken Handgelenk, und ein kühler Wind von den Ferinus ließ mich erschauern. Wann war ich wirklich zur Gefangenen geworden? Nicht, als der Schmied mir die Handschelle anlegte. Es war kein einzelner Moment. Es sei denn, es geschah in diesem Moment, jetzt, als ich ein neues Muster erkannte, oder genauer gesagt: ein Muster, das bereits in Geschehnisse eingebettet war, die alles veränderten – nicht nur das, was kommen mochte, sondern auch das, was zuvor geschehen war. Erinnerungen veränderten sich, wenn sich ihre Bedeutung veränderte, und wie konnte ich ihnen vertrauen, wo sie doch so unzuverlässig waren?

Dasasana reichte zu unserem Vergnügen die berühmten Aale aus dem See von Sapheiros, jeweils ein Paar umeinandergewickelt und mit ihren langen Bändern aus Flossen geschmückt, in einer grünen Soße schwimmend. Sie zeigte uns das Gericht, worauf Krinian »Ah!« sagte, und dann nahm sie sie wieder mit, damit das Fleisch vorsichtig aus den Gräten gelöst werden, in mundgerechte Portionen geschnitten und dann wieder zusammengefügt werden konnte.

Ich durchbohrte einen Bissen mit meinem Dreizack und kaute. Das Fleisch war köstlich, doch mir kam die Galle hoch vor Selbstverachtung. Ich hatte Desire angefleht, mir den Weg zu beleuchten, doch als sie ihre Laterne hob, gefiel mir das, was ich sah, nicht. Ich hatte so lange in Lambanein gewartet, in der Manufaktur, der Färberei, dem Baderaum – nicht auf den Rückweg über die Ferinus, sondern auf eine Geste, auf Anerkennung. Darauf, dass er zugeben würde, dass er mich brauchte. Ich hatte mir etwas vorgemacht. Ich war eine Plage gewesen, und er hatte einen Weg gefunden, wie er mich loswerden und zugleich aus mir Nutzen ziehen konnte.

Krinian war offensichtlich in Verzückung geraten, was die Aale betraf; er leckte sich die Lippen und schloss die Augen, streckte ein Bein außen an dem Speisepodest aus und engte mich dadurch ein. Sein unfeiner Fuß berührte meine Knöchel, aber ich war ja auch nur eine Hure.

Ich blieb vollkommen reglos sitzen, während meine Gedanken hin und her schossen wie Mäuse, die auf dem Boden eines Kessels gefangen waren. Mit Sicherheit war der König nicht hierhergekommen, um mich zu sehen. Vielleicht hatte er sich mit Krinian treffen wollen, der, natürlich, enorm reich war. Vielleicht wollte er sich Geld von ihm leihen.

Unter Aghazals Anweisung hatten wir Schwestern für jeden Gast ein Gebinde gemacht, Botschaften in der Sprache der Blumen. Das Gebinde des Königs bestand aus tiefroten Rosen, was für belohnte Anstrengungen stand – allerdings umrankt mit scharlachroten Mohnblumen, was Trost bedeutete; das Versprechen war also mehrdeutig.

Da sie Nachtblüher sind, waren die Mondblüten in Aghazals Gebinde aufgegangen. Jede Blüte bestand aus einem einzigen aufgeweiteten, gerippten Blütenblatt aus purem Weiß, abgesehen von violettfarbenen Flecken tief unten im Schlund. Aghazal hatte jede Menge Mondblüten in ihrem Garten angepflanzt, und auch diese öffneten sich gerade, und ihr Geruch war weiblich, fleischig und süß, ein wenig behaftet mit dem Duft von etwas Überreifem. Aghazal sah, dass ich sie anstarrte, pflückte eine Blüte aus ihrem Gebinde, zerriss sie mit den Zähnen und verschluckte ein kleines Stück davon, ohne es zu kauen. Sie machte sich nicht die Mühe, es hinter vorgehaltener Hand zu tun.

Lächelnd reichte sie mir die Blüte, und ich berührte sie mit der Zunge. Aghazal forderte mich heraus, ohne ein Wort zu sagen, und ich aß ein Stückchen der Blume. Ich war im Begriff, sie ihr zurückzugeben oder vielleicht an Krinian weiterzureichen, doch sie kam mir mit einer kleinen Geste zuvor, die ich so verstand: Sie gehört dir. Mondblüten standen nie auf der Liste der Köstlichkeiten, die während eines Festes gereicht werden sollten. Diese war also nur für uns beide bestimmt, glaubte ich sie mit ihren dunklen, sprechenden Augen sagen zu hören. Daher aß ich die Blüte ganz auf.

Wenig später war ich eine Schwimmerin, die ihren letzten Atemzug ausgestoßen und sich dem Versinken überantwortet hat. Wie langsam ich doch versank, als befände ich mich in Honig, und der Augenblick war dick und schwer, golden und durchsichtig, und in ihm waren Blasen aus Gelächter gefangen. Dieses Niedergleiten machte mich schwindelig, und ich lehnte mich gegen die Rückenlehne, und Krinian neigte sich zu mir vor. Ich zog meine Beine weg, doch sein Fuß folgte ihnen und presste sich noch fester gegen sie. Ich schaute König Corvus an, als hätte ich die Erlaubnis zum Anstarren bekommen. Sein Anblick gab mir Kraft. Sein Haar war so schwarz wie das Gefieder eines Raben – so besagten es die Balladen, und es stimmte. Sein Bart war dicht getrimmt, und das Barthaar nicht glatt, sondern geringelt. Er trug seine rote Krone aus Rosen und Mohnblumen, ohne den Eindruck zu erwecken, er nehme sie wahr. Aghazal hatte mich angewiesen, alle Dornen der Rosen zu entfernen, bis auf zwei. Ich hielt Ausschau nach einem Kratzer auf der Stirn des Königs, einer rubinroten Perle, die weggeleckt werden musste. Ich wollte meine Zunge mit einem Dorn durchstoßen, solch einen Durst hatte ich. Meine Kehle war so trocken, dass ich nicht schlucken konnte. Ich hatte irrwitzige Gelüste.

Doch die Stirn des Königs war glatt, kein von einem Dorn ausgelöstes Rinnsal Blut lief herab, keine Furchen waren zu sehen, und nun fing er meinen Blick auf, lud mich ein, lud uns alle ein zu lachen. Was war der Scherz gewesen? Nur, dass er nicht vollkommen sei. Es müsse eingestanden werden, sagte er, dass er nicht zum Dichter, sondern zum Krieger geboren sei. Sein Geist sei nicht seine schärfste Waffe; er bat darum, vom Verseschmieden entschuldigt, vor der Demütigung bewahrt zu werden.

»Ihr seid zu bescheiden«, sagte Aghazal. »Ihr seid ein Dichter und ein Krieger. Vielleicht ist ein Mann aus einem anderen Land nötig, um uns an Zeiten zu erinnern, in denen sich Männer sowohl in der Kunst als auch durch Taten auszeichneten, wie Oxys und Pachys aus dem Ersten Zeitalter der Welt, und Balanos aus dem Zweiten Zeitalter.«

»Ich habe mich schon gefragt«, sagte Krinian, »wer das Gedicht verfasst hat, das Ihr beim Neumondbankett der Arthygater diesen Monat vortrugt. Das, in dem es heißt – wie geht es noch gleich? –, etwas über weiße Blütenblätter aus Schnee, die auf Eurer Haut brennen.«

»Nein«, sagte ich. »Weiße Blüten aus Schnee treiben umher, um gefangen zu werden von Eurem Tuch, Opfer auf Eurer glühenden Haut.«

Es hatte mich große Anstrengung gekostet zu sprechen. Ich musste gegen meine Stummheit ankämpfen, und mein Gesicht errötete, und mein Herz schlug zu schnell. Ich vergaß, die hohe, beschwingte Melodie des Lambaneinischen einzuschlagen; stattdessen fiel meine Stimme immer tiefer ab, bis ich nur noch flüsterte. Ich hielt den Blick gesenkt, überzeugt davon, dass der König mich beobachtete. Doch als ich aufschaute, starrte er stattdessen Krinian an.

»Das war ich. Ich habe es verfasst«, sagte König Corvus als Antwort auf Krinians Frage. »Ich war verpflichtet, etwas zu sagen. Und darf ich fragen, wie man im Voraus einen Vers in Auftrag geben kann, wenn das Thema noch gar nicht bekannt ist?«

Krinian spießte ein Stück Aal auf und steckte ihn sich schnell in den Mund. Nachdem er es hinuntergeschluckt hatte, sagte er: »Es würde Eurem Ansehen nicht schaden, wenn Ihr die Hilfe eines Dichters in Anspruch nehmen würdet. Immerhin kann niemand von Euch erwarten, all unsere Gepflogenheiten zu kennen, wie man sagt. Viele der hier geborenen Männer haben sich von einer Drossel das Thema eines abendlichen Wettstreits geben lassen und einen Dichter dafür bezahlt, im Voraus etwas zu erarbeiten.«

»Dann muss man wohl der Erste sein, der vorträgt«, sagte der König. »Denn ich sehe nicht, woher man wissen kann, welch anderen Worte man von seinem Vorredner aufgreifen muss – Brisen, Umhängetücher oder die Nacht. Oder verschwören sich die Dichterlinge?«

»Was soll heute Abend das Motiv sein, ja?«, fragte Aghazal. »Möchtet Ihr eines aussuchen, Krinian? Solange es keine Aale sind, mein Lieber.«

Dies war offenkundig ein großer Jux, zumindest war Krinian dieser Meinung. Er lachte ausgelassen und sagte: »Aale sollten es sein! Aale sind es!«

»Diese Art von Abend ist es nicht«, sagte Aghazal.

»Damit wir alle sozusagen auf dem gleichen Stand sind – falls es Gäste gibt, die das Motiv des heutigen Abends bereits herausbekommen haben –, sollten wir vielleicht jemand anderen fragen, um eines vorzuschlagen«, sagte der König. »Zum Beispiel Alopexin.«

»Warum nicht?«, sagte Aghazal, und Krinian, den die Unterstellung, er könne betrügen, so hätte beleidigen sollen, wie der König beleidigt worden war, winkte ab, als mache er sich nicht viel daraus. Sie alle schauten mich an.

»Nun, wenn ich so kühn sein soll … vielleicht das Fragment von Kylocides«, sagte ich, »das, in dem über die Knospe einer Pfingstrose gedichtet wird? Das, welches lautet:

In der engen Knospe – weiche Falten.
Wer versucht, die Pfingstrose zu öffnen
Scheidet dahin, bevor die Blüten fallen.«

»Das wäre äußerst passend«, sagte Aghazal. Sie hielt sich die Hand vor den Mund, um ein Lächeln zu verbergen. Aber war sie amüsiert? Die Farbe ihrer Iris hatte sich von Braun zu Schwarz verwandelt, und in ihre Augen zu schauen war, als schaute man in Brunnen, die helle Punkte, groß wie Nadelstiche, von fernem Lampenlicht widerspiegelten. Sie klatschte in die Hände, um die anderen verstummen zu lassen, und sagte ihren Gästen, das Trinkspiel nach dem Essen werde das Thema der Pfingstrosenknospe behandeln, in der Form von sechs, elf und acht, und der Gewinner werde der letzte Mann oder die letzte Frau sein, die noch aufrecht stehen und vortragen könne. Zu mir sagte sie leise: »Du wirst als Erste gehen, Alopexin, weil es deine Idee war.« Das war ihre Rache.

Sie sagen, ich hätte meine Aufgabe gut gemacht, aber ich kann mich nicht mehr erinnern. Der Rest des Banketts ist verschwunden, hinuntergeschluckt im langen Kelch der Mondblüte.

Ich erinnere mich an eine Straße, die ich nicht wiedererkannte in einer fremden Stadt, deren Terrassen angeordnet waren wie Blütenblätter, konzentrisch und makellos. Der abnehmende Mond stand hoch über dem dunklen Bergmassiv. Auf wackeligen Beinen ging ich los. Jemand hastete hinter mir her und rief meinen Namen, aber weil es der falsche Name war, reagierte ich nicht darauf. Ich wollte Penna einholen, die vor mir immer gerade um eine Ecke bog, und ich versuchte ihren Gazerock zu fassen zu bekommen, doch meine Hand fuhr hindurch, als wären es Spinnweben. Sie trug schwarze Bänder um den Hals, die im Wind flatterten und auf die Gasse fielen. Sie war eine Erdfrau wie ich. Wer hatte ihr beigebracht, so stolz und unerbittlich zu sein? Ich bat sie um Vergebung dafür, dass ich nicht war wie sie, dass ich so schwach war und die Gefangenschaft dem Tod vorzog, dass ich nicht imstande gewesen war, den zu hassen, der mich gefangen genommen hatte. Sie lief die Straße entlang vor mir weg, wie ein Reiher auf dünnen Beinen, sie rannte und schlug mit den Flügeln, unbeholfen, bis sie aufflog.

Aghazal schwor, dass ich nie das Haus verlassen hatte, dass sie mich nicht herumirren lassen würde, nachdem ich eine Mondblüte gegessen hatte. Also kann das mit dem Mann, dem ich am Badehaus vor dem Osttor begegnete, nicht wahr sein. Ich beugte mich über eine hüfthohe Brüstung, und mir schoss das Blut ins Gesicht. Ich war nun wieder eine Tharais mit einem Umhängetuch über dem Kopf. Er gab mir zwei Perlenmünzen, als er fertig war, aber er betrog mich. Sie waren aus Brot, nicht aus Zinn. Ich aß sie trocken, und die Krümel blieben mir im Hals stecken.

Aber ich glaube, es könnte wahr sein, dass ich in Aghazals Schlafgemach stand und zusah, wie Krinian sie bestieg. Es dämmerte schon fast wieder, und die anderen Gäste waren von gemieteten Fackelträgern nach Hause begleitet worden. Die Zweite, die Dritte und ich wohnten unserer Herrin während der Zeremonie bei, denn auf diese Weise sollten wir die fünfundzwanzig Stellungen und die anderen Künste lernen, die aus den fünfundzwanzig scheinbar tausend machen: die angemessenen Laute, Bisse, Kratzer, Küsse und Umarmungen, die gegeben und empfangen wurden.

Aber ich glaubte, auch Rowney wäre in dem Raum, am anderen Ende des Bettes stehend. Ich begrüßte ihn frohgemut und erkundigte mich nach Galan und seinen Männern und all ihren Taten. Es gehe ihnen gut, den Göttern sei Dank, sagte er, doch er selbst hatte einen Lanzenstoß in die Brust bekommen; er zog seine Jacke hoch, um es mir zu zeigen, und die Wunde war schwarz vor Blut und glitzerte vor Fliegen. Aber es ginge ihm jetzt schon besser, wirklich.

Vielleicht waren wir nicht in Aghazals Schlafgemach und

sahen ihr zu. Vielleicht war sie alleine dort mit Krinian, um als Priesterin bei einem geheimen Ritual zu dienen. Was ihn betraf, so hatte ich die merkwürdige, eitle Vorstellung, er denke an mich, während er sie deckte, aber meine Möse war trocken, und er erregte mich nicht. Er würde mich nie erregen können.

Am folgenden Nachmittag schickte Aghazal nach mir, als sie aufgewacht war. Ich setzte mich neben sie auf das Bett, während sie inmitten von zerwühltem Bettzeug lag. Sie sagte, sie sei stolz auf mich. »Du warst großartig, viel besser, als ich es erwartet hätte – hast Arkhyios Corvus' Gedicht vorgetragen! Du hast ihm geschmeichelt und Krinian in Aufruhr gebracht – er war hingerissen, wie du sicher bemerkt hast. Er hat dir bereits ein Geschenk bringen lassen, und das haben zwei andere auch getan, aber natürlich ist es noch zu früh, um darüber nachzudenken, dir einen Gönner zuzulegen. Du warst ein Schuft, was die Pfingstrosen angeht, ja? Wolltest mir auf die Schliche kommen.«

»Will ich? Ich erinnere mich nicht.«

»*Wollte* ich, musst du sagen.«

»Du vergiftest mich.« Ich schielte auf Aghazal hinab. Meine Augen schmerzten bei dem Tageslicht, sogar in ihrem mit Fensterläden verdunkelten Schlafgemach. Meine Pupillen mussten erweitert sein, so wie die ihren es auch waren. Es kostete mich große Anstrengung, mich zu bewegen. Mir war, als müsste ich meine Gliedmaßen emporhieven und einen Körper manövrieren, der gar nicht ganz der meine war.

Aghazal stand auf und legte sich ein Umhängetuch über die Schultern, ohne sich die Mühe mit einem Umhang zu machen. Sie schämte sich kein bisschen dafür, nackt gesehen zu werden. »Du hast mich *vergiftet*.«

»Ich habe dich vergiftet?«

»Nein, nein, so musst du das sagen: Du hast mich vergiftet. Warum machst du dir Sorgen, ja? Du hast nicht genug genommen, um dabei zu Schaden zu kommen. Und außerdem, so wie du die Blüte genossen hast, dachte ich, du weißt Bescheid.«

»Ich glaubte, du isst, hast die Blume gegessen, um schön auszusehen. Wie du das Fleisch zwischen deinen Zähnen zerrissen hast, das Blütenblatt auf deiner Zunge – ich dachte, ich sollte es dir nachtun.« Ich hatte den Rest der Blüte Bissen um Bissen verspeist, dabei hoffend, der König werde mich und nicht Aghazal anschauen.

»Und bei Katabaton, du hast es gut gemacht«, sagte sie. »Aber es tut mir leid, dass du nicht Bescheid wusstest, es wäre besser gewesen, wenn du darauf vorbereitet gewesen wärst. Es verblüfft mich, dass du so unwissend sein kannst und doch den Eindruck erweckst, Wissen zu besitzen. Wer von den Gönnern gestern Abend würde glauben, dass du bis gestern Morgen noch nie etwas von Kylocides gehört hattest? Was für eine Überraschung, ja? Als du urplötzlich damit anfingst, Gedichte von dir zu geben.« Sie lachte und ging durch die Tür in ihren Baderaum.

Ich legte mich auf ihr Bett, das nach Nelken und Jasmin und dem Moschus und Ferment von Paarung roch. Ich zog mir ein Tuch über, den seidenen Umhang, den sie am Abend zuvor getragen hatte, violett, in der Farbe von Desire.

Nach einer Weile kehrte Aghazal zurück und sagte: »Rück zur Seite, ja? Ich bin noch immer müde.«

Ich rückte beiseite, aber nur ein wenig, sodass sich unsere Hüften berührten. Ich fühlte mich voller Säfte, meine Lippen brannten und waren geschwollen, meine Möse ebenso, und meine Brustwarzen waren hart wie braune, kurz vor der Öffnung stehende Knospen, und welche Blume würde von meinen Brüsten erblühen? Es muss eine letzte Mondblütenvision gewesen sein, die mir zeigte, wie überall auf dem Bett Jasmin und Zaunrübe wuchsen: *Ich umschlinge.*

KAPITEL 28

Listen

Ich machte mich so gut auf Aghazals Abendgesellschaft, dass sie meinte, ich solle nicht mehr spinnen, weben oder im Garten Unkraut jäten. Stattdessen sollte ich meine Listen lernen.

Zunächst musste ich das lambaneinische Hühnerfußgekritzel auswendig lernen. Aghazal war viel zu beschäftigt, um mich darin zu unterrichten, sodass sie die Aufgabe der Zweiten überließ. Die Dritte und ich waren ihre Schülerinnen, und ich wurde so gedemütigt, als sei ich so unwissend wie eine Sechsjährige. Ardor hatte mir meine richtige Aussprache wiedergegeben, sodass ich Lambaneinisch lernen konnte, und er gestattete mir auch, die Gottzeichen wieder zu erlernen. Jeden Morgen verbrannte ich ein Stückchen Eukalyptusrinde im Herdfeuer der Küche und bat den Gott, auch dies zu erlauben.

Wir begannen mit einem Gedicht mit dem Titel »Angemessenes Verhalten von Kindern gegenüber Eltern«, bei dem jeder der neunundvierzig Verse mit einem Schriftzeichen der Silbenschrift begann. Ich lernte *fedan* und *emmin* zu schreiben, Vater und Mutter. Ich lernte, dass ein Kind niemals Nein zu seinem Vater sagen durfte, sowie noch achtundvierzig weitere Regeln.

Ich formte eine Lehmtafel mit den neunundvierzig Tänzerinnen des Lambaneinischen neben den sechzig Varianten der Gottzeichen und versuchte die beiden Silbenschriften zu vergleichen, doch wies Lambaneinisch einige sonderbare Laute auf, die keinerlei Ähnlichkeiten mit etwas in der

Hochsprache hatten. Diese Tafel zu erstellen dauerte zwei Tage und lehrte mich, wie man Worte in beiden Sprachen in kleine Einzelteile zerlegte.

Wir lernten die Zeit, von ihren kleinsten Einheiten, Herzschlag und Atem bis zu ihren größten, den Zeitaltern der Welt. In Lambanein gab es zwei Arten von Monaten und Jahren, nämlich den Mond oder die Sonne betreffend. Die Jahre waren nicht genau gleich lang, sodass sie wie Räder waren, die sich nebeneinander bewegten, das eine ein wenig schneller als das andere, und von Zeit zu Zeit mussten Priester sie regulieren, damit sie sich nicht zu weit voneinander entfernten. Die Festspiele von Katabaton und Peranon befanden sich im Mondjahr, während das von Posison im Sonnenjahr lag, und die Priester wählten günstige Zeiten für Feiern abhängig von Verknüpfungen der Monate mit Himmelsobjekten.

Daher war ich überrascht, als ich eines Morgens erfuhr, dass ich im Verlauf des Vormittags des zwölften Tages des Kranichmonats (Mondjahr) und des Eisentags des Dritten Monats (Sonnenjahr) im Jahr 415 der Dritten Dynastie, im Jahr 1006 des Zweiten Zeitalters der Welt lebte. Darin waren sich in Lambanein alle einig; es gab darüber keinerlei Streitigkeiten, wie es sie in unserem Dorf häufig gegeben hatte, wenn jemand sagte: »Das war das Jahr, in dem die Hirten starben« und ein anderer widersprach: »Nein, das war das Jahr, als der Schnee am Herrenhaus der Freifrau bis an die Dachrinne reichte.«

Ich hatte noch nie ein Bestandsverzeichnis der Zeit gemacht. Nur die Jahreszeiten und ihre Pflanzen hatten mir bislang etwas bedeutet – das, was spross, reifte oder einging, was wirksam war und wann man es suchen musste.

Die Lambaneiner haben eine solche Vorliebe dafür, zu benennen, einzuordnen und einzustufen, dass sie eine Liste von Listen erstellt haben, die Taxonomien. Tag für Tag schrieben wir Listen auf, zum Beispiel:

Die Bewohner der Überwelt: Götter, Weltbaumeister und größere Meneidon und ihre Gaben und Gebrechen;
Die Menschen von Lambanein, ihr Menschenschlag und ihre Künste;
Die sonderbar-unwissenden Königreiche, selbst die auf der anderen Seite der Outward Sea; die äußere Erscheinung, die Behausungen und Handwerke ihrer Völker;
Der Stammbaum der königlichen Familie, dessen Stamm der Arkhon war, seine Vorfahren die Wurzeln und seine Gattinnen und Abkömmlinge als Äste und Zweige;
Die Bäume der fünf Erhabenen Familien;
Die Dynastien des Ersten und Zweiten Zeitalters;
Die neunzehn Temperamente von Männern und die einundfünfzig Temperamente von Frauen;
Die dreizehn Formen der Liebe und die Zeichen, an denen sie erkannt werden kann;
Die fünfundzwanzig Stellungen und zwölf Demütigungen;
Die sinnlichen Küsse, Zärtlichkeiten, Umarmungen, Zwickereien, Kratzen, Bisse und Schläge;
Die amourösen Laute;
Die Liebeleien, Schmeicheleien und Neckereien;
Die sechzehn Spiele und wie man dabei betrügt;
Die Sprache der Farben, Blumen, Düfte, Vögel, Gewürze, Edelsteine und Metalle;
Die Sprache der Blicke und Gesten;
Die Dichter des Ersten Zeitalters und des Zweiten Zeitalters;
Die Fragmente, Oden und Heldengedichte;
Die Wortspielrätsel.

Jeden Nachmittag, wenn Aghazal aufwachte, las sie, was wir an diesem Tag aufgeschrieben hatten. Manchmal brachte uns Tasatyala etwas Falsches bei, und wir mussten die Arbeit noch einmal machen. Am schwierigsten waren die Ahnentafeln, weil sich die Namen alle gleich anhörten. Aghazal malte den Baum des Arkhon mit Kreide auf die Mauer im Hinterhof auf. Die Äste waren seine fünf Ehefrauen, von denen er vier hintereinander durch Schwangerschaften verschlissen hatte. Die fünfte war gerade schwanger. Die Äste waren seine achtzehn lebenden Söhne und Töchter. Aus ihnen sprossen zahlreiche Zweige – Enkelkinder und Urenkel –, und es hätte noch mehr davon gegeben, hätte es da nicht einen lambaneinischen Brauch gegeben, der den Söhnen des Arkhon das Recht verwehrte, vor dem Tod ihres Vaters zu heiraten. Natürlich hatten die Söhne jede Menge Konkubinen und zeugten mit ihnen Bastarde, die wir zum Glück nicht lernen mussten.

Wir stellten fest, dass wir die Gezeugten besser in Erinnerung behalten konnten, wenn wir ihre Namen sangen. Ich ersann alberne und possenreißerische Verse über Arthygater Katharos und einige andere auf der Liste, und Adalana komponierte Melodien. Ich schrieb die Verse auf Lehm und zerdrückte sie dann wieder.

Tasatyala hatte zu Anfang mehr gewusst, doch ich konnte mir die Stammbäume schneller merken. Es bereitete mir Vergnügen zu wissen, wenn ich einem lambaneinischen Edlen begegnete, woher er oder sie namentlich abstammte und in welchem Rang er oder sie stand. Die gleiche Befriedigung hatte es mir bereitet, imstande zu sein, jeden Baum in einem Wald durch seine Blätter, seine Rinde und sein Zweigmuster zu benennen, im Sommer wie im Winter. Aber es genügte mir nun nicht länger, nur die Namen zu hören. Für mich mussten die Worte vom Ohr zum Auge zur Hand und wieder zurück fließen, ich musste sie hören, sehen und spüren, damit sie sowohl von meiner rechten

Hand als auch von meinem Verstand in Erinnerung behalten werden konnten.

Tag für Tag lernte ich neue Worte und schrieb sie nieder. Ich war fleißig, weil Aghazal mir versprochen hatte, mir die Oden und Heldengedichte zum Lesen zu geben, wenn ich meine Silbentabelle rasch lernte. Die Zweite und die Dritte kannten sie bereits auswendig. Aus mir würde nie etwas werden, wenn ich sie nicht lernte.

Es war mein Ziel geworden, etwas aus mir zu machen.

Aghazal bekam viele Einladungen, und ich begleitete sie von einer Verabredung zur nächsten. An einem einzigen Abend sang und tanzte sie nacheinander bei einem Spektakel in einem Palast, speiste im Herrenhaus eines wohlhabenden Stadtbewohners, nahm an einer Gesellschaft von Mondbeschauern in den Gärten des Tempels von Katabaton teil, um dann noch ein Stelldichein mit einem Gönner zu haben. Von der Teilnahme an ihren Stelldicheins wurde ich entschuldigt; sie schickte mich dann in dem Karren nach Hause, den ihr Onkel und drei Neffen zogen. Häufig kehrte sie erst am nächsten Morgen zurück und schlief dann bis zum Nachmittag, während ich lernte. Ein weiterer Neumond kam und ging, mein vierter in Lambanein, doch in Aghazals Haus war das Fest kein Ruhetag, sondern ein Abend noch emsigerer Arbeit als sonst.

Ich war immer müde. Aghazal hatte es eilig mit mir, und ich wusste nicht genug, um es in Frage zu stellen. Aber die Zweite fragte nach dem Warum: Warum nahm Aghazal mich zum Abendessen in die Männerunterkünfte mit und ließ sie zu Hause zurück, wo sie doch mehr wusste als ich, bessere Manieren hatte und versiert im Singen und Tanzen war? Sie war mittlerweile mündig, schon dreizehn Jahre alt, und Aghazal hatte ihr im vergangenen Jahr versprochen, sie könne bald eigene Gönner haben. Zuerst fiel es mir schwer, Tasatyalas starkes Verlangen zum Huren zu verstehen, in letzter Zeit hingegen verstand ich es besser. Nach jedem Besuch, den Aghazal abstattete, bekam sie am nächsten Tag Geschenke von ihren Gönnern, und auch mir schickten sie Erinnerungsgeschenke – ein Lobgedicht, eine Schnur mit Perlenbotschaften, eine emaillierte Armspange oder ein elfenbeinernes Amulett von Katabaton. Dies alles, und ich musste nicht einmal Ja sagen.

Ich fügte dem Saum meiner Haube Perlenmünzen hinzu und hortete andere Geschenke in einem Korb mit Deckel in einem verschlossenen Schrank. Doch Aghazal ließ mich wissen, dass ich dazu verpflichtet sei zu teilen – nicht nur mit ihr, meiner Ersten Schwester, sondern auch mit der Zweiten und Dritten, dem Onkel und den Neffen, die uns begleiteten, sowie mit Tante Köchin. Auch den Boten, der die Geschenke brachte, sowie die Bediensteten in den Häusern der Gönner durfte ich nicht vergessen. Ich sei doch wohl dankbar, dass man sich so um mich kümmerte, oder nicht?

Aghazal wusste äußerst genau, wie sie den Wert von Geschenken zu bewerten hatte. War der Gönner großzügig, oder hatte er sie geringschätzig behandelt? Außerdem wusste sie, wie viel sie geben musste, damit Bedienstete sie gut behandelten, ohne Vorteil daraus zu ziehen.

Den Großteil ihres Verdienstes schickte sie nach Ebanaka, um ihre Sippe zu unterstützen und auch um den Bau eines Hauses an einem Seeufer zu bezahlen. Es sei wie ein Palast, sagte sie, mit Weingärten und Obstgärten mit Feigen, Aprikosen und Mandelbäumen. Sie habe vor, dorthin zu ziehen, wenn sie ihre Schönheit verloren habe. »Schönheit hält nicht so lange wie Gold«, sagte sie.

»Was ich nicht besitze, kann ich auch nicht verlieren.«

Sie rollte eine dicke, bernsteinfarbene Perle zu mir hinüber. »Die hat dir Pakhus geschenkt, weil er einen Blick auf deine Zähne erhascht hat. Also ist er wohl anderer Meinung, ja?«

Tasatyala hatte keine Verehrer und Geschenke, weil Aghazal nicht zuließ, dass sie uns begleitete. Sie schwor, Tasatyala sei noch nicht ganz bereit dazu, es sei noch zu früh. Für mich war es ganz offensichtlich auch noch zu früh. Was wieder zu der Frage nach dem Warum zurückführte.

König Corvus schickte einen Maler, um ein Bildnis von mir anfertigen zu lassen. Aghazal kleidete mich in safranfarbene Seide, und die Tharaisdienerin wickelte mein Haar – zusammen mit reichlich seidenem Haar, so gefärbt, dass es zu meinem eigenen passte – um ein spiralförmiges Flechtwerk, und ich wurde beladen mit goldenen Armreifen und Armbändern und einer Halskette aus Gold, Perlen und Smaragden. Selbst Arthygater Katharos kleidete sich nicht prächtiger. Ich ließ mich während mehrerer langer Nachmittage portraitieren, während Tasatyala und Adalana sich darin abwechselten, die Oden zu singen, und ich zu viel Zeit zum Grübeln und Nachdenken hatte.

Die Ähnlichkeit hielt sich sehr in Grenzen. Warum ließ der König mich portraitieren? Die Vorstellung, dass er mein Portrait anschauen wollte, weil er mich selbst nicht anschauen konnte, schmeichelte mir. Aber von welchem Nutzen konnte ich als Drossel für ihn sein, wenn alle wussten, dass ich seine Dienerin war?

Seine Braut hatte ihn mit einem gemalten Portrait verzaubert, so sangen es die Rhapsoden und Bänkelsänger unseres Heers. Den Balladen zufolge hatte das Portrait in Prinz Corvus' Träumen zu ihm gesprochen, und er war so verzaubert gewesen, dass er darauf bestanden hatte, Kalos gegen den weisen Rat seiner Mutter zu heiraten. War es die unheimliche Kunstfertigkeit des Malers gewesen, die ihn in die Falle lockte? Ein Zauber, den Kalos als begeisterte Anhängerin der Schlangensekte erlernt hatte? Oder ihre Schönheit? In dem Traum, den ich von ihr gehabt hatte, war sie nicht so wunderschön gewesen, wie die Lieder es mich hatten erwarten lassen.

Früher hatte ich geglaubt, jede Ballade, die ich hörte, sei wahr. Dann hatte ich erfahren, dass Bänkelsänger dafür bezahlt werden konnten zu singen, was man wollte. Vielleicht hatte Corvus Kalos' Aussteuer bewundert, nicht ihre Person. Vielleicht hatte er sich mit seiner Mutter aus anderen Gründen überworfen. Dies alles hätte ich brennend gerne gewusst, doch es gab niemanden, den ich hätte fragen können.

Ich beobachtete den Maler, einen kleinen Mann mit einem langen Bart, den er flocht und sich unter den Wappenrock steckte, damit er ihm nicht im Weg war. Er tauchte seine winzigen Pinsel in Pasten aus Eidotter, das er mit glänzenden Farbstoffen vermischt hatte, und vollführte damit kleine Striche. Er beugte sich dicht über sein Werk und richtete sich dann wieder auf, um mich anzuschauen. Niemand hatte mich jemals so intensiv betrachtet, nicht einmal Galan. Ich fragte den Maler, ob ich immer noch schief sei, ob meine rechte Gesichtshälfte weiter herabhing als die linke. Er meinte, sie hinge nicht herab, doch natürlich sei ich schief, das sei doch jeder. Ich fragte ihn, welche Ausdrücke er auf meiner linken und welche auf meiner rechten Gesichtshälfte wahrnehme, worauf er erwiderte, über mein Gesicht würden Gedanken huschen wie Wolkenschatten über die Felder.

»Seid Ihr auch ein Dichter?«, fragte ich.

»Nur ein Maler«, antwortete er.

Ich begriff nicht, wie sich mein Gesicht verändern konnte, wo meine Wangen doch von der Anstrengung schmerzten, reglos zu bleiben. »Wenn es so viele Ausdrücke gibt, welchen werdet Ihr dann festhalten?«

»Den, um den man mich gebeten hat«, sagte er.

»Und welcher ist das?«

»Schönheit. Stolz. Du wirst sittsam aussehen, außer dass dein rechtes Auge einen winzigen Schimmer von Innigkeit haben wird.«

»Meinen Star im Auge werdet Ihr nicht zeigen?«

»Natürlich nicht.«

Also würde es gar kein Portrait von mir werden, nicht so, wie ich war, makelbelastet von meinem schiefen Gesicht bis zu den rauen Sohlen meiner Füße. Divine Aboleo hatte mich kühn und klug genannt, und ich hatte die Worte anprobiert und festgestellt, dass sie nur schlecht passten, allerdings nicht so schlecht wie die Worte *wunderschön*, *stolz* und *sittsam*.

Von Zeit zu Zeit aß Aghazal in kleinen Mengen die Blüten von Mondblüten. Sie sagte, es helfe ihr, wach zu bleiben, und ließ ihre Möse austrocknen, was viele Gönner bevorzugten. Es ließ ihre Augen schwarz und leuchtend werden, und mir fiel auf, dass ihr schwindelig wurde, wenn sie sie gegessen hatte, sie wurde redselig und vergesslich. Doch wegen des ganzen Weins, den sie trank, wäre dies vielleicht ohnehin so gewesen.

Ich lehnte Mondblüte ab, wenn ich sie angeboten bekam. Das, woran ich mich erinnerte, versetzte mich in Schrecken – Träume, die so echt gewesen waren wie der Wachzustand, und keine Möglichkeit, zwischen dem, was war und dem, was nicht war, zu unterscheiden. Vieles von dem, was ich an jenem Abend geträumt hatte, war gar nicht geschehen. Bestimmt fiel Mondblüte in den Herrschaftsbereich von Crux Moon und teilte sein wolllüstiges und wankelmütiges Wesen.

Doch unter dem Einfluss der Blüte war mir Rowney erschienen, und dieser hatte mir gesagt, dass Galan lebte. Und das, so hoffte ich, war wahr. Dass ich mich selbst als wolllüstig und wankelmütig erwiesen hatte, konnte mir die Freude über diesen Gedanken nicht nehmen.

Dass ich nicht länger standhaft war und König Corvus' Gesicht sah, wenn ich mir hätte Galans vorstellen wollen, dass ich über jedem Wort brütete, das der König zu mir gesagt hatte, als suchte ich einen kostbaren Stein in einer Schüssel mit getrockneten Linsen, war doch wohl nicht meine Schuld, oder? Es war die Schuld der Initiierten von Carnal; zuerst hatten sie mich unfruchtbar gemacht, und nun hatten sie die Bindung zwischen Galan und mir durchtrennt. Sie mussten es getan haben, sonst wäre ich nicht so verwirrt gewesen, und eine Hoffnung hätte nicht die andere gejagt – die Hoffnung zu gehen, die Hoffnung zu bleiben.

Ich zog Galan einem König vor, der mich mit solcher Geringschätzung behandelte, dass er mich zu einer Hure machen wollte. Ich wollte Sehnsucht empfinden für den, der Sehnsucht für mich empfand, falls er dies tat. Hätte ich Galan doch nur einmal sehen können, nur einmal mit ihm sprechen können, wie ich mit Rowney gesprochen hatte, dann würde ich wissen, ob er mich immer noch begehrte.

Ich fragte Aghazal, ob ich einem Mondblüten-Traum trauen könne.

»Sie ist launenhaft, ja?«, sagte sie. »Einmal hatte ich ein paar Perlenmünzen aus Jade verloren, und Mondblüte hat mir gezeigt, in welche Ecke sie gerollt waren, aber häufig hat sie mich Dinge lange suchen lassen und mir meine Erinnerung ganz geraubt.«

»Gibt es ein Zeichen, das einem sagt, welcher ihrer Träume wahrhaftig ist und welcher falsch? Ein Geruch oder so etwas?«

Aghazal lachte. »Ein Geruch? Nicht, dass ich wüsste. Lass die Finger davon, ja?«

»Aber du isst doch Mondblüten.«

Grazil wölbte sie eine Braue und zuckte dabei mit den Schultern. Ich deutete die Geste so, dass sie erfahrener und begabter war und von der Mondblüte weniger zu befürchten hatte als ich. Und das stand außer Zweifel. Aber ich brauchte sie mehr. Seit ich im Hof der Stillen Wasser war, hatte ich ohne wahrhaftige Träume auskommen müssen, sogar ohne Träume vom Mount Sair, die zwar voller Einsamkeit gewesen waren, mich aber nichtsdestotrotz getröstet hatten. Es sei denn, der Traum von Rowney war ein wahrhaftiger gewesen.

Ich brachte ein Trankopfer aus Wein vor der größten Mondblütenpflanze in Aghazals Speisehof dar, schnitt mir in die Ader in meiner Armbeuge und spritzte Blut auf ihre Wurzeln. Ich betete zu Mondblüte und durch sie zu Crux Moon, um ihrer beider Nachsicht bittend. Zeigt mir Galan, und ich würde drei goldene Perlenmünzen für einen Silberbarren eintauschen und mir ein Bild des Vollmonds machen lassen, das ich um den Hals tragen würde, bis ich nach Incus zurückkehrte; sobald ich auf einen Schrein von Crux stieß, würde ich ihm das Bild als Opfergabe darreichen. Lasst mich nur Galan sehen, lasst mich ihn erkennen. Lasst ihn am Leben sein. Wacht über ihn.

Ich gelobte, beim nächsten Mal Mondblüte zu essen, wenn sie angeboten wurde. Sollte sie dies ablehnen, so flehte ich sie an, solle sie eine Vision von einem Hund schicken, nachdem ich Mondblüte gegessen hatte; wenn sie meine Nachforschungen jedoch begrüßte, so solle sie mir einen Fuchs schicken. Auf diese Weise würde ich erfahren, ob ich es wagen durfte, noch mehr aufs Spiel zu setzen.

Sie blieb ihrem Ruf treu. Sie schickte mir eine Katze.

Aghazal wurde eingeladen, bei einem von Arthygater Klados, der Schwester von Katharos, ausgetragenen Bankett für Unterhaltung zu sorgen. Wir setzten uns mit den anderen Huren-Zelebrantinnen in einen Säulengang im Obergeschoss, während die Gäste in dem Speisehof darunter endlos lang aßen und tranken und von Rhapsoden unterhalten wurden, die um die Ehre wetteiferten, Arkhon Kyphos eine Ode zum Thema seiner Niederwerfung von Piraten vor einigen Jahren zu kredenzen. Es hatte den Anschein, als hörte kein Mensch den Rezitationen zu, nicht einmal der Geschichtsschreiber, der dazu bestimmt worden war, die beste Ode auszuwählen.

Uns gab man eine Vielzahl von Gerichten, die weniger erlesen waren als das, was den edlen Gästen vorgesetzt wurde. Als geleckten Gang reichte man uns eine Paste aus Sesam und Feigen. Aghazal probierte sie und sagte mir dann, sie sei davon überzeugt, dass sie gemahlene Mondblütensamen enthielt. Als ich meine Portion dennoch aufschleckte, zuckte sie lächelnd mit den Schultern.

Ich kroch bis zur Brüstung vor, damit ich König Corvus beobachten konnte. Er saß neben Arthygater Klados, deren Ehegatten, und ihrer Tochter Keros, ebenjener Tochter, die für seinen Bruder Merle bestimmt worden war. König Corvus neigte den Kopf höflich vor Keros. Ich erinnerte mich daran, dass ihr rotgoldenes Haar ihr bis über die Hüfte reichte, wenn sie es offen trug, und dass das Haar auf ihren Armen blond war.

»Komm wieder zurück. Man wird dich sehen«, flüsterte Aghazal.

Nachdem die Edelfrauen sich für den Abend verabschiedet hatten, spazierten Aghazal und ich in der Menge umher. Ein alter Gönner begrüßte sie, und ich schritt alleine weiter. Es war nicht das erste Mal, dass so etwas vorkam, aber es brachte mich nach wie vor aus der Fassung. Solange ich bei Aghazal war, wurde von mir nicht erwartet, charmant zu sein, denn sie versprühte Charme für uns beide. Auch brauchte ich nicht auf der Hut zu sein, denn sie passte auf mich auf.

Meine Schritte führten mich in die Richtung, in der König Corvus saß, doch als ich an einem Mann – einem jungen Mann – vorbeikam, hielt er mich an meinem Umhängetuch fest und sagte: »Wenn es Euch beliebt, so setzt Euch doch eine Weile zu uns.« Er hatte hellrotes Haar, blasse Augen und Wimpern und war ausgesprochen höflich, so ganz anders als zu dem Zeitpunkt, an dem ich ihn das letzte Mal gesehen hatte, nämlich in dem Tunnel unter der Manufaktur, wo er geschworen hatte, mich zu töten. Es war der Sohn unserer Gastgeberin, Arkhyios Kydos. Er saß in Gesellschaft seines Vetters Kyanos und zweier Huren, die ich ein- oder zweimal flüchtig gesehen hatte.

Mein Herz raste, und ich spürte, wie mir die Röte in die Wangen stieg. Ich hatte gerade so viel Angst, dass ich meine Furcht aufregend fand. Sie würden mich niemals wiedererkennen, da ich so gut verkleidet war, als trüge ich einen Tharaisschleier: Ich steckte in türkisfarbener Seide, die Lippen rot gefärbt, die Augen mit Malachit konturiert und das Haar zu einem Turm verflochten. Ich lächelte ein falsches, kokettes Lächeln hinter vorgehaltener Hand, als wäre ich die Art Frau, die sittsam sein konnte. Ein vollkommen falsches Lächeln war es allerdings nicht, da mir ihre Unwissenheit Freude bereitete.

Vielleicht war dies ja das Werk der Mondblüte, diese Gabe der feinen, unbekümmerten Kühnheit, doch wenn es so war, dann handelte es sich um einen Rausch, der bei weitem besser war als der der Trunkenheit, denn er schärfte die Sinne eher, als dass er sie abstumpfte.

Kydos rückte auf dem Podest beiseite und zwang damit eine der Frauen, mir Platz zu machen, um nicht unhöflich zu wirken. Ich setzte mich neben ihn, einen Fuß auf dem Boden. Ich war nicht sicher, wie die Huren hießen; ich sollte Aghazal um eine Liste der wichtigsten Huren in Allaxios bitten, um sie zu studieren, wie ich den Baum des Arkhon erlernte.

Meine Kehle war trocken, es war der Durst, den die Mondblüte hervorrief. Kydos machte eine Geste, worauf eine Tharosbedienstete Wein in ein blaues Kelchglas schenkte, das ich in einem Zug leerte. Huren müssen trinken, um gesellig zu sein. Die Dienerin füllte mir das Glas erneut, und ich trank es erneut aus und spürte, wie Hitze in mir aufloderte. Ich aß ein vor Honig klebriges Zuckerwerk, und als der Tharaislappen mit dem Becken vortrat, waren meine Sinne so geschärft, dass ich mich vor der nach Zwiebeln und

Schweiß riechenden Duftwolke ekelte, die von ihr ausging. Auch vor ihren rissigen Fingern und der Art, wie sie durch die Nase einatmete, ekelte ich mich.

Kydos legte mir seine Hand auf das Knie. Erneut bedeckte ich meinen Mund und lächelte. Das Reden stand mir noch bevor, und die beiden Huren, Mixin und Perdik, nahmen ihre Unterhaltung ohne meine Hilfe wieder auf. Mixin meinte, sie liebe nichts auf der Welt mehr, als in der Morgendämmerung, wenn sie im Bett liege, Tauben gurren zu hören, wohlwissend, dass sie nicht aufstehen musste. Perdik fragte, ob jemand die Nachtigallen in den Zypressen hinter dem Schrein von Peranon habe singen hören. Sie schwöre, dass sie im Mehrklang und im Chor sangen, und frage sich, ob sie wohl sangen, um den Weinenden Stern zu trösten. Ich wusste – was noch eine Dekade zuvor nicht der Fall gewesen wäre –, dass sie sich auf ein Fragment bezog, in dem es um eine Nachtigall ging, die einen umherstreifenden Stern anhimmelte und deswegen den Nachthimmel erklomm, um ihm ihr Lied darzubringen, hinaufstieg, bis ihr Herz zerbarst und sie zu Tode stürzte; der Stern betrauerte sie noch heute. Mittlerweile wusste ich auch, dass jede Erwähnung eines Vogels eine Botschaft barg. Ein Vogel war nie bloß ein Vogel.

Die Sprache der Vögel hatte ich nicht erlernt und mochte mich darin irren, musste aber ständig über diesen einen nachdenken, der eine unangemessene Verehrung aufgebracht, zu hoch gestiegen und tief gefallen war. »Wie weit ist es bis zu den Sternen, ja?«, fragte ich. »Ob ein Falke sie wohl erreichen kann? Wenn ein Adler über dem höchsten Gipfel der Kerastes fliegt, so hoch über dem Gipfel, wie die Gipfel über der Ebene liegen, sagt: Fliegt dieser Adler dann hoch genug? Ginge man bis an den Rand des Horizontes, dann müssten doch die Sterne nahe sein? Diese Nachtigall sollte lieber weit gehen, nicht hoch, ja?«

Die Huren kicherten hinter vorgehaltener Hand, doch

Arkhyios Kydos fand meine Unwissenheit offenbar bezaubernd. »Man könnte gehen und immer nur gehen, und würde doch nie bis an den Rand des Horizonts gelangen«, sagte er.

»Ist denn die Welt so groß?«, fragte ich.

Er nahm sich eine Orange aus einer Schale mit Obst und Nüssen. »Nein, schau: Sie ist rund.« Er ließ seine Finger darüberstreichen. »Wir sind unter dem Himmel. Er berührt uns nie.«

»Was ist denn dazwischen, das den Himmel trägt, ja?«

»Der Wind hält den Himmel hoch«, sagte er.

»Nein, die Götter sind es«, sagte Arkhyios Kyanos.

Ich nahm die Orange von Arkhyios Kydos. »Wo ist dann die Überwelt, in der die Götter verweilen, ja? Ich dachte, man könne durch ein Loch in sie hinabsteigen, wenn es ein Loch gäbe, das tief genug wäre. Liegt sie auf der anderen Seite? Könnte ich um die Orange laufen, um zu ihr zu gelangen?« Nun lachten sie alle über mich, und ich war mir sicher, Kydos hatte mir ein albernes Märchen erzählt, nur um zu beweisen, dass ich närrisch genug war, es zu glauben. Aber die Vorstellung reizte mich, und die Mondblüte erblühte in mir, sodass ich lachte, bis ich Schluckauf bekam.

»Du vergisst die Meere«, sagte Arkhyios Kyanos. »Du würdest auch schwimmen müssen.«

»Ich würde lieber fliegen«, sagte ich. »Ich wäre ein Gerfalke, wenn ich es mir aussuchen könnte, ja? Was für ein Vogel würdet Ihr sein?« Ich grinste Arkhyios Kydos an, ohne mir dabei die Mühe zu machen, meinen Mund zu bedecken. Dabei dachte ich daran, wie er in dem Tunnel mit Kot an seinen Strumpfschuhen herumgehüpft war. Er erinnerte mich an einen krummbeinigen Hahn, eitel genug zu glauben, er könne einen Fuchs jagen.

»Ich wäre ein Adler, ich würde herabstoßen und eine Taube mit meinen Krallen ergreifen«, sagte er, tat so, als würde er auf Mixin herabschießen, und grub seine geschärften

Fingernägel in ihre drallen Oberarme. Sie schrie auf die Art auf, als wäre sie von der Tarantel gestochen worden.

Ich sollte kein Gerfalke sein, ich sollte eine Drossel sein. Und hier nun bot sich mir eine Gelegenheit, etwas Nützliches herauszufinden, etwas mehr über ... über irgendetwas. Ich musste mich an einen Zweck binden oder würde fortfliegen.

Arkhyios Kydos erzählte mir von seinem Papagei. »Ich habe ihm beigebracht, den Schrei einer Frau nachzuahmen, die im Moment der Ekstase einen Schlag bekommt. Er ist ein Wunder, er beherrscht sechzehn der amourösen Laute, und bei den restlichen hilft mir Mixin. Ich werde dich ins Vogelhaus mitnehmen, damit du ihn hören kannst.«

Zu fünft schlenderten wir durch den Speisehof und betraten den Lustgarten, der vor den Unterkünften der Männer lag, die an eine Klippe grenzten. Wir stiegen die mit Moos bewachsenen Stufen von einer Terrasse zur nächsten hinauf, und neben uns plätscherte ein Wasserfall, verschachtelte Steinrinnen hinabbrausend. Perdik keuchte überzeugend und lehnte sich dabei an Arkhyion Kyanos' Arm, während sich Mixin an Arkhyios Kydos klammerte. Ich legte auf den Stufen eine Pause ein, um auf Allaxios zu schauen, und bedeutete den Tharosbediensteten mit den Laternen, mich zu überholen. Ohne ihre Lichter konnte ich weiter sehen. Das über Büschen hängende Geißblatt roch zuckersüß.

In Gesellschaft von Aghazal hatte ich viele Gärten gesehen, große und kleine, im safranfarbenen Licht des Abends, im blauen Halbdunkel oder in schwarzer Nacht. Von all den lambaneinischen Künsten war Gärtnerei diejenige, die ich am meisten bewunderte. Eine Gärtnerin hätte ich werden sollen, keine Hure. Eine Gärtnerin oder eine wohlhabende Frau. Sich vorzustellen, dass all dies einem selbst gehörte, man es sein Eigen nennen konnte.

Kydos rief mich, und ich stieg weiter hinauf, plötzlich wieder schwer, meine Schritte machten rumms, rumms,

rumms, und mein Herz schlug in einem schnelleren Rhythmus und machte rummsrummsrummsrumms. An der Anstrengung lag das nicht.

Wir setzten uns auf ein mit Kissen versehenes Podest in dem Vogelhaus, einem hohen Gebäude mit geschwungenen Säulen und vergoldeten Dachsparren. Seine Wände bestanden aus schwarzem Seidennetz, waren unsichtbar. Die meisten Vögel schliefen in Käfigen oder saßen in den in Töpfen wachsenden Bäumen. Während Arkhyios Kydos seinen grünen Papagei bedrängte, den als Erregte Wachtel bekannten Schrei auszustoßen, befürchtete ich, die anderen könnten den Aufruhr hören, der in meinem Herzen tobte.

Arkhyios Kydos schickte eine Dienerin los, um mehr Wein, gefüllte Feigen und einen Flötenspieler zu holen. Die beiden Paare lehnten sich gegen die Rückenpolster und streckten die Beine aus, und ich war froh darüber, für mich zu sein. Der Papagei ging auf Mixins nacktem Arm auf und ab, und sie fütterte ihn mit Kügelchen aus Mandelpaste, die sie zwischen ihren Fingern geformt hatte. Sie versuchte dem Vogel den Ruf »Gnade, nein!« beizubringen.

»Ich frage mich, ob Keros es geschafft hat, ihrem Star das Reden beizubringen«, sagte Arkhyios Kyanos.

»Ich hasse Stare«, sagte Mixin. »Das sind eklige, laute Wesen, ohne jede Schönheit.«

»Aber klug, wie ich hörte«, sagte Perdik.

»Er hat noch nicht geantwortet«, sagte Arkhyios Kydos. »Meiner Schwester ist es egal. Sie macht sich nicht viel aus sprechenden Vögeln. Ihr sind Singvögel lieber.«

Sie lachten, während ich noch damit beschäftigt war, aus dem Scherz klug zu werden. Der Star war Merle, aber wer war der Singvogel?

»Vielleicht fliegt sie ja mit ihm weg«, sagte Perdik.

»Das bezweifele ich. Meine Mutter hat den Schlüssel zu diesem Käfig.«

»Ein Musiker!«, sagte Perdik. »Bei der Scheiße des Posison, wie um alles in der Welt hat sie einen Musiker kennengelernt? Ich bin überrascht darüber, dass Euer Vater ihm noch nicht die Saiten entfernt, ihm die Kehle und die Schnüre durchgeschnitten hat, die seinen Sack halten, ja?«

»Wenn Euer Vater es nicht tut, solltet Ihr es vielleicht tun«, sagte Arkhyios Kyanos. »Ich werde nur zu gerne dabei helfen.«

Arkhyios Kydos machte eine wegwerfende Geste, als verärgerten ihn die Sticheleien. »Ich missgönne ihr ein kleines Vergnügen nicht. Tatsächlich habe ich Mitleid mit ihr. Ich hoffe, sie nimmt den Sänger mit, damit der den Star in einen Kuckuck verwandeln kann.«

»Ein Sonderbar-Unwissender«, sagte Mixin, »wahrscheinlich hat er Haare auf der Brust wie ein Affe. Wenn ich mir sie unter ihm vorstelle, läuft mir ein Schauer über den Rücken; sie ist doch so zierlich, eine wahre Schönheit, Eure Schwester.«

Arkhyios Kydos tat so, als sei er ein behaarter Sonderbar-Unwissender, brummte böse und drückte Mixin hinunter. Der erschreckte Papagei flog krächzend auf und landete auf der Konstruktion aus Korbgeflecht, Seide und Blüten, die auf meinem Kopf befestigt war. Übermut erfüllte mich, und ich kicherte. Zikaden zirpten in der fedrigen Akazie, und in dem Vogelhaus zwitscherten und trillerten Vögel. In dem gekachelten Brunnen spritzte Wasser, und ein Wind kam und trug die Melodie des Flötenlieds davon. Es schien, als fielen diese Geräusche in den Rhythmus, der von dem dröhnenden Schlag meines Herzens bestimmt wurde, sogar die Unterhaltung, die eine wortlose Musik aus Klängen, Silben und dem Geplapper und Gelächter wurde.

Es war zu köstlich. Der Papagei zupfte eine Jasminblüte aus meinem Haar und ließ sie mir auf den Schoß fallen. Als ich heraufiangte, trat er auf meine Finger. Ich schaute ihn an, und er stellte den Kopf schräg und sagte mit schriller Stimme: »Nein, ich flehe Euch an!«, worauf ich so heftig lachte, dass er es mir übelnahm und davonflog.

Dort, hinter den seidenen Wänden des Vogelhauses, spiegelten sich zwei goldene Augen im Lichtschein der Lampe wider. Geduldig wartend, duckte sich eine graue Katze, die es auf einen Vogel abgesehen hatte. In meiner Vorstellung war ich ein Gerfalke oder Fuchs, ein Jäger, während ich in Wirklichkeit lediglich ein unbedeutender brauner Vogel war, ein Zaunkönig in einem ausgeliehenen Gefieder. Kein Wunder, dass die Katze mich im Visier hatte.

Kydos löste die Schnur, die Mixins Gewand zuhielt, und fing damit an, sie auszuwickeln. Sie lag auf seinem Schoß, und während er zog, drehte sie sich einmal, zweimal, und war dann nackt. Sie gab leise Geräusche von sich, die – soweit ich es beurteilen konnte – eine kunstvolle Kombination aus dem Durchdringenden Seufzer und dem Erstickten Keuchen darstellten. Ich machte Anstalten zu gehen, doch Kydos griff nach meiner Hand und sagte: »Bleib.« Ich wich ihm aus und ging geduckt durch die Türklappe im Netz.

Der Halbmond schien. Er ließ die Schatten der Zypressen aussehen wie Löcher im Boden, Löcher, die womöglich tief genug waren, um bis zur Überwelt zu reichen. Ich stolperte in ein solches Schattenloch hinein und legte mich auf den Rücken, um zu den Sternen hinaufzuschauen und auf die drei schwarzen Bäume – denn Zypressen wurden immer in Gruppen zu dritt gepflanzt – die hinauf- und hinaufragten wie Säulen, die den Himmel trugen. Wo war Galan? Ich betete zu Moon, was womöglich unklug war.

Eine Tharosdienerin hockte im Mondlicht, darauf wartend, dass ich ihr Anweisungen geben würde. Sie hatte große Augen, eine kleine Nase und einen kleinen Mund. Wie unsichtbar Dienerinnen doch in jüngster Zeit für mich geworden waren! Nun aber fragte ich mich, was ihr wohl durch den Kopf ging. Ich tastete herum, um eine Schnur an meiner Kopfbedeckung zu lösen, damit ich eine goldene Perlenmünze abnehmen konnte. Ich winkte die Dienerin herbei und gab ihr die Münze. Sie kniete sich, berührte mit dem Kopf den Boden und wartete.

»Es ist keine Botschaft. Sie ist für dich«, sagte ich.

Sie kroch näher und küsste den Saum meines Kleides. So etwas hätte ich selbst nie getan. »Ach, geh nur!«, sagte ich, aber weit weg ging sie nicht. Ich sah, dass sie sich hinter einem Baum versteckte. Spionierte sie jetzt, oder hoffte sie, dass ich einschlief und sie meine Schnüre mit einem kleinen Messer durchtrennen konnte, um mir alle Perlenmünzen zu stehlen? Schnipp, schnipp. So etwas passierte Betrunkenen. Mir war es egal. Sie war kein Mensch, sie war eine geduldig auf der Lauer liegende Katze.

Ich fing an, Mox' Trinklied zu singen, das ihm sein verstorbener Vater in einem Traum beigebracht hatte. Auf Lambaneinisch klang es ergreifender. Mein Herz hämmerte weiter. *Lieber trinken und sterben, als liegen und daran denken, dass ich, selbst ich, sterben muss.* Ich setzte mich auf, um besser singen zu können. Der lange Schatten des Baumes, in dem ich saß, erstreckte sich vor mir, zugespitzt wie der Bug eines Bootes. In ihm navigierte ich durch die Nacht und sang, um mir Mut auf meiner Reise zu machen.

Ein Mann kam die Treppe herauf. Er trug eine silberne Lampe, deren Flamme so groß war wie mein Daumen. Er setzte sich neben mich in das Boot. Ich begrüßte ihn und fragte in der Hochsprache: »Wohin fahren wir, Corvus Rex Incus, Herr der Herden?«

»Wie meinst du das?«, fragte er.

»In unserem Boot, in unserem Boot.«

»Du bist betrunken.« Er legte seine Hand auf meinen Arm oberhalb des vernarbten Handgelenks, und seine Berührung durchfuhr mich wie ein Blitz von Kopf bis Fuß.

»Betrunken, wie ich es sein sollte, wie Ihr es auch sein solltet. Weshalb ich dieses Trinklied singe. Erinnert Ihr Euch daran? Wir haben gesungen, und der Schnee kam von den Felsen heruntergebraust.«

»Du bist leichtsinnig.«

»Würde es nutzen, es nicht zu sein, Herr der Herren? Ich werde Euch ein neues Lied singen, ein Drossellied. Arthygater Keros hat ihren Verlobten schon hintergangen. Mit einem kleinen Sänger, einem Niemand. Deswegen geben ihre Eltern und ihre Tante sie her. Ich dachte, der Grund, dass sie ginge, läge darin, weil sie schön schießtierhaft ist … ich meine: schön und meisterhaft ist, meint Ihr nicht? Aber nein, es ist eine Verbannung, eine Strafe – eine Verkuppelung mit einem sonderbar-unwissenden Aasfresser.«

»Sei leise«, sagte König Corvus. Meine Stimme war wie eine Hündin, die an ihrem Herrchen hinaufsprang, es mit der Pfote berührte und ihm das Gesicht ableckte. Armer Köter. Also schön, dann würde ich eben leise sein. »Was noch?«, wollte er wissen.

Ich schüttelte den Kopf. Eine großartige Drossel war ich nicht, und mein Lied war auch nicht großartig. Er nahm seine Hand weg, und ich wünschte, er hätte es nicht getan.

»Du solltest dich vor diesen Prinzen vorsehen«, sagte König Corvus. »Sie stecken ihre Nase in alles Mögliche, ohne dass ihnen jemand Einhalt gebietet.«

Ich starrte ihn an. »Zumindest stecken sie etwas irgendwo hinein.« Hatte ich das gesagt, oder sprach da Moon?

Der König schaute weg. Wut spiegelte sich auf seinem Gesicht wider. »Sei einfach vorsichtig.«

»Ich tue, wie Ihr mir geheißen habt.«

»Wenn du betrunken bist, kannst du deinen Verstand nicht beisammenhalten.«

»Es ist nicht mehr mein Verstand, ich habe ihn Alopexin gegeben. Außerdem seid Ihr derjenige, der sich in Acht nehmen sollte. *Mich* hat niemand vor zu töten.«

»Deine Augen sehen merkwürdig aus heute Abend«, sagte er. »Das eine ist schwarz geworden, das andere weiß. Hat jemand vor, mich zu töten?«

»Natürlich. Ein Jäger. Da ist eine Katze, die auf der Lauer nach Euch liegt.«

»Eine Katze?«

»Sie ist da drüben irgendwo.« Aber die Katzendienerin war fort und mit ihr die Perlenmünze. Was für eine Verschwenderin ich doch war, einer Katze Gold zu geben. Aghazal würde mit mir schimpfen, falls sie dahinterkam.

Ich schaute den König mit meinem linken Auge an. Im Mondschatten der Zypresse beleuchtete das Lampenlicht seine Wangen und seine Stirn. Er war mit einem blütenlosen Kranz aus Gründorn und Wacholder gekrönt, was Trost im Unglück bedeutete und Schutz bot. Seine Gastgeber logen. Sie hätten ihm eine Girlande aus den fleckigen Blättern und Stängeln des Natternkopfs geben sollen, für Falschheit. Ich legte meine Hand auf den Ärmel seines Wappenrocks, um zu sehen, ob er echt war oder ein Mondblüten-Traum. Auf seinen Ärmelaufschlag waren in rotem Ziegenleder Granatäpfel aufgenäht worden. Mit meinem Zeigefinger strich ich über die Granate, die in Reihen aufgenäht worden waren, damit sie aussahen wie Granatapfelsamen. Doch er spürte nichts.

»Betrübter König«, sagte ich. »Ich würde Euch Trost spenden, wenn ich könnte.«

Das Lied der Zikaden verklang, um dann wie eine sich dem Ufer nähernde Welle wiederzukommen. Der König starrte niedergeschlagen auf Allaxios, das sich unter uns fächerförmig ausbreitete und Terrasse für Terrasse bis zur Ebene abfiel. »Ich will keinen Trost«, sagte er.

»Und wie ist es mit Vergesslichkeit?«

»Die auch nicht.«

Natürlich wollte er nicht getröstet werden, wollte keinen armseligen Abklatsch dessen geboten bekommen, was er in den Armen seiner Frau gefunden hatte. Was die Erinnerung anging, so würde er diesen Dorn nicht herausziehen, selbst wenn er es konnte, damit er nicht vergaß und im Exil selbstzufrieden werden würde.

Von Verachtung zurückgewiesenes Verlangen ist eine der dreizehn in den Taxonomien aufgelisteten Arten der Liebe, so wie auf Gleichgültigkeit stoßendes Verlangen. Doch auf verhärteten Kummer und erzwungenen Zorn stoßendes Verlangen stand nicht auf der Liste.

Als Tasatyala mich mit der Liste vertraut gemacht hatte, hatte ich nach dem Namen dessen gesucht, was zwischen mir und Galan bestand, hocherfreut darüber, Anspruch auf Liebe in irgendeiner Form zu erheben. Ich hatte Rasende Leidenschaft und Lust auf eine verachtenswerte Nachrangige gefunden und auch Verehrung eines Hochstehenden, aber nichts, was genau passte. Wie konnte Liebe benannt werden, die erst das eine und dann das andere war, so veränderlich wie Feuer und Schatten?

Vielleicht war ja das Feuer alles, was eine Rolle spielte. Vielleicht war das, was wir Liebe nannten, so wahllos wie die Sonne, die jeden beschien – und doch stellten wir uns in das Licht des jeweils anderen, eifersüchtig darauf; wir versuchten die Formen des Lichts zu benennen anhand der verzerrten Schatten, die wir warfen, die das Äußere von allem, auf das sie fielen, veränderten.

Einen Augenblick lang – und nur diesen Augenblick – war ich ein leuchtend helles Gefäß, eine Glaslampe, und ich spürte, dass Liebe durch mich hindurchscheinen konnte, um den Geliebten zu erhellen. Ich sah, dass ich nicht unbeständig war, denn es bestand kein Widerspruch darin, mehr als einen zu lieben, Liebe ist nichts zum Ansammeln oder Aussortieren.

Auf einmal war ich wieder Knochen und Fleisch, ein Hindernis für das Licht, einen Schatten werfend: begehrlich, eifersüchtig und traurig. Tränen stiegen mir in die Augen, und ich ließ ihnen freien Lauf. König Corvus hatte sich verschlossen – wir alle verschlossen uns –, und die Mauern waren hoch und massiv.

»Warum habt Ihr einen Maler ein Bildnis von mir anfertigen lassen?«, fragte ich den König.

»Um es Merle zu schicken. Damit er glaubt, du seiest Prinzessin Keros.«

»Das verstehe ich nicht. Ihr wollt, dass *ich* den Star heirate? Aber er würde doch niemals glauben, dass ich Keros bin. Er kannte Eure Frau – bestimmt würde er erkennen, dass ich nicht wie sie bin, nicht dazu geboren bin, um …«

Er stieß ein solches Lachen aus, dass es ihm den Atem raubte. »Du brauchst ihn nicht mit deinen Reizen zu verwirren – das übernimmt das Gold deiner Aussteuer. Du musst nur in seine Nähe kommen.«

»Und dann?«

»Den Rest übernehmen deine Wachen.«

»Ihn töten, meint Ihr.« Ich wischte mir mit dem Handrücken die Tränen aus dem Gesicht.

»Bist du empfindlich? Du wolltest doch einen Weg über die Ferinus, und hier ist er. Vielleicht findest du sogar Sire Galan in Lanx, während er es belagert – denn wenn das Heer von Corymb diesen Sommer Segel setzt, um nach Hause zurückzukehren, wird Merle ihnen im Weg sein. Du wirst ihnen einen Dienst erweisen, indem du sie seiner entledigst.«

Ich schüttelte den Kopf.

»Wärst du lieber eine Hure?«

Nein, nein, natürlich nicht. »Aber er ist doch Euer Bruder …«

»Nenn ihn nicht so. Er ist der Sohn meiner Mutter; auch der meines Vaters – ich habe nie gegenteilige Gerüchte gehört –, und tatsächlich nahm er Anleihen bei meinem Vater mit seinem Aussehen, und er stand auch in der Gunst meines Vaters. Aber mein Bruder ist er nicht mehr.«

»Er war gezwungen, sich zwischen seiner Mutter und Euch zu entscheiden, und das würde doch bestimmt die Loyalität eines jeden Sohns auf die Probe stellen?«

»Unsinn. Er hat es von sich aus entschieden, wie immer.«

»Aber Ihr habt ihm vertraut?«

»Ich hatte ihn nicht für einen solchen Narren gehalten, dass er den Versprechungen unserer Mutter Glauben schenkt. Aber sie hat uns beide überlistet, nicht wahr? Hör zu«, sagte er und richtete seinen freudlosen Blick auf mich. »Wenn du mir Trost spenden möchtest, wie du es gesagt hast ... Muttermord ist mir untersagt. Was Merle betrifft, würde es mich trösten zu erfahren, dass er tot ist.«

Ich begann an der Vertiefung zwischen ihren Zehen und fuhr dann mit meinem angespitzten Fingernagel an ihrem Fuß empor, überquerte damit das Gelenk an ihrem Knöchel, glitt zum Schienbein hinauf, über das runde Knie und ihren weichen Schenkel. Ich nahm Feuchtigkeit zwischen den Lippen ihrer Spalte auf und hinterließ eine glänzende Spur entlang des kleinen Hügels, wo ihr Frauenbart hätte sein sollen. Sie wachte auf, ließ die Augen jedoch geschlossen. Sie formte ein Lächeln. Hinauf über ihren Bauch, vorbei an den Falten, die ihren Nabel verbargen, einen leichten Kratzer hinterlassend und zwischen ihren Brüsten hinauf zu ihrem Hals und über ihr Kinn und in ihren Mund. Sie saugte an meinem Finger, machte die Augen auf, und sie weiteten sich. Sie musste geglaubt haben, ich sei Arkhyios Kydos, obwohl ich nicht wusste, wie das hätte möglich sein sollen, wo sie doch halb über ihm lag und er schlief.

»Mixin«, sagte ich. »Du liegst auf meinem Umhängetuch.«

Sie hatte breite Hüften und schmale, schräge Schultern, und weiches Fleisch bedeckte überall ihre Knochen. Sogar ihre Knie hatten Grübchen. Sie stellte ihren Fuß auf meinen Schenkel; es war eine beleidigende und intime Geste. »Du bekommst das Umhängetuch für einen Kuss«, sagte sie.

Ich legte eine Hand auf das Rückenpolster, die andere zwischen ihre Beine und beugte mich vor. Sie schob mich mit dem Fuß und zog mich mit einer Hand hinter dem Nacken zu sich heran. Ich nahm ihre Unterlippe zwischen meine Lippen. Ihr Mund war klein, die Lippen blutrot gefärbt wie Granatapfelsamen. Ihr Atem roch nach Anis.

Arkhyios Kydos wachte auf und sagte: »Oh, da bist du ja. Ich dachte, du wolltest nicht.«

»Warum nicht, ja?« Warum nicht. Es war das, was Moon und die Mondblüte offenbar von mir verlangten, um ihren kleinen Spaß miteinander zu vervollständigen. Obwohl Moon gerade hinter dem Mount Allaxios stand und es nicht sehen konnte.

Dieser Mann mit seinen glatten Wangen und geschmeidigen Muskeln war so übersättigt mit leicht zu bekommendem Vergnügen, dass er in die Manufaktur eingedrungen war, um die Horde der verängstigten Frauen zu bespringen. Ich hatte Lust, ihn zu überraschen, ausgerechnet ich, die ich nur einige wenige der fünfundzwanzig Stellungen mit Galan ausprobiert hatte, noch bevor ich wusste, dass sich jemand die Mühe gemacht hatte, sie zu benennen. Ich wies auf sein Gehänge, das nackt war, ohne ein Nest von Haaren. »Damit werdet Ihr nicht weit kommen«, sagte ich. »Ich könnte noch mein Jungfernhäutchen haben – Ihr werdet spitz sein müssen, um mich zu stechen.« Während ich noch auf sein Gehänge deutete, begann es sich zu rühren und steif zu werden, und zu sehen, wie er mir gehorchte, ließ mich lächeln.

Mixin grub ihre Zehen in mein Bein, damit ich sie nicht vernachlässigte, und ich schob ihr drei Finger in die Möse, wie Galan es bei mir getan hatte – mit meiner rechten, meiner kalten Hand. Ihre Lider zuckten, und ich drang noch tiefer in ihre glitschige Weichheit ein. Ich entzog ihr Wärme, zog durch diese Pforte das innere Feuer ihres Körpers auf mich zu. Sie stöhnte auf eine Art, die natürlich zu sein schien, oder ich wurde von dem gespielten Vergnügen einer Hure getäuscht, der ältesten Betrügerin der Welt. Sie machte mir Platz zwischen ihren Beinen, und ich kniete mich hin, beugte mich mit meinem Gewicht auf der linken Hand vor, die rechte nach wie vor ihn ihr. Mit dem Daumen tastete ich nach ihrer Perle. Sie knöpfte die Schnur auf und zerrte mein Kleid hinunter, um mich bis zur Taille zu entblößen. Ich streifte mit meinen Brustwarzen über ihren Körper.

Kydos wickelte meinen Umhang auseinander, kniete sich hinter mich und drang in mich ein, und meine Möse riss ein wenig, da sie so trocken war, und ich kratzte Mixin innen mit meinem Fingernagel, damit sie laut aufschrie. Meine Zunge glitt rau über ihre Lider.

Vermutlich nahm Kydos mich von hinten, weil er herausgefunden hatte, dass ich eine Tharais war. Während er sich abmühte, dachte ich an die Tharaislappen, die aus dem Palast ausgesperrt worden waren, um das Unglück und seine Schar zu besänftigen, und daran, wie die Frau sich gegen die Mauer der Gasse gestemmt hatte, und ich dachte an den König und seine Verachtung seinem Bruder gegenüber, die darin bestand, ihm statt einer Braut eine Tharaishure zu schicken, einen Abfallbehälter, dachte an seine Verachtung uns beiden gegenüber, und ich hätte geweint, wäre ich nicht so trocken gewesen wie eine Wüste.

Dann paarte sich Kydos von Angesicht zu Angesicht mit mir, was bewies, dass ich doch eine Tharos war; ich hatte sie alle hinters Licht geführt. Als Kyanos seinen Platz einnahm, zog ich meine Knie bis zur Brust an und kreuzte meine Fußknöchel zum Verschlossenen Korb und wollte ein Rätsel aufgeben, das gelöst wurde, als Perdik ihr Gewicht dem seinen zufügte. Ich stahl ihnen allen Wärme, und meine Haut war sengend heiß und alles auf ihr trocknete schnell, ihr alter Schweiß, das weiße Blut der Männer, der Rahm der Frauen, einen Reif aus Moschus und Salz hinterlassend. Ich roch nach Mondblüte, und ich war so voll ihres süßen Giftes, dass ich es aus meinen Lippen verströmte, aus meiner Möse, meiner Haut, in der Form eines puderigen Flaums, funkelnd und dunkel. Ich glaubte, es würde ihnen schaden, wenn sie mich küssten. Und das war es, was ich wollte, sie vergiften, sie anstecken, ihre Herzen so toben lassen wie das meine, sie mit meiner linken Hand verbrennen und sie mit meiner rechten schaudern lassen. Sie hatten durch mich an der Mondblüte teil, und diese zeigte Wirkung.

Dass die Mondblüte eine heilige Pflanze war, hatte mir Aghazal nicht gesagt; vielleicht ging sie davon aus, dass ich es wusste. Die Mondblüte sagte es mir selbst, indem sie mir ihren heiligen Eid ablegte, sodass ich sie in meinem Körper begreifen konnte, die einzige Art, auf die sie begriffen werden konnte, und ich war wahrhaftig ihre Hure und Zelebrantin.

KAPITEL 29
Huren-Zelebrantin

Ich träumte, dies getan zu haben, und einiges davon erwies sich als wahr. Wie ich nach Hause kam, weiß ich nicht genau. Auf meinem Rücken waren kreuz und quer verlaufende Kratzer, und von Kniffen verursachte blaue Flecken auf meinen Schenkeln. Meine Möse war wund. Hätte es keine Male gegeben, dann hätte ich es an den Geschenken erkannt, die Boten im Haus hinterlassen hatten; prinzliche Geschenke, von Prinzen. Arkhyios Kyanos schickte ein mit den hängenden Blüten eines Goldregenbaums besticktes Umhängetuch, bei dem jedes Blütenblatt eine Ziermünze aus gehämmertem Gold war. Arkhyios Kydos schickte zwei goldene Fingerhüte, die gut bis zu den mittleren Gelenken hinabreichten. Aghazal untersuchte sie näher und entdeckte hinter einem der Schildpattfingernägel eine geheime Kuhle, für Opossumpulver und so etwas, meinte sie. Der Stil ließ sie vermuten, dass der vor zehn Jahren verstorbene Goldschmied Galakt sie angefertigt hatte; seine Arbeiten wurden hoch geschätzt, und sie bemaß den Wert auf etwa fünfundvierzig goldene Perlenmünzen. Kyanos hatte ein Gedicht geschickt, und Kydos eine Botschaft aus Perlen an einer Schnur, die Aghazal zufolge – ich hatte nicht genug gelernt, um sie lesen zu können – lautete: *überwältigt vom Geschenk Eurer Jungfräulichkeit*. Außerdem gab er mir mein Umhängetuch zurück, das ich vergessen hatte.

»Du warst noch Jungfrau?«, fragte Aghazal. »Das hättest du mir sagen sollen. Dies sind schöne Geschenke, aber für dein erstes Mal hättest du noch mehr bekommen können.«

»Natürlich nicht. Ich blute ein bisschen, das ist alles. Das war die Mondblüte.«

»Ich habe geblutet, muss es heißen.«

Wir saßen nebeneinander im Speisehof und frühstückten gekochte Eier, obwohl es bald Zeit war, Besuche zu machen. Manchmal besuchten wir zwei Essen an einem Abend. Ich hatte mein Studium der Taxonomie vernachlässigt und bis spät in den Nachmittag hinein geschlafen.

»Ich verstehe nicht, warum du diese unreifen Jungen ausgesucht hast«, sagte Aghazal, »wo du doch beschlagenere und vergnüglichere Männer hättest haben können.«

»Sie waren gerade zur Hand.«

»Plötzlich hattest du es eilig, ja?«

»Plötzlich, ja.«

»Und jetzt bereust du es?«

Vermutlich war das nicht schwer zu erraten gewesen. Meine Lider waren geschwollen, und ich konnte ihrem Blick nicht lange standhalten.

»Glaub nicht, ich würde mit dir schimpfen. Im Gegenteil, ich lobe dich: zwei Großsöhne des Arkhon in einer Nacht.«

»Vergiss Mixin und Perdik nicht«, sagte ich trocken. »Was soll ich tun, einen Fingerhut Mixin geben, und Perdik das halbe Umhängetuch?«

Aghazal lachte. »Ich werde sie auf meine nächste Gesellschaft einladen und ihnen ein paar reiche Männer in den Weg legen. Diese Geschenke gehören dir, du hast sie dir verdient.« Sie schälte ein Ei und aß die Hälfte davon auf einmal. Ich saß steif und aufrecht da und musste daran denken, wie ich Mixin berührt hatte. Dabei fragte ich mich, wie es wohl wäre, Aghazal zu berühren.

»König Corvus rät mir, mich von ihnen fernzuhalten«, sagte ich.

»*Riet*, er riet dir. Also hast du natürlich das Gegenteil getan, ja? Das zu beherzigen, was dein Wohltäter dir rät, geht ja wohl nicht.«

Wohltäter, so nannten sie einen Gönner, der sich eine Huren-Zelebrantin für den eigenen Gebrauch hielt. Ich zuckte mit den Schultern. »Es war die Mondblüte in mir.«

»Ach so, die Mondblüte. Wann hat er diese Warnung ausgesprochen?«

»Gestern Nacht. Er kam die Treppen in dem Garten hoch, ist mir vielleicht gefolgt. Nein, das würde er nicht. Ist er dort?«

»Wo? Wann? Jetzt hast du mich verwirrt.«

»In dem Garten, auf dem Hügel, letzte Nacht.«

»Ich glaube nicht«, sagte Aghazal. »Er hat den ganzen Abend auf dem gleichen Platz gesessen. Was hatte er an?«

»Er trägt, er trug einen langen Wappenrock mit einer Granatapfeldarstellung und einen Kranz aus Wacholder, Gründorn und Natternkopf.«

»Natternkopf? Unwahrscheinlich. Ich habe vergangenen Abend mit ihm gesprochen – er hat übrigens nach dir gefragt –, und da trug er einen Wappenrock mit goldenen Eichenblättern und um den Saum springende Gazellen. Es ist mir besonders aufgefallen.« Gazellen waren das Zeichen von Aghazals Haus; zwei lebensgroße bronzene Gazellen standen im Speisehof, eine schwebend, mit erhobenem Kopf, als überlege sie, ob sie davonspringen solle, die andere aus einem Becken trinkend.

»Also war es Mondblüte«, sagte ich. War ich froh darüber? Zunächst konnte ich es nicht sagen, weil mich eine erstickende Benommenheit dämpfte. »Dann ist es alles Lüge, was er sagt, ja?«

»Vielleicht. Vielleicht auch nicht. Was hat er denn gesagt?«, wollte sie wissen. Doch ich erzählte es ihr nicht.

Im Haus von Aghazal war man nie alleine und wagte sich auch nie alleine hinaus, und das war nicht nur deswegen so, weil man in Gesellschaft sicherer war. Es war ein geselliger Ort. Als ich daher Aghazal sagte, ich wolle allein losziehen, um einen Schrein von Katabaton aufzusuchen, war sie verblüfft. Doch es war nicht ihre Art, mir eine strenge Herrin zu sein, sodass sie es mir nicht untersagte.

Ich zog mir einen safrangelben Umhang und ein Umhängetuch mit Anfangbändern aus violetten und türkisfarbenen Streifen an, die Alltagskleidung der Frauen aus ihrem Haus. Ich zog Perlenmünzen auf die Schnur an meiner Netzhaube auf, darunter drei aus Bernstein und eine aus Karneol; über der Haube trug ich einen breitkrempigen Hut, sodass Aghazal nicht mit mir schimpfen würde, dass ich zu viel in der Sonne war. Einen Großteil meiner Wertsachen nahm ich in einem großen Marktkorb mit und verbarg sie darin unter Strängen aus indigofarbenem Faden. Auf den Faden legte ich dicke Stiele von Mondblüte, die sowohl dicht geschlossene Blüten als auch Früchte trug, stachelige grüne Samenbehälter in der Größe von Kirschen.

Ich ging in das Palastviertel hinein, vorbei an den Wachen des Osteingangs, die ich beschwatzte, indem ich ein paar Perlenmünzen als Argumente vorbrachte. Dann stieg ich die breite, gepflasterte Straße am Kanal empor. Wenig später eilte ich durch schmale Gassen zwischen den mit hohen Mauern eingefriedeten Palästen. Ich war noch nie so reich gewesen, hatte noch nie eine solche Angst vor Dieben gehabt.

Als ich zu der Tür in der Mauer gelangte, stieg ich die steilen, dunklen Stufen hinab, bis ich in der schmalen Schlucht über dem Schrein von Katabaton wieder ins Tageslicht trat. Katabaton hatte einen großen Tempel auf einer hochgelegenen Terrasse gleich vor dem Palastviertel, mit einer Statue, die so hoch wie eine Zypresse und mit Gold überzogen war. Aber sie war zu hoch, zu großartig. Im Gegensatz zu der in milchigem Weiß auf die rissigen Wände der Höhle gemalten Katabaton schaute sie mir nicht in die Augen.

Ich band die Mondblütenstiele zu einer Girlande für sie. Das Aroma der Blüten, auch wenn sie geschlossen waren, war reif und stark. Seit ich am letzten Tag des Quickening hier gewesen war, hatte niemand mehr eine Opfergabe dargebracht. Mit einem Bündel Ginster fegte ich den Boden und legte die Stränge des indigofarbenen Fadens, die Aghazals Großmutter mir großzügigerweise geschenkt hatte, vor Katabaton. Es war Katabaton, die den Tharais die Kunst des Färbens beibrachte, sagen sie in Lambanein. Außerdem gab ich ihr ein goldenes Armband, und zwar jenes, das ich dazu benutzte, die Narbe an meiner linken Hand zu verdecken. Ich betete sie an, auf Aghazal und ihren Haushalt herabzulächeln.

In der Felswand, hinter dem Vorhang aus Purpurkranzranken, fand ich ein gutes Versteck für meine Wertsachen. Ich zog zerbröselnde Schieferplatten hervor, bis ich eine Nische geschaffen hatte, die groß genug war für einen glasierten Topf mit einem Deckel, der meine Schätze barg – zwei goldene Fingerhüte, eine goldene Nadel und Spindel, ein Paar silberne Würfel, ein emaillierter Pokal, ein Alabastergefäß mit gelbem Puder für meine Arme, das Goldregenumhängetuch und ein paar Perlenmünzen. Ich hoffte, es würde nicht zu feucht werden. Dann verschloss ich die Nische wieder mit Schiefergestein. Wenn man danach suchte, wäre es leicht zu finden, aber wer würde hier schon suchen?

Ich war entschlossen, Geld mehr Aufmerksamkeit zu zollen. Münzen hatten mir noch nie an den Fingern geklebt, aber das sollte nun vorbei sein. Geld war das Haus, das sich Aghazal an einem See in Ebanaka baute; Geld war Essen und Kleidung und Unterkunft; Geld war, Ja zu sagen, wenn einem nach Ja zumute war, und Nein, wenn einem nach Nein zumute war. Ohne Geld zu besitzen, besaß ich nicht einmal mich selbst, denn ich konnte als Leibeigene gekauft und verkauft oder weggegeben werden, wie der König mich weggegeben hatte. Als Huren-Zelebrantin wurde ich immerhin nur vermietet.

Sollte ich mich hassen, weil ich von meinen Gönnern

nicht nur diese Schätze, sondern auch Vergnügen einforderte? All diese Monate des Schmachtens nach der Berührung durch Galan und nun der des Königs, und beide verweigerten sich mir, während überall sonst, wohin ich schaute, die Götter – Desire, Moon oder Katabaton – dieses Geschenk in Aussicht stellen. Dass ich mich dafür hasste, beide zu genießen – und genossen zu haben –, war unbestreitbar. Genuss ohne Freude, Hunger, der einen dazu nötigte, zu verschlingen, ohne zu schmecken; ich hatte nur den ersten Bissen gekostet und den Rest hastig zu mir genommen. Sogar jetzt, wenn ich darüber nachdachte, verspürte ich die Gier. Ich hatte diese Gier durch Völlerei unterdrückt, bis ich vollgestopft war, bis ich mich für Kyanos der Länge nach hinstreckte und er mir zwischen den Beinen herumwühlte, während ich den Kopf auf Mixins Bauch legte und das Podest zu einem Boot wurde, das unter Bäumen voll mit in Käfigen gesperrten Vögeln einen Kanal entlang auf die Vergessenheit von Sleep zutrieb.

Die Freifrau war nun nur noch eine Erinnerung für mich, da ich ihren Fingerknochen nicht mehr besaß. Aber selbst als Erinnerung stand es in ihrer Macht, mir Vorwürfe zu machen. Sie verhielt sich kühl, da sie meine lüsterne Art missbilligte. Sie begriff nicht, was ich getan hatte, so wie ich selbst nicht begriffen hatte, warum Sire Galan, als er mich bereits gewonnen hatte, auf eine Jungfernschaft gewettet hatte. Warum war ich nicht genug?

Er hatte die Verführung begehrt, nicht das junge Mädchen, und als er dieses bekommen hatte, wollte er sie nicht länger. Bis jetzt hatte ich immer geglaubt, dies sei ein Spiel der Männer. Gerade heute Morgen hatte Arkhyios Kydos mir eine Einladung mit einem Geschenk geschickt. Ich hatte das Geschenk angenommen, seine Einladung jedoch abgelehnt. Ich war fertig mit ihm.

Bei den Göttern – ich errötete, und mir wurde heiß bei dem Gedanken, was Galan getan hätte, wenn er mich mit diesen Prinzchen und Huren erwischt hätte. Er selbst mochte herumspielen, wie er wollte, doch mich würde er verachten, wenn ich das Gleiche tat. Er durfte es nie erfahren. Aber was war schon ein Geheimnis mehr, das ich vor ihm bewahren musste, wo ich doch schon so viele zu bewahren hatte?

Er würde Verdacht schöpfen, würde etwas ahnen. Eine Gefangene des Königs, die mit den Männern ritt, und dabei sollte mich nie ein Mann berührt haben? Wer würde so etwas glauben?

Wahrscheinlich hatte ich geglaubt, ohne Schuld zu sein, wenn mich niemand beschuldigte. Aber Galan war ein eifersüchtiger Mann; wie gut ich das wusste, obwohl ich ihm zuvor nie Grund dazu gegeben hatte.

Ich setzte mich auf die Stufen vor dem Schrein und drückte mir die zerbrechlichen Stacheln eines Mondblüten-Samenbehälters in die Handfläche. Mondblüte musste befragt werden, andernfalls würde sie sich um die Wahrheit herumdrücken. Entsprach es der Wahrheit, dass mein Portrait gemalt worden war, um es Merle zu senden? Der Maler hatte mich wunderschön aussehen lassen, bescheiden, stolz, mit Kühnheit in einem Auge. So konnte man einen Verräter besser hinters Licht führen. So unwahrscheinlich es klang, war es doch wahrscheinlicher als die Erklärung, die ich mir aus lauter Eitelkeit hatte vorstellen wollen, dass nämlich König Corvus danach begehrte, mich anzuschauen, wenn ich nicht da war. Und wenn dieser Teil meines Traums wahrhaftig war, dann war es auch der Rest, und eines Tages würde mir der König einen Weg zurück über die Berge zu Galan anbieten. Wie konnte ich auch nur daran denken, es abzulehnen?

Vielleicht unterzogen wir einander einer Prüfung, Mondblüte und ich. Sie suchte nach einer Gehilfin, und ich suchte nach Träumen, die ich glauben konnte. Aber ich hatte Angst vor ihr. Zwei Tage, nachdem ich die Paste gegessen hatte, schmerzten mir immer noch die Augen von zu viel Tageslicht, und das Herz zitterte mir in der Brust wie ein Kreisel, der im Begriff war zu fallen. Ich riss den getrockneten Samenbehälter auf und übergab die braunen Samen der Brise, welche die Schlucht entlangpfiff, damit Mondblüte Wurzeln schlagen konnte, wo es ihr beliebte, in dem Unrat am Fluss oder in den Spalten zwischen Felsbrocken.

Ich fragte Aghazal, ob sie uns zu einem Bankett einladen lassen konnte, dem Kataphrakte von König Corvus beiwohnten. »Du möchtest deinen Wohltäter verärgern, ja?«, fragte sie.

»Er will mich nicht für sich selbst«, erwiderte ich. »Warum schert er sich dann darum, was ich tue?«

»Ich verstehe«, sagte sie. Am nächsten Tag hatten wir eine Einladung zum Abendessen im Haus eines Edelmannes, der Bekanntschaften unter den Männern des Königs pflegte. Einer seiner Gäste war Sire Vafra, und auch Sire Quislibet und sein Wappenträger Sire Stria gehörten dazu. Als ich Sire Vafra sah, bekam ich es mit der Angst zu tun. Wenn er nun einen Scherz darüber machte, mich als Lappen gesehen zu haben? Mit einem unbedachten Wort konnte er mich in Gefahr bringen, ohne zu wissen oder sich darum zu scheren, was er damit anrichtete. Zum Glück wurden wir nicht zueinandergesetzt. Ich verbarg mich hinter meinem geschminkten Gesicht, und ich hielt meine Stimme hoch und trällernd, und es hatte nicht den Anschein, als erkenne er mich wieder.

Sire Quislibet hatte nie ein Wort mit mir gewechselt, als ich mich im Heer des Königs befand und Feuerdorn, eine gefangene Erdfrau, gewesen war. Allein aus diesem Grund wählte ich ihn, weil ich es konnte. Mit schlichten Koketterien lockte ich ihn von den anderen weg. Wir saßen auf verschiedenen Podesten, und ich starrte ihn an, bis er meinen Blick auffing. Dann schaute ich rasch beiseite und verbarg ein Lächeln hinter vorgehaltener Hand. Schließlich wandte ich mich dem Mann neben mir zu, berührte seinen Arm und lachte auf eine solche Art und Weise, dass Sire Quislibet erkennen musste, dass ich stattdessen ihn meinte. Die Mädchen in unserem Dorf hatte ich immer beobachtet, wenn die Burschen kamen, um ihnen den Hof zu machen. Sie schienen zu wissen, wie sie einfältig zu lächeln und zu poussieren hatten, während ich davon keine Ahnung hatte und mich selbst niemand wollte. Nun aber erwies es sich doch als einfach, neckisch verschämt zu tun. Es war keine große Kunst. Ich stellte fest, dass ich sogar nach Belieben erröten konnte, indem ich eine Hitzewelle in mein Gesicht steigen ließ.

Ich stand auf, um im Garten umherzuschlendern, und er folgte mir. Ich führte ihn auf eine Jagd, indem ich meine Schritte beschleunigte, rannte und dabei einen Blick zurückwarf, bis ich mich von ihm in einem Laubengang aus Blauregen einholen ließ. Er war mit einem Marmorbett eingerichtet, das unter einer glatten Moosdecke eine Matratze aus Erde aufwies. Der Edelmann musste fleißige Gärtner haben, um das Moos in den regenlosen Sommern von Allaxios gedeihen zu lassen.

Während wir uns paarten, stieß ich Gebrochenes Gurren hervor und zerkratzte ihm den Rücken. Dabei half mir der Wein, nicht Mondblüte.

Hinterher legte sich Sire Quislibet mit hinter dem Kopf verschränkten Armen auf das Rückenpolster, und ich maß seine Oberschenkel, die ich mit den Händen nicht umfassen konnte. Ich sagte ihm, er sei stark wie eine Eiche und hart wie Eisenholz. Ich war betrunken genug, um mich dabei geistreich zu finden, und er war betrunken genug, um sich mit billigen Schmeicheleien zufriedenzugeben.

»Ach, du sprichst meine Sprache?«, sagte er.

»Ihr erkennt mich nicht wieder?« Ich setzte mich rittlings auf ihn und beugte mich dicht zu ihm hinunter, die Hände auf den vorspringenden Muskeln an seinem kräftigen Nacken. Ich beschmierte ihn mit Dreck; ich hatte das Moos aufgescharrt und zerrissen, als ich mich auf ihn gepresst hatte, und nun waren meine Handflächen und Fersen beschmutzt. Abgesehen von der roten Schnur um meine Taille war ich nackt. Er ließ seine Finger zwischen die Schnur und meine Haut gleiten.

»Sind wir uns schon begegnet? Ich kann dich ja noch nicht einmal erkennen«, sagte Sire Quislibet mit vorwurfsvollem Ton.

Mit meinem linken Auge konnte ich ihn sehr genau sehen. Ich legte meinen Mutterfinger gegen die entblößte Stelle unter seinem Kiefer und grub meinen angespitzten Fingernagel hinein, um seinen Kopf nach hinten zu neigen. »Erzählt Eurem König, dass Ihr eine Hure namens Alopexin kennengelernt habt, hmmm? Erzählt ihm, dass sie gut war. War ich denn nicht gut?« Ich berührte sein Gehänge, bis es wieder steif wurde.

Er legte den Kopf auf das Rückenpolster zurück und schloss die Augen. »Du wirst es bei ihm nicht schaffen. Er hat Rift Warrior gegenüber ein Gelübde abgelegt, keiner Frau nachzugeben, bevor er Incus zurückerobert hat.«

»Was für ein Jammer«, sagte ich. »Aber ich werde sein Gelübde nicht in Gefahr bringen. Sagt ihm, ich könne für ihn singen, ich kenne viele lambaneinische Lieder. Bestimmt hätte der Gott nichts dagegen, wenn er sich an der Erinnerung erfreut, der Melodie einer Drossel.«

Sire Quislibet klopfte erneut an meine Tür, und ich ließ ihn ein. Er war nicht die Art von Mann, der es für eine Frau angemessen hielt, oben zu sein, und nach einer Weile drehte er mich um.

Ich hatte dem König eine Botschaft gesandt und konnte nun nur hoffen, dass sie ihm überbracht worden war. Sire Quislibet war zu sehr von seiner eigenen Bedeutung eingenommen, als dass er jemandem als Mittelsmann gedient hätte, befürchtete ich.

Er versäumte es, mir am nächsten Morgen ein Geschenk zu schicken. »Ich habe gemerkt, dass er ein Trampel ist«, sagte Aghazal. »Die Leute werden denken, dass du keinen Unterschied machst. Lass sie zu dir kommen, ja? Lass sie warten und leiden. Ein großer Teil des Verlangens besteht aus Vorfreude.«

Manchmal glaubte ich, von mir wäre nichts mehr übrig, als mir das zu wünschen, was ich nicht hatte, und dessen war ich überdrüssig. War es denn nicht besser, mich gegen jemand Echten, Soliden, Schweren und Schweißnassen zu pressen, als mich sinnlos zu verzehren vor Sehnsucht? Aber ich hatte mich auf meinen runden Absätzen gewiegt und mich bei diesem Mann verausgabt, ohne genug von ihm zu bekommen. Es war mir nicht einmal gelungen, die Gärtner zu vergessen und die Zerstörung ihres makellosen Mooses.

Sire Vafra hatte mich doch erkannt. Er schickte mir einen Brief, der in Gottzeichen auf lambaneinischer Seide geschrieben war, mit einem goldenen Ring umgeben. Die Musiker, welche die Nachricht überbrachten, spielten den ganzen Abend vor der Tür. Aus dem Brief ging hervor, dass er neun weitere solcher Ringe habe, einen für jeden meiner Zehen, und er würde sich freuen, sie mir aufzusetzen, sich hinzulegen und meinen Tritt zu empfangen, wenn ich es ihm gestatte, mich aufzusuchen. Ich fragte Aghazal, was er damit meinte, und sie erwiderte: »Er muss die Demütigungen lieben.«

»Ich denke, die Demütigungen sind dazu bestimmt, von Tharosmännern gegenüber Tharaisfrauen ausgeführt zu werden, wie es in den Gemälden dargestellt wird? Jedenfalls stammt er aus Incus. Dort betreiben sie keine Demütigungen, ja?«

»Trotzdem«, sagte sie, nachdem sie meine Sprache korrigiert hatte.

Ich befürchtete, dass Sire Vafra eine versteckte Drohung aussprach. Wenn ich nicht einwilligte, würde er womöglich jemandem verraten, vielleicht Aghazal, dass ich eine Tharais gewesen war, dass ich immer noch eine war, denn es gilt im Lambanein als ein Makel, der sich nicht abwaschen lässt. Obwohl sie selbst Ebanakanerin war, konnte sie Tharais nicht ausstehen; ich hatte gesehen, wie sie die Badedienerin geschlagen hatte, weil sie stank, und wie sie geflucht hatte, der Mistkäfer habe Zwiebeln gegessen, obwohl sie ihr verboten habe, dieser Neigung nachzugehen.

Ich schickte eine Nachricht an Sire Vafra zurück, ein Bukett aus Storchschnabel, das bedeutete *Ich erwarte Euren Besuch*. Er kam am folgenden Nachmittag, als Aghazal noch schlief, und ich empfing ihn im Speisehof im Schatten des Säulengangs. Die Zweite und die Dritte sangen und spielten für uns, und Tante Köchin schickte eine Nichte, die eine Platte mit gefüllten Mäusen auftrug.

Sire Vafra war zu höflich, um überstürzt auf den Punkt zu kommen, wie er es getan hatte, als ich eine Tharais war. Er setzte sich mit übergeschlagenen Beinen auf das Podest und nahm meinen rechten Fuß auf den Schoß, um mir den Strumpfschuh auszuziehen. Dann schob er mir Goldringe über die Zehen, einen nach dem anderen, und kratzte mir den empfindlichen Fußrücken, als wäre er ein im Lambaneinischen bewanderter Mann. Ich drückte meine Fußsohle gegen seinen Unterleib und spürte seine Reaktion.

»Eure Musiker waren sehr …«

»Hast du sie genossen?«

»… laut, wollte ich sagen.« Ich wackelte mit den Zehen, bewunderte die Ringe, und er fing an, schwerer zu atmen. Ich nahm meinen Fuß weg.

Sire Vafra begann zu stammeln, fragte, ob ich seine Besuche begrüße und seine Einzige sein wolle, falls ich mich bereiterkläre, nicht auszugehen, denn er würde die Vorstellung hassen, dass ich …

»Sagt dem König, beim nächsten Mal soll er selber kommen, ja?«, sagte ich. Da es nun wieder um die Angelegenheiten seines Herrschers ging, war er wieder sicher. Und darüber erfreut.

»Er kann hier nicht auf Besuch kommen.«

»Natürlich kann er das, und es ist Zeit, dass er es auch tut. Ganz Allaxios hält ihn für einen Eunuchen.«

Sire Vafra umschlang meinen Knöchel mit seiner Hand. »Träumerin, ich habe solche Träume von dir gehabt. Diese Ringe sind mein, von mir – meinst du, du könntest …«

Ich zog mir meine Strumpfschuhe aus und bot ihm meinen linken Fuß. »Diese Ringe sind Euer? Ich dachte, sie wären mein.«

Ich nahm seine Ringe und schickte ihn unbefriedigt fort. Am nächsten Tag und dem danach kehrte er zurück und fragte, wie ich ihn abweisen könne, wo ich mich doch von Sire Quislibet zweimal habe stechen lassen, der Mann prahle endlos damit, er sei umsonst unter die Röcke der Träumerin gelangt. Soweit ich es beurteilen konnte, war Sire Vafras Vernarrtheit nicht vorgetäuscht. Dennoch ging ich davon aus, dass der König ihn schickte, damit er ihm über meine Tätigkeit berichtete oder ihm wissentlich oder unwissentlich als Mittelsmann diente.

Sire Vafra schenkte mir einen neuen Umhang aus himmelblauer, indigofarben gesprenkelter Seide. Ich zog ihn damit auf, indem ich sagte, er passe zu den Augen des Königs, und er solle seinem Herrn für ein solch wohlüberlegtes Geschenk danken, denn ich würde seine Farben mit Freude tragen. Sire Vafra protestierte, es sei sein Geschenk, seines allein, doch ich erklärte, ich glaube ihm nicht. Ich erzählte ihm, ich würde häufig vom König träumen, und das war eine weitere Botschaft, die er hoffentlich weitergeben würde. Diese kleinen Qualen waren die Art von Demütigungen, die Sire Vafra anstrebte, obwohl sie nicht auf der Liste standen.

Aghazal lobte mich dafür, mir einen so hartnäckigen und großzügigen Verehrer zugelegt zu haben. Gleichzeitig tadelte sie mich dafür, die Taxonomien und die Dichter zu vernachlässigen. Bestimmt hatte die Zweite sich beschwert. Ich sagte, sie schläferten mich ein, da ich immer so müde sei. »Meinst du vielleicht, ich wäre nicht erschöpft?«, erwiderte sie. »Eine jüngere Schwester sollte nicht untätig sein, wenn ihre ältere so hart arbeitet, um fünfzig hungrige Mäuler zu stopfen.« Sie hatte tatsächlich viele Mäuler zu stopfen, wenn auch vielleicht nicht gerade fünfzig.

»Warum sollte ich die Taxonomien erlernen?«, fragte ich. »Es ist doch einfach, gestochen zu werden, ja? Diesen Männern ist es egal, welche Listen ich kenne.«

Es war das erste Mal, dass ich Aghazal wütend auf mich erlebte. Sie sagte, unsere Kunst sei schwieriger, als ich glaubte – jede Närrin mache diesen Fehler, weil jede Närrin sich paaren könne, ja?

Sie meinte, nach langer Übung könne ein Maler erhabene Momente haben, vielleicht gar einen ganzen Tag, an dem jeder Pinselstrich makellos war; ein Musiker könne ein Lied entdecken, wenn er es zum ersten Mal spiele und jede seiner Noten unfehlbar und präzise sei. Und so könne auch eine Huren-Zelebrantin für sich und ihren Gönner Momente der Perfektion erlangen. Wegen dieser Momente sei es, dass die Künste, alle Künste, heilig waren.

Doch Meisterhaftigkeit müsse erlernt werden, sogar von den Begabten. Wenn zu viel Lernen sich scheinbar in den Weg stelle, käme eine Phase von großer Schwierigkeit. Dann begreife man, was man noch nicht zu tun vermöge. Deshalb liebte ich Mondblüte und Gönner ohne Urteilsvermögen, sagte sie. Damit ich meine Unzulänglichkeiten nicht erkennen müsse. Damit sie es nicht taten.

Ich bot ihr weitere fünf goldene Zehenringe – drei hatte ich ihr bereits geschenkt. Sie ließ sich nicht besänftigen. Ich begriff, wie sehr ich sie verletzt hatte, und deswegen kroch ich vor ihr zu Kreuze, warf mich bäuchlings auf ihr Bett und streichelte ihr das Schienbein. Ich flehte sie so kunstvoll um Vergebung an, dass ich ihr ein Lachen entlockte.

Ich versprach, hart zu lernen und mich dabei von ihrer Klugheit leiten lassen und zu versuchen, ihr nachzueifern. Darauf sagte sie: »Lass mich Vorkehrungen dafür treffen, dass du ein paar bechlagenere, unterhaltsamere Männer kennenlernst. Wenn du dann feststellst, dass du trotzdem Wüstlinge und Jünglinge bevorzugst, nun, dann ist das dein Geschmack. Immerhin wirst du dann den Unterschied kennen.«

Der erste war ihr Gönner Krinian; er behauptete, mich reizend zu finden, und schenkte mir ein Halsband aus Bissen und ein weiteres aus Gold mit Citrinen und blauen Saphiren; einen zweiten Mann wählte sie wegen seines Stehvermögens aus, um mich Geduld zu lehren; einen dritten wegen seiner Eleganz, um mich Feingefühl zu lehren. Sie waren alle äußerst liebenswürdig, doch ohne Mondblüte konnte ich mich nicht vergessen oder damit aufhören, mir darüber Sorgen zu machen, sie könnten mich im Vergleich zu anderen Huren-Zelebrantinnen, die sie genossen hatten, für eine armselige Künstlerin halten.

Sechs Männer in weniger als einer Dekade nach einem Leben lang, in dem ich nur zwei gehabt hatte, und davon auch noch einen gegen meinen Willen. Ich hatte mich darauf eingelassen. Und der Mondblüten-Traum war nur ein Traum, und König Corvus kam mich nicht besuchen. Wahrscheinlich bemaß er die fünfzehn goldenen Perlenmünzen und die siebzehn aus Silber als einen kleinen Preis, um sich meiner Aufdringlichkeiten zu entledigen, meiner Anmaßung, er schulde mir etwas. Mittlerweile wusste ich, was meine Aufnahmegebühr wert war, und die einzige Überraschung bestand darin, dass Aghazal sich einverstanden erklärt hatte, mich für eine solch kleine Summe anzunehmen. Aber sie war gewieft und konnte Gewinnchancen gut einschätzen; schon jetzt hatte sie mehr mit mir eingenommen, als der König bezahlt hatte.

Als sie am Nachmittag aufwachte, besuchte ich Aghazal in ihrem Schlafgemach, um ihr mein neues Geschenk zu zeigen. Der letzte Mann hatte mir ein Gedicht geschickt, in dem er mich mit Morgentau verglich, dazu ein Umhängetuch aus dem Flor, den man Morgentau nannte, und der so dünn und fein war, dass er durch die schmale Öffnung eines Rings gezogen werden konnte. Ich fragte Aghazal, ob dies bedeutete, dass er mich kalt und feucht fände, worauf sie sich vor Lachen auf dem Bett hin und her wälzte.

Auf diese Art und Weise redeten und lachten wir viel, morgens, wenn sie zu müde nach Hause kam, um schlafen zu können, oder am Nachmittag, wenn sie gern noch eine Weile im Bett blieb, bevor sie geschäftig herumlaufen musste. Nun stand sie seufzend auf, und ich blieb noch unter ihrem Bettzeug liegen. Der Tag war ruhig und heiß. Die Läden an ihren Fenstern waren geschlossen. Ich hörte Bienen summen und roch den Weihrauchbusch, der in einem Topf vor ihrem Fenster gepflanzt war. Ich befestigte mir den Umhang über den Knien und breitete die Arme aus, um mich abzukühlen. Das Haar klebte mir am Nacken. Aghazal war in ihrem Bad, das ich hätte aufsuchen sollen. Stattdessen schlief ich ein.

Adalana weckte mich und zog mich am Umhang, um meine Beine zu bedecken. »Steh auf!«, sagte sie. »Er ist da!«

Benommen setzte ich mich auf und strich mir mit den Fingern durch das Haar. »Sire Vafra?«

»Dein Wohltäter«, sagte Adalana laut flüsternd. Sie wusste, dass es wichtig war, war aber noch zu jung, um zu wissen, warum.

»Lauf und sag ihm, dass ich bald komme, ja? Und sieh zu, was Tante Köchin ihm geben kann.«

Doch König Corvus war ihr in den Raum gefolgt. Er stand da und betrachtete die Einrichtung: die Gemälde an der Wand, die Schnitzereien an den Beinen und Rückenlehnen von Aghazals Bett, alles wunderschön gearbeitet, alles zu dem üblichen Thema. Stühle gab es keine; er setzte sich auf das Bett, und ich musste alle Willensstärke aufbringen, um nicht herauszuspringen. Stattdessen kniete ich mich hin und berührte mit der Stirn die Matratze, und dann setzte ich mich so anmutig hin, wie ich es in der Stellung vermochte, die sie Keuschheit nennen, die Füße verborgen. Ich bereute, dass ich einen schäbigen, zerknitterten Umhang trug, während sein Wappenrock aus indigofarbenem Leinen so steif und frisch war.

»Also«, sagte er.

Ich liebte es zu sehen, wie er nach Worten suchte, bevor er etwas sagte.

»Hier schläfst du also?«

Da er in der Hochsprache sprach, tat ich es auch. »Es ist Aghazals Raum. Die anderen Schwestern und ich, wir leben in dem Raum von Aghazals Mutter. Ich habe mich bloß ein wenig hingelegt.« Nur eine Hure schlief am Nachmittag – ich glaubte, seine Gedanken lesen zu können.

»Du wirst einen eigenen Raum benötigen, wenn ich dich besuchen soll.«

»Werdet Ihr mich denn besuchen?«

»Meine Spione sagen mir, es gebe Gerüchte, nach denen ich ein Eunuch sei.«

»Davon habe ich gehört. Außerdem gibt es ein Gerücht über ein geheimes Gelübde. Dieses Gerücht habe ich geglaubt.«

»Ich werde beide Gerüchte widerlegen.« Während er dies sagte, schaute er mich nicht an. Seine Hände waren unbewegt. In Lambanein gestikulierten die Menschen, wenn sie redeten. Dass er es nicht tat, brachte mich aus der Fassung.

»Sogar das wahre?«

Er schaute mich ausdruckslos an.

»Zweite, schaust du mal nach, was aus den Erfrischungen für unseren Gast geworden ist?«, rief ich laut. Dies verscheuchte Tasatyala aus ihrem Versteck vor der Tür. Ich machte mir keine Sorgen darüber, sie könnte unsere Unterhaltung mithören. Niemand im Haus beherrschte die Hochsprache fließend, auch wenn Aghazal ein paar Worte kannte.

»Ich sehe zum Fürchten aus.« Ich glättete mir das Haar und versuchte es dazu zu bringen, flach anzuliegen. Ein Mann sollte eine Hure nur dann in unordentlichem Zustand sehen, wenn er sie gerade beschlafen hat; er liebt den Gedanken, er selbst sei der Grund dafür.

»Würde es Euch etwas ausmachen, in den Speisehof zu gehen? Dort könnte eine Brise wehen.«

Er lehnte ab.

Tasatyala kehrte mit einem kleinen Klapptisch zurück, den sie auf das Bett zwischen uns stellte. Tante Köchin hatte uns einen geleckten Gang aus Minze und Zitrone bringen lassen. Zweifellos wurde noch etwas Aufwendigeres vorbereitet. Gästen musste Essen dargeboten werden, ganz gleich, wie unpassend ihr Erscheinen sein mochte. Als wir fertig waren, rief Tasatyala Zarfatta herbei, damit diese die Teller abräumte, und schaute uns weiter zu. Aghazal hatte ihren Gast ihren jüngeren Schwestern überlassen.

»Wie wäre es mit einem Lied?«, fragte ich den König. »Meine Schwestern können es für uns spielen.«

»Ich hatte an das Lied einer Drossel gedacht«, sagte er.

Ich schickte Tasatyala Wein holen. »Und lass uns dann alleine!«, fügte ich auf Ebanakanisch hinzu. Ein paar Worte dieser Sprache hatte ich gelernt, vor allem das, was bei einem Streit nützlich war.

Endlich hatten wir Wein auf dem Klapptisch stehen und waren allein in dem Raum. Offenbar hatte der König wenigstens eine meiner Nachrichten erhalten. Er war auf mein Geheiß hier, aber ich war mir nicht sicher, was ich mit ihm tun sollte.

Ich hatte mich meiner Nützlichkeit als Drossel gerühmt, doch als ich dem König beim letzten Mal etwas Nützliches gesagt hatte, war das etwas aus einem Traum gewesen, und er hatte es noch nie gehört. Nun würde ich ihm alles noch einmal von neuem erzählen. »Habt Ihr von Arthygater Keros und ihrem Sänger gehört? Sie hat sich einen als Liebhaber genommen, es ist ein Skandal. Deswegen bietet ihre Mutter sie dem Star an. Allerdings hat er noch keine Antwort gegeben. Vielleicht brennt sie ja mit dem Musiker durch.«

»Kennst du den Namen dieses Sängers?«

»Arkhyios Kydos hat ihn nicht genannt. Aber ich kann ihn herausbekommen. Es war davon die Rede, dem armen Kerl die Kehle durchzuschneiden oder die Säcke abzuschneiden. Es scheint aber, als ließen sie ihn im Moment in Ruhe und sich mit Keros amüsieren. Da der Schaden nun einmal angerichtet ist.«

»Welcher Schaden? Lambaneiner haben keine Ehre, die beschädigt werden könnte. Die Männer führen Zweikämpfe mit Gedichten, während die Frauen jedem gefällig sind, für den sie schwärmen.«

Ich wurde rot und wandte den Blick von ihm ab. Man konnte meinen, er hätte mich zu Aghazal geschickt, um meine Tugendhaftigkeit einer Prüfung zu unterziehen. »Ihr entehrt Eure Frau, wenn Ihr so etwas über Lambaneinerinnen sagt.« Selbst wenn es stimmte.

»Sprich nicht von ihr«, sagte er.

Ich nippte an meinem grünen Kelchglas und versuchte, zu Atem zu kommen. Ich stellte das Glas wieder ab und sagte hinter vorgehaltener Hand: »Bitte vergebt mir.«

Er machte eine wegwerfende Geste, mit der er mir bedeutete, nichts mehr davon hören zu wollen. Nach einer Weile sagte er: »Ist das alles?«

»Alles wovon?«

»Du bist seit zwei Dekaden hier, und das ist alles, was du mir zu berichten hast? Dass Prinzessin Keros ihre Jungfernschaft verloren hat – vorausgesetzt, sie hatte sie noch –, und das an eine Art Rhapsoden, einen Sänger?«

»Ich habe das von ihrem Bruder erfahren, von einem Prinzen des Königreichs, einem Großsohn des Arkhon«, sagte ich und war bestürzt darüber, dass meine Stimme zitterte.

Er schwieg, und in der Stille hatte ich Zeit zu hören, wie töricht ich klang. Ich stieß den Atem aus, den ich angehalten hatte. Ich konnte nicht verlieren, was ich nie gehabt hatte, und daher konnte ich seine gute Meinung von mir nicht verlieren. Einmal hatte ich geglaubt, ich hätte sie, aber ich musste mich getäuscht haben. »Ich hatte einen Traum«, sagte ich. »Einen wahrhaftigen Traum, denke ich.«

»Tatsächlich?«

»Ich habe geträumt, Euer ... Ich träumte, der Star hätte ein Abbild von mir erhalten, genau das, welches der Maler angefertigt hat. Und er glaubte, ich sei Prinzessin Schmähross, Keros, und er begehrte mich zu ehelichen. Ich habe die Kerastes, die Ferinus mit einem großen Mitgiftschatz überquert und mit einer Eskorte aus in Rot gekleideten ebanakanischen Wachen, und als wir in Lanx ankamen, hat mich der Star mit dem Friedensgruß begrüßt.«

Der König starrte mich an, und ich wusste, dass sie nicht gelogen hatte. Mondblüte hatte nicht gelogen.

»Und dann?«, sagte er. Er trank aus seinem Kelchglas und stellte es dann auf den Klapptisch. Ich füllte es mit Wein aus dem Krug und schenkte ein, ohne dabei zu kleckern, so wie ich es gelernt hatte. Es gefiel mir, ihn warten zu lassen.

»Ich wachte auf. Ist das Portrait dafür gedacht? Warum habt Ihr mir das nicht gesagt?«

»Wir sahen keinen Grund dafür, warum du dir über etwas den Kopf zerbrechen solltest, was womöglich nie eintritt. Wir haben einen Boten geschickt, aber der Botengang ist riskant – ganz Incus ist in Aufruhr, und überall streichen Bewaffnete umher.« Er beugte sich vor. »Aber nun wissen wir, dass der Bote durchkommen wird und du mit rot gekleideten Wachleuten in deinem Rücken vor Merle stehen wirst. Das hatte ich kaum zu hoffen gewagt.«

Ich hatte ihn nicht in die Irre führen wollen, als ich ihm den Traum auf diese Weise erzählt hatte, da ich glaubte, er gebe so eine bessere Erzählung ab. Nie war mir der Gedanke gekommen, dass der König einen solchen Trost darin finden würde. Ich brachte den gleichen Einwand vor, den ich in meinem Traum gehabt hatte. »Und wenn er mich heiratet, was dann? Der Star kannte eine echte Prinzessin aus Lambanein und wird sich von mir nicht hinters Licht führen lassen.«

Dieses Mal gab der König nicht zu, dass ich seinen Bruder nicht würde bezaubern müssen, da sein Bruder würde sterben müssen. »Du meinst nicht?«, sagte er. »Ich glaube, du wirst dich sehr gut machen. Du bist bereits derart versiert, dass Prinzen des Königreiches einen Narren an dir gefressen haben. Ich wage zu behaupten, dass es mit Merle nicht schwierig werden wird.«

Ich vertraute Mondblüte mehr, als ich ihm vertraute. Natürlich verbarg er seine Absichten vor mir; einen Bruder zu töten war niederträchtig.

Der Tag war heiß, aber mir war kalt, ich hatte eine Gänsehaut. Der König nahm seinen Wappenrock ab, als wolle er ihn nicht zerknittern, behielt jedoch seine Kniehose und sein dünnes Musselinhemd an. »Überall sind Bedienstete, hmmm?«, sagte ich. »Sie sehen, was Ihr tut oder nicht tut. Ohne Diener kann nicht gesagt werden, was passiert ist. Ich denke, Ihr solltet mich hierhin beißen, in meinen Unterarm, wo man es sehen kann.« Ich hielt ihm meinen linken Arm vor das Gesicht, sodass er hinschauen musste; ich zeigte ihm meine Handfläche und die Innenseite meines Arms, die vom Handgelenk bis zum Ellbogen mit gelbem Puder bestäubt war. »Fünf Bisse: hier, hier, hier, hier und hier.«

Ich war die Huren-Zelebrantin Alopexin, deshalb konnte ich so mit ihm reden. Und mein hurenhaftes Herz geriet in Versuchung, als er die dünne Haut meiner Armbeuge zwischen die Zähne nahm und an der vernarbten Haut meines Handgelenks und an drei weiteren Stellen dazwischen biss. Er kannte den Trick, hart genug zu beißen, um ein Mal zu hinterlassen, ohne dass dabei Blut floss. Ich stöhnte auf. Meine Hände waren zu Fäusten geballt, und ich grub meine Nägel in die Handflächen.

Als er aufschaute, lag Verzweiflung in seinem Blick, und sein Mund und die schwarzen Haare seines Bartes und Schnurrbartes waren mit gelbem Puder verschmiert. »Ich hatte vergessen, wie es schmeckt«, sagte er.

KAPITEL 30

Die Jagd

Wespen krabbelten über die Schale der Melone, die wir zum Frühstück gegessen hatten. Im Schatten des Säulenganges schrieben Adalana und ich eine Liste von Statthaften Gründen für Zweikämpfe auf, darunter das Schmähende Gedicht und das Anmaßende Starren. Ich hütete mich davor, Tasatyala Fragen zu stellen, etwa die, wie lange man schauen musste, bis aus einem Blick ein starrender Blick wurde. Es war eine Leistung, dass sie in ihrem Alter so viele der Taxonomien auswendig kannte; sie zu verstehen würde noch Jahre dauern.

Mein Griffel schien fast wie von alleine zu schreiben, glitt rasch voran. Gegenüber der lambaneinischen Silbenschrift empfand ich nie eine solche Ehrfurcht wie vor den Gottzeichen von Incus; doch auch die kleinen Tänzerinnen waren auf ihre Art hübsch.

Ich roch den Lehm und die süße, vergärende Melone und die Blumen im Sonnenschein des Hofes und spürte, wie plötzlich Liebe in mir hochkam, Nächstenliebe für meine Schwestern. Ich hörte, wie Tante Köchin Angadataqebay wie so häufig in der Küche fluchte, erst auf Lambaneinisch zu einer Tharosdienerin und dann auf Ebanakanisch: »Scheiß auf dich, Großmutter!« – ein Fluch, welcher der gedrungenen, hölzernen Beschützerin der Küche galt, einer Göttin, die den ganzen Weg aus Ebanaka mitgebracht worden war. Tante Köchin brachte der Statue jeden Tag Opfergaben dar, schrie sie jedoch auch jedes Mal an, wenn Essen anbrannte oder ein Topf auf dem Feuer zersprang. Meine Nächstenliebe wuchs an und umschloss die Tharosdienerin, Tante Köchin sowie die hölzerne Göttin, die zweifellos die Küche segnete, denn das Essen war immer gut.

Als wir mit dem Abschreiben fertig waren, fragte ich die Zweite: »Können wir jetzt üben?« Wir drei jüngeren Schwestern versuchten ein schwieriges Lied zu erlernen, das sich in der Mitte des Heldengedichtes von Oxys und Pachys befand und in dem die Braut Eikenain von ihrer Rasenden Leidenschaft für einen Mann berichtet, dessen Namen sie nicht kennt, während er, Pachys, sich im Garten versteckt und versucht, einen Blick von ihr zu erhaschen. Auch er ist in sie vernarrt; dafür hat der verschlagene Peranon gesorgt. Als ich am Abend des Banketts der Weißen Blütenblätter der Aufführung des Heldengedichts beiwohnte, hatte ich von all dem natürlich nichts verstanden.

Tasatyala tanzte Eikenain, die Glocken an ihren Hand- und Fußgelenken trug, und ich war Pachys, während Adalana die Rolle von Peranon, als Nachtigall verkleidet, spielte und sang. Als die Zweite und die Dritte über meine Fehler lachten, nahm ich daran keinen Anstoß, sondern fing an, mich selbst zu verspotten, indem ich den Liebhaber zu einem Einfaltspinsel und sein Begehren zu einem Prahlen machte. Mich betrunken gebend, stolzierte und stolperte ich herum, und das Herumgekaspere weckte Sire Rodela auf, der vor Vergnügen summte und meine Beine streckte. Adalana spielte schneller, immer schneller, und ich demonstrierte Gewandtheit – meine und die von Sire Rodela –, indem ich über das schmale Becken, das den Hof trennte, hin und her sprang, über den Karpfen und den schläfrigen, nachsichtigen Meneidon, zwischen den beiden bronzenen Gazellen. Wie lange konnte ich springen, ohne ins Straucheln zu geraten, und wie schnell? Darin bestand das Vergnügen. Adalana nahm ihre aus dem Flügelknochen eines Schwans gefertigte Flöte und spielte ein hohes, pfeifendes Nachtigalllied. Während ich tanzte, folgten mir Wespen, als wäre ich süß wie Honig, und ich glaubte, niemals zu stürzen.

Am Morgen der Jagdgesellschaft des Arkhon sprang ein Kater durch das offene Fenster herein und weckte uns auf, indem er über das Bett stolzierte, das ich mir mit der Zweiten, der Dritten und Mutter Yafeqer teilte. Es war zwar noch dunkel, aber Zeit zum Aufstehen, und Tasatyala stand auch pflichtbewusst auf und scheuchte Adalana auf, während ich mich auf den Bauch drehte und mir ein Umhängetuch über den Kopf zog. Ich war bis spät auf einem Bankett geblieben und hatte es verdient weiterzuschlafen. Doch der Kater setzte sich auf meinen Rücken und bearbeitete mich mit seinen Krallen. Er fühlte sich schwer und heiß an, eine schnurrende Kohlenpfanne. Ich sagte ihm, er solle verschwinden, und das tat er auch, indem er auf das Fensterbrett sprang und dann in den Hof hinab. Doch wenig später spürte ich, wie er um meinen Kopf herumschlich, und als ich das Umhängetuch hob, sah ich, dass er in seinem Maul eine große tote Krähe hatte. Stolz legte der Kater sein Opfer auf das Bett. Der Vogel war noch warm.

Ich stand auf und weckte Aghazals Bruder Kabara, der in der Eingangshalle schlief. »Du musst sofort eine Nachricht für mich überbringen«, sagte ich zu ihm. »Und wenn dich vorher jemand ergreifen will, dann schlag sie kaputt, bevor er sie lesen kann, ja?« Ich gab ihm eine Schreibtafel mit der in Gottzeichen in den Lehm geschriebenen Nachricht: Heute werden sie versuchen, ihn zu töten. »Bring das hier in den Hof der Stillen Wasser, zu Garrio, dem Diener des Königs. Erinnerst du dich an ihn? Er ist an dem Tag, als Aghazal mich aufgenommen hat, mit mir gekommen. Er hat einen Bart, grau meliert, mit mehr Weiß am Kinn als an den Seiten, aber seine Augenbrauen sind schwarz. Er hat Stirnfalten. Frage nach ihm, sie kennen ihn dort alle. Sag ihm, dies käme von der Träumerin des Königs. Nein, vergiss es. Sag nur Garrio. Garrio, ja?« Ich schrieb die vier Zeichen, die Feuerdorn ergaben, auf den Lehm. Als nachträglichen Einfall schnitt ich mir eine Locke ab, schlang sie um den Federkiel einer Krähe und drückte beides in den Lehm. Der Junge war der Hochsprache nicht mächtig, und Garrio beherrschte nur wenig Lambaneinisch.

Kabara rannte los, und ich machte mir Sorgen. Vielleicht hätte ich selbst gehen sollen. Aber nein, der Junge konnte schneller laufen. Der König bekam jeden Tag so viele Nachrichten, dass ich befürchtete, er könne die meine ignorieren, und darüber hinaus bezweifelte ich, dass Kabara schnell genug zu ihm vorgelassen werden würde. Daher Garrio. Aber Garrio würde gerade damit beschäftigt sein, sich viele Gedanken über die Kleidung seines Herrn zu machen – nutzloser Flitterkram für einen Mann, der auf die Jagd ging.

Wahrscheinlich würden sie es während der Jagd versuchen, in dem eingefriedeten Wald des Arkhon, inmitten der gefangenen Tiere. Ich kniete mich vor eine Mondblüte im Speisehof und brachte ein Trankopfer aus Blut und Wein dar. Dabei betete ich zu Mondblüte – obwohl ich vorgewarnt war, dass sie eine seltsame Art hatte, auf Gebete zu reagieren. Ich hatte um einen wahrhaftigen Traum von Galan gebetet, und sie hatte mir König Corvus gezeigt, der in einem mit Granatäpfeln bestickten Wappenrock auf einer hohen Terrasse saß; es war ein Traum gewesen, der in den meisten Einzelheiten falsch war, aber wahrhaftig auf jede Art, die zählte.

Nun flehte ich sie an, mir einen weiteren wahrhaftigen Traum vom König zu schicken, damit ich ihm eine deutlichere Warnung übermitteln konnte als jene, die der Kater signalisierte. Falls sie mir half, gelobte ich, mich ihrer Anweisung zu fügen, wann immer sie angeboten wurde, ganz gleich, wie närrisch sie mich würde aussehen lassen.

Ich nahm aus der Mondblüte eine vertrocknete Samenkapsel heraus, die in vier ordentliche Teile gespalten war, und schüttelte mir neun dunkle Samen in die Handfläche. Ich zermahlte sie, ließ sie in heißem Wasser ziehen und trank den Sud aus.

Dies alles tat ich, während Aghazal schlief. Als sie erwachte, war ich bereits angekleidet und bereit für die Jagd. Die Tharaisdienerin hatte mir das Haar auf Widderhörnern aus Weiden gerichtet, die sich um meine Ohren wanden, und zur Belustigung weiße Orchideen hinzugefügt, sodass es aussah, als wären Schmetterlinge darauf gelandet. Ich setzte mich auf die Marmorbank und schaute zu, wie Aghazal badete. In ihr brannte Glück wie Öl in einer Lampe, und ich wusste nicht, warum. Obwohl ich reglos dasaß, war mir, als brause mir ein Wind in den Ohren. Meine Kehle war ausgetrocknet. Aghazal stellte sich vor mich und stellte mir Fragen, während ihr das Wasser in silbernen Perlen überall über die Haut und die Haare rann. In meinem vom Star befallenen Auge wirkte sie weit entfernt.

Aghazal und ich setzten uns in einen Pavillon in dem königlichen Jagdpark, in dem gesprenkelten Schatten von marmornem Gitterwerk und Eichen. Der Pavillon befand sich in den Baumwipfeln, gestützt von acht gemeißelten Säulen. Von Zeit zu Zeit wurden die Bäume von einem flüchtigen Wind geschüttelt, und dann zitterten die steifen Eichenblätter wie Messingzimbeln. Wir mussten eine Leiter benutzt haben, um dort hinaufzugelangen, aber ich konnte mich nicht mehr daran erinnern.

Es waren Diener dabei, zwei Tharosfrauen und ein Lappen. Männer bislang nicht; sie waren auf der Jagd, und wenn sie Erfrischungen begehrten oder sich ausruhen wollten, dann konnten sie dies in unserem Pavillon oder einem der anderen tun. Von der Jagd selbst würden wir hier nichts zu sehen bekommen, doch wurden wir als Zuschauerinnen auch nicht benötigt. Die Edelfrauen, die in den Säulengängen um einen großen Pferch in dem Park saßen, würden den Höhepunkt der Jagd beobachten. Treiber würden das Wild in diesen Pferch treiben, damit Jäger die Tiere abschlachten würden, ohne dass ein einziges entkam.

Nun aber war es Zeit für die Pirschjagd, um die List, den Mut, die Ausdauer und die Stärke von Mensch und Tier einer Prüfung zu unterziehen, Mann gegen Tier. So würden sie ihn umbringen. Es würde niemanden geben, den man dafür verantwortlich machen könnte.

Das Gewölbe des Pavillons war mit blauen Kacheln gefliest, und wir saßen auf einem Podest auf Kissen aus safranfarbener Seide. »Du bist so still«, sagte Aghazal. Sie wusste, dass ich Mondblüte eingenommen hatte; sie brauchte dazu bloß meine schielenden Augen anzuschauen; beide Pupillen waren riesig und umringt von dem schmalen, farbigen Irisband. Sie stieß einen Seufzer aus, und eine aufmerksame Dienerin bemerkte ihre winzige Geste und stellte eine flache Schale mit Aprikosen und gezuckerten Mandeln vor uns. »Ich hatte vergessen, dass es langweilig ist«, sagte sie, und mir war zumute, als hätte sie mit einem Dorn nach mir gestochen. Aber es tat nicht weh.

Heute roch Aghazal nahrhaft, wie gebackenes Brot, obschon sie eine gebundene Krone aus Geißblatt trug. Sie knabberte an einer Mandel, und ich hätte ihr den Zucker von den Lippen lecken wollen, die sie sich pflaumenviolett gefärbt hatte. Sie konnte den Blick, mit dem ich sie anstarrte, nicht missdeuten, und grinste, ohne sich den Mund dabei zu bedecken. Dann ging sie zur Tür und rief einen Neffen, der unten wartete. »Schau doch mal, ob du Kabara auftreiben kannst, ja?« Sie war womöglich verärgert über mich gewesen, weil ich Kabara aus eigenem Antrieb mit einer Nachricht fortgeschickt hatte, doch ich hatte einen bedeutenden Gönner, ich durfte so etwas tun.

Als der Neffe mit Kabara zurückkehrte, hatte ich vergessen, ihn überhaupt losgeschickt zu haben. Aghazal wickelte einen ihrer Ringe in ein Eichenblatt und schnürte es mit einem violettfarbenen Faden, den sie aus ihrem Umhängetuch gezogen hatte, zu einem Paket und schickte Kabara damit wer weiß wohin. An einem anderen Tag hätte ich versucht herauszufinden, worüber sie flüsterten; das war ein Spiel, das ich mit Aghazal spielte, zu versuchen, das Objekt ihrer Liebe zu erraten. Jetzt aber war es mir gleich. Bevor er ging, hatte Kabara mir einen Blick zugeworfen und genickt. Er hatte meine Nachricht übermittelt.

Mox führte mich durch die winzigen Kerastes, steile, mit Moos bewachsene Felsen, die nur doppelt so groß waren wie ich, mit Rinnsalen anstelle von Flüssen. Er führte mich an einer Leine, die um mein linkes Handgelenk gebunden war. Mox war tot, in eine Eisspalte gestürzt, doch das hatte ich vergessen.

Auf einem Felsblock kauerten wir uns zusammen, und eine Gämse stand auf einem Gipfel über uns, auf zerbrechlichen Hufen ausbalanciert, zitternd, lauschend. Sie sprang davon. Ich hielt den Atem an und hörte, was die Gämse gehört hatte, etwas, das eilig durch den Wald lief. Es war der König in rotem Jagdleder, eine Krone mit samtigen Geweihenden tragend. Das Geweih sah aus wie eine plumpe Last, doch er rannte mit der geschmeidigen Anmut eines Hirschbocks, wich Bäumen aus und duckte sich, um Äste zu umgehen, sodass ich erkannte, dass er das Gewicht und die Breite seiner Krone gewohnt war. Sein Leder hatte Schweißflecken bekommen. *Prey, beschütze ihn.* Er stammte mütterlicherseits von Prey ab. Warum hatte Prey Hunter den Körper eines Menschen und den Kopf und das Geweih eines Hirschs? Warum erschien der Aspekt nicht als Wolf, als Jäger, statt als jemand, der vor Jägern davonläuft? Ich glaubte, es annähernd zu begreifen: weil der Mensch beides ist.

Der König lief weiter, aus meinem Sichtfeld heraus. Ich schaute mich nach seinen Jägern um, um zu erfahren, wem ich die Schuld zuschreiben konnte, wenn er getötet wurde.

Sie kamen zu Pferd, drei Männer, bewaffnet mit Speeren mit flachen Klingen, die sie sich mit langen Schnüren an den Handgelenken befestigt hatten. Auch in Lambanein verbieten die Götter Waffen, welche die Hand verlassen. Doch Mox ergriff verächtlich das Wort und sagte, die Leine sei ein feiger Betrug. Sire Rodela holte einen Grashalm zwischen seinen Zähnen hervor, pflichtete ihm bei und meinte, in Corymb würde man sich dafür schämen, einen Speer, der größer war als ein Mann, für die Jagd zu benutzen. Wenig später unterhielten sie sich darüber, warum es besser war, mit Hunden statt mit Leoparden auf die Jagd zu gehen, was für eine seltsame lambaneinische Gepflogenheit.

Der erste Reiter war einer der Söhne des Arkhon, Arkhyios Kyparisos, dessen Namen ich auf der Wand in Aghazals Haus geschrieben gesehen hatte. Der zweite Reiter war eine ebanakanische Wache, und der dritte ein königlicher Jägermeister. Hinter diesem saß auf einem besonderen Sattel das Tier, mit dem er jagte: ein Leopard, eine große, schmächtige goldene Katze mit schwarzen Flecken, die ein rotes Halsband trug, eine Kette sowie eine Kappe, damit sie nichts sah. Auch die Pferde der Reiter waren getüpfelt, allesamt grau gesprenkelt.

Sie folgten dem Königshirsch so rasch, dass sie schon verschwanden, während Sire Rodela noch immer über seine bevorzugte Sichtjägerin sprach. Ich bat Mox inständig, mich von der Leine zu lassen, doch er ignorierte mich. Der Wald gab mir ein Geschenk: Dort, zu meiner Rechten, in einem Spalt eines Felsbrockens, wuchs eine Schwalbenwurz mit leuchtend gelben Blüten und frischen, grünen Blättern. Ich rieb mir den gelben Saft in die Augen, bis sie anfingen zu brennen.

Mondblüte gibt die Erlaubnis zu fliegen. Das hatte ich nicht gewusst. Ich konnte herabstoßen und aufsteigen, mich jedoch nicht von der dünnen roten Schnur um mein Handgelenk befreien. Die Sonne wirkte wie ein bronzener

Gong, ihr Licht so laut und zitternd, dass mein scharfes linkes Auge davon geblendet wurde. Ich landete auf einem Ast, hingekauert im Schatten des Laubwerks, und mit meinem vom Star befallenen Auge sah ich einen Panther unter einem Gebüsch. Er war schwarz in schwarz gesprenkelt. Wie Blüten mit fünf Blütenblättern schimmerten die Flecken in seinem Fell. Seine Augen waren verschleiert, aber als er schnupperte, bewegte er den Kopf. Ab und zu ließ sein Diener ihn Butter aus der Hand lecken. Die Reiter trieben den Königshirsch die schmale Hirschfährte hinab auf den wartenden Panther zu. Der Königshirsch sprang den Hügel hinunter vom Fels auf den Findling und rannte nun, ohne sich um die Richtung zu kümmern, während sein Atem in seiner Kehle summte. Kyparisos' Pferd glitt auf den Hinterbacken einen Geröllhang hinab und kam dann schwankend wieder auf die Beine.

Der Tierpfleger nahm dem Panther den Schleier von den Augen und zeigte ihm die Beute. Der Panther preschte blitzschnell aus seinem Versteck hervor, erreichte den Hirsch in drei großen Sätzen und riss ihn. Das Tier war darauf abgerichtet, seinem Pfleger zu gehorchen und sich seine Nahrung eher zu verdienen, als sie sich von Rechts wegen zu nehmen, und so ließ er zu, dass die Männer ihn seines Lohnes beraubten.

Sie hängten den Königshirsch an einen Baum, und zwar an den Ast, auf dem ich hockte. Zunge und Hoden nahmen sie zuerst und legten sie als Opfergabe für Prey Hunter beiseite. Dann schlitzten sie ihm den Bauch auf, um ihn auszuweiden, und ich spürte einen warmen Wind zu mir aufsteigen. Hunde schleckten das Blut auf, und Bettler rangelten sich um die Innereien. Als das Tier ausgeblutet war, zerkleinerten die Jäger ihre Beute und teilten den Körper mit seinem Fell. Der Panther erhielt Leber und Lunge als Belohnung. Arkhyios Kyparisos beanspruchte ein Vorderviertel, Prinz Merle das andere. Der Erste der Ardor nahm fünf Rippen, der Erste der Lynx fünf weitere. Ein Rudel Wölfe bekam das rechte Hinterviertel, während das linke an Sire Galan ging. Königsmutter Caelum nahm das Herz, den Kopf und die Krone mit dreizehn Enden für sich, überließ aber der Krähe – das war ich – die Augen.

Oben auf Aghazals Haus war ein Vorbau mit einer seichten Neigung, wo Tante Köchin Angadataqebay und Großmutter Lagas manchmal Pflanzen zum Trocknen auslegten oder sich aus dem Lärm, der unten herrschte, zurückzogen, um Bohnen zu schälen. Nun saß ich dort alleine. Es dämmerte, und das Licht war grün-golden. Ich drehte meine Arme hin und her und entblößte meine Beine. Auf meinen Armen waren blaue Flecke, auf meinem Hals ebenso, und auf dem Bauch und den Oberschenkeln hatte ich Kratzspuren. Meine Weidenhörner waren weg. In den Knoten meines Haars steckten welke Orchideen. Meine Möse pochte und tat weh.

Aghazal hatte mir erzählt, der König lebte, und ich war hier hinaufgegangen, um die Nachricht auszukosten. Ich war die Letzte, der man erzählte, dass ein Jäger Arkhyios Corvus, der bei der Verfolgung eines Bären durch das Unterholz schlich, für einen Hirsch gehalten und einen Panther auf ihn losgelassen hatte. Der Panther wollte dem König die Kehle aufschlitzen und ihm mit seinen Krallen den Bauch zerfetzen, doch der König hatte einen eisernen Ringkragen um den Hals und einen Kürass unter seinem Jagdleder getragen. Und zu jedermanns Überraschung, sagte Aghazal, habe der König auch Klauen getragen, eiserne Klauen an beiden Fäusten. Er hatte dem Panther einen Stich unter das Kinn versetzt und ihm die Halsvene durchbohrt. Arkyhios Kyparison durchbohrte den Pfleger des Panthers auf der Stelle wegen seiner Fahrlässigkeit.

Arkhyios Corvus hatte keinen Schaden genommen und bestand darauf, die Jagd fortzusetzen. Vor dem Schwarzwild erlegte er einen Bären, zwei Wölfe und ebenjenen Panther, der ihn angegriffen hatte; beim Rotwild waren es zwei Hirschböcke und neun Rehe, dazu ein Steinbock, drei Füchse und ein Luchs. Der Bär und zwei der Rehe wurden während der Jagd getötet; den Rest bezwang er in dem Pferch beim abschließenden Gemetzel. Arkhon Kyphos ritt zuerst hinaus, hieß es, und tötete, bis er ermüdet war. Dann waren seine Söhne und Großsöhne an der Reihe, darauf seine Schwiegersöhne, darunter Arkhyios Corvus, und zuletzt die anderen Gäste. Ich war froh, es nicht mit angesehen zu haben oder mich nicht daran zu erinnern, es gesehen zu haben.

Aber ich hatte einen schlechten Geschmack im Mund und nicht genug Speichel darin, um ihn auszuspucken. Ich spülte mir den Mund mit Wein und goss ein Trankopfer für Mondblüte auf die grünen Dachziegel. Ich hatte sie inständig um einen Anblick von Sire Galan gebeten, und sie hatte ihn mir gewährt. Nun würde ich alle Gelöbnisse einhalten müssen, die ich abgelegt hatte, Crux Moon einen Silbermond geben, wenn ich nach Incus zurückkehrte, und Mondblüte nehmen, wo immer sie angeboten wurde. Aber bei den Göttern, sie war eine strenge Lehrerin und verlangte einen hohen Tribut. Ich legte mich mit dem Rücken in die Sonne, legte mir den Arm über die Augen und zitterte.

Ich hatte Sire Galan von oben gesehen, verkürzt, während er unter dem Ast auf seinen Anteil des Königshirschs wartete. Er trug altes Jagdleder, auf das ein grünes Pfeilmuster eingestanzt worden war, dazu einen Samthut mit einer goldenen Gerfalkenbrosche. Der Gerfalke hielt den Kiel einer Pfauenfeder in den Klauen, auf dem ein funkelndes Auge zu sehen war, das blinde Auge von Chance. Galans Haar musste geschnitten werden. Ich erinnerte mich genau daran, wie es sich anfühlte, ihm mit den Händen durch das Haar zu fahren; die glatten Biegungen seines Schädels und federnde Locken zwischen meinen Fingern.

Als Rowney mir in meinem ersten Mondblüten-Traum erzählt hatte, dass Galan lebte, hatte ich mir die Frage gestellt, es aber nicht *gewusst*. Nun wusste ich es. Er lebte. Lebte.

An diesem Morgen erhielt ich keine Geschenke von Verehrern, sodass ich nicht erfuhr, wer mich markiert hatte. Das war beleidigend. Schlimmer noch aber war, dass König Corvus mir nichts schenkte. Ich wartete den ganzen Tag, bis dann eine Einladung eintraf, bei ihm in seinen Unterkünften zu Abend zu essen, und das war eine größere Wiedergutmachung, als ich erwartet hatte. Ich entschied mich dazu, einen violettfarbenen Umhang anzulegen, zu Ehren von Desire, und dazu mein Morgentau-Umhängetuch, lavendel getönt wie die Innenseite einer Muschelschale. Meine Netzhaube war aus türkisfarbenen und goldenen Fäden gewebt, und ich trug einen Kranz aus Mondblüten.

Onkel Zubana und Marasa zogen mich in dem blauen Karren hinauf bis zum Vortor des Hofs der Stillen Wasser. »Morgen?«, fragte mich Onkel Zubana auf Ebanakanisch mit wissendem Blick.

»Vielleicht, vielleicht«, erwiderte ich in seiner Sprache und hielt ihm meine Handflächen entgegen, um zu zeigen, dass ich es nicht wusste.

Ich erinnerte mich noch ganz genau, wie ich die Residenz des Königs zum ersten Mal betreten hatte, auf Stelzen stöckelnd und mit einer schweren Pferdemaske. Dieses Mal kam ich anmutiger daher. Garrio führte mich eilig durch den Säulengang, und ich war erneut bestürzt über die Schäbigkeit des Hofs, das zertrampelte Schilf und das Becken voll abgestorbener Blätter und grünem Schaum. Ich nahm Garrios Arm, um ihn dazu zu bringen, langsamer zu gehen. Mein Atem ging schnell, als wäre ich die Terrassen selbst hochgegangen, statt in einem Karren gefahren zu werden.

»Ich erkenne dich kaum wieder«, sagte Garrio.

Er brachte mich in das Schlafgemach des Königs, und zu

meiner Bestürzung stellte ich fest, dass Divine Aboleo neben König Corvus auf dem Podest saß. Ich setzte mich den beiden gegenüber. Ich verzichtete auf Zelebrantinnentricks und hielt den Kopf gesenkt. Dabei sah ich, wie makellos die Falten meines Umhangs sich auf meinem Schoß auffächerten.

»Du hast es gewusst«, sagte König Corvus. »Wer hat es dir erzählt?«

»Gestern Morgen hat eine Katze eine Krähe getötet und sie mir ans Bett gebracht.«

»Aber du wusstest, wo und wann«, sagte Divine Aboleo.

»Um ein so deutliches Zeichen zu deuten, muss man nicht Priester sein.«

»Mein Dank ist dir gewiss.« Der König berührte die Aushöhlung an seiner Kehle, wo seine Halsberge ihn vor den Zähnen des Panthers geschützt hatte. In seiner Geste lag eine solche Anmut, dass es mir kalt über den Rücken lief.

»Arkhyios Kyparisos hat es geplant«, sagte ich.

»Aber er hat den Panther und dann auch den Pfleger des Panthers aufgespießt«, sagte der König.

»Wie ich hörte, habt Ihr den Panther ganz alleine getötet, mit Bärenklauen«, sagte ich.

»Du darfst nicht alles glauben, was du hörst«, antwortete der König. »Aboleo hatte die Bärenklauen, mit etwas anderem geht er nie auf die Jagd. Ich hatte ein Kurzschwert, aber bevor ich es zücken konnte, war der Panther schon auf mir.«

»Das Tier war bereits tot, als Kyparisos es mit dem Speer durchbohrte«, sagte der Priester.

»Er musste den Pfleger töten, versteht Ihr?«, sagte ich. »Damit der Mann nicht verhört werden konnte.«

»Warum glaubst du, dass es Kyparisos war?«, fragte Divine Aboleo.

»Ich habe ihn in einem Traum gesehen. Ich sah, wie der Arkhyios und seine Männer den König jagten und ihn dabei eine Fährte entlanggetrieben haben, wo ein Partner, ein

Panther, auf der Lauer lag. Ihr seid gelaufen, Corvus Rex Incus, und Ihr trugt das Geweih von Prey Hunter. Der Panther hat Euch erlegt und getötet, und die Männer haben Euch zerteilt. Wie einen Hirschen. Den Göttern sei Dank, dass mein Traum nur zur Hälfte wahr geworden ist.«

Der Prophet wollte alles erfahren, was ich gesehen hatte, und ich erzählte es ihm so genau, wie ich konnte. Als ich beschrieb, wie sie König Corvus die Zunge herausgeschnitten und ihm die Säcke und den Kopf abgetrennt hatten, bevor sie ihn häuteten, zuckte der König nicht mit der Wimper. Als es um Sire Galan ging, log ich, indem ich sagte, ein Mann aus Corymb, den ich nicht erkannt hätte, hätte das linke Hinterviertel des Königshirschs zugeteilt bekommen.

»Was ist nach dem Traum geschehen?«, wollte Divine Aboleo wissen.

»Danach? Nein, nichts, nichts weiter.«

»Hast du von den Männern, die Euren Pavillon besuchten, nichts erfahren?«

»Ich weiß nicht. Welche Männer?«

Divine Aboleo stieß ein hässliches kleines Lachen aus. »Wie ich hörte, warst du betrunken und hast dich niemandem verweigert. Hast du denn keine Liste geführt, wie viele du während der Jagd zur Strecke gebracht hast?«

Oh, es war schlimmer noch, viel schlimmer, als ich es mir vorgestellt hatte. Ich hatte mir die Frage gestellt, wer es gewesen war, und es versäumt, mich zu fragen, wie viele. Mein Bauch verkrampfte sich, und mir kam die Galle hoch. Bestimmt hätte Aghazal mich so etwas nicht tun lassen – außer sie hatte mich wegen eines Stelldicheins mit ihrem Liebhaber zurückgelassen, dem Grund ihrer jüngsten Rasenden Leidenschaft. Ich fühlte mich von beiden betrogen, von Mondblüte wie von Aghazal.

Möglicherweise log der Priester ja auch. Solcherlei Geschichten erzählte man sich häufig über Huren; sie entsprachen nicht immer der Wahrheit.

Der König wandte sich ab. Sollte ich froh darüber sein, dass er wütend auf mich war, dass ich ihn schockieren konnte? Er beherrschte seine Miene zu sehr, als dass er es ungehobelt gezeigt hätte. Sein Gesicht war unbewegt, doch zeigten sich zwei feine senkrechte Falten zwischen seinen Brauen. Ich erlaubte mir einen bitteren Scherz, indem ich mich über den Klapptisch hinweg zu ihm vorbeugte, als wolle ich ihn unbedingt überzeugen, und zwang ihn so, sich selbst zurückzulehnen. »Mondblüte hat mir Euren Feind gezeigt«, sagte ich. »Sie hat einen Preis dafür gefordert – ich bin davon überzeugt, dass Ihr diesen Preis nicht für zu hoch bemessen halten werdet, da Ihr mich für billig haltet. Und doch habe ich teuer dafür bezahlt. Ich hoffe, es ist für Euch von Nutzen.«

»Ich habe so viele Feinde«, sagte er.

Ich hätte ihn anspucken können dafür, was er da sagte und wie er es sagte. Doch mein Mund war trocken, und meine Kehle schmerzte, als hätte ich eine Nadel verschluckt. Ich war froh, als Divine Aboleo sich ihm ungeduldig zuwandte, so wie ein Lehrer zu einem mürrischen Schüler spricht. »Ja, und es obliegt Euch zu wissen, wer Eure Feinde sind. Begreift Ihr denn nicht, dass diese Vision von Incus handelt und den Heeren, die Euer Königreich in Stücke reißen werden? Die Wölfe haben sich ihren Teil genommen, was bedeutet, dass sie sich schon gegen Eure Mutter gerichtet haben oder es bald tun werden. Das ist keine große Überraschung, das gebe ich zu, und Merle ist es auch nicht. Aber diesen Kyparisos hatte ich nicht vorhergesehen.« Er wandte sich mir zu und sagte: »Was weißt du über ihn?«

Der Prophet verstand sein Handwerk; er hatte die Zeichen gedeutet und die wahre Bedeutung meines Traums erkannt, während es mir nicht gelungen war. Nun musste ich von Arkhyios Kyparisos sprechen, und zwar so ausführlich, dass sie Fragen vergessen würden, von denen ich nicht wollte, dass sie sie mir stellten. Ich rief mir die Stellung des

Arkhyios auf dem Stammbaum des Arkhon in Erinnerung, dazu Fetzen aus Gerüchten, Dinge, die ich einmal gehört und dann wieder vergessen hatte. »Sein Alter ist – dann wollen wir einmal sehen –, er ist mindestens sechs Hände alt, glaube ich. Er ist der dritte Sohn der dritten Frau des Arkhon, was bedeutet, Arthygater Katharos ist seine leibliche Schwester. Ich selbst habe diesen Kyparisos nie gesehen, außer in dem Traum, aber ich habe gehört, dass er eine Stimme wie ein Ochsenfrosch hat und auch aufgeblasen ist wie ein solcher. Er ist Zweiter Exeget im Ministerium des Äußeren, verantwortlich für die Protokolle für Ebanakaner. Es heißt, er sei so weit gegangen, ihre Sprache zu erlernen – das beweist Ehrgeiz, nicht wahr? Vielleicht hat er sich ja mit Mitgliedern der ebanakanischen Wache des Arkhon angefreundet, hmmm? In meinem Traum ist eine Wache hinter ihm geritten.«

»Ich frage mich, ob Kyparisos es mit Zustimmung seines Vaters auf Euer Leben abgesehen hat«, sagte der Priester zum König.

»Um die Zustimmung seines Vaters zu erlangen, vielleicht?«, sagte ich. »Die Leute haben Grund zur Annahme, dass der Arkhon König Corvus als lästig empfindet.«

Divine Aboleo schüttelte den Kopf. »Ich unterstelle Kyparisos größere Ambitionen. Vielleicht hat er beschlossen, dass es besser ist, in einem fremden Land zu herrschen, als darauf zu warten, dass der von seinem Vater auserwählte Sohn den Thron besteigt und ihn garrotieren lässt.«

»Das ist ein reizender Brauch, seine Brüder zu töten«, sagte König Corvus. »Ich hätte das Gleiche tun sollen, als ich König wurde.«

»Wenn der Königshirsch für Incus stand, warum sind dann nicht Consort Ostrakan und Arthygater Katharos hervorgetreten, um einen Anteil zu beanspruchen?«, fragte ich.

»Zweifellos werden sie an Merles Anteil teilhaben«, sagte der Priester.

»Die Söhne haben kein eigenes Geld, keine Ländereien, keine Männer«, sagte ich. »Wenn Kyparisos ehrgeizig ist, wird er Gold und Soldaten benötigen – an wen sollte er sich also wenden, wenn nicht an seine Schwester Katharos?«

»Ostrakan kann uns nicht alle unterstützen«, sagte der König. »Er hat mir eine halbe Million in Gold angeboten, um ein Heer aufzustellen, und bis zu fünfzigtausend für Merle als Aussteuer.«

»Zu versprechen kostet nichts«, sagte ich. »Und was habt Ihr im Gegenzug versprochen?«

Darauf gab er keine Antwort.

»Ich überlege ja nur«, sagte ich. »Die Arthygater benutzt viele Schiffchen in ihrem Webstuhl, jedes mit einem Faden in anderer Farbe. Es könnte sein, dass Kyparisos einen dieser Fäden aus dem Fadenlauf seiner Schwester zupfen wollte, wohlwissend, dass er, solange König Corvus lebt, einen Rivalen hat, der auch so viel Gold hat, um damit ein Heer zu kaufen.«

»Es müsste dir leichtfallen, die Bekanntschaft mit Kyparisos zu machen«, sagte Divine Aboleo. »Versuche es herauszufinden.«

So einfach, wie er dachte, war es nicht. Ich hatte noch nie an einem Bankett im Hof der Söhne teilgenommen. Die Darbietungen dort entsprachen nicht dem Geschmack von Aghazal, und sie war zu ehrbar – zu respektabel –, um beliebt bei den Söhnen des Arkhon zu sein. Auch ich war im Begriff, mir so etwas wie einen Ruf zuzulegen, und man musste zugeben, dass dieser alles andere als ehrbar war.

Womöglich bin ich zusammengezuckt. Jedenfalls sagte Divine Aboleo: »Nun? Hast du Einwände?«

»Wenn ich einen Vorschlag machen dürfte – sollen wir ihm mehr Grund zur Neugierde geben? Was die Gunst des Königs angeht. Falls er glaubt, der König setze Vertrauen in mich ...«

»Ich habe den Mann aus Corymb nicht vergessen, der das linke Hinterviertel des Hirsches erhielt«, sagte König Corvus zu mir. »Ich finde es merkwürdig, dass du ihn nicht wiedererkannt hast. Es war nicht einer der Ersten aus dem Heer von Corymb?«

»Niemand, den ich kenne.«

»Wie alt war er? Aus welchem Stamm?«

Ich versuchte, die Wahrheit mit ein paar Lügen zu garnieren. »Er war bartlos, wie es die Mode unter den jungen Kriegern von Corymb ist. Die Tätowierung auf seiner Wange konnte ich nicht erkennen. Vielleicht war er einer der Bastarde von König Thyrse; er hatte so viele, dass ich sie nicht alle kannte.«

»Welche Farbe hatte seine Kopfbedeckung?«

»Es war dunkel.« Wie sehr ich mir doch wünschte, sie hätten Essen serviert. Hinter der Beschäftigung des Essens konnte sich eine Frau verbergen, konnte sich die Hand vor den Mund halten, um ihr Kauen zu verbergen, und dabei das Zittern ihrer Lippen verdecken.

»In dem Traum war es also Nacht?«, fragte der König.

»Nein. Ich meinte, der Hut war dunkel.«

»Schwarz?«

»Genau konnte ich es nicht sehen.«

»Da habt Ihr es, sie lügt«, sagte der König zu seinem Strategen.

»Das hat keine Auswirkungen, da wir wissen, was gelogen ist: Es geht um jemanden, den sie kannte, einen jungen Mann, gegenüber dem sie loyal ist. Ist es so schwer, ihn zu benennen?«

»Sire Galan dam Capella von Falco der Crux«, sagte der König, und Galans Namen aus seinem Mund zu hören ließ mich schaudern.

»Eine Metze sollte eine bessere Lügnerin sein«, sagte der Priester und gestattete es sich, seine Belustigung zu zeigen, indem er eine Braue hob.

»Du hast nie erzählt, dass deine Klinge ein Mann von solcher Bedeutung war«, sagte König Corvus zu mir.

»Ich dachte nicht, dass es so wäre.«

Wenn ich schon eine Hure sein würde, so war das für Garrio offenbar so lange in Ordnung, wie ich die Hure seines Königs war. Das zumindest war das, was er meiner Meinung nach zum Ausdruck bringen wollte, irgendwann im dritten Abschnitt der Nacht, nachdem ich die Stille des königlichen Schlafgemachs verlassen, mir die Nadeln aus dem Haar gezogen und mir den gelben Puder auf den Armen verschmiert hatte, und mit meinen Sandalen in einer Hand und einer Taschenflasche Wein in der anderen auf den Hof hinausgetreten war.

Garrio und ich weckten die Pferdejungen Lame und Chunner, und wir setzten uns alle in die offene Tür des Stalls, wobei der beruhigende Geruch von Heu und Pferden uns in der Nase kitzelte. Es war leicht zu erahnen, was die Männer in Bezug auf den König erfahren mussten. »Ich dachte, er hat ein wenig Schlaf verdient«, sagte ich, worauf wir alle lachten. Wohlwissend, dass dies der sicherste Weg war, eine Geschichte zu verbreiten, ließ ich sie einen Eid auf Verschwiegenheit ablegen.

Die Unterhaltung war derb, und ich glaubte, ein Echo zu hören, ein raues Summen unter meiner schrillen Stimme, als ich von Sire Vafra sprach und davon, dass ich ihn nicht ließ, und von Sire Quislibet, dem großen, langweiligen Eber, und wie er dabei grunzte. Ich ahmte nach und übertrieb, und sie lachten, als sei ich ein Mann. War es ihnen ganz gleich, ob Feuerdorn oder Alopexin?

In der lambaneinischen Nacht verströmte der Mount Allaxios nach einem heißen Tag einen Geruch, es war ein wohlriechender Geruch, der von Gärten, Wasserläufen und ausgedörrter Erde aufstieg. Im Sommer fiel es schwer, an Winter zu glauben und an die Existenz der Ferinus. Aber wir glaubten daran. Wir spendeten Wein für die Schattenwesen von Mox, Lino, Mano und sogar für Chunners Lieblingsmaultier, alle tot und auf den Bergen zurückgelassen. Dann sprachen wir über die Wölfe, und wie der König sie mit eingekniffenem Schwanz zur Königsmutter hatte zurückeilen lassen. Ich erzählte ihnen von Mox' Kampf mit dem Wolf auf dem Boarsback Ridge, wie sie aufeinander zugelaufen und zusammengeprallt waren und wie jeder den anderen als seinen Gefangenen betrachtet hatte. Ich stand auf und benutzte einen alten Axtgriff als Schwert und einen Haufen Stroh als Feind, um ihnen zu zeigen, wie Mox gekämpft hatte – wie er dem Mann einen leichten Schlag versetzt hatte und dann beiseitegesprungen war, so geziert mit seinen Hieben. Dies veranlasste den Maulhelden, Sire Rodela, zu zeigen, wie es hätte gemacht werden müssen, und wir tollten allesamt um den Heuboden herum und erschlugen Schatten, bis der Griff an einem Pfosten zerbrach.

Lame trank die Taschenflasche Wein aus, worauf wir in die Vorratskammern einfielen, um eine weitere zu ergattern. Ich trank, bis mir alles egal war, und das war genau das, was ich im Sinn gehabt hatte. Aber lange konnte es nicht andauern.

Garrio und die Pferdejungen suchten einen Wallach für mich aus, auf dem ich reiten sollte. Abgesehen von den Koprophaghais, die ihre stinkenden Schubkarren und Wagen zogen, waren die Straßen menschenleer. Als wir an ihnen vorbeikamen, dunkelten sie ihre Laternen ab und blieben reglos stehen, unter dem Schutz ihrer Umhängetücher verschwindend, um uns mit ihrer Anwesenheit nicht zu beleidigen.

Garrio legte die Hand an einen Steigbügel. »Ich hasse es, mit ansehen zu müssen, wie du wieder in dieses Hurenhaus zurückkehrst. Du hast etwas Besseres verdient. Hast du etwa nicht gerade dem König das Leben gerettet? Ohne deine Nachricht hätte er sich nie die Halsberge angezogen. Divine Aboleo hat ihn nicht gewarnt – wozu taugen seine Prophezeiungen, wenn er so etwas nicht vorhersagen kann?«

»Oh, der Prophet ist ein gutes Orakel«, sagte ich. »Er hat vorhergesagt, dass ich eine gute Hure abgeben würde, nicht wahr? Ich hatte ohnehin nie eine Dummfräulichkeit, von der ich etwas gewusst hätte, also betrauert meine verlorene Tugendhaftigkeit nicht.«

Garrio schaute auf und lächelte. »Dann werde ich es auch nicht tun.«

»Ich auch nicht«, erklärte Lame entschieden. Chunner, der sich am Schwanz des Wallachs festhielt und hinter uns herstolperte, war zu betrunken, um irgendetwas zu sagen.

Am folgenden Tag schickte der König ein hübsches Geschenk. Es war eine Pelerine, ein ärmelloser Umhang aus Pantherfell, besetzt mit einem helleren Leopardenfell, gelbbraun mit schwarzen Punkten. Ein Gedicht schickte er nicht.

»Oh, ist das herrlich!«, sagte Aghazal. »Und auch geschmackvoll mit dem kräftigen Schwarz und der getüpfelten Bordüre.« Sie hatte sich die Pelerine über den Arm gelegt. Im Hinterhof, wo ich im Schatten saß und Unkraut zupfte, hatte sie mich ausfindig gemacht. Mir brummte der Kopf. Ich schielte zu ihr hoch und sagte nichts. Ich wunderte mich, dass sie nicht sah, dass das schwarze Fell ebenfalls getüpfelt war, schwarze Rosetten auf schwarzem Grund.

»Ein Jammer, dass es zu heiß ist, um sie zu tragen«, fuhr sie fort, »du wirst bis zum Winter damit warten müssen. Verborgene Liebe, natürlich. Aber wenn er meint, die Leute wüssten es noch nicht, dann ist er ein größerer Narr, als ich dachte.«

In dem Geschenk verborgen lag natürlich noch eine Nachricht, die für andere bestimmt war. Sollten sie doch glauben, er habe seinen Verstand oder sein Herz an eine Zelebrantin verloren, und wegen eines kopflosen, herzlosen Weibsbildes, die ihre Gunst an andere verschwendete, einen Schwur gebrochen. In Lambanein war dies ein uraltes, hochgeschätztes Spiel; ob er sich dabei als Verlierer erwies oder nicht – es würde ihm Sympathie einbringen.

Dann war da noch eine weitere Nachricht, für mich. In Incus war es nur den Edlen erlaubt, solche Felle zu tragen; selbst in Lambanein standen sie eher Mitgliedern des Königshauses als einer Huren-Zelebrantin zu. Ich fasste die Pelerine als Versprechen auf und als Erinnerung daran, dass er vorhatte, aus mir eine gefälschte Keros zu machen und mich über die kalten Ferinus zu schicken.

Und doch hoffte ich, dass das Geschenk auf wahre Dankbarkeit zurückging. Es hatte einen Moment gegeben, in dem der König mir gedankt und sich an die Kehle gefasst hatte, und alle Bitterkeit danach hatte diese Geste nicht befleckt.

Aghazal hängte die Pelerine über den Gitterwerkzaun und kauerte sich neben mich. »Tante Köchin sagt, sie habe dich wegen Majoran und Minze zurück in das Erste Zeitalter der Welt geschickt, aber du wärst nicht zurückgekehrt. Was ist los?«

Ich schüttelte den Kopf.

Eine Weile zuvor hatte ich mich neben Mondblüte gehockt, an der großen Pflanze, die ich mit meinem eigenen Blut bewässert und sie beschimpft hatte, so wie Tante Köchin Angadataqebay ihre Küchengöttin beschimpfte, wenn ein Topf zerbrach. Ich nannte sie eine falsche Freundin, eine Schlampe und eine Verräterin dafür, dass sie mich im Stich gelassen hatte, als ich sie im Jagdpavillon brauchte. Das Gleiche hätte ich zu Aghazal sagen können, wenn ich mit ihr gesprochen hätte.

Auch gepinkelt hatte ich auf die Mondblüte. Was ich damit angerichtet oder was das bei mir angerichtet hatte, wusste ich immer noch nicht, doch ich spürte das starke Verlangen, mir ein Messer in die Möse zu stecken und sie sauberzukratzen.

»Ja?« Aghazal setzte sich in das Schnittlauchbeet, riss einen runden, violettfarbenen Blütenkopf heraus und aß ihn.

Ich warf Unkraut auf einen Haufen. So viele tote grüne Schösslinge. Großmutter Lagas' Augen mussten trüb geworden sein, sonst hätte sie gesehen, dass Stinkende Nieswurz sich zwischen dem Majoran breitgemacht hatte. »Ich höre, ich hörte ein niederträchtiges Gerücht«, sagte ich.

»Mmm? Über mich?«

»Über mich. Über den Tag der Jagd. Warst du bei mir im Pavillon?«

»Ich habe mich mit einem Gönner woanders getroffen. Weißt du das nicht mehr?«

Ich schüttelte den Kopf.

»Was besagt das Gerücht?«

Ich sagte es ihr. Dabei schaute ich ihr nicht in die Augen.

»Ah, das hatte ich noch nicht gehört. Traust du demjenigen, der es dir erzählt hat? Nein? Warum glaubst du es dann?«

»Ich weiß nicht. Ich habe Kratzer hier, blaue Flecken ... Da war zumindest einer. Ich wünschte ... Ich wünschte, du hättest deinen Onkel bei mir gelassen oder sonst jemanden. Jemand, der es verhindert hätte.«

»Ich hatte dich gewarnt, was Mondblüte angeht. Sie ist nicht vertrauenswürdig. Trotzdem hast du dir sie statt meiner als deine Herrin auserwählt. Oder sie hat dich ausgesucht.«

Ich starrte sie zornig an. Wie konnte sie es wagen, mich zu schelten, wo ich doch die Betrogene war?

Aber sie klang gar nicht verärgert; sie redete wie jemand, der eine Tatsache aussprach, und schaute mich voller Mitleid an. »Unsere Kunst ist eine schwierige, und wer sie beherrschen will, hat viele Wege vor sich, die er einschlagen kann«, sagte sie. »Dein Weg ist nicht der meine, aber ich hatte den Eindruck, als müsste ich es dir gestatten, ihn einzuschlagen, selbst wenn du darunter leidest.«

»Ich will wissen, wer sie sind, der Mann, die Männer«, sagte ich. »Ich will auf sie pissen, wie ich auf Mondblüte gepisst habe.«

Sie lachte. »Ich verstehe, dass es verlockend ist, Rache zu

üben, aber es gibt elegantere Wege, sie zu nehmen – vorausgesetzt, du möchtest deine Zeit damit verschwenden, ja?«

Sie meinte es zweifellos gut, aber es war mir unmöglich, ihren gut gemeinten Rat zu beherzigen, während Sire Rodelas Heulen wie ein Bohrer in meine Ohren drang. Ich biss die Zähne zusammen.

»Das ist ein Geschäftsrisiko«, sagte Aghazal. »So etwas ist auch Aeidin einmal passiert, und sie war so wütend, dass sie Allaxios mit ihrem Mittelsmann auf einem Maultier hinter sich ließ. Sie ist natürlich zurückgekommen, denn ihre Kunst war bei den Provinzbewohnern vergeudet. Heute ist sie berühmter denn je. Ich werde versuchen herauszubekommen, was passiert ist, was wirklich geschehen ist, aber wenn dich jemand darauf anspricht, dann musst du sagen, dass du auf Mondblütes Geheiß gehandelt hast. Was der Wahrheit entspricht. Jeder weiß doch, wie sie ist. Zumindest wirst du dich jetzt von ihr fernhalten, ja?«

»Das kann ich nicht. Ich brauche sie.« Sonst war ich überhaupt keine Seherin. Sonst war ich blind und nutzlos.

»Dann entschuldigst du dich lieber«, sagte Aghazal mit einem schiefen Lächeln. »Sie dürfte nicht besonders erfreut darüber sein, dass du auf sie gepisst hast.«

Ich hätte es nicht für möglich gehalten, dass ich lachen würde. Aber ich tat es.

KAPITEL 31

Alopexin

Ich kniete mich vor die Mondblütenpflanze im Speisehof und bat um Vergebung. Vor meinem inneren Auge sah ich Mondblüte als Frau mit blau gefärbter Haut und Libellenflügeln, gekleidet in ein Tuch aus Morgentau-Flor. Sie wurde von der Pflanze umarmt, und auf ihrem winzigen Gesicht lag ein rätselhafter Ausdruck. Ich bestreute mein Haupt mit Erde und gelobte, sie nicht noch einmal zu misshandeln. Ich war einen Großteil meines Lebens Dienerin gewesen und wusste, wie man zu Kreuze kroch und um Vergebung flehte, wenn man keine Schuld trug, und wie ich meinen Groll zu verbergen hatte. Ich vergrub zwei goldene Perlenmünzen zu ihren Füßen und brachte drei weitere zu einem Juwelier, um mein Versprechen einzulösen, einen silbernen Anhänger für Crux Moon anfertigen zu lassen – der Fuchs im Mond, wie der Tragschild, den ich in einem Traum gesehen hatte.

Mondblüte nahm meine Opfergabe an, verhängte jedoch eine Bestrafung. Nachts, wenn sie mich ruhelos machte, schickte sie mir Träume so voller Verlangen, dass mir der Schweiß ausbrach und ich stöhnte, murmelte, mich hin und her wälzte und drehte und schließlich, übel nach meiner Ausscheidung und nach männlichem Samen riechend, aufwachte, den sie in Lambanein weißen Blutsamen nannten. Mutter Yafeqer sagte, ich könne nicht mehr mit ihnen in einem Zimmer schlafen, ich hielte sie alle wach.

Zarfatta nahm meinen Platz im Bett ein, und ich rollte eine dünne Strohmatte neben den langen Becken im Speisehof aus. Mondblüte öffnete riesige weiße Blüten und schickte mir ihren Duft, und ich glaubte, dass sie mir damit bedeutete, mir vergeben zu haben. Aber ich vergab ihr nicht.

In einem Haus voller Frauen, so weiß man, werden viele dazu aufgerufen, ihre Mondblutungen etwa zur gleichen Zeit zu bekommen. In Lambanein war dies der Grund für manche Unannehmlichkeit, da sich eine Tharosfrau während ihrer Mondblutungen für etwa fünf Tage im Zustand einer Tharais befand. Sie musste Enthaltsamkeit üben, was Paarungen, Kochen und Besuche anging, und durfte nicht aus den gleichen Schüsseln essen wie die anderen Tharos. Sie musste einen besonderen Fäkalienbehälter benutzen. Sie durfte weder weben noch spinnen, damit sie den Faden nicht verhedderte. Sie trug das Umhängetuch der Tharais.

Tasatyala hatte ihre ersten Mondblutungen zur gleichen Zeit, in der auch bei Aghazal, ihrer leiblichen Schwester Dasasana, Mutter Yafeqer sowie den Töchtern der Tante Köchin, Waqesa und Zarfatta, das Blut floss. Unser Glück war es, dass Tante Köchin selbst zu alt war, um noch Mondblutungen zu bekommen, sonst wäre in der Küche ein Chaos entstanden.

Aghazal sagte, sobald Tasatyalas Mondblutungen verebbt wären, werde es ihr erlaubt, bei Banketten zu bedienen; sie dürfe Gönner haben und Geschenke erhalten und jedem mit der Anmut ihres Tanzes den Kopf verdrehen. Tante Köchin bereitete Tasatyala ihre Lieblingsspeisen zu, und wir hielten ein Festmahl für Frauen im Hinterhof, inmitten leuchtender, zum Trocken herausgehängter Banner von Wäsche.

In der abendlichen Kühle setzten sich die unreinen Frauen beiseite und aßen zusammen aus einer Schüssel, während wir anderen aus einer anderen Schüssel zugriffen. Die meisten der Frauen um mich waren zu alt oder zu jung für Mondblutungen. Eine war schwanger – Tante Köchins dritte Tochter Gazuf, die dick war und stattlich gebaut und zu schlechter Laune neigte, da ihr Liebhaber sie nicht mehr aufsuchte.

Tante Köchin wollte von mir wissen, warum ich nie Mondblutungen bekam. »Trägst du ein Kind aus?«

Ich führte mir gerade einen Bissen gepfefferten Fisch zum Mund, legte ihn nun jedoch ab. »Nein.«

Großmutter Lagas sagte etwas auf Ebanakanisch. Daraufhin meinte Tante Köchin: »Ach so, ich verstehe.«

»Was? Was sagt sie?«

»Sie sagt, du hast einen Knoten um den Hals deiner Kürbisflasche gemacht, deinen Mutterleib.«

Nun sprach Großmutter mich direkt an, auf Lambaneinisch. »Ich dachte, du hast es vielleicht selbst getan. Damit du dir keinen ...« Sie machte eine Geste, als pflücke sie eine Feder aus der Luft. »Keinen *fenetari* einfängst, einen Geist; ein Baby einfängst, ja? Wie diese hier es tat.« Sie tätschelte Gazuf den Bauch.

Adalana schaute zu und lauschte. Ihre großen braunen Augen und ihre aufrechte Haltung erinnerten mich an ein misstrauisches Rehkitz, misstrauisch, weil das Muttertier den Kopf erhoben hat, um mögliche Gefahr zu erschnuppern.

»Das ist ein guter Trick, sich den Mutterleib auf diese Art zu verschließen, für eine Zelebrantin recht gelegen, ja?«, sagte Tante Köchin.

Zu meiner eigenen Überraschung fing ich an zu weinen. Während ich schluchzte, zog ich mir das Umhängetuch über das Gesicht. Wussten sie etwa alle, was für eine schändliche Sache mit mir geschehen war? Ich sollte froh darüber sein, dass die Initiierten mich verflucht hatten, sonst hätte ich mir womöglich während der Jagd ein Baby machen lassen, ohne zu wissen, wer es gezeugt hatte. Dann wäre ich zu Galan zurückgekehrt mit dem Bastard eines anderen im Bauch.

Aber unter meinem Herzen würde nie ein Kind wachsen.

Großmutter Lagas tätschelte mir das Knie, und Tante Köchin rieb mir den Rücken und sagte: »Oh, was für ein Unglück! Armes Ding. Ich wusste nicht, dass du nicht kannst.«

»Wenigstens musst du kein Kind gebären und es dann abgeben«, sagte Gazuf und fing nun ebenfalls an zu weinen.

»Muss Gazuf ihr Kind weggeben?«, fragte Adalana Tante Köchin flüsternd.

Ebenfalls flüsternd erwiderte diese: »Wenn es ein Junge wird, wird sie ihn nach Ebanaka schicken, wo er mit den Söhnen von Aghazal aufwachsen wird. Er muss doch anständig erwachsen werden, ja? Sonst wird er noch ein Schurke wie Kabara.«

Ich trocknete mir das Gesicht an dem Umhängetuch ab, verlegen nun, da der Regenschauer vorübergezogen war. »Aghazal hat Kinder?«

»Natürlich. Zwei Jungen.«

»Sie spricht nie von ihnen.«

Tante Köchin zuckte mit den Schultern.

»Als Aghazal so dick war wie Gazuf«, sagte ich, »als man es ihr ansah, was habt Ihr da getan? Sie konnte da doch nicht arbeiten, ja?«

»Das war zu der Zeit, als Ostrakan ihr Wohltäter war«, sagte Tante Köchin. »Wir haben damals gut gelebt, nicht so wie jetzt mit all den Schulden, der ganzen Fuchserei. Er kam immer hier vorbei und hat mit seinen Söhnen gespielt, bis er krank vor Eifersucht wurde. Aghazal schwört, sie hätte ihm keinen Grund dafür gegeben, aber du kennst sie doch, ja? Immer die Rasende Leidenschaft, und solange die anhält, hat sie keine Augen für etwas anderes.«

»Ostrakan – der Gemahl von Arthygater Katharos?«

Großmutter Lagas drückte mir das Knie und beugte sich nahe zu mir vor. Sie war klein, aber stämmig, und hatte für ihr Alter sehr glatte Haut. Das einzige Anzeichen dafür, dass sie alt genug war, um eine Urgroßmutter zu sein, war ihr graues Haar, das sie unter einer Netzhaube trug. »Ich kann helfen«, sagte sie. »Ich kann den Knoten lösen. Wenn du willst.«

Sie war eine weise alte Frau und erkannte, dass ich nicht wusste, was ich wollte. Ich verabscheute die Unfruchtbarkeit, die mir die Initiierten von Carnal auferlegt hatten, aber ohne diese hätte ich es nicht gewagt, Mondblüte zu folgen, wo immer sie mich hinführte.

Ich war die Träumerin des Königs; andernfalls war ich bloß eine Hure. Die Knochen waren verbrannt, und ich konnte die Freifrau und Na nicht länger um Zeichen bitten. Mondblüte lehrte mich, wie ich wahrhaftige Träume herbeirufen konnte, statt auf sie zu warten. Aber ihr Geschenk war vergiftet. Ich hatte mich in ihre Obhut begeben, konnte aber nicht das Leben eines ungeborenen Kindes riskieren.

Falls ich mich während der Jagd skandalös verhalten hatte, dann war es ein unbedeutender Skandal gewesen, denn Aghazal konnte von ihren Bekannten nichts in Erfahrung bringen. Sie klatschten über Arkhyios Corvus' glückliche Rettung, und bald versorgte er sie mit Neuigkeiten, über die sie reden konnten. Sein Gesuch, Arkhon Kyphos besuchen zu dürfen, wurde endlich bewilligt, aus Schamgefühl heraus, sagten manche, weil eines der gezähmten Tiere des Arkhon so unhöflich gewesen war, einen Gast anzufallen.

Während der Audienz überhäufte der Arkhon Arkhyios Corvus mit Geschenken – Gewürzen, goldenen Tüchern und Rubinen.

Der Arkhon überließ ihm Land.

Der Arkhon bot ihm an, ihn als seinen Sohn zu adoptieren.

Der Arkhon versprach ihm ein Heer.

Der Arkhon versprach ihm eine Frau.

Der Arkhon sagte ihm wie üblich nichts fest zu, deutete aber alles an.

Der langen Rede kurzer Sinn: Kein Mensch wusste, was Arkhon Kyphos dem König gegeben oder versprochen hatte, doch diese übertriebenen Gerüchte verbreiteten sich von einem Hof zum anderen, und er wurde von denen, die ihn zuvor gescholten hatten, gelobt und umschmeichelt. Und man beneidete ihn. Der Arkhon geizte mit seiner Gunst, und es war so, dass das, was er dem einen gab, dem anderen nicht gegeben wurde.

Tage und Nächte vergingen – vier, fünf, sechs –, und der König lud mich nicht dazu ein, ihm meine Aufwartung zu machen. Ich wünschte, er würde mir ein Zeichen zukommen lassen, um mir zu zeigen, dass ich nicht vergessen worden war, ein Gedicht vielleicht, ein Rubin in der Größe einer Träne, eine Muschelschale, einen Pfirsich, irgendetwas. Aber ich hatte mich als zu schäbig erwiesen. Er konnte es nicht ertragen, mich zu sehen, nicht einmal den Schein wahren, mein Gönner zu sein. Ich konnte die Verachtung des Königs nicht von der unterscheiden, die ich mir selbst gegenüber empfand. Dabei war es kein Trost zu wissen, dass die Taxonomien einen Namen für das hatten, unter dem ich litt, dass berühmte Dichter bereits jede einzelne Qual des Durch Verachtung zurückgewiesenen Verlangens beschrieben hatten.

Seit Langem schon hatte ich aufgehört, mir in meine rote Schnur Knoten zu machen, um so die Tage und Dekaden zu zählen. Doch anhand des Mondes schätzte ich, dass es mehr als vier Monate her war, dass ich am Abgrund gestanden und Lambanein zum ersten Mal gesehen hatte, vier Leben lang. Mittlerweile mussten die Bergpässe wieder schneefrei sein. Doch die Sommerwende kam und ging, unbemerkt von den Lambaneinern und ihren Festen.

Wir bereiteten uns auf eine andere Feier vor, ein Fest zu Ehren des Erwachsenwerdens von Tasatyala, das am kommenden Neumond stattfinden würde. Die Zweite Schwester war im Begriff, die zweite Phase ihrer Ausbildung zu beginnen, was mich nur daran erinnerte, wie übereilt und unzulänglich meine eigene gewesen war. Zugunsten des Schlafs gab ich meine täglichen Übungsstunden auf, und niemand schien es zu bemerken. Verehrer hatte ich jede Menge, auch wenn es die Art Männer waren, die ein paar Zitate aus den Fragmenten für Kenntnis der Klassiker hielten.

Es war keine Hilfe, dass Aghazal in diesen Tagen fröhlich war; wie es schien, wurde ihre Rasende Leidenschaft erwidert. Aber sie war diskret und behielt den Namen ihres Geliebten für sich.

Am späten Nachmittag badeten wir Schwestern gemeinsam. Während Tasatyala und Adalana plapperten wie die Finken, blieb ich träge unter den Anwendungen der Badedienerinnen; Finger und Kämme, die ich in meinem Haar spürte, Hände, die mir Öl auf die Brüste und Pobacken rieben oder mich mit der Obsidianklinge rasierten. Feuerdorn lag lustlos da, gab sich unerträglichem Schwermut hin; als Alopexin stand ich auf, um loszuziehen, Mondblüte im Haar, die Lippen pflaumenblau und voll, die Augen mit grünem Malachit umgeben, das Gesicht gepudert mit Glimmer, die Arme bestäubt mit safranfarbenem Staub. Alopexin war beschäftigt. Ich arbeitete.

Die Großsöhne des Arkhon, Kydos und Kyanos, die jünger und wilder waren als die Gönner von Aghazal, hatte ich beeindruckt. Ich wurde zu Banketten eingeladen, bei denen die Unterhaltung in der Regel vulgär war; Hahnenkämpfe, Wachtelkämpfe, Hundekämpfe, Trinkwettbewerbe und Spiele; die Gedichte waren anzüglicher, die Sänger und Tänzer stellten eher Possen dar als Heldengedichte.

In einer solchen Gesellschaft stellte ich fest, dass ich auf meine Art und Weise ein geistreicher Mensch war. Zwischen dem dritten und dem zehnten Glas Wein verbesserte sich mein Lambaneinisch, und ich war Meisterin der Liste der Verspottungen, vom Fröhlichen Spott bis zum Trockenen Hohn. Ich machte Sticheleien, scharf wie die goldenen

Fingerhüte, die ich mittlerweile überall hin mitnahm, dazu ein paar langweilige Wiederholungen, und sie kamen zu mir zurück als Gedichte oder Aphorismen. Aber sie brachten mir Feinde ein.

In Incus oder Corymb hätten solche Worte zwischen Männern Zweikämpfe nach sich gezogen, doch in Lambanein waren Zweikämpfe eine Seltenheit, und unter den jungen Leuten waren stattdessen grausame Hänseleien die Regel. Manchmal dachte ich, recht selbstgefällig, dass Sire Galan durch diese Stutzer eine Bresche geschlagen hätte, mit seinem scharfen Witz und mit seinem Schwert. Seine Ehre würde sich nicht mit einer billigen Verteidigungsrede erkaufen lassen, die ein gedungener Dichter verfasst hatte.

Mein eigener Geist wurde durch Verachtung geschärft. Wie leicht sich diese Leute in meiner Gesellschaft doch hereinlegen ließen! Kein Mensch merkte es, kein Mensch ahnte es. Manchmal vergaß ich es selbst. Und manchmal, wenn ich mich daran erinnerte, spürte ich einen Schauer der Angst – gerade genug Angst, um mir aus Wagemut ein Vergnügen zu gönnen. Im Bett eines der Männer legte ich mir das Morgentau-Umhängetuch über den Kopf und schwor ihm, ich sei eine Haarschneiderin. Das Spiel bereitete ihm Freude. Das hatte ich vermutet. Er erzählte es anderen, die den gleichen Geschmack hatten.

Es amüsierte mich, mir vorzustellen, wie entsetzt meine Gönner sein würden, wenn sie hinter mein Geheimnis kämen; wie sie zu den Priestern hasten und großzügig spenden würden, um sich von der Verunreinigung zu säubern, die meine Berührung hinterlassen hatte. Aber sie würden es nie erfahren. Wie sollten sie auch? Denn ich war ja keine Tharais, war es nie gewesen. Ich war als Tharos geboren worden, im Tal von Sapheiros, und niemand konnte mir mein Geburtsrecht aus reiner Tollerei wegnehmen – weder Zostra noch Gnathin oder sonst jemand.

Ich ging nie mit dem gleichen Mann zweimal nach Hause. Ich ging überhaupt nicht mit jemandem nach Hause, bevor er recht und anständig bezahlt hatte, Bedienstete mit Kränzen, Geschenken und zu meinen Ehren verfassten Gedichten geschickt hatte, Musiker, die nachts vor dem Haus sangen. Mir gefiel es, wenn ein Mann gewandt war, mit Worten, sprechenden Blicken und Gesten – sonst sollte er seine Zunge in meiner Gegenwart lieber eingeschüchtert im Zaum halten. Er konnte an der Stufe vor der Haustür schlafen, wie Sire Vafra es tat, oder an die Tür hämmern und Onkel Zubana wecken. Ob sich ein Gönner damit begnügte, für eine Nacht auf Eroberung zu gehen, oder ob er mein Herz erobern wollte – er musste reichlich geben, oder ich verspottete ihn dafür, ein Geizkragen zu sein. Ein Mann sollte sich wegen Geld nicht den Kopf zerbrechen, das war doch ein weibischer Wesenszug.

Ich erhielt nicht nur Geschenke, sondern auch Markierungen: Halsbänder aus Bissen, ordentlich nebeneinander liegende Linien aus Kratzern von geschärften Fingernägeln. Die Lambaneiner haben nur ein einziges Wort für die eng miteinander verbundene Empfindung von Schmerz und Vergnügen: *erothakos*. Sie bewerten sie hoch. Die Markierungen verschwanden bald wieder, wurden von neuen überschrieben, doch den Großteil der Geschenke behielt ich. Zweimal unternahm ich den Gang hinunter in Katabatons Höhle und nahm dabei Wertsachen mit. Auch meinen Beutel mit dem nutzlosen Götterzirkel versteckte ich dort, und in ihm befand sich der Berechtigungsschein von Sire Galan, den ich hütete. Andernfalls, so befürchtete ich, könnte er mir abhandenkommen, wenn ich mich selbst im Irrgarten der Mondblüte verlor. Ich opferte Katabaton Rosengestecke und brachte ihr Trankopfer aus Ziegenmilch dar. Es hatte den Anschein, als suchte außer mir niemand den Schrein auf.

Im Kreis der Männer stieg mein Ruf; bei den Frauen war das nicht der Fall. Auf Tasatyalas Bankett sprachen bestimmte Zelebrantinnen, angebliche Freundinnen von Aghazal, nicht einmal mit mir. Sie glaubten, man könne Anspruch auf einen Gönner erheben, indem man ihn ein paar Mal ins Bett mitnahm, und wir anderen sollten diese Ansprüche respektieren. Sie lobten Tasatyalas Anmut, ihre Gelehrsamkeit und ihr respektvolles Verhalten, ihre Schüchternheit, die einer Jungfrau geziemte. Aber sie würde ja nicht mehr lange Jungfrau bleiben. Sie verspotteten meine tiefe Stimme, mein hässliches, vom Star befallenes Auge, meine Unkenntnis der Oden und mein Ungeschick beim Tanzen. Sie stellten die Vermutung an, Aghazal müsse einen dringenden Bedarf an Gönnern haben, um eine solch tölpelhafte Bäuerin wie mich als Schwester anzunehmen.

Ich hatte viel Arbeit darauf verwendet, Tasatyalas Bankett vorzubereiten; ich hatte auch Gold gegeben, und zwar viel, um für die Feierlichkeit zu Ehren meiner Schwester aufzukommen. Deswegen sagte ich nichts und widersprach Aghazals Gästen nicht.

Was Mondblüte anging, meine tückische Lehrerin – in ihrem Gefilde war jeder Sinn geschärft und jede Wahrnehmung eindringlicher. Es war leicht zu glauben, dass ihr Herrschaftsbereich die wahrhafte Welt war und der stumpfsinnige Tag die minderwertige Kopie. Während dieser Mondblütennächte vergaß ich Feuerdorn. Daher machte es mir nicht viel aus, dass Feuerdorn am nächsten Tag vieles von dem vergaß, was Alopexin gesagt und getan hatte.

Aber nach den Mondblüten-Träumen war es so, als trüge ich wieder ein Tharais-Umhängetuch; was ich sah, war abgedunkelt, was ich hörte, klang gedämpft. Mondblüte entzog meinen Gliedern Kraft und meinem Geist Erinnerungen. Einmal brach ich mein Gelübde und lehnte sie ab, als sie angeboten wurde, da ich mir die schmerzhaften Nachwirkungen ersparen wollte.

Ich versuchte es nicht noch einmal. Ohne sie konnte ich

nicht Alopexin sein. Feuerdorn war für die Aufgabe nicht geeignet.

Manchmal betrachtete ich Mondblüte mit ihrer zarten Haut in der Farbe der Adern an meinen Handgelenken, schlicht und einfach blau. Sie hatte eine Fliege auf den Fersen wie ein Hund: Sire Rodela. Sie hatte ihn aus einem langen Schlummer erweckt, und es gefiel ihm, mich eifersüchtig zu machen. Sein Schattenwesen räkelte sich auf dem Bett, während ich mich mit einem Gönner paarte, und er zischte, Sire Galan habe Dinge getan, von denen ich nichts wusste, als wir auf dem Marchfield gewesen waren. Ob ich mich an Freifrau Hartura erinnerte, die Frau von Sire Farol? Ob ich mich daran erinnerte, wie sie immer während der Turniere gellend aufgeschrien habe, bis ihre Wangen so scharlachrot wie ein Apfel geworden seien? Es hätte alles Sire Galan gegolten, einem echten Mann, nicht wie andere. »Ich wusste alles davon«, sagte Sire Rodela und grinste.

Ich ging davon aus, dass der Schatten log, doch ich stellte meinen Fuß auf das Gesicht meines Gönners und ließ ihn hineinbeißen. Wenn ich Mondblüte im Blut hatte, war ich wunderbar gelenkig, konnte mich in alle möglichen Richtungen drehen und wenden und blieb aufgespießt. Ich war ganz trockene Reibung und Wärme, nicht glitschig; ein Mann musste hart bleiben. Zu Sire Rodela gewandt, sagte ich: »Wenn Ihr so viel wisst, warum sagt Ihr mir dann nicht, was mir während der Jagd geschehen ist?« Er lachte nur, zufrieden darüber, es vor mir geheim zu halten.

Doch er summte mir die Geheimnisse anderer in die Ohren, wie dieser Mann seine Mutter um die Gewinne ihrer Mitgiftländereien betrogen hatte, und wie die Frau dieses anderen Mannes von einem Engelmacher fünf Mal erleichtert worden war, weil sie auf ihrer Hochzeit geschworen hatte, dem alten Bock nie einen Erben zu schenken. Arthygater Katharos hätte gewusst, wie man aus solchen Erzählungen durch den besonnenen Einsatz von Drohungen und Versprechungen Gewinn erzielte und weitere Fäden für das große Muster sammelte, das sie wob. Für mich hingegen war dieses belanglose Gerede nutzlos – nichts von Bedeutung, um es dem König zu erzählen, keine Geheimnisse, welche die Münzen wert gewesen wären, die ich für sie verwendete: meine Gesundheit, mein Stolz, meine anstrengenden Nächte.

Nach Tasatyalas Fest kam der Musikmeister Skolian jeden Tag, um uns zu quälen. Aghazal war mit einer Einladung geehrt worden, auf einem von Arthygater Klados gegebenem Bankett eine Ode darzubringen, und wir vier Schwestern würden die Darstellung gemeinsam aufführen. Tasatyala würde zum ersten Mal eine Rolle bei einem Palastbankett tanzen, und Aghazal hatte dafür Akanthas Ode an Nephelin ausgesucht, damit die Begabung der Zweiten Schwester am besten zur Geltung käme. Skolian war ein Tyrann, und es überraschte mich, dass Aghazal ihn erduldete. Allerdings musste man zugeben, dass er so gut sang, dass er damit einen Stein erweichen konnte. Als er mich auf die Fingerknöchel schlug, drohte ich ihm damit, ihm seinen Messingstab auf dem Kopf zu zerbrechen.

Ich säte überall im Haus Zwist. Die Bediensteten traf meine üble Laune am schlimmsten, denn im Gegensatz zu Aghazals Verwandten konnten sie sich nicht auf einen Streit mit mir einlassen. Ich beschuldigte die Tharaisbadedienerin, mein Haar in ein Eulennest zu verwandeln, und kniff sie so fest in den Arm, dass sie blaue Flecke bekam. Es ärgerte mich, wenn sie mich durch ihre Ungeschicktheit an ihre Anwesenheit erinnerte.

Es war nun länger als eine Dekade her, dass ich den König in seinen Unterkünften besucht hatte. Seitdem hatte ich ihn nur dreimal auf Banketten gesehen, jedes Mal aus der Ferne. »Die Leute sagen bestimmt, er hätte mir seine Gunst entzogen«, sagte ich zu Aghazal.

»Nein, sie sagen, er sei hin- und hergerissen zwischen seinem Gelübde und seinem Gefühlszustand. Sie geben Wetten ab auf das Ergebnis, und die Quoten stehen günstig für dich, Schwester. Er ist ein Held, ja? Kein Mensch will einen Helden mit gesundem Menschenverstand.«

»Dann sollte ihm das auch jemand sagen.«

Aghazal und ich wurden von einem gewissen Arkhyios Kenoun, dem Exarchen der Kornkammern im Ministerium der Wohltätigkeit, auf ein Bankett im Hof der Söhne eingeladen. Er war ein älterer und ziemlich bedeutender Arkhyios, da er der einzige Sohn der zweiten Frau des Arkhon war. Aghazal lehnte es ab mitzukommen. Die Einladung gelte mir, sagte sie. Der Ruf von Alopexins Schamlosigkeit musste sich herumgesprochen haben, wenn er den Inneren Palast erreicht hatte. Immerhin war es ja mein Ziel gewesen, mich in eine Lage zu versetzen, in der ich etwas Nützliches erfahren konnte.

Ich hatte gehofft, während des Banketts Arkhyios Kyparisos zu begegnen, wurde jedoch enttäuscht. Trotz eines öffentlichen Lobes ob seiner Tapferkeit, den heimtückischen Panther erlegt zu haben, hieß es, sein Vater sei ungehalten über ihn. Niemand wagte es, ihn irgendwohin einzuladen.

Arkhyios Kenoun erwies mir die Ehre, mich dazu einzuladen, sein Podest mit ihm, seinem jüngeren Halbbruder Arkhyios Kyprinos und einer Zelebrantin namens Pantalops zu teilen, einem wunderschönen Wesen. Während wir speisten, schauten wir uns eine obszöne Posse an, die von drei Tharosmännern mit Ziegenmasken, einer Tharaisfrau und einem Esel aufgeführt wurde. Doch die Gäste schenkten ihr kaum Aufmerksamkeit. Die Brüder tratschten über Arkhyios Kyparisos. Sie fragten sich, woran er sterben würde. Wenn einer der Söhne des Arkhon diesen direkt herausforderte, richtete dieser ihn unverzüglich hin, indem er ihm einen Korb Nattern schickte. Wer ihm hinter seinem Rücken die Stirn bot, wurde hinterrücks getötet. Seine Priester sprachen Flüche aus, die auch aus der Ferne wirksam waren. Eine Wunde von einem ihrer unsichtbaren vergifteten Pfeile verursachte einen langsamen und elendigen Tod durch eitrige Furunkel, Krämpfe oder so heftigen Juckreiz, dass ein Mann sich selbst häutete.

Ich war eine Außenstehende, gerade erst aufgenommen worden in den inneren Kreis des Inneren Palastes, und ich verstand es, neugierig zu sein, leichtgläubig zu sein, überrascht zu sein von jedwedem kleinen Geheimnis, das Männer mit mir teilen wollten. Pantalops, so elegant sie daherkam, war wie ein stumpfer Jadestein. Sie gähnte und bedeckte sich den Mund, als ich meinen Gastgeber fragte, warum der Arkhon seinen Sohn Kyparisos verfluchen sollte, wenn dieser doch Arkhyios Corvus vor dem Panther gerettet hatte.

Bevor ich an diesem Abend Aghazals Haus verlassen hatte, hatte ich fünf Mondblütensamen zu mir genommen, und als Duftender Gang hatte man uns Rauch von ihren Blättern gereicht. Doch Mondblüte hatte mich nicht umklammert. Ich war träge, und die Welt war träge. Mir war zumute, als wäre ich in Gaze gewickelt. Sire Rodela kicherte mir ins Ohr und sagte, dieser Prinz Kenoun habe keine Verwendung für Frauen, warum also habe er mich eingeladen? Er sei impotent, außer wenn ihn ein Tharaisjunge der fünften und der siebten Demütigung unterziehe.

Derweil sagte Arkhyios Kenoun, Kyparisos habe König Corvus gar nicht gerettet, sondern vielmehr versucht, ihn zu töten. Ich täuschte Überraschung vor. Er sagte, Kyparisos habe die Orakel im Tempel von Posison befragt, ob der Arkhon erfreut darüber wäre, wenn der Rabe tot sei, und sie hätten dies bejaht. Und das sei auch kein Wunder, denn Raben seien Tharais-Aasfresser, und Arkhyios Corvus klebe das Unglück an den Fersen.

»Der Arkhon will Corvus nicht töten«, sagte Arkhyios

Kyprinos. »Das würde bloß Königsmutter Caelum erfreuen. Kyparisos hätte lieber seinen gesunden Menschenverstand zu Rate ziehen sollen statt Priester, deren Deutungen von der Fünften Gattin bezahlt wurden. Sie hat eine schöne Schlinge ausgelegt für jeden, der närrisch genug war, hineinzutreten. Ich selbst ziehe diese Priester nie zu Rate – ich schicke zum Schrein auf dem Mount Omphalos, wo man sicher sein kann, dass die Orakel über Bestechung erhaben sind.«

»Was ist denn mit den Männern des Königs, Arkhyios?«, fragte ich. »Was wäre mit ihnen geschehen, wenn der König getötet worden wäre?«

Kenouns Lachen war wie ein Schnauben, das aus der Nase kam, so wie ein Pferd lachen könnte, wenn Pferde lachen würden. »Wie ich hörte, hattest du eine Vorliebe für Sonderbar-Unwissende«, sagte er. »Keine Angst, sie sind jetzt in Sicherheit. Allerdings hörte ich, dass Kyparisos ebanakanische Wachen bereithielt, um über sie herzufallen, nachdem er Corvus getötet hätte. Er hatte Freunde im orangefarbenen Banner, und vor drei Tagen wurde jede zehnte Wache unter diesem Banner hingerichtet.«

»Er hatte vor, die Männer des Königs zu töten?«

»Ihr Leben wirft mehr Gewinn ab als ihr Tod. Die Edlen wären als Geiseln genommen, und die Bediensteten als Leibeigene verkauft worden. Du hättest deine Freunde im Käfig besuchen und sie in ihrer Gefangenschaft trösten können.«

Ich beugte mich vor und stützte mich mit einem Ellbogen auf dem Klapptisch ab. Arkhyios Kenoun saß mir gegenüber, und ich ließ ihn sehen, wie ich unanständig zwei Finger meiner Tharaishand in meine Sandale gleiten ließ, um mich am Spann zu kratzen. »Dann hätte ich sie unter meiner Knute, nicht wahr, Arkhyios? Sie würden genau das tun müssen, was ich wollte, ja?« Die fünfte Demütigung bestand daraus, mit der Zunge die Füße zu reinigen, während die siebte mit einer Knute oder Peitsche ausgeführt wurde. Es war so einfach, Kenoun daran denken zu lassen. Ich lächelte.

Ich konnte ihn dazu bringen, mich zu begehren, aber ich begehrte ihn nicht. Ich wollte keinen von ihnen, diesen Söhnen des Arkhon. Der Hof der Söhne war eine Gruft, in der lebende Schatten eingesperrt waren. Das Sichtfeld meines rechten Auges wurde von einer trüben Wolke verdunkelt, und mit diesem Auge sah ich Arkhyios Kenoun und seinen Bruder mit gelb werdender Haut, blutunterlaufenen Augenhöhlen und blinden Augen. Als wären sie bereits tot.

Alle Arkhyios waren so gut wie tot, mit Ausnahme von dem, der nach dem Tod seines Vaters die Herrschaft erben und seine Brüder töten würde. Doch der Arkhon war fünfundsiebzig Jahre alt, residierte im Hof der Langlebigkeit, und es machte den Anschein, als würde er ewig leben. Er hatte bereits vier Ehefrauen überdauert, und zum Beweis seiner Manneskraft brauchte man sich lediglich seine fünfte anzuschauen, die einen dicken Bauch vor sich hertrug. In Lambanein war man recht stolz darauf, dass ihr Arkhon Kinder zeugte, die so groß waren, dass ihre Mütter die Geburt nicht überlebten.

Seine Söhne durften den Hof der Söhne nur verlassen, wenn sie offiziell mit Geschäften betraut wurden. Den Inneren Palast durften sie überhaupt nicht verlassen. Ihre Bediensteten und auch der Großteil ihrer Besucher waren Drosseln des Arkhon. Zu ihren Gemächern gab es Gucklöcher, und ich fragte mich, ob wohl auch ihre Schädel Gucklöcher hatten, sodass der Arkhon auch ihre Gedanken ausspionieren konnte. Jedes Wort, das Arkhyios Kenoun ausgesprochen hatte, war in dem Wissen ausgesprochen worden, dass es gegenüber dem Arkhon wiederholt werden würde. Und gegenüber König Corvus, denn das war der Grund, weshalb ich hier war. Um eine Tratschtante zu sein. Aber lag in der Geschichte, die er mir erzählt hatte, Wahrheit? In der Warnung?

Es bereitete mir eine gewisse Freude, Fakten und Mutmaßungen zusammenzuknüpfen und viele kleine Zeichen zu großen Mustern anzuordnen. König Corvus war ein Mann mit einem Heer, obgleich es nur noch einen schwachen Abklatsch des großartigen Heeres darstellte, das er einst befehligt hatte. Hier unter den Söhnen, ohne eigene Krieger, war er eine Macht, eine Bedrohung und der Besitzer einer beneidenswerten Beute. Wäre der König gestorben, wären seine Krieger herrenlos gewesen – ein Heer zum Anheuern –, und der Arkhon hätte seine ebanakanischen Wachen losschicken müssen, um sie niederzumetzeln. Aber der König hatte überlebt, und der Arkhon hatte ihm eine Audienz gewährt. Er war nun um eine Haaresbreite sicherer, als er es zuvor gewesen war.

Es war unerträglich, noch länger reglos herumzusitzen. Ich stand auf, obwohl es dreist von mir war, dies als Erste zu tun, und ging die Wege des Hofs entlang. Falls ich Mondblüte im Garten finden konnte, hatte ich vor, mehr davon zu essen, damit sie mich von meiner Benommenheit erlösen und mein Verlangen wecken würde. Sie sollte mich von meiner Langeweile heilen. Im Hof wuchsen Rosen und Jasmin, aber Mondblüten erspähte ich erst, als ich mich auf den Rand des Beckens setzte und in meinem Spiegelbild auf der dunklen Wasseroberfläche sah, dass an das Weidengeflecht auf meinem Kopf Mondblüten befestigt worden waren. Ich zupfte zwei Blüten heraus und aß sie beide, den Rest der Blütenpracht ließ ich neben der Spiegelung der Mondsichel treiben. Sie erinnerten mich an Schiffe, nämlich die aus der Flotte von König Thyrse auf der Inward Sea und dem Blitz vor so langer Zeit. Ich erinnerte mich an meine Sprachschwierigkeiten, an Galans Zärtlichkeit und Mais Freundschaft. Es war ein Segen, dass ich geheilt worden war, und doch hatte ich mich nie richtig bei den Göttern dafür bedankt, dass sie mir die Gabe des Sprechens wieder zurückgegeben hatten. Und wofür verwendete ich ihre Gabe nun? Für Lügen, Spötteleien, Schmeicheleien sowie um Geheimnisse zu verraten oder aufzuspüren. Einen Moment durchdrang mich bohrende Scham – nur ein kleiner Stich, wie von einem Dorn oder einer Nadel.

Ich fuhr mit meiner Hand durch das Wasser, um Mondblütes Flotte über das Becken zu schicken. Ein Mann setzte sich neben mich, nahm ein kleines Schiff aus dem Wasser und aß es. Wir waren einander zwar vorgestellt worden, doch ich hatte vergessen, zu welchem Ast auf dem Stammbaum des Arkhon er gehörte. Ich beugte mich zu ihm vor und flüsterte: »Ich ertrinke. Rettet mich.« Doch als ich seine Schulter ergreifen wollte, glitt meine Hand durch ihn hindurch.

»Ich bin hier drüben«, sagte er.

»Kein Wunder, dass ich Euch nicht berühren kann«, sagte ich. »Ihr seid ja auch tot.« Vielleicht sagte ich das aber auch nicht.

Meine Kehle war trocken, und ich wölbte die Hände und schöpfte damit Wasser und erhaschte dabei ein verzerrtes Spiegelbild der Mondsichel. Das Schlucken tat weh. Der Mann trat näher an mich heran, bis unsere Oberschenkel sich berührten. Er sagte zu mir, er sei durstig, und ich ließ ihn aus meinen Händen trinken. Er schleckte meine Handflächen. Dabei lächelte er mich von unten an; er war eine hämische Leiche, ein dem Tod geweihter Arkhyios. Ich erwiderte sein Grinsen und sagte ihm, ich wüsste, wie man die Toten erweckt.

Gleich nach Anbruch der Dämmerung stellte ich fest, dass ich auf den gepflasterten Steinen einer steilen Straße in einer vertrauten, aber unbekannten Stadt lag. Vertraut deshalb, weil sie wie Allaxios aufgebaut war, bloß seitenverkehrt. Die Berge erhoben sich im Osten, ein hoch aufragendes Massiv zwischen mir und der aufgehenden Sonne. Ihr rotes Licht schien auf die vergoldeten Dächer eines Palastes, der auf dem Höhenrücken stand, doch darunter lagen wir nach wie vor im Schatten. Die Holzläden der Geschäfte waren bereits aufgeklappt worden. Ich setzte mich aufrecht und wartete darauf, dass meine Übelkeit verklang, und versuchte, meinen Umhang zu glätten. Mein Morgentau-Umhängetuch hatte ich verloren. Jemand hatte mir mein Weidengeflecht aus dem Haar genommen, und meine Kopfhaut schmerzte. Mein Haar war wirr; Haube und Perlenmünzen fehlten.

Eine Frau entzündete eine Laterne, die an einer Ecke eines geöffneten Fensterladens hing, und dass sie so etwas bei Tagesanbruch tat, kam mir sonderbar vor. Ich stand auf und fragte sie nach dem Namen der Stadt, und sie antwortete in einer sonderbar-unwissenden Sprache. Sie wirkte irgendwie fremdländisch, so als wäre ihr Volk aus kreidehaltigem Lehm erschaffen worden.

Ich lehnte mich auf den Tresen ihres Geschäftes, in dem Reihen verkorkter Tonkrüge standen, auf die allesamt mit zwei schlichten Strichen roter Glasur ein Fisch aufgemalt worden war. Vor mir standen Holzteller mit Haufen gräulicher Kristalle. Es waren Salze. Bei den Göttern, was war ich durstig! Wäre in meinen Adern Meerwasser statt Blut geflossen, dann wären sie jetzt alle ausgetrocknet gewesen, und in ihnen würden genau diese Klumpen schmutziger Kristalle fließen. Ich bat um Wasser, erst auf Lambaneinisch, dann in der Hochsprache, der Niedersprache und schließlich auf Ebanakanisch. Doch die Ladenbesitzerin verstand mich einfach nicht. Als ich meine Stimme erhob, schimpfte sie mit mir. Ich wollte doch nur Wasser – war das etwa zu viel verlangt? Ich langte über den Tresen, um sie ins Ohr zu kneifen, aber ich konnte ihr nicht wehtun. Auch meine goldenen Fingerhüte waren mir gestohlen worden. Ich wich zurück, drehte mich um und stolperte den Hügel hinab, vorbei an Läden, an deren Tresen Männer standen und Fischsuppe aßen, in der Klöße schwammen.

Oh, ich hatte mich verirrt, verirrt, und alles war mir gestohlen worden, und ich war in einer fremden Stadt, und wie sollte ich jemals wieder nach Hause finden?

Urplötzlich drehte die Welt sich um, links wurde zu rechts, Osten zu Westen, und ich wusste, dass die Sonne hinter dem Mount Allaxios unterging und nicht aufging, und es war Abend, und ich rannte durch die Unterstadt, in einer der Enklaven der Sonderbar-Unwissenden innerhalb des Stadtgefüges, und ich konnte mich nicht mehr daran erinnern, was geschehen war, nachdem ich Mondblütes Flotte hatte lossegeln lassen.

Ich begann den langen, mühseligen Weg hinauf. Schon der Anblick der steilen Straßen und Stufen, der Terrassen, die über mir emporragten, machte mich müde. Es schien, als hätte ich keinerlei Muskeln mehr in den Oberschenkeln. Mein Herz stotterte. Ich trank aus einem Brunnen und flehte seinen Meneidon an, mir Kraft zu verleihen.

Zu Hause tadelte mich Mutter Yafeqer. Wo ich gewesen sei? Ob ich vergessen hätte, dass wir im Palast von Arthygater Klados für Unterhaltung sorgen sollten? Aghazal, die Zweite und die Dritte seien gezwungen gewesen, schon ohne mich loszugehen, doch wenn ich mich beeilte, sei noch Zeit genug. Ich erzählte ihr, ich hätte mich verlaufen, sei ausgeraubt worden und todmüde. Außerdem würde ich nicht vermisst werden, da meine Rolle nur eine kleine sei, weil auch meine Kunst nur klein sei. Ohne Mitleid zu zeigen, begleitete sie mich in den Baderaum, wo mich die Bediensteten wieder herrichteten, zu Leim und Farbe griffen, um die Risse in einem zerbrochenen Krug zu verbergen.

Mondblüte hatte eine Nacht und einen Tag verschluckt, und ich fühlte mich nicht in der Lage, das Stück aufzuführen, obwohl wir so lange geübt hatten. Kabara begleitete mich zum Palast von Arthygater Klados, trug mein Kostüm, einen Waffenrock mit ausgepolsterten Schultern, einen Helm, der mit schillernden grünen Federn bedeckt war, und eine lange rote Perücke. Meine Rolle war in Wirklichkeit bedeutend, aber ich dachte, jeder, den man in diesen gefüllten Waffenrock steckte, würde es genauso gut oder besser machen als ich. Kabara, zum Beispiel. Außerdem befürchtete ich, König Corvus könne anwesend sein und mich vor aller Augen meiden. Ich verlangsamte meine Schritte. Nichtsdestotrotz kamen wir an.

Meine Schwestern waren alle miteinander wütend, doch sie hatten keine Zeit, um mit mir zu schimpfen. Ich legte das Kostüm an und setzte den Helm auf, in dem ich kaum atmen konnte, und stolzierte wie ein Hahn auf seinem Misthaufen auf die Bogenbrücke in der Mitte des Hofes. Doch dabei bemaß ich meine Schritte zu klein, so, als erinnerten sich meine Beine an die Beschränkung durch den Umhang einer Frau. Ich gab vor, die Dichterin Akantha zu sein, die vorgab, ein Mann zu sein, damit sie die Liebe der wunderschönen Maid Nephelin gewinnen konnte.

Akantha war eine berühmte Dichterin des Ersten Zeitalters, doch ihre Wortgewandtheit war bei ihren Bemühungen um Nephelin nutzlos, da sie ihre Geliebte nicht ansprechen konnte, ohne von ihrer hohen Stimme verraten zu werden. Sie hoffte sie dadurch zu gewinnen, dass sie eine gute Figur machte, auch wenn diese Figur nur eine Täuschung war, hinter die Nephelin bei ihrem ersten Stelldichein kommen musste, sobald sie den gefüllten Lederphallus unter Akanthas Wappenrock entdeckte. Diesen Phallus zeigte ich von Zeit zu Zeit, da wir die Zuschauer erst zum Lachen bringen sollten, bevor wir sie zu Tränen rührten.

Aghazal spielte die Kithara und sang all die anmutigen, sehnsuchtsvollen Gedanken, die Akantha nicht laut auszusprechen wagte, und Adalana, mit ihrer Flöte, war eine vorlaute Lerche, die als Mittlerin fungierte. Tasatyala sang und tanzte den Part der Nephelin, eines listigen Mädchens, das noch unschuldig war, was die vielen Arten anging, auf die ein Herz verletzt werden konnte. Die Ode war ausgewählt worden, damit Tasatyala glänzen konnte, und tatsächlich glänzte sie auch. Ich war so stolz auf die Zweite. Nun, da ihre Gaben vor unseren Augen aufblühten, schien alles vergessen – die endlosen Übungen, die zum Wahnsinn treibende Wiederholung, die Schläge und bösen Worte des Musikmeisters.

Sire Rodela hatte die Prahlerei von Akantha in ihrem gefütterten Wappenrock vergöttert und war jedes Mal wach geworden, wenn wir übten, doch heute Abend schlummerte er. Ich musste es alleine spielen, mit schweren Gliedern und Sand in den Augen und dem Mund. Nach etwa der Hälfte erhaschte ich einen Blick auf König Corvus, der neben Arthygater Keros saß, und plötzlich wurde ich unbeholfener und ruckelte hin und her wie eine Marionette an Stangen und Schnüren.

In jeder guten lambaneinischen Erzählung stirbt zumindest eine der Hauptfiguren, sodass Akantha natürlich starb, bevor sie das Objekt ihrer Begierde für sich gewann, wobei sie wie ein Mann kämpfte, um ihre Geliebte zu verteidigen. Es hieß, die echte Akantha sei mindestens sechzig Jahre alt geworden. Sei's drum, die Aufführung verlangte ihren Tod und verlangte ferner, dass Nephelin Akantha auf ihren Schoß bettete und ihr den Helm abnahm, um endlich das Gesicht des Mannes zu sehen, den sie liebte. Das lange Haar meiner Perücke löste sich, und Tasatyala sang ein Klagelied, und ich schwöre, dass ich Schluchzen vernahm, während ich mich tot stellte.

Auch ich fing an zu weinen, stumm, während mir die Tränen aus den geschlossenen Augen strömten und sich in meinen Ohrmuscheln sammelten. Ich verwünschte meine Gedankenlosigkeit. Ich hätte Aghazal warnen sollen, hätte ihr davon abraten müssen, diese Ode auszuwählen, die einzige von allen Oden, die wir nicht hätten aufführen dürfen. Die ganze Zeit über war es sonnenklar gewesen und doch so leicht zu übersehen. Die Frau von König Corvus war auf die gleiche Weise ums Leben gekommen wie Akantha in der Ode, verkleidet als Mann. In meinem Traum hatte ich gesehen, wie Sire Galan Kalos den Helm abnahm und dabei ihr langes Haar um den Kopf floss.

Ich befürchtete, sie würden glauben, Aghazal habe absichtlich auf Kalos' Tod angespielt. Vielleicht würde sie sogar dafür bestraft werden, obwohl ich sicher war, dass sie gar nicht wusste, dass Königsgattin Kalos erschlagen worden war. Es war ein Gerücht in Umlauf gebracht worden, Kalos und ihr Kind seien im Wochenbett gestorben, und das klang durchaus glaubwürdig. Ich hingegen wusste es besser.

Der König musste gelitten haben, als er mich wie einen Hanswurst herumhüpfen gesehen hatte, so als würde ich ihr Schattenwesen verspotten.

Ich spürte, wie Tasatyalas Beine unter meinem Kopf zitterten, während wir die lange Stille nach ihrem letzten Ton abwarteten, bis der Applaus einsetzte.

Die Edelfrauen zogen sich zurück, und die Zelebrantinnen betraten den Speisehof. Aghazal und die Zweite wurden von einer Schar Verehrer umringt, und die Zweite sonnte sich in ihrer aller Lob. Ich begrüßte Bekannte, war aber nicht in der Stimmung, Konversation zu treiben. Auf dem Weg in den Lustgarten schlenderte ich an König Corvus vorbei. Er trug einen Wappenrock, auf dem goldene Blätter und Granatäpfel appliziert waren. Er gab mir durch nichts zu verstehen, dass er mich erkannte.

Eine allein umherziehende Zelebrantin ist eine Einladung. Jemand würde mir folgen, doch würde dies nicht der König sein.

Es war mittlerweile Hochsommer, und die Tage waren lang, doch jetzt verblasste das letzte Sonnenlicht am Himmel. Ich kletterte die Stufen neben dem Wasserfall hinauf, der von Terrasse zu Terrasse herabstürzte. Irgendwo in diesem Garten befand sich das Vogelhaus, wo ich Kydos und

Kyanos sowie den Zelebrantinnen Perdik und Mixin beigelegen hatte. Die Stufen waren rutschig vom Sprühwasser, meine Beine schmerzten, und ich war außer Atem.

Ich setzte mich auf eine Steinstufe und lauschte. Die Steinmetze hatten beim Bau dieses Wasserfalls Klugheit walten lassen, denn das rauschende Wasser war melodisch und klang wie Glocken und Zimbeln. Ich zog meine Strumpfschuhe aus und kühlte mir die schmerzenden Füße in dem Wasser. Ich konnte in den Speisehof hinabschauen. Wie fein, wie kräftig doch die Farben der leuchtenden Umhänge und Umhängetücher der Zelebrantinnen waren. Die kleinen Flammen von Lampen und Laternen beleuchteten den Hof mit einem Lichtschein, der zitterte und flatterte wie Mottenflügel und die Schatten lebendig wirken ließ.

Mein Haar war wirr und schwer zu bändigen, da ich die Perücke abgenommen hatte. Ich pflückte Raute und Wermut, band sie mit Purpurkranz zusammen und machte daraus ein Gebinde, um mich mit Reue, Verlust und Geziertheit zu krönen.

Ich wischte mir mit der flachen Hand die Tränen von den Wangen. Wie viel Mondblüte hatte ich am vergangenen Abend gegessen? Zu viel. Denn Mondblüte war immer noch in mir, immer noch stark. Sie hatte mir die Haut abgezogen, hatte mich in die zitternde Wünschelrute einer Rutengängerin verwandelt. Ohne Haut zwischen mir und der Welt streichelte mich jeder willkürliche Wind, wie es ihm beliebte.

Ich befragte mein Herz, so wie die Propheten der Crux die inneren Organe der Vögel nach Zeichen untersuchten. Ich stellte fest, dass ich verwirrt war. Mit meinem vom Star befallenen Auge sah ich mein Herz, das die Größe und Form einer geballten Faust hatte. Ich fragte mich, warum es schwieriger war, mein Faustherz wegzugeben, als es zu behalten. Vielleicht sollte ich es verkaufen, statt zu versuchen, es wegzugeben. Kauft es, lasst mich herzlos zurück. Ich beschloss, es an den Mann zu verkaufen, der die Treppen hinaufstieg, zum Preis von zwei Kupfermünzen, denn das war der Wert des Herzens einer Zwei-Kupfer-Hure. Ich kannte diesen Mann, kam aber gerade nicht auf seinen Namen, sosehr ich mich auch bemühte. Er war einer der Männer des Königs, ein Wappenträger; in den Ferinus hatte er sich als hervorragender Kletterer erwiesen.

Er blieb unterhalb von mir stehen und schaute zu mir hinauf. »Hallo«, sagte er. »Man sagt, du würdest einen Mann nicht zweimal flachlegen – es sei denn, er ist ein König. Aber ich bin gekommen, um zu sehen, ob mir mein Glück immer noch hold ist.« Er streckte mir eine Hand entgegen, um mir die beiden Würfel auf seiner Handfläche zu zeigen, die beide nur einen einzigen Punkt aufwiesen: Schlangenaugen.

»Haben wir …?«, fragte ich.

»Erinnerst du dich nicht?«

Ich zuckte mit den Schultern. Zweifellos verletzte ich seinen Stolz, aber das war mir egal. Er schloss die Hand um die Würfel zu einer Faust und lächelte dabei spöttisch. »Dieses Mal werde ich wohl etwas Einprägsameres tun müssen.«

»Ich bin vielleicht billig, aber ich bin nicht umsonst. Mein Stolz beträgt zwei Kupfermünzen.«

»Ich habe all meine Kupfermünzen ausgegeben. Tun es diese hier auch?« Er drückte mir die Würfel in meine rechte Hand und griff nach meinem linken Handgelenk, um mich hochzuziehen. Ohne mich loszulassen, ging er an mir vorbei die Stufen hinauf.

Es ist keine Prahlerei, wenn ich sage, dass der Wappenträger seinen Einsatz herausbekam. Als wir uns trennten, wiesen wir beide Markierungen auf. Ich hatte ihn so fest gebissen, dass ich ihm dabei die Haut zerbissen hatte, und er, die amourösen Wettkämpfe von Lambanein nicht begreifend, hatte meine Kehle mit seiner großen Hand gepackt und einen Armreif an Blutergüssen hinterlassen. Für diese Liebkosung hatten die Lambaneiner natürlich auch einen Namen.

Mit den Würfeln in der einen Hand legte ich mich auf den Rasen. Mit der anderen Hand fuhr ich über die Erde und spürte Grashalme zwischen den Fingern. Der neue Mond warf ein mattes Licht. Drei Zypressen überragten mich, es waren die gleichen Bäume, die vor vielen, vielen Nächten ein Schattenboot geformt hatten, in dem der König und ich gesegelt waren. Er hatte gesagt, er wolle eine Prinzessin aus mir machen, und ich war geschmeichelt gewesen. Aber eine überzeugende Imitation würde ich nie abgeben, ganz gleich, wie vergoldet ich sein mochte. Ein Kratzer, und das wertlose Metall würde zum Vorschein kommen.

Zwischen dem Mond und den Zypressen standen Wolken am Himmel, gemustert wie Kräuselungen im Sand. Mir war, als stünden die Wolken still, während der Mount Allaxios unter ihnen dahinglitt und mich irgendwohin trug. In der Hoffnung, ein wenig Feuchtigkeit aufzufangen, um meinen Durst zu stillen, öffnete ich den Mund, doch die Luft war zu trocken, die Wolken zu weit entfernt. »Du bist wahrhaftig eine Zwei-Kupfer-Hure«, sagte ich laut.

König Corvus stand über mir und wirkte so groß wie eine Zypresse. »Bedecke dich«, sagte er und warf mir mein Umhängetuch zu.

Ich setzte mich auf. Das Umhängetuch war zu dünn, als dass es etwas verborgen hätte, und ich langte nach meinem Umhang, der irgendwo dort drüben sein musste. Der König ließ ihn mir in den Schoß fallen. Ich legte mir den Stoff über Schultern und Beine. Ich fürchtete seinen Tadel für die Rolle, die ich an diesem Abend bei der Vorführung verkörpert hatte. Den Vorwurf, den er mir stattdessen machte, hatte ich nicht erwartet.

»Lass dich nicht mit meinen Männern ein«, sagte er.

»Euer Mann, Sire Wieheißternochgleich – ist mir gefolgt. Außerdem weiß jeder, dass Ihr mir den Laufpass gegeben habt.«

»Ich konnte nicht länger so tun, als ob. Wenn du dich mit ihnen einlässt, hat es den Anschein, als hättest du mir Hörner aufgesetzt.«

Bestürzt schüttelte ich den Kopf. »In Lambanein erwartet niemand von einer Zelebrantin Treue, es sei denn, sie hat einen Wohltäter, nur einen einzigen Gönner. Und selbst dann …«

»Ich bin kein Lambaneiner«, sagte er, während er vor mir auf und ab ging, vier Schritte in die eine, vier in die andere Richtung. Wir befanden uns nahe am Rand der Terrasse, und hinter ihm fiel das Land ab. Seine Silhouette hob sich von den gekräuselten Wolken ab.

»Was kümmert es Euch? Ich war das Mittel zum Zweck; jeder weiß nun, dass Ihr kein Eunuch seid. Und wenn sie glauben, dass Ihr meiner rasch überdrüssig geworden seid – nun, die Leute werden meiner eben schnell überdrüssig. In der Zwischenzeit habe ich nicht untätig gewartet.«

»Wie ich sehe, ja«, sagte er. Wenn er weiter so auf und ab ging, würde er noch eine Furche in den Rasen ziehen.

»Ich habe im Hof der Söhne zu Abend gegessen und erfahren, warum Kyparisos ein Heer wollte – und zwar nicht, um in Incus einzufallen. Hier machen sie sich nichts aus fremden Ländern; sie machen sich nicht einmal etwas aus Lambanein, das für sie genauso gut ein Anhängsel von Alaxios sein könnte. Sie machen sich bloß etwas daraus, dass ihr Vater bald sterben und dann ein Arkhyios Arkhon werden wird und die anderen Schattenwesen, und noch der Letzte von ihnen würde Euch töten, wenn er glaubte, damit Hand an Euren größten Schatz legen zu können, nämlich Euer Heer.«

»Meinst du, das wüsste ich nicht?«, sagte König Corvus. Und ich, die ich mich für klug gehalten hatte, wurde kleinlaut. »Dieses Königreich ruht auf den Schultern eines zerbrechlichen, buckeligen Verwirrten – ein alter Mann, der es anderen Männern überlässt, seine Frau zu schwängern, damit er mannhaft wirkt. Meine Anwesenheit hier hat alle durcheinandergebracht, also bewege ich mich vorsichtig, das kann ich dir versichern. Aber wenn ich keine Männer und kein Gold aus Lambanein bekomme, dann bekomme ich es überhaupt nicht – und niemand wird mir wohlgesinnt sein, falls es hier zu einem Erbfolgekrieg kommt. Das habe ich auch dem Arkhon gesagt – genauer gesagt, seinem Faktotum, der Einzige hier in der Stadt, der es wert ist, dass man mit ihm redet –, und das Faktotum hat mir ein hübsches Angebot unterbreitet. Erstens mein Leben. Zweitens eine Arthygater als Gattin und eine Aussteuer, die einen Palast im Viertel sowie eine hübsche Summe an Wolle und Pacht umfasst. Und schließlich in etwa fünf Jahren, wenn die Zeit für reif gehalten wird, ein Heer, damit ich mein Königreich wieder zurückerobern kann. Das Einzige, was ich im Gegenzug tun muss, ist, ihm etwas zu geben, das ich in Wahrheit gar nicht mehr besitze, nämlich den See von Sapheiros. Und nichts zu unternehmen ... nichts, was dem Arkhon und seinem Nachfolger, wer immer es sein wird, schaden könnte.«

Ich stützte das Kinn auf meine Knie, damit ich ihn nicht angaffte. König Corvus hörte auf, hin und her zu gehen, und wandte seinen Blick von mir ab, schaute nun über die Hänge des Mount Allaxios, der sich wie eine Insel aus dem Ozean der Nacht erhob. Überall um uns herum regte sich ein leiser Wind.

»Habt Ihr das Angebot angenommen?«, fragte ich.

Schnell wie ein Vogel wandte er mir den Kopf zu. »Natürlich. Ich habe teuer für das Angebot bezahlt, oder nicht? Ich habe Pferde verkauft, Rüstung, Waffen, einige von mir, einige von meinen Männern, und die Propheten von Rift haben sich dazu herabgelassen, diese Stutzer zu lehren, so herumzuhüpfen, als verstünden sie es zu kämpfen – das alles, um das Faktotum zu bestechen und ein Gewand zu kaufen, das es wert ist, dem Arkhon bei meiner Audienz überreicht zu werden. Man muss ein Geschenk für den Arkhon haben. Als wir hier ankamen, habe ich ihm viele Geschenke gemacht, doch er hat sie nicht gewürdigt. Mittlerweile hat man mir Ratschläge gegeben, was seinen Geschmack betrifft, und dieses nun stieß auf größere Beachtung.«

»Was ist mit Eurer Verlobten?«

»Was soll mit ihr sein?«

»Ich habe mich bloß gefragt, ob ich sie kenne, ob sie vielleicht eine der Großtöchter des Arkhon ist.« Alopexin musste eifersüchtig auf jemanden sein.

Auf diese Bemerkung hin stieß er ein unverstelltes Lachen aus und sagte: »Ich bezweifele, dass ihr beide an den gleichen Banketten teilgenommen habt. Sie ist ein Mädchen von sieben Jahren, die jüngste Tochter des Arkhon. Ich werde mich nicht mit einem Enkelkind begnügen, wenn noch Töchter zu haben sind.«

»Ich glaube, wenn Ihr auf die Erlaubnis des Arkhon wartet, werdet Ihr niemals zurückkehren; fünf Jahre werden zehn werden, werden nie sein. Ihr werdet vergessen, wer Ihr seid.«

»Hat dir das ein Traum gesagt?«, fragte der König, um mich aufzuziehen.

Warum war er hier? Warum hatte er mich aufgesucht? Um mir zu sagen, dass ich nutzlos war und dass alles, was ich für ihn getan hatte, nicht der Rede wert war? Ich muss das hier träumen, dachte ich. Vielleicht sagte ich es auch laut. Er setzte sich neben mich und streckte seine langen Beine aus. Eine Weile herrschte Schweigen zwischen uns.

»Dieser Sire Galan von dir«, sagte er dann, »dem gegenüber du so untreu bist – willst du immer noch zu ihm zurückkehren?«

Ich schaute ihn aus dem Winkel meines trüben Auges an. Seine Krone bestand aus Gründorn und Wacholder, und die Granatäpfel auf seinen Ärmelaufschlägen waren gefüllt mit granatroten Samen, genau wie ich es einmal geträumt hatte. Als ich keine Antwort gab, sagte er: »Ich habe eine Nachricht aus Incus erhalten. Es ist meinen Männern gelungen, Consort Ostrakans Boten auf dem Weg zu Merle einzuholen und zu bestechen, das Bildnis von Arthygater Keros durch deines zu ersetzen. Merle – der sich für gerissen hält – hat den Boten genau über Keros befragt, ihr Aussehen, ihr Gebaren und ihr Temperament. Vor allem wollte er in Erfahrung bringen, ob sie eine Lamia war, ob sie eine Schlangentätowierung trug. Er weiß nicht, dass selbst eine Hure Mitglied der Schlangensekte sein kann. Er glaubt – wie wir alle glaubten –, dass die Tätowierung ein Zeichen der Mitglieder des königlichen Hauses ist. Meine Frau hat nie etwas Gegenteiliges gesagt; es war ihr untersagt, über etwas, was die Sekte betraf, zu sprechen.«

»Arthygater Keros hat keine Tätowierung. Ich habe sie im Bad gesehen.«

»Dennoch, der Bote schwor Stein und Bein, dass sie eine hatte, da er wusste, dass dies von ihm erwartet wurde. Wenn du Keros sein sollst, musst du also diese Markierung tragen.«

»Falls – wenn – ich gehe, was passiert dann mit der echten Arthygater?«

»Wir ließen Ostrakans Boten mit der Einwilligung des Staren und seinen Forderungen zurückkehren. Arthygater Keros muss mit ihrer Aussteuer aufbrechen – damit wir sie rauben können. Wie sonst könnten wir uns deine leisten? Wir leben hier von Mondlicht und Versprechungen, und ich habe eine so hohe Anleihe auf meine zukünftigen Reichtümer getätigt, wie ich nur konnte.«

»Das war ein großes Risiko, den Boten am Leben zu lassen. Habt Ihr denn keine Angst, dass er Euch an Arthygater Katharos verrät?«

»Wir haben Vorkehrungen getroffen. Aber der Plan ist riskant, ich habe nie etwas anderes behauptet.«

Ich saß angespannt da, die Arme um die Knie gelegt und die Schultern so hochgezogen, dass sie fast die Ohren berührten, wie ein Kind, das befürchtet, eine Tracht Prügel zu bekommen. Aber die Schläge waren regelmäßig; sie kamen von innen, und es gab kein Entkommen vor ihnen, da ich es nicht vermocht hatte, mich meines Herzens zu entledigen.

Er konnte nicht begreifen, warum ich stumm blieb. Voller Hohn sagte er: »Vielleicht ist es dir ja lieber, eine Hure zu sein. Du scheinst es zu genießen.«

»Nein, nein, natürlich nicht.«

»Wir haben Erkundigungen eingezogen, was diese Tätowierung angeht, aber wir finden keinen Künstler, der bereit wäre, sie vorzunehmen – sie haben alle zu viel Angst vor dem Frevel. Also wirst du eine Initiierte werden müssen; das ist Teil der Riten, heißt es, und zweifellos wird die Tätowierung schmerzhaft sein. Und sie kostet viel Geld, den Zehnten, der an den Tempel der Katabaton auf dem Mount Omphalos zu entrichten ist. Die Initiierung findet beim Fest von Katabatons Nabel statt, das zu unserem großen Glück in nur einer Dekade stattfinden wird. Du wirst einen Gönner benötigen, einen, der vernarrt genug ist, um fünftausend in Gold zu bezahlen, um eine wilde Göre in den höchsten Stand der Huren zu befördern.«

»So einen gibt es nicht – niemanden, den ich darum bitten könnte.«

»Doch, es gibt einen«, erwiderte der König. »Denn ich werde dein Gönner sein, und zwar ein eifersüchtiger. Ich werde öffentlich für dich schwärmen, dich mit Geschenken überhäufen und dir jede Marotte nachsehen – zum Beispiel das Verlangen, der Schlangensekte beizutreten. Und im Gegenzug werde ich darauf bestehen, der Einzige zu sein, verstehst du? Ich werde der Mann sein, der den Drachen gezähmt hat, und du wirst die Frau sein, die den König dazu brachte, seinen Eid zu brechen, und gemeinsam werden wir eine Darbietung aufführen, um die Klatschbasen von Allaxios zu unterhalten.«

Ich fühlte mich so schwach, dass ich ohne die Hilfe des

Königs nicht aufstehen konnte. Als ich dann auf den Beinen stand, hatte ich weiche Knie. Ich schlang den Umhang zweimal um mich und sortierte nervös die Falten.

»Mach dir keine Sorgen«, sagte der König und reichte mir mein Umhängetuch. »Du siehst genauso aus, wie du es solltest, gut geschändet.«

Ich hatte mein unkrautartiges Gebinde irgendwo verloren, und nun reichte er mir seines, das aus Gründorn und Wacholder bestand, was bedeutete, dass ich sein Trost in der Not war und er mein Beschützer. Aber eine solche Botschaft war zu ernst, als dass sie eine lambaneinische Menschenmenge erfreut hätte. Ich riss mit Quasten verzierte Stränge von korallenrotem Geißblatt aus einem Gestrüpp nahe des Wasserfalls und flocht sie zu Girlanden, die wir uns um den Hals hängten und damit zeigten, dass unser beider Schicksal miteinander verflochten war.

Auf dem Weg hinunter wirkten die Treppen steiler, und die Stufen viel zu weit voneinander entfernt. Ich klammerte mich an den Arm des Königs. Vielleicht glaubte er, ich sei betrunken. Wäre ich es doch nur gewesen. Er sprach zu mir, doch ich hörte nicht zu. Ich beobachtete seinen sich verändernden Ausdruck. Seine düstere Miene hatte er zugunsten von Lächeln und Blicken unterschiedlicher Art abgelegt. Es erschreckte mich, dass er eine Hure darin übertreffen konnte vorzutäuschen, was er in Wirklichkeit nicht empfand.

Wie muss ich in den Augen der anderen Gäste ausgesehen haben, als ich den Speisehof an seinem Arm betrat! Schwankend, benommen, mich ihm ungläubig zuwendend, Unkraut im Haar, Flecken auf meiner Kleidung, während er in seinem steifen Wappenrock unsagbar sauber wirkte, unsagbar zufrieden mit sich selbst. Die wilde Alopexin, nun war sie endlich gezähmt.

Im Schutz des Säulengangs winkte ich einen Tharaislappen herbei und wusch mir in ihrem silbernen Becken Gesicht und Hände. Mit Gesten bedeutete ich ihr, mir einen Kamm für meine Haare zu reichen. Nach einer ganzen Weile tauchte sie mit einer Haarschneiderin wieder auf. Wir gingen in ein Tharaiszimmer, das von dem Speisehof abging und in dem die Haarschneiderin tat, was sie konnte. Münzen hatte ich keine, sodass ich ihr die Würfel gab. Das alles geschah, ohne dass ein Wort zwischen uns gewechselt wurde.

Ich nahm meinen Platz neben König Corvus wieder ein und lehnte mich an ihn, bemüht, die Koketterien auszuüben, den Blick des Lammes, die federhafte Berührung an seinem Arm, das nur für ihn bestimmte, vor anderen hinter meiner Hand verborgene Lächeln. Ich fütterte ihn mit gepfefferten eingelegten Radieschen, und dabei knabberte er an meinen Fingern. Ich improvisierte eine Ode an ein Radieschen, an ihre Röte, ihr blasses Fleisch, so wohlgeformt, so schmackhaft, so bissfest. Ich war rot im Gesicht, mir war schwindelig, und meine Haut brannte, so als hätte ich Fieber. Der König flüsterte mir ins Ohr und fragte, ob alles in Ordnung sei.

Sehr sogar, oh ja, wirklich.

Aber mir war, als hätte ich mich zu weit von mir selbst entfernt, als hätte sich der Faden ganz vom Schiffchen abgewickelt, als fände ich meinen Weg nicht mehr zurück. Ich war eine Zuschauerin, die die Hauptdarsteller mit kritischem Auge betrachtete. Man hätte fast glauben können, sie wäre die Art Frau, die ein Mann wie er begehrte, obwohl sie es nicht war. Und er sie nicht begehrte.

KAPITEL 32
Mondblüte

Ich war bereit, meinem Eid gegenüber Mondblüte abzuschwören, doch sie war nicht bereit, mich gehen zu lassen. Ich hatte zu viel von ihr gegessen, Tag für Tag über beinahe zwei Dekaden. Und nun verschlang sie mich im Gegenzug. Auf dem Rückweg zu Aghazals Haus wurde ich im Karren ohnmächtig, und auch Aghazal gelang es nicht, mich aufzuwecken. Großmutter Lagas bereitete mir eine Strohmatte im Hinterhof, zwischen zwei ebanakanischen Sträuchern mit heilenden Düften. Um mich vor der Sonne zu schützen, hängten sie eine Plane auf. Ich lag den ganzen Tag und die ganze Nacht ohnmächtig da.

Nun fiel es mir wieder ein. Nacht für Nacht hatte ich Mondblüte zu meiner Führerin gemacht, und sie hatte mich geführt und meine Erinnerungen an diese Zeit mit sich genommen. Nun kehrten diese Erinnerungen langsam wieder zu mir zurück, und ich ging durch die Nächte, jede von ihnen wie eine Kammer, dicht gedrängt mit Fremden, und Alopexin war eine Fremde unter ihnen.

Eine dieser Kammern war in einem Garten, in dem wir standen und Erscheinungen bewunderten, die wir im Mondlicht in den Wolken entdeckten, und alles, was ich von mir gab, war als Gedicht verfasst:

Pflaumenblüten drängen sich
An einen verwachsenen schwarzen Ast
Der Nacht, übersät mit Flechten.

Andere Gäste versuchten, sich Gedicht für Gedicht mit mir zu messen, doch niemandem gelang das Verfassen so mühelos wie mir.

An einem anderen Abend schaute ich bei einem Hahnenkampf zu und nahm Anstoß daran, als mir ein Mann auf den Fuß trat. Es war ein unterwürfiger Gelehrter, und vielleicht wagte ich es genau deshalb, ihn zu schlagen, oder es machte mir nichts aus – Mondblüte ließ rasch hintereinander Lust oder Zorn in mir aufkeimen. Der Mann schlug zurück, und wir teilten einander Hieb um Hieb aus, und ich empfand eine solche Freude, solchen Zorn, schrie aus vollem Hals, gleichgültig gegenüber dem Schmerz. Wir gaben ein besseres Schauspiel ab als die Hähne. Als ich mit blauen Flecken erwachte, hatte ich sie für Zeichen eines besonders energischen Gönners gehalten.

Eines Nachts vertraute mir ein Edelmann an, er habe zehntausend in Gold von Arthygater Katharos geliehen, um eine Schuld abzubezahlen, habe das Geld jedoch stattdessen verspielt. Und nun habe sie aus ihm einen bloßen Kynamolgos gemacht, einen Mittelsmann, und er könne ihr keinen Gefallen abschlagen, den sie von ihm einfordere. Welche Art von Gefallen?, wollte ich wissen. Er sei als Schwertträger bekannt (erklärte der Edelmann und schnitt dabei ein wenig auf); er fing in ihrem Auftrag mit gewissen Männern Streit an und tötete sie dann. Er nannte die Männer beim Namen. Zweifellos hätten der König und Divine Aboleo sein Geheimnis gut verwenden können, wenn ich mich daran erinnert und es ihnen verraten hätte.

Unter diesen vielen Nächten war ein heller Tag, nämlich jener der Jagd. Ich hockte unter den Säulen, die den hohen Pavillon in dem Eichenhain stützten, und spielte mit Würfeln. Eine Reihe von Jägern stand an, um mit mir Schlangen-und-Habichte zu würfeln.

Alopexin gewann mehr, als sie verlor. Sie brannte wie ein Gestrüpp auf den Bergen nach einem trockenen Sommer.

Um die Flammen zu löschen, trank sie Wein, aber dieser nährte das Feuer nur noch weiter. Sie fühlte sich schwindelig und war frivol; ihre Stimme war schrill, und sie lachte beim geringsten Anlass, vor allem über ihre eigenen Witze. Kein Wunder, dass die Gerüchte schnell bis Divine Aboleo und langsam bis in die Gerüchteküche der Stadt vorgedrungen waren. Die Männer, die mit mir spielten, waren Gefolgsleute des Königs, und ich gab ihnen eine Chance bei der Träumerin des Königs, der Hure des Königs.

Es heißt, dass Chance betrügt, aber das tat sie nicht, sie ließ die Würfel fallen. Wenn ein Mann gewann, folgte er Chance die Leiter hinauf in den Pavillon, doch es war Desire, die sich umdrehte und ihn umarmte, wenn er oben angelangt war. Desire hätte hundert Männer ebenso wie drei oder fünf nehmen können, weil sie unter einem Verlangen litt, das tiefer ging, als dass ein Mann allein es stillen konnte. Ich kannte die Gewinner, alle fünf. Es waren drei Kataphrakte, ein Wappenträger und ein Prophet von Rift, Divine Volator. Wahrscheinlich war es der junge Priester, der Divine Aboleo davon berichtete, was während der Jagd geschehen war, dass er sein Gelübde gebrochen und seine Kraft bei einer Frau verausgabt hatte.

Ich fragte mich, ob er seinem Vorgesetzten wohl alles erzählt hatte. Mit meinen Beinen um ihn geschlungen, hatte er sich auf steifen Armen über mich erhoben und sich in meinem festen Griff abgemüht. Seine Augen blickten verwundert, ehrfurchtsvoll. Der Schweiß rann ihm in kleinen Strömen hinab, als wäre er ein Schmied an der Esse. Es war, als zöge er sich mit seinem Oberkörper von mir zurück, während er mit seinem Unterkörper auf mich einhämmerte.

Ich merkte, dass mein Blick ihm einen Schrecken einjagte. Eines meiner Augen hatte eine schwarze Pupille mit einer blauen Flamme in der Mitte, das andere war voller Rauch. Das wusste ich deshalb, weil ich über dem Podest in einem Himmel himmelblauer Kacheln schwebte und alles mit ansah. Vielleicht erkannte sein drittes Auge, jenes, das er sich über der Braue hatte eintätowieren lassen, dass ich zuschaute. Vielleicht sah er meinen schimmernden Mondblütenschatten, wie er von meiner Haut floss und ihn umhüllte, bis seine Arme zitterten und er sich herabließ und meiner Umarmung nachgab.

Ich hatte Rache üben wollen an jenen, die mich an dem Tag der Jagd besessen hatten, als ich nicht im Besitz meiner selbst gewesen war. Doch wie konnte ich mich an den Göttern rächen?

Ich träumte, ich fiele von einer Höhe herab, und dies erschreckte mich derart, dass ich erwachte. Ich lag auf der Veranda meines Hauses auf dem Mount Sair und hatte gewaltigen Hunger. Krank war ich gewesen, das wusste ich; krank musste ich eine ganze Zeitlang gewesen sein, denn als ich mit weichen Knien aufstand, wurde mir schwindelig.

Ich schirmte mir die Augen ab und ging die Stufen in den Kräutergarten auf dem von der Sonne beschienenen Hang hinab. Als ich auf Thymian und Maiblümchen trat, stieg ein Wohlgeruch um mich herum auf. Doch ich hatte Hunger auf Lehm, nur auf Lehm, und es musste Lehm vom Ufer des Flusses Wend sein, sodass ich den ganzen langen Weg von Terrasse zu Terrasse hinab zum Athlewood stieg. Dabei zitterte ich am ganzen Leib und legte viele Pausen ein, um wieder zu Atem zu kommen. Wie ich wieder hinaufsteigen sollte, wusste ich nicht, nur, dass ich unbedingt Lehm essen musste, um mich vor dem Gift zu retten. Ich grub eine Handvoll unter den Wurzeln eines umgestürzten Baumes am Ufer aus, und der Lehm war rötlich und glitschig. Ich zerdrückte ihn zwischen meinen Handflächen und formte ein Fladenbrot, auf das ich mit den Fingernägeln schrieb: Sie darf ablehnen.

Sosehr ich mich nach dem Lehm sehnte, war ich doch erschrocken darüber, wie schwer er mir auf der Zunge lag und mir dick und glatt die Kehle hinunterglitt und dort stecken blieb, sodass ich keine Luft mehr bekam. Ich kniete mich auf einen Kieselstrand, um aus dem Fluss zu trinken, und der Lehm in meiner Kehle löste sich in frühlingshaftem Flutwasser in Schlamm auf, und ich war wie ein Flussdelta, das es aufnahm. Ich beugte mich über den Fluss, um erneut zu trinken, und als meine Lippen das Wasser berührten, blendete mich die Reflexion der Sonne, und ich wurde niedergeworfen. Ich lag auf dem Strand, und meine heiße linke Seite zog sich krampfhaft zusammen, während meine kalte rechte Seite sich nicht bewegen konnte.

Ich schreckte ruckartig aus einem Traum hoch, in dem ich gefallen war, und stellte fest, dass ich auf einer Strohmatte im Hinterhof unter einer safrangelben Plane in der prallen Sonne lag. Mir war zu heiß. Ich legte das Tuch, das mich bedeckte, zur Seite, sodass die Brise meine Haut kühlte. Eine alte Frau und ein junges Mädchen saßen in der Nähe und spielten ein Lied. Die braune Haut der alten Frau hatte eine aschfahle Schönheit, und die des Mädchens sah aus wie polierter Lehm. Das Mädchen spielte ein Lerchenträllern auf ihrer Flöte, die alte Frau spielte auf einem langhalsigen Holzvogel, besaitet mit einer Saite aus Darm und drei aus Draht, die immer, wenn sie die Darmsaite zupfte, in metallischer Harmonie mitvibrierten. Sie sang mit einer bebenden Stimme durch die Nase, und mochten die Worte mich auch vor ein Rätsel stellten, so verstand ich doch die Melodie.

Ich konnte mich nicht aufsetzen. Meine Glieder waren zwar willig, aber zu schwach. Ich drehte mich stöhnend auf die Seite und sah vier Frauen, die in einer Reihe saßen und im Schatten eines Säulengangs spannen. Eine von ihnen kam herbeigeeilt und kniete sich hin, um mir Wasser zu trinken zu geben. Sie trug einen orangefarbenen Umhang, und ihre Haut war warm und klebrig und roch nach Myrrhe. Sie gab mir zu trinken, und ein Teil des Wassers rann mir wie ein kühler Segen auf meiner glühend heißen Haut hinab, während ein anderer Teil in meinen großen, leeren

Bauch floss, der so hohl war wie die mit Lehm verkleidete Zisterne im Hof.

Die Frau wischte mir mit ihrem Handrücken Wangen und Kinn ab. Ich befürchtete, sie würde mit mir schimpfen, da ich überzeugt davon war, etwas Unverzeihliches getan zu haben, auch wenn ich nicht wusste, was es war. Doch sie beugte sich mit liebevoller Miene über mich und sagte: »Du bist zu uns zurückgekommen, ja?«

»Was ist denn mit mir?«, fragte ich. »Ich bin umgekehrt, umgestülpt.«

Ich träumte, ich stiege eine Sanddüne am Ufer eines Meers hinauf, dessen blaugrüne Farbe zu leuchtend war, als dass es die Inward Sea hätte sein können. Der Sand unter meinen Füßen gab nach, und als ich fiel, schrie ich laut auf und erwachte auf einem mit Stroh gefüllten Sack unter einem Vordach.

Ich hob den Kopf von dem Sack und reckte den Hals, um einen Blick auf Großmutter Lagas zu werfen, die mit ausgestreckten Beinen neben mir saß und dicke braune Bohnen aus Schoten schälte, die so lang waren wie meine Handfläche. Ich hatte diese Schoten schon an einer Kletterpflanze mit violettfarbenen Blüten gesehen, die sich um eine Säule im Speisehof rankten; auf beiden Seiten dieser Säule wuchsen Mondblütengewächse.

Großmutter Lagas palte die Bohnen von ihrem Schoß in eine Schüssel. Ihre Arme waren kräftiger, als es den Anschein hatte. Sie dienten mir als Stütze, als ich mich aufsetzte. Ich ließ den Kopf hängen und keuchte – *puh, puh, puh*. Mondblüte würde mir noch den Garaus bereiten.

Zuvor war ich so trocken wie Salz gewesen, und nun lief mir der Schweiß am ganzen Körper hinab. Großmutter Lagas berührte mich am Nacken und leckte dann das Salz von ihren Fingern. Sie untersuchte den Geschmack, so wie Tante Köchin Angadataqebay ein Gericht kostete, um zu ermessen, ob es noch eine Prise von diesem oder jenem benötigte. Großmutter sprach mich auf Ebanakanisch an, und ich verstand sie nicht. Sie sang Adalanas Namen, und die Dritte kam und setzte sich neben uns. »Großmutter sagt, dein Herz ist ein lahmendes, weglaufendes Pferd, und du musst versuchen, es zu beruhigen«, sagte Adalana. »Sie hat etwas, womit sie dir helfen kann.«

Die Hände von Großmutter Lagas hatten geschwollene Gelenke und krumme Finger, doch sie waren flink genug, um eine braune Bohne mit ihrem scharfen kleinen Messer der Länge nach zu spalten und dann die Hälfte zu vierteln. Sie nahm ein Achtel der Bohne und zerdrückte es in einem kleinen Granitmörser. Sie fügte Wasser hinzu, und ich trank es.

Ich lehnte mich an Adalana und beobachtete durch meine Finger hindurch, wie Großmutter Lagas Sand auf das Pflaster neben dem Brunnen verteilte und ihn mit einem Besen glattstrich. Sie zeichnete mit ihrem Grabstock einen Kreis in den Sand und durchkreuzte ihn mit zwei Linien von rechts nach links sowie zwei von oben nach unten, wodurch sie den Kreis in neun Teile teilte. Dann streute sie Samen aus neun Lehmschüsseln auf die Unterteilungen ihres Kreises und murmelte dabei vor sich hin. »Großmutter Lagas befragt die Vögel über dich«, sagte Adalana.

Anhand der kurzen Schatten auf dem Boden erkannte ich, dass es fast Mittag war, doch die Sonne hatte sich abgedunkelt, oder meine Augen hatten dies getan. Mein Herzschlag verlangsamte sich. Was ich geschluckt hatte, kam mir nun wieder hoch, und es gab keine Möglichkeit, etwas dagegen zu tun. Ich erbrach braune Stücke von Bohnen und Schlamm und keuchte – *puh, puh, puh* –, und ich hatte ein Stechen in der Seite, als wäre ich gelaufen. Ich verspürte Angst.

Großmutter Lagas holte den Hahn, den wir Old King nannten, aus seinem kleinen Palast und setzte ihn auf den Brunnenrand, oberhalb ihres Sandkreises. Der Hahn krächzte und putzte sich, und während er sich aufplusterte, flog ein kleiner Zaunkönig herab und landete in dem Kreis. Er trippelte herum, schimmernd wie eine huschende braune Maus. Der Hahn sprang herab, um ihn zu verscheuchen, wobei er mit dem Kopf nach ihm stieß, und als der Zaunkönig davongeflattert war, stolzierte der Hahn hin und her und pickte dabei Samen auf.

Ich fiel auf den Strohsack zurück, und Adalana wischte mir das Gesicht mit einem in kaltem Wasser getränkten Leinenlappen ab. Oder war es Aghazal, die neben mir kniete? Ich nahm das feuchte Tuch zwischen meine rissigen Lippen und saugte daran.

Als ich dieses Mal davon träumte zu fallen, ließ ich mich fallen, da ich Angst davor hatte, beim Erwachen zu sterben. Ich fiel in den langgezogenen Blütenkelch einer Mondblüte, es ging hinab und hinab in den schmalen Schlund aus violettem und apricot gefärbtem Elfenbein. Ohne es zu wissen, war ich schon die ganze Zeit auf sie hinabgefallen. Die Blüte wand sich um mich und schloss sich, und nun lag ich umfasst wie ein Wurm in einer Knospe. Der Geruch war überreif, mehr als süß, demütigend und befruchtend. Ich drehte und wand mich, doch ich war zu eng umklammert, als dass ich mich hätte befreien können.

»Du hast mich vergiftet«, kicherte mir Sire Rodela ins Ohr. »Wie gefällt dir das?« Ich spürte, wie seine kleinen Fliegenbeinchen über die Innenseite meines Trommelfells krabbelten. Meine Arme waren gebeugt und fest an meine Seiten gepresst, und meine Hände waren nahe an meinem Gesicht.

»Oh, seid nur still!«, erwiderte ich und stach mit meinem spitzen Fingernagel nach ihm. Dabei durchbohrte ich mein Trommelfell und schrie laut auf vor Schmerzen. Rodela, die Fliege, kroch durch das zerstoßene Trommelfell und summte vor meinem Gesicht herum, fest entschlossen, mir auf die Nerven zu gehen. Er landete auf meiner Braue, und ich schlug nach ihm. Wir waren so eng in der Blüte eingehüllt, dass er nicht weit fliegen konnte, auch wenn er es gewollt hätte.

Vielleicht konnte ich mich ja herausschneiden. Mit dem geschärften Nagel meines Mutterfingers kratzte ich einen Schlitz in das Blütenblatt. Es war zu dick, um es auf einmal durchbohren zu können. Am Boden des Schlitzes bildete sich ein winziger Tropfen und schimmerte in dem matten Licht. Ich nahm den süßen Tau auf meiner Zunge auf und stellte fest, dass er sowohl meinen Durst als auch meinen Hunger befriedigte. Doch er erweckte weiteres Verlangen.

Mein Ohr pochte. Ich machte mich an der Wand des Blütenblattes zu schaffen, indem ich den Schlitz, den ich gemacht hatte, vertiefte, immer wieder mit dem Fingernagel hineinschnitt. Bald würde der Nagel brechen, und was würde ich dann tun?

»Nimm eine Haarnadel«, sagte Sire Rodela und landete auf meiner Nase. Ich fegte ihn beiseite. Ich fuhr mir durch mein verfilztes Haar und zog eine goldene Haarnadel hervor, deren Libellenspitze mit Edelsteinen besetzt war. Sie war irgendwie übrig geblieben, seit ich zum letzten Mal ein Weidenhaarteil getragen hatte – auf dem Bankett im Hof der Söhne.

Mit der Metallspitze kratzte ich an der Wand. Safttröpfchen rannen wie Blut an dcr Blüte hinab, und ich trank sie und schälte weiche Fetzen Fleisch aus der Wand und aß sie. Ich wurde größer, und es wurde noch beengter. Hinter einer Blütenblattwand war eine weitere und noch eine, da die Blüte um mich herumgefaltet war. Ich schnitt mich durch die letzte Schicht hindurch, durch den rauen grünen Blütenkelch, der den Sockel der Blüte umgab.

Ich hörte, wie Sire Rodelas Geheul verklang, und war froh darüber. Doch er kehrte zurück und verhöhnte mich, weil er draußen war und ich nicht. Ich stieß mit beiden Händen gegen das Loch und drückte und zog, bis ich eine Bresche aufriss, aus der ich mich, klebrig von dem schillernden Saft der Mondblüte, auf einen breiten Zweig hinauswand.

Wie hatte die Blüte es geschafft, mich zu umfassen? Nun war ich zu groß für sie. Die Blüte war ein einzelnes Blütenblatt mit fünf steifen Rippen, und ich schnitt den beschädigten Teil heraus, drehte ihn um, wickelte ihn um mich und befestigte meinen neuen Mantel mit der Libellenhaarnadel. Der Schlund des Blütenkelches rollte sich um meinen Nacken zusammen wie ein geraffter Kragen, und seine Rippen schmiegten sich an meine Schultern, Arme und mein Rückgrat, hafteten durch den klebrigen Saft an meiner Haut, und es war wahrhaftig kein Unterschied mehr zwischen meinem Fleisch und dem Fleisch des Blütenblatts. Ich breitete meine Flügel mit der Blütenblatthaut aus und schwang mich über den Zweig hinaus in die Arme einer Brise. Sire Rodela schoss hinter mir her wie ein kleiner, ständig *»Warte, warte, warte!«* kläffender Hund, und brachte mich damit zum Lachen.

Die Blumen in Mondblütes Garten waren wie verwandelt. Das Herz einer Ringelblume war mit unsagbaren Farben versehen. Ich sah das einfache gelbe Fingerkraut, es war in einem verschachtelten neuen Muster gekleidet. Jede Blüte hatte ihr eigenes, einzigartiges Gesicht und ihren Geruch, und ich war verzaubert von jeder einzelnen und wurde wie eine herumtänzelnde Libelle hierhin und dorthin angezogen. Während des Flugs rieb ich die Beine aneinander, aus Freude an dem Gefühl, Haut gegen Haut zu reiben, und aus dem Verlangen heraus, das mich überkam, formte ich ein singendes Geräusch. »Mein Schatz, meine Süße«, summte Sire Rodela. »Ich habe immer schon gesagt, dass du anders bist, als du vorgibst.«

Ich begriff, warum eine Motte, ihr eigenes Verhängnis verursachend, in eine Lampe fliegt, denn auch ich hätte mich dieser Schönheit opfern können. Vielleicht hielt mich nur mein Quälgeist Sire Rodela davon ab, es zu tun; ein kleiner Missklang in überwältigender Freude.

Mittlerweile herrschte in jedem umfriedeten Garten Dämmerung, und in den Räumen und Säulengängen wurden Lampen entzündet. Die Mondblüten am Portikus öffneten ihre elfenbeinfarbenen und weißen Blüten, und obwohl ihr Duft berauschend war, zog mich ein anderer Geruch an, eine moschusartige, süße Fäule. Schade um das arme Wesen, das mit offenen Augen unter einer safrangelben Plane träumte. Ihre Pupillen waren auf die Größe von Senfkörnern geschrumpft, und der Atem aus ihrem offenen Mund roch wie saurer Wein. Großmutter Lagas versetzte mir einen Schlag und sagte: »Benimm dich!«, und ich fiel in die Höhle, und der Schlund schloss sich und verschluckte mich.

Großmutter Lagas faltete die Plane zusammen und ergriff eine Stange, an deren Spitze ein Paar gebogener, zackiger Impalahörner befestigt war; zwischen den Hörnern hielten straffe Darmfäden kleine Kupferscheiben, die ein klimperndes Geräusch verursachten. Sie schlug das dicke Ende des Stabs auf den Boden und erzeugte damit einen Rhythmus. Ihre Füße rührten sich nicht, und sie schwang ihre Hüften in die eine, ihre Schultern in die andere Richtung und warf den Kopf abwechselnd nach hinten und nach vorn. Schon bald glänzten ihre Schultern vor Schweiß, und ihr Gewand war zwischen ihren herabfallenden Brüsten klatschnass. Sie sang mit hoher Stimme eine Frage auf Ebanakanisch, und dabei klimperten die Scheiben, und meine Schwestern tanzten auf die gleiche Art und sangen eine Antwort. Ab und zu riss eine von ihnen einen Fuß vom Boden und stampfte mit einem donnernden Geräusch auf. Die anderen Frauen des Hauses klatschten in die Hände.

Ich glaubte, ihre Worte hörten sich ungefähr so an:

Wer wird, wer wird ihr helfen?
Wir werden, wir werden ihr helfen.
Wer wer, wer wird ihr helfen?

Großmutter Lagas wird ihr helfen,
Indigoblauer Topf wird ihr helfen,
Großmutter Schatten wird ihr helfen,
Der Mond, der Mond wird ihr helfen.

Die ganze Nacht über hörte ich sie singen, ließ mich davon einlullen und vergaß meine Angst. Immer, wenn ich nach dem Wegdriften zurückkehrte, waren meine Schwestern und meine Großmutter da und sagten mir Hilfe zu.

Zwei Tage und zwei Nächte quälten sich Großmutter Lagas und ihre Sippe in dem Haus mit mir ab. Die Erste und die Zweite, Aghazal und Tasatyala waren dazu verpflichtet, für meine Heilung ununterbrochen zu singen, zu spielen und zu tanzen, weil sie mir Schaden zugefügt hatten. Der Hahn und der Zaunkönig hatten sie beschuldigt, und Großmutter Lagas hatte die Zeichen gedeutet, die von den Vögeln gefressenen Samen und die Fährten im Sand.

Die Vögel sagten, Aghazal habe meine Ausbildung knapp gehalten; sie sei gekränkt gewesen, als ich ihren Ratschlag missachtete und ich mich den Anweisungen von Mondblüte fügte, und sie habe es danach versäumt, mir Ratschläge zu geben oder meine Fehler zu bereinigen. Tasatyala für ihren Teil habe mich mit ihrer Eifersucht heimgesucht, da ich ohne viel Mühe den Platz eingenommen hatte, den sie sich hatte erarbeiten wollen.

Als diese Anschuldigungen gemacht wurden, gab es Geschimpfe, Streit und Tränen, doch ich schlief durch dies alles hindurch. Am Morgen schenkten mir Aghazal und Tasatyala in Ehren gehaltene Wertsachen; von Aghazal bekam ich ihre mit grünen Papageienfedern überzogene Pelerine, von Tasatyala eine geschnitzte Platte aus Jade und eine goldene Kordel, um ein Gewand zu befestigen, ein Geschenk ihres ersten Gönners. Ich wollte ihnen diese Geschenke zurückgeben, doch sie weigerten sich, sie wieder an sich zu nehmen. Daher bat ich darum, mir meinen Korb mit Deckel zu bringen und leerte diesen, um den Leuten des Hauses, ja sogar der Tharaisbadedienerin Perlenmünzen, Schmuck und Schönheitspflegemittel zu schenken. Ich gab meine Umhängetücher und Umhänge weg. Es war, als wäre ich gestorben und gäbe auf lambaneinische Art und Weise mein kostbares Hab und Gut aus, statt es zu verbrennen. Aber ich bekam im Gegenzug so viele Geschenke, dass meine Großzügigkeit mich noch reicher machte.

Schluchzend bat ich meine Schwestern um Vergebung. Ich war selbstsüchtig und unwürdig gewesen, ungehorsam gegenüber Aghazal, respektlos gegenüber Tasatyala und ein schlechtes Vorbild für meine liebe Adalana. Wir weinten alle und wurden dadurch froh gestimmt.

Onkel Zubana und Kabara trugen mich in einen kleinen, bis auf eine Strohmatte leeren Raum, den Ort der Abgeschiedenheit, an dem die Frauen des Hauses schliefen, wenn sie während ihrer Mondblutungen tharais waren. Als sie mich dort alleine zurückließen, bekam ich es mit der Angst zu tun. Vielleicht waren sie mir auf die Schliche gekommen. Doch wenig später kam die Tharaisbedienstete mit Waschlappen und einem Becken warmem Wasser. Sie wusch mich zwischen den Beinen, und die Waschlappen bekamen Blutflecken.

Eine Erinnerung, die ich verloren hatte oder die verborgen gewesen war, kehrte zu mir zurück. Als ich in dieser Nacht erwacht war, hatte ich heftige Schmerzen gehabt, während Aghazal auf einer Seite von mir kauerte, Tasatyala auf der anderen, und Großmutter Lagas zwischen meinen Beinen kniete. Großmutter riss etwas aus meiner Möse, einen verknoteten klumpigen Lappen oder eine Schnur, und als ich vor Schmerz aufschrie, beugte sich Aghazal zu mir herunter und sagte: »Still, still jetzt, es wird gleich vorbei sein.«

Großmutter zog und zog es weg, und ich spürte den Zug tief in meinem Inneren und sah, dass das, was sie aus mir herauszog, nicht bloß eine Schnur war, sondern ein ganzes Netz oder Spinnennetz oder Wurzeln, klebrig und rotschwarz, und ich befürchtete, sie werde mich von innen nach außen kehren, denn diese Stränge waren um meine Innereien gewickelt. Ich schrie gellend auf und wand mich in der Umklammerung durch meine Schwestern, doch sie ließen mich nicht los, und Lagas hörte erst auf zu ziehen, als dieses Ding ganz aus mir heraus war und sie meine Mondblutungen endlich wieder freigelassen hatten.

König Corvus schickte jeden Tag einen Boten mit Geschenken, und jeden Tag schickte ich den Boten mit in Blumen und Perlen geschriebenen Erwiderungen zurück. Darin brachte ich mein Bedauern zum Ausdruck, dass es mir nicht gut genug ging, um ihn zu empfangen, gelobte ihm Treue, erklärte, dass ich nach ihm schmachtete und so weiter – sein lambaneinischer Protokolllehrer würde meine Nachrichten mit Sicherheit deuten.

Ich als Frau hatte das Glück gehabt, während meiner Mondblutungen nur selten Schmerzen zu erleiden, aber dieser Fluss war lange aufgestaut worden. Er kostete mich so viel Mühe und Schmerzen, dass ich mich schon fragte, ob ich innerlich auseinanderfiel, ob Großmutter Lagas mich bei dem Versuch, mich zu heilen, stattdessen verletzt hatte.

Zweimal am Tag kam die Tharaisdienerin mit einer Brühe von Tante Köchin und Heilmitteln von Großmutter. Die Bedienstete wusch mich und leerte den Eimer mit Schmutzwasser. Ich fragte mich, ob sie sich wohl vor mir ekelte. Außerdem überlegte ich, ob Aghazal diese Frau bei Banketten zur Unterhaltung der Gönner in genau diesem kleinen Raum anbot, der mehr schlecht als recht mit Bildern dreier der zwölf Erniedrigungen bemalt war. Ihr Gesicht bekam ich nie zu sehen.

»Wir sind jetzt beide Tharais«, sagte ich. »Du kannst dein Umhängetuch abnehmen.« Aber sie tat es nicht. Wahrgenommen zu werden flößte ihr Angst ein. Die Leute befassten sich nur mit ihr, wenn sie etwas falsch gemacht hatte, das eine Tracht Prügel nach sich zog. Ich gab ihr zwei Bernsteinperlen, und sie knotete sie sich gewandt in eine Ecke ihres Umhängetuchs und entfernte sich unter Verbeugungen mit einem Becken voll dreckiger Waschlappen aus dem Raum.

Am vierten Tag klangen meine Mondblutungen ab, und ich verließ den Tharaisraum auf wackeligen Beinen, um zu baden. Die Dienerin bändigte mein Haar mit Libellennadeln und setzte mir ein Mondblütengebinde auf den Kopf. Mein Fleisch schien von dem starken Geruch der Blüten erfüllt zu sein. Da ich ihr Wesen in das meine aufgenommen hatte, würde ich nie imstande sein, mich von Mondblüte reinzuwaschen. Sie hatte mich leiden lassen und hatte mich sehen lassen, und ich konnte sie nicht zurückweisen, ohne damit das zurückzuweisen, was ich geworden war und getan hatte.

Aber sie als meine Herrin zu betrachten war ein Fehler gewesen. Sie war meine Dienerin. Und wenn man ihr, wie den meisten Dienerinnen, nicht trauen durfte und sie dazu neigte, ihrer eigenen Wege zu gehen, während sie Arbeiten zu verrichten hatte – nun, dann ich war jetzt vorgewarnt. Genau so eine Dienerin war ich ja auch gerade erst gewesen.

Ich kleidete mich in einen violettfarbenen Umhang, und Aghazal half mir dabei, die Stufen zu dem Raum hinaufzugehen, in dem ihre Schwestern für gewöhnlich schliefen. In ihm stand nun ein prunkvolles Bett, rot bemalt und mit Vergoldungen an der mit Schnörkeln verzierten Rückenlehne. Auf ihm lagen Kissen aus blauer Seide. Der König habe es geschickt, sagte sie.

In der Stille des heißen Nachmittags erwartete ich ihn.

Ich stand auf, um die Läden des Fensters, das einen Blick auf den Speisehof gewährte, zu schließen. Dann machte ich sie wieder auf, um eine Biene entschlüpfen zu lassen, und schloss sie schließlich wieder, um die Sonne auszusperren. Es wäre töricht von ihm, draußen herumzulaufen, wenn die Sonne am heftigsten brannte. Vielleicht würde er am Abend kommen, wenn es kühler war. Ich legte mich hin, um mich auszuruhen. Dabei legte ich die Hände an die Seite, um die ordentlichen Falten meiner Kleider nicht durcheinanderzubringen. Ich hatte nicht die Absicht zu schlafen.

Doch als ich aufwachte und mich auf einen Ellbogen stützte, bemerkte ich, dass König Corvus am anderen Ende des Bettes saß, so weit von mir entfernt wie nur möglich.

Er starrte mich an. »Du siehst nicht gut aus.«

Mit einiger Mühe setzte ich mich auf. Lange konnte ich nicht geschlafen haben, denn das Licht der durch das Gitterwerk der Läden eindringenden Sonnenstrahlen hatte sich kaum verändert. Ich bedeckte mir mit beiden Händen das Gesicht. »Verzeihung, Corvus Rex Incus, Herr der Herren. Ich fürchte, ich eigne mich noch nicht dafür, angeschaut zu werden.«

»Wirst du in einer Handvoll Tagen so weit sein, rechtzeitig für die Aufnahme in die Schlangensekte?«

»Ich wage zu behaupten, ja – sicher.« Ich ließ die Hände wieder hinabgleiten. Sollte er mich doch ausgezehrt sehen. Oder sich bemühen, mich nicht anzuschauen, so wie er es jetzt gerade tat. Er zeigte mir sein Profil; die lange Nase, sein linkes, halb geschlossenes Auge, verschleiert von dem Rand seiner schwarzen Wimpern. Aber er hatte mich angeschaut. Sein starrender Blick hatte mich aufgeweckt.

Ich fragte mich, ob er den ganzen Nachmittag lang da sitzen würde, ohne etwas zu sagen, so lange, wie es erforderlich war, um den Anschein einer Paarung zu erwecken. Ich schwang die Beine über den Bettrand, stand auf und griff nach seinen Armen, um mich zu stützen. Dabei mimte ich mehr Schwäche, als ich empfand. Ich öffnete die Tür zu der oberen Veranda und sah dort wie erwartet jemanden, der darauf wartete, uns zu bedienen, nämlich Aghazals Base Gazuf. Ich murmelte mein Ansinnen: Erfrischungen, Musik, Würfel zum Spielen.

Tante Köchin hatte kleine Überraschungen für uns vorbereitet, etwa Eier mit blauen Schalen, die einen Pudding aus Ingwercreme enthielten. Der König hatte keinen Appetit, doch meiner blühte auf. Ich aß taktvoll, indem ich mir das Essen hinter dem Schutz meiner linken Hand an den Mund führte. Unten im Hof spielte Adalana die Kithara, während Tasatyala die Handtrommel schlug. Nach drei Gerichten bat ich Gazuf, Wein zu bringen und sonst nichts mehr. »Er ist ungeduldig, ja?«, sagte sie. Ich ließ sie in dem Glauben.

Die goldenen Würfel waren von der Art, wie man sie für Schlangen-und-Habichte verwendete. Sie lagen in einem elfenbeinfarbenen Korb mit hölzernen Spielsteinen: Rosenholz für Schlangen, Ulme für Habichte. »Wollen wir spielen?«, fragte ich König Corvus.

»Wie ich hörte, bist du leicht zu schlagen«, sagte er.

»Ihr seid schlecht informiert worden. Hazard Chance begünstigt mich – ich hieß früher einmal Luck, wusstet Ihr das? Ich gewinne immer; es sieht bloß so aus, als verlöre ich.« Ich wärmte die Würfel zwischen meinen Händen und ließ sie dann auf den Klapptisch fallen, um zu sehen, wer von uns als Erster ziehen würde. Zwei nummerierte Seiten landeten mit dem Gesicht nach oben und ergaben zusammen die Zahl Vier.

Der König nahm die Würfel. »Welcher Einsatz?«

»Was Ihr möchtet.«

»Ich spiele um den Einsatz, um den auch meine Männer spielten«, sagte er und warf eine Fünf.

Ohne darüber nachzudenken, legte ich die Hand über den Mund, um meine Überraschung zu verbergen.

»Wie ich sehe, gibst du nicht länger vor, nicht zu wissen, was du getan hast.«

»Ich habe nicht so getan, als ob – wirklich. Ich hatte es bloß alles vergessen, wie jemand, der zu viel Wein getrunken hat. Aber später dann, als ich krank war – da fiel es mir wieder ein.« Er glaubte mir, oder auch nicht. Auf jeden Fall missbilligte er es. Ich ließ die Würfel in den Korb fallen und schloss den Deckel. »Ihr habt es gar nicht vorgehabt«, sagte ich. »Das mit dem Einsatz.« Meine Stimme zitterte, und ich befürchtete, dass meine Unterlippe auch zitterte. Bei den Göttern, war es möglich, dass er gar nicht wusste, wie grausam er war?

»Aghazal meinte, du seiest fast gestorben. Sie sagte, du seiest vergiftet worden. Weißt du, wer dir das angetan hat?«

»Ja. Ich war es selber.«

Er starrte mich an. »Warum?«

»Kommt Ihr nicht darauf? Bestimmt bin ich doch nicht die Erste – ein hübscher Mann, wie Ihr es seid. Es muss doch andere gegeben haben.«

»Du hast versucht, dich umzubringen?«

Er wirkte eher entrüstet. Wozu lügen, wenn es ihm gar nichts ausmachte. »Ich habe nicht gesagt, dass ich es versucht habe.«

»Ich sollte jetzt gehen«, sagte er. »Wie ich sehe, bist du noch immer schwach.«

»Ihr seid zu höflich, Corvus Rex Incus. Ihr erweist mir zu viel Ehre, Euch zu einem Besuch herabzulassen. Ich bedaure, Euch nicht so empfangen zu können, wie ich es sollte. Möchtet Ihr, dass ich Euch eine meiner Schwestern rufe, Aghazal oder Tasatyala? Sie würden nur zu gerne …«

»Das ist nicht amüsant. Du bist zu klug, um nicht zu wissen, wann du unverschämt wirst. Warum solche Bosheit? Ist es deshalb, wegen deiner Gefangenschaft?« Er nahm meine linke Hand und schob meinen Armreif aus goldenen Ringen hinauf, um die blassen Striemen an meinem Handgelenk offenzulegen, welche die Handschelle hinterlassen hatte. Er ließ die Hand wieder fallen, und sie blieb dort liegen, wo sie hingefallen war, wie ein abgelegter Gegenstand. Ich starrte auf sie hinab.

Es freute mich ein wenig, dass ich ihn dazu gebracht hatte, seine Zeit damit zu verschwenden, sich über mich Gedanken zu machen. Doch ich war auch bestürzt. Mondblüte die Schuld zuzuschreiben und zuzugeben, dass ich ein Mondkalb war, das glaubte, ihn eifersüchtig machen zu können und zu behaupten, ich habe ihn nie verletzen wollen oder nicht geglaubt, er könne durch meinesgleichen verletzt werden – das alles stimmte. Es stimmte aber auch, dass ich, wenn ich tief in mich hineinspürte, auf eine Quelle der Bosheit stieß und auf Zorn, der nun anstieg wie ein Hochwasser. »Ihr verstoßt mich«, sagte ich. »Ich habe Euch und Euren Männern geholfen, die Ferinus zu überqueren, und als Belohnung dafür habt Ihr mich der Arthygater als Leibeigene übergeben. Oder habt Ihr mich verkauft? Wie viel habt Ihr für mich bekommen?«

»Ich habe dich dem Arkhon überlassen. Ich habe meinen Sommerpalast geleert, um ihm Schätze zu geben, aber ich erntete dafür nur kargen Dank, das kann ich dir sagen – zu primitiv gefertigt, zu provinziell. Ich musste ihm noch etwas anderes geben. Ich habe seinem Faktotum gesagt, du scicst cinc Schcrin und eine wahrhaftige Träumerin, und ging davon aus, dass er dich in einen Tempel schicken würde, wo du als Orakel dienen würdest. Aber in diesem Königreich ist alles käuflich, sogar die Seher. Er muss geglaubt haben, du würdest dem Arkhon in meinem Auftrag falsche Prophezeiungen liefern.«

»Soll ich mich geschmeichelt fühlen, dass Ihr mich für ein würdiges Geschenk hieltet? Ich gehörte doch nicht Euch, dass es Euch zustand, mich zu verschenken.«

Diese törichte Bemerkung veranlasste den König dazu, eine rasche, wegwerfende Geste zu machen. »Ich hörte, dass der Arkhon mein Geschenk als unwürdig ablehnte; du kannst sicher sein, dass ich dies hörte. Sein Faktotum berichtete mir nur zu gerne, er habe dich an eine der Töchter des Arkhon weitergereicht. Ich dachte – hoffte –, du seiest in den Diensten einer Frau sicher, sicherer als in den meinen. Vielleicht sogar zufrieden.«

Es hatte ihm gefallen, sich vorzustellen, dass ich zufrieden war, damit er keinen Gedanken mehr an mich verschwenden musste.

Er stand auf, und seine rastlosen Füße trugen ihn zu einem Fenster, wo er durch das Flechtwerk des Ladens in den Hof hinausschaute. »War es deine Idee, die Rolle der Akantha in Rüstung zu spielen, um einen Widerhaken in mein Fleisch zu bohren? Oder lag darin eine Botschaft von jemand anderem, etwas, das zu entziffern ich nicht vermochte?«

»Aghazal hat die Ode für den ersten Auftritt der Zweiten Schwester ausgesucht«, sagte ich, »um Tasatyalas Tanztalent zur Geltung bringen zu können. Auf diese Weise konnte sie als Feldlerche ... aufsteigen, und Aghazal konnte mit ihrem Gesang die Herzen brechen. Was mich angeht, war mein Part stumm, sodass niemand meine minderwertige Stimme vernehmen musste. Ich musste bloß umherstolzieren.«

»Bist du sicher, dass niemand Aghazal diese bestimmte Ode vorgeschlagen hat? Vielleicht hat Arthygater Klados sie dazu angeheuert, mich zu tadeln, weil ich meine Frau nicht davon abhalten konnte, ihr Leben in der Schlacht zu riskieren. Bei den Göttern, Klados hätte ihre Schwester besser kennen müssen; wenn sie sich erst einmal etwas in den Kopf gesetzt hatte, war sie davon nicht mehr abzubringen.«

»Ich bin sicher, dass es Aghazals Idee war und kein Vorwurf darin lag.«

»Hast du sie gefragt?«

»Nein.«

»Frag sie.«

»Das werde ich, aber ich glaube ...«

»Frag sie.«

»Ich bin so eine Närrin, ich hätte an sie denken müssen, an Königsgattin Kalos, als wir übten. Hätte ich es getan, dann könnt Ihr sicher sein, dass ich Aghazal geraten hätte, eine weniger heikle Ode für die Aufführung auszuwählen, eine, mit der sie nicht riskierte, das Missfallen der Arthygater hervorzurufen. Oder Euch Grund zur Trauer gibt – obwohl wir nicht ahnen konnten, dass Ihr bei dem Bankett zu Gast sein würdet.« Ich trat zu ihm und legte ihm eine Hand auf den Ärmel, doch die Berührung ließ ihn zurückweichen. »Erst als ich dort lag und so tat, als sei ich tot, fiel mir dieser Traum von Eurer Frau wieder ein, und ich bereute, dass ich so blind gewesen war. Ich hatte nie vor, Euch mit einer solchen Verstimmerung … Erinnerung zu quälen, das schwöre ich.«

»Ach, was bedeutet es schon!«, sagte er und erhob dabei die Stimme. Er setzte sich auf das Bett, und seine schwarzen Brauen zogen sich zusammen, worauf zwischen ihnen steile Falten erschienen.

Entweder war ich boshaft oder töricht; es gab keinen Grund, warum ihm das eine mehr zusagen sollte als das andere. Ich kniete mich auf den Boden und neigte den Kopf, bedacht darauf, ihn nicht anzuschauen. Wenn ein Mann, der Beherrschung hoch einschätzt, dieser beraubt wird, möchte er keine Zeugen haben.

»Du hast es in einem Traum gesehen«, sagte er. »Ich hingegen habe es *gesehen*. Es war ein Anblick, den ich nicht vergessen werde.«

Ich stellte mir vor, wie König Corvus den Reiter sah, der aus dem Schilf hervorpreschte – ein Reiter, der taumelnd im Sattel auf einem erschreckt wiehernden Pferd saß, das eine Rauchfahne hinter sich herzog. Und dann der Moment, in dem er ihre Rüstung erkannte – was er gesehen hatte, als er ihr den Helm abnahm, die leere Augenhöhle, das wie eine Kugel an einer Schnur an ihrer Wange klebende Auge.

Diesen Anblick hatte er durchlitten und irgendwie den Entschluss gefasst, ihr den Bauch aufzuschlitzen, um sein ungeborenes Kind zu retten, nur um dann feststellen zu müssen, dass sein Sohn bereits tot war.

»Warum hat sie es denn getan?«, fragte ich. »Warum hat sie Euer Kind riskiert, indem sie in den Krieg gezogen ist? Das verstehe ich nicht.«

»Das habe ich auch nicht verstanden«, sagte er. »Sie sollte auf der anderen Seite des Flusses bei ihrer Ehrengarde bleiben. Sie hat sich geweigert, in Malleus zu bleiben, da sie meinte, es sei unerträglich, zu warten und nicht zu wissen. Ich habe es ihr gestattet, weil ... die Orakel vorhersagten, ich würde einen Sohn bekommen – also glaubte ich, sie befände sich in Sicherheit, selbst wenn ich fiele.« Er hörte auf zu sprechen, hörte vielleicht auf zu atmen. Ich schaute ihn verstohlen an und stellte fest, dass seine Miene ausdruckslos war, er hielt den Kopf geneigt, und in den Vertiefungen auf seinem Gesicht lagen Schatten. Seine Hände lagen gefaltet auf seinem Schoß.

Er holte rasselnd Luft und sagte: »Aber die Orakel haben die Zeichen fehlgedeutet. Als ich ... als Divine Aboleo sagte, ich müsse meinen Sohn retten, wollte ich das nicht, aber ich wusste, dass es getan werden musste – für das Königreich. Also habe ich ... haben wir sie aufgeschnitten, und was wir fanden, war ...« Plötzlich hob er den Kopf und starrte wie ein Blinder. »Sie trug gar kein Kind aus. In ihr war etwas anderes gewachsen, nicht in ihrem Mutterleib, sondern daneben ... ein Ding, ein monströses, verschlungenes Ding, ein Sack aus Fleisch und Haut. Als wir es aufschnitten, war es lauter Fett, und es hatte Matten aus Haar und sogar ein paar Zähne, die in seinem Inneren wuchsen. Kalos musste es gewusst haben, verstehst du? Sie musste die ganze Zeit über gewusst haben, dass meine Mutter sie verflucht hat. Aber sie hat mir nie etwas davon gesagt. Wäre ein ungeborenes Kind im Mutterleib geschwommen, hätte sie seine Tritte gespürt. Dieses Ding war tot, schmarotzte aber dennoch bei ihr. Ich glaube, Kalos hatte für sich entschieden, lieber zu sterben als zuzulassen, dass der Fluch geboren wird.« Dem König entfuhr ein Stöhnen. Ich sehnte mich danach, zu ihm zu gehen, doch wenn ich es getan hätte, wäre er geflohen.

Adalana sang ein Nachtigalllied aus der Ode von Ouranos, und Tante Köchin schimpfte mit jemandem in der Küche, doch ich hörte die beiden kaum. Ich hörte, wie der König um Atem rang, hörte sein raues Keuchen und sein zitterndes Ausatmen. Ich wusste, dass ihm zumute sein musste, als würde ein Seil um seine Kehle, seine Brust und seinen Bauch gezogen, immer enger, um ihn zu erdrosseln. Um sich davon zu befreien, musste er schluchzen. Er sollte weinen, musste weinen. Aber er beherrschte seine Atmung, machte einen Atemzug nach dem anderen.

Er war gezwungen gewesen, über diesen Gräuel zu sprechen, um ihn mit jemandem zu teilen, doch befürchtete ich, dass er mich damit belastet hatte, ohne sich selbst davon zu entlasten. Er hatte mir ein unerträgliches Geschenk des Leids gemacht. Es war kein dumpfer, an einer Stelle verweilender Schmerz, sondern ein Gewicht, das auf den Muskeln in meinem Nacken und meinen Schultern lastete, sodass sie sich verkrampften. Ein stechender Schmerz in der Seite ließ mich um Luft ringen. Wenn es das war, was er jeden Tag ertrug – bei der Überquerung der Ferinus ertragen hatte –, wie hatte er es dann so lange und so weit damit ausgehalten?

Ich hätte ihn berühren sollen, ihm Trost anbieten, sodass er sich ein wenig Erleichterung verschafft hätte, und sei es auch nur für kurze Zeit. Ich war zu verängstigt gewesen, um es zu versuchen. Wahrscheinlich würde sich keine zweite Gelegenheit dazu bieten.

KAPITEL 33

Die Schlangensekte

Bei Sonnenaufgang kam mich Aghazal in meinem neuen Zimmer besuchen und weckte mich. Sie kam gerade mit der Zweiten von einem Bankett zurück, war wie üblich ausgehungert und noch nicht gewillt, ins Bett zu gehen. »Ich habe dich vermisst, Vierte«, sagte sie. »Tasatyala macht sich hervorragend, aber trotzdem ... Sie ist noch so jung, ja? Wenn ein Mann großspurig auftritt, macht sie große Augen und reißt den Mund auf, etwa so, sie ist leichtgläubig. Ich befürchte, dass sie nie ein geistreicher Mensch wird, nie so wie du.« Sie schenkte mir bernsteinfarbenen Wein in ein Glas ein. »Also, wie war denn dein Arkhyios, ja?«

Ich setzte mich mit übergeschlagenen Beinen auf das Bett und bedeckte mir die Schultern mit dem Morgentau-Umhängetuch, das meine Nacktheit in keiner Weise verbarg. »Oh, Aghazal«, sagte ich. »Er ist traurig.«

»Traurig?«

»Er trauert um seine Frau, Arthygater Kalos, und ich wusste nicht, was ich tun sollte; irgendetwas sollte ich doch wohl tun, ja? Stattdessen saß ich da wie ein Motz ... ein Klotz – zu nichts fähig.«

Aghazal nippte an ihrem Glas, stellte es mit einem *Pling* auf den Klapptisch und beugte sich, einen Arm über der Rückenlehne, zu mir vor. »Also ... macht ihn dieser Kummer impotent?«

»Natürlich nicht.«

»Er kann mehr als nur finster blicken und seufzen, ja? Das freut mich. Andernfalls wäre es ja so eine Verschwendung.« Sie beugte sich noch näher zu mir vor, schob mir das Haar beiseite und nahm ein Ohrläppchen zwischen die Zähne, um mich zu zwicken. Als sie sich wieder zurücklehnte, schaute ich sie an und erkannte, dass sie mich nur neckte.

Ich nahm ihre herumwedelnde Hand und hielt sie. »Schwester, ich fürchte, wir haben ihm Kummer bereitet. Als wir beim Bankett von Arthygater Klados unsere Aufführung darboten und ich als Akantha in Rüstung tanzte, da wussten wir nicht, dass seine Frau auf diese Weise gestorben ist, in Rüstung, auf dem Schlachtfeld, wo er auch noch sein Königreich verlor. Er hat sie dort gefunden und ihr den Helm abgenommen – genau wie in der Ode, ja? Daher fragte ich mich, warum du diese ausgesucht hast. Hat sie dir jemand vorgeschlagen?«

Sie neigte den Kopf zur Seite und lächelte. »In gewisser Hinsicht warst du das. Ich habe gesehen, wie du ein Lied von Pachys im Hof eingeübt hast, und dazu hast du auf eine so amüsante und männliche Weise getanzt, ja. Das hat mich auf die Idee gebracht, wir könnten eines Tages Akanthas Ode aufführen, und dann dachte ich erst wieder daran, als die Arthygater uns dazu einlud, eine Vorführung zu präsentieren. Und es war so perfekt für Tasatyala.« Ich ließ ihre Hand los, und sie nahm einen winzigen gesalzenen Stint und aß ihn. »Außerdem war da noch jemand Besonderes, dem ich Akanthas Lied gern vorsingen wollte, ja? Es tut mir leid, dass dein Arkhyios unter einer schmerzvollen Erinnerung leiden muss, aber dir hat es nicht geschadet. War das nicht genau der Abend, an dem er anbot, dein Wohltäter zu sein? Warum hat er das getan, wenn du ihm so viel Leid zugefügt hast?«

Sie hatte ihre Geheimnisse – der Name ihres geheimnisvollen Geliebten, den sie so voller Freude vor denen im Haushalt verbarg, die ihre Nase ständig in die Angelegenheiten anderer steckten. Auch ich hatte einige Geheimnisse, die preiszugeben mir nicht zustand. »Ich habe sagen hören, dass ich eine gewisse Ähnlichkeit mit seiner Frau habe. Vielleicht …«

»Nach dem verlorenen Original strebende Schwermut«, sagte Aghazal. »Was für ein Jammer.«

»Diese Ähnlichkeit … er möchte, dass ich ihr noch ähnlicher werde. Er will mich für die Schlangensekte empfehlen, weil seine Frau die Schlangentätowierung trug.«

Ich rechnete damit, dass Aghazal überrascht sein und mir dazu gratulieren würde, einen Gönner zu haben, der bereit war, fünftausend goldene Perlenmünzen dafür auszugeben, mich in den Stand der Sekte zu erheben. Nicht damit gerechnet hatte ich, dass sie meine Arme umklammern und sagen würde: »Oh nein, nein, nein. Sag ihm – mit Dankbarkeit für die Ehre, die er dir erwiesen hat, mit Demut, mit Bedauern, ja sogar unter Tränen –, dass du in diesem Jahr ablehnen musst. Sag ihm, du seiest zu geschwächt von deiner Krankheit, als dass du eine Postulantin sein könntest. Erfinde eine Ausrede, aber sag Nein, ja?«

»Aber warum? Er hat ausdrücklich darum gebeten, und ich habe schon Ja gesagt, am Abend im Garten, und er hat den Zehnten bereits gezahlt. Ich kann jetzt nicht mehr zurück.«

Aghazal legte mir die Hand auf die Wange. »Du wirst vergebens versuchen, ihm zu gefallen, indem du dich bemühst, seiner Frau ähnlicher zu werden. Der Eifer eines Austausches ist eine undankbare Form der Liebe, und du eignest dich dazu nicht.«

Ich zuckte mit den Schultern.

»Ich weiß, ich weiß«, sagte sie. »Aber die Sekte … es ist das Risiko nicht wert, ja? Hat er dich nicht gewarnt?«

»Er meinte, das Tätowieren würde wehtun.«

»Kein Zweifel. Aber die Initiierung könnte dich umbringen, Schwester. Es kursieren viele Gerüchte über die Schlangensekte, und die meisten davon sind unwahr. Aber von diesem einen weiß ich, dass es stimmt, denn ich kenne

Frauen, die in den Berg abgestiegen sind und nicht wieder zurückkehrten.«

»Wie kann diese Initiierung gefährlich sein?«

»Wer weiß, ja? Das ist eines ihrer Geheimnisse. Oh, es ist zweifellos eine große Ehre, ein Mitglied der Sekte sein zu dürfen – und für eine Zelebrantin eine seltene Ehre. Aeidin hat viel Erfolg gehabt, seit sie Eingeweihte wurde. Die Initiierten sind alle sehr erhaben, äußerst wohlhabende Frauen, ja? Und sie kümmern sich in geschäftlichen Angelegenheiten umeinander. Was sie sonst noch miteinander tun und was sie mit Schlangen tun – das ist Katabatons Angelegenheit. Verehrst du Katabaton überhaupt?«

»Sie war gütig zu mir«, antwortete ich und dachte dabei an den Schrein in der Höhle.

»Sie ist nicht immer gütig. Hör zu, es sind nicht mehr viele Tage bis zum Fest. Wir werden ihm sagen, du seiest wieder krank geworden, ja? Er wird es glauben.«

Es schmerzte mich, dass ich ihre von Herzen kommende Warnung ohne Erklärung ignorieren musste. Sie war wütend darüber, und ich konnte es ihr nicht verübeln. »Wie ich sehe, hat Großmutter dich doch nicht von deiner Dickköpfigkeit heilen können«, sagte sie.

Das Fest von Katabatons Nabel war eine der großen Feierlichkeiten des Jahres, und Frauen aus ganz Lambanein machten sich auf die Wallfahrt zum heiligen Mount Omphalos, der sich in der Ebene jenseits des Flusses im Westen von Allaxios erhob. Er hatte einen hohen, kegelförmigen Gipfel, der seinen Schneemantel noch trug, lange nachdem die Sommerhitze die Stadt fest im Griff hatte.

In Aghazals Haushalt beschäftigten wir uns nun mit den Vorbereitungen für die Wallfahrt. Als die Frauen im Haus erfuhren, dass ich eine Postulantin der Schlangensekte war, machten sie viel Aufhebens darum. Immerhin würde ich dazu beitragen, dass der Name des Haushaltes in noch besserem Licht erschien, und deshalb waren sie alle entschlossen, mich entsprechend herauszuputzen, sogar Aghazal, die um mich bangte.

Eines Morgens fand ich Aghazal weinend in ihrem Zimmer. Unser Musikmeister Skolian war vor dem hinteren Tor des Palastes von Arthygater Klados tot aufgefunden worden; seine Leiche war verstümmelt worden, der Schwanz dort, wo die Zunge hätte sein sollen, die Zunge dort, wo der Schwanz hätte sein sollen.

»Aber warum?«, fragte ich sie. »Weil unsere Aufführung jemand daran erinnert hat, dass die Gattin von Arkhyios Corvus in Rüstung gestorben ist?« Die Abtrennung von Gliedmaßen war eine verachtungsvolle lambaneinische Bestrafung von Untergebenen. Die Männer des Königs hätten sich zu einer solchen Tat bestimmt nicht herabgelassen. Aber was die Schwestern von Königsgattin Kalos anging, die Arthygater Katharos und Klados – eine von ihnen konnte Folterknechte darauf angesetzt haben, sich des Musikmeisters anzunehmen. Ich befürchtete, sie könnten sich als Nächstes Aghazal und ihren Schwestern widmen.

»Das nicht«, sagte Aghazal.

»Was dann? Oh nein, das kannst du nicht meinen! Ich hörte ein Gerücht, nach dem ein Sänger die Gunst von Arthygater Keros genoss – war das etwa Skolian?« Ob die Arthygater ihn dafür töten würden? Gut möglich, wenn sie glaubten, Keros damit an ihre Pflicht zu erinnern. Falls sie sich weigerte, den Star zu ehelichen.

Aghazal legte sich auf das Bett und bedeckte sich das Gesicht mit ihrem Umhängetuch.

Ich wusste nicht, was ich sagen sollte. Sie wusste, dass ich Skolian nicht gemocht hatte, und deswegen wollte ich nicht unaufrichtig klingen. Aber er hatte nichts getan, was einen solchen Tod verdient hätte. »Er hat so wunderschön gesungen«, sagte ich.

Gemeinsam mit der Zweiten, Yafeqer, Tante Köchin und ihren Töchtern ging ich zum berühmten Tempel von Katabaton, um Kerzen für Opfergaben zu kaufen. In dem Tempel wimmelte es nur so von Frauen, die das gleiche Anliegen dorthin geführt hatte. Die dicken, geriffelten Kerzen sahen aus, als wären sie aus Marmor gefertigt und stämmig genug, um das schwere Ziegeldach des Tempels zu tragen. Ich kaufte zwei davon, eine, die fünf Tage lang brennen konnte, die andere drei. Wir beteten vor der gewaltigen Statue von Katabaton, deren Kopf beinahe die geschnitzten Dachsparren berührte. Ihre Unterarme waren vergoldet, ihre Perücke war aus rotem Menschenhaar gefertigt. Ekstatische Verehrerinnen küssten den Saum ihrer Kleider und ihre Füße, warfen Blumen und sangen Gebete. Auch wir machten Andachtsübungen, doch ich wollte sie alleine sprechen, im Schrein bei der Klippe.

Ich löste mich von den anderen und ging hinab zu den Märkten der Unterstadt. Dort besorgte ich mir einen guten Feuerstein, um Funken schlagen zu können, dazu weiche Kuchen mit Mandeln und Feigen. Auf dem Blumenmarkt erstand ich Pappelblätter für Mut, Weißdorn für Hoffnung, Heliotrop für Glauben und Safranbänder, um Katabaton ein Gesteck zu binden.

Mein Korb war voll mit Geschenken, die ich von Aghazals Sippe sowie von König Corvus bekommen hatte und die ich unter Lauchstangen verbarg. Ich hatte kleine Schätze dabei, die nicht vermisst werden würden: Perlenmünzen, Töpfe mit Salbe, spiralenförmige Glasfläschchen mit Duftölen, goldene Armreife und safranfarbene Umhänge.

Anders als im Tempel spürte ich in dem kleinen Schrein die Anwesenheit von Katabaton. Ich legte das Blumengebinde und die Kuchen zu ihren Ehren nieder, machte ein Feuer in einem Grasnest und entzündete die Kerze, die fünf Tage brennen sollte. Den Feuerstein überließ ich Katabaton, damit ihn andere Verehrer bei ihrem Besuch benutzen konnten.

Ich warf mich zu Boden und betete, sie möge mir meine Vermessenheit vergeben, mich als Postulantin der Schlangensekte anzubieten. Zwar glaubte ich an sie, schätzte sie jedoch nicht höher ein als die Götter von Corymb. Ich befürchtete, dass sie das auch wusste. Doch ich sagte ihr, ich sei eine echte Tochter aus Lambanein, die nach langer Abwesenheit zurückgekehrt sei und Tag für Tag danach strebte, ihre sonderbar-unwissende Art zu überwinden.

Es heißt, die Götter blicken tiefer in unsere Herzen als wir selbst. Ich flehte inständig darum, sie möge mir das, was sie sah, vergeben.

Am Nachmittag, als die Sonne steil in den Hof schien und der König mich besuchen kam, hatte das hektische Treiben vorübergehend nachgelassen. Bald würde ich von Allaxios aus mit einer Eskorte aus rot gekleideten Wachen losreiten. Oder ich würde ihn enttäuschen und mich weigern aufzubrechen. In jedem Fall würde es keine weiteren Nachmittage wie diesen geben, so lang, so kurz, mit diesem köstlichen Schmerz, erst erregt und dann wieder abgekühlt. Ich hatte jede List im Reigen der Koketterien gelernt, jedoch bis auf die feinsinnigen Provokationen auf alle verzichtet.

Der König und ich unterhielten uns in der Hochsprache, damit die anderen uns nicht verstehen konnten. Mit Sicherheit wurden wir belauscht. Aghazals Basen Zarfatta und Gazuf hatten sich darin abgewechselt, uns zu bedienen, und sie hatten mich häufig damit aufgezogen, dass aus unserem Zimmer gar kein Stöhnen und Schreien dringe. Ich hatte gelogen und behauptet, in Incus würden solche Laute als unhöflich gelten.

Ich erzählte dem König, dass Aghazal die Ode von Akantha und Nephelin ausgesucht habe, um damit ihrem Geliebten eine Nachricht zu übersenden. Ihre Lieder – Akanthas Lieder – sprächen von Liebe, die verborgen werden musste, wie die von Aghazal auch.

»Was hat eine Hure zu verbergen?«

»Ihr Geliebter muss etwas zu verbergen haben. Daher ist er kein Gönner. Ich glaube, es ist ein Arthygater, und dazu noch ein unverheirateter.« Ich zerbrach mir den Kopf über Aghazals Geheimnis, doch ich konnte nicht mehr als mutmaßen.

»Aghazal ist eine Akanthan, eine Frauen-Liebhaberin?«

Ich lächelte. »Sie ist wechselhaft. Sie liebt mit Rasender Leidenschaft, erst den einen, dann einen anderen. Tante Köchin meint, als Aghazal das letzte Mal so verliebt war, habe sie sich mit einem ebanakanischen Wachmann eingelassen und Geld für ihn verschleudert. Aber sie verliert ihre Liebe dann auch wieder genauso rasend, heißt es, und *pffft!* – ist es wieder vorbei.«

Wir saßen an den gegenüberliegenden Seiten des Bettes, zwischen uns ein vierbeiniger Klapptisch, auf dem lediglich eine winzige Schüssel mit Anissamen, ein Fläschchen mit verdünntem Wein und zwei Glaskelche standen. Essen hatte der König abgelehnt. »Hat er Angst, wir würden ihn vergiften?«, hatte Tante Köchin entrüstet gefragt.

Der König hörte mir mittlerweile nicht mehr zu, war an dem Geschwätz in unserem Haus nicht interessiert. Oder es fiel ihm schwer zu glauben, dass unsere Aufführung sich an jemand anderen gerichtet hatte. Er war das Zentrum seines Königreiches gewesen, jener eine, dem alle zu gefallen suchten oder vorhatten zu schaden. Die Gewohnheit zu herrschen und sich wichtig zu nehmen hatte er nicht abgelegt. War das der Grund, warum ich ihn begehrte? Damit auch ich mir wichtig vorkam?

Ich fragte mich, was ihm wohl durch den Kopf ging, wobei meine eigenen Gedanken umhersausten, beschleunigt durch das Rad, dessen Nabe er war. So saßen wir nun beide da und brüteten, eine absurde Situation.

»Uns ist ein Gerücht zu Ohren gekommen«, sagte er, »ein beunruhigendes Gerücht ...«

»Ich bitte um Vergebung, Corvus Rex Incus … ein Gerücht?«

»Viele Gerüchte. Es ist Männern zwar untersagt, den geheimen Riten der Schlangensekte beizuwohnen, doch fühlen sich Männer häufig von dem, was verboten ist, angezogen, aus Freude an der Sache. Und es heißt, jemand habe sich einmal in dem Berg versteckt und gesehen, wie Frauen der Schlange oder Katabaton geopfert wurden, ich weiß nicht, wem.«

»Männer, die am wenigsten wissen, erzählen häufig am meisten«, sagte ich. »Aber auch ich habe Gerüchte gehört. Aghazal hat mir erzählt, es sei gefährlich.«

»Dann weißt du es.«

»Ich *weiß* nichts. Vermutlich dienen solcherlei Gerüchte der Schlangensekte, indem sie Ehrfurcht und Angst auslösen. Und wenn diese Arthygater es tun, wie kann es dann gefährlich sein?«

»Möchtest du dich der Initiierung trotzdem unterziehen?«

»Der Gedanke, Ihr könntet fünftausend in Gold vergeudet haben, würde mich schmerzen.«

Er gestattete sich, ob meiner Respektlosigkeit eine finstere Miene zu machen. »Wir könnten eine andere Möglichkeit finden – eine aufgemalte Schlange statt einer tätowierten.«

»Was wird der Star mit mir anstellen, wenn die Farbe verbleicht?«

Er schwieg. Ich wartete eine ganze Weile, aber er würde es nicht sagen, würde es nicht aussprechen. »Ihr müsst mich für einen Schwachkopf halten. Ich weiß, warum Ihr mich schickt, und zu welchem Zweck die Wachen in meiner Eskorte dienen werden. Ihr habt vor, Euren Bruder zu töten – meinen Verlobten. Deswegen müsst Ihr begreifen, warum ich die Schlangentätowierung brauche. Wenn Eure Männer scheitern, wird es besser für mich sein, wenn der Narr … der Star glaubt, ich sei Arthygater

Keros, eine echte Prinzessin. Er könnte mich als Geisel nehmen, statt mich direkt zu töten. Vielleicht heiratet er mich ja sogar, ja?«

Obwohl ich alle Zeit der Welt gehabt hatte, meine Worte abzuwägen, war ich nun doch über das Ziel hinausgeschossen. Die absolute Reglosigkeit auf seinem Gesicht und seine beherrschten Atemzüge verrieten mir, wie sehr ich ihn überrascht hatte. Verärgert hatte. Die törichte Stichelei, der Star könne mich heiraten – und wenn er nun glaubte, ich hätte solche Ziele? Er würde seinen Leuten befehlen, mich zu töten, noch bevor sie Merle töteten, damit ich seinen Bruder nicht warnen konnte.

»Nein, hört mich an«, sagte ich. »So habe ich das nicht gemeint. Ich bin dankbar für Euer Geschenk – es ist mein Rückweg. Ich träumte, dass Sire Galan noch am Leben ist, und wenn er lebt, kann ich auch hoffen, ihn zu finden.«

»Du gibst vor, ihn immer noch zu begehren. Das glaube ich dir nicht, nicht, seit du dich so gut an das Huren gewöhnt hast. Als Divine Aboleo vorschlug, dich in dieses Haus zu schicken, dachte ich, er täusche sich in deinem Wesen, da du dich nie wie eine Dirne verhalten hattest. Stattdessen irrte ich mich. Dein Sire Galan wird dich sehr verändert vorfinden. Er wird ahnen, was du geworden bist – er wird den Geruch anderer Männer an dir riechen.«

Der König sprach laut aus, was ich befürchtete. Aber was wollte er damit erreichen? Es war für ihn wichtig, dass ich ging, doch er machte meinen Grund dafür durch seinen Spott zunichte.

Es sei denn ... ich wagte den Gedanken, es könne der König sein, den der eingebildete Geruch anderer Männer auf meiner Haut verrückt machte. Verachtung und Begehren waren so häufig miteinander verschlungen – die Lambaneiner hatten einen Namen dafür auf ihrer Liste. Als Zelebrantin hätte ich wissen sollen, wie ich den Vorteil nutzen konnte, den er bot. Aber alles, was ich sagte, konnte diese

Wahrheit, so unbeabsichtigt ans Licht gebracht, wieder in ihr Versteck treiben.

Ich wandte mich von ihm ab und hielt den Kopf gesenkt. Er wollte, dass ich mich schämte, und das tat ich auch und ließ es ihn sehen. Meine Scham war tief verwurzelt und ließ sich nicht vollständig ausreißen. Aber ich lebte nun schon lange Zeit in Lambanein und war nicht so beschämt, wie er es beabsichtigt hatte.

Also ließ ich den Kopf hängen und verbarg dabei Freude und Trotz. Ich ließ seine Worte zwischen uns stehen. Vielleicht würde er noch begreifen, was ihm da entschlüpft war.

»Ich sollte dich nicht dafür verspotten, dich an törichte Hoffnungen zu klammern«, sagte er nach einer Weile. »Ich habe selbst so viele davon.«

Vor Sonnenaufgang brachen wir zum Mount Omphalos auf. Wir Frauen verließen Allaxios, und alle waren auf der Wallfahrt willkommen, von den ärmsten Leibeigenen und Bettlerinnen bis zu Kauffrauen und Edelfrauen – alle, außer Tharais. Wir überquerten den Fluss Ouraios und erreichten das Westufer über die drei Brücken, und fast schien es mir, als wären wir eine größere Gruppe als das Heer, das König Thyrse nach Incus geführt hatte. Wir sangen und tanzten, spielten Handtrommeln, Zimbeln und Flöten und unterhielten uns, natürlich, und der Klang unserer Lieder und unseres Geschnatters war ein überschwängliches Wirrwarr und erfüllte die Gewölbe von Heavens über der Ebene. Das rhythmische Schlagen unserer nackten Füße ließ gelben Staub um uns herum aufsteigen.

Während wir die Straße entlangzogen und uns auf die trockenen Felder zu beiden Seiten verteilten, ging hinter uns die Sonne auf. Es war noch nicht lange her, dass Mondblüte mich fast umgebracht hätte, doch die Musik und die gute Laune verliehen mir Kraft. Einen solchen Anblick wie den des safrangelben Flusses von Frauen hatte ich noch nie vor

Augen gehabt, und ich war froh, von der Strömung mitgerissen und von meinen Schwestern gestützt zu werden, wenn ich strauchelte.

Wir benötigten den ganzen Tag, bis wir den Mount Omphalos erreichten. Bis auf die Ältesten und die Jüngsten sowie jene, die zu krank waren, gingen wir alle zu Fuß. Während wir dem Berg näher kamen, offenbarte der glatte, schneebedeckte Gipfel seine tiefen Furchen. Der Fels war dunkelgrau und narbig, wirkte abweisend. Wilder Ginster, Myrte und verkrüppelte Zedern wurzelten in schlackigem Geröll auf den Hängen.

Aghazal mietete Unterstände aus Gestrüpp und Ästen von den Einheimischen, und wir schlugen in einer Falte von Omphalos' Röcken unser Lager auf. Wir streiften umher und hörten den von reichen Edelfrauen und Kauffrauen angeheuerten Sängerinnen bei ihren Vorstellungen zu. Von einer der vielen Hökerinnen erstand ich ein Zinnamulett von Katabaton in ihrem Mondboot. Kochfeuer waren untersagt, doch überall wurden zu Ehren von Katabaton die stämmigen Kerzen entzündet. Tante Köchin hatte ein Festessen vorbereitet, das kalt gegessen wurde und für uns und jede Besucherin reichte, die zufällig vorbeikam, ob Bettlerin oder Bekannte. Ich aß nichts, da man mich angewiesen hatte, vor der Initiierung einen Tag und eine Nacht lang zu fasten. Ich setzte mich auf einen Felsblock, rieb mir die müden Füße, schaute und hörte zu. Doch nun fühlte ich mich von meinen Begleiterinnen so weit entfernt, wie ich mich ihnen während des Marsches nah gefühlt hatte. Warnungen über die Riten der Schlangensekte hatte ich als bloße Märchen abgetan. Nun wünschte ich, ich hätte ihnen Glauben geschenkt.

Auf den Hängen des Mount Omphalos standen prachtvolle Tempel zu Ehren von Katabaton, Posison und Peranon. Einer allerdings war überhaupt nicht prachtvoll; er war uralt und stammte aus den Anfangszeiten des Ersten Zeitalters der Welt. Die Hierophanten von Katabaton, die Enthüller der heiligen Geheimnisse, wählten die Zeit ihres Festes so, dass es auf den Tag im Jahr fiel, an dem die ersten Strahlen der aufgehenden Sonne den Eingang des Tempels beschienen, einen niedrigen Höhleneingang mit einem dahinterliegenden Schlund in den Berg hinein. Die Sohlen vieler Füße hatten im Verlauf vieler Jahre die Steinstufen geglättet, die zu diesem Eingang führten. Vor Sonnenaufgang stiegen wir in einer feierlichen Prozession hinauf, Eingeweihte, Postulantinnen und Anbetende, und wir fügten den Steinhaufen, welche den Weg säumten, Steine hinzu.

Auf den Stufen unmittelbar unterhalb der Tür warteten wir, die fünf Postulantinnen, die Aufnahme in die Schlangensekte begehrten. Ich war die einzige Zelebrantin unter ihnen. Arthygater Keros kannte ich, und die drei anderen waren vermutlich wohlhabende Frauen aus dem Palastviertel oder der Oberstadt. Wir waren mit einfachen, safrangelben Umhängen und Umhängetüchern bekleidet; an unseren Netzhauben hingen goldene und bernsteinfarbene Perlenmünzen, und um den Hals trugen wir kräftig riechende Girlanden aus Ringelblumen, die für Prophezeiung standen. Die Eingeweihten trugen weiße Umhänge und Kränze aus Tollkirsche, die in Lambanein das Geheimnisvolle symbolisierte. Sippschaft, Freundinnen sowie neugierige und fromme Zuschauer warteten stumm mit uns im Dunkeln; es war ihnen nicht gestattet, uns in den Berg zu begleiten.

Zu meiner Rechten entdeckte ich eine Schwalbenwurzpflanze, die aus der Erde in den Ritzen eines Steinhaufens herauswuchs. Ein solches Zeichen konnte ich nicht ignorieren. Ich pflückte einen Stängel und schmierte mir den gelben Saft auf mein vom Star befallenes Auge, um besser zu sehen, was gesehen werden konnte. Er überzog alles mit gefärbtem Licht, sodass selbst die weißen Gewänder der Eingeweihten in einem grell leuchtenden, zarten Aprikosenton erschienen, wie der Himmel im Osten, wo sich die Sonne nach wie vor noch verbarg.

Verglichen mit den sommerlichen Nächten in Allaxios war es in der Nacht kalt gewesen. Doch als ich nun zitterte, lag dies nicht an der Kälte. Ich schaute dorthin, wo meine Schwestern standen, und stellte fest, dass Aghazal weinte. Sie starrte Arthygater Keros an, die ihren Blick leiderfüllt erwiderte. Und oh ja – zu einer anderen Zeit hätte ich die Entdeckung ausgekostet, dass Aghazal eine Rasende Leidenschaft für Keros empfand und Keros für Aghazal, dass die Erste Akanthas Lied also für Keros gesungen hatte und der Musikmeister ihr Mittelsmann gewesen war und seine Besuche so häufig wurden, dass er selbst für den Liebhaber der Arthygater gehalten wurde. Dass Skolian für sie beide gestorben und die arme Keros gezwungen war, sich dieser gefährlichen Initiierung zu unterziehen, um der Ahnungslosigkeit eines verräterischen Prinzen zu genügen, ihres Verlobten, war eine Tragödie, die für eine Ode oder gar ein Heldengedicht taugte. Ich fragte mich, ob sie Aghazal erzählt hatte, welchen Gatten man für sie ausgesucht hatte.

Ich war froh über die Ablenkung durch diese wirren Gedankengänge, weil ich Angst davor hatte, still zu sein, Angst davor, Furcht zu empfinden. Als Aghazal in meine Richtung schaute, sah ich, dass sie auch für mich noch Tränen übrig hatte, gepriesen sei sie. Sogar Tasatyala weinte.

Die glutrote Sonne schaute über den Horizont und schickte ihre roten Strahlen über die Ebene und den Korridor der Steine entlang hinauf bis zum Eingang des Tempels. Dort hörte das Licht auf, drang nicht in den Berg ein. Die Eingeweihten stießen ein Wehklagen aus, und ihre wilden Schreie stiegen empor wie die Vögel, die in unserer Mitte aufstiegen.

Einige Initiierte gingen vor uns Postulantinnen den Schlund in den Berg hinein, andere folgten uns, sodass wir nicht zurückkonnten, falls wir den Mut verloren. Wir stiegen viele Stufen in das Dunkel hinab und drängten uns dann in einem langgezogenen Raum, der von Wachskerzen in rußverschmierten Nischen erhellt wurde. Der Tempel war eine von Menschenhand geschaffene Höhle, und seine Gewölbedecke wies primitive Kerben von Meißeln auf. Vier rechteckige Steinsäulen waren aus dem Felsen gehauen und blau angemalt worden. Alles andere, sogar der Boden, war weiß getüncht.

Als Gefangene des Königs hatte ich von diesem Ort geträumt. Und genau wie in meinem Traum fehlte hier etwas, etwas Rotes. Doch jenseits der blauen Säulen, wo ein Altar hätte stehen sollen, stand eine mannshohe, in weiße Seide gehüllte Figur. Eine Eingeweihte zog den Stoff beiseite und enthüllte die Statue einer Kobra, die den Kopf erhoben hatte, so als wolle sie zubeißen. Sie war mit winzigen roten Schuppen gefliest und hatte Augen aus Obsidian. Eine der Postulantinnen fing an zu schluchzen. Die Blicke von Arthygater Keros und mir kreuzten sich. Mut, bedeuteten wir einander; wir würden uns nicht von einer Statue erschrecken lassen, ganz gleich, wie grimmig sie dreinblicken mochte.

Wir Postulantinnen wurden aufgefordert, uns vor dieser Statue auf den Boden zu legen und uns mit unseren Umhängetüchern den Kopf zu bedecken. Das Geräusch, als alle Initiierten wie eine Schlange züngelten, schrille Schreie an diesem steinigen Ort ausstießen und mit ihren Handtrommeln klapperten, tat in den Ohren weh. Ich hätte mir die Ohren zuhalten wollen, wagte es jedoch nicht. Ein knirschendes Geräusch von etwas Schwerem, das über den Boden gezerrt wurde, war zu vernehmen. Man hörte Wasser plätschern. Hinter uns bereiteten sie eine Art Bad für uns vor und parfümierten das Wasser mit Minze. Es waren so gewöhnliche Geräusche und Gerüche, dass mir vor Erleichterung fast schwindelig wurde. Am Sockel der Statue spähte ich heimlich unter meinem Umhängetuch hervor und sah, dass jede der diamantförmigen roten Fliesen von Golddraht gehalten wurde.

Nun verstummten die Initiierten, und das war schlimmer,

als es ihr Geheul gewesen war. Als mich jemand an der rechten Schulter berührte, wusste ich, dass es nun so weit war. Ich legte mir das Umhängetuch um den Hals und drehte mich um. Vor mir erblickte ich ein großes, mit Wasser gefülltes Holzfass, ein schäbiges Ding wie der Bottich eines Färbers. Doch in dem Wasser schwammen Schlangen umher. Wie viele es waren, vermochte ich nicht zu sagen, da sie sich mit geschmeidiger Anmut bewegten, sich zu Kurven und Windungen ineinanderschlangen und mit Bändern aus Blau und Schwarz geringelt waren. Es war ein verwirrender Anblick. Sie schwammen unter Wasser wie Aale, und ihre Schwänze waren so flach wie Fischflossen. Es waren Seeschlangen, jeweils so lang wie mein Arm.

Die Postulantin, die geschluchzt hatte, stieß nun einen gellenden Schrei aus. Sie wirkte stämmig, war hochaufgeschossen und breitschultrig, aber die Angst hatte ihre Lippen erblassen lassen, und ihre Augen waren vor Entsetzen weit aufgerissen. Arthygater Keros ergriff ihren Arm und brachte sie damit zum Schweigen.

Ich wusste, wie wir alle es wussten, ohne dass es uns jemand sagte, dass man von uns verlangen würde, in das Fass mit den Schlangen zu steigen, um unseren Mut zu beweisen. Ich schaute die Eingeweihten an, die alle um uns herumstanden, so viele junge Frauen und alte Frauen, und unter ihnen waren Arthygater Katharos und die Zelebrantin Aeidin. Sie alle hatten das hier überlebt. Also konnte es nicht todbringend, sondern nur furchterregend sein.

Eine Eingeweihte führte an weißen Leinen zwei weiße Jagdhündinnen nach vorn. Die Tiere waren schmal, langbeinig und anmutig. Um den Hals trugen sie edelsteinbesetzte Bänder, an denen Troddeln aus safranfarbener Seide und Girlanden aus Ringelblumen hingen. Um ihre kräftige Brust und die schmalen Hüften hatte man ihnen safrangelbe Schnüre gebunden. Sie zitterten, und ihre dunklen Augen wirkten schwermütig.

Als die erste Hündin in das Fass geworfen wurde, ruderte sie herum und hielt ihren langen, dünnen Kopf über Wasser, uns flehentlich um Rettung bittend anschauend. Es dauerte eine ganze Weile, bis die erste Seeschlange sie in die Flanke biss und nicht mehr losließ. Die Hündin tauchte unter und schnappte nach den Schlangen, und ein Sprühnebel aus glitzernden Wassertropfen stieg auf. Die anderen Schlangen reagierten gereizt und schlugen zurück.

Drei Eingeweihte nahmen sich Haken, um die Jagdhündin am Halsband und den safranfarbenen Schnüren, die ihren Körper gürteten, zu packen. Als sie sie aus dem Wasser zogen, hing der Hündin noch eine Schlange an der Flanke, in die sie sich mit ihren Fangzähnen verbissen hatte. Furchtlos trat eine Eingeweihte vor und würgte die Schlange so lange, bis sie losließ. Dann warf sie sie zurück in das Fass.

Ich glaubte, die Hündin würde sofort sterben, doch es gelang ihr, sich aufzusetzen, und sie scharrte mit ihren Vorderbeinen auf den Steinboden. Als sie sich kräftig schüttelte, wurden wir Postulantinnen mit Wassertröpfchen übersät. Die Hündin blutete nicht, und es war unmöglich, die Markierungen der Giftzähne unter ihrem Fell zu erkennen.

Nun warfen Initiierte die zweite Hündin in das Fass, worauf die bereits aufgebrachten Schlangen sofort angriffen. Auch diese Hündin wurde wieder herausgezogen, und die beiden Jagdhündinnen lagen zitternd in einer Wasserlache auf dem Boden. Ihre Ringelblumengirlanden und safrangelben Troddeln waren durchnässt und hingen schlaff herab. Die Hunde hatten sich bereitwillig als Opfergabe dargeboten, ohne auch nur einmal zu wimmern oder zu bellen. Aber natürlich, die Jagdhündinnen waren stumm.

Ich rechnete damit, dass die Eingeweihten uns nun geradewegs in das Fass werfen würden. Doch sie ließen uns warten, und das Warten war an sich schon eine Mutprobe. Sie sangen Lobgesänge auf Katabaton; Aeidin sang eine Hymne allein, mit den reinen, makellosen Tönen, die sie berühmt gemacht hatten, und ihre Stimme schien im Tempel widerzuklingen wie ein innerhalb der Wände gefangener Vogel.

Arthygater Keros und ich stützten die breitschultrige Postulantin, und sie sackte zusammen. Die beiden anderen Postulantinnen standen nebeneinander. Eine war klein und drall; ihr Haar hatte die weiche braune Farbe einer Trauertaube; die andere war dünn, dunkelhaarig und resolut, kannte alle Hymnen und sang mit den Eingeweihten. Ich fragte mich, warum wir alle uns nicht einfach umdrehten und flohen. Aber ich wusste es. Das Bollwerk des Muts war Schande. Es spielte keine Rolle mehr, warum ich mich dazu entschieden hatte, mich dieser Prüfung zu unterziehen oder ob meine Gründe ausreichten. Es war nun nur noch wichtig, dass ich nicht heulte, ohnmächtig wurde oder davonlief, nicht, solange Arthygater Keros standhaft blieb. Ich schätzte Keros für ihre Tapferkeit und bewunderte sie auch, weil sie die grenzenlose Verehrung durch meine Schwester verdient hatte.

Die erste Hündin lag nun mit ausgestrecktem Hals auf der Seite und rang nach Luft; ihre steifen Gliedmaßen zitterten, waren ansonsten jedoch starr. Als sie verendete, ergoss sich ein Strom dunkler Pisse auf den Boden. Die zweite Hündin hielt am Leben fest. Sie setzte sich mit unnatürlich auseinandergespreizten Hinterbeinen auf, und von ihren Lefzen floss ein langer Faden Sabber hinab. Ihre mächtige Brust hob und senkte sich, als hätte sie einen Hasen zur Strecke gebracht. Vielleicht würde das Gift sie später noch töten, nach dem Zeremoniell. Ich erfuhr es nie.

Die Eingeweihten fingen an, einen Singsang zu zischeln, dessen Klang uns wellenförmig überspülte. Ich presste meine Knie zusammen, um nicht zu fallen. Ich spürte, wie mir ein kalter Schauer den Rücken hinablief, und mir wurde klar, dass in dem Tempel ein Gott weilte. Eingeweihte traten mit silbernen Bechern vor, in denen eine dunkle Flüssigkeit war; Keros wurde von Arthygater Katharos persönlich bedient, und die anderen Postulantinnen von denen, die sie kannten, ihren Unterstützerinnen. Eine solche besaß ich nicht, und mir bot Aeidin einen Becher, eine anmutige Geste einer Zelebrantin einer anderen gegenüber. Der Trunk schmeckte säuerlich und vergoren, und unter anderem schmeckte ich aus dem körnigen Bodensatz, den ich austrank, Mondblütensamen heraus.

Die Schwalbenwurz führte dazu, dass ich in dem gelben Lichtschein der Kerzen alles verschmiert sah, glänzend und glitzernd. Wir Postulantinnen entkleideten uns, und es war, als seien unsere nackten Körper überzogen von Glimmer und gelbem Puder. Auch unsere Schatten schimmerten, schwankend zu den Lobliedern, schwarz und flirrend.

Aeidin bedeutete mir mit einer Geste, ich solle die rote Schnur um meine Taille abnehmen. Ich machte mir an dem engen Knoten zu schaffen, und als die Schnur auf den Boden glitt, spürte ich, wie mich urplötzlich Furcht erfüllte, so als wäre ich hohl. Ich flehte Queen of the Dead an, mich zu verschonen – oder mich willkommen zu heißen, falls ich nun sterben musste. Katabaton hatte ich vergessen.

Als ich zu Arthygater Keros hinüberschaute, erkannte ich auch in ihren Augen panische Angst. Doch sie zauderte nicht. Eingeweihte traten vor, um die breitschulterige Postulantin zu stützen, die sich weigerte, aus freien Stücken diese wenigen Schritte zu dem Fass zu gehen und immer wieder in einem schrillen Singsang »Nein, nein, nein« von sich gab. Für mich war es eine Überraschung und ein Wunder, dass in mir, trotz der Furcht, die so unwillkommen und so vertraut war und meine Beine zittern und meine Kehle trocken werden ließ, trotz alledem ein Ja aufkam. Ja, ich will. Ich will. Es muss ein Gott in mir gewesen sein, der zustimmte, denn alleine hätte ich es nicht geschafft.

Die Schlangen hatten sich beruhigt. Sie bewegten sich wellenförmig durch das Wasser. Manchmal konnte man einen kleinen Kopf mit schmaler Schnauze oberhalb der Wasseroberfläche sehen oder die glänzende gestreifte Schlaufe eines Rückens. Die Hunde waren einer nach dem anderen hineingekommen, wir aber stiegen alle gleichzeitig hinein, mit Ausnahme der verängstigten Postulantin, die sich scheute und sich an die Knie einer Eingeweihten klammerte, bis man sie wegzerrte. Ich fragte mich, ob der Tempel ihrer Familie wohl den Zehnten zurückerstatten würde, und der Gedanke löste in mir eine kleine Blase der Heiterkeit aus, die ich hinunterschluckte. Für derlei Belanglosigkeiten war keine Zeit, und doch war alle Zeit der Welt; es dauerte eine Ewigkeit, über die Holzränder des Fasses zu klettern und ins Wasser zu steigen. Eine Eingeweihte drückte meine Schultern hinab, womit sie mir bedeutete, mich zu setzen, und ich spürte, wie eine Schlange an meinem Schienbein und meinen verschränkten Beinen vorbeiglitt, obwohl ich mich gar nicht hatte setzen wollen. Mein Kinn ragte gerade noch aus dem Wasser heraus, und mein Rücken wurde gegen die rauen Latten gepresst. Ich hatte panische Angst davor, ins Gesicht gebissen zu werden, sodass ich es mir mit den Händen verdeckte und auch die Augen fest zusammenkniff.

Da die Schlangen erneut gestört worden waren, schossen sie nun blitzschnell durch das Wasser. Eine streifte mich an der rechten Schulter, eine andere verbiss sich in meinen linken Oberschenkel. Ich schrie auf und wuchtete mich hoch, und einen langen Moment baumelte die Schlange an mir herab und wand sich. Sie hatte einen kleinen Kopf mit einem schwarzen Kreis an der Stirn, und ihre blauen Bänder waren so leuchtend wie Azurstein. Dann fiel sie von mir ab, und eine ganze Reihe bereitwilliger Hände halfen mir aus dem Wasser. Auch die anderen Postulantinnen kletterten nun wieder heraus; nur die dunkelhaarige stürzte rückwärts wieder in den Bottich hinein und blieb stecken, bis auch ihr herausgeholfen wurde.

Es war vorbei. Es hatte gerade erst angefangen.

Hinter den blauen Säulen befand sich eine weiß getünchte Tür, und dahinter eine tiefer in den Berg hinabführende Treppe. Vier Eingeweihte mit Kerzen in der Hand führten uns, und unsere Schatten waberten über die mit Schlangen bemalten Wände. Immer tiefer stiegen wir hinunter, bis wir eine sich krümmende Kammer erreicht hatten, einen natürlichen Hohlraum im Berg. Hier hatte niemand versucht, den rauen Fels zu glätten oder zu polieren.

Man trug uns Postulantinnen auf, uns auf mit Federn gefüllte Säcke zu legen. Eingeweihte rieben uns mit Bimssteinstücken ab, Schlangensteine, sagten sie, um das Gift abzutragen. Sie sagten uns, wir würden nicht sterben.

Dann untersuchten uns die Eingeweihten auf winzige Einstiche und Kratzer. Anders als bei Vipern verursachte das Gift dieser Seeschlangen keine Blutungen, Schwellungen oder Blutergüsse nach dem Biss. Ich hatte drei Bisse, mehr als jede andere. Die stämmige, seelenruhige Eingeweihte, die sich um mich kümmerte – Horama hieß sie –, zog einen Schlangenzahn aus der Wunde an meinem Oberschenkel und knotete ihn mir in mein Umhängetuch, das mitsamt meiner anderen Habe mit hierher gebracht worden war. Sie meinte, der Fangzahn sei ein Geschenk von der Schlange Katabaton und ein Zeichen ihrer Gunst.

Nun begann es. Ich hatte einen steifen Nacken, der schmerzte, und auch mein rechter Arm und mein linkes Bein taten mir weh. Meine Kehle war trocken, aber trotzdem quoll mein Mund über vor Speichel, und ich war gezwungen, immer wieder zu schlucken, und jedes Mal fiel es mir schwerer, da sich meine Kehle zuzog und mein Kiefer unbeweglicher wurde. Meine Zunge lag dick und geschwollen im Mund. Meine linke Seite wurde unerträglich heiß, bis mir der Schweiß ausbrach, während meine rechte Seite kühl war. Aber es war mir nicht möglich, in Panik zu geraten. Ich versank in euphorische Trägheit.

Horama rieb mich mit einer Salbe aus Aloe und Fett ein.

Mein Sehvermögen versagte mir nun seinen Dienst, da mein rechtes Auge in die eine Richtung rollte und das linke in die andere, sodass ich die Eingeweihte, die sich über mich kniete, doppelt sah. Sie erschien mir wie zwei sich überlappende Dunstschleier aus goldenem Licht, und überall um sie herum bewegten sich Schatten und Schattenwesen wellenförmig am Rand meines Sichtfelds.

Mit einem verbrannten Stock zeichnete sie im Zickzack verlaufende Linien auf meinen Körper, von meiner Spalte bis zum Grübchen unter der Kehle. Ich hatte einen steifen Hals und konnte den Kopf nicht heben, um zu sehen, was sie da tat, doch ich fühlte, wie das Ende des Stocks meine Haut zerkratzte, und wusste, dass sie meine Schlangentätowierung aufmalte. Horama nahm eine lange, glänzende Nadel und fädelte sie mit einem kurzen Faden ein, und vor jedem Stich tauchte sie Nadel und Faden in eine Schüssel mit dunklem Pigment. Sie stickte die Schlange ein, indem sie an den Lippen meiner Spalte begann und sich dann nach oben vorarbeitete, wobei sie überall um die Konturen vorsichtige Stiche machte. Sie zog die Nadel dicht unter der Hautoberfläche entlang, und der Faden ließ Farbe zurück. Sie war eine äußerst gewissenhafte Näherin. Die Nadel stach mich beim Eintreten und Austreten, und bei jedem Stich nahm der Schmerz zu. Viel schlimmer noch aber war der Schmerz, den das Gift verursachte, das die Muskeln meines Körpers zerfraß.

Ich hörte jemanden jammern. Doch Katabaton hatte einen Schlüssel umgedreht und mir die Kiefer verriegelt, sodass ich sie nicht öffnen konnte, um zu sprechen oder zu schreien. Sie hat die Macht, Schweigen aufzuerlegen. Und ich hatte ihren Segen. Sie machte mich nicht gefühllos, ließ aber mein Leiden unbedeutend werden, ließ es weit zurück, während ich mich entfernte.

Ich sank tief, immer tiefer, und zunächst glaubte ich, ich versänke in Sleep, doch es war ein anderes Meer, eines, das keine Vergessenheit gewährt. Ich sank, bis ich erkannte, dass ich die ganze Zeit aufgestiegen war, mich hinauf durch den Nabel gewunden hatte, der den Mount Omphalos, Katabatons Nabel, mit der Überwelt verbindet, wo sie mit ihrem Mann und ihrem Kind lebt, in Begleitung von Meneidon und den Schattenwesen der Toten und der Ungeborenen.

In der Überwelt war nur mein rechtes Augen von Nutzen für mich; mein linkes schaute nach wie vor Horama bei ihrer Arbeit zu. Es gelang mir, einen Blick zu erhaschen, und ich sah, konnte aber nicht begreifen, denn es war jenseits meines Vorstellungsvermögens.

Ich betrat einen Platz – eine Halle?, einen Wald? –, einen Wald aus Säulen mit einem Himmel aus einem wabenförmigen Gewölbe. An diesem Platz wimmelte es von Wesen, die sich rasch bewegten und ihre Gestalt wechselten wie züngelnde Flammen. Sie verwirrten mein einziges Auge, denn jedes Wesen und auch der Platz um uns herum war in einem solch verschlungenen Muster gefliest, wie man es auf der Haut von Schlangen findet. Es war schwierig, ein Wesen von dem anderen oder von ihrer Umgebung zu unterscheiden. Womöglich waren sie alle eins, Flammen ein und desselben Feuers. Wenn diese Wesen – Meneidon in ihrer wahren Form, wie ich vermutete – sprachen, dann waren auch ihre Worte mit Schuppen gemustert, und ihre Singsprache züngelte um mich herum, und ich wurde von Bedeutungen umgarnt, die ich nicht begreifen konnte. Ich war überrascht und verblüfft, hier eingelassen worden zu sein, wo ein bloßer Mensch nicht hingehörte.

Auch meine eigene Form war verblüffend. Ich war verlängert worden, schuppig wie eine blasse Schlange, eine Schlangenfrau. Einige Wesen winkten, damit ich ihnen folgte, doch ich war zu benommen. Meine Zeit war zäh und langsam, während ihre blitzschnell war; ich war zu schwer, um auf ihre blitzschnelle Art und Weise zu fliegen, war zu starr, um meine Gestalt zu verändern. Es gelang mir, meinen Mund einen kleinen Spaltbreit zu öffnen, genug, um mit meiner gespaltenen Zunge zu züngeln und die farbigen Fetzen ihrer Sprache zu schmecken.

Doch damit endete der flüchtige Eindruck. Mehr war mir nicht gestattet, und ich glitt schlitternd durch den schmalen Hohlraum im Berg hinab in die Aushöhlung, wo mir Speichel aus dem Mundwinkel drang und mir das Kinn hinablief. Ich holte schnell und flach Luft, denn auf meiner Brust lag eine unsichtbare Last, die ich kaum zu heben vermochte. Meine Glieder waren steif und reglos. Ich glaubte zu sterben. Auch Horama war dieser Meinung. Zu viel Gift, dachte sie. Das macht nichts, wollte ich sagen. Wenn ich sterbe, dann sterbe ich.

Denn ich hatte immer schon geglaubt, dass nur mein einsames Schattenwesen übrig bleiben würde, wenn ich starb. Doch das war falsch, zu sehr rückwärtsgerichtet. Unsere Körper sind bloß Schatten, die jenes eine Feuer kurz in diese Welt wirft. Aber ach, ich liebte die Welt und meinen Körper darin, den dunklen und festen Schatten, obwohl er vielleicht, wie ein auf den Boden geworfener Schatten, nur ein müder Abklatsch eines glanzvolleren Ichs sein mochte.

Die Schlange war vollständig, mit Stichen aus Feuer, auf meine Haut aufgenäht, und das Gift war in mir entfacht und hatte sich durch jede Ritze gebrannt, von der Scheitelspitze bis zu den Fußsohlen. Meine Muskeln verkrampften sich vor Schmerz, und meine Glieder waren steif wie Holz. Gegen meinen Willen stieß ich einen Schwall Pisse aus und wurde erneut durch Katabatons Nabel hinabgeworfen, obwohl ich mich weder an diese Reise noch an die Rückkehr erinnern kann.

KAPITEL 34

Eingeweihte

König Corvus ließ mich zu sich rufen, damit ich bei ihm im Hof der Stillen Wasser wohnte. Ich war dazu übergegangen, Aghazals Haus als meine Heimat zu betrachten, ihre Schwestern als meine Schwestern und ihre Sippschaft als meine Freunde. Nie hatte ich sie so innig geliebt wie nun, da ich sie verlassen musste. Aghazal befahl mir, nicht zu weinen. War es denn keine glückliche Fügung, dass mein Wohltäter wünschte, dass ich bei ihm lebte? Und wir Schwestern würden uns doch oft auf Banketten sehen und einander in Stadt und Palast besuchen kommen.

»Ich werde es versuchen, ja?«, sagte ich. »Anders als hier ist es in Incus nicht Brauch, mit seiner Konkubine herumzustolzieren.«

Sie zog mich auf, indem sie sagte, sie wäre enttäuscht, wenn ich mich ihm gegenüber weniger stur zeigte als gegenüber ihr.

Der König hatte Garrio nicht angewiesen, mir ein eigenes Zimmer zur Verfügung zu stellen, sodass ich selbst eines belegte, auf der den Unterkünften des Königs gegenüberliegenden Seite des Hofs. Das Zimmer war voll mit unnützen Gegenständen: fleckige Kissen, aus denen das Werggarn quoll und die von Mäusen bewohnt wurden, verstaubte und angeschlagene Statuen, zerbrochene Möbel. Garrio befahl Erdmännern, es sauberzumachen, und in dem Wirrwarr fanden sie ein mit Einlegearbeiten verziertes Bett, das noch alle vier Beine besaß, auch wenn eine Rückenlehne zerbrochen war. Eine Tharosbedienstete flickte einen Riss in der Matratze. Als sie die Kissen und einen alten, schwer mitgenommenen Teppich klopften, wirbelte Staub auf.

Ich wartete im Schatten eines Granatapfelbaums, der mit roten Blüten überzogen war. Es beleidigte mich, dass König Corvus es nicht für nötig gehalten hatte, Vorbereitungen für mich treffen zu lassen. Wenn er glaubte, ich würde sofort aufbrechen, täuschte er sich jedenfalls. Ich war nicht bereit zum Aufbruch, noch nicht. Mir tat jeder Muskel weh, und die Farbe meiner Pisse war dunkelgelb. Das verriet mir, dass es mir wieder besser ging, denn zuvor war sie braun gewesen wie getrocknetes Blut. Arthygater Keros musste ebenfalls an den Folgen der Schlangenbisse und der Tätowierung leiden, obwohl sie weniger Gift abbekommen hatte als ich. Es würde mindestens noch eine Handvoll Tage dauern, bis eine von uns aufbrechen könnte.

Garrio kam zu mir, um mir zu sagen, das Zimmer sei fertig. Ich bedankte mich bei ihm, wollte aber noch nicht hineingehen, noch nicht. Wie bei einer Schlange war mein Fleisch kalt geworden, und ich brauchte die Hitze der Sonne, musste auf den warmen Steinen im Hof braten. Dort fand mich der König, als er am späten Nachmittag zurückkehrte; ich hatte mich auf den Natursteinplatten in meiner feinen Seide und meinem Goldschmuck zum Schlafen zusammengerollt. Zu Ehren des Königs trug ich einen safrangelben Umhang mit einem indigofarbenen Band an einem Ende. Meine Zelebrantinnenkleidung in Violett, Blau und Papageiengrün hatte ich abgelegt.

Er kauerte sich neben mich und fragte: »Ist dies die Gastfreundschaft, die dir gewährt wurde? Ich bin beschämt.«

Ich schirmte mir die Augen ab, um ihn anzuschauen, und setzte mich mühevoll und unter Schmerzen auf, die keiner Übertreibung bedurften. »Ich bitte um Vergebung, Corvus Rex Incus. Es ist bloß so, dass mein Zimmer noch nicht fertig war und ich einschlief.«

»Dein Zimmer?«

Ich wies auf den Haufen zerbrochenen Mobiliars vor meiner Tür. »Da Ihr nicht über Frauenunterkünfte verfügt, bat ich Garrio, mich in diesem leeren Zimmer unterzubringen. Hätte ich stattdessen …? Ich dachte … das ist der Brauch in Lambanein. Auf diese Weise könnt Ihr mich einladen, wenn Ihr freie Zeit habt, und wenn nicht, dann werde ich Euch nicht zur Last fallen.«

»Aha. Ganz recht«, sagte der König.

Er half mir aufzustehen. Ich wartete, bis das Schwindelgefühl verflogen war, und stützte mich auf seinen Arm, während wir den Hof durchquerten. Einige Erdmänner besaßen die Kühnheit, Hurra zu rufen und mich beim Namen zu nennen. Mit einer schwungvollen Bewegung öffnete Garrio die Tür zum Schlafgemach des Königs und zwinkerte mir hinter dem Rücken des Königs zu. Trotz all seines Lauschens an Türen wusste er nichts von der Verwendung, die sein Herr für mich haben würde.

Der König wandte sich Garrio zu und sagte: »Sagt Divine Aboleo, dass sie hier ist.«

Wenn er wollte, konnte Garrio so ausdruckslos schauen wie sein Herr. Er verbeugte sich und eilte davon.

Der König setzte sich auf sein Bett, schlug die Beine übereinander und fragte: »Wurdest du tätowiert?«

Ich entkleidete mich vor ihm, und es war nicht so, wie ich gehofft oder mir vorzustellen gewagt hatte. Ich wickelte meinen safranfarbenen Umhang auf und wunderte mich darüber, dass ich nach alledem, was ich getan hatte, doch noch von Schamgefühl berührt werden konnte.

Den Verband hatte ich am Tag zuvor abgenommen und die Tätowierung mit der fettigen Salbe eingerieben, die man mir mitgegeben hatte. Und in Aghazals kleinem rundem Handspiegel hatte ich mir die Schlange seitenverkehrt angeschaut. Also wusste ich, was der König sehen würde, nämlich eine indigofarbene Silhouette einer schmalen, zickzackförmigen Schlange. Ihr Schwanz lag zwischen meinen Brüsten, und die gespaltene Zunge – rot gefärbt mit einem aus Rost hergestellten Pigment – reichte gerade bis an die Lippen meiner Spalte. Dort, wo ich genäht worden war, hatte sich das Fleisch entzündet, war geschwollen und wund.

Divine Aboleo betrat den Raum, und ich wollte mich wieder anziehen. Er bedeutete mir innezuhalten, als wäre ich eine Tharaisdienerin, die es nicht verdient hatte, angesprochen zu werden. Er trat sehr dicht an mich heran und starrte die Tätowierung an. Mein Gesicht wurde glühend heiß, während ich überall am Körper eine Gänsehaut bekam. Offenbar gelang es mir nicht, die Angst vor ihm abzulegen.

»Sie sieht aus wie ein Blitzschlag, nicht wie eine Schlange«, sagte der König. »Die Schlange meiner Frau schwang sich um ihre Taille wie ein Gürtel und hat ihren Nabel verschluckt.«

Divine Aboleo setzte sich dem König gegenüber, und ich zog mich wieder an. »Jede ist anders«, sagte ich. »Eine Eingeweihte macht sie entsprechend ihrer Vorstellung, ihrer nach innen gerichteten Vision. Seht, ich habe diese drei Spitzen, eine für jede ...« Für jeden Biss, hätte ich fast gesagt. Dass, was Horama gesagt hatte, sprach ich nicht an, dass sie nämlich das Wesen nach unten zuschlagend gezeichnet hatte, weil ich Katabaton mit der zwischen meinen Beinen verborgenen Schlange diente.

»Merle wird nicht erwarten, dass es so aussieht«, sagte König Corvus.

»Hat er die Tätowierung Eurer Gattin gesehen?«

»Bei der Hochzeit, als sie ihr Gewand für die Vollziehung auszog. Einige haben die Tätowierung als böses Omen aufgefasst – und alle fanden, dass sie barbarisch damit aussah.«

»Wart Ihr auch dieser Meinung?«, fragte ich ihn.

»Ich ging davon aus, dass es eine Markierung war, die sie als Abkömmling von den Göttern ihres Volks kennzeichnete. Aber zu Anfang fand ich, dass es sie verunstaltete und sie ohne die Tätowierung vollkommener gewesen wäre.«

Zu Anfang. Was er damit wohl meinte?

»Hat Arthygater Keros eine Tätowierung bekommen?«, wollte Divine Aboleo wissen.

»Die ihre muss sehr schmerzvoll sein, solch zartes Leich … Fleisch.« Ich zeichnete es auf mir selbst nach, um ihnen zu zeigen, wie die Schlange sich um ihre beiden Brüste wand und wie ihr Kopf ihren Schwanz verschluckte.

»Und deine ist auch schmerzhaft?«, fragte König Corvus.

»Sie war nicht einfach zu bekommen. Es tut mir leid, dass Ihr enttäuscht davon seid.«

Ich aß an diesem Abend mit dem König und Divine Aboleo im königlichen Schlafgemach zu Abend. Zum Glück hatte der König keinen Lambaneiner von Bedeutung zum Essen eingeladen. Sie hätten sich über ihn lustig gemacht dafür, dass er seinem Koch gestattete, solch abscheulich fades und abstoßendes Essen zu servieren. Falls ich hierbleiben würde, würde ich dafür sorgen, dass das Essen besser wurde. Aber das Gespräch drehte sich nur darum, dass ich ging.

Divine Aboleo sagte, er habe zwei Tharosleibeigene besorgt, die als Zofen dienen konnten, jung und gefügig.

»Habt Ihr auch eine Tharaisbedienstete bekommen? Ich werde eine benötigen.«

»Du kannst eine von unseren haben«, sagte der König.

»Habt Ihr jemanden, der weiß, wie man einer Frau das Haar richtet?«

»Ist es das, was sie tun?«, fragte der König. »Dann erwirbst du lieber eine. Wie viel kosten sie?«

Ich hatte keine Ahnung. Es entstand eine Pause, während der ein Bediensteter eine Schüssel mit eingelegtem Hasen in Steckrüben brachte.

»Als meine Frau ankam, hatte sie zehn Zofen«, sagte König Corvus. »Elstern habe ich sie immer genannt. Immer haben sie mit ihren schrillen Stimmen gezwitschert und gekrächzt. Keine von ihnen konnte ein Wort in der Hochsprache reden.«

»Was ist mit Arthygater Kalos, konnte sie die Hochsprache?«

Der König gab keine Antwort.

»Wir haben eine Eskorte aus Ebanakanern mit einem lambaneinischen Hauptmann angeheuert – ein ehrlicher Gauner, nach allem, was man hört«, sagte Divine Aboleo. »Er hat Empfehlungen für diese Art Arbeit nachgewiesen, Kaufleute und ihre Waren zu bewachen oder Bräute und ihre Aussteuer. Er sagte, es sei unumgänglich, vor dem nächsten Neumond aufzubrechen, damit Ihr die Berge überquert habt, bevor der Regen einsetzt.«

So bald? Schon jetzt hatten wir Halbmond. »Ich würde mich sicherer fühlen, wenn ich mit einigen von Euren Leuten reisen würde, vertrauenswürdigen Männern«, sagte ich. »Muss ich mit Fremden reisen?«

»Merle kennt meine Leute«, sagte der König.

»Es gibt zu viele Spione«, sagte Divine Aboleo. »Wir können dir keine Truppe aus Gefolgsleuten des Königs mitgeben, nicht einmal einen Teil der Strecke. Du musst die Stadt unbemerkt verlassen und zum Lake Sapheiros reisen; dort wirst du auf deine Eskorte mit der Aussteuer treffen.«

Ich war so verängstigt, dass ich keinen Appetit verspürte, und aß nur winzige Stückchen Steckrübe. »Ihr erwartet von mir, allein nach Sapheiros zu gehen? Aber das ist doch ein Ritt von mehreren Tagen!« Ich wandte mich dem König zu. »Der Star kennt Eure Erdmänner nicht – bitte gebt mir jemanden mit, dem ich vertrauen kann. Gebt mir einen Stiefelknecht oder ein paar Pferdejungen, gebt mir Chunner und Lame mit, bitte!«

Der König wirkte überrascht. Er kannte die Namen der Vorfahren seiner Pferde über fünfzig Generationen; war es möglich, dass er sich nie die Mühe gemacht hatte, die Namen seiner Pferdejungen zu behalten?

»Ihr habt vergessen, dass sie eine Erdfrau war, nicht wahr?«, sagte Divine Aboleo. »Es ist in der Tat ein Wunder zu sehen, dass sie so anmutig isst wie eine lambaneinische Prinzessin. Die ebanakanische Hure hat Wunder bei ihr bewirkt.«

»Selbstverständlich haben wir nicht von dir erwartet, allein zu reisen«, sagte König Corvus. »Du darfst drei Erdmänner mit zum Pass nehmen – und über ihn hinaus, wenn du willst.«

»Welche drei?«

Er machte eine Geste, mit der er bedeutete, dass es ihm egal war.

»Wir haben dir bereits einen Beschützer besorgt«, sagte der Priester, »jemand, der dich den ganzen Weg über begleiten wird. Jemand, mit dem du gut bekannt bist, wie ich hörte.« Er erhob die Stimme und befahl Garrio, der vor der Tür wartete: »Schickt ihn hinein.«

Ich erkannte den jungen Priester kaum wieder. Seit ich ihn zuletzt gesehen hatte, am Tag der Jagd, hatte er sich einen Bart wachsen lassen und auch seine Kopfhaut nicht mehr rasiert. Die Borsten seines dunkelblonden Kopfhaars waren bereits so lang, dass sie sein eintätowiertes drittes Auge überdeckten. Es war Divine Volator. Er trug einen geteilten Wappenrock und lose Kniestrümpfe, die aus dem gleichen Brokatstoff angefertigt worden waren, wie es in Lambanein Mode war. Er verneigte sich vor dem König und würdigte mich keines Blickes. Ich fragte mich, ob er wohl dafür bestraft worden war, sich während der Jagd mit mir gepaart zu haben, und ob der König davon wusste. Ich berührte meine Wange und wölbte die Brauen, während ich mir die Frage stellte, wie sie die Gottzeichen auf seiner rechten Wange verbergen wollten, die ihn als Mitglied des Stammes von Growan und als einen Diener des Gottes Rift kennzeichneten.

»Er wird dort eine hässliche Narbe haben«, sagte Divine Aboleo.

Der junge Priester warf mir einen kurzen Blick zu und

schaute dann genauso schnell wieder weg. Fast wäre es mir entgangen. »Das also ist der Mann, der Euch Eures Bruders entledigen wird«, sagte ich zu König Corvus.

Der König lud mich ein, in dieser Nacht das Bett mit ihm zu teilen. Andernfalls, so meinte er, würden sich seine Leute wundern. Aus sonderbaren lambaneinischen Bräuchen, wie etwa getrennt zu schlafen, machten sie sich nichts.

»Werden sie sich nicht wundern, wenn Ihr mich in ein paar Tagen fortschickt?«, fragte ich.

Wahrscheinlich würden seine Leute glauben, er sei meiner bereits überdrüssig geworden. Doch die Klatschbasen von Allaxios würden es höchst interessant finden. Ein Mann gab nicht fünftausend in Gold dafür aus, um eine Postulantin in die Schlangensekte einweihen zu lassen, nur um wenige Tage später das Interesse an ihr zu verlieren. Wenn ich verschwand, glaubten sie vielleicht, er habe mich in einem Anfall von Eifersucht getötet. Egal. Ich hatte keine Familie, die eine Entschädigung von ihm verlangen konnte. Die Klatschbasen würden sich das Maul zerreißen, und keiner von ihnen würde es etwas bedeuten. Aghazal wohl, aber was konnte sie schon unternehmen?

Es war absurd, aber der Gedanke, Aghazal würde sich Sorgen um mich machen, mich wie eine Tote betrauern, ließ mich um mich selbst trauern. Es war alles geplant. Sie hatten Leibeigene erworben und Wachmänner angeheuert, und ich brauchte bloß das zu tun, was von mir verlangt wurde. Es war vermessen von mir gewesen zu glauben, ich könne König Corvus dazu bringen, mich bei sich zu behalten. Selbst wenn er mich begehrte, würde er nicht zögern, mich zu opfern. Ich brauchte mir bloß anzuschauen, wie viele seiner Männer – Männer, die er inniger geliebt hatte, als er mich je lieben würde – er für seinen Anspruch auf das Königreich geopfert hatte.

Der König schlief, jedenfalls schien es so, auch wenn ich

nicht wusste, wie er schlafen konnte, während ich so rastlos war, mich drehte und wieder drehte wie ein Brathuhn am Spieß. Das Gift fraß mich von innen heraus auf. Oder war es der Schmerz des Heilens, wie der von gefrorenem Fleisch, wenn es langsam auftaut?

Ich ging zum dritten Mal zum Nachttopf. Um den König nicht zu stören, benutzte ich den im Abort des Baderaums. Auf dem Weg dorthin und zurück musste ich jeweils über Garrio steigen, der vor der Tür des Königs im Portikus lag. Beim Rückweg berührte er meinen Knöchel und fragte: »Bist du krank?«

Ich beugte mich zu ihm hinunter und flüsterte: »Ja.«

»Kann ich helfen?«

»Habt Ihr Wein?«

»Ich werde dir welchen besorgen«, sagte er, rollte sich von seinem Strohsack herunter und ging auf Zehenspitzen den Säulengang entlang. Sein dünnes Hemd klebte ihm schweißnass am Rücken. Er war ein alter Mann geworden. Wie alt er wohl war? Sein Herr war – wenn ich es richtig schätzte – zwanzig oder einundzwanzig. Ich hätte darauf gewettet, dass Garrio doppelt so alt war. Seine Beine waren ein wenig krumm, und seine Waden waren dünn.

Ich setzte mich mit dem Rücken an die Wand und schaute auf den im Dunkeln liegenden Hof. Kalte Luftbrisen streiften meine nackten Schultern. Nachdem Garrio zurückgekehrt war, reichten wir die Taschenflasche hin und her, und schon bald breitete sich in mir eine angenehme Benommenheit aus. Mir war, als wäre mein Kopf nur unzulänglich an meinem Körper befestigt. Er wackelte ständig.

»Ich will nicht gehen, Garrio, jetzt nicht mehr«, sagte ich. »Ich wollte es, aber jetzt nicht mehr. Der König …«

»Ich werde dich begleiten«, sagte er.

»Wirklich? Oh, mein Bruder, das meinst du nicht ernst. Du würdest deinen Herrn nie im Stich lassen.« Ich legte ihm meine linke Hand auf sein knochiges Knie.

»Vier oder fünf von uns werden mitkommen, wenn du es möchtest. Heute Abend habe ich Chunner, Wheezer und Lame gefragt, und sie sind davon überzeugt, dass Voro auch mitkommen wird.«

»Du hast große Ohren.«

Er grinste und goss ein Trankopfer auf den gefliesten Boden der Kolonnade. »Für Hazard Peril, den Beschützer der Reisenden.«

»Aber ich werde nicht gehen«, sagte ich.

»Für Ardor Hearthkeeper dann also, die Schutzherrin der Zuhausebleibenden.« Er goss erneut Wein aus und reichte mir dann den Rest. »Nicht, dass dies hier Zuhause wäre«, sagte er nach einer Weile.

Ich kroch wieder in das Bett des Königs und rollte mich mit dem Rücken zu ihm zusammen. Aber er war bereits wach. »Musst du dich jede Nacht betrinken?«, fragte er. »Ich sagte dir doch, du sollst dich von meinen Männern fernhalten.«

»Es war ja bloß Garrio. Ich habe ihn um Wein gebeten, weil es wehtut.«

»Die Tätowierung?«

»Überall.«

»Worüber habt ihr so lange geflüstert?«

»Nichts. Er hat Heimweh.« Garrio beschämte mich. Es war, als trüge er einen Magneteisenstein in sich, der immer in Richtung seiner Heimat deutete. Garrio hatte mir von seiner Frau in Malleus und ihren Kindern erzählt und dass er sich Sorgen um sie machte, wissend, dass die Stadt an die Königsmutter und ihre Wölfe und ihre fremdstämmigen Verbündeten gefallen war.

»Hast du denn kein Heimweh?«, fragte der König.

Ich gab keine Antwort.

»Hast du?«

Ich rollte mich auf ihn zu. Er lag auf dem Rücken, und ein Zipfel der dünnen Tagesdecke aus Leinen lag über seinen Hüften, der Rest von ihm war unbedeckt. Nach den rasierten Männern aus Lambanein war es fast ein Schock, die dunkle Linie von Haaren unterhalb seines Nabels zu sehen. Seine Augen waren geschlossen. Er öffnete sie einen Spaltbreit und machte sie dann wieder zu.

Ich hatte mir nicht die Mühe gemacht, meinen Umhang aufzuwickeln. Nun wünschte ich, ich hätte es getan, damit uns weniger getrennt hätte. »Nein«, sagte ich.

Er schwieg.

»Es ist unfreundlich von Euch, mir nicht beim Einschlafen zu helfen«, sagte ich.

»Hätte ich gewusst, dass du so ruhelos bist, hätte ich dich nicht in mein Bett eingeladen.«

»Ich werde zurück in mein Zimmer gehen«, sagte ich. Ich setzte mich auf, worauf er mein Handgelenk ergriff.

»Bleib bei mir. Es würde sonderbar aussehen.«

Ich legte mich wieder hin, mit dem Rücken zu ihm. »Habt Ihr wirklich ein Gelübde abgelegt?«, fragte ich.

Keine Antwort. Ich lächelte, wohlwissend, dass er mein Gesicht nicht sehen konnte. Ich hatte selbst eine Art Gelübde abgelegt. Ich wollte nicht so dreist sein, dass der König die Möglichkeit bekam, mir vor lauter Schrecken einen Korb zu geben. Ich rieb mir mit einem Fuß am anderen, so, als ob mein Knöchel juckte, damit mein Seidenumhang raschelte. Die Reibung von Haut an Haut reichte aus, um ein Beben in meiner Spalte auszulösen und Hitze in mir aufwallen zu lassen. Ich hob mein Haar, um meinen Nacken zu kühlen. So langsam vorzugehen war quälend – und doch lag auch Vergnügen darin, wie ich just in diesem Moment feststellte. Es war ein Vergnügen, kurz vor der Schwelle zu verweilen und das Warten zu verlängern.

Ich machte mir Gedanken über seine Frau und wie ich im Vergleich dastehen würde, und wie er im Vergleich zu Galan und den anderen Männern dastehen würde, die ich aufgehört hatte zu zählen. Würde eine so lang herbeigesehnte

Erfüllung schlecht abschneiden im Vergleich mit der Vorfreude darauf?

Plötzlich befiel mich Sehnsucht nach Galan; ich vermisste die Art, wie wir beide uns nachts mit Begehren begrüßt hatten und in dem jeweils anderen das fanden, was wir suchten und wollten. Kunstlos war ich damals gewesen, auch wenn ich mir selbst kühn vorgekommen war, weil mir Huren ein paar vergnügliche Tricks beigebracht hatten. Aber ich hatte ihn kennengelernt. Wir hatten uns beide kennengelernt, dort in seinem Bett, das von Lager zu Lager transportiert wurde und immer ein Zuhause gewesen war. Das schmale Feldbett auf dem Marchfield, das breitere Feldbett in Incus, und doch schliefen wir immer dicht aneinander, und wenn sich einer drehte, drehte sich der andere mit.

Ich erinnerte mich daran, dass wir nicht immer im Einklang miteinander gewesen waren; noch besser aber erinnerte ich mich an die Art, wie Galan mich manchmal angeschaut hatte. Mittlerweile war ich kühn genug, um das, was er empfand, was wir empfanden, beim Namen zu nennen, es Liebe zu nennen.

Ich war nach wie vor überrascht darüber, dass Galan mich liebte. Welche Merkmale, welche Besonderheiten hatte er an mir geschätzt und immer noch erkennen können, nachdem Wildfire seinen Hieb ausgeführt und aus mir eine Fremde mir selbst gegenüber gemacht hatte? Würde er immer noch wiedererkennen, was er liebte, wenn ich als lambaneinische Prinzessin verkleidet zu ihm kam und auf meinem Körper die Tätowierung einer Schlange trug? Über das, was geschehen war – das, was ich getan hatte –, konnte ich womöglich lügen, aber ich würde nicht verbergen können, dass ich mich verändert hatte.

Oft hatte ich mir vorgestellt aufzubrechen, um zu Galan zurückzukehren. Aber vor der Vorstellung, wie diese Reise enden würde, war ich zurückgeschreckt. Selbst in meinen Mondblüten-Träumen hatte ich den Moment, in dem wir uns wieder begegnen würden, nicht vorhersehen können, obwohl Mondblüte mir gezeigt hatte, dass er noch lebte. Bedeutete dies, dass zu viele Gefahren uns trennten und ich nie ankommen würde? Von all den Gefahren auf diesem gefahrvollen Weg fürchtete ich am meisten, dass Galan das, was ich geworden war, nicht lieben würde. Dass alles umsonst gewesen sein würde.

Ob ich die Berge überqueren würde, konnte ich später noch entscheiden. Schritt für Schritt konnte ich wählen, solange ich eine Wahl hatte. Die Götter schicken uns Glück und Pech und stellen uns vor die Frage, wie wir unserem Glück begegnen und was wir daraus machen.

Unsinn.

Meine Gedanken jagten dahin, als hätten sie etwas damit zu tun, wofür ich mich entscheiden würde. Ardor Hearthkeeper hatte mir einmal gesagt: *Brenne hell, brenne schnell* – und oh, wie ich brannte. Ich konnte mein Verlangen nicht beherrschen, geschweige denn mein Schicksal, das mich mittels Geschicken und Missgeschicken in eine fremde Stadt geführt hatte, wo ich nun dicht neben einem ins Exil geflüchteten König lag. Ich drehte mich um, damit ich ihn anschauen konnte. Er schlief mit leicht geöffnetem Mund. Ich hatte nichts dagegen, ihn so zu sehen, so ungeschützt.

Es war wirklich lambaneinisch von mir, zwei Geliebte gleichzeitig zu begehren. Sie hatten hier sogar einen Namen dafür, nämlich die Verschwisterten Herzen. Kein geteiltes Herz, sondern ein verdoppeltes. Und so fühlte es sich auch an. Doch manchmal musste man sich entscheiden.

Meine Ziege Ruddy war erneut in den Küchengarten eingedrungen, hatte die Haselnussruten niedergetrampelt, welche die Bohnen hielten, und die Pflanzenwurzeln gefressen. Der Weidenzaun war nicht kräftig genug, um sie davon abzuhalten. Ich versetzte ihr einen Schlag mit einer Rute und drohte ihr, sie zu Ziegeneintopf zu verarbeiten. Sie scheute zurück, und ich verjagte sie aus dem Garten und machte mich daran, den Zaun erneut zu flechten. Sie war ein solcher Vielfraß, dass es mich überraschte, dass sie klug genug war, keine Mondblüte zu fressen.

Ich fragte mich, ob die Ziege der Mühe wert war, die sie machte. Ich fragte meine Katze Gowdylakin, was sie davon hielt. Auf die ersten Bohnen hatte ich mich so gefreut.

Ich konnte einen Zaun aus kräftigem Pfahlwerk machen. Zwar würde es lange dauern, die Pfähle zu schneiden und in den Boden zu treiben, aber dann würde er Jahre halten. Aber es gab zu viel zu tun, als dass ich eine solche Aufgabe jetzt hätte in Angriff nehmen können. Für eine allein war hier immer zu viel zu tun.

Ich ging hinunter in den Kräutergarten und pflückte Odermennig und schwarze Mutterwurz, die ich mit Wein kochen würde, um mein Blut von dem Gift zu reinigen, sowie Borretsch, um einen Breiumschlag zu machen, der die Schmerzen der Bisse lindern würde. Ich jätete ein wenig Unkraut, und als ich mich aufrichtete, sah ich, dass Sturmwolken über den Needle Cliffs aufzogen, lange Bänder von Regen hinter sich herziehend. Gabelschwänzige Schwalben tanzten über der Wiese, und ein unsichtbarer Wind walzte das Gras platt. Der Donner hallte wie Lawinen. Wahrscheinlich hätte der Sturm die Erbsen ohnehin niedergedrückt.

Hier auf dem Mount Sair waren Stürme alltäglich; ich lebte im Himmel, nicht darunter. Doch ich fürchtete die Blitze und erwachte.

»Was hast du geträumt?«, wollte König Corvus wissen. Er war angekleidet und saß auf der Bettkante. Dem Licht nach zu urteilen, das durch die Läden drang, war die Sonne längst aufgegangen.

»Nichts von Nutzen«, sagte ich und setzte mich allmählich auf. Ich rieb mir die schmerzenden Beine.

»Heute Morgen kam eine Einladung für dich. Der Bote

ging zuerst zu Aghazals Haus. Dann kam er hierher, sodass ganz Allaxios heute Nachmittag wissen wird, wo du bist.«

»Kommt diese Einladung von einem Gönner?«

Der König ließ ein goldenes Armband auf meinen Schoß fallen. Es war geformt wie eine aufgerollte Schlange, mit auf dem Rücken eingravierten Zackenfriesen und roten Jaspisaugen. »Arthygater Katharos wünscht, dass du morgen Abend mit ihr speist. Zweifellos wird sie dir viele Fragen stellen, die du selbstverständlich nicht beantworten wirst. Vielleicht kannst du herausfinden, wann Keros aufbricht.«

»Mit ihr zu Abend zu essen – nicht, um ihre Gäste zu unterhalten?« Ich legte das Armband an mein rechtes Handgelenk an und bewunderte es.

»Genau. Das hier kam mit der Einladung.« Der König krönte mich mit einem Kranz. Ich nahm ihn ab und stellte fest, dass er aus Tollkirsche bestand, wie die Gebinde, welche die Eingeweihten während der Riten getragen hatten. Ich war nun wirklich eine Initiierte und wurde als solche sogar von den Mitgliedern des Königshauses akzeptiert. Ich setzte mir den Kranz wieder auf, grinste den König an und bedeckte mir erst nachträglich den Mund.

Er lachte, und das überraschte ihn selbst offenbar genauso wie mich. »Kann man sich das vorstellen? Fünftausend Perlenmünzen, um einer Erdfrau, einer Hure das Privileg zu erkaufen, sich unter Prinzessinnen zu begeben. In dieser Stadt ist alles käuflich.«

»Ihr täuscht Euch«, sagte ich. »Das Gold hat mir das Recht erkauft, es zu versuchen. Aber ich, ich selbst, habe diese Ehre verdient, indem ich die Initiierung durchgestanden habe. Sagt also nicht, ich hätte es nicht verdient.«

Er war zu erfreut, als dass es ihm etwas ausgemacht hätte, Widerworte zu bekommen. Rastlos stand er auf. »Natürlich hast du es verdient, etwas anderes habe ich gar nicht sagen wollen. Du hast Mut, das habe ich gesehen. In den Bergen habe ich mir immer gesagt, dass ich so lange durchhalte, wie du es tust, oder in Schande sterben würde.« Er beugte sich über mich und legte mir eine Hand auf die Schultern. »Ich weiß, dass du Angst vor dieser Reise hast, und das mit gutem Recht, und du hast keinen Grund, loyal mir gegenüber zu sein. Aber du hast deine eigenen Gründe, sie auf dich zu nehmen, nicht wahr? Die hast du doch noch, oder?«

Ich nickte. Aber meine Augen sprachen eine andere Sprache. Ich schaute ihn durch einen Nebelschleier von Tränen an. Die Augen zu verkneifen und die Tränen strömen zu lassen wäre ungehobelt und übertrieben gewesen.

Der König setzte sich erneut auf das Bett. »Du hast mir erzählt, dass du geträumt hast, wie du mit ebanakanischen Wachen vor Merle standest. Warum zögerst du also jetzt? Wovor hast du Angst?«

»Ich hatte einen Traum, aber nicht diesen.«

»Woher kanntest du dann unsere Pläne?«

»Ich träumte, Ihr hättet sie mir erzählt. Ihr sagtet, es würde Euch trösten zu wissen, dass Merle tot ist. Aber ich hatte nie einen Traum, in dem ich dem Star begegnet bin.«

Ich rechnete damit, er werde erbost darüber sein, dass ich ihn irregeleitet hatte. Doch er wirkte betroffen. »Ich nahm ihn als ein Versprechen, eine wahrhaftige Vorhersage«, sagte er. »Ein Geschenk von Lynx Foresight, genau wie du es warst.«

»Wahrhaftige Träume sind keine Versprechen – sie erweisen sich als falsch, wenn wir etwas tun, um sie zu vermeiden. Ich warnte Euch in Bezug auf die Jagd, und Euch ist kein Leid geschehen.«

»Beweise, dass der falsche Traum wahrhaftig ist«, sagte er zu mir.

Hätte ich genug Zeit gehabt, hätte ich ihn vielleicht davon überzeugen können, sich nicht für alles Geld der Welt von mir zu trennen. Aber es war keine Zeit mehr. Bis zum nächsten Neumond waren es nur noch eine Handvoll Tage.

Eine Handvoll Tage, eine Handvoll Nächte. Ich konnte hoffen.

Ich zog mir safranfarbenes Leinen an und füllte meinen Marktkorb mit Dingen, die ich von Aghazals Haus mitgenommen hatte: bestickten Stoff und Leinen, Lampen, Öl, Gewürze, Duftstoffe und Perlenmünzen. Ich trug sie zu meinem Versteck in Katabatons Kluft.

Als Dank dafür, dass sie mich verschont und willkommen geheißen hatte, opferte ich Katabaton Blut, Milch und Mondblütensamen. Ich versprach ihr eine weitere Kerze wie jene, die fünf Tage lang gebrannt hatte, dazu mein schlangenförmiges Armband, sobald ich es beim Bankett der Arthygater getragen hatte. Katharos würde erwarten, dass ich es trug.

An der Wand neben dem gemalten Bild von Katabaton kratzte ich eine im Zickzack verlaufende und wie ein Blitz nach unten zustoßende Schlange auf, zu Ehren der Schlangenform, die sie annimmt, wenn sie uns in der Unterwelt besucht.

Ich musste mich mehrmals hinsetzen und ausruhen, während ich die Stufen zu der Holztür in der Klippe hinaufstieg. Unter meiner Kopfbedeckung und auf meinem Rücken sammelte sich der Schweiß. Ich schnaufte. Niemand hatte mir gesagt, wie lange diese vom Gift der Schlangen verursachten Schmerzen anhalten oder ob sie überhaupt jemals verklingen würden. Ich fragte mich, wer mir das Haar richten und mich morgen enthaaren würde. Was sollte ich anziehen? Ich hatte dem Boten kein Geschenk mitgeben können – ob der König daran gedacht hatte? Prustend fing ich an zu lachen und konnte gar nicht mehr damit aufhören. Bei den Sohlen von Katabaton, lieber würde ich mich wieder den Ferinus entgegenstellen als schlecht gekleidet und schlecht frisiert vor der Arthygater und den führenden Frauen von Allaxios erscheinen.

Garrio sah mich den Hof durchqueren. »Wo bist du gewesen?«, fragte er. »Wir haben dich gesucht.«

»Ich hatte etwas zu erledigen.« Ich zeigte ihm meinen Korb voller Wachs, Honig, Kämme, Schnüre, einer Weidenspule für mein Haar, Obsidianklingen, schlangenförmiger Haarnadeln, Salben, Pflaumen und Aprikosen.

»Deine Bediensteten sind hier und warten in deinem Zimmer.« Er schien es amüsant zu finden – ich selbst wahrscheinlich auch.

Tatsächlich waren meine neuen Zofen jung; schätzungsweise war keine von ihnen älter als vierzehn. Eine war Lambaneinerin und hieß Pousin. Ihr Gatte hatte sie des Ehebruchs bezichtigt und verkauft. Die zweite hatte einen vor kurzem rasierten Schädel, auf dem ein schwarzer Haarflaum nachwuchs, was bedeutete, dass sie erst vor kurzem in der Stadt angekommen war. Sie hatte Spreizfüße, X-Beine und war spindeldürr. Ihre Haut war blass, ihren Augen sah man an, dass sie viel durchgemacht hatte, und sie verstand lediglich einige wenige Worte Lambaneinisch und sonst keine andere Sprache, die ich kannte. Sie roch nach Angst. Umhängetücher hatten sie nicht, und ihre Umhänge waren Lumpen, der Safran so verblichen, dass man ihn mit Tharais-Zwiebelschalenfärbstoff hätte verwechseln können.

»Wer hat sie ausgesucht?«, wollte ich von Garrio wissen. »Wie ich sehe, hat man keine Kosten gescheut.«

Er zuckte mit den Schultern und ließ mich mit ihnen allein.

Die Leibeigenen wirkten hungrig. Ich gab ihnen meine goldenen und violettfarbenen Pflaumen und schickte sie los, um sich vom Koch des Königs etwas zu essen geben zu lassen.

Ich nahm eine Kohlenpfanne mit Glut mit in den Baderaum in der Nähe des königlichen Schlafgemachs, dazu schmolz ich Wachs in einem ausgeliehenen Topf. Ich vermischte das Wachs mit Honig und Zitronensaft, um mich selbst zu enthaaren. Das geflieste Becken war leer und musste geschrubbt werden. Ich machte es sauber, da mir die Geduld fehlte, auf die Zofen zu warten. Ausgestattet war es mit einem Paar Wasserspeier in der Form von springenden Leoparden, deren Zungen Verschlussstöpsel waren. Während sich Wasser in das Becken ergoss, entfernte ich mir das Körperhaar, schrubbte mich und spülte mich ab.

Behutsam setzte ich mich in das Becken. Das Wasser reichte mir bis an die Brust. Es war Bergwasser aus den Kerastes und hatte sich auf seinem langen Weg über die Ebene in dem steinernen Damm einigermaßen erwärmt, war aber noch kühl genug, um an einem solch heißen Tag als Erfrischung zu dienen. Der Baderaum erstreckte sich über zwei Etagen und war einmal stattlich gewesen, doch mittlerweile waren seine bemalten Wände beschmutzt und fleckig, und ein Teil seiner Marmorbecken gesplittert. Ich fragte mich, ob hier wohl ein Kampf ausgetragen oder ob der Hof wegen böser Omen aufgegeben worden war.

Es war seltsam, sich allein in einem Bad aufzuhalten; es war ein Ort, um Kontakte zu pflegen. Ich ließ mich auf dem Rücken treiben und schaute hoch auf das beeindruckende Kuppelgewölbe, in das Kugeln aus farbigem Glas eingelassen worden waren. Das Wasser wiegte mich sanft, wie Sleep, und mir war, als könnte ich loslassen und hinabsinken, ohne zu ertrinken. Ein Traumfisch glitt an meinem Arm entlang und schnippte mit seinem Schwanz, worauf ich die Augen öffnete und mich mit einem dumpfen Geräusch und einem Spritzer auf den Boden des Beckens setzte.

Der König saß auf dem gefliesten Rand und zog sich die Stiefel aus. »Du bist in meinem Bad.«

»Soll ich herausgehen?«

Er schüttelte barsch den Kopf. Er war geritten, das merkte ich am Geruch nach Pferd und den Schweißflecken auf seiner Kniehose aus Ziegenleder.

»Kommt Ihr von der Jagd?«, fragte ich.

»Falkenjagd. Bei den Göttern, ich wünschte, ich käme heraus aus dieser Stadt und könnte irgendwo hin, wo ich galoppieren kann. Ich habe es satt, so zu tun, als wäre ein Garten ein Wald, ich vermisse einen echten Wald, einen grünen. Ich will, dass es manchmal regnet, und ich will Tiere, die nicht in Käfigen gehalten werden.«

Er zog sich die Kleider aus und wollte in das Badebecken hineinsteigen, doch ich scheuchte ihn wieder hinaus, indem ich ihm sagte, er müsse sich zuerst waschen und abspülen, da er sonst das Wasser schmutzig machen würde. Ob er denn nichts von den lambaneinischen Gepflogenheiten gelernt habe?

»Zu viel«, sagte er und leerte einen Wasserbehälter über seinem Kopf aus.

»Auch schrubben.« Ich wies auf den mit Sand gefüllten groben Sack.

Er warf ihn nach mir. Was für eine Laune er hatte, er war verärgert und amüsiert, wie jemand, der gekitzelt wird, sich aber weigert zu lachen. Er lümmelte sich in das Wasser und wandte sich mir zu. Er war groß genug, um den Kopf auf den Rand an einem Ende des Beckens zu lehnen und den anderen mit seinem Fuß zu berühren. Ich bewegte meine Hände, um eine winzige Strömung auszulösen. Er machte die Augen zu, was ich als Erlaubnis verstand, ihn zu beobachten. Seine Haut war überall so braun wie Galans von der Sonne gebräuntes Gesicht. Sein nasses Haar stand ihm wie schwarze Federn ab.

Ich legte meine Hand auf seinen Fuß und fuhr mit dem Daumen über den Rücken seines Sprunggelenks. »Habt Ihr wirklich ein Gelübde abgelegt?«, fragte ich, obwohl ich die Antwort bereits kannte.

Er öffnete die Augen. Es war nicht der Blick, nach dem ich mich sehnte, doch er war eindeutig genug. Ich bewegte mich durch das Wasser und kniete mich neben ihn. Ich ließ den spitzen Nagel meines Mutterfingers sanft entlang der dunklen Linie Haar unter seinem Nabel und über seinen Schwanz gleiten, der bereits anschwoll.

Er hielt meine Finger davon ab, an ihm zu knabbern wie eine Elritze, führte meine Tharaishand an seinen Mund und küsste mein Handgelenk dort, wo die Handschelle eine Narbe hinterlassen hatte. Ich ballte die Hand zur Faust, und er öffnete sie und küsste meine Handfläche. Mich durchfuhr ein Schauer, so als wäre die ganze Hitze meines Körpers in meine linke Hand geströmt. Er wunderte sich laut darüber, wie heiß die Hand sich anfühle. Garrio habe ihm erzählt, wie ich die Hände und Füße seiner Männer aufgetaut hatte – er habe es mit eigenen Augen in den Bergen gesehen.

Er zeichnete die zickzackförmige Schlange von ihrem Schwanz an meiner Kehle bis zu ihrer Zunge an meiner Spalte nach. Jeder einzelne Stich war noch gerötet und erhob sich stolz über das Fleisch in seiner Umgebung. Ob die Tätowierung noch schmerze, wollte er wissen, und das tat sie wirklich, sie schmerzte im Nachklang seiner Berührung, doch es lag auch Lust darin. Es würde nicht notwendig sein, dass er mich biss und kratzte, um mich zu markieren. Er hatte mir bereits eine Markierung gegeben, ich würde sie immer tragen, und obwohl sie Katabaton gewidmet war, fragte ich mich, ob es ihm gefiel, sie als ganz die seine zu betrachten.

Ich berührte die Tätowierung seiner Blutlinie, das Gottzeichen über seinem Bart, drei Sterne übereinander: Rift. Ich erhob mich auf die Knie, um mich rittlings auf ihn zu setzen, und legte ihm meine Handfläche an den Hals, damit ich spüren konnte, wie das Leben in seiner Kehle pulsierte. Er schaute lächelnd zu mir auf und zog mich mit seinen Händen an meinen Hüften zu sich herab. Mir war zumute, als hätte ich Mondblüte gegessen und wäre aus der rauen Schale meiner alten Haut entschlüpft in eine neue, zarte Haut, empfindlich für jede Gefühlsregung, sodass ich nun, unter dem Gewicht der Hände des Königs, wieder den vergessenen Abdruck der Knoten in der roten Schnur um meine Taille spürte. Und als ich mich zurückbeugte, bewegten sich Kräuselungen von mir weg und kehrten als Liebkosungen zurück, über mich streifend, so wie ich über ihn glitt. Ich bückte mich, um ihm Wassertropfen von der Schulter zu lecken, und er schmeckte nach kalten Bergströmen. Ich wollte sein Salz schmecken, seinen Schweiß.

Ich nahm ihn langsam in mich auf. Bei Galan war ich häufig zu gierig, zu hastig gewesen, doch dieses Mal wollte ich trödeln. Und das war offenkundig auch das, was der König sich wünschte. Er lehnte sich gegen den Beckenrand und legte die Arme auf den Rand, und ich begriff, dass er wollte, dass ich ihn liebkoste und herausforderte. Er entspannte sich mit mir – war das alles? Ich kam mir vor wie eine Hure, und wie eine Hure verstellte ich mich. Denn in mir hatte sich ein solches Verlangen aufgestaut, dass Zurückhaltung eine vorzügliche Folter war.

Aber gab es irgendeine Möglichkeit, dass er mich anders genommen hätte als sanft? Er hatte es nicht mit Gewalt getan, nicht, als ich seine Gefangene war, nicht als eine Erdfrau oder Leibeigene, die nicht die Freiheit besaß abzulehnen. Ich hatte getan, was er verlangt hatte, und war eine Zelebrantin geworden, und Entspannung war etwas, das eine Zelebrantin verschaffen konnte, ein achtbares Geschenk. Ich sollte mich geehrt fühlen, dass er mich zu diesem Zweck ausgesucht hatte, wo er sich doch seit dem Tod seiner Frau von keiner anderen hatte trösten lassen.

Er schloss die Augen, und das Lächeln verweilte auf seinen Lippen. Doch zwischen seinen Brauen und in den Winkeln seiner Lider bildeten sich Falten, Zeichen von Schwermut, und ich befürchtete, dass er an sie dachte, an seine Gattin. Ob er danach strebte, sie zu vergessen oder sich ihrer zu erinnern, vermochte ich nicht zu sagen. Ich selbst hingegen dachte an Galan, obwohl ich mich bemühte, es nicht zu tun. Mir kam es so vor, als betrüge ich ihn jetzt, wie ich es nie zuvor getan hatte, mit diesen anderen – als geschehe Betrug stufenweise.

Und nun würde der König den ganzen Heimweg in mir sein, doch wir waren nicht verbunden, und ich konnte die Entfernung zwischen uns nicht ertragen. Ich schlang meine Arme um ihn, spürte die Leiter seiner Rippen, seinen sehnigen Rücken und die langen Furchen seines Rückgrats, drückte mich fest an ihn, Brust an Brust und Bauch an Bauch, bis ich die Stiche der Schlangentätowierung spürte. Ich nippte Wasser, das sich in der Wölbung seines Ohrs gesammelt hatte, und er nahm meinen Kopf zwischen die Hände, schob mir das nasse Haar aus dem Gesicht und küsste mich zum ersten Mal auf den Mund.

Und nun war endlich das da, was ich ersehnte, heftiges Begehren und sein starkes Lebensfeuer, das in Erwiderung zu meinem aufloderte.

Natürlich haben die Lambaneiner einen Namen für die erste Stellung, die wir einnahmen, die über dem sitzenden Mann kniende Frau, und als Nächstes die auf dem Schoß des Mannes sitzende Frau sowie für andere Stellungen, die während der Paarung fließend ineinander übergingen. Doch selbst die Lambaneiner haben nicht alles in ihren Taxonomien benannt, nicht jede Stellung, jede Umarmung, jeden Laut, jede Art von Liebe.

An diesem Abend ging ich in das Schlafgemach des Königs, ohne dazu aufgefordert worden zu sein. Er blieb lange weg, redete bis spät in die Nacht mit seinen Männern. Als er zurückkam, zog er sich aus und legte sich neben mich ins Bett, berührte mich jedoch nicht. Ich rührte mich, um ihn wissen zu lassen, dass ich wach war. Er sagte nichts. Ich drehte mich auf die Seite und schaute ihn an.

»Tut es Euch leid?«, fragte ich.

Er drehte sich mir zu. »Was?«

»Das, was wir getan haben.«

Er stieß ein kurzes Lachen aus. »Ich bereue vieles. Das gehört nicht dazu.«

»Aber Ihr seid nicht froh. Vielleicht denkt Ihr an Eure Gattin. Ihr seid bekümmert.«

»Ich denke an dich.«

»Aber ich bin doch hier.«

»Ja.«

Er machte eine Geste, die ich als Erlaubnis auffasste, und ich bewegte mich zu ihm hinüber und legte meinen Kopf auf seine Schulter. Er zog mich zu sich heran, und seine Hand umklammerte meinen Oberarm mit einem schmerzhaften Griff. »Aber ich dachte …«, sagte ich.

»Das weiß ich. Und das bereue ich sehr.«

Ich setzte mich auf und langte nach dem Umhang, der über der verschnörkelten Rückenlehne des Bettes hing.

»Komm her«, sagte er. »Feuerdorn, komm her.« Er berührte meinen Rücken. Nun schlug er mich in seinen Bann. Bei den Göttern, hatte er jemals zuvor schon meinen Namen ausgesprochen?

Ich hatte gelernt, mit lambaneinischer Beredsamkeit von Liebe zu sprechen – es war einfacher, so zu reden, wenn man sie nicht empfand. Nun war ich so sprachlos wie damals, als ich vom Blitz getroffen worden war. Ich lag unter ihm, und er schaute mich mit Mitgefühl in den Augen an, doch sein Mund war freudlos, seine Küsse verschwenderisch. Ich schämte mich für das Wimmern und Winseln, das ich von mir gab; schämte mich dafür, so offen gesehen zu werden. Doch selbst während ich trauerte, nahm ich alles, was er gab.

Nichts hatte sich verändert. Er wollte immer noch, dass ich fortging.

KAPITEL 35

Katabatons Kluft

Ich trat durch das vordere Tor in den Palast von Arthygater Katharos, was ich zuvor noch nie getan hatte. In dem Pavillon neben dem Speisehof wusch mir ein Tharaislappen die Füße und trocknete sie ab, um mir dann seidene Strumpfschuhe anzuziehen, Gastgeschenke der Arthygater. Ich betrachtete den gesenkten Kopf des Lappens, verborgen unter dem mit Zwiebelschalen gefärbten Umhängetuch mit dem braunen Streifen, und fragte mich, ob sie wohl jemand war, den ich kannte, Nephelais vielleicht.

Selbst Nephelais würde mich wohl kaum wiedererkennen. Da ich keine Tharaisbedienstete hatte, hatte ich mir das Haar selbst auf einem Weidengeflecht gerichtet, das die Form einer zusammengerollten Schlange mit eingezogenem Kopf hatte. Um die Stirn und an meinem Nacken ließ ich Locken frei fallen. Ich war dazu gezwungen, da mein Haar dort zu kurz war. Andere hatten dies nachgemacht. Darüber trug ich eine Netzhaube mit goldenen Perlenmünzen, in die Granate eingelassen waren. Über der Netzhaube trug ich ein Mondblütengebinde. Auf dem Gesicht trug ich eine glänzende Maske, Glimmer auf den Wangen und Malachit auf den Lidern. Meine Lippen waren in der Farbe violetter Kirschen gefärbt.

Arthygater Katharos gab das Bankett zu Ehren der neuen Initiierten der Schlangensekte, und wir vier teilten uns ein Podest nahe dem der Arthygater unter dem Eingangsturm. Dass Katabaton vier der fünf Postulantinnen angenommen hatte, alle bis auf jene feige, die sich geweigert hatte, in das

Wasser zu gehen, war Grund zur Feier. In den meisten Jahren bewältigten nur zwei oder drei die Herausforderung; in manchen Jahren schaffte es gar keine.

Ich hatte mir hier meinen Platz dadurch verdient, den Schlangen getrotzt zu haben; wir alle waren mutig gewesen, und uns Postulantinnen verband allesamt die Teilnahme an den gleichen geheimen Riten, und darauf war ich stolz. Doch ich betrog sie, meine anderen Initiierten. Ich saß Keros gegenüber, und während wir unsere Schmerzen von dem Gift mit denen während der Tätowierung verglichen, dachte ich daran, dass der König plante, ich solle sie um ihren Platz und ihre Aussteuer berauben. Außerdem erinnerte ich mich daran, dass ich beim letzten Mal, als ich im Speisehof von Arthygater Katharos gewesen war, dort als Lappen bedient hatte. Noch einen Tag zuvor hätte ich vielleicht eine geheime Freude darüber empfunden, solcherlei Geheimnisse mit mir herumzutragen, und an meinem Wagemut Vergnügen gefunden. Heute aber führte ich ein freudloses Schauspiel für die anderen Gäste auf.

Wenn die Zeit gekommen war, konnte ich mich weigern zu gehen. Solange ich hier in Lambanein war, mochte ich eine Chance haben. Ich lag nicht vollkommen daneben in Bezug auf das, was der König empfand, das konnte nicht sein.

Wenn ich mich weigerte, würde er zweifellos zornig sein. Er würde mich hinauswerfen lassen. Zwar würde mich Aghazal dann wieder aufnehmen, aber für sie bestand keine Notwendigkeit, die Feindschaft von König Corvus offen auf sich zu ziehen, nicht, wenn ich mich alleine durchschlagen konnte. Ich hatte genug angespart, um mir eine Unterkunft zu mieten, vielleicht reichte es sogar für ein kleines Haus in der Unterstadt.

Wenn der König mich verstieß, würde das meinem Ruf keinen großen Schaden zufügen. Einige würden sogar sagen, ich hätte ihn nur ausgenutzt, indem ich ihn dazu überredete, meinen Eintritt in die Sekte zu bezahlen, um ihm dann den Laufpass zu geben. Die Klatschbasen würden Geschmack daran finden, dass er den Zehnt für meine Initiierung bezahlt hatte, indem er sich von der Aussteuer für seine Braut etwas geliehen hatte. Die Tätowierung würde meinen Ruf und meinen Preis steigen lassen, und schon bald würde ich wieder Gönner haben, und die Klatschbasen würden sich anderen Gerüchten zuwenden.

Auf diese Art könnte ich leben, akzeptiert wie Aeidin unter den einflussreichsten Frauen des Königreiches; ich konnte innerhalb der Sekte aufsteigen, ihre Geheimnisse erlernen, vielleicht sogar eine Priesterin werden.

Oder ich konnte Arthygater Keros werden, ihr so ähnlich werden, um einen sonderbar-unwissenden Prinzen hinters Licht zu führen. Sprach ich denn jetzt in diesem Moment etwa nicht zu ihr im lambaneinischen Dialekt, bedeckte mir den Mund, wenn ich lachte und holte Schnecken aus ihren Häuschen, genau wie sie es tat? Und als sie das Heldengedicht von Balanos zitierte, fand ich da etwa nicht eine passende Erwiderung aus dem Kommentar des Geschichtsschreibers Mnasthan? Da spielte es keine Rolle, dass das Essen für mich nicht mehr Geschmack hatte als altbackene Brotkrumen und ich es kaum hinunterbekam.

Ich hatte nicht geahnt, dass man mich dazu auffordern würde, eine Rede zu halten, doch so war es. Zwischen dem gesaugten und dem gebissenen Gang mussten wir neuen Initiierten vor den anderen Eingeweihten aufstehen und berichten, was wir während des Rituals der Vergiftung durch Schlangen erlebt hatten. Arthygater Keros machte den Anfang, indem sie ihre Vision von Katabaton als Milchspenderin in der Überwelt beschrieb. Darin saß Katabaton in einem Garten, dem wunderschönsten Garten, den Keros je gesehen hatte, und im Vergleich zu diesem waren die Gärten von Allaxios nur ein müder Abklatsch. Die Göttin saß auf einem Thron aus Muscheln und gab dem kleinen Peranon die Brust, und ihre Kleidung war aus den Strahlen des Mondlichts gewebt, so blendend, dass es Keros in den Augen schmerzte. Katabaton sagte zwar nichts, ließ dafür aber Keros das Geschenk ihres Lächelns zuteilwerden. Keros beschrieb Garten, Thron, Kleidung und Lächeln wortgewandt in Versen von sechs, sechs und acht, sodass ich davon überzeugt war, dass man sie im Vorfeld darüber informiert hatte, was von ihr erwartet werden würde.

Als Zweite sprach Arthygater Kyma. Sie gab eine Vision ähnlich der von Keros wieder und benutzte auch einige ähnliche Wendungen. Ich glaubte Kyma kein Wort, denn den Worten der Eingeweihten zufolge, die sie untersucht hatte, war sie überhaupt nicht gebissen worden. Sie war vor Angst ohnmächtig geworden, nicht wegen des Giftes. Und das erwies sich als schlimmer für sie, da sie, als ihr die Schlange auf die Haut genäht wurde, das Stechen der Nadel ertragen musste, ohne dabei von dem Gift betäubt worden zu sein. Sie hatte in einem fort geschrien. Ich hatte sie gehört, aber sie hatte weit entfernt geklungen.

Dann sprach Gnosin, die fromme Postulantin, in Versen von fünf, sechs und sieben. Sie hatte eher Dunkelheit als Licht gesehen, da sie von einer riesigen Python verschluckt worden war, und im Bauch der Schlange hatte sie in flüssigem Feuer gebadet, das brannte und brannte, ohne sie jedoch zu verschlingen. Sie litt derartige Höllenqualen, dass sie schon glaubte, es nicht ertragen zu können, doch es war ihr nicht gestattet zu sterben. Im Bauch der Schlange sprach ein Wind zu ihr und warnte sie, der Arkhon habe eine Wunde, die in seinen Gedärmen eitere, und er verwese von innen heraus. Falls die Wunde aufbrach und dadurch Abfallstoffe in seine Bauchhöhle drangen, würde er mit Sicherheit sterben. Seine Ärzte müssten dafür sorgen, dass er fastete und gereinigt würde, andernfalls würde Leid über das Königreich hereinbrechen, denn derjenige, der es erben sollte, sei immer noch zu jung.

Nun war ich an der Reihe, doch ich war unvorbereitet und schämte mich meiner Vision. Der Ort, den ich gesehen hatte, konnte nicht die Überwelt gewesen sein, denn er ähnelte in keiner Weise dem Garten, den Keros beschrieb. Auch war mir keine Vision von Katabaton selbst gewährt worden. Doch als ich aufstand und die Stimme erhob, sagte ich die Wahrheit und tat dies ungeschmückt. Zu lügen hätte bedeutet, das Ritual zu entehren, und dafür hatte ich zu sehr darunter gelitten. Ich sprach laut und hörte meine Stimme von den Säulengängen um den Hof widerhallen.

»Ich dachte, ich würde sterben,
versinken, untertauchen, ertrinken.
Ich sank tief und tiefer
Bis ich stieg
Hinauf, nicht hinab, aufsteigend
Durch einen schmalen Ort, einen Tunnel.
Wo ich emporkam, war es seltsam
Eine Schwelle, ein Ort
Den ich für die Überwelt hielt.
Alles war schuppig,
Wände, Säulen, Decken,
Alles wie Schlangen mit Schuppen überzogen.
Auch die Lebewesen waren schuppig
Ein prachtvolles Durcheinander
Von leuchtenden und verschlungenen Mustern.
Auch ich trug Schlangenhaut,
aber ich war langsam, zu langsam.
Die Wesen dort waren so geschwind wie Flammen.
Schnell wie Blitze bewegten sie sich.
War es ein Wesen oder viele?
Ich konnte es nicht sagen – sie vereinten und
  trennten sich.
Ihre Rede war heiter und schnell,
flackernd und mich umschlängelnd

wie Bänder, lange Zungen
Schlangenzungen, die mich berührten.
Es war jenseits meines Verstandes,
was sie sagten. So wich ich,
hinab und hinab zu dem Schmerz
quälender Stiche.
Ich gehörte nicht zu ihnen.
Katabaton, gesegnet sei sie
Band mir den Kiefer zu, verbot die Sprache.
Doch hier, im Kreis ihrer Verehrer
Muss ich fragen: Wo war ich?
Wer sind sie, jene anderen?
Was wollten sie mir sagen?«

Ich setzte mich wieder auf das Podest, und Keros berührte in einer freundschaftlichen Geste flüchtig meinen Arm. Es schien, als herrsche nach meiner Rede ein langes Schweigen, doch vielleicht war es nicht so. Aeidin fing an, mit einer hohen Stimme zu wehklagen, die mir einen Schauer über den Rücken laufen ließ. Eine andere Frau stimmte mit ein, dann noch eine, bis ihre Rufe im ganzen Speisehof widerhallten.

Ich rechnete nicht wirklich damit, dass meine Fragen beantwortet würden, nicht damals und dort. Aber ich hoffte, mit der Zeit, von Eingeweihten, die Katabatons Geheimnisse kannten, den Sinn meiner Vision zu erfahren. Mit der Zeit, wenn die Zeit reif dafür war.

Nach dem gebissenen Gang kam eine Tharosbedienstete auf mich zu und flüsterte mir zu, Arthygater Katharos wünsche mich draußen vor dem Speisehof zu sprechen. Ich fühlte mich geschmeichelt und glaubte, die Arthygater erwiese mir eine Ehre, indem sie vertraulich zu mir sprechen wollte. Doch als ich im Gang war, packten mich zwei kräftige Tharaismänner an den Armen. Ich machte den Mund auf, um zu schreien, worauf einer von ihnen mir einen schmutzigen Lumpen hineinsteckte. Sie bogen mir die Arme hinter den Rücken, bis ich befürchtete, sie würden an den Ellbogen brechen, und dann begleiteten sie mich die Treppen hinunter und durch Tunnel, die ich noch nie gesehen hatte.

Gnathin, das Faktotum der Arthygater, erwartete mich in einem kleinen, feuchtkalten Raum mit zwei Tharaisfrauen. Ich erkannte sie an ihren Händen. Es waren Lychnais aus dem Baderaum sowie die Aufseherin der Lappen, die sich Ringe über ihre plumpen Finger gezwängt hatte, jene Frau also, die damit gedroht hatte, mich an die Folterknechte der Arthygater zu verraten, wenn ich ihr kein Gold gab. Sie musste mich wiedererkannt haben.

»Lass mich ihre Hände sehen«, sagte Gnathin, worauf die Tharaismänner meine Arme nach vorne rissen. Gnathin hatte mich viele Male verschleiert gesehen, im Baderaum. Die Narbe an meinem linken Handgelenk war ihr nicht entgangen.

»Seid ihr sicher, dass es diese hier ist?«, fragte sie die Tharaisfrauen, woraufbeide zustimmend nickten. Die Aufseherin der Lappen kratzte mir mit den Knöcheln ihrer linken Hand Puder von den Wangen, eine Geste, die deutlicher als Worte besagte, dass ich eine Tharais war und damit nicht unerreichbar für sie.

Einer der Tharaismänner riss mir den rechten Arm wieder hinter den Rücken und drückte mit dem Daumen gegen die Innenseite meines Ellbogens. Als ich versuchte, mich ihm zu entziehen, verrenkte er mir den Arm. Ich hatte nicht vorgehabt, mich niederzuknien, aber meine Knie gaben nach. Tränen brannten mir auf den Wangen wie Zitronensaft in einer Schnittwunde.

Sie ließen mich in diesem Raum allein, und ich hatte Zeit, über meine Dummheit nachzudenken, darüber, wie ich mich selbst getäuscht und mich vor allen möglichen falschen Dingen gefürchtet hatte. Draußen vor der verriegelten Tür standen Folterknechte. Der Raum befand sich tief unter der Erde, durch das zerbröckelnde Pflaster sickerte Wasser herein, und die Wände waren mit braunen Flecken verschmiert und bekleckst, die, so befürchtete ich, altes Blut waren.

Nachdem ihre Gäste nach Hause gegangen waren, kam Arthygater Katharos in der letzten Phase der Nacht in den Raum. Sie hatte mir Fragen zu stellen und tat dies über Gnathin, da sie mich selbst nicht direkt ansprechen wollte. Wer ich sei? Wessen Drossel ich sei? Sie hatte von Anfang an nicht geglaubt, dass Arkhyios Corvus meine Aufnahme in die Sekte deshalb bezahlte, weil er in mich verliebt war.

Ich versuchte, mir die Folterknechte der Arthygater dadurch vom Leib zu halten, dass ich auf sie einredete, und dabei log ich besser, als ich es jemals getan hatte – wirklich gut. Die Lügen waren allesamt mit Wahrheit und Träumen vermischt. Ob sie denn nicht wisse, dass ich die Träumerin des Königs sei, seine Seherin, diejenige, die ihm einen Weg über die Kerastes gezeigt hatte, als alles schon verloren schien? Der König sei verarmt und habe mich dem Arkhon als den größten Schatz in seinem Besitz geschenkt, doch der Arkhon habe sein Geschenk verschmäht. Er habe mich der Arthygater übergeben, damit ich eine schlichte Leibeigene werden würde, eine Weberin. Ich erzählte ihr, wie Zostra mich gedemütigt hatte und aus mir eine Tharais hatte machen wollen. Wie könne ich, eine Frau aus Incus, denn eine Tharais sein? Dort gab es so etwas nicht. Es war alles ein Irrtum. Die Aufseherin der Lappen habe gedroht, der Arthygater zu erzählen, ich sei eine Drossel, was eine falsche Anschuldigung sei, und dann hätte ich zum König fliehen müssen, was sonst hätte ich tun sollen? Er sei dankbar mir gegenüber wegen meiner guten Dienste in der Vergangenheit und habe bei Aghazal einen Platz für mich gefunden. Die Zelebrantin wisse nichts von meiner Vergangenheit, sie hielt mich für eine Tharos, eine unwissende Provinzlerin aus den Kerastes.

Arthygater Katharos fragte erneut, warum der König meine Aufnahme in die Schlangensekte mit Geld unterstützt hätte. Was er sich davon erhoffe?

Ich kniete vor ihr. Ich wollte es, sagte ich, hielt den Kopf hoch und versuchte dabei so auszusehen wie jemand, den der König begehren könnte. Ich wolle ihm noch gefälliger sein, wolle ihm eine hingebungsvolle Ersatzfrau sein.

An ihre Schwester Kalos hätte ich sie besser nicht erinnern sollen. Die Arthygater machte gegenüber ihren Folterknechten eine Geste, worauf der eine seinen Fuß auf meinen Rücken stellte, während der andere mir die Hände hinter dem Rücken mit einem Seil um die Handgelenke hochzog, bis ich das Gefühl hatte, als seien die Knochen zwischen meinen Schultern und meinem Nacken so verdreht, dass sie brechen würden. Ich schrie auf, weil es wehtat und weil ich wollte, dass die Arthygater dachte, sie brächte mit Gewalt die Wahrheit aus mir heraus. Als die Folterknechte losließen, richtete ich mich auf und schrie sie an: »Ihr glaubt, er sei nicht liebestrunken, ja? Er hat sein Gelübde wegen mir gebrochen. Ich, die Hure Alopexin, kann ihn dazu bringen, alles für mich zu tun.« Das wisse jetzt jeder.

Die Arthygater gab sich nicht zufrieden mit meiner Antwort und unterzog mich erneut einer Befragung. Es waren solch schlichte Methoden, Beißzange, Seile, Hände. Als einer der Folterknechte zu fest zog, renkte er mir den linken Arm aus. Ich lag schreiend auf dem Boden, ohne jeden Gedanken an List, während sie ihn mir wieder einrenkten.

Als ich endlich wieder imstande war zu sprechen, sagte ich, natürlich sei es nicht meine Idee gewesen, natürlich habe mich der König gebeten, mich der Initiierung zu unterziehen. Hätte ich gewusst, wie furchtbar es war, hätte ich es nie getan. Aber ich sei diejenige, die vernarrt war, und ich wollte ihm gefallen. Als Zelebrantin verschmähe er mich, da sie für diese in Incus keinen Respekt aufbrächten. Doch er brauche mich. Ich sei eine wahrhaftige Träumerin und ein Orakel, und er habe mir angeboten, ich könne Katabaton dienen, der Mutter. Er strebe ihren Segen und ihre Nachsicht an, hoffe sie zu besänftigen wegen eines Vergehens, das er erst noch begehen werde.

Als sie nachfragte, um welches Vergehen es ginge, sagte ich: Muttermord, natürlich. Denn er müsse seine eigene Mutter töten, ja?

Bei Tagesanbruch war jede Lüge weniger glaubhaft als die ihr vorangegangene, und zuletzt waren sie alle aufgezehrt. Nun erzählte ich die Wahrheit, die Sache mit dem Portrait und der Aussteuer, die König Corvus zu stehlen gedachte, und dass er vorhatte, nicht seine Mutter, sondern seinen Bruder Merle töten zu lassen, und dass ich ihm als Drossel sogar im Baderaum der Arthygater gedient hatte. Jedes einzelne Wort brachte den König in Gefahr, doch ich brach innerlich zusammen. Ich gab dem Schmerz nach und der Drohung, mich zu verstümmeln. Wenn ich nicht redete, würden sie mir die Zunge abschneiden, sagten sie.

Ich schämte mich dafür, seine Geheimnisse preiszugeben, aber ich schämte mich nicht dafür, Rache an der Aufseherin der Lappen zu nehmen, indem ich erzählte, wie sie mich im Austausch für Gold hatte spionieren lassen. Doch die Arthygater gestattete mir nicht einmal diesen winzigen Triumph. Natürlich könne man der Aufseherin nicht trauen. Sie sei schließlich eine Tharais, nicht wahr?

Arthygater Katharos war entsetzt darüber, dass ich als Tharoszelebrantin durchgegangen war und so viele nichtsahnende Menschen besudelt hatte. Doch schlimmer noch sei, dass ich die heiligen Rituale der Schlangensekte befleckt hatte. Sie rief eine Hierophantin der Sekte und die Eingeweihte Horama in den Raum, um bei meiner Befragung behilflich zu sein. Sie beharrten darauf, ich hätte die Vision nicht selbst gesehen, sondern eine Eingeweihte hätte mir gesagt, was ich erzählen sollte. Um wen es sich handele?

Ich schwor, dass ich sie gesehen hatte. Wenn eine Eingeweihte mich beauftragt hätte, so sagte ich, dann hätte sie mir doch sicher von der Überwelt berichten müssen, der Heimat der Götter mit ihrem herrlichen Garten und Thron, und nicht von dem seltsamen Ort, den ich besucht hatte, wo immer und was immer er sein mochte. Sie erkannten meine Bestürzung. Dennoch setzten mir Arthygater Katharos' Folterknechte brutal zu. Ich stand im Begriff, der Arthygater eine Lüge zu erzählen, weil ihr die Wahrheit nicht gefiel, als die Hierophantin die Folterung unterbrach.

Dieser Vision verdankte ich mein Leben. Ich hatte die Überwelt in einer ihrer wahrhaftigen Formen gesehen, unergründlich und erschreckend; es war ein Anblick, der nur ganz wenigen Initiierten gewährt wurde, und diese wenigen wurden aussortiert, um Schritt für Schritt in die Geheimnisse eingeweiht zu werden. Katabaton hätte mich ohne Weiteres umbringen können für meine Übertretung während der Zeremonie, sagte die Priesterin, doch sie hatte mich zu ihrem mit Edelstein besetzten Schlangenreich geführt. Arthygater Katharos dürfe sich nicht anmaßen, jemanden zu töten, den die Göttin verschont hatte.

Stattdessen verbannte mich die Arthygater aus Allaxios. Um sicherzustellen, dass ich nicht zurückkehren würde und könnte, ließ sie mich so markieren, dass man mich als Tharais erkennen würde, ob mit oder ohne Umhängetuch über dem Kopf. Einer ihrer Folterknechte benutzte seine Beißzange dazu, mir zwei Finger zwischen dem oberen und dem mittleren Gelenk abzutrennen; meinen Mutterfinger an der linken Hand, und meinen Vaterfinger an der rechten. Die blutigen Fingerspitzen wickelte er in einen Lumpen und band mir diesen um den Hals, und dann fesselte er mir die Hände so vor meinen Körper, dass jeder meine Amputationen sehen konnte. Sie zogen mir meine safranfarbenen Tharoskleider aus und ließen mich nackt gehen, nicht einmal mit einem Umhängetuch, mit dem ich mir das Gesicht hätte bedecken können. Man würde mich am Gesicht, der Schlangentätowierung und an meinen verstümmelten Händen erkennen und bestrafen, falls ich es wagen würde, in die Stadt zurückzukehren. Die Arthygater empfand es als Schande zu offenbaren, dass eine Hochstaplerin in die Schlangensekte aufgenommen worden war, doch es zu vertuschen wäre noch schlimmer gewesen, wenn es mir dadurch möglich würde, erneut zu betrügen.

Ich hatte keine Möglichkeit, dem König eine Nachricht zukommen zu lassen, oder Lame und Chunner, die mit einem gemieteten Karren am Tor des Palastes auf mich warteten. Mit einer wilden Menge um mich herum ging ich durch das Hintertor hinaus. Die vermummten Folterknechte hatten mir ein Pferdegeschirr um den Kopf gebunden und mir das eiserne Gebiss in den Mund geschoben, sodass ich nicht sprechen konnte; einer von ihnen führte mich an den Zügeln. Der andere zog mich an dem Seil, das mir um die Arme gebunden war, die an Handgelenken und Ellbogen fest aneinandergefesselt waren. Das Gebiss scheuerte meine Mundwinkel wund und presste mir die Zunge hinab, sodass es mir schwerfiel, meinen Speichel hinunterzuschlucken. Ich ging gebeugt, um meine Nacktheit zu verbergen, doch der Folterknecht riss an dem Seil und brachte mich ins Stolpern. Auf seinen Füßen war Blut von mir.

Die Sonne war aufgegangen. Sie ließen die Leibeigenen aus der Manufaktur, damit sie sehen konnten, wie ich davongejagt wurde. Viele erkannte ich, doch wenigstens war Catena nicht unter ihnen. Tharosküchendienerinnen folgten, um mich mit faulem Obst zu bewerfen, während Stalljungen mit Steinen warfen. Tharaisdiener erhielten Zwiebeln, um diese nach mir zu werfen. Die Folterknechte führten mich durch das Palastviertel, von einer Terrasse zur anderen absteigend, und es herrschte ein solcher Lärm, dass viele Leute aus den Palästen herauskamen, um zu sehen, was geschah, und sich dem Trubel anschlossen. Wutentbrannt schrien sie mich an, und ich sah, wie sich ihre

Münder öffneten und wieder schlossen und der Lärm wie Dunkelheit aus ihren Kehlen drang, doch wegen des Gebrauses in meinen Ohren verstand ich kein Wort von dem, was sie sagten.

Die Folterknechte zogen mich in unterschiedliche Richtungen, meinen Kopf in die eine, meine Hände in die andere, sodass meine Füße nicht wussten, wohin sie gehen sollten, und das belustigte die Menschenmenge. Hinter mir ging Dulcis und schlug mit einem Stock, den sie irgendwo aufgehoben hatte, auf meinen nackten Rücken ein, doch ihr kleiner Stich machte mir nichts aus. Ich litt Höllenqualen von dem Arm, der aus seinem Gelenk gerissen und dann wieder eingerenkt worden war. Den Schmerz in meinen Händen spürte ich kaum.

Ich hoffte, die meisten Mitläufer würden am Tharaistor stehenbleiben, um nicht verunreinigt zu werden, doch sie begleiteten mich in das Viertel hinein. Dann begriff ich, dass dieses Schauspiel als Warnung für alle Tharais gedacht war, um ihnen die Strafe vor Augen zu führen, die auf das Übertreten der Grenzen stand.

Wir kamen an dem Brunnen der bronzenen Sau Nephron vorbei, zu dem ich so häufig gegangen war, um Wasser zu holen. Dann gingen wir Straßen hinab, die mir wohlvertraut waren, vorbei an den Färbern, Gerbern und Schmelzern mit ihrem vertrauten Gestank. Als wir an ihnen vorbeikamen, bedeckten sich die Tharaisbewohner mit ihren Umhängetüchern, wenn sie welche hatten, oder hielten sich die Hände vor das Gesicht, wenn nicht. Einige folgten uns, andere johlten und spotteten, doch die meisten standen stumm und reglos da und schauten nur zu.

Jemand bewarf mich mit Unkraut, und es leuchtete hell auf meinem Weg, Löwenzahn für Voraussicht und Mohnblumen zum Trost. Auf den Dächern standen Tharais und warfen Blumen und süßlich riechende Kräuter hinunter, Oleander, was Vorsicht bedeutete, und Schwertlilien, um zu sagen, ich sei zu überheblich, Weihrauch für Erinnerung; selbst in den Tharaisvierteln gab es viele Gärten. Ein wagemutiger Junge lief herbei und warf Pappelblätter auf mich: Mut. Steine trafen mich an der Stirn, und Blut lief mir an der rechten Augenbraue herab.

Die Steine ließen mich nicht weinen, aber die Blumen und Blätter hätten mir fast den Rest gegeben. Aber diese Quelle war versiegt. Ich hatte alle Tränen während der Nacht vergossen.

Unter den Lebenden bewegten sich auch Schattenwesen. Sire Rodela johlte, doch ich schenkte ihm keine Beachtung. Die Freifrau schritt neben dem Folterknecht her, der mich am Zaum hielt, und Na ging neben dem anderen, der das Seil hielt. Ob sie gekommen waren, um mich in das Reich von Queen of the Dead zu begleiten? Immerhin stand fest, dass es mir nie wieder gestattet werden würde, die lambaneinische Überwelt zu betreten, wenn ich starb. Falls dem so war, waren sie zu früh gekommen, denn ich würde nicht sterben, nicht heute.

Aufgrund des Tumultes hatten die Wachen das riesige eisenbeschlagene Tharaistor in der Stadtmauer geschlossen. Für mich öffneten sie nun das kleine Ausfalltor. Die Folterknechte ließen Zügel und Seil los, und jemand, wahrscheinlich Dulcis, versetzte mir einen Stoß. Ich fiel der Länge nach durch das Tor, und eine Wache schlug die Tür zwischen der wilden Menge und mir zu und verriegelte sie. Ich war verbannt.

Ich ging Richtung Süden zwischen armseligen Hütten, die sich auf beiden Seiten der Straße aneinanderdrängten und vor denen nackte, staubbedeckte Kinder standen und mich beobachteten. Ihre Eltern versteckten sich, und das war auch kein Wunder. Unheil, das die Stadt traf, wurde häufig den Tharais angelastet, und diejenigen, die ungeschützt vor den Toren wohnten, wurden fortgejagt, und ihre Baracken wurden niedergebrannt.

Jemand warf mir einen Lumpen zu, einen Tharaisumhang, zerrissen und schmutzig. Wahrscheinlich hatte ich noch nie ein Geschenk bekommen, das dem Schenkenden so kostbar war, denn ein Lumpen war hier, unter den Ärmsten der Armen, ein Schatz. Ich hatte den Eindruck, als beobachteten mich die Leute aus ihren dunklen Hütten heraus, als ich mich auf die Straße setzte und mich ungeschickt und unter Schmerzen von dem Zaumzeug und dem Seil um meine Arme befreite. Ich riss Streifen aus dem Lumpen und verband mir damit die Finger. Sie hatten zwar aufgehört zu bluten, doch ich brachte es nicht über mich, sie anzuschauen, das zerfetzte Fleisch und die zersplitterten Knochen.

Meine Arme loszubinden hatte den Druck vermindert, aber als das Blut mir nun in die tauben Hände schoss, brannte es wie Feuer und Gift. Ich stöhnte während des Gehens, bis mir bewusst wurde, dass ich stöhnte, und ich dieses furchtbare Geräusch unterließ.

Mit dem Tharaisumhang bekleidet, schleppte ich mich ganz allein dahin. Sogar die Schattenwesen hatten mich verlassen. Ich ging in die Richtung, in die ich gestoßen worden war, bewegte meine Füße, weil es nichts anderes zu tun gab. Doch nach einer Weile ging mir auf, dass ich in die falsche Richtung ging. Ich drehte mich um und hielt wieder auf Allaxios zu und sah es nun wieder so, wie ich es beim ersten Mal gesehen hatte, sich von einer Terrasse zur nächsten zu dem vergoldeten Palast erhebend, der den Berg krönte.

Ich hatte mich daran erinnert, dass ich reich war. Ich brauchte nicht nackt und arm ins Exil zu gehen, wo immer ich hingehen würde.

Ich versuchte, von Süden her in Katabatons Kluft zu gelangen, indem ich am Flussufer stromaufwärts ging. Die Stadtmauer war nah am Ufer gebaut worden, und ich überquerte Schlammflächen und Schilffelder in ihrem Schatten. Ich kam an den Sumpfgebieten und Untiefen unterhalb der

Straße der Färber vorbei, wo Tücher in der Strömung des Flusses hingen, damit sie ausgespült wurden, und ich ging unter dem Bogen der Brücke hindurch, die wir auf unserer Wallfahrt zum Mount Omphalos überquert hatten. Bald aber kam ich nicht weiter. Die Terrassenwände waren zu steil und fielen direkt bis zum Flussufer ab. Ich musste den ganzen Weg um die Stadt herumgehen, um mich von der nördlichen Seite her zu nähern, und die Strömung dazu nutzen, mich um jene Flussbiegung tragen zu lassen, die den Mount Allaxios umschloss.

Es war das Einzige, was mir noch blieb. Man stellt sich unter dem Herrschaftsbereich von Fate einen Pfad vor, der sich verzweigt, wobei einem jede Abzweigung eine Wahl lässt, die zu weiteren Wahlmöglichkeiten führt. Aber manchmal laufen viele Wege zu einem zusammen, dem unausweichlichen und einzigen, und ob man nun voller Angst oder ohne Angst ist, man muss ihn nehmen.

Es dauerte einen und einen halben Tag, um die Stadt zu umgehen, viel länger, als ich gedacht hatte. Ich hielt mich weit entfernt von Mauern und Straßen, schlief in einer trockenen Rinne und trank Wasser aus einem Bewässerungsgraben.

Nordöstlich der Stadt gelangte ich wieder zum Fluss. Ich stieß auf einen umgestürzten Baum mit einem wirren Knäuel grauer Wurzeln, und mit großer Mühe gelang es mir, ihn aus einer Sandbank herauszuziehen. Die Strömung zog den Baum weg vom Ufer, und ich trieb mit ihm, meinen rechten Arm über den Stamm gelegt. Hoch über mir sah ich das Aquädukt. Plötzlich geriet der Stamm ins Rollen, und ich ging unter. Fast hätte ich mich in den Wurzeln verfangen, doch ich tauchte ab, und der Baum schwamm über mich hinweg, wobei er mir den Rücken zerkratzte. Mitten in dem grünen Fluss öffnete ich die Augen und dachte, wenn ich jetzt atme, werde ich ertrinken. Und das tat ich auch fast. Doch ich trat mit den Füßen und kam mitten im Strudel und

Schaum der Stromschnellen, die auf mich einschlugen und mich gegen einen Haufen Felsblöcke warfen, wieder an die Oberfläche, große Scherben des Bergs, zerbrochene Zähne im Schlund der Kluft.

Ich kroch aus dem Wasser heraus und legte mich, nach Luft schnappend, auf einen flachen Flussstein. In dem Schilf zwischen den Felsen lärmten Frösche und Grasmücken. Der Fluss hatte mir meinen Lumpen entrissen, und ich war wieder nackt und hatte am ganzen Leib Blutergüsse und Kratzer. Aber ich lebte. Jeder Atemzug bedeutete Leben.

Der Mount Allaxios ragte über mir empor und wandte seinen felsigen Rücken dem Fluss zu, der Straße der Toten. Über dem Berg war die Sonne aufgegangen und starrte hinab, als sei sie überrascht, ein solch geschältes, lang ausgestrecktes Wesen wie mich zu erblicken. Schwalben schossen zwischen den Wänden der Spalte hin und her, schlugen mit den Flügeln, um aufzusteigen, fielen nach unten und stiegen wieder auf.

Es war bereits heiß, doch ich fröstelte. Ich setzte mich aufrecht und bettete den Kopf auf meine Hände. Überrascht stellte ich fest, dass mir das Mondblütengebinde und meine Netzhaube mit den wertvollen Perlenmünzen noch geblieben waren. Ein Teil meines Haars war nach wie vor um das spiralförmige Weidengeflecht geschlungen, befestigt von Schlangennadeln mit Obsidianaugen.

Ich aß drei verwelkte, schlaffe Blüten der Mondblüte. Was für ein Geschenk! Mit Mondblüte war Schmerz nicht Schmerz, sondern herrlich zerfleischende Wahrnehmung. Oh, warum ließen die Götter mich am Leben? Zu welchem Zweck?

Ich kletterte über die Geröllblöcke am Boden der Kluft und des Hangs, der zu den Treppen vor der Höhle führte; mein linker Arm war so gut wie nutzlos, und ich zitterte am ganzen Leib. Ich setzte mich auf die letzte Stufe. Schon jetzt war meine Kehle trocken, meine Augen trocken, und ich spürte, wie ein Hochgefühl in mir aufwallte. Schwindel überkam mich; ich klammerte mich an die Klippe, besorgt, ich könnte in Ohnmacht fallen, und ich spürte, wie die Erde zur Seite glitt.

Als der Boden wieder reglos war, tastete ich hinter den Wandteppich aus Purpurkranz und zog meine Schätze aus der Felsspalte. Ich kleidete mich in Safrangelb und befestigte meinen Umhang mit der jadegrünen Scheibe und der goldenen Schnur, die Tasatyala mir geschenkt hatte. Ich benutzte den Feuerstein, den ich Katabaton überlassen hatte, um ein Feuer in dem Schrein zu entzünden, und setzte einen Tontopf mit Wasser auf.

»Was tust du da?«, fragte Sire Rodela, doch ich ignorierte ihn. Natürlich war er zurückgekehrt. Er mochte Mondblüte. Ich war alles andere als überrascht zu sehen, dass auch die Freifrau und Na da waren; die Freifrau beobachtete mich mit ernster Miene, während Na mit Sire Rodela schimpfte und ihn aus dem Schrein verscheuchte. Ich selbst wäre nicht dazu imstande gewesen, ihn so leicht loszuwerden.

Ich knotete den Lumpen um meinen Hals auf und breitete das blutgetränkte Tuch aus. Meine beiden abgetrennten Fingerspitzen sahen so merkwürdig aus, so tot. Die Fingernägel waren leicht violett; die Haut war gelb und das Fleisch braun. Der Knochen wirkte grau. Da der Nagel an meinem linken Zeigefinger in der Schnabelform geschnitten worden war, konnte ich die Fingerspitzen auseinanderhalten.

Die Teile anzuschauen, die mir abgetrennt worden waren, ließ meine Finger schmerzen. Zum ersten Mal begriff ich nun, was Fleetfoot gemeint hatte, wie der Schmerz nicht von Abwesenheit verursacht wurde, sondern von der Anwesenheit von etwas Unsichtbarem; wie er kniff und pochte.

Die rechte Fingerspitze kochte ich zuerst. Der Geruch von kochendem Fleisch verursachte mir Brechreiz, aber ich zögerte nicht. Als sich das Fleisch und der Nagel lösten, zog ich das ganze Gelenk vom Oberteil des Fingers. Ich rieb Schwalbenwurzsaft auf den Knochen, um ihn gelb zu färben, und sagte dann der Freifrau, er sei so sehr der ihre wie der meine. Ich versprach, ihn indigofarben zu färben, sobald ich es konnte, und lud sie dazu ein, durch ihn zu sprechen, wenn es ihr gefiel. Der Knochen meines Vaterfingers, mein Tharosknochen, mein Edler-Knochen, mein Rechtsknochen.

Als Nächstes legte ich meine linke Fingerspitze in den Topf und schaute zu, wie er in dem kochenden Wasser auf und ab tänzelte. Ich befreite das obere Gelenk mit seinem gespreizten Knöchelende und seiner eingekerbten Spitze und färbte es mit rotem, für die Lippen verwendetem Farbstoff aus einem Alabastergefäß, das ich ein paar Dekaden zuvor versteckt hatte. Dieser Knochen würde für Na sprechen, wenn sie es wünschte; der Knochen meines Mutterfingers, mein Tharaisknochen, mein Erdmenschenknochen, mein Linksknochen.

Hier in Lambanein trennten sie die linke Hand von der rechten, Tharais und Tharos; in Corymb und Incus hingegen trennten sie Erdvolk von Edlen. Ich war das eine wie das andere gewesen und hatte lange Zeit geglaubt, ich sei das, was die Menschen mich nannten. Zweifellos hätte ich es weiterhin geglaubt, wäre ich von meinen lambaneinischen Eltern großgezogen worden oder hätte ich mein Leben in einem kleinen Dorf im Königswald gelebt.

Nun aber stimmte ich diesen Unterscheidungen nicht länger zu. Ich würde mich von ihnen nicht binden lassen.

Als Trankopfer für Katabaton goss ich die Fingerbrühe auf den Boden, wo sie die Erde in Schlamm verwandelte. Ich zeichnete einen Götterzirkel in den Schlamm, der zwei Handbreit umspannte und doppelt so groß war wie der Zirkel aus Tuch. Ich zeichnete die Gottzeichen an ihren Plätzen auf, mir ihrer Zeichen und ihrer Bedeutung sicher, ihrer Anordnung um den Horizont sicher.

Vor der Höhle, in der prallen Hitze und dem Licht eines sommerlichen Nachmittags in Allaxios, waren nur die Insekten wach und zirpten. Innen war es dunkel, kühl und ruhig. Mondblüte beeinträchtigte mein Sehvermögen und erweckte den Anschein, als winde sich Katabatons Haar aus schlangenförmigen Wurzeln. Mir war, wie schon so manches Mal zuvor, als beobachteten mich andere Götter durch Katabatons starre Augen. Ich verdunkelte mir die Lider mit Holzkohle, wie Az es getan hatte, wenn sie die Knochen für mich warf; ich strich mir Schwalbenwurzsaft in mein vom Star befallenes Auge, wie die Freifrau es mich gelehrt hatte. Dann warf ich dreimal das Paar der Knochen, um mein Wesen zu offenbaren und wie ich meinem Schicksal begegnen würde, dreimal für die Vergangenheit, die Gegenwart und die Zukunft, und dreimal für die Götter. Die Knochen berührten Zeichen, und die Zeichen flüsterten und murmelten in einem tiefen Säuseln, das nicht zu einem Sprechen wurde. Ich hoffte Bilder zu sehen, die so hell und klar waren wie Mondblüten-Träume, und mir einen Weg nach vorn oder einen Weg zurück zeigen würden, da ich auf dieser Straße nicht weitergehen konnte.

Ich war der Meinung, Voraussagen verdient zu haben. Die Götter hatten mir eine Aufgabe zugewiesen, die ich mit meinen beiden Fingerknochen ausführen konnte, und ich hatte sie ausgeführt, ohne mich vor der Verantwortung zu drücken, obwohl ich panische Angst davor hatte. Warum sollten meine eigenen Knochen nicht deutlicher zu mir sprechen als jene der Toten?

Ich beugte mich dicht über den Zirkel, um besser sehen und hören zu können. Beim allerletzten Wurf war der gelbe Rechtsknochen auf Artifex gelandet, und der rote Linksknochen auf Warrior. Das war der neunte Wurf, und ich hatte viele Zeichen und viele Muster gesehen. Hier nun wurde von mir verlangt, sie beide zu verehren: Eorõe Artifex, die Erschafferin, und Rift Warrior, den Zerstörer.

Ich würde mich lieber den Toten verpflichtet fühlen, Artifex, jener einen ohne Tempel und Propheten; Artifex, die unsere Vorfahren erschaffen hatte. Manche der Edlen nannten sie die Töpferin und verachteten sie, weil sie sich ihre Hände mit Lehm beschmutzt hatte. Ich hatte es immer als Jammer empfunden, dass sie gestorben war und uns nicht vor der Einmischung durch andere Götter beschützen konnte. Nun erkannte ich, dass ihr Tod notwendig gewesen war. Andernfalls wären wir ihre Wesen, wäre das Erschaffen nur zur Hälfte vollendet. Sie hatte unsere Vorfahren aus dem Lehm geformt, wie kleine Öllampen, die den Druck von Fingern ertrugen, und sie hatte uns angehaucht, um unsere Lebensfeuer zu erwecken, und brannte denn etwa nicht auch in mir das Feuer, das mir vermacht worden war?

Es war ein so seltsames Geschenk, das sie uns allen gemacht hatte, denn das Feuer war bereits dort gewesen, war immer schon dort gewesen. Doch sie hatte es in kleine Knospen aus Flammen getrennt, in Gefäße, die zerbrochen werden konnten – diese Körper –, sodass wir liebten, was sterblich war, und Angst vor dem Sterben hatten. Sodass wir uns während unseres Lebens für einzig und einzigartig hielten, uns jedoch danach sehnten, niemals alleine zu sein.

Erschuf Artifex uns nur aus der Freude heraus, etwas Gutes zu erschaffen? Sie hatte uns so wunderschön geformt, dass selbst Götter uns begehrten. Ich sah Aghazal in der Küche, wie sie mit Tante Köchin Angadataqebay schimpfte wegen deren Verschwendungssucht, ihr dichtes schwarzes Haar in einem Zopf an ihrem Rücken herabhängend, ihre braune Haut glänzend, und eine schweißnasse Stelle hinten an ihrem Umhang. Sie war genauso anmutig wie dann, wenn sie in ihrem Putz vor ihren Gönnern erschien. Und da war Mai, mit ihrem drallen, blassen Bauch, der so makellos aussah wie ein Ei. Sie schlief zwischen ihren Wehen, war entzückend in ihrer Erschöpfung, war liebenswert, weil sie geliebt wurde. Und Tobe, der kleine Junge, immer in Bewegung, als brenne in ihm das Lebensfeuer eines großen Mannes, und er konnte nicht ruhen, keinen Moment lang, bis er krank wurde und das Feuer flackerte und erlosch.

Das Feuer ging nicht aus, es ging nie aus. Es war Teil des einen Feuers, das ich in Ardors Tempel flüchtig zu sehen bekommen hatte. Ich hatte geglaubt, der Schatten sei alles, was Bestand hatte, doch Sire Rodela hatte mich eines Besseren belehrt. Der Schatten verweilte, wehrte sich dagegen, Gesellschaft zu bekommen, löste sich jedoch nach einer Weile wie Rauch auf. Artifex hatte uns dieses gefährliche Geschenk gemacht, und wir klammerten uns sogar dann noch daran, wenn wir gestorben waren.

Doch der rote Knochen, der Linksknochen, wies auf dem Götterzirkel auf Rift Warrior. Rift stand für das, was uns trennte. Wohlwissend, dass sie nicht ewig leben konnten, versuchten Männer, ihre Namen unsterblich zu machen. Sire Galan und König Corvus waren beide Krieger. Liebte ich sie trotzdem oder deswegen? Für mich besaßen sie mehr Glanz als andere Männer, und in ihrer Gegenwart fühlte ich mich lebendiger, und dieses Gefühl hatte ich gelernt, mit den verschiedenen Namen der Liebe zu benennen, und was war es anderes als die Sehnsucht, die Hitze des inneren Feuers zu spüren und von seinem Lichtschein beleuchtet zu werden? Doch ich fühlte mich von dem angezogen, was sterblich an ihnen war, sogar von der halbmondförmigen Narbe auf Galans Rücken oder der Art und Weise, wie Corvus' linke Braue seinen Zweifel ausdrückte. In mir war Liebe mit Wut vermischt – Wut darüber, dass ich nur eine von vielen war, die ein Feuer entzünden konnten. Und nun schien es mir auch noch, als wäre dies mein Ziel gewesen, wütend zu sein, selbst noch im Verlangen.

Ich hatte mich erst Galans Bedürfnissen angepasst, dann den Vorhaben des Königs, aber stets unvollkommen, auf meine unfolgsame, widerspenstige Art, damit wir gemeinsam heller und heißer brannten. Zuweilen hatte ich mir etwas darauf eingebildet, dem einen oder dem anderen wichtigen Mann zu dienen; in meinen hochmütigsten Momenten hatte ich geglaubt, dem einen oder dem anderen Gott zu dienen. Wenn sich ein Gott meiner bediente, dann war ich nicht unbedeutend. Doch nie war ich auf die Idee gekommen, mich zu fragen, ob ich die Ziele derer guthieß, denen ich diente, ob ich diese wirklich erreichen wollte.

Befahlen mir meine Knochen, ich müsse Rift Warrior anbeten? Und musste ich ihnen gehorchen? Ich hatte genug vom Krieg gesehen, um zu wissen, dass ich ihn verabscheute. Rift Warrior tobte in Incus, und nun war dort jede Art von Grausamkeit erlaubt, die in Friedenszeiten verabscheuungswürdig war. Ich konnte mich Rifts Absichten nicht hingeben, und auch nicht denen des Königs und Galans. Nicht, solange sie Warrior dienten.

Ich hatte viele Gaben, die heiße linke Hand und die kalte rechte, das Wissen des Feuers, das scharfe rechte Auge und das vom Star befallene, Schattensicht und wahrhaftige Träume und Visionen von anderen Welten, die wie Schleier über der unseren lagen. Mir war die Gabe des Heilens zuteilgeworden, und ich hatte sie vernachlässigt, indem ich Mondblüten-Träumen und anderen Arten von Wissen nachgegangen war und mich wie eine Motte in die Laterne von Desire gestürzt hatte, um von Eifersucht und Lust versengt zu werden.

Die Macht zu heilen war ein solch ärmliches Geschenk, und vielleicht hatte ich mich deswegen nicht damit zufriedengegeben. Krieg, Plagen und Hungersnöte töteten Tausende, und eine Heilerin rettete den einen oder den anderen, wendete, für kurze Zeit, ein vorbestimmtes Ende ab. Doch selbst ein wenig Zeit zu spenden war wertvoll, so wie das Lindern von Schmerz wertvoll war. Das war etwas, das ich zu tun vermochte und worauf ich stolz war.

Wo Krieg herrschte, herrschte mit Sicherheit der größte Bedarf an Heilern.

Ich raffte die Fingerknochen zusammen, legte sie in den Beutel und zog das Zugband zusammen. Während ich mich über die Knochen gebeugt hatte, um die Zeichen zu sehen und ihrem leisen Flüstern zu lauschen, hatte ich meinen Schmerz vergessen. Nun kam all das, was ich verdrängt hatte, blitzschnell zurück, und ich fiel auf die Seite und krümmte mich unter heftigen Schmerzen, schrie Artifex an, warum sie uns so unvollkommen gemacht hatte. Warum hatte sie uns Schmerz gegeben? Warum hatte sie uns so schwach erschaffen?

Schwach waren wir nicht, denn man musste sich nur ansehen, wie viel wir aushalten konnten.

Ich hielt weiter aus. Ich verbrachte ungezählte Tage in Katabatons Schrein, in ihrer Kluft. Meine Muskeln hörten auf zu brennen und zu schmerzen, meine Blutergüsse verblassten, und meine linke Schulter richtete sich wieder in ihrem Gelenk ein, und frisches, rosarotes Fleisch bedeckte die nackten Knochen meiner Finger. Durch die Gnade der Götter, durch die Mühen des Lebens in dem wundervollen Lehm, durch das Lebensfeuer, das in mir brannte, wurde ich geheilt.

DANKSAGUNGEN

Es geht das Gerücht um, Lektoren lektorierten nicht mehr. Auf Alexis Gargagliano, meine Lektorin bei Scribner, trifft dies jedoch mit Sicherheit nicht zu. Sie hat dieses Buch in mehreren Entwürfen gelesen, mir dabei geholfen, es zurechtzustutzen, und die richtigen Fragen gestellt. Ich danke Alexis und meiner Agentin Merrilee Heifetz für ihr Vertrauen und ihre Geduld.

Mein Dank geht auch an all jene, die im Gespräch ihre Erfahrungen mit mir teilten, Odella Woodson in Bezug auf den Verlust des Sprechvermögens und Valerie Windborne über das Gespräch mit den Toten. Ich danke den Hebammen Marjorie Horton, Meg Grindrod und Gina Haldeman, die ich beim Verfassen der Geburtsszene hinzuzog; sollten Ungereimtheiten geblieben sein, ist dies nicht ihre Schuld. Vor allem Gina war die Hebamme bei dieser Geburt, und sie tat ihr Bestes, um Leiden zu mindern, auch wenn es sich bei den Leidenden um Figuren auf dem Papier handelt.

Als ich Familienmitgliedern und Freunden ein siebenhundertfünfzigseitiges Manuskript schickte und um Rückmeldung bat, wusste ich, dass ich damit eine Menge von ihnen verlangte. Für ihren Scharfblick und ihre Ermutigung danke ich Carolyn Micklem, Susan Micklem, Meg Kearney, Michael Fleming, Brenda Prescott, Gina Haldeman und Sharon Kalemkiarian. Mein Dank gilt auch Toi Derricotte, die Seiten mit mir besprach, und Kathleen O'Donnell, die Geschichten mit mir austauschte. Ein ewiger Dank geht an Cornelius.

Dieses Buch wurde gespeist von vielen anderen Büchern, Forschungsarbeiten, Autoren und Menschen der Vergangenheit wie etwa Sei Shonagon, eine wählerische, wachsame Frau, die über zehn Jahrhunderte und die Barriere der Übersetzung hinweg klar und deutlich spricht. Ich bemühe mich, lieber zu entleihen als nachzumachen, konnte aber einer Paraphrase nicht widerstehen: Mox' Trinklied basiert auf einem echten Lied, das ich in *The Autobiography of a Winnebago Indian* fand, der mündlichen Geschichte eines gewissen »SB«, gesammelt von dem Anthropologen Paul Radin. SB erzählt, er habe im Delirium tremens betrunkene Geister zu Pferd gesehen, die gesungen hätten: »Ich, selbst ich muss eines Tages sterben, welchen Wert also hat irgendetwas.« Das Lied wurde ein beliebtes Trinklied.

Ich möchte mich bedanken für all das, was mich beeinflusst hat – auch das, was ich vergessen habe, das aber nach wie vor in verborgenen Winkeln meiner Vorstellungskraft vorhanden ist.